长篇小说

梁振伟◎著

世邻

三部曲之一

血仇

群众出版社

图书在版编目（CIP）数据

世邻/梁振伟著. --北京：群众出版社，2025.
1. --ISBN 978-7-5014-6400-5
Ⅰ. I247.5
中国国家版本馆 CIP 数据核字第 2024EP7048 号

世 邻

梁振伟 著

责任编辑：关 欣
装帧设计：王紫华
责任印制：周振东

出版发行：群众出版社
地　　址：北京市丰台区方庄芳星园三区 15 号楼
邮政编码：100078
经　　销：新华书店
印　　刷：天津盛辉印刷有限公司

版　　次：2025 年 1 月第 1 版
印　　次：2025 年 1 月第 1 次
印　　张：36.125
开　　本：880 毫米×1230 毫米　1/32
字　　数：1040 千字

书　　号：ISBN 978-7-5014-6400-5
定　　价：148.00 元

网　　址：www.qzcbs.com
电子邮箱：qzcbs@sohu.com

营销中心电话：010-83903991
读者服务部电话（门市）：010-83903257
警官读者俱乐部电话（网购、邮购）：010-83901775
文艺分社电话：010-83901730

一

台风即将吹袭禺南大地！风前的天气又闷又热。太阳像个巨大的火球悬挂当空，晒得大地发白。烫人脚板的地面蒸腾着颤动的热焰。没有风，如镜似的鱼塘没有一丝涟漪。

在干得能踏起泥尘的村道上呼哧呼哧地行走着两个人和一匹马：一个是马夫，他呼哧呼哧地牵着一匹瘦马；一个是吭哧吭哧地骑坐在马背上的年近六旬的男人。

这个男人是个日本商人，叫竹下之介。他在市桥经营着一家商铺，叫远东商行。这竹下之介的小腹上长了个东西，憋得吭哧吭哧的一泡尿屙得很不顺畅。他上广州下香港找过不少医生都没看好。后来听人说番禺金窝村有位叫陈无偏的医生十分了得，他抱着死马当活马医的心态来金窝村找陈无偏试试。不料才吃了他几服汤药和含了他几只叫"灵蛇之珠"的药丸子，竟马上见效。今天药已吃完，而且又到了复诊的时间，这个小老头不顾闷热难熬，急急脚地往金窝村赶去。

在半路上，有几个人用木板抬着一个病人往金窝村的方向急急快走。当下小老头的心情比往日转好，他停下吭哧吭哧的呻吟声，向身边的人打招呼说："你的是去金窝村找陈无偏先生的么？"

这些神色匆匆的人说："是！"

小老头好像遇到知己，笑道："我的也去找陈无偏先生的。我的有伴了。"

到了村口，小老头看见一对夫妇半抱半扛地抱着一个孩子，向陈氏医馆飞快地跑去……

二

傍晚，夕阳沉落在禺南大地。灰暗的市桥街似乎累了，市声渐

1

息，它静静地侧卧在市桥水道旁边，枕着潺潺的水声，将息着一日的辛劳。市桥地面今日白日无风，靠晚更沉闷得像一盆搅熟了的糯糊，闷得叫人喘不过气来。倦厌厌的夕阳西坠之后，东南边很快地涌堆起一层层一叠叠又厚又重的乌云。横水渡因无人过渡早已收工。渔船也陆陆续续地泊岸了。

　　渔船一靠岸，大生随手从船舷拉出一根用火烤得一截黑一截黄的竹篙，朝船头的圆孔里往下用力一插，把渔船泊定在泥岸边。这大生虎脸短眉，目光如炬，一眼看出是个铁骨铮铮的汉子。他昂首挺胸，粗壮结实。整日风里来雨里去，南国的骄阳把他的肌肤晒烤出古铜般的颜色。渔船一停稳，他向船尾招呼了一声："我去菜市了！"说着提起沉重的鱼篓，跳下渔船，急急脚地去赶那快要收市的菜市。河滩边上，一群小孩在追逐、玩耍。渔家的小孩最容易认辨：一是衣衫特别破烂；二是背上都背着几截圆圆的水松木。渔家的女孩特懂事，渔船一泊岸，她们的第一件事便是从船舷上解下一只鸭笼子，提到岸上去喂鸭。她们一手握着小锄头，一手提着篾笼子，趁着天色尚明，用锄头掘泥土找蚯蚓喂小鸭。此时大生的女人阿珠快手快脚地蹲在船尾做饭。阿珠是个疍家靓女，体态健美，珠圆玉润。她麻利地蹲在船尾的舱板上淘米洗菜。这个时候女人们的头等大事是生火做饭。岸边渔船的后篷都陆陆续续地冒出了缕缕炊烟。这些炊烟被又闷又热的低气压压住不能升起，只能平在船尾，沿着河面渐渐地散开……

　　到了掌灯时分，饭也陆续做好。一条条渔船的船尾上都亮起了一盏盏昏黄的火油灯。人们围坐在舱板上吃晚饭。大生的母亲二婶一边吃饭一边看天，放下饭碗时叮嘱儿子和儿媳妇："这天色，晚上要多小心点哦！"

　　这时东边的河面上驶来了两条船：一条是当地百姓呼为"湿底"的蒸汽小火轮，它呼哧呼哧地拖着一条当地百姓呼为"花尾渡"的大型木质客货船。船头犁起了两道深深的波浪。这大浪卷向河的两岸，把河边的小渔船颠簸得大起大落，正在吃饭的渔家的碗碟被弄得丁零当啷。渔家最忌讳吃饭时打翻匙羹。他们把匙羹视作

2

船，把打翻匙羹视作沉船之兆。阿珠立即把将要打翻的匙羹扶住，回头朝"湿底"和"花尾渡"低声骂道："死发瘟！"

这时，一个头戴礼帽，身穿蓝士林布长衫，颧骨上长着一颗豆大的肉痣，手上提着一只小皮箱的中年男子从"花尾渡"的船舱里走出来，走上船头的甲板。这人仰首舒眉，踌躇满志。船近码头，行驶在"花尾渡"前面，拖着"花尾渡"前进的小火轮要松缆了，它绕至"花尾渡"的旁边，水手们立即把它和"花尾渡"绑紧。小火轮慢慢地把"花尾渡"推近河岸，推向当地人喊做"银行排"的浮筏旁边。这时候是"花尾渡"水手最忙乱的时候，一个水手很礼貌地喊道："先生，请回船舱里坐会吧！"

这男子听见了，一脸不屑。他鼻梁一皱，嘴唇用力一撇，嘴角边明显地浮出了两条法令纹。他当这水手放了个屁，两脚丝毫未动，继续站在甲板上。

三

第二天早上，那个穿蓝士林布长衫的男子把小皮箱存放在柜台上，空着双手走出了"悦来客栈"。

昨晚一场大风大雨，把市桥街道搞得乱七八糟：有的店铺门口的招牌被大风吹歪了，街道上随处可见湿湿的枯枝、黄叶和碎瓦片……街道拐弯的地方停着几辆黄包车。这男子朝着停黄包车的方向举起右手，在空中清脆地打了个响指。

指声刚落，马上就有一个车夫拉着辆黄包车跑过来，满脸是笑地问道："先生，您到哪里去？"

这男子很随意地说道："我想随便走走。"

车夫是个十六七岁的愣头青。这个穿蓝士林布长衫的男子看见这个愣头青生得一双猫似的眼睛，很有神采。这男子看出他有力气，心里欣赏他。"猫眼"听了这话，显得有点犹豫了："这……车钱怎么算？"

那男子从容不迫，从长衫里摸出一块闪亮的银元，在"猫眼"跟前往上一抛。银元在晨光中画出了一道优美的弧线。"够了吧？"

"够了，够了。""猫眼"笑得见牙不见眼。

这男子一字一顿地说："你听好了：大街小巷，凡能过你车子的地方我都要去。都去完了，这块银元是你的，还有一条没去，我都要把这银元拿回来。可以吧？"

"猫眼"不禁认真地看了他一眼：中等身材，粗眉细眼，短脸方腮，颧骨上长着一颗豆大的肉痣，嘴唇薄薄，嘴角有力。他想：我要拉几久才能赚到一块银元啊！于是不迭连声地说："可以，可以。"

"肉痣"比"猫眼"更知道钱的威力，他眼皮都没眨一下，又多加一条："你每走一条街，就给我报一条街的街名！"

"猫眼"巴不得成交，他连声不迭地说："可以，可以。"

黄包车行驶在高低不平的石板路上，一晃一晃的叫"肉痣"感到很舒服。"肉痣"发现市桥的城邑很狭小，横竖就是正街、横街、西街、桥东街、海傍街和东涌街那么几条狭窄的老街。街道窄而弯曲，路面上铺着长短不一、高低不平的青石板。即使是正在修建的大东路、大西路、大南路、大北路等，也都是两三丈宽的路面，道路两旁也都是些低矮的砖木结构的房屋。

"肉痣"发现市桥的制糖厂还不错，另外还有几家绞米厂和一家小火柴厂、一两家小电厂。其他织造、染布、制砖制陶、打铁斗木的都是些家庭作坊。他还注意到有的屋门口贴有"吉屋出租，非眷莫问"的街招，有的外墙贴有"包医跌打刀伤，续筋驳骨，阴阳大疮，夹色夹食"等广告。他对这类广告颇有兴趣，于是向"猫眼"问道："喂，我想向你打听一个人。"

"猫眼"紧握着黄包车的两个车把，一路小跑早已满头大汗，他听到坐在车上的客人向他打听什么人，便停下脚步，腾出一只手，把搭在颈后根的那条早已看不出底色的毛巾扯下来抹了一把脸上的汗水，回过头来问道："你想打听谁呀？"

"陈明！""肉痣"说。

"陈——明？不懂。""猫眼"回答得干脆利落。

"哦。""肉痣"悠然一笑，笑得颧骨上那颗肉痣都动了，"其实我不是找他的……"

"猫眼"一瞪，不禁骂了一声。不过他没有骂出口。做生意嘛，和气生财。你骂了人，人家还坐你的车呀？他立即一脸是笑地说："不是找他你又问我？"

"嘿嘿嘿，""肉痣"的心情好像特别好，"我是想找他的后代。"

做生意嘛，"猫眼"热心地问道："他的后代住在哪里的呀？"

"肉痣"说："我知道他在哪里还用问你吗？"

"也是。""猫眼"憨厚地笑道。

"肉痣"又问："你认识市桥有姓陈的最厉害的医生吗？"

"猫眼"想了想，答道："市桥姓陈的医生有是有，但都不厉害喔，还听说过医死了人哩！"

"肉痣"沉吟了一下，说道："不可能吧？"

"怎么不可能呢？""猫眼"说，"听你的口音不太正，应该不是本地人吧？我是本地人，不比你外地人清楚？"

"唔。""肉痣"显得心有不甘，停了·会又问道，"番禺有姓陈的很厉害的医生吗？"

"有呀！""猫眼"不假思索地答道，"金窝村就有一个，叫陈无偏。"

"肉痣"不大相信，说："真的？"

"猫眼"来劲了："你不相信？嘿！你要是得了快死的病，找到了陈无偏，包你有救。"

"肉痣"骂道："你是狗嘴里吐不出象牙！"

"猫眼"笑道："我是实话实说。"

"肉痣"怀疑地说："他既然那么厉害，为什么不待在市桥，而蹲在一个叫什么的乡村里？"

"猫眼"好像是陈无偏的代言人："这叫'酒香不怕巷子深'！"

四

陈无偏的医馆坐落在金窝村的村街上。

这是一座两进青砖平房，灰雕屋脊，镬耳山墙。前一进是医馆，门楣上挂着个实木横匾，上面刻着四个颜体大字：陈氏医馆。门的两边，挂着一副木刻对联：修合虽无人见，存心自有天知。进到门里，中间是个大天井。过了天井，后一进是住宅。医馆正面的墙下摆着一张酸枝木做的八仙桌，桌面擦得油润明亮，一尘不染，桌上整整齐齐地摆着文房四宝和一只用鸭绿色绒布做的手枕。八仙桌后面摆着一张医生坐的龙眼木太师椅。太师椅后背的墙壁上挂着一块匾，匾上隶体大书：医者仁也。八仙桌的右侧放着一张荔枝木圆凳，是给病人坐的。左边的墙壁立着一个很大的分装药材的"百子柜"。柜前是个很长的嵌镶着玻璃的用红藜木做的曲尺柜台，里面摆着各种膏、丹、丸、散。右边的墙下摆着一座用生铁铸成的几十斤重的大研船和一口用花岗石凿成的约有上百斤重的药臼。医馆门外是块空地，空地旁边是个小菜市。

金窝村周围果树环抱，果林以深绿色的荔枝、龙眼为主，其间也间杂着翠绿色的香蕉，碧绿色的番木瓜，浅绿色的水蜜桃，等等。果林外面是一片片绿油油的田园和一方方水明如镜的鱼塘。金窝村地近水陆要冲，到邻近的镇集十分方便。

天才麻麻亮，陈无偏便起床了。

这是陈家的规矩，说是男人早起财星旺，女人早起为家贫。陈家男人早起要做的仅是两件事：一是打拳；二是读书。陈无偏从后进的住房里走出来。他二十郎当，中等身材，生得脸面方正，额阔颏圆，剪平头，上穿宽松的浅灰色土布对襟布钮短衫，下穿深灰色土布大裆长裤，脚穿黑色厚底布鞋。他来到天井中间，并脚直立，开步站立，双手平举，屈蹲按掌，慢慢地打起太极拳来。只见他打得轻灵柔和，节奏分明，连贯圆活，气沉丹田。打了一套太极拳，

6

他又打了一套洪拳，这洪拳打得大开大合，长桥大马，开合吞吐，以气催力。

打完这两套拳，陈无偏头上有点微汗，于是到天井旁边的水井里打了一桶水，将头面上身抹了一把，换过衣服，便到医馆里坐在八仙桌前读书了。他的父亲是用《黄帝内经》给他开蒙的。他从六岁开始就读《素问》了，然后便是《难经》《灵枢经》《伤寒论》《金匮要略》等依次读下去，读完了又回头再读，轮番反复。时至今日，这些书他不知道读了多少遍了。他只知道自己对这些经书已经滚瓜烂熟，许多章节能倒背如流。但他每天早上都还这样读。他觉得这是一种乐趣。他遵照家传的规矩，用吟唱的方式诵读医书：半眯着眼睛，摇头晃脑，吟唱时，常常进入物我两忘的境界。

陈无偏在吟诵他的医书时，他的妻子汪寿玉已经起来了。汪寿玉拿着鸡毛掸子和抹布细细地拂抹着医馆里的百子柜、曲尺柜、桌桌凳凳，研船药臼，再把地板细细地扫一遍。汪寿玉二十出头，鸭蛋脸，新月眉，身穿香云纱大襟右衽窄腰短衫，下穿黑色竹纱长裤，线条柔美，体态轻盈，说话慢声细气，举止斯文有礼，很有岭南人家、广府女子的气质。她抹扫完毕，便从厨房里端出一碟增城油榄和一瓦煲昨晚就用柴头慢火煲好的"五豆粥"（用黄豆、绿豆、红豆、黑豆、白扁豆和大米熬煮的稀粥），招呼丈夫用早餐。

广府人家有每天早上上茶楼饮茶的习惯，一盅两件，乐也悠悠。陈无偏祖上留下了些田产，自己又经营着一间人气很旺的医馆，家境殷实，不说每天早上上茶楼饮茶，即使一天三顿都在茶楼上解决也是没问题的。但是他却不大喜欢上茶楼。他天天在医人。他医好了不少人。他医好了多少人他自己也记不清。被他医好的人对他都非常感激，见面笑脸相迎，点头打声招呼自不必说。人家笑口盈盈向你点头打招呼，你也得点下头还个礼呀！礼尚往来嘛。你不点下头还个礼岂不得罪人了？病友熟人向他点个头打声招呼没什么，罗汉请观音，容易；而他给每个向他点了头打了招呼的人点回个头还回个礼，就成了观音请罗汉，不好招架了。如果都给每个向他点了头打了招呼的人点回个头还回个礼，他的头岂不成了啄米的

7

鸡头停不下来？他怕怠慢人得罪人，所以就懒得去了。再说在家里用早餐，清淡一些，这样才养人嘛。

用过早餐，陈无偏开门接诊了。他负责看病开单，老婆负责捡药，两口子夫唱妇随，恩爱和谐。陈无偏开门迎诊，看见空地上聚集了一群从城镇上下来的学生，他们在大声地唱着抗日救亡的歌曲：

"我的家，在东北松花江上……"

这是1937年夏天的一个早上。

人们听到了歌声，陆续地聚拢在学生们的周围。学生们看见人多了，便停下唱歌，站在方凳上给大家演讲，他们大声揭露日本鬼子侵占我国东北，发动卢沟桥事变，把战火烧至我国华北、华东的罪行，呼吁大家团结抗日，抵制日货。

日本鬼子的罪行，让陈无偏义愤填膺。他深感自己因家小拖累，不能报效国家，很是内疚。只要一有时间，他都会去听听学生唱歌，听听学生演讲。学生向他募捐，他都慷慨解囊，从不小气。他何止捐点钱不小气，他最近得子，给儿子起的名字竟然也叫"抗日"：陈抗日。他认识到眼下日本鬼子正在灭亡我们中国，我们就要沦为日本鬼子的奴隶了。国家兴亡，匹夫有责！只要国家没事，我们捐点钱算什么！

这时，一个拿着彩色小纸旗的女学生跑进他的医馆里："老板。"

陈无偏看见这女学生剪着齐耳根的短发，身穿月白色竹纱大襟右衽短衫，下系黑色百褶布裙。瓜子脸，身材秀美，杏眼蛾眉，白嫩嫩的脸蛋上印着两只浅浅的笑靥，使人感到像一株雨后的新竹，气质清新，相貌可爱。陈无偏见了她很高兴，问道："有什么指教？"

这女学生说："指教倒不敢。我是想问一句……"

陈无偏笑道："问吧！"

这女学生问道："你这里藏有日货吗？"

陈无偏很泰然："你自己看吧，别说一件，半件都没有。"

这女学生说："没有就好，现在日本人侵略我国，想灭亡我国，我们要团结起来，抵抗日本，抵制日货！"

陈无偏由衷地赞成这女学生的说法，他微笑着点了点头："你说的对，我们要团结起来，抵抗日本，抵制日货！"

这时门外有人喊道："张倩！"

"欸！"张倩应道。

张倩？他莫名其妙，竟记住了这个名字。张倩！几文雅几新颖的名字啊……

"集合啦！"她的同学喊道。

"来啦！"张倩应声跑出去了。陈无偏发现她像一只快活的小鸟……

张倩走后不久，市桥远东商行的老板竹下之介前来求诊。竹下之介小便淋沥，苦不堪言。他出广州，下香港都找过了不少医生，但效果都不理想，后来找到了陈无偏，效果非常好。他很满意。他很忙，想请陈无偏到市桥去给他看病，出到了数倍诊金的价钱，但陈无偏都推故不去。所以他只好找上门来了。

竹下之介的远东商行几十年专销东洋布匹和东洋出产的海咸河淡，糖烟酒食。近年日本侵华，中日关系恶化。日本撤侨，身为日本人的他却没走。学生收缴、销毁日货，他就改销中国出产的货物。他年近六旬，身材单薄，稀发秃顶。他一般不穿和服，绝大多数的时间都是穿西装，有时甚至穿件唐装的大襟长衫。他操一口不太到位的广州话，说话慢声细气，做事也慢条斯理，使人觉得和蔼可亲。

但陈无偏却一直不愿和他打交道：再和善也是日本鬼子！你们侵吞了我东三省，还觊觎着我华北华东，我不揍你就已经很客气的了，还想对你怎么样？但他是病人，出于医生的职业道德，陈无偏觉得病是不能不看的。但除了看病，他绝不多说一句话。

竹下之介很客气，每次来看病，都会带点手信来。陈无偏每次都是诊金照收，但手信却坚决不要。每当竹下之介掏手信的时候，他都"不要""不要"地把他推到门外去。

陈无偏的医术已令竹下之介佩服得五体投地，他还感到陈无偏只收诊金不收手信，是很清高；看病时惜话如金，是有本事的人的风度。这陈无偏看病，基本不问，只靠望望（气色）摸摸（脉搏），便能知道病人的病情，而举手投足又很"酷"。所以，他很钦佩他，很喜欢和他打交道。

五

下午，那位坐着黄包车四处寻找陈明后人的男子，来到了金窝村。

未进村时，他就在村外细细地观察了金窝村；进到村里，他又把村子细细地观察了一遍。这男子看见这金窝村有百十来户人家，交通便利。村口是个小埠头。河水不深，但再出不远便是市桥水道了。村口有路，自东向西，直到村尾。他发现这村路还比较宽敞，路旁的房屋比较整齐，多半是土瓦蚝墙。路面上铺着一方方鸡眼石石板。路人走过，屐声呶哚，很有岭南水乡、广府村坊的韵味。房屋后面是树林，这多半是荔枝林和龙眼林，叶子绿得浓重。走在村道里，时时会听见悠扬的蝉声。

进村不远便是陈氏医馆。医馆前面是块空地。空地旁边有株三人合抱不过的浓荫砸地的细叶榕。榕树下面是座小菜市。

这男子站在榕荫下面打量着陈氏医馆：这是一幢两进老屋，青砖平房，灰雕屋脊，镬耳山墙。墙基和石阶都有了苍灰色的苔痕。大门的门楣上挂着个横匾，匾上是四个颜体大字：陈氏医馆。门的两边，挂着一副木刻的对联：修合虽无人见，存心自有天知。这么好的字体，这么好的手笔，这男子看了，自己对自己说：没找错！他信心百倍地走进了陈氏医馆。

在里头看着医书的陈无偏看见来人气色很好，步履生风，不像个来看病的人，于是拱手问道："先生不知有何指教？"

那人拱手还礼："尊贤肯定是陈医生陈无偏阁下了。"

陈无偏谦逊地说："在下陈无偏是乡间的一介草医，不敢妄尊'阁下'，先生光临寒舍，不知有何指教？"

"在下是卖药材的，想在对面开家药材铺。"来人说着双手恭恭敬敬地递上一张名片，"请多提携，请多提携。"

陈无偏很认真地看了他一眼：平头，短脸，中等身材，粗眉细眼。叫他印象深刻的是颧骨上长着一颗豆大的肉痣。他拿起名片一看："陈中夏先生。"

陈中夏连声应道："不敢不敢，晚生晚生。"

陈无偏再看陈中夏一眼：干练，结实，操着一腔北方口音的粤语，身穿青年装，线条笔挺，显得格外精神。陈无偏问道："中夏先生是军人出身？"

陈中夏眼睛一亮："是军人就好了！"

他也打量了一下陈无偏：虽衣着朴实，却见儒雅大度。令他印象最深的是浓眉之下那双和善而睿智的眼睛。

陈无偏想起来人的那句话语，笑道："为什么是军人就好了呢？"

陈中夏说："现在正是国家用人之际，是军人正好为国出力啊！我原来是体育老师，教的是体育和童子军操练。大概是画虎不成反类犬了！"

陈无偏笑着点点头，又说："听口音，中夏先生不是本地人喔！"

"是啊！"陈中夏叹了一口气，"说起故籍，是一把眼泪啊！"

陈无偏问道："为什么？"

陈中夏说："陈医生每天也听到了……"

陈无偏不解："听到了什么？"

陈中夏以唱为答："'我的家，在东北松花江上……'"

陈无偏眉头一扬："你是东北人？"

"是啊！"陈中夏一腔义愤，"日本鬼子打过来，国破了，我的家也没了……我只好跟着大批难民跑进关里来，到处流浪，靠着爹妈生的两条腿，从北到南一直走，就走到广东来了。我祖上是做药材生意的，为了糊口，只好重操祖业了。"

陈无偏很同情他，于是鼓励说："中夏先生肯定可以汉武中兴的。"

陈中夏说："中兴没有想过，在这国难当头的日子，能混碗饭吃就阿弥陀佛了。这事还要陈医生你多多包涵，多多提携啊！"

陈无偏笑道："又关我的事？"

陈中夏说："我开个药材铺在这里，肯定会影响陈医生你发财的，所以万望多多包涵。"

陈无偏笑道："不会不会。这样才好，成行成市，人气一旺，大家就好一起发财喔。"陈无偏虽是个乡间医生，但从来就有一览众山小的气魄。他心里想：我的医馆即使开在广州的"上下九"，也没有哪个人能把我的生意抢得去的。

陈中夏又说："阁下是国手！"

陈无偏眼睛一愕："谁说我是国手？"

陈中夏大声地说："番禺人市桥人都这么说。"他说着扭头四望，"那么油润的八仙桌，那么厚重的曲尺柜，那么齐全的百子柜，那么稳重的椅凳，还有墙上笔迹那么苍劲的横匾，门外那副那么超然坦荡的对联，使人一看就感受到你家学的渊厚啊！"

这句话搔到了陈无偏的痒处，他很高兴，嘴里却说："你把我说糊涂了。"

陈中夏说："陈医生，今后万望多帮多带，收我这个徒弟啊！"

陈无偏心里很受用，嘴上却装起了糊涂："哟，看你说到哪里去了！"

陈中夏说："陈医生，我不明白，像你这样有本事的人，为什么不到大地方去，却蹲在乡下里呢？"

陈无偏笑道："山野之夫，懒散惯了。"

陈中夏佩服说："你一定是一坛陈年老酒，巷子再深，也挡不住客来啊！"

六

第二天，医馆对面的地方真的叮叮当当地搞起装修，开了一家药材铺。

药材铺开了之后，陈中夏几乎每天都到陈氏医馆里坐坐。陈无偏看病时，陈中夏就在旁边看他看病；陈无偏不看病时，陈中夏就跟他聊天。

一天，陈氏医馆里来了一个病人，是他的亲人用门板把他抬来的。那人脸色青黄，干瘦，额上青筋暴现，表情痛苦不堪。

陈无偏看病时，陈中夏也把头凑过去看看：右胁肿大、硬实，皮肤表面高低不平。陈中夏嘴巴一抿，鼻翼旁边现出了两条法令纹。他一看就知道这人难搞了，起码是肝癌吧！他心里想，这回可要看看你陈老兄的本事了。

只见陈无偏给病人摸了一把脉，看了看舌头，又伸手在病人的右胁上轻轻地摸了一下，不慌不忙地对病人的家属说："去对面菜市买只刚啼的小公鸡过来！"自己却到天井里摘了 把桃树叶出来，放进药臼里用根木擂锤轻轻地擂着。

一会儿小公鸡买回来了，陈无偏便把擂烂了的桃树叶从药臼里挖出来，再倒进一点麝香，把它们搅匀，然后把小公鸡连毛剖开，不去内脏，就把和了麝香的桃树叶放进鸡腔内，趁热把鸡敷到病人的右胁上，再用布条把它固定好。然后取出一粒药丸，叫病人慢慢噙化。

陈无偏问出病人是从二十里外的地方抬来的。他倒出三份麝香，取出三粒药丸，叫病人家属自己找桃树叶，买小公鸡如法处理。

他把病人家属拉过一边，悄悄地嘱咐说："这是肝生蛊，是一种很凶险的病。我现在内外夹攻，病人屙出脓血来，就有救了；如果屙出的是鲜血，那就没救了。是屙鲜血或是屙脓血，就看他自己了。因为这是肝的病，肝是管情志的，气和养肝，大怒伤肝。《三国演义》里的周瑜是给气死的，因为大怒伤了他的肝。如果你的病人心平气静，我的药内外夹攻，他肝里的病邪被我赶了出来，那屙的就是脓血；如果大怒伤了肝，肝裂了，屙出来的必定是鲜血，那就没救了。肝病的人情绪不稳，容易激动，容易发怒。你们遇事要顺着他，迁就他。这是关键，切记切记！"

陈中夏在旁边听得糊里糊涂，心想：真的？

三天之后，病人又抬回来了。这次不是用门板抬来的，而是用山笕抬来的。

陈中夏发现病人的气色好多了，眼睛已经有了神采。

陈无偏诊过舌脉，说："不要小公鸡了。"说着顺手开了一张单子。

陈中夏也悄悄地看了，他开的是：

    茯苓四钱   法半夏三钱   柴胡三钱   甘草三钱   赤芍四钱   枳实三钱   香附三钱   川芎三钱   当归六钱   熟地六钱   白芍六钱（酒炒）   炮甲四钱（炮）   地龙四钱   杞子六钱

开完药单，陈无偏又叫汪寿玉取出几粒药丸，吩咐病人空腹在舌上噙化。

这样治了一个多月，病人就好了。好了之后，病人送来了一块匾，上面写着：华佗再世。

陈中夏钦佩得颧骨上的那颗肉痣都发红了。

一日，陈中夏在闲聊中问道："陈医生，你治病时给人噙化的丸就是'灵蛇之珠'吧？"

陈无偏笑了，浓眉之下那双睿眼很有神采："你又知道？"

陈中夏说："这方圆百里，谁不知道你家有这颗仙丹啊！"

陈无偏哈哈大笑，笑得很自豪："别听他们乱说。"

在闲聊中，有个青年男子抱着个襁褓婴儿一阵风似的跑进了医馆里，后面跟着个额头横包着毛巾的产妇和两个六十岁左右的老头子老太婆。

这男子一进医馆，便叫道："医、医生，快救、救我的儿、儿子吧……"

那产妇扑通一声跪在地上，给陈无偏磕了个响头，哭道："医生，你救救我的儿子吧！"

陈无偏赶紧扶起那位产妇，问道："怎么回事？"

那产妇说："我儿子的眼睛不会动了。"

陈无偏定睛一看：这是个十一二天大的婴儿，那眼睛睁着，定定地一动不动；摸摸他的鼻子，气息细如游丝，似断似续。

陈无偏凝神片刻，抿紧嘴唇，立马说道："捏他的蛋蛋！"

"蛋——蛋？"做奶奶的莫名其妙。

"捏他的睾丸！"陈无偏见他们不明白，又说道。

乡下人更难听懂文绉绉的话，四双眼睛还是呆呆地望着陈无偏。

陈无偏不说了，他把手伸到婴儿的胯间，扯开他的尿片。

"哦！"奶奶恍然大悟，"这行不行的？"

陈无偏说："你问我，我问谁？你既然来找我，就要听我的咯。"

这奶奶赶紧说道："是的，是的。"说着就捏起来了。

陈无偏叮嘱说："手累轮换，不能停手！"

在他们给小婴儿捏睾丸的当儿，陈无偏取出一枚银针，在小婴儿人中上一扎，又拿着一只装麝香的小瓶子在小婴儿跟前远远地轻轻一晃。

过了一会儿，那妈妈惊喜地叫道："宝宝的眼睛会转动了！"

像一块磁铁跌落在撒满铁钉的地面，那几位大人的脑袋闻声呼地聚拢在小婴儿的周围。看见小婴儿的眼睛油润闪亮，眨巴眨巴，像夜空里的小星星似的，大家都笑出了声来，同时也都深深地吐出了一口气。

陈无偏问过起病的原因，知道这小孩的病是腹泻引起的，便说："不用开药了。你们回去摘一把番石榴的嫩叶，切细，加米一把，炒成焦黄，再添水碗半，煎成一小碗，小儿喝小半，母亲喝大半，从奶水里过药给他。"

母亲"哦"地应了。

陈无偏又说："挖十条蕉根黄犬（芭蕉根的蚯蚓），用清水洗净，由母亲放在嘴里嚼烂，再嘴过嘴地喂给小孩喝。"

做母亲的立即叫道："哎呀！我、我、我不行。"

做父亲的马上说道："我来嚼行不？"

陈无偏说道："也只好你来啰！——快回去吧。"

他们付过诊金，抱着小孩，高高兴兴地回去了。

他们走后，陈中夏钦佩说："陈医生，你真神啊！"

陈无偏笑道："神什么？陈先生你不说我信口开河，我就已经很高兴了。"

陈中夏兴致勃勃，问道："陈医生，我很冒昧地请教你，你为什么叫他们捏睾丸呢？"

陈无偏说："捏睾丸可以交通心肾。"

"扎'人中'呢？"

"'人中'为手、足阳明和督脉之会。针刺'人中'可以醒心开窍！"

"嗅麝香呢？"

"麝香也是醒心开窍。两者同用是各取其长，殊途同归。"

陈中夏双手一拱，钦佩地说："看了陈医生这几招，中夏胜读了十年书啊！"

七

过了几天，陈中夏带着一个女人来到了陈氏医馆，开门见山地介绍说："这是贱内，叫王嫱。"

陈无偏看见这女人生得身材娇小，凹凸玲珑，茧子脸，顺眉细眼，像庙会里插在摊前的粉捏仕女。她头梳长髻，髻上插着几朵含笑花，身穿一件绲边的蓝底白花大襟短衫，下穿绲边藏青色的大裆裤，脚穿黑色布鞋。打扮虽然有点土气，但颦笑中却透露着一点机灵。

陈中夏发现陈无偏看着自己手上的礼物，便笑道："陈医生，我发现你对我很好，你让我看你怎么给人看病的，我不明白的地方问到你，你又如实直说，要是别个医生，这简直是不可能的。因为我发现你对我很好，我感觉到我'陈医生''陈医生'那么叫你有点拗口，五百年前，我们说不定是同吃一个锅里的饭哩！"陈中夏说着双手抱拳，问陈无偏说，"我想请问陈医生您的贵庚？"

陈无偏有点狐疑，这是怎么回事？他犹豫了一下说："在下枉吃二十五年大米。"

陈中夏二话不说，扑地跪在地上："中夏今年二十四岁。大哥在上，请受小弟一拜。"

"欸，欸，欸……"陈无偏猝不及防，他赶紧伸手去拉陈中夏，"起来，起来，哎哟，这是怎么回事呀？"

陈中夏说："大哥才德出众，令人仰止。加之又肯提携小弟，有问必答，令小弟非常感动。我们五百年前就是一家，我叫中夏，'中'是'半'的意思，中夏就是半夏了。这是一味治病救人的中药，我从小就有治病救人之志，和大哥是同道。所以今日正式拜大哥为大哥，请大哥万万不要拒绝。"说着转头叫身边的妇人，"快给大哥磕头！"

那妇人立即跪下，扑地给陈无偏磕了个头，叫道："大伯！"

陈无偏一脸无奈："哎哟！叫我怎么办呀……"

站在百子柜前的汪寿玉笑道："陈先生，你要折我家老陈的福了。"

陈中夏闻言，把脸转向汪寿玉："大嫂在上，请受小弟一拜！"

那妇人也跟着跪下，叫道："大伯娘。"

陈中夏说："大嫂，以后请不要叫我做陈先生了，你就叫我'中夏'吧。我们本是同宗，今日又正式拜大哥为大哥，老祖宗肯定高兴。祖宗高兴了，应该为大哥添福添寿才对嘛，怎么又会折福呢？对不对？"

汪寿玉无话可说，只好笑了。

陈中夏说："大嫂，里间有供奉祖先的神龛？有，我进去给祖先上炷香。"

八

早上，白家的用人送上一块大洋，说老爷今日不舒服，请陈医生上门诊治。

陈无偏收了诊金，说道："本医馆早上门诊的病人比较多，你家老爷如果不是很急，等晏些我便去。"

接近晌午，陈无偏见医馆里看病的人少了，便把八仙桌上的手枕和纸笔收拾到一只小包里，拎起，向老婆说了声，到白家出诊去了。

出了门，过了空地，出菜市口，正想拐弯，忽然一阵热风送来了一片叮叮当当的打铁声。一队学生的游行队伍从后面赶了上来。城镇上的学生又下到乡村里进行抗日宣传了。

"打倒日本帝国主义！"

"严惩汉奸卖国贼！"

"不愿做奴隶的人们团结起来，把日本鬼子赶出中国去！"

"抵制日货！使用国货！"

游行的队伍刚刚走过，陈无偏便听到有人叫他："陈医生！"

陈无偏循声望去，见是打铁铺的老板黄守财。俗话说：打铁先得身板硬。这黄守财生得紫脸膛，五大三粗，像个门神似的。"啪嗒啪嗒"的风箱把炭灰蒙得他一脸灰黑，倒把他那排黄牙衬白了。黄守财虽不怎么的，却讨了个漂亮的老婆。他在人前人后也爱显摆显摆自己，"晒晒命（粤语，炫耀）"。

陈无偏应道："黄老板！"

黄守财说道："丢那妈（粤语，常在宣泄愤懑情绪时使用），打铁是我，拉风箱的也是我。什么老板！"

陈无偏打趣说："你一个人是辛苦一点了，怎么不叫太太出来帮一帮手呀？"

黄守财是来人疯，惹不得，听陈无偏这么一说，便来了劲了："她呀？哎哟，别提了。她那么娇小，那么秀气，那么漂亮，来我的打铁铺折腾，不是拿一块白绢子做了抹台布吗？"

陈无偏笑了笑，心里嘀咕道：瞧他这德行！嘴上说道："我不是叫她来给你打铁拉风箱。"

黄守财很有兴致："那叫她来干什么？"

陈无偏说："叫她来帮你收钱呀！她坐在这里帮你收钱，你的生意保证要好大半。"

黄守财一听，气得跳了起来："我的生意要靠她来收钱才好？你到市桥街打听打听，我老黄打的禾镰，我老黄打的斧头，我老黄打的柴刀，我老黄打的菜刀几抢手，很多人还说不是我老黄打的还不要哩。"

陈无偏笑道："看你吹的！最近生意怎么样？"

这黄守财是只日本时辰钟——大声夹有准："最近生意更好！"

陈无偏说："你又吹了！"

黄守财很认真地说："这真的不是吹喔！"

陈无偏说："那你说说为什么最近生意更好？"

黄守财说："最近大家都喊'打倒日本帝国主义！'喊完都来打把菜刀，到时候好砍小萝卜头的脑袋！你看我的生意会不好吗？怎么样，你也来一把？"

陈无偏笑道："看来是要了！"

黄守财定定地看了陈无偏一眼："喂，那么晏了，还到哪里去？"

陈无偏说："到白家。说白明治病了，去给他看病。"

"给他看病？"黄守财把夹着的一块铁往炉中一丢，"这只汉奸卖国贼，靠日本鬼子发的财，发了财后又瞧不起中国人，骑在中国人的头上作威作福，丢那妈，给他治什么鬼病，你给他开二两砒霜就得了。"

陈无偏笑道："那可不行。"

黄守财说："不行就狠狠地敲他一竹杠。"

陈无偏笑得很开心："不愧是打铁的。"

黄守财也笑道："你敲了他的竹杠，到时候别忘记请我去饮茶!"

陈无偏去白家出诊，汪寿玉也跟着收铺，准备关门入厨房里头做饭。

这时陈中夏和王嫱拎着一手的菜走进医馆里。

陈中夏对汪寿玉说："嫂子，我大哥呢?"

汪寿玉说："他出诊去了。"

陈中夏笑道："今天我家里没米了，来嫂子家蹭餐饭吃。欢迎吧?民以食为天，不欢迎也要吃啦!"说着提着菜进厨房去了。

汪寿玉也跟着一道进了厨房。

陈中夏他们买来的菜真多：一条四斤重的大头鱼，一块酸笋，一块豆腐，十多只鸡蛋和一把青菜。东西一放下来，王嫱卷起袖子就干起来了。

汪寿玉眼睛一亮：吧!是位把式喔。你真别看这王嫱秀气娇小，言语不多，可是干起活来却是手脚麻利，熟行熟路。刮鳞、剖鱼、通鱼肠、剁鱼肉、舂豆豉、擂姜蓉、洗菜、择菜……样样麻麻利利，不紊不乱。准备工作做好了，开镬烹调的也是她。

陈中夏靠在旁边的小竹椅上，轻轻地晃着条二郎腿，好像他是老婆的陪衬。

不一会儿饭菜做好了。今天的菜是大鱼五味：豉汁蒸鱼腩、蚝油姜蓉炆鱼头、蛋蒸鱼肠、煎鱼肉饼然后再切丝炒鸡蛋和鱼骨滚酸笋豆腐汤，还有一个油炒青菜。一看这些菜的款式，便知道这女人是个心灵手巧的人物。

汪寿玉从小是个乖乖女，做点家头细务还不错，平日应付简单的两餐还可以，要弄点好菜非老公出手不可。而弄今日这一餐，像这样的速度，这样的花款，即使自己的老公出马，也未必有这个水平。

她看见陈中夏还在靠着竹椅晃着条二郎腿忽悠着，心想：这家伙的命太好了。

九

拐弯抹角便到了白家。

这是盖在村边的一幢欧式小洋楼：石米墙、罗马柱、重门、拱窗、吊顶灯，水磨的地板能把人的影子照出来。那时金窝村没有电，白家自备发电机，晚上机子一响，全屋通亮。和村里那些都点着如豆青灯的蚝墙土瓦或竹笪茅寮的旧屋一比，真像一只红冠白羽，体格高大的来杭鸡，屹立这一群个子矮小、灰头土脸的鹌鹑旁边一样。大概是老爷不耐烦了，一个仆人站在门口，伸长脖子向外张望。一看见陈无偏，仆人三步并作两步走过来，说："陈医生，请!"

陈无偏跟在用人的后面走进了小洋楼，穿门步阁，登堂入室，来到了一个雅致的小客厅里。

白明治满面愁容地躺在安乐椅上，由丫鬟轻轻地摇着。这白明治六十开外，身材瘦削，头发半白，秃顶。四周尚存不多的几根头发却上了发蜡，梳得一丝不乱，滑得连蚂蚁都爬不上来。虽在病中，衣着却依然讲究：笔挺的藏青色薄羽绒西裤，雪白的浆烫过的白竹纱恤衣，铁青色的缎面马甲，脚上是丝袜皮拖鞋。

这时有个下人轻轻地来到白明治的身边，弯着腰，小声报告说："'通泰'的吴老板三个月都没有交齐货款……"

白明治不耐烦地把手一挥："多带几个人，去把他的铺收了。"

回头他见了陈无偏，马上起身让座，喝丫鬟倒茶、上烟。

白明治不是对每个人都那么客气的。只因陈无偏身怀绝技，而自己又有病在身，有求于人，所以不客气不行。要是他对每个人都那么客气，就不会被骂做狗眼了。他原名叫白小满，年轻时留学日

21

本。在日本待了几年，他爱上了日本这个国家，爱上了日本这个民族，更崇拜那个通过维新，使日本国力大增，让日本在亚洲称王称霸的明治天皇。他干脆把名字都改了，去掉那个土里土气的"小满"，换上那个不可一世的"明治"的字眼。位于亚洲的日本人羞于做亚洲人，高喊"脱亚入欧"。生在中国，一百代的祖先都是中国人的白小满也羞于做中国人，他巴不得入籍日本，做一个小萝卜头。他在日本毕业之后，回到番禺，做起经销日本产品的生意，很快便发起来了。他没忘记从日本国得到的好处，马上把年纪小小的女儿白如冰送到日本去读书。发起来了的白小满不仅没有提携乡亲，反而肆意盘剥乡亲，于是引起了众怒。正当日本鬼子侵略我国，要灭亡我国，国人在高呼"打倒日本帝国主义"的同时，也高呼"严惩汉奸卖国贼"。白小满自然就被大家划到汉奸卖国贼里去了。

听见陈无偏来了，七姨太立即从里面出来招呼客人。村里人口顺，叫她作阿七。阿七是六年前被白明治从数千名难民里买回来的。这不是百里挑一而是千里挑一了。那时她才十六岁。白明治一眼就看出她是个美人坯子：鹅蛋脸、玉葱鼻、柳眉杏眼、小嘴白牙，特别是那条细滑柔软的水蛇腰，叫白明治一看就怦然心动。人贩子开价五百块大洋，白明治也不还价，买回来的当晚就迫不及待地同了房。白明治很满意阿七，视为心头肉，昵称"甜甜"，此后百般呵护，疼爱有加。六年之后，阿七便出落成一个大美人。村里轻薄的人说：这阿七是请人代耕的吧！他白老狗有这个本事吗？

陈无偏被招呼到茶几旁边坐下，白明治也跟着坐到茶几的另一边去。陈无偏取出手枕，叫白明治把手搁在手枕上切脉。他把右腿搭在左腿的膝盖上，再伸出右手，用食、中、无名三个指头按在白明治的手腕上，然后半眯着眼睛：三部九候，逐一细辨。

七姨太也坐过来看陈无偏看病，并且不时插话，询问白明治的病情。这七姨太声如啼莺，气吐如兰，坐得离陈无偏又近，弄得陈无偏的注意力不能集中。

他看过舌脉，又伸手往白明治的少腹上摸了摸，便拿笔开药单。

白明治问："是什么病呀？"

陈无偏说："少腹气结。"

白明治不放心地问道："这里好像是硬的喔！"

陈无偏说："聚之为形。你气比较实，所以就'硬'了。"

白明治还是不放心："要紧吗？"

陈无偏说："现在不好说，先饮剂'散结汤'看看。"

白明治心里有点忐忑，问道："再加两只'灵蛇之珠'会更好些吧？"

"是会好一些的。"陈无偏说道。他开好药单，从包里摸出两只蜡包的药丸，连药单和药丸一起交给了白明治。白明治交过药钱，又叫下人捉只大公鸡让陈无偏带回去。

陈无偏谢绝："我已经收了诊金药钱了，不能再收别的了……"

陈无偏告辞回去，白明治和七姨太把他送到了大门口。

拐弯抹角，陈无偏来到了菜市口，黄守财还在打铁。

他看见了陈无偏，笑道："看到现在？"

陈无偏应道："是呀！你老以为我们看病轻巧，个中辛苦，只有自己才知道。"

黄守财神秘兮兮地问道："下了砒霜没有？"

陈无偏瞪了他一眼："这些话可不能乱说，我是医生！"

黄守财笑道："那就敲了他一杠啰？敲了竹杠请饮茶啊！"

陈无偏说："我是敲人竹杠的人吗？"

黄守财说："你不行。乱世出英雄，这年头你既不敢下砒霜，也不敢敲竹杠，说明你做不了大事。你还是安心读你的医书，做你的郎中吧！"

陈无偏说："我也没有说过我要做什么大事呀！"

"哦！哦、哦、哦、哦……"黄守财刚吃过午饭，正等着肠胃消化食物，所以谈锋很健，"听说白老狗的阿七很漂亮嗷，你看见了吧？"

陈无偏说："看见了。"

黄守财更来劲，他的眼睛倏地亮了起来："长得怎么样？"

陈无偏看见他的模样，笑了："和你屋里的那位差不多。"

黄守财笑得真的见牙不见眼："哎哟，你那么看得起我老婆呀？"

陈无偏正色道："你这个人怎么老是乱说话的？"

黄守财讪笑道："吃饱饭没事干开开玩笑嘛，都像你一天到晚皱着块额头，人也会快老许多哦！"

陈无偏认真地说："玩笑也不要随便开。这样的玩笑让我老婆听到了，保证醋坛子一砸，把屋上瓦顶都掀了下来。"

"啊，原来你怕老婆！"黄守财真是只日本时辰钟，他大声叫道，"难怪你发达了！"

陈无偏回到家里，看见饭桌上摆满菜肴，汪寿玉抱着儿子陈抗日坐在饭桌边等他。和汪寿玉一起坐在饭桌边的还有陈中夏夫妇。

陈无偏不觉愕然，那两只眼睛睁得活像一对小酒杯。"这是怎么回事？"

没等汪寿玉开口，陈中夏已经说话了："米缸没米了。来大哥家里蹭顿饭吃。"

汪寿玉说："你看，还带着那么多菜来……"

陈无偏叫道："这……这怎么搞的？"

陈中夏说："大哥不见外我就放心了。大哥太辛苦了，那么晏才回来，饭菜都凉了，赶快吃饭吧！"

陈无偏在陈中夏的催促下赧然入席。王嫱马上起身给他盛饭。

陈无偏立即伸手拦住："不好意思，不好意思，不敢当，不敢当……"

陈中夏拉住陈无偏："大哥，一家人不说两家话。你就让她给你盛吧，这是应该的！"被抱在母亲腿上的陈抗日也等饿了，叽叽喳喳地嚷着要吃东西。陈中夏看着陈抗日天真得意的样子，笑道："大哥，你的儿子聪明伶俐，虎头虎脑，真是将门虎子，很令人羡慕啊！"

这话说到了陈无偏的心坎里，他最高兴的是别人称赞他的儿子，于是也笑了起来。"长得像只小狗似的，你还说他是虎子哩。"

"虎子，是虎子！大哥你还给他起了一个响亮的名字——抗日，陈抗日。好！你把全国人民的心声都叫出来了！"这话真说到了陈无偏的心坎里去了。他发现自己真的遇到了知音。

这时王嬷给他盛上饭来。他不经意间看了王嬷一眼，发现王嬷长得玲珑浮凸，有前有后，知道是生育过的妇人，便问道："你们的孩子……"

听见陈无偏那么一问，王嬷的头不自觉地耷拉下来。

陈中夏长长地叹了一口气："我们的孩子丢失了！"

"喔！"陈无偏和汪寿玉没有思想准备，一时间张着个嘴巴不知说什么好。好一会儿，陈无偏才说："不好意思，不好意思，对不起，对不起……"

陈中夏倒转过来宽慰陈无偏夫妇："说对不起的不是大哥你，是万恶的日本鬼子！我们千千万万从关外逃进关内的难民，不都是这个命运吗？开始我们很难受，把泪都哭干了，到现在已经非常无奈，只好看天，只好信命了！"说着用手背抹抹发红的眼睛。

陈无偏一身火辣辣的，他站起来，走到药柜前取出一瓶药酒，倒了两杯，自己握着一杯，把另一杯递给了陈中夏："兄弟，我们是真正的兄弟，我敬你一杯酒，我还送你三句话：一、上天有好生之德，它一定会保佑你们一家团聚；二、你们再生，肯定会越生越好；三、兄弟刚才讲的是家仇国恨啊！我虽然没有经历这样的苦难，但是你的苦难就是我的苦难，我们共同抗日，把日本鬼子打回老家去！"

＋

烟雨横江，水天一色。鸡才叫过二遍，大生便在船前船后各挂起一盏渔火，把渔船撑出河心。阿珠在后掌舵划桨，他在船头撒网打鱼，各人都穿着一件边幅不整的破蓑衣。市桥水道不太平，他们也只能在市桥街对出的河面上来回划动。

大生是不怕的。他是疍家中的一条好汉，水性好自不必说，手脚也非常了得，一根竹篙在手，七八个人也近不了他，就连河面上的黑道也知道他的名字，只是打鱼时要和爱妻相伴，叫他鲁莽不得。大生两公婆感情非常好，别看他平日对老婆说话粗声大嗓，但在内心里却是百般呵护，疼爱有加。阿珠也感受到这一点，所以平日她爱在丈夫面前使使性子，故意惹丈夫生生气。阿珠虽然是个疍家女，却天生得一副好坯子，线条优美，饱满玲珑，活脱脱像一颗熟透待摘的红葡萄。有人说这可能和疍家人多吃鱼类、食物中的蛋白质丰富有关。

　　市桥河是西江从西北至东南贯穿禺南大地的几条水道的一条。它水质清净，水量充沛，两岸又河网交错，水草丰美，是鱼类觅食、繁殖的好地方。平时的淡水鱼类就非常可观，加之农历二月、三月的黄皮、马鲚鱼汛，农历四至六月的三黎鱼汛，农历九至十一月的风鳝鱼汛，农历九月至翌年二月的蟹汛，还有夏秋之黄鱼、禾虫，秋冬之鲻鱼、乃鱼，等等。一年四季，市桥河畔处处都描画出一幅幅渔家乐的画图。

　　时值九月，是风鳝鱼汛。大生心想：时下死日本仔丧心病狂，偌大的一个上海都被他们打得一塌糊涂，以后的时局怎么样就难说了。眼下是风鳝鱼汛，想办法多捞几条鱼，卖点钱到时防防身才是真。他和老婆阿珠一合计，就连夜动起手来，把他们的渔船撑出市桥河中去。

　　鸡叫过三遍，大生他们已经收获不少了。他们把小渔船划回自己的住家艇旁边，把鱼交给了二婶，叫她天亮后拿到菜市去卖。他们两公婆胡乱吃点东西，又撑起小渔船继续打鱼去了。雨不知什么时候止住了。刚刚升起的湿漉漉的太阳把天边的云朵烧成了一锅红豆南瓜粥。红红的黄黄的云朵红黄相杂，非常好看。这些明亮的云朵倒映在河面上，河面上好像撒满了大片的鸡冠花。在霞光中，已有不少渔船在江心撒网了。大生不想和他们掺在一起凑热闹，他叫阿珠把渔船驶进支流里。支流河汊水草丰茂，他觉得这时候到支流河汊里撒网，收获会更大。

他们一边划船一边撒网，不知不觉到了金窝村。

大生叫阿珠把渔船停在码头边，自己揭开舱板，从舱里提起半篓子风鳝鱼，对阿珠说："你看船。我去探探陈医生。两年前不是他出手救你，如今我不知到哪里去讨回一个像你那么靓的老婆！"

阿珠说："知道，知道，不要把我的鱼拿去给相好的就得了。"

"丢那妈，我还有相好的？"

"天知道！一百个男人有九十九个都是这样说的啦。"

"你真没良心，亏我对你那么好。好！我就去找一个回来给你看看！"

大生拎着一只鱼篓从船上跳下来，走上码头，走进金窝村，穿街过巷，吸引了不少惊羡的目光。大生收获了这些目光，那屁股走得一颠一颠的，脚底板像装了弹簧一样，一会儿便到了陈氏医馆。

疍家人上岸不穿鞋，他一双光脚丫"噔噔"地踏进去，高声叫道："陈医生，陈太，吃鱼！"

汪寿玉看见大生手中的鱼篓，笑道："哇！又拿那么多的鱼来，几多钱？"

大生说："陈太，我不是来卖鱼的。"他把自己手中的鱼篓往上一提，自豪地笑道，"我是来请陈医生陈太你们尝鲜的"。

"你怎么这么客气？"汪寿玉推辞道。

大生认真地说："要不是两年前陈医生出手，救了我老婆的命，我就要打光棍了，这么大的恩德，请吃条鱼还不应该吗？"

坐在八仙桌后面的陈无偏倒反觉得不好意思。他搭嘴说："小事一件，你就别老记挂在心了。"

大生眼睛一瞪，大声说："人命关天，这还是小事呀？"

汪寿玉笑着解释说，那语气那神情洋溢着做妻子的自豪："那是他的差事，他是吃这碗的，救人是他分内的事，是应该的。每个人都像你这样，我们家还用买米买菜的？"

大生说："我不和你们说那么多了，这鱼离水也好长时间了，不把它放到水里就不行了。怎么样？是放在水缸里还是放在木盆里？"

汪寿玉想了想，说："那就放在木盆里吧——你那么客气，我就借花敬佛了。今天晚上在我们家吃饭吧！"

大生说："我一家大小还等着我回去哩。我们那么熟，我也老实不客气了。我也饿了，你们有冷饭剩菜的，我想弄点来填填肚子。"

汪寿玉说："怎么能让你吃冷饭剩菜，我煮面去。"

大生说："我也实在饿了，喉咙出爪子了，等不了你煮面了。既然煲里有饭，我自己动手了。"说着自己进了厨房。

一会儿，大生抹着嘴出来了，手里还端着一只大海碗，碗里头盛着冷饭和剩菜。他不好意思地说："我那煮饭婆在河边看船，她也饿了。我不好意思让她饿着，所以也给她弄了一碗——有什么东西让我包一包吗？"

汪寿玉在药柜里找了一张干莲叶，又吹又抹才递给大生："让你们两公婆吃冷饭剩菜，我们失礼了。"

"失礼是我，打扰了。"大生双手将莲叶包着的碗往上轻轻一举，"下次来再还你们的碗！"

陈无偏走过来，轻轻拍拍大生的肩膀："只怕下次又要累你、破费你的鱼了。"

大生笑道："这鱼不是我的，是龙王爷的，别客气，要谢，请谢龙王爷去！"

十一

骄阳似火。瓦面和街上的石板路都颤动着热焰，似乎放只鸡蛋在上面都能烫熟。常年赤脚下田的农民此刻上田后都穿起了木屐，踢踏踢踏地赶回家去。天上一丝风儿也没有，人们觉得好像活在烘炉里，一动不动都会蒸出一身汗来。狗躲在墙角的阴凉里吐着舌头，见了生人也懒得叫吠了。

这时街上却响起了激昂的口号声：

"打倒日本帝国主义!"

"日本侵略者滚回老家去!"

"全国四万万五千万同胞团结起来,拿起刀枪,和日本鬼子作殊死的斗争!"

"血债要用血来还!"

喊完口号,跟着又唱起了嘹亮的歌:

"起来!不愿做奴隶的人们,把我们的血肉,筑成我们新的长城……"

这是从城里下来宣传抗日的学生的歌声和口号声。

自从"九·一八"事变之后,几乎隔三岔五,就有城里的学生下来宣传抗日,清查日货。特别是这几天,学生们下得最勤,喊得最凶。村民们都知道死日本仔又在我国搞事了。

陈无偏很注意购买和收集报纸,他很清楚日本鬼子的阴谋诡计:"九·一八"事变之后,日本仔得到了很大的好处。为了尽快灭亡我国,他们立即又把魔爪伸到了上海,蓄谋在上海制造事端。

1932年1月18日,这些日本仔唆使日僧天崎启升等五人向中国三友实业社总厂的工人义勇军投石挑衅,与工人发生互殴。他们又操纵流氓汉奸乘机将两名日僧殴至重伤,事后,日方传出其中一人死于医院。他们随即以此为借口,指使日侨青年同志会会员纵火焚烧三友实业社,砍死砍伤三名中国警员。之后他们恶人先告状,20日,又煽动千余名日侨集会游行,强烈要求日本总领事和海军陆战队出面干涉。21日,日本总领事村井苍松提出道歉、惩凶、赔偿、解散抗日团体四项无理要求。委曲求全的国民党政府竟答应了他们的要求。但他们又无端发难,向中国守军发起进攻。蒋光鼐、蔡廷锴等国民革命军第十九路军官兵忍无可忍,奋起抵抗。以张治中为首的国民革命军第五军主动请缨,火速驰援。在上海滩头,中国军民打响了一场轰轰烈烈的抗日战争——"一·二八"淞沪抗战。第十九路军和第五军以视死如归的精神,用劣势的装备狠狠地打击了日本侵略者,粉碎了日本帝国主义者"四个小时攻下上海"的狂言。我第十九路军和第五军官兵以三万五千人,抗击有百余架飞机及大批军舰为掩护的十余万日军的猖狂进攻，历时一月有余，并使敌军四易其帅，伤亡万余人。后来在国联的调停下结束了这场战役。第十九路军和第五军官兵大长了我们中华民族的志气，使我们中国在国际上的地位得到了很大的提高，为今后的全民族的抗战赢得了宝贵的时间。

日本鬼子亡我之心不死。1937年7月7日夜又在北平西南卢沟桥发动了卢沟桥事变，打响了全面侵华的炮声。经过密谋，1937年8月9日日本驻上海的海军陆战队下级军官大山勇夫和士兵斋藤要藏驾车硬闯虹桥机场，悍然挑衅，被我机场保安队的士兵当场击毙。蓄谋已久的日本仔以此为借口，逼迫中国政府撤走上海的保安队，拆除上海所有的防御工事。日本仔蛮横无理的要求被中国政府拒绝后，恼羞成怒，日酋谷川清纠集了大小舰艇三十多条开进黄浦江里向中国政府施压。日本仔见未达到目的，又立即急调早就蛰伏在日本佐世保伺机而动的一支舰队和陆战队急赴上海。上海滩头，战云密布。8月13日，日本仔的海军陆战队首先向天通庵车站至横滨路段开枪挑衅，再向宝山路、八字桥、天通庵路发起进攻。中国军队忍无可忍，于14日开始反击，这场战事就是"八·一三"淞沪会战。

这一回日本仔蓄谋已久，又认真吸取了上一回"一·二八"失利的教训，周密地作了五年的准备，一派志在必得的气焰。中国军队仓促上阵，装备落后，士兵素质又差，但将士们抱着宁死报国的决心，用自己的血肉筑成抵御敌寇的新的长城。战斗打得很惨烈，真可谓"一寸河山一寸血"……

金窝村的村民义愤填膺，不怕烈日酷暑，围在空地四周听学生们唱歌，跟着学生们呼口号。

陈无偏更加气愤，他后悔当初为什么学医而没有去报考军校。如果自己是个将军，现在一定带领着千军万马，奔赴疆场，把小日本杀个片甲不留；即使不是将军而是士兵，自己也必定一枪一个地把小日本打他个人仰马翻。

学生们每次下乡宣传抗日，必有三项内容：一是演讲，揭露日本鬼子的罪恶和阴谋；二是募捐；三是抵制日货。募捐已可谓人尽其力，不少孩子连零食钱都捐上了。至于抵制日货，经过学生们的反复宣传，不少商家都提高了认识，自觉地抵制日货。个别仍想卖日货赚钱的，也怕一旦被查出，既血本无归，又丢尽脸面，也收手不做了。学生们演讲的内容，也成了村民们平日间的热门话题。日本仔不断侵略，村民们的抗日情绪也不断高涨。

听完了演讲，村民们陆续地散开了，陈无偏也回到自己的医馆里。

一会儿，一个学生跑进来，问道："老板，你这里有日货吗？"

声音听来有点熟，陈无偏抬头一看，发现是上次来的那个张倩：齐耳根的短发，身材秀美，杏眼蛾眉，白嫩嫩的脸蛋上印着两只浅浅的笑靥。酷热的中午，如火的骄阳，地面抖动的热浪使她香汗淋漓。薄薄的衣衫贴在秀美的身段上，给人一个梨花带雨的感觉。

陈无偏自认并不好色，但却承认爱美。他每逢看见这样美丽的女子，都会觉得这世界因此而美好了许多。

陈无偏笑道："我这里并无日货！"

张倩说："连仁丹都没有吗？"

"没有！"

"真的？"

陈无偏觉得这张倩清纯文雅，活泼可爱，很想和她多聊几句。"真的！小妹妹，其实我和你一样，都很愤恨日本鬼子。日本鬼子要灭亡我国，要我们做亡国奴，我肯卖他的东西吗？"

"真的？"

陈无偏说："当然是真的咯，要是不信，你可以在我的医馆里里里外外地搜查几遍，如果发现有一件日货，我不仅甘受重罚，你就是把我的医馆烧了，我也没有意见。"

张倩听了，淡然一笑，说："既然老板这么说，我们就不查了。打扰你了，再会！"

时近中秋，天气渐渐地凉起来了。上海滩头的仗越打越惨烈，人们的注意力都集中在上海滩上，过节的气氛明显地被这场战事冲淡了。

一日，陈中夏夫妻俩提着一只大线鸡，两盒双黄莲蓉月饼，两瓶好酒和一篮时鲜水果来到陈氏医馆。

汪寿玉看见，一时间不知如何是好："你们怎么那么破费？折了我们的福了，我们受不了那么大的礼啊！"

陈无偏听到，从里面走出来，问道："兄弟，这是怎么回事？"

陈中夏双手抱拳，向陈无偏和汪寿玉轻轻一拱，说："中秋节快到了，小弟来向大哥大嫂贺节！"

陈无偏说："我们那么熟，要说贺节，过来喝杯茶，彼此聊聊天，就贺了节了嘛！兄弟那么破费，不是倒反见生了吗？"

陈中夏一听，非常高兴，连忙说道："对对对，大哥说的对。小弟不是贺节，小弟来蹭饭吃，我出鸡，大哥出米和青菜，我们一起吃餐家常便饭。"他回头向老婆王嬙说，"大家都饿了，快，做饭去！"

王嬙马上把东西提进了厨房。

王嬙不愧是个出息的家庭主妇，刀工火候，配料调味，很快便把一餐可口的饭菜做出来了。两家人客客气气地入席。陈中夏抢着给陈无偏夫妇敬酒，陈无偏也客客气气地回敬陈中夏夫妇。一家盛情，一家好客，虽是家常便饭，但也吃得非常开心。

陈中夏嘴皮薄，言不露齿，能说会道，在席间总有说不完的话题，弄得这餐饭的气氛轻松活跃。

陈无偏这段时间满脑子都是淞沪硝烟，说着说着这话锋便转到淞沪战场来了。他说："老弟见多识广，你看眼下淞沪这一仗我们会赢不？"

陈中夏几杯好酒下肚，颧骨上那颗肉痣被酒烧得红红的，那舌头更加灵活了。他抹了一把嘴唇，昂起头，长长地叹了一口气，说："这就难说了！"

陈无偏眉头一扬，额头画出了一道五线谱："就是难说，才请老弟说说嘛！老弟，你说我们会赢不？"

陈中夏抓起桌面上那只满满的杯子，张大嘴巴，仰头往喉咙里一倒，然后大声哈了一口气。"难啊！"

"怎么难呢？"陈无偏追问说。

陈中夏的眼睛开始红了。"怎么不难呢？这一仗中国人依仗的是什么呢？中国人依仗的是爱国热情，也就是说依仗的是血肉之躯。而日本人又依仗的是什么呢？日本人依仗的是坚船利炮，也就是说日本人依仗的是先进的武器装备。常言说，别拿鸡蛋碰石头，而现在淞沪一战，中国人不就是拿血肉碰钢铁吗？这怎么能赢呢？"

陈无偏不吭声。他定定地望着陈中夏，心里头问道：你一口一句中国人，一口一句日本人，好像是外国记者评论中国战事似的。你这个松花江畔的汉子，你那满山遍野的大豆高粱呢？

陈中夏见陈无偏一声不吭，两眼定定地望着自己，又说："大哥别想那么多了。打仗是最高决策人的事，我们想啥也没用。他们说打，我们能不打吗？他们说不打，我们能说打吗？你说是不是？"

陈无偏还是一声不吭。

陈中夏继续说："大哥，这年头不好，我看我们还是想想自己的事更加实际一些。你说是不是？"

陈无偏还是默不作声。

陈中夏说："眼下是灾年，打仗是最大的灾祸。中国人有个传统：在灾祸面前，在颠沛流离之中，最爱认亲续谱，依靠宗族的力量，团结起来，保护自己，抵御灾害。我们都姓陈，我们又认了兄弟，那么我们就是兄弟了。以后小弟有事，就找大哥帮忙了；大哥有难，请跟小弟一说，小弟一定为大哥两肋插刀！"

陈无偏闭着眼睛，缓缓地点了点头。过了一会，他睁开眼睛，端起自己跟前的那一杯酒，脖子一仰便倒进喉咙里。

陈中夏笑道："大哥很豪爽，大哥有情有义，小弟我很敬重大哥。"他举起自己跟前的酒杯，说，"小弟再敬大哥一杯。"说完也一仰脖子，咕噜一声地把酒倒进肚子里，嘴角爽脆地咂了一声。

他举筷夹了一只鸡腿给陈无偏，也夹了一只鸡翅给自己："大哥，今日小弟我很郑重地向大哥说件事……"

陈无偏带着有点开玩笑的口吻问道："那么郑重，是什么事呀？"

陈中夏说："我想向大哥学点东西。"

陈无偏很认真地答道："贤弟经常到我医馆里来，一来就半天大半天的，我说话做事不仅无遮无拦，任听任看，而且对贤弟还有问必答。贤弟是个有心人，应该看了听了我家许多东西哩，今日怎么有此说法呢？"

陈中夏很高兴，笑道："大哥说的不假，但今日我请求学大哥一样东西，希望大哥答应。"

陈无偏问道："你想学什么？"

陈中夏说："我想学大哥的'灵蛇之珠'！"

陈无偏心里咯噔一下。他定定地望着陈中夏，发现他颧骨上的那颗肉痣红且发亮。在旁边一直细声地和王嫱拉家常的汪寿玉，不禁掉过头来望了丈夫一眼。

陈无偏干笑一声："'灵蛇之珠'？谁告诉你我有什么'灵蛇之珠'的？"

陈中夏说："番禺人有谁不知道大哥有这个宝物啊！"

陈无偏说道："市井之言，多有虚谬，不足为信。"

陈中夏睁大着那双红红的眼睛，对陈无偏说道："大哥没有把我当作小弟啊！"

王嫱见状，马上起身，去扶陈中夏。

陈中夏是有点醉意了，他伏在王嫱的肩上，对着陈无偏又大叫一声："大哥并没有把我当作小弟啊！"

王嫱用力揪了他一把，回过头对陈无偏和汪寿玉说："他喝醉了，不好意思，不好意思！"说着，把她的丈夫扶回家去。

十二

　　陈中夏夫妇走了之后，陈无偏两口子久久未能平静。

　　汪寿玉一边收拾桌面上的碗筷，一边说道："阿偏……"

　　"我还偏呀?"陈无偏头也不抬地应道，"我自十三岁出师，看了那么多年的病，有哪次看偏了?"

　　汪寿玉笑道："无偏!"

　　陈无偏这才把头抬起来："这还差不多，以后记住，不要乱叫——什么事?"

　　汪寿玉说："你看出来了没有?"

　　陈无偏问道："看出了什么?"

　　汪寿玉说："这陈中夏有点怪怪的。"

　　陈无偏点了点头："唔!"

　　汪寿玉若有所思地说："是他要认识我们的，是他主动接近我们的，是他提出要和你结为兄弟的，现在一口说定要学我家的'灵蛇之珠'，我觉得，他事先已有个什么打算似的。"

　　陈无偏点了点头："唔!"

　　汪寿玉又说："他明知'灵蛇之珠'是我家的宝贝，却说学就学，连点时间让人家考虑考虑都不给。人家未曾答应，就说人家没有把他当成兄弟，这不是输打赢要吗?"

　　陈无偏点了点头。

　　汪寿玉说："这人深浅不知，以后你和他打交道要小心点哦!"

　　陈无偏点了点头："唔!"

　　汪寿玉含着笑，挖了陈无偏一眼："跟了你那么久，还未曾见过你这么听老婆讲的……"

　　"唔!"陈无偏又点了点头。

　　汪寿玉笑道："傻仔!"

　　第二天上午，陈中夏又来到了陈氏医馆。一见到陈无偏，陈中夏马上捉住他的手，使劲地摇了几下："大哥，小弟昨天喝醉了，不好意思，不好意思!"

陈无偏举起另一只没有被捉住的手拍拍陈中夏的肩膀，笑说："贤弟你喝醉了吗？我没觉喔！贤弟海量，不会那么容易醉的，贤弟开玩笑了。"

陈中夏收起笑容，很认真地说："大哥没有原谅我啊!"

陈无偏还是笑容不改："贤弟根本没醉，叫我原谅你什么呢？"

他看见陈中夏的眼睛直直地盯着自己，便话锋一转："昨天的酒不算太好，我也有点上头了，今早头筋有点胀胀的——唔，改日我请，喝'肉冰烧'。贤弟大概没有喝过'肉冰烧'吧？那是用上好的肥猪肉和上好的烧酒浸泡出来的，而且浸的时间比较长，酒色有点翠绿，又柔、又香、又醇，味道好极了，最好的是醉也不上头。"

陈中夏皱起鼻梁，用力点了点头："你真是我的好大哥!"

淞沪大战随着气候的转凉而深入发展。到了寒衣上身，夜盖薄被的时候，大战终于结束了。大战的结果不幸被陈中夏言中，这让陈无偏最气不过了。

陈无偏一开始就很注意收集新闻报纸，很注意收集和分析战况。他发现陈中夏这王八蛋讲的也有些道理。

这场战争历时三个月，日本仔投入了大量兵力，动用军舰三十余艘；我们投入七十余个师的兵力，动用舰艇四十艘。日本仔的武器在当时是一流的，而我们的战士扛的却是大刀和"汉阳造"，每个连也只有三挺轻机枪。这真是拿血肉和钢铁碰了。中国军队打得很惨烈，中国军队以劣势的武器装备和武器装备一流的敌军拼搏，战斗激烈时有时平均一天牺牲一个师。但是，我们的军队却打得很出色。在这九十多天中，我军涌现出让全国人民噙着热泪传颂的由谢晋元、杨瑞符率领据守在苏州河北岸四行仓库的"八百壮士"；面对死亡毫无惧色，直至弹尽粮绝，全部壮烈牺牲的姚子青营；击落日机四十七架，炸沉日巡洋舰一艘，炸伤日旗舰"出云"号的高志航、刘粹刚、乐以琴、阎海文、沈崇诲等一大批中国空军英烈和伪装成民船，一路躲闪前进，抵达龙华，最后突袭成功，使日军旗舰"出云号"再次受到重创的我海军 102 号鱼雷快艇。还有那场我军将士舍生忘死英勇战斗被日军痛苦地称为"血肉磨坊"的罗店争夺战。在这九十多天中，上海人民积极参战，支援前线，各行各界都组织了各种救亡协会，开展宣传、募捐、演出、慰劳等活动。全国民众也积极支援上海抗战。湖南学生和福建民众都组团到前线慰劳。海外华侨踊跃捐款三百多万元。11 月 5 日，日军的第十军在舰炮掩护下，于杭州湾北岸金山卫附近的漕泾镇、全公亭、金丝娘桥等处登陆，致使我军陷入日军的两面夹击之中，最后血肉碰不过钢铁，我军万不得已败退下来了。

这一仗我们毙伤日军四万多人，粉碎了日本帝国主义速战速决的美梦。这一仗却令全世界对我们中国人刮目相看。这一仗我们虽败犹荣！

11 月 12 日，上海失陷了！

当陈无偏读到这天的新闻报纸时，不禁失声痛哭起来。

陈无偏觉得很痛苦，很伤心。他原先想：这一仗（"八·一三"）起码也要打成五年前的那一仗（"一·二八"）的样子呀，怎么会打输了呢？打输了，以后我们中国怎么办呀？

汪寿玉站在陈无偏的身边，她静静地用双手把他的脑袋抱在自己的胸前，轻轻地抚摩他的头发。她太理解她的丈夫了，他是个文雅、阴柔而又刚烈、脆弱的男子汉。

从那天以后，陈无偏对陈中夏的态度发生了明显的变化。之前，陈无偏的行为处世一直遵循岭南人的"恼人先在肚"的古训，即使对陈中夏有种种看法，也都客客气气，恼怒不现于色。自从淞沪会战之后，他对陈中夏的恼怒完全刻写在脸面上。不仅不遮不掩，甚至还有点故意让你知道的意思。他觉得陈中夏是张乌鸦嘴，好事也会让他说坏。另外，他更加讨厌陈中夏那副局外人的嘴脸。丢那妈，你是中国人吗？你还说你是条东北汉子呢！

十三

11 月 13 日以后，陈中夏来过陈氏医馆几次，陈无偏都一声不吭，冷面相迎。

陈中夏觉得无趣，便不来了。不久他把开在陈氏医馆斜面的店铺关了。他对人说，这里生意很淡，不如广州那边的生意好做，所以把店搬到广州去。

上海失陷像一把烙铁，烙得国人心头发痛；上海失陷像一盆烈火，烧得国人热血沸腾。连日来学生游行，演艺界义演募捐，商会组织商人自觉销毁日货的活动到处涌现。大街上散落着红红绿绿的传单。抗日救亡的浪潮席卷全国。

日寇得手之后，马上又把魔爪伸向南京！

民国政府迁至重庆。

中华民族到了最危险的时候！

南京守将唐生智发表声明：誓与南京共存亡！

全国民情汹涌。全国人民同仇敌忾。

一日，一个身穿中山装的官吏带着一队士兵，骑着快马，从市桥街来到了金窝村。马队进入村道，石板路上响起了一阵急促的清脆的马蹄声，踢踢踏踏的，立即引起了村民的注意。不是兵荒马乱的岁月，士兵进村的现象是不多的，何况还是马队！

大家都急急忙忙地关起门来，然后又伏在门后从门缝里往外观看。个别大胆的竟开门出来，跟在后面，看看这队士兵要去什么地方。这些坐在马背上的士兵腆胸凸肚，扬扬自得，越是有人观看，越发人面疯。

陈无偏也算大胆，他把门打开。他不是躲在门后，伏在门缝里往外看的那一类。

不料这队人马竟在他的门口停了下来，着实把陈无偏吓了一跳。

领头的那位身穿中山装的官吏大声叫道："谁叫陈无偏？"

陈无偏倒吸了一口冷气，心想：我这个人生不到衙门，死不到地狱，平日奉公守法，与人为善，既不做亏心的事，也没有哪个冤家对头，怎么官府衙门会找到我来呢？

他结结巴巴地应道："在……在……在下就……就是，长官有……有何指教？"

汪寿玉在里头听见这些兵大喊自己丈夫的名字，那颗心立即跳到了喉咙上。

这当官的找到了要找的人，口气立即客气起来。他双手一拱："啊！陈太医，久仰久仰！"

陈无偏的心还扑扑乱跳。他伸手往额头上抹了一把汗，小心地问道："长官有什么指教？"

这当官的一脸是笑，说道："莫说指教，莫说指教，兄弟是执行公务。"他回头左右看看，"这不是说话的地方，进你的屋里说吧。"

他指着围看的村民，对士兵说："把他们轰走！"

士兵们得令，立即把枪横握，连推带骂地把围观的村民驱散。

进到屋里，分宾主坐下。汪寿玉打着哆嗦为他们沏茶。

陈无偏细读着来人的脸色，心情忐忑，小心翼翼地探问道："长官光临寒舍，不知有何赐教？"

这当官的自己介绍说："兄弟我是县府秘书。"

陈无偏立即欠起屁股，双手抱拳，说道："久仰，久仰！"

县府秘书伸手向旁边一位文质彬彬的军人介绍说："这是南京来的王副官！"

陈无偏又立即欠起屁股，双手抱拳，说道："久仰，久仰！"心里想：我可不认识你哦！

这位南京来的王副官很客气地起身答礼。

县府秘书一脸是笑，说："陈太医，你为我们番禺争了光啊！"

陈无偏的眼睛睁得比酒杯还大，心想：你们不加害于我，我就已经万幸了，还说到我为番禺争了光，这是怎么回事？

县府秘书看见陈无偏一脸惘然，便对身边的王副官说："请王副官来说吧。"

王副官漾起一脸景仰的笑容，说道："我们长官……"

"您的长官……"陈无偏努力地理解对方的意思。

王副官说："我们唐长官……"

"唐长官？"陈无偏还是没有接上茬。

"我们南京的唐长官……"王副官耐心地讲述。

"啊！"一听南京的唐长官，陈无偏的眼睛刷地一亮，"唐生智？"

王副官没有计较陈无偏犯了忌讳，直呼自己长官的名字。他一脸是笑："是啊，是啊！"

天天关心国家大事的陈无偏，正读着唐生智誓与南京共存亡的声明，心中非常感动，确切地说，他已经对唐生智产生了崇拜。

"啊，唐长官！"他觉得国家这样的将才太少了，如果我国每个军官都像唐生智唐长官那样，我们还怕那小日本吗？"唐长官他……"

王副官说道："唐长官派弟兄来请陈太医给他看病。"

陈无偏眉头一扬，额头惊愕得立即挂出了一道五线谱。他疑惑地问道："唐长官请我去给他看病？"

"是啊！"王副官说。

陈无偏急切地问道："唐长官生了什么病？"

王副官看看左右并无生人，便把凳子往陈无偏拉近一点，小声说："近日，唐长官小腹下面，鼓起了一个包，憋得小便不利，非常难受……"

"哎哟！"王副官还没有讲完，陈无偏早已急了起来，"唐长官肩负保卫京畿的重担，有这毛病，确实对战局很有影响哦！"

"那可不。"王副官说，"所以要请到陈太医您出山了。"

"我去？"陈无偏真不相信这话是真的。

"是啊！"王副官的眼睛眨巴着企求目光。

"京畿之中名医荟萃，人才济济，怎么会找到我呢？"陈无偏平日为人处世不乏自知之明，他沉吟地说。

这时，已枯坐了小半天的县府秘书正想找话说说，看见陈无偏在沉吟之中，便插进来说道："这叫'桃李无言，下自成蹊'了。唐长官那么大个官，有了病哪个不找？肯定是南京的医生都找遍了，都不行，又听到陈太医是国手，妙手回春，所以才不远万里，跑到番禺来请你出山的！陈太医，这不仅是你的面子，也是我们番禺人的光荣啊！"

陈无偏耳朵软，经这秘书一说，一身热乎乎的。

王副官跟着说："难为陈太医你了。我们长官靠定你了。我们唐长官叫兄弟带来了一百块大洋给陈太医做利是，请陈太医笑纳。"说着伸手向卫兵一挥，卫兵赶紧抬来一个小木箱。王副官把箱盖打开，里面是银灿灿的整整齐齐的一箱银元。

陈无偏见了，立即耍手兼摇头。"不要，不要，不要，不要那么多，不要那么多——收你一块就没顶了。"

王副官通情达理地说："这不是你在家门诊，如今却是山长水远，背井离乡，一百块是不多的。"

陈无偏难为情地说："我，我，我从来没有试过看一个病收一百块大洋的。"

王副官说："这不是一百块大洋的问题，而是太医愿不愿去南京的问题。秘书官，你说是不是？"

县府秘书赶紧附和说："那可不是！唐长官是国之干城，他把京畿守卫好了，打败了日本鬼子，国家就什么都有了，还在乎这一百块大洋？"

陈无偏本来就希望上前线拿枪杆子的，现在经县府秘书和王副官那么一说，当然是一百个愿意了，于是说："没问题，怎么不去呢？当然要去啦！"

王副官心中的那块石头落了地。他完成任务了！

汪寿玉急了，她在旁边悄悄地说："你去了，我怎么办？"

经汪寿玉这一说，陈无偏才觉得事情并没有那么简单，他不禁为难起来。王副官和县府秘书原先以为完成了任务，不想半路杀出个程咬金，落了地的那块石头立即又升回原来的位置。他们一下子也觉得不知该怎么办。

陈无偏看见王副官和县府秘书失落甚至失望的样子，心里觉得非常抱歉，这怎么办呢？他看看老婆，又看看上头下来的官差；看看上头下来的官差，又看看自己的老婆。这怎么办呢？在万分无奈之中，陈无偏突然萌生一种想法。他对汪寿玉说："我们一起去吧！哦？我们一起去吧！"

汪寿玉万万没有想到她也去南京，那脑子一时间没有反应过来，眼巴巴地张大个嘴巴，好久没有合拢上。

陈无偏见妻子没有回答他，便扭头去问王副官和县府秘书："我们一起去，可以吧？"

王副官眼睛一亮，大声答道："可以，可以，可以啊！"

汪寿玉说："我们的儿子呢？"

陈无偏大声说："也一起去。我们儿子的名字不是叫'抗日'吗？今天我就带他上前线去抗日！"

坐在旁边的县府秘书"啪啪"地鼓起掌来："真是感人之至，真是感人之至啊！我回县里，立即叫剧社把你们的事迹写成戏。我们要把你们的事迹演遍禺南大地！"

真是光彩之至！汪寿玉高兴极了，但心里还是有点不太踏实："我们的儿子那么小，他能去得了那么远的地方吗？"

王副官说："没问题！我们从村里骑马到市桥，再从市桥坐船到广州，然后在广州坐飞机到南京。完全没问题！"

汪寿玉嫣然一笑："那我们一家三口一起去！"

最后，他们商定三日后启程。

本来淞沪会战失败，金窝村就已经群情激愤。南京来人请陈无偏到南京去给南京守将唐生智看病的消息，如同在火热的油锅里撒了一把盐，立即把金窝村的人气烧得沸扬起来。这消息成了村里的头号新闻，成为村民的共同话题。

"哇！南京是国都，都要请我们村的陈医生去喔！"

"听说日本仔开始围南京了！"

"这不是很危险？"

"可不是，不危险会有那么大的一封利是？"

"要是你，你去不去？"

"我不去，这太危险了！"

"你当然不去，你去肯定医死人的。"

"要是我是陈医生，我肯定去！"

"你这家伙，你看见那一百块大洋的利是，早都心痒了。"

"人家陈医生可真是条汉子，说只要一块就够了。"

"当然，人家是什么家底，我们是什么家底。"

"陈医生有钱又不怕死，难得！"

"主要是爱国！"

"最难得是他的老婆，明知那边就要打大仗，都要跟着老公一起去。"

"一家三口都去。"

"真英雄啊！"

陈无偏到街上买菜，经过黄守财的打铁铺，被粗声大嗓的黄守财喊住："偏哥！"

陈无偏笑道："我哪次看病看偏了？"

黄守财笑了起来："不是这个意思，不是这个意思。"他翘起那只乌黑的大拇指，说道，"你是满门忠义啊！"

陈无偏说："你又扯到哪里去了！"

黄守财认真地说："我没有扯到哪里去喔，我是就事论事喔！过去你太公陈明跟着邓世昌将军去打过甲午海战，去教训过日本仔。今日你一家三口又去南京，上前线去给抗日将士治病，你们不是满门忠义又是什么？"

陈无偏双手一拱，笑道："黄兄言重了！"

黄守财牛眼一瞪："我是实话实说喔。如果中国人都像你这样，日本仔早就给赶跑了。"

陈无偏双手一摆，说道："好了，好了，我老婆还等着我买菜回去煮饭呢！"

第二天下午，大生和阿珠也来了。他们提着一条五斤重的大鲩鱼脚步匆匆地走进了陈氏医馆。

陈无偏见了他们俩，笑道："又来这边打鱼？"

大生说："也算是来打鱼吧。不过主要是为你们送行的。"

陈无偏一愣："为我们送行？"

大生答道："是啊！"

陈无偏说："送什么行？"

大生说："听说你们要到南京去给一个什么大官看病呀！"

陈无偏说："你怎么知道？"

大生说："听说的咯。市桥起码有一半人知道这件事。大家都在议论着，称赞着，所以我们就知道了咯。"

"哦！"陈无偏真有点始料不及。他觉得这是一件很平常的事，不过是远门出诊而已，想不到大家竟那么抬举他。

大生笑道："陈医生，你救过我老婆的命，这个时候我们不来送送行吗？"

陈无偏拱拱手："太谢谢了！"

这时阿珠不好意思地问道："陈医生，你们还回来吗？"

陈无偏又一愣："我们不回来？我们还能到哪里去？"

阿珠也笑道："留在南京做官呀！你把那个大官的病治好了，他舍不得你回来，封个官给你，那你不留在那边做官了吗？"

大生说："阿珠怕你们不回来，以后我们有病找谁看啊！"

陈无偏从来没有想过这个问题。他不觉笑了起来："我像个做官的人吗？"

大生说："怎么不像呢？陈医生你印堂开阔，地阁方圆，走路龙行虎步，言语稳重大方，当今做官的有几个有你这个格呀！"

陈无偏笑道："你们太抬举我了！"

大生和阿珠走了之后，陈无偏想收拾收拾东西，三叔和三婶又来了。三叔是个篾匠，三十来岁的样子，身体羸弱，面色清癯。他生得一双巧手，所编出的竹器，活像一件件艺术品，在这方圆十里之内，他说第二，无人敢称第一。三婶长得一副南瓜脸，身体结实。他两公婆人缘儿好，为人和气厚道，开口见笑。

见了陈无偏，三婶说："陈先生，听说你们一家都去南京了。你们去南京为国出力，给我们番禺争光，我们都为你感到光彩。不过我们很舍不得你。我们有病有痛都要找你的，特别是我老三，真是傍着你过日子的。听说你们要走，我们心就慌了。陈先生，祝你们一路平安喔，快点回来喔。"

三叔腼腆，他不好意思地说："陈先生，我经常麻烦你，真多谢了。你们要出远门了，我也没有什么送给你，真不好意思。我编了这只手抽，它轻巧软熟，出门装些杂物还是挺方便的，请你笑纳……"

三叔三婶是街坊乡里，又是老病友，陈无偏和他们最熟稔不过了。他拿过三叔手中的篾手抽，左看右看，赞不绝口，说道："编得真好呀！多少钱，我给回钱你。"

三婶说："陈先生，你这么说就见外了。我们不是来卖手抽的，我们是来表达表达我们的一点心意的。"

陈无偏笑道："不好意思，不好意思，那我只好笑纳了。"

十四

今天一大早，陈无偏夫妇就起床了。按照同上头的约定，他们是今天启程的。

陈无偏夫妇是孝顺的人。他们起床后的第一件事就是拜祭祖先。他们禀报先人，今天要出远门了，去南京出诊，给一位抗日的大官看病，为保卫国土尽一份绵力，请祖先保佑一路平安，快去快回。到回来之后，再磕拜祖先了。拜完之后，才生火做饭。吃过饭后，等香火过完，他们把神台恭恭敬敬地抹扫干净，然后才启程。

今天，陈无偏身穿铁灰色薄呢子长衫，头戴棕黑色礼帽。汪寿玉挽着一只清爽的如意髻，身穿杏红色薄绒绳边大襟短衫，下穿黑色长裙。陈抗日头戴瓜皮小帽，身披"观音兜"，脚穿"虎头鞋"。一家人穿戴得好像出远门走亲戚一样。汪寿玉本来正愁着一些湿湿碎碎的东西不好带，现在看见三叔三婶送来的手抽，觉得正好派上了用场，反正上头有车有船接送的，不用自己手挽肩扛，用它来装这些东西几好，于是把它塞得满满的。

出到门外，陈无偏转身把门锁好，还用手出了力摇了几摇。

门外已立着两匹马，一匹是乘马；另一匹是拖着箬篷胶轮轿车的驭马。伺候马匹车辆的几个士兵已多少有点不耐烦了。车马之外，站立着几乎全金窝村的民众。

陈无偏看见这个场面，感动得热泪盈眶，他双手抱拳，举过头顶，向大家喊了一声："各位父老乡亲，谢谢了！再见了！"

那些士兵把他扶上马背。陈无偏上了马背之后，又拱起手来向乡亲喊道："谢谢！谢谢！"

士兵们又把汪寿玉和抗日扶进轿车里。汪寿玉感动得马上掏出手帕，抹了一把眼睛，擤了一把鼻涕，然后从车窗里伸出手来向乡亲们摇了摇。

弄好之后，这些士兵牵着乘马和驭马，护送着陈无偏一家出发了。乡亲们立即燃起自己带来的鞭炮，然后跟在后面，送了一程又一程。

这时天高云淡，风劲气爽。

禺南大地地处亚热带，常年气温偏高，空气湿润，一年只有这个把月是风高气爽的。陈无偏很喜欢这个气候。相比之下，他觉得春天湿气太重了，夏天又太闷热，深冬又冷了一些，只有这时节最合适了。在这天气里，人神清气爽，容易意气风发。他骑在马背上，后面的车子拉着他的老婆孩子，前面后面都是穿着黄衣服的扛着枪的兵。乡亲父老送了他一程又一程。他觉得几威风，几精神，几有面子。

这时他突然想起了一个名句：白马秋风塞上。过去我们国家的热血青年不是这样马革裹尸，效命疆场的吗？我现在带着老婆孩子向战场进发，我跟他们一样，我是以医报国喔！他心潮澎湃，眼角都湿润了。

他在马背上回望着禺南大地：水稻已经收割了，甘蔗已经砍完了，但田野并没有因之而空旷。收了水稻，砍了甘蔗的田地又跟着种上了冬菜。现在田野上一片青绿：紫的茄子，白的萝卜，红的辣椒，绿的耶菜，袅娜的兰豆苗，茁壮的迟菜心，叫陈无偏越看越爱看。他知道番禺人很勤劳，秋收才弄完，跟着又拨响冬菜的算盘了。番禺人每年冬天都会抢种出一批青菜卖到广州去，那是年中的一笔可观的收入啊！番禺是鱼米之乡。番禺人又特别勤劳。所以番禺这个地头比较富裕，即使再穷的人家一年到头都有碗饱饭吃，没有饿肚子的。何止，番禺的猪也特别地娇贵，不甜的红薯还不愿吃。农民们叫猪不愿吃的红薯做"猪嬷怕"。你说这日子不赖吧！现在这些死日本仔拼死折腾，他们打完东北打华北，打完上海打南京，你保他们这些冚家铲（粤语，骂人话，全家死绝之意）将来不会打到番禺来!? 他们会让我们过着好日子!? 所以我今天就要到南京去给唐司令看病，我要把唐司令的病治好，让他把这些冚家铲日本仔统统消灭净！

十五

白明治的女儿白如冰初中就到日本留学了，在日本一直读到了大学。她长的扁平脸，身材一般，缺乏线条，该凹的不凹，该凸的不凸，像一条没有成熟的鲩鱼。她在日本是读师范学堂的。在读书期间，她认识了一个读谍报的日本学生，叫渡边小九郎。渡边小九郎风流倜傥，令白如冰神魂颠倒，死心塌地。渡边小九郎毕业后，分到了陆军省的谍报系统。因前线吃紧，正急需要人，他随即被派到了中国。白明治本来是希望女儿毕业后留在日本工作的，但白如冰见渡边小九郎被派到了中国，便无心留在日本，也相跟着渡边小九郎回来了。这段时间，白如冰在渡边小九郎的介绍下，也参加了陆军省的特务组织，经过了简单的训练，便成了陆军省的一名特务。因为有白如冰这层关系，渡边小九郎被派遣到了广东番禺。

白如冰从日本跑回来，白明治心里很不高兴，后来听到同来的渡边小九郎是日本陆军省的谍报官，而且两人又已经"生米煮成了熟饭"，他立即转恼为喜。

他觉得中日两国的国力太悬殊了。他认定这场战争日本打赢是肯定的，中国打输是必然的。到时候中国打输了，日本人入主中国，我白明治是日本陆军省谍报官的岳父，是日本国的亲戚，我和我们家的利益还会没有保障吗？想到这些，嘿嘿！他对渡边小九郎便疼爱有加了。

渡边小九郎一派欧式打扮：大包头，八字胡，黑鞋白袜，西装裤束住一件雪白笔挺的白恤衣，衣领上打着个蝴蝶结，身上用香水喷得香喷喷的，涂了发蜡的头发连黄丝蚁都爬不上。时下日本的新派青年都喜欢欧式打扮。脱亚入欧嘛，别样未曾入欧，服装打扮那肯定首先入欧了。大和的宽筒裤，短褂子，穿着什么都好像缺少了布料似的，那剪裁更是太老土了。渡边小九郎的公开身份是沈阳的年轻画家。他画得一手好素描。日本的学校又从小就培养学生讲中国的东北话，读谍报的渡边小九郎更受过专门的训练，所以他的沈阳话讲得比沈阳人还地道。因为有此素质，他打着沈阳流亡画家的幌子，竟达到了乱真的地步。

他进到了白家，看见了七姨太，眼睛不禁睁成了一对圆圆的小酒杯。

白如冰用手肘碰了他一下："你怎么啦？"

渡边小九郎阴虚火旺，容易冲动，见了七姨太，一时间不能自持，手都僵了。他情不自禁说着："太美了！你老爸真有福气……"

"这是我妈……"白如冰瞪了他一眼。

"这是你妈？"渡边小九郎眨巴着眼睛，"她，她，她的年纪和你一般大哟！"

"你不要乱来哦！！"白如冰警告他说。

"我，我能乱来吗？"渡边小九郎忍不住再多看七姨太一眼，然后横了白如冰一句。

白如冰听家人说，老爸小腹鼓起个包，难受到屙尿都不顺畅。她很着急，问白明治是怎么回事。

白明治说："也算你有心，现在没事了，吃了陈无偏的药，没事了。"

　　白明治身体稍好，便进进出出地忙着。他有个爱好，就是特别喜欢结交在华日侨或有日本背景的中国人。他觉得和这些人打交道才有面子，有身份。中国人一穷二土，和他们打交道太没劲了。市桥的远东商行老板竹下之介就是个如假包换的日本人，生意也做得不错，他很想去交这个朋友。其实他和竹下之介打交道也已经有些年头了，可竹下之介对他却是不冷不热，不即不离。这叫他十分费解：难道我对日本国还不够意思？难道我还不够身份？在市桥、在番禺，像我白明治这样有钱有势有面子对日本国有感情的人还不多哩，我哪一点配不上和你打交道呢？再说你竹下之介平日所打交道的中国人也是很平常的嘛。他知道竹下之介对陈无偏很客气，每次有病都亲自上门求诊，还提着手信。他觉得陈无偏算什么，即使看病有些了得，但也不过是个平头百姓，论资产论名望他哪一点能在我之上？这八嘎竟然"买"陈无偏不"买"我，真他妈的八嘎呀路！

　　一日，一个朋友找上门来，想进一批盘尼西林、金鸡纳霜等西药，日本出的也行，但一定要牌子真、货色好。价钱有商量。

　　白明治一听就知道是共产党游击队要的东西，这年头做共产党游击队的药生意最有赚头了，只要弄得到手，对方一般是不敢还价的。但做这买卖一定要找个有门路腰杆硬的日本人合伙一起做，这样钱易到手又万无一失。找谁合伙比较好呢？

　　想来想去，最后他还是选定了竹下之介。

　　他觉得竹下之介有实力，有能力，虽然时下市井上喊抵制日货，但暗地里谁都承认当今最有能耐最天不怕地不怕的还是日本人。虽然竹下之介平日不怎么买我的账，可是现在是做生意喔，瞧不起谁都可以，可是千万不能瞧不起钱哦！这道理一般平民百姓都懂的，他作为大商家，不可能不懂吧?! 嘿嘿！以此为契机，和他建立长久的合作伙伴关系。这是一着妙棋！

　　主意已定，他修饰一番，带上名片，坐船到市桥，然后叫了一辆黄包车丁零零零地来到了远东商行。入到商行，他把名片递给一个端坐在曲尺柜台的伙计,说:"有笔大生意,要面见竹下之介先生!"

伙计进去通传,一会儿出来说:"老板不在,不好意思。"

白明治问道:"竹下先生到哪里去了?"

伙计答道:"说是会客去了!"

"好,"白明治说,"麻烦你禀报竹下先生,说白明治为了一笔大生意来访。不巧先生不在,他改天再来。"

伙计唯唯。

白明治惆叹一声,买主催得急啊!那是一桩真金白银的大买卖呀。他像一顾茅庐时的刘玄德那样,满腹惆怅地离开了远东商行。

白明治出到门口,一阵金风吹过,鼻子闻到了一阵香中带甜的桂花味。白明治顿觉神清气爽。市桥的工商界都知道竹下之介从杭州引种了一棵金桂,栽在他商行的后院里。说这株桂花是结籽的,是"山寺月中寻桂子"的那一种。番禺的桂花一般不结籽,即使有少量结籽的,也结得稀稀拉拉,卖相不佳,许多人说竹下之介的这棵金桂所结的籽又整齐又大粒,一簇簇的煞是好看。还说他的桂花树树形好,花朵美。满树的花朵金灿灿的,像落满一树金屑,看头很好,意头更好。而且更难得的是它的气味香中带甜,令人一闻,心旷神怡。

白明治心想,见不到竹下之介,看看他的桂花树也好呀!远东商行旁边有条窄巷,一直走过去便是它的后花园。

反正闲着无事,白明治便沿着小巷走进去。越走进去,香味越浓。进到巷子里头,便是竹下之介的后院。白明治透过围墙的栏杆发现竹下之介就在里头。他仰卧在桂花树下的一张安乐椅上,上面盖着一条金山毡在赏花养神。

白明治呼地火了起来。他以前是从不生日本人的气的。这时他在心里头骂道:八嘎呀路,你欺人太甚!

十六

陈无偏带着老婆孩子，揣着一颗精忠报国的红心，怀着一腔甘为国家筑成新的长城的热血，跟着王副官一队，踏上舟车劳顿的征途。

船一靠进大沙头，广州市警备司令部早有汽车停候在码头上，士兵们快手快脚把他们招呼到汽车上，汽车马上向飞机场驶去。到了飞机场，他们看见停机坪上停着一架军用飞机。士兵们又麻利地把他们招呼到飞机上。士兵们把他们安顿好后，便马上回去了。

到现在，陈无偏才明白这些兵是广东的，而从南京来的，只有王副官一人。在指挥塔下打开行军床睡觉的飞行员看见他们来了，马上爬起来，三下五除二地把行军床收折好，把它塞进飞机里，然后钻上飞机，发动引擎，把飞机轰隆隆地开上了蓝天。

这是一架双翼军用小飞机。机上仅有四个座位。因为太轻太小，一遇到气流，便颠簸得像一只稚嫩的小鸟。

飞机一发动，汪寿玉的肚子立即风起云涌，很快便把刚才吃进的食物哇哇地吐了出来。陈抗日看见妈妈呕得那么辛苦，也吓得哇哇地哭了。

陈无偏一边哄着儿子，一边还要服侍老婆，觉得非常狼狈。他看了王副官一眼，难为情地说："真不好意思，真不好意思……"

王副官惭愧地说："不好意思的是我。是我动员你们去南京的……我能帮得了你们什么吗？"

他伸手去抱陈抗日，陈抗日认生，喊得像杀猪似的死活不让王副官抱。王副官只好把陈抗日放下来，干焦急地在旁边空搓手。

飞机轰隆隆地，声嘶力竭地向前飞行。这巨大的轰鸣声让陈无偏的耳朵胀得发痛。飞机一边飞，汪寿玉一边吐。她开始吐的是食物，食物吐完了便吐清水，清水吐完了便吐苦水，苦水吐完了便吐泡沫，泡沫吐完了便吐空气，到空气快要吐完，那嘴巴鼻孔多有出气，少有进气的时候，那飞机终于飞到了南京城。

飞机在停机坪上停稳了，发动机熄火了，而陈无偏的耳朵仍然轰隆隆地响。王副官打开机门要下飞机，陈无偏才发现自己的老婆已经昏死过去，整个身子软得像一堆烂泥。

王副官知道不好，立即向机外大喊："来人呀！快来救人呀！"

机场的卫兵闻讯立即扛来了一副担架，连抱带扛，七手八脚地把汪寿玉弄下飞机，放在担架上，扛起来飞也似的向停机坪旁边的卫生所跑去。

医生知道汪寿玉的情况是晕机引起，便马上给她打了一支葡萄糖。过了一会儿汪寿玉才慢慢地醒了过来，已经冰冷了的双手也慢慢地转暖了。

这事很让陈无偏感到没面子：自己本来是来南京治病救人的，可是一下飞机便吃了个下马威，连自己的老婆都没有照看好……他羞愧得如穿芒衣，浑身感到火辣辣的。时值孟冬，南京城头寒风嗖嗖，陈无偏的鬓上却浮出了一层细碎的汗珠。

王副官没有注意到陈无偏外表的这些细微的变化，此时此刻，他想的只是自己长官的病情，和自己如何把这趟差事办得尽善尽美得到长官的赞赏，他想的是在这兵临城下的危急关头，如何尽快回到家里和自己的家人聚聚。他借机场军医给汪寿玉看病的机会，用卫生所的电话机摇了一个电话回副官处，叫他们开辆车来接客人。到汪寿玉的身体稍有好转的时候，副官处的吉普车也开到了机场里。

王副官把陈无偏的一家大小招呼到汽车上，汽车立即呼噜噜地往城里开去。

这是一辆敞篷汽车，车上寒风呼啸，陈无偏情不自禁地张开双臂，一左一右地搂护着自己的晕机的老婆和稚嫩的孩子。但车上也视野开阔。陈无偏在车上清楚地看到南京城里的气氛紧张而又凝重，街头上用石灰水刷满了"打倒日本帝国主义！""宁死不屈，誓死不做亡国奴！""誓死与小日本血战到底！""誓死保卫南京城！""誓与南京共存亡！"等大标语。街道上到处看见士兵们扛着沙包在街弯巷角构筑工事。学生们的情绪非常激动，他们或手持小旗，游行呼号；或搂着一摞摞传单向路人散发；或在马路边演戏宣传，痛斥日本鬼子的侵华罪行。路人脚步匆匆。学校已经停课了，街上的学生比行人多得多。

陈无偏看见这些情景，心情非常激动，眼睛也有点湿润了。男儿报国，何惧马革裹尸！陈某不才，治病救人却是祖传的绝活，我一定要把唐长官的病治好，让他统率千军万马，把日本鬼子消灭干净。必要的时候，我也能和小萝卜头拼个你死我活的。我练了十多二十年的拳，三五个萝卜头未必是我的对手！

王副官没有陈无偏那样的激动，他的神情显得非常凝重。他是个职业军人，久经沙场，往往有好多的仗，未曾打响，他都能猜得出个最后胜负。他猜出这场南京保卫战必定凶多吉少。日本人举国支持这场战争，现在又挟淞沪一役的余勇，直扑南京。攻下南京，其影响胜过攻下半个中国。日本人一定会拼下老命，志在必得的。而我们国内，除了那些未出茅庐的学生，半朝朱紫和大部分有钱阶层对这场战争却是犹犹豫豫，三心二意的，和人家相比，气魄先输了。作为副官，他的嘴巴很有修养，不该说的话，坚决不说。

汽车在不平的马路上颠颠簸簸地行驶着。晕机刚愈的汪寿玉不胜颠簸，马上又晕起车来，令陈无偏刚激动不已的心又烦恼起来，他马上又给汪寿玉按"合谷"、揉"人中"，这里拍拍，那里捶捶……

汽车七拐八拐，终于在一处民宅门前停了下来。

王副官对陈无偏说："这一带叫'雨花台'，这房子原来是一个汉奸的私宅，被充公后做了交际处，专门接待本部来往客人的，现在这房子由我们副官处管辖，你们先在这里住下，以后的事我会安排的。"

已经过了开饭的时间，王副官把厨子叫来，吩咐他先弄点东西给客人填填肚子。这厨子是部队上的老伙夫，穿着一身破旧的军服，他听说这客人是副官处专门请来给唐长官看病的太医，热情得不得了，立即跑跑颠颠地给陈无偏他们下面条去了。

十七

吃过面条，已经被飞机和汽车折腾得元气大伤的汪寿玉立即抱起陈抗日上床睡觉去了。陈无偏心情激动又精力旺盛，哪里睡得着觉？他在房屋里外到处溜达。

这是一座三进大屋：水磨青砖，燕子小瓦，屋脊灰雕，飞檐翘角。各进有宽大的天井，两边是厢房披厦。屋内阶砖铺地，粉墙到顶。家私全是光滑细腻的酸枝紫檀，四周摆挂的尽是名瓷古画。屋外的围墙，围住了一片假山鱼池，花圃曲径。

陈无偏平时给阔人们看病，见过入过的豪门大宅还真多，但住进来的却是头一次，一时间心里觉得还挺兴奋挺新鲜的。他边看边想："这么富有的人家竟跑去当汉奸，真是好人不做做夜叉了，嘿嘿，这么好的房屋充公了也活该！"他留意看着，发现入住的全是达官显贵，只有自己是个平头百姓。他倏地发现南京唐长官对自己够客气够重视了。陈无偏平时行医，不大看重钱财，但却很在意自己的面子，很在乎自己的名声。现在唐长官给的面子够大了，我一定要使出我的全副本领，把他的疾病治好！

傍晚，王副官突然跑来告诉陈无偏："陈太医，不要走开了，唐长官马上要来看您了。"

"唐长官？"陈无偏眼睛一亮，那颗心也跟着突突地跳了起来。

"是呀！"王副官说，"唐长官运筹帷幄，日理万机，难得抽得点时间出来。麻烦您在此等等，不要走开哦！"

王副官通传过后，马上又走了。过了半个时辰，王副官又来了。他把陈无偏一家引到一个小客厅里。

陈无偏进到客厅，看见里面坐着一个军人，四五十的年纪，清癯儒雅，目光深邃，看见了陈无偏，脸上漾起了和善的笑容。他将手往旁边的椅子一伸，请陈无偏坐下。

陈无偏看见他肩上领上金星灿烂，仪表不凡，知道他是唐生智了，于是恭恭敬敬地叫了一声："长官好！"

唐生智微笑着将手一拱，说道："不客气，不客气！日后还得请太医劳神，帮兄弟解除病患哩。"

出于习惯，陈无偏立即审视唐生智的脸色了。他一边看，一边说："小人不才，已受宠若惊。小人能做到的，肯定不遗余力。"

唐生智微笑着点点头："兄弟先谢了。"他将目光转向汪寿玉和陈抗日，"这是太太和公子？"

陈无偏恭恭敬敬地答道："是小人的荆妇和犬子。"

唐生智笑道："听说您公子的名字叫陈抗日？"

陈无偏眼睛一亮，一身暖烘烘的："失礼了，失礼了，长官怎么知道的？"

唐生智说："是王副官回来告诉我的。"

陈无偏情不自禁地望了王副官一眼。

唐生智继续说："这个名字起得好啊！我们的国人一定要记住这两个字——抗日！日本人亡我之心不死啊。早在唐朝，日本人就有心亡我了，只是打输了，痛定思痛才死心塌地地向我们朝贡称臣，向我们学习的。后来鉴真东渡，我们给他们送去了许多先进文化和先进技术，他们才慢慢地强大起来。到了宋朝，宋太祖赵匡胤抑兵太甚，导致国力衰微。日本人按捺不住，马上就侵犯我们的疆土，被我大宋官兵打败了。到了明朝的嘉靖年间，我们的国力又衰败了，日本人又乘机而动，坐着船跑到我们的东南沿海，开始的时候是打家劫舍，后来竟发展到攻城略地，史书上把他们称作倭寇。最后这些倭寇被戚继光、俞大猷消灭了。到了清朝道光二十年，英国人为向中国偷运鸦片和中国政府打了起来，史称鸦片战争。十六年后英国人联合法国人又打一次，史称第二次鸦片战争。眼见中国衰落了，英法两国在战争中都得到了好处，日本人立即插手进来。从此以后，日本人不仅从未停过手，而且一次比一次玩得绝。中国是礼仪之邦。中国人讲究仁厚，总希望通过以德报怨的方式来融化对方的恶意。1923 年 9 月 1 日，日本关东发生大地震，死亡失踪近十五万人。我国立刻派两艘军舰、十艘商船载运粮食药品奔赴东京、横滨、神户救灾。这是全世界第一个抵达日本灾区的国际援助队。北平、天津、成都等地的民众还自发踊跃筹款筹物，梅兰芳率班义演……刚才讲了，中国政府和民众踊跃为日本关东大地震救灾，八年之后，日本却炮轰沈阳，十四年后，全面侵华，现在又要攻占中国首都。所以，我们戴季陶老先生讲了一句一针见血的话，他说：'中国强，日本就是妾。中国弱，日本就是贼。'他们日本国土狭小，资源匮乏，灾害频繁，地震台风不断。而我们地大物博。日本人对我们早就垂涎欲滴了。叫他们不打我们，就是叫狗不吃肉包子。为了不让他们再打我们，我们就要强大，就要和他们针锋相对，同他们以牙还牙。我们再不能用以德报怨的方式来融化对方的恶意。所以，我们大家都要记住我们国家我们民族的敌人，那就是：日本！要记住我们肩上的责任，那就是：抗日！你把儿子的名字起作抗日，好！很好！"

陈无偏平日接触的多是平民百姓，少有达官贵人。而聆听高官纵谈国事的，现在是大姑娘上轿——头一次。他的心激动得扑扑地跳，眼眶也有点湿润了。他觉得唐长官的话讲到了他的心坎里去了。他深深地体会到，如果国人都认识到这一点，大家齐心协力，同仇敌忾，一致抗日，哪有打不败的小鬼子？

他突然想起今天下午听到的隆隆炮声，于是问道："今天下午的炮打得很厉害，我们南京会有事吗？"

唐生智笑道："这些炮是我们打的，没事。"

"哦！我们打的?!"陈无偏眨巴着眼睛问道。

"是呀！"唐生智说，"日本鬼子给我送来了一封《投降劝告书》，叫我投降。你说气人不？他叫我投降，我还要他投降哩！我不尿他，我叫炮兵轰他们一顿，让他们知道我唐某人的态度。"

陈无偏非常感动，说道："唐长官，国家有您这样的栋梁，真是国家和我们百姓的福气！"

唐生智谦逊地说："不敢当，不敢当。我们吃国家的粮饷，保卫国土是我们的责任。"

陈无偏问道："唐长官，我们南京不会有事吧?"

唐生智说："南京有没有事现在不好说。打仗嘛，胜败开头是难以预料的。不过有两点是现在就可以肯定的：第一，本人所属部队誓与南京共存亡，不惜牺牲于南京保卫战中；第二，此种牺牲将使敌人付出莫大的代价。有个好消息，我现在可以告诉你，但你不要说出去，委座刚才电告唐某：云南的部队已经开拔，正昼夜兼程，向南京增援。"

陈无偏说道："有唐长官的运筹帷幄，有将士们的忠勇效命，我想南京是绝对没问题的。"

唐生智说："想是那么想喽，不过……"

这时，王副官走近唐生智身边，悄悄地提醒道："大战在即，司令日理万机，少得空闲，是不是请司令抓紧时间，先请陈医生看看病？"

唐生智从善如流，说道："好，那就先看病吧！"

同唐生智谈话，陈无偏有如沐春风的感觉。他过去没有接触过军官（他没将王副官算进去，他心里认定的军官是指挥官），他觉得军官应该是气势豪迈、威武强悍的人物。而眼前的这位，如果不是穿着一身笔挺的军服和肩上领上扛着一列金灿灿的星星，他倒以为是一位大学教授。他深感他的谈话里有一股书卷味，还感受到他的爱国热情和对日本鬼子的仇恨。认识唐生智使他觉得很新鲜，很振奋。他发现自己喜欢他，他发现他们有着共同的语言。他觉得有这样一位儒将镇守南京，南京肯定是固若金汤的。

当他听到王副官说请司令现在看病时，自己倒有点迫不及待了。于是他双手一拱，笑道："献丑了！"

陈无偏取出一只手枕，放在太师椅的扶手上，很礼貌地对唐生智说："长官，请！"

唐生智把手腕枕在手枕上。

陈无偏跷起二郎腿，将自己右手的食、中、无名三指并拢，对齐，用指肚切在唐生智手腕的脉管上，然后半眯着眼，调整气息，将自己的注意力集中在指肚上，三指渐次用力，三部九候。约莫过了五十息，陈无偏睁开眼睛，请唐生智换手。

唐生智将另一只手放在手枕上。陈无偏如法再诊，最后叫唐生智张开嘴巴，伸出舌头给他看看舌苔。

看过舌苔，唐生智关心地问道："太医，看到什么问题了吗？"

陈无偏双手一拱，微笑着慢斟慢酌地说："冒犯了。在下看长官眼袋略浮，额角偏灰，舌苔滑腻，可见水影，加上尺脉沉涩，想必是下焦湿困，水道受阻——按照此理，应该是少腹有症结包块，以致小解不畅吧。"

唐生智侧身望着王副官："副官向陈太医说过我的病情没有？"

王副官紧张起来，连声说道："没说过，没说过。在下哪敢乱说呢？"

唐生智面向陈无偏，佩服地点了点头："真是太医！那就请开张方子吧。"

陈无偏又将双手一拱："惭愧，惭愧！失礼了！"说着取出纸笔，在旁边的八仙桌上开了药方：

苍术五钱　白术五钱　甘草三钱　茯苓五钱　法半夏三钱　川木通二钱　瞿麦四钱　萹蓄四钱　石苇四钱　白茅根四钱　小蓟四钱　滑石三钱（绢包）　生大黄三钱（后下）　山栀三钱　车前子三钱　菟丝子三钱　五味子三钱　枸杞子三钱　覆盆子三钱　灯心草两扎

陈无偏将药方双手递给唐生智，解释说："先捡两服。一服水煎内服；另一服研为细末，布包，隔水炖热，烫敷小腹。内服的每天一服；外敷的可以重复使用，烫敷过后，不要丢弃，只要把它重新炖热就可以再用了。"

唐生智接过药方，递给了旁边的王副官。

陈无偏又取出两只蜡丸，说："这是我家的家传药丸，叫'灵蛇之珠'，请唐长官放进嘴里慢慢嚼化，这样效果会更好。"

唐生智接过药丸，也交给了王副官。他起身说："陈太医辛苦了！时间也不早了，我们一起吃顿便饭吧！"

这大出陈无偏的意料之外。他急得直摆手说："唐长官太客气了，唐长官太客气了!"

王副官走到门口，向外做了一个手势。马上有两个士兵抬着一只食盒进来。王副官打开食盒，里面装着鸡、鸭、鱼、肉四样热菜。交际处的老伙夫又炒来了几样时鲜蔬菜。

唐生智指着这些菜肴对陈无偏说："权当给陈太医接风洗尘吧!打仗期间，也没有什么好东西招待，请陈太医海涵。"

陈无偏很感动，一个劲地说："唐长官太客气了，唐长官太客气了!"

唐生智给陈无偏倒酒。

陈无偏连忙说："不会，不会。"

唐生智说："不会也喝一点点。俗话说：'无酒无浆，何以做道场。'本来打仗，是不提倡喝酒的。但又给陈太医接风，一点不喝也不好，我也喝一点点吧!"

这顿饭吃得很随便，也很客气，很盛情。虽然菜肴平常，但吃得陈无偏很感动，印象很深刻。

吃过饭后，唐生智叫士兵抬来一个托盆，说："这里是一百块大洋，权当唐某的谢仪，请太医笑纳。"

陈无偏连忙伸手挡开，说道："唐长官，唐长官，您太客气了，您太客气了。我来南京给您看病，是为抗日而来的，怎么能要钱呢?"

唐生智说："你的心意我很明白，我已经领情了。但是你也要生活的嘛，山长水远从广东跑来这里，很不容易啊!我担心一百块大洋还不知够不够。"

陈无偏一个劲地说："唐长官，我是真的不要的，我是真的不要的。您不要那么客气了。"

王副官也在旁边劝道："太医，我看你还是要了吧，是司令真心实意给你的，不要恐怕不好……"

陈无偏无奈，他想了想，回头看了老婆一眼，说："好，好，我要，我要!"

他撕开一筒银子，从中取了一块，说："我要了，我要了。我够了，我够了。"

唐生智笑道："陈太医，你令我很感动，你的心意我领了。那你起码也得收十块吧。"说着叫士兵取出十块大洋，塞进陈无偏的口袋里。

十八

陈无偏是一介乡村医生，中国那么大，只去过广州，其他什么地方都还没有去过。但他儒雅好学，每日除了看病，除了唱读《灵枢经》《素问》《难经》《伤寒论》《金匮要略》等医书外，还博览群书。他晓得南京是"六朝金粉地，金陵帝王州"，与北京、西安、洛阳并称为"中国四大古都"。晓得民国元年，中华民国临时政府在南京成立，中山先生在此宣誓就任临时大总统。他很向往南京，早就想来一次南京了，只恨没有机会。这次唐生智司令请他来南京诊病，他之所以欣然成行，除了国难当前，奋身报国之外，也跟过去的想看看南京的想法不无关系。

给唐司令看过病，开过单，他一时间无事可做。王副官是唐司令的亲信。他知道他的司令的身体就搁在这位神医的肩膀上，所以他好生接待着这位神医。他怕他无聊，便提出陪他出去走走，看看南京的市容市貌。这真是像睡觉捡到了一只绣花枕头，陈无偏高兴极了。

王副官在司令部里要来了一部美国吉普，亲自驾车，带着陈无偏一家三口到处走走看看。

王副官的车子开得比较慢。汽车在市区、郊外平稳地行驶着。陈无偏很细心很贪婪地观赏着车外的景色。他发现南京龙盘虎踞，依山傍水，水绕山环，葱茏毓秀。烟波浩瀚的长江携河带湖，把南京拱镶成水网交织、河道纵横的格局。他知道当年诸葛武侯就盛赞南京："钟山龙蟠，石头虎踞，真乃帝王之宅也。"知道中山先生概括过南京之美，说："此地有高山，有平原，有深水，在世界三大城市中亦诚难觅此佳境。"他看见南京名胜古迹众多：中山陵宏伟壮观，拾级而上，令人的内心感受到一股浩然之气；夫子庙古色古香，闪烁着中国古建筑的光华；中华门森然壁垒，气势宏伟，设计巧妙，置身其中，更叫人感受到历史的厚重和久远；还有灵谷寺，还有三国东吴的石头城，还有朱元璋的明孝陵，等等，都无不引人怀古，去追思先人的伟业，寻觅前人的足迹。

南京的名胜古迹实在太多了，陈无偏发现逛南京像逛古董店铺，令人眼花缭乱，应接不暇。其间，他看见大运河码头，货如轮转。十里秦淮，细雨时花。四百八十寺的钟声，催人向善。以前他去广州，觉得广州城里的美景令他叹为观止，岂知到了南京，他才发现天外有天。他还看见南京街头，店铺林立，各行各业，井然有序。满街满路都是"粮油大米""南北药材""丝绸布匹""日用百货"等招牌，其中夹杂着"鸭血粉丝汤""大煮干丝""活珠子""七家湾牛肉锅贴""南京小馄饨""鸭胗""五香鸭肝"等街招。在大街小巷里，在温馨柔和的吴越软语中若有若无地弥散着桂花咸水鸭的香气。目光所到，尽是一派逍遥繁华的景象。他觉得这次来南京非常值得，如果不来南京，他哪里能看到如此美景？当下若不是十字路口、马路拐弯、街头巷尾、公共场所堆有用沙包筑成的地堡，以及学生们在街头上的游行示威，演讲呼号，他真看不出日本仔正在逐步围城。

一边游览，陈无偏一边默默地跟自己说：南京几美几繁华啊！这些死日本仔萝卜头发了大头梦了，竟想把手伸向我们的南京城！他们是做梦娶老婆——光想好事。我一定要把唐司令的病治好，让他养好身体，百倍精神，指挥千军万马，把日本仔消灭干净！

在这时候，唐司令自然忙得不可开交。作为他的亲信，王副官也从未闲着。他陪陈无偏一家玩过一天之后，也甚少到交际处露面了。陈无偏作为一个外乡人，身在交际处里，似乎更加感觉得出南京局势的变化。他虽然很少离开交际处，但从交际处里每一个人的脸上，他都读得出一种沉重、紧张，或者惊惶、无奈的神情。作为一个外乡人，他也感觉到不便随便向人打听这些军机要事。

下午，王副官终于出现在交际处里。他很高兴见到了王副官。王副官是他在南京城里的唯一熟人了。当然唐司令是不算的。唐司令是他的病人，又是个大官，而且才匆匆见过一面，见这面的时间又短，而且又是在非常客气的气氛中度过的，他根本不敢把唐司令算作他的"熟人"。他的熟人，算来算去也只有王副官了。他很想向王副官打听一下南京的时局，但一看到王副官那张像菊花怒放般的笑脸，他就忘记开口了。

王副官一见面，就很高兴而且很佩服地对他说："太医，你真行！"

陈无偏当然知道他想说什么，却装糊涂地问道："我怎么啦？"

广东人形容人特别高兴的样子，叫作"见牙不见眼"，当今王副官的模样就是差点连眼睛都没了："司令是吃了你的药，那泡尿马上就顺畅了许多。我们司令求诊了很多医生，无论西医中医，找过的用箩筐也挑不完，可是没有一个有你那么有本事的。司令高兴地说：早知灯是火，不用到处摸了。"

唐生智高兴到什么程度，陈无偏不知道，可是王副官那副高兴劲，陈无偏却真切地感受到了。陈无偏可以断定他比唐司令还要高兴，这小子乐颠颠的，肯定得到了唐长官的赞赏了。

做医生最高兴的，莫过于病人夸奖他的疗效。于是陈无偏也跟着王副官颠了起来，脸上也只见嘴巴，不见眼睛了。

陈无偏笑道："你叫唐长官坚持下去。现在的情况是，他那块大石头被我撼动了。但这仅仅是第一步，要把那块大石头弄掉，还有好多工作要做。你叫他耐下心来，继续吃药。我这里还有几颗药丸，你叫他放进嘴里含着，不要三下五除二地用水吞到肚里去哦！用嘴含着，要比用水直接吞到肚子里的效果好得多。记住啊！"说着又把几颗药丸交给了王副官。

王副官接过了药丸，乐颠颠地走了。

王副官走后，陈无偏才发现忘记向王副官打听南京战况了。

这天，他明显地感觉到住在交际处的人少了许多。他的心有点空荡荡的。他突然想家了——医馆里落满了灰尘了吧？街坊们都好吗？如果在金窝村，大生又会送条鱼来让我尝鲜了。这大生，你帮了他一次，他就一辈子念念不忘。打铁的黄守财心直口快，古道热肠，和他神吹海聊，也是一大乐趣。还有……

开晚饭的时候，更觉得交际处冷清了。他们一家三口默默地吃饭，除了陈抗日有时会吵闹两句，陈无偏、汪寿玉都懒得说话。

晚上无事，里里外外都乌灯黑火的，他们也早早睡觉去了。哄完儿子入睡，汪寿玉翻过身来，用手钩住陈无偏的脖子。

陈无偏轻轻地问道："你怎么啦？"

汪寿玉说："我有点怕……"

"哦。"陈无偏便伸出双手，轻轻地把汪寿玉的腰搂住。汪寿玉呼出来的气体吹触到陈无偏的脖子上，陈无偏感到痒痒的，那手自然而然地把老婆搂得更紧了。

陈无偏结婚也有好几年了，两口子一直恩恩爱爱，从来没有红过脸。

汪寿玉本是相邻十几里的沈边村的一个姑娘，早已听过陈无偏的医名，却一直无缘见面。有一次她父亲风寒咳嗽，看了好几个医生也没有医好。这时她突然想起了陈无偏，便向家里提出，是不是请陈无偏过来看看？

陈无偏被请过来了。汪寿玉一看，哎哟，我原先以为是个四五十岁的医生哩，原来是那么一个后生仔。她站在不远处多瞧了他几眼，只见气质儒雅，中等偏高的身材，脸面方正，额阔颊圆，上穿丹士林布长衫，脚穿黑色厚底布鞋。汪寿玉发现他穿着很平实，平实稳重中甚至还略带几分土气，不像时下好多青年男子不管自己肚里有没有墨水，都喜欢梳个小分头，穿套青年装，胸前插着一支自来水笔。汪寿玉远远地站在一边观察他。他却目不斜视，问病、察色、切脉、诊舌，完了开方，详细交代注意事项，收过诊金，拎起药箱就走了。

一剂药下肚，老头出了一身热汗，病竟好了一半。这让汪寿玉高看了陈无偏一眼。复诊的时候，汪寿玉斟了一杯香茶，双手递到陈无偏面前，轻轻地说："先生，请喝茶！"

一股幽香沁进了陈无偏的鼻孔里，陈无偏不禁一愣。东莞盛产香料，名叫莞香。从明清乃至民国，珠三角一带家境好一点的女子，都喜欢贴身藏一块好的莞香在身上。此时陈无偏闻到了一股幽幽的莞香和年轻女子淡淡的体味混合在一起的气息，令他倏地一振。他不禁抬眼细看一眼斟茶给自己的这位女子。啊！鸭蛋脸、玉葱鼻、纤眉秀眼、细嘴白牙，再配上那圆肩细腰和恰到妙处的曲线，真是年画上的人物。陈无偏的心不禁扑扑地跳了起来。因为是复诊，初诊已经取得了良效，现在是乘胜前进，只在原方上稍作些加减就可以了。陈无偏很快就把病看完了，他收拾东西背起药箱就要离去，此时他心头上漫过了一丝惆怅。他行医那么多年，第一次叹息给病人看病的时间过得太快。

　　出到村口，他听到后面有个人快步追了上来。回头一看，原来是刚才斟茶给自己的那位女子，他的心又扑扑地跳了起来。

　　那女子说："先生，前面有条近路，我撑艇渡你到对面的渡口，从那里回金窝村会近好多的。"

　　"好啊！"陈无偏很高兴，他高兴不是有人指了一条回家的近路，而是这位令他心仪的女子竟然要撑艇送他一程。

　　这女子快步走在他的前头，他也迈开步子跟在这女子的后面。这女子梳着一条黑油油的独辫，缠着红头绳的辫梢在微翘的臀部上晃来晃去，晃得他身上也有点燥热了。

　　往前一拐是棵数人围抱不过的大榕树，大榕树旁有连麻石砌的小码头，码头下是一条清澈的河涌，榕荫下河涌旁停泊着一条小舢板。这女子碎步蹓下小码头，抬脚一跨，上了舢板，然后麻利地掉转艇头，请陈无偏上船。

　　陈无偏上了船，这女子关照他坐好，然后用竹篙往码头上用力一点，舢板"嗖"地标了出去。这时，女子收好竹篙，用小桨一桨一桨地，不紧不慢地划着。小舢板划出了榕荫，在河涌上慢慢地前行。这时多蓝的天，多清的水。两岸蕉林滴翠，蔗林摇风。紫燕在头顶翻飞，鱼儿在水面跳跃。一会，头顶上的云朵移开了，露出了一轮火辣辣的太阳。陈无偏打开了自己随身携带的油纸伞，迟疑了一下，便把伞遮到那女子的头上。那时做医生的有三件宝：一是雨伞、一是灯笼、一是草鞋。学徒出师，师父便将这三样东西送给他，并嘱咐说：以后开业，要不分贫富，不辞劳苦，无论白天黑夜，刮风下雨，病人有请必到。

陈无偏把伞遮在这女子头上，这女子说："先生，你怎么给我打伞呢？"

陈无偏说："你划船辛苦！"

女子说："你也晒着，不如坐过来一起遮啰！"

陈无偏连忙说道："不敢，不敢。"

那女子说："你太太真有福……"

陈无偏问道："怎么呢？"

那女子说："你那么晓得体贴人，又那么有分寸，你太太还不有福吗？"

陈无偏笑道："惭愧，我还没有太太哩。"

"是吗？"这女子咧嘴一笑，"是真的吗？"

"真的。"

"嘿嘿，真看不出来喔！"

陈无偏不好意思地说："想必是我的长相太老了。"

那女子笑道："那倒不是。"

陈无偏问道："那是什么？"

女子说："是你事业有成嘛。有事业的人怎么能没有家的呢？"

陈无偏笑道："你说得我太惭愧了——请问你是你家里什么人呢？"

这女子一愣："你问我是我家里什么人，是什么意思？"

陈无偏被问得有点不好意思。他解释说："如果你是媳妇，你们的家人有福了。如果你是女儿，那不知哪一家有这个福气。"

这女子听了很高兴，但却将嘴一撇，说道："你真会哄人开心。"

陈无偏的额头有点汗了。他连忙解释说："不是，我是真心的，是有一句说一句。"

这女子不出声，陈无偏催问道："你还没有回答我哩！"

这女子用鼻子哼了一下："你问这么多干什么！"

陈无偏讪讪地说："也是……"

闲聊进入了僵局。

为了打破僵局，陈无偏无话找话地说："呃！你不是说对面有个渡口吗？怎么还没看见呀！"

"嘿嘿，"这女子抱歉地说，"光顾着说话，不经意让它过了。"

陈无偏说道："那怎么办呢？"

"不回头了，"这女子义不容辞地说，"我送你回金窝村去！"

陈无偏感到不好意思："这怎么好呢？"

这女子大胆地看着他："你觉得不好吗？是不是……"

陈无偏说："这样会耽搁你很多时间的，我是怕你家里的人担心你了。"

"担心个鬼，"这女子把嘴一撇说，"换是哥哥、弟弟他们就担心了，我是个赔钱货。"

"哈、哈、哈、哈、哈……"

有道是时光无话则长，有话则短。他们你一句我一句的，一眨眼就到了金窝村。

陈无偏说："姑娘，请到医馆去坐坐，喝杯茶吧！"

这女子问道："你怎么知道我是姑娘？"

陈无偏说："你刚才不是告诉我了吗？"

姑娘眼睛一亮："我告诉你了吗？"

陈无偏笑道："你忘记了？你说你是个赔钱货！"

姑娘笑了起来，笑得活像一朵在太阳底下盛开的花："你好奸啊！"

陈无偏笑道："不是奸，是有心！"

他见这姑娘喜恼难辨，心想再跟她开句玩笑或者还是可以的，于是打蛇随棍上，说道："姑娘，请到我的医馆去坐坐嘛！"

姑娘不喜不恼地答道："不去了！"

陈无偏讪笑道："不去也罢，不过请姑娘告诉我你叫什么名字

66

行吗？"

姑娘脸色一沉，问道："你想知道我的名字干什么？"

陈无偏笑道："我想去打听一下，如果姑娘你还没有许配人家的话，我想去你家提亲！"

这姑娘瞪了他一眼："你这个人'一轮嘴'。你平日就是这样去哄女孩子高兴的吧？"

陈无偏急了。他腰一挺，眼一瞪，认真地说道："我是认真的喔！"

姑娘说："谁知道你认真不认真？"

陈无偏用手指天，发誓说："上天作证：刚才陈无偏所言如有半点虚假，不得好死，天打五雷轰！"

姑娘若有所思地说："认识才不到一个时辰，就说到谈婚论嫁了，这叫人怎么敢相信呢？"

陈无偏着急地说："这叫一见钟情。你看我都发了那么毒的誓了，你还不相信！"

姑娘说："不是不相信，而是情理说不过去……"

陈无偏说："这情理就是命，就是缘。我刚才见你第一眼，心就扑扑地跳。"他一把抓住姑娘的手，摁在自己的胸口上，"不信你摸摸，我的心现在还扑扑地乱跳。"

姑娘急了，用力挣开陈无偏的手。可是陈无偏的手像把铁钳一样，哪里挣得开？

她低声喝道："你快放手！不放手我喊了！"

陈无偏说："你喊吧，金窝村谁都知道我是好人，不是坏人。不信你去查一下！"

姑娘说："我不去查你，我懒得去查你。我只问你一句：你怎么才肯放手？"

陈无偏说："我想知道你的名字，我只想知道你的名字。请你告诉我。你告诉了我，我马上就放手。"

姑娘低下头，一朵红云漫过她的脸颊。陈无偏发现这姑娘在羞涩中更加美丽。

"我叫汪寿玉……"

"汪寿玉！寿玉！"陈无偏高兴得大声叫道。他抓住汪寿玉的手，用力地摇了几摇，痛得汪寿玉的嘴角直吸冷气。他笑道："啊！汪寿玉，多好听的名字。"

第二天，陈无偏就迫不及待地请媒婆去提亲。

这事气得汪老头一鼓一鼓。"这死妹仔，不少下南洋上广州发了财的来提亲，她不是嫌人家老，就是嫌人家丑，一个都不肯答应。现在这个小郎中一来，她就颠三倒四的，我非打断她的腿不可！"

老太婆比老头子开明多了。她劝丈夫说："我们家虽然不富，但也不缺钱花。女婿家即使有钱，这钱也流不到我们的家里。你看这世上有几个女婿担金担银到老丈人家里去的？这个小郎中就不同了，他有一身好本事，这次你有病，找了那么多个医生都不行，可是找到他，他一服药就把你治好了一半，两服药就把你治得全好了。以后我们谁生了病都有他保驾，这有什么不好？"

听到这一句，老头子觉得不好说话了。

老太婆继续说："再说这后生仔眼缘好，本分厚道，交个女给他，我觉得放心。"

老头子的气还不太顺，他愤愤地说："放着个财主不嫁，还说放心哩……"

老太婆生气了："我告诉你，生儿子才要有钱，找女婿最怕是有钱的。有钱人哪个不三妻四妾？当初不是我死闹活闹，你就把姜氏弄到家里来了。如果找个娶三妻四妾的女婿，不是苦了我的女儿？"老太婆越说越来劲，"现在城里的妹仔都兴自由恋爱了，这股风你以为不会吹到乡下来？我们这死妹仔又犟，把她逼急了，她一旦学起老姑婆们'梳起'或'不落家'，你就没事找事了！"

老头子有惧内的毛病，见老婆动了气，就不再吭声了……

半夜，汪寿玉听到远方的天际突然传来了一阵阵沉闷的响声。是雷声吧？它又没有通常雷声的那种前轻后重前抑后扬的节奏和不规则的乒零乓啷的间歇，它的音量是大致相同，而且音频又密密集集连绵不断的。汪寿玉从来没有听见过这种声音。她的皮肤倏地冒起了一层鸡皮疙瘩。她砰地从床上坐了起来，侧耳再听，越听心里越害怕。

陈无偏还在呼噜呼噜地沉睡，她用力把他推醒。

陈无偏不耐烦地叫道："你搞什么，还给人睡觉吗？"

汪寿玉心里害怕得扑通扑通地乱跳。"别睡了，你听听这是什么声音？"

"什么声音？三更半夜的……"半睡不醒的陈无偏嘟嘟囔囔地说。

汪寿玉用手在丈夫的身上用力地揪了一把："别睡了，你听听嘛！"

"听什么？"

"你听——"

汪寿玉这一揪彻底把陈无偏揪醒了。

陈无偏侧耳一听，果然听到了，这声音既不像雷声，也不像鞭炮声，这是……这是，是炮声哦！

他一激灵砰地坐了起来，自己问自己说："打起来啦？！"

十九

是打起来了！

1937年8月13日，亡我之心不死的日寇处心积虑地发动了攻打我国上海的战争。上海淞沪会战失利，守沪的国民党军队陆续西撤，11月上旬，这些部队陆续撤到南京外围，准备守护南京。人心不足蛇吞象的日本鬼子立即尾随西进，迅速向我南京靠近。

南京危急！国民政府决定迁至重庆。可是南京城怎么办？

11月中旬，蒋介石召开军事会议讨论南京的防务问题。会上，许多将领认为不应该守南京，其中以白崇禧和刘斐的态度最为坚决。有"小诸葛"之称的白崇禧认为南京是个包袱，不如把守城的兵力腾出来，去消灭敌人的有生力量。绝大多数的将领都不吭声，你望我，我望你，大眼看小眼。蒋介石是想守的。他想先守两个月，看看苏联有什么态度，会不会出兵中国，帮我们打打日本鬼子。淞沪会战时，他就指望英美看不过眼，来帮一把的，无奈英美隔岸观火，令他非常失望。这回他把希望寄托在苏联的身上，他的儿子在苏联留过学，他个人同苏联的关系也不错，这回苏联已答应派出空军帮助守卫南京。如果我们守上两个月，再把他们拉进来，这不是不可能的。这是一着好棋啊！可是会上竟没有一个将军发表守卫南京的意见，这不能不叫他生气了。

于是他厉声说道："南京是中国的首都，为了国际声誉，不能弃之不守。南京是总理陵墓所在地，我们如不守南京，总理不能瞑目。南京郊区预先建有大批良好的国防工事可以利用，有固守的条件。南京并不是一座孤城，云南卢汉等生力军正昼夜兼程，赶赴南京，到时还有许多援军前来援救，为什么不能守？养兵千日，用兵一时。现在国家有难，需要我们挺身而出。我们是革命军人，我们能说不守吗？你们大家都说不守，那我来守吧！如果我牺牲了，你们继续抗日。"

唐生智本来就认为要守的，日寇侵华，我们要寸土不让，何况是座首都哩！看到蒋介石说到这个份上，他砰地站了起来，说道："委员长，我守！"

看见唐生智肯站出来，蒋介石的脸色马上有所缓和。

他看看唐生智，看看大家，说道："孟潇见危授命，精神可嘉。令人感动。现任命孟潇为南京卫戍司令。你们都要服从他的指挥。有违唐长官令者，必定军法严惩！"

唐生智看见蒋介石这么说，也赶快接下去说道："守南京的任务是艰巨的，在这种情形下，本人只有鞠躬尽瘁，死而后已。"

将军们在会上不肯发言，但会后都在叽叽喳喳。

大家认为南京是守不住的。理由是：一、各部队刚从上海撤下，士气不振，一般军官已经是人在江南心过江北；二、唐生智的幕僚都是临时凑合的，所指挥的部队也是临时调拨的，这些部队他过去都没有指挥过，他不了解各部队的情况，也不了解敌人的情况；三、南京城郊地面广，兵力少难以形成纵深，很容易被敌人突破。

在民国的将军们的嘀咕声中，12月1日，日本内阁下达了"大陆第8号令"，命令"华中方面军司令官须与海军协同，攻占敌国首都南京。"日寇华中方面军司令官松井石根在海空军的协同下，以正面五万，侧面两万的兵力向南京合围。日本特务早把民国将军们会后的这些嘀咕声报告了松井石根。松井石根向唐生智下了"投降劝告书"。唐生智不理他，命令前线炮兵发炮回应。松井石根恼羞成怒，12月5日，向我句容发起进攻。南京保卫战即日拉开序幕。

我句容守军是从上海方向撤下来的疲惫之师，新兵又多，武器又差。官兵们凭着一颗誓死不当亡国奴的决心，拼命抵抗，把前沿阵地打成一寸河山一寸血。日寇付出了沉痛的代价，黄昏时才占领句容。

6日，日寇又马不停蹄地向湖熟镇发起进攻。

7日，像饿狼一样不知疲倦的日本鬼子又向我淳化镇发起进攻。淳化镇那一仗打成了人肉拉锯战。日本鬼子死打一天也拿不下淳化镇。第二天即8日拂晓又继续打。敌人的步兵在其飞机大炮的掩护下向我淳化镇发起疯狂的攻击。敌人的另一支部队也扑向我牛首山阵地。双方反复争夺，战斗打得非常惨烈。

蒋介石在7日召开了师以上的军官会议。会议期间，蒋介石驱车带领将军们到南京城郊去踏看地形。他给大家鼓劲说："卢汉已经离开云南，正率部马不停蹄地往南京赶来。没多久就要赶到了。你们顶多守两个月，两个月后，我必亲自带队给你们解围！"

松井石根在上海滩头尝过中国军队英勇顽强的滋味，不想在南京城外还是那么死命抵抗。他恼羞成怒：大本营伸长着脖子等战报，我们一天一天地这样和他们慢慢磨还行？于是，8日这一天，他向他手下的七万官兵发出了总攻令。第五十一师和第五十八师死守着前沿阵地，不让敌人越雷池半步。日本鬼子打红了眼，调集了数百门大炮打压我五十一师和五十八师。从早到晚，炮火连天，守军的阵地上血肉横飞。官兵有的被炸断了腿，被炸断了臂，有的被炸出了脑浆，猛将张灵甫也被炸成了重伤。因伤亡惨重，守军被迫退出了阵地。

9日和10日，像满天乌鸦似的日机对南京城进行了狂轰滥炸。张灵甫向军委会报告，他发现日机投下的炸弹有"美国制造"的字样。

面对日机的狂轰滥炸，空军和苏联援华航空志愿大队愤起还击，当即打下了敌机两架，守军也被他们击落了一架。当时的空战打得非常激烈。

陈无偏刚听到大炮声，心情非常激动：现在终于有了抗日的机会了。日本鬼子这个"冚家铲"，我有机会，一定要狠狠地打他一顿！

可是怎么打这些"冚家铲"呢？陈无偏突然感到这是个问题。我没有枪，我练过十几年拳，这要到肉搏时才有用场的吧？……我会看病，我会给唐长官看病，可是唐长官看过说好了一些，但却不见来了，不知现在的情况怎么样？内妇儿科我都在行，跌打扭伤也不错，可是伤兵却没有医过，最主要的是来的时候没有带这方面的药。如果有药，大概是没有问题的，虽然没有人家军队里的医生做得那么好，但肯定也能解决问题。开战以后，前线不断有伤兵运下来。陈无偏试图前去帮手，都被人家嫌他身份不明或嫌他碍手碍脚挡开了。

这使他空搓双手，深感英雄无用武之地。

二十

守军将士打得英勇顽强，连敌军的指挥官都不得不暗暗佩服。可是这场战争，敌我双方的力量太悬殊了，敌人是飞机大炮坦克车，我们是大刀斗笠"汉阳造"。

守军将士高唱着《大刀进行曲》和鬼子们拼命："大刀向鬼子们的头上砍去，二十九军的弟兄们，抗战的一天来到了，抗战的一天来到了。前面有东北的义勇军，后面有全国的老百姓，咱们二十九军不是孤军。看准那敌人，把它消灭，把它消灭！冲啊！大刀向鬼子们的头上砍去。杀！"

中国是半封建半殖民地的农耕经济，对方是帝国主义时期有强大工业支撑的殖民地经济，而且是有备而来的，一旦交手便拼下死命来整，所以令人感到锐不可当。国民党军队不仅武器装备落后，更主要的还在于后勤不行。六十四军一五六师从广东驰援淞沪战场，一路上是用炒米填肚子的，而且长官还要求士兵"不到饿得走不动时不吃"。淞沪会战打败了，部队往南京方向靠拢，战士们连炒米都没得吃了，许多农户为战士们提供生米，战士们把生米灌进米袋里，斜背在肩上，到饿得走不动了的时候才倒出来嚼一口。不少战士的胶鞋穿破了，就穿农民的草鞋，农民的草鞋穿烂了，就干脆光着脚走路了。这还属其次。更主要的是国民党的将帅不了解敌情，不了解国情，不是"你打你的，我打我的"，而是动辄摆出堂堂之阵，端出老本来和人家拼个你死我活。一拼老底便露出来了。南京麒麟门之役，守军最难抵挡的还是日本鬼子的二次坦克冲击。为了抗击日军的坦克，官兵们一起绞尽脑汁想尽办法，他们用集束手榴弹去炸敌人的坦克履带，用大树桩去卡敌人的坦克履带，许多士兵不顾敌人坦克炮塔上机关枪的猛烈射击，冒死冲近敌人的坦克，爬到上面，揭开炮塔盖，将手榴弹塞进去。敌人的坦克被挡住了，可我军将士在自己的阵地前沿已尸横遍野，血流成河。

战斗越打下去，守军的伤亡就越重，阵地就越缩越小。南京街头满是伤兵。看见这个态势，陈无偏感到心里很堵。当初那种兴奋、激动的心情慢慢地被焦虑所代替。交际处的伙食也比当初差得太远了。

这时交际处正在开饭，这一餐吃的是老米饭，菜是无油斋炒咸萝卜。陈无偏对这样的饭菜都能理解，但一向没受过苦的汪寿玉可受不了。扒进嘴里的饭粒，她嚼来嚼去都咽不下。

陈无偏开解她：打仗嘛，士兵们连命都搭上去了，我们吃得差一点算得了什么？

汪寿玉叹了一口气，把筷子放下："我不是嫌饭菜不好，我是担心这样下去怎么办？"

"这样下去？这样下去吃多几餐也不要紧吧！"陈无偏说，"我们乡下闹饥荒的时候，连这个都吃不上哦。"

"我不是这个意思。"汪寿玉说，"从饭菜都看得出，现在南京的局势越来越严重了，撑得住吗？"

"应该撑得住吧！"陈无偏也觉得这个问题难以回答。

"我倒觉得不像撑得住哦！"

"你觉得？你有什么根据？"

"你看街上的伤兵越来越多了，外面的枪炮声也好像越来越近了。"

陈无偏不禁叹服女人的细心。开战这几天，他一直浮涌在怒发冲冠、壮怀激烈的心潮上，却从未留心过这场战事的结果。从现在的情况看来，真有点凶多吉少了。

陈无偏不吭声，汪寿玉问道："我们怎么办呀？"

"怎么办？"陈无偏好像自己问自己，"我们是为抗日而来的，现在南京有十几万守军正和萝卜头进行浴血的奋斗，如果他们都被打死了，我们也跟着死了，我们也算死得其所……"

"如果他们走了呢？"汪寿玉是个乡村里的妇道人家，不懂"冲锋""撤退"之类的军语，讲的是到就是来，去就是走的家常话。

陈无偏沉思道："真的要走，也会带着我们一起走吧……"

"人家怎么一定会带着我们一起走呢？"汪寿玉忧心忡忡地问道。

陈无偏自信地说："怎么可能会不带着我们一起走呢？我们是唐长官请来给他看病的，现在所看的病已经有了显著的效果，我带来十颗'灵蛇之珠'，他才吃了三颗。唐长官他也希望他的病患痊愈的嘛，斋还没有打完，能不要和尚吗？"

"望是这样望喽！"

"快吃饭吧！"陈无偏催促说。

汪寿玉端起碗来，扒了几口，又把碗筷放了下来。

陈无偏问道："又怎么啦？"

汪寿玉叹了一口气，道："烦啊！"

烦啊！此时此刻，在南京城里最烦的人是谁呢？应该是卫戍司令唐生智长官了。

他案头上的电话，不论白天晚上，总是响个不停。而这些电话传来的都不是什么好消息，不是这里告急啦，就是哪里被攻破啦，或者是某某部队伤亡如何惨重啦，所以，一听到电话铃响，他的头皮就感到发麻。他泌尿系统的毛病本来吃了陈无偏的几服药，嚼化了他几颗药丸子屙尿已经顺畅了许多，可是和日本鬼子打响了之后，因为心火内焚，肝气郁结，老毛病又犯了。

他叫王副官拿旧单到药铺去拣两服回来顶一顶，可是因为开战，药铺的药也说不齐全了。你说烦吗？更烦的是刚才顾祝同从重庆打来了一个电话，说："唐长官，撤吧！"

"撤？现在讲撤？撤你妈个球！（一贯儒雅斯文的唐司令竟用脏话骂人了）你是哪一路的神仙？撤？"他话也不答，"啪"的　声，把听筒重重地掷回电话机上。

二十一

被唐生智重重地掷回听筒的电话机，又丁零零地响了起来。

唐生智火气未尽，他本能地把手伸向电话机，又心有不甘地把手缩了回来。电话的铃声死命地响，旁边的参谋、副官看见唐生智的脸色，大家的心早已扑通扑通地想接又不敢接。

"丁零零……"电话机的铃声又声嘶力竭地响起来了。唐生智想了想，最后还是下了决心，把电话机的听筒拿了起来。

未等他开口，那边已经说话了："唐长官，"还是顾祝同的声音，"怎么这么大的火气呀？"

"哪里哪里"唐生智嘴上敷衍说，心里头却骂道："王八蛋！你刚才说的什么鬼话？"

顾祝同说："唐长官，你生气是应该的，我顾某人没有资格跟你说这句话。"

唐生智心里说："你自己知道就好了。你自己知道了还说？"

顾祝同那边继续说："我刚才说的，是委座的意思。"

"委座的意思？"唐生智心里咯噔了一下。

他肚子里头嘀咕道：是你叫我至少要坚持二十几天的喔！是你说二十几天后云南的援军一到，你就亲自率队前来解围的喔！怎么现在才开了个头就叫撤了呢？

顾祝同发现听筒里没声音，继续说道："是呀，这是委座的意思。唐长官，你是了解我的，顾某有几个脑袋，敢假传圣旨？"他还是发现听筒里没声音，又说，"唐长官，委座就在我旁边，是不是请委座给你说说？"

唐生智赶快回应道："好，好好！"

一会儿，听筒里响起了蒋介石的声音："孟潇兄。"

唐生智的两个脚后跟猛地并拢，皮鞋上的马刺咔地一响："委座！"

蒋介石说："孟潇兄，你和将士们辛苦了。"

唐生智答道："不辛苦，为国效命，不辛苦。"

蒋介石说："你们坚守了七天，力挫了敌人的锐气，很不容易。现在看来，南京城再没有守下去的必要了。"

"这……"唐生智是不明白的。

这只有蒋介石自己才明白。这几天，他发现自己走错了一步棋。苏联自从派出了少量的航空志愿队之后，就压根儿没有出兵中国的打算。既然苏联根本没有出兵中国的打算，那就再没有做场戏出来给他看的必要了。

蒋介石提高了嗓门，抑扬顿挫地说："为了减少伤亡，保存实力，伺机反攻，你们赶快撤下来吧！"

此时，唐生智的脑子转得比陀螺还快。他出身官商之家，是个有文墨有城府的人。祖父唐本有，曾任广西提督。父亲唐承绪，在东安办过天锡矿冶公司，在湘西管过盐卡；辛亥革命后，在湖南担任过县长和省实业司司长。在家庭的熏陶下，他自幼攻读经史，更深谙官场的道道。身为南京卫戍司令，守、撤这两个字压在肩膀上比泰山还要重。事前你在师以上的军官会议上大声疾呼地说过，要全体将士死守两个月。两个月后等云南卢汉的援军一到，你就亲自率队来给我们解围。我唐某人也在新闻记者面前放过两句狠话：第一，本人所属部队誓与南京共存亡，不惜牺牲于南京保卫战中；第二，此种牺牲将使敌人付出莫大的代价。俗话说人嘴两张皮。你口轻轻地说一句：撤！将来撤出问题来我怎么办？全南京的军民对我唐某人有什么看法？

他说道："委座英明，生智非常感激委座体贴、爱护将士之心。不过委座当初说过，要将士们死守两个月，两个月后委座您要亲自率队给我们解围的。这些话已经刻在将士们的心坎里了。如今大家士气很旺，眼都打红了，现在我说一句撤，他们会朝我打黑枪的。"

"那你说怎么办？"电话里的声音像石头一样又硬又冷。

唐生智听出对方的声音是明显的不悦，他赶紧说道："委座英明，我当然是听委座的。"

"那你还不撤？"这完全是下命令的口气。

"我当然撤！我当然撤！"唐生智不愧官商家庭出身，深知官场和商场的诡秘。现在是国家生死存亡的重大关头，你下巴轻轻地说声撤，我就稀里糊涂地撤，过后你反悔了，把责任推给我，拿我问罪，我岂不是百口难辩？

他说："南京的部队基本不是我的旧部，现在士气又高，同时人心还不够整齐，我是想请委座给我发个电报，让我好在军官会议上传达委座的意图，尽快地统一大家的步伐。"

等了好一会儿，听筒里才传来对方的声音："那好吧……"

不用一刻钟，唐生智的司令部电台"嘀嘀！嘀嘀！"地响起来了。电报一停，译电员一声"报告"，双手递上了一份电报。

唐生智像火中取栗似的猛地抽过来一看，上面的电报密码他当然看不懂，但密码下面译电员译出的汉字却赫然写着：

唐生智司令暨南京前线全体将士：

前段时间，你们为保卫南京英勇杀敌，立下了汗马功劳，可喜可贺。但为了保存实力，日后伺机歼灭敌寇，收复失地，特命你们撤出阵地，择地转移，不得有误。

此令

蒋中正
十二月十二日

唐生智看完电报，喉结一动，不由自主地吞下一口唾液。能弄到的证据拽在自己手中，这实在是很不容易的啊！唐生智额角都出汗了。

唐生智从马裤里掏出一方雪白的手帕在额角上印了印，回头对参谋说："马上通知师以上单位的主官，立即到我这里开会，有违者以军法论处！"

很快，各单位的主官都到齐了。

唐生智开门见山地说："各位辛苦了！今天请各位来，是想请各位看一份文件。各位看完，记住在上面签上自己的名字，权当是会议签到吧！"

各单位的主官一听，倏地感到气氛的凝重。

唐生智说着，把刚才那份电报拿出来，交给坐得离自己最近的军官："你们从头到尾传下去，一个都不要漏了。"

这军官双手接过文件，很认真地埋头细读。邻座的一位按捺不住，把头侧过来先睹为快。有人见他可以侧头来看，也赶快把自己的头侧过来。这样你侧我也侧，座位远一点实在不能把脑袋侧过来的，则干脆离座，走过来围在后面看。霎时之间，会议室里的军官们都涌了过来，好像一堆小铁钉不由自主地靠向一块大磁铁。

看完之后，大家渐渐散开，叽叽喳喳地议论起来。会议室里活

78

像进了一窝蜂。

唐生智站起来，用手指关节用力地敲了敲桌，厉声喝道："别吵了！我们是革命军人，是党国的将军，不能等同一般的老百姓，我们什么时候都要神清气定，处变不惊。"说到这里，他把语气放缓下来，问道，"都看完没有？"

大家答道："看完了！"

唐生智问道："没有看的请举手。"

没人举手。

唐生智又问："看过的签了字没有？"

许多人发现自己并未签字，都纷纷去找那份电报，在上面签上自己的名字。

大家补签完毕，唐生智拿起来核对一次，发现并无遗漏，便小心地把它折叠起来，然后放进胸前的小口袋里，最后还把袋口扣好、抚平。

等做好了这些琐碎的工作，唐生智才继续说道："大家明白了吧？没明白的请举手！"

见没人说不明白，也见没人举手，唐生智黑着脸，一字一顿般说："这是委座的意思，我唐某人没有什么说的，常言服从命令是军人的天职吧。我只想补充三点：第一，各位马上回去，掌握好自己的部队；第二，要有序后撤，不要乱了；第三，各部队在后撤中要互相掩护，不要给敌寇以可乘之机。各位明白了没有？"

"明白了！"

"明白了就散会！"

二十二

后人对唐生智的评价是什么样的都有，对南京守军的评价也是什么样的都有。最牙根痒痒的是骂唐生智是逃跑将军，骂南京守军是乌合之众。

平心而论，说唐生智是逃跑将军是有失公允的。当初他是除蒋介石之外唯一提出要坚守南京的高级将领，之后又主动请缨，当了个南京卫戍司令。开战之后他忠于职守，尽心尽力，准备死守南京，和来犯之敌血战到底。他的撤退是不得已的，是最高方面的命令。军人以服从命令为天职。在蒋介石的口谕和电令面前，他能不撤退吗？说南京守军是乌合之众更没有道理。战斗从 12 月 5 日打响，到 12 日下令撤退，前后七天时间，他们在自己的阵地面前把敌人打得尸横遍野，血流成河，把我们的阵地打成一寸山河一寸血。世界上有这样的乌合之众吗？

可是，说他们是组合家具却不为过。唐生智所指挥的十五万军队并不是他原先的部队，是委员长临时差派的公差。他们的指挥官绝大多数和唐生智是不相熟的，而这些军官们当初更不愿意守卫南京城。因为一纸命令，把他们扭在一起，并且能把仗打到这个份儿，已属太不容易了。现在又来了一纸命令：撤！这个"撤"字把维系他们关系的螺丝钉倏地拔走了，其散架之快，可想而知。会后，有相当一部分军官没有回到部队，只是打个电话回去说一声：撤，自己便先坐"电船"过了江北。十几万大军自己择路往下关涌去，他们以为那里定有渡船。其混乱状况，可想而知。

会议开完，唐生智也想到了陈无偏一家，他吩咐王副官赶快去交际处通知陈无偏。王副官十万火急地赶到交际处，却没有找到陈无偏。原来陈无偏两口子带着儿子到战地医院给伤员包扎伤口去了。王副官吩咐老伙夫，说看见陈无偏，叫他赶快收拾行李，在房里等着，不要离开。吩咐好老伙夫，王副官赶快赶回卫戍司令部去收拾自己的东西。到从司令部出来的时候，十几万大军正慌不择路地涌向下关。他逆人潮而行走，没走多远便被人潮撞倒了，跟着便是没头没脑的踩踏，可怜这王副官还来不及张口呼喊，便在自己军队的涌踩下一命呜呼了。

陈无偏、汪寿玉他们从野战医院给伤兵包扎回来，听了老伙夫的口信，赶快回房里收拾行李，然后坐在房里干等。等呀等呀，等到实在不耐烦了，他们出来向老伙夫打听消息。可是这时连老伙夫的影子都没了。

这下陈无偏、汪寿玉可慌了。外面满街都是乱兵，他们赶紧把大门关好、顶实。这晚他们什么也没有吃，也没什么可吃。行李包里有两块饼干，他们留给儿子抗日肚子饿的时候给他填肚子。

这十几万大军从不同的街道，慌慌张张、横冲直撞地向下关涌去。据守在挹江门的守军没有接到撤退的命令，不愿开门放行。于是双方便打了起来。自古挹江门是南京失守、逃往长江的逃生门，不想眼下却成了国民党军将士的死亡集中地。从火网中冲到下关，士兵们发现下关并无渡船，眼下所见，只是一条烟波浩瀚的长江。士兵们愤怒了，他们自行收集、彼此争抢渡江的漂浮物，许多人不仅动手打架，不少人还互相动了刀枪，最后士兵们把破芦席、门板、马桶都用上了，争先恐后，自己下水泅过长江。他们在战壕里抗击敌寇牺牲的还不算多，可是在下关自己争死、打死、彼此踩死、踏死的却是个大数目。

南京城里的汉奸和日本特务看见此情此景，立即报告松井石根：中国兵撤了！松井石根马上挥师直追。

南京市代市长、宪兵司令肖山令中将对唐生智有意见，不愿意跟他一起走。他命令他的直属宪兵部队朝守军溃退的反方向出击。

这时，松井石根以为如入无人之境了，不想迎面杀来了一支不要命的部队，把日军打得人仰马翻。但一支宪兵部队毕竟抵挡不了数万人的武装到了牙齿上的正规军。

肖山令他们打了一段时间便力不从心了，渐渐地败退下来。他们且战且退，到退出挹江门时，日寇的飞机又来临空堵截。前无退路，后有追兵。此时半身已泡在江里的肖山令为了不做俘虏，举枪自杀。他是在南京保卫战中殉国的最高军阶的将领。

二十三

　　松井石根这几天心里很烦。日本的高层对他催得很急。日本战略资源奇缺，不堪重负。日本的决策者企图以摧毁中国人民的抵抗意志为突破口，期望尽快达到速战速决的目的。他们很看重南京这一战，他们认为攻下了南京，中国人的心理防线就彻底垮了，余下的就是摧枯拉朽地收拾残局了。所以他们一个劲地催逼着松井石根，要他拿出点成绩出来让日本国内、让全世界看看。其实松井石根更抓破头皮想着办法要尽快拿出点成绩来。他是日军中出了名的硬攻派将领，而且又是下岗之后再度复出，他更要拿出点成绩出来让天皇让民众看看我松井石根不是吃干饭的。可是那些中国兵实在不买他的账，他们打得太顽强了。在他们的阵地面前，日军损失惨重，令他立时间一筹莫展。松井石根把他那道干瘦的鼻梁愁得鼻骨显露。他本来就有失眠的毛病，在上头的催逼下他连续几晚都没有睡着觉。现在他眼尾下坠，惺忪得提不起眼神。他疲惫地在司令部里踱来踱去，那只手下意识地搔着头上稀疏的头发。肩膀和衣领上落了一层头屑。

　　这时机要员送来了一份电报。这是一份南京城里的汉奸、特务发来的密电。密电说：中国兵有败退的迹象！

　　松井石根的心咯噔一紧，两道眉毛唰地往上一扬，把那条原来就够薄了的鼻梁拉牵得只见鼻梁骨。架在鼻梁上的眼镜失去了肌肉的卡扣，倏地一松，滑落到鼻尖上。他赶紧把眼镜推回鼻梁骨的上端，把它扶好。八嘎！他在心里头叫了一声。自从南京攻防战打响以来，他正为南京守军的死打硬拼伤透了脑筋，他的军队每前进一步，都付出足够的代价。军部和内阁都不太满意，他急得茶饭无心，连吃饭睡觉都在琢磨如何扫清顽敌，大步推进。现在猛地听见中国兵有败退的迹象，他脑子里的第一个反应是：这一定是阴谋！唐生智，你搞什么鬼？他命令那些汉奸、特务："再探！"没过多久，前线部队又来报告：中国兵在撤退！

这时，这个久经沙场的松井石根心里倏地一震，震得眼睛都绿了：好呀！不管是真的也好，假的也好，是阴谋也好，是阳谋也好，中国兵素质低，装备差，现在所凭的就是一股气，这股气是会变的，俗话说：一鼓作气，再而衰，三而竭。何况是撤出了阵地？

他立即命令所属部队严密控制两厢，空出几条通往下关的道路。

谷寿夫指着地图问道："司令官，您的为什么把这一带空出来？"

松井石根咧嘴一笑，露出了一排黄牙。他将了将嘴唇上那稀疏的胡子，奸笑道："你的不懂。我的把这一带空出来是做舞台用的，嘿嘿嘿……等一会，我的要在那里演一出好戏给全世界看！"说完，他命令日军的炮火在国民党军的阵地上加压。国民党军的将士既然接到了撤退的命令，现在看见阵地上被炸得泥浪翻飞，便仓促后撤，十几万大军和不计其数的南京平民倏地涌上松井石根准备好的"舞台"。松井石根看见时机已到，立即命令他的飞机飞临这个"舞台"的上空狂轰滥炸，命令各炮群不要吝惜炮弹，拼命轰击。

12月13日，谷寿夫师团率先冲了进去，在松井石根画定的狭长的地带像猎人打兔子似的乱枪扫射，可怜这些涌挤在这几条主要马路上的不计其数的南京平民和已经没有还手能力的甚至连枪也没有的散兵霎时之间便变成了冤魂野鬼。

南京大屠杀由此拉开了序幕。

骑在高头大马上的谷寿夫看见此情此景，高兴得仰天大笑。他用马鞭指着那些被机关枪扫得东倒西歪的南京平民和国民党散兵，对身边的官佐说："哈！哈！哈！帝国有打不完的子弹。你的给我的狠狠地打。前几天他们在阵地上打死了我们那么的人，我的已经恨得牙根出血了。现在到了出回这口恶气的时候了。打啊！给我的狠狠地打啊！"

据守在中华门外一个钢筋水泥地堡群里的是六十六军的一个排。这个排没有接到撤退的命令，全排弟兄死守在地堡里，抗击着日寇的无数次进攻。这些工事是几年前军委会用美国钢筋德国水泥建造的。编织的钢筋又够粗，搅拌的水泥又够肥，而且捣制的尺寸又够厚，加上地形又好，日本鬼子想尽了不少办法，丢下了上百具尸体也没有把它攻下来。

南京陷落了好几天，这个地堡群还蹲在这里屹立不动，成了第六师团眼睛里的一颗沙子。

谷寿夫按捺不住，亲自跑去督战。谷寿夫督战也不行，日本兵在他的指挥下打了几个回合也打不出个名堂来。谷寿夫气得眼睛都红了。他五短身材，肥胖，缩了水的那套军服勉强地箍住了他那臃肿的身躯。这时他在日军的战壕里焦急地踱来踱去，像肛门里屎头太硬，"出恭"不顺的样子。

他在战壕里高一脚低一脚地踱了好一会儿，脑子里突然灵机一动，他叫来一个汉奸，说："你的给我喊话。我的说一句，你的就朝里面喊一句。明白？"

那汉奸一个劲地点头哈腰："明白，明白。"

谷寿夫喊道："弟兄们！"

鸭公嗓声像杀猪似的往里喊道："弟兄们！"

"你们是国家的英雄。"

"你们是国家的英雄。"

"你们死守了八天，已经很对得起国家了。"

"你们死守了八天，已经很对得起国家了。"

"现在你们弹尽粮绝，连水都没得喝了。"

"现在你们弹尽粮绝，连水都没得喝了。"

"我们皇军决定给你们一条生路。"

"我们皇军决定给你们一条生路。"

"你们出来吧！你们出来的时候可以随便地走着，像平常散步一样，不用举手，不用撑白旗。"

"你们出来吧！你们出来的时候可以随便地走着，像平常散步一样，不用举手，不用撑白旗。"

"我们还给你们发路费，让你们吃饱饭后就立即回家和你们的家人团聚。"

"我们还给你们发路费，让你们吃饱饭后就立即回家和你们的家人团聚。"

地堡里头静悄悄，一点动静也没有。谷寿夫知道喊的话起作用了，他趁热打铁，又大声喊道："弟兄们！你们快出来吧，我是谷寿夫中将师团长，我以人格向你们担保，我一定保证你们的生命安全！"

那鸭公嗓声嘶力竭地喊道："弟兄们！你们快出来吧，我是谷寿夫中将师团长，我以人格向你们担保，我一定保证你们的生命安全！"

地堡群里的国民党士兵确实已经山穷水尽了。他们七天没有吃过一点东西，七天来没有喝过一口水，他们已经到了本能求生的地步。经过简短商量，他们放下了武器，陆续地从地堡里走了出来。

看见这些国民党兵，谷寿夫呆了。他惊愕地张大着嘴巴，连嘴角淌出了涎水都没有发现。这些国民党士兵眼眶深陷，蓬头垢面，嘴唇干裂，走路都东倒西歪的，这些人怎么八天来竟岿然不动，打死了我们那么多人？他立即从战壕里爬了上来，吩咐身边的一个军官派人进地堡群里去看看，看是否还有人没出来。派进去的人出来报告：都出来了。

谷寿夫听到之后，立即夺过身边的一个士兵手中的轻机枪，"哒哒哒"地向这些国民党兵扫去。

这些国民党兵知道上当了，在死神还未降临之前大声骂道："狗日的谷寿夫！"

……

一梭子扫完，谷寿夫嫌不解气，他"咔嚓"一声再换上一排弹夹。"哒""哒""哒""哒"……地又扫了起来。这几十个国民党兵就这样一命呜呼了。

谷寿夫见大家愣着眼看他，他鼓起那两只金鱼眼似的眼睛骂道："你的愣愣地看着我的干吗？你的是蠢猪，是猪猡，对中国人还要讲信誉、讲人格的吗？八嘎！"

二十四

12月13日，日本鬼子破城而入。

南京城好像一道洪水中的土堤，突然间塌了一个大口子。全城民众，极度惊惶，好像打翻了篓子的黄鳝，没头没脑的不知道往哪里窜。客住南京的陈无偏一家三口更是惊惶得不得了，他们倏地感到在此不安全。汪寿玉对丈夫说："我们也赶快找个地方跑吧！"这问题陈无偏还来不及过脑，便下意识地跟着老婆说道："走吧走吧！"

此时的日本鬼子像兽兵一样，见了民众，举枪就打，挥刀就砍。看见了妇女，这些日本兽兵更是迫不及待，即使身在马路边上，也要立马脱裤，刻不容缓地解决问题。

日本兵是一群饿兽，饿饭自不必说。日本本土人多地少，近年又连年灾荒，根本养不活他们的人口，连他们侵华的士兵，也要在占领地自行解决给养。他们更饿女人。大和好色，将士们在军旅中和女人接触不多，心里早已憋得难耐。到了占领地，特别是每攻下一城一地，他们便会肆无忌惮，将难耐的兽性尽情释放。谷寿夫早已摸透了他的部队的脉搏。他在他的部队面前大声疾呼说："只要能攻下中国人的阵地，到时你们想干什么就干什么！"他的士兵最想要的是金钱和女人。他们想金钱想女人想得发疯了。所以打起仗来非常玩命。他的士兵每打下一座城池，眼睛都绿了。钱是多多益善，女人则只讲性别，年龄竟长幼不论。当然有年轻的尽量要年轻的，如果没有年轻的，即使老到掉牙了，也绝不放过。南京城好多七十多岁的老妪都被强奸了。老妪们已经没有这方面的生理功能，那些日本兵用马鞭抽打她们的下体，鞭肿之后再进行强奸。强奸七八岁的幼女更是这些兽兵的嗜好。好多七八岁的小女孩就是在这些兽兵的轮奸下死在血泊之中的。在上海路新华巷里，兽兵们闯进一所民宅。这所民宅里躲藏着一个母亲和三个女儿。为首的小队长鬼头太郎看见最小的那个十一二岁的小女孩最好看，第一时间要强奸她。这小女孩早从大人口中知道日本鬼子是坏家伙。她脾性刚烈，疾恶如仇。鬼头太郎伸手来抓她时，她双手一把抓住鬼头太郎伸来的手，立即在他的手背上用力咬了一口。鬼头太郎痛得哇哇大叫。他恼羞成怒，唰地拔出军刀，把这小女孩劈为两半。之后，他们当着母亲的面，轮奸了她的两个女儿，然后，又当着这两个女儿轮奸了她们的母亲。这母女三人都被轮奸完了，他们要把那两个女儿带走。做母亲的死死拉着，不肯放手。一个日本兵当心一脚，把母亲踢翻。鬼头太郎还嫌不够解气，他又把手中的那把日本军刀，用力捅向这位母亲。柳川第十军的随军记者说：柳川兵团的进攻之所以如此迅速，是因为在官兵之间有"可以任意掠夺、强奸的暗默谅解"。宋美龄女士曾严正指控："许多日寇部队把掳来的中国妇女，当众剥掉她们的衣裳，在她们的肩胛上烙上字码，囚作性奴，令其不能逃走。她们的命运，比慰安所里的慰安妇还要悲惨！"

攻下中华门，酢谷三郎掳到一名少女，迫不及待地当街脱下裤子，要立即放纵体内的兽欲。这时，恰好谷寿夫骑着一匹高头大马走过。他看见这桩"好事"，那双猪似的眼睛立即放出了绿光。他勒住马头，拔出军刀，用刀背敲了敲酢谷三郎的肩膀。

酢谷三郎此时的心思早已进入状态，只想及早和身体同步，不想有人出来打岔，他怒从心起，正想发作，但猛然回头，一看是司令官谷寿夫，手便软了下来。

谷寿夫用他那臃肿的鼻子哼了一下："你的停下来！"

酢谷三郎在心里头愤愤然：让你这八嘎插了这一杠，我的不停也得停啦！

"让我的看一看！"谷寿夫把头一偏，认真地打量酢谷三郎身下的这个女子。

"唆嘎！"谷寿夫的心头怦然一动，"你的把这花姑娘让给我。你的再去弄一个。"

酢谷三郎一愣：这不是嘴边夺食吗？

谷寿夫见酢谷三郎没有反应，感到很不满意。他用眼睛狠狠地瞪了酢谷三郎一眼，喉音重重地"呃"了一下。

酢谷三郎实在不大情愿，他没有吭声。

谷寿夫非常愤怒，他用军刀的刀尖往酢谷三郎的胸脯上轻轻地捅了一下。"你的想造反？"

日本军队等级森严，刑罚又极其严厉。即使给个水缸做胆，酢谷三郎他一个少佐也不敢造反的。他马上答道："我的不敢！"

谷寿夫用刀尖指着酢谷三郎的鼻尖，大声骂道："那么你的还不快滚？！"

酢谷三郎大声应道："哈咦！"在叫喊的同时，两只脚跟用力一并，做出了一个立正的姿势。酢谷三郎掳到这名少女，为了速战速决，已迫不及待地把皮带解开，把裤扣解掉。没有系带没有扣扣子的军裤在他的双脚跟用力一并中无依也无靠，抵挡不住地心的引力，于是倏地往下一滑，只剩那个有悬可依的"老二"还吊在胯下，被弥漫着硝烟的寒风吹得左右晃动。

谷寿夫很高兴，厚重的眼皮底下露出了赞许的目光。他连声夸奖道："你的不错，你的不错。事后我会提拔你的。呃！"

谷寿夫到底是个中将师团长，他没有在马路上就地解决问题，他让卫兵们簇拥着来到了一幢空房子，叫卫兵在门口外面把守着，自己在里头细细地把问题解决了。事后他感觉良好而且意犹未尽，便叫卫兵们把这"花姑娘"反绑起来，放在马背上，留给自己日后慢慢享用。

他拔出军刀，用刀尖指着这姑娘对卫兵说："这是我的！"他又把刀尖指着这些卫兵，恶狠狠地说："你的不能动！明白？"

卫兵们唰地立正，大声答道："我的明白！"

陈无偏他们出了交际处，没走多远，便撞上了两个日本鬼子。

陈无偏突然发现一个日本兵举枪对着自己，脑袋倏地出现了一片空白。哎呀！我要死了，我要被日本鬼子打死了。

这时，另一个日本兵却发现了汪寿玉，他大叫了一声："花姑娘！"

这个日本兵的喊声，立即影响了正在举枪的那个日本兵。这两只兽兵看见汪寿玉，兽性陡发，马上将目标锁定汪寿玉。

他们像老鹰抓小鸡似的扑过去抓汪寿玉。

陈无偏的心立即跳出了胸口。老婆文文弱弱，肩不能挑，手不能提，连抓鸡的力都没有，这回完了，我老婆一定被日本鬼子糟蹋了。他想冲过去救老婆，无奈自己手中又抱着儿子，我抱着儿子冲过去，岂不是送只羔羊入虎口？

正在犹豫中，他发现老婆捡起马路上的一根木棍，和这两个日本兵撕打起来。平日文文弱弱的她，这时竟变得像条母狼一样，又打又咬，又踢又蹬，令这两只兽兵一时之间得不了手。这两只兽兵当然不会罢手，在撕打中，汪寿玉的衣服唰的一声给撕破了，露出了一只饱满坚挺的乳房。这两只兽兵看见了汪寿玉的乳房，更像疯子着了魔。

一个弱女子无论怎样的宁死不从，哪能抵挡得住两只兽兵的进攻？这两只兽兵左一个、右一个，汪寿玉知道是跑不掉了。情急之中，她发现身边有座楼房的侧门开着，对着门口的是一把楼梯。正所谓饥不择食，慌不择路，汪寿玉看见楼梯，拔腿就向楼梯上冲。

陈无偏在后面看见，急得像有十只野猫抓他的心：你跑到那里不是自投罗网？

两只兽兵看见汪寿玉冲向楼梯，他们也跟着冲上楼梯。突然间，那把木楼梯传出了一阵急促的密集的脚步声。

陈无偏的心，随着这急促密集的脚步声悬到了嗓子眼上。

一会儿，陈无偏听见汪寿玉的声音从高处传来："无偏——"

陈无偏赶紧循声往上一看，看见汪寿玉站在这间楼房的阳台上。"无偏，你一定要把抗日带好，你一定要把抗日抚养成人。我在那边等着你！"

那跑得快一步的兽兵扑过来搂她。她抡起手中的木棒朝那兽兵的脑袋用力一击。那兽兵立即双手捂头，一道鲜血"咕咕"地从他的指间流了下来。跑在后面的那个兽兵也冲上来了。

汪寿玉双腿一跃，身体腾空而起。她双手张开，像鸟儿凌空而下，摔在马路上。"砰"的一声，路面上溅射出了一大片殷红的血迹。

看见此情此景，陈无偏呆了。他大叫了一声："啊!"便瘫在路边不省人事。

阳台上的两只兽兵本来想淫乐一番的，不想这愿望倏地成了泡影，心里正恼羞成怒，突然听见楼下有人大叫一声，便举起枪来，往下就打。

"乓""乓"几枪，子弹没有打中陈无偏，枪声却把他从"不省"中惊醒了。

他是个明白人，倏地明白老婆的现状和自己的处境，马上抱着儿子从地上爬起，找个地方躲了起来。

两只兽兵各提着一条"三八大盖"踢里踏拉地从楼上下来了。他们站在汪寿玉的尸体旁边，用脚踹了几下，看见了汪寿玉雪白、饱满的乳房，都蹲下去轻薄一番。有个脱开自己的裤子企图奸尸，另一个觉得这女人满身是血，太不卫生了。二人嘀咕一回，只好作罢。可是又觉得心有不甘，他们便举起手中的"三八大盖"，用枪上的刺刀恨恨地往汪寿玉的尸体上用力地戳了几刀，才悻悻地走了。

躲在墙角后面的陈无偏眼睁睁地看着日本鬼子的兽行。鬼子的几刀好比戳在陈无偏的心里，他顿时觉得心里在汩汩出血。他痛恨自己的懦弱，堂堂的七尺爷们，连自己的女人都保护不了，还有什么脸活在世上？他更怨恨自己的无奈，他知道自己不是个贪生怕死的人，人生自古谁无死？可是我也死了，我的儿子怎么办？

唉……他使劲往自己的大腿上打了一拳。

等鬼子走远了，陈无偏左看右看，才敢抱着儿子走向汪寿玉的尸体。他看见汪寿玉身边的马路溅满了鲜血，她的眼睛睁着，顽强地睁着。他明白他的老婆，她要看清、她要记住残杀她的敌人，她要回望她的丈夫和儿子。她死得不闭眼啊!

陈无偏的眼泪唰唰地流出来了。他用袖子揩了一把眼睛，他看见老婆的胸腹上有几个血汪汪的窟窿。这些冚家铲日本仔，人死了都不放过，你们还是人吗？

他突然想起了什么，赶快撩起老婆的衣裳，往老婆的肚子上一摸。

啊！东西还在！原来这是南京陷落前汪寿玉绑在她身上的陈家祖传的"灵蛇之珠"的秘方。

原先为了保险，他把这秘方用蝇头小楷抄在一幅白绢上，好随身携带。南京陷落前，汪寿玉认为丈夫做事没她细心，要把这幅白绢系在她的身上。可是现在这幅白绢已经被汪寿玉的血水泡个湿透，一幅白绢变成了红绢。

陈无偏见了这幅红绢，心里更酸、更苦。他强忍着悲痛，把这幅湿淋淋、黏糊糊的绢子解下来，系在自己的身上。

这时，街那头又有人奔跑了。

他知道日本鬼子又要来了。他对着汪寿玉的尸体说："老婆，我对不起你。现在我连埋葬你的能力都没有，我很惭愧。我脱件衣服盖在你的身上，算是我的一点心意吧！你不是说要等我吗？你一定要等我啊！我到时候一定会去找你的。"他用手抹合汪寿玉的眼睛。"寿玉……呜呜呜……你，你闭上眼睛吧！你好好保佑我们的儿子吧！"说完，他哽咽着给汪寿玉磕了一个头，盖了件衣服在她身上，然后抱起儿子，紧张地跑了起来。

日本鬼子不仅肆意强奸中国妇女，而且也肆意奸淫凌辱南京沦陷区里的外国妇女，许多修女惨遭轮奸。这事经外国媒体一曝光，全世界闻之哗然。

蒋介石的德国顾问团团长法尔肯豪森，当时留在南京，在德国大使馆工作，他遗留的日记中就记有"一个日本兵于3月19日在美国教会院内强奸一女孩"的事实。

金陵大学医院医生罗伯特·威尔逊在军事法庭作证说：他亲眼看见"一位怀孕六个半月的十九岁的少妇，抗拒两个日本兵的强奸。她的面部被砍了十八刀，腿上也有几处刀伤，腹部也有很深的一个刀口"。

日本兵在奸淫中国妇女时，发现这妇女长得漂亮的，奸淫过后，便让她留下命来，囚作性奴，供日后继续奸淫；如果这妇女长得一般，奸过之后，随手便杀了。

"南京大屠杀"的消息是《纽约时报》驻南京记者窦奠安用电稿首先传到外界的。1937年12月18日的《纽约时报》以"南京强奸事件"为大标题；其小标题为"日军陷南京，屠杀两万人"。世界舆论闻之大哗。以后东京审判亦沿用"南京强奸事件"一词。

事实上，南京沦陷后，我国女同胞的遭遇是再悲惨没有的了。日军不分昼夜，随时随地施暴。东京审判十一名法官之一的中国法官梅汝璈说："强奸和杀人是分不开的。因为日军在强奸之后，通常是把被奸的妇女，甚至连同他们的家属子女，一齐杀掉的。"曾出席东京审判法庭作证的许传音举一实例："水西门外某寡妇，有女三人，长女十八岁，次女十三岁，幼女几岁，均被轮奸。幼女当场死去，长女次女亦不省人事。"金陵大学的一个十一岁的幼女，被日军轮奸至死。珠江路口有一个七十九岁的老妇竟被日寇的兽兵强奸，她儿子见状向日本鬼子拼命，也被日本鬼子杀死。奸后必杀是日本鬼子的规律。国际检查处向东京审判庭提出的证据里，有一件日本军部发给战区司令长官，要求严禁日军士兵归国后谈论他们在华暴行的秘密命令。密令里引用某中队长关于强奸给士兵的指示："为了避免引起太多的问题，或者是给以金钱，或者于事后杀掉。"军部的密令大概也有自知之明，它说："如果将参加过战争的军人——加以调查，大概全都是杀人、抢劫、强奸的犯人。"日本《读卖新闻》随军记者小俣行男在其《中国战线随军记者的证言》中也说："不强奸的士兵几乎没有，（被奸妇女）大部分在事后杀掉。"东京审判确定"日军入城后的一个月内，强奸中国妇女达两万名"。国际安全区主席拉贝向他的德国政府报告南京被日军占领之事，说"一月之内，发生不只两万起强奸事件"。麦加伦牧师送东京审判庭的证词说："强奸——强奸——又是强奸，我们计算一夜至少有一千起。"东京审判判决书说："全城中，无论是幼年的少女或是老年的妇人，多数都被强奸了。"贝德士在作证时说过："从

1938年2月6日、7日直到那年夏天，很多严重的暴行还在发生。"因此，国际安全区的国际人士根据统计与估计，认为"南京遭受强奸的妇女至少有八万人之多。"

二十五

进城的日本兵除了奸、杀，就是抢、掠。他们的上司的肩膀上都扛有一道死命令，就是：就地解决给养问题！

就地解决给养问题，在日军的军语中曰："征伐"。这"征伐"摊在每个士兵的肩上是一大堆死任务：钱啦、物啦、粮食啦，等等，而且额度都比较大。要完成所摊派的这一大堆死任务，不抢不掠怎么办！而官兵们自己的内心也想抢一抢，掠一掠，在完成上级下达的任务的同时，也趁机填实自己的腰包。这么好的机会，谁不想大捞它一把，大发一笔横财？他们家里人多地少，台风又多，地震又频繁，每年从年头劳累到年尾，连填饱肚皮都勉强，不说结婚生子，发家致富，应付天灾人祸了。来中国不抢点夺点，不是白来了？他们的祖先们在三百七十多年前就不惜冒着做戚继光刀下冤魂之险，摇着木船，穿洋渡海，来到中国，不就是为了捞点东西回去嘛？千里做官，为了吃穿，何况是干这个把自己的脑袋掖在裤头（粤语，裤腰）上去当兵打仗的买卖？所以，人们都说：来到中国的日本兵看见女人，眼睛变绿，见到财物，眼珠发红。

塌鼻梁的二等兵一入直是个胆子不大的新兵。他背着个背囊，端着条"三八大盖"在太平路沿街搜索。他一边搜索，一边念叨着出发前小队长摊派给他的任务。他很担心完不成任务。完不成任务回去是要吃耳刮子的。

路过"大同牙科诊所"，他停下脚步，迟疑了一下，便抬起脚来，往木板门上用力一蹬。"砰"的一声，木板门被踹开了。

一入直虽然塌鼻梁，但嗅觉却是挺好的，他感到一股来苏水的气味扑面而来，定睛一看，这是个小小的牙科诊所。地面上有把给病人拔牙的转椅，他用力摇了摇，心想，这扛也扛不走的鬼东西，没用。墙边的木橱上有些搪瓷缸和铁钳，他拿上手又丢了回去，心想，这鬼东西要了也没有什么用处。他觉得很晦气。来苏水的气味又很呛鼻，他在地面上吐了一口浓痰，正想离开。

在转身的当儿，一入直看见墙角处有一把小木梯，知道这是一个下铺上房的小本经营者。既然上面住人，就肯定有钱物了。不如上去看看。

于是一入直提着杆枪，顺着这把小木梯爬上去。穿过仅容一人的梯口，一入直发现这小楼阁摆有一铺床，四面也没有什么东西。他定睛一看，床上躺着一个像死尸似的干瘦的小老头，把他吓了一跳。小老头眼珠一转，一入直才知道他是个活物，心里才定了下来。他低头四处翻找，还是翻不出什么有价值的东西。一入直心里的晦气迅速地发酵。他的队友们每次出来，都捞得大把钱财珠宝，而自己经常是两手空空的，每次回去都受到上司责罚。队友不仅不同情他，还耻笑他。每想起这些，他的心里就气得难受。

他走近床边，抬起腿，用穿着皮靴的脚踹了床上的小老头一下，喝道："你的有什么值钱的东西，快说！"

小老头用眼睛横了他一下，没有吭声。一入直心里更气。你这个快死的人，还敢瞪皇军的眼睛?！他的塌鼻梁一皱，牙根一咬，用穿着皮靴的脚踩在小老头的裆部用力一蹬。

小老头痛得龇牙咧嘴，大声地"啊"了一声。

一入直眼前一亮：这小老头满嘴金牙！

一入直立即转身，咚咚咚地下楼，一会儿又咚咚咚跑了上来。这会他手上拿着一把铁钳，对小老头说："我的要钱，不是要命。你的把嘴张开，让我的把金牙拔下来！"

小老头一愣，稍过片刻，他终于明白了，于是咬紧牙关，把嘴巴死死地闭实。

一入直说："你的敬酒不吃吃罚酒?"

小老头不出声，他睁大眼睛，怒视着眼前这个日本兵。

一入直不屑这个怒目，他用塌鼻子出力吭了一下，扑地骑坐在小老头的肚皮上，举起铁钳，撬开小老头的嘴巴，三下五除二，"噗"的一声，拔出了一颗血淋淋的金牙。小老头"啊"的一声昏死过去了。等一入直再拔第二颗的时候，小老头醒了。他用力吸了一下口中的鲜血，噗地喷到了一入直的脸上。

一入直大怒，他"唰"地抹掉脸上的血水，恶狠狠地说："你的找死！我的叫你死了死了的。"他一把抓住小老头的喉管，牙齿一呲，猛地用力，小老头的脑袋唰地一歪，死了。

一入直趁小老头尸体尚热，快手快脚地把他嘴里的金牙通通地拔了下来，然后撕下一块蚊帐布把这七八颗血淋淋的金牙包起来，放进背囊里，再扛起那把"三八大盖"，心满意足地走了。

鱼屋太郎五十岁了，是个伙夫。他长期做伙夫，那双眼睛烟熏火燎，又红又干，眼角积着一颗大大的眼屎。他因为是伙夫，出去"征伐"的机会比较少，看见队友们每次出去，都大包小包地捞了不少东西回来，心里嫉妒得要死。进了南京城后，他脑子里倏地有个新发现：南京城里堆满死尸。不少马路，死尸堆得连汽车都开不了。有的路段，路面上的死尸还叠上好几层呢！他想：这些死尸身上肯定藏有财物的，把它收集起来，可是笔大数目嘞！于是他每天开完饭后，都到外面去翻动死尸。

队友们笑他，他傻笑一下，算作回应，心里头却说：你的懂个屁！

马路上的死尸横陈了好些时候了，虽是寒天，但已发出了幽幽的尸臭。鱼屋太郎闻到这些气味，就立即想起了家乡晒咸鱼的场地。他们在沙滩上，铺上竹笪，把用盐腌过的鱼放在竹笪上。碰上鱼汛，每天捞它十几二十篓，晾到满地都是。晾上之后，每天要在烈日下翻动好几次，咸鱼没晒好之前，臭烘烘的，还长蛆哩。不过鱼臭比尸臭好闻多了，但为了挣钱，为了发达，就忍受一下吧。鱼屋太郎真像翻晒咸鱼似的翻动马路上的尸体，每具尸体的每处关键部位都翻到摸到。由于他够耐心，又细致，加上不怕辛苦，所以也很有"收获"，戒指、手表、钱包、玉佩等东西得了不少。

他捞了东西回去也不吭声，小队长和队友们只当他是出去玩一玩，散散心的，除了例牌地奚落几句，谁也没对他引起什么注意。鱼屋太郎东西都藏起来，一有机会就往家里寄。他很高兴，觉得自己找到了一条不为人知的发财之路。

今天，鱼屋太郎逛到了中央路口，在这里翻动死尸。翻动了小半天，鱼屋太郎一无所获。他发现这里的死尸多是穷人，和败退的士兵。除了翻出一额臭汗，什么东西都没有捞着。

他正叹倒霉，突然发现一具胖胖的女尸，"再翻翻这具女尸吧。再没收获，今天就不干了。"他抓住女尸的手，用力一拉，咦！有情况喔。他撸起这女尸的袖子，一股金光刺得他快睁不开眼睛了。哟！那么大的一只金镯子。他候地心花怒放，真忘记自己姓什么的了。他双手抓住这只金镯子，用力往下一褪，八嘎！这女尸太胖了，金镯子褪不下来。他咬紧牙关，再发一次力，这女尸睁开眼睛了。

这着实把鱼屋太郎吓了一大跳。这鱼屋太郎虽是伙夫，但也跟着部队打过大仗硬仗，见过世面。他立即明白这胖女人是晕死而不是真死。管她是晕死还是真死，最要紧的是要把这只又大又粗的金镯子弄到手。要把这只金镯子弄到手，非得把这胖女人的手砍下来不可。他是伙夫，身上是不佩带武器的。可是往哪里找刀呢？这胖女人看见自己面前站着个日本兵，吓得爬起来踩着尸体撒腿就跑。

鱼屋太郎发现附近有把不知谁遗弃的"三八大盖"的刺刀，他大步过去将它捡起来，踩着尸体，撒开腿就去追那胖女人。

胖女人在前面没命地跑，鱼屋太郎在后面拼命地追。还有几步就追上了，鱼屋太郎生怕胖女人跑掉，他奋力往前一扑，一下就把胖女人扑倒在尸体堆上。他立即骑在胖女人的肚子上，举起手中的那把"三八大盖"的刺刀往胖女人戴着金镯子的手腕砍去。一刀砍下去，胖女人立即晕死过去，第二刀砍下去时，这胖女人又痛醒过来。她看见日本鬼子拿刀砍自己，立即抓住日本鬼子的手用力咬了一口。

哎哟！鱼屋太郎觉得痛得钻心，他递起手来一看，手背被咬出血来了。八嘎呀路！你的咬我的手，那我的咬你的什么？他看见胖女人胸前鼓起的双丘，淫心一动：我的就咬你的这个。他隔着棉袄咬下去，胖女人痛得声嘶力竭地大喊一声。她仰起上身，一口咬在鱼屋太郎的耳朵上，头用力一摆，牙齿用力一撕，鱼屋太郎的一只耳朵含在胖女人的嘴巴里。

鱼屋太郎觉得耳朵一热，一股黏黏糊糊的东西顺着腮边流了下来。鱼屋太郎用手一摸，发现耳朵不见了，手上尽是黏黏糊糊的血。鱼屋太郎勃然大怒：你的要我的耳朵，我的要你的命！他掀起胖女人的棉袄，握紧"三八大盖"的刺刀往胖女人的心窝用力一刺，一股鲜血喷射而出，喷得鱼屋太郎成了个血人。他挥起手中的"三八大盖"的刺刀用力直砍，直到把胖女人的手腕砍断，把上面的金镯子褪下来，塞进自己的腰包里才愤愤地离去。

回到驻地，小队长看见鱼屋太郎一身是血，问道："你的干什么去了？"

鱼屋太郎大声报告，说他在外面碰见一名中国的散兵，他想袭击我们皇军，被我杀了。

小队长听了很高兴，他伸手拍拍鱼屋太郎沾满血污的肩膀，夸奖说："你的好样的，你的不愧是个堂堂正正的皇军！"

自 1937 年 12 月 21 日从谷寿夫手中接管南京城防的中岛今朝吾因此大发而特发了。他是满载而归回日本的，临走时连蒋介石的义房四宝也捞了回去。南京被占领以后，日军派出特工人员三百二十人、士兵三百六十七人、苦力八百三十人，从 1938 年 3 月起，花费一个月的时间，每天搬走图书文献十几卡车，共抢去图书文献八十八万册，超过当时日本最大的图书馆东京上野帝国图书馆八十五万册的藏书量。即使散落在社会上的破铜烂铁，他们也要搜刮起来，运回日本去重新冶炼，制造枪炮，再拿回来屠杀中国人。

二十六

陈无偏无限悲痛，他抱着儿子，紧张地跑着。可他是外乡人，他对南京全然不熟，更不知道哪里安全，哪里不安全。只要有人在前面跑，他就会在后面跟着跑。脚下是一具具尸体，耳边经常响着枪声和哭声。

此时此刻，他只知道跑，要跑离这个危险的地方。就这样，他没命地跑呀，跑呀，也不知道跑了多远，跑过了多少地方。好在他平日爱练拳，练就出一副好体魄，跑起来十分麻利。跑呀，跑呀，他发现前面不少人跑进了一幢有院子的小洋房里。他连想也没有想，也跟着跑进这幢小洋房里。

他跑进来之后，还有人想跑进来，却被看门的挡住了。"出去，出去！不能再进来了，里面快要撑爆了！"

陈无偏的心里扑扑的直跳。他不知道这里是什么地方，更不知道进来了是好还是不好。

陈无偏进到这座小洋房里，发现里面走廊、过道、楼梯到处都是难民。

他赶快找个地方坐下，放下儿子，让有些麻木的手得以歇歇。他把陈抗日斜放在怀里，发现这小家伙眼睛定定的。

陈无偏心里一紧：不好了！他赶快摸摸陈抗日的手脚，手脚冰凉冰凉的；摸摸额头，额头是一片冷冷的汗珠；摸摸背脊心，背脊心还有一点暖气；用自己的手背试试陈抗日的鼻孔，鼻孔里气若游丝，似断似续。哎哟！不好了，不好了。这是急惊风。难怪这小家伙怎么那么乖，一路上不哭不闹，原来他被吓坏了，惊呆了，风痰把心窍堵住了。这病如果在家里，随手都是药，可是在这里，这怎么办呢！

在万分焦急之中，他突然想起男子的睾丸也叫外肾。用手捏外肾，是可以通心肾，养心气的。自己过去也用过这个办法救治过许多小孩，现在何不用这个办法试试？于是他用件衣服盖住陈抗日的下身，把手伸到他的裤裆里，像抓田螺似的用三个指头把他的小睾丸捏住，轻轻地揉。

他虽然过去用这个办法救过许多小孩，但这个是他的儿子，而且他的儿子又在这个艰难时世里得着这个病，能不能用这个办法把他治好，他心里真没有把握。于是他在心中念念有词默念道："寿玉，你要保佑我们的儿子抗日啊！抗日现在得了急惊风，生命垂危。抗日是我们陈家的根，我还指望他将来给你报仇的，你不保佑他，他一旦有什么三长两短，你叫我怎么办啊！……列祖列宗，父母亲大人，你们的子孙正在受难，你们的孙子陈抗日现在得了急惊风，生命垂危。抗日是我们陈家的一根独苗，请各位老人家保佑我们抗日，保佑他大步跨过，逢凶化吉，遇难呈祥……观音菩萨，救苦救难的观音菩萨，我陈无偏诚心信佛，一生信佛，现在我遇难了，我儿子又得了急惊风，生命垂危。我们身处险境，孤立无助。请观音菩萨，救苦救难的观音菩萨，保佑我儿子大步跨过，逢凶化吉，遇难呈祥。保佑我们脱离苦难。南无阿弥陀佛，南无阿弥陀佛，南无阿弥陀佛……"

他的手指不知捏了多少遍，他的心里不知默默地念了多少遍，突然间他发现陈抗日的眼珠子会转动了。

陈无偏心中一阵狂喜，那几只手指更加使劲地捏了。再过一会儿，陈抗日"哇"的一声哭了起来，陈无偏一下把儿子紧紧地抱在怀里，半哭半笑，又哭又笑，说道："好了好了，这下好了。儿子，你想哭就哭吧，大声地哭吧!"说着举起袖口，直抹汩汩而出的眼泪。

他想：现在有口热粥给他吃就好了。

可是到哪里去弄口热粥呢？他觉得这是奢望。现在进来出不去，出去进不来，进来后是生是死也不知道，还想吃碗热粥哩!

天色渐渐地暗下来了。陈无偏的肚子也咕噜咕噜地叫了起来。他可是粒米未进啊！儿子也粒米未进。这小家伙哭累了，趴在老爸的肩膀上睡着了。

陈无偏心中茫然，这样熬下去怎么办呢？他越想越怕，背脊上涸涸地出了一层冷汗。再过一会儿，呆坐在角角落落的难民有些骚动。

陈无偏回头一看，原来有人从后面抬出一大桶热粥，给难民们每人一大碗。粥上还搁着两根咸萝卜。

陈无偏一阵高兴，心想，不知要收多少钱！抬粥的人给每个难民一大碗，也给了陈无偏一大碗，给过之后，就把粥桶抬了回去，也没问要钱的事。

陈无偏心想，不管那么多了，活命要紧，先喝了粥再说吧！他把陈抗日摇醒，喂他喝粥，等儿子喝饱了，不喝了，他才把剩余的喝掉。

喝完这碗粥，天也全黑了，这一天也总算这么过去了。明天的事，明天再理会吧。阿弥陀佛，救苦救难的观世音菩萨，列祖列宗，父母亲大人，请多多保佑我们吧！寿玉，请多多保佑我们吧！

一想到汪寿玉，陈无偏的眼泪又哇哇地流出来了。寿玉还陈尸街头喔，现在天气那么冷了，她也很冷了吧？谁能给她盖点东西呢？寿玉，是我把你带到南京来的，是我害了你了。寿玉，我对不起你。你等着我吧！我们结婚以来相处得几好，我很爱你，你等着我吧！到了来世，我还要和你做夫妻的，呜呜呜呜……

低咽了一会，陈无偏也觉得累了。他抱紧陈抗日，靠在墙根上慢慢地睡着了。

"让一让！让一让！"

陈无偏睁开眼睛。陈无偏倏地感到两只手累得已经麻木了。他感到胸前暖，背后冷。细细一看，原来抗日发烧了。这小家伙烧得像颗火红的木炭。

为医的陈无偏明白，惊风过去，伏热发出来了。治这个病，清热潜阳，育阴息风，递世名方一大把。可是现在身落大难，朝不保夕，要什么没什么，这怎么办啊！看着儿子被高热烧得通红的小脸膛，紧闭的双眼，微微扇动的鼻翼，到了这个份上，小孩随时可以抽筋，随时可以翻眼，到了抽筋、翻眼的时候，即使神仙下凡也难救了。

怎么办啊！陈无偏束手无策，眼巴巴地看着死神即将降临到儿子的头上。心里比刀绞还难受。

在万般无奈之中，他立即想起汪寿玉：寿玉，你看见了我们的儿子了吧？我们的儿子快不行了。你千万不要带走我们的儿子喔！我知道你死得很冤，我知道你是死得不闭眼的，有大把好日子等着我们，可是就被乌龟王八蛋的日本仔搞坏了，我指望着儿子将来长大，为你报仇的。寿玉，你把我们的儿子带走了，将来谁来给你报仇呢？难道你这血海深仇就不报了吗？寿玉，你全力保佑我们的儿子吧，你一定要保佑我们的儿子啊！我们的儿子已经到了最危险的时候，现在生死之间，只隔一线。寿玉，你赶快保佑我们的儿子吧，再晚一点就来不及了！列祖列宗，父母亲大人，你们的孙子抗日的生命危在旦夕，你们好好保佑你们的孙子抗日吧，你们赶快保佑你们的孙子抗日吧，再慢一点就来不及了。陈抗日是我们陈家的一根独苗，我们不能没有抗日，我们不能没有这根独苗的。列祖列宗，父母亲大人，请赶快保佑你们的孙子抗日啊！请尽快保佑你们的孙子抗日啊！不快就来不及了。南无阿弥陀佛，救苦救难的观音菩萨，请救救我的儿子陈抗日吧，我陈无偏一生信佛，我陈无偏的先人也代代信佛。过了此劫，我一定会好好拜谢佛祖菩萨的，南无阿弥陀佛，救苦救难的观音菩萨，请赶快救救我的儿子陈抗日吧，再不赶快，就来不及了。呜呜……

正当陈无偏哭成个泪人的时候，从后面走出了一男一女两个洋人。

他们本来是要做什么事的吧，他们路过陈无偏跟前，发现陈无偏哭得像个泪人一样，便停下脚步。

男的操着一口洋腔怪调的中文，向陈无偏问道："你是个男子汉，你哭得那么伤心，是有什么很为难的事吧？你说出来，看我能帮得了你吗？"

陈无偏抬头一看，看见这个洋人有三四十岁的年纪，大鼻子，圆头圆脑，善眉善目，一副和和气气的洋子，便说："我的儿子发高烧了。我没医没药，不知如何是好！"

这洋人伸手摸摸陈抗日的脸，发觉很烫手，他回头向那女的叽里咕噜地说了几句什么，那女的回头就走了。

那洋胖子拍拍陈无偏的肩膀，安慰道："不要紧的，不要紧的。"说完也忙他的事去了。

一会儿，那个女洋人出来了。她右手拿着一个针筒，左手拿着一个棉球，走到陈无偏跟前，叫陈无偏卷起陈抗日的袖子，露出他的手臂。

女洋人往陈抗日的手臂注射了一点药水，陈抗日"哇"的一声哭了起来。

女洋人解释说："这叫试针，看看他适不适合注射这个药水。"

陈无偏唯唯连声地直点头。

女洋人又忙她的事去了。过了一刻钟，女洋人又走回来了。她看看陈抗日试针的地方，用手摸摸、揉揉、拍拍，说道："他反应尚好，可以打这个针。"说完叫陈无偏把陈抗日翻转过来，扯下他的裤子，用棉球在屁股上擦了擦，然后很麻利地把针筒里的药水打进了陈抗日的屁股里。陈抗日哭得稀里哗啦。

打完药水，女洋人用棉球按住针口，唰地把针头拔出来。陈抗日又声嘶力竭地哭了起来。

陈无偏心中忐忑，畏畏缩缩地问道："这打的是什么药水呢？"

女洋人说："西林油。"

陈无偏家道殷实，从番禺出发时已经带足了银子，当初给唐生智看病，唐生智给他一百块银元做诊金他都不收。可是在南京城破之时，他两口子和南京全城百姓一样，惶惶如打翻了篓子的黄鳝，在逃命之中，把大部分银子弄丢了，如今囊中羞涩，底气不足，心里忐忑地问道："要多少钱呢？"

"多少钱？"女洋人耸了耸肩膀，笑道，"先生没有告诉我要收钱喔！"

"哦……"

打过针不久，小洋楼就到了开早饭的时间了，里面的人抬着个大木桶出来，照例每人给一大碗热粥。

陈无偏心想：这里怎么这么好，肚饿管肚皮，有病给看病，真是遇上贵人了。陈抗日也争气，打过针后，吃了半碗热粥，出了一身大汗，烧渐渐地退了。

陈无偏比拾到金子还高兴。自逃难以来，陈无偏的眉梢第一次挂上了难得一见的笑容。

这是一幢洋人的小洋楼，进进出出的基本上都是洋人。而看门的却是中国人。

心情好了的陈无偏抱着陈抗日走过去跟他聊天。他抱着陈抗日，深深地向那看门人鞠了个躬，问道："大哥，请问这座洋楼的主人是谁呀？"

看门的反问道："你问这个干什么？"

陈无偏解释说："我们受了人家的恩典，又无力报答，心里很是不安的。把恩人的名字记住，也算是做人的一点本心吧！"

看门的汉子笑道："看得出，你是个重情义的人。好！"他指着门口旗干上飘着的一面旗子，问道，"知道这面旗子吗？"

陈无偏惭愧地摇了摇头。他是个乡下郎中，是知道不了那么多东西的。

看门的告诉他，这面旗叫德国国旗。这是德国西门子公司南京西门子电机厂的宅院。这洋楼的主人叫约翰·拉贝，他是德国西门子公司驻华代表处的总代表，也是南京安全区国际委员会主席。

陈无偏记不下那么多的名堂，他只记得这里的主人是德国人，叫约翰·拉贝，是个行善积德的大好人。

陈无偏很感激地对看门的汉子说："大哥，我真感谢你！"

看门的汉子很高兴，笑道："谢我什么？关我什么事！"

陈无偏真诚地说："感谢你那天放我进来啰。如果我父子俩进不了这里，现在是生是死都不知道了……"

看门的汉子笑着拍拍陈无偏的肩膀，说道："你真会说话。"

"我怎么称呼大哥您呢？"

"不客气，我姓秦，你就叫我老秦好了。"

陈无偏一脸感激地谢道："秦大哥！"

下午，秦大哥吆喝着要找人出公差去运大米，说米吃完了。

陈无偏对秦大哥说："如果有人帮我带一带孩子，我去！"

秦大哥说："找人帮你带孩子比你去扛米更难，万一你儿子哭闹起来，约翰·拉贝先生以为出了什么事，责问起来，我就难交差了。"

因为事关每一个人的肚子，出公差的人很快就找齐了。这时从后面开出来一辆中吉普，中吉普上盖了一面很大的德国国旗。出公差的人上了车，车子很快就开走了。

傍晚，中吉普开回来了。人们纷纷涌过来卸大米。

出去运米的人议论纷纷：外面日本鬼子杀人杀狂了！

二十七

这几天，躲在拉贝公馆里的难民们惊惶得坐立不安。

他们经常仰着脖子，观看院墙外面突起的狼烟。这些烟火把大量的草木余烬抛向天空，这大量的余烬又随风飘落，好多余烬像灰色的雪片，纷纷扬扬地飘落到拉贝公馆的小院子里。这些余烬妨碍了人们的呼吸，不少人被呛得直咳起来。

下午，公馆旁边的一幢民房起火了。大家惊慌得几乎忘记了呼吸。起火的民房在公馆的北面，这时北风呼呼直吹，火势眼看就要蔓延到公馆里来了。大家给吓呆了。

拉贝先生急得像头拉磨的毛驴，他低着毛发稀少的圆头，背着那双粗壮结实的手，在小院子里不停地踱步。

踱了一会儿，他停下脚步，向看门的秦大哥说道："赶快组织人去救火！"

秦大哥得了主人的命令，立即向躲在公馆里避难的难民喊道："救火救火！大家马上出来救火！"

北面邻居的大火直接威胁到每个难民的人身安全，而且自从躲进来公馆之后，大家深感得到了庇护和关照，从心底里感到这就是自己临时的家，所以听见了秦大哥的一声吆喝，难民们便呼地集中起来，准备救火。

有个模样像当过兵似的难民年轻气盛，他听到要救火，马上扛来一把竹梯，爬上墙头去看火情。这小伙子刚把头探出墙外，院墙外面"乓"的一声枪响，一颗子弹打中了他的脑袋。小伙子连叫也来不及，咕噜一声从竹梯滚了下来，两腿胡乱一伸，死了。

大家望之大骇，你望着我，我望着你，吓得不敢出声。

拉贝先生也呆了。他看着死在墙根下的小伙子，久久说不出话来。

还是秦大哥机灵，他大叫道："大家不要愣在这里了，赶快救火啊！火一旦蔓进我们院里，我们就连躲的地方都没有了！"

大家从惊惶中惊醒过来，急得像打翻了篓篓的黄鳝似的，慌乱不知所措。

秦大哥叫道："大家赶快找橡胶水管，把它接在水龙头上，往外射水——大家千万不要爬上墙头，把头伸出墙外去！"

大家到处乱转，很快把橡胶水管找到了，接到了水龙头上，好在水龙头里还有水，可是水龙头的水压很低，根本射不到着火的地方去。虽然橡胶水管的水柱射不到着火的地方，可是它毕竟淋到了院墙外面去了，也起到了隔离火场的作用。

陈无偏放下宝贝儿子，也积极投身到救火的队伍中去。他一边参加救火，一边偷眼看看独自立在院中的拉贝先生。

他是在儿子陈抗日发烧时认识拉贝先生的，他发现拉贝先生实在是位大好人，是个救苦救难的洋菩萨。他圆头圆脑的，又整天笑容满面，使人感到他是一尊蓝眼睛黄头发的弥勒佛。躲在他公馆里的一百几十号难民能在这场大灾难中得以生存，全托赖他了。他很感激他，他很尊敬他。

他发现拉贝先生现在的脸色又青又黑的，非常难看。他知道这位洋先生动肝火了。

一会儿，拉贝先生的嘴里恶狠狠地冒出来一句洋话，根据这话的语速和语气，陈无偏判断可能是一句洋脏话。

拉贝先生骂了这句洋话，立即到里面打了一通电话，随后又叫出了几个人，站在院子门口，叽里咕噜地向外面喊话。

难民们好奇，都停下手来观看。

秦大哥吆喝道："不看了，不看了，我们干我们的！"

难民中有好事者问道："这是干什么的？"

秦大哥说："他们讲的是日语，是拉贝先生向小鬼子喊话！"

难民们七嘴八舌地问道："拉贝先生向小鬼子喊什么？"

秦大哥笑道。他很为自己懂得几句日语而感到得意。"拉贝先生向小鬼子说，我们是德国的官方办事机构。德国是轴心国的重要成员国，日本是绝对没有理由侵害德国驻华的办事机构的。他警告日军当局要管好自己的官兵，不要为非作歹，专做坏事。"

陈无偏是个乡下郎中，不知道什么叫轴心国。他只依稀地感觉到轴心国肯定是一个很强大、很厉害、很了不起的国家。死日本仔连这样一个很强大、很厉害、很了不起的国家都去招惹，都去挑衅，这些冚家铲真是十恶不赦，死有余辜了。

他恨恨地对秦大哥说："秦大哥，请你去同拉贝先生说说，我们难民恳求他老先生好好地教训教训这些冚家铲！"

秦大哥笑着拍拍陈无偏的肩膀，他心里说道：拉贝先生现在也是个泥菩萨啊！

喷淋到院墙外面的自来水起到了阻隔火场的作用。大火没有扑向拉贝先生的公馆，它沿着院墙，蔓延到旁边的其他房屋去了。大火在身旁冲天而起，火场像有千万条火蛇呼呼地喷着毒舌，使人感到面目狰狞，阴森可怖。大火烧得木头毕剥作响，楼层在大火中轰隆隆地坍塌。大火扬起了浓浓的黑烟，把天都遮住了。大火把无数的余烬、炭末抛向天空，飞上天空的余烬、炭末又纷纷扬扬地飘落下来，落在难民的脸上、脖子上。他们感到这些余烬、炭末热得似火，烫得大家哇哇地叫。火场好像是个太阳，虽然时值寒冬，却把人烤炙得如穿芒衣，满脸油汗。大家心里扑扑地跳，好像末日就要来临。

当大火沿着院墙向别的方向蔓延的时候，大家才慢慢松了一口气。

这时候，那个当兵模样的难民的尸体还硬硬地躺在院墙下。天黑时分，秦大哥找来一块布，组织几个年轻力壮的难民，把那具尸体卷起来，抬到门外找个地方扔了。兔死狐悲，看见这个年轻活泼、热情大方、见义勇为的小伙子就这样给小日本活生生地打死了，大家心里非常难过，觉得今晚天特别地黑，夜特别地冷。

惶恐的陈无偏这时候心里更加惶恐，他本能地觉得这里就是他的家。拉贝先生是他的衣食父母。这时候如果没有拉贝先生，没有拉贝先生的公馆，他们父子俩就死定了。所以，他很注意拉贝先生，很关心拉贝先生，他经常向天祷告：请老天爷保佑拉贝先生平安无事，请老天爷保佑拉贝先生平安无事。拉贝先生平安无事，我们这些难民们就有个依靠了。老天爷，请你保佑拉贝先生平安无事吧！

陈无偏发现拉贝先生更加忙碌了。他天天开着车子出去，车子上盖上一面德国的国旗。他一天到晚脸色都是铁青铁青的，原先圆圆的脸庞也已明显地尖削了。

陈无偏和秦大哥闲聊时，谈起了自己对拉贝先生的观感。秦大哥告诉陈无偏，拉贝先生是南京安全区国际委员会主席，他每天起早摸黑地坐着车子进进出出，就是为了救助现在南京市正在受苦受难的难民。

陈无偏心里非常感动。这先生真有一副菩萨心肠。这先生真是一位洋菩萨。如果没有他，我们父子俩，以及躲在公馆里的上百号难民就肯定没命了。

今天，拉贝先生从外面回来，他那辆盖有德国国旗的汽车竟挨了一枪，子弹从脖子旁边擦过，差点要了他的老命。

拉贝先生脸色青黑地从汽车上下来，据说气得当天晚上连晚饭都没有吃。第二天他就病了。拉贝先生一病，公馆里的工作人员都紧张起来，连躲难的难民都有所感觉。

陈无偏悄悄地问秦大哥："听说拉贝先生病了?"

秦大哥忧心忡忡地说："是呀！现在南京城里少了他真不行嘞……"

陈无偏更急："那还不赶快找医生给他看?"

"看了，不行呀！"

"那就到外面的医院去呀！"

"你说得那么轻巧，现在兵荒马乱的，怎么去?"

"也是……我们这些人全托赖他的，他一有事，我们怎么办？"

秦大哥深有同感，他说："不光你们这伙人，现在南京城里的许多事，少了他都办不成的，你看要命不？"

"秦大哥，拉贝先生到底生的什么病？"

"听说是肚痛，发胀。"

"这么说，应该不会很严重的，怎么吃了药都不见好呢？"

"我怎么知道？"

到了傍晚，陈无偏又问秦大哥："拉贝先生好点没有？"

"没好！"

"这样拖下去不行喔！"

"那可不是！"

"那些医生真没办法吗？"

"有办法就医好啦。"

"那也是……"陈无偏不好意思地说，"秦大哥，我去医医拉贝先生怎么样……"

秦大哥不由自主地后退了半步，两眼从头到脚地将陈无偏打量了一遍："你？……你是医生？"

陈无偏点了点头："是的。"

"在哪里发财？"

陈无偏不好意思地说："在我们乡下。"

秦大哥拍拍陈无偏的肩头，说道："谢谢，谢谢，我代表拉贝先生谢谢你。"心里却说道：拉贝先生看病，从来都是找大医院，大医生的，你这个乡下的小郎中，还是免了吧！

可是拉贝先生的病，却一直没好，全公馆的人都急得心焦。

陈无偏也等急了，他又找到了秦大哥，问道："怎么样了？"

秦大哥也觉得拉贝先生的病这样拖下去，也不是办法，于是心里十五十六地应道："你再等等！"这秦大哥毕竟是公馆里级别最低的雇员，平日连接触拉贝先生的机会都极少，如今要他向拉贝先生推荐个医生，这真比叫他去捉条蛇还要艰难。不过拉贝先生是公馆的顶梁柱，是我们大家的靠山，特别是难民们救苦救难的活菩萨，秦大哥觉得这事再难也是要做的。

他磨磨蹭蹭地走到拉贝先生的寝室外面，忐忑地举手敲了敲门，得到应允后，他闪闪缩缩、探头探脑地走进去，结结巴巴地问道："有，有，有个难，难民，说能治，治，治先——生的，的病，叫，叫不叫，他，他进，进来？"

正所谓病急乱投医吧，拉贝先生正被疾病折磨得一筹莫展，如今突然听见有人能治他的病，没等旁边的人开口，他火急火燎地说道："快去叫来！快去叫来！"

秦大哥如获大赦，赶紧掉头就跑。

一会儿，他就气喘吁吁地把陈无偏拉到了拉贝先生的寝室里。

拉贝先生一看陈无偏的模样，灰头土脸，满面菜色，便突然失去了信心。不过既然叫人家来了，就让他试试吧！

陈无偏好久没给人看过病，早就技痒了。他让拉贝先生伸出手腕，让他把一把脉。脉象弦而有力。再张嘴看舌。拉贝先生把嘴张开，陈无偏立即闻到了一股浓重的消化不良的气味。细看舌头，舌苔白腻而发黄，舌的两侧如捆上了一道瘀红色的边。他知道了病根了。

拉贝先生心急地问道："我得的是什么病？"

陈无偏答道："先生，你是肝脾出了毛病！"

"肝脾出了毛病？"这话把拉贝先生说得糊里糊涂的。

陈无偏大声说："你肯定是肚子发胀，憋得难受！"

拉贝先生一听，那脑袋好像捣蒜似的直点头。

秦大哥不禁一愣，他侧过头来看了陈无偏一眼，心里说道：耶！还真看不出你这小子竟有两把刷子哩。

拉贝先生问道："是什么原因造成的呢？"

陈无偏说："这是肝气郁结，肝木侮脾，脾湿化火所致。"

拉贝先生摇了摇头："我听不懂你的意思。不过你刚才猜测的倒对，你准备用什么药来给我治病呢？"

陈无偏说："治这病的药是很多的，可是现在兵荒马乱，到哪里去找呢！"

拉贝先生着急了："那怎么办呢?"

陈无偏说："用推拿按摩的办法吧!"

"推拿按摩?什么叫推拿按摩?"

"推拿按摩,就是不用药,只用手在一定的穴位上揉按,把经络打通了,也一样能达到治病的目的。"

拉贝先生无奈地叹了一口气："现在也真没地方去找药了,就用你的法子试一试吧!"

陈无偏很兴奋。

他说："那我就动手了!"他选了肝俞、胆俞、脾俞、气海、中脘、太冲、支沟中庭、期门、大椎、曲池、丘墟、阳陵泉、足三里、三阴交、阿是穴等穴位,分别以摁、捏、擦、拿、抹、摇、拍等手法,对拉贝先生实施推拿按摩。

他用力由轻渐重,由重渐轻,轻重结合,反复变换。约莫弄了一个钟头,陈无偏累得汗都出来了。他问拉贝先生："现在感觉怎么样?"

拉贝先生说："舒服多了!"

"还胀吗?"

"还胀。"

"等一会慢慢就不胀了!"

拉贝先生看见陈无偏一脸是汗,感到有点歉意。他一半安慰,一半鼓励地说："我相信!你也累了,你回去歇一歇吧。"

陈无偏和秦大哥走了不久,拉贝先生啵的一声放出一个屁了。之后就放得越密了,拉贝先生腹内的胀感很快就消失了。

拉贝先生很高兴,马上叫人去喊陈无偏。

陈无偏吓了一大跳,他快步跑进拉贝先生的寝室,闻到了一股浓重的硫化氢的气味。

他问道："怎么样了?"

拉贝先生站起来,左右扭动了一下身子,笑道："不胀了,舒服多了。想不到你的法子那么管用——来,请你再给我弄弄。"

这句话令陈无偏好像得到了奖赏。他一身是劲,马上又给拉贝先生推拿按摩一遍。

推拿按摩了两遍之后，拉贝先生开始感到肚子饿了。他断断续续地喝了两公升的热牛奶，觉得身体开始有劲了。

拉贝先生非常高兴，他掏出了一小叠美元给陈无偏，作为给他治好疾病的谢仪。

陈无偏死活不受，他说："不要，不要，不要，你谢我，我谢谁？"

二十八

南京街头的陈尸已经发臭，南京市上空吹来刮去的风都是臭的。熏天的尸臭令劫后余生的南京市民众连呼吸都感到困难。南京街头的陈尸堆堆叠叠，令汽车都开不过去。这些惨状经外国记者一曝光，立即掀起了轩然大波。全世界的舆论都一致谴责日军惨无人道的滔天罪行。日本内阁搁不下脸，指示华中派遣军当局去查查这件事。

鸡吃萤火虫的松井石根接到指示，硬着头皮到南京街头去巡了一遍。南京街头的惨状连这个魔头都觉得有点看不过眼，于是下了一道命令：掩埋死尸，打扫战场！

站在松井石根身旁的中岛今朝吾抓了抓头皮，发愁地说："这么多的尸体，要找多少条大沟才能填埋完啊！"

松井石根这一声令下，驻扎在南京城里的日军，以及被强抓过来的数万名民夫和城内的慈善团体一齐行动起来，掩埋死尸，打扫战场。

南京大屠杀的幸存者崔金贵证言："在我们家住的附近有个崇善堂，是个慈善团体。日本兵进城后，崇善堂就找人收尸埋尸，我去的时候大概约三四月光景，头一天是到水西门外二道埝子金华酱油厂，在这个厂的酱油里打捞尸首。这些都是日本兵把中国人扔进去的。他们还到别处收来的尸首。埋尸时，每人发一个背心，前后都有字，白底黑字，写的崇善堂，不然日本兵就会乱抓乱杀的。埋尸就在附近挖坑埋，或拉到原来的壕沟扔下去填些土。埋的尸首没有多少是整体的。工具就是铁钩子。埋尸的时候，崇善堂有人跟着专门计数。"

中方收集掩埋日军在南京大屠杀中杀死中国平民和战俘的尸体数目，是南京市参议会根据多家中外单位在掩埋中有件计件的统计数字汇总得出的。而日军自己处理、焚毁尸体的数字是日军俘虏自己供认的。

1947年审判日本战犯时，中华民国政府向远东国际法庭提交的南京大屠杀被害人数为三十四万。但国际法庭在最后的判决书中，却把南京大屠杀的被害人数压缩为二十万。在稍后的对南京大屠杀的主要负责人松井石根的死刑判决书中，又把南京大屠杀的被害人数压缩为十万。

据当年日军的战俘供认：日军打扫战场最简捷的办法就是将死尸扔到长江里。他们把南京街头的死尸用旧电线像捆咸鱼似的捆起来，出动无数的马车和汽车，把成捆的尸体扔到车上，然后拉到江边，倾倒在长江里。可是沉江的尸捆第二天高高地浮出水面，引起了外国记者的惊诧，他们又改成在沉江前把捆扎死尸的旧电线解开，把死尸一个个地扔到水里。可是第二天死尸浮起来的时候漂得满江都是，"尸体蔽江，水为不流"，更引起了舆论的谴责。日军当局只好采用了那个传统的最费时费力的办法——挖坑填埋。而挖坑填埋确实既费时更费力，他们这时才明白：杀人容易，毁尸灭迹难啊！他们又想出了一个新的法子：用木柴和汽油焚烧尸体！这办法顷刻间把南京的上空搞得熏天大臭。烧过之后，把骨灰撒到江里，江面都变白了。总而言之，为了迅速处理塞满南京街头的死尸，日本鬼子什么办法都想到了。而且，每采用一种办法，他们都要使用大量的民夫。为了保守秘密，不让外人知道，他们每用一批民夫，都卸磨杀驴，把知情的民夫统统杀掉。这又制造出一批新的死尸。

曾在长江岸边参加毁尸灭迹的日军南京碇泊场司令部少佐太田寿男交代：仅经他与安打少佐在南京下关码头处理的尸体就有十万

具以上，为此用了船只三十艘，卡车十部，不计民夫光负责搬运尸体的日军士兵就有八百多人。其中，掩埋、焚烧的尸体有三万多具，其余的都投入长江去了。

二十九

在世界舆论的压力下，日本内阁也开始觉得丢人了，于是敦促军部肃整风纪，约束官兵的行为。军部向前线司令官发出指示，要他们约束部队，注意影响。慢慢地，南京城里治安状况有了好转。

西门子公司驻华代表处那么长时间负责几百号难民的食宿，确实有困难。这时候，他们正好有一船货物要运到上海去，于是吩咐看门的秦大哥询问院里的几百号难民：有没有想到上海去的？若有，可以坐公司的船到上海去。

知道这个消息，陈无偏心里咯噔一跳。

自从侥幸躲进了西门子公司南京西门子电机厂的宅院，陈无偏每日都是在惶惶和感恩的心态中度过的。

他没有想过将来。他是有一日过一日，根本没可能有这个心思去想到将来。如今猛地听到秦大哥传来的这句话，他心里咯嘬一缩：是呀！我们总不能永远躲在这里的，人家帮得了我们一时，总帮不了我们一世的呀，俗话："梁园虽好，不是久留之地。"

现在的陈无偏真是叫苦不迭。他来南京的时候，是王副官请来的，一路迎送，又坐飞机。现在唐长官已经无影无踪，王副官又死活不明，飞机更是绝对没有的了。我怎么回去？我该走哪条路回去呢？一想到这里，陈无偏急得腋窝出了一片冷汗。

怎么办呢？这可是个机会啊！失却这个机会，以后不知还会有什么机会呢？他磨磨蹭蹭地来到秦大哥跟前，怯怯地喊了一声："秦大哥……"

秦大哥回头一看是陈无偏，立即一脸是笑。自从前几日他略施小技，用按摩的办法把拉贝先生的腹胀病治好，秦大哥对他高看了好几眼。"你想去?"

"不是……"陈无偏不知怎么表达才能把自己的意思讲清楚。

"那你想讲什么?"

陈无偏磕磕巴巴地说:"我是广东人,我想问问,从南京回广东的路,该怎么走?"

"嗨!就走这条路。"秦大哥豪爽地一拍巴掌,"就走这条路。从这里坐船到上海,再从上海乘搭海轮,沿着浙江、福建、广东的沿海航行,最后进入珠江口,在广州的黄埔港上岸。我做跟班跟着拉贝先生去过两次,一点都没有错。"

陈无偏听他这么一说,心里长长叹了一口气:南无阿弥陀佛!要是到了黄埔港,我就什么都不怕了。于是他怯怯地说道:"那我也想去。"

"好,我帮你向拉贝先生说说。"秦大哥爽快地说道。说完,他迟疑了一下:"兄弟,你是个好人,又那么有本事,我还真的舍不得你走啊!"

陈无偏也动情地说:"这十天半月,我是终生难忘的,我一样舍不得离不开秦大哥你,一样舍不得离不开这座宅院,离不开这座宅院里所有的人……"

秦大哥无言。他沉实地拍拍陈无偏的肩膀。

陈无偏继续说:"秦大哥,我想求你一件事。"

"哦——什么事?"

陈无偏说:"我想,离开你们之前,给拉贝先生再按摩一次。这场大难,如果我们不躲来这里,早已没命了。拉贝先生的大恩大德,我无力回报,我想临走之前,给他多按摩一次,让他身体更好一些吧。"

秦大哥笑道:"你真是条有情有义、有血有肉的汉子!好,我跟你去说说。"

秦大哥到楼上去找到了拉贝先生,对拉贝先生说:"给你按摩肚子那个人,想坐我们的船到上海去。"

拉贝先生不经意地"唔"了一下。

秦大哥停了一停，他看了看拉贝先生的脸色，再继续说："他说，他很感谢您，他希望在离开之前，再给您按摩按摩一次，让先生您身体更好一些。"

拉贝先生的眉毛轻轻一扬，笑道："他是这样说的吗？"

"是的，"秦大哥说，"他就是这样跟我说的。"

拉贝先生很高兴。他说："好呀，我的肚子真的有点不舒服，你就叫他来给我按摩按摩吧。"

秦大哥很快把陈无偏领来了。

拉贝先生见了陈无偏，高兴地问道："听说你要走？"

他的中国话虽然说得有点洋腔怪调，但细细听来还比较悦耳喔。

陈无偏说："是的，谢谢拉贝先生了！"

"谢我干什么？"看得出，拉贝先生说这句话时心里是很高兴的。

陈无偏动情地说："没有拉贝先生您的保护，我们早已没命了。"

"不不不，这是'主'的保护。"拉贝先生谦虚地说，"我们每个人，都生活在'主'的保护之下。你真诚地感谢'主'吧！"

陈无偏是个乡下郎中，他不晓得"主"是什么意思。他只知道自己讲这番话是很真诚的。而且他也不知道去哪里感谢那个"主"。

他说："拉贝先生，您的大恩大德，我们无以为报。况且我们是落难中人，更没有什么东西可以报答您。您知道，我就会按摩，我就再给您按摩一次，让您身体更好一些吧！"

拉贝先生非常高兴。他说："你也太客气了。不过，我也确实有点不舒服，那就请你帮我按摩按摩吧。"

说完，他就躺在那把牛皮沙发上，让陈无偏给他按摩。

陈无偏是抱着感恩之情来的，加之有上一回的经验，所以用力更加适中，手法更加娴熟。

拉贝先生感到很舒服，很受用。他问道："你平日就靠这个谋生的吗？"

陈无偏说："也不完全是。这是我谋生方式的一种吧。我更多的时间，是给病人切脉、看病、开方、弄药的。"

　　"你是看什么病的？"

　　"我，什么病都看。"

　　"啊——你们看病，就靠你们的三个指头在病人的手腕上摸摸？"

　　"我们看病的方法，是望、闻、问、切。"

　　"你把我说糊涂了。坦白地说，我过去是瞧不起你们的医道的，觉得太愚昧太落后了。不想这次，你不用打针吃药，光用手按摩按摩，就把我的病治好……"

　　陈无偏说："我把您的经络疏通了。"

　　拉贝先生笑道："你说的这些，我都听不懂，我倒感到，你们的医学的博大精深了。"

　　陈无偏很感动，说："拉贝先生快人快语，心地坦然，和您说话，心里很舒服。古人说，对君如对月，可能就是这个感觉。"

　　拉贝先生说："你出口成章，你是什么文化呀？"

　　陈无偏惭愧地说："我谈不上什么文化，我没进过洋学堂，只念过几年私塾。"

　　拉贝先生感叹地说："念几年私塾，就有这么好的学问，这也看得出，中国文化的底蕴。欸，我想问你，你不是这里人吧，你怎么到南京来的？"

　　陈无偏的心头倏地一颤：这话真是一言难尽啊！

　　停了好一会儿，他才缓缓地答道："我是广东人，是唐长官请我来，给他看病的……"

　　"你是唐生智请来看病的？"拉贝先生不禁刮目相看，"中国有句俗话，叫'牛角不尖不过界'。难怪你有那么好的本事——欸，唐生智现在跑到哪里去了？"

　　"不知道……"

　　"唐生智书生气太重了，他玩不过日本人。"

　　陈无偏百感交集，没有出声，只是默默用力，给拉贝先生按摩身体。

拉贝先生继续问道："你带着个孩子哦！那你太太呢？"

真是哪里越痛哪里越挨碰。自从逃进了南京西门子电机厂的宅院后，陈无偏天天、时时都在思念着自己的爱妻。他现在几孤单，几心寒，几悲伤，几后悔啊！她在，莫说夫唱妇随，琴瑟和鸣了，就是心里有话，也有个人对着说说呀！孩子哭了，也有个人帮着抱抱呀！现在遇到困难了，想找个人商量商量都没有了！若不是哄孩子，从早到晚连句话都不愿开口了。寿玉，你怎么命那么苦，你要是再挺半天不出事，不是和我们一道躲到拉贝先生的宅院里，把命保了下来啦……他鼻子一酸，眼泪鼻涕都流出来了。

拉贝先生见陈无偏那么久都不吭声，不知是怎么回事，想起来看过究竟。

他一仰身，陈无偏的一滴眼泪滴落在他的脸上。"陈先生，你怎么了？"

陈无偏愣了一下：叫我陈先生，没听错吧？

他一时无言以对，只好摇摇头，那眼泪鼻涕更滴滴答答地掉落下来。他赶快用双手捂自己的脸，鼻孔使劲地抽泣着。

拉贝先生不禁一愕。俗话说：男儿有泪不轻弹。在宅院里除了小孩子发高烧，他从未看见他哭过。

知道陈无偏悲伤到心坎底下去了，他关心地问道："怎么回事？能跟我说说吗？"

陈无偏抽泣了一会儿，强忍着悲痛，说道："我老婆死了……"

"什么时候死的？"

"是逃进您公馆的那一天死的。她要是能跟着我们一起逃进您的公馆，她就不会死了……"

"被日本鬼子打死的？"

"不是，是日本鬼子想强奸她，她不从，自己跳楼自杀的。"

"好！烈女，这叫烈女。我理解到了，中国文化讲的烈女，就是这个。"拉贝先生不愧是个中国通。虽然他的中国话讲得有点洋腔怪调，可是对中国的传统文化了解得很深透。

拉贝先生伸手拍拍陈无偏的肩膀，宽慰他说："陈先生，我很理解你的悲伤，我很同情你的遭遇，不过，我觉得你在悲伤之余，还要感到骄傲。因为你有个好老婆，是不是？"

　　陈无偏肝肠欲断，不知该说什么，只好一个劲地点头。

　　拉贝先生继续说："陈先生，你不要难过，时间是治疗创伤最好的药。中国人那么聪明，你给我治病，也使我感受到中国人的聪明了，是不是？中华民族又那么伟大，我相信，你们不会长期让日本人欺负的，你们中国的前途，一定会好的。你陈先生，将来也一定幸福的。"

　　陈无偏一个劲地点头："承您贵言，承您贵言。谢谢拉贝先生，谢谢拉贝先生……"

　　心潮汹涌的拉贝先生在房子里踱来踱去。"你一个人，带着个小孩逃难，确实有困难的哦……"

　　他走到桌子旁边，拉开抽屉，取出一沓钞票，递给陈无偏，说："陈先生，些小意思，你拿着，在路上方便一些。"

　　陈无偏见状，赶紧用手推开："拉贝先生，不行，不行，实在不行。"

　　拉贝先生说："为什么不行呢？"

　　陈无偏说："我们受了您拉贝先生的救命之恩，正愁无力报答，现在还要接受您的钱财，这是万万说不过去的。"

　　拉贝先生说："陈先生，你说，我们是朋友不？"

　　朋友？陈无偏心想：我和您拉贝先生是两个阶层的人，您是洋大人，我是中国的小老百姓，我做梦都没有想过是您的朋友喔！

　　但看着拉贝先生真诚热情的眼睛，他又不好说不是，只好不由自主地把头轻轻地点了一下。

　　拉贝先生说："这不就是啰。你们中国人有句俗话，叫'十世修来同船渡，百世修来共枕眠'。我们现在是'同船渡'哦，是'十世修来'的哟，那还不是朋友？你说是吧？是的，你就拿着。"

　　站在旁边的秦大哥看见拉贝先生说得那么真诚，也说道："兄弟，你还是收下吧！"

到了这个地步，陈无偏只好把钱收下来了。

他扑地跪了下来，给拉贝先生磕了个头，说："拉贝先生，您的大恩大德，我这辈子不可能报答了，等来世吧，等来世我当牛做马，结草衔环，也要报答拉贝先生您的大恩大德！"

拉贝先生赶紧把陈无偏拉起来："哟哟哟，你说到哪里去了！"

西门子公司驻华代表处用卡车把要去上海的难民送到码头。

难民非常激动，个个都哭着上车，千恩万德地感谢西门子公司驻华代表处的工作人员，感谢拉贝先生的大恩大德。

陈无偏一只手抱着儿子，一只手拉着秦大哥的手，泪眼汪汪地说："秦大哥，我一辈子都忘不了你……"

卡车在一片哭声中，徐徐地驶出西门子公司南京西门子电机厂的宅院，驶向南京市区。

严冬封锁了大地。天空黑沉沉的，一点光亮也没有。风也没有。这世界仿佛全冻结了。汽车启动之后，人们才感到风的存在。但这风非常的厉害，它有咬噬力、穿透力和杀伤力。特别是这些衣衫单薄、身体羸弱的难民，在它的淫威中更是坐而待毙。

大家哆嗦地抖着身体，望着汽车外面的景物：昔日车水马龙的马路，熙熙攘攘的商铺，如今已面目全非。十几里的长街全是垃圾，不仅渺无人迹，甚至连只鸡犬也没有，唯一可见的是活动在余火旁边的饥肠辘辘、四处觅食的老鼠。穿过大火焚烧过的断壁残垣，扑面吹来的夹着尘土和火灰，混着焦煳味和尸臭味的风，让人难以睁眼和呼吸，让人怀疑这是不是地狱里刮起的罡风。从日寇进城到现在，才半个月的时间，眼前的情景使人恍如隔世。大家见状，纷纷咒骂着这些日本强盗。

陈无偏想起自己来南京才不到一个月的时间，家破了，老婆死了，现在前途渺茫，父子俩孤立无助，心里悲惨万分。

他默默地骂道："日本仔，你们这些冚家铲，你们真是冚家铲，人不收你，天也要收你的……"

三十

西门子公司的货船停泊在下关煤炭港码头。

西门子公馆的汽车开到码头上。司机一路忐忑不安，等难民下完车后，马上把车开回去了。是货船的水手上到码头上把难民们接下去的。

陈无偏抱着儿子，拎着包袱跟着大队走下码头。码头上的完整的尸体已经清走了，可是码头就没人来打扫了。石阶上到处散落着许多破烂的衣物和碎烂的死人的肢体，当日流下的血已经乌黑发臭，令人作呕。很多人不耐这熏人的恶臭，都哇哇地吐了起来。

陈无偏强忍着正欲翻涌的胃，一只手紧紧地搂着儿子，一只手死死地挽着那只小包袱，快步走下石阶，踏上桥板，噔噔噔地冲到船上去。这时他已经虚脱，两手冰冷，虚汗把底衫洇得湿透。其他难民也三步并作两步，争先恐后地涌上船来。

上到船上，才感到空气清新一些。已经眼冒金星的陈无偏慢慢地，试探性地深呼吸了两口空气，才把正欲翻涌的胃气压下去。

人上齐后，货船便起锚启航了。

陈无偏抱着儿子，透过汪汪的泪眼，回望着逐渐远去的南京城，心里头难受得好像有一把刀子在不停地绞。此时的南京，活像人间地狱，他恨不得分秒不停，马上离开这里。

可是正当离开的时候，他又倏地发现舍不得了。因为老婆死在南京的街头上，现在不知有人给她收尸了没有？她死得好惨啊！来的时候，他一家三口，光光鲜鲜，体体面面；现在回去了，三口少了一口，剩下他鸡公带崽，拎着个破包袱，要几凄凉就几凄凉。寿玉，我们回家去了，丢下你一个人在这里，好凄凉啊！寿玉，我对不起你，我本来是想上前线以医报国的，不想报国不成，还让你惨死他乡。寿玉，我真的对不起你啊！寿玉，我们是对好夫妻，我们结婚那么多年，从来没有红过脸。我们夫唱妇随，恩恩爱爱，在乡下令多少人羡慕。可是现在你走了，是日本仔害死你的，这万恶的日本仔，我陈无偏和他不共戴天。等我们的儿子长大了，我一定要告诉他，要他记住这个深仇大恨！

他抹了一把眼泪，把头俯向抱在怀中的儿子，轻轻地说道："抗日，你告诉你妈，你会记住这个深仇大恨的！"

天渐渐地黑了。两名水手一个拎着一桶热粥，一个拎着一筐面包从厨房里出来，给难民们开晚饭。因为拉贝先生事前有吩咐，所以难民们这顿晚饭有了着落。

陈无偏分到了一大碗稀粥和两只面包。他细心地喂儿子喝粥，把面包撕碎放在他的小嘴里。等儿子吃饱了，他才三下五除二地把剩下的稀粥喝掉。面包他是不敢吃掉的，有了上顿不知道有没有下顿，还是留着一点好。

吃过晚饭，难民们自己各找位置，打开自己的包袱睡觉去了。陈无偏也找了一个背风的地方，打开自己的包袱，搂着儿子睡下去。

船上机器轰鸣，震得甲板微微发颤，睡在上面，脑袋也被震得嗡嗡作响。船头劈波斩浪，睡在甲板上，最能感受到船体前后一晃一晃地摇。

陈无偏不大习惯，加上此时此刻百感交集，心事重重，所以久久未能入睡。这是一个没有月亮没有星星的夜晚。云很厚，把天上的星星和月亮遮得严严实实。货船怕天上有飞机，黑着灯航行。这时天上、水上一丝亮光都没有。两岸更是黑黢黢的，没有灯光，没有狗吠。

这天上地下黑得可怕，陈无偏也突然之间感到害怕。他似乎发现这船载着他们父子，驶向黑暗无边的深渊。他觉得身体有些冷，他发现这冷是从心底下沁出来的。他不由自主地搂怀中的儿子，努力地让自己什么都不想，快快地入睡。

三十一

"船靠上海码头了，船靠上海码头了，大家起来，准备上岸!"陈无偏闻声一愣。

他睁大眼睛，看见船上的水手在喊醒难民，撵人上岸。儿子陈抗日被吵醒了，哇哇地大哭。陈无偏无奈地抱起儿子，拎起自己的包袱，跟大家一起离船上岸。

上到码头，难民们马上各散东西。

陈无偏定眼一看，看见眼前高楼林立，车水马龙。他不晓得如何形容，只觉得这里的楼房比广州的比南京的要高得多，大得多。人们的穿戴打扮也比广州的比南京的洋气得多，他倏地感到好像到了外国一样。本来就一路忐忑不安的他，这时就更怕了。他从来没有到过上海，他只是番禺的一个乡下郎中，他连广州都没多去过几次，何况眼下这片十里洋场啊! 我到了上海又怎么办呢?

他倏地感到，在拉贝先生的公馆里做难民几幸福。虽然像乞丐一样地睡在走廊过道的地板上，但吃饭有人管啊，有难有人问啊，好歹也像个家啊，昨天怎么脑袋一热，说走就走了呢! 他后悔了，现在你说怎么办呢? 儿子陈抗日好像挺懂事的，他伏在老爸的肩膀上，眼睛辘辘，东张西望，好像也在找路。

陈无偏此刻突然明白，后悔也没用了，他没后悔药吃了，现在前途渺茫后无退路，唯有走一步算一步了。

他远远地看见远处有个穿黄绿色制服的警察，他想：路在口边，去问这个警察吧! 他抱着儿子拎着包袱向这警察走去。走近了，他倏地发现这警察是个红须绿眼的。他这辈子只接触过拉贝先生和他公馆里那几位外国人，见过满街追人杀人抢人财物的日本人，还没有接触过像眼前这位这样的外国人。

他不禁犹豫了，可是此时此刻你不问他，你又能问谁呢? 陈无偏犹豫了片刻，还是往前走去。

走到离这个红须绿眼警察十来步远的地方，却见这个警察扬起手中的警棍，用怪腔怪调的中文向他大声喝道："站住！不准过来！"

陈无偏心想：我不过来我怎么问你？迟疑了片刻，他还是走过去。

"红须绿眼"更大声了："站住！不准过来！滚回去！"

陈无偏觉得人格受到了侮辱。他本能地停下脚步，低头一看自己，不禁叹了一口气。他现在衣衫褴褛，抱着个脏兮兮的孩子，拎着个鼓鼓囊囊的破包袱，像个叫花子一般，大概这"红须绿眼"当他是乞丐了。一腔酸水从肚里涌上了眼睛，他举起衣袖，抹了一把泪眼汪汪的眼睛，擤了一把清清的鼻水，深深地舒了一口气，然后转身，抱紧儿子，拎紧包袱，朝另一个方向走开了。

心中彷徨无比的陈无偏左顾右盼着走了几条街，最后看到一个穿黑制服的警察。吃一堑长一智，陈无偏这回先认真看看他是中国人还是外国人，等他看清楚这回这个肯定是中国人了，他才抱着儿子拖着包袱走过去。

等走近了，他努力地从像白醋一样酸、跟黄连一样苦的脸上挤出一丝笑容："长官，我想回广东去，请问，走水路坐船该怎么走？"

本来脸朝另一边的那个穿黑制服的警察听见这个说法，马上把头拧过来，眼睛定定地看着陈无偏，好像要里外把他看个透似的。

陈无偏不禁一愣：我怎么啦，也把我看作叫花子？我真的是叫花子，也犯不着用这样的眼神来看我呀！

正当陈无偏在为自己抱不平的时候，那穿黑制服的警察朝他走近了两步，沉着嗓子一字一顿地问道："你刚才说的是什么？"

陈无偏不禁纳闷：这警察是聋的？怎么我讲的那么大的声音他都没听见？就算是聋的吧，也不该黑着个脸，把声音压得那么低沉和我说话呀？我现在是你砧板上的肉，我没本事和你计较了，我就当你是聋的吧。

他清了清嗓子，把嗓音适当提高了一点，放慢语速，很温和很有礼貌很清晰地说道:"长官,我想回广东去,请问走水路坐船该怎么走?"

那警察双目一瞪:"你想走水路去广东?"

陈无偏心想,难道这也有错?他小心翼翼地答道:"是呀!"

"你是老蒋那边派来的探子?"

陈无偏给说得一头雾水:我是老蒋那边派来的探子?哎!谁派我?我探谁啊?

陈无偏说:"长官,我不是什么探子,我是难民!"

警察沉着脸,背着手,兜着陈无偏父子慢慢地踱步,钉过鞋跟的警靴在水门汀上发出了咔嚓咔嚓的刺耳的响声。大概兜了两圈半,这警察突然停下脚步,向陈无偏厉声喝道:"你是化装成难民的探子!"

陈无偏现在才真正体验到什么叫作一个"官"字两只口,这个破警察,应该是官中最末尾的吧,竟也这般指冬瓜画葫芦地信口开河,叫你百口莫辩。这不是人们常说的"三六九"吗?不过事到如今落在他的手里,也没办法了。

陈无偏哀求道:"长官,我真的是难民!您看我这个款,说我不是难民,真是长官您抬举我了。"

那警察在鼻孔里嘿嘿地冷笑了两声:"这年头装扮难民是最容易不过了,随手捡一个别人丢弃的孩子,在垃圾堆里捡个破包袱,不就马上成了难民啦!"

陈无偏争辩说:"我这孩子不是捡来的,他确确实实是我的,他叫我做爸的呀!"

警察说:"那么小的孩子懂什么,你叫他喊谁做爸他都叫的。"

这不是秀才遇着兵,有理说不清了?

陈无偏绝望地望了那警察一眼,哀求道:"长官,我跟您老人家昨日无冤今日无仇,您行行好,给我个方便吧!我父子俩实在不行了。"

那警察嘿嘿地阴笑了两声:"你怕了吧?你怕什么!白日不做亏心事,半夜拍门心不惊——检查!"

陈无偏感到真无奈：我做了什么，要检查？

那警察见他愣愣地站在那里，不耐烦地用警棍敲打敲打陈无偏的包袱："打——开！"

陈无偏只好蹲下去把包袱打开。

警察用警棍往里拨弄了几下，便停下手，喝道："举起手来，搜身！"

陈无偏抗议道："搜身？我犯了什么罪？"

警察说："我并没有说你犯罪，我只说搜身。你犯不犯罪，要搜了身后才知道。"

陈无偏觉得真冤了，这里真的是没有让人讲话的地方。他深深地认识到鸡蛋是碰不过石头的，没办法，只有让他搜啰，反正我是难民，我就是逃难，我什么都没有做过，难道连逃难也不准吗？于是他把手缓缓地举了起来。

警察把警棍往皮带里插好，伸出双手往陈无偏身上摸。

陈无偏从来没有被搜过身，这是头一次，他傲然昂头，闭着眼睛，心里头发酵着一股"丢那妈"的恶气。突然他感觉到警察在他身上掏出了一样东西，陈无偏睁开眼睛一看：啊！这是钱，这是我的活命钱！

他失口喊道："这……"

警察把掏出来的钱在手中抛了抛："就那么一点？"

陈无偏的心悬在了嗓子眼上："这钱是我的，是我的活命钱来的。"

警察笑道："这钱是你的？"

"是呀！"陈无偏用力地点了点头。

"是你的钱？"警察微笑着悠然地点了点头，好像波斯猫吞下了一只金丝雀，"你有什么证据证明这钱是你的呢？"

陈无偏火了，他大声喊道："你这不是明抢？"

"我明抢？"警察说道，"你有什么证据证明我是抢？"

陈无偏知道这里不是讲理的地方，他决心扑过去，把自己的钱抢回来。

这警察立刻发现了他的意图，马上从腰间拔出一把手枪来，把枪口对正陈无偏的胸口，喝道："不要动，你动，你就是袭警，我有权打死你！"

　　抱在父亲手上的陈抗日不经一吓，立即哇哇地大哭起来。

　　陈无偏倏地明白，为这些钱和这王八蛋去拼不值得，我出了事，我的儿子怎么办？可是在气头上，他也实在不愿这样善罢甘休。

　　正在这时，一队日本鬼子的宪兵操着步子从远处走过来，这警察威胁说："你还不走？你还愣在这里？你再不走，我就叫皇军过来把你抓走！让你尝一尝坐日本人大牢那种欲生不得，欲死不能的滋味。"

　　陈无偏是从南京大屠杀中死里逃生的人，自然不愿意和日本人打交道，所以在日本人没有走过来之前，悻悻地走开了。

　　陈无偏觉得今天很晦气。他不是很爱钱的。他一直以为人只要有真本事，何愁没吃穿？当时唐生智封了一百块大洋给他做诊金，他只要了一块，最后是唐生智硬塞给他十块的。在这艰难时世里，他已经深深地认识到财是养命之源了！离开拉贝公馆时，他偷偷地把软钞塞在鞋垫里和裤裆下，这几块大洋无处好藏，只好放在口袋，不想如今落进了这警察的狗嘴里。陈无偏从来没有被人欺负过，当然日本仔侵略中国，国有难他也有难，这暂且不计，单就个人的遭遇来说，他这样被人欺负却是头一次。他医术高，医德好，在番禺医好了那么多人，救活了那么多人，乡人对他尊敬有加，赞誉有加，谁会欺负他？不想今天他在这大上海被人欺负了。他最想不通，气不过的是这警察明明是中国人，百分之百是中国人，怎么竟这样欺负自己中国人呢？冚家铲！

　　陈无偏抱着儿子，拎着个破包袱慢慢地走呀走呀，他不敢停下来，但也不知该走到哪里去。

　　他不知走了多少条街，抱儿子的手和拎破包袱的手互相轮换。儿子在他的手中，哭累了就睡，睡够了就哭。

　　一直走到天黑了，他看见一家杂货铺打烊了，便在这家杂货铺的骑楼底打开个破包袱，搂着儿子睡起来。

三十二

正睡得香甜，有人用脚在他的背上蹬了一下，"喂，起来，起来！到别的地方睡去。我们要开铺了"。

陈无偏睁开眼睛一看，已是天光大白时分，一名伙计模样的年轻人不好气地撵他起来，那神情好像撵叫花子一般。

陈无偏觉得很受侮辱，很没面子。在番禺，我什么时候受过这种呵斥，挨过这样的黑脸？在这小伙计的呵斥声中，陈无偏抱起儿子，搂着卷成一筒的包袱，悻悻地离开杂货铺门口，找个适合的地方落脚。陈无偏原以为会做个梦，在梦里会一会汪寿玉的，不想昨天太累了，累到连梦都做不出来。叫他也平添了一肚惆怅。

走了半条街，儿子抗日哭了，自己的肚子也在咕咕直叫。难道我要沦落到讨饭的地步了？一想到这里，陈无偏就非常难过，到真没办法的时候，该讨还是要讨哟，不然的活，难道就让自己饿死？我死了倒也罢了，儿子抗日是不能够死的，把他饿死了，将来怎么向寿玉交代啊！

他摸遍身穿衣服的口袋，发现还有几个零钱，心想，走一步算一步，卖点东西填填肚子再说吧。

他抱着儿子，拎着个破包袱，走到了一个卖早餐的小摊，买了几个馒头，一碗稀粥。他撕着馒头慢慢地喂儿子，用匙羹慢慢地灌他喝粥。等儿子吃饱了，他才一股脑儿地把剩下的这些馒头稀粥扫到肚子里。填满了肚子，他才慢慢地感到恢复了点元气。

他继续走呀走呀，竟来到了河滩边。他想难怪这里的房屋马路和刚来见的都不同，街上还有卖小食的小摊子，原来是到了城市的边缘。他往河滩上看，发现有一二十个人从河边的木船扛米袋上码头。

他想：这活我也可以干呀，干一天吃一天，总比去讨吃好得多嘛!

他看见码头上坐着个小老头给扛包人发签收签的。他想,我去问问他。

他走到这小老头跟前,哈哈腰,点点头,赔着笑脸说道:"大哥!小弟求您老人家办件事,不知可否?"

这小老头是个核桃脸,瘦得皱巴巴的,但还和气。他定定地看了陈无偏好一会儿,说道:"你也有眼看的,我的情况也比你好不了多少,我能帮得你什么?"

陈无偏见他不是像打发叫花子一样把他撵开,知道还有点相求的余地,于是说:"您老一定可以帮得到我的,您老一定可以帮得到我的。"

小老头笑了。他本来瘦得一脸皱纹,可笑起来这些皱纹竟舒展得像朵怒放的菊花。他说:"兄弟,你太抬举我了。你可不是想打我什么主意吧?我可是身无多余之衣,锅无隔夜之粮啊!"

看见小老头笑了起来,陈无偏也巴结地跟着笑了。"大哥,您老说对了,小弟我确实是想打您老人家的主意的。"

面对陈无偏的坦诚,小老头倒感到有点突异。他睁大那双小眼睛认真地看了陈无偏一会,问道:"我有什么值得你打主意的呀?"

陈无偏指着扛米袋的人,乞求地说:"我也想在这里扛米,求您老人家高抬贵手收留我。"

"你也想来扛米?"

"是啊!"

"你带着个小孩喔……"

"没办法啦,人总是想活命的呀!所以想找点活干干,挣口饭吃吃。"

"哦!你是从哪里来的?"

"南京。"

"南京?"小老头机警地两头看看,压低声音问道,"小鬼子在南京搞了大屠杀喔,是不是?"

"是呀!"

"杀了很多人吧?"

"那可不?街上的死尸堆得重重叠叠,路都不通了,沟渠里流的都是血。"

小老头恨恨地说:"小日本这些乌龟王八蛋!岳鹏举有话:壮志饥餐胡虏肉,笑谈渴饮匈奴血。我们什么时候才能吃这小日本的肉,喝他们的血呢!"

"大哥您……"

"我也是死里逃生地逃到这里来的。"

"从南京?"

"不是,是从苏北!我的家被小日本的飞机炸平了,一家人就得我没死,只身逃到这里来了。"

"对不起,对不起……"

"什么对不起?说对不起的不是你。是你的飞机把我的家炸平,把我的家人炸死的吗?"

"对,对,对,但是我提起你的伤心事……"

"这些事,倒要经常提起,经常提起才不会忘记。——咦,看你的神情,你是刚到上海来的吧?"

"是的,昨天坐德国西门子公司运货的便船到上海来的。上海这名字倒是听过无数次了,但自己到上海却是头一回。昨天刚到时,感觉好像是到了外国,上岸没走多远,碰到一个外国人警察,想问问路,可是我还未开口,他就扬起手中那根木棍,像赶猪似的把我赶走了。"

"你是从租界旁边上岸了。租界里的警察根本没把我们中国人当人。里面很多地方都插有'华人与狗不能进入'的牌子。"

"我再走几条街,又碰到一个中国人的警察,这家伙说要搜身,把我身上那点救命钱也搜走了。"

"这家伙是汉奸,现在上海大把这样的汉奸,他们是吃日本鬼子的饭的,这些王八蛋比日本鬼子还坏。"

"哎,这年头真苦啊!"

"听口音,你应该是南方人。"

"广东人。"

"广东人……这年头怎么又跑到南京去？是去做生意的？"

"不是，是去医人的。"

"去医人的，你是医生？哎哟！从广东医到南京，真是牛角不尖不过界喔！"

"不敢不敢。我们是挣饭吃的人，这年头挣碗饭吃不容易，既然有人请，自然是要去的。"

"你看，有本事的人就是谦虚。"

"过奖了，过奖了，你这么说，真叫我感到惭愧。哦，请问你老贵姓，在老家是干哪行的？"

"免贵姓刘，在家是教书的，就是因为教书不在家，才留下这条贱命。"

"哦，刘老师，难怪您说话满是书卷气。"

"你才是过奖我了！"

陈无偏见谈得投机，便赶紧把想扛米的请求又提出来："刘老师，刚才我讲了，我那点救命钱也给那个汉奸抢走了，我们父子俩就要饿死了。我想来您这里扛米，找条活路，您可以高抬贵手，帮一帮我吗？"

小老头爽快地说："说别的，我确实没有这个能耐；说扛米，我倒能答应得了你。你扛米，我发签，你是吃你自己的劳力，这没问题！"

"那我谢谢刘老师您了！"

"客气了，不用谢！"

"那我现在就开始扛了？"

"可以！"

陈无偏欢天喜地，赶紧放下他那个破包袱，拉着他的儿子抗日，到船上去扛米。

两百斤的米袋子压在肩头上，他弓着腿，微微蹲了两下，觉得还可以。他毕竟练过二十年的拳，这点底子还是有的。他一边手扶着肩头的米袋，一边手牵着刚会走路的儿子一步一步地走过桥板，一步一步地走上码头。

这样来回走了好几趟,姓刘的小老头都为他着急。他说:"兄弟,你信得过我,就把孩子放在我这里吧!你这样扛法,大人辛苦,小孩更伤。"

陈无偏无限感激地说:"我当然信得过您刘老师。刘老师您肯帮我,那真是谢天谢地了。"

小老头帮带陈抗日之后,陈无偏扛米的速度明显加快了。天黑收工的时候,他领到了一块一毛钱的工钱。他想,这样做一天可以吃三天,总算暂时有条活路了。

他领工钱的时候,小老头对他说:"兄弟,我是萤火虫,照人不亮,帮不了你什么,我睡的地方像狗窝一般狭小;可是旁边有个水龙头,你来抹个澡,洗洗衣服还是可以的。"

陈无偏拱手谢道:"大哥,你真是上天赐给我的贵人了!"

三十三

这样一口气干了八九天,随遇而安的陈无偏也满足了。现在是艰难时世,有点活干,有碗饭吃,已经是很不容易的事了。广东肯定是要回的,可这是见一步走一步的事了,慢慢地等机会吧。

正当陈无偏干得起劲的时候,一天傍晚收工的时候,小老头对他说:"兄弟,有件事真难开口了。"

陈无偏听见一愣。他下意识地感觉到一定是件不好的事,而且肯定和自己有关,于是急急问道:"大哥,是什么事?"

小老头叹了一口气:"下午工头来过,说你拖儿带女的,有碍观瞻,吩咐我不能再雇你了。"

陈无偏一听立即呆了,好像天塌了下来一般。

他在这里扛米,虽然晚上要搂着儿子在马路上睡骑楼底,但一天能挣两到三天的饭钱,又有小老头住处的水龙头可以抹抹澡,洗洗衣服,就感觉到有半个家了。这样是能再熬一阵子的。如今说不雇用他了，他的米路就断了，而且小老头住处的水龙头也就不能用了，这不是要他俩父子再流浪街头，去靠讨吃度日？

想到这里，陈无偏心里非常害怕。他相信这小老头是真心帮他的，如果不是真心帮他，就不会帮他带儿子，也不会叫他到他住的地方抹澡和洗衣服了。恐怕这小老头或者还能帮一帮我呢！

于是他对小老头说："大哥，刘老师，您还能帮帮我吗？我不在您这里扛米，我父子俩就要去乞食去流浪的了。大哥，不如这样好不好，您去帮我求求情，让我还能继续在这里扛米，我每天得的工钱，提几成给您，您看好不好？"

小老头一听，正色道："兄弟，你瞧扁我了。我是这样黑了心的人吗？该帮你求的话，你没开口，我已经替你说了。可是不行啊！我是端人家饭碗，看人家脸色的人，你知道我的难处吗？"

陈无偏说："知道……"说着，两行眼泪噗噗地流了下来。

小老头见状，不禁叹了一口气。

他拍了拍陈无偏的肩头，说道："男儿有泪不轻弹。兄弟，我知道你的难处，不过我确实帮不了你。可是说到底，这活也是不适合你的，不是我帮你照看一下儿子，你能扛米吗？但我也是要听人家的差遣的，也要走开的。如果我帮你看不到，而你自己又看不了，一不留神把儿子丢了怎么办？所以工头不请你，也是塞翁失马的事，你说是不是？兄弟，想开些，去找份更适合你的工作，恐怕对你更有好处。"

话虽是这么说，但陈无偏感情的失落和内心的空虚，是无论如何也不能消除的。

他收过了工钱，谢别了小老头，抱起了儿子，拎起了破包袱，又踏上了流浪的旅途。

勿忘我酒垆的老板娘夏招弟今天愁死了。她的小酒馆的洗碗工今天连声招呼都不打就没来上班，厨房里洗碗盆的脏碗碟堆得像小山一样。她的老公偷偷地跑去泡妞去了。厨师领一份工钱干一份活，没理由帮你洗碗的，再不洗厨房就没碗用了。

没办法，她恨恨地咒骂了老公一句："贱骨头，侬奈能介下作，把铺里的活丢开不管就去泡女人!"骂完后卷起袖子,亲自上阵到厨房洗碗去了。无奈她是舞女出身,十指尖尖哪里干过这些又脏又累的活?才洗了一盆碗碟,就累得腰酸腿胀。

夏招弟洗完了满满的一大盆碗碟,便出到小酒馆门口打打野眼歇歇气。她那肚子里早已发酵了满满的一肚子骂人话,等着老公回来骂他个狗血淋头。

万般无奈的陈无偏抱着儿子,拎着那只破包袱,饥肠辘辘地在马路边慢慢地游荡着。他盘算着要不要去买点东西吃。口袋里那一点点钱,花一点少一点,那是救命钱啊!他很想找到一份工作,哪怕只管吃饭也好。他抱着儿子,拎着包袱,一路东张西望,努力寻觅机会,找份工作,找条活路。

他走到勿忘我酒垆的门前,抬头一看,知道是个酒馆。酒馆肯定是要人干活的。他看门前站着个珠光宝气的女人,那样子又不太像食客,心想:大概是老板娘吧!于是在脸上皱出了一堆笑容,五分讨好,十分巴结地问道:"少奶奶……"

没等陈无偏说完,夏招弟一只手捂住鼻子,另一只手用力一挥:"去去去,这是做生意的地方,讨饭到别的地方去!"

陈无偏的脸颊倏地一红,好像被人甩了一巴掌。他几时受过这等侮辱啊!不过为了活命,他只好忍了又忍,强作笑脸了。他的脸还是努力地皱出了一堆笑容:"少奶奶,我不是来讨饭的。"

夏招弟不觉一愣:"不讨饭你来干什么?"

陈无偏解释说:"我是来找工作的。"

夏招弟不禁定着眼睛,看多了他两眼:"你能做什么?"

陈无偏想了想,说:"我可以洗碗。"

"洗——碗?"这话可搔到了夏招弟的痒处,"不过你拖儿带女的,你能洗什么碗?"

陈无偏说:"你看我儿子很乖很听话的,他不会影响我工作。而这洗碗的活也无他,不怕脏,肯用力,就行了。"

夏招弟是个精明的人,陈无偏一边说着,她就一边在自己的肚子里打起小九九了。

133

她沉吟了一会儿，说道："你说的虽然有道理，但一样的工钱，我请个没有拖累的不是更划算？"

　　陈无偏见这女人的话有点松动，他实在不想失去这个机会，便说："我可以不要工钱，你管我们吃饭就行了。"

　　"我只管你们吃饭就行了？"

　　"是呀，你只管我们吃饭就行了。"

　　"哦……不过听你这么说，我想你一定是吃得很多的，如果你吃得很多，我不是亏了？"

　　陈无偏发现这女人心机太细，斤斤计较，很难打交道。不过他实在不愿意失去这个机会。他说："我不要你管饭的。"

　　"你要工钱？"

　　"不要！"

　　"你给我干活，既不要管饭，也不要工钱？"

　　"是的！"

　　"你脑子有病吧？"

　　"少奶奶，我脑子没病！"

　　夏招弟后退一步，绷着脸，防范地说："无故殷勤，必有一想。你来我这里干活，你图什么？"

　　陈无偏诚恳地说："少奶奶，我只图活下去。我是个难民，我最大的渴望，就是活下去。我可以不要你的工钱，不要你管饭……"

　　"那你怎么活下去？"

　　"我只希望酒馆里的剩饭剩菜，都归我吃；晚上有个地方，让我们父子俩睡觉，我就可以活下去了。"

　　夏招弟当然希望得到这个廉价到极的劳动力。她一边寻思，一边自言自语地说："酒馆里的剩饭剩菜，当然都可以归你吃了，但是我没有地方，让你俩父子睡觉呀……"

　　陈无偏说："你收铺以后，我们在你店铺的地板上睡觉，就行了。"

　　夏招弟听了以后，眼睛一亮，她连声说道："可以，可以，就这么定了。你俩赶快洗澡，洗洗身上的衣服。你们身上这股气味，酸酸臭臭的，不要把我的客人赶走了。"

下午，夏招弟的老公张德伟泡妞回来。陈无偏知道他是老板，赶紧满脸堆笑，毕恭毕敬地主动和他打招呼。但他心里并没有高看这个人。他看见他鼻尖颏削，油头粉面，很像广东人说的姑爷仔。张德伟看见厨房里多了一大一小两个人，心里好生奇怪，以为是老婆家乡下的人，又来打秋风了。于是憋着一肚子气"噔噔"地去问夏招弟。

夏招弟是个见夫软，老公一回来，早先在肚子里发酵好的一股子邪气立即没了。她嗲声嗲气地叫道："达令……"

张德伟拨开她伸过来的手，绷着脸问道："你家乡下又来人了？"

夏招弟一愣，她反问道："我家乡下又来了什么人？"

张德伟回身往厨房一指："厨房里……"

"啊！你问的是那两个广东佬呀？"夏招弟忍不住又笑了起来，"人家撞上门来，说不要工钱，不用管饭，只吃我们店里的剩饭剩菜，晚上店里打烊后，就在店里睡地板，只要我们应承了，他就包洗我们店里的盘盘碗碗。这样好的事，我能不答应他吗！"

张德伟听了，脸上立即云开见月。他笑道："哈，这世界上还真有不少阿木林，以后我们多碰上几个就好了。"

三十四

陈无偏就这样待在了勿忘我酒垆。夏招弟很卖力地为他收集店里的剩饭剩菜。

他从早到晚地蹲在厨房里洗呀洗呀。陈抗日就放在旁边，给他点菜头菜叶子让他自己玩耍。虽然吃的是人家吃剩，准备拿去喂猪喂狗的东西，但好在这些剩饭剩菜还没有变馊发臭，经认真煮过煮透，吃下肚里还能受用。

陈无偏只求熬得下去，也随遇而安，见一步走一步。他的底线是挨到有了机会，就马上回广东去。

他默不作声，像台洗碗机器似的忙个不停。张德伟、夏招弟两公婆很为自己找到个阿木林而沾沾自喜。主、雇无言，日子就这样过下去了。

时局动乱，百业萧条，勿忘我酒垆的生意也一天不如一天地不景气。张德伟是个顺景烧钞票、逆景砸东西的主，看见店里的生意不好，对谁都吹胡子瞪眼睛。

一天，陈抗日因肚子不舒服，经常呜呜地哭啼。张德伟听见了，对夏招弟说："我说最近店里为什么生意不好，原来是这小瘪三一天到晚哭丧似的在嚎叫，把财神爷都嚎跑了。你炒了他，叫这两只丧门星赶快走！"

夏招弟很舍不得："他们只吃剩饭剩菜，不要工钱喔……"

"不要工钱又怎么的？丧门星！让他们这样拖下去，生意没了，将来连剩饭剩菜都没他吃的。你不要啰唆了，赶快把他们踢走！"

陈无偏就这样被逐出了勿忘我酒垆。

陈无偏很纳闷，其实自己已经是很克己很舍得吃亏的了，一天到晚当牛做马似的怎么混口剩饭剩菜吃都不行呢？

他不怕做，不怕挨，他就怕这样抱着个孩子，拎着个破包袱游离浪荡在马路上跋涉。这种"生活"真是好怕，好寂寞，好难挨啊！寿玉，你现在在哪啊，我知道你死得好惨啊！可是你两眼一闭，什么都不管了，什么都不知道了。可我呢？我流浪在一个自己完全不熟悉的地方，还带着一个完全不懂事的孩子，吃没吃的住没住的，叫天天不应，叫地地不闻，真是生不如死啊！可是我带着抗日，我能死吗？我死了，我们的儿子怎么办？寿玉，你说我怎么办啊！寿玉，我真对不起你，我们真不该离乡背井去南京，可是我们当初去南京，是为了帮忙打日本鬼子的，这是爱国呀，难道爱国还有错？可是现在我们父子俩流落在上海街头，将来是生是死实难预料。寿玉，你说我怎么办啊！寿玉，你睁开眼睛看看我们吧！

他一天到晚都在心里和寿玉对话，可是晚上睡觉的时候，汪寿玉偏偏没有入到梦里来，令陈无偏感到更加空虚，更加遗憾。他不知道他太疲倦了，那身心疲倦到连做梦的功能都似乎没有了。在睡眠中，他本能地一只手死死地搂着儿子，一只手死死地抓住那只破包袱，到醒来时，两只手酸酸软软的好像是被抽了筋的蛇一样。

醒来的陈无偏，除了感到两手酸软，就是感到饥肠辘辘和口干舌燥。他突然想到，现在要是有碗大肉芥菜煮黄心番薯就好了。大肉芥菜宣肺豁痰，温中利气；番薯补中和血，益气生津。现在又饿又渴，弄只大海碗来它一大碗，趁热吃下去，既填肚子又解渴，比吃什么都有精神。寿玉煮这种东西最拿手了。如果再放几条乃鱼或泥鳅下去，味道更鲜。

想到这里，他嘴巴一酸，竟沁出了满口唾液。

想到这里，他又想起汪寿玉来了。寿玉，我这辈子再也吃不到你煮的芥菜番薯汤了。寿玉，我们怎么这么苦。寿玉，我真的好想念你，我真的舍不得你啊！他眼睛酸酸的，情不自禁地举起袖子，抹抹眼泪。

这时，陈抗日抬起头来喊道："爸爸，饿……"

他这才突然想起，他父子俩昨天晚上还没有吃过东西哩……

与此同时，日寇南支派遣军四万余众乘数十艘军舰，在百余架飞机的掩护下从南海之滨惠阳大亚湾登陆。金窝村好比一口小水塘被扔进了一块大石头。

一日，大生和阿珠撑着条小艇到金窝村卖鱼。金窝村的村民是大生阿珠的熟客，到了金窝村，他们是无话不谈的。打铁铺的老板黄守财来买鱼，大生问道："黄老板，听说日本仔打到了惠阳了。"

"那可不，我们的政府，我们的军队怎么搞的，"黄守财一提起这件事气就不打一处来，"平日欺负老百姓，个个都凶神恶煞，比老虎还厉害。现在日本仔来了，他们比兔子跑得还快。"

此时，阿珠没有心情批评政府和军队，她说道："惠阳到番禺，走陆路也就两三天的事，日本仔有车就更快了。这些冚家铲到番禺，那是说来就来的了……"

旁边的人听见聊日本仔的事，也走过来听新闻。有个女人插嘴道："就是啰！"

大生问道："你们打算走难吧？你们往哪里走，有路数吗？"

黄守财说："有的想走上广西，有的想出澳门去南洋。唉——去哪里都要钱啊，我们周身冇文，能到哪里去！"

大生说："你做老板还叫没钱，难为我们啊！"

黄守财笑道："我打铁佬一个，"说着用手抻自己的衣服，"还算老板哩，别拿我来穷开心。"

有人打趣说："他是怕人借，所以整天地哭穷！"

黄守财大声叫道："真冤枉死我了，我什么时候怕过人来借？来我这里打镰刀锄头的有几个是即时给钱？不都是赊的，赊就是借呀！我还巴不得时时刻刻有人来向我赊向我借哩！有赊有借，我才有生意做呀——现在好了，冚家铲日本仔来了，没人来我的打铁铺赊刀赊锄了，我这个打铁佬就要喝西北风了。"

阿珠忍不住说："日本仔这些冚家铲真可恨，搞得我们不得安生。"

大生说："你们有什么走难的路数，提携一下喔，我们真的是走投无路了。"

黄守财眼睛一瞪："生哥，你是来'晒命'，还是来开玩笑？我们还巴不得有条船，载着老婆孩子去远走高飞哩！"

大生说："远走高飞，你能飞到哪里去？"

"去香港，去澳门呀！"

"你跟我开玩笑才是真，我那条船吃水那么浅，未出伶仃洋就落水喂鱼了，还去香港、澳门哩！"

黄守财说："撑着条船，躲到哪里都行呀！"

阿珠说："你说得那么轻巧，'躲到哪里都行'。有这么容易就好啰。河面上一目了然，我们又不能像鱼似的一天到晚都躲在水里，日本仔一来，你说往哪里跑？"

黄守财感叹说："真是家家都有本难念的经。"

有人插嘴说："陈无偏那家的经就不难念了。"

大家七嘴八舌地议论说："我们村数他家最幸运、最幸福了。"

"人家让一个大官看上了，现在肯定跟着这个大官做了官啰。"

"是呀，军队里面有医官的呢。"

阿珠说："我以前就说过，陈师奶是个有福之人，老公又有本事，人品又极好，做女人的图什么，有了这个就什么都有啰！"

"听说南京被日本仔打下来，又搞了什么大屠杀喔，不知陈医生他们有什么事没有？"

"还会有什么事！城没被攻下来，那大官肯定先跑了。大官一跑，他去南京就是专门给那大官看病的，那大官还不拉着他一起跑？倒霉的却是南京的百姓了……"

"这寿玉也真是，枉我们平日和她那么好，走了以后连封信都不来一下，也不晓得我们整天惦记着她。"

"这个癫婆，乐不思蜀了，把我们忘了，等以后她回来时，我一定要数落数落她。"

这时的陈无偏，心里烦得要死。自己肚饿尚可死死地撑着，可是儿子肚饿却是不能撑的呀。他在心里盘算着自己身上那点活命钱，盘算来盘算去，最后拿出一点来买个馒头给儿子吃。

买到馒头之后，他牵着儿子走到一道骑楼下，父子俩沿街坐下。他把热馒头放在自己的鼻子跟前，深深地嗅了两口气，那腮帮接触到那香香的面味，酸酸的沁出了一大口口水。他赶紧把那一大口口水吞到肚子里。他舍不得吃，哪怕是一小口。

他小心地把馒头撕开，一点一点地放在儿子的小嘴里。

旁边不远处，坐着一个补鞋匠，他也带着个儿子。他一边补鞋，一边用眼尾瞅着陈无偏父子俩。

陈抗日虽然叫饿，却又不太想吃。

陈无偏好生奇怪，他伸手摸摸儿子的脖子和肚子，发现儿子发烧了。啊！屋漏偏逢连夜雨。寿玉，你要看好你的儿子才行喔！我实在顶不住了喔……在无奈之中，陈无偏横抱着儿子，用手给他按摩，从头到脚，把印堂、风门、人中、天突、肺俞、合谷、内关、膻中、太冲、胃俞、脾俞、大椎、命门、关元、膏肓、曲池、鱼际、气海、中府、尺泽、风门、足三里、涌泉等穴位来回搓了几遍，搓到陈抗日脸红鼻赤，微微出汗为止。

坐在旁边不远处的补鞋匠不时地用眼尾看着陈无偏父子俩。

陈无偏不知发现了没有，或者发现了也不管那么多了，我给我儿子治病，又妨碍谁了？停了一会儿，陈无偏又给儿子搓，又是从头到尾地来回搓它好几遍。

这样，从早到晚地搓，也不知搓了多少遍，到日头偏西的时候，陈抗日渐渐地退烧了。陈无偏才深深地叹了一口气，脸上露出了难得一见的笑容。

这时，旁边的那个补鞋匠开口问道："我说老哥，我看你老是给小孩搓呀搓呀的，这是干什么呀？"

陈无偏见补鞋匠口气比较友善，加上他此时的心情也好，便笑着答道："小孩发烧了，我给他按摩退烧。"

"这样搓搓，也能退烧？"

陈无偏解释说："我这不是随便地搓搓，我是按照穴位按摩的。把相关的经络打通了，郁藏在体内的邪热就散发出来了。"

"真的？"

陈无偏倏地萌生出一分自豪感："你可以过来摸摸嘛。从头到尾你都看着了，还假得了吗？"

"啊，真奇！要不是亲眼看着，还真不相信呢——欸，我看你一天都没有吃过东西了……"

陈无偏难过地摇摇头："惭愧呀！"

补鞋匠说："冒犯了，我这里有两只熟红薯，我想送给你，不知你肯不肯赏脸……"

陈无偏眼睛一亮，连忙说道："大哥，你是伸手救我了，我有什么肯不肯赏脸的。我谢你还来不及哩！"

补鞋匠从工具箱里掏出了两只用旧报纸包着的红薯，递给了陈无偏。

陈无偏双手接过，连声道谢，然后连着皮，大口大口地吃着。

吃了几口，突然又想起了什么，便从红薯芯里掰出一块最软最嫩的塞进陈抗日的口里。三下五除二，这两只红薯立即全部落到了陈无偏的肚子里。吃完红薯，陈无偏再连声道谢。

补鞋匠说："这点小东西，不值得谢的。"

陈无偏感激地说："你是救命呀！"

这时，太阳已经下山了，补鞋匠要收拾东西回家了，他说："看得出，你是个好人。"

陈无偏说："大哥，你乐善好施，你更是好人。"

"明天希望再见到你。"

陈无偏说："我更希望见到你！"

三十五

陈无偏父子俩就在这骑楼下面过夜了。

第二天早上，补鞋匠又带着工具箱，带着儿子来这里开档。

他见到陈无偏，第一句话就说："老哥，这回可要麻烦你了。"

陈无偏赶紧答道："大哥有什么地方用得着小弟的，请尽管吩咐。"

补鞋匠说："我的儿子发烧了，浑身像块火炭似的，老哥，你可要帮帮我啊！"

陈无偏二话不说，立即把补鞋匠的儿子抱过来，摸额头、按"寸口"、望"苗窍"（两眼、两鼻孔、双耳、口及二阴）、看舌头、察指纹、按颈项淋巴、查皮肤癍疹。

诊察过后，他对补鞋匠说："感受了风寒，虽然烧得厉害，但邪在表，尚无大碍。"

补鞋匠的心急到了嗓子眼上："你能帮我治好吧？"

陈无偏笑道："不敢说，我尽力吧！"

陈无偏说完，选准了对症的穴位，就给补鞋匠的儿子搓起来，搓呀搓呀，搓完又搓，反复地搓，直到把这小孩搓得浑身是汗才停手。

陈无偏一停手，补鞋匠就从工具箱里拿出几个红薯来："老哥累了，吃个红薯。"

陈无偏说："昨天吃了你的红薯，正愁着无以为报，今天又吃你的红薯了——我吃了你的，你怎么办？"

补鞋匠说："我预先就准备了老哥你那一份的。老哥，真不好意思了，我拿不出诊金给你，只好请你吃几个红薯了，你不会怪我吧？"

陈无偏笑道："你的红薯救了我，我谢你还来不及哩，怎么会怪呢？"

陈无偏拿着红薯，一边喂儿子，一边自己吃。吃完了红薯，他马上又给补鞋匠的儿子按摩起来。

这样来回按摩了好多次，到傍晚时分，补鞋匠儿子的体温慢慢地降下来了。

补鞋匠非常感激，也更加佩服陈无偏。他说："老哥，你是医生吧？"

陈无偏点了点头。

补鞋匠说："我左看右看，总觉得你和平日看到的难民不太一样，原来是位医生。老哥，你家乡是哪里的？怎么来到这里呢？"

这话触到了陈无偏的痛处。

来到上海，自从离开了给扛米的苦力发签收签的小老头以后，陈无偏还没有跟谁聊过天，更没有和谁说过心里话。经补鞋匠一问，陈无偏的话匣子不由自主地打开了。他把自己在家乡当医生，如何接到唐生智的延请，带着妻儿来到了南京，南京城破，爱妻保节自尽，又逃到拉贝公馆，之后又来到了上海……一五一十地道来。

说到动情之处，他那两行眼泪不知不觉地流下来了。

补鞋匠听了非常感动。他说："老哥，我以为我是够惨的了，听了之后觉得你比我更惨。老哥，俗话说天无绝人之路，老哥你天庭饱满，地阁方圆，是个有福之人，又有本事，老天爷肯定会帮你的……"

"你也会看相？"

"从乡下长大的人，谁不会看两眼！"

陈无偏长长地叹了一口气，说："望是这样望了，不过眼下连糊口的都是问题，能不能挺得下去，只有天才知道。"

补鞋匠灵机一动，说："我突然想到一个主意……"

"大哥有什么好主意？"

"说出来希望你不要骂我。"

"大哥你那么热心，我怎么会骂你呢？"

"好，我说了。老哥你可以补鞋呀！"

"补鞋？"

"对不起，对不起，老哥你是医生，叫你补鞋，是辱没你了。"

"不是这个意思，不是这个意思……"

"老哥是什么意思？"

"你看我两手空空的，又什么都不会，我怎么跟别人补鞋呢？"

补鞋匠热心地说："补鞋的技术我会教你，工具我家里还有一套。老哥，你连医人都会，学点补鞋的技能，不是比打个喷嚏还容易？"

陈无偏若有所思地说："这倒是个办法……"

补鞋匠也为自己的主意打动了陈无偏而高兴。他说："不过，补鞋是下九流，比剃头的都不如……"

陈无偏马上打断他的话："哎哟，你说到哪里去了。大哥，就按你说的办！"

补鞋匠很高兴。他说："补鞋这东西，要发财是绝对不可能的，但是靠它活命，倒是完全可以。老哥虽然有那么好的本事，但这里的人不认识你，你的好本事就没用了。可是补鞋就不同了，你只要把摊子一摆开，鞋子破了的人，就自然会来找你，这样弄点吃喝是没问题的。大丈夫能屈能伸，老哥你先挺下去，等将来有了机会，老哥你时来运转，到时你想做什么就做什么了。你说是不是？"

陈无偏很感激："是的是的，无偏拜大哥你为师了。"

陈无偏正想行个拜师礼，却被补鞋匠一把抱住。"老哥老哥，你这样不是折杀小弟了吗……"

陈无偏是个聪明人，很快就把补鞋匠的手艺学过来了。

补鞋匠把自己家里那套备用的工具交给了陈无偏，对他说："老哥，俗话说，多只香炉多只鬼。你不要跟我在一块。我们俩在一块，生意起码少了一半，那样谁都不够吃。所以，你要自己去闯。"

"唔。"

"去哪里闯呢？"

"是呀！"

"太穷的地方不要去，太穷的人舍不得补鞋，挺挺就过去了。人太富的又不屑补鞋，旧的不去新的不来，花大把钱去美容美体都舍得，何况买双新鞋？补鞋的去闯，要去不穷不富的地方，这样地方的人才舍得补鞋哩。老哥，你去吧，祝你好运！"

陈无偏抱起儿子，把破包袱、儿子和工具箱分作两头，在肩上挑着，就这样闯起来了。

按着补鞋匠的指导，陈无偏专挑不穷不富的地方去。哈！果真陆续有人找他补鞋。一天三餐算是有保证了。他从心底里感激那位热心的补鞋匠。

一天，陈无偏抱着儿子，挑着那副"行头"来到了一个新地方。他倏地感到这地方有点眼熟，便停下脚步细细一看。咦！这不是我从南京坐船到上海那天早晨上岸的地方吗？

认出了这个地方，陈无偏百感交集，脚也软了，不想走了，于是找了个地方坐下来歇歇脚，定定神。

才坐下来不久，就有生意来了。那人讲好价钱，讲好来取鞋的时间扔下鞋子就走了。陈无偏不容多想，赶紧干活。

正专心致志地补着，有人走到他的跟前，洋腔怪调地问道："补补这里，要多少钱？"

陈无偏感到这腔调有点耳熟，不知在哪儿听过。他好奇地抬起头来看看。

不看则已，一看，却让他惊呆得说不出话来："这，这，这

......"

这人是谁？这人就是拉贝先生！

陈无偏本能地"呼"的一声站了起来，把眼前的这位拉贝先生吓得后退了半步。我不是做梦吧？他伸手用力揪了一把大腿，大腿痛得让他龇牙。不是做梦，这是真的。

他失声地喊道："拉……拉……拉……唔——喔喔喔喔……"那两行眼泪早以哇哇地流了下来。

原来拉贝先生和几位社会贤达坐本公司的货船到上海，找有关方面洽谈安置难民事宜。他长年奔波，很费鞋子，刚才上岸时，突然发现皮鞋坏了，于是急急地要找人修鞋子。真是鬼使神差，无意中碰上了陈无偏。

这时他也认出了陈无偏，问道："你不是陈先生吗？"

一句"陈先生"，让陈无偏哽咽得差点透不过气来。现在自己混得像叫花子一样，还跟"先生"的称谓扯得上边吗？

"陈先生，这是怎么回事？"

"呜——呼呼呼……"

"不要激动，不要激动，慢慢讲，慢慢讲。"

陈抗日看见父亲哭，也跟着哭起来了。等缓过气来，陈无偏一边哄孩子，一边断断续续地一五一十地把自己离开南京到了上海的遭遇讲了出来。

当讲到中国警察（汉奸）把拉贝先生送给他的盘缠搜去的时候，更悲愤得差点把牙齿咬碎了。拉贝先生是中国通，也晓得"男儿有泪不轻弹"这句中国老话，他记得陈无偏逃入公馆的时候，虽为难民，但身上还有几分儒雅；看病后送钱给他，他还不肯接受。现在落魄成这个样子，肯定是到了山穷水尽的地步了。

拉贝先生对贤达们介绍说："陈先生是我的朋友。他是位很了不起的医生。他不用开药，光用手搓搓，就能把人的病治好。我的病就是他这样治好的。"

贤达们听了，都齐声称奇。

拉贝先生继续说："是日本人把他弄成这个样子的。"

贤达们都很义愤。拉贝先生对陈无偏说："你还愿意回我的公馆吗？"

陈无偏没有想过这个问题，一时间不知如何作答。

拉贝先生是个善解人意的人，他笑道："你当初离开我的公馆，是为了返回你的家乡，如今叫你回我的公馆，有违你的初衷。你的家乡是哪里的？"

"是广东！"

"哦！从上海是可以回广东去的……这样吧，我送张到广东的船票给你，让你从这里回广东好不好？"

陈无偏二话不说，双脚一弯，要给拉贝先生磕头。

拉贝先生一把将他拦住。"别客气，别客气。"

贤达们看见，都纷纷称赞拉贝先生的义举。

陈无偏抓紧时间给拉贝先生修好皮鞋，拉贝先生给回工钱，他死活不要。他还把刚才那个顾客留下的鞋子修好，摆在他坐的地方。

拉贝先生吩咐他的一名随从，带陈无偏去弄票。

陈无偏要走了，那套补鞋的工具他舍不得丢，想了想，还是随身带着吧。

他很感激拉贝先生，临走时还要给他磕个头，又被拉贝先生制止住了。

拉贝先生的随从把他带到租界里，雇了一辆车，七拐八弯地来到了租界码头，找到了帮会里的人，弄到一张船票。

那人带他上了一艘机帆船，悄悄地说：日本人是严禁对外通航的。现在先偷渡到宁波，到了那里，再转换大船才能到广东去。你们路上要机灵点，遇事要忍耐点。同船偷渡的不止你一个，不要自己去不成，还把别人也害了。

陈无偏重重地点了点头。

他长长地叹了一口气，在心里头说道："自己当初像只无头苍蝇似的，没有拉贝先生的帮助，真是上天无路，入地无门啊！"

三十六

大生和阿珠来金窝村卖鱼的第二天，金窝村人心更加浮动，外面传来了很多消息：

"广州沦陷了！"

"日本仔正在向市桥开拔！"

听到这些消息，村民们逃的逃，跑的跑。有钱的出南洋、上广西，没钱的也跑到本县更加偏僻的地方去避一避。

黄邓氏问丈夫黄守财："我们去哪里呢？"

黄守财说："我们还能跑到哪里去？就到南沙去躲一躲吧！"

在村民们东躲西藏之际，白家的下人问白明治："老爷，我们要躲一躲吗？"

上穿夹克，结着领带，下穿西裤，脚穿皮拖的白明治仰靠在皮沙发上，跷着个二郎腿在优哉游哉地抽雪茄。听到下人的请示，他不答话，只是用手轻轻地向外挥了一下。下人知趣，马上躬身退出。

到村民们跑得差不多的时候，日本仔进村了！

在日本仔进村的前夕，白明治叫下人取出一张大白纸，研好墨汁，然后卷起衣袖，拈起一管毛笔，在白纸上写下三个大字：良民白。命下人贴到门外去。

日本仔进村的第一件事，就是搜粮食。

此时正值日本大饥荒。日本就是冲着这次大饥荒才大举出兵中国，以转移国内视线，向中国转嫁经济危机的。他们国内连百姓吃的粮食都没有，哪有粮食做军粮？于是内阁和军部都指示各部队在攻城略地之后第一要务就是抢粮食，一是解决军队自己的口粮，二是把抢得的粮食尽快地运回国内，以解燃眉之急。

进到金窝村的日本仔当天就大肆抢劫。不仅是粮食，他们基本上是见什么抢什么。因为村民们在他们到来之前基本跑光了，东西藏的藏，带的带，也清理得差不多了。女人更是跑得绝了踪迹。日本仔要粮食没粮食，要女人没女人，要东西没东西，于是恼羞成怒，砸门板，毁家具，甚至放火烧屋。金窝村霎时狼烟四起，许多民房遭了殃。

可是这些日本仔就是不进白明治的屋。这支日本兵肆虐之后，没有完全撤走，而是留下一个小队，驻扎在附近的庞边村的一座祠堂里。

在县内偏僻地方躲避的村民也躲不了多久，躲了十天半个月，就熬不下去了，便陆陆续续偷偷摸摸地回来了。

黄守财两口子是在一个风高月黑的夜晚偷偷地回来的。这时万籁无声，四周黑得几乎伸手不见五指。他们是凭着记忆，凭着印象，高一脚，低一脚地用脚探路探回来的。好不容易摸到了村口，他们闻到了好大的一阵焦煳味，心里非常忐忑：这是怎么回事？

黄守财往下一蹲，好让四周看不清楚的景物升高，暴露在天幕上，这样就容易看得清楚一些。这是他小时候跟大人晚上去打猎时学来的，现在自觉不自觉地运用起来了。

这一看，却把他吓呆了。村路两边的不少房屋被烧毁了。烧得断壁残垣，有的只剩下个框架。黄守财看了，那心又惊又怕，日本仔，你们这些冚家铲，怎么那么狠毒？死咯，我的打铁铺不知成了什么样子了？他的心一路狂跳，腿都不晓得如何走路了。

好不容易摸回打铁铺，黄守财看见房屋还在，心里才踏实一些。他伸手往门上一摸，门是虚掩着的，门上的锁头不见了，再一推，那门"吱呀"一声开了。他回身一手拉住老婆，两公婆蹑手蹑脚地走了进去。

黄守财进屋之后，从口袋里摸出了一只火柴盒，划着一根火柴，借着火柴微弱的光线迅速环视一周房屋，看见房屋空荡荡的。他怕火柴的光线引起屋外的人注意，也没敢再划第二根，夫妻俩便靠着墙根，蹲下去，互相靠着打了个瞌睡。

醒来之后，黄守财发现天色开始发白。他拉着老婆乘着依稀的曙光，逐一巡查自己的房屋。只见房屋已经空空如也，铁锅没有了，火钳没有了，打铁的铁砧、铁锤没有了，做原料的烂铁和木炭没有了，连当时带不走堆在墙角的一小堆番薯也没有了。缸里的剩米，和床上未来得及完全带走的被褥更没有了。日本仔来时，全村人都跑光了，这些事不是日本仔干的还会是谁干的？

黄守财的老婆看见这个样子，哭着对丈夫说："以后怎么生活啊！"

黄守财不吭声，他咬紧牙关，两块牙床骨咬得凸现在腮帮下。到天色再亮一点，黄守财要到外面的地里去挖点番薯。他老婆怕一个人待在屋里，也跟着要去。外面的番薯地也被日本仔挖过，他俩蹲在被挖过的番薯地里拨拉了小半天，挖得了小半筐番薯癫（发育不良，长得像根似的番薯）。

回来的时候，他们碰见三五个也偷偷摸摸潜回来的村民。大家互相问候说："弄到点什么没有？"

"番薯癫啰！"

"野菜啰！"

"哎，真够惨了！"

"这些死日本仔真狠毒，他们什么都要，比强盗还强盗。"

"不是说日本仔很强大的吗？怎么贪成这副样子！如果地皮能卷起来，恐怕这些死日本仔也会卷着扛回日本去的。"

"冚家铲！"

黄守财恨恨地说："我家的铁砧、铁锤、火钳、烂铁和木炭都没有了。叫我今后怎么给人打铁？"

"那些死日本仔巴不得我们中国人死光死绝，他还会想到让你打铁，让我们种地？"

"这些死日本仔，过去我们阿爷躲土匪，都是不带这些死重烂重的东西的，谁知道这些死冚家铲连这些死重烂重的东西也要。"

"怎么不要？"二叔公说，"你那些烂铜烂铁才有价值哩。他们可以运回日本去，重新铸过，造出枪炮来再打我们中国人。"

"你又知？"

"新闻纸早就卖了，你不看新闻纸，所以不知道。前几年日本仔就从美国进口了几十万吨破铜烂铁，运回国内造枪造炮的。现在不用花钱，抢得就抢，他们还会手软？"

黄守财把拳头握得嘎嘎地响："这些死屃家铲，我恨不得咬他两口，吃他的肉，喝他的血！"

黄守财两公婆回到家里，已经日上一竿。他们也饿极了，快手快脚地把捡来的小半筐番薯癞洗了洗，又找些枯枝烂叶回来，用只破瓦煲把番薯癞煮熟，迫不及待地连皮带筋一起吃到肚子里去。

黄守财两公婆刚吃完番薯癞，正想洗煲，前面街上有人乱跑，边跑边叫："快跑！快跑！日本仔来了！"

黄守财大惊，他知道日本仔来一要粮食，二要女人。自己家里的粮食早已被这些屃家铲抢光了，现在颗粒不剩，不怕再抢了，而女人就在自己的身边。他深知他的女人不仅年轻，而且还很漂亮，村里的小伙子们哪个不羡慕得眼睛直溜溜的。我这么漂亮的老婆让这些屃家铲日本仔看见了，就连渣也没得剩了。可是这么急能逃到哪里呢？

情急中他看见屋外面有个空了的猪栏。他灵机一动，不是都说日本仔爱干净吗？猪栏里很脏，他们肯定不会去，躲到那里最安全了。

于是他拉着老婆跑到猪栏去，叫她伏在猪栏里，上面盖上一层烂稻草。

他吩咐老婆说："你千万不要动，更不要出声。你一动一出声，肯定就没命了！听清楚了没有？记住呀！"

安顿好老婆，黄守财回到打铁铺里，日本仔就到了。

黄守财第一次看见日本仔：头戴一顶好像把青榄子横砍一半似的带檐的布军帽，帽后垂有一块不知是用作挡风还是留作擦汗擤鼻涕的布；身穿的可能因为太怜惜布料裁剪得又短又窄的黄色反领军装，将那么短窄的东西箍在身上也该感到透气不方便吧？小眼睛，突颧骨，面颊尖削，走路内八字而且步子还显得有点拖脚。这些日本仔进村之后，是三五个一组，到处乱钻。来到打铁铺前的这一组是三个人。

黄守财一看，丢那妈，他们都没有我老黄的个头高，起码要矮我大半个脑袋。难怪叫小日本！就这样款式的小日本竟把我们中国的大片土地抢走了，还要抢我们的女人，中国的男子汉啊，不感到丢人吗？

　　黄守财正在心里嘀咕着，这些日本仔已经走到他的跟前，为首的一个操着一口半生不熟，不咸不淡的中文问道："你的粮食的有？"

　　黄守财听不明白，心里一愣一愣的。

　　另一个小日本见他不作声，大声喝道："太君问你，有没有粮食？"

　　黄守财听明白了，他大声答道："太君没有粮食！"

　　"啪"的一声，这小日本扇了他一记耳光："你的是太君，还是我的是太君？"

　　黄守财被扇得耳如擂鼓，眼冒金星。哇，这些死日本仔，虽然生得又矮又小，打人的手劲却是很大的。

　　"你的有女人？"

　　被打得龇牙咧嘴的黄守财听了不觉一愣，赶紧应道："没有。"

　　"你的老婆呢？"

　　"我的没有老婆。"

　　"你的撒谎，不是良民。你说，你的怎么没有老婆？"

　　"我的是穷光蛋，没有女人愿意跟我，所以就没有老婆。"

　　"唔！？他的撒谎，"这个日本仔回头对另一个日本仔说，"你的进去看看，看看有没有女人，有没有粮食？"

　　身旁的这个日本仔听了，大喊一声："哈咦！"便提着枪，跑进了打铁铺。这家伙进去搜了一圈，很失望地走出来，看见不远处有座猪栏，又跑过去看看。

　　黄守财看见这日本仔跑向猪栏那边去，那颗心扑扑地狂跳。

　　这日本仔跑近猪栏，感到很臭，又折了回来。"报告：没有！"

　　"粮食的没有？"

　　"没有！"

"女人的也没有？"

"没有！"

为首的日本仔很不高兴，他把气撒在黄守财身上，又扇了他一耳光："你的是丧门星，看见你的就晦气。"骂完又向黄守财踹了一脚，"你的死了死了的，滚！"

打骂过黄守财之后，这伙日本仔自己先滚了。这记耳光扇得非常大力，黄守财感到两眼都黑了。他真想找把铁锤砸过去，可是铁锤早被日本仔掠走了。

等日本仔走远了，村子里安定了，黄守财才敢到猪栏去找老婆。他老婆伏在烂稻草下面直打哆嗦。

三十七

开始，黄守财两公婆和村民们一样都是躲在野外的，可是野外风吹雨打，哪能躲得多长时间。没办法，很多人因为坚持不住，都偷偷摸摸地潜回自己家里。黄守财两公婆潜回到自己家里，他们已家徒四壁，只得白天就到野外去挖野菜、挖番薯癫回来充饥。

慢慢地，占领了中国国土的日本仔为了长治久安，要求恢复生产。不恢复生产的，便予打骂责罚。村民们自己也要活下去，就慢慢地恢复生产了。黄守财倾其所有，去买回铁锤、铁砧、木炭、烂铁，燃起了打铁炉，叮叮当当地打起铁来。

一日，黄守财出去买木炭，回来时看见老婆黄邓氏披头散发、衣衫破烂的坐在地上，哭得眼睛都肿了。

他一看大惊，知道不好，急忙问道："怎么回事？"

黄邓氏哭哭啼啼地说："我被日本仔奸了……"

黄守财一听，两眼一黑，差点倒在地上。黄邓氏是他的心肝宝贝，是他的骄傲，丢佢老母，今日竟被这冚家铲日本仔奸了。黄邓氏觉得自己被日本仔奸了，什么面子都没有了，今后怎么好出来见人？她哭哭啼啼地要寻死。

看见老婆要寻死，黄守财怒不可遏，他骂道："我都不嫌弃你，你嫌弃自己干什么？你这个人净长身体不长脑，你是受害的，你寻死什么？你要让侮辱你的人去死！"看着老婆这副可怜的样子，他恨恨地骂道："这些冚家铲，我和他拼了！"

黄守财觉得自己元气受了很大的损伤，一时间觉得浑身都没劲了。我被日本仔戴了绿帽了！我被日本仔戴了绿帽了！日本仔这些冚家铲，杀父之仇，辱妻之恨，我一定要报！

回过气来，他对黄邓氏说："是哪个冚家铲日本仔奸了你的，你告诉我！"

驻扎在庞边村祠堂里的日本仔经常三三两两地出来"征伐"，黄守财陪着老婆黄邓氏躲在暗处偷偷地认辨。经过多方甄别，最后黄邓氏指着一个日本仔说："他，是他！"

"没认错？"

"没认错，这冚家铲日本仔就是化了灰我也认得他！"

这个冚家铲日本仔叫石野四箸！

石野四箸在日军打下南京城后不久，在他娘石野阿佐美的安排下应募了。同批应募的还有不死原三郎。石野四箸在家时是个乖仔，他孝顺母亲，疼爱妻儿，友悌姊妹，和邻合里，勤劳省俭，爱护粮食。应募到军队之后，队友们和他相处时讥笑他说：你这八嘎是个憨子、火鸡、马鹿面，在皇军里有你这样当兵的吗？有的队友见他老实，便欺负他，支使他，拿他来开心。石野四箸感到很苦恼。慢慢地，他明白了他之所以受队友们讥笑，让队友们瞧不起，被队友们欺负，是因为他太善良了。因为善良，队友们把他看作异类。因为厚道，队友们认为他无用，是废物。慢慢地，他终于明白了，要想队友们认同你，你就要努力让大家觉得你跟他们是一伙的。要做到这一点，你就要跟着他们做坏事，而且要做得比他们还多，还坏。你要想队友们把你看得有用，你做坏事的时候手段就要狠一些，绝一些。如果队友们觉得你比他还行，他就会高看你一眼，从内心里敬佩你。想通了之后，每有做坏事的机会，他就一马当先。他不仅在做坏事的时候努力表现自己，而且还很注意队友们

153

对自己的评鉴。比如说他入屋征伐，他倒完被征伐者的米缸后，不是随手用枪托把米缸砸烂，就是脱下裤子坐在米缸上拉泡臭屎……他干完这些坏事，便转眼定定地看看他的队友，等待他们对自己的这些"壮举"的评鉴。

开始，石野四箸不好意思奸淫妇女，队友们讥笑他肯定是性无能，说他的老婆一定是请人代耕的。这些话说得他浑身燥热，脸都没地方搁了。他想：队友们搞了就搞了，莫说自个风流快活，还得到大家的赞赏，而自己没有去搞女人，反而落得个一身不是，这何苦！长时间离开老婆，他也感受到灵肉的煎熬。不是都说中国人是猪猡吗？我想老婆想狠了，找头母猪来解解渴总可以吧？想到了这一步，他大彻大悟了。以后见了女人，石野四箸如狼似虎，老少咸宜。队友们都用赞赏的目光看着他，猪头小队长用力地拍拍他的肩膀，夸奖说："石野君，你的进步了，加油喔！"

一日，石野四箸出来溜达，在番薯地里撞见了黄邓氏。本来黄守财近日是亦步亦趋地护着老婆的，不想这日没炭了，要到市桥去买炭，不把炭买回来便开不了炉。他安顿好老婆，叫她在家里好生待着，什么地方都不要去，一有风吹草动就往猪栏里跑。

黄守财走了之后，黄邓氏发现家里什么吃的都没有了，老公那么辛苦，去买炭回来什么都没得吃会饿坏他的。出于心疼老公，黄邓氏便想到番薯地里去挖些番薯癞，回来煮好，等老公买炭回家就有得吃了。现在已近正午，光天化日，快去快回大概是没什么问题的吧？！

黄邓氏迟疑了一下，便一个人到番薯地里，不想还没有挖到几条番薯癞，便碰上了石野四箸。

石野四箸看到了黄邓氏，先是打了一个愣：唉嘎，真漂亮喔！他本来就觉得自己老婆石野百合子够漂亮的，可是眼前这个中国女人年轻貌美，如出水莲花，令他入了动心。正当石野四箸发呆的瞬间，正在弯腰挖番薯癞的黄邓氏感觉到有人走近她，她直起腰来一看，发现是个日本仔，于是一身毛孔凸现，如同猛地看见了一只老虎一样掉头没命地跑。

石野四箸本能地撒腿就追。这时黄邓氏的脑子近乎空白，她只记得她老公先前交代过，见了日本仔一定要往猪栏里跑。村里有猪栏，她就死命地往村里跑。石野四箸认定这是嘴边的一块肥肉，死也不能丢！于是两人死命地奔跑在村外的田野上。

跑进了村口，黄邓氏已经筋疲力尽。她被路上的石子一绊，扑通一声倒在地上。在黄邓氏摔倒在村路的当儿，石野四箸腾空跃起，扑地骑压在黄邓氏的身上，好像一头凶猛的猎犬全力地扑压一只绝望的小兔子。

时值正午，村里的人都在煮番薯癞吃番薯癞。大家看见一个日本仔追着一个女人追入村里来，都吓得纷纷躲避。就在众目睽睽之下，石野四箸要奸黄邓氏。黄邓氏死也不从，石野四箸却志在必得，两人便在地上扭打起来。骑压在黄邓氏身上的石野四箸两手左右开弓，使劲地抽打黄邓氏的漂亮的脸蛋，把黄邓氏打得昏死过去。在黄邓氏昏死过去失去反抗能力的当儿，石野四箸三下五除二地扒开她的衣服，脱下她的裤子……

这时烈日当空，光天化日。

热风刮起村道上的尘土，热风摇晃着从石野四箸的脖子上吊下来的臭汗黏黏的"千人针"，那是他老婆石野百合子和他母亲石野阿佐美给他征绣的……

黄邓氏在光天化日之下，在村道上当众被日本仔强奸了！这事在村民中引起了巨大的震撼。连一向媚日亲日的白明治也觉得皇军太下作了。他心中的日本是很好的，而这些兵当街当巷就干起这些事来，真太失教养了。他明令家里的女眷，不要随便出门！

黄守财知道自己的老婆被日本仔奸了之后，心里难受得要死，整个人立即瘦了一圈。当邓黄氏领着他偷偷指认了是哪一个日本仔冚家铲时，他就日夜地琢磨着如何去报仇雪恨。

一日，黄守财对黄邓氏说："我想好了一条妙计！"

"什么妙计？"黄邓氏莫名其妙。

"你过来！"

黄邓氏走近黄守财身边，黄守财伏在她的耳边，如此这般地说了一番。黄邓氏听了以后，吓得脸如土色，一个劲地摆手和摇头。

黄守财看见老婆这副模样，那脸立即沉了下来。"你去不去？"

"不去！"

"啪"的一声，黄邓氏的脸上出现了一只红红的掌印。

"不去我就打死你！"这是黄守财结婚以来第一次打老婆。

"你打死我，我也不去！"

"你不去我就要休掉你！和你离婚！"

黄邓氏不怕老公打，也不怕死，就怕被老公休掉。听到黄守财这句话，她唔唔地哭了起来。她哭得很伤心，两块肩胛骨在衣服下一隐一现地滑动着。

黄守财从来没有打过老婆，不仅没有打过，就是连骂也没骂过。他老婆是他的心肝宝贝，捧在手中怕碎了，含在口里怕化了，疼还来不及哩，怎么会动粗呢？看见老婆如此伤心，他心里马上就软了。

他一把将老婆搂起来，搓着她被打红的脸蛋，说："老婆，我不是想打你，我疼你还来不及哩，这么多年我打过你吗？我刚才忍不住打你，是想告诉你一个道理：日本仔侵略我们，我们就要反抗，哪个日本仔搞了我的老婆，我就要收拾他。这是个铁理！如果日本仔侵略我们，我们都不反抗，我们就要做亡国奴了！那个日本仔搞了我的老婆，我却由着他，我就是乌龟王八蛋了！我们能做亡国奴吗？我黄守财能做乌龟王八蛋吗？不能！黄邓氏，如果我们不反抗，我们不报仇，我们就是枉等死了！"

黄邓氏说："你不知道人家害怕的吗？"

"我知道。"黄守财说，"俗话说舍不得孩子打不了狼，再说，我必定会在暗处好好地保护着你的。你放心。"

"如果你保护不好，我又被这때家铲奸一次，你又要打我的。"

"不会不会，我黄守财是男子汉大丈夫，我哪能这么不讲道理的呢？"

是不会再被强奸呢？还是一旦再被强奸不会再被打呢？黄邓氏没有听清楚。她也不敢问清楚，刚才被打的那一巴掌，痛还没有痛过哩。这死发瘟恶得像只老虎似的，谁还去惹他？

准备妥当了，黄守财还亲手将黄邓氏打扮一番，然后悄悄地把她送到离庞边村不远的番薯地里，让她伺机"勾引"石野四箸。

石野四箸强奸过黄邓氏后，觉得很刺激，很来劲，回去后他向他的队友们吹嘘了一番。那些日本仔听了之后都夸奖他有出息，当街当巷都无所顾忌，真有大和武士的本色。有的还叫石野四箸下次再去时一定相约同去。

让石野四箸相约同去，石野四箸真的不大舍得。那么漂亮的女人，我一个人享用不好吗，你们来掺和干什么？

那一天天色向晚，云气底沉，天空闷热得一丝风儿也没有。石野四箸从庞边村祠堂出来透透气，顺便在番薯地里撒了泡尿。这时，他想着他强奸过的那个女人了。他想，什么时候再见她一见就好了。他伸了个懒腰，然后往番薯地那边打打野眼。咦！番薯地那边有个年轻的女子喔！哈，身材还很姣好，煞是动人哦。

他立即像鸦片烟鬼闻到了烟味一样来了劲，他再仔细一看，这不是那天奸过的那个女人吗？他更是按捺不住了，立即向黄邓氏的方向跑去。

黄邓氏等到了石野四箸并发现他上了钩，便立即撒腿就跑。石野四箸看见黄邓氏想跑，也撒腿就追。天气闷热得像一只大蒸笼，黄邓氏没跑几步就满头大汗了。论跑步黄邓氏哪是石野四箸的对手？为了不让他追上，她跑得脸都白了。按照黄守财的安排，黄邓氏选了一条近路一脚高一脚低地像飞也似的没命地往自家屋边的猪栏跑去。

黄邓氏刚一跳进猪栏里，石野四箸随后就追到。他想也没想便在后面跟着也跳了进去。猪栏里满是猪屎猪尿。按照黄守财的导演，黄邓氏的最终任务是把石野四箸引到猪栏里。引到猪栏来了之后该怎么办，她就不清楚了。

正在黄邓氏迟疑的当儿，石野四箸奋力一扑，把黄邓氏压倒在满是猪屎猪尿的地上。扑倒了黄邓氏后，石野四箸立即骑了上去，跟着就撕衣服，扒裤子，急不可耐地要完成他的"好事"。

这时风起了，田野上吹来的大风把猪栏刮得蚊蝇飞舞。面对着这个比畜生还要横蛮的日本仔，黄邓氏死也不从，她拼命地挣扎，对石野四箸又撕又咬。石野四箸觉得女人不给点厉害她尝尝她是不老实的，上次不是抽打她的脸蛋她才肯就范的吗。于是他伸出手来，左右开弓，使劲地抽打黄邓氏的脸颊，把黄邓氏打得眼冒金星，差点就要昏死过去。

　　黄邓氏在心底里哀喊道：黄守财，你这个死发瘟，你再不马上赶来，我又要让这个日本仔氹家铲强奸了！黄邓氏在被石野四箸抽打得神情有点恍惚的时候，突然听到"噗"的一响，一股腥风把一片黏糊糊的东西吹溅到她的脸上。她感到非常恶心。

　　她定神一看，看见这氹家铲日本仔扑地压下来，那张脸重重地盖压在她的脸上。黄邓氏"啊"了一声，立刻把这日本仔推开，发现这日本仔一脸是血。她吓得大叫一声。

　　这时有一只手一把抓住她的胳膊，她吓得像只被阉割的小猪一样。

　　只听有人喝道："叫什么，是我！"

　　啊！是黄守财。这死发瘟怎么现在才来……黄邓氏眼睛一黑，立即昏死过去。

　　到醒来的时候，黄邓氏看见黄守财握着把刀子，把这氹家铲日本仔的"老二"割了下来，扔进屎蛆拱拱的粪坑里，再用一根棍子把那日本仔的"老二"压进了拱拱的屎蛆之中。然后，黄守财把那个缺了半只脑袋的日本仔塞进一只麻袋中，同时又塞进了一块很大的石头，之后用一根又粗又长的铁线把麻袋里的死尸和石头缠紧缠实，然后用力一推，"扑通"一声，把这氹家铲推进猪栏旁边的鱼塘里。

　　黄邓氏目瞪口呆，愣了小半天才嗫嗫地问道："是你……"

　　"是我一锤把他敲死的。"黄守财自豪地扬了扬手中的铁锤。

　　田野上吹来的风越刮越大，大风吹拂着黄守财的衣服，一飘一飘的。黄邓氏倏地感到自己的丈夫好像大戏上的英雄，她看见丈夫手中的铁锤就是自家打铁的铁锤，只是那锤把子重新安装过了，长得像扁担一样。她很高兴，脸上浮现出被惊吓后的第一次笑容。

黄守财关心地问道："你没事吧？"

"没事，你要是再来晚一步，就有事了……"

"没事就好。"黄守财用木桶大桶大桶地打来塘水，把猪栏仔细地冲了一遍，又把老婆和自己仔细地冲了一遍，然后扔掉木桶，拉着老婆回家，夫妻双双换过衣服，远走高飞去了。

三十八

天很快黑了。漆黑的天空堆满乌云。本来就非常闷热的大地让堆满乌云的天空压迫得更热更闷了。闷热的天空堆积的乌云越来越厚，越来越重，最后云层不堪重负，"轰隆"一声垮塌下来。这是一记惊天动地的雷声！雷声未过，大雨就跟来了。这雨像排山倒海似的，霎时之间，电烧黑云，风搅白雨。老天爷似乎觉得这样才解气，它搅动着满天的风雨，把金窝村冲洗了一遍又一遍……

石野四箸夜不归营，晚上呼点，猪头小队长没点到石野四箸，把他给气坏了。他先在小队里查问石野四箸的去向：有谁知道他到了什么地方？可是萝卜头们都说不出个所以然来。只是有人记得他傍晚前去外面的番薯地里撒过一次尿。去番薯地里撒过一次尿就不回来了！番薯地里有鬼？当晚大风大雨，猪头小队长没有办法派人去找。

第二天清早，他就把全小队的人马拉了出去，到番薯地里拉网般来回查找，查找了好几趟。番薯地经过一夜风雨，遍地湿漉漉，黏糊糊的。小鬼子们的裤筒被湿漉漉、黏糊糊的番薯藤糊得全是泥浆，就是找不到石野四箸的踪影。

吃过早饭，猪头小队长牵来军犬嗅闻了石野四箸的衣物，然后牵着军犬，领着一帮人马，到庞边村和金窝村逐家逐户地搜查。因为黄守财事后用塘水把猪栏仔细地冲了好几遍，又加上昨晚下了一场连天大雨，日本的军犬嗅了好久，也嗅不出个名堂来。

这可把猪头小队长急坏了。开小差是绝对不可能的，石野君是我们帝国的好兵，特别是近来表现又那么好，进步又那么快，经常得到小队的表彰和队友的称赞，这样的好兵怎么会开小差呢？再说中国人对我们皇军恨之入骨，一个单兵离开部队，落入中国人手里，肯定会被他们剁成肉酱。这已经是我们皇军将士的共识了。本人又在队前反复讲过无数次，他不能不懂。所以开小差是绝对不可能的。可是他又到哪里去了呢？活要见人，死要见尸，这么大个活人能跑到哪里？他分别把两个村的民众集中起来，盘问、拷打，他部下趁机还奸淫了几个妇女，但还是查不出个名堂来，最后他们在两个村子里抢了一批东西了事。

把两个村的民众折腾得死去活来之后，猪头小队长向联队写了个报告，说某日，石野四箸外出征伐，在河面上遇上土八路，石野君英勇杀敌，最后不幸中枪，掉落河里，为国捐躯。

一日，白明治正在慢慢地品咖啡，管家轻手轻脚地走过来，俯下身，小声禀报说："老爷，我知道谁杀死太君的了！"

"是谁？"

"黄守财。"

"你看见了？"

"不是。我想他老婆被太君搞了，他应该会出这个手的。"

"你说怎么办？"

"向太君举报他……"

白明治想了一会，觉得自己在村里牙齿印太深了，何苦再为这些捕风捉影的事情去招惹这班穷鬼？最后他还是摇了摇头，说道："你不要轻举妄动，让我想好再说。"

过了些日子，管家又问："老爷，您想好没有？"

白明治想了想，说："还没有想好。"

再过些日子，管家又问："老爷，想好了没有？"

白明治不耐烦地说："你怎么那么烦，你想到日本人那里去讨赏是不是？"

管家霎时红脸，赶紧摆手兼摇头："不是不是……"

陈无偏终于回到广东了！

从黄埔港一下船，陈无偏看见不少日本兵和不少穿着和服的日本女人，心里咯噔一跳："怎么我们广东也被日本仔占领了？"

过闸的时候，检闸的日本人看他像个乞丐，觉得晦气，在他的屁股上踹了一脚。

从黄埔港下船之后，他坐上了一条民船，沿江经长洲、化龙、石楼、石碁回到市桥，再经市桥回到了金窝村。

沿路他看见烧了不少房子，遇到了不少难民。他在心里头叫苦不迭：才出虎口，又落狼窝！

"近乡情更切，不敢问来人。"路上，他很怕碰见熟人。他怕熟人看见他现在的落泊，他怕从熟人口中听到自家的坏消息。

回到了金窝村，陈无偏看见到处是断壁残垣，村道上人影寥寥，满是垃圾，过去的欢乐热闹的景象不见了，村里像古墓一般的寂静。他心里从头一下凉到了脚。他的离开，在感觉中只是一眨眼的工夫，现在回来几乎不认得了，已面目全非了，好像是丁令威的化鹤归来。

"我们家不知变成什么样子了？"他抱着儿子，拎着脏得像个叫花子似的小包袱，一路小跑地往家里赶去。

到了陈氏医馆门口，陈无偏看见大门锁着，急忙掏钥匙把门打开。可是这锁早已被人开过了。他推门进去，一股陈霉的气息扑面而来。陈无偏赶紧推门开窗，透透空气。

这时他定睛细看，发现满屋灰尘。东墙上挂着的"全家福"因掉了一根钉子歪歪斜斜地吊在墙壁上。这幅照片是儿子抗日满月的时候，他们到广州去走亲戚，在"上下九"的一家映相馆照的。相框的玻璃已被尘封，一点也看不见相片了。

陈无偏把相框摘下来，用衣袖往玻璃上用力抹了几下，里面的人样立即清晰地展现出来：刚坐完月子的汪寿玉丰腴饱满，珠圆玉润，楚楚动人。她抱着包在襁褓中的儿子，倚在丈夫的胸前。陈无偏坐在妻子的后面，右手挽着妻子的纤腰，左手扶住妻子的臂膀，一脸酒不醉人人自醉的神情。背景是用画布画的华堂。

看见汪寿玉的美照，陈无偏喉咙一哽，"哇"地哭了起来。这一下可把陈抗日吓住了，他也"哇"了一声，跑过来搂住陈无偏的大腿。

陈无偏把相框搂在胸前，哽咽地哭道："寿玉，我和抗日回来了，把你一个人留在那边，你好苦啊!"陈抗日跟着哭。

哭完之后，他把相框小心安放好，定了定神，再四处看看：书籍散落一地，大研船被推翻了，大药臼被推倒了。这是怎么回事？有贼来过了？

他立即把散落在地上的书籍捡起来，粗粗一点，觉得也没少什么。他在屋里各处查看了一下，衣物被褥被翻得一塌糊涂，但粗粗点过，也觉得样样都在，最奇怪的是他当初离家时因为走得急，放在柜桶里没收藏好的钱竟然也没动。这是怎么回事？

想到这里，他倏地怕了，汗毛孔唰地竖起来了，浑身上下起了一层厚厚的鸡皮疙瘩。我和谁有冤？我和谁有仇？你进到了我家里来，不为钱，不为物，你为的是什么？？

陈抗日已经不认识自己的家了，好像来到了一个和他毫不相干的地方。他呆呆的，怯怯的，跟着陈无偏寸步不离。

陈无偏赶紧把家里的东西整理了一遍，又找来了一根扫把和一只垃圾篓，快手快脚地把屋里扫了一遍。

在陈无偏快手快脚地打扫卫生的当儿，有人探头探脑地从门外往里张望。陈无偏停手一看，原来是邻居二叔公。二叔公已经不是他原来脑子里的那个二叔公。他好像是街上行乞的一个破老头。

此时陈无偏百感交集，怯怯地叫了一声："二叔公!"

蓬头垢面的二叔公，拄着一根末梢破裂了的竹竿，迈着一双寒腿，巍巍颤颤地跨过门槛，蹒跚地走到陈无偏的跟前，眯着老眼，看了好一会儿，才说道："你是陈医生？"

陈无偏应道："二叔公，我是无偏!"

"哦! 你不是去了南京了吗？"

陈无偏哑口无言，只是本能地"唉"了一声。

"不是有个大官请了你去了吗？"

陈无偏又机械地"唉"了一声。

"怎么好好端端的又回来了呢？"

真是一部二十四史，不知从何讲起。本来回到了自己魂牵梦绕的家乡，在离难生死之后见到了阔别的乡亲，陈无偏是有满肚子的话要说的，可是现在他真的不知道怎么讲才好。

二叔公见陈无偏不出声，又唠唠叨叨地继续说："我们想走都没有地方走，可是你走了却还要回来，你是嫌日本仔坏得还不够是不是？"

陈无偏感到有口难言。人道是秀才遇着兵，有理说不清，他是苦大仇深的劫后余生者，满肚子的苦难很希望倒出来，却又不知从何倒起。想说时，又偏偏遇上一个又耳聋又唠叨又自以为是的糟老头，和他说什么呢？怎么和他说呢？唉，干脆不说算了。

二叔公见陈无偏不说话，可能感到没趣，站了一会儿，便拄着根破竹竿蹒跚地走了。

二叔公走了一会儿，陈氏医馆便涌来了一群人，这些人个个都是陈家的老街坊，个个都衣衫褴褛，面有菜色。

他们见了陈无偏，七嘴八舌地问道："阿偏，你怎么回来了？"

"我们想跑都没地方跑，你却回来了……"

"你真是送羊入虎口，自投罗网了。"

"你大概没有见过日本仔吧？这些冚家铲恶得很哩……"

"更绝得很哩，一个个都像魔鬼似的！"

"哎哟，我们都以为你到南京享福去了，怎么你比我们还瘦似的……"

"何止比我们还瘦喔，而且人好像老了几十岁似的，和没去南京前简直是两个人。"

"无偏，这是怎么回事？"

千言万语一瞬间涌到了嗓门上，出现了"交通阻塞"的现象，把陈无偏憋得满脸通红，泪光闪闪。

那些大嫂大婶们不满陈无偏的拙讷，嚷嚷说："这么个大男人，三脚踢不出个屁来!"

"陈医生过去不是这样的呀!"

"他可能跟过那个大官,讲话的方式也跟变了。"

"人说女大十八变,其实男的也变的。"

"我们不问他,我们问陈师奶去!"

"陈师奶呢?"

"阿玉呢?"

"阿玉——"

这些大嫂大婶们喊不到寿玉,便转向陈无偏:"偏哥,你老婆呢?她一回来就不见了,她忙什么去了?"

有人悄悄地议论说:"我好像看见,他们父子俩自己回来的喔……"

"啊!偏哥,你老婆呢?阿玉呢?她没有回来吗?她怎么没有回来?她到哪里去了?"

巨大的心涛激烈地拍击着陈无偏的心灵的堤岸,他心灵的堤岸承受不起这个巨大的压力了,他心灵的堤岸哗地被冲垮了。这位堂堂的男子汉在妇女们的追问中,双手将面一掩,"哇"地哭了起来。

陈无偏的这一举动,令在场的人特别是妇女们霎时间不知所措。男儿有泪不轻弹,只因未到伤心处。阿无偏可能是遭受到很大打击才回来的,于是有街坊赶紧安慰说:"陈先生,你没事吧?"

"慢慢说,慢慢说。"

"有热茶吗?最好给他喝口热茶!"

"还有热茶?现在有口干净的水喝就已经很够运了。"

"唉,日本仔即将打来番禺的时候,我们曾经很羡慕你,以为你跟着那大官享福去了,不想你竟然这样……"

"看样子比我们还要差。"

"偏哥,慢慢说,慢慢说,我们是阿玉的好朋友,我们很想知道她的事,她……"

"她死了……"陈无偏哽咽着说。

"啊……"

"怎么死的?"

"在哪里死的?"

"在南京……"陈无偏哽咽地说,"她不肯受辱,自己跳楼自杀的……"

"啊!南京?南京大屠杀!"

"你又知?"

"以前新闻纸上卖过的嘛,你们这些人,总不看看新闻纸。"

"啊,阿玉真是个烈女!"

"真看不出,平时看她文文弱弱的,竟然那么刚烈。"

"去年一家三口风风光光地出去,今天父子俩凄凄凉凉地回来,真惨哦!"

"啊,抗日呢?抗日……"有个妇女突然间想起了陈抗日,便喊了起来。这一喊倒提醒了大家,大家又忙着找陈抗日了。原来陈抗日一个人蹲在墙根下捉蚂蚁。

一个大嫂一手把他抱了起来,用力亲了他一口,问道:"抗日,你妈呢?"

陈抗日开始有点茫然,马上又若有所思地想了想,然后用小手指着远方,说道:"在那里……"

这大嫂一手把陈抗日搂在怀里,哭道:"抗日,你真是个苦命的孩子啊!"

在大家议论、叹息当中,陈无偏早已瘫软在给人看病的靠椅上。

乡亲们非常同情非常可怜陈无偏父子俩,他们看见陈无偏刚才在打扫房屋,于是立即帮起手来。有的还回家拎点番薯癞,拿点老菜叶,搂点柴火来给陈无偏,很快便帮陈无偏把这个家安起来了。

三十九

陈无偏回来以后，为了生计，马上就开业候诊了。

这兵荒马乱的年月，生病的人就更多了。可是乡亲们穷得揭不开锅，哪里有钱来看病？但人得了病还是想看医生的，不看医生，难道甘愿等死？一来是陈无偏厚道，二来又是乡里乡亲，所以大家有了病，拎着棵青菜，或者拿着几根番薯癫就来了。陈无偏知道大家的艰难，也不嫌弃。

这年头药物奇缺，陈无偏给人看病，尽量使用草药，或者就给病人按摩推拿。他一心一意为病人着想，本着少花钱不花钱的原则，千方百计把病人的病治好。

白明治财多身弱，一直生病不断。他一直觉得吃陈无偏的药比较好，陈无偏去了南京之后，他就感到很不方便了。如今听见陈无偏回来了，他马上喊仆人带着两块大洋去陈氏医馆请陈无偏。

两块大洋在当下确实是笔大钱，陈无偏收拾一下，拉着儿子陈抗日就出发了。以前出诊，都是老婆寿玉在家带孩子的，现在是鸡公带崽，感觉就大不一样了。道虽熟，但"车"不"轻"，七转八拐到了白明治的家。

白家的楼宇整洁光鲜，气派逼人，和村里那些劫后余生、断壁残垣的民居比较，令陈无偏感到很刺眼，心里头很反感。他本来是不愿意出这个诊的，可是医生不能拒绝病人，这是行规，而且为了生计，不去也不行，所以他还是违心地去了。

他跟着仆人进入白家的公馆，白明治早已坐在客厅里头恭候了。一看见陈无偏，白明治马上起身相迎，还吩咐下人给陈抗日拿糖果。

和白明治的热情客气相比，陈无偏就显得冷淡多了。他诊脉是诊脉，看舌是看舌，甚至连病情都不问一句，就开方子了。对于陈无偏的冷漠寡言，白明治不仅没有感到不快，相反却感到这才是大国手应有的风度。

白明治看完，还吩咐下人请七姨太也出来看看。七姨太在下人的伴陪下款款而出，她见了陈无偏，嫣然一笑，打了声招呼。陈无偏感觉到七姨太好像个太阳似的辐射着他，令他身上发热，不敢直视，他依稀地感到这七姨太好像比以前更加美丽动人了。

此时他立即想起了自己的爱妻汪寿玉，我寿玉也很美丽啊，丢那妈日本仔你们这些冚家铲，你们把我寿玉逼死了，你们害得我好惨啊！

看这例病，陈无偏未能凝神定气，于是他给七姨太开了一服归脾汤。脾是人的后天之本，健脾理脾是对谁都管用的。开完方子，陈无偏循例向主家拱一拱手，然后牵着儿子走了。

自从回到家里，陈无偏感到两父子的生活很难过得下去。

相反，他感到他离开南京之后，一手抱着儿子，一手拎着包袱到处流浪的生活似乎还好过一些。那时候的那个生活比较单纯。那时候他什么都不想，只想活下去，其他都空白了。

现在住回老屋里，老屋空空如也，又处处令他触景生情。他从早到晚，无时不受着感情的折磨。汪寿玉的音容笑貌无处不在，可是人又偏偏不在了，他的心要说多难受，就有多难受。而且，他不善料理家务。以前，他早上起来打一趟拳，然后在井里打上一桶凉水，稀里哗啦地抹一个澡，出到诊室，寿玉早已在桌子上摆好点心，晾好"十谷粥"。他三下五除二地吃过点心喝过粥，就打开大门应诊了。如果病人未来，他就把医书打开，轻轻地，抑扬顿挫地吟诵着，像私塾里的先生一样。这生活几舒畅，几温馨，几写意啊！现在就不是这么回事了。现在他多揪心，多痛心。他发现自己好像掉进了冰窟窿里，冷得一点热气也没有。

他想着想着，突然觉得很奇怪。这南京的唐司令怎么会知道我会看病呢？

如果他在广州，那还情有可原，可是他在南京哦！南京和广州相隔千山万水，他怎么会知道我呢？我的名气难道真的那么大？过去因为激动，因为感到有面子，一直没有想过这个问题。在南京时兵荒马乱，没工夫想这个问题，带着儿子一路流浪回来时，也没有心情想这个问题。现在回到家里了，孤寒寂寞触景生情什么都想，就想到这个问题来了。

他感到奇怪，他觉得不可理解，好像是鬼使神差一样。因为没有汪寿玉这个贤内助，现在他一切都乱了套了。

今天，他急急忙忙地煮好早餐，胡乱地填饱了肚子，也七哄八哄地喂饱了儿子，然后快手快脚地把用过的碗筷往锅里一放，用水一浸，就出去开门候诊了。

还没有人来。他想起自己好久没有好好地读过医书了，以前他每天吟诵，十几二十年从未间断，几大经典，他能倒背如流，这段时间他都没有读过医书，医书上好多地方都生疏了。

他长长地叹了一口气，随手便拿出了一本《黄帝内经·素问》，摊放在桌面上，想和过去一样地吟诵，可一张口，那声音竟出不来。他不禁长长地叹了一口气，他发现吟诵是需要心境的，"风声、雨声、读书声、声声入耳"，那心态几悠然。可是现在，他感到他心里头乱糟糟的，这样的心境做什么都难，当然也包括读书了。

他又叹了一口气，读不出声就看着吧，书是要经常读的，不然就越来越生疏了。于是他就慢慢地看着。陈抗日也乖，他不打扰爸爸，一个人蹲在墙根上找地龟虫。

陈无偏毕竟是只书虫子，他看着看着就钻进了书缝里。

不知看到了什么时候，他发现门口一暗，是有人进来了。他本能地把书本放下，准备迎候客人。

这时，他第一时间发现来者不是本地人，他甚至还不是中国人！他穿着一身萝卜头常说的什么"和服"，踏着一双一块木板下面钉了两道杠杠的木屐。他平生最恨的是日本人。他吃尽了日本人带给他的苦难。这冚家铲来想干什么呢？他本能地用眼尾扫了一下蹲在墙角自己玩耍的儿子，他什么都不怕，他最怕的是自己的儿子有什么三长两短。

入门的日本仔也不吭声，他"噔噔"地走进来，走到了陈无偏的跟前。

坐在八仙桌后面的陈无偏马上倒吸了一口冷气，那颗心扑通一声几乎涌上了嗓子眼上。他腰一挺，双拳用力一握，眼睛一瞪，在心里头喝道：你这冚家铲，你想干什么?!

这日本仔当陈无偏透明似的，根本不理会他，却自己拉过一张凳子，在八仙桌前坐下，把手腕伸到八仙桌上的手枕上。

"他来看病的?"陈无偏自己问自己。我同日本仔有家仇国恨。我们中国人和日本仔不共戴天！我想杀你还来不及哩，我还给你看病？我帮你看病把你的病治好了让你更多地屠杀中国人？

这人真当这房屋里没有他陈无偏这个人似的，他干脆把自己的头伏在自己搁在八仙桌上的手臂上。

陈无偏真想随手抓个什么硬的东西，狠狠地砸在他的脑袋上，杀得一个算一个，杀得一个日本鬼子，也算是给寿玉报了仇了。

他正想悄悄地去找个什么硬的东西，可是身子一侧，却看见门口外面站着个荷枪的日本兵。

陈无偏的心咯噔一跳：难怪这冚家铲敢大模大样地死赖赖地趴在我的八仙桌上，原来是带着兵的。他摆出个招式，让我来接。我怎么接都行。我是不怕死的，人生自古谁无死？可是我一旦死了，我的儿子陈抗日怎么办？

他回头看了一眼止蹲在墙根上抓虫子玩的儿子，这小子玩得很专注，旁边的什么事都不知道。他想：我抗日那么小，我是不能死的呀！我死了，他怎么办？

想到这里，陈无偏的额角沁出了一层薄薄的汗珠。他腿一软，咚地坐了下来。

这日本鬼子完全没有理会陈无偏的一立一坐，他的脑袋还趴在他伸在八仙桌上的手臂上。

陈无偏犹豫了好久，最后还是下了决心，就给他把把脉吧，看看这冚家铲下一步又有什么招数。

于是，陈无偏把三个指头摁在这日本鬼子的"寸口"上。一摁下去，陈无偏发现这日本鬼子"寸口"的肌肉实净硬朗，脉搏跳动得也很沉缓有力。

陈无偏当即断定：这冚家铲一定是干"劳力"的，准确地说，是行伍的。

再诊下去，这冚家铲没有什么病呀！既然没病，来找我干什么？想到这里，他觉得非常纳闷。

正松开手指，这冚家铲的第二只手又很主动很自觉很配合地伸上来了。

自从这冚家铲进门之后，陈无偏从未用正眼看过他，现在趁他换手的当儿，陈无偏不由自主地打量打量他了。

这一打量，竟把陈无偏吓得大大地倒吸了一口冷气：这冚家铲怎么那么面熟，好像在哪里见过！

他的脑袋哗啦地转了起来：在南京？那时候南京是有很多日本鬼子，可是那时南京正在城破之时，全城几十万人像打翻了篓子的黄鳝乱成了一团，特别是看见冲进城的日本鬼子如同看见了毒蛇猛兽一样，跑都来不及，谁还注意看他那张脸！以后我像没头苍蝇似的乱跑了大半天，最后稀里糊涂地跑到了拉贝公馆。进入了拉贝公馆就好像入到了保险箱里。这段时间一个日本鬼子都没有看见过。离开南京的那一天是大清早，街上连只鬼影也没有，自然也没有看见日本鬼子了。到了上海，除了本地人，见得最多的是那些汉奸警察和外国人警察，也没有近距离见过日本鬼子呀？从上海坐船回来，在黄埔港下船过闸，给看闸的日本仔踹了一脚之后，我气得眼冒青烟，得走时即快快地走了，不走你想让这冚家铲多踢几脚？所以也没有详细地观察过他的相貌。眼前的这个日本仔我怎么会感到见过他呢？

在心鹜八极当中，陈无偏不知不觉地放松了指头。

那日本仔开口问道："看出了什么病来呀？"

咦！这声音也很熟喔。是怎么回事？是我做梦了吗？他伸手往自己的大腿上用力一揪，哎哟，痛的，我不是发梦！陈无偏的皮肤唰地起了一层鸡皮疙瘩。是我见了鬼了？

想到了这一点，他深深地倒吸了一口冷气。

既然人家开口问了，不，既然那鬼开口了，总要有个答复呀！

先生！不行，这个称呼是很文雅而且很高雅的，他们是恶魔，是鬼，他们不配这个称呼。听说日本人是好称什么"太君"的，只有魔头才叫什么"太君"，就叫他"太君"吧。可是这样的称呼，好像又太给他脸了。干脆什么也不叫，是什么就说什么。

于是，陈无偏说："你六脉平和，何病之有！"

那日本鬼子听了，身子一挺，大喊一声："素敌！"

陈无偏让这冚家铲吓了一大跳。他不知这是什么意思。

这时，这日本鬼子用中国话说道："佩服，实在是佩服，陈先生，你的不愧是国手啊！"

陈无偏不吭声，脸上的表情木木的，心里在想：你叫我陈先生，你知道我姓陈？再说我国不国手关你什么事，你来搅和什么？

这日本鬼子向门外喊了一声："进入！"

门外一个日本兵端着一个托盘进来，托盘上盖有一块红布。这日本兵把托盘放在八仙桌上，又倒退着出去了。

坐在八仙桌旁边的这个日本仔，把托盘上的红布揭开。原来托盘上堆着一盘银元，和一沓沓印有"大日本帝国政府军用手票"字样的票子。

陈无偏不禁一愣，问道："这是什么意思？"

"给你的！"这日本仔说。

"给我的？"陈无偏真想不到。

"是的，是给你的！你给我看了病嘛。"

陈无偏倏地一想：对呀，我给他把了脉，我总不能给他白把呀，给他白把了，不是便宜了他了吗？日本鬼这冚家铲，我便宜他干什么？他想了一下，便在托盘上拿了一块银元。

这日本鬼子说："都拿去，统统的拿去！"

陈无偏摇了摇头。

这日本鬼子又说："这都是给你的，你的统统的拿去吧！"

陈无偏还是摇了摇头。

这日本鬼子接着说："你的现在正需要钱哩，不客气，都拿去吧！"

陈无偏还是不出声，心想：你这是黄鼠狼给鸡拜年，你究竟安的是什么心?!

这日本鬼子见陈无偏坚辞不受，称赞道："哟西哟西! 陈先生医德好，有操守，不贪心，好! 好! 很好!"

他站起来，在屋里来回地走动着，走着走着，竟停在陈抗日的跟前，说道："嘿嘿! 长大了哦! 长的几聪明几可爱的哟!"

陈无偏的心咯噔一跳：你这冚家铲想干什么?

这日本鬼子把手往上一伸，看了看腕上的手表，说："我的今天的事务安排得好紧，没有更多的时间待在这里了。陈先生，今天打扰了你的了，"他向陈无偏拱了拱手，"有空我的再来拜访你，我们后会有期!"说完转身走了。

从这个日本鬼子进门开始，陈无偏就感觉到不明不白的。

他明明是个日本鬼子，我怎么一直感到我见过他。我都没有和日本仔打过交道，我怎么会觉得他面熟，好像认识过他似的。是发梦? 不是! 是梦游? 我从来没有得过梦游症。像我这样的神经系统也根本不可能会得梦游症。那，那就是见鬼了! 白日见鬼?

想到这里，陈无偏一身的鸡皮疙瘩又浮了起来。他走时竟说"后会有期"哩，天啊，难道我被冤鬼缠上了?

四十

陈无偏真被冤鬼缠上了!

他惊魂未定，这只冤鬼又找上门来了。一大早，他才开门候诊，这只冤鬼就来了。这只冤鬼还是穿着一身和服，还是那么神情笃定，那么目中无人，还是带着一个日本兵。他进到门来，学着中国人的举止，双手一拱，叫道："陈先生，早啊!"

看见了他，陈无偏的心怦地一跳，皮肤上立即起了一层鸡皮疙瘩。他在心中自己问自己道：这只冚家铲又来干什么? 这只冚家铲进来之后，不用招呼，自己找椅子坐下，好像跟他很熟的样子。陈无偏看见他这副鬼样，心中叫苦不迭：我真的被冤鬼缠上了！

"陈先生近来可好？"这冤家铲说道。

陈无偏两眼直直地看着他。他不搭他的讪，但心中说道：我好不好关你屁事！

这冤鬼笑道："陈先生，你的真的不认识我了？"

陈无偏让他说得一头雾水：我认识你？是，我认识你，我认识你们这些日本鬼子是老鼠，是毒蛇，是豺狼！

这冤鬼见陈无偏还是一脸茫然，他启发道："我的应该叫你的一声大哥才对喔！"

呸！呸！呸！我有你这样的兄弟，我家的祖宗山坟都会让人撒满屎尿了！陈无偏心想。

这冤鬼见陈无偏还是牛皮灯笼涂黑漆，于是又启发说："你的应该认识一个人……"

陈无偏愣然，脱口反问道："我认识谁？"

这冤鬼微笑着，一字一顿地说："陈——中——夏！"

"陈——中——夏！"陈无偏的脑海倏地划过·道闪电，脑子里的一个人物倏地跳出了他的眼前：平头，革履，中等身材，粗眉细眼，颧骨突出，颧骨上长着一颗豆大的肉痣，面短腮方，嘴角有力。身穿着一套青年装，布料结实，线条笔挺。操着一口东北话，偶尔夹带着几句半生不熟的粤语，走路步履生风，讲话慷慨激昂，每听到"九·一八——九·一八"的歌声便激动得热泪盈眶。这么愕然的一件事，令陈无偏倏地觉得手脚冰冷，同时他又感到有一团怒火在心中燃烧，这正如医书上所说的寒包热的现象吧！

"啊！你是陈——中——夏！你……你……你不是在东北沦陷中家破人亡的吗？你不是连儿子也在逃难中丢失了吗？你怎么投靠了日本人了呢？"

这陈中夏粲然一笑："我的没有投靠日本人。我的本来就是日本人。我的真名叫山根四治郎。陈中夏是我的中文名！"

"这——陈中夏……"陈无偏一时还反应不过来。

"这是我的工作！"山根四治郎很有成就感地说，"我的是奉我

173

们国家之命，前来你们这里工作的。我的讲我在东北沦陷中家破人亡了，我的讲我的儿子在逃难中丢失了的话，这是我的工作的需要。我的给您的添麻烦了，对不起，请多关照！"

怒不可遏的陈无偏脱口而出："那不是间谍吗？"

山根四治郎悠然地点了点头："是的！"

这是贼，这是狼，这是骗子，这是强盗，这是魔鬼……陈无偏被心中的怒火烧得手脚也颤抖起来。他想和这家伙拼了！他环顾四周想找件什么东西，可是一看到蹲在墙脚玩虫子的儿子，他心中腾起的那股怒火便消去了一半。他不怕死，但他就怕他的儿子死。自己对面的那个家伙是个日本鬼子，是个日本间谍，门口又站着个拿着枪的日本兵，我跟这家伙拼了，我是死定的了，可是我儿子抗日怎么办，我死了我的儿子不是一起跟着被杀死了吗？他即使不跟着我一起死，可是我死了，谁来带他谁来养他呢？

想到了这一点，他不得不放弃了跟这日本鬼子拼命的念头。"你……你……你来我这里干什么？"

"我的找你的来叙旧呀！"山根四治郎的样子显得很诚恳。

陈无偏怒得连头发都差点直了起来。"我和你有什么旧可叙？"

山根四治郎笑道："这话说来就长了。不说别的，就说近的，我们不是结拜为兄弟了吗？"

陈无偏听了，气得两眼圆睁，腾的一下跳了起来。

陈无偏未曾开口，山根四治郎自己说了："当然，这是我的以陈中夏的名义和你的结拜的。"

陈无偏骂道："是你死皮赖脸要和我结拜的。"

山根四治郎笑道："即使我当时是死皮赖脸的，但也表明我对你很崇拜，态度很真诚呀！"

碰到这样的人，陈无偏气得真无话可说，他指着门口，大声叫道："我不想见你，我更没有你这个所谓的结拜兄弟，你出去，你给我滚，滚！"

山根四治郎不生气，他说："大哥，你的不要激动，不要生气。从你的情绪上看，你的对我们日本国很不友好喔！"

陈无偏骂道："我岂止对你们不友好，我简直是要剥你们的皮，吃你们的肉，拆你们的骨！"

山根四治郎听了，正色道："大哥，这话在小弟面前讲讲还可以，小弟我的知道你的遭遇，理解你的心情，可是在别的日本人面前可万万不能这么说了，你的要知道，说这话可要招来杀身之祸的啊！要是大哥遭到不测，"他顺手摸摸陈抗日的头，"侄儿就不好办了。"

这话是"仙丹"，比什么都灵，陈无偏马上安静下来了。

山根四治郎继续说："大哥，你的情绪不太好，头脑也不聪明。我们大日本帝国来到中国，是为了建立大东亚共荣圈，是为了大家都过上好日子。"

陈无偏一听，又想骂娘，山根四治郎伸出手来制止他。"我们大日本帝国的国力是你们中国的几十倍甚至几百倍，你们抵抗是徒劳的，是根本没用的。汪精卫汪先生就明白这个道理。你们中国人不能不认识汪精卫吧！汪精卫还是你们番禺人呢。他才高八斗，学富五车，年轻时参加过同盟会，因暗杀清朝摄政王载沣被捕，在狱中写下了'慷慨歌燕市，从容作楚囚，引刀成一快，不负少年头'的诗句，得到了千万热血青年的追捧。孙文先生得知这一消息，喟然长叹：'兆铭是吾党一位大人才，失去他好比断我一只手臂。'汪先生大才、大智、大勇，紧随孙先生。孙文先生逝世的遗嘱，就是你们平常所讲的总理遗嘱，就是他起草的。他身居要职，是国民党中央执行委员会主席、中央军事委员会主席、国民政府主席。堂堂如此君也投靠我们大日本帝国了，可见这是个潮流，同时也说明了一条道理，叫作识时务者为俊杰……"

不等山根四治郎讲完，怒不可遏的陈无偏把他的话打断："既然如此，你找汪精卫好了，你来我这里干什么？"

山根四治郎态度特别好，特别耐心，他不生陈无偏的气。他和颜悦色地说："我的是想来开导开导大哥，我的是为了大哥的好……"

陈无偏骂道："我不想见你，你出去，你给我滚，滚！"

山根四治郎心平气静地说："大哥太激动了，这样的情绪是很难谈下去的。这样也好，大哥先歇一歇，我的改日再到府上拜访。我的走了！"

天啊！他还说改日再到府上拜访。冚家铲，他是要缠定我了……

四十一

一连几天，陈无偏的医馆门可罗雀，没有一单生意。他以医为业，没有人来看病就没有饭吃哦！

陈无偏立即烦了起来：怎么搞的，这种情况可是从来没有出现过喔。在这方圆百里，我陈家几代人的功德谁人不知？我陈氏医馆过百年的英名谁人不晓？来门诊的人从来络绎不绝，我们应诊从来是应接不暇的，哪有过长长几天没有一个人来看病的！真怪，这是怎么回事？

他在医馆里坐得无聊，便走出门口来透透气，却碰上了拄着拐棍的二叔公吭哧吭哧地在活动脚步。他一看见陈无偏，二话不说转身就走。

陈无偏觉得奇怪，立即把他叫住："二叔公，你急什么？我看你这腿近来不太利索，我给你看看。"

二叔公摆手兼摇头："不用了，不用了！"

陈无偏说："你这腿是越看越不对劲喔，怎么不看呢？"

二叔公说："老毛病，还是不看了。"

陈无偏说："你的腿是老毛病，可是越来越严重了，怎么不看呢？"

二叔公说："老了，看也没用，不看了。"

陈无偏说："正是老了才更要看嘛，难道任它严重下去，躺在床上动不了吗？你是舍不得那点诊金吧？我今天不要你的诊金，我就想给你看看病。"

二叔公说："不麻烦你了，不麻烦你了，还是不看了。"

陈无偏一听，正色道："二叔公，你为人不义喔！"

正想走开的二叔公只好站住，他问道："我怎么不义呢？"

陈无偏说："二叔公，你五年前中风不语，气息微微，被家人从房里搬出厅来等死，是我救了你条命的，你没忘记吧？"

二叔公点了点头。

陈无偏继续说："前年你儿媳妇难产，胎横不下，情况危急，弄不好就一尸两命，是我陈某帮你把大人小孩保下来的，你没忘记吧？"

二叔公又点了点头："没忘记。"

陈无偏说："我陈某救了你一家三条性命，说有恩于你家，也不过分吧？"

二叔公惭愧地说："没过分，没过分，一点也不过分。"

陈无偏说："既然如此，你二叔公为什么一见我，就好像见了鬼似的掉头就走呢？"

二叔公自知理短，他叹了一口气，说："无偏，你救了我家三条性命，你有恩于我家，我都明白，我都没有忘记，可是你也不要怪我，躲你的不光是我，如今村里的人谁不躲你呀！"

"村里的人都躲我？"陈无偏不禁一愣，"为什么？"

二叔公说："日本鬼子都跑到你家里做客了，你是什么人，大家心里不害怕吗？"

哦！原来是这么回事！

陈无偏急了："二叔公，我陈无偏还会和日本仔有什么瓜葛？我老婆都给日本仔害死了，我从南京街头捡回了自己这条命，我们父子俩一路上像乞丐一样讨着乞着，受尽千辛万苦跑回来的。我陈无偏苦大仇深，我同日本仔有家仇国恨，你说我会对他们怎么样？"

二叔公说："我也是这样想的啰。"

陈无偏说："这就对了嘛！"他话题一转，"二叔公，你知道来找我的这日本仔是谁？"

二叔公鄙视地说："我知道他是日本仔！"

陈无偏说："他当然是日本仔，我是问你，你不认识他吗？"

二叔公说："我认识他是老鼠，是豺狼，是乌龟王八蛋。"

陈无偏说："他当然是老鼠、豺狼、乌龟王八蛋。可是你没有觉得他眼熟,在什么地方见过吗?"

二叔公寻思了一会,说："我什么都不觉得。"

陈无偏说："他就是以前在我们村口开药材铺卖药材的那个陈中夏呀!"

二叔公恍然大悟:"他就是那个陈老板!?"

"是呀!"

二叔公说:"这个陈老板不是逢人就说他是东北人,日本仔害得他妻离子散,家破人亡的吗?"

陈无偏说:"是呀!这冚家铲几阴险毒辣!明明是日本人,却又扮成中国人,躲在我们中间,还躲了那么久。在这段时间里,他做了什么危害我们国家的事,我们谁也不知道,你说可怕吗!"

"可怕,认真可怕!他来找你干什么?"

"我哪知道他来找我干什么!"

二叔公说:"那你怎么办?"

"我能怎么办?"陈无偏说,"我第一点想到的,就是和他拼命,给我老婆,给我们死去的同胞报仇。"

二叔公说:"对,对,对!"

陈无偏说:"这日本仔说了,如果我怎么的,他们就杀死我,还要动我的儿子。我死无所谓,人固有一死,但我儿子那么小,我陈家又是几代单传,我又舍不得因我这样的拼命而让他那么小就死掉了……"

"对,对,对!"

"二叔公,你说我怎么办啊!"

"是呀,你该怎么办呢?烦呀!"二叔公沉吟了一会,说,"你不会因为这样就……"

陈无偏明白二叔公的意思,他说:"二叔公,你放心,我陈无偏生是中国的人,死是中国的鬼,我绝不会像汪精卫那样认贼作父的。"

"对,对,对!"二叔公非常赞赏陈无偏,但又担心地说,"日本仔那边……"

陈无偏说："拼是肯定要拼的了。我现在在想个两全其美的办法，既和日本仔拼了，也不伤害到我抗日。"

二叔公说："对，对，对！"

陈无偏说："二叔公，麻烦你帮我告诉大家，我陈无偏是个什么样的人。现在是日本仔这个冤鬼来缠我，我是中国人，我是中国的种，我现在没有办法，只是一时无奈罢了。我陈无偏被他们搞得家破人亡，我是不会忘记这个血海深仇的，我肯定要和他们拼命的，请大家放心，更请大家不要躲我，请大家有病有痛都来找我，诊金是小事，有没有都不要紧。好吗？"

二叔公一脸是笑，说："好，好，好！"

陈无偏说："二叔公，我给你看看你的脚。"

二叔公笑着说："以后你帮我看脚还不晚，我现在就把你的意思去跟大家说说。"

一日中午，山根四治郎又来了。他还是一身和服，门外面还是站着一个日本兵。

进到门里，他看见陈无偏父子正在吃午饭，笑道："赶得好不如赶得巧啊，我的肚子饿了，正赶上你们用饭，怎么样，请我的一起用饭吧？"

陈无偏觉得这冚家铲过去讲的中国话是比较纯正的。纯正到你根本看不出他哪点不像中国人。现在他也讲中国话，但一开口很爱带个"的"字，你的，我的，……他妈的。亮出了日本仔的原型就肆无忌惮了。

他听了这冚家铲的话，像吞下一只苍蝇。这冚家铲叫人恶心死了：死皮赖脸，不请自来，来了又像条蛇似的死缠不放，不知他安的是什么心。他厌恶地说："我们不是吃饭。"

山根四治郎厚着脸皮说道："这不是饭吗？"

陈无偏指着桌上的番薯癫和野菜汤，气愤地反问说："这是饭吗？"

山根四治郎不生气，他说："能充饥的，就是饭嘛！"

陈无偏说："这能说是饭吗？过去我们是拿这个东西来喂猪，猪都不吃，现在可拿来喂人了。现在的人还不能经常有这个东西吃哩。"

山根四治郎说："是呀，这年头大家都不容易呀！"他走近饭桌边，伸手拿了一根番薯癫放进嘴里，嚼了一会，咽到肚里去了。他自言自语地说："这东西大人吃都难以下咽，"他伸手摸摸陈抗日的头："真难为小孩子了。"

陈无偏的气不打一处来："你知道就好！"

山根四治郎说："现在我的知道了，大哥今后一定不会再受这些苦的。"

陈无偏觉得疑惑："你是什么意思？"

山根四治郎不答他的话，他朝门口喊了一声，一个日本兵跑了进来。他叽里咕噜地和这日本兵说了几句日本话，那日本兵大喊了一声："哈咦！"转身就出去了。门外响起了一阵急速的由近而远的马蹄声。

山根四治郎在屋里踱来踱去，问东问西，陈无偏都不理他，让他一个人在胡说八道。一会儿，门外又响起了一阵急速的由远而近的马蹄声，那个日本兵扛着一麻袋大米跑了进来，咚地放在地下。

山根四治郎说："这是一百斤大米，大哥先解燃眉之急。"

陈无偏急了，我吃你的大米，我成了什么人了？他大声对山根四治郎说："我不要你的大米，你拿回去！"

山根四治郎说："大哥，你的就别客气了。"

陈无偏说："我客什么气，我是生气……"

山根四治郎说："那你的就不对了！"

陈无偏说："我怎么不对？"

山根四治郎说："俗语说：民以食为天。又说：人是铁，饭是钢，一天不吃饿得慌。大哥你的对谁有意见，都要先吃饭。"

"我……"

陈无偏有很多话要驳斥他，可是山根四治郎把他想说的话截住："你的不吃没事，小孩不吃事就大了。别讲了，吃饱了肚子再说，以后大哥有什么困难，尽管开口就是了。"说完带着那个日本兵走了。

山根四治郎一走，陈无偏就犯难了。

渡边小九郎出身卑微。他是山区的农家孩子，但人长得帅气又聪明伶俐。日本贫富悬殊，等级森严，一个山区的农家孩子要想出人头地基本上是不可能的。他的中学老师给他指了一条路：读军校。将来博取军功，就容易出人头地了。当时陆军情报学校招生的门槛比较低，他又长得聪明伶俐且帅气，所以就顺利录取了。在读书期间，他认识了在日本留学的白如冰。白如冰资质一般，不算聪慧。只是白明治崇日得很，觉得日本人放的屁比中国人的响，日本的月亮比中国的圆，所以初中毕业就通过关系把她弄到日本留学去了。她读书期间认识了渡边小九郎，毕业以后俩人就好上了。渡边小九郎的心只是想玩玩的，只是白如冰剃头挑子一头热，把他缠得很紧。日军的谍报机关知道渡边小九郎和白如冰这层关系，便把他派到白如冰的家乡中国番禺，白如冰当然就乐颠颠地跟着回番禺来了。

渡边小九郎进到白家，眼都直了。他想不到白如冰的家里竟然如此有钱，而且她的小妈七姨太竟如此漂亮和年轻。在白如冰的主动下，渡边小九郎冲着白家的富有，立即同意和她结婚。他同意和白如冰结婚，一是冲着白家有钱，二是和七姨太也有关系。渡边小九郎觉得七姨太美得像年画上的仕女，这样的美女，能多看几眼都是福气。和白如冰结婚了，不就有理由对这位七姨太合情合理地多看几眼啦？白明治崇日备至，只恨阎王爷没有让他托生到日本国去，现在得个上门的日本女婿，还是个当官的，觉得很有面子，于是大摆筵席，大吹大擂，办了这桩"好事"。

在这国难当头，村民们看在眼里，恨在心上，他们在背地里骂遍了白家的八代老祖宗。

白如冰和渡边小九郎结了婚，自己觉得自己就是日本人了，站在日本人的立场，她很渴望日本打赢这场战争。所以她很积极地向渡边小九郎学习谍报技术，她很渴望为日本立些战功。日本的特务机关最常用的手法是利用在华的日侨搜集情报，和做他们感到不方便出面的工作。在淞沪大战中，日军久攻不下，心急如焚的日寇恨不得在自己的手臂上咬下一块肉来。这时日本在上海的特务机关发动上海的日侨前来参战。这些日侨踊跃前来，表现得比他们的军队还要英勇。他们潜入战区，举着一面膏药旗为他们的飞机指示轰炸目标，使他们的进攻由毫无头绪到屡屡得手。日本鬼子从我国的东北、华北、华东、华中都是这样搞的。积累了不少经验，到了华南，他们更加这样搞了，比如搜集政治、经济、军事情报啦，搜集资料绘制军事地图啦，往溪流、水井投放伤寒和霍乱等病菌啦，往草堆里撒放带有鼠疫病菌的跳蚤啦……他们认为假日侨之手来做这些工作，安全隐蔽，不会引起中国人的注意。日军占领了我国的东三省后，日军强迫当地的农民大种罂粟，日军因而也成了世界上最大的贩毒集团。他们用贩毒得来的巨额利润来补充军费。日军还用鸦片做成糖果，以成本价卖给中国儿童食用。他们要从儿童开始，培养瘾君子，培养“东亚病夫”，企图从根本上摧毁中国人的反抗意志。这些重任自然又要落到日侨的肩膀上了。当时日军在广州的特务机关找到竹下之介。竹下之介对这差使很不热心，他在内心里感到这样搞法很下作。打仗嘛，拿出命来拼个死活，赢了脸上才有光彩，这样搞算什么呢？他的态度令日本在广州的特务机关十分痛恨。

竹下之介毕竟是个日本人，他从心底里当然希望日本好。1931年9月18日深夜，日本关东军驻沈阳的部队仅以数千之众，竟敢制造柳条湖事件并借此向中国军队发起进攻。东北军奉蒋介石之命不战而退，一夜之间日军轻而易举地占领了东北边防军长官公署、东大营、辽宁省政府、兵工厂、飞机场和东三省的官银号以及沈阳全城。所有驻省的军警均被缴械。仅在兵工厂，日军就夺得了步枪十五万支，手枪六万支，重炮二百五十门，子弹三百余万发，炮弹十万发。东三省航空处积存的飞机三百余架和政府金库里的七千多万元现金，也都落入了日本人的手里。绝大多数日本人认为，整个中国即将唾手可得。竹下之介和全体的日本人一样，都欢喜若狂，三天三夜睡不着觉。

可是仗打下去，竹下之介和许多日本人都发现中国人并不是那么不禁打的。往后的许多仗都打得很艰难。他的头脑也慢慢地清醒过来了。中国是弱国，可是中国地大物博人口众多。日本虽是强国，但日本地狭人少什么都缺。仗打得太久了对日本是不利的。他年轻的时候就到中国经商，和不少的中国人打过交道。他可以说比较了解中国人了。中国人善良、正直，讲信用，可结交。中国人聪明。中国的文化底蕴很深厚。但不少中国人较起劲来也是挺蛮的，不要以为他们好欺负哦！这场仗和他们打得太久了，谁输谁赢倒难说喔。赢了大家都高兴，可输了那滋味就不好受了。

他觉得还是不打仗好。不打仗，做生意，以我们日本人之精明、勤奋、善算，做生意是赚定的，这又可以避免一旦打输的苦果。所以，他慢慢地厌战了。加上日本特务机关的一些狗偷鼠窃的手段令他不齿。他从小练过武，他对武士道的理解，认为武士道应该是堂堂正正，光明磊落，重名轻生，尽忠竭力，强不欺弱，弱不畏强，打赢不欺霸，打输要服输，不服输的回去练好再来，不得使阴招，用卑鄙的手段计算对方谋取胜利。他多次去过佛山，拜访过咏春拳的高手。这些人不仅武艺高超，而且武风、武德都令人折服。而日本的特务机关就不同了，怎么竟指使我们日侨到人家的居民区去投毒，往人家的食物里投放病菌，把含有鸦片的糖果卖给人家的小孩子食用……这些手段都是卑鄙下流见不得人的，是会遭报应的。所以他很不愿意配合日本的特务机关。日本的特务机关也把他看作是日侨中的另类，是"非国民"，决心要修理修理他。

今天，渡边小九郎就奉命去修理他。渡边小九郎出到市桥，找到了远东商行。这商行经销着日本的土产，同时也采购一些中国的名优土特产品运回日本销售，两头赢利。这个商行既有中国的格局，又有日本的特色。门前挂有四个像冬瓜似的白灯笼，每个白灯笼上各写有一个红色的大字，合起来是：远东商行。这几醒目！商行门前摆有几只半人多高用几寸宽的竹篾箍着的大木桶，里面堆放着日本的土产，使人感到很抢眼。店内靠墙两边摆了两行低矮的货架，让人俯着身慢慢地挑选。它的低矮的货架尽量靠墙，尽量挪宽店中的空间，店里又用留声机低声地播放着中外名曲，给人一个舒适温馨的感觉。银柜摆在最里面。银柜的后面还摆有一个小小的茶几，是供批发的客商谈生意的。商行的后座是一个住宅的小院。它的这个款式格局，在二十世纪三四十年代的市桥，实在很抢眼球。

渡边小九郎进到店里，劈头就问："谁是竹下之介？"

坐在里面柜台后的竹下之介看见来人不是来买东西的，进来的第一句话就倔头倔脑地直呼自己的名字，而且操着日本话，知道来者不善，他赶紧从里面走出来招呼说："在下便是竹下之介，请多关照！"

渡边小九郎取出名片，递给竹下之介："在下奉命办差，请多关照！"

竹下之介看过名片，知道是日本南支派遣军情报部门的特务。这样的人到来，肯定没有什么好果子吃的。他请渡边小九郎进入银柜后面，在小茶几旁边坐下，竹下之介恭恭敬敬地给渡边小九郎上茶："请喝茶，请多关照！"

渡边小九郎把冒着袅袅香气的茶杯端起来，在鼻尖下闻了闻，又放回茶几上。

竹下之介赶紧说道："这是我们日本国的清茶——或者换成中国的狮峰龙井试试？"

渡边小九郎答道："还是随便点好，请多关照！"

竹下之介赶紧换过新茶，恭敬奉上。

渡边小九郎端起喝了一口，没说什么。

竹下之介便小心翼翼地打探道："阁下光临，请问有何指教？请多关照！"

渡边小九郎说："小生也是来替上头传话的，有触犯的不是小生，请多关照！"

竹下之介垂手答道："在下惶恐，在下洗耳恭听，请多关照！"

渡边小九郎说："我们现在正打着的这场战争是效命天皇，开拓疆土，建立大东亚共荣圈的圣战，阁下可曾知道？请多关照！"

竹下之介答道："知道知道，请多关照！"

"天下皇民，竭力同心，有钱出钱，有力出力。可是阁下袖手旁观，这是非国民之所为。这到底是怎么回事？请多关照！"

竹下之介的背脊洇出了一层薄汗。他解释说："在下并未袖手旁观，在下已经尽心尽力了。只是在下能力有限，萤火之光，照人不亮，实在惭愧。请多关照！"

渡边小九郎小白眼一翻："阁下是不是已经尽心尽力，小生也确实不知道。小生今日只是奉命前来告诉阁下，我们的组织没有能力保证阁下的爱子竹下春夫君会不会遭受到枪击、溺水、车祸等意外，阁下以后就自己多费些心神了。请多关照！"

日人说话，礼貌周周，拐弯抹角而且套话特多，比如"请多关照"，更是他们开口必讲的口头禅。即使在你旁边屙了个臭屁，他们也不会忘向你说声"请多关照"的客气话。客气话多了，往往使人听了半天也不知所云。不过渡边小九郎到底是个特务，他是奉命而来的，不管怎么拐弯抹角也好，他都要适时地把手中的尚方宝剑亮出来，直指竹下之介要命之处。

竹下之介是个明白人，他一点就明，听到这话，脸立即黄了，额角立即冒出汗珠。他鸡啄米似的直点头。"在下明白，多谢关照，在下明白，多谢关照，在下明白，多谢关照！"

渡边小九郎至此已经完成了任务，要起驾回府了。

竹下之介拼命地给他塞东西，拿不了也要塞，塞到实在拿不动就派个人帮他挑回去。"请回去替在下多美言几句，请回去替在下多美言几句，在下明白，在下今后一定将勤补懒，将功补过，请给机会，请多关照！"

四十二

渡边小九郎一走，竹下之介便像失了魂似的，想什么都无头无绪，干什么都不知所措。

竹下之介的老婆竹下惠美看见一世精明的老头子傻呆呆的像换了一个人似的，知道老头子被吓得不轻。她是个贤惠的小老太婆，一生怕事，谨小慎微，在外和邻合里，在家以丈夫儿子为命。她看见竹下之介没神少气，灰头灰脸的没精打采，赶紧倒了一杯热茶，在茶里放了一点盐，端到竹下之介跟前，轻声说道："趁热喝下去吧！"

竹下之介接过来，轻轻地啜了一口，发现是咸的，知道老婆是给他定惊了。他感激地望了望老婆。

竹下惠美搬了一张圆凳，放在竹下之介旁边，挨着老头子的身子坐下。"苟修瑾，你的没事吧？"她知道刚才那个野郎说的话，大概对老头子是很伤害的，把老头子给吓成这个样子了！她真希望受到伤害的那个人是她自己，而不是老头子。老头子是一家之主，全家都靠着他过日子。

竹下之介没有回答，他默默地点了点头。

竹下惠美说："苟修瑾，我的知道你的心里很难受，可是难受有什么用？难受只是难坏你的自己……"

竹下之介把眼睛闭起来。

竹下惠美继续说："刚才那个野郎对你的说的话，我的在旁边也偷听了。我的知道你的是好人，为人正派，心地善良。你从来不愿意帮他们去使阴招。使阴招是不好的，是会遭报应的。这个我的和你的一样，都是非常讨厌的。可是他们逼着我们，不去做就向我们的儿子下毒手，那怎么办，那也不能眼巴巴地看着我们的儿子遭毒手啊！你的说是不是？"

竹下之介睁开了眼睛，使劲地把头摇了摇，好像是要摇落粘在头上的虫子。

这时挂在墙上的时钟当当地响了五下。有道是：日本时辰钟，大声夹有准。准与不准且不说它，可这钟声还是挺响的。竹下之介看看窗外的天色，对竹下惠美说："天色不早了，去做饭吧！"

竹下惠美本来还有好多话要说的，既然老头子开了口了，她很不情愿地站起来，磨磨蹭蹭地进厨房做饭去了。

这顿晚饭竹下之介基本没吃，只喝了小半碗酱油芋梗汤。

竹下惠美的心更急了。吃完晚饭，她打发儿子去洗碗，她自己又搬着张凳子坐在竹下之介旁边坐下，陪他聊天。"苟修瑾，你的怎么一点饭都不想吃，你的这样我们是很担心的，你的知道吗？"

竹下之介叹了一口气："给你的添麻烦了，对不起。请多关照。我的是实在吃不下呀！"

竹下惠美说："吃不下也要吃的，多少都吃一点嘛，你的要明白，你的身体不仅是你的，也是我们的，你的知道吗？请多关照。"

在日本，即使是夫妻间的唠叨，也离不开这个套路。

竹下之介轻轻地点了点头。

竹下惠美说："苟修瑾，我们煮饭前讲到哪里了呢？哦，是讲到报应。是不是？其实天是明白的。不是说冤有头，债有主吗？如果我们做了，冤的头债的主不是我们，因为我们是被逼的。天要惩罚的话，天必定去惩罚那些强迫我们去做这些阴毒事的人。你的看我们日侨中有千千万万人做了这些事也没有得到什么恶报，这就是证明。可是我们不去做这些阴毒事，他们就会害我们儿子的性命，到时候谁把儿子赔给我们？你的说是不是？请多关照。"

竹下之介长长地叹了一口气。

竹下惠美又说："有句话叫作，'退一步海阔天空'。你的为人正直善良，这是很好的，但做人也怕挑担不懂换肩，明知撑不了也要死撑着……"

竹下之介不愿听，把脸朝到另一边去。

这时，门外有个日本人模样的家伙把头探进来张望了一下，竹下之介心头一震。他一把抓住竹下惠美的手，眼睛死死地盯住了门口。"春夫呢？"他问竹下惠美。那声音都有点抖了。

"不知道……"看见他的样子，竹下惠美也有点紧张，"大概在厨房里洗碗吧？"

那人张望了一下，又把头缩回去了。竹下之介的眼睛还是死死地盯住门口。过了一会儿，他忍不住对竹下惠美说："凹桑，你去看看春夫。请多关照。"

"是的，我的就去。请多关照。"

竹下惠美正想要去，竹下春夫歪着半边身子，提着半桶热水走进来："七七桑，哈哈桑，来烫脚。"

竹下之介这才松了一口气。他对竹下惠美说："不做生意了，去把门关起来吧。请多关照。"

竹下惠美立刻走去关门。

竹下之介对儿子说："春夫，吃完饭就不见你的，七七桑很挂心，你的去哪里要记得和七七桑说一声，不要让七七桑老惦记着你的。"儿子已经十六七岁了，竹下之介还是把他当作小孩子看待。

竹下春夫笑道："噢，我的忘了。七七桑，哈哈桑，快来烫脚吧！这水凉效果就不好的了。"

于是，父母子三人围坐在小木桶旁边，先竹下之介，跟着是竹下春夫，再跟着是竹下惠美的顺序大家都把脚伸进了小木桶里。其水暖暖，其乐融融。竹下之介放松刚才绷紧的神经，闭着眼睛，享受着这天伦之乐。

过了一会儿，竹下之介睁开眼睛，问儿子道："春夫，你的也快长大了。你的长大后打算做什么？"

竹下春夫说："我的喜欢经商，学七七桑，走和气生财的路。"

一丝笑影爬上了竹下之介的脸颊。他称赞说："还是我的息子懂事。普天下的事，其实还是做生意最好。做生意只要精明谋划，和气待人，生意定能做好做大的。生意做好做大了，财神爷就不请自来了！你的说是不是？"

"是的！"竹下春夫应道。

看见老头子的脸色由阴转晴，看见儿子的精乖伶俐，竹下惠美的眼角也笑得折起了两道深深的鱼尾纹。烫完脚，大家把湿脚抹干，竹下春夫去倒烫完脚的脏水。

竹下之介想起刚才探头进来的那个人，心里很不放心，他向竹下惠美打了一个眼色："你的也跟着去！"

这个贤惠听话的小老太婆听见丈夫这么一说，赶紧踢踏踢踏地跟着儿子倒水去了。

儿子、老婆出去之后，竹下之介不禁又沉思起来。

他发觉老太婆讲的还是有道理的：千千万万个日侨做了这些阴毒事也并没有得到恶报呀！可是如果我的顶着不做，我们的儿子被害了性命，谁把儿子赔给我们？

过了几天渡边小九郎又来了。竹下之介见了渡边小九郎好像见了勾魂的夜差一样，顿时就傻了。渡边小九郎的模样像个轻曼的美国牛仔：荷兰帽，喇叭型裤筒口的西裤。西裤束着的一件雪白的浆得硬硬的白衬衣。他双手的拇指斜插在裤前的小口袋上。脚上是一双黑光锃亮的皮鞋。

渡边小九郎嬉皮笑脸地对竹下之介说："竹下君，你的那天不是说今后一定会将勤补懒，将功补过，请我们给你的个机会吗？"

竹下之介还没有完全反应过来，他胡乱地直点头。

渡边小九郎指着旁边的两箱东西，对竹下之介说："我们长官叫你把这两箱东西处理了，请多关照。"

竹下之介的脑子基本空白，他本能地应道："是的，请多关照。"

渡边小九郎递过一张纸条，说："你的按这个银码先找数吧！"

竹下之介懵懵懂懂地接过纸条，转回里间，拉开柜桶，按渡边小九郎说的价取出钱米，递给了渡边小九郎。

渡边小九郎也不数，他把整叠票子像扇子似的用力扇了扇，然后收了起来，说："爽快，爽快！竹下君，祝你的生意兴隆，财源广进。拜拜！"

日本侨民在日军发动的侵华战争中表现得那么积极，除了他们自身的主观能动性外，和特务组织在背后的鞭催不无关系。

渡边小九郎走了之后，竹下之介像失了魂似的坐在椅子上。

正在后院做饭的竹下惠美听见铺里有动静，不太放心，便放下手中的活出来看看。她看见老头子失魂落魄的样子，问道："这野郎来过吗？"

竹下之介点了点头。

老太婆问道："他来干什么？"

竹下之介指了指旁边的两只箱子。

老太婆蹲下去，把箱子打开，看见里面是糖果，她抓起一把，拿到鼻尖前闻了闻："是有那东西的糖果？"

竹下之介闭着眼睛，默默地点了点头。

竹下惠美叹了一口气，说："没办法了，只好照着办啦。"

一夜一筹莫展的竹下之介在第二天的早上，便把这些糖果摆到了货架上。

卖了好几天。待这两箱糖果卖去了一半的时候，有个老头拄着根拐棍，巍巍颤颤地走到远东商行门前。

他用手中的拐棍，指着铺里的竹下之介骂道："竹老板！"这些都是老街坊。竹下之介几十年来很乐意赊借给帮衬他的街坊，平日间又和气相处，和街坊关系甚好。街坊们也不低看他，很愿意到他的铺里来买东西，即使在日军进城之前，也没有把他当日本鬼子看待。街坊们觉得竹下什么这叫法很拗口，干脆叫他姓氏的第一个字：竹——竹老板！竹下之介也乐意街坊们这样叫他。

那老头用拐棍指着他骂道："竹老板，冚家铲你心也太黑了，你怎么把有鸦片的糖果卖给小孩子吃？"

竹下之介属于偶尔做贼的好人，被人抓住把柄时一下就心虚了。他满脸通红，磕磕巴巴地说："这，这是没，没有的事，是你的搞错了吧？"

"我烟屎陈还会搞错？我是老烟杠，吹了几十年的鸦片烟，闻这气味比猫闻鱼腥还要灵。我的孙子说这糖果就在你的铺里买的，你看你的铺里现在就有，来，你自己剥开一粒闻闻，你够胆的让大家都来闻闻。"

街坊爱热闹，听见远东商行门前人声嘈杂，都出来看热闹。

有人问："烟屎陈发飙喔，是怎么回事呀？"

"他说竹老板卖鸦片糖果给我们的小孩子吃……"

"哇，你是开玩笑吧？"

老头听见有人议论，便回头说道："不是我烟屎陈无事生非，唯恐天下不乱。我们街好多人都是烟杠，都抽了几十年鸦片烟的，你叫他们来尝竹老板卖的这些糖果有没有鸦片烟！我烟屎陈叫鸦片烟害了一辈子，现在有人用鸦片烟来害我的孙子了，你说我能不发飙吗？"

"哇！竹老板这就抵死了！"

"我家的小孩也吃过竹老板卖的这些糖果喔！"

"我的儿子也吃过喔！"

"我们这条街的小孩几乎个个都吃过！"

"真阴功啰！"

"竹老板，我们是不是和你前世有冤，今世有仇？你怎么黑心来害我们？"

"难为我们一直没有把你当作日本鬼子看待。真是好心不得好报，好头戴烂帽了。"

"凡是日本鬼子都没有好的，当兵的日本鬼子拿着刀枪来杀害我们，不当兵的日本鬼子却把鸦片放在糖果里拿来毒害我们的小孩，你们说可恨吗？"

"可恨，可恨！我们没办法活了！我们和他们拼了！"

竹下之介不吭气，他黯然地合上了疲倦的眼睛。

这时有人振臂一呼："把他的铺砸了，把他的东西抢了！"

声音一落，愤怒加饥饿的街坊立即涌进了远东商行，举起里面的桌椅板凳乱砸一气，把里头能吃的东西除了掺有鸦片的糖果都抢了。

竹下惠美和竹下春夫都吓得躲到后间去了，竹下之介既不躲，也不喊，他坐在一边，默默地看着街坊把他铺里的货物抢掉。

街坊们也不动竹下之介，他们只动他的能食的货物。搬完东西之后，个别街坊还对竹下之介说："竹老板，你拿有鸦片的糖果毒害我们的小孩，我们把你的东西抢了，你我打平了。"

街坊散去之后，竹下惠美和竹下春夫慌慌张张地跑出来。竹下惠美问道："被打伤了没有？"

竹下之介不作声。

竹下惠美说："去报警吧！"

竹下之介闭着眼睛，轻轻地摇了摇头："煮饭去吧。"

竹下之介既不骂娘，也不报警，他已经没有在番禺乃至中国做生意的兴趣了，他草草地把铺子变卖了，卷起铺盖，领着一家老少返回日本去。

四十三

陈无偏被尿憋醒了，睁眼一看，此时天色微明，东方吐白。他赶紧起来，去厨房生火做早餐。

跨出房门时，他回望了一眼床上的儿子，发现儿子的胳膊伸出了被外，于是又折回来，轻轻地把儿子的胳膊放回被子里，然后才轻手轻脚地走出房间，到厨房做早餐去了。

陈无偏是个非常聪明的人，你看他把一门医道抚弄得多精，琢磨得多透。可是做家务就不行了，真是有长必有短，有高必有低。他借着微明的天色，手忙脚乱，丢三落四地从竹筐里掏出番薯癞，放在瓦盆里，再从水缸往盆里舀水，然后双手抓住番薯癞在水里直搓，搓了一轮便换水，换过水来又搓。他是医生，爱干净，折折腾腾直到把番薯癞搓洗干净了，才去点火烧锅。

在点火烧锅的当儿，他突然觉得自己的儿子抗日太瘦了，这样下去如何是好？他想起自己还藏了一点米，这点米是他上个月出诊时在外头用高价买的，买回来藏好，备用应急。日本鬼子送来的米他一粒都没有留。他全部让村民们搬走，让村民们分吃了。他说过，他宁愿饿死也不吃日本仔送来的米！

他父子俩一直以啖番薯癞度日。现在儿子熬得太瘦了，瘦得像一张薄皮包着一把骨头，他担心儿子会出什么问题。他决定煮点米给儿子吃吃，他决定煮点自己的米给儿子吃吃，他决定煮点自己的比金子还宝贵的米给自己的宝贝儿子吃吃。

他转到厨房旁边的柴房里，扒开堆在墙角里的柴火，柴火下墙根的土是虚的，拨开虚土，下面埋有一个瓦缸，揭开缸盖，里头全是火灰，再拨开火灰，灰里藏有一个小瓦罐，陈无偏打开罐盖，原来里头装一小瓦罐米。

陈无偏从中抓出了一把，放在鼻子跟前闻了闻，闻到了一股米的香味。陈无偏叹了一口气，他把这把米放在随手带进柴房的小瓦煲里，然后又小心翼翼地盖好罐盖，把火灰堆回瓦罐上，再压紧，然后又把瓦缸盖盖好，再把虚土堆回瓦缸上，用脚踩紧，再用手抚平，再用扫把在浮泥上扫了扫，最后又把柴火堆回墙角里。弄好了，细心的陈无偏又仔细地看看，看有没有什么粗疏，然后才去洗手、淘米。

等把番薯癫煲熟，把粥煲好，太阳已经出来了。陈无偏赶快用大海碗把粥倒出来晾凉，然后去招呼儿子起床。

小家伙也被尿憋醒了。陈无偏伸手摸摸他的小鸡鸡，发现小鸡鸡硬硬的干干的没有尿床，于是很高兴，他亲了儿子一口，夸奖道："抗日真乖，我抗日长大了，不尿床了。"

他先把抗日抱起来屙尿，然后给他穿衣服；穿好了衣服，洗脸漱口，收拾妥当，便抱他到饭桌前用餐。

陈无偏把已经晾好的稀粥小心翼翼地一匙羹一匙羹地喂进陈抗日的嘴里，生怕溢漏出半点在地上。到儿子吃完了，还有半点米粒粘在碗里，陈无偏便用手指把它勾出来，放进自己的嘴里。

等儿子喝完那碗稀粥，陈无偏才吃番薯癫。他过去是从不食番薯癫的，何止番薯癫，就是番薯，他也极之少吃，他认为这是给猪吃的，是猪饲。即使偶尔贪好玩吃了，也要把皮剥尽，把番薯里的粗筋拔尽才吃的，现在莫说番薯，即使番薯癫，也是救命之粮，而且是连皮连筋地吃下，不敢有半点的抛弃。

才吃了半拉子，有人便敲门了。这是谁呀？他随手扯了块烂布抹了抹手，快步走去开门。

门一拉开，看见外面站着三婶，她搀扶着她的老公三叔来看病了。

陈无偏笑道："怎么这么早啊？"

三婶埋怨说："还不是这个衰人，心气痛发了，半夜就痛得吭吭地叫，鸡未叫就盼天亮了。"

三婶四十出头，南瓜脸，水鱼身，眼下虽是饥荒岁月，却还显得硬朗结实。她的老公三叔才四十开外，就终年病恹恹的，人本来就瘦，当下没吃没穿，又一身是病，更瘦得一张黄皮包着一把骨头。她家还有个孩子，全靠她那副肩膀扛着。夫妻俩感情很好，三婶虽然苦累，却还尽心地把老公照顾好，令街坊邻里赞叹不已。

陈无偏说道："那么痛，连夜就该来找我啦！"

三叔难为情地咧咧嘴，三婶说道："你一个大男人带着个小孩子，本来就艰难，三更半夜的，我们就不敢随便打扰你了。"

陈无偏说："没事没事，治病要紧，治病要紧，以后遇到这种事，请立即来找我，我会随叫随到的。"

三叔很感动，吭哧吭哧地说："无偏哥真是好人。"

陈无偏说："不客气，不客气，快进来看病，快进来看病。"

进到屋里，三婶看见桌上还摆着吃得半拉子的番薯癫，不好意思地说："哎哟，还没有吃完饭呀？"

陈无偏笑道："有饭吃就好了，是吃番薯癫！"

三婶长长地叹了一口气，说道："说惯嘴了。其实我们番禺是鱼米乡，过去在我们番禺食碗饭几咁易，可是现在日本仔来了，食碗饭竟比上天还要难。唉……"

陈无偏把三叔搀扶到八仙桌前，叫他在荔枝木凳上坐下，用手枕把他的手垫好，自己也坐下，凝神定息了片刻，然后伸手给他诊脉，边诊脉边看舌象和脸色。

四诊过后，八纲论证，六经论病，细细推断，陈无偏认定三叔的病是脾胃虚寒，瘀阻胃络，说道："这病，喝剂小建中汤加失笑散，会好很多的。"

三婶关心地问道："这药贵吗？"

陈无偏说："这药过去不算什么，现在当然贵了。"

三婶哭了起来："我们现在填饱肚子的能力都没有，哪有钱吃贵药！"

陈无偏叹了一口气说："我想想办法吧……"他想了一会，便给三叔按摩中脘、内关、足三里、胃俞、肝俞、三阴交、天枢、气海、隐白、脾俞等穴位。一连按了好几遍，陈无偏的额角已经微微出汗，他问三叔道："现在怎么样？"

三叔说："没有那么痛了……"

陈无偏又掏出一支银针，点亮了半根蜡烛。他把银针的针尖放在蜡烛的火焰上烧了一会儿，便把银针扎在刚才按摩的穴位上。为了使各穴位更加得气，增强疗效，他又在每个穴位上细心地施以提插、捻转以及循、弹、刮、摇、飞等手法，到"十八般武艺"都使遍了，他又问道："现在又怎么样？"

三叔说："比刚才好多了！"

听了这句话，陈无偏才松了一口气，说："这个病不大好治，最好能饮一段时间的'君臣茶'。"

三婶叹了一口气："这'君臣茶'那么贵，饮一剂我们都难，莫说饮一段时间了。"

陈无偏说："那就早上起来嚼两片生姜吧。'晨起嚼生姜，胜喝人参汤'啊。"

三婶说："这还可以做得到。"

陈无偏用手指着自己的胃部说："还要经常用手轻轻地捶捶按按这个地方。"

三叔像鸡啄米似的直点头："是的，是的。"

三婶见看完病了，从袋里掏出了两斤番薯巅，放在八仙桌上，不好意思地说："无偏哥，真的不好意思，这两斤番薯巅就算我们给你的诊金吧。请你千万不要见怪哦！"

陈无偏慌忙伸出双手推辞道："不要客气了，不要客气了，我只是随便出手弄一弄，也没花费了什么。"

三婶急了："无偏哥，你不肯收，是你嫌弃我们了。呜呜呜呜呜……"

陈无偏慌了："不是不是，我们相处了几十年，你俩就像大哥大嫂一样地待我，我怎么会嫌弃你们呢？我是见你们吃着不够，非常困难，而我还混得下去，所以就免了。"

三婶说:"我们再难,这点番薯癫还是有的。"

三叔也说:"是的,是的,我们别的没有,番薯癫还是有的。我现在肚子不痛了,你再收了我们的番薯癫,我们的心就更好受了。"

陈无偏见推辞不过,只好接了过来:"好了,好了,你们这么客气。再痛再来找我!"

三叔笑道:"当然,当然。"

三婶看见老公的肚子不痛了,心上的一块石头落了地。陈无偏又收了她的番薯癫,她很高兴,也不哭了,她学着老公的腔调揶揄道:"当然,当然。好像无偏哥前世欠了你的。"

三叔说:"无偏哥,你是我们乡亲的守护神,我们这里方圆十几里的乡亲,谁没得过你的医治?说起也失礼,你去南京的时候,我舍不得你们,还掉了泪哩。"

三婶也说:"当时我们除了舍不得你,也很羡慕你,南京是国都,什么猛人没有?可是那个大官偏偏看上你,千里万里都派架飞机来接你,你看你几光彩,几有面子。不仅你有面子,我们乡邻也觉得有面子,因为你是我们的人嘛!"

三叔说:"是啊,是啊!"

三婶说:"广州即将沦陷的时候我们更羡慕你。我们大难当头,走投无路,像只晕头鸡似的。而你有个大官照着,有贵人扶持,我们羡慕你真羡慕到不得了。谁知道你比我们混得更倒霉……"

真是哪壶不开提哪一壶。有道是:"伤心事,莫提起。"陈无偏一听这话,那颗心一拧,倏地痛了起来。

这时陈抗日端着一只椰壳碗,从厨房里蹒跚地走出来。

三婶看见陈抗日,心里一酸,一把把他抱了起来,在他脸上使劲地亲了一口,说道:"可怜的孩子,日本鬼子太坏了,你长大了一定要抗日,一定要把日本鬼子通通消灭掉。"说着她把头转向陈无偏,"无偏哥,你一个大男人,鸡公带崽,对你不便,对抗日也不好,你续娶一个吧!你看上谁了,跟我说一声,我去给你做媒,怎么样?"

三叔发现陈无偏的眼角里含了泪花，知道触到了陈无偏的痛处，便用肘子顶了三婶一下，说："麻烦了无偏哥太久了，我们也该回去了。"

三婶是个大心肝的人，没有注意到陈无偏的这些细微的变化，她放下陈抗日，对陈无偏说："无偏哥，以后抗日有什么洗洗涮涮的事，你一定来跟我说。"

三叔三婶走了之后，陈无偏的心久久未能平静。鸡公带崽，确有说不尽的酸苦，此时此刻，他更加想念汪寿玉了。他凝望着墙上的全家福，他凝望着全家福里的汪寿玉，那两行眼泪哗哗地流了下来。"寿玉，我和抗日非常想念你啊！"

提起寿玉，近日一个琢磨过的问题，又倏地涌上了心头。

这个问题，他一直没有好好地想过。去南京的时候他没有想，那时候他一心报国，心潮澎湃，壮怀激烈，没工夫去想。到了南京，日寇已兵临城下，看见全城军民同仇敌忾，斗志昂扬，他又兴奋又紧张，正想方设法找地方为国出力，也没想。日寇破城之时，全城陷入了恐怖的深潭之中，他根本没有时间去想。破城不久，汪寿玉抗辱自杀，此时他的脑子一片空白，根本不能想。以后逃难，他只想父子俩如何能够活得下去，别的已经没有工夫去想了。回到番禺，看见自己魂萦梦绕的家乡已断壁残垣，面目全非，直觉恍如隔世，心里愁着今后如何活得下去，也没有闲心去想这个问题。现在经三婶一点，他的脑子又想起了这个问题了。

是啊！南京是国都，南京城里精英荟萃，还会缺名医国手？这唐司令又怎么会舍近求远找到我呢？我只是个番禺乡间的小郎中，即使名气再大，顶多是广州的大官来找找我，就已经很了不起了，绝不可能连南京的大官也来找到我的！我的名气真有那么大吗？陈无偏素有自知之明，他根本不相信自己的名气会大到这个程度。

可是唐长官又是怎么知道我的呢？我在南京无亲无故，也从未认识过和南京有瓜葛的人。陈无偏觉得这事情有点蹊跷，但他绞尽脑汁也想不明白。

四十四

第二次世界大战爆发了！

第一次世界大战以后，战败的德国迅速崛起，特别是纳粹上台后，萌发了洗涤一战耻辱的决心。意、日等国也感到利益分配不均，他们心怀鬼胎，要求"打破现状"，跟战胜国重新分配既得的利益；而英、法、美等国深知他们占了便宜，于是说啥也要坚持"维持现状"，不准乱来。因为利益的驱使，躁动不安的和"维持现状"的结成了两大集团。这两大集团之间的小动作不断，进而争夺愈演愈烈，最后不惜使用战争这一手段来改变一战之后的世界秩序。

自从明治维新之后，日本的国力日益增强，于是更加躁动不安。日本人从氏族社会开始，就痛感自己的生存空间太狭窄了，居地狭小不说，更甚的还灾害连连。他们不甘心自己的处境，早就开始谋划，要改变这一现状。早在我们唐朝的时候，他们就把黑手伸向我国，结果挨了一顿老拳。他们清醒了，知道自己实在不行，小蛇怎么能吞得大象？他们也老实了：我打不赢你，我就拜你为师吧！于是谦卑地、努力地，积极地学习我们唐代的科技和文化。到了我国的宋、明时期，他们以为自己强大了，便不断来犯，但都以失败而告终。1840年，清政府被鸦片战争打败了，政治嗅觉比猎狗还要灵敏的日本人知道中国这回真的不行了，于是悍然出手，借机挑起甲午海战，大大地发了一笔横财。之后日本人变本加厉，屡屡制造事端，在华谋取非分的利益。1931年，日本人制造了"九·一八"事件，出兵侵占了我国的东三省。东三省的北面是苏联。在日本人的眼中，苏联有无边的土地。居地狭小的大和民族对土地的渴求早已融化在他们的基因之中了。1939年日本军队试图从被侵占后的我国东北出发去进攻苏联，但很快就被击溃了。

战争爆发后第七天，山根四治郎带着个卫兵，提着一壶青酒和一包花生米来到了陈氏医馆。

此时，陈无偏正在坐堂候诊，他看见身穿和服的山根四治郎笑吟吟地进来，头皮倏地麻了。他真感到这日本鬼子像块狗皮膏药，死活要黏着他，撕也撕不开，扯也扯不掉。他板着副脸，冷冷地问道："你来干什么？"

山根四治郎笑道："今天我的心情特好，想找大哥聊聊天。"

陈无偏特别讨厌这日本鬼子叫他作"大哥"，做日本鬼子的"大哥"，简直是耻辱！有道是：哥前哥后三分险。日本鬼子杀人不眨眼，而这家伙那么屈尊自己，哥前哥后地叫我，这是个什么闷葫芦？他说："你以后别叫我大哥了，我根本不是你的什么大哥！"

山根四治郎笑容不改。陈无偏真感到他死皮赖脸。他说："大哥，你的错了。"

还是大哥，这不是死皮赖脸吗？陈无偏不好气地说："我错了什么？"

山根四治郎说："我的和你的拜过把子，你的大我的小，你的还不是大哥？"

陈无偏叫苦不迭："这还算拜把子？这是你硬来的。"

山根四治郎说："即使我的硬来，当初你的也接受了嘛！"

陈无偏感到他真是被鬼缠上了，怎么能这样说呢？在陈无偏张口结舌的当儿，山根四治郎继续说："而且，我们还是世交哩！"

我跟你是"世交"？天啊！这，这，这，这……陈无偏可真是目瞪口呆了，他大声喊道："这是荒天下之大唐！"

四十五

这时，门外陆续来了几个看病的人。他们一看屋里有两个日本鬼子，吓得赶快转身，跑了回去。

陈无偏心里叫苦不迭："这冤家铲待在我这里，害得我病都看不成啦！"

陈无偏起身正想赶他走，山根四治郎却大声地说："一点也不荒唐！"

陈无偏不禁一愕：这冚家铲怎么那么死磨烂缠的！

山根四治郎接着说："你的先祖有一位叫陈明的吧？"

陈无偏又一愕：我有位先祖叫陈明他也知？他恶声恶气地答道："我的先祖有一位叫陈明，关你什么事？"

山根四治郎说："当然关我的事啰！"

陈无偏在心里头骂道：这死日本仔真死不要脸！

山根四治郎继续说："我的就是因为这位陈明先生才找到你的。"

陈无偏又一愕：哦！这是怎么回事？

山根四治郎说："我的有一位先祖叫山根拓哉……"

你的先祖托什么关我屁事！陈无偏在心里骂道。

"我的有一位先祖叫山根拓哉，"山根四治郎继续说，"他跟你的先祖陈明是好朋友。"

陈无偏一听，忍不住骂了起来："你是'佛山公仔，安鸠造柄'！"

山根四治郎并不生气，他很耐心地说："我的是不是'安鸠造柄'暂且不说，我的问你的，你的知道中国历史上有过一次甲午海战吧？"

陈无偏不答山根四治郎的话，他两眼紧紧地盯着这家伙，心里头说道：你这冚家铲想搞什么名堂？

"你的先祖陈明，当年是不是跟邓世昌在'致远'号上当医官？"山根四治郎大声问道。

陈无偏又是一愕：怎么我的先祖在'致远'舰上当过医官的事他也知道？他反问山根四治郎："我的先祖在'致远'舰上当不当过医官，关你什么事？"

山根四治郎说："怎么不关我的事呢！当然准确地讲，应该是关我的先祖山根拓哉的事。既然关我的先祖的事，不就是关我的事吗？"

陈无偏怒不可遏："我的先祖就是我的先祖，怎么又扯到你的先祖的头上？"

山根四治郎竟大言不惭地说："我的先祖和你的先祖是朋友！"

"荒唐！荒天下之大唐！"

"一点也不荒唐！"

"我的先祖认识你的先祖？"

"你的先祖是不是一定认识我的先祖，我的不敢说，但我的先祖一定认识你的先祖！"

"痴人说梦！没事你走开，不要在这里妨碍我开诊！"

"哦！你的放心说你的话吧，你的今天不开诊了！"

陈无偏又是一愣。

山根四治郎说："你的今天开诊的时间，我的买下了！"

陈无偏一时反应不过来，他愣愣地望着眼前这个日本仔。

山根四治郎继续说："我的买下你的这段时间，在你们中国可能是个新鲜事，可是在我们日本这是司空见惯的。请人聊天是心理按摩，按摩是要花钱的。"他从口袋里摸出了两块大洋，"啪"地摁在陈无偏看病的八仙桌上，说道："够了吧？不够再给！"

陈无偏心里叫苦不迭：我真是被冤鬼缠上了！

山根四治郎说："我的讲的都是真话，你的先祖是不是一定认识我的先祖，我的不敢说，但我的先祖一定认识你的先祖！"

陈无偏说："你是胡说八道！"

山根四治郎说："不是胡说八道！兵圣孙子讲过：知己知彼，百战不殆。我们每次大战之前，都会派出相关人员到对方去搜集情报，回来分析研究，制订策略。甲午海战前夕，我的先祖山根拓哉就奉命以游客的身份，到你们这边来搜集你们北洋水师的情报。我的先祖山根拓哉是我们'吉野'舰上的医官，他来到你们中国，当然肯定很注意搜集你们北洋水师的医官的情报。"

听到这里，陈无偏的背脊沁出了一层冷汗。人家能把阴谋当面告诉你，几有恃无恐。

山根四治郎说："我的先祖，从当地人的口中，知道北洋水师的'致远'舰上有神医叫陈明，有捞沉起疴、妙手回春的本事，特别是他手中的一丸'灵蛇之珠'，简直是能生死人，再造乾坤，被北洋水师的人和山东威海的百姓视为华佗再世，扁鹊复生。开始我的先祖不信，以为是假语村言。后来我的先祖遇到一个偶然的机会，在菜市场里看见你的先祖陈明给当地百姓看病，方知所听是真。我的祖上几代人都是经营汉药的，对汉医也很有研究。常言会看看门道，不会看看热闹。我先祖山根拓哉立即意识到遇上高人了。他很想结识你的先祖，可是当时的环境不容许，而且时间也来不及，令他觉得非常遗憾。7月28日，两国的海军在刘公岛外的海域交战，我方重创你方，你方的'致远'舰打得英勇，但最终沉没。'致远'舰的管带邓世昌看见自己的爱舰被击沉，不愿独生，沉海自尽，他的爱犬来救他，他不肯让救，附近一艘鱼雷艇来救他，他也摆手谢绝。我'吉野'舰离你'致远'舰最近，这情形我'吉野'舰上的官兵看得最清楚。邓管带这种视死如归的精神，令我'吉野'舰上的官兵肃然起敬。你的先祖陈明落在水里，我的先祖山根拓哉在甲板上看得一清二楚。他急了，你的先祖有绝技在身，怎么能死呢？他找了一个救生圈往海里用力一扔，然后一个猛子跳进海里，去救你的先祖。"

陈无偏心里说：真是阎王爷打翻酒瓶子——鬼才看见。

山根四治郎说得正在兴头上，他继续说："这时候，刘公岛外的海域停有十几条外国军舰在观战。可是个个都在袖手旁观，隔岸观火，坐山观虎斗，有哪一条军舰出手救人？那时海上风大浪高，我的先祖艰难地推着个救生圈游到你先祖身边救你先祖。遗憾的是，你的先祖见我的先祖是日本人，不领情，不让救，竟在水中和我的先祖打起来，最后自己钻到水里淹死了。'吉野'舰的长官见我的先祖未曾请示报告便下海救人，而且人家又不领情，情愿死去也不让救，丢了大日本帝国的面子，于是火了起来，给了我的先祖二十杖军棍。你的说，这事和我的先祖有没有关系？"

陈无偏不出声，他根本没有想过他的先祖和日本人有什么关系。

山根四治郎说："你的先祖死后，我的先祖一直闷闷不乐。十年之后，他以游客的身份再到山东威海去旅游，打探有关你的先祖的信息，得知你的先祖是广东番禺人。我的先祖对他的后人说：'我们山根家的男子以后有机会，一定要到中国的广东番禺去，寻找陈明的后人。他的本事，一定会在他的后人中传下去的。'"

陈无偏目瞪口呆地望着山根四治郎，好久才说道："你是为了这个，才来番禺找我的，是吧？"

山根四治郎真是明人不说暗话，他直截了当地说："是呀！"

陈无偏听了这话，背脊上的汗毛倏地直了起来。

太可怕了！甲午海战是光绪二十年的事，距离现今已经不少年月了，他们竟念念不忘，代代相传，如今竟追踪到这里！

他突然想起自己从南京上海流浪回来的那一天，发现屋里的东西被人翻了个底朝天，而细点起来什么也没少，当时他就认定，是被一个不为钱财而来的人翻过的。可是总想不明白，这个人不为钱财，到底是为什么来翻他家的东西？是何居心？有何用意？

这时他心里一个激灵：我不在家里的时候，是不是他翻了我的房屋？

于是他问道："我不在番禺的时候，是你翻了我的房屋？"

山根四治郎没有说话，只是浅浅一笑。

陈无偏大声地问道："你为什么要翻我的房屋？"

山根四治郎笑道："还不是你那'灵蛇之珠'的秘方惹的祸！"

"'灵蛇之珠'？你动我家的传家之宝！"

山根四治郎泰然一笑："科学无国界嘛！这话你难道没有听说过？我把它弄过来，为我们日本人，甚至为我们日本国以外的更多的人服务，这不是一件很好的事吗？"

陈无偏气得说不出话来：偷人家宝贝这样伤天害理的事，他竟还那么冠冕堂皇，那么厚颜无耻，那么问心无愧。这样的家伙还是人吗！

这时他的脑子突然一闪：我只不过是个乡间郎中，南京人肯定是不认识我的，我一直琢磨着，我怎么会莫名其妙地到南京去呢？

难道和这冚家铲也有关系？

他质问道："我去南京，也是你搞的鬼？"

山根四治郎说："不要使用'搞鬼'那么难听的字眼嘛，应该说，是我的推荐你的。"

"你推荐我？你怎么推荐我？"

山根四治郎得意地说："那不是很简单的事吗！你的知道我的是搞情报工作的，唐生智的身边不乏我们的谍报人员，我的请他们在唐生智面前夸奖夸奖你，不就行了吗！"

"你把我弄走了，就好翻我家的东西，找我家的祖传秘方了吗？"

山根四治郎没有应他，只是粲然一笑。

冚家铲！你太狠毒了！一腔怒火从陈无偏的脚心蹿上了天灵盖，他的胸脯急促地起伏着，一双像喷火似的眼睛死死地盯着山根四治郎。

山根四治郎经不住这像刀子般的目光的逼视，讪笑道："对不起了，请多关照……"

"对不起？你知道什么叫对不起？你这一'推荐'，就把我害到家破人亡了！"

"对不起，对不起，我的赔给你的好吗？"

"赔？你赔得了什么？"

"我的可以赔给你钱呀！"

"你赔给我钱？"

"喔！你的要多少？你的报个价出来，我的尽量满足你。"

"我知道你有钱，你们来我们中国捞了不少钱。可是我的老婆呢？你可以把我的老婆赔给我吗？"

"当然可以！怎么不可以呢？"

"我老婆被你们活生生地逼死了！你怎么赔给我？"

山根四治郎双手用力一拍："这怎么赔不了给你的呢？"

陈无偏更火了："你怎么赔？"

山根四治郎说："老婆只不过是让男人合法地发泄性欲的异性，

我的给回你个合法的让你的发泄性欲的异性就是了。你的说是不是——你的要几个？"

这话差点把陈无偏气死。

他起身去推山根四治郎："去，去，去，去，去……你出去！"

山根四治郎说："我的哪能那么快就出去！你的事我的算谈妥了，现在轮到谈我的事了！"

陈无偏莫名其妙："你的事？你的什么事？"

山根四治郎的眼睛瞪得大大的。他把头轻轻一点，笑道："秘方呀！'灵蛇之珠'的秘方呀！"

陈无偏闻言失惊，浑身的毛孔都竖了起来。他呆呆地望着眼前这个日本仔。

山根四治郎把巴掌摊了出来，说："你的条件，你的要求，我的都已经答应了，现在轮到你的了，怎么样？把你的秘方拿出来吧！"

陈无偏急了，他冲口而出："我没有秘方！"

"你的没有秘方？嘿嘿嘿嘿……你的说，我的会不会相信呢？嘿嘿，我的不相信的话，你的后果会很严重的哦！"

陈无偏无计可施。他迟疑了一下，万般无奈地无话找话地说："我家的秘方，我家的许多医书，在你们没有到来的时候，就运到广西梧州去了！"

山根四治郎眉毛一扬，额头上挂起了一行深深的五线谱："运到广西梧州去？为什么运到了广西梧州去？"

陈无偏只好顺着这话路胡编下去："怕在战火中丢失呀！这是我们的传家宝，怎么能让它丢失呢？我们在广西梧州有个亲戚，就把它运到广西梧州去存放了。"

"真的！"陈无偏大声地强调说。

陈无偏家在梧州根本没有亲戚。他本人倒是到过一次梧州的，那是他陪他的老爸到梧州去给人看病。他们根本没有把什么东西运往过梧州。现在他这么说，只不过是在情急之中糊弄糊弄日本鬼子而已。

"好，也算你的是真的，那你的就把你的脑子里记住的秘方说出来吧！"

陈无偏说："我脑子里没有什么秘方！"

"怎么没有秘方？"山根四治郎眼睛一瞪，鼻孔一张。

他已经没有耐性了，他像审犯人一样喝道："你的脑子里不可能没有秘方，你的要老实。我的已经说得很清楚了，你的不老实说，对你的没有好处！"

陈无偏深知这人是只疯狗，这时如果跟他硬干，真没半点好处。

他平静地说："我当然老实。我当然知道得罪太君没有好处。我们家的'灵蛇之珠'里有好几十味药，每味药都有不同的分量，都有不同的加工炮制的方法，这实在是不容易记得下来的。你说是不是？而每一味药的分量及加工方法出了错漏，都会影响整条药方的效果。因为怕错，因为怕影响疗效，所以我们陈家的先人立了个规矩——不要死背秘方，只要求在制药的时候把秘方放在旁边，逐一取药，认真称准，依法炮制。所以我们陈家人遵循祖训，都没有去背过秘方。你现在却要我把我脑子的秘方说出来，真没办法了。我的脑子里本来没有什么秘方，你让我说什么呢？如果我信口开河说一个给你，那不是害了你吗？"

这下山根四治郎没招了。他沉吟了一下，说："那么你们制药的时候，是怎么弄的？"

"打开书本，对着书本，照单捡药，加工炮制呀。"

"是真的吗？"

"难道还有假的？"

山根四治郎不吭声，他背着手，在房子里踱来踱去，那双像鹰似的眼睛在房屋各处东张西望，想在什么地方找出点破绽。可是兜了几圈，竟一无所得，他便折了回来，又在陈无偏的身边踱来踱去。那双眼睛活像一架 X 光探测机，直勾勾地在陈无偏身体的各个部位上扫来扫去。

陈无偏见状，心里扑扑地乱跳。

那块饱浸过汪寿玉的鲜血的抄着"灵蛇之珠"的秘方的绢子，就缠在他的裤头上，这冚家铲要搜身，岂不是完了？

此时他又想到，如果这个时候太惊慌，倒反引起了这冚家铲的疑心。我要沉着，我要镇静，我要……可是他真的要搜我的身怎么办？就让他白白地抢走？不行，不行，万万的不行！这是我们家好几代人的心血，这是我家的宝贵财富，它上面有我老婆的珍贵的血！这冚家铲来搜我的身，我就和他拼了，这冚家铲来搜我的身，一定要弯下身来，我就迅雷不及掩耳给他一记五雷轰顶，接着就双风贯耳。这两招得手，他必定瘫倒在地。我就马上来个海底捞月，飞脚踢断他的命根，然后大脚踢穿他的脑袋，叫他命丧黄泉。这一战出手要快，要狠，一旦出手，定要让他顷刻间失去还手的能力。我一对冚家铲动手，就肯定惊动外面那个冚家铲。如果这个冚家铲解决得快，外面那个冚家铲就好对付了。没办法了，就这么干吧！

这时，陈抗日从厨房出来，脸上还粘有两粒稀粥的米粒，他看见了山根四治郎，觉得好怕，"噔噔"地跑过来，一下抱住父亲的大腿。

陈无偏一惊：啊！还有儿子哩，有儿子在旁边，这事情就容易办坏的，不过事到如今，办坏就办坏吧，没办法了，不是鱼死就是网破，我们父子俩即使死了，下到黄泉，见了祖宗父母和寿玉，还很有脸面……至大不过芭蕉叶，就这么定了！

他一手护着儿子抗日，眯上眼睛，就等着拼命的一刻。

山根四治郎在他的周围不紧不慢地踱着步子，那咯咯的鞋声不停地敲击着陈无偏的耳膜，他眯着眼睛，屏住气息，慢慢地把巴掌攥成拳头……

鞋声戛然而止！来了，动手了！

"你说的话是真的？"山根四治郎问道。

陈无偏打了个愣：不是来搜我的身？他本能地答道："是真的！"

山根四治郎像发癫了似的厉声喝道："你再说一遍！"

陈无偏看得出这是峰回路转的信号，他也扯着嗓子大声喊道：

"这是真的！"

"你把它藏在广西梧州的一个什么地方？"

"藏在……其实我也没有藏在什么地方。我的亲戚在梧州大南酒店做工，"他记得他当年到梧州时，是住在大南酒店的。他说："我就在大南酒店交给他的，谁知道他藏在哪里？"

山根四治郎大声喝道："你是骗我！"

"我怎么是骗你呢?！"

"那么贵重的东西，你就这么随便地交给他了？"

陈无偏心里一噔！这冚家铲不愧是特务，那心是比我们常人细好多。他再进一步自圆其说地说："太君，那时候兵荒马乱，又要保命，又要保秘方，我来去匆匆，真的就是那么随便地把我们的秘方交给他了。不过，他是我的亲戚，我又熟路，到时你要去，我带你去不就得了？"

山根四治郎眼睛一亮：这也是个办法！

他从心底里也不想把这件事搞大。他压根儿就不希望他的上司知道有这么一回事。来番禺寻找这条秘方，是他祖辈几代人的愿望，是他来华的一个副业。药材商出身的山根家梦寐以求地想得到这条秘方，把它开发成商品，卖到世界各地去，到时候这个银子大大的，比当个什么官都强。他也知道在秘方到手之前也不能把事弄绝，我要他死太容易不过了，我腰间那把"航空曲尺"是上了膛的，掏出来一扣扳机他就死了，可是他死了对我有什么好处？

他用手戳了戳陈无偏的肩膀："你记住你说的话！"

"记住了！"

"好，我们皇军的前锋已经抵达肇庆，梧州城指日可下。到时候，你的要带我的去，不带我的去，我就杀了你！"

"没问题！"屙屎落裤一时松，不管三七二十一了，以后的事以后再说吧！他说道："你要是觉得我骗了你，你到时就杀了我吧，反正刀把子握在你的手里。"

一道笑影爬上了山根四治郎的脸颊。他伸手拍拍陈无偏的肩头："大哥！"

大你老母！陈无偏在心里头骂道。

山根四治郎赔笑道："小弟一时性急，得罪了！"

你是小弟？冚家铲，你是魔鬼，你是强盗！

"我的对你的家学，对你家的祖传秘方非常仰慕，所以非常想得到手，请你的原谅，请你的包涵！"

贼公讲贼话！

"我们真诚合作吧！"

你是要我的命，你比强盗还强盗！

"我的忘了向你的自我介绍了，我是大日本帝国南支派遣军司令部情报课课长山根四治郎。"

魔头！

"你的，把你的'灵蛇之珠'的秘方交给我。"

冚家铲，你发大头梦去吧！

"我的保证你一家的安全！"

我老婆都叫你们害死了！安个屁全！你们这些冚家铲统统都死光了，我就安全了！

四十六

山根四治郎走了以后，陈无偏的心一直不能平静。

冚家铲，你是一条毒蛇！你是一只恶狼！你一开始来巴结我，讨好我，厚颜无耻，好话说尽，不成就设个圈套让我踩，调虎离山，好来我家偷我的祖传秘方，害得我吃了不少的苦，害得我家破人亡。现在竟赤裸裸地伸手来要，将来不知还会弄出些什么伤天害理的阴谋诡计来。

看来这冚家铲是王八吃秤砣——铁了心了。东西不到手，他会善罢甘休？怎么办呢？给他？不行，万万不行，我们的秘方，我们的医术是我们家几代人的心血，我给了他，我将来下到黄泉见祖宗父母，也不知道要受到怎么样的唾骂呢！如果我不给他，是一定会被他折磨得求生不得，求死不能的，怎么办呢？

走吧，三十六计，走为上计。事到如今也只有"走"这条路了。我走得天远地远的，看你还奈得我何？

主意一定，他就开始谋划一走了事的行动了。

一过晌午，他就准备晚饭（煲番薯癫），没到傍晚，他就开始吃晚饭了。吃完晚饭，他就开始收拾东西。

一收拾东西，他就犯难了。用什么包东西呢？还是过去从南京出来，到上海，回广州的那包袱皮？一看见那块包袱皮，他心里就打战。这块包袱皮，包着藏着多少悲伤、多少苦难！这回不能再用它了。他找了一张夹被做包袱皮。可是……带什么东西呢？替换的衣服肯定是要带的了，可是带多少？他真不知道要带多少。碗筷呢？不带碗筷吃饭怎么办？铁镬与饭煲呢？没煲没镬，难道上饭馆或者去讨饭？过去去南京，带什么都是寿玉操劳的，他发现他真不是这块料，他只会看病，他发现他除了看病，别的什么都不会。平日不看病的时候，就是看看医书，打打拳。家中的一切，父母在的时候是父母操办的，结婚以后是寿玉操办的，他没做过什么，也什么都不会做。现在由自己动手了，就什么都难了。

他叹了一口气，摇摇头，又默默地收拾起来。

在行医中，他遇到什么危难危险的病人，从来没有过什么叹气摇头的事，相反每遇到这种情况，他会格外的兴奋，格外的精神，格外的专心，他对疾病有一种征服欲。可是对家头细务就不同了，他见了就烦，现在要收拾东西出走，带什么不带什么，一想起来就烦了又烦。在烦恼当中，他又想起了他的爱妻来了。寿玉若在，你说多好！他怕饥怕寒，捡了一大堆东西，用一块被单包成一个大包袱驮在肩上，再抱起儿子，在屋里来回地走了几圈，觉得挺累赘，挺别扭的。这样走远路根本不行，怎么办呢？

他突然看见厨房的墙根放有对箩筐，心想：把这个大包袱分成两半，用箩筐担着，岂不好走一些？

于是他把那对箩筐拿出来，把包袱解开，分放到两个箩筐里。他看见还有些空间，又将儿子放进去，哈，刚好！再穿上扁担，挑上肩试试，还可以。

等天黑沉了，屋外万籁俱寂时，他挑起担子，走出屋外。放下担子，他反身轻轻地把门锁好，再轻轻摇摇，又检查一下，然后挑起担子，快步向村外走去。

这时夜已深了！这是一个深沉的夜。

这时的夜，万籁无声。时值秋头夏尾，夜空被厚重的乌云包裹着，星光月影一点都漏不出来。远山、近村、果林、屋脊全都黑黢黢的几乎连成了一片。一丝风儿都没有，叫人闷得喘不过气。

陈无偏本来就紧张，又被这潮得拧得出水的空气蒸焖着，那身汗把全身的衣服都洇湿透了。洇湿透了的衣服把身体紧紧地包裹着，叫你感到非常的难受。自从日本仔来了之后，民众食不果腹，靠嚼番薯癫度日，连狗都养不起，即使养了也不够填日本仔的屎忩。此时可谓十里无鸡鸣，百里无狗吠。

陈无偏挑着孩子和行李走过了一个村子，真是连鸡鸣狗吠的声音都听不到，四周寂静得像湖底。在漆黑中只看见流萤明灭，东忽西闪，如鬼火一般。

陈无偏怕人看见，急急脚地三步并作两步，往村外直走。陈抗日也争气，老爸把他放到箩筐里他就呼呼地睡着了。一口气走到村外，陈无偏立定脚步，依依不舍地回身眺望着已黑黢黢的金窝村。

金窝村静得像座古墓。陈无偏憋得难受，抬起头深深地透了一口气，天上黑得连颗星星也没有，眼前所见的只是飘浮在身边的明灭着的鬼火般的流萤……他悲从中来，不禁自己问自己：这就是生我养我的地方?！生我养我的地方以前根本不是这样的！这死日本仔来了，把她折腾成这副鬼样子了！日本仔你们这些死冚家铲，你们赶快死了去吧！

他怕被人看见，换了换肩膀，赶快上路了。他想到，他是第二次离开他的家乡了，上次离开是受人延请，知道是要回来的，这次是出走，是逃命，不知还能不能回来？想到这里，两行清泪，沿着他的脸颊唰唰地落了下来。

陈抗日在箩筐里打着轻轻的鼾声，他不知道生离死别是什么滋味。站了一会，陈无偏恋恋不舍地转身，踏上征程。

可是步子一迈，心里就犹豫了。去哪里呢？在这之前的大半天里，他一直谋划着怎么走，他认定只要神不知鬼不觉地离开金窝村，让山根什么那个佤家铲打锣也找不着他，那就万事大吉了。因为"怎么走"想得很细，所以也走得利索。可是往哪里走却没来得及认真想过，所以现在一迈开步子就犹豫了。陈家人缘儿好，积善多，亲戚不少，病友更多，本来到哪里去都不愁没有落脚点的，可是现在日本仔来了，人们走的走，逃的逃，也不知道他们在哪里了。

怎么办呢？他犹豫了一下，觉得还是到市桥去稳妥一些，市桥地方比金窝村大，而且识我的人也不少，到了那里，悬壶行医，挣碗饭吃，应该没问题的。

主意一定，他就将扁担转了转肩膀，往市桥的方向快步走去。

等到达市桥，陈无偏已经又渴、又饿、又累、又困，他打算找个骑楼底，坐下来，搂着抗日，打个盹，歇口气再说。

可是过卡的时候，卡边站着一个日本鬼子和一个伪军。那个日本鬼子把枪一横，凶神恶煞般大喝一声："你的良民证的没有？"

陈无偏一愣：良民证？我没有良民证哦！他从南京拉贝公馆出到码头，没人问过他要良民证；上了船由南京到达上海，也没人问过他要良民证；他在上海流浪了这么久，也没人问过他要良民证；从上海坐船到广州，也没人问过他要良民证；从广州返到番禺、返到金窝村，又没有人问过他要良民证；在金窝村，他一直蹲在家里候诊，既没有人问过他要良民证，也没有人给他发过良民证。他是个不谙世事的人，他的脑子也真的缺乏良民证这个概念，当日本鬼子喝问他的时候，他一时间真的不知如何作答。

在他吭吭地一时答不上的时候，旁边的伪军讨好地帮腔喝道："太君问你，你的良民证呢？"

陈无偏怯怯地答道："我没有良民证。"

那伪军哈着腰向日本鬼子回复道："报告太君，这家伙没有良民证！"

日本鬼子喝道："你的是什么的家伙？良民证的都没有。没有良民证的家伙，一定是土八路！"

　　听见日本鬼子叫喊，这伪军也跟着喊道："你当什么不好，干吗去当土八路，跟我们太君作对？"边喊着边提起步枪，用枪托朝陈无偏的脑袋用力一搁。

　　陈无偏是练武之人，见状急忙一闪，因为担着担子，终究躲闪不及，胳膊被伪军的枪托蹭了一下。他怒斥伪军道："你怎么打人？"

　　当伪军的本来欺压同胞惯了，今日在主子面前，更想邀功讨好，他望了日本鬼子一眼，骂道："老子打你又怎么的？你没有良民证，你是土八路，你们土八路专跟我们太君作对，就该打！"骂着又来一枪托。陈无偏平日最恨这些狗汉奸。王八蛋！你连你的祖宗姓什么都忘记了，中国就是多了你们这些㞞家铲，日本鬼子才敢欺负我们的。

　　此时他的脑袋空白了，他没想到他担着担子，担子上蹲坐着他的宝贝儿子陈抗日。他本能地一闪，在闪躲的当儿同时起了一脚，踢中了这伪军的膝盖。

　　这伪军啊的一声倒在地上。那日本鬼子见状，像杀猪似的大声喊道："把这土八路抓起来！"附近的几个伪军闻声赶来，像饿虎扑羊似的把陈无偏摁倒在地上。

　　陈无偏的担子被打翻在地，儿子陈抗日从箩筐里滚了出来，躺在地上哇哇大哭。

　　看见此情此景，陈无偏倏地清醒了，他发觉自己太莽撞了，自己死了就算了，可是儿子怎么办？

　　几名伪军荷枪实弹地押解着陈无偏来到附近的一所看守所，另外两名伪军把两只箩筐叠在一起，中间穿上一根扁担，把陈抗日放入箩筐里抬着跟在后面。

　　陈抗日看见父亲被绑，吓得扯着嗓子大哭。一个伪军骂道："哭什么，等一会进了看守所，还有你哭的哩！"

　　拐弯抹角，没走多久就到了看守所。这是由一所小学临时改成的看守所，围墙上围着崭新的铁丝网，门口立了个岗亭，岗亭外站着两个日本鬼子，一个握着一把"三八大盖"；一个手中牵着一头大狼狗。伪军向站岗的鬼子通名报姓，然后把陈无偏押进了里面。

里面是一间间用教室改建的牢房：用原木做成的牢门，用碗口粗的木棒做成的窗栅，牢房里还用大木头间成一个个像猪栏般的间隔。青砖地板。地板上堆着一堆堆脏兮兮的稻草。自古一进牢房便是一顿杀威棒，那伪军要报那一脚之仇，打得更加用力，将陈无偏打得昏死过去。陈抗日从未见过父亲挨打，吓得面如猪肝，呼天抢地。伪军打完，把陈无偏父子俩扔进一个间隔里，锁好牢门，骂骂咧咧地走了。

陈无偏醒过来时，感到一身是痛，睁眼一看，屋里屋外是漆黑黑的一片。

他心里一个激灵：这是什么地方呢？他左摸摸，右摸摸，摸到了发潮的稻草，草下的砖块和旁边的木栅，知道这是牢房。

他心里急了：抗日呢？我儿子呢？他慌了，急忙伸手再摸，很快摸着了。这小家伙睡着了。做父亲的不知道，他儿子是哭累了自己睡着的。这时头上脸上蚊子嗡嗡，身下臭虫乱爬。

陈无偏打了个寒战，身上的毛孔都变成了密密的鸡皮疙瘩。他本能地抱起儿子，用手给他赶蚊子。

屋里屋外黑黢黢的，不知道现在是几时几刻了，他心里不禁怕了起来。挨呀挨呀，不知挨了多久，渐渐地，他听到了几声嘹亮的鸡啼。他很纳闷，好久没有听过鸡啼了，这里竟能听到了鸡啼，而且啼声竟那么大。是狱卒们养的吧？又过了好久，窗外的天幕慢慢地泛白了，渐渐地，渐渐地，窗外的景色慢慢地清晰了。又过了好久，陈无偏听到了走路的脚步声。他渴了，唇焦嘴裂。他从出门以后就没有喝过水了。

他等有人走过的时候，问道："大哥，请给碗水喝！"

那人是狱卒。听见陈无偏的叫唤，他停下脚步，回头说道："要老子伺候你？你癫了？"

陈无偏哀求道："长官，我渴到喉咙里一点水也没有了，请给碗水喝喝!"

"没有!"那狱卒大声呼喝道。

陈无偏只好不出声了。他低着头,抿了抿干裂的嘴唇,想吞口唾沫,可是喉结艰涩地动了一下,那食道里干干的一点水影也没有咽下。陈无偏无法,只好忍了。陈抗日饿醒了,他又哭又闹,要吃东西。

那狱卒又走过来了,陈无偏又问道:"长官,几时开饭?"

狱卒瞪了他一眼:"你想吃饭?这是看守所,自己管饭的!"

陈无偏愣了一下,旋即叫苦不迭:"长官,过去穷得没饭吃的人为了活命,故意犯点罪挤进监狱里,就是图里面有碗霉米饭吃,怎么现在连霉米饭都没有了?"

狱卒不好气地说:"过去是过去,现在是现在。现在老子当差的连碗霉米饭都吃不饱,还有你们吃的?"

又渴又饿的陈无偏急得一身是汗:这样不是叫我们等死?

无奈中他想起口袋里还有两块银元,他摸出了一块,递过去给那狱卒,讨好地说:"长官,我们实在又饿又渴,快没命了。大人死就算了,可是小孩实在太可怜!这有一块银元,请长官你行行好,帮我们买碗粥回来吃好吗?"

这狱卒接过银元,在手中抛了一抛,说:"等着吧!"哼着小调出去了。

一会,这狱卒端着一大碗白粥回来了。他伸手穿过木栅把白粥递了进来,那只扣着碗边的黑黑的大拇指深深地弯进了白白的稀粥里。

陈无偏接过粥碗,不好意思地、怯怯地问道:"长官,我给了你一块银元,找回了多少钱呀?"

"找回多少钱?"狱卒的眼睛瞪得比酒杯还要大,"你发神经了?你以为我是你白使唤的吗——剩下的零钱给我做工钱了!"

听了这话,陈无偏的眼睛瞪得比狱卒的眼睛还要大。"哇!你这不是开抢?"

"是呀,"狱卒有恃无恐地说道,"这年头就是开抢的啦!你看我不抢你的，我抢谁的呢？"说完，将头向陈无偏轻轻一扬，转身大模大样地走了。

本来已经饿得渴得像炼狱里的冤鬼似的陈无偏，倏地不想吃不想喝了。

他突然感到少腹中有一股气冲了上来，把胃顶得难受，叫他全无食欲。他觉得太黑了，日本仔的监狱太黑了。进了他们的监狱无端地挨打不说，还没吃没喝的，这不是硬逼着你去死吗？这碗粥他不敢吃了，这碗粥他吃不下了。

抗日饿得发慌，见了粥叫着喊着要吃，就让他吃吧！

抗日把小嘴巴摁在粥碗的碗边上狼吞虎咽地吸喝着。陈无偏看着儿子这副食粥的样子，两行眼泪涔涔地流了下来。陈抗日喝了小半碗，饱了，他已经很虚弱，喝饱了粥又睡着了。这剩下的大半碗粥陈无偏还是不敢吃，说得更准确一些是他不舍得自己来吃，他要留给儿子吃。

他口袋里还有一块银元，也就是说他还有一碗粥的生机，再吃完那一碗，他父子俩就只能等死了。我死了就死了，可我儿子那么小就这样死了，这多无辜多凄惨啊！

他合上眼睛睡觉了，他不知道他就要死了，这多可怜啊！列祖列宗，父母亲大人，我尽力了，我已经无能为力了，各位老人家不会怪罪我吧！寿玉，我知道你是个弱女子，你是没有能力保佑我们的，你等等我们吧，我们来找你了。

在这监狱里，比他们更饿的还有苍蝇。在抗日喝过的粥碗边上马上停落了一圈黑黑的苍蝇。陈无偏马上伸手去驱赶这些比他们更饥饿的苍蝇。

赶着赶着，他突然想起了在南京时的拉贝公馆。他在拉贝公馆的时候，吃有人管，喝有人管，有病有痛有人管，心里有话还有个人说说。而这里呢？冚家铲！他一点办法都没有了，他只能在心头咒骂他们是冚家铲了。他发现拿拉贝公馆和这里相比，拉贝公馆堪称天堂，而这里纯粹就是地狱！

陈无偏的心在愤懑中渐渐地疲倦了，眼睛也慢慢地胶涩了，伏在碗边的苍蝇融成了一个黑圈——他昏死过去了。

一会，他听见了一阵嘈杂的脚步声。

那沉重的牢门咣当一响，他本能地睁开眼睛一看，看见门口站着一个人：天啊！怎么是他？

四十七

这个人是谁？

是山根四治郎！是穿着一身笔挺的体面的和服的山根四治郎！

山根四治郎见了陈无偏，高兴得颧骨上的那颗肉痣都红了。他侧身向旁边的一个日本仔讲了几句鬼话，那个日本仔立即把腰哈成九十度，嘴上大喊一声："哈咦!"然后吩咐身边的狱卒，把陈无偏父子放了。狱卒们讨好主子，立即满脸堆笑，屁颠屁颠地替陈无偏父子俩拾掇。

山根四治郎走近陈无偏，笑道："大哥，你让我好找!"

帮买粥的那个狱卒听见这日本仔叫陈无偏做大哥，知道陈无偏不是等闲人物，他怕陈无偏和他结仇，日后没啖好吃，赶快把买粥的余钱放回陈无偏的口袋里，还细心地给他抻直弄皱了的衣服，点头哈腰地向他赔不是。

陈无偏觉得眼前的事太蹊跷太突然了，好像是演戏，也好像是做梦，他在心里头自己问自己：这是怎么回事？

原来是山根四治郎太记挂太在意陈无偏和他的"灵蛇之珠"了。那天他向陈无偏摊了牌之后，一直放心不下，第二天他又到金窝村去看看陈无偏。

到了金窝村，他看见陈氏医馆的大门板上挂着一个铜做的牛鼻锁，心里给吓了一跳。他绕着医馆走了一圈，没有看出什么道道。想找个人问问，可身边一个本地人都没有。看见来了个日本仔，村民躲都躲不及，还会让他找到？

山根四治郎再兜两圈，没找到他要打听的人，最后他断定陈无偏这八嘎肯定跑了！这八嘎真的跑了，我几代人的企望不就竹篮打水一场空了？他急得颧骨上的那颗肉痣也发红了。

怎么办呢？要把他找回来！一定要把他找回来！山根四治郎是日本鬼子的南支派遣军司令部的情报课课长，跟踪寻觅侦探抓人是他挣吃饭的本事，高超得很哩，再加上他手上资源充足，把他手头上那张网利用起来，要找个把人还不容易？

于是他马上摇起电话机的摇柄，拿起话筒向各单位打招呼，问他们遇见过一大一小两个男性的中国人没有？若是遇见，马上报告。

市桥这座新的临时看守所说，他们这里有一大一小的两个男性中国人。

山根四治郎一喜，说："我马上过去看看。"他赶去一看，果然是陈无偏父子俩。

他对那典狱长说："这两个八嘎是我的线人，我要把他俩带走。"日本军队官大一级，如同父母，山根四治郎比这典狱长大好几级，而且又是他直管的，当然没问题了。那只萝卜头立即来个九十度大鞠躬，大声应诺："哈咦！"

山根四治郎微笑着对陈无偏说："大哥，你的没事了，我们走吧！"

本来陈无偏最讨厌最想躲开的就是他，现在躲了还不到一天，到头来还是要跟他走。陈无偏觉得很晦气。

出到看守所，外面停着一辆日军的小汽车。

山根四治郎对陈无偏说："大哥，上车吧！"

陈无偏心里一百个不愿意，但此时此刻，不愿意又有什么办法呢？他很无奈地上了山根四治郎的汽车。

山根四治郎说："你想到哪里去？"

陈无偏打了个愣：还会问我到哪里去的？当然是想回家啰！于是脱口而出："回家。"

山根四治郎阴阴地一笑："那么想回家，还到处乱跑？大哥，其实这年头，家比哪里都好啊！"此时山根四治郎心中很得意，好像一只猫抓回了一只逃脱的老鼠。他揶揄说："咦，你本来是想到哪里去的呀？"

陈无偏想了想，说："想走亲戚。"

山根四治郎说："好，我送你到你的亲戚那里去吧。"

陈无偏没想到这家伙那么步步紧逼。他说："不去了，现在我就想回到家里。"

山根四治郎笑道："当然是回家好呀，这年头，普天之下都是皇军的地盘，你一个人带着个小孩，能跑到哪里去？还是不要到处乱跑好，很危险的。这次不是小弟及早发现，大哥恐怕要把命丢在那看守所里了。"山根四治郎说这番话的目的是想陈无偏领他的情，感激他。

陈无偏不出声，心里头骂道：冚家铲，承惠你们了。你们不来，我们安全得很。你们不来，番禺根本没有这个鬼看守所，我的命也根本不会丢！

山根四治郎看见陈无偏不出声，以为他打动了陈无偏，陈无偏默认了。他心里非常高兴。

山根四治郎开着车把陈无偏送回金窝村，村民们看见，惊得一乍一乍的。本来陈氏医馆莫名其妙地紧闭大门还在门上挂上一把大锁，就令大家猜个不透，今天这陈无偏又坐着日本鬼子的汽车回来，而且衣衫褴褛，脸上身上又处处是伤。汽车上又卸下一担塞满棉被衣服、坛坛罐罐的箩筐，这是怎么回事？

等山根四治郎开着汽车走远了，村民们才三三两两探头探脑地来打听是怎么回事？最先进陈氏医馆的是二叔公，他拄着一根拐棍巍巍颤颤地进到陈氏医馆。见屋里无人，他重重地咳了几声。

陈无偏正在做饭，他听见屋里来了人，赶快从厨房出来，见是二叔公，叫道："二叔公，你老……"他不知道二叔公是来看病还是别的什么。

二叔公眯着老眼，打量了陈无偏好一会儿，问道："无偏，你没事吧？"

陈无偏百感交集，应道："我没事。"

"你怎么一声不响就跑了？"

"一言难尽啊！"

"你那些伤……"

"是叫那些狗汉奸打的。"

"这些冚家铲认贼作父，残害自己的同胞，枉披了一张人皮。"

在陈无偏和二叔公聊着的当儿，三婶、神经六、大头虾、二姑娘、大碌藕他们也陆陆续续地来到了陈氏医馆。三婶一进门，就一把抱起在地上独自玩耍着的陈抗日，在他的脏兮兮的脸蛋上用力地亲了一口。

神经六见了陈无偏，第一句话就问道："陈医生，你千辛万苦地出去了，怎么又回来了？你又走又回，是怎么回事？你应该挺着，一定要找到一个比金窝村好的地方才走嘛。"

大家听了，都笑了起来。

陈无偏叹了一口气，说："你以为我很想回来的吗？"

大头虾说："神经六，自从日本仔来了以后，天下乌鸦一般黑，你能跑到哪里去？"

神经六想了想，说道："又是。"

二姑娘说："陈医生，我们发现你带着儿子走了之后，我们几舍不得你！"

"是啊，"三婶说，"你要是走了，以后我们生病，谁给我们看呢？"

大碌藕从上到下把陈无偏打量了一遍，说道："兄弟，你受苦了，他们怎么把你打成这个样子！"

陈无偏合上眼睛，那头沉痛地摇了摇："不说了，我父子俩的命差点丢在那里了。"

二叔公说："那可不，一天不见，竟瘦成了这副样子，天可怜见！"

神经六说："陈医生，听说是那个日本仔陈中夏送你回来的哦！"

大头虾说："这样才倒霉。"

神经六说："为什么？"

大头虾说："陈医生是为了躲这匝家铲才走的，现在又被这匝家铲送回来了，这不是说孙悟空没有跳出如来佛的掌心？"

二姑娘羡慕地说："大头虾，你怎么比谁都聪明一点似的。"

大头虾骄傲地说："何止聪明一点，比起我们六哥，那是天上地下。"

三婶说："大头，你的嘴巴太尖利了，小心折了你的福。"

大头虾笑道："三婶，您老不用担心，我大头的福气大得很哩，即使折点也没关系。"

二姑娘说："大头，你说得你那么聪明，我倒想问你，你知道我们中国什么时候才能把这些日本仔打跑呢？"

"知道呀！"大头虾大声地说。

大碌藕听了很不服气，他说："大头仔，别吹了，你别以为吹死牛不用赔钱喔！"

大头虾说："吹牛？你别乱说，我大头什么时候吹过牛？"

大碌藕说："好！你说，我们中国什么时候才能把这些日本仔打跑？"

大头虾说："好，我说。哦，不是我说，而是新闻纸说：我们全中国四万万五千万同胞团结起来之日，就是日本鬼子的灭亡之时！"

大碌藕说："新闻纸是这样说的吗？"

大头虾教训说："你们连新闻纸都不看，能知道什么？"

大碌藕说："哪里有这样的新闻纸？我也找来看看。"

大头虾说："那是日本仔未来时的新闻纸。现在日本仔来了，他们还会出这样的新闻纸吗？你这盲头虫盲到这个地步，日本仔还会不打进来吗？"

神经六说："这个死大头仔把我们都骂了，我们一起去打他！"

大头虾赶紧退后一步，伸手一摇，说："别别别，君子动口不动手。你们要是真觉得自己有本事的，请打日本仔去！"

三婶看见陈无偏那担箩筐还原封不动地搁在那里，便说："你们不和大头仔闹了，大头仔从小就有上面风，你越理他，他越来劲——无偏哥才回来，行李还摆在那里，我们帮他把这家当收拾收拾吧！"

三婶这话，让大家立即醒悟过来。大家看见陈无偏实在凄凉，都觉得要为他出点力，帮助帮助他，于是都走过来，七手八脚地帮陈无偏把箩筐里的衣物铺盖锅头饭煲坛坛罐罐放回原来的地方。在收拾的过程中，有的人发现陈无偏厨房的柴草少了，立即回自己家里搂些柴草过来；有的人发现陈无偏家里的番薯籬不多了，马上回自己家里拿些番薯籬过来。

大碌藕说："无偏哥，以后有些什么难处不要跑出去，大头仔充大头，一天到晚废话多多，但有一句是说得极有道理的，他说日本仔来了之后，天下乌鸦一般黑，你跑到哪里还不是一个鬼样？"

二姑娘插嘴道："我觉得你跑出去更不好，离开了金窝村，你带着个小孩，人生地不熟的，谁帮得了你？"

三婶说："你跑了对我们也不好，今天一大早我看见你门上挂上了一把大铜锁，我的心都寒了。觉得更孤单更害怕了。无偏哥，你真的不要走啊！"

神经六说："我们大家在一起，大家抱成团，就什么都不怕了。大头不是讲新闻纸说过，我们全中国四万万五千万同胞团结起来之日，就是日本鬼子的灭亡之时吗？我们现在就团结起来嘛，现在就抱成团嘛，你们说是不是？"

大头虾笑道："六哥，好样的。古语说：士别三日，便当刮目以待。六哥，你才听了我大头讲了一番话，马上就令人刮目相看了。六哥，你行啊！"

二姑娘说："这大头鬼又来了，我们打他！"

大头虾见状，笑哈哈地跑了。帮了陈无偏整理过家头细务，又热情安慰过了陈无偏，大家便陆续回去了。

陈无偏便生火煲番薯籬。吃完番薯籬，陈无偏烧了一锅热水，父子俩洗了一个热水澡，便上床睡觉去了。一夜无话，第二天醒来，陈无偏觉得一身都痛，知道自己这次被打得不轻，便给自己开

了一服药:

　　大郎伞八钱　　小郎伞八钱　　千斤拔六钱　　千年健六钱

　　牛大力六钱　　两面针五钱　　山鸡茶五钱　　走马胎五钱

　　牛膝三钱　　透骨消五钱

　　煎成三大碗,早中晚各饮一碗。药渣再添五斤鲜艾叶,煲滚沐浴。浴过之药水收储起来,第二天再煮再浴。

　　到了第三天,陈无偏才感到那身子骨渐渐地活络过来了。

四十八

　　三婶回到家里,已经桑榆薄暮。三叔坐在家门口,用一把薄薄的竹刀在破篾编竹篮。

　　三叔身体不好,可是他那双手挺好。他有一双巧手,会编各式各样的竹篮竹筐,加上人又勤劳,往常光这活计,就为家里挣到一笔好的收入。现在日本仔来了,买箩买筐的人少了,但他还是坚持编下去,不让手艺荒废了。他想这东西能卖即卖,卖不去送人也值,乡里乡亲的,计较不了那么多,村里村外有的是竹子,动动手总比闲坐家中好呀。

　　三婶的儿子华仔也趁着落日的余晖在读书:

　　"小蜜蜂,嗡嗡嗡,飞到西,飞到东,东边李花白,西边桃花红……"

　　"……国父孙中山先生,他的父亲,是个农夫,国父小的时候,常常帮助他父亲种田……"

　　三叔和三婶就那么一儿子,虽然家穷,却非常矜贵,他两口子一定要儿子好好读书,长大了支撑门户,出人头地。他们的儿子华仔也是个乖仔,聪明伶俐,好学上进,在学校里读书很用功。沦陷以后,老师跑了,学生散了,他就遵照父母的吩咐在家里好好地温习旧书。

看见妈妈回来了，华仔放下书本，要去帮妈妈做饭。

三婶说："华仔乖，这些活不用华仔做，妈妈做就得了。爸爸妈妈要华仔做的事就是读书，别的事都不用华仔做。"

华仔说："妈妈干了一天的活，妈妈辛苦了，我要帮妈妈做饭。"

三婶说："妈妈真的不需要华仔帮做饭，妈妈一个人做就得了。"

华仔噘起嘴巴，摇头扭腰，一副不达目的决不罢休的样子。"不，我要去，我要去……"

三婶哄他不听，生气地说："华仔听话，华仔不听话，妈妈不高兴了。"

华仔见妈妈不高兴，呜呜地哭了起来。

看见自己的宝贝儿子哭了，三婶就心软了。"华仔不哭，华仔不哭，妈妈不骂华仔的，妈妈几疼我华仔哦!"说着在华仔的脸颊上重重地亲了一口。华仔不哭了。

三婶说道："华仔，你知道爸爸妈妈为什么那么希望你读书吗?"

华仔没出声，他睁大双眼静静地看着妈妈。

三婶说："爸爸妈妈没有读过书，所以受了很多苦。爸爸妈妈希望你读书，是希望你将来不再受苦，希望你将来过得比爸爸妈妈好，希望你将来能够为我们家增光，为爸爸妈妈挣口气。你明白吗?"

华仔明白地点点头。

三婶说："我们家穷，点不起油灯，现在天还没有全黑，还可以读书，你抓紧时间多读点书不好吗?"

华仔说："那些书已经被我读得熟透了。"

三婶说："是真的吗?"

华仔说："当然是真的啰，我不仅把我自己的书读熟了，而且比我的书更深的书我还会读哩!"

三婶脸色一沉："这就不对了，你怎么敢骗妈妈，说比你的书更深的书你还会读呢?"

华仔不服,说:"当然啰!"

三婶喝道:"你还嘴犟!"

华仔认真地说:"妈,我不是犟嘴,不信我读给你听。"他转身跑进屋里,拿了一本陈旧的通书出来,打开念道:"天地玄黄,宇宙洪荒,日月盈昃,辰宿列张,寒来暑往,秋收冬藏……"

三婶听了,眼睛一亮:"谁教你的?"

华仔答道:"是二叔公教我的啰!"

三婶非常高兴:"是二叔公教你的?"

华仔自豪地说:"是呀,二叔公教了我两遍,我自己就会读了。"

三婶笑到眼睛都不见了:"我华仔是个聪明仔,我华仔真乖!"

坐在旁边破篾的三叔更笑得春风满面:"你就让他跟你去煮饭吧!他已经读了很长时间了,他要歇歇脑子了,而且让他跟你煮饭,练练他的孝心也好。"

得了爸爸的支持,华仔赶快把小桌子上的书本收拾好了。

三叔用赞许的目光看着华仔,朝他轻轻地点了点头。

三叔三婶的称谓是街坊的口顺,其实三叔才三十大几。他生得羸弱,却一品斯文,五官端正,相貌不俗,活像一位相公。要不是那一身补丁叠补丁的土布衣衫,你怎么也不会相信他是个种田人。三婶有一双慧眼,她看出自己的丈夫长得比别人好看。守在这样一位郎君的身边,她那个圆圆的南瓜脸不时地洋溢出幸福的光彩。因为羸弱,三叔很少下田。田上的活大部分都由三婶包起来了。三婶也很乐意把这些粗重的活儿包起来,她生怕这些粗重活把自己的老公累坏了。反正自己身体好,多干些有什么?三叔虽然不大下田干农活,却通晓农事,一年二十四个节气,每个节气栽什么种什么,他一清二楚,每样庄稼何时施肥何时捉虫,他滚瓜烂熟。村民们遇到什么棘手的难题,都爱找他商量,向他讨个主意。

街坊们夸奖他说:"老三真是个聪明绝顶的人,就差没读过书,要是读过书,真是飞机他也能造得出来。"

那个年月飞机是最了不起的东西，能造飞机的，该是个什么样的人了！三婶看见街坊邻里那么敬重自己的老公，心里高兴得像喝了蜜糖一样甜。

到天将尽黑的时候，华仔便出来叫吃饭了。

三叔便收起竹刀，把已经编好的竹筐叠起来，搬回屋来，再把碎竹烂篾扫回去做柴火，然后拿出扫把，把自己的门口打扫得干干净净。进到厨房，三婶已经把饭菜摆到桌子上了。没有灯，三婶把一根松明点燃，插在墙缝里做灯。所谓的饭，当然是番薯癞了。菜是瓜子菜，是北方人叫马齿苋的那一种。这是野菜，日本仔没来之前村民们是拿来喂猪的，现在人吃也不容易了。坐好之后，两口子把大的番薯癞挑给儿子吃，自己胡乱地吃着，只求把碌碌的饥肠填满。

华仔说："妈，我们天天都吃这些东西，烦死人了。"

三婶说："乖仔，我们有这个吃已经很不容易了，南村那边还饿死人哩。"

华仔说："以前我们是吃饭的，白米饭。天天都有青菜和咸鱼做菜，有时候还有猪肉。"

三婶说："那是以前的事了，现在日本仔来了，我们能吃上这个已算命大了，以后还不知道有没有这个东西吃哩。"

华仔恨恨地说："这些死日本仔，我恨死他们了。"

吃完饭，他们一家三口洗刷洗刷就上床睡觉去了。华仔小，很快就睡着了。

漆黑中，三叔三婶还在耳鬓厮磨。三叔把嘴巴贴近三婶的耳朵，悄悄说："来一次。"三婶赶紧说："不行不行，你身体不好，不行不行。"三叔说："睡不着呀！"三婶说："把身子转过那边去，我给你抓背，你什么都不想，很快就会睡着的。转呀，转……"

吃着中国的粮食屠杀中国的人民，这是日本侵华战争的一大特色。

日本国派遣了二百万军队入侵中国，这些军队却没有带来一颗粮食。日本的统治者严令这二百万军队在中国就地筹粮。而且，他们还要求军队尽量多筹一些，运回国内，以解国内的燃眉之急。所谓筹粮，是他们一句冠冕堂皇的欺骗世人的虚伪的官话，这筹粮是有钱给的吗？他们给过谁钱了？他们看见了粮食，比老鼠还贪婪，比豺狼还凶狠。用他们的军语说，这叫"征伐"。奈何他们光"征伐"粮食倒也罢了，要命的是他们除了"征伐"粮食之外，见了什么，只要感兴趣，就"征伐"什么。

今天，驻扎在庞边村里的日本鬼子又出来"征伐"了。猪头小队长带的队。

这猪头小队长是个石匠的儿子，小时候也是在苦中累中长大的，才二十郎当岁。虽然人如其名，生得像只猪头，可是能吃苦，打起仗来够狠，够毒，勇敢不怕死，所以屡得提升，很快就当上了小队长。队伍开进了金窝村，猪头小队长把腰间的指挥刀拔出来，仰起马脸，憋足气力，歇斯底里地大喊一声："分头行动！"鬼子们立即三三两两地冲进了各家各户。

金窝村里霎时间鬼哭狼嚎，喊声震天。小鬼子们进到村民家里见什么抢什么，见什么搬什么，不给就打、就踢、就举起枪托往你的头上身上直擂。如果惹得他不高兴，出门口时还不忘记往屋里放上一把火。

猪头小队长进到三叔家里，见到屋里徒有四壁，眼见的都是些破破烂烂的东西，心里深感晦气。可是既然来了，总要弄点东西回去的，不然两手空空地回去岂不是更晦气了？于是猪头小队长鼓着一泡馊气在屋里掀、推、蹬、踢，把三叔的家搞得个一塌糊涂。

"当啷"一声，一只小瓦罐被打碎了，倒出了一地的白米。这是那天那个叫陈中夏的日本鬼子送到陈无偏家里，陈无偏不要的大米，三婶和街坊们分得了几斤，如获至宝地捧回家里，收老宝似的收藏起来，以备急时使用的，今天不想被猪头小队长翻了出来了。

三婶本能地扑过去，要去捡起撒在地上的粮食。

猪头小队长一手把她掀倒在地上。三婶爬起来又扑过去，猪头小队长又一手把她掀开。这一掀正掀中三婶的胸脯，猪头小队长不觉一愣：很柔软很有弹性喔！他不禁定着眼睛将三婶打量一番。他发觉三婶的面相倒是平常，可是那对乳房长得好，坚挺、柔软而富有弹性，长的位置又适中，很性感喔！倏地他的眼睛亮了起来，亮得幽幽的有点绿光。他的呼吸也开始有点急促了，他一步一步地向三婶走过去。

三婶给吓呆了。她看得出自己年长这日本鬼十岁以上，她万万没有想到小她十岁的日本鬼子仍要打她的主意。她给吓得一步一步地往后退。眼睛闪着绿光的猪头小队长一步一步地往三婶的跟前走去。

在这千钧一发的关键时刻，三叔手握着一把薄薄的破竹刀，一跃闪进了三婶和猪头小队长的中间。他一手护着身后的爱妻，面对猪头小队长，怒眼环睁，大声地喝道："畜生！你想干什么？"

猪头小队长像一头立起来的大黑猪，他要打这个女人的主意，他知道第一时间就要蔑视她的男人。猪头小队长根本没有把面前这个瘦小单薄的男人放在眼里，他连话也懒得答了，只将手一伸，把三叔拨到一边去。

三叔双手举刀，竭尽全力地喊道："你站住！你动我的老婆，我就劈了你！"

猪头小队长鼻孔一吭，心想：你别当你是一回事！他继续往三婶逼过去。

三叔一腔怒火冲上了头顶，他咬起牙关，跃了过去，双手用力一抡，将刀向猪头小队长劈了过去。

猪头小队长久经沙场，这招算什么，他把身子一偏，顺势拔出军刀往三叔的肚里一捅，三叔一腔热血，把猪头小队长喷得满身都是。

站在旁边的华仔年纪虽小，但看得出日本鬼子要欺负他妈妈，平素他就非常痛恨日本鬼子，现在又眼睁睁地看见自己的爸爸被日本鬼子杀了，他恨得不得了，立即冲上前去，用力在猪头小队长的手腕上大咬了一口。

这猪头小队长正沉醉在杀鸡儆猴的余威中，冷不防给这小孩死命地咬了一口。他伸手一摸，发现被咬的地方少了一块肉，于是怒从心起，将刀一挥，把咬他的小孩劈成了两段。

华仔的血又粘了他一身，他嫌身上的衣服湿漉漉黏糊糊的，干脆把它脱了下来。脱了自己的衣服，他便去剥三婶的衣服。

猪头小队长霎时间杀了她的夫君和爱子，三婶难过得肝肠寸断。猪头小队长伸手过来剥她的衣服的时候，她倏地伸手往猪头小队长的脸上死命一抓，把猪头小队长的脸上抓出了五块肉条。

猪头小队长本想淫乐一番，没想祸从天降，自己的脸上被深深地挖出了五道血沟子，霎时变成了个大花脸。他恼羞成怒，又握刀一捅，把三婶活活地捅死了。

猪头小队长连杀三人，自己也被溅得一身是血。

出到门来，街坊见状莫不惊讶。

猪头小队长自己也感到尴尬，他指着三叔的家门，大声向惊愕的街坊叫道："他们的私通土八路，我的叫他们死了死了的!"说完，腆着那个被三叔三婶一家三口的鲜血喷淋得血淋淋的肚子扬长而去。

四十九

市桥水道上，摇划着一只带篷的破旧的小渔艇。渔艇的主人就是大生和阿珠。大生在艇头撒网，阿珠在艇尾划桨。他们晨早流流（粤语，一大早）就出来了，将小艇向金窝村方向划去。

他们此行的目的有三：一是想多打一点鱼。打鱼人不多打点鱼吃什么？平心而论，市桥水道里的鱼比过去多了许多，又够肥够大。日本仔来了之后，天天杀人，杀了就往河里扔，把河里的鱼都喂得饱饱的，哪有不多不肥之理？但买鱼的人却大大地减少了。日本仔来了之后，人都跑得七七八八，留在本地跑不动的又都没钱，所以鱼都卖不出什么价钱来。因为如此，日子很难过呀！日子难过的还有河道很不安宁。现在河道上的盗贼比过去多得多，不过这还不很打紧。大生的功夫了得，过去打过几次架，打得轰轰烈烈，加上为人又重义气，这些故事在黑道上也早有传闻。所以黑道的人知道是大生，也不会主动前来招惹。令大生心烦的是这些冚家铲日本仔。日本仔是弄枪的，功夫打不过枪呀。加上这些冚家铲既蛮不讲理又豺狼成性，一旦遇上他们，那真是黄鳝上沙滩，唔死一身潺了。但渔家不打鱼吃什么？大生想过了，一旦遇上日本仔，就揭开舱板让阿珠藏在舱底里，舱上的鱼就任他们拿啰！不是这样又有什么办法？今天去金窝村的第二个目的，是想找陈医生给阿珠看看病。妇道人家的毛病就是多一点，实在扛不过去了，还是要吃药的。第三是他们心里搁了点事，想找陈医生谈谈。

陈无偏在大生两口子眼里不仅是医生，更是朋友，而且是好朋友。陈医生读书识字，通情达理，有什么憋得转不过弯来的，找他排解排解，开导开导肯定是不会错的，加上这年月，心里有事，不找陈医生谈谈又能找谁呢？沦陷前他俩去过一次金窝村，知道陈医生举家去了南京，不知现在回来了没有？不管回没回来，还是要去一次的，不去不知道，反正一路上一边打鱼一边卖鱼，找不到也不误事。

到了金窝村，他们提着个鱼篓，上了码头。看见村里断壁残垣，破破烂烂，村民们衣衫褴褛，面带菜色，跟番禺的其他地方差不多。和以前来这里的印象相比，真是恍如隔世。

村民们有认识他们的，也会打声招呼。攀谈之中，不免唏嘘落泪。

大生问道："陈医生回来了没有？"

村民说："回来了，回来有一段时间了。"

大生两口子心中一阵欢喜。大生将手一拱，对那村民说："我们要找陈医生看看病，回头再聊哦！"说完径直奔陈氏医馆去了。

他俩到了陈氏医馆，看见陈无偏正在坐堂候诊。

陈无偏见了大生和阿珠，眼睛一亮："什么风把你俩吹来了？"

大生说："陈医生，你是我们家的保护神，我们家的人一有病痛，自然就想到要找你。"

陈无偏问道："你们家谁病了？"

大生说："阿珠啰！"

陈无偏问阿珠："你又哪里不舒服了?"

阿珠没有立即回答陈无偏的话,她问道:"陈师奶呢?"

一听阿珠问起了寿玉,陈无偏胸口一堵,一时间什么话都说不出来了。他低着头,久久没有出声。看见人家形影相随,恩恩爱爱,而自己形单影只,孤孤寒寒,饥无人知,寒无人问,那心里比刀割还难受。

大生和阿珠看见陈无偏说着说着突然变成这个样子,不仅不说话,而且连面色都变了,心里非常愕然。

阿珠小心翼翼,试探着问道:"陈师奶她——"

陈无偏深深地叹了一口气,轻轻地、有气无力地说道:"她回不来了!"

"什么? 陈医生,你……"

陈无偏像大病了一场,有神无气地说:"她永远回不会来了!"

阿珠急了起来,追问道:"陈医生,是怎么回事,你讲清楚一点呀!"

陈无偏又深深地叹出一口气:"她死了……"说完强忍不住,双手掩面,失声哭了起来。

大生和阿珠呆了,一时间不知该怎么办才好。男儿有泪不轻弹啊!阿珠看见药柜那边有把茶壶,慌忙过去倒一杯。

看见倒出来的不是茶,而是水,也不管是茶是水了,她赶快把杯子端到陈无偏跟前,说:"陈医生,喝口水,喝口水,你没事吧?都怪我,真对不起!"

陈无偏感激地把杯子接过来,握在手里。

阿珠说:"喝一口,快喝一口,定定心,顺顺气。"

陈无偏轻轻地喝了一口,定了定神。他对阿珠说:"对不起的不是你,是日本仔这冚家铲!"

"哦……"

大家默默地在那里坐着,最后还是大生忍不住,他问道:"陈医生,你们不是去了南京的吗?"

陈无偏用手擤了一把清鼻涕向旁一甩,便伸到裤脚下抹了抹。

斯文如此君，过去是绝对没有这个动作的。现在日子竟把他挤压得和乡间的汉子没有两样了。他说道："就是因为去了南京，不去南京，她是不会死的。"

阿珠好奇，追问道："陈师奶在南京怎么死的？"

陈无偏说道："那些冚家铲日本仔想侮辱她，她不从，跳楼自杀了……"

"真是个烈女！"大生和阿珠肃然起敬。

这时，陈抗日抓着个番薯癫一脸鼻涕地从屋外走进来。阿珠上前一把将他抱在胸前，哭泣道："抗日，好可怜的孩子啊！"

阿珠这一哭声，又把已经停止了哭泣的陈无偏引哭了。

大生轻轻地捅了一下阿珠："你看你……"

阿珠知道自己失态，赶紧强忍住哭泣，用手背揩干脸上的泪水。

大生感同身受地说道："陈医生，你受苦了！其实，我们也是很苦的，这冚家铲日本仔，害得我们没法活了。"

陈无偏喝了一口水，歇过一口气，痛定思痛地说："是真没法活了。三叔三婶他们为人几好，和邻睦里，可是他们一家三口前几天无缘无故好好端端的就被这些冚家铲日本仔杀了，连条根也没留得下来，他们家就这样绝了种了……"

"三叔三婶？"大生惊讶地说，"早些时候他们还赊过我的鱼吃哩！"

"哦，"陈无偏说，"他们是我的好街坊，怪可怜的，过些日子我有了钱，我替他们把鱼钱还你。"

大生说："笑话，我大生不是这样小气的人。我只是顺口把事情讲出来是了。我经常讲我打的鱼不是我的，是龙王爷的，太过在意也不好，你说是不是？我现在口袋没钱，有钱应该去买副香烛来拜拜他们，毕竟我们相识一场，又那么可怜。"

陈无偏称赞说："生哥确实够义气，难怪在江湖上有那么好的名声。"他看了阿珠一眼，"我们光顾说话，忘记珠姐是来看病的。珠姐，过来给你看病吧。"

陈无偏给阿珠看过病，说是气滞血凝，气机不利，开了一剂活血理气止痛汤。他抱歉地说："我的医馆好久都没有进过药了，如果我的百子柜里药齐，就在我这里随便抓点就行了，现在没办法了，你们回市桥去捡啦！"

看完病，阿珠说："陈医生，我们除了来看病，还有件事想找你指点指点的。"

陈无偏看见大生两口子那么信任自己，很高兴，笑道："哎哟，你们那么看得起我呀！我不知胜任不胜任得了哦！好，随便聊聊吧！"

阿珠说："平时我们常说，好打的去打日本仔啦，怎么现在我们会中国人打中国人的呢？"

陈无偏听后莫名其妙："谁中国人打中国人了？"

大生看见陈无偏听不明白，知道是自己老婆没讲清楚，他插嘴说："是这么回事，国民党军队在安徽省打了共产党军队，新闻纸上叫新四军。新四军被打得很惨，他们的头都被抓起来了……"

大生夫妻俩讲的是皖南事变。1940年10月19日，蒋介石电令江南的新四军在一个月之内撤到黄河以北，同时秘密部署几十万国民党军队在途中准备对其发动进攻。1941年1月4日，新四军副军长项英率新四军军部和部队共九千多人北上。6日进入了安徽泾县，突然遭到了国民党军队八万余人的伏击。新四军将士经过七天七夜的奋战，最后弹尽粮绝，除两千余人突出重围外，大部分壮烈牺牲，小部分被国民党俘获。军长叶挺与对方谈判被扣，其他将领都壮烈牺牲或被叛徒杀害。这就是震惊中外的皖南事变。

陈无偏听得目瞪口呆。他说："我根本不知道有这回事。"

阿珠讲："新闻纸都卖了。市桥里好多人都谈论这件事。"

陈无偏惭愧地说："我现在穷到连买新闻纸的钱都没有了，而且我们金窝村也没有新闻纸卖，我怎么知道这件事？"

大生深有感触地说："这些都是日本仔这冚家铲惹的祸。过去你陈医生的身家虽然不算很富有，但已经让我们这些升斗小民羡慕得不得了啦。现在你陈医生竟穷到了新闻纸也买不起，可见我们这些升斗小民过的是什么生活了。"

阿珠说："可见这些死日本仔是多么可恨了。"

大生说："既然你知道日本仔是那么可恨，你就让我去打日本仔啦！"

陈无偏一愣，他问大生："你去打日本仔？"

大生说："不是去，而是想去。要不是她拦住我，我就去了。"

陈无偏很兴奋，他追问道："你去哪里打日本仔？"

大生说："去广游二支队呀！"

"广游二支队？"陈无偏觉得很新鲜。

大生见陈无偏什么都不懂，解释说："就是广东省抗日游击第二支队。共产党的。"

陈无偏说："我不晓得什么共产党，也不管它什么党。我们老百姓恨死日本仔了。哪个打日本仔，我就说哪个好。你们刚才说的什么中国人打中国人的，就最不好，放着日本仔不打，打自己中国人，这是发神经了。"

大生说："是呀！"

陈无偏问大生说："你晓得广游二支队？在哪里？"

大生说："我认识黑道上的人，向他们打听广游二支队那是件很容易的事。听说并不远，就在我们南、番、顺这一带。"

陈无偏拍拍大生的肩膀，称赞说："不愧是血性男儿，好！我要是没有儿子的拖累，我一定跟你一起去！"

阿珠急了，她对大生说："你去得轻巧，你去了这个家怎么办？我怎么办？"

陈无偏笑道："珠姐，你的家事我不好插嘴，可是这日本仔实在太坏了，我们中国人也到了实在活不下去的田地了！"

五十

山根四治郎很忙。他坐在监狱里的一张靠椅上，看着几名日本宪兵拷打一名抗日分子。

近来广州一带的抗日活动很活跃，已引起了上级的不安，南支派遣军司令田中久一对情报部门的效率不满意，令他感到压力。

正被拷打的是个商人，年纪已过半百。日本的情报机关怀疑他向广游二支队输送物资，要以他为线索追下去。不料这商人竟不开口，令山根四治郎没有办法。

这商人被反绑在一根木柱上，几名年轻的日本宪兵轮番用皮鞭抽打他。这些日本宪兵生得矮墩壮实，五大三粗，那手臂一抡，鞭子在空中呼地一响，及至落到皮肉时，那声音既沉实又响亮，他们好像打的不是活人，而是专供拳师练气力的沙袋。鞭子"啪"的一声，那人的衣服下面便沁出了一道鲜红的血印。那人闭着眼睛，每挨一鞭，他的嘴角便抽搐一下，但就是不开口。

气急败坏的山根四治郎砰地从椅子上弹了起来，在牢房里走来走去。那人被打得一身血印，可就是不吭声。"八嘎呀路！"他在牙缝里狠狠地骂了一句，上前一把夺过宪兵手中的皮鞭，在手中抖了抖，然后运足气力，狠狠地一鞭向那商人抽去。那人还是没有吭声，只是嘴角抽搐的幅度明显地大了。山根四治郎一口气抽了十几鞭，抽得他自己的额角上已冒出了一层汗油，那人还是没有吭气。

"泼水！泼盐水！泼热盐水！"有个日本兵从热水瓶里倒出了一瓶热水在铜盆里，再撒进两把粗盐，嘴巴吸着冷气地把手伸进去搅和搅和，看盆里的盐溶解了，便端起来，照头照脸地向那人用力泼去。

那人仰脸大叫一声，脑袋一下垂了下来，昏死过去了。

这几名日本兵望着山根四治郎，请示道："长官，怎么办？"

山根四治郎喘了一口气，说："我们也累了，歇一会吧。等他醒了，我们再慢慢地磨治他，不信他硬得过我们！"

"哈咦！"

日本仔开饭了。为了抓紧时间，这顿饭就在牢房里吃了。他们这顿是大米饭，菜是红烧肉。山根四治郎打赏大家，饭菜好而量足，每人还让喝半瓶日本清酒。吃饱喝足，歇过了气力，他们又继续干了。

山根四治郎走过去，踢了那人一脚。那人猛地转醒，瞪着双眼看着他。

山根四治郎骂道："你的还看什么？你的已经很清楚这是什么地方了。你的说吧，你的配合得好，我的肯定会给你的一条生路。如果你的这样对抗下去，你的就死在这里，做冤鬼永远替我们看监仓了。"

那人还是不吭气，两眼定定地，目不转睛地看着他。

山根四治郎感到这人的目光冷冷的，让他很不舒服。他不让这八嘎再看下去，回头望了那几个宪兵一眼，再用头往那人的方向一扬。

那几个宪兵像群领会了主人的狗，立即扑了上去，又抡起皮鞭抽打起来。伤口歇过之后神经特别敏感，皮鞭落在这些伤口上就特别的疼。那人张大嘴巴大大地"啊"了一声。"好！就这么打，使劲地打！"鞭子又好像抽在沙袋上一样"啪""啪"地响。打着打着，这人竟不叫唤了，怎么回事？

山根四治郎走过去，扳过那人的脸看看。发现那人的眼睛在定定地看着他。"八嘎呀路，肯定是这家伙扛打，我们打的力度不够。"他想道。于是他把宪兵手中的皮鞭夺过来，丢进水桶里浸水。浸了好一会儿，估计浸泡透了，他把皮鞭拿起了，一抖，鞭上的水花晃了他一脸。他用袖子一揩，然后大步走上前去，对那商人狞笑道："你大概没有尝过这个滋味，好，等着吧！"说着运气抢鞭，用力一抽，"叭"的一声，把那人打得皮开肉绽，衣服下的鲜血"唰"地泅了上来。

那人声嘶力竭地大叫一声"啊！"又昏了过去。

山根四治郎狞笑道："给你的指条阳关大道你的不走，你的偏偏要过这条独木桥！昏了也要打，我的要打到你的醒过来！"说着"叭""叭""叭"直抽下去，那人果然被他抽醒过来。"贱骨头，果然醒过来了！说吧！说！"那人皱眉，直吸冷气，就是不吭声。山根四治郎没有办法，他也打累了，他把鞭子扔给旁边的宪兵，说："你们继续打！"虎狼般的宪兵得令，立即跑上来捡起地上的皮鞭继续抽，三抽五抽，那人又昏死过去了。

山根四治郎无计，只好暂停下来。他撕了一包烟，"骆驼"牌，一支支地扔给这些宪兵。宪兵们见了，高兴得直搓双手。大家靠在一起，把烟点着，一边贪婪地吞云吐雾，一边观赏着木柱上这个没有长开双臂的耶稣。宪兵们抽完了烟，那人还没有醒过来。

山根四治郎吩咐道："把他弄醒！"一个宪兵提来一桶水，对准那人用力一泼。那人打了个冷战，醒过来了。山根四治郎喝道："你的讲不讲？"那人还是不讲。他咬着牙关，腮帮上突起了两个明显的槽印。他那双疲惫不堪的眼睛死死地盯着山根四治郎。

山根四治郎看见内中有朵幽幽的火焰。他不禁吸了一口冷气。"你的讲不讲？我的一定要你的讲！你的不讲，我的就有你的受的，我的不信我的斗不过你！"那人还是没有讲，还是用他那双疲惫的眼睛死死地盯着山根四治郎。

山根四治郎如一头困兽。他声嘶力竭地喊道："上烙铁！"

一个宪兵拎着一只炭炉子进来，当着那个人的面生炉子。他把木屑投进炉子里，然后拿松明，划亮火柴把它点燃，放在木屑的底下。木屑慢慢地着起火来。这宪兵就把木炭放到炉子里去。不知这宪兵是不是天生笨拙，蠢到连炉子都不会生，还是有意为之，整色整水，这炉子着了一会儿又黑了，黑了之后他又吹又拨，捣鼓了好一会儿这火苗才慢慢地蹿了起来。炉子刚生不久，木炭未曾着透，还冒着浓浓的柴烟。木炭慢慢地燃烧着，牢房里烟气越来越重，宪兵们被熏得直眨巴着眼睛，有的眼角里还被熏出了泪水。

绑在木柱上的那个人的眼睛同样被熏得难受。他把眼睛闭起来，默默地等待着折磨的来临。这木炭在烧炭炉煅烧的时候就没有烧得透心，是"夹生"的那一种，所以柴烟很重。没多久，青烟便变成了明火，倏地熊熊地烧了起来。摇晃的跳跃的火苗一明一暗，把满面油汗的山根四治郎和那几个宪兵映照得像城隍庙里的夜叉。这宪兵见火上来了，就把烙铁架在炉子上去。

山根四治郎嫌慢了，喝令要快些。那宪兵又搬进来一只风箱，架在炉边"扑嗒扑嗒"地拉着。炉子很快被烧旺了，铁青色的烙铁马上变成了橘红色。山根四治郎拿起一把烙铁，狞笑着走向那人。

那人的眼睛紧闭着。山根四治郎拿着烙铁在那人的面上慢慢地转了一圈。火辣辣的热气使那人感到难受，他脸上的肌肉痉挛起来，眼睛不觉睁开了一条裂缝。

"呵、呵、呵！"山根四治郎像清刷喉咙里的浓痰似的干笑道，"你的看清楚这是什么东西！"

那人往通红的烙铁上看了一眼。

"看清楚了没有？"

那人长长地透了一口气。

山根四治郎感到很开心："你的应该知道这东西烙在你皮肉上的滋味吧！"

那人不禁再看了眼前的烙铁一眼，没有作声。

山根四治郎把声音抬高了八度："说吧！我的已经等得不耐烦了。"

那人还是不吭声。

山根四治郎声嘶力竭地喊道："你的说不说！"

那人干脆把眼睛闭上了。

山根四治郎像受到了极大的侮辱，他破口大骂："八嘎呀路！你的不见棺材不落泪，你的不要怪我的了。"说着把手中那把火红的烙铁往那人的胸前用力一摁。那人大叫一声，当即昏死过去。

牢房里面立即飘荡着一股糊肉的气味。

山根四治郎感到在部下面前丢尽了脸。八嘎呀路的神经可能有问题，他的痛感可能比常人差，不然不可能那么经得起打的。不过你的再硬还是胳膊，我的可是大腿，我的不信你的这胳膊拧得过我的大腿！他大声向宪兵们喝道："泼水！快给我的泼水！"宪兵们得令，小跑步地拎着铁桶往牢房外的水井边去提水。冰冷的井水哗哗地照头照脸地往那人泼去，宪兵们一口气泼了八九桶，直泼到牢房的地面几成汪洋，那人才悠悠转醒。

山根四治郎见他醒了，胸口微微地起伏着恢复了呼吸，自己才深深地透出一口馊气。"你的说不说？你的说不说？唔！你的到底说不说?!"那人在山根四治郎猎狗追赶兔子般的逼问下慢慢地睁开了那双疲惫不堪的眼睛。

山根四治郎声嘶力竭地向他咆哮道:"你的——到底——说——不——说?!"那人又把眼睛闭上了。山根四治郎一点办法也没有。他恨不得低下头咬自己一口手臂:"你的——到底——说——不——说?!"

那人轻轻地点了点头。

山根四治郎疲惫的神经"咯噔"了一下,他真不相信自己的眼睛。他激动到语音打战,问道:"你愿意说啦?"

那人又轻轻地有气无力地点了点头。

山根四治郎这才松了一口气。一道笑影倏地爬上了他的脸颊。"我的说呢,人是条苦虫,是要吃点苦才老实的。嘿嘿嘿!其实我的是不愿意出这一手的,兄弟,是你的逼我的呀!这点要认识清楚。我的告诉你的,我们日中亲善,同文同种,亲如一家。可是你们中国也实在太贫穷、太落后了。落后是要挨打的,这是公理。我们打你们,是因为你们落后,我们打你们,是为了帮助你们,提携你们。你的知道吗?所以你们中国人不要小鸡肠肚,患得患失,要心胸宽广一些,远大一些,跟着我们日本人去建立大东亚共荣圈,去建设皇道乐土。知道吧?"

那人又轻轻地点了点头。

山根四治郎看见他点头,心里非常高兴,这小半天到底没有白忙,到底没有在部下面前失去面子。他对那人说:"那你的说吧!"

那人动了一下嘴皮。

山根四治郎皱起眉头,眼睛努力地眨巴着,他根本没听见什么。"你的说大声一点!"山根四治郎说道。那人又动动嘴皮。

山根四治郎还是没有听见什么。他急了,大声喝道:"你的大声一点!"那人还是动了动嘴皮。

急不可耐的山根四治郎把头伏下去,把耳朵贴近那人的嘴巴,大声喊道:"大声一点!"

这时那人猛地仰起头来,张开嘴巴,出尽死力在山根四治郎的耳朵上咬了一口，然后出尽力将脑袋一甩。

山根四治郎"啊!"了一声，他的左手不由自主往耳朵上一摸，发现自己的手掌红通通黏糊糊的，耳郭上缺了一块。他感到耳朵像被火烧了似的，只知道烫，不知道痛。他的无名火"呼"地冲了上来。"八嘎呀路!"

他转身从墙壁上抽出一把军刀，双手握紧刀柄，咬牙切齿，用力往那人的腹部捅去。

那人声嘶力竭地大叫一声，努眼凸睛地逼视着山根四治郎。

山根四治郎双手用力一拔，把军刀从那人的肚子拔出来，那人身上的一股血柱"呼"地喷了他一身。

五十一

这一次审讯，让山根四治郎丢了丑。骨头啃不下来不说，还把小半只耳朵赔了去。

被审问的那个商人，是广游二支队的一名交通员。他只知道他是个交通员，包括姓名在内的其他情况，他都不知道。他仅仅是个交通员吗？这点他真的没有把握。如果仅仅是个交通员，那情形是非常让人害怕的。一个交通员竟软硬不吃，视死如归，这怎么得了! 如果他不是个交通员，而是个重要干部，他在审讯中一刀杀了他，这责任就大了。

审讯过后，他心情很不好。他怕部下议论他，怕上司追究他，心里总有点忐忑不安。

陈无偏一个男人带着儿子生活，确有许多的不便，但他就是咬紧牙关，苦苦地坚持下去。他要谋生，要填饱父子两人的肚子。

这年月大家都穷，谁都顾得了肚皮顾不了生病。人们有病基本不看，咬紧牙关死死地撑着，到实在撑不下去的时候，就拎着两斤番薯癫来看看病。所以，陈无偏家里番薯癫是不缺的，可是除了番薯癫，可真是什么都缺。

陈抗日慢慢地长大了，原来的衣服越来越短了，如果以前，那早就添了十件八件新衣服了。可是这几年日本鬼子已经折腾得他囊空如洗，现在叫他到哪里去弄钱？这年头能有餐番薯癞吃吃，不至于肚皮贴背脊就已经是万幸的了，还做梦吃星星，想这些不着边际的事？儿子的衣服不合身了，他就找些烂布，学女人们使针弄线，把儿子的衣服改大加长。他给人看病是内行，可是弄这些活儿就确实外行了。拆改一件小孩的衣服，他拆了之后，左拼右拼，缝了又拆，拆了又逢，折腾来折腾去，一弄大半天都弄不好，碰巧有什么大嫂大婶来看病了，接过手来帮他弄弄，才把这事弄完。

　　房子漏了！

　　修理房屋要买石灰买木料。这年头陈无偏连吃穿都顾不了，哪有买石灰木料的钱？可是房子漏了就不能住人的，怎么办？只好自己爬上屋顶去把瓦拨疏一些啰。

　　可是爬上屋顶去，对于陈无偏来说也是一件难事。主要是从来没干过。他到邻居家借了一把竹梯，倚着镬耳墙边爬上去。爬上了墙头，他倏地懵了：该从哪里落脚呢？踟蹰了好一会儿，他觉得应该就在自己的跟前落脚的，于是就揭开自己跟前的瓦片，把脚踩在椽子下的横梁上。上到了瓦顶，他发现瓦面各处基本是一样的，看了小半天，竟看不出哪里是漏的地方。真是老虎吃天，无从下口！把瓦面全部揭开，他又没有这个能力和胆量。而哪里漏水哪里补，他又真的看不出漏水的地方。怎么办呢？

　　犹疑了一阵子，他终于放弃了补漏的念头，把自己跟前揭开的瓦片重新摆好，攀着竹梯慢慢地落回地面。落回地面的时候，刚好碰见大头虾在旁边走过。

　　大头虾停下脚步，打量了陈无偏一眼，问道："无偏叔，你干什么？"

　　陈无偏说："拾瓦漏。"

　　大头虾说："哟！那么快就拾好了？"

　　陈无偏不好意思地说："还没有拾哩。爬上去看看，看见处处都是一样的，也不知哪里漏雨不漏雨，真是狗咬乌龟，无从下口，所以就下来了。"

大头虾笑道："无偏叔，你做医生很神，可是做这些就不行了，这叫一条虫蛀一条木。换一换就不行了。来，我帮帮你。"

"你又会？"

"我不会，我家里屋漏了谁来拾呀！——是小拾还是大拾？"

陈无偏说："小拾。"

大头虾说："我上去帮你弄一下就行了。"说着双手攀梯，像猴子似的蹿了上去。大头虾上到瓦顶，问道："是哪里漏呀？"

陈无偏在下面答道："我就是不知道哪里漏水才无从下手的！"

大头虾在上面说道："一字咁浅。你从屋里往上看，哪里见光的哪里就漏水。"

"哦！"陈无偏感到很惭愧。真是一字咁浅，自己竟懵然不知！

大头虾喊道："你找到漏光的地方，用根竹竿往上轻轻地顶顶，我在上面就知道了。"

陈无偏赶快用竹竿往上顶。大头虾按照陈无偏的指示，很快找到一处漏雨的地方，没花多少时间就把瓦顶修好了。

陈无偏很高兴，说："虾哥，我该给你多少工钱？"

大头虾笑道："这是举手之劳，还算工钱？笑话了！"

陈无偏赞叹道："虾哥你真仗义！"

大头虾说："这还不是向你无偏叔学的。"

陈无偏惭愧地说："还说向我学哩，你看我几蠢，连这点活都不会做。"

大头虾说："这不能怪你，要怪就怪日本仔！"

"怪日本仔？"

"是呀，无偏叔，你已经够聪明绝顶的了，你看你的医术几高明，这方圆几十里，你认第二，就没有人敢认第一的了。"

"你太夸奖我了。"

"我说的是真的啊！谁不是这样说的呢？无偏叔，人的精力是有限的。你能把医术弄得那么好，别的你就不一定弄得好了。比如拾瓦漏，你就不行了。"

"是，是，是！"

"日本仔没来之前，你生意好，荷包里大把钱，屋漏了，到街上去喊个人来修修，被喊的人知道有生意，屁颠屁颠地就跑来了，所以你没有发现你不会拾瓦漏，更不会感到你蠢。是不是？这要怪就怪日本仔吧？所以说，日本仔是万恶之源，我们的不幸都是这些冚家铲造成的。"

"虾哥，你真聪明。"

"那还用说，不然怎么叫大头呢！"

"是的，是的。你要是学医，肯定比我强。"

"比你无偏叔就实在不敢说了，可是我一旦学医，我敢说，我肯定是个好医生。"

"肯定，肯定——那你怎么还不学？"

"谁教我呀？"

"我呀！你从今天晚上起，每晚都来我这里，我给你讲医书。"

"无偏叔，我现在就拜你为师父了。"说着，扑地跪下去给陈无偏磕了个头。"师父！师父，不过我现在暂时不学。"

"怎么？"陈无偏一下子感到莫名其妙。

大头虾说："师父，现在国难当头，我的脑子里想的事太多了，那心收不住。等打败了日本仔，我再好好地向你学吧！"

"打败日本仔？！"

"当然啰，不然留他们在我们这里，让他们做太公呀？"

陈无偏那深邃的目光倏地一亮："虾哥！你的话，说到我的心里去了。你年少志大，有胆有识，令我从心里佩服。中国的后生仔都像你这样，日本仔这些冚家铲就没命了。"

拾完瓦漏，大头虾脚步匆匆地去忙他的事去了。

陈无偏发现医馆里的止血散不多了，也忙着去研药。

他正在低头研药，听见有人从外面走进来。脚步声缓慢有力。村里没有闲人，特别是这年头，人们为了觅食为了谋生，走起路来都是匆匆忙忙的，而且如果来看病，一般都是心急火燎，谁会有心情来我这里踱方步？这是谁呀？

他抬起头一看，嚯，又是这个屄家铲！他不出声，又低下头去碾他的药。

"不欢迎我的吗？"山根四治郎说道。

陈无偏一看见他，心里像吞下了一只红头绿翼的苍蝇，他不出声，心里说道：屄家铲，你识相些嘛，这话还用问出口？

山根四治郎说："大哥。"

陈无偏心里骂道：呸！乌龟王八蛋才是你的大哥。

山根四治郎说："大哥，我们是兄弟啵。"

陈无偏心里骂道：闸住！谁是你的兄弟？你的兄弟死光了。

山根四治郎见陈无偏低着头在默默地碾药不理他，他只好自讲自了地说："你的或者不肯认我的作兄弟，可是我的是真心实意地把你的当作我的兄弟的，而且我们交往了那么长时间了，更是个老朋友了。我们祖上也有交情，是世交。光凭这些，我们就是兄弟了。你的说是不是？眼下我们两国相争，那是国家的事，不管它。我们不要因为它而影响我们的友谊。你的说对不对？"

陈无偏心里骂道：对你个老母，你们这些屄家铲不是人，讲的尽是颠倒黑白的鬼话。

山根四治郎见陈无偏还是不理不睬，他也讲得口干舌焦了，也想留点气暖暖肚，于是背着手在屋里头缓缓地踱起步子来。

他一边踱步子，一边昂着头东张西望：房子破旧了，和他早几年第一次来的时候相比，确实差之甚远。陈无偏本人的衣着更是寒酸，全无过去那种殷实、得体、整洁、大方的感觉。陈无偏的面色更不好，青黄带黑，是中国通俗小说里通常说的面如菜色的那种状况。唉，战争嘛，战争就是这样的啰！也只有受到这样的煎熬，他们才肯接受我们，臣服我们。老朋友，你的还能熬得多久呢？嘿、嘿、嘿、嘿、嘿！

转了几圈，他见陈无偏还是低着头研药不理他，他便走过去，一脚横踩在研船上。

药是治病救人的。陈无偏从来把制药看成是很庄重的事。古训：制药虽无人见，存心自有天知。屄家铲你这是干什么？

他怒从心起，本能地把头抬起来：咦！怎么啦？

山根四治郎觉得奇怪，这家伙要么低着头不理我，要么就定着眼睛直愣愣地看着我，这是怎么回事？做情报工作的山根四治郎立即发现，陈无偏直愣愣地注视的并不是他整个人，而是他左边的那只耳朵。

这时他浑身倏地一热，那窘相好像被人发现他的裤裆刮破了一个洞一样，他的脸从左耳朵开始到脸颊到整张脸马上红了起来。刚才他君临天下趾高气扬绷得像一只打足了气的皮球，现在倏地泄去了一半的气。他烦解自嘲地说："你的看着我的耳朵吗？你的注视我的耳朵吗？我的耳朵很好，它为天皇，为我们的国家做出了贡献。"

陈无偏觉得好笑，但他没有笑出来，他是不会跟日本仔笑的，不管是真的笑还是假的笑。但他却是真真切切地发现了眼前这个日本仔的空虚。你装腔作势什么？你想遮掩什么？

这时他赫然发现眼前这日本仔的耳朵是有些怪，它不像是被枪打的，也不像是被炸弹炸的，那个缺口，是个弯弯的弧形。虽然他没有当过兵，打过仗，但想象中耳朵会被打成或炸成这样吗？天狗食月。这分明像个口印嘛！真怪，谁能够在这魔头的耳朵上留下一个口印呢？

山根四治郎看见陈无偏两眼直直地看着他的耳朵，感到浑身不自在，如身着芒衣一般。这个杀人不眨眼的魔头，竟也怕人看见他的滑铁卢。

他掏出手帕，在额头上轻轻地摁了一下，说："别在这里愣着了，大哥，我的是来帮你的，你的有什么困难请说出来，兄弟我的帮你的解决。"

陈无偏不出声，山根四治郎催促说："不要客气，大哥，按兄弟的能力，解决你的这点困难，不是个问题。如果你的当我的是兄弟的话，你的尽管说就是了。"

陈无偏还是不出声。山根四治郎又在屋里兜来兜去，东张西望。

转了几圈，他说道："看这光景，你的是什么都缺了。这样吧，我的给你的一笔钱，你的该买什么就买什么，该置什么就置什么。你的看好不好？我的记得我上次给过你钱，你的不要。这太蠢了。你们中国人有句大实话：不要白不要。我给的钱其实不是我的，是日本政府的。因为兄弟我有权，能拿来给你。你的给它省什么呢？"

　　陈无偏仍然不出声。山根四治郎说："不要客气，也不要不好意思。我的意思我的已经讲得很明白了。也是句大实话。谁叫我们是兄弟，是好朋友呢！我的今天没有带钱来，明天我的派人送来给你。好，我的也该走了，你的好好保重。"说完走了。

　　陈无偏发现他屁股后面跟着一个扛枪的日本兵。陈无偏心里很烦，这个家铲比狗皮膏药还要黏。一给他黏上了，你怎么甩也甩不掉。

　　第二天，山根四治郎真的派个兵将一捆东西送来了。这个日本兵把东西送到，叽里咕噜地说了几句日本话就走了。陈无偏想说句什么的也来不及。

　　这日本兵走后，陈无偏把这捆东西拆开来一看：可真是一捆钱呢！里面有法币、西纸、日本政府的军票以及一大把零零星星的东毫。

　　陈无偏这下可感到为难了。怎么办呢？要了他的，就是汉奸卖国贼，以后一辈子水洗也不清。不要吧，退也退不回去了，就这样丢了它？

　　在这为难之际，他想起了大头虾。这家伙人细鬼大有见地，找他帮拿拿主意准没错。

　　他把门锁好，牵着儿子陈抗日来找大头虾。大头虾闲着没事，正和他的老友们吹牛。大头虾见了陈无偏牵着儿子找到自己的家里来，不敢怠慢，他赶快起身，快步上前，笑着问道："师父，你找我有事？"

　　"师——父?！"旁边的人听了，那一双双眼睛竟睁得比酒杯还要大。

　　"大头，你叫谁作师父？"

"叫无偏叔呀！不信你们问问无偏叔。"

"陈医生，大头说的是真的吗？"

陈无偏微笑着点了点头。

"哇！你这野仔，真便宜死你了。"

"陈医生，我也想跟你学。"

"无偏叔，你不要厚此薄彼哦！"

陈无偏笑道："原则上谁跟我学都可以，但学医是要讲医缘的。这事以后慢慢再说吧。"

"大头，真羡慕死你了。我们是好朋友，你就给我先看看病吧。"

大头虾很是兴奋。他满脸通红地说："我现在还不会，我现在还不想学。"

"为什么？"

"这沙洲虾真晒命。"大头虾笑得一嘴白牙，"现在是国难当头，我脑子想的事太多了，那心收不住，学不了。我要等打败了日本仔，才坐下来认认真真地跟我师父学。"

"大头，看不出你真有点道道喔！"

"我大头让你们看不出的东西还多着呷——师父，你来找我，不是有什么事吧？"

经大头虾一提，陈无偏又立即想起了刚才那件烦恼事。"是呀！"陈无偏随口答道。

大头虾问道："什么事？"

陈无偏欲言又止，龇着牙吸了一口冷气。

大头虾见他一脸为难的样子，说道："师父，不要紧的，我们这些人哪个不是忠肝义胆？你有什么为难的事给大家说说，大家能帮的都一定帮你。"

陈无偏犹疑了一下，嗫嗫地说："日本仔送了一捆钱来我家里。"

"哇！太阳从西边出来了？"

"去看看！"

大家簇拥着陈无偏向陈氏医馆走去。到了陈氏医馆，陈无偏掏出钥匙开了门，好奇心驱使着大家相挤而入。进到里面，大家定神一看：天啊！一桌子的钱。

　　陈无偏指着桌上的这堆钱，心烦地说："这是日本仔送来的钱，你们说怎么办？"

　　神经六说："陈医生，日本仔对你真是好喔？"

　　陈无偏眼睛一瞪，神情严肃地大声说道："闸住！日本仔不是对我好，他是对我的祖传秘方好。这点你们千万不要搞错了。"

　　大头虾说："神经六，日本仔这冚家铲是不会死错人的。这点真的不能搞错。这点一搞错了，就真的要死错人了。这一点最要紧的是我师父不领他的情，不上他的当。你们说是不是？"

　　大家七嘴八舌地说道："是呀！是呀！"

　　陈无偏说："所以我觉得这钱，我万万不能收。我收了他的钱，我就成了什么人了。"

　　"是啊！是啊！"

　　"你不收，难道把它退回去？"

　　"是啊，难道把它退回去？"

　　"他是铁了心要送给你的，你不收也得收的喔！"

　　"日本仔是最不讲口齿的。你退了回去给他，他也一口咬定到处说钱给了你你也收了，你不是不明不白地吞下了一只死猫？"

　　听到这里，陈无偏叫苦不迭："这死日本仔真把我害苦了，我这回真的死定了。"

　　大头虾想了想，说："这堆钱你收了，你就成了汉奸卖国贼了。你去退了，人家收了也讲没收到，你成了退也白退了，同样你还要担个汉奸卖国贼的罪名的。"

　　陈无偏的脸皱成了一只核桃。"我真的死定了。我只有用死来洗清自己了。"

　　大头虾说："师父，其实你真的死了也洗不清。你死了不会讲话了，不能辩驳了。人家讲你畏罪自杀，你不是更吃亏了。"

　　陈无偏一筹莫展："死又不成，不死又更不成，这叫我如何是好！"

大头虾说："师父，其实这好办。你把这堆钱分给大家，你就什么事都没有了。"

陈无偏的眼睛瞪得像只酒杯似的："把钱分给大家？"

大头虾说："是呀！这堆钱你收了，你就成了汉奸卖国贼了。如果你把这堆钱分给了大家，你当然就不是汉奸卖国贼了。难道我们大家都会因为这件事成了汉奸卖国贼？"

有人插嘴说："无偏叔，你把这些分给了大家，你还成了和《水浒传》上一样的好汉和豪杰了。"

大家七嘴八舌地说："到时有人问起来，我们都可以给你做个证明。说你根本没有收过。"

陈无偏如获大赦："我本来就不是个贪财的人，既然大家都说这样好，那就这样办吧。大家记住了，到时候都出来给我证明哦。"

"当然！"大家高兴地说道。

陈无偏补充说："最好叫全村人都来拿一点。这个年头大家都穷得揭不开锅了。"

五十二

日本国内缺粮成荒！为了稳定人心，内阁要求军方尽力从中国搜刮粮食，运回国内，以解燃眉之急。侵华日军频频"征伐"，目的就是为了如性命般珍贵的粮食。

然而，日本发动侵华战争后，华夏各处饿殍遍地。许多中国人早已食不果腹，连番薯癫也成了盘中的稀罕之物。日本兵再"征伐"，再搜刮，也难以再弄出更多的粮食来了。日军的高层也看到了这一点，但国内又急需粮食急救。怎么办呢？

日本南支派遣军司令田中久一看地图，发现番禺地势由西北向东南倾斜。西北部是五十米以下的低丘。东南是连片的三角洲平原。从市桥向东南几乎全是沙田。沙田的尽头，又是大片的海涂。

和日本狭小浅薄的土地相比，那真是无价之宝啊！他兼任香港总督，经常坐飞机往返于香港和广州两地。路经番禺上空，隔着舷窗，他看见那里水网密布，耕地连片，一望无际。当中是有许多田地荒芜了。他明白这是他们日本仔打进来造成的。他心安理得，打仗嘛，这是正常的。打仗田地还不荒芜，这就不正常了。

这时，他突发奇想：我们国内不是不够粮食吃吗？我们皇军不是很难从中国人手中征伐出粮食来吗？我们打下了这片土地，这片土地就是我们的。我们就大可以利用中国的这片土地，利用中国的人力给我们日本国种粮食嘛！嘿嘿嘿！八嘎……于是他下了一道命令：南支派遣军必须在自己占领的土地上圈地拉夫，实行屯垦，为我们大日本国栽种粮食！

这是一道死命令。

命令一下，整个南支派遣军都动起来了。驻扎在庞边村的日军也马上行动起来。他们的任务是抓民夫。

大清早，猪头小队长就带着十来个日本兵到了金窝村抓人。村民远远地看见了日本鬼子要进村，吓得如打翻鱼篓的黄鳝，立即四下奔逃。

二叔公没有跟着年轻人奔逃。他觉得自己都七十多岁了，腿又不好，平时走路都困难，还逃什么？他想，我又不是花姑娘，家中又无钱无物可抢，除了一堆破砖烂瓦，就是一条烂命。我不跑了，看你这些日本仔能把我怎么样。

猪头小队长带着十来个日本兵进到村里，看见村里空荡荡的，大叫晦气。他们在村里头兜了两圈，发现了二叔公。这老头躺在床上睡觉。

猪头小队长抬起腿，用他那只穿着反毛皮鞋的脚用力蹬了二叔公一脚，操着一口夹生的中文叫道："你的起来，起来！"

二叔公被蹬得龇牙咧嘴。他忍着痛慢慢地爬起来。

"你的人呢？都到哪里去了？"猪头小队长喝道。

二叔公不出声，心想：冚家铲，未曾开口就先来一脚。你们这些有爷生冇娘教的畜生！

"你的聋了还是哑了？你的听到太君问你的没有？"

二叔公还是不想理他。

猪头小队长火了。"你的想死了死了的。再不答话，我就马上要你的命！"说着用力拔刀，那把寒光闪闪的日本军刀唰地从刀鞘里露出了半截。

二叔公看见猪头小队长的整副牙槽骨比一般人要发达得多，上下嘴唇又特别地饱满。他不知道猪头小队长叫什么名字，但他第一感觉是这家伙活像一头猪。猪头小队长气势汹汹，跟二叔公讲话竟声嘶力竭，憋得脸色发紫，脖子上青筋凸现，脸上那几条被三婶抓出的伤疤高高凸起而且闪闪发亮。二叔公心想：你跟一个七十岁的老头发威，你也好打有限了。

他说："我不是想死，死有什么好，我怎么蠢到想死呢！"

"你的不想死，你的为什么不答太君的话？"

"太君问我的话？问什么？我不知道喔！"

"说了那么久，你竟然说不知道太君问你的话，你是想戏弄太君？"

"太君那么凶残，我怎么敢戏弄太君呢？我老了，耳朵聋了，听不清楚你说什么？"

猪头小队长声嘶力竭地喝道："我的问你的，村里的人呢？"

二叔公东张西望，自言自语地说："是啊！人呢？"

"你的就在村里，你的能不知道吗？"

"我在睡觉啊！"

猪头小队长把眼睛瞪得像牛眼那么大。他死死地逼视着二叔公。"你的睡着了？你的真的睡着了吗？"

"是啊，我睡着了！我真的睡着了！"

"撒谎！你的在撒谎！"

"我睡着了，我怎么撒谎？"

"你的是不可能睡着的。"

"睡觉的是我，我觉得我睡着了就睡着了。这怎么撒谎呢？"猪头小队长说一句，二叔公就顶他一句。

猪头小队长给气得七窍生烟。在生气当中他不禁认真地打量了一下眼前这个糟老头：瘦得像根豆角，脸像一只倒挂着的风干了的梨子，头上长着一把手抓不起的稀稀疏疏的白头发，鼻如干葱，嘴因缺齿像一只没有晒好的柿饼；身子歪歪的，双手挂着一根比他高出一头的木棍。这个糟老头一身都糟，倒是那眼像一双老猫的眼睛，虽然昏黄，却有神采。这个糟老头已经大半截身子埋进了土里，却还牙尖嘴利，绵中藏针地顶撞皇军，真是反了！猪头小队长气得一身的血都往头上涌，那脸憋得像猪肝一样。

　　这时四处找人的日本兵回来报告：一个人都找不着。

　　猪头小队长逼视着二叔公，从牙缝里挤出一句话来："村里的人都跑到哪里去了？你的说不说？"

　　二叔公平静地说："我都不知道，你叫我怎么说。"

　　猪头小队长回头对那些日本兵喝道："把他抓去顶数！"

　　这群日本兵立即扑了上来，一把将二叔公摁在地上，其中一个日本兵从屁股后面扯出一条结实的麻绳，很利索地把这个瘦巴拉叽的小老头捆扎成一只在厨房里待宰的老母鸡。

　　二叔公大声叫道："你们凭什么捆我？"

　　猪头小队长狞笑道："我的想你的去完成一件光荣的任务。"

　　二叔公大声质问道："什么光荣的任务？"

　　猪头小队长在鼻孔里"嘿"了两声："到时你的就知道。"

　　一个日本兵要把二叔公拖走。

　　猪头小队长制止说："不要把他的脚拖坏了。拖坏了他的脚，谁来干活？你的把他抬走！"

　　旁边的一个日本兵立即走过来，和这个日本兵一道把二叔公抬走了。

　　日本兵把二叔公抬到小河边。小河边停靠着一条机帆船。日本兵把二叔公脚上的绳索解开，手臂上的绳索仍然绑着，然后一掌把他推到船上去。二叔公平日本来走路都不稳，现在让日本兵绑得那么实抬了那么久，早已双脚麻木，不会走路了。现在又吃了这一掌，他便一轱辘，滚到船舱里去了。

二叔公龇牙咧嘴地自己挣扎起来，看见同船的人都是邻村的人，老少都有，他们的手都被绑着。二叔公问大家："这些冚家铲想把我们抓到哪里去？"

大家说："谁知道。"

大概再没抓到什么人了，机帆船等了一会也开了。木船从小河出到市桥水道，七拐八拐，最后在一处岸边停了下来。

二叔公对大家说："这好像是鱼窝头喔。"

大家说："是喔，这是鱼窝头喔。这些冚家铲把我们弄来这里干什么？"

船刚停稳，日本鬼子便把抓来的民夫拉上岸。二叔公一瘸一拐地走到岸上，看见这里是一望无际的水田。未等大家站稳，鬼子们又拉又踢把大家赶去前面一座很大的草寮里。草寮的四周围了一圈铁丝网。草寮里的地面铺着一层发霉的稻草。鬼子们才给大家松绑，一个个推进了里面。

大家东张西望，小声议论着："这些冚家铲想打我们什么主意？"

这时候进来了一个瘦瘦的汉奸。认识他的人都叫他剃头五。剃头五头戴白礼帽，身穿黑色香云纱对襟短衫。短衫开襟不扣，露出了里面的一件白色圆领汗衫。他一边摘下白礼帽当扇子给自己扇风，一边扯着个鸭公嗓向民夫喊道："恭喜各位了。各位很荣幸地被太君看中，被请到这里执行一项光荣的任务。"

大家不作声，默默地看着这个汉奸王八蛋，看看他的狗嘴能吐出什么象牙。

剃头五自讲自了地说："什么光荣的任务呢？这项光荣的任务就是屯垦，是给大日本帝国种粮食……"

"哇，种你老母！"

"你们这些冚家铲太阴功了，抓我们来这里给你们种田，我们家里怎么办？"

"他们抓我们来做奴！"

"冚家铲也不怕死后让阎王爷打入十八层地狱。"

在大家吵嚷之际，有个嘴唇上留着一撮鼻涕样的人丹胡子的日本鬼子拉枪朝天放了两枪，叫道："你的咋呼什么，我的叫你的死了死了的！"

剃头五赶快给这鼻涕样的人丹胡子圆场说："我给你们好好说，你们不听，把太君惹火了，你们就没命了。我是为了大家好，不让大家吃亏。大家听我说，赶快去干活吧！"

"刚来连脚都没有站稳就要干活？"

剃头五说："这是太君的作风，人家做事说干就干，讲究效率，所以人家强大。我们中国人做事光说不干，拖拖拉拉，所以我们弱小。我们要跟着人家学着点。不说了，快去干活，不然惹火太君，又要开枪了。"

百姓们胆小耳朵软，加上背脊骨又没有什么依靠，哄一哄，吓一吓，就不作声了。再让鬼子和汉奸连哄带逼，大家就下田干活去了。

到太阳沉没在地平线下，鬼子和汉奸才把下田的民夫带回来。回来时晚饭已经做好了，是一锅霉米、菜叶和米糠煮成的粥。人未走近，就已经闻到一股带酸的味道。

剃头五大叫："排好队！排好队！"

伙夫站在锅边，给走过自己面前的民夫一人一碗霉米糠菜粥和一双竹筷子。又饿又累的民夫领到自己的晚饭，便三三两两地蹲在地头喝起来。

二叔公喝了一口，禁不住小声骂了起来："日本仔没来之前，我们喂猪的东西比这个还要好。"

大家也跟着骂道：

"冚家铲心太黑了！"

"心不黑就不叫日本仔了。"

"总有收拾他们的一天的。"

吃完大家被赶去睡觉。大家躺下后，地上稻草的霉气更加呛鼻。不一会就感到有小动物在身上爬来爬去。

第二天天未亮，大家就被赶起来了。

二叔公拄着木棍，连打了几个哈欠。他看见启明星还高悬在天幕之上。一层厚厚的雾气把水田笼罩得密密实实，田埂上的小草也被雾气打得湿漉漉的。他骂道："日本仔去赶死，这么早把我们逼起来干什么？"

大家起来之后，肚皮空空的就被逼去下田干活。这时间，临近大暑，日本仔要赶晚造。他们千方百计要民夫赶时间耙田，平整土地，把晚造的秧苗插下去。民夫被逼着干呀干呀，启明星淡出了天幕，太阳慢慢地露出了头来，太阳又慢慢地爬上了三竿多高，日本鬼子还不让开早饭。

日本仔有日本仔的算盘：中国人太多了，民夫只要去抓，要多少就有多少，而粮食则太宝贵了，即使是发了霉的米粒，他们也舍不得让民夫吃到嘴里去。所以他们能省的就尽量省了。

暑天上到三竿高的日头已热力逼人。水田里水气蒸腾，背脊上又热得好像背着个火盆似的，上下一蒸一烤，哪个受得了？民夫手软脚软的。

二叔公蹚着田水到田埂上休息。那个鼻涕样的人丹胡子见了，立即走过来扬起皮鞭要打他。

二叔公看见这个日本仔已经四十多岁，黑瘦，人中上淡淡地有一点胡须。看来他也是个受过苦的人，入伍前大概也是个农民吧？二叔公突发奇想：他应该有点同情心吧……于是他对那日本仔说："太君，我累了，我想歇一下。"

那鼻涕样的人丹胡子喝道："不行！你的偷懒。"

二叔公说："我怎么偷懒呢？我都七十多岁了，我在家里都不用干活的了，我来了这里干了那么多的活，怎么还偷懒呢？"

鼻涕样的人丹胡子很不耐烦："你的啰唆什么？快去干活！"二叔公一半是不愿意，一半是实在没有力气了，他迟迟都没有站起来。

鼻涕样的人丹胡子喝道："向你发令了，你的听到没有？"二叔公还是迟迟没有挪动屁股。

鼻涕样的人丹胡子骂道："八嘎呀路，你的要死了死了的！"骂着手起鞭落，一记皮鞭狠狠地落在二叔公的背脊上。二叔公大大地"啊"了一声，他背脊上突显着两块像个"八"字形的肩胛骨的破衣服下立即泅出了一道血印。

二叔公无法，只好咬着牙咧着嘴，蹚着两尺深的泥水蹒跚地走向水田里面。他边走边骂道："我丢你老母！"

鼻涕样的人丹胡子指着二叔公的背影，问旁边的汉奸道："他说的什么？"

剃头五说："他说太君的老娘辛苦。"

"他的说我的老娘辛苦？"

"他是问候你的老娘！"

"他的挨我的打，还问候我的老娘？"

"唔。"

"嘿，嘿，嘿，中国人喜打，挨了打就老实，挨了打就更讲礼貌。好，好好！"

都快中午了，可是早饭还没有影子。民夫们面朝泥浆背灼烈日，都支持不住了。

二叔公又饿又累，又老又弱，更加上背上又重重地挨了一鞭，他觉得胸闷气短，腿软心慌，虚汗如油，扑嗒扑嗒落在田水里。他累得腰痛如折，想仰一仰舒缓一下，可是他将腰板往后一仰时那头一时供血不到，两眼一黑，扑通一声，一头栽倒在泥水里。

大家发现，都叫了起来。

鼻涕样的人丹胡子见状，赶紧喝道："你的干活，不要乱叫！"

他们走过去，把二叔公从泥水里拉了起来。

剃头五伸手往二叔公鼻孔前一探，说："没气了！"

原来二叔公倒下去后给水一呛，吞了两口泥浆水，就憋死了。

鼻涕样的人丹胡子说："死了算了，叫他们把他踩到水田里沤肥！"

剃头五得令，转身向民夫们大喊："你们都过来，把这老家伙踩到水田里沤肥！"

话音刚落，剃头五发现民夫们一双双发红的眼睛像喷射着愤怒的火焰。他感到不妙，赶紧对鼻涕样的人丹胡子说："太君，他们赶工，叫他们过来踩，会把工期耽误的，还是我们去踩吧！"

鼻涕样的人丹胡子想了想，说："我们一起踩吧！"

五十三

鬼子走后，金窝村的村民陆续回来了。

二叔公的家人发现二叔公不见了，都很焦急。一家大小里里外外地找了几遍，也找不出个人影来。这事惊动了左邻右舍。二叔公是个好人，是个塾师，哪家的孩子没得他教过？他们家人缘儿又好，大家知道了也陪着焦急，都帮着去寻找。

大家村里村外都找了个遍，就是找不到二叔公。这么大个人能藏到哪里去呢？最后找到了邻村。

邻村有人在野地里看见二叔公让鬼子绑着，拉到船上去了。

金窝村的人听了惶然：这些冚家铲连一个七十多岁，走路都不稳的老人都不放过，太狠毒了。这么老的一个男人，抓他干什么？

陈无偏也惶惶然。他知道山根四治郎是不会放过他的。一个伯爷公，和谁都无冤无仇，而且黄土都埋到心口上了，还都让鬼子抓走，如今死活不知。这个冚家铲山根四治郎是奔着我家的祖传秘方来的，他会让我好过？他得不到手不要我们父子俩的命？

陈无偏不想死，他特别不想他的宝贝儿子陈抗日死。他儿子陈抗日太小了，又是他陈家的一根独苗，可是要生要死不是自己说了算。当然，把秘方交给他，也可能死不了。可是把我们的传家宝交给他，交给我们的仇人，这是万万不能的。人生在世，难免一死，但把我们的传家宝交给了这些冚家铲，我死了以后还有何颜面去见我的列祖列宗？

他想：我父子俩是生是死我做不了主。可是我家的祖传秘方给不给你我是可以做主的。至大芭蕉叶（粤语，没什大不了的）！老陈我两父子即使死了，我也绝不把我家的祖传秘方交给你！

他决意把秘方从头到尾背下来，然后把秘方的抄本烧掉，看你这死日本仔怎么找！主意一拿定，他就马上默背秘方了。

　　陈家有个规矩：陈家学医的男丁只背医书，不背秘方。因为陈家的祖传秘方也实在详细甚至烦琐，五十几味药，每一味的分量都有个严格的限定，每一味的加工炮制方法都非常讲究，要求步步到位，一丝不苟。制药的时候，先洗手焚香，把门关好，才把秘方请出来，摆在旁边，照方捡药，按照上面的详细要求逐一认真加工炮制，不准有一丝一毫的马虎。正所谓制药虽无人见，存心自有天知。因为对"灵蛇之珠"制作的严谨，陈家的先人要求他家的男丁只背医学典籍，不背祖传秘方，就是他们担心错了丁点，影响疗效。俗话说：失之毫厘，差之千里。陈无偏当然很明白他家的家规，可是现在是艰难时世，没有办法照着家规去做了，还是先保住秘方再说吧。

　　他开始背秘方了。

　　因为是秘方，他不可能开口背诵，像晨早唱读《黄帝内经》一样。他只能在心里头默默地背诵。本来，背诵是他的童子功，他六岁就开始背医书了，他的父辈还以此为荣，陈无偏自己也沾沾自喜。凡有亲朋好友来访，他父亲都会请亲友翻书点题，让他当众背诵个把章节。每逢这样的场面，他便端坐着微笑着摇头晃脑地大声背诵着，赢得长辈们连连的喝彩声。而现在不知怎么搞的，背了几遍，水过鸭背，连点痕迹都没有。他很烦，列祖列宗，是你们不让我背吗？

　　中午的时候，大头虾挑着担柴火扁担一颤一颤地走进来。

　　陈无偏见了，说道："虾哥，你怎么把柴挑到我家来了！"

　　大头虾说："师父鸡公带崽，什么都不方便，我们后生仔有气有力，又没有拖累，在给家里担柴时顺便给师父挑一担是举手之劳。师父不要客气。"

　　陈无偏笑道："虾哥，说起来也惭愧，你口口声声喊我作师父，其实我还没有教过你什么喔！"

　　大头虾说："师父，我是给你磕过头，行过拜师礼的！学艺是迟早的事。但行过礼就是师徒啦！"

陈无偏笑道："虾哥，其实你不该跟我学艺……"

大头虾吃了一惊："师父，我没有做错什么事吧！你怎么这么说呢？"

陈无偏说："你什么都没有做错，你样样都做得很好。我只是发现你太会讲话了。所以我觉得你当个外交官更合适。"

大头虾笑道："师父，大头菜最便宜的时候我都没有发过这个大头梦，莫说现在日本仔来了，穷得连大头菜都没机会吃了，还会发这样的大头梦？"

陈无偏说："说你会讲话，真没讲错你。"

师徒俩苦中作乐说笑了一会，大头虾问道："师父，我看见你这两天整天皱住眉头，没精打采的样子，是有什么心事吧？"

陈无偏叹了一口气，说道："你这个机灵鬼，这又让你看出了。我们到底也算师徒，你又是个好人，我就掏副心肠出来了。"

大头虾一听这口气，知道事关重大，立即改口说道："师父，我多嘴了。"

陈无偏说："不是你多嘴，而是你晓得关心人。"

大头虾笑道："师父夸奖了，我自己倒没有觉得什么。师父，不知你的事能不能说得出来让我听听，或者我能帮得了你也不一定喔。"

陈无偏说："我的事你肯定帮不了，不过说出来也比沤在肚里好受一点。"

大头虾问道："师父，是什么事？"

陈无偏说："虾哥，你也知道，这冚家铲日本仔死盯着我，又送钱又送粮给我，目的就是想谋我的祖传秘方。"

大头虾说："我知道，我知道。"

"他已经来我家里抄过一次了。"

"这冚家铲来抄过了？"

"抄过了！在我去南京的时候。"

"哎哟，我们都不知道。"

"他把我家翻得一塌糊涂。我从南京回来，他上门讨要秘方，我当面问过他翻抄我家的事是不是他干的。他当面认了。"

"冚家铲太可恶了。"

"秘方的事，这冚家铲是绝不会善罢甘休的，他肯定一而再，再而三地来搜查的，这样查来查去，就肯定会落在他的手上的。"

"是呀！怎么办呢？"

陈无偏自问自答地说："我是情愿死了，也不愿意让他得到我的秘方的。"

"师父有骨气！"

陈无偏继续说："可是他死缠着我，总有一天会让他翻出来的。"

"是哦！"

"所以我想把它背出来，然后把这秘方烧掉。可是我背了两天，竟然背……"

大头虾听到这里，迫不及待地打断陈无偏的话。他说："师父，你别背了。你这样背更加危险。"

"喔?!"陈无偏不禁一愣，"怎么回事？"

大头虾说："师父你可能不知，现在世界上有一样东西叫测谎器，专门对付说谎和隐瞒的。"

"有这回事？"

"有啊！"

"你怎么知道？"

"看映画（电影）知道的。日本仔没来之前，我出广州看映画，那是美国的映画，里面的侦探就是用测谎器审犯人的。现在日本仔敢打美国佬了，说明他们肯定也有这个测谎器。到时候如果这个死日本仔用测谎器来测你，你千辛万苦背在心里的祖传秘方不就让他测了出来，落到了他们的手里？"

"哎哟……"陈无偏不觉目瞪口呆，"真有这么回事？"

大头虾说："映画都有了，应该不会是假的吧！"

陈无偏用牙缝吸着冷气，半天说不出话来。过了好一会儿，他才自言自语地说："这怎么办呢？"

大头虾说："师父，你把心掏出来对我，给我说这番话，我也把心掏出来对你。我想向你学医，从来没有那么大的野心要学你家的祖传秘方。我只想学学你怎么给人看病，把病治好，让自己有碗好饭吃吃，就很心满意足了。你家的祖传秘方是你儿子陈抗日学的。这日本仔一开口就是你家的祖传秘方，可见这冚家铲的野心是多么的大。师父，我说你不要背你的祖传秘方了。背了倒方便了这些冚家铲。你千万不要把它烧掉。你要找一个极秘密的地方，悄悄地把它藏起来，谁也不让知道。当然也不要让我知道。我也不想知道。等打败了这些冚家铲日本仔，你再把它找出来教你抗日，这就再稳妥不过了。"

陈无偏听了大头虾的这番话，沉默了好久，说道："虾哥，你真是个好人。我没有认识错你！"

大头虾走了之后，陈无偏不禁长长地嘘了一口气。他觉得被松绑了，不用再去死背这"灵蛇之珠"的秘方了。这事真让他烦透了。

他很不明白。这事若在过去，一支香未点过，他就能背得滚瓜烂熟的。可现在，他发现他的脑袋竟像芋头似的又硬又实，连个透气的小孔都没有。丢那妈，这是怎么回事？

天色开始向晚，陈无偏要做晚饭了。他在天井来拎了一把柴火进厨房，洗净铁锅，再从墙角的竹箩里捧出两捧番薯癫，在井里提起一桶水来，快手快脚地洗番薯癫。

这时厨房的冷巷响起了"噗噗噗噗"的脚步声，他回头一看，见自己的儿子向他走来。他伸手一把搂住儿子，用力在他脸上亲了一口。

"我抗日肚子饿了吧？"

"唔。"

"爸爸给你煮番薯癫吃好不好？"

"好！"

"抗日，爸爸好不好？"

"爸爸好！"

"爸爸问你，日本仔好不好？"

"日本仔不好！日本仔很坏！"

"我抗日真好，我抗日明白事理，长大了一定是个有用之才！"陈无偏望着儿子，一股暖流涌上了心头。

他想，我们的祖传秘方是不能流给外人的，是绝对不能落到日本仔这些冚家铲手里的。我们的秘方是祖先传下来的，我一定要把它传给我抗日。我抗日很乖，我抗日很聪明懂事，我抗日长大之后一定是个有用之才。他是我们陈家事业的传人。我一定要把我们的祖传秘方传给他！

吃过了番薯癫，陈无偏就赶紧洗碗刷锅，给儿子洗澡。他一边干活一边琢磨：把秘方放到哪里才稳妥安全呢？

做完家务，伴儿子睡觉。等儿子睡熟了，他便爬起来，把秘方找出来。秘方上全是血污。

陈无偏的心倏地一紧，憋得差点透不过气来。那是汪寿玉的血！见物思人，他的眼泪汩汩地涌了出来。爱妻，你死得好惨啊！寿玉，你用生命守护着你的坚贞，你用生命守护着我们陈家的宝贝。现在我再不把它守护好，我还是个男人吗？将来我还有脸面见你，还有脸面去见祖宗吗？

他哽咽了好一会儿，最后强忍着悲痛，揩干净泪水，赶紧去做这件最要紧的工作。

他把秘方卷起来，塞进一只青色的装烧酒的玻璃瓶里，瓶口用水松木塞子塞紧，揣在怀里，外面穿件宽大一点的衣服。在抗日睡熟后，他把门反锁，然后摸黑往村外去，看看哪里可以埋藏这个瓶子。

他走了一圈，觉得处处都不合适，而且深更半夜的，被人撞上了反而让人生疑。不好。还是藏在自己家里安全一些。回到家里之后，他又感到家里同样的不安全。日本仔说来就来，谁能挡得住？他们来了之后，想翻想撬甚至挖地三尺，都随他冚家铲的高兴，谁能拦得了？这怎么办呢？他坐不是，卧不是，在屋来走来走去，怎么办呢……

陈无偏在屋里来来回回地走了不知多少圈，走到尿都急了。他到屋角的茅厕里去小解。

在小解的当儿，他脑子一闪：就藏在这粪缸下面！日本仔这些屄家铲不是很怕脏很怕臭很讲卫生的吗？我就把秘方藏在粪缸下面，他会翻到粪缸下面来吗？！

主意一定，陈无偏马上就干。正想动手，他又多了一条心眼。现在深更半夜了，我点灯就很惹人眼，再动起锄来，就更招人注意了。这不行。还是等到天麻麻亮的时候干最好。

主意拿定了，陈无偏倏地兴奋起来。他这几天很为自己的懵懂窝囊而烦恼，现在突然想出了这个主意来，他觉得自己的脑子还是可以的，还是宝刀未老。他兴奋得没有睡意，只是和衣眯了一会。

到天蒙蒙亮的时候，他马上起床动手，用一只坛子，把玻璃瓶放进去，然后在坛子里填满浮水炭，再用坛盖盖好。他用粪勺把粪缸里的大粪挖到粪桶里，再把粪缸抬起，把粪缸底的泥挖深，再将装有玻璃瓶的坛子埋进去，挪平，淋上粪水尿液，再把粪缸压在上面，把粪桶里的大粪倒回粪缸里，然后清扫新泥，趁天未亮把它倒掉。

干完这一切，陈无偏一身臭烘烘的。他赶快烧水洗澡，把一身上下都脱下来，洗个干干净净。

五十四

十八甫拐弯的路边停着一辆黄包车。车夫因没生意，伏在膝盖上打瞌睡。

一个中年妇女挽着个菜篮走到他的身边，叫道："新仔，你老母上午心气痛，叫你挣够今天的米饭钱就回去。她说很难受……"这女人是车夫新仔的街坊。

车夫新仔听到这句话，不禁打了一个愣，那睡意立即跑到爪哇国去了。他一瞪那双猫眼，自言自语地说："早上我出车时她还好好的，怎么一下子又变成了这个样子……"

那女人说："老了嘛。人生七十古来稀。新仔，你老母已经不止七十了吧？唉！老人就是这个样子的啦……新仔，我把话捎到了，信不信你自己拿主意了。"

新仔马上赔笑道："当然信啰！当然信啰！三姑，谢谢你，谢谢你！"

三姑走后，新仔的眉头皱成了一个疙瘩。他姓陈，叫陈新，是个刚大的小伙子。他长得高粱鼻相，两道浓眉之下一对聪慧的眼睛闪闪发光。他家只有一个七十多岁又一身是病的老母亲。陈新是个孝子，他知道自己母亲这辈子的艰难，他很想多挣点钱，然后带母亲到金窝村去找陈无偏治治病，让母亲身体好一些，生活得好一些。他起早贪黑地拉车，就是想尽尽自己做儿子的责任。拉黄包车是个苦活，而现在比沦陷前更苦。沦陷前只要你不怕苦，肯拉肯跑，总能赚点钱回来。现在坐霸王车的太多了。那些狗汉奸，那些冚家铲日本仔坐车哪个出钱的，你敢问他要钱？不把你打个半死才怪！唉……难呀！老母亲叫三姑捎个话来说挣够今天的米饭钱就马上回去，可见她老人家今天很辛苦的了。可是今天还没有发市，离挣够米饭钱还远着哩……就这样回去也不好呀！还是再挨一下，再碰一碰运气吧。

他东张西望，积极寻觅坐车的主儿。

他一转身，猛然碰着一个人。他定睛一看，这个人头戴白礼帽，身穿香云纱对襟唐装衫，下穿黑竹纱宽裆长裤，脚踏丝袜，穿黑礼绒布鞋。咦，这是汉奸呀！那汉奸背后还跟着两个日本鬼子。

那汉奸大声对陈新叫道："你想谋财害命？"

陈新莫名其妙。我想谋谁的财？害谁的命？他愣愣地望着眼前这个狐假虎威的狗汉奸。

那汉奸回身对那两名日本鬼子说："太君，他够力气，就抓他吧！"那两个日本鬼子像饿狼似的扑了上来，一下把陈新摁住。

陈新大叫："我犯了什么罪？"

那汉奸"嘿嘿"地干笑了两声："皇军抓人要看犯不犯罪的吗？小伙子，告诉你吧：你没有犯罪。是你身体好，力气大，能干活，所以皇军要请你去帮他们做事。"

　　小伙子挣扎着叫道："我的车……"

　　"啊，你的车，我不会忘的。"他一把拉起陈新的黄包车，相跟在日本仔的后面一起走了。

　　日本鬼子押着陈新，拐弯抹角，出到了河边。市桥水道上冷冷清清，昔日那种帆樯林立、百舸争流的景象已经荡然无存。岸边停有一艘无篷的机帆船。陈新被推上了这条机帆船。船上已经塞满了人，陈新被推上船后，船便马上开走了。

　　陈新大叫："我的车！"

　　在岸上的汉奸"嘿嘿"笑道："你的黄包车去了那边派不上用场的。你轻装上阵吧！"

　　机帆船在"呲呲"的马达声中离岸而去。

　　陈新大声叫道："你们拉人又抢车，你们是强盗！"

　　机帆船越去越远，陈新发现叫也没用，骂也没用，他开始注意身边的人来。

　　他身边的人老的有，弱的有，病的有，残的有，许多人身上还有伤，他明白他们已经是敢怒而不敢言了。他们这些冚家铲要把我们拉到哪里去呢？

　　他小声问身边的人，大家都摇摇头，表示不知道。

　　太阳偏西了。他回望着市桥的远景。他的家就在水边屋上街，那一排排木柱做屋脚，撑在岸边的淤泥之上的吊篮屋就是。他老母亲今天早上还没见怎么的，三姑出来买菜就说她痛得很难受。老母这辈子吃了不少苦，落下了心气痛这条病根。这条病根越老越厉害，痛起来的时候简直来要命的，现在不知成了什么样子了。我现在又被这些冚家铲日本仔抓走了，不知被抓到什么地方去，也不知道什么时候能回来，我不回家，我老母谁来帮我照顾？到我回来时，我老母不知还有命没有？想到了这里，他鼻子一酸，两行眼泪汩汩地流了出来。

他哽咽了一会，用手背揩干了眼泪，又想到了他那辆黄包车。那辆黄包车是他父亲留给他的财产。他家本来是水上人家，到了他父亲那一代因触礁沉船便搬到了岸上来。他父亲便靠拉黄包车为生。这车是他家唯一值钱的家当。黄包车车把握手的地方是用铜皮包的，几十年来他父亲用他粗糙的手皮把它摩挲得光滑锃亮。他记得小时候，父亲一没有生意，便把他放在车上拉着他兜风。他一看见黄包车，就想起自己勤劳慈祥和蔼可亲的父亲。可惜父亲死得太早了……现在黄包车却被那狗汉奸抢跑了，这是我父亲留给我的财产呀，是我谋生觅食的饭碗呀，你们抢走我的饭碗，你叫我们以后吃什么？冚家铲，你们把人逼绝了！

机帆船"呮呮"地往前开去，顺着市桥水道东拐西弯，最后停泊在鱼窝头的一个小码头上。

岸上的和船上的日本鬼子一起把这船人像串蚱蜢似的押到他们屯垦的农场里。

陈新看见这里是一块块一片片天连水水连天的稻田，住人的一座座大草房四周又有铁丝网围着，知道这回有苦要受了。来到以后，他们照例要挨一顿训骂，照例饿着肚皮下田去干活。

陈新从早上到现在还没有东西下过肚，怎么有力气去干活呢？他正想开口理论两句，可是嘴巴还没有张开，背脊上已经挨了火辣辣的一鞭子。

一个小日本鬼子对他吼叫："你的磨磨叽叽的磨蹭什么？再磨蹭我的就叫你的死了死了的！"

陈新痛得龇了龇牙。他回望了一眼，这小鬼子的嘴唇上长着一抹鼻涕般胡子。冚家铲，日本仔留胡子还有这种留法，不如抓条鼻涕虫贴到嘴唇上面去！

晚上收工回来吃的是霉米菜叶加糠皮熬的粥，睡的是有臭虫的潮湿的稻草。陈新心想，我家已经够穷的了，也不至于吃这个睡这个呀？

他躺在发黏的稻草上，愤愤地骂道："这些冚家铲真没把我们当人看……"

"是呀，"躺在他旁边的一个老头说，"金窝村的二叔公已经七十多岁了，也被抓来做劳工。他是挨鼻涕虫，"说着，老头用手摁了一下自己的"人中"之后继续说，"用皮鞭抽打过后，倒在水田里死去的。"

"啊！"

"二叔公死了之后，他们也不收尸，直接用脚把二叔公的死尸踩到泥浆里沤肥……"

"哇，这样伤天害理的事都做得出？！"

"有什么得不得的，他们就是这样做的啰！"

"冚家铲！"沉默了一会，陈新一动，问道："你说金窝村，是陈无偏那个金窝村？"

"你认识陈无偏？"

"说不上认识，只是久仰大名。"陈新突然想起了自己的老母亲，眼泪又涌了出来。

"你怎么啦？"

"我很久就想带我母亲去金窝村找陈无偏看看病，可一直没去成……"

"你真是个孝顺仔！"

陈新被逼着在这里干了好几天。一日，他看见有个当官的日本仔来到这里视察。

他看见这个日本仔，心里倏地一紧。咦！这冚家铲我好像在哪里见过。可是他从未同日本仔打过交道。平日在市桥街上拉车，见了日本仔像见了瘟神一样，唯恐躲避不及，真的没有好好见过什么日本仔呢？可是他发现他真的见过这个日本仔，真是活见鬼了。他到底是不相信会活见鬼的，大白天，光天化日，怎么会有鬼呢？

年轻人好奇心重，遇事总爱追根问底，他忍不住，又用眼角偷偷地看他几眼：短脸直鼻，颧骨上长着一颗豆大的肉痣……他脑子倏地一闪——是他！

到底是年轻人，他倏地想起了市桥沦陷前有一个人，短脸直鼻，颧骨上长着一颗豆大的肉痣的坐过他的黄包车。他抛给我一块银元，叫我拉他在市桥街上兜风，说凡过得黄包车的地方都要去。当时我还说他出手大方哩。是的，他中等身材，粗眉细眼，短脸方腮，嘴角有力。没错，即使换了张皮我也认得他。只是耳轮上多了一个小缺口。

陈新又觉得纳闷，这个日本仔，还是个官哩，怎么他们的军队没打来之前就能在我们中国乱跑，他肯定来做奸细的，我们国家让他们这样的奸细到处乱跑，我们不让他们打败才怪哩！

陈新脑子浮想联翩，手脚自然就放慢了。他想着干着，突然背脊上嗖地挨了一鞭。他回头一看，又是那个鼻涕虫日本仔。

这死鼻涕虫用皮鞭指着他骂道："你的想偷懒？你的偷懒，我就叫你的死了死了的。"

他怒从心起，但敢怒而不敢言。他的眼睛定定地看着鼻涕虫：四十多岁，干瘪黑瘦，人中上那点小胡子经常有点清鼻水湿润着。他在心里头骂道：冚家铲，要不是你手上有枪，就是绑住我一只手，我也能把你这冚家铲打在地下。

一天傍晚收工的时候，陈新从水田中心走向田埂，准备洗脚上田。他在泥水中走着，突然发现脚下踩着一个硬硬的东西，圆圆的，还会动哩。

他马上意识到他踩着了一只乌龟。年轻人好奇兼贪玩，他一时间竟忘记了疲劳，马上弯下腰去抓乌龟。可是一松脚，那只乌龟便在泥水中拼命地乱跑。陈新哪肯放过它，于是快步追上，手脚并用，最后终于把这只乌龟抓住了。

在逮住乌龟的喜悦中，陈新的耳膜里突然炸响了一声断喝："你的想死了死了的？你的在搞什么名堂？"

陈新回头一看，是鼻涕虫。一团怒火从心底升起。这冚家铲以打中国人为乐。陈新一看见他，牙关就发痒，总想扑过去咬他一口。这时他看见暮色四合，四周除了鼻涕虫和自己，已经没有什么人了。

这时候他的脑子突然一闪：现在不正是时候吗？冚家铲，是老子收拾你的时候了！

他把手中的乌龟举起来，向鼻涕虫扬了扬，笑道："太君，这是什么？"

鼻涕虫没想到这个中国仔会问他手中的东西是什么。见他笑嘻嘻的一副讨好的样子，心里觉得肯定是有什么好东西，于是也弯着腰伸长着脖子在暮色中认真地看看。

"乌龟！"陈新讨好地迎合地说。

"乌龟？！"

"是呀！乌龟是个好东西哩。它滋阴补肾，吃了之后，"陈新伸出一根指头，"这个家伙很硬很硬的。"鼻涕虫正为他那个东西不硬而烦恼，几次出去"征伐"，见了花姑娘都弄不下来。

陈新说："太君，我送给你！"

"你的送给我？"鼻涕虫立即眉开眼笑，"你的真是个大大的良民！"

鼻涕虫用手背揩了一把人中的清鼻水，说："你的快给我的拿来！"

陈新说："太君，你自己来拿吧，这里还有几个，我一块捉来送给你。"

"还有几个？"鼻涕虫的眼睛闪着贪婪的毫光，"都一块给我？"

陈新说："是呀！"

鼻涕虫立即除衣脱裤，从田埂跳下水田。陈新这才发现日本仔是不穿底裤的。他们所谓的"底裤"，实质就是我们的婴儿夹在胯中的尿片。

鼻涕虫蹚着田水哗哗地走到陈新跟前。

陈新说："太君，你接好了。"

鼻涕虫伸手去接，在将接未接的当儿，陈新指着前面的田水叫道："太君，你看这只更大！"

鼻涕虫赶紧沿着陈新指的方向望去。

在这当儿，说时迟那时快，陈新倏地举起手中的乌龟出死力向鼻涕虫的后脑磕去。

鼻涕虫的后脑被重重一击，他不知发生了什么事，只感到后脑一热，两眼一黑，天旋地转，正要倒下。日本军人讲究武士道，他努力地让自己站好一些，以免影响日本军人的风度。

陈新见他不倒，又出死力狠狠地再磕一次。

这次鼻涕虫扛不住了。他扑通一声栽在水田里。陈新赶紧丢开手中的乌龟，扑将上去，骑在鼻涕虫身上，双手掐住他的脖子，死命地将他往田水里摁。

陈新青春年少，血气方刚，又是每日拉着黄包车跑街的，这又黑又瘦的鼻涕虫哪是他的对手？鼻涕虫在泥水中乱蹬一气，喝了几口田水，吞了几口泥浆，就两腿一挺，不再动弹了。

陈新怕他不死，一直用脚死命地把鼻涕虫往泥田深处踩下去。陈新很兴奋，他在心里头叫道：我终于亲手杀了一名日本鬼子！

陈新来农场时，听大家说过，鼻涕虫打死了金窝村的二叔公，还把他踩到泥田里沤肥。

"冚家铲，我今天也把你踩下去沤肥！"陈新直把鼻涕虫踩到像条死蛇似的才肯罢休。

踩死了鼻涕虫，天已全黑下来。广袤的田野上晚风习习。陈新在和鼻涕虫搏斗中，早已一身湿透，成了泥人。现在让风一吹，鼻子一痒，连连直打喷嚏。打过喷嚏，陈新内心的激情也减退了，他慢慢地清醒了。

他知道他杀了鼻涕虫，日本仔知道后肯定会把他剁成肉酱的。为今之计，三十六着，走为上计！

上到田埂，在朦胧的月色下，他看见了鼻涕虫的军服和那杆"三八大盖"。陈新心想：让我也当一会日本仔吧，有了冚家铲这身衣服，我在路上会方便些的。他在田埂上脱下衣服，蹲下来用田水洗去身上的泥浆，洗干净自己的衣服，然后穿上鼻涕虫那套衣服，扛起他那杆枪，朝原来来的路走了。从原来来的路走到了渡口，那里搭有个茅寮，是个岗亭。岗亭内挂了一盏马灯，有两名汉奸在那里站岗。

陈新心里一紧，怎么办呢？跑是肯定不行了，不是鱼死就是网破，还是硬着头皮走过去吧。在走过去的时候，他突然想起平日日本鬼子稍不顺心，就打汉奸的耳刮子的，就有样学样吧！

他走到这两个汉奸跟前，二话没说，扬起手来每人"噼里啪啦"地扇了几个耳刮子。陈新不知道这是鬼子的做派，汉奸也爱吃这个。他是拉黄包车跑街的，气足力大，几个耳刮子把汉奸们打得个晕头转向。这些汉奸学鬼子的派头也学得十足，给扇过耳刮子后还大声喊道："哈咦！哈咦！"

陈新扇过汉奸们的耳刮子后，从岗亭的小路大步走了。

走出了几十步，他用手掌死死地捂住自己的嘴巴，不让自己发笑。他感到活了这二十年，今日的心头最舒畅了。

直到晚上呼点的时候，农场的鬼子才发现他们少了一个兵，而劳工队里又少了一名劳工。

鬼子们知道不妙，一个小队长牵着一头狼狗，领着七八个鬼子汉奸四下寻找。

找到了渡口的岗亭，小队长喝问他们看见了什么？

站亭的汉奸说，刚才有个太君从这小路走了过去。

小队长一群牵着狼狗沿路直追，追到半拉子，这狼狗便蹲着不动了。

原来陈新在这里泅了过河。陈新是水上人家出身，水性极好，他把衣服脱下，顶在头顶，握着枪杆，踩"水梯"踩过了对岸。到了对岸，陈新把放在头顶的鬼子的衣服穿上，扛上枪，把自己的湿衣服绑在枪上，往市桥的方向一脚高一脚低地大步走了。

快到市桥时，天色已经放亮。陈新赶紧脱下鬼子的衣服，穿上自己的衣裳，把鬼子的衣服和枪藏好，进市桥去了。

陈新走到水边屋上街，正要入巷，后面有人叫他："新仔，你这几天跑到哪里去了，让街坊好找！"

陈新回头一看，是三姑。

"到朋友那里去了几天。"陈新明白，他在鱼窝头杀了日本鬼子，说出来要被日本仔抓起来剁成肉酱的。他只好信口胡说了。

三姑说："你也够风流快活了，你不知前几天街坊们打锣般四处找你。"

"找我做什么？"

"你老母死了。找你不见，是街坊们出手收拾的。"

"我老母死了？！"

"这样的事还敢骗你呀！你老母死的时候几凄凉，她一边捂住心口，一边叫你的名字。"

"我老母死了！"陈新听到以后脑子一片空白，他撒腿就往家里跑去。陈新跑到家里，推门进去，看见母亲那张床空溜溜的，房屋各处已经罩着一层薄薄的灰尘。

陈新咽喉发哽，鼻子一酸，大声哭叫起来："娘亲！"他双膝一软，跪在母亲的床前，哭了起来。

他突然想起自己是杀了日本鬼子跑回来的，日本鬼子一旦追上来这如何是好？反正母亲也没了，跑吧！他摸摸自己身上，他身上什么也没有。他揭开母亲的床席底，发现里面还有几个零钱。他把这几个零钱揣进口袋，把门带上急急脚走了。

他饥肠辘辘，于是找了个偏僻的地方买了点东西填肚子。他一边吃一边想，我逃到哪里去呢？

他突然想起以前听人说过植地庄有人认识广游二支队。广游二支队是打日本仔的。我找他们去！

五十五

陈新在垃圾堆里捡了几片烂麻包袋，把日本鬼子的衣服和那把"三八大盖"包好捆好，扛在肩上，躲入田野深处，沿着田埂，往植地庄奔去。

路过金窝村的时候，他在田野中远远地眺望着金窝村，心情非常激动。过去他多想赚点钱，把母亲带到金窝村去，请陈无偏医生给她看看病。他是个孝顺仔，一直把这个想法当作自己的奋斗目标。可现在钱没赚成，母亲也没有了。

他鼻子一酸，唏嘘了一阵。在唏嘘中，他突然听见前面传来一阵嘈杂的声音。他赶紧缩低半截，在庄稼里定睛一看，原来日本仔又来抓人了。

日本仔这次是来抓民夫去市桥修码头，运军火的。被抓的民夫中个子高的那个叫神经六。神经六生活在金窝村已到中年，小时候得过脑炎，好得不利索，留下一点手尾，别的问题不算很大，就是智力比常人低了一点，还有点神经质。因为在家中排行第六，村人口顺，叫他"神经六"。神经六因为有点残疾，乡间讲究门当户对，所以取的老婆也有点残疾。他六嫂的腿有点不太利索，所以就在家里织点土布，田里地里的活就靠神经六来操持了。神经六很懂得体贴老婆，六嫂也很知晓恭顺老公。夫妻俩非常恩爱，前后生了两个儿子，日子虽然巴紧，倒也过得温馨。

今天上午神经六出村口的池塘去捞浮萍，在返回的路上碰上了猪头小队长带着一班鬼子从庞边村过来抓人。神经六看见不好，马上撒腿就跑，却被一个鬼子伸脚一绊，扑通一声摔在地上。

他从地上爬起来，向绊他的日本仔骂道："冚家铲，你太阴毒喔！"

猪头小队长中文太差，他听不出神经六讲的是什么，便问旁边的汉奸："他说的什么？"

汉奸谄笑说："他说太君全家人都死掉……"

这汉奸还未讲完，猪头小队长眉头一皱，脸上的五条疤痕被眉头拉得鼓了起来，他扬起手，重重的一巴掌朝那汉奸的嘴巴扇过去："八嘎呀路！"那汉奸伸手一摸，看见手心有血。

猪头小队长回身向神经六当心狠狠一拳，把神经六打得连连后退几步，最后倒在了塘基边上。"把这死了死了的捆了。"

神经六被日本仔捆好，推推搡搡地押到码头边的一只木船上。木船上有十几个本村和邻村的乡亲。再等了半晌，人约莫抓够了，木船就开动了。

乡亲发现他们被拉到市桥。日本仔让他们在市桥旁边的一处河边上岸。这段河岸连条小路都没有，大家被日寇和汉奸推搡着蹒跚地从没路的河岸走上去。到了河岸上面，大家发现那里早有一个日本鬼子用铁丝网围好的圈子。

日本鬼子和汉奸把大家赶进那个铁丝网的圈子里，一个鬼子的头儿就来训话，叫懂日语的汉奸在旁边翻译，那话的大意是：各位乡亲，你们很荣幸地被太君选中，来这里为大日本帝国效力。我们日本人千辛万苦来到这里是帮助你们。你们中国贫穷、愚昧、落后。落后是要挨打的！这是一条公理。所以你们挨了打是怪不了谁的，就怪你们自己吧。谁叫你们落后呀？我们大日本帝国为了帮助你们，不远万里，不怕千辛万苦来到你们这里，帮助你们建立大东亚共荣圈，让你们富裕、开明、进步。所以大家要明白太君的一片好心，在这里好好干，不要辜负太君的好意。你们来这里帮助大日本帝国，实质就是帮回你们自己。你的明白？你的要识相，要好自为之，落后是要挨打，落后还不努力工作，还不肯接受帮助就更加要挨打！你的明白？……

民夫们歪歪斜斜地站着，大家或交头接耳，或东张西望，许多人从早上起来什么东西都没有吃过，肚子里推着空磨，正冒着虚汗，有谁去听鬼子的这些鬼话？

训完话后，马上就开始干活。民夫们要干的第一件差事就是盖他们住的草寮。鬼子们让民夫在河岸上割茅草，打草夹。不准磨磨蹭蹭。谁动作慢点就要挨鞭子。

民夫们干到太阳下山才让收工。许多民夫饥肠辘辘又饿又渴，到收工时已咽如含炭肚皮贴到背脊上去了。可是晚上这一顿却是霉米糠皮加菜叶煮得蔫蔫乎乎像猪潲似的东西。大家一闻就吃不下去。

神经六骂道："这些冚家铲当我们是猪。"因为肚子实在太饿了，没有办法，只好硬着头皮将就了。神经六喝了两口，突然想起了老婆孩子，他们今天晚上吃什么呢？于是两行眼泪汩汩地流了下来。

却说来村里抓人的鬼子走了之后，六嫂没看见自己的丈夫，她瘸着条腿四处打听，才知道自己的丈夫被日本鬼子抓走了。

六嫂一听，倏地像五雷轰顶，眼前一黑，扑地晕倒在地上。老公是家里的一根柱啊！没了他，叫我们一家大小怎么办呀？

神经六想起了老婆孩子，一晚都睡不着觉，第二天起来，头昏脑涨，双脚软软的。天还没大亮，鬼子就逼着要起床了，起床以后就逼着大家空着肚子去干活。

神经六脑子糊糊涂涂的，那脚像踩在棉花上。他没有跟上出工的队伍。耳畔呼的一声，神经六倏地感到自己的背上火辣辣地疼。

他龇着牙回头一看，看见一个日本仔用皮鞭指着他骂道："八格，你的磨磨蹭蹭的是不是找死？"

神经六怒从心起，正想发作，走在他后面的一个乡亲怕他吃亏，伸手推了推他的背脊，叫他快走。

搭好了草寮，日本仔马上就要民夫们修码头。这码头是简易码头，是在河岸的斜坡上打上小木桩，在小木桩里放上木板，然后在木板后面填泥踩实。这样从下而上，一级一级地修上去，因为太简易了，所以一天的工夫这码头也修好了。

修好了码头，日本仔马上就开来了几条大船，要民夫们卸下船上的物资，并把它搬到岸上来。

日本仔的这些东西是用粗木板包装的，民夫们扛在肩上，死重烂重，不少人都被压得瘫倒在码头上。

神经六把一个木箱子扛到肩上，两腿被压得直打战，他冲昏鸡似的跌跌撞撞地走着，倏地眼前一黑，扑通一声摔倒在地上。他的脑袋，他的手脚都被磕出了血来。

那木箱也不经磕，钉木箱盖子的钉子竟被磕松了，它砰地散开，倒出了里面的东西。大家一看：里面装的都是枪支弹药，是日本仔用来屠杀中国人的武器。

原来日本仔怕人知道，不愿意在市桥码头上岸，便抓了一批民夫，在市桥旁边的一处偏僻的河岸搞个简易码头装卸。大家看见自己搬运的竟是屠杀我们中国人的武器，一时间都呆了，站在那里动也不动。

日本仔见状，大声喝道："你的站在这里不干活，是想死了死了的？唔！"

因为是神经六摔烂了木箱穿了他们的砂煲底，他们恼羞成怒，几个日本仔拿着皮鞭朝神经六往死里抽。

神经六被打得"哇哇"大叫，他骂道："冚家铲，你们讲不讲道理。我丢你老母……"神经六被打得一身鞭痕成了血人。打过之后日本仔还要他去干活。物伤其类，民夫们看见都心酸。

日本仔扬着皮鞭喝道："你的快干活，你的不快干活我的就打死你们！"

神经六一边被逼着干活，一边回头向金窝村的方向望去。他多关心自己的妻儿啊！老婆的脚不便，她怎能下田劳作呢？两个儿子都还小，他们每天都有东西吃吗？谁能帮忙照料他们呢？想着想着，他的眼泪就流下来了。神经六停下脚步用手背揩眼泪，那屁股却被一只皮靴踹过来。

因为这批军用物资是保密的，作为情报部门，山根四治郎必须循例去督察一下。他穿着绷紧绷紧的军服，在码头上下到处巡察着。

这时他发现一个人，脸面好像比较熟，觉得好像在哪里见过，又想不起在哪里见过。他突然好奇心起，多看他几眼，想检验检验自己的记忆力，看看在什么地方见过这个人。

神经六本来就非常憎恨日本人。日本仔来打我们中国，搞得我们家破人亡，没啖好食，他早就恨得牙根发痒。这几天他几乎天天都被日本仔打得皮开肉绽，他更对日本人恨之入骨。如今看见有个日本仔老是在看自己，他心里气不过，忍不住就骂道："冚家铲，你老是定定地看我干什么？你以为你的耳朵少了一块肉我就不认识你呀？你化成了灰我也认识你！"

山根四治郎是中国通，他通晓粤语，知道冚家铲是什么意思。敢骂我是冚家铲，你的不想活了！他突然想起这中国佬说认识我，说我的耳朵少了一块肉他也认识我，我化成了灰他也认识我。他很想知道这中国佬是哪里人？这八嘎是怎么识得我的？于是强耐着性子问道："你的是哪里人？你的怎么认识我的？"

神经六骂道："你这冚家铲癞蛤蟆想吃天鹅肉，想要陈无偏的祖传秘方，我怎么不认识你！"

神经六不说这句话犹自可，一说出来可是揭了山根四治郎的疮疤。山根四治郎是药商家庭出身，他祖辈几代人都在陈无偏的祖传秘方上嗅出了无限商机。他不想让他的上级和同僚知道这件事，想一个人悄悄地把它弄到手里，据为己有。不料这么机密的事却挂在这个中国佬的嘴巴上。

八嘎呀路，我要让你死了死了的。他咬着牙，朝神经六的脸上反手用力一甩，把神经六打得一脸是血。

神经六侧着头，用手护着脸，踉踉跄跄地斜着倒退几步，摔倒在地上。神经六不服，他挣扎起来，指着山根四治郎骂道："冚家铲，你凭什么打人？我跟你拼了！"

山根四治郎指着旁边的几个汉奸喝道："你的愣在这里干什么？你的帮我修理他，狠狠地打，往死里打！"

几个汉奸得了主子的命令，像狗似的扑了上去，把神经六当作练拳脚的沙包。一顿拳脚过去，神经六哗地吐出了一大口鲜血，身子一挺，断了气了。

这批军用物资终于运完了。

山根四治郎笑道："大家辛苦了，犒劳犒劳大家吧！"

这顿晚饭伙房纯用霉米，没有掺进糠皮和菜叶；还破天荒地打了个青菜蛋花汤。看见终于吃到一顿像样的饭菜，民夫们的脸上终于露出了一丝笑容。

临开饭的时候，山根四治郎从保温瓶里掏出一个小瓶子，交给了日军的小队长："今晚分两拨开饭。菜汤打成两桶：一大桶，一小桶。等菜汤快凉的时候把这个倒进大的那桶里。"

"这……"

"这是命令！"山根四治郎眼睛一瞪，"运送这批战略物资是保密的，只有这样做才能真正地保密！"

"哈咦！"小队长用力一哈，那腰立即折成了九十度。

到了半夜。喝了大桶菜汤的那一拨民夫腹痛吐泻，不少人痛得在地上打滚。原来山根四治郎叫人放进菜汤里的东西叫沙门氏菌。

277

到了第二天早上这拨人都死了。鬼子强迫另一拨民夫将这拨死了的民夫拖到岸边扔到市桥河里。扔完之后，日本鬼子又端起机枪把扔尸的这拨民夫统统打死，最后让汉奸们把用枪打死的这拨民夫扔下市桥河。

当时正值西江发大水，市桥河水浩浩荡荡，被扔到河里的死尸第二天浮起来，像水流柴似的一个接一个地向大海漂去。

五十六

打死了神经六，山根四治郎的心好久也没有平静下来：我做得那么缜密，怎么竟有那么多人知道？那个死鬼中国佬，横看竖看他也是个缺斤少两不够称的货色，但他竟然也知道。谁都知道了，我还保什么密。我不保密，让我的上司和同僚知道了，到头来我岂不是狗咬尿泡空欢喜？这件事肯定是陈无偏传出去的。他传出去也情有可原。他没有义务替我保密嘛。这件事要保密也难，唯一的办法就是尽快地把它办了。可是怎么才能快得起来呢？

他一直苦苦地思索着。

六嫂望穿了眼睛，也没能望到自己的老公回来。在她的家里，少了他那个老公，真是什么事都做不成的。田里地里的事自不必说，即使日常生活的小事，比如挑担水扛捆柴什么的，同样是没他也不成。老公怎么还不回来呢？老公不回来怎么办呢？这真把六嫂哭成了个泪人。

哭是哭，可是这六嫂到底还是个坚强的女人。她的眼泪哭干了，她知道老公不能回来了，她竟咬着牙关自己默默地干起来。六嫂挑不起一担水，她就小半桶小半桶地提。她扛不起一捆柴，她就捆成一小把一小把地放在地上拖。田里地里的活她也咬着牙，挂着棍坚持干。别人收工了，她还在吭吭哧哧地继续干。六嫂有两个儿子，大的有八九岁，小的有五六岁了。小孩子知道母亲的艰难，都默默地帮着母亲一起干。

干了半个月，六嫂实在支持不住了，便拖着两条疲惫的而且其中一条还有残疾的腿到陈氏医馆去找陈无偏看病。

陈无偏正坐堂候诊，看见六嫂一瘸一拐地走来自己的八仙桌前，面黄肌瘦，一脸菜色。

他问道："六嫂，你哪里不舒服？"

这一问，六嫂的鼻子倏地酸了起来，一汪眼泪在眼眶里打转转。好一会儿她才答道："陈医生，说起哪里不舒服，我好像全身上下处处都不舒服。我感觉我快要死了。"

陈无偏心头一紧，一股怜悯之情倏地堵在胸口上，竟一时之间难以说话。过一会儿，他舒缓过堵在胸口那股闷气，才开口说道："胡说，我是医生，我还不知道快死的人是什么样子的？你是一时之间染上杂气，才致身体不适的。吃点药就会好的了。好，把手放上来让我看看。"

六嫂把手放到八仙桌上的手枕上。

陈无偏正襟危坐，伸过手来，把三个指头布在六嫂的手腕上。那手腕可真是骨瘦如柴了，皮之下就是骨，那脉管轻轻一按竟格外地触手。难怪六嫂她自己说感觉快要死了。

陈无偏定息一候，发现六脉沉迟艰涩。再看额头和舌苔。额头灰青，舌苔灰白，舌体瘦小。陈无偏知道这妇人的身体已经非常虚弱。

他笑道："六嫂你没说，应该是月经也停了吧？"

六嫂惶恐，瞪大了那双无神的眼睛："这你又知？"

陈无偏把头一点："你的脉象告诉了我嘛！"

"要紧吗？"

"说不要紧是骗你了。不过经过我的医治也会没事的。"

"陈医生，怎么会这样的呢？"

陈无偏说："一是饮食太差，缺乏营养；二是劳累过度，伤了气血；三是六哥不在，你忧思过度了。"

陈无偏一提到神经六，六嫂"哇"的一声，双手掩面，伤心地哭了起来。

等六嫂哭过了一会，陈无偏宽慰道："这你也放心，过一段时间六哥就会回来的。六哥那么好人士，他还不挂着自己的家里，快快回来？"

　　陈无偏说着，也知道自己信口开河，这年头让日本仔拉夫的，哪个不是黄鳝上沙滩，唔死一身潺？想不死能返，真要看祖宗山坟出不出气了。

　　六嫂眼睛一亮："我老公能回来？"

　　陈无偏说："能。"那口气好像他是抓走了神经六的日本仔，他说能回来就能回来似的。

　　六嫂说："老六不能回来，不如我也死了算了……"

　　陈无偏说："六嫂，你万万不能那么想，你是万万不能死的。"

　　六嫂说："我怎么是万万不能死呀？"

　　陈无偏说："为了你两个儿子，你就万万不能死。你说是不是？再说，为了那些冚家铲日本仔，我们也万万不能死！"

　　"为什么？"

　　"因为如果我们都死了，不是便宜了那些冚家铲日本仔了，他们不是心安理得地占有我们的土地了？他们才巴不得我们都死了哩，所以我们不能死！"

　　六嫂点点头，她哭道："其实我是不想死的，我来看病，就是不想死嘛。可是我这样的身体能不死吗？"

　　陈无偏说："能不死！你吃了我的药，是不会死的。"

　　"真的？"

　　"真的！我行医那么多年，什么病我没见过？哪个病能治好不能治好我不知道？放心吧，你这病吃了我的药是肯定会好的。"

　　六嫂说："陈医生，说起来也真难为情，我说来你这里看病，其实口袋里连诊金都没有，何况是吃药了。"

　　陈无偏说："诊金这东西，有就给，没就算。关键是要把病治好。药嘛，我家里浸了一坛药酒。浸了好多年的了。我倒些你拿回家里喝，对你的身体肯定大有好处的。"说完就去给六嫂倒酒。

　　六嫂接过药酒，感激得哭了起来。"陈医生，我白来看病，又白拿你的药，太难为情了。"

陈无偏说："不讲这个，不讲这个，你那么困难，我们大家都要帮一帮你的。我陈无偏没有别的本事，也只能帮这些了。这药酒如有效果，你再来倒一些。"

六嫂感激地说："陈医生，你真是好人……"

陈无偏说："不讲这个，不讲这个，现在最要紧的是你要把身体弄好，还要坚强地活下去，把你那两个儿子拉扯大。对不对?!"

一日，山根四治郎一身戎装，带着两个也穿着戎装的日本国女子和几个扛着大枪的日本兵来到陈氏医馆。

陈无偏愣着双眼看着他们，不知这些冚家铲又要搞什么名堂。

山根四治郎笑道："大哥，我的这两位女同胞久仰大哥之名，今日要求来拜访大哥，给大哥你的添麻烦了，多谢关照。"

这两个日本国女子在山根四治郎介绍的同时，深深地向陈无偏来了个九十度的大鞠躬。

陈无偏没有见过这个世面，他张口结舌，什么话也说不出来。

一名日本国女子自我介绍道："我的是大日本帝国南支派遣军女子挺身队队员小山幸子，请多关照!"

另一名日本国女子也自我介绍道："我的是大日本帝国南支派遣军女子挺身队队员酢谷由佳，请多关照!"

她们竟说的是粤语，而且还像模像样。

陈无偏目瞪口呆，但又十分迷惘，嘴上不说，心里头嘀咕道：你挺身跟我有什么关系?

山根四治郎笑道："小弟我有公务在身，不便久留。既然我这两位女同胞这么仰慕大哥，大哥你就多多关照她们了。"说完潇洒地将手一挥，带着那几个日本兵走了。

陈无偏懵了，这是怎么回事?

这两名女子拎起各自身边的行囊，进房间去了。

从她们一进门口就一直发愣的陈无偏，这时才发现她们是各自拎有包袱行囊之类的东西的。在他还没有回过神来的时候，两人已从房间里出来了。

她们已经脱去戎装，身穿宽袖博带，前板后枕的和服，头发盘高，脚穿布袜，还踏着木屐，笑盈盈地向陈无偏走来。

陈无偏一愣一愣的，心里头问道：你们到底玩什么？

叫小山幸子的那个女子走过来大大方方地拉起陈无偏的手，笑道："真是闻名不如见面。陈先生，你的真是很有风度，很有内涵喔！"

陈无偏像挨烫了似的将手缩了回来。

那个叫酢谷由佳的女子笑道："陈先生，你的真好玩，真可爱，像个处男似的。"

陈无偏满脸通红，连连后退几步。

小山幸子笑道："哟！陈先生，好像我们是老虎，会吃掉你的似的。"

"哈，哈，哈……"酢谷由佳说，"我的看陈先生是对我们有误解了，戴着有色眼镜看我们。如果陈先生把头脑里的误解删除掉，你的就不会把我们看成老虎，而是看成可爱的小绵羊了。"

俗语说：秀才遇着兵，有理说不清。陈无偏如今对着这两个日本女人，他真不知该说什么才好。

酢谷由佳笑道："陈先生，看你的吓得，连话都不识讲了。"

小山幸子说："陈先生是那么一个有学识有本事的男子汉，哪能不会讲话，我的看是陈先生对我们大日本帝国有偏见罢了。"

这两个日本女人嘻嘻哈哈地闹了一回，酢谷由佳说："陈先生，你们中国有句俗话，叫作：看不了三步棋。陈先生，我的看你的也是看不了三步棋那一种了。陈先生，你的不要光看到我们大日本帝国到你们中国来打仗，其实我们来你们中国打仗是爱你们。你们中国太落后了，落后又不思上进，所以就想办法让你们清醒清醒啰。你们广东人有句话讲的好：打者爱也。我们大日本帝国来到这里打你们，实质上就是爱你们……"

小山幸子插话道："是帮助你们建立大东亚共荣圈，让你们过上好日子。"

陈无偏听了这些鬼话，立即摆手兼摇头："拜托了！你们嫌我们死的人还不够多吗？你们嫌我们受的苦还不够多吗？你们……"

酢谷由佳笑道："陈先生，你的还是让我说对了。你的是看不了三步棋哟！"

陈无偏一听，心里头的气不打一处来。他指着酢谷由佳，要怒斥她的谬论，可是因为心气太促，竟一时结巴，讲不出话来。

小山幸子笑道："你的看陈先生动气了。陈先生，我们知道你的夫人在我们攻下南京时不幸过身了。唉！这是天意，其实我们也不想的……"

这是天意？你这是人说鬼话！不，是鬼说鬼话！是天意？这天难道光叫我们死而不叫你们死？这天是你们的，它是你们手中的算盘，由你们拨拉的？千言万语一齐涌了上来，叫他一时不知从何说起。

在情急之中，他把这千言万语挤拧成了一个字："滚——"

一直在笑嘻嘻地逗着陈无偏的小山幸子和酢谷由佳突然被这如雷一吼吓了一跳。不过她们很快就恢复了原态。

小山幸子笑道："陈先生，你的真生气了？"

酢谷由佳说："陈先生，你的开不了玩笑喔！"

"开不了玩笑的男人气量不大喔。"

"气量不大的男人做不了大事喔。"

用广东话说，陈无偏本来就是个不善言笑，正经古肃，只晓得埋头做事，不擅长交际应酬的男人。而这两个女人又是日本的女人，讲的又是连篇的鬼话，他就更没有心思更没有兴趣和她们开什么玩笑了。

他吼道："我没有什么心思和你们开什么玩笑！"

小山幸子说："陈先生，你的真的生气了！"

酢谷由佳说："陈先生，你的不要生气嘛！我们知道你的心里很苦，我们是怀着歉意来你这里，对你的损失作出补偿的。我们是好心遭雷劈了。"

陈无偏怒视着这两个日本女人，大声斥责道："我老婆让你们逼死了，人死不能复生，你们怎么补偿我？"

小山幸子说："怎么不能补偿你的呢？我们现在就是来补偿你的嘛……"

陈无偏睁大了惊愕的眼睛："你们来补偿我……"

酢谷由佳说："是呀！现在我们让你的重新体验幸福家庭的生活。"

"你……"陈无偏惊愕的眼睛瞪得比酒杯还要大。

小山幸子说："我们肚子也饿了，我们做饭吧！"

陈无偏气鼓鼓地说："我们家让你们搞得连粒米也没有，你们来做什么饭？"

酢谷由佳笑道："我们连米也准备好了。"

说着笑着，这两个日本女人一起进到厨房里做饭去了。

陈无偏惊愕地看着她们的背影，心里嘀咕道："她们搞什么名堂？"

没过多久，这两个日本女人把一餐香喷喷的饭菜做好了。她们把饭桌抹干净，把一桌饭菜摆好，笑盈盈地招呼陈无偏说："陈先生，我们都饿了，一起坐下来吃饭吧！"

陈无偏一愣一愣的。坐下来和她们一起吃饭？不行！日本鬼子是我们的仇敌，家仇国恨还窝堵在胸口上，和仇敌坐在一起吃饭算怎么回事？

陈无偏冷冷地说："我不吃！"

小山幸子笑道："陈先生是怕我们煮的饭菜有毒？"

酢谷由佳说："陈先生，你的放心，要毒也先毒死我们嘛。难道我们的命就不是命吗？"

陈无偏不搭茬儿，他还是一动不动地站在那里。

站在旁边的陈抗日呆呆地目不转睛地看着桌面上的饭菜。他好久没有吃过甚至好久没有闻过这些有油有盐，煮得香喷喷的饭菜了。

小山幸子看见这个样子，一把拉过陈抗日，把饭菜夹到他的嘴里。

陈无偏本想一把将儿子抢过来，可是看见小山幸子已经把饭菜放进了陈抗日的嘴里，他想到儿子也实在太饿了。他是小孩子，也就算了吧。

小山幸子和酢谷由佳一边吃一边逗劝陈无偏。陈无偏闻到这香喷喷的饭菜味，牙床骤酸，突然出了满口的口水，那辘辘的饥肠咕咕地叫得更厉害了。他走到一边去，他想找件事做做努力去分散肠胃的注意力。

这两个日本女人逗劝不成，自己便快快地把饭吃完了。吃完饭后，这两个日本女人便手脚麻利地收拾碗筷，很快便把碗筷洗干净，把桌子抹净摆好。

陈无偏虽然很憎恨日本人，但对眼前这两个手脚麻利，做事勤快，整日笑口盈盈的日本女人还是产生了一些好感。

到她们把厨房卫生和餐后杂务做完之后，陈无偏对她们说："你们在我家待了这么久了，天也快黑了，你们也该回去了。"

小山幸子笑嘻嘻地说："我们不回去了，我们今晚就在这里睡觉的。"

陈无偏觉得自己这辈子什么事都见过了，唯独这样的事他没见过。一个女人家怎么死皮赖脸要在一个男人家里睡觉呢？他目瞪口呆，一时间不知道该说些什么才好。

酢谷由佳说："我们不是说过我们要让你的重新体验幸福家庭生活的话吗？不和你睡觉，你的怎么体验得到幸福家庭的生活呢？"

陈无偏斥责道："这是胡说八道！谁说要和你们睡觉呀?!"

小山幸子说："是我们自己说要和你的睡觉的呀！"

酢谷由佳说："我们是心甘情愿自觉自愿想和你的睡觉的！"

她们说着，自己找盆找桶到厨房烧水洗澡去了。

常言道：好男不和女斗。陈无偏觉得自己是个大男人，这样的婆娘怎么去拦呀?!

好一会儿，这两个日本女人洗完澡出来了。她们一身热气腾腾，散发着薄薄的香味。身上穿着宽大稀松的和式浴衣，因为稀松和宽大，春光也随意乍泄，弄得陈无偏面红耳热，怦然心动。

说实在，陈无偏对这两个日本女人也没有多大的反感。相貌姣好，身材匀称，而且手脚勤快，对人又笑口盈盈，礼貌周周。汪寿玉过身之后，他没有近过女人，血管里的荷尔蒙正愁着没个机会宣发。"那是敌国的女人啊！"他们的男人以及这些穿了军装的女人在我们国家烧杀抢掠，无恶不作，让他非常憎恨。他还觉得汪寿玉在旁边看着他。汪寿玉一嫁过来就住在这屋里，一直住到去南京。这屋处处弥漫着汪寿玉的气息。汪寿玉的眼睛在暗处闪动着。汪寿玉和他非常恩爱，他不能玷污这份爱。汪寿玉是叫日本仔逼死的，她死得好惨啊！我能对逼死我老婆的敌国女人有好感吗？他想起他刚才看见日本女人乍泄的春光而心动，觉得卑鄙。他很悔恨，他很想扇自己一个耳光。

小山幸子催促说："陈先生，你的还不快洗澡？"

陈无偏说："我洗不洗澡关你什么事？"

酢谷由佳说："当然关我们的事了。你的洗了澡我们才好跟你的睡觉呀！"

陈无偏愕然，一时间无言以对。

"你们中国的男人太不讲卫生了。有不洗澡就同女人睡觉的吗？"

"难怪我们大和人叫你们做猪尾儿……"

"叫你们做猪猡！"

陈无偏给气炸了。

这两个日本女人见陈无偏站着不动，便出手拉他。

陈无偏本能地将她们的手拨开。

拨开了她们又来。

如果说刚才陈无偏对这两个日本女人怀有好感，到现在这好感已荡然无存了。女人家这样放荡，这样厚颜无耻，他现在算是第一次见到。陈无偏是个练武之人，他双手齐出，呼呼地把她们推开。可这两个却是女军人，在操场上摔打过的，也不是那么好对付的呀。

小山幸子和酢谷由佳见陈无偏拉出个架势来推挡，干脆脱下睡衣来扯他。

陈无偏不觉有点晕眩，感到眼前白浪滚滚。常言道，双拳难敌四手。陈无偏自觉不便应对，便退了下来，他抱起儿子，逃进房间，反手一拉，嘭地把门关上了。

这两个日本女人紧追上来，这道房门关得死死的怎么推也推不开。

这两个日本女人推不开门，一个骂道："陈无偏，你的不是人。我们的衣服都在房间里，你的把房门关住，你的想冻死我们是不是？"

一个哄道："陈先生，你的是医生，医者父母心，你的不会这样硬心肠的哦！"

陈无偏确实是个心软的人，没说怜香惜玉了，人冷是要穿衣服的，何况是女人家！

他迟疑了一下，便把门打开了。

门一打开，这两个光不拉叽的日本女人一齐扑上，像雪崩似的压向陈无偏，把陈无偏压倒在床上。

陈无偏即使再想一千遍，也不会想到这两个日本女人会有这一招。这两个日本女人加起来也有两百来斤重，这两个共两百来斤重的女人又死命用力，让陈无偏动弹不得。因为用力，这两个日本女人也累得气喘吁吁，呼出来的口气一齐喷到了陈无偏的脸上。热乎乎、痒丝丝的，让他觉得难受。

这是怎么回事？陈无偏又怕又怒。他觉得这些日本女人和她们的日本男人一样的丑恶。女子挺身队？怎么挺身到这个地步？常言道：无故殷勤，必有一想。她们从进门那一刻，我就感到事有蹊跷的。我陈无偏凭什么值得她们如此挺身？她们现在这样做肯定是有阴谋的。我绝不上她们的当！我绝不能让她们的阴谋得逞！累了一天的陈抗日一倒在床上就睡着了。

陈无偏被这两个如狼似虎的日本女人压得无计可施，他的手触到了床边的儿子，脑子突然一闪。他用手在儿子的屁股上用力一揪。在沉睡中的陈抗日抵不住这突如其来的揪心一痛，吓得杀猪似的"哇哇"大哭起来。

这两个非常专注非常投入的日本女人被身旁的小孩突然大哭一吓，也松了手。

陈无偏仰了起来，他用力将这两个日本女人推开，大声喝道："你们干什么？你们给我滚！"

一边是哇哇大哭的孩子，一边是虎吼狮哮般的男人，这两个日本女人倏地没了兴趣。她们也没有"滚"，而是六神无主地站在那里。

陈无偏见她们不走，自己便抱起哇哇大哭的儿子从房间出到屋厅里去。

这两个日本女人恼羞成怒，在房间里头骂道："陈无偏，你的不是男人！"

"你的是性无能者！"

"银样镴枪头！"

第二天上午，山根四治郎来了。他用日语问了小山幸子和酢谷由佳。这两个日本女人低着头没有说话。山根四治郎横了她们一眼，那只缺了一块的耳朵都气青了。

他恨恨地对陈无偏说："大哥，这可是我们女子挺身队的两枝花啊，你就，嘿嘿嘿……"

五十七

日本女子挺身队的两枝花在陈氏医馆待了一夜，成了金窝村的头条新闻。以往都是日本仔极尽卑鄙下流、凶狠暴戾之能事奸淫中国妇女的，如今竟有日本仔把他们的日本女人送上门来让中国人搞，这真是稀奇啵！男人们很多都关心陈无偏搞了没有？

有的说："如果陈医生搞了，证明他有问题了。我们要小心他啊！"

"是呀！日本仔的女人是专门让日本仔搞的，而他却能搞到日本仔的女人，不，而是日本的女人主动送来给他搞，这就证明他不是我们一类的人了!"

有的说:"那也不一定。我们的女人他们搞得,他们的女人我们中国人就搞不得?混账!你以为我们中国人就那么低贱的呀?如果是我,我就搞,还要狠狠地搞,我要出了那口恶气!"

日本仔走了以后,大家小心翼翼、探头探脑地走进了陈氏医馆。

昨晚一夜没睡的陈无偏正没精打采地煮番薯癫做早餐,番禺人多烧禾草,小厨房里火烟缭绕,令人难以睁眼。

陈无偏看见那么多的街坊来到厨房跟前,一时不知发生了什么事,他用衣袖揩了一把汗水涸涸的脸,笑道:"今日刮什么风?把大家都吹到这里来了!"

这一问倒把大家问得不知如何开口。

吭哧了一会,还是大头虾灵变,他说:"师父……"

"耶,"大碌藕立即打断大头虾的话柄,"大头,你很会套亲热喔,你什么时候成了陈医生的徒弟的?"

大头虾说:"什么时候,早些时候呗!大碌藕你也太闭塞了,这件事村里好多人都知道了,你还不知道。"

"那你也会看病啰?"

"看病还不会……"

"不会你怎么又说你是陈医生的徒弟,陈医生是你的师父呢?"

"怎么不能叫呢?我是磕过头,拜过师,行过礼的嘛。还是我师父说我有缘,是我师父叫我跟他学医的。我是先拜师,后学艺。现在国难当头,我还没有这份学医的心思,等打败了日本仔以后,我就专心致志地学医了。我师父都允许了,你还说不行?哼!"

大碌藕酸不溜叽地说:"这短命鬼,好事都落在你的头上了……"

大头虾不理他,继续说道:"师父,我们听见你府上整晚吵吵闹闹的,是打架了吧?我们来看看师父你被打伤了没有?"

大家不得不佩服大头虾的聪明,用这个话来开头,彼此都不难为情。

陈无偏说:"架没打,更没有受伤。"

大碌藕迫不及待地插话说："我们听见你们整晚吵吵闹闹的，以为是打架了喔！"

陈无偏说："好男不和女斗，要打也找他们男的打嘛！"

大碌藕揶揄说："陈医生也真是怜香惜玉喔！"

陈无偏说："怜香惜玉倒也不是，要怜要惜也不会怜惜这些日本婆呀！"

大碌藕说："对对对，不过要是我，就……"

二姑娘问道："不打架你们吵得那么厉害干什么？"

大头虾说："师父，大家那么关心你，你就是什么说什么嘛！"

大家附和说："是呀是呀！"

陈无偏不好意思地说："有女仔人家在这里，还真有些不好说。"

大头虾说："二姑娘也是关心你，二姑娘也是想知道究竟的，你怕什么，二姑娘你说是不是？"

二姑娘脸红红的，没有作声。

大家说："是呀，我们都是关心陈医生你的，你就有什么说什么嘛！"

陈无偏说："那两个日本婆是什么女子挺身队的，我不明白她们为什么到我这里'挺身'。"

大碌藕追问道："那你就做了日本仔的姑爷了？"

陈无偏说："我做了，我还在这里吗！"

大头虾说："是嘛，我说你们不信，我师父不是这样的人！我师父如果做了，我师父还配是我的师父吗？"

大碌藕笑骂道："短命鬼，好像你好高尚似的。"

大头虾说："还好像什么，我大头本来就是很高尚的嘛。大碌藕，这件事要是碰上你，你就来劲了。"

大碌藕胸脯一挺："那还用说，我要为我们千千万万的女同胞报仇！"

大头虾说："大碌藕，你不要嘴太大了。要报仇你为什么不找他们男的报？"

大碌藕说:"我男女都找,只要是日本仔,我都不放过!"

大头虾说:"我不信!"

大碌藕说:"下次日本仔的女子挺身队碰上了我,看我怎么对付她们。"

二姑娘笑道:"大碌藕,人家看不上你⋯⋯"

大碌藕说:"二姑娘,你长得那么漂亮,日本仔肯定看上你了,下次他们进村,你可要跑得快一些喔!"

叫大碌藕不幸言中,日本仔真的看上二姑娘了!

盘踞在庞边村祠堂的日军头目猪头小队长一日在望远镜里看见金窝村的田野里有一个花姑娘。她穿着一件紧身的小夹衫,身材修长,曲线优美,梳着一根粗大的独辫,这独辫垂吊到圆润翘高的臀部上,一晃一晃地让他血管里的荷尔蒙像掺和了汽油似的呼呼燃烧。那心像爬满了蚂蚁一样叫人难熬。他马上点了十几个兵追出去,可是那花姑娘已经不见了。

当时已是夕阳涵山,夜幕初垂,田野里静悄悄的。

人呢?猪头小队长已经等不得了。他从腰间"噌"地把指挥刀拔出来,向金窝村里一指,声嘶力竭地大声喊道:"搜!"这几个日本兵端着上了刺刀的"三八大盖"气势汹汹地进到村里,按照小队长的标准,挨家挨户地去寻找花姑娘。

日本兵搜了半个时辰,终于在二姑娘家的柴房里把二姑娘翻出来了。二姑娘的母亲看见日本仔把她的女儿抓起来,就像日本仔割她的肉一样,她立即扑了上来,一把抱住女儿的双脚,不让日本仔拉走。

旁边的一个日本兵看见,提起枪来,用枪托往二姑娘母亲的额头用力一擂。

老太婆感到额头一热,赶忙松手往自己额头一摸,然后眯起眼睛一看,看见自己的手黏糊糊的尽是血。

二姑娘看见自己的母亲被日本鬼子打伤了,痛苦地大叫:"阿妈!"

那几个日本兵不管三七二十一,连推带搡地把二姑娘押走了,他们急着要把二姑娘带到猪头小队长跟前，好让他们的上司夸奖他们能干。

猪头小队长看见他的手下把这个漂亮的花姑娘带来了，高兴得满脸是笑。

二姑娘看见眼前这个日本仔，圆头圆脸，黑不溜秋，只两眼睛像凸眼金鱼似的胀鼓鼓的，那鼓起的眼皮把他的眼珠子挤兑得只剩下窄窄的一条线。他的脸颊上斜斜地有五道深深的沟痕，使他那本来就难看的脸显得更加难看。猪头小队长自己明白，这是这个村里的一个妇女给他留下的印记。

这时他看见二姑娘，一半惊愕一半高兴使那双被眼皮挤兑得扁长了的黑眼珠放出了幽幽的绿光。

他说："你的中国的男人实在不怎么的，蠢笨得像头猪。可是女人倒很出色，叫人一见就爱。"二姑娘刚才躲进柴房里，头上身上都粘着草叶子，猪头小队长怜香惜玉地给她从头上摘下从身上拂去草屑，摘着拂着就动手去摸她的脸蛋和胸脯。

二姑娘又羞又怒，她咬着牙，瞪着眼睛死命地去踢猪头小队长。

猪头小队长觉得有趣，他笑了起来，竟笑得比猪更像猪："嘿嘿，你的到了晚上，就知道我的是怎么爱你的了！"他回头对士兵们喝道："开路！"猪头小队长怀着马上就要娶媳妇的心情，带着他那帮喽啰踌躇满志地回他的据点去了。

这时夜幕初垂，田野上已无人影，禾花雀在草丛里呼唤同伴，灰胸竹鸡蹲在窝中梳理着羽毛。田野上阡陌灰蒙，草色淡黑。

二姑娘双手反绑着，被夹在小鬼子的队伍中间，一脚高一脚低地行走着，她不时掉头回望自己的乡村，阿妈的额头还出血吗？……走着走着，前面是口小水塘。水塘对面的塘基边长着一片茭白和莲叶。日本仔来了，地上的庄稼长得疥疥癫癫，可水中的莲茭慈荸却长得好多了。因为这年头死的人多，一般的又得不到埋葬，只被日本仔扔到了水中了事。所以水生的植物都长得很好。眼前这片在晚风中摇曳的莲叶和茭白长得特别地苗壮，菰叶长长如禾，莲叶团团如盖，彼此靠在一起，一高一矮，一胖一瘦，搭配得和谐有趣，活像一幅用水墨画成的夏夜莲香图。

此时的二姑娘心如刀绞。她一边被日本鬼子押着往前走，一边掉头回望自己可爱的家乡。她担心着自己额头流着血的老母，她担心着自己的好歹。她知道她被掳去是让日本仔凌辱的，与其让这些畜生凌辱，不如就干干净净地去死！她抱了必死的决心，就感到家乡更加可爱了，不仅家乡感到更加可爱，就连眼前这几株已经被夜幕遮盖得影影绰绰的莲藕和茭白也感到非常的可爱。她留恋地望着眼前的这几株莲叶和茭白，突然看见里面火光一闪："砰"的一声，好像有点火向这边飞来。她旁边的一个日本仔扑通一声栽倒在地上了。

正在眯着眼睛做着当新郎春梦的猪头小队长给这骤然响起的枪声吓得跌坐在地上。

"这是哪儿打来的枪？"他莫名其妙。

"乒！"第二声枪响，他旁边的一个小鬼子又躺倒在地上。

这时他才发现子弹是从对面的那一抹莲叶的黑影中打过来的，他"噌"地把腰间的指挥刀拔出来，指着对面的莲叶大声叫道："凳籍沙记叽——"猪头小队长话音未落，"乒"的第三声枪响，这枪打在他的脚上，他痛得丢开手中的指挥刀去抱着那只受伤的脚。

日本兵们看见自己的长官受了伤，都跑过来救护他。对面打枪的人沿着塘基冲过来，要追击日本鬼子。可是日本鬼子武器好，火力猛，一时被他们压制住了。庞边村那边的鬼子看见这边有情况，也赶来救援，这边的人才没有去追。

有个人跑到二姑娘旁边，解开她身上的绳索，对她说："没事了，你快回家去！"

二姑娘说："我不回，我要跟着你们！"

"你知道我们是谁？"

"是广游二支队！"

那人掉头喊道："小队长，这个靓女说要跟我们走。"

说着来了一个年轻人。"靓女，你说要跟我们走，你知道我们是什么人吗？"

　　"知道，是广游二支队的。"

　　"你跟我们干什么？"

　　"去打日本仔！"

　　"打日本仔是很辛苦的喔！"

　　"辛苦我也不怕！"

　　"好，有志气！既然不怕就跟着吧。这杆枪是刚刚缴来的，你扛着。敌人马上要追来了，你可要快步跟着——同志们，快撤！"

五十八

　　侵华日军什么都缺，其中最缺的有两样：一是粮食；二是女人。盘踞在庞边村祠堂的日军每次来金窝村"征伐"，这两样东西是一定要的。

　　上回在水塘边被打伤脚的猪头小队长是伤在脚的一条筋上。日本的军医为了解决医疗技术的疑难问题，经常拿中国人及中国军队的战俘开刀，而且不管被开刀者的死活不打麻药就直接地干。因为大量实践，他们的野战疗伤技术被操练得非常精湛。猪头小队长的脚被打伤之后，日军把他送到广州日本南支派遣军的一家军医院里，他们的医生很快就把他那条被打断的脚筋接了回来。因为是断了再接回来的，那条被接的筋当然就不够长了。所以，猪头小队长的脚被接好之后，那脚便一瘸一拐的，要拄条拐棍才能行走。按理，他受伤之后是要轮换回国的，无奈日军兵员短缺，他的上司将一枚大勋章颁发给他，还把他由少尉晋升到中尉，但叫他还在这个小队长的岗位上好好地干。

　　猪头小队长想到家里也难，回去也不一定就好。在中国倒反能捞到不少好处，别的不说，单是玩个女人或弄点金银财宝吧就比在国内容易得多了。现在上面叫留，留就留吧，反正又得了那么大的面子，光彩得很呢！在中国待下去，以后还会捞到更多更大的好处也未可知！唯独叫他觉得遗憾的是瘸了一条腿：这些中国佬真该死了死了的，以后我一定要他们给我补偿回来。

这一次，盘踞在庞边村祠堂的日军迫不及待地来金窝村"征伐"了，因为再不出来，他们也揭不开锅了。自从小队长的脚被打伤之后他们就没有出来过，蛇无头不行嘛。

这次，猪头小队长因为战伤初愈，不便亲征，他拄着拐棍，站在队伍前头训话道："你们的出去'征伐'，粮食的要，花姑娘的也要。要的越多越好。'征伐'不到东西回来的，要罚，要狠狠地惩罚，你们的知道？"

日本兵们把肚皮一挺，齐声喊道："哈咦！"

猪头小队长把自己的指挥刀拿出来，交给上士军曹井上八郎，说："你的代替我指挥。"然后将手轻轻一挥："出发！"

强仔在村外的田野上割草喂鹅。他看见庞边村那边走出了长长的一队日本兵，正向自己村的方向走来。他知道大事不好，立即背起草篓，飞也似的跑回村里，他一边跑一边喊道："不好了，不好了，日本仔又进村了！"

强仔回到家里，抱起他喂养的两只半大的狮头鹅跑到后山去了。他父母赶紧卷起床上的烂棉被拎起包着几件日常替换衣服的小包袱跟在后面。全村民众看见强仔一家人没命地跑，倏地像打翻篓子的黄鳝一样赶紧拎起一些日常生活用品也急急脚地往外跑了。

村民们还来不及逃完，鬼子就进村了。

这回带队出来"征伐"的井上八郎也有志往上爬，在猪头小队长受伤住院期间，上面叫他代理猪头小队长的工作，他处处处心积虑地表现自己，今天他得了个带队出去"征伐"的机会，于是暗下决心一定要满载而归让猪头小队长看看。

进到村里，他看见村民们到处乱跑，立即拿起手中的"三八大盖"拉栓上膛，朝天"乒乒"地打了几枪，然后放下枪来，学着大人物训话的神态，扯着个破嗓子喊道："你们不要跑了。你们再跑，我的就叫你们统统地死了死了的！"

看见小鬼子开枪了，村民们只好停下了脚步。

井上八郎叫道："你们听着，我们太君不为难你们。我们太君这次来'征伐'，一是要粮食，二是要女人。你们把你们家里的女人拉出来，把你们家里的粮食搬出来就没事了。快去吧！"

大家一动不动，定定地看着井上八郎，心想这萝卜头一定是鸡脑发了鸡瘟，你家里的女人怎么不拉出来？你家的粮食怎么不搬出来？

井上八郎见大家没有动，又说："我的太君千里迢迢来到你们中国这块鬼地方，是为你们搞大东亚共荣圈，建设皇道乐土，那是一件很辛苦很辛苦的工作，所以太君要吃粮食，要睡女人。你的明白？明白了就要快些去做，要好好地犒劳犒劳我们太君！"

村民们听了，在心里头骂道：冚家铲，你见鬼去吧！

井上八郎见大家都没动，又扯着副破嗓子喊道："你们听着，本太君是先礼后兵。现在先把道理给你们讲清楚，你们要是不听，到时就不要怪太君我的不客气了。"

村民们一动不动地听着，心想：你们这些冚家铲是吃人的魔鬼，你们客气怎么样，不客气又怎么样？所以还是一动不动。

井上八郎见大家像木头似的杵在那里，那脸倏地变得锅底似的。他杀猪似的喊道："我的数三声，三声之后，你的再不动，你的就要死了死了的了。"

村民们在心里头骂道：你们这些冚家铲别白日做梦了。要送就把你们家的粮食和女人送给我们吧！

"一、二、三！"三声过后，井上八郎见村民们还是像根木头似的杵在那里，便气急败坏地向那群日本兵喝道："出动！"

这群端着上好刺刀的"三八大盖"的日本兵分头进入各家各户。他们见盆踢盆，见锅砸锅。不砸不踢的就掏出条"老二"来往里面撒尿。现在不是当初，鬼子一进村便折腾得鸡飞狗跳。现在鸡没了，狗也没了，什么都让他们折腾得没了。没有了粮食和家畜的村庄，更被他们折腾得乌烟瘴气。鬼子每一次都是有目的而来的，达不到目的他们就撒野。越是达不到目的，他们就越是撒野，越是拿中国人出气。如今进入金窝村的这些吅家铲只剩没有举起一把火罢了。

其实，鬼子们进村是有条潜规则遵循着的：那些远路奔袭的，打了就跑的日本鬼子，他们进村必定实行"三光政策"，即杀光、烧光、抢光；而那些长期盘踞的日本鬼子，对于他们驻地附近的中国老百姓，手段又有所不同，他们知道如果把自己驻地附近的中国人都杀光了，把中国人的房子都烧光了，把中国人的什么东西都抢光了，把中国人的村庄弄成了一片白地，他们下次再来时又"征"什么？"伐"什么？他们又能吃什么？喝什么？日本政府精得很，他们把军队派到中国来竟然不给一粒粮食，而要他们的军队在驻地解决给养，这不是要中国人供养杀害自己的刽子手？日本军队对日本政府的精神心领神会，他们对有抗日力量存在的地方即抗日根据地就大搞"三光政策"，目的是不让抗日力量生存，而对他们驻扎的地方，他们对这里的中国人又有条原则：杀是杀，但不杀光，烧是烧，也不烧光，抢是抢，也不抢光。他们会留下一点点空间，让中国人好歹也活下去，好让这些好歹也活下去的中国人长久地养活他们日本仔自己。

现在日本兵进入各家各户折腾了小半天，一颗粮食也没翻出来。这些日本兵分头向井上八郎报告了。

井上八郎气得七窍生烟。他们的小队也快没粮食了，不弄点东西回去，那叫小队里的几十号人吃什么？而且这次是自己带队出来"征伐"，如果什么都没有捞着就这样空着手回去，我的还有面子的？

他喝令那些日本兵把村里的人统统集中起来，每人先抽几大皮鞭，然后逼问道："你们的粮食都藏到哪里去了？"

大碌藕用手背揩了一把脖子上的鞭痕，愤愤地答道："粮食藏到哪里去了？藏到肚子里去啰。而且藏的时间也太长了，都变成了屎屙出来了。"

井上八郎一时听得不明白。他追问道："你的说的什么？"

大碌藕大声地说："我说我们的粮食都变成屎了。小部分吃下了我们的肚子变成我们的屎了，大部分让你们抢去吃进了你们的肚子变成了你们的屎了。我们的粮食都变成了屎了。"

井上八郎一怔，他骂道："八嘎呀路，你的说的话中有骨，你的对皇军是什么态度，你的是居什么心？"他回头对一个日本兵喝道："你的过去，赏他几皮鞭！"

这是个二等兵，他得了命令走过来举起皮鞭，狠狠地抽了大碌藕几鞭子。

抽过了大碌藕，井上八郎转向大家："你们都说说，你们的粮食都藏到什么地方去了？"没人吭声。

"说！"

还是没人吭声。

井上八郎歇斯底里地喊道："不说每人都抽几大鞭！"

一个老太婆说："刚才大碌藕已经说了，他说的是对的，我们的粮食已经都变成屎了！"

"什么，你再说一遍！"

几个老头子老太婆一起说："我们的粮食全都变成屎了。"

"你们刮篦子似的搜过多少遍了，如果有，你们还翻不出来吗？"

"八嘎呀路，你们的嘴巴那么紧，我的叫你们统统的死了死了的！"井上八郎一边骂着一边"咔嚓"一声拉开手中"三八大盖"的枪栓，这时有个萝卜头跑来报告说："报告军曹，我的搜到了一箩筐番薯根和一箩筐谷糠，你的看要不要？"

井上八郎走过去，拿起了几根像酒杯大小的番薯癞看了看，接着又抓起一把谷糠看了看，说："这番薯根还能吃，你的要再多找找，要多带些回去。那些谷糠是猪吃的，中国人是猪，留给他们吃吧！"

大碌藕听了，骂道："番薯癞也是喂猪的，你们吃番薯癞，你们也是猪！"

井上八郎一听火了，他把指挥刀拔出来，喝道："八嘎呀路，我劈了你！"

井上八郎手中的军刀正拔出了一半，却见有个萝卜头跑来报告说："我的抓到了一个小花姑娘！"

在场的村民和井上八郎一齐朝那萝卜头跑来的方向望去。看见一个日本兵押着一个小姑娘过来。

这不是八妹？八妹的脑袋未到小日本的肩膀。她神情惊惶，头发、衣服上都挂满了草屑。

大碌藕看见了自己的女儿，大叫一声，扑了过去。旁边的小日本一脚把他踢开。

八妹见了大碌藕，大声哭道："爸……"

大碌藕知道在这帮鬼子之中井上八郎是最大的，就求求他吧。他转向井上八郎，说道："太君，她是个小姑娘，年纪还小……"

井上八郎嘿嘿地笑道："这是你的女儿？"

大碌藕说道："是呀是呀，太君，她是我的女儿！"

井上八郎笑道："嘿嘿，好呀，你的对皇军有贡献。好，我的刚才不是说要劈掉你的吗？好，现在太君特赦你的，不劈了。你的走吧！"

大碌藕说道："太君，她还小，才十四岁呀！"

"十四岁？"井上八郎眼睛里闪动着一毫绿光。"十四岁，嘿嘿，正好正好。你们中国人生的就是蠢，竟不知道嫩的比老的好。吃菜也是嫩的比老的好呀！嘿嘿嘿……"

大碌藕绝望了，他扑过去要抢女儿。那押着八妹的鬼子拎起枪来就狠狠地给了他一枪托。他又转向井上八郎。

井上八郎拿起他那杆"三八大盖"，用力一推枪栓将枪口对着大碌藕的脑袋。"中国佬，你的不要命了？你的再动，我的就一枪送你的上西天！"

大碌藕知道此时此刻不能硬来了，他不动了。

井上八郎喝道："你的还不快走！八嘎呀路，我的不是看在你的女儿面上，我的就一枪打死你的！"

大碌藕迟疑了一下，悻悻地走了。

井上八郎这一帮日本鬼子翻出了几大箩筐番薯癞，抓到了一个十四岁的小姑娘，也感到了多少有点满足。他们集合列队，抬着番薯癫，押着小姑娘屁颠屁颠地回他们的据点去了。

这帮日本兵出了金窝村，走过一段塘基，然后再拐上去庞边村的道路。就在踏上通往庞边村的村道时，有个人从路边的草丛扑出，一把搂住井上八郎，两人扑通一声跌落到水塘里。

八妹看见那人是自己的老爸，她想都没想，也跟着跳进了水里。

站着塘基上的这帮日本兵基本都是些新兵蛋子，没有见过世面，他们一看见这场面都傻了眼，本能地把肩上的"三八大盖"撸下来，噼里啪啦地朝水塘里放枪。

一会儿水塘里浮起了血水，把塘边的水都染红了。

猪头小队长听到报告之后气得连话也说不出来。就为这几箩筐番薯癫便把他的得力助手的命送掉，八嘎呀路，这太亏了！他赶紧组织人力去捞尸，同时还要把他的权力象征——指挥刀捞回来。

五十九

二姑娘被日本鬼子绑走之后杳无音信，她母亲八婶每日以泪洗面，那么艰难地养大一个女儿，说没就没了，这叫老人家怎么接受得了啊！

近日大碌藕父女俩又死了。日本鬼子来了之后，村子里死了不少人，三叔三婶一家三口啦、二叔公啦、神经六啦……人死一个，村子里便凄惶一分。大家人心惶惶，死日本仔不走，我们的日子怎么过呀！

一日，村里来了一个收买佬。他在手中半抛半摇地摇着一串铜板，吆喝着收买鸡毛鸭毛，破铜烂铁。这年头谁家杀过鸡宰过鸭，何来鸡毛鸭毛？破铜烂铁就更没了。日本仔来到中国连破铜烂铁也不放过，他们把中国的破铜烂铁都捞回去，用来制枪铸炮，然后再拿来屠杀中国人民。所以这收买佬什么也没有收买到，临出村口时他在榕树脚下从口袋里掏出一颗糖瓜和一张纸条，叫旁边的一个小孩子把纸条送到二姑娘家里，然后摇着铜板串吆喝着走了。

这小孩得了一颗糖瓜，心里比过年还要高兴。他把糖瓜放进嘴里，三步一蹦两步一跳地跑到二姑娘家里去，把纸条交给二姑娘的老妈八婶。

八婶莫名其妙。乡下人寡交和闭塞，是极少有鸿雁传书的事。八婶拿着纸条懵懵懂懂的不知道是怎么回事。

这孩见她一脸茫然，便说："这张纸条是一个收买佬叫我交给你的。他问我认不认识二姑娘的家。他还给我一颗糖瓜吃哩。"

是个收买佬叫交给我的？这个收买佬和我有什么关系？乡下人怕事，八婶手里拿着纸条心里扑扑乱跳。她不识字，赶紧去找个认字的人帮看看这纸条是怎么回事。村里识字的人她最熟识的是陈无偏了，于是老太婆急急脚地向陈氏医馆走去。

这时陈无偏正在给人看病。

八婶像猫儿抓心似的在旁边等着。好不容易等到那人看完病，她马上想开口，陈无偏却先问道："八婶，你哪里不舒服？"

八婶说："我一身都不舒服。"

"喔？！"

八婶看看左右无人，便把攥在手心的纸条拿出来，打开，递到陈无偏跟前，迫不及待地说："陈医生，请你帮我看看，这是怎么回事？"

陈无偏接过纸条，扬起眉头认真地看了一遍。"八婶，这纸条好像是你二姑娘写来的哦！"

八婶一听，那颗心倏地跳到了嗓眼上。"我，我，我女儿写来给我的？可……可她没念过书，她不识字的呀！"

陈无偏说："不识字不可以找人代写的吗？你听——妈：我已经到了一个很好、很安全的地方，请放心。这个地方在哪里，恕我不能同你讲白。等打败了日本鬼子之后，你老人家就会知道的。你老人家一定要保重身体！女儿顿首——你看，这不是你女儿二姑娘写来给你的吗！"

八婶听了，双手掩面，哭了起来："是我的女儿写来的就好了，上天开眼了，菩萨保佑了！"

这件事很快就在村里传开了。特别是年轻人，他们一有空就谈论这件事："二姑娘被抓走的那一天，村外的水塘边就打了一仗，听说死了两个日本仔，伤了一个日本仔。"

"没想到二姑娘被救了。"

"这一仗肯定是广游二支队打的。"

"那么说二姑娘肯定参加了广游二支队了。"

"她在纸条里也没讲讲她现在在什么地方。"

"这是不能随便讲的呀，这叫军事秘密！"

"她写清楚就好了。"

"你怎么希望她写清楚呢？"

"写清楚在什么地方，我也好去投奔广游二支队呀！"

"说得好听，你是想找二姑娘的吧？"

大头虾心里打了个小算盘。他家里穷得已经拍壁无尘了。除了那点不多的番薯癫，已经什么都没有了。一个家庭穷到了这个地步是很难熬下去的。他的父母很想手上还有丁点的余钱，应起急来都有点活路。大头虾是个孝顺仔，在这个年头怎么能弄到点小钱还父母那一点心愿呢？这一段时间，大头虾很热衷到河里塘里摸鱼捞虾。而把它洗净晾干，用火烟熏过，然后小心藏好，小鬼子来了那么多次都没有翻着。

到今天这些小鱼虾也存到了小半筐了，碰巧又是市桥的四九墟，清早起来他就悄悄地收拾好，简单地吃点早餐，告辞了父母，就挑起了这小半筐干鱼虾和一点番薯癫到市桥赶四九墟去了。一路上晨风拂面，凉露湿衣。因为兵燹战火，日寇蹂躏，好多田地都荒芜了。阡陌上的芒草长得比人还高。锐利的芒叶把大头虾的头脸手梗割得出血。芒草上的露水把大头虾的衣服洇得湿漉漉的叫他很不舒服。大头虾很感慨：都说南、番、顺是广东的粮仓，可是现在这粮仓里想找颗粮食都难。日本仔没来之前，我们番禺人哪家不吃饭？有哪家食番薯？日本仔来了，搞得我们鸡毛鸭血（粤俚语，形容处境困难），靠番薯癫度日。现在连番薯癫也不多了。吃完番薯癫，叫我们吃什么？这死日本仔，我们真是和他前世有冤，今世有仇了。大头虾从小就爱跟父母去市桥赶四九墟。日本仔没来之前市桥的四九墟是很热闹的，每逢农历的初四、十四、二十四和初九、十九、二十九，邻近各乡各村的农民就会挑着自己的农副产品聚集到市桥的市场里叫卖，然后又购买自己所需的生产生活物资。市场里熙熙攘攘，人声鼎沸。每到这一天，人们的脸上都挂着喜悦。俗言：男人盼着赶集子，女人盼着坐月子。其实何止那些大男人，单说那些跟着衫尾去赶集的小孩子，比大人更高兴。这些日子，给大头虾的心里留下了几多美好的回忆啊！日本仔来了之后，四九墟景况就一落千丈，而且一墟淡过一墟。现在的农民谁个家里还有余钱？谁个家里还有东西？而且鬼子、汉奸又在墟里搞事，他们一怕民众借赶墟闹事，二来又趁机出来"征伐"，弄得鸡飞狗跳，后来鸡也没了，狗也没了，人更不敢来了。

大头虾挑着他那副小担子，在长满高过人头的芒草的阡陌上艰难地穿行，到了市桥的集市时，已经日至中天了。过去这个时辰，墟场上正是人声鼎沸、拥挤不堪的时候。可是现在却是冷冷清清，连苍蝇也不多几只。

大头虾一看见这个样子，心里像被浇了一瓢冷水，倏地从头凉到了脚。他是抱着很大的希望通过这次赶集为父母弄点小钱放在口袋里壮壮胆的，现在看来这希望肯定要落空了。不过既然来了，就这样回去也心有不甘，还是碰碰运气吧。大头虾把自己的小担子放在最显眼的地方，把扁担横放在小箩筐后面，然后将屁股坐在扁担上。那眼睛左右环顾，他多么希望走来一个人，把他的东西买走啊！可是就是没有人来。大头虾盼呀望呀，肚子里咕咕地响起来了。今天他一早就起来了，吃了一点番薯癫，喝了一点水就来了。到了现在，早上吃的那点番薯癫也不知道跑到哪里去了。他又饿又渴，背脊上竟冒出了薄薄的虚汗。他想家了，他想回去了。他多么希望有个人来买下这些东西啊！

就在这个时候，市场那边走来了两个人。大头虾定睛一看：一个是汉奸，一个是鬼子。大头虾一看见这两个人，好像看见了瘟神似的，毛孔一竖，赶快起身，捞起扁担，穿上箩绳，挑起担子就走。

那汉奸看见大头虾要走，赶紧亮起他那个破锣似的嗓子喊道："你跑什么？你给我站住！"大头虾哪有那么老实给他站住，他恨爹娘少生了两条腿，飞也似的跑了。那汉奸见他不仅不停，还要跑，于是喝道："你给我站住！你再跑，太君就要开枪的了！"

没等那汉奸的话讲完，急不可耐的日本仔"乓"的一枪打过来了，那子弹头在大头虾的头顶"嗖"地划过。大头虾知道不能跑了。再跑恐怕没命了。于是他停在那里不动了。

那汉奸和日本仔追了上来。那日本仔跑到大头虾的跟前，甩手就是"啪啪"的两巴掌。"叫不跑还要跑，你的是想死了死了的？"

大头虾在心里头骂道：丢你老母，你这冚家铲开口就打人，打得我耳朵嗡嗡响。有枪我就一枪打死你！

那汉奸在旁边说道："细佬，我叫你唔走是为了你好啊，你是阿嘣叫狗，越叫越走，惹恼太君，你想死呀！"

那日本仔用脚踢了踢大头虾的小箩筐，说道："你的里面装的是什么东西？"

汉奸在旁边说道："是鱼虾干和番薯癞。"

日本仔说："还可以，就是少了一点。"

大头虾望着这日本仔，心里嘀咕道：你这冚家铲是什么意思？

这日本仔把小箩筐拎起来，掂了掂，转身就走了。

大头虾一看，急了，上前一把将箩筐搂住。

日本仔喝道："你的干什么？"

大头虾说："我的全部家当都在这里面了，你不能就这样拿走！"

那汉奸说："细佬，太君拿你的东西是看得起你。"

大头虾说："我不要他看得起我，我要我的东西。"

日本仔问汉奸说："他刚才说的什么？"

那汉奸望望大头虾，又望望日本仔，说："他说他不要太君看得起他。"

日本仔骂道："你的敬酒不吃吃罚酒，你的想反了？"

大头虾在心里骂道：冚家铲，我何止要反你，我还想杀你哩！他不出声，双手死死地搂着小箩筐不放。

日本仔提起"三八大盖"，"砰"地向大头虾的肩头给了一记枪托。大头虾嘴角一歪，倒吸了一口冷气。他还是死死地搂着小箩筐不放。

日本仔更火了："你这个守财奴，你的要物不要命了。八嘎呀路，我就叫你死了死了的。"于是拉开枪栓，用力把子弹推上膛，然后呼地把枪口指着大头虾的脑袋。

在这千钧一发之际，大头虾脑子一闪：我给他拿去了就拿去了，我硬不给他拿去，他一枪把我打死了也照样把东西拿去的，何必白白地多搭上一条性命？于是他一只手将日本仔的枪杆撑高，一只手把那两只小箩筐拎起搁到这日本仔的跟前，冷冷地说："你拿去吧。"

站在旁边的那个汉奸赶紧息事宁人地说："太君，他愿意给您了。细佬仔不懂事，您的大人大量，就原谅他吧。"

那日本仔用鼻孔吭了一下："贱骨头，你的不给点厉害看看，就不会老实！"

大头虾听见这句话，脸颊倏地红了起来。

那汉奸见日本仔把枪放下，便向大头虾喝道："你还不快走?!"

大头虾悻悻地走了。

大头虾清早来赶四九墟的时候，挑着两只小箩筐"吱呀、吱呀"地来的，现在却是两手空空地回去了。他现在不仅两手空空，而且肚子更加空空，背脊上还冒着虚汗。唯独比上午多了一点的是肩胛骨的疼痛。这冚家铲日本仔当你不是人，是沙包，是砖头。

想到了这些，他突然感到自己的内心不太踏实：我最后还是把自己的东西交给了日本仔了。我是不是这冚家铲日本仔讲的贱骨头呢？他从小听说书人"讲古"，知道自古以来英雄豪杰都是宁折不弯，宁死不屈的。我最后还是把自己的东西交给了日本仔了，我算

305

是什么呢？他想到这些，心里头很不利索，那些鱼干虾干倒反不觉得那么在意了。

回到家里，母亲问道："东西卖了？"

大头虾倔头倔脑地回答说："喂了狗了。"

老太婆说："财去人安乐，只要人没事就好了。"

老头子心疼地说："早知道拿去喂狗，还不如拿来喂喂自己的肚子……"

老太婆看见儿子耷拉着脑袋，赶紧横了老头子一眼："你少说两句，旁人不会说你哑的。"

晚饭之后，大头虾来到陈氏医馆。

陈无偏笑道："虾哥，今日去趁了四九墟？"

大头虾惭愧地摇了摇头，笑道："去了，东西被日本仔抢了，还被打了一顿。"

"喔！"

"所以来师父这里讨点跌打酒搓搓。"

陈无偏赶紧说："让我看看。"

大头虾解开衣服，把肩胛骨露了出来。

陈无偏一看这肩胛骨青黑青黑的，说道："这死日本仔手力挺大啊！"他一只手扶着大头虾的肩头，一只手握着他的手臂轻轻地晃动，晃了一会，说："好在没伤着骨头，我给你点跌打酒搓搓是会好的。"

大头虾说："师父，我想请教你一个问题。"

陈无偏问道："是什么事？"

大头虾说："日本仔打我的时候，我死死搂住我的东西，到他拉枪对着我的脑袋要开枪打我的时候，我就把东西交给他了。日本仔拿走我的东西时骂我是贱骨头，说不给点厉害看看，我是不会老实的。师父，你说我在这个时候把东西给了他，算不算贱骨头？"

陈无偏笑道："如果到这个时候你都不把东西交给他，你就不是大头虾了。"

"这话怎么说？"

"虾哥，你不说我也看得出。你这个人信奉着两条原则：一是好汉不吃眼前亏；二是留得青山在哪怕没柴烧。我觉得你是没错的。在这个节骨眼上，你不把这些鱼干虾干番薯癫交给他，他就一枪打死你了。他打死了你，还是把这些鱼干虾干番薯癫抢走的。到了这一步，就无须为这些鱼干虾干番薯癫搭上一条命了。虾哥，我只说鱼干虾干番薯癫喔，如果是很有价值的东西，那又另当别论了喔。"

大头虾笑道："还是师父理解我。"

他沉吟了一会，说："师父，我想走了。"

陈无偏一愣，问道："想走？你想去什么地方？"

"我想去找广游二支队，去打日本鬼子！"

"你去哪里找？"

"去植地庄！"

"你知道他们在植地庄吗？"

"知道的。"

陈无偏沉默了一会，说道："虾哥，我真舍不得你去。你一去真不知道什么时候才能见到你了。不过打日本仔是大事，是正事，我又要支持你去。其实我也想去，可是我带着个儿子又怎么去呢……"陈无偏说着动了情，嗓子也哽咽了。

大头虾说："师父，我也舍不得你。我今天挨了这顿打，让我想得很多。我觉得我们不打败日本仔，我们中国人就没有活路了。所以我要去找广游二支队，我要拿起枪杆和日本仔打仗！"

陈无偏很感动："虾哥，你是个有志青年，你是个热血青年，我佩服你！"陈无偏说着揩揩自己潮湿的眼角。

"什么时候走？"

"今天晚上。"

"你父母知道吗？"

"我不让他们知道。他们知道了，我就走不成了。"

陈无偏不说话，只是深深地叹了一口气。

大头虾说："师父，我走了以后，请关照一下我的父母亲。"

"当然！"

"师父保重，我给你磕头了。"

"哎呀！虾哥你怎么行那么大个礼，快起来，快起来！"

六十

日本海军偷袭了珍珠港后，世界的格局发生了重大的变化。

过去美国政府想借日本的势力遏制苏联，对日本的侵略扩张政策一直抱着纵容的态度。美国政府为了怂恿日本仔，给了他们许多的利益和好处，没想到日本仔是只养不熟的白眼狼，他们得足了好处之后，竟吃碗面反碗底，暗地里策划了偷袭珍珠港事件，把美国海军打得一塌糊涂，叫美国举国震惊。美国政府恼羞成怒，于是断然改变了原来的态度，立即对日宣战。在外交上他们也从支持日本打中国转变为支持中国打日本，把许多武器装备都投放到中国的抗日战场上。

这时，日本调整了对外扩张战略，希望通过夺取缅甸等地切断援华国际通道，威胁中国抗日的生命线，以摆脱中国战场困境。大批日军进攻缅甸，超过了英国在缅甸的防务力量……中国政府是一定要保卫自己的生命线的，于是急忙组建了一支军队到缅甸去，临行时给它取了个名号，叫"中国远征军"。

日本军队在中国战场久攻不下，让日本军国主义者感到心烦。日本南支派遣军司令田中久一也是非常心烦的一个。

田中久一率日本南支派遣军从广东惠阳的大亚湾登陆。因为出其不意，钻了国民政府空子，让国民政府措手不及，所以一切都很顺利。之后国民政府的军队和他打了几个硬仗，共产党的游击队又处处和他捣乱，令他精神疲惫，头比箩大。他很怀念十一年前的"满洲事变"（"九·一八"）。皇军在短短的四个多月的时间里，就把中国东北的一百二十八万平方公里的国土全部占领。这块土地相当于日本国土的三点五倍呀。有三千多万的中国人成了亡国奴。

这多么鼓舞人心啊！当时好像整个中国即将唾手可得一样。可是以后的日子却慢慢地越过越艰难了。中国人越来越拼死地和我们作战。很多时候正如他们中国人所讲的那样，是"一寸河山一寸血"啊！现在又冒出了这群像老虎似的什么远征军。

这仗真是越打越难打了。将来的前景怎么样？这可真是叫人难以琢磨。烦呀！在焦虑中，田中久一饭量减少了，睡眠变差了，脾气变大了。慢慢地，他发现小腹鼓起了一个包，小便淋沥不止，令他苦不堪言。

山根四治郎去请示工作，发现田中久一皱眉蹙目，不言不笑，心里暗暗吃了一惊，出了什么事？

他是特务，是专干包打听这差事的。很快，他便打听出他老板的烦恼是小腹鼓起了一个包，撒尿不畅。打听清楚了缘由，山根四治郎暗暗欢喜，欢喜到那只缺了一小块肉的耳朵都红了。

这时他想起了陈无偏，喊陈无偏把老板的毛病治好，解除他的烦恼，我岂不是多了个升迁的机会？！他不露声色，马上去找陈无偏商量，希望在陈无偏那里得张保票。

他急急忙忙地赶去金窝村，进到陈氏医馆，看见陈无偏正在研药。他笑眯眯地叫道："大哥！"

陈无偏最烦山根四治郎叫他大哥。做日本鬼子的大哥，真是好人有限。他冷冷地说："太君，你叫我作大哥，是折了我，我是受不起的。你还是叫我作陈无偏好了。"

山根四治郎说："大哥，你的就别客气了。我们好几年前就结拜成兄弟了，我叫你的作大哥，那是情理中的事，是有根有据的，不是乱来的。这你的就不要再推辞了。大哥，小弟这次登门拜访，是有一事相求。"

又来逼要我家的秘方了？屌家铲！他不作声，只是默默地看着山根四治郎，看看这屌家铲这一次又怎么个逼法。

山根四治郎说："这个事你的是三个指头夹田螺，十拿九稳的——小腹起了个包，撒尿撒不出来。这病让你的医，没问题吧！"

陈无偏忍不住问道："是你？"

山根四治郎说："不是，不是。"

"那是谁？"

山根四治郎笑道："是谁你的就别管了。"

陈无偏看见山根四治郎遮遮掩掩的样子，突发追根问底的好奇心，他追问道："既要我帮你看病，又不让我知道生病的是谁，这不合情理吧？"

山根四治郎干这一行的，当然知道要做好保密工作，本来不想暴露田中久一的身份的，但想到一旦带他去看病，这身份想遮也遮不住。现在就告诉他，说不定他觉得我们相信他看重他，把那么重大的一件事托付给他，他感到很光荣，很乐意效力也未可知呢！

于是犹疑了一下之后，他终于说道："他是我的长官。"

"你的长官？"

"是的，田中久一将军。"

"就是……带兵打到我们广东来的那一个？"

"是的。"

陈无偏心里咯噔一下：冚家铲，天有眼了！让我去给他看病？呸！呸！呸！冚家铲，我盼你死还来不及哩，我还去给你治病？不过，他这个病难受是肯定的了，但是要死也不那么容易。如果我去给他看病，开剂毒药给他，或者把毒药放在药丸里让他吃，那他就死定了。可是我跟他从未谋面，光凭这萝卜头的几句话那魔头就笃信了我？惴惴然地吃了我的药？这应该是不可能的。而且在药方里开毒药，也不可能瞒得过他身边的日本医生。如果把毒药掺进我的药丸里，可他要我先试吃陪吃呢？都说日本仔多疑喜猜，自惊自怪，没有人性，这样的事不是不可能的哟……陈无偏在心里拨拉着他的算盘，没有工夫理会山根四治郎。

山根四治郎见他不作声，便说："大哥，你的不出声，我的就当你的答应了喔！"说完就走了。

山根四治郎走了之后，陈无偏还在拨拉着他的算盘。

他觉得自己死不足惜，而且这样的死法又死得其所，光荣，有价值。可是心里就是放不下陈抗日。儿子已经没有娘了，再没有他这个爹，叫他这小小年纪怎么活下去啊？抗日是我们陈家的一根独苗，是寿玉留下的一点骨肉，我不能不顾虑他呵护他珍惜他抚育他长大成人的呀？他愧恨自己没有荆轲的豪气，不能在关键时刻不顾一切地挺身而出。他羞愧地认识到自己是个俗子，自己心中的顾虑太多了。但他觉得自己虽然未能挺身而出去除掉这个魔头，可也绝不能给他看病。与其说不能一刀杀死他一枪打死他，而让他受尽病痛的折磨也是好的。山根四治郎这冇家铲刚才不是说我答应了他，他回去报功说我会去给那魔头看病的吗？让他憋住泡尿痛死去吧，老子走了。

他连夜找了一对箩筐，像上一回出逃一样，把被褥衣服和儿子放了进去，挑起来就走了。

山根四治郎回到广州，兴冲冲地跑去晋见田中久一，说他认识一个番禺的民间医生，他身怀绝技，救人无数。请他来给将军治病，您的看好不好？

田中久一本来是瞧不起中国人的，无奈这泡尿淋淋沥沥，憋得他苦不堪言，于是随便把手一挥，说："请山根君给我的拿主意吧。"

山根四治郎得了这支令箭，满心欢喜，掉头就往番禺跑，可是到了金窝村，看见陈氏医馆大门紧锁。他知道让这该死的陈无偏踩了西瓜皮。这回可真难办了！八嘎呀路，你的叫我的回去怎么交差呢？他烦死了，烦到那只缺了一小口的耳朵都青了。

犹疑了好久，丑媳妇总得要见公婆的，最后他怀着忐忑不安的心情回到广州去，准备吃田中久一的耳刮子。

可是回到广州，发现田中久一到香港去了。原来田中久一身边有个医生对他说，他认识香港一个英籍医生，擅长泌尿外科，治这病是他的拿手好戏，是不是请他看看？田中久一是日本的脱亚入欧派，他虽然自己是亚洲人，却非常看不起亚洲人，他早把山根四治郎说请个番禺的民间医生给他看病的事忘了。听说香港有个那么好的英籍医生，他自己又兼任香港总督，于是连声说道："快去，快去！"

山根四治郎知道后，马上深深地喘过一口气。这顿耳刮子天照大神给我的免了！可是转念一想，陈无偏这八嘎跑了，我的秘方怎么办！！

于是山根四治郎三天两头就往金窝村跑，他一定要把陈无偏撬出来。

陈家本来就亲戚单薄，加上这年头又人人自危，陈无偏又能跑得到哪里去？在附近兜了一圈，他又回到金窝村里。

回来的第二天清早，他听到大门外有哚哚的敲门声。

他以为有人来看病，便三步并作两步地走出去开门。大门才拉开一条缝儿，陈无偏便倒吸一口冷气，敲门的不是别人，而是他唯恐避之不及的瘟神山根四治郎！

陈无偏正在发呆，山根四治郎不请自入。这王八蛋自己用力把门一推，一步跨了进来，劈头就问道："你的这几天跑到哪里去了？"

自从在门缝中看见山根四治郎的一刹那，陈无偏的脑袋就哗哗直转。他要想办法对付这个瘟神，保护自己。这时他脑子突然一闪："我被人抓走了！"

陈无偏也不知道他怎么说出这句话来。这话倒把山根四治郎吓得一愣，那只缺了一小口的耳朵也神经质地动了一下：想要抓你的是我，我的不抓你的话还有谁抓你呢？于是他急不可耐地问道："是谁抓你的了？"

陈无偏随口答道："是共产党的游击队！"这都是没有认真经过脑子的说话。陈无偏这时才发现自己竟有那么好的编撰故事的能力。

"共产党的游击队？"

"唔！"

"广游二支队？"

人们都经常提起广游二支队，日本仔又自己提起广游二支队。陈无偏知道广游二支队肯定是一支令小日本担惊受怕的抗日队伍，于是应道："是呀！"

"他们找你的干什么？"

陈无偏心想，我是医生，找我，自然就是看病啰！于是说："看病！"

山根四治郎焦急地问道："他们找你的给谁看病？是冯君素？刘向东？严尚民？……"日本鬼子收买叛徒刺杀了广游二支队司令吴勤，他们对这一招非常感兴趣。现在他本能地又打听广游二支队领导人的消息。

陈无偏知道他这么问肯定是有用意的，他其实也不知道这些人物，于是说道："我真不认识他们的喔！我和他们素未谋面，他们也不应该随便把真名实姓告诉我吧！"

山根四治郎想想觉得也是个道理，于是又问道："让你的看病的人是多大年纪？"

"这些人黑黑瘦瘦，胡子拉碴的，也真难看出他是多大年纪！"

"他们把你抓到什么地方看病的？"

陈无偏突然想起了过去看过的武侠小说，便说："他们把我的眼睛蒙住了，我真不知道他们把我弄去的是什么地方。"

"是走路去的？"

"开始是走路，走了半天之后就骑在马背上了。"

山根四治郎感到再没有什么可问了，最后说："以后有什么事马上向我报告。"

六十一

陈氏医馆的瘰疬药快用完了，陈无偏拎着把药锄，提着只竹筐到村外去采药。

他走出村外，正要踏上一道阡陌，冷不防屋角后面闪出一个人来，一把揪住了他的胸口。

他吓了一跳，定睛看时，揪他胸口的不是别人，而是打铁铺的老板黄守财。黄守财咬住牙根，压着嗓门，从牙缝里恨恨地骂道：

"陈无偏……"

陈无偏咧着嘴,不笑也不是,但想笑也笑不出。他说:"黄老板,我走难回来一直没见过你,你跑到哪里去了?我和你往日无冤,近日无仇,而且也好久没有见面了,怎么今日一见面就那么大的火气?"

黄守财骂道:"你心知肚明!"

陈无偏说:"我可真不知道你说的是什么意思喔,我们过去交情不薄,你能不能把话说得清楚一些?"

黄守财说:"我的话已经够清楚的了。你这小子跟日本仔打得火热,你想搞什么名堂?"

"呸!"陈无偏脸色一变。

他真的生气了,一把将黄守财揪住自己胸口的手扳开,骂道:"黄老板,你是狗眼看人低。"

"我怎么狗眼看人低?"

"我就是说你狗眼看人低。你是非不明,黑白不分,见影就吠,不是狗眼是什么?"

"日本仔都跑到你家里去了,我还冤枉了你?"

"你当然冤枉了我。你这家伙这么长的时间不知跑到哪里去了,也不知你是什么时候回来的。你只知道日本仔来了我家里,也不问问他们因什么来到我家里。你又不打听一下我又是怎么对付他们的,你就这样骂我,你不是狗眼?"

黄守财的眼睛一连眨巴了好几下:"他们来你家里是有原因的?"

陈无偏大声说道:"当然是有原因的,他们是为了得到我家的祖传秘方啰!"

黄守财关心地问道:"你给了这些冚家铲没有?"

陈无偏说:"当然没有啰!我把我家的祖传秘方给了这些冚家铲,我对得起我的祖宗父母吗?"

"噢!"黄守财默默地点了点头。

陈无偏最忌也最恨别人讲他和日本仔打得火热的了。"丢那妈我是有苦无人知。"他说，"黄守财，我知道你老婆被日本仔搞了。"

"喔?!"黄守财脸颊一红，神情马上显得有些尴尬。

陈无偏继续说："你杀死了搞你老婆的日本仔，我也知道了。"

"这事你也知道了?"黄守财眉头一扬，那原先尴尬的脸色立即转成自豪的笑容。

"我知道，所以我高看你。"

"多谢，多谢!"

"可是，"陈无偏说，"我的老婆死了。"

黄守财的脸色马上沉了下来，他关切地问道："陈师奶死了?是怎么死的?不会是……"

陈无偏说："那些死日本仔想奸淫我老婆，我老婆不从，跳楼死了。"陈无偏哽咽起来。

"哎——烈女呀!"黄守财钦佩地说。

陈无偏停了一会继续说："阿财，你的老婆被侮辱了，你把侮辱你老婆的日本仔杀了，几男子汉!而我呢，我的老婆被日本仔逼死了，我也想杀个日本仔解解恨，可是我整天想着自己身边的儿子，就是没有这个勇气。和你比起来，我真是太渺小了……"

"不能那么讲。偏哥，不、不、不，无偏哥，正如你刚才所说的，你怎么也不肯把自己的祖传秘方交给日本仔，这就很令人尊敬呀!"

陈无偏没有出声。

黄守财说："无偏哥，刚才我太鲁莽了，对不起，请你原谅!"黄守财道完歉后就忙他的事去了。

陈无偏便继续去挖他的药。可是才走了几步，他便停住了脚。

原先他是趁着儿子睡午觉轻轻地把门带上，偷空出来在附近挖点草药马上就回去的，不想遇到了黄守财，耗去了不少时间，不知儿子睡醒了没有。如果睡醒了，找不见爸爸到处乱跑怎么办?于是他马上掉头赶回家去。

走到门边，他便听见儿子在里头号啕大哭，他叹了一口气:

嗨，拖着个没娘的小孩子，还能做些什么？

他开门进去，抱起儿子，哄他不哭，给他穿好衣服，抹干净脸，然后到厨房去找了根上餐吃剩的番薯癫给他拿着，然后带着他一起挖药去。

刚才遇上黄守财，让他揪在胸口臭骂一顿，令陈无偏心里很不好受。让那些死日本仔缠着真是惹得一身衰气，人家有理无理就先怀疑你是汉奸，是与不是先拿你来出出气。真是衰透了。这些死日本仔像苍蝇似的赶都不走，真讨厌死了。

黄守财生训了搞了他老婆的那个日本仔，为了躲避日本仔的报复，拉着老婆远走高飞去了。沦陷区的老百姓被日本仔折腾得身无分文，锅无隔夜之粮，又能跑得到哪里去？跑出去又怎么活得下来？

黄守财到底是条硬汉子，他硬是想出了一条活路：捡起了阉鸡补镬的行当。打铁佬补镬，秃子当和尚，是将材就料的事。阉鸡他是从小看到大的，应该没问题。老百姓家里好歹有只铁锅，去碰碰有没有要补的吧！现在乡下十里无鸡啼，百里无狗吠，得只鸡来阉阉，恐怕是做梦娶老婆了——也去碰碰吧。

为了躲避日本仔，他用火灰涂黑老婆的脸，挑着副担子，叫老婆相跟着，白天游村串户，晚上在土地庙里打个盹，没东西下肚是常有的事，日子过得非常凄凉。熬了大半年，也实在熬不下去了。他想想他生训日本仔的事大概也无人再提了，于是抱着侥幸的心理，悄悄地溜回了金窝村。

回来后，他看见日本仔从陈氏医馆里进进出出，他恨得牙根都差点咬碎了。刚才出来是想找点野菜回去准备做饭的，不想碰见了陈无偏，因此二话不说，一把揪住了陈无偏的胸口。

辞过陈无偏后，他急急脚地到田野里挖野菜。挖完野菜，回到打铁铺里，黄守财看见老婆黄邓氏经把番薯癫煮好了。

他黑着副脸，把手中的野菜往老婆跟前一丢，硬邦邦地说："拿去滚点汤！"

黄邓氏大气也不敢多出一口，她从地上捡起野菜，低着头，悄悄悄地到厨房洗野菜去了。黄守财看着老婆瘦削的背影，皱起鼻梁，哼出一口闷气。黄邓氏洗好野菜，把它滚成菜汤，端出来，同时又把煮好的番薯癞端出来，摆好碗筷，细声细气叫丈夫说："吃饭吧！"

黄守财气也不吭，拿起根番薯癞放进嘴里，闷声闷气地嚼着。黄邓氏把丈夫的饭碗盛好菜汤，双手捧着，小心翼翼地放在丈夫的面前，自己才拿起番薯癞不声不响地吃着。黄守财黄邓氏原先是对恩爱的夫妻。黄邓氏生得秀美动人，叫黄守财感到很有面子。他在人前经常有意无意地晒晒命，在人后对老婆呵护有加，捧在手上又怕摔，含在口中又怕化。可是日本鬼子却把他的老婆糟蹋了，好像一朵鲜花被狠狠地踏上一脚。黄守财知道自己最心爱最得意的东西被毁坏了，他心里恨得要滴血。他一怒之下把这日本鬼子杀了。可是杀了日本鬼子还不解恨，这恨无处可发，最后便发泄在老婆身上。他恨老婆不听话，如果听话，不到处乱走，是不会碰见日本鬼子的。不碰见日本鬼子，就不会被他糟蹋啦！

其实黄守财是气昏了脑子，劳苦人家的老婆哪个是终日关在屋里的。他恨老婆长得太漂亮了。不漂亮就不会惹得这发瘟追上来。其实当初你不是因老婆漂亮而引以为荣，常在人前晒命的吗？常言有怪莫怪，黄守财却是有气无处出，连不该怪的都怪了。他觉得老婆让日本仔糟蹋过的，老婆的身子是脏的，之后他就不愿意跟老婆同房，把老婆冷落了。黄守财是只吃了秤砣的乌龟，冷得像十冬腊月的石头，他对老婆左看不顺眼，右看也不顺眼，开口瓮声瓮气，不仅一天到晚黑着副脸，有时性起还会动起手来。

黄邓氏娇小而内向，婚后深得丈夫宠爱，自己也感到很幸福，被日本仔强暴，已经使她的心灵受到极大的摧残，可丈夫又偏偏执怪（粤语，责怪）这个，不仅不呵护开解，而且还冷落她，责骂她，有时候竟还拳脚相向。前后的落差太大了，黄邓氏承受不起，她崩溃了。

她呆呆的，怯怯的，不愿见人，尤其不愿见男人，连自己的丈夫也不愿见。她终日低着个头，走路脚步轻轻地像只老鼠，而且比老鼠还要易惊受怕。黄守财更是气恼，骂她是只懦青鬼。黄邓氏长吁短叹，独自流泪，吃不下东西，睡不着觉，月经也停了，那人就很快消瘦下来了。黄守财就更加厌恶，骂她是肺痨鬼。黄邓氏悲痛极了，她真想拿条水桶绳去挂脖子，可是年纪太轻了，始终横不下心来。

傍晚，黄邓氏在厨房里坐着洗番薯癫和野菜，洗着洗着眼睛一黑，一头栽进洗菜的木盆里。

在外头坐着等饭吃的黄守财听到厨房里"嘭"的一响，觉得好生奇怪，便起身进去看看，发现老婆一头栽进了木盆里。他倒吸了一口冷气，这还了得？

他快步跑过去，把老婆的头扳起用手在她的鼻孔跟前试试，发现气息微微，悠悠欲绝，知道大事不好，赶紧把她抱起来，搭在肩膀上，一路小跑来到陈氏医馆里。

未进到医馆，他已在门外大声喊道："无偏哥，你快来救救我老婆！"

陈无偏闻声而出，见黄守财背着老婆前来求诊，连忙说："快进来，快进来！"说着自己掉头先往回跑，急急忙忙地搬出自己坐的那张给病人诊病的太师椅，把它摆在屋厅的中央，叫黄守财将老婆放在太师椅上，问道："怎么回事？"

黄守财喘着大气答道："我只看见她晕倒在厨房里，也不知道是怎么回事，所以就急着跑来找你了，你看是怎么回事？"

陈无偏抓起黄邓氏的手，在两只手的手腕上把了一下，发现六脉沉细，悠悠欲绝。

碰到这种情况，西医马上打强心针，同时做人工呼吸和心脏按摩。中医无针可打，也不搞人工呼吸和心脏按摩这些。特别是女患者，中医就显得更拘谨了。在这种情况下，中医是怎么救人的呢？

只见陈无偏大声向黄守财说道："快，你自己动手，掐她的人中！"

黄守财紧张的声音都颤抖了，他问道："哪里是人中？"

陈无偏指着黄邓氏鼻尖之下，上唇中央的位置，说："这就是，用力掐!"

说完,他跑到药柜跟前,找来一根艾条,把它点燃,吹旺,然后交给黄守财,说:"人中掐够了。现在灸少泽!"

黄守财问:"哪里是少泽?"

陈无偏指着黄邓氏两手尾指指甲下边外缘的一个位置,说:"来,快!"

黄守财接过艾条给老婆灸少泽。

陈无偏又急急脚地去药柜翻出一小瓶"通关散",倒出一点在研钵里,再放进些许麝香、冰片,用瓷棒急急研匀,倒在纸上,再灌进一根小纸筒里,小心地交给黄守财,说:"把它吹进你老婆的鼻孔里。"

黄守财接过小纸筒,小心翼翼地将它插入老婆的鼻孔,然后用力一吹。

昏迷中的黄邓氏眉头轻轻一皱,过一会便"啊嚏,啊嚏"地直打喷嚏。打完喷嚏,她慢慢地睁开眼睛,两行眼泪缓缓地沿着脸颊流了下来。

黄守财喜出望外,他笑着问陈无偏道:"我老婆好了吧?"

陈无偏说:"还要吃几服药调理调理哟!"说着,往墨砚上滴上几滴清水,拿起墨条在清水上磨了几下,然后握笔舔墨,在白纸上开药方。这是一笔漂亮的赵体字:

苍术五钱 白术五钱 茯苓五钱 炙甘草三钱 法半夏三钱 丹皮二钱 山栀二钱(轻炒) 柴胡三钱 白芍六钱 当归一两 川芎三钱 熟地一两 党参一两 全瓜蒌五钱 薤白五钱 生牡蛎五钱(打、先煎) 薄荷二钱(后下) 自加生姜四片

酒水各半,煎好温服。

陈无偏开好药单,交给了黄守财,还给他讲了几点注意事项。

黄守财接过药单,颠过来倒过去地看了几眼,叹了一口气,说道:"无偏哥,我现在拍壁无尘,哪里有钱捡药啊!"

陈无偏说："这些药，我医馆都有。治病要紧，你就先捡回去吃吧！"

陈无偏说着，就给黄守财捡药。捡完之后，他抱歉地说："真不好意思，我这里没有当归了。就少这一味。"

黄守财说："就不要这当归吧。"

陈无偏说："老板娘的毛病是血气双亏，天癸干竭呀！少了当归这一味，恐怕就回春乏力了。"

黄守财着急地说："那怎么办？"

陈无偏说："就当归这一味嘛。你到别处想想办法啰。"说着，把自己手中的药摁在黄守财的手里，"拿着。"

黄守财感激地说："无偏哥，我真不知道怎么感谢你才好。"

陈无偏说："不说这个了，反正亏了的是我，前天被你揪住胸口臭骂了一顿，今天又让你白白地拿走了一包药。"

黄守财不好意思地说："对不起，真对不起！是我不对。过几天，我的打铁就开炉了，到时候我打一把好刀送给你，向你赔罪。"

六十二

吃过晚饭，陈无偏突然想起哪个箱箱桶桶可能还有点当归。

这时，天还未黑，便趁着天色还有点光亮，陈无偏马上就去翻找。真让他找到了。

他马上牵着儿子准备把药送去黄守财的打铁铺里。可是开门出去，天色已经非常昏暗。陈无偏犹豫了一下，又折了回来。

自从沦陷以后，村子里白天都人影寥寥，傍晚更连人影都看不见了。沦陷以后，陈无偏一般都是太阳偏西，未曾西沉就停诊关门，生火煮饭，食完洗脚，上床睡觉的。村民们一想节省灯火，二怕惹事招祸，哪个不早早睡觉？于是，太阳一下山整个村子就死气沉沉了。

陈无偏很感慨。沦陷前我们金窝村的晚上是很温馨热闹的。左邻右舍互相串串门，口才好中气足的老人爱摆龙门阵给小孩子讲讲古，爱玩弦索的会聚在一起拉拉弹弹。爱唱大戏的又会在旁边跟着工尺、合尺的调门吊上几嗓。爱玩麻将的也摸它几盘。菜市口经营云吞面和艇仔粥的两个店铺到半夜三更都不肯打烊。可是现在呢，大家好像生活在古墓里。这些死日本仔，把我们害得真的够惨了。

叹过这口闷气，陈无偏心想黄守财这时候或许已早早睡觉了，这么晚去造访，一是自己不安全，二来也会把人家吓着的，于是便改变了主意。

第二天一早，陈无偏就惦记着给黄守财送药的事。侍候完他的宝贝儿子，吃过番薯癞，陈无偏未开诊就牵着儿子的手到打铁铺去。

到了打铁铺，陈无偏看见黄守财百无聊赖地站在门口看大雁过天。黄守财也看见陈无偏父子俩来了，慌忙走出来，请他们进屋里坐。

陈无偏说："不客气，不进去了。我还要赶回去开门候诊呢。"

黄守财眉头一扬："无偏哥，你那么没空却赶来我家里，不会有什么急事吧？"

陈无偏从口袋里掏出当归，递给黄守财："咋天捡药缺了味当归，后来找着了，这——拿着，快点给老板娘煲药吧！"

黄守财非常感动："唉呀呀，无偏哥，你叫我说什么才好，你真是个大好人呀！"

陈无偏说："好人什么，你不骂我是汉奸卖国贼就好了。"

黄守财笑道："无偏哥，无偏哥，小弟该死，小弟知错了，你就饶了小弟吧！"

大家说笑了一会，陈无偏说："黄老板，我把过老板娘的脉，看过她的舌头。我有句话想提醒你一下，可不知当讲不当讲？"

黄守财一愣，到回过神来时，连声说道："当讲当讲。大哥肯定看出小弟有什么不是了，大哥指点出来，就是为了小弟的好，怎么不当讲呢？当讲当讲，请讲请讲！"

"不骂我？"

黄守财又是一愣。"不骂!"但心里却是扑通扑通的直跳。是怎么回事?不要吓唬我哦!

陈无偏望了黄守财一眼,停了一会儿,说道:"老板娘六脉沉细欲绝,面色灰黑,舌心有一点黑影,又气息微微,两眼无神,昨日突然昏厥,我看她再前走一步,可能就一去不返了。"

黄守财的心重重地咯噔了一下,一双眼睛瞪得比酒杯还大:"有那么严重?"

陈无偏说:"我没有吓着你吧?"

黄守财说:"吓着了,吓着了。你看我汗都出来了。"

陈无偏说:"兄弟,我不是存心吓一吓你,逗你玩玩的。我干这一行的,即使再无聊,也不能拿这个开玩笑。这是职业道德。是吧?"

"是,是,是!"

"昨天你们一走,我就翻箱倒柜找当归,到入黑的时候找到了,我本想连夜送来的,但又担心天黑人静,带个小孩子不安全。所以今天一早我就给你送药来了。"

黄守财像鸡啄米似的直点头:"是的是的,多谢多谢。有你大哥的仙丹灵药,我老婆有救了。"

陈无偏说:"兄弟,你这回讲的就不全对了。我这次来你这里,一是送药,二是为了你这句话来的。"

黄守财像丈二和尚,摸不着头脑:"不明白。你说为了我的'这句话',我真的不知道我的那句是什么话。"

陈无偏说:"我就知道你会说这句话了。"

黄守财说:"我算是让你说糊涂了。你说这句话,那句话,我真不知道我说了的是哪句话。你就让我明白点好不好?"

陈无偏说:"你刚才不是说我的药是仙丹灵药,你老婆有救了?"

"是喔?!"黄守财莫名其妙,"难道这也有错?"

陈无偏说:"兄弟,我这次来是想告诉你,我的药只能治好你老婆一小半的病……"

黄守财不禁一愕："那剩下的一大半呢？"

陈无偏说："剩下那一大半，要你自己来治了。"

黄守财"扑哧"一声笑了起来："无偏哥，你真整蛊我了。我还能治病，还能治好这么重的病？"

陈无偏认真地说："兄弟，我不是整蛊你，不是和你开玩笑，你老婆的这个病，还真是非你治不可。"

黄守财笑道："无偏哥，小弟我能治病，就不用打铁了。"

陈无偏一本正经地说："兄弟，我是和你讲正经的，不是跟你开玩笑的。"

听到陈无偏讲到这个份上，黄守财不禁收起了笑容。

陈无偏说："兄弟，你听我讲吧。"

"唔。"

黄守财老实了，知道这事嘻哈不得了。

陈无偏说："刚才说了那么多，归结到一点，就是你老婆的肝气太过郁结了。累母伤肾，累子伤心。三脏俱损，势必殃及脾肺，于是百病丛生。"

黄守财用手搔着头皮，说道："大哥，你说的这些我真的听不懂。"

陈无偏说："说得白一点吧，你老婆被日本仔糟蹋了……"

黄守财的脸颊唰地红了起来。

陈无偏说："你把这个冚家铲日本仔杀了。你是大丈夫，是英雄。"

听到这里，黄守财的脸颊才恢复到原来的气色。

"你老婆这件事，她没有错。如果她是红杏出墙，我不帮她。可是她是受害者，是日本仔这冚家铲太坏了。你说是不是？"

"是。"黄守财的头点得像鸡啄米似的。

陈无偏说："我们中国的妇女讲贞节。她们碰上这等事已经是灰头土脸，痛不欲生的了。她们这个时候很需要自己的男人理解、体恤和爱怜的。可是你这样做了吗？肯定没有，如果你这样做了，老板娘就不会病成这个样子的。你说是吧？"

黄守财的脸颊又红了起来。他点点头，又"唔"了一声。

陈无偏说："你的老婆这个时候非常痛苦，不想吃，不想喝，睡觉都睡不着，你想她的五脏六腑能好吗？所以连月事都不来了。这个时候你不理解她、不体恤她、不爱怜她，甚至还责怪她，就等于她落井你投石了，这不是要她死吗？这对不对？这些，我的药就帮不了你了！是吧？"

黄守财不出声，只是默默地点着头。

陈无偏说："你是等她死了，再娶一个？"

黄守财立即说道："不是不是。"

陈无偏说："不是你就自己拾生啰。兄弟，你老婆是个好女仔，金窝村里的一枝花，死了可惜呀！常言道，年幼丧父，中年丧妻，老年丧子是人生的三大不幸。你看我，凄凉吧？"

陈无偏说着，摸了摸自己儿子的头，声音也哽咽了。

黄守财很感动，连忙说："大哥，你别说了。你救我老婆的命，还教我做人，你对我恩重如山。我听你的。"

陈无偏讲通了黄守财，抬头见天色不早，便牵起儿子匆匆忙忙地赶回去开门候诊了。

黄守财握着陈无偏送来的当归，到厨房里去给老婆熬药。

他老婆黄邓氏在厨房里扶着墙壁干她力所能及的活，看见老公进来，便悄悄地扶着墙壁出去了。

看着老婆孱弱的身影和漂浮摇晃的步伐，黄守财知道老婆真的不行了。不是陈无偏指点，自己还真懵懵懂懂哩。以前自己老婆几水灵，几漂亮，哪个人不夸奖我，说我有艳福。哪个年轻人不嫉妒我，眼红我有个这么俊俏的老婆。可是那个冚家铲日本仔把她糟蹋了，就像重重的一脚踩在鲜花上。害得她成了现在这副模样。这个冚家铲！哦！陈无偏说还有我。当初我是不承认这个的，现在回想起来，出了这个事，自己也真没对她好过。只知道这冚家铲日本仔硬把一顶绿帽扣在自己的头上。黄守财后悔了，知道自己错了。

他细心地给老婆熬药。

陈无偏不厌其烦地在药单上写有什么轻炒土炒先煎后下的，他都丝毫不敢马虎地一一照办了。熬好了药，把药汁倒在碗里，他端着去找老婆。

可是老婆呢？他端着一碗热药小心谨慎地在屋里转了一圈，发现老婆躲进了房间里。

看见黄守财进来，黄邓氏立即起身要出去。

黄守财火了，他大声喝道："你又想死到哪里去？"他这一大声断喝，手随声动，倏地一摇，那滚烫的药汁晃到他的手指上，烫得黄守财嗞嗞地直吸冷气。

他正想发作，可突然想起陈无偏的批评，便忍了下来。

他把药碗放在床边，对老婆说："我就是来找你的，你又到哪里去？"他指着床边，"来，坐下。"

黄邓氏不敢坐，还是站着。

黄守财说："我叫你坐下，你就坐下。"他一手把她拉到床边坐下。

这一拉，黄守财发现老婆轻飘飘的，比过去少了许多分量。他心头一紧，知道后果的可怕。

他喘过一口气，柔和地说："我端药来，是给你治病的。这药还是从陈医生那里赊来的哩，不要把它泼洒了。"

黄邓氏惊惶地望着他一动不动地坐着。

黄守财把药碗端到老婆嘴边，轻轻地说："喝吧！"

黄邓氏没有喝。

黄守财说："喝了就会好的，快喝！"

黄邓氏还是没有喝。

黄守财轻轻地叹了一口气："我知道你在恨我。"

黄邓氏眼皮一眨，两行眼泪汩汩地落了下来。

黄守财递起手来替她抹眼泪，边抹边说："老婆，是我不好。无偏哥说的对，我不应该发你的火，生你的气。我错了。"

黄邓氏还是不吭声，那眼泪不停地流着。

黄守财说："老婆，我是诚心诚意向你道歉的，你要是不解恨，你打我好了。"说着，他执着黄邓氏的手往自己的脸上捆。

黄邓氏憋不住了，"哇"地哭了起来。

黄守财一把搂住她，说："哭吧，哭吧，把你心中的闷气都哭出来吧！"

黄邓氏哭着哭着呛了气，突然"咯咯"地狂咳起来。

黄守财马上给她搓背拍背。他感觉到老婆瘦得皮包骨，随着咳声，她的两块肩胛骨在衣服下面一隐一现地滑动着。咳了一阵，黄邓氏身子一躬，嘴巴一张，"哇"地吐出了一堆东西。

黄守财急忙低头去看，是一摊痰涎。

黄守财不知是怎么回事，慌了起来，那手使劲地在老婆的背上直搓。黄邓氏瘦得骨嶙嶙的，黄守财好像妇女们洗衣时直搓洗衣板。

黄邓氏呕过之后，觉得口渴，要饮水。

黄守财急忙把药碗端过来，递到她的嘴唇边。"喝吧，喝吧！"

他见黄邓氏还是没有张嘴，急了："你以为这里面有毒啊？好，有毒的，我喝！"说着把药碗端到自己的嘴里。

他正要开口喝下去，黄邓氏一把将药碗夺过来，"咕噜咕噜"喝下肚子里。

广游二支队很活跃。他们扰乱敌后，杀敌锄奸，搞得汉奸们人心惶惶，日本仔心烦意乱。

山根四治郎以为搞掉了吴勤，广游二支队就会树倒猢狲散的，没想到他们竟越搞越大，越闹越凶，让他挨了好几次责问。

今天上午，有人报告植地庄有广游二支队在活动。他拉开墙上地图前的帷幕看了一会儿，终于发现植地庄的标记。他用手指在上面点了点，又若有所思地屈起指头关节在上面敲了敲。他第一个想法就是马上派兵去围剿他们，但又怕情报不实打草惊蛇，泄露了意图。

他沉吟了好久，咬着牙关说道："还是先派我们的人潜进去侦察一下，核准了就派兵分进合击，将他们一网打尽。"

六十三

一天早上，陈无偏牵着儿子来到打铁铺，看见墙角堆了点木炭，炉边堆了一堆废铁。黄守财正在聚精会神地筹备开炉的事。他在这里捣鼓捣鼓，那里拨弄拨弄，没有注意到陈无偏进来。

陈无偏用肘轻轻地碰他一下。

黄守财一愣，见是陈无偏，笑道："今天刮什么风，那么早就把你刮到我这里？"

陈无偏神秘兮兮地左右看了几眼，对黄守财说："有件事，我想找兄弟帮一下。"

黄守财眉头一扬："没事，为朋友不怕两肋插刀。大哥，什么事？是有人欺负你，找我去帮你打架是不是？"

陈无偏笑道："你看我是和人家打架的人吗？"

黄守财说："知你不会同人打架我才这么说你的。你是个斯文人，不像我这个老粗。欸！你想叫我帮你什么？"

陈无偏说："想叫你帮我带几天小孩。"

黄守财觉得奇怪："叫我帮你带几天小孩，你到哪里去？"

陈无偏说："我要出一下远门。"

黄守财说："出远门，去看病？"

"唔！"

"是看哪个财主？大哥，现在兵荒马乱的，为这几文诊金去这么远的地方，很危险的，不值得喔！"

陈无偏欲言又止。他神秘兮兮地左顾右盼了几下，终于忍不住，他张开右手的拇指和食指，悄悄地对黄守财说："是他们叫我去的。"

"他们——"黄守财一时反应不过来。

陈无偏小声说："广游二支队。"

"广游二支队？！"

"小声点。"

"是，是，是。"黄守财好奇地问道，"他们是怎么找到你的。"

"是大头虾啰……"

昨天下午，有一个外地人来到陈氏医馆，找陈无偏看病。

陈无偏观颜察色，诊过舌脉，发现这个人虽然皮肤黝黑，面容清癯，但六脉平和，快慢适中，舌苔明净，舌质柔顺，而且腕部肌肉坚硬实净，实在不像是个有病之人。看他的气色，看他的血脉，看他的骨骼，此人应该是个"打家"。他来我这里干什么呢？

陈无偏心里有些纳闷，于是惭愧地说："在下不才，实在看不出客官生的什么病，还是请客官明示好了。"

那人拱手一笑，露出一排白牙："久闻陈医生医术高明，常言道闻名不如见面，如今见了面，确实领教到陈先生的高明了。"

陈无偏心里咯噔一响：是来踢馆的？他不出声，默默地望向来人，看看他打算玩什么。

那人笑道："陈先生，你认识夏汉生？"

陈无偏的心里又咯噔一响。夏汉生是大头虾的大名。他点点头："认识。"

"夏汉生喊你做师父。"

"不敢，不敢。夏汉生是开玩笑的，在下何德何能，敢称师收徒。"

来人笑道："越有本事越谦虚，不像我们没本事的人，说起话来像火水箱里放酒瓶，叮咣叮咣的。"

陈无偏笑道："客官真会说话，在下其实才是个爱叮咣叮咣的人。"说到这里，陈无偏对来人徒生了几分亲切感。

那人从怀中摸出一封信，双手交给了陈无偏，说："这是夏汉生写给陈先生的信。"

陈无偏双手把信接过来。信封没封口，陈无偏打开一看，上面写着：

"面呈陈无偏师父启

　　师父：我的上司身患重病，想请师父前来诊治，万望师父答应。徒弟夏汉生顿首　即日"

来人笑道："陈先生，我的身份夏汉生说你看过信是一定明白的。我就不多讲了。"

陈无偏说："我明白。"

来人说："多谢陈先生理解。我是上级派来接你的。不知你愿不愿意？"

陈无偏心想，我和山根四治郎吹水都说我去给广游二支队的人看过病，现在人家上门来请了，哪有不去之理？于是说："愿意。"

来人说："陈先生有什么困难吗？"

陈无偏笑道："你们那么困难都不说难，我还有什么困难呢！"

来人很高兴："有千千万万像陈先生这样的人民群众支持着我们，我们没有理由不能将日本鬼子赶出中国去！"

陈无偏激动地说："我们就盼这一天啊！"

来人说："我们来到这里是很危险的。时间越长就越危险。陈先生，既然你答应了，那就请今天傍晚走吧？"

陈无偏说："好！"

"我们停了一只小艇在村口码头边。落日时分，请陈先生到村口码头来。"

"好！"

那人走后，陈无偏想到他的第一个也是唯一一个困难就是他的宝贝儿子陈抗日。

带着他去是万万不能的，这时他想起黄守财。对，就找他。于是他马上牵着他的宝贝儿子陈抗日来到了黄守财的打铁铺。

黄守财知道了事情的原委，伸手拍拍陈无偏的肩膀，笑道："大佬，"说着，在陈无偏面前把大拇指一伸，"你儿子就交给我们，你放心去吧！"

这时，黄邓氏从里面出来了。她吃了陈无偏的药，加上丈夫的悉心照料，病马上好了很多，人也长了点肉，脸色也开始有点红润了。

黄守财对她说："无偏哥要出一下远门，他把儿子送来我们这里，叫我们帮他带几天。"

黄邓氏知道陈无偏不仅给自己看病开药，还劝服了自己那个比牛还犟的老公，心里早已感激不尽，现在听见老公那么说，她笑道："陈医生，陈大哥，我感激你还来不及哩，这点小事算什么，你就把抗日交给我好了。"

她把陈抗日抱过来，亲了他一口："我们抗日好乖！"

落日时分，陈无偏把两件替换的衣服放进一只破旧的藤手抽里，提着悄悄地来到村口的码头上。

码头旁边停泊着一只小艇。跟他接头的那个人见了陈无偏，马上从小艇走下来，招呼他上艇去。

陈无偏上到艇上，那人说："陈先生坐稳了。"说着用竹篙往码头一点，小艇轻轻地荡了出去。

那人随手把竹篙往篷顶一放，走到艇后荡起双桨。小艇裁开倒映在河中的一天云锦，吱呀吱呀地向远方划去。

那人说："陈先生，如果碰到有人询问，或者是汉奸和鬼子的盘查，你不要出声，一切由我来应付。"

"噢！"陈无偏应道。

此时此刻他的心情非常兴奋。

几年前他带着老婆，带着尚在襁褓中的儿子，迎着战火到南京去给唐生智看病，结果把老婆永远留在了南京，自己带着儿子流浪回来。现在他又把儿子寄托在朋友家里，只身去不知道的地方为抗日的勇士看病。他太憎恨日本仔了。他觉得我们每个不愿做奴隶的人们都要起来和日本仔作斗争。自己不能拿起枪杆和日本仔打仗已经非常遗憾，现在同日本仔打仗的人病了，请自己去给他看病，哪有不去之理呢？治好了同日本仔打仗的人的病，不是等于自己也打了日本仔了吗！

小艇轻轻地划动着。河面的云锦慢慢地变灰了。天已经慢慢地黑了下来。

那人在系桨的牛筋上涂上了一点花生油。桨柄得到了润滑，声音小了许多。

他揭开舱板，拿出一包东西，是咸煎饼。他抱歉地说："陈先生，这咸煎饼是我清早就在市桥买好的，怕鬼子和汉奸搜查，把它藏在舱板底下，到现在也不新鲜了。真委屈你了，请你将就一下，就当是你的晚饭吧。"

陈无偏说："客官，你也太客气了。"

那人笑道："陈先生，我是个穷光蛋，跟官字无缘。我的领导和我的战友都叫我钩仔，你也叫我钩仔好了。"

这么一讲，陈无偏不禁再认真地打量他一眼。刚见面时，陈无偏只注意到他又黑又瘦又硬朗，头发蓬松，胡子拉碴，一时真无法判断他的年龄。现在认真看来，确也看出他的眼睛他的嘴角还留有一点稚气。

陈无偏很喜欢他的精明大方和坦荡，于是说："钩哥，你也太客气了。咸煎饼这东西，自从日本仔来了之后，我就没有吃过。还说委屈我呢！"

钩仔说："陈先生，你还是叫我钩仔吧。钩哥这个称呼不敢当，等我再多吃几年饭后再叫吧。"

陈无偏笑道："你也太谦虚了。好吧，恕我无礼，我就喊你钩仔了。钩仔，你今年几大了？"

钩仔反问道："你说呢？"

陈无偏笑道："我看不出。"

钩仔笑道："我老到连你陈先生都看不出来了。"

陈无偏也跟着笑起来："不，不，不。"

他已经看出眼前这位肯定是个年轻人，而且感到他可爱和好玩，原先那点紧张和拘束也没有了。他一半佩服一半揶揄地说："你是年少老成那一种。你看你几本事，几聪明，几干练，怎么看都觉得是个干大事的人。"

钩仔自负地说："老不老成我不晓得，但是我确确实实是个老战士了。你别看我才十八岁，我已经有四年的军龄啰。"

陈无偏吃了一惊："那么说，你是十四岁就做战士了。"他是个乡下郎中，不懂说"参加革命"的话。

钩仔说："是呀！"

陈无偏将信将疑："十四岁还是个孩子喔！"

"是呀，我十四岁那年，日本仔把我的父母都杀死了，广游二支队肯收留我，我就跟着他们革命，打日本仔了。"

"你打过日本仔？"陈无偏觉得什么都新奇。

钧仔笑了起来："我不打日本仔，我还有什么事可做！"

"你打死了多少个日本仔了？"

"嚯，这就难回答你了。"

"为什么？"

钧仔说："我刚开始时，是没有枪的，专负责扔手榴弹。一个手榴弹扔过去，死几个伤几个谁晓得。后来我扛了机枪，一梭子打过去，死几个伤几个又谁晓得。你说是不是？"

"是，是，是。"陈无偏很感慨，"钧仔，不，不，不，我觉得我还是应该叫你钧哥。钧哥，你们真了不起，我们老百姓很感谢你们。"

"谢什么，不用谢，打日本仔是我们中国人的分内事，我们每一个中国人都有责任，都有义务打日本仔的。"

"是的，是的。"陈无偏从接到大头虾的那封信起，就想问一句话，只是顾虑合不合适。到现在他终于忍不住了，于是问道："钧哥，你认识夏汉生？"

钧仔说："认识，怎么不认识。我跟他共孖一个铺的。"

"他好吗？"

"好！他经常跟我们讲你的故事，他说你像华佗一样的灵验，弄得我们都想见一见你。"

"他乱说的，我有什么本事！"

说到这里，钧仔也很兴奋，话匣子也打开了。

"陈先生，你家里有什么人呀？"

"有一个儿子。"

"你太太呢？"

"死了。"

"哎哟，对不起，对不起。"

"没什么，也死了好几年了。"

"不好意思。说来年纪也不大嘛，你陈先生又是个那么了不起的大医生，你太太又怎么会那么早就死了呢？"

"是日本仔害死的。"

酒逢知己千杯少。现在虽然无酒，却遇上一个可以推心置腹的人，陈无偏忍不住了，便滔滔不绝地说了起来："几年前的事了，日本仔就要攻打南京城，守南京的唐生智司令生病了，派人来请我去医他。我想，我医了打日本仔的人，就等于我也打了日本仔了。所以带上老婆孩子到了南京去。不想南京城被日本仔打破，我老婆也死在那里了。"

"那你家里就剩你和你儿子两个人了？"

"是呀！"

"你儿子几大了？"

"四岁多点吧。"

"你这次来了，你儿子跟谁呢？"

"我把他放到一个朋友家里。"

"真难为你了。"

"有什么办法呢？我是想，我不能够拿起枪去同日本仔打仗就够遗憾的了。现在有机会帮打日本仔的人看看病，不就等于自己也打了日本仔了吗？所以再困难也要来的。"

"陈先生，你真爱国啊！"

"没办法啦，中国人不爱自己中国，还爱什么？现在歌仔有唱：'中华民族到了最危险的时候，每个人被迫着发出最后的吼声！起来！起来！起来！'我们再不起来，我们的国家就没了，我们都要做亡国奴了。是吧？"

钧仔长长地叹了一口气："陈先生，你的话，我听了很感动。我们一定要好好打仗，一定要多多消灭日本鬼子。有你们那么多那么好的人民群众的支持，我们一定能够把日本仔赶出中国去！"

"我们盼星星盼月亮，就盼着这一天了。"

又聊了一会，钧仔说："陈先生，你睡一会吧，等一下还要赶旱路哩!"

陈无偏和衣躺在被抹得干净明亮的舱板上。钩仔揭开艇尾的舱板，取出一张潮润润的薄被，盖在陈无偏身上。

陈无偏连声道谢。

钩仔说:"陈先生，请早点休息。"

陈无偏哪里睡得着觉。此时此刻，他第一时间想起了他的宝贝儿子。儿子在黄守财家里习惯吗？他愿意跟他们吗？现在天黑了，他找爸爸吗？儿子自懂事起就一直跟着自己，一步都没有离开过。自己又是爹来又是娘。现在我一个人出来了，把他留在邻居家里，他肯定不习惯的，肯定吵闹的，肯定不肯吃东西的，晚上肯定不肯睡觉的。他的嗓子肯定哭红了，哭肿了，哭哑了。真是个苦命的孩子啊！不是做父亲的心狠，带着你来也确实不行嘛。唉，为了打日本仔，儿子，你就忍着点吧!

想着想着，他鼻子一酸，眼水也流出来了。

他怕钩仔发现，赶紧把身子侧过一边。他侧身望出艇外。艇外像拉起了一道乳白色的帷幕。原来不知什么时候起了河雾，把本来就已经昏暗的夜色遮成了混沌的一片。

陈无偏什么也看不见，只感到小板艇一晃一晃地摇动，只听见系桨的牛筋在桨柄上吱扭吱扭地叹咏。他突然想起儿子小的时候不肯睡觉，自己就是这样摇他，这样用鼻孔给他哼着"嗳猪乖，嗳大只猪仔嫁后街……"的旋律。哼着摇着，儿子没睡着，自己却先睡着了。

陈无偏真的睡着了。

六十四

陈无偏觉得自己才闭上眼睛，就有人推他了。

他本能地问道:"什么事?"

"陈先生，"是钩仔的声音，"船靠岸了，起来吧!"

"哦！"陈无偏倏地明白自己正在干什么，赶快从舱板上爬起来，走出艇头。

啊！河雾已经消散，天上满天星斗。

陈无偏仰脸一看，三星正顶。此时远山近树，朦朦胧胧。他知道现在已是半夜，只见钩仔从篷顶上抽出那杆竹篙穿进艇头的圆洞用力往下一插，把小板艇固定住了。

他将拇指和食指插进嘴里用力一吹，然后朝岸边的一幢小茅寮喊道："大叔！"

一会，陈无偏看见有个小老头从岸上一间小茅寮里走出来，沿着一条简陋的小码头走下小船边。

钩仔对小老头说："大叔，艇用完了，完好无损，完璧归赵。谢谢你了！"

小老头说："那位大医生请来了？"

钩仔说："请来了，诺，这位就是。"

小老头朝陈无偏笑道："大医生，今天的好风把你吹来了。往后有时间到我们这里坐坐，喝杯我自己做的水酒！"

陈无偏也笑道："多谢了，多谢了，你老有心，我一定来！"

钩仔说："大叔，我有任务在身，不敢过多停留。这船交还给你了，你看好咯。我走了。"

说完，他用手轻轻牵了陈无偏一把，俩人急急脚地走了。

走出十几步，陈无偏悄悄地问道："他是你们的队友？"

钩仔说："不是，他是我们的基本群众。"

他发现陈无偏听不明白，又说："他是支持帮助我们的老百姓。他们是水，我们广游二支队是鱼。没有他们，我们就寸步难行了。"

钩仔年轻，又是个能征善战的战士，走起路来脚步生风，让陈无偏难以跟上。陈无偏怕掉队，在后面努力地相跟着。虽然没有月亮，但点点星光也能把地上的道路映得依稀可见。

陈无偏发现钩仔领他走的是坟地、乱岗中的羊肠小道，草深没膝。如果叫他第二天自己再来过，他真不知道怎么走。田野、山村、树木早已入睡。天地之间万籁无声，唯有钩仔手里拿着一根竹梢，不停地"呼呼"地抽打路边的草木。

陈无偏问他这是干什么。

钧仔说："打草惊蛇呀！蛇的耳朵有点聋，但对竹梢的'呼呼'声很敏感，它听到这种声音自己就走开了。"

陈无偏倏地感到增长了见识。他突然发现自己行医那么多年，也真没治过几个被蛇咬伤的军人，大概他们就是这样防蛇的吧？

这时，他突然想起了前些日子他骗山根四治郎，说被广游二支队掳去看病，路上被绑着，骑在马背上，还蒙上眼睛。虽然是一时情急的胡说八道，但山根四治郎竟也信了。现在回想起来，真觉得好笑。这样急急脚地走着，心里很紧张，也很兴奋，不知走了多久，只感到东方的天色慢慢地变白了，路上的景物慢慢地变得清晰了。

他突然眼睛一亮，指着前面的一个村庄，问钧仔道："这不是李人洞吗？"

钧仔问他："你认识？"

他说："认识，我来这里给人看过病。"

钧仔说："是李人洞。"他用手往右边一指，"我们到旁边那个村庄，叫植地庄。看，马上就到了。"说着，把陈无偏领上右边的一条小路。

快到植地庄时，陈无偏突然听见一阵响亮的拉枪声："站住！口令！"

钧仔大喊："口什么令，我是钧仔！"

"啊！"

从沟坎中跳出一个哨兵，陈无偏看见也是个年轻人，也穿着老百姓的衣服，手里握着一杆枪。这年轻人问道："那么快就回来了！请到大医生了没有？"

钧仔指着身边的陈无偏说："这就是！"

这年轻人看着陈无偏点了点头，笑道："大医生好，我们中队长昨晚还惦念着这件事哩。这可好了！"

钧仔对哨兵说："我们先走了。"

哨兵说："走吧走吧，中队长急着呢！"

走进植地庄时，天色已经大白。

陈无偏看得出走在村道上那些脚步匆匆、朝气蓬勃的年轻人肯定是广游二支队的人了，也猜得出他们是借居在老百姓家里的。这些年轻人轻轻地哼着抗日歌曲，动作敏捷地做着他们的事。他们见了钧仔，都很友好地和他打招呼，使陈无偏感到这里的人很亲切，气氛很温暖。

他跟着钧仔，拐弯抹角，走进了一户农家。

钧仔喊了一声："报告！"

里面答道："进来！"

钧仔进去了，陈无偏也跟着走进去。

"报告大队长，我把客人请来了。"

陈无偏的视线滑过钧仔的肩膀看过去，看见这位大队长也是个年轻人，大概是二十五六的年纪吧，生得身材适中，五官端正，相貌堂堂，眉宇间透出几分儒雅之气。如果不是在这个场合遇见他，陈无偏肯定以为他是个教书先生。

第一印象，陈无偏觉得他精神有些疲惫，脸庞有些消瘦，面赤目赤，穿的衣服也比旁人多些厚些，好像有畏寒怕风的迹象。

这位大队长很和气，他见了陈无偏，笑着伸出手来握握陈无偏的手。

陈无偏是个乡下郎中，习惯拱手致意，对握手欢迎、问候这种文明礼节很不熟悉，所以显得比较拘束，一时之间还不知道该出哪一只手。

大队长握到他的手时，他感到大队长的手偏温了。

大队长自我介绍说："我叫卫国尧，热烈欢迎陈先生的到来。"

陈无偏自我介绍说："不才陈无偏学识浅薄，恐失厚望。"

卫国尧见陈无偏讲话文绉绉的，于是也字斟句酌地说："陈先生过谦了。陈先生的医术远近闻名，有口皆碑。特别是你肯冒着危险，不辞辛苦到我们这里来，令我们感动之至。"

钧仔在旁边插话道："陈先生家里就两口人，就是他和他的一个几岁大的儿子。他是丢下自己的儿子，赶来我们这里的。"

卫大队长肃然起敬。"令郎怎么办？"

"我把他寄放到邻居家里去了。"

"啊！尊夫人呢？"

"她死了！"

"喔！对不起，对不起。陈先生，恕我失礼多问一句。不知见不见怪？"

陈无偏说："不见怪，不见怪。敢问大队长有何赐教？"

"赐教实在不敢，我只是一时不太明白，所以很冒昧地多问一句。陈先生也就是二十大几吧，想来尊夫人必定也很年轻，陈先生医术又如此高明，尊夫人怎么这么年轻就走了呢？"

陈无偏痛苦地摇了摇头，深深地叹了一口气："她叫日本仔逼死了。"

"在哪里？"

"在南京。"

"啊！你曾经到南京去给一个大官看过病。"

"大队长也知道？"

"知道！这方圆几十里谁不知道？"

"惭愧，惭愧！这事说起来一言难尽啊！那年我是带着老婆孩子一家三口到南京去给唐生智看病的。去了没几天，南京城就被日本仔攻破了。当时兵荒马乱，日本仔惨无人道，烧杀抢掠，荆拙不肯受辱，跳楼自尽了。她死了之后，暴尸街头，我眼巴巴地都无力收殓她。之后我就带着几个月大的儿子流浪回来了……"陈无偏说着哽咽起来，他说不下去了。

卫大队长气愤地说："万恶的日本鬼子把我们中国人害苦了。所以我们中国人一定要团结起来，和他们作坚决的斗争，把他们赶出中国去。不把他们赶出中国去，我们就会做亡国奴，那时候我们就会更惨、更苦！"

卫大队长倒了一杯热茶，双手递到陈无偏跟前："陈先生，你受苦了。你丢下小小年纪的儿子，冒着生命危险，来给我们的同志

338

看病，你的精神很值得我们尊敬。"

陈无偏接过茶来，喝了一口，说："我老是这么想，我不能拿起枪杆直接和日本仔打仗，报仇雪恨就已经够遗憾的了，现在能为打日本仔的英雄们看看病，不就等于自己也打了日本仔了吗？所以我二话不说就来了。"

卫大队长由衷地说："陈先生，你的话很令我感动。我们广游二支队，就是因为有像你这样的千千万万个热心支持抗日的人民群众的支持帮助，才得到生存发展，不断取得胜利的。如果我们不好好地去打仗，去消灭敌人，我们怎么对得起你们呢？"

听了卫大队长这番话，陈无偏也非常感动。停了一会，他问道："大队长，这次你们让我来，是为你看病吧？"

卫大队长笑道："不是，不是。是给我们的一位领导看病。"

陈无偏说："我看大队长你也有病喔！"

"哦！你也看出我有病？"

"是的，大队长你面赤目赤，精神有些疲惫，衣服也穿得比旁人多些厚些，看得出你怕风怕冷。我想你这几天正'发冷寒'。"

卫国尧一个巴掌拍在大腿上，笑道："说你不是神医，我看好多病友都会不同意。你就看我一眼，就知道我正'发冷寒'。真令我佩服。好，就请陈先生也给我看一看吧！"

陈无偏当即就给卫大队长看病，诊过舌脉，提笔给他开了一张"截疟七宝饮"，说："小事一桩，喝完两服就会好了。"

卫大队长连声道谢，随手把药单交给钧仔，说："找个人帮我去捡服药回来。你再去通知夏汉生和张桂芳（二姑娘的大名），说他们村的陈先生来了，叫他们来和陈先生聚聚。然后你赶快去睡觉。哦，叫炊事班马上来给陈先生开早饭。陈先生，等一会，我带你去给我们的领导看看病，怎么样？"

"好！"

一会儿，炊事班就把早饭送来了。这早饭是两只比拳头还大的番薯和一碗白粥。

卫大队长抱歉地说："陈先生，我们这里条件艰苦，也只有这些东西招呼你了。不好意思。"

陈无偏笑道:"这年头有这些东西吃,就已经很好的了。"

吃过早饭,卫大队长带着陈无偏转弯抹角,又到了一户农家。

卫大队长走进这户农家,亲热地和房东打了声招呼,然后走进一个房间里。

陈无偏看见房间里头有两个人,铺着一铺床。一个三十多岁的男子躺在床上。床前坐着一位二十来岁的年轻人。他们正在商量着什么事。

卫大队长对那位年轻人说:"政委,我们请的陈先生来了。"

他转头向陈无偏介绍说:"这是我们大队政委郑少康。"

陈无偏介绍自己说:"在下陈无偏。"

他边说,边打量这位政委。也是二十六七岁的样子吧,相貌敦厚,身板结实,眼睛细长,奕奕而富有神采,使人感到是个和善而精明的人。陈无偏发现这里的年轻人不简单,要样有样,要格有格,都有一副做大事的气派。

郑政委见了陈无偏,笑道:"陈先生,欢迎,欢迎!"他指着床上那位男子说,"这是我们的领导,他脚痛,请你给他治治。"

这人也从床上爬起来:"欢迎,欢迎!"

啊!讲"捞话"的,是北方人。陈无偏看他容貌清癯,应该是病了好些时日了。肤色黝黑,可见是个久经历练,风里来雨里去的汉子。印堂有股青气,面容憔悴,嘴唇色暗且干,有发热伤阴之象。一边嘴角微微抖动,分明在强忍着痛楚。虽然如此,但那双眼睛却还炯炯有神。可见这人是一条硬汉。

陈无偏将手一拱,说:"失礼了!"

他走近床边,给这位领导诊脉看舌。诊过舌脉,看过患处。这是右脚梗,皮肤红中透黑,肿得像根小冬瓜一般。陈无偏伸手在上面轻轻一摸,热的!

他说:"是脚骨头里长脓了。"

卫大队长和郑政委同时问道:"要紧吗?"

陈无偏说:"我不是危言耸听,如果再拖一段时间,这脚就没用了，而且人还有生命危险！"

"啊！"屋里三人都张大了嘴巴。

卫大队长焦急地问道："陈先生，你可以治好吧？"

"可以！"陈无偏说。

屋里三人才松开一口气。

陈无偏掏出一颗药丸，交给卫大队长，说："这是我家祖传灵药，我们叫它'灵蛇之珠'，解毒、化脓、消肿、止痛的效果很好。把它含在嘴里，慢慢吞下。"然后取出纸笔，化墨开单。他写着：

内服：

苍术一两　白术一两　甘草三钱　法半夏三钱　天冬五钱　麦冬五钱　生地一两　熟地二两　淮山八钱　山萸肉一两　丹皮三钱　茯苓一两　泽泻四钱　龟板一两（打碎先煎）鳖甲一两（打碎先煎）皂角刺一两

自加木芙蓉叶、瓜子菜各一把，煎成三碗，分三次服完。热服。

外敷：

木芙蓉叶一把　生蚯蚓一捧捣烂成浆，敷在患处。

陈无偏开好药方，把它交给了身边的卫大队长，说："服了我这服汤药，如果屙出一泡臭屎，身里的毒物就跟着臭屎而下，出了三成。这时身体就会轻松好多。"

"啊，好呀！"大家听到都很高兴。

卫大队长看过药方，沉吟道："木芙蓉，村后山脚有一棵，可是生蚯蚓一捧，这么多到哪里去找？"

陈无偏说："这好办，用女人洗头的茶麸水往经常有蚯蚓出没的肥泥里一泼，马上就可以捡到一大捧的生蚯蚓的。"

卫大队长笑道："还是陈先生高明。好，你们继续聊，我马上去找人把这事办了。"

六十五

吃午饭的时候，大头虾和二姑娘都跑到卫大队长住的房子找陈无偏。

卫大队长很通人情世故，他起身说："我还有事要办，你们聊吧！"说完出去了。

常言道："老乡见老乡，两眼泪汪汪。"大头虾和二姑娘见到了陈无偏，激动得直流眼泪。陈无偏忍不住也流下了眼泪。大头虾和二姑娘迫不及待地向陈无偏打听自己家中的情况。父母身体好不好？驻扎在庞边村的日本仔是不是还经常到村里来"征伐"？陈无偏详细地回答他们，还告诉他们很多他们走了之后发生的事。

陈无偏说："前些日子大家还有点番薯癞吃吃，现在番薯癞也快吃光了。以后的日子叫大家怎么过？"

大头虾恨恨地说："真是逼上梁山啊！不把日本仔打出中国去，我们中国人是没法活了。"

二姑娘若有所思，问道："无偏叔，你怎么突然来到这里的？"

陈无偏说："是你们那位叫钩仔的人，拿着虾哥的信来到村里找我，说请我来看病。我就来了。"

二姑娘说："钩仔是我们的小队长，叫万钧。"

陈无偏感叹地说："听说才十八岁哩，就做了小队长了。真有本事。"

二姑娘说："他参加革命早，已经打过很多仗了。"

"难怪！"陈无偏停了一下，又说，"你们那卫大队长，看他也才二十几岁，就做了大队长。真了不起。"

大头虾说："我们大队长还是留学日本回来的大学生哩！"

"留学日本回来的大学生？难怪我一眼就觉得他像个教书先生似的。"陈无偏感到奇怪，"留学了日本的人回来还打日本仔？"

"他爱国嘛，他发现日本仔要吞并我国的野心，就和日本仔对着干了。"

"啊！了不起！"

"他到了谈婚论嫁的年龄，但为了打日本仔，就对家里说：不打完日本仔决不娶老婆！叫家里不要为他白操那份心。"

陈无偏感叹道："真令人佩服！"

二姑娘突然问道："无偏叔，你还回不回去？"

"当然回啰！"大头虾代替陈无偏说，"抗日那么小，师父不回去怎么办？"

二姑娘说："你回去告诉我妈，说见了我了。我很好，你说我是铁了心要打日本仔的，叫她不要担心，要为有我这样一个女儿而感到骄傲！"

陈无偏过去一直把大头虾和二姑娘看作是个大孩子，几个月不见，他突然发现他们长高了，长大了，成熟了。

来到这里，他发现除了躺在床上等他医治的那位领导之外，包括大队长和政委在内的都是年轻人。他们精明能干，朝气蓬勃。如果全中国的年轻人都像他们这样，日本鬼子肯定会被我们打败的。

他说："如果没有儿子拖累，我肯定留下来和你们一同打日本仔了。"

吃晚饭的时候，卫大队长很高兴地告诉陈无偏："你的药敷下去后，我们领导的痛脚马上就感到清凉，而且很快就睡着了觉。他痛得好多天都没有睡过好觉了。"

陈无偏不出声，只是微微地笑着。这些都是他预料中的事。

第二天早上，那位领导真的屙了一泡臭屎，那屎臭到有几只农家的狗到这茅厕外面打转转。

解完大便，这位领导发现他的病脚虽然还痛，但开始消肿了，原先光亮的皮肤起了皱纹。而且人比昨天又精神了许多。

卫大队长和郑政委非常高兴，问陈无偏下一步又开什么药？

陈无偏笑道："效不更方。继续捡药，继续敷药就得了。"

说着，他又从口袋里掏出一颗"灵蛇之珠"，说："还是放在口中将它慢慢含化。"

那位领导很高兴，他考虑到部队财政困难，便说："这药渣气味还很浓，倒了可惜，我看再煲多一天吧。外敷的药不用花钱，就换新的好了。"

陈无偏听了，也钦佩这位领导知省识俭的作风，于是说："可以，可以。"

卫大队长马上派人去村后摘木芙蓉叶，到菜地里找生蚯蚓。

这领导喝了一天返煎药，那病脚竟也继续向好。

但卫大队长嫌慢了，他一早就派人去李人洞捡药。李人洞药材铺还没有开门。去李人洞捡药的人心急，把药材铺的门敲开了。

他很快就跑了回来，说："药材铺说有几味药昨天已经卖光了。怎么办？"

卫大队长问陈无偏："陈先生，这怎么办呢？"

陈无偏想了想，说："还是我自己去走一趟吧。哪一味没有，我可以就在药铺里找相同相近的药来代替。"

在旁边的郑政委和那位领导听了非常感谢。"陈先生，就是太辛苦你了。"

陈无偏说："没事，没事。只要病好得快，我跑跑算得了什么！"说完，跟着去捡药的那位战士匆匆忙忙地走了。

陈无偏去了没多久，就拎着一包药同那位战士一起气喘吁吁地跑了回来。

他见了卫国尧，一把抓住卫国尧的手，上气不接下气地说："大队长，不好了，我在李人洞看见一个人……"

卫国尧看见陈无偏这副神态，也吓了一跳。在他的印象里，这位医生都是稳重淡定的人，讲话语气自信，一开口嘴角边就挂着笑影。他怎么突然变得如此惊慌呢？

他问道："你去李人洞见到什么人了？"

"我看见了一个汉奸！"

"啊！你认识？"

"认识！她是个女的，二十几岁吧，是我们村的，叫白如冰。夏汉生和张桂芳都知道这个人的。她也去过日本留学，她老公就是日本仔，穿军装的，也住在我们村里，也就是说住在她白家里。她不是汉奸是什么？我不明白她跑到李人洞干什么，还是晨早流流的，所以你们一定要注意了。"

在旁的郑政委和那位领导也觉得事情严重，马上讨论应对方案。

这时，村长跑来报告说："老八家前几天来了个表外甥女，叫何志英，一个人挺着个大肚子从市桥来养胎，昨天晚上突然不辞而别，不回来睡觉了。老八是拥护广游二支队的基本群众，他觉得这事怪怪的，便向村里报告了这回事。"

卫大队长和郑政委觉得也是件事，两件事怎么这么凑巧？于是也跟着村长去老八家看看。

到了老八家，进到他的表外甥女何志英住的房间，大家看见房里很凌乱，细心的卫国尧从床底下翻出了一根几米长的电线，一对大电池和一瓶呛鼻的药水。

他悄悄对郑政委说："这家伙是特务，我们得马上转移！"

郑政委也是这个想法："对，马上转移！"

命令一下，部队马上紧急集合。

这时天才人亮，村民琼女早已赶到田里割禾去了。正低头割了几行，她发现有点不对劲：怎么耳边总有一种"沙、沙、沙"的声音在响？她以为是自己月经过后血气亏虚，今天一早就下田干活，是头晕耳鸣吧？

她没有理会，继续割禾，可是"沙、沙、沙"的声音好像越来越大、越来越真切似的，她觉得奇怪，是自己身体越来越亏虚了吧？她直起腰来透口气，眼睛不经意地往前面的山岗一望：天啊！怎么不远的山头上走动着那么多穿黄军装的士兵？这些兵不是日本仔吗？不好了！

她马上掉头就往村里跑。她一跑进村里的城楼，就大声地喊道："不好了，日本仔来了！"琼女喊着，身后已经响起了"乒、乒、乒"的枪声。原来日本仔追杀琼女，开起枪来了。

卫大队长见状，立即对郑政委说："把领导放在担架上抬着，出发!"

站在卫国尧旁边的陈无偏说："卫大队长，请你给我一支枪，我也要打日本仔!"

卫国尧说："我们的枪是一人一支的，哪里还有多余的枪?"

陈无偏着急了："大队长，我总不能跟在你们的后面白跑呀!"

陈无偏是大队请来的客人，也是给领导给自己治好病的恩人，卫国尧觉得不满足一下他的要求也不好，他说："陈先生，枪我真的没有了，可是手榴弹还有一些。"

陈无偏说："手榴弹也行。"

卫国尧说："不知你会不会用。"

陈无偏说："你教我就会啦。"

卫国尧取出一枚手榴弹，旋开弹柄下的一个铁盖，用指头勾出一个铁圈，说："这叫拉火环，将它用力拉断，三秒钟就扔出去。扔迟了炸死自己，扔早了敌人扔回来也炸死自己，你明白?"

"明白!"陈无偏自信地答道。

卫国尧取了几个手榴弹给他。

陈无偏说："我没有枪，手榴弹我多要几个。"

卫国尧给了他十个。他看见地上还有半箱没有分配出去的手榴弹，也不请示谁了，"呼"地扛到自己的肩上。

这时，恰有几个日本仔从城门冲进来，陈无偏也不等谁下令，他立即拿起一个手榴弹，旋开柄盖，勾出拉火环，用力一拉，"呼"地向城楼门口的日本仔扔去。"轰"的一声，那几个日本仔便躺在地上了。

大头虾看见，大声叫道："师父，你真棒!"

卫国尧也很惊讶："陈先生，你怎么那么厉害!?"

陈无偏看见自己放翻了几个日本仔，非常兴奋。他随口答道："我从小喜欢拿石头打雀，这还不是和扔石头差不多吗!"

这时有在村外劳作的村民跑回来说："日本仔把我们村包围起来了!"

怎么办?从哪里突围?大队长和政委犹豫着。

346

村里一个十二岁的名叫植润景的小男孩，听到枪声从屋里跑出来。他听到大队和政委的议论，便自告奋勇地说："我知道竹林里有条小路，没有人走的，我带你们去。"

副队长卢德耀立即带上队伍跟着小男孩植润景走了。

卫大队长喊道："何达生！"

"到！"

"你带领你们分队阻击敌人，掩护大队突围。完成任务后立即归队！"

"是！"

陈无偏跟着卫大队长他们走出小巷，穿过城楼，钻进茂密的竹林里。

何达生分队长率领着他分队的七名战士，加上他自己一共八个人，留在村内阻击进攻植地庄的日本鬼子。

这场战斗，日军指挥官吉田率领独立步兵第八旅团的五百余人向植地庄进攻，而阻击他们的却是何达生分队连官带兵总共才八个人。五百比八。武器方面，日军有若干挺机关枪和小钢炮，还有几百条清一色的"三八大盖"，还有足够的弹药。而我们却是八条步枪（分队长使用的也是步枪），而且大部分是汉阳造。单从数字的对比，就知道当时情景之惨烈了。

何达生的小分队利用土墙、闸门作掩护，凭借村民的泥屋和狭窄的街巷，和日本仔进行巷战，同他们周旋。植地庄的村巷窄而且直，一般只容二人并肩而过。

日本仔进村入巷了，小分队的战士就在巷尾的墙角"乒"的一枪，那子弹直溜溜地像穿豆腐卜似的一下就放倒好几个。

日本仔火了，马上向巷尾扑去。待日本仔将要追上的时候，小分队的战士从墙角里扔出一颗手榴弹，"轰"的一声，又放倒他们好几个。

趁硝烟未散，战士们又爬墙钻进另外一间房屋，跑掉了。

他们就是这样打一枪换一个地方，扔一个手榴弹换一个地方，把日本仔打得晕头转向。

一直打到下午两点多钟，日本仔死伤甚众，还占领不了植地庄，于是恼羞成怒，用迫击炮开路。他们炸毁了几间民房后，从拱北门冲了进去。

　　我们的战士立即把拱北门和其他小巷相连的闸门关上，给他们来个"关门打狗"。植地庄村小巷小，巷巷相连，关起门来活像一座迷宫，熟悉地形的我方战士可以纵横驰骋，到处乱钻。而日本仔就两眼一抹黑，不知该往哪里走。

　　植地庄的村民还主动投入了战斗。他们争当向导，领着战士们从这间屋爬到那间屋，从这条巷钻到那条巷。战士们打死、炸死了日本仔，村民们等枪声一停，就冲出来扒下日本仔身上的枪支弹药，让我们的战士得到及时的补充。还有的像陈无偏一样速成学投弹，刚学懂两招，就拿手榴弹往日本仔的头上扔。

　　战斗进行到下午，小分队的战士们又饿又渴，一位叫阿琴的姑娘把自家米缸里的小半缸米统统倒出来，又到菜园了拔了一大捆青菜，回到她家的小厨房里给游击队员做了一顿简单的饭菜，喊战士们来吃，让他们恢复体力。因为军民同心协力，顽强战斗，日本仔进了一批死一批，他们虽然有小钢炮的助威，有机关枪的压阵，可是激战了几小时之后，还是被迫撤出村庄。

　　毕竟是五百比八这个悬殊到不能再悬殊的比例，在日本仔的多次强攻之下，何达生小分队最后还是寡不敌众，全部壮烈牺牲了。

　　这时候，日军指挥官吉田痛苦地发现，植地庄里的只是小股的土八路，他们的主力部队已经走了。吉田声嘶力竭地大骂了几句"八嘎呀路"之后，便命令他的主力火速向村后的长岗岭方向追去。

　　从竹林里突围出去的主力部队在长岗岭上也遭遇另一股日寇的堵截。这股日寇抢先占领长岗岭的制高点，山头上枪声大作，子弹像雨点般倾泻下来，拦住了突围部队的去路。日寇的其他队伍又包抄而上，情况万分危急。

　　卫国尧和郑少康研究决定将队伍分成两部分，一部分由教导员李海率领突围，另一部分由卫国尧和郑少康率领突围。由教导员李海率领的这部分队伍经板桥，安全撤退了。由卫国尧和郑少康率领的这部分队伍却受到了日寇的死打烂缠。怎么努力都脱不了身。

卫国尧对郑少康说:"我带小部分同志在这里阻击敌人,你带队伍冲出去。"

郑少康说:"我带小部分同志在这里阻击敌人,你带队伍冲出去。"

卫国尧说:"我俩就别争了。打仗的经验我比你丰富。政治上我听你的,打仗方面你就听我的。就这样定了。"

郑少康只好服从卫国尧的决定,带领队伍冲出去。卫国尧则带着少数同志和敌人顽强战斗。

在游击队里,除了大头虾和二姑娘,陈无偏算是和卫国尧最熟了。在卫国尧和郑少康分头带开部队时,陈无偏很自然地站到卫国尧那边,要跟卫国尧。

卫国尧本来就对陈无偏很有好感,刚才在村里投那颗手榴弹更令他高看了好几眼。

他说:"跟着我,要艰苦好多的喔!"

陈无偏说:"我这个人从不怕苦!"

卫国尧说:"那你就跟吧!"

卫国尧这队人马要掩护主力部队突围,必须虚张声势,把敌人的火力吸引到自己这里。他们大喊大叫,向敌人猛烈射击。敌人也误判他们是主力,不仅铺天盖地地向他们开枪开炮,而且还组织兵力向他们突击。

卫国尧看见敌人上当了,便率部且战且退,向梅山方向运动。

敌人又拦又打,死咬不放。陈无偏看着敌人要追上来了,又"轰"一声扔出一个手榴弹。他找回了从小扔石头打雀的感觉,现在扔出的手榴弹既远又准,每扔出一个手榴弹都放翻三五个日本仔。他很兴奋,心里全无打仗的紧张和恐惧。

在不知不觉间,他把身上的十几颗手榴弹扔完了。他问卫国尧要手榴弹。

卫国尧说:"这个时候我到哪里去给你弄手榴弹?"

真扫兴。没有手榴弹了!他突然一想:我扔了十几颗手榴弹,每次都放翻三五个日本仔，我少算也消灭了三十几个日本仔啦!?他很激动，倏地将双手举向天上声嘶力竭地大叫一声："寿玉，我给你报仇了!"

在他旁边的卫国尧一手将他摁在地上，大声说："这是打仗，不是赶庙会，你这样很容易被敌人打死的!"话音未落，日本仔的一梭子弹从他们头上扫过，把陈无偏吓了一跳。

这时身旁有一又窄又陡的长满荒草的山坡，卫国尧说："陈先生，你一个人从这里溜下去敌人是不注意的。你儿子等着你，你快跳下去回家吧!"

陈无偏不干："你为什么不跳下去?"

"我们的任务是引开日本仔，掩护主力突围!"

"我也和你们一起掩护主力突围!"

"你不是军人，这个不用你干!"

"我要和你们一起干!"

"你听命令!"

"我不是军人，我可以不听命令……"

卫国尧无言以对。他趁陈无偏不注意，一把将他推下这个陡坡里。

卫国尧他们继续且战且退，把日本仔往自己这边引。

郑少康率领的主力部队终于突出了重围，而四周的日寇像马蜂似的向卫国尧他们靠拢，把他们合围。最后，他们除了小战士梁铁之外，全部壮烈牺牲了。

第二天清早，突围出去的广游二支队又悄悄地兜回来打扫战场，寻觅自己的战友，发现梁铁一息尚存，而山岭上却留下了四十八具英烈的遗体。

梁铁经组织上的多方救治，总算活了下来。解放以后组织上安排他在广州港机公司任职，活到八九十岁。几十年间，他每隔几年就要去医院动一次手术，分期分批地取下自己体内的弹片。仅此足见当时鏖战之惨烈。

六十六

陈无偏冷不防被卫国尧用力一推，心里毫无准备，脚跟一松，扑通一声掉落到一个又窄又陡的山坡里。这陡坡长的全是白茅草和小灌木，陈无偏无遮无拦地顺着山势轱辘轱辘地滚了下来。滚到山脚下面，爬起来时他抬头仰看，山上枪声正急。

他实在是不愿意在这个时候这样地离开卫国尧他们的，但此时此刻他也实在记挂着自己的儿子。这是两难！可是……唉！现在自己手榴弹也没有了，就只光着两只手，而且山也那么陡，想上去也不容易了。怎么办？

喘过一口气，他想了一会儿，觉得也只好回家去了。来路他已全不记得，他只晓得市桥在南边，往南走应该走得到市桥吧？到了市桥，再回家里就容易了。

这时天色也渐渐地暗了下来，他赶紧记住几个主要的方位物，也学钧仔一样拿着一根竹梢，边拨边打地走了。

有道是慌不择路，陈无偏只认准向南的方向，也不管大路小路，就只管向前走了。一路上提心吊胆，一路上慌慌张张，一路上绊绊磕磕，走到了天亮的时候，他居然来到了市桥。

这时候他又渴、又饿、又累，身上直冒虚汗。找个地方买点东西吃吧！

他往身上一摸，脑袋不禁一愣，再急急忙忙地摸遍全身，"天呀！"他惊讶地发现他浑身上下一文钱也没有。陈无偏生长、生活在殷实之家，过去是从不缺钱的，即使从南京流浪回来，身上都藏匿着一点救急的小钱。这次他太大意了，出发时不知道放点小钱在身上应急用。或者是放了，在打仗的时候东奔西跑给跑掉了。没有钱怎么能买到点东西吃呢？进城里讨吧，现在的人穷得连自己都顾不上，想盼他施舍一点确实是难了。怎么办？

他站在市桥的城郊，只见一片荒芜的田野。他想：能不能在这里找点吃的？他在阡陌上巡来巡去，发现地上只是稀稀拉拉地长着一些番薯藤。可能番薯藤下会长着番薯或番薯癞吧？

他走过去，一连拔了十几棵，地下哪里有番薯，即使番薯癞也没有。他不敢再拔了，再拔种番薯的人就要骂娘了。而且再拔下去也不可能找得到的。他对着这十几棵番薯藤发愁：怎么办呢？

突然他灵机一动：就吃番薯藤吧！猪呀，牛呀，马呀也不就是这样吃的吗？人吃一两顿，相信是死不了的。

想到了这一点，他就把那十几棵番薯藤扒在一起，搂起来，走到河边去，把它洗干净，然后不分老嫩，一根一根地放进嘴里嚼着，嚼着，连渣连水，慢慢地吞到肚里去。生番薯藤有一股青味，有一股腥味，有一股涩味，使他觉得心闷想呕。可是现在不吃它又有什么可以吃呢？没办法了，还是忍着吧。

陈无偏顽强地忍着，慢慢地嚼，慢慢地吞，嚼着吞着嚼着吞着，好像这青味，这腥味，这涩味没有刚开始那么明显了，好像慢慢地淡了，似乎好像还有一点点甜味哩。他就是这样，慢慢地嚼，慢慢地吞，竟然把那十几根番薯藤全部吃完了。

吃完之后，他用手掬起两捧河水喝到肚里去，然后洗了把脸，拍拍身上的泥尘，又继续赶路了。

到了市桥，回家的都是熟路。陈无偏急急急脚地赶路。大概走了不到一个时辰，陈无偏觉得自己困困顿顿的没有精神，脚高脚低的有时候遇着土坎也不晓得把脚抬高一点。有一次，他踩空地面重重地摔了个跟斗。

他猛地想到是不是我刚才吃的番薯藤太多了，中毒了？他拍拍脑袋，掐掐大腿，眨巴着眼睛想了一下，觉得自己舌不麻，头不晕，眼不花，手脚不抽搐，现在更无呕吐，应该不是中毒的，只是困顿得打不起精神。他突然想起自己一天一夜加半个上午都没有睡过觉了。是太困了吧？

他看见附近有个旧的草垛，不管三七二十一，便走过去，用棍子在草垛上打打、拍拍、捅捅，见没什么，便钻进去，睡一觉再说了。

陈无偏觉得很舒服，最后被尿憋得难受才醒过来。他睁开眼睛一看，已经是日头偏西了。

　　醒过来后，他还是觉得又渴又饿，但已经管不了那么多了，再不赶路，天又要黑了。陈无偏忍着饥饿和干渴，急急地赶路，他希望在前半夜赶回金窝村。

　　天上没有月亮。因为天气回暖，云气很厚，遮挡住了天上的星星。远山、近村、河道、原野全都黑成了一片。在这漆黑的天地中连声狗吠都没有，叫人感到像死一般的寂静。

　　昨天白天在植地庄打的那一仗，陈无偏很兴奋，他越打越勇，一身是胆，希望一直这样打下去。现在他却感到有点怯了！

　　现在这天地黑得好像锅底，静得好像古墓。他一个人站在这黑如锅底静如古墓的天地之中，心里感到非常孤独。他不由自主地想起他的宝贝儿子，不知儿子现在怎么样了，他还好吗？打仗的时候他没有想到死，他根本没想到自己会死，现在他倒想起来了。如果我被日本仔的子弹打中了，我死了，我陈抗日怎么办？天啊！我如果死了，我陈抗日会到处找我的。他知道他不能没有老豆（广东话，指父亲）的，这时候他几凄凉几可怜啊！

　　想到了这些，他鼻子都酸了。这天黑得认路都困难。好在陈无偏是在这块地方长大的，只要有个大概的模糊的影像，他都可以认辨出村路的走向。

　　他终于摸到了金窝村了。村里万籁俱寂，乌灯黑火。他悄悄地走在村巷里。

　　他没有回陈氏医馆，他摸去黄守财的打铁铺。

　　到了打铁铺，他举起手来，在门板上轻轻地敲了几下："笃、笃、笃"。

　　一会儿，里面传出了黄守财的低沉的短促的喝问声："谁？"

　　"我！"陈无偏小声应道。

　　黄守财没有听清，继续喝问。那声音更加低沉、更加短促、更有力度："你是谁？"

　　陈无偏把声音抬高了一点："我是陈无偏！"

"啊，大哥!"门闩咯啦咯啦地响了几下，门柱"吱呀"一响，开出一条缝来。"大哥，你回来了?!"他说着，伸手抓住陈无偏的肩膀往里一拉："快进来，快进来!"

　　陈无偏进到屋里，第一句话就问道："有吃的吗？有喝的吗？我快饿死渴死了。"

　　黄守财说："锅里还有七八条吃剩的番薯癫。"

　　俯着身子透着大气的陈无偏没有作声，他把手轻轻一举，意思是行了行了。

　　黄守财赶快到厨房里端出那吃剩的七八条番薯癫，又跑到厨房里端一海碗清水。

　　陈无偏二话没说，抓起这七八条番薯癫一条接一条地往嘴里塞。他大口地嚼着番薯癫，活像无牙婆嚼鸡球大包，腮帮一鼓一瘪连下巴也跟着左右晃动。他大口地喝着海碗里的清水，水过喉咙发出了咕噜咕噜的声音。一转眼，这七八条番薯癫和一海碗清水都到了陈无偏的肚子里。

　　他问道："还有吗?"

　　黄守财说："没有了。当然水缸里的清水还有。哦，不、不、不，我是说吃剩的熟番薯癫已经全部拿出来了。生的番薯癫还有的，大哥，我现在就给你去煮。"

　　陈无偏说："不煮了，不煮了，连番薯癫和水下到肚子里，也有七八成饱了。"

　　黄守财说："大哥，你是我的恩人，我连顿番薯癫都管不饱你，人家会说我是衰仔啵!"

　　陈无偏说："笑话，现在就是我和你两个人，说人家会说你是衰仔，那就是我说你是衰仔了。黄守财，你是拐着弯骂我是不是?"

　　黄守财说："不是不是，大哥你说到哪里去了。你半夜三更的来到我这里，我连餐番薯癫都不给你吃饱，我心里是很不安乐的。我还是去煮，我还是去煮。"

　　陈无偏正经地说："三更半夜的，你生火煮东西，人家以为你家有什么事。现在多一事不如少一事。反正我也饱得差不多了，你就不去煮了。"

黄守财想想，说："也好。"

停了一会，他说："大哥，我觉得你今天好狼狈喔。你挨贼佬打劫了?"

陈无偏笑着反问道："你看我很狼狈吗?"

黄守财说："是喔，你饿得渴得这副样子不说了，你看你衣衫不整，脖子手脚都有些伤痕，所以我看你是挨贼佬打劫了。"

陈无偏坦然一笑："贼佬没有打劫我，是我打劫了日本仔了!"

"你打劫了日本仔了? 嘿嘿! 大哥不是和小弟开玩笑吧?"

陈无偏正儿八经地说："你看我是乱开玩笑的人吗?"

"不是不是，当然不是。大哥当然不是像我这样口花花的人。大哥讲出来的，就肯定是真的。"

黄邓氏听见了陈无偏的声音，也起身披衣出来和陈无偏打招呼。

陈无偏说："我儿子给你们添麻烦了。真不好意思。"

黄邓氏说："不麻烦，不麻烦。抗日挺乖的。他在我这里，还使我有个伴哩。"

黄守财不耐烦地说："好了好了，我们男人在说正经话，你头发长见识短的，不要在这里打岔。回房里睡觉去吧。"

黄邓氏怕老公怕惯了的，见黄守财这么一说，便讪讪地走了。

黄守财说："我们继续谈。"

陈无偏说："你这家伙。"

黄守财笑道："管女人就是要恶点，你恶点她才老实。哦，不管她了，我们继续谈。"

陈无偏说："我讲的当然是真的啰。不信你以后见到了大头虾和二姑娘，你问问他们就知道我讲的是不是真的。"

"你见了大头虾和二姑娘?"

"是呀!"

"他们几好?"

"几好！"

"你不是去看病的吗？怎么又打起来了？"

"这你就不懂了。这叫树欲静而风不止。他日本仔自己找上门来了。哦，我在植地庄旁边的李人洞，看见了白家的女儿白如冰。她好端端的跑去李人洞干什么？我怀疑是她引日本仔去的。我看见她之后，日本仔马上就到了。"

黄守财咬着牙，恨恨地骂道："冚家铲，我早就说他们家是汉奸卖国贼嘛！如果我在那里，我先杀了她！咦，你说你打日本仔，你会打枪？"

"我不会打枪，我连枪都没有。"

"那你怎么打日本仔？"

"扔手榴弹呀！他们给了我十几颗手榴弹，我都把它扔光了。"

"扔中了没有？"

"当然扔中。我从小就爱用石头打雀，所以扔得又远又准。"

"那就炸死了日本仔啰？"

"当然炸死了！"

"炸死了多少？"

"这就难说了。我每扔出一颗手榴弹都放倒他们三五个的。当然倒下了的不一定就死了，但起码是死伤各半吧？就算他两三个吧，那么我十几颗手榴弹至少也炸死他好几十个人了。"

"大哥，我真羡慕你，你真英雄！"

"英雄倒不敢当。我真想不到我会这样杀日本仔的。你知道我是医生，救死扶伤的。我平时连宰只鸡鸭杀条鱼都不肯自己下手，而现在竟杀起了日本仔这些大活人来了，而且还杀红了眼，还杀上了瘾，不愿罢手。"

"那你还回来？"

"不回来我儿子怎么办？"

"对、对、对！"

"兄弟，你知道我刚才讲的是什么原因吗？"

黄守财嘿嘿地笑笑："知道知道。"

陈无偏说："这是逼出来的。是日本仔逼出来的，是日本仔把我们逼得没办法了。到了现在这一步，不是我们杀他们，就是他们杀我们了，不是他们死，就是我们死了。"

"对、对、对！"

"兄弟，这次我总算明白了一件事。"

"什么事？"

"什么叫打仗？这一回我算明白了：打仗就是拼命！就是命命相拼。古书上说：狭路相逢勇者胜。只要勇敢，不怕死，就先赢了一半。我觉得我们四万万五千万同胞都起来和日本仔拼命，都勇敢，都不怕死，这些死日本仔肯定会输给我们的。"

黄守财笑道："对、对、对，你真不愧是我的大哥！"

他们这样细声细声地谈着，不知谈了多长时间，最后陈无偏支持不下去了，要回去睡觉了。

他起身问道："我儿子可好？"

"好、好、好，他在房里睡着，你进去看看。"

陈无偏说："不看了，不看了。嫂夫人在里头，我进去就冒犯了。欸，你不要告诉我儿子我回来了。我想好好地睡一觉。这几天困死我了。哦，我去植地庄和日本仔打了仗的事，不要和任何人讲喔。我和你是兄弟，我才和你讲的喔。这些话如果传到汉奸日本仔那里，我们父子俩就没命的了。"

"知道知道，请大哥你放心！"

过了几天，山根四治郎来到了陈氏医馆。

陈无偏一看见他，心里就好像吞下了一只苍蝇。他看见山根四治郎铁青着脸，连颧骨上的那颗肉痣也青的。

他背着手，踱到陈无偏跟前，鼻子用力地吭了两下，冷冷地问道："你这几天去了哪里？"

陈无偏咯噔了一下：这几天我去了一下外面他都知道？他来找过我？他这么问我，说没有去过哪里，肯定说不通了，于是说道："给人看病去了。"

"给谁看病？"

我给谁看病他都要问，这肯定不是随口问的了。陈无偏这时立即想到了白如冰。我在李人洞看见了她，她也看见了我。莫非她去报告我了，否则这死日本仔不会这样问我的。她肯定是去报告我了，她带得了日本仔去打广游二支队还不报告我？

事到如今就先顺着他的话路说下去，看看他再怎么样问吧，于是说："还不是上次看的那些人！"他一边讲一边琢磨，我上次撒了个谎说给广游二支队看病，他也没把我怎么呀。

"是看上次看的那个人？"

"是。"

"好了没有？"

"我看的当然好啰。"

山根四治郎的嘴角掠过一丝笑影。"你没看出他的身份？"

陈无偏说："应该是个官吧？"

"叫什么名？是什么职务？"

"这我真的不知道了。"

"你撒谎！"

"太君，是你也不会蠢到随便把那么紧要的事，告诉一个来看病的郎中呀！"这一反问合情合理，令山根四治郎无话可说。

他停了一会又问道："你是怎么去的？"

"也和上一回那样去的呀！"

"还是把你的眼睛绑住，开始先走路，走了半天之后就骑在马背上？"山根四治郎把上次陈无偏的谎言背得比陈无偏还熟。

陈无偏说："是呀！"

山根四治郎一边踱来踱去，一边轻轻地点着头："你还算老实——你回来为什么不向我报告？"

陈无偏说："太君，我是郎中，是靠给人看病挣口饭吃的，我给人看个病都要报告，那我没法活了，再说我向谁去报告？"

"向我！"

"太君，你叫我到哪里去找你啊！"

山根四治郎想给他个地址的，但想想也好像不太好，无奈中下意识地咽了一口口水。

他觉得他这几天有点窝囊，办事总有点力不从心似的。他觉得自己以前是很精明干练的，如今竟有点结结巴巴的感觉。是自己的状态不太好吧。他承认自己近来的状态是不太好，心情不大舒畅。他不仅感到自己个人近来的办事效率低了，而整个局势也好像不大乐观似的。近来国民党军队的抵抗越来越顽强了。共产党的土八路们更是越来越难对付了。这样下去这个仗的前景如何？我们有多大的胜算多大的把握？

这个时候，他更加感觉到获取陈家秘方的迫切性了。陈无偏口口声声讲，他家那张秘方不在身边，不在番禺，而在广西梧州，这怎么办？

昨天白如冰去广州汇报工作，谈到了在李人洞看见了陈无偏，怀疑陈无偏同广游二支队有瓜葛。他听到之后，很是着急。

他一来不相信陈无偏会私通土八路，二来"灵蛇之珠"的秘方还没有到手，他深知有人插只手下去，陈无偏肯定完了。这时候做垮了陈无偏，对我山根四治郎一点好处也没有。于是他马上亲自过问此事，不让其他同事插手。

今天一早他就到番禺来了。此时此刻，他觉得要拉拢一下陈无偏，卖个人情给他，让他感激我，以后的事或许会好办一些的。

他说："你的明白这次是我保护了你吗？"

陈无偏一愣，没有作声。

"没有想到吧？你们广东人有句俗话，叫作'黄鳝上沙滩，唔死一身潺'。这件事如果不是我，而是别的太君来过问，你就没有那么好彩的了。明白？"他在陈无偏身边"橐、橐"地兜着圈子，很自得地笑道。

他笑得颧骨上的那颗肉痣也转红了："大哥，你欠了我一个人情喔，你可要知恩图报呀！"

六十七

　　不死原三郎觉得很无聊。今天是天皇诞辰，军队循例放假。他想家了，说得具体一点他想石野梅子了。

　　他心里有点烦，吃过早饭，出来市桥溜达。不死原三郎应募从军，被编入南支派遣军来到了中国广东。他自持是神的后裔，是高人一等的民族。中国人算什么？他从心底里看不起中国人。他比一般的日本仔高出半个脑袋，身材匀称，模样四正，加上手脚了得，队友们都打他不过，所以事事都迁让他。他更立功心切，希望将来得到封赏，所以事事争先，打仗非常勇敢，很得上司的青睐。入伍两年多来，他屡得提拔，很快便做了小队长。做了小队长之后，他不用扛"三八大盖"了，腰间别上一把手枪，而且裤带上还拴上一把指挥刀。但长期的军旅生活也使他感到单调，烦闷。今天放假，他把小队里的事务安排了一下便出来溜达。他的小队就驻扎在市桥的近郊。他溜达溜达便溜到城里来了。

　　不死原三郎离开了驻地，沿着市桥水道的岸边一路溜达。

　　此时禺南大地风和日丽。岸边杨柳依依，河里碧波粼粼。战争让田野荒芜。荒芜的田野上虽无禾稼，却也野花点点，芳草萋萋。头顶上融融的丽日令不死原三郎感到燥热，他脱下了一件衣服，把它挽在手上，走了几步，还是觉得热。他心里憋得难受，感到身体里的热气迫不及待地往外冒。他下意识地感到他身体里什么东西要发泄发泄。打打沙袋？这里又没有沙袋可打。在烦躁中他发现岸边长着一排排袅娜的柳树，就踢踢柳树吧！柳树的树干软硬适中，他踢了几脚，感到还可以，可是再踢下去，就感到乏味了，脚也痛了。他不踢树了，随便走走吧，今日反正放假，无事可做，百无聊赖，就走到哪里算哪里吧！

　　他边走边看，也觉得有些兴致。他很欣赏这里的气候，这里的土壤。日本太冷了，而且风灾多，地震多。日本的土地又薄又窄，除了关东平原，其他地方的耕地一般都不好。即使是关东平原吧，也没有人家的大，没有人家的好。想到这里，不死原三郎倏地产生了妒忌之心。啊！这里这么好的环境，这么好的地方，如果搬到我们日本就好了。八嘎呀路，这么好的环境竟落在中国人的头上，真不公平。他在这片荒芜的土地上走走，踩踩，踢踢，他觉得这片土地够厚够肥，中国佬却把它弄成这个样子，真是该打该杀。这片土地如果是我们日本的，或者由我们日本人来耕作，更直截了当地由我不死原来经管就好了。我保证一定会比这些中国佬弄的要好一百倍。这些该死的中国佬，这些蠢得像猪似的中国佬，嘿……

不死原三郎发完了一顿慨叹之后，又一颠一颠地向市桥的方向溜去。

到了市桥，不死原三郎不像一般日本鬼子那样到处撒野。他觉得他是优秀人种，是从文明的国度来的，特别是在中国这些落后愚昧的人们面前，应该保持自尊，应该有骑士加绅士的风度。此时此刻的市桥镇非常冷清，百业萧条，到处可以见到断壁残垣。镇上的居民衣着破烂，许多人面带菜色，匆匆行走。不死原三郎也觉得市桥管理得不好。这么好的地方怎么管理成这个样子呢？要是让我来管理，说不定会发展成东京般的繁华城市哩。

此时已近中午，太阳光已颇有热力，把不死原三郎晒得热烘烘的，他又解开内衣的一排纽扣，好散发一下体内的烘烘热气。百无聊赖的不死原三郎转呀转呀，又转出了市桥的河边，即当时大南路江滨码头一带。

当时的市桥水道已无昔日的繁忙，但城镇旁边的河面上却还停泊着许多船只。

船只是船家的居所，即使无货可运，无客可载，但船家们自己也总得要有个栖身的地方。特别是当下时局不好，兵荒马乱，他们更需要靠拢在一起，彼此壮壮胆气。失却了运载的生计，他们只好打龙王爷的主意，在河里捕鱼糊口了。船家口白："不怕粥清，就怕没鱼腥。"比起以种地为生的农民，他们又好像要好出了不少。地里种不出庄稼，天天挖番薯癫，甚至连番薯癫都没得挖的。他们好歹也能打到鱼虾。

出来"征伐"的日本仔当然不会疏忽这个群体。他们三天两头就来"征伐"，他们见鱼要鱼，见虾要虾，不论干鲜，不论大小，只要放得进嘴的，填得到肚里的，他们都要。

船家们恨死这些日本鬼子了。船家们一般都是少打鱼，这年头人太穷了，打多了也难卖得出去，不如只打够自己吃就行了。省得日本仔来"征伐"，让他们抢了去填他们的屎凼。

大生一早就荡着条小舢板，打够自己一家人的食用就回来了，轻轻松松，倒也穷风流，饿快活。阿珠在横水渡口撑条小艇，候人过河，挣个小钱帮补家用。

百无聊赖的不死原三郎不知脑子里那条筋搭错了线，他在大南路口江滨码头上站了一会儿，看见河岸有个横水渡口，河对岸的村庄也错落有致。心想市桥也算来得多了，可是对面的村庄却没有去过，反正今天放假，不如就到对面的村庄去走走！

主意一定，他便走下码头，向码头旁边的横水渡口走去。

六十八

这是一个没有月亮的夜晚。夜风夹带着厚重的水气把荒村旷野抹得湿漉漉的。因为水气大湿度重，人们感到更加压抑，提不起精神，才七八点钟的光景，金窝村的家家户户都关门睡觉了。村道上静悄悄的，因为没有狗吠，更显得荒凉。

这时，有两个人影相跟着从村外悄悄地走来。他们生怕别人看见和听见，踮着脚，摸着墙，一路摸到了陈氏医馆。

陈无偏已经关好大门，洗脚上床，闭眼睡觉了。

突然，门外响起了一阵轻轻的敲门声，把他吓了一跳。有人求诊？但敲门声又那么轻，不像来求诊喔。

"笃、笃、笃……"这敲门声轻得存心不让人听见似的。真怪！陈无偏不去理会它。

可是这敲门声却继续地响着，轻轻地响着。虽说是男子汉大丈夫，陈无偏的心头不禁倏地一紧，皮肤也起了一层鸡皮疙瘩。他侧着耳朵听着。

一会，敲门的人压着嗓门轻轻地叫道："陈医生，陈医生……"

陈无偏听得声音很熟，便披衣起身，踮起脚跟，轻轻地走到门口，隔着门板，细心地听着。

"陈医生，陈医生……"

陈无偏压着嗓子小声问道："谁呀？有什么事？"

门外的说："陈医生，我是大生啊……"

"哦!"陈无偏赶紧把门打开，看见大生的身后还站着阿珠，连忙说，"快进来，快进来。"

大生、阿珠进门之后，陈无偏赶紧把门关好。

屋里黑麻麻的，陈无偏把松明点亮，问道："那么晚才来，没吃东西吧？我给你们去煮点番薯癞。"

大生说："陈医生，不好意思，我们真的很想吃点东西。不过深更半夜的生火煮东西又惹人注意。你给点生番薯癞让我们嚼嚼就可以了。"

"这很失礼喔。"

大生说："哪能说失礼呢？我们谢你还来不及哩。"

陈无偏到厨房里弄了几把番薯癞，从水缸里打了几勺水把番薯癞直搓直洗，然后端给了大生夫妻俩："失礼了，失礼了。"

阿珠说："陈医生，是我们失礼了。"

夫妻俩急不可耐，抓起番薯癞"咔哧咔哧"地嚼起来。

陈无偏见他们吃得狼吞虎咽的，知道他们不像是看病的，但还是以接待求诊者的口气问道："你们那么晚来找我，是哪里不舒服了？"

大生说："陈医生，我们不是来看病的。不瞒你说，我们杀了人……"

"哦……"陈无偏给吓了一跳，他呆呆地看着眼前这对夫妻。他们平时老实本分，怎么会闹到杀人的地步？

大生说："我们杀了一个日本仔，是个当官的。"

"哦!"陈无偏心上的一块石头落了地，同时也来了兴趣。

他不禁对这对夫妻刮目相看了："是怎么回事?"

大生说："那冚家铲想动阿珠，我把他杀了。"

他说的那个冚家铲是不死原三郎。

却说这冚家铲日本仔不死原三郎在码头上看见对岸的村庄错落有致，想过去看看。他看见码头旁边有个渡口，便向渡口走去。

这时，阿珠坐在这横水渡的小艇上等客，不想等来个日本仔，她觉得晦气，心里骂了句"冚家铲"，便想把艇撑开，不渡这个"冚家铲"。

不死原三郎看见这只小艇见他来了就撑开，不愿渡他，心里就火了。他把腰间的手枪拔出来，用半咸不淡的广东话大声喝道："站住，你的把船撑开我的就开枪了!"

阿珠只好把手停下来。

不死原三郎气鼓鼓地走过去。走近阿珠，定睛一看，不觉呆住了，胸膛里的那颗心怦然一动，不能自持。

不死原三郎很敏锐地发现阿珠那张鹅蛋脸，那对大而和善的眼睛。他知道她不欢迎他，但他觉察到这情绪不能完全掩盖住她眼神的本来善良、和气、心慈、厚道的底色。俗话说心慈面软，他发现一个心地和善的女人即使发怒也恶不出个什么样子来。不死原三郎还发现她除了眼睛、脸蛋之外，其他五官都长得不错，无论单个看还是合起来看都叫人感到很顺眼，很耐看。叫他特别爱看的，是她的身腰和缀有补丁的衣服下面的那对饱满结实的乳房。他知道这年头中国的百姓很苦，许多人食不果腹，面带菜色。可眼前的这个女人却很滋润，令他眼前一亮。

她是个摆渡的渔家女。同是渔民出身的不死原三郎知道这是鱼虾滋养的缘故。这令他突然想起了他的祖国日本，想起了他故乡海滩上的姑娘，想起了他的石野梅子，他正想找个什么方式发泄发泄自己，这时他突然发现眼前的这个女人，不正好是让自己发泄的最佳对象吗?

他走上前去,笑吟吟地对阿珠说:"花姑娘……嘿嘿……花姑娘,请你的把我的渡过对岸吧!"

阿珠本来就非常憎恨日本仔。如今走进来的这个一脸淫荡的冚家铲日本仔,使她又恶心又害怕,她立即摆手兼摇头:"不渡了,不渡了,收工了!"

不死原三郎涎着脸说:"收工好啊,收工了你的就更有时间好好地陪陪我的了。"

阿珠斥道:"你想干什么?"

不死原三郎说:"我的想干什么,你的花姑娘是知道的。花姑娘,我的发现你的发起怒来更好看。"

阿珠骂道:"你给我滚!"

不死原三郎更来劲:"你的叫我的滚?我的告诉你,我的来了就不滚了。来,来吧……"他说着伸手要拉阿珠。

这时大生恰好收工回来。他已经打够今天一家人食的鱼了。他划着条小舢板回来,看见阿珠的渡船前头站着个日本仔,知道大事不好,于是他咬紧牙关拼命地划。

小舢板刚划到阿珠的渡船旁边,大生"砰"的一声跳到阿珠的渡船上去,把渡船压得一晃一晃的,把不死原三郎吓了一跳。大生"呼"地堵在阿珠和不死原三郎之间。

不死原三郎骂道:"你的想干什么?"

大生喘着大气。他逼视着不死原三郎,大声质问道:"这话应该我来问你,你想干什么?"

不死原三郎打量了大生一眼:"你的敢来管我的闲事?"

大生大声答道:"我是来保护我老婆!"

不死原三郎看看阿珠,又看看大生,"她是你的老婆?你的不配有这样的老婆!"

"你混账!"

"你的骂我?"不死原三郎看看大生,又看看阿珠。

不死原三郎本来就瞧不起中国人。他从来就觉得中国人是劣等人。比起大和人，中国人算什么！可偏偏中国的女人长得好看，这真不可思议。他又觉得中国的女人是好的，就是中国的男人不好，他们不配这样的好女人。他觉得大和人特别是日本军人在中国人面前应该有个绅士加骑士的风度，现在在这个花姑娘面前，更有必要拿出绅士加骑士的风度来了。于是他说："我的不计较你的骂我。我的现在想跟你的谈件事。"

大生恶狠狠地答道："我跟你有什么谈的！"

"怎么没有呢？"

"你有话就讲，有屁就放！"

不死原三郎大度地笑道："你的还骂人，真不识抬举。你的遇到我的，是你的福了。你的要是碰上别的太君，他有那么多话跟你的讲吗？"

大生两眼定定地望着不死原三郎，心里在盘算着：这冚家铲想搞什么名堂？

不死原三郎说："你的老婆长得漂亮，我的想要她！"

大生掷地有声地说："你得问问我这两个拳头答不答应！"

不死原三郎笑道："这就对咯！你的说出这句话还让我的看高你。"

他侧头看看阿珠，向她笑一笑，然后又对大生说："我的手里有手枪，有军刀，你的赤手空拳，能打得赢我吗？嘿嘿！但我的也不愿意落个以强凌弱的恶名。我的看这样吧：我的放下手枪和军刀，也和你的一样赤手空拳，大家打一架。我的赢了你的，我的把你的老婆领走。你的却要愿赌服输，口服心服。我的输了，我的马上走开，不惹你的事。怎么样？"

他说这番话时，心里已经有了十足的胜算。他在日本时，曾在好几个道馆练过拳。还专门练过西洋拳。在好几届的丰年祭里，他上台跟远远近近的练武青年都比试过，还未曾遇着对手。眼下这个中国佬有什么本事？而且我的还年轻他一点哩。拳怕少壮！我的邀他打架赌老婆，让他愿赌服输，死得眼闭！

大生真有点愕然：这冚家铲日本仔还有这种玩法！不过这是由

不得他拣了，这死日本仔已经把腰间的手枪、军刀解下来，搁到一边，站在那里等着他。

大生好歹也"食过几晚夜粥"（意即：练过武）。来就来吧，男子汉大丈夫难道拱手将自己的老婆送给你？他决心一下，就大步走过去，扎起马步来迎战不死原三郎。

不死原三郎不扎马步，他静静地站在那里等大生。大生的马步尚未站稳，他突然出拳，一拳打中了大生的脑袋。

那边的阿珠撕心裂肺地大大地"啊"了一声。

此时是正午。壮年人出去打鱼还没有回来。住家艇上一般都是老人小孩。大家都怕日本仔，都在自家的艇上远远地看着。大生的母亲二婶也在那边的住家艇上远远地看着这边的动静。她很担心自己的儿子和儿媳妇的安全。

大生的脑袋挨了不死原三郎一拳，耳朵嗡嗡作响。他发现这冚家铲出的是西洋拳，速度很快，力量很重，手法很专业。他知道自己遇到强手了。

他倏地明白这冚家铲是计算好了的，他知道他的本事了得，就向我提议打架赌老婆。这不等于白抢？日本仔这些冚家铲从来都不会死错人的。事到如今，冚家铲冇了得也要和他打下去了，不打难道白白地让他把自己的老婆抢去不成？！

大生相准机会运足力气给他一拳，他猛地一闪，几乎同时出手还大生一拳。这一拳"砰"的一声打中了大生的肩头。大生的身子不禁晃了一下。大生用力给他一脚。动作奇快的不死原三郎一把搂住大生的脚往侧一板，大生"砰"的一声跌倒在地上。

不死原三郎不屑地说："你的拳脚不是我的对手，你的输了。"

他根本不把大生放在眼里。他迫不及待地走过去，跨过大生要去拉走阿珠。

抬腿跨过大生是不死原三郎的刻意为之，我就是要跨过你！我就是要你置于我的裤裆之下！我赢了你了，我就要夺走你的老婆了，我把你跨在我的裤裆之下不是合情合理的吗？不是更有面子了吗？你的老婆不就会对我更加贴服了吗？

他就是这样想的。他就是这样趾高气扬地在大生的头上跨过去的。就在不死原三郎跨过大生头的当儿，大生抬起脚来向他的裆部用力一撩。这记叫"撩阴腿"，是大生"食夜粥"时学来的。不死原三郎以为大生是草包饭桶水豆腐，他太大意了，加上夺人之妻心切，他还要在他看上眼的女人面前抖抖自己的威风，所以，他根本没有想得那么多，那么细，那么周到，他没想到这个倒在地上的中国佬会来这一脚。

这时他的"老二"早已急不可耐，不想候地重重地挨了一下，痛得他双手护裤裆，龇牙咧嘴，蹲在地下直吸冷气。

大生一个鲤鱼打挺跳将起来。趁他病要他命！大生飞起一脚向不死原三郎的后脑踢去。不死原三郎"噗"的一声趴在了地上。

大生立即捡起了他身边的军刀，用力拉开刀鞘，然后出尽死力从不死原三郎的背后猛地一插。他怕不死原三郎不死，又把刀拔出来朝不死原三郎的颈项狠狠砍了几刀。不死原三郎眼皮一翻，口中出血，死了。

大生立即把地上的手枪捡起来，往渡船跑去，又一把拉起吓得发呆的阿珠，跳上船去，抓紧船桨，出死力地拼命直划，把船划走了。

这边的二婶看见自己的儿子几次被日本仔打了，那心痛得快要出血。后来她看见儿子把日本仔杀了，拉着媳妇的手跳上船跑了。她松了一口气。她也马上解缆撑篙，把自己的住家艇撑走。

过了半个时辰，警察来了。船家们一问三不知。有的还指着大生他们逃跑的相反方向对警察说："他们往这边跑了！"

大生和阿珠拼命地划着小木船逃跑。他们竭尽全力地划呀划呀，划了大概半个时辰，看见后面没有人追来，自己也累得不能动了，才慢慢地把手停下来。

这时他们才想到一个问题：跑到哪里去呢？

夫妻俩商量了一会儿，大生说："去投奔广游二支队吧！"

阿珠问："你晓得他们在什么地方吗？"

大生说："晓得，就在顺德碧江西海。"

"你怎么知道?"

"我早就打听了。不是因为放不下你们,我早就去投奔他们了。"

阿珠望着老公,沉吟了一会,说:"事到如今,也唯有去投奔他们了。他们要女的吗?"

"打日本仔,还分男女的吗?"

"你怎么知道?"

"道理是这样嘛!平日歌都有唱了。即使他们不要女的,你就在附近撑船,不就行了?"

阿珠想想,说:"也好!但也得告诉阿嫲(家婆),让她知道我们去了哪里才行呀!"

这时,船已到了离金窝村不远的一条小河口,天已经黑下来了。

大生说:"去一趟陈医生那里吧,看他能帮得我们什么吗!"于是便把小木船划到了金窝村,摸到了陈氏医馆。

陈无偏听了之后,巴掌往大腿上用力一拍,说道:"好,英雄!以后你们怎么办?"

"我们想投广游二支队。拿起枪杆去打日本仔!"

"好!好!好!你们找得到广游二支队吗?"

"找得到,他们在顺德碧江西海。"

阿珠插话说:"他老早就有这个心,所以早早就打听好了。"

"好啊!大家都打日本仔,日本仔肯定会被我们打败的。哦!你们三更半夜来我这里,是不是有什么要我帮助?"

大生笑道:"陈医生,你真是个贴心人,我们想的你都猜到了。"

陈无偏说:"你们说吧。打日本仔是大家的事,过去的歌里都有唱,要有钱出钱,有力出力。我能力有限,但只要我能做的,我一定做到。"

大生感动地说:"陈医生你真是好人。我们逃出来,老母是不知道的。我们想麻烦陈医生帮我们去跟我老母说一声,省得她挂念。"

陈无偏说："这个容易，这个容易。我一定去通知她老人家就是了。"

大生千恩万谢，然后说了一个地址给陈无偏。

陈无偏把地址记好，然后对大生和阿珠说："你们也辛苦了。我这里有间闲房，你们去休息吧！"

大生说："谢谢了，谢谢了，我们是杀了人的，住在你这里怕连累你了。再说船上还有那日本仔的手枪和军刀，船停在外头不安全。"

"那……天也太黑了。"

"我们就是想趁着天黑好走，在天亮前赶到西海去。"

"好，不留你们了。路上小心点。一路顺风。"

第二天，陈无偏就带着儿子抗日，按照大生给的地址找到了大生的老母，告诉了大生、阿珠的去向。他看见他们实在太穷了，就从口袋里掏出了一块大洋交给了大生的老母二婶，说是大生给的。

二婶知道儿子没有这么多钱。这钱肯定不是儿子的，她不肯收下。

陈无偏说："好，我是大生的好朋友，就当是我借给你们的，你们以后有钱了再还给我，好不好！"

说到了这一步，二婶便把银元收下来了。

六十九

白如冰嫁给了渡边小九郎，就死心塌地地做日本人的媳妇去了。她好像压根儿就是日本人似的，心里头全是日本，竟没有半点中国。她以做日本人为荣，以给日本国做事为乐。为了让日本打赢这场战争，她不惜去做日本人的奸细，把自己的祖国卖了。她对渡边小九郎更好。她看渡边小九郎是块活宝，是她心中的宠儿。她呵护着他，照料着他，顺从着他。好像他是她的一切。

渡边小九郎心里感受到这些，更是很洒脱地享受着这些。他住在白明治的小洋楼里，那状态那心境比白明治的儿子白德更少爷。他不仅有仆人的细心侍候，还有老婆的尽心服侍。可是渡边小九郎并没有满足，他的眼睛竟盯上了七姨太。

对此，第一个有感觉的，是他的老岳父白明治。

白明治发现他的女婿经常魂不守舍，那双眼睛好像在搜索什么，那颗心好像在期盼什么。他发现他的爱妾七姨太一出现，他的女婿的眼神特别地亮，表情特别鲜活，话特别地多，那双眼睛直在他的爱妾身上滴溜溜地乱转。

白明治的心好像让炭火烙了一下。疼痛的同时，他恨恨地想：你这兔崽子是我的女婿喔，你打我老婆的主意？他很想教训教训他，但又知道这个女婿不是别人，他得罪不起。话到喉咙又哽住了。但他又不愿意他的女婿将顶绿帽扣在他的脑袋上。他只好得罪七姨太了。

他对她绷起张老脸，压着嗓门警告她：你要是行差踏错，看我怎么收拾你！

七姨太一脸委屈，直抹眼泪，亮出一副楚楚动人的样子，又令白明治老心生怜。

他没有办法，心想：看紧一些吧。谁让你娶了一个那么漂亮的小老婆，又摊上这个像偷食猫般的女婿呢！大家同在一个屋檐下，要他们完全不接触也难，特别是吃饭，一家人难道不坐在一起吗？吃饭的时候，渡边小九郎的话特别多，他时时放电，有时候竟伸长手来帮七姨太夹菜，一副狗颠屁股的样子。这不是拿脚往白明治心窝上踢吗？

每逢遇到这些情况，白明治就用力一咳，像一只伏在门边，发现生人走近，鼻子上抽，上唇拉开，露出牙齿，两眼圆睁，咬着牙根发出低沉的"呜呜"的威胁声的老狗一样。

这令渡边小九郎很扫兴，让他非常忌恨，他在心里头直骂"八嘎呀路"。

七姨太呢，她对渡边小九郎的神情举止十分敏感。她第一个感觉就是新鲜，好玩，刺激。她知道白明治很爱她，但白明治老了。整天守着一个老人，也实在叫她感到乏味。渡边小九郎年轻，英俊，风流，倜傥，他的出现，使她眼前一亮。渡边小九郎不断向她放电，叫她心旌摇摇。她知道有故事要发生了。她那颗寡淡得似乎有点麻木的心，当然也期盼着发生一些新的故事。可是白明治却对她严管起来，她嘴上不说，心里却感到很扫兴。大家同在一个屋檐下，要管严也不容易。白明治感到很累。

对渡边小九郎的举止神态有感觉的，更有他的老婆白如冰。常言道：老婆靓，老公不要命；老公靓，老婆成天照镜。白如冰就是成天照镜那一种。白如冰很爱她的老公渡边小九郎，当初是她主动去追渡边小九郎的。为了追到渡边小九郎，她想了很多的办法。她也比谁都了解她的老公渡边小九郎。男人不坏，女人不爱，当初她爱渡边小九郎，除了看中他的帅气，看中他的年轻，英俊，风流，倜傥之外，还看中他的"坏"。他的"坏"叫她怦然心动。他的"坏"让她魂不守舍。他的"坏"让她的心充满着幸福感。因为……如此……今日的她对渡边小九郎的一举一动就更加敏感，更加的不放心了。

她看见她老公的神态，心都痛碎了。我对你那么好，我什么都给完你了，你还吃着自己的碗，望着别人的碗。你还是人吗？她知道会有什么故事发生。但她不让他演绎出故事来。她经不起。她白家也丢不起。她下定决心，时时处处地盯紧这个家伙。她踏入谍报这个门槛时，就是跟渡边小九郎学盯梢的。现在她就用他教给她的本事来对付他。

渡边小九郎知道七姨太对他是有好感的，只是白明治这老狗对他盯得太紧了。八嘎呀路，都半截入土了，还占着茅坑不拉屎。他坚信只要有机会，他一定能够得到他要得到的东西。

一天，白明治要到东莞去收租，要待两三天才能回来。白明治很不放心七姨太，他本来打算带着七姨太去的，但因为路上很不太平，日本仔猖狂，土匪霸道，共产党游击队也很活跃，不得已才打消了这个念头。

他严厉地警告了七姨太一番，又对他的心腹下人作了一番吩咐才忐忑启程。其实这是白明治的一厢情愿，他的心腹下人再了得，敢动太君头上的土吗？就在这时，谍报课交给了白如冰一项任务，要她马上完成。渡边小九郎知道时，仰面朝天，大叹天作之合！

白明治头一天去东莞，渡边小九郎的心就爬上了蚂蚁。第二天白如冰去执行任务，渡边小九郎的心就像喝了半斤老酒，兴奋得活蹦乱跳。他多么盼望那天快些黑下来。天终于黑下来了。也不知道几点钟了，天幕上露出个羞羞答答的新月。这时候风不动，树不摇，夜气里弥散着一股淡淡的野花的香味。

渡边小九郎很兴奋，兴奋得像做新郎似的。那心怦怦直跳。

他摸着黑，蹑手蹑脚地摸到了七姨太的窗台下，附耳听听，然后双手搭上窗台，身体微微缩下，双脚微弓，然后手脚一齐用力往上一蹦……

呲！他发现他的肩膀让人摁住，蹦不上去了。

七十

渡边小九郎回身一看，摁他肩膀的不是别人，而是他的太太白如冰！

渡边小九郎很泄气。八嘎呀路！这个女人不是去执行任务了吗，怎么跑到这里来呢？

白如冰不出声。她不想在此时此地出声。她要她和她家的面子。白如冰忍着，像什么事都没有发生过。她一只手握着渡边小九郎的手，另一只手插过渡边小九郎的腋下挽着他的手臂，把这只手臂挽在自己瘪瘪的胸前。她将自己的身子紧紧地偎依着渡边小九郎，摆出一副如胶似漆的小情人的款儿，将他半拥半推地推涌出白公馆的大门外。

她把渡边小九郎推涌到没人来的而且黑麻麻的地方。

她将渡边小九郎的手臂用力一甩，大声质问道："你刚才是干什么？"

渡边小九郎像受了冤枉似的说："我的刚才没干过什么呀！"

"你为什么扒七姨太的窗口？"

"哦，你的问这个呀！刚才我的那里走过，看见窗顶上趴着一条很大的蜈蚣。我的想把它打下来。"

白如冰很气愤，她从牙缝里一字一顿地挤出一句话来："你不要脸。我告诉你，她是我妈！"

"七姨太是你妈？"渡边小九郎嬉皮笑脸地说，"我的宝贝！你搞错了吧？"

"她不是我妈，她是什么？"

"她是什么我的不知道。但我的知道她肯定不是你的妈。看样子她比你的还要小一两岁哦，她生得出你的来吗？"

"她不是我妈是什么？"

"这话你的问我，那我的又问谁？宝贝，即使是你的妈也没有什么大不了的。在我们日本，母子恋、父女恋是司空见惯的事，有什么稀奇。"

白如冰火了："你们日本人变态！"

渡边小九郎说："你的错了！我们日本民族的是个至情至圣的民族。在我们日本人眼里，一个'情'字大如天。不像你们中国人。你们中国人难道不想吗？想的！可是你们中国人想在心里，不说出来。说明你们中国人懦弱，虚伪。不像我们日本人。所以你们中国愚昧、落后、不发达。我们日本人就不是了，我们日本人敢想敢干，是什么就什么。这是民族差异，你的懂吗？比如我的喜欢你们七姨太，我的就付诸行动。明治维新以后，你们天天喊着要学日本。现在摆在这里，你的又不肯学了……"

白如冰气急败坏地追问道："你喜欢七姨太，那我呢？"

渡边小九郎说："我没说过不喜欢你的呀！我的两个都喜欢不行吗？"

白如冰觉得这家伙油嘴滑舌，能说会道，怎么说都是他有理。可是说归说，她心里却有自己的谱，我就是要盯紧你，不让你跨过雷池半步。

中国远征军不负国家和民族的厚望，出国之后连挫日寇的锐气，不仅解救了受困的英军，而且把日寇打得晕头转向。他们在战斗中打出了许多英雄豪杰。远征军名将孙立人竟潇洒地用计将日军赶上蚂蚁山，赶下鳄鱼岛，让蚂蚁让鳄鱼把鬼子咬得鬼哭狼嚎。中国远征军长了中国人的脸，在世界上赢得了很高的声誉。

从事情报工作的山根四治郎当然很清楚这些消息。他很烦恼。

他嘴里不敢说，心里头却觉得日本像一辆掉进了泥潭里的战车，有劲使不出来。中国人并不像当初预料的那样不禁打，相反他们好像是越打越勇，越打越精，越打越能打似的。国际上也倾向他们，特别是美国。过去美国是帮助我们的，现在倒过来帮中国而和我们为敌了。这样下去，这仗怎么打法？我们的前景又将是什么样？

山根四治郎是个比较典型的日本国的军事特务。他对天皇很忠诚，对实现日本帝国的战略目标很卖力。一直以来为了实现国家的战略目标勤勤恳恳，兢兢业业。现在他慢慢地觉得有点疲倦了，有点不知所措了。过去他极少喝酒，担心喝酒误事，现在竟喝起酒来了。每晚都饮两杯日本清酒。喝着喝着又改成中国的白酒来了。他觉得还是喝酒好，喝了点酒，就感到这世界会好很多似的。

山根四治郎的老婆山根纪子看见他近来经常闷头喝酒，问道："苟修瑾，你没事吧？"

"没事！"

"我看你近来经常喝酒，而且往往喝醉。"

"没事，我太累了。"

"我见你以往也挺累的，挺挺就过去了，也没有像现在这样喝那么多的酒。"

"过去年轻，现在老了嘛。"

"苟修瑾的年纪如日中天，我没感到你老了呀！"

"你的太烦了，你的不想让人吃饭是不是？"

山根纪子见老公不高兴了，于是就不说了。

山根四治郎不仅爱喝闷酒，近来还沉湎女色。其实哪个日本军人，哪个日本特务不好色？这里说的是山根四治郎对一个"色"字已经到了失却控制的地步。他经常往口袋里揣着个"冲锋一号"的家伙，一有机会就往慰安所里钻。干完，他回到家里已精疲力竭，就像死猪一般蒙头大睡。山根纪子也是特务，也隐隐地听到了前线不利的传闻。她看见老公又喝酒又蒙头睡觉，知道老公是压力太大，心力疲惫。她很担心前线的战事，更担心自己老公的状况。她很想跟自己的老公聊聊，宽慰宽慰他，但又怕挨骂。

一天晚上，她终于鼓起了勇气，对山根四治郎说："苟修瑾，你的没事吧？"

山根四治郎不耐烦地答道："没事，我的不是跟你的讲过我的没事吗？啰啰唆唆！"

山根纪子怯怯地说："苟修瑾，你的是有事的，我的发现你的和以前有了很大的不同。"

"唔……"

"是前线不利吧？我的听到了前线不利的消息了。"

"哦……"

"苟修瑾，我的是妇人之见。但我的很想把我的心里的话对你的讲讲，希望你的也听听。"

"哟西……"

"苟修瑾，这一仗如果打不好，对我们每个日本人都是一场灾难。但是如果我们得到了陈无偏的祖传秘方，我们的日子肯定要比大家好很多的。我的想提醒苟修瑾，请你的不要太苦闷了，只要你的记住把这件事办好了，我们山根家的日子，即使是打败仗了，还是可以过得下去，而且还可以过得很好的。"

山根四治郎的脑袋不禁一愣：在这节骨眼上，这话如果让上面知道了，那是要按动摇军心治罪的。不过作为夫妻间的私房话，悄悄地讲两句也无妨。都说女人心细，这话不假啊！

他想了想，对老婆说："你的说的不能说没道理。但你的只能对我的一个人说。如果不注意，漏了嘴，让别人听见了，我们的麻烦就大了。"

山根纪子顺从地说："是的，我的明白。我的不会给自己，给你的，给山根家添麻烦的。"

一天中午，陈氏医馆里坐着七八个人在求诊。

近来天时不和，加上缺衣少食，许多人扛不住都病了。病病恹恹的乡里乡亲第一时间便想起了他们的保护神，于是都到陈氏医馆里找陈无偏。

陈无偏一早就坐在他那张酸枝木八仙桌后面应诊，忙到中午连番薯癫都来不及煮了。

来看病的乡亲们有的带着几条番薯癫，有的两手空空的什么都没有。能带几条番薯癫来做诊金的他当然无比欢迎，番薯癫已是他的生活之资。但来者两手空空什么都没带的陈无偏也不会计较。他深知这年头大家都难，这些人能活下来就已经很不容易了，要他们再拿点什么东西出来岂不是叫他们死快一些？日本仔没来之前，他的家道比较殷实，那时遇到这种情况，他不仅不收诊金，而且还赠医赠药的。他感叹他现在没有赠药这个能力了。但赠医还是可以的，举手之劳嘛！以举手之劳而救人一命，又何乐不为呢？

他正在埋头给人诊脉开方，突然门口一暗，他知道又有人来看病了。

他本想看完堂上这几个人就去煮番薯癫的，他早已饥肠辘辘了，再说这个时候了，自己不吃，儿子也要吃呀！他正在盘算着，堂上在等着求诊的那几个人"呼"地起身，飞也似的跑了。

这是怎么回事？他抬头一看，发现来者不是别人，而是那屙家铲山根四治郎。

乡亲们都知道山根四治郎是日本仔，哪有不跑之理！

山根四治郎笑道："大哥别来无恙？"

陈无偏心里一窝火：鬼才是你的大哥！他最恨这屙家铲叫他做"大哥"了。我做你的"大哥"，我还会是好人？陈无偏黑着张脸不理会他。

山根四治郎早已习惯了陈无偏的这副面色了。要不是为了那张秘方，按照他的脾气，他早把陈无偏剁成肉酱了。

　　他背着手，讪讪地在屋厅里踱步。

　　屋厅里的人跑光了，地面上剩下横七竖八的一堆小板凳。看着这堆横七竖八的小板凳，山根四治郎又一次感受到陈无偏的了得。

　　一个乡下郎中，要设备没设备，要派头没派头，可就有那么多人信他。他要是没有真本事，能有那么多的人信他吗？就凭这一点，他觉得他的揸颈就命（粤语，忍气吞声）是值得的。刘玄德三顾草庐，请出了一位高人。我揸颈就命受点气，将来能得到他那张祖传秘方，不是很值得吗？这张秘方是块活宝，它能够给他变出许许多多财宝啊！

　　他说："大哥，小弟已经等得很急了。"

　　陈无偏当然知道他问什么，他扯开话题故意问道："你想解手？"

　　山根四治郎笑道："不是不是。"

　　陈无偏说："那你急什么？"

　　山根四治郎说："我的是想问大哥你的那张祖传秘方，什么时候才能够给得到我的呢？"

　　"哦！"陈无偏望着山根四治郎，心想这冚家铲真是乌龟吃秤砣，铁了心要我家的宝贝了。冚家铲，我能给你吗？我不给你，你这冚家铲又会做出什么伤天害理的事来呢？

　　山根四治郎苦苦相逼道："大哥，你说呢！你给我个明确的答复好么！"

　　陈无偏也是铁了心，死也不会给他的。事到如今他也只能能推即推，能拖即拖了。

　　他说："这就得看你们了。"

　　"看我们？看我们什么？"

　　陈无偏说："我这张祖传秘方放在广西梧州的一个亲戚那里，即使我想给你，我也没办法去拿呀！"

　　"番禺就没有啦？"

“没有。”

“你不能把它回忆出来吗?”

“不能,这张方子太长太复杂了。”

“你能回忆多少就回忆多少嘛!”

“不行,这是人命关天的事,弄错会死人的。”

山根四治郎无计,心想现在梧州还是国民党辖区,日军还未占领,无法过去。这事又不能硬来,只好暂且作罢。

七十一

白明治从东莞回来了,白如冰压根儿不敢提到她老公渡边小九郎扒七姨太窗户的事。她只对她老爸说,她想和渡边小九郎搬出去住。

白明治听了,好像大热天得到一杯凉开水。鉴于做父亲的身份,他虚情假意地应道:“怎么住得好好的又想搬出去?”

说了这句话又怕女儿转口,他马上接着说:“你们年轻人也想过二人世界的生活的,搬出去也好。可是你们搬出去住有房子吗?如果没房子要租屋住,租房钱我出吧!”他摆出一副非常疼爱女儿的款。白明治平日也确实很疼爱自己的女儿的,这回他更觉得女儿孝顺。自己不好启齿的事,她都为自己考虑到了。

白明治讨了七个老婆,只生了两个儿女。这两个儿女都是大婆生的。大的是女儿白如冰。小的是儿子,叫白德,今年念高中。

白德在学校里看上了一个女同学,这女同学却不理睬他,令他非常苦恼。白德自认自己长得不赖,穿戴打扮更没问题了。其讲究其时髦在学校里他认第二就没人敢认第一的。可是学校的女同学就瞧他不起。何止女同学瞧他不起,他发现男同学更瞧他不起。他们在他背后骂他是汉奸仔,是日本仔播的种。他去老师那里告状,老师也不理会,令他更加苦恼。白德觉得学校没什么意思,他待在家里,不愿上学了。白德是白明治的心头肉,他的很多希望都寄托在他的宝贝儿子身上，一心想着他长大之后继成衣钵，继续和东洋人做生意，赚大钱的，不愿读书怎么行?!

他把儿子找来，问道："乖仔，你怎么不去读书?"

白德把头拧到一边去，不理睬他的老爸。

白明治急了："乖仔，学校是读书的地方。读书才能识字，才能增长知识，长大以后才能做大事，挣大钱。你年纪小小的不去读书，长大有什么用?"

白德不吭声。

白明治说："别家的孩子想读书，可家里都没钱供他读，你老豆有钱供你读书，你却不愿去读了，你是不是想把老豆气死?"

白德还是不吭声。

白明治说："乖仔，只要你愿意去读书，老豆就什么都答应你。喔?"

白德终于开口了："老豆，你既然什么都答应我，你就答应我让我不去学校读书吧!"

白明治生气了："岂有此理! 你是愿意读书，老豆才什么都答应你的，你都不愿意读书了，我还答应你什么? 你，你居然还要我答应让你不去学校读书哩，真是岂有此理! 你跟我说清楚，你为什么那么怕去学校读书?"

白德说："我觉得学校没什么意思，所以不想去。"

"学校怎么没意思呢? 学校是读书的地方。读书不是玩。读书是要用功的，不用功当然读不进去。读书自然会枯燥一些。虽然现在枯燥一些，苦一些，但是将来学成之后就大有好处了。你明白吗? 老豆不会点条黑路让你行。老豆要你读书是为了你好，老豆当年就是这样走过来的。知道吗? 你很乖，听老豆的话，去上学吧!"

"我不去，就是不去!"

白明治火了："为什么不去? 道理都给你讲清楚了，你还不去。不去，打也打到你去!"白德是他的心肝宝贝。长到那么大，他连屁股都没有轻轻打过他一下，现在竟然吆喝着要打儿子，这白明治是真的动肝火了。"你去，你不去，你把不去的道理讲出来。你再这样，我就要打你了！"

白德急了，大声说："他们对我不好，所以我不去！"

"他们对你不好？是谁对你不好？"

"是同学对我不好！"

"嗜！我还以为是什么大事。同学对你不好你就不去读书！你怎么那么蠢！你是为了你的同学读书的吗？老豆教你：好好读书，不要理他们。知道没有？"白明治在喉咙里说道。

"可是我想理她。"

白明治恨铁不成钢，他用指头往白德的额头上戳了一下："你真是把贱骨头。人家对你不好，你为什么还去理他呢？他是谁，怎么那么值得你那么怕他，去巴结他？呃？"

白德吭哧了小半天，终于说道："她是个女同学……"

白明治眼睛一亮："喝！大个仔了喔，懂得追女仔了喔。好，好，好！像你老豆！"

他笑着问儿子："她长得漂亮吗？"

"漂亮！"

"嘿嘿！我不是白问吗？不漂亮我的儿子会追她吗？嘿嘿嘿！她家里有钱吗？"

白德轻轻地摇了摇头。

"噢！她家里没钱？她家里是穷人？"

白德轻轻地点了点头。

白明治说："好！你老豆从来都不看重什么门当户对。其实穷才好，女孩子家穷才听话。你知道我们家还是有点钱的，只要你不是败家子，老豆的钱你吃几辈子也吃不完。你可以拿点钱去接济接济她呀！如果真把她追成我们家的新抱（粤语，儿媳妇），这钱也花得其所嘛！"

"人家还看不起我们家的钱。"

"什么？"白明治的老眼睁得大大的，"什么？你说什么？"

"她看不起我们家的钱。"

"她跟你说了？"

"是的。"

"这倒怪了，这世界还有看不起钱的。她的脑子有问题了。她读书成绩怎么样？很差劲的吧？"

"不，她的成绩非常好，全班数一数二。"

"这就怪了。既然很聪明，怎么又会跟钱过不去呢？你领会错了吧，她的原话是怎么说的？"

"她说，我们家的钱是脏的。"

"啊？！岂有此理！"白明治怒不可遏，"我们家的钱怎么是脏的？呃！"

"她说我们家的钱，是舔日本仔的屁股舔来的。不仅她说，班上的其他同学都那么说。"

"岂有此理！真气死我了。儿子，我告诉你，你去告诉他们。老豆的钱是干净的，是从日本人手中赚过来的，是你老豆的劳动所得。难道日本人的钱就赚不得吗？"

"他们还骂你是汉奸……"

"这更胡说八道！"白明治气急败坏地说，"你们这些年轻人天天说汉奸、汉奸。你们懂什么叫汉奸？人家搞明治维新，把国家搞强大了。我们不去学人家，光在那里嫉妒人家。世界的规律是物竞天择，强者为王，落后挨打。这有什么可说的呢？谁叫你落后呀？谁叫人家强大呀？我这个人就是服从强者，尊重强者。谁让我赚钱，我就说谁好。难道这不符合竞争规律吗？你们那些学校也教不出个什么道道来，不去也罢。以后老豆送你到东京去。那里的学校才真正有水平，才不致误人子弟。"白明治讲完之后，抄起了"士的"棍，气鼓鼓地走了，留下了被他数落得一愣一愣的儿子。

可白德不赞成老豆送他到日本东京去读书的说法。他不愿去日本。

在学校里的老师同学，没有一个说日本是好的。他未去日本，就已经很让大家瞧不起了。去了日本，不让大家的口水花淹死才怪。日本人侵略中国，这是铁的事实。白德眼见耳闻，也是这个事实。日本仔未来之前，市桥、金窝村不是现在这个样子的。现在断壁残垣，破破烂烂。过去大家的生活也不是现在这个样子的。现在许多人都缺衣少食。他知道这些都是日本仔造成的。他也痛恨日本仔。

可是他觉得同学们不让他痛恨日本仔，还硬把他往日本仔身上推，令他很气愤。过去他一直认为同学们嫉妒他家有钱，故意排斥他，为难他，往他头上泼脏水。刚才听了老豆的一番话，他深深地发现老豆是维护日本人，帮着日本人，同日本人一个腔调的。难怪人家有这个看法了。大姐又到日本去读书，还带个日本老公回来，难怪人家用这样的眼光来看我们了。他不满意老豆的这番说话，他不喜欢大姐带回来的这个日本老公。他甚至不愿意家里这么有钱。他愿意和大家一样过着缺衣少食的日子，一起咒骂日本仔。他知道有些同学偷偷地去散发抗日传单的，他也想和他们一起去散发传单。总之，他愿意和大家一样同甘共苦，一起反对日本帝国主义。可是他现在连仇恨日本仔的权利都被同学们剥夺了，令他非常难过。这不是老豆不是大姐造成的吗？

想到这里，他不禁恨起了老豆，恨起了大姐，恨起这个家来了。他觉得国难当头，再衰莫过让人在背后指着骂"汉奸"了。他越想越气。他觉得不如没有这样的老豆，没有这样的大姐或者还好。

于是他突然冒出了一个念头：离开这个家，离开老豆和大姐，做一个普通的人，不让人指着背脊骂。

可是离开家里到哪里去呢？他琢磨了小半天，最后拿定了主意：到外婆家里去。外婆很疼我，舅父也疼我的。外婆家在新造，离这里远，没人知道我家里的情况，就没人瞧不起我，孤立我，指着背脊骂我了。

决心一下，他就找了个机会，偷偷地跑了。

晚上吃饭少了白德，白家上下都非常诧异：这位大少爷每餐未开台就最先入座等吃的，今晚到哪里去了呢？下人们在公馆里里外外找了一遍，都没看见他的影子，赶快向太太报告。白明治的大婆听见自己的宝贝儿子不见了，一时像丢了魂似的呼天抢地哭了起来。

白明治正在陪七姨太，突然听见他的原配夫人在号啕大哭，立时慌了神：这是怎么回事？

他马上从七姨太的房里跑出来，问道："哭什么？哭什么？哭衰哭败！你哭什么？"

大婆见了老公，哭得更大声了："德仔不见了……"

白明治娶了七个老婆才得了这么一个香炉趸（粤语，家中唯一传宗接代的男孩），以后传宗接代都靠他的了，如今竟突然不见，真是天要塌了下来了！

他两眼一黑，"咚"的一声跌坐在地上。

白德从家里出来，心里很兴奋。他觉得自己像一只飞出了笼中的小鸟，前面是海阔天空，这回可以任意飞翔了。他记得妈妈带他去新造，每次都是从市桥坐船去的。从金窝村到市桥的路他认得，也走过几次，就先走路到市桥吧！

一路上他看见的村落都断壁残垣，看见的田地都很荒芜。路人衣衫褴褛，面带菜色。过去他走这条路去市桥，所见的景象哪是这样的呢？他明白这是日本仔来了才成了这个样子的。好不容易到了市桥。市桥也是冷冷清清，死气沉沉的。他记忆中的市桥不是这个样子的。这不也是日本仔来了才成了这个样子？他真恨日本仔！他觉得自己的离家出走是对的。不帮中国人而帮日本人，这算什么？凭着过去的记忆，到新造去的船是靠在江滨码头的。

白德便向江滨码头走去。到了江滨码头，白德没有看见去新造的船，一打听，原来船还没有靠岸。那就先到饭馆去吃点东西吧。

他走到附近的一家饭馆去。坐下。马上有侍者过来，很有礼貌地问道："先生，你想吃点什么？"

白德觉得新鲜，有人叫他"先生"了。哈哈，我长大了！他学着平日跟老豆去饮茶食饭时看见的老豆点菜的派头，把手向侍者轻轻一挥，说："你们店的招牌菜，随便上几个就是了。"

侍者应道："先生真够气派！"然后高声向厨房通报："太爷鸡、秘制烧鹅、红油东坡肉、韭黄炒滑蛋、清蒸桂花鱼……"侍者训练有素地一口气报了长长的一串菜谱。厨房也很迅速，转眼间就把菜上齐了。

侍者在旁边很有礼貌地问道："先生，我们店藏有许多好酒，你是不是也上点……"

白德还不懂饮酒，他也不答话，只将手轻轻一摆了事。满桌佳肴，色香俱佳，白德急不可耐地举筷要试试它的味道。他每碟下了一箸，呀！真是味道鲜美，妙不可言！

他上午一直在想怎么离开家里，没有认真吃过什么东西，从金窝村走到市桥，又是长长的一段路程，到现在已金乌西坠，肚子咕咕了。此时他更加觉得桌上的菜肴好吃，于是风卷残云，三下五除二把它扫光了。

坐在收银台旁边的侍者看见白德吃得差不多了，便走过来，静静地等着他埋单。

白德从裤袋里掏出洁白的手帕，很斯文、很有教养地在嘴巴上轻轻地印了印，然后把手伸入衣襟里掏钱。

他的手往里边一摸，两道眉毛不禁倏地往上一扬："咦！"

站在旁边的侍者跟着一愣："你'咦'什么？埋单！"

白德望着侍者怯怯地说："我忘记带钱了……"

侍者一听，心里一紧：这怎么好向老板交代？他当胸一把揪住白德的衣襟，用力地摇了摇，恶狠狠地骂道："你这个死姑爷仔，想来我们这里骗饮骗食！你快把钱拿出来，否则我今天就打残你！"

白德从小长在蜜罐里，是女人们哄着长大的，哪里受过这般滋味？于是吓得"哇"的一声哭了起来。

这事惊动了老板。他走过来看了看，发现这后生仔不像个姑爷仔，那气质应该是个富家子弟。开门做生意，真得罪了人也不好呀！但也不知是真是假，他看见这后生仔穿的衣服挺有质地的，还戴着手表哩，于是说："后生仔，我们也不想为难你，但白饮白食是不行的。你既然忘记带钱，就回家去拿吧！但我们又怕你走了不回来，只好把你的衣服手表解下来了。等你把钱拿来了，我们就把你的衣服手表给回你吧！"说完，吩咐伙计把白德的衣服手表解了下来，放他走了。

这时，市桥街已经黑下来了。白德在这里举目无亲，能去得哪里？他又疲倦又害怕，一个人在人影寥寥冷冷清清的市桥街上兜了一圈，最后走到一处骑楼底，靠着墙壁坐了下来。这一晚。他又怕，又冷，四周蚊子又多，他哪能睡得着觉？他弯着身子搂着双腿，哆哆嗦嗦熬了一个晚上。好不容易熬到了天亮，他马上起身，照着原路回金窝村去了。

白家丢了一位将来要捧神主牌的少爷，乱了套了。白明治的大婆哭哭啼啼，白明治自己更唉声叹气，两口子六神无主地度过了一个不眠之夜。

第二天上午，下人报告少爷回来了。大婆鞋也忘穿，光着脚跑出门口，一把搂着白德"仔"呀"仔"地哭了起来。

白明治高兴得结结巴巴、语无伦次地直叫："快，快，快，准备鸡公猪——肉，快，快，快，准备猪肉——鸡公，烧，烧，烧——香，还——还神……"

七十二

20世纪上半叶的中国是一个贫弱的大国。中国要抵抗日本这个富强的小国的侵略，就必定要付出沉重的代价和巨大的牺牲。自抗战以来，国共两党所领导的军队以及广大人民群众立下"宁死不做亡国奴"的决心，鼓起了"把我们的血肉筑成我们新的长城"的坚强斗志，和日本侵略者进行了殊死的战斗。日军在中国军民的拼死抵抗之中陷进了战争的泥潭，在战争的后期，他们同时还要面对美、英等强国的打击。

为了尽快跳出中国这个战争泥潭，好应对美、英的打击，1944年，日本侵略者在我国发起了豫湘桂战役。他们的目的是打通大陆交通线，进而切断美、英等国家通过云南和中国的联系，以图尽快地"吃"掉中国，结束这场战争，好专一地对付美、英等强国。豫湘桂战役是日军在侵华战争中发动的一次规模最大的进攻战。在短短的八个月中，国民党军队折损五六十万人，日军略地二十余万平方公里，陷城一百四十六座，占领国民党空军基地七个、飞机场三十六个。中国人民生命财产的损失不计其数。中国军队步步为营，用敌寇的血染红自己阵前的每一寸土地。日军付出了巨大的牺牲和沉重的代价之后，基本上达到了其主要的作战目标。日本举国欢腾。日本国内的报纸大肆宣扬。

每日必读日本报纸的白明治知道这些消息，也像日本人一样高兴。他很希望日本人打赢这场战争。他做着日本国的生意，他觉得他代表着日本国的利益，日本人打赢了这场战争，他绝对不仅仅是只分到一杯羹的，他觉得自己肯定会得到莫大的好处。所以他巴不得日本人多打胜仗，好让他日后得到更多的利益。

看了日本报纸的当晚，他喜滋滋地走入七姨太的房间。七姨太看见白明治来到自己的房间，很殷勤地迎上来，帮他脱下外衣，顺手挂在衣帽架上。

七姨太本来就貌美如花，且正值妙龄，白明治看她一动一静，一颦一笑，举手投足都是一道道美丽的风景。特别是那袅娜的风姿，颤动的曲线更让他入目动心。他突然心旌翻飞，发起了少年狂，一把搂住七姨太，向她乱摸乱吻。摸过吻过，还嫌不够，他把七姨太推向沙发床边，把她压在床上，撕扯她的衣服。才把七姨太的衣服撕扯开，他的五分钟热度就过去了。只好涎着脸退下阵来。他东看西看，没话找话地说："这鬼天气，动一动就一身是汗。"七姨太果真一身是汗。她被白明治弄得一身火辣辣的，现在又让他晾在一边。不过她也已经惯了，这几年来哪次不是这样。

她闭着眼睛躺在床上。白明治把她挽起来，很绅士地问道："睡着啦？"

"唔……"七姨太懒懒软软地应着。七姨太哪里在睡！其实这时的她在想着一个人。这个人是白家的姑爷渡边小九郎。其实渡边小九郎还没有和七姨太发生过什么有情有节的故事，但七姨太觉得渡边小九郎给她的印象很好，年轻、英俊、活泼、多情。她看得出渡边小九郎喜欢接触她。每次看到他，她都感到这世界突然变得美好许多似的。她喟叹命苦，如果是他来配她，这日子将是多么的美满和幸福啊！可是这渡边姑爷到哪里去了呢？

白冰和渡边小九郎搬出外面去住，那是白家的一段尴尬，是轻易不让人知道的，七姨太和此事有关，这当然就不能让她知道了。七姨太也不敢随便问，但她却把这桩事想在了心里。

白明治一边帮她整理让他扯开扯乱了的衣服，一边找话哄她说："阿娟，你知道吗？日本人在我们中国打了大胜仗了。"好像他不是中国人，是外国参观团在观望战事似的。七姨太还是闭着眼睛，她不想理他。她知道白明治对日本人好，心里向着日本仔，村民们恨死了他。如果大家再听到他的这句话，不用口水花淹死他才怪！

白明治继续说："日本好呀！日本山清水秀，民风淳朴，谦让有礼而且又发达富强，不像我们中国愚昧落后……"七姨太没有兴趣听这些胡话，她还是软软地躺在那里不去理睬他。

白明治说："阿娟，到打完仗了，我带你去日本，你高兴吗？"

这句话倏地使七姨太来了精神。她本来对日本国是没有什么好感的，自从认识了渡边小九郎，她对日本国徒有好感了。日本国能出这样的人才，肯定是个好地方。

她睁开凤眼，娇滴滴地问道："是真的吗？你没有骗我吧！"

"怎么不真！"白明治信誓旦旦地说，"你是我老婆，我还会骗你吗？"

七姨太笑了，笑得很柔媚，很动人。

白明治说："日本这个地方美极了，我到了那里读了几年书，就流连忘返，不愿回来了。到时候我带你去看看终年白雪皑皑的富士山和富士山北麓的富士五湖。东京高耸入云的大厦，和镶金铺银的银座。远眺巍峨庄严的日本皇宫。游玩花团锦簇的新宿御苑。还有上野的樱花，还有党岭的红枫，还有镰仓的大佛，还有箱根的温泉，还有万众游乐的浅草寺，还有山明水秀的滨离宫庭园。还有……还有太多了，讲不完了。可是有一点你是做梦也不会想得到的，就是他们的茅坑，竟比我们的房间还要干净、美丽。至于吃的我就不讲了。你老公我有的是钱，到时候你见到好吃的就尽管吃，吃到够。"

七姨太的脸笑成了万里晴空的一轮明月。

看见七姨太高兴，白明治又说："打完仗我就到日本去开一间店铺，卖我们中国的土特产。你做老板娘，负责坐柜台，专管收银。我的几个老婆只有你出得厅堂，压得住场面。你这样的脸蛋，你这样的身材，穿起和服，比他们的日本女人还要漂亮……"

白明治还没有讲完，七姨太已经按捺不住，她一步冲过来，"波"的一声，在白明治的老脸上狠狠地亲了一口。

白明治在报纸上看到日本人用放鞭炮、提灯游行、吃红豆饭的方式来庆祝这一胜仗。他也想学学。放鞭炮和提灯游行他还不敢，他知道他搞了，村民们一定会恨死他。可是吃顿红豆饭外人倒无从知晓，而且从日本念书回来都没有吃过了，好，就吃顿红豆饭！

他吩咐厨房煮红豆饭。可是红豆饭煮出来了，白明治吃起来却发现不是他年轻时在日本吃的那个味。他很不高兴，把煮饭的厨娘骂了一顿。

厨娘脾气好，她笑道："老爷，我都没有吃过日本仔的什么红豆饭，我怎么会做啊！"

白明治骂她："以后不准叫'日本仔'，这样不礼貌。"

白明治心想，厨娘说的也对，她都没有吃过日本人的红豆饭，她怎么会煮呢？好！我吃过，我自己来煮。我要煮出地道的日本红豆饭的风味来！

白明治亲自下厨了！事先他认真地回忆了一下三四十年前在日本读书时所吃过的红豆饭的滋味，分析它可能使用的配料以及可能采取的烹调方法，然后真的动手来做了。

七姨太正沉浸在将要去日本旅游和在日本做老板娘的喜悦之中，听说老头子要亲自动手煮红豆饭，她便主动前来助阵。她娇滴滴地在白明治身边转来转去，帮这帮那，有些是帮对了，有些却是帮了倒忙。白明治不仅不生气，他反而更加高兴。其间七姨太还和他打情骂俏，使他心里徒有红袖添香夜读书的感觉。

这事倒挑了白明治的另外六个老婆的眼筋了。

大老婆是奉父母之命，听媒妁之言娶回来的原配。她为白明治生了一对子女。这个女人在白家非常霸道。她长得像只冬瓜似的，一身赘肉，走起路来那身赘肉一墩一墩地颤动。她用眼尾斜了七姨太一眼，嘴皮一撇，在心里恨恨地骂道：骚货！她恨得双手早已发痒。要不是老家伙死死地护着这骚货，我不知收拾她多少回了。

二姨太是市桥街上的一户贫家女子，入到白家之后饱受大婆的欺负，因为无出，又受到白明治的冷落，于是念起佛来，一天到晚佛珠不离手。她看见白明治和七姨太打情骂俏，恩恩爱爱地在一起煮红豆饭，不禁想起自己饱受冷落的处境，鼻子一酸，轻轻地说道："阿弥陀佛！太欺负人了，会遭恶报的。"

三姨太娘家的家境过得去，有个兄弟在市桥当警察，所以即使受了冷落，也不惧怕大婆。她整日愤愤然，手里端着把银打的水烟筒，云吞雾吐的终日抽个不停。她看见白明治和七姨太那副恩恩爱爱的黏糊劲，气得往烟筒嘴里用力一吹，把水烟筒上那颗烟丝团吹得老高。

四姨太何徒生是个穷学生。白明治在一个偶然的机会认识了她。他觉得女学生挺新鲜的。而家里的老婆个个都愚昧无知，不如弄个女学生来得有趣。他知道这女学生很希望像安徒生那样写出许多童话作品来。白明治马上把他那个挂着两排竹琴似的胸脯拍得山响："钱不是问题。我可以帮你出书，助你成名！"他很快就把这女学生哄进了怀里。可是到了手后，他发现女学生也并没有什么特别的地方，于是也像件穿过的衣服似的把她晾到一边。四姨太何徒生手里捻着一卷《安徒生童话集》，长吁短叹地恨自己遇人不淑。她看见七姨太像只百灵鸟似的围着白明治，心里骂道："你将来的下场恐怕比我都不如！"

五姨太是个梨园女子，是一个过山班的二流花旦。白明治发现她长得好看，用钱把她买回来的。可是这个花旦到了白家以后好像水土不服似的，一天到晚病恹恹的没有精神。人一天瘦过一天，最后竟像一条豆角。白明治觉得她好像铁了心要砸自己的招牌。自己家是那么富有的人家，怎么养得个老婆像半年没吃过饭的难民似的。那胸脯像块洗衣板似的更令他没有兴趣。他就把她冷落了。她看见白明治游龙戏凤般的狂劲和七姨太如坐春风的神情，心里恨恨地骂道：一对狗男女！

六姨太是大老婆的陪嫁丫头。大老婆觉得老公死性不改，反正自己的陪嫁丫头也已经到了老姑娘的年纪了，不如就肥水不流外人田把她许配给这死老头吧。她觉得自己的丫鬟自己好控制，不像外人那样令自己不开心。白明治当然笑纳了。但他很快发现做丫头的气质不行，至于相貌就更不必说了，于是很快就厌倦了这个原配夫人的嫡系部队。六姨太当然迁怒七姨太。她看见七姨太在白明治的宠爱下娇娇哆哆的样子，恨得鼓鼓的，在心里头咬着牙根骂道：看我几时掐死你！

红豆饭终于煮好了。几位姨太太早已恨饱了肚子，她们哪里吃得下？都编出各自的借口走开了。

大老婆是一家之主，对白明治是有感情的，她坐近饭桌，吃了白明治为了庆祝皇军胜利而煮的这顿红豆饭。

她坐进来的时候恨恨地剜了七姨太一眼，心里骂道："你这个骚货，我总有一日要收拾你的！"

七十三

吃过了这顿浪漫的红豆饭，白明治觉得自己好像年轻了许多。很快他便痛苦地发现这年轻的感觉仅仅是在心里，在心外还是不行。这真令他扫兴。到底是岁月不饶人啊！不知阿娟对此有什么感觉呢？他很烦。

又到收租的时间了。白明治打点了一下，便到市桥收租去，顺便也散散心吧。沦陷前他去市桥是坐"山兜"去的。所谓"山兜"，就是一种便轿。它用一把藤躺椅穿上两根竹杠，绑紧扎实，上面再用小竹子搭上一个布做的小凉棚，人半躺在上面，日不晒雨不淋，由轿夫抬着走，一悠一悠的舒服极了。沦陷以后四处都闹游击队。白明治觉得再坐"山兜"去市桥太招摇，怕不安全，便不敢再坐了。他买了一条很时髦的烧油的小火轮，坐在上面，又快又稳，而且还威风得很。他好长一段时间没有去过市桥了。以往收租都是管家去的，只因近日心情不算太好，他想出去散散心，于是便踏上了去市桥之路。

在市桥街上，他看见了许多日本兵。他觉得奇怪，怎么这些日本兵多是老人兵和娃娃兵呢？看他们举手投足，一动一静，都不太像个军人，倒像是个刚穿上军衣不久的老百姓。不是说日本刚打了个很大的大胜仗吗？怎么他们的军队却是这个样子的？

白明治对日本的军人应该是很熟悉的。当年他在日本留学的时候，就经常被学校组织去日军兵营里参观。日本军国主义对中国的留学生有条潜规则，一是向他们灌输日本文化，给他们讲日本是如何如何的好；二是向他们炫耀日本的武力，组织他们参观日本的飞机、大炮和军舰，近距离实地观看日本士兵的训练，向他们展示日本军队是如何的了得，以摧毁他们的民族意志。日本军国主义的良苦用心吹糠见米。日本发动侵华战争后真有不少中国留学生附逆做了汉奸卖国贼。白明治当年就是一个被摧毁了民族意志的中国青年。

在参观中有一个项目是一个日本兵扛枪站在操场上，日本兵的旁边站着一个日本军官。这日本军官手里抓着一只鸡。这只鸡在日本军官的手中被抓得喔喔直叫。在大家的目光都集中到鸡身上的当儿，那军官猛地将手中的鸡往空中用力一扔。扛着枪站在操场上的那个日本兵"啪""啪"的两下子把扛在肩头的"三八大盖"取下，然后端起枪，瞄都不瞄，只是将枪杆往天上一举，同时把扳机一扣，"乓"的一声，那鸡被打下来了。

这"乓"一记枪声，深深地震撼了白明治。他觉得日本兵太厉害了。这样厉害的军队哪个能打得赢他？这个项目每次参观必有，不同的时间不同的地点不同的士兵，但厉害的程度却是一样的，日军的这一耀武扬威像块烙铁，在白明治等人的心目中烙下了深深的印记。他们深深地折服了，这样厉害的军队是万万不能和他对抗的，谁和他对抗，那将是螳臂当车，死路一条！

可是今天白明治看见的日本士兵却稀稀拉拉，松松垮垮的，跟自己几十年前所看见的日本兵明显不同。这到底是怎么回事？这样的士兵到底行不行的？白明治把日本仔的军队当作自己国家的军队来关心了，或者说白明治把自己当作日本国民来关心日本的军队了。白明治明白，他是做日本人的生意的，他的利益是和日本人捆绑在一起的。日本人打赢了，他肯定得到莫大的好处。如果日本人打输了，他肯定吃不了兜着走。于是他很想日本人打赢。不是说日本人打了一个很大很大的胜仗吗？怎么他们的军队是这个样子的呢？这个样子的军队打下去能取得最后的胜利吗？他决定了解一下这个情况，看到底是怎么回事。

他想了好久，觉得要了解清楚这个情况，最好的办法就是去问问日本人。他的乘龙快婿就是日本人，但他觉得他不行。他是做特务的，而且又轻浮，你问他，他还不是像江湖佬一样向你推销狗皮膏药！他决定找些带兵打仗的日本军官问问，那样得来的情况更准。可是到哪里去找日本军官谈呢？去他们的兵营？他们会嫌你妨碍公务，碍手碍脚的，烦你还来不及，还有心情和你谈这些？请他们上茶楼酒馆去谈？钱不是问题。问题是我没有这方面的经验。把整座酒店包下来好像又不太合适，不把整座酒店包下来里头人也太杂了，近来广游二支队又很活跃，一旦出了问题我就不好交差了。想来想去觉得还是请到家里来比较合适，一来有面子，二来安全问题容易解决。

他把这个想法跟老婆们讲了。这好比一块大石扔进了一口宁静的池塘里，立即掀起了轩然大波。

大老婆急了。她对白明治说："老公，你是跟我们说着玩，想吓唬吓唬我们的是不是？"

白明治说："这年头谁还有心思玩这个？我是说真的！"

三姨太说："日本仔都是些十恶不赦的杀人狂徒喔！"

白明治说："打仗嘛，打仗的本身就是杀人的，这没有什么值得大惊小怪的嘛。"

二姨太捻数着手中的念珠说："阿弥陀佛，我们村好多人都遭到了日本仔的杀害，他们真可怜啊！"

白明治不耐烦地说："别说这些人了。有道是，可怜之人必有可恨之处。他们太蠢了，同太君斗什么？明知到以卵击石的结果必定是卵破石存的，你还去击？你不击还有只鸡蛋握在手上呢，你这么一击就什么都没有了。这不是说明他们这些人蠢到没药医吗?!"

四姨太是个读书人，想得自然要比那几个女人深一些。她说："把日本仔请到家里来，不知道左邻右舍会有什么看法。"

白明治说："我们只管做我们自己想做的事就可以了，为什么要看别人的面色呢？要看面色是他们都要看我的面色。你们不要搞错了。"

五姨太越想越不明白。她说："我们过得好好的，为什么非要请个日本仔到家里来不可呢？"

白明治骂道："你们的脑袋都长在裤裆底下的。我请他们，肯定是有我的目的，有我的意图。没目的没意图我请他们干什么？你以为我是吃饱了撑得难受呀?!"

六姨太说："我知道老爷请他们肯定有老爷的目的，但我们实在是怕呀！"

白明治说："我当然知道你们怕，所以我都没有打算叫你们帮我做什么。既然你们怕，我看避避也好，到那天你们有几远去几远，免得给我节外生枝。"

七姨太阿娟没作声。她想她是老爷内定将来到日本去做老板娘的，连个日本人都不敢见，到时候怎么去日本做老板娘？她神清气定，文静大方地坐在那里不作声。

白明治心想：还是老七出得厅堂！

主意一定，白明治就开始谋划请客的事了。高丽刚司大佐的联队据说在豫湘桂战役中表现出色，打了许多胜仗。现在从广西撤回广东休整。这是胜利之师啊！就请他吧。

白明治亲自上门邀请。他面见高丽刚司，看见他的年纪应该是三十出头，中等身材，坚毅沉实，铁骨铮铮。心想这真是一员虎将。有他这样的人冲锋陷阵，哪有打不胜的仗呢！

他双手递上自己那张日文名片，介绍了自己的身份，同时又给高丽刚司戴了一摞高帽子，最后说还要请他去自己家里去吃饭。

刚打完胜仗的高丽刚司大佐正踌躇满志而又无所事事。他听见有人吹捧自己还要请自己去做客吃饭，顿时高兴得左眉上那道伤疤凸起而发亮。中国人恨我们日本人恨得咬牙切齿，而这白明治先生却要请我们去吃饭。这真叫人开心。他想白明治君是我们帝国教育出来的学生，是中国做我们日本国生意的出色的有成就的企业家，他依靠我们日本国发了财，现在感激我们，要表示表示点意思报报恩。这对我们来说是件大大的好事，也很安全，是应该去的，于是一口答应了。

白明治觉得日本人爽快，说请就来，很给面子。有太君罩着，以后看中国人有哪个敢欺负我？回来以后，他马上着手筹备接待的事宜。

他去市桥请了个一流的厨师。吃的东西嘛，鸡鸭鱼肉是不行了，这样的东西哪能用来接待贵宾呢！起码也要龙虎会、龙凤呈祥这样稀罕的东西吧。在筹备中，白明治的原配夫人和几位姨太太都愁眉深锁，惶惶不可终日。

白明治嫌她们碍手碍脚的，对她们说："你们既然怕，就走开吧，走得越远越好！"

他回过头看见七姨太，又说："到时你也避一避。小心驶得万年船。"

经过了周密的准备，白明治终于把日本的贵宾请到家里来了。为首的是联队长高丽刚司大佐，还有大队长一入三郎中佐，参谋源内勇司少佐，副官增满佑二少佐，中队长石狩一夫上尉，小队长竹入亦男少尉和勤务兵小柴健也二等兵。六个当官的别着手枪，系着军刀。那个当兵的斜背着一支"三八大盖"。七个人各骑着一匹东洋大马，威风凛凛地来了。

他们来到了村口，白明治得知，马上赶出村口，把他们迎到家里来。

以高丽刚司为首的七人七马在白明治的引导下，一路扬尘地来到白公馆门前。白明治早已横架着一根长长的杉木给日本仔拴马。高丽刚司一行翻身下马，把马匹拴好，跟在白明治身后，走进了白家的小洋楼里。

入到客厅，里面已经摆好椅桌，桌上排好碗筷。在那张酸枝木镶大理石的大圆桌上光酒就摆了三圈。一圈是中国的茅台，一圈是法国的香槟，一圈是日本的清酒。各样的酒瓶旁边摆着与酒品相配的精美的酒杯，真可谓排场之至。白明治招呼客人入席。

高丽刚司等入席坐下，不禁翘首四望。这客厅中西合璧：罗马柱、精细入微的半裸淑女雕像和笔随心运、墨迹洒脱的明清字画。它们挤在一块虽然有点不伦不类，但却也件件精细，单看起来确也令人赏心悦目。

客人坐定之后，白明治大声吩咐："上菜！"侍者应声上菜。上菜的速度匀而有制，快慢适中，比酒家的还要讲究。在上菜的当儿，高丽刚司的脑袋像只货郎鼓似的来回晃个不停。他本来也是个穷苦出身的孩子，当初是为了图个出身，将来博个荣华富贵，封妻荫子而应募从军的。十几年来他搏杀沙场，立下战功无数，做到了大佐联队长，但却没有好好地享受过。今天看见了白家这个场面，他先是目瞪口呆，继而心里产生了不平衡："八嘎呀路，怎么这个家伙那么有钱?!"

菜上齐后，白明治拿起茅台瓶子，给各位日本仔斟酒。他把酒杯举起来，说："祝天皇陛下万寿无疆，干杯！"

高丽刚司回过神来："哦，哦，哦，祝天皇陛下万寿无疆，干杯！"

在场的几个日本仔都大声嚷着："祝天皇陛下万寿无疆，干杯！"

白明治又给各位日本仔斟第二杯酒。"这杯酒是我敬高丽刚司长官和在座的各位太君的。祝高丽刚司长官和在座的各位太君身体健康，官运亨通！"

高丽刚司笑道："白先生那么客气，我们就恭敬不如从命了。大家干了它！"日本仔们脖子一仰，咕噜一声一杯香喷喷的茅台又落到了肚子里去了。

高丽刚司给白明治斟满了一杯酒，同时叫他的部下各自把自己的酒杯斟满。"这杯是我们敬白先生的。祝白先生多多发财！"

日本仔们举起酒杯跟着嚷道："祝白先生多多发财！"

白明治笑道："各位太君也真客气，我的白某人也就恭敬不如从命了。"白明治喝过了酒，说道："白某人上了点年纪，不胜酒力，不能奉陪了。各位太君到了我的家里，像回到自己的家里一样。白某人家里别的没有，酒却是够的。各位太君放开酒量，尽兴地喝，不醉不归。"

这些都是见酒眼开的主，看见那么多好酒摆在桌上，本来那心就痒得不知道那手该往哪里放。有了白明治这句话，他们就更来劲了，先是茅台，后是香槟，最后是清酒，喝到每个人的眼珠子都红了起来。高丽刚司一抹嘴唇，叫道："好酒，好酒！白先生，不是酒包够喝的吗？请上酒来！"白明治马上喊人拿酒出来。

高丽刚司拍拍白明治的肩膀，高兴地说："白先生，你的真是我们日本人的好朋友！"

白明治最爱听的就是这句话。他腰一哈，连忙说："这是我们应该做的，这是我们应该做的！"

"哈，哈，哈……"高丽刚司高兴得大笑起来。他说："今天我们很高兴，我们唱支歌吧！唱《君之代》。白先生，你的在我们日本读过书，你的肯定懂唱的，我们一起唱吧！"

日本仔邀请一起唱《君之代》，这真是天大的面子。白明治连声不迭地说："懂唱，懂唱，我的当然懂唱啰……"

高丽刚司叫道："好，大家一起来！预备，一、二、三——吾君，千秋万代，直至，碎石成磐石，磐石生藓苔……敬祝天皇陛下万寿无疆……"

"哈，哈，哈……"唱完《君之代》，高丽刚司高兴得笑了起来，

"白先生，你的唱得很好，和我们日本人没有两样，哈，哈……你的真是我们的好朋友……欸！再唱一支《露营歌》怎么样！白先生，你的会唱《露营歌》吧?"

"会唱，会唱……"被高丽刚司视为日本人的好朋友的白明治这时候比日本人还高兴。

高丽刚司叫道："好，大家一起来！预备，一、二、三——太阳旗和钢盔行进在无边的原野，战火纷飞于无边的沃土和丛林，扬鞭跃马，何需问明日何处是我之青冢……"

"哈，哈，哈……"高丽刚司叫道，"唱得高兴，今日高兴，来，我们干杯!"

白明治看见高丽刚司高兴的样子，那句在心中揣了很久的话跃跃而出。

他小心翼翼地问道："我有句话不知当不当问?"

高丽刚司说："你的那句什么话？唔，你的问吧，我们是那么好的好朋友，还有什么话不好问的。你的问吧!"

白明治说："我想问皇军怎么那么厉害，打起仗来，无往而不胜?"

高丽刚司说："主要有两点：一是托我们天皇陛下的洪福；二是我们皇军将士勇敢不怕死!"

"噢!"白明治以为里面有什么很深奥的大道理，原来却是这么简单的一回事。

高丽刚司以为白明治不信，他站起来，呼地把衣扣解开，露出了那个肌腱隆起的胸膛："你的看看我上边的伤疤!"

旁边的几个日本仔看见自己长官解开衣扣，把胸脯露了出来，他们也呼地站起来唰地把衣扣拉开，露出他们那个汗气熏熏的胸脯。"你的看看我们上边的伤疤!"

这一举动确实令白明治目瞪口呆。

高丽刚司说："我们不像你们那些中国兵，一触即溃，我们则是勇敢不怕死，打起仗来，为了胜利，不惜性命!"高丽刚司也太吹水了。日军打仗勇敢不假，可是中国军队一触即溃，你们胸脯上的那些伤疤是从哪里来的呢？

白明治张着嘴巴，那只脑袋像鸡啄米似的一个劲地直点直点。

高丽刚司说："白先生，你对我们皇军还不够信任呀！"

"不是，不是，"白明治的脑袋摇得像货郎鼓似的。他不好意思地说："我过去在东京读书时，到皇军的兵营参观过。那时的皇军实在了得。有人往空中扔只活鸡，扛着枪站在旁边的皇军士兵连瞄都不瞄，把枪就那么一举，'乒'的一声，硬把空中那只大活鸡打下来了。但近来我看见皇军中的士兵老嫩不齐，不知他们还有这个本事没有？"

高丽刚司巴掌用力往大腿一拍："那是雕虫小技，小菜一碟。我们皇军武运长久，连这点本事都没有怎么打仗呀！"

高丽刚司看见窗外的桂花树上立着一只麻雀。他对白明治说："这里有只麻雀，你的看见没有？"

他回头对身边的勤务兵说："小柴健也二等兵，你的把它打下来。"这小柴健也二等兵是高丽刚司从他的联队千里挑一挑出来的，之后用子弹头把他着着实实地磨炼过，据说他打过的子弹比他的身体还要重。

小柴健也二等兵得令，抄起那条"三八大盖"，咔啦一声，推弹上膛，把枪端起，也不瞄，"乒"的一声，就把那只麻雀打了下来。

高丽刚司哈哈大笑："怎么样，他才个是二等兵，你看可以吧？！"

白明治目瞪口呆，心里怦怦乱跳。这小日本仔的枪法了得，这固然是个原因。但是在屋内放枪，这枪声憋在这钢筋混凝土的小洋楼小客厅里出不去，震得比打雷还响。白明治哪经得起这等震撼？！

他突然间血压骤升，那心跳得快要蹦出口来了。在这幢小洋楼里受到惊吓的，还有请来的厨师和白家那七八个老老嫩嫩的仆人，他们奉命服侍日本仔，正在小心翼翼地工作。突然听到了这震天价响的枪声，这七八颗心倏地像掉进了井底里去，懵懵然不知道发生了什么事。

被吓的更有七姨太阿娟。老头子是在招呼日本仔的吗？这么大的枪声是不是日本仔打死了老头子？她本来是奉老头子之命躲起来的。她躲在一间小杂物房里。可是听到了这记震天价响的枪声，她藏不住了。她的心里只装着一个疑问：是不是老头子被日本仔打死了？

她忍不住了，她决心出去看看。她踮起脚跟，悄悄地走去小客厅外面，想在门缝外面瞧瞧。她走到门边，正要往里窥看，不想正和高丽刚司打了个照面。

高丽刚司霎时间给愣住了。"唆嘎——"

高丽刚司在日本也极少看见有那么漂亮的女子喔！他万万没有想到番禺的乡间竟有如此漂亮的女子。他一时之间呆住了。

到回过神来的时候，他马上冲了过去，一把抓住了七姨太的手，要把她拉到附近的房间去。

七姨太阿娟给吓得花容失色，白明治也吓得不会说话："太，太，太君，这，这，这是我，我的老，老婆喔……"

高丽刚司厚着脸皮笑道："白先生，你的不是叫我们到了你的家，就像回到自己的家里一样的吗？"

一人三郎在旁边帮腔说："白先生，你的年纪那么大了，却有个那么年轻的老婆，这不合理喔！"

源内勇司狞笑道："你的也啃不动嘛！"

增满佑二说："你的这叫占着茅坑不拉屎了。这不是浪费资源吗？"

石狩一夫说："有太君为你的代劳，你的应该感谢！"

竹入亦男说："老头，你的还愣着干什么，你的快说谢谢呀……"

"哈，哈，哈，哈……"

在这群日本仔七嘴八舌的当儿，高丽刚司早把七姨太阿娟掳到旁边的一个小房间里去了。

良久，高丽刚司出来了，他一边走一边整理着衣裤。他走到白明治跟前，身体微微一鞠："白先生，多谢关照。"

在高丽刚司向白明治鞠躬喊多谢关照的当儿，一人三郎赶快

"呼"地溜进了那个小房间里。一会儿，一入三郎也整理着衣裤从小房间里走出来。他也走到白明治的面前，一边提着裤头一边向白明治深深一鞠躬："多谢关照。"

在一入三郎出来的当儿，源内勇司也赶快溜了进去。之后增满佑二、石狩一夫、竹入亦男、小柴健也也有样跟样，依次进去了。出来的时候都向白明治深深地鞠了个躬。

这七个人依次出来之后，高丽刚司对白明治说："白先生，你的真是我们大日本帝国的好朋友。打完仗后，我们大日本帝国还要仰仗像你的这样的好朋友的。很感谢你的招待。我们后会有期。多谢关照。"

说完，高丽刚司领头，几个日本仔又齐刷刷地向白明治深深地鞠了一躬，尽完了"礼数"，才转身走了。

白明治的脑袋出现了好几分钟的空白。等他回过神来的时候，他马上想起了他的爱妾七姨太阿娟，便三步并作两步地向小房间冲去。入到小房间，白明治看见他的心肝宝贝昏死在地上，下身流出了一摊红红的鲜血。

白明治眼睛一黑，"咚"的一声，栽到了地板上。

这一栽倒把他栽醒了。他睁开眼睛看见阿娟的样子，脑子立即闪出一个念头：快找陈无偏救人！

他跌跌撞撞地走出小洋楼，发现门前的拴马木上的几匹马都不见了，留下无数只深深的蹄印和一堆堆热烘烘的马粪……

七十四

分头外出躲避日本仔的白明治的几个老婆陆续回来了。她们听见老七被日本仔搞了，竟高兴得比自己过生日还要来劲。

大老婆觉得太解恨了。"我早就想收拾这只骚货了，就是没机会下手。这些太君真好，替老娘我出了这口恶气！"二老婆数着念珠，轻轻地说道："缘生因果，善结菩提。阿弥陀佛！"抽着银打的水烟筒的三老婆用力地把烟灰往地里一吹，然后轻轻地抚摸着水烟筒，笑道："这烟枪，还真行!"四老婆说："还真够写篇童话的素材哩。"五老婆额头眉梢都是笑，她摇头晃脑，小声地哼哼唧唧唱起戏来："情惨惨呃哝……"六老婆听到消息乐不可支，"人家跑开她不跑，不是因为骚吗?现在好了，太君成全她了，她哭什么?她的哭是假的，是哭给老爷看的。其实她的心里想着何日君再来呢!"

白明治去请陈无偏，厚着张老脸哼哼唧唧的小半天还讲不清楚是怎么回事。

精明的陈无偏终于听清楚了。他从里到外都瞧不起这个日本仔的狗奴才。这不是你自己找的吗?认贼作父，好了，老婆也让人家搞了，自己找顶绿帽从头顶盖到眼眉毛上。活该!

不过他是医生，救死扶伤是他的责任，虽然他从头到脚从里到外都瞧不起这个日本仔的狗奴才，可是他家里的人有病还得治，有伤还得救。他收拾好家伙，跟这老头去看他的小老婆去了。

走进白家的小洋楼，陈无偏发现白家的人都怪怪的，特别那帮女人，她们站得远远的，用异样的目光看着他。

陈无偏来不及多想，他跟在白明治的后面，拐弯抹角，来到了七姨太阿娟的卧室。

陈无偏看见这七姨太昏沉沉地躺在床上，头发凌乱，面色蜡黄，身上横盖着一条鹅黄色的金山毡，看得出下身已经清理过，但还洇着一片鲜红的散发着腥味的血水。

陈无偏拉条圆凳坐在旁边，给她诊脉，发现三部沉微，九候皆不应指，知道伤得不轻。陈无偏虽然万分讨厌白明治，可是面对着受到如此蹂躏的同胞，心头的怒火倏地升了起来。"看情形不只是一个人干的喔。一个人干的是不会伤成这个样子的喔!"

白明治像牙疼似的哼哼唧唧地答道："是七、七个……"

冚家铲!

白明治可怜兮兮地站在陈无偏旁边，侍候着陈无偏，巴结陈无偏治好他心爱的小老婆。

陈无偏转身看见他那副熊样子，挖苦道："日本仔是你的好朋友喔！怎么这么好的朋友都来这一手呀？！"

白明治满脸通红，他从笔挺的西裤的裤袋里掏出那块叠得方方正正的，用香水洒得香喷喷的白手绢自抹额头上的汗珠，叹气道："不说这个了，不说这个了……陈先生，你能把我阿娟治好吗？"说着，他掏出一只金手镯摁在陈无偏的手心上："陈先生，拜托你了。"

陈无偏说："不用那么多，你给我正常的诊金就够了。"

看过舌脉，他开笔写道：

内服：

苍术七钱　白术七钱（土炒）　当归五钱　川芎三钱
熟地七钱　白芍一两　人参一支（另炖）　茯苓四钱炙
法半夏三钱　甘草三钱　蒲黄三钱　五灵脂三钱　延胡
索四钱　小茴香三钱　官桂五分　赤芍四钱　干姜一钱
水煎、热服。

外洗外敷：

木芙蓉二两　皂角刺一两　牛甘草一两　蒲黄三钱
五灵脂三钱　当归五钱　延胡索四钱　川芎三钱
小茴香三钱　官桂五分　赤芍四钱　干姜五钱

陈无偏开好方子，详细交代过服用的方法。

白明治接过药方，认真看了，问道："不来只'灵蛇之珠'？"

陈无偏说："治这病不用'灵蛇之珠'。"

"能治好吗？"

"应该没问题，你按时、按我的方法服用就得了！"陈无偏说完，收拾东西走了。

白明治见他不收金手镯，便将一把银洋塞进他的口袋里。

山根四治郎最近心情很不好，他经常受到上司的申斥。

日军虽然在豫湘桂战役中打了胜仗，夺走了国民政府的大片土地，但是，因为战线拉得太长，日军的后方出现了大片的空虚。共产党领导的抗日武装乘虚而入，广泛地发动和依靠群众，开展了轰轰烈烈的敌后武装斗争，搞得日本鬼子焦头烂额，后方也成了前线。广州附近的抗日地下武装搞得非常活跃，有好几单情报部门事前竟毫不知情，令田中久一大为恼火。

一天，他命山根四治郎来他的官邸述职。山根四治郎因为近来的工作不大好，给上面惹了一些麻烦，所以在述职时讲得不太流利，不时出现磕磕巴巴的窘态。

田中久一本来就烦，再听到山根四治郎的磕磕巴巴的讲述就更烦了。他一时火起，扬起手来，给了山根四治郎两个耳刮子。

山根四治郎被打得耳朵嗡嗡直叫。他不停地点头，"哈咦，哈咦"地叫道。

被打过之后的山根四治郎，心里非常地不痛快，往日那股在沙场上搏杀的劲头便疲软下来了。打了那么多年的仗，他深深地觉察到中国人并不是日本人通常想的那么熊包。他不知道自己的顶头长官是真认识不到这一点还是假认识不到这一点，他发现近来中国人更不好应付了。共产党领导的地下抗日武装就像秋田上的麻雀，成群结队，说来就来，说散就散，来时无影，去时无踪，直叫你防不胜防。我一有做不到的地方，做长官的就无情地责难，全无体恤下属之心。山根四治郎从田中久一官邸走出来，用手摸着自己火辣辣的脸颊，心里像被堵了一块麻团似的闷得难受。

他想家了，他想回日本了，他不想打仗了。作为军人，作为特务，他深知他是身不由己的，你能想不干就不干了？可是干下去也真没有多大的意思啊！

他发现，还是去弄陈无偏的祖传秘方比什么都有意思。我们山根家祖辈是做药的，弄到陈家的祖传秘方是我们山根家好几代人的愿望，如果我把它弄到手了，就实现了我们好几代人的愿望了，把它搞成一个品牌，让它风行全世界，那时候我们家财源广进，钞票像潮水似的挡也挡不住。有了大把的钱，要什么就有什么，哪一点会比做官的差?! 想到这里，他心中想得到陈无偏祖传秘方的愿望比任何时候都更强烈了。

从田中久一的官邸走出来，他的第一个想法就是马上去找陈无偏！

陈无偏清早把门打开，早有好几位乡亲在门外静静地等着求诊了。

近来时气乖戾，加上民众食不果腹，营养严重缺乏，所以都纷纷染病。陈无偏开门之后，求诊的人们立即涌了进去。

陈无偏说："你们来了，就拍门喊我一声嘛，怎么在门外干等呢？"

这些人当中大部分都付不出诊金的，所以都不好意思张声。

陈无偏明白大家的难处，马上坐下，放出手枕，给大家诊脉看病。

正看着看着，堂上等候求诊的病友"呼"地跑了。陈无偏觉得奇怪，这是怎么回事？他抬头一看，这时从门外走进一个人来。进来的不是别人，而是穿着一身军服的山根四治郎。大家看见来了一个日本鬼子，哪有不跑之理？

陈无偏见了山根四治郎，心里一沉：这冚家铲又来干什么？！他不吭声，像木头似的坐在那里。

山根四治郎笑道："大哥，别来无恙！"

陈无偏一听，心里烦透了，又来叫大哥，谁是你大哥？！哥前哥后三分险。我可能面临着万分险哩。他没好气地说："别那么好礼数了。你有话就讲，有屁就放。"

山根四治郎听了这话，"咕"地吞下了一口口水。八嘎呀路，你的硬软不吃，给脸不要脸。好，我的现在求着你，我的忍着你，到时候我的目的达到了，你的看着我的怎么收拾你！

山根四治郎努力地笑着："大哥，你的说过，你的'灵蛇之珠'的秘方放在广西梧州的一个亲戚那里。到我们皇军打下梧州的时候，就带我的去取的，现在梧州被我们皇军打下来了，你的要兑现诺言喔！"

哇！冚家铲，这话我是顺口说来搪塞他的，他却死死记在心里了。这冚家铲日思夜想我家的"灵蛇之珠"。这怎么办呢？

我是去过梧州不假。那是家父还在世的时候，广西梧州一位贤达叫李济怀的小腹起了一个包，有朋友介绍他们来番禺请家父去诊治。我就陪同家父去了梧州。我就去过那么一次梧州。那是一九三五年，日本仔拼命地蚕食我们中国的土地，全国热血青年都高唱着："九•一八，九•一八，……"到了梧州后，我们被安排在大南酒店落脚。大南酒店经理梁康龄是个二十八九岁的生意人，他很热情地接待我们，把我们的生活安排得很周到，而且一有空就来我们这里和我们一道议论战事，咒骂日本仔。李济怀虽然有病在身，却很关心战事。家父诊过舌脉，给他开了剂"玉龙散"：玉簪花六钱，蛇蜕六钱，丁香三钱。为散，每服一钱，调酒服。另用鲜玉簪花头一斤，调醋捣烂。敷患处。处方出后，找遍了梧州的药材铺都没有玉簪花和鲜玉簪花头。这是主打，没有它就没戏唱了。一伙人急得像热锅上的蚂蚁。梁康龄回家也跟内人关三妹说起这件事。关三妹的父亲关大骚是戎圩很有名的草医，她想这玉簪花和鲜玉簪花头上戎圩也可能找得到。第二天清早她就背起小孩坐火船上戎圩去了。中午，她居然拎着一斤玉簪花的干花和十斤生的玉簪花的花头回来，令我们这些人眉开眼笑。李济怀用了药后，药到病除。我们在梧州住了几天，感受到梧州人的抗日情绪非常高涨。所到之处，都看见听见民众在热议打日本仔的事。现在梧州被日本仔攻下来了，也不知那里的情形怎么样了。

陈无偏很犯难。这本来是一句谎言，现在却被这冚家铲作为把柄来追逼了。他不禁抬头看了山根四治郎一眼，看见这死日本仔的眼睛像鹰似的盯着自己。鼻翼旁边憋起了两道深深的沟纹。他发现这冚家铲像一条低哮着的恶犬，稍不满意，就会扑将上来，在自己身上撕下一块肉来。

这时，陈抗日"踢踏踢踏"地从门外走进来。山根四治郎一眼看见是陈无偏的儿子，立即一把将他拉了过来。他用手摸了摸陈抗日的柔软的头发，弦外有音地对陈无偏说："大哥，你的即使不为自己想想，也应该为侄儿想想喔……"

陈无偏的心立即"咯噔"了一下，他最担心的是儿子，现在让这岇家铲捏在手心的正是自己宝贝的儿子。岇家铲……他发现他的脖子好像被这岇家铲紧紧地箍住了。嘻……此时此刻，我即使不为自己想想，也真的要好好为儿子想想啊！

他叹了一口气，问道："你想干什么？"

山根四治郎铁定地说："我的想你的带我的去梧州，把你的家那条祖传秘方找出来给我！"

陈无偏觉得事到如今，也只有见步行步，慢慢地敷衍他了，于是问道："什么时候走？"

本来山根四治郎对逼取秘方的事也是心中无底，也是见步行步的，现在一听陈无偏松了口，立即喜出望外，立即说道："马上就走，现在就走——你的捡几件随身替换的衣服吧！"

陈无偏只好捡上几件随身替换的衣服，用块被单包成一个包袱。他把包袱斜挎在肩膀上，手里抱起儿子，将门反锁好，跟着山根四治郎走了。

街坊们看见，都远远地伸着头来看究竟。

山根四治郎以寻查广游二支队踪迹的名义向上作了报告，然后把陈无偏父子俩带上了从广州开往梧州的"花尾渡"上。在没有得到秘方之前，山根四治郎也不敢太得罪陈无偏，一路上都给他好饮好食。

这一餐是白切鸡、烧鹅、烧肉、腊鸭并盘和炒三鲜，在花尾渡后面厨房旁边的贵宾卡座开饭。

山根四治郎给陈无偏倒了一杯"肉冰烧"，说："大哥，我的是以君子之心待君子，以小人之心对小人。"倒完酒，放下酒杯，他把腰间那支"航空曲尺"取出来，往上面哈了一口气，然后用手绢细细地擦了一遍。这支手枪本来就蓝光闪闪，经他那么细细一擦，就更加寒光逼人。

他擦完手枪，再掏出一把锃亮锃亮的子弹，将它一粒一粒地填进手枪的弹仓里。填满之后，他把手枪放在饭桌上，对陈无偏说："大哥，你的老老实实给我的找秘方，小弟我的绝对不会亏待你。

可是你的若是耍花招糊弄我的，"他轻轻地拍拍横在饭桌上的那条手枪，冷冷地横了陈无偏一眼，"到时候我的认得大哥，这家伙却认不得大哥喔?!"

陈无偏看着这家伙铁青的脸，铁青的缺了一小块的耳朵，没有作声，只把一口口水吞到了肚子里。这餐饭他哪里吃得下。

山根四治郎把一块香喷喷的烧鹅夹在陈抗日的碗里，说："快吃吧，小侄儿饿了。"

好好歹歹地吃过这餐晚饭，陈无偏搂着儿子睡觉去了。

天才麻麻亮，一夜没合眼的陈无偏听到船上的工友大声地吆喝，敦促旅客上岸："封川江口到了，封川江口到了！有到封川江口的旅客，请赶快离船上岸，有到封川江口的旅客，请赶快离船上岸！"

陈无偏像猫抓心似的，他问船上的工友："离梧州还有几远?"

那工友望望他："你没有坐过这趟船? 过了封川江口，就是梧州了。"

陈无偏心里咯噔一跳：到了梧州，这仉家铲没有得到秘方，我们父子俩不知还有没有命呢?

七十五

白如冰和渡边小九郎搬出市桥去住以后，白如冰的脸色一直不好。她要给点脸色给渡边小九郎看看。八嘎！我的对你的那么好，你的竟想在我的身边偷食，还偷到了我的小妈身上，你的还是人吗?! 渡边小九郎厚着脸皮讪讪地跟在白如冰的后面讨好她。

一天，白如冰回来，眉舒目展像吃了开心丸子一般。

渡边小九郎不禁一愕。他在后面眨巴眨巴地望着白如冰，心里嘀咕道：这家伙在路上捡到了块金子?

其实白如冰的心里比捡到了金子还高兴。她转身时发现渡边小九郎直愣愣地看着她，觉得好笑。

她走上前去，一把搂住了渡边小九郎，在他的脸上使劲地亲了一口："达令，我错怪了你，原来阿娟（以前她是叫她小妈的）这骚货也实在是该死！"

渡边小九郎的脑袋本来就一愣一愣的，听见了白如冰的话，他的脑袋就更愣了：这八嘎今天怎么啦？

白如冰开心地笑道："原来是这骚货骚，勾引了你的。这骚货死性不改，这回她竟一次勾引了你们七位太君。这七位太君一时兴起，一起把她做了……"

"你说什么？"渡边小九郎的眼睛睁得像两只乒乓球。

白如冰问道："你怎么了？"

渡边小九郎的眼睛不眨巴了。他定定地望着白如冰，说道："我不知道你的说的是什么？"

白如冰笑道，她笑得开心极了："阿娟被你们的太君搞了。被你们七个太君一起搞了。"

"啊……"渡边小九郎张大了嘴巴像一条钓离了水面的大头鱼。

这一天白如冰的心情格外好，走路时像脚底装有弹簧似的，还不时地哼着一些日本曲子。

与白如冰相反，渡边小九郎却是一脸懊丧，好像让人阉了一刀。搞阿娟的人为什么不是我？这样鲜艳妩媚、袅娜风流的尤物，应该配我才对。那些从枪林弹雨中钻出来的家伙，个个都像匹野狼似的，阿娟经过了他们，真是给毁了！

陈无偏从船上工友口中得知过了封川江口，下一个码头就是梧州了。到了梧州，这只日本仔山家铲又将把我们怎么样呢？陈无偏愁眉紧锁。

封川江口到梧州只是一段很短的水路，没过多长时间就到了。"花尾渡"从广州驶上梧州，沿途一般只靠肇庆打上的几个码头。这几个码头一般都是深夜靠泊的。夜里靠泊，陈无偏印象不深，船到梧州，已天光大白，陈无偏的印象就深刻了。

"花尾渡"是一种自身没有动力的木质客货船。牵拉它的是一条以蒸汽机为动力的俗名"湿底"的小火轮。到船要靠岸的时候，"花尾渡"驾驶楼上的"带水"（驾驶员）便敲响身边的铁钟。"湿底"听见，马上鸣笛回应。然后"湿底"从前面退将下来，把船身靠近"花尾渡"，固定好后将它往岸边平推过去。"湿底"一靠近，整条"花尾渡"的船舱都给遮黑了，本来心里就忐忑不安的陈无偏倏地感到非常压抑，好像有盘大石磨从他的头上压下来一般。"湿底"里的蒸汽机大声而且沉重地喘息着。陈无偏感到自己的呼吸比它还要沉重。

此时的陈无偏胸膛很沉闷，喘气声"咻、咻"的，好像连隔夜的火笼也吹得着。透过舷窗，陈无偏看见对面的"湿底"水汽蒸腾，烟尘滚滚。船上的工友脏兮兮的，都穿着"孖烟筒"短裤，光着上身在忙碌地加煤、钩火、斟油、打水、冲洗甲板、搬运东西……他们个个都忙得汗流浃背。

陈无偏觉得他们身上的汗没有他的多，此时他身上的汗水已把几件衣服都洇湿透了。

"湿底"的船舷绑满了废旧汽车外胎。"花尾渡"的船舷也绑满了废旧的汽车外胎。"湿底"并排着将"花尾渡"抵到四周同样也绑满了废旧的汽车外胎的水筏（俗称"银行排"）去。"花尾渡"被"湿底"横推着抵近"银行排"的一瞬间"嘭"的一声，"花尾渡"晃得连人也站不稳。正魂不守舍的陈无偏双腿一软，差点跌坐在舱板上。

在木船靠筏的当儿，水手们抛缆、绑船、搭跳板。同时大声喊道："梧州码头到了；到梧州码头的旅客，请有序离船……"陈无偏的双腿像灌了铅似的，重得不能迈了。

山根四治郎在旁边不耐烦地催促说："走吧，走吧！"

陈无偏无可奈何，他只好斜背起那只瘪瘪的包袱皮，抱起儿子，跟在大家的后面离船上岸。

他依稀地记得这是梧州新西码头。走到码头顶就是新西酒店。离新西酒店百十来步远，斜过一个路口，就是大南酒店了。我撒的这个谎，马上就要被拆穿了。这个死日本仔得不到兑现，他会放过我们父子俩？他觉得这次他父子俩是必死无疑了。梧州是他父子俩的死地了，是他父子俩的终极地了。

他抬头望天，心中念念有词地喊道："列祖列宗，父母亲大人，寿玉，我陈无偏守住我们陈家的祖传秘方，不让它落在日本仔的手里。守到此时此刻，秘方是守住了，但我们父子俩的性命却保不住了。我们陈家的血脉从此就要断了，这是没有办法的事。无偏无能，保根和保方不能两全，这是我的罪过，但是我到底没有将我们陈家的秘方落到日本仔的手里，这点我是问心无愧的。到了黄泉之下，我一定好好地服侍各位老人家，来弥补我的罪过……"

陈无偏斜背着包袱皮，双手抱着儿子"吭哧吭哧"地从码头底下一步一步地走上去。

按照陈无偏的年龄和体魄，若是平时，他两级一跨、两级一跨一口气就上到码头顶了。可是今天不行了。现在他觉得这是一条通向死亡的道路。他觉得每向前跨一步，就向死亡靠近了一步。他哪有力气往前走啊！

在山根四治郎的催逼下，陈无偏硬着头皮一步一步地走上去，走呀走，终于走完了这码头，走到河岸上面去了。

新西码头上面是一条马路，马路的路口则是新西酒店。新西酒店有四五层高，沿街转角而建，很有点广州爱群大厦的风姿。从马路口往北望去，斜后就是大南酒店了。

咦！大南酒店呢？陈无偏看见原来的大南酒店的地方已成了一片废墟。这肯定是挨日机轰炸了。天啊！陈无偏目瞪口呆。梁康龄经理呢？原来我相识的工友们呢？他们挨炸了吗？

山根四治郎不断地催逼着陈无偏："快走！"

心乱如麻、心事重重的陈无偏只好像木偶似的往前走着。

心急如焚的山根四治郎一边走一边追问说："你的不是说过，你的秘方是交给了大南酒店的一个什么人了吗？大南酒店在哪里？"

六神无主的陈无偏机械地行走着，他不知道怎么回答山根四治郎。因为走了神，他连走路都心不在焉，那脚咚的一声踢到了一块烂砖头上。"哑！"他痛得倒吸了一口冷气。

这时，他脑子一闪，像漆黑的夜空划过了一道淡蓝色的闪电。咦，这也是条路喔！他对山根四治郎说："这就是大南酒店！"

山根四治郎立即翘首四望："哪里是大南酒店？"

陈无偏指着眼前的这片废墟说："这就是大南酒店！！"

山根四治郎的眼睛睁得像牛蛋似的："这就是大南酒店？！"

"是呀！这就是大南酒店！"

"你的撒谎！"山根四治郎声嘶力竭地喊道。他的脸黑得像只锅底，那只缺了一小块的耳朵黑得像黄守财的打铁铺里拨火的铁棍。他扭头往屁股后面掏手枪。

陈无偏平静地说："太君，我撒不撒谎，是很容易知道的，你可以随便找一个梧州人来问一问，看看这个地方是不是大南酒店！"

山根四治郎两只眼像鹰似的死死地盯着陈无偏，好像要从他的眼神里，从他的表情里找出点破绽来。可是陈无偏眉清眼亮，一脸平和，他实在抓不到半点蛛丝马迹，只好去问路人了。

可是问了几个路人，都说被炸成了废墟的地方原先就是大南酒店！

山根四治郎恨恨地从牙缝里挤出一句话来："八嘎呀路！"

一丝笑影飞快地掠过陈无偏的眉梢。他心里说道：这下好了！

山根四治郎气急败坏地问陈无偏道："你说怎么办？"

陈无偏看见山根四治郎这副样子，心里倒大大松了一口气。他装得痛心疾首又无可奈何地说："太君，我真是一心一意地来找秘方的。即使不是为你，我也得为我自己呀。这是我家的秘方喔！可是到了这一步，你叫我怎么办？我也真没办法喔！你看了，大南酒店是你们炸的，酒店的人死活不知，如果还活着的话，跑到哪里也不知道。你叫我怎么办？"

山根四治郎恶狠狠地说："那你的意思是不找了？"

"也不是！"陈无偏说，"即使太君你不要了，我还得要呀，这是我家的传家宝啊！"

山根四治郎追问道："那你的说怎么办？"

陈无偏说："太君你耐心一点，给我点时间吧，我们先回番禺去，等时局平静了，我们再来一次，认真寻访一下大南酒店的员工，或者还有机会找得到的。"

山根四治郎想了想，觉得也无计可施了，于是恨恨地骂了一声："八嘎呀路!"转身走了。

话说1939年第二次世界大战全面爆发后，全世界反法西斯力量反抗德、日、意法西斯国家的侵略，经过了一系列艰难曲折的战事，1942年6月的中途岛海战，美军击沉了日军四艘航空母舰。日军损失惨重，丧失了在太平洋上的海军优势。1942年7月，德军大举进攻斯大林格勒，苏军经过浴血奋战，歼灭德军三十三万之众，使这场战争出现了拐点。之后，英军在阿拉曼地区的会战中大败德意联军，从此扭转了北非的战局。1943年7月，苏德在库尔斯克展开规模空前的坦克会战，德军惨败。9月，意大利宣布投降。1944年6月，盟军在法国诺曼底登陆，并向德国推进。8月，盟军进入巴黎，收复法国。12月，盟军与德军在比利时的阿登地区进行大会战。同时，苏军在另一个战场大规模地追击德军并攻入了德国本土。1945年3月，盟军渡过莱茵河，攻向德国的腹地。也是这一年，爆发了硫黄岛战役和冲绳岛战役。4月，盟军在易北河会师，将东、西欧两个战场连成了一片。5月8日，德国举起白旗宣布无条件投降。

一直在焦虑中煎熬的日本政府，听到了德国无条件投降的消息，顿时慌了手脚。军部觉得需要重新审时度势，判断方向。他们有计划地把侵华日军的情报人员调回国内述职，想详细了解战场情况。

渡边小九郎就在这个环境中奉调回国了。白如冰不放心她的如意郎君，也要跟着回去。临行前白如冰要回金窝村去向父母辞行，渡边小九郎也惦念着阿娟，不知道他的同胞把她搞成什么样子了。

当看到阿娟时，渡边小九郎发现她病恹恹的像一只软趴拉塌的永远飞不起来的白蝴蝶，心里叫苦不迭，早知道让我上呀！这批饿狼把这个美人儿弄成这副模样，八嘎呀路！八嘎呀路！八嘎呀路！

七十六

　　陈无偏斜背着那只瘪瘪的包袱皮，抱着儿子陈抗日回到了金窝村。这事又成了金窝村的一大新闻。

　　陈无偏不在金窝村的日子，街坊们太不方便了。因为金窝村的人世世代代生病都是到陈氏医馆去看的。陈无偏走了，他们有了病，不知道找谁去治。他们那天是看着那个死日本仔陈中夏把他父子俩押走的，这冚家铲把陈医生父子俩弄到什么地方去？陈医生还回来吗？今天，陈无偏回来了。陈无偏斜背着那只瘪瘪的包袱皮，牵着儿子陈抗日回到家来了。

　　街坊们先是一愣，然后是高兴，他们都走过来同陈无偏打招呼，向他问好。

　　中午时分，黄守财拎着一小筐番薯癫走到了陈氏医馆。

　　陈无偏见了，问道："谁又生病了？"

　　黄守财连声说道："哚，哚，哚！你以为只有生病才可以来陈氏医馆的吗？"

　　陈无偏笑道："也是，也是。那你来干什么？"

　　黄守财把眼睛一瞪："来看你嘛！来看你还不行吗？"

　　陈无偏笑道："当然行，当然行。"

　　黄守财说："那可不，你是我的大哥，是我老婆的救命恩人，这么多天没见了，今天突然回来，我来看看你还不行吗？"

　　陈无偏连声说道："行，行，行……"

　　黄守财把手中的那小半筐番薯癫放在地下。

　　陈无偏说道："你来就来了，还带什么东西来？"

　　黄守财说："这年头我还有什么东西可以带来的，你老人家不嫌弃我的东西，我就阿弥陀佛了。"

　　黄守财放下东西，自己找凳子坐下来。"大哥，前几天到哪里去了？好多人找你看病，都急得团团转喔。"

陈无偏叹了一口气："一言难尽呀！"

黄守财说："大哥就有什么说什么吧。"

陈无偏说："我被日本仔这冚家铲逼上广西梧州，找我家的秘方去了……"

黄守财的眼睛睁得大大的。"你家的秘方放在广西梧州？"

陈无偏笑了笑，即使在他的医馆里，他还小心地左右张望了一会儿，才小声地说道："我本来是谁也不说的，兄弟，我当你是兄弟才告诉你，你可千万不要再告诉别人唉！"

黄守财很感动，他把胸脯一挺，说道："那当然！"

陈无偏说："这话要是传到日本仔这冚家铲耳朵里，我就十死无生的了。"

黄守财一连声地说："明白，明白！"

陈无偏小声说："我是信口开河骗这冚家铲的。"

黄守财眉头一扬："喔！"

陈无偏说："这是我的传家宝。兄弟，你以为我会死错人便宜了这些冚家铲吗？"

黄守财把他那只被炭火熏黑的大拇指翘起来，伸到了陈无偏面前，笑道："大哥你真行！"

陈无偏说："这也是没有办法的办法。"

黄守财关心地问道："他什么都没有得到吧？"

陈无偏说："当然什么都没有得到啰！"

"这冚家铲也信？"

"信不信就是这个样子啦！"

黄守财沉吟了一下："大哥，兄弟不是扫你的兴。日本仔这些冚家铲狼心狗肺的，他们是不会那么容易受骗的喔，你要小心一点才是……"

"好，对，对，对！"

黄守财说着感到口渴，他起身找水。

陈无偏刚回来，家里连口水也没有，黄守财自己进到厨房的水井旁提了一桶上来，咕噜咕噜地喝个够。

他走出来，坐回陈无偏的旁边，用袖子揩了揩嘴唇边的水珠，长长地叹了一口气，说道："这日子太难熬了……"

这句话好像有传染性，陈无偏听了，也跟着长长地叹了一口气，说道："这日子真太难熬了……"

黄守财说："这日子要吃没吃，要喝没喝的，叫人怎么活下去啊！"

陈无偏深有同感，也说："是呀！"

黄守财说："要不是有大哥你在，我们这一带死的人更多！"

陈无偏把头侧过来，很认真地打量了黄守财一眼："你那么看得起我？"

黄守财说："不是我那么看得起你，而是大家都那么说你。你看这年头，大家那么穷，又那么多病，而你又那么有本事，那么热心，又不计较人家出不出得起诊金，不是你那么热心给大家看病，那就真的死的人多了。"

陈无偏听了很感动："大家那么看得起我，以后我要更加热心为大家看病才是。"

黄守财又叹了一口气："这年头真是太苦了。我们番禺是鱼米之乡，到处都是蕉基鱼塘、桑基鱼塘，日本仔没来之前，即使穷人也吃饭不吃粥，碗大的番薯都拿来喂猪。那时猪也挑拣，要挑甜的吃。不甜的还不愿吃。不甜的番薯被叫作'猪驰怕'。现在'猪驰怕'？连番薯癫都抢着吃，还没有。"

陈无偏笑道："兄弟你真会说话，讲的东西真有见地。"

黄守财被这一夸奖，更来劲了："我两公婆出去阉鸡补镬的日子，好几顿连番薯癫都没得吃呢……"

陈无偏打断他的话："你公婆成双，有福了。你看我，单身寡佬，鸡公带崽，说几凄凉就几凄凉……"

黄守财发现自己嘴太快了，只顾自己说得痛快，触到了陈无偏的伤心处还不知道。他赶紧说："是的，是的。大嫂也真可怜，大哥你也真不容易。不过将来是可以弥补回来的。大哥人品又好，本事又高，还愁没老婆？到打败日本仔，我帮你找个靓女做老婆。一定包你满意!"

陈无偏说:"我还想什么靓女?! 我带着个儿子,人家不嫌弃,愿意做个填房,对我的儿子好,我就阿弥陀佛了。"

黄守财说:"好人肯定会有好报。这是天理。大哥你那么好,做了那么多好事,你不要担心,天一定会帮你的。"

陈无偏说:"是就好咯!"

说到这里,黄守财眼睛一亮,问道:"听说白明治这老狗的小老婆阿娟让几个日本仔搞了,还是大哥去给她治的,是吧?"

陈无偏说:"是呀。"

黄守财说:"这老狗,他也有今天!"

陈无偏笑道:"兄弟,好像你很解恨似的。"

黄守财说道:"是呀! 这老狗把日本仔当作老豆似的,叫人看了就牙根发痒。现在好了,他的日本仔老豆把他的小老婆也搞了。这不是活该了吗?!"

陈无偏说:"日本仔这些冚家铲真太不人道了。虽然白明治该死,可是他的小老婆还是值得同情的。"

黄守财也说:"我也是平日看不惯他那副嘴脸才恨他的,他的小老婆值得同情——现在也真的谁都难,这帮冚家铲日本仔害得我们也实在太惨了。这日子熬到什么时候才尽头呢?"

陈无偏说:"我看快了……"

黄守财说:"你又知?"

陈无偏说:"你看街上的日本仔,老老嫩嫩的都有,胖胖瘦瘦的也有,跟早几年看到的大不一样,好像日本仔的家当也都掏干掏净了。"

黄守财也说:"我也听到说国民党、共产党都拼了命去打日本仔。应该再打下去,日本仔这些冚家铲就死定了。"

陈无偏长长地叹了一口气:"我们就盼着这一天啊!"

聊了小半天,太阳不知不觉地偏西了。

黄守财要回去干活了。他说:"大哥,我看这死日本仔是不会那么容易受骗的……"说着,陈抗日"踢踢踏踏"地从外面走进来。

黄守财说："大哥你要看紧乖侄喔，不要让这些屺家铲在他身上下毒手喔！"

陈无偏连声说道："是的，是的，多谢提醒，多谢提醒！"

1945年，日军策划争夺芷江空军基地。此战役很大的目的是要摧毁芷江机场，以解决芷江空军对日军的威胁。

结果，这一仗中国打得非常漂亮，日军全线溃败，且损失三分之一兵力。败得如此彻底，如此丢人，连日本历史学家自己也承认是一场灾难。

芷江作战的惨败，也使山根四治郎颓丧。

自打了豫湘桂战役，山根四治郎感到这场战争还是很有奔头的，再加一把火，就可以把中国拿下来了。不料芷江作战触了个大霉头，折损了三分之一的兵力，再加上那边的德国又无条件投降了，这样下去还会有好结果吗？！能打胜是最好不过的了，可是打败也是非常无可奈何的事，因为我们都已经尽力了。是胜是败，说到底都是国家的事，如果一旦被打败了，个人的利益不会受到影响，那是最好不过了。要做到这点其实也不难，关键是把陈家的秘方搞到手。这次满怀希望同他一起去广西梧州找秘方，又说那座大南酒店被炸了。真的那么巧？八嘎呀路，他会不会向我耍花招呢？

七十七

陈无偏一晚都没睡好。儿子陈抗日翻来覆去，吵吵闹闹，不肯安睡。

陈无偏把他抱起来，发现他像块火炭似的。这小家伙发烧了。

陈无偏心头一紧。这年头缺吃少喝，人的体质都很弱了，再加上时气乖戾，稍有不慎，就会生病。一病起来手尾就长了。

陈无偏马上给他揉"大椎"，平肝、清肺、推天河水，推出了一身汗来。烧渐渐退了，到天色未明，窗户开始发白的时候才肯入睡。

睡到了天色大亮的时候，他又醒了，嚷着要喝水。

陈无偏给他喝水。喝完水，又说肚饿了，要吃东西。陈无偏想起昨天晚上有几根番薯癫还没有吃完，于是马上去把它热了，一口一口地喂给陈抗日吃。吃完了番薯癫，陈无偏想哄儿子再睡一觉的，这时恰巧有个邻家的小孩来找他玩。陈抗日也想玩。陈无偏觉得去玩玩也好，想玩就证明他的病好些了。再玩玩活动一下血脉，出点汗，病就好得更快了。

于是陈无偏对儿子说："去吧去吧，不要走远了。不要到水塘边去玩哦！"

这时看病的人陆续来了。他们自觉地在门口排起队来。

来得最早的是邻近庞边村的一个老头。陈无偏刚在八仙桌前坐下，他就一瘸一瘸地走进来。

陈无偏认真地望了他一下：一头白发。瘦得像条豆角干似的。一脸痛苦的表情；同时闻到了他一唉一唉地呻吟。

陈无偏问道："贵庚多少了？"

老头说："贱生了七十六年。"

陈无偏点点头："哪里不舒服？"

"这里！"老头皱起眉头，侧着身子，指着左边的腿头骨说道。

陈无偏说："让我看看。"

老头解松裤头，把腿头臀侧的地方露了出来。

陈无偏一看：哟！青黑青黑的一大片。"是怎么弄成这个样子的？"

老头恨恨地骂道："是让日本仔这些冚家铲用枪托擂的！"

陈无偏看见日本仔竟把一个七十六岁的老人家打成这个样子，心中也恨恨然："这些冚家铲，真没半点人道！"骂完，他给老头切切脉。脉象还好。

老头关心地问道："断了没有？"

陈无偏用手认真地再摸了一下："还没有断吧。"

老头子问道："那怎么办？"

陈无偏指着旁边的一张简易木床说："你躺上去，我用药酒给你搓一下，再吃点药，休息一下，会好的。"

老头爬上那张简易的木床，陈无偏给他推揉整个臀部的肌肉。这老头也确实瘦到家了，皮肤之下就是骨头。陈无偏好像在一个软瘪瘪的皮囊上摩挲着下面那把嶙峋的瘦骨。

搓了一会儿，陈无偏又认真地给他推揉了环跳、长强、腰俞、秩边等几个穴位。陈无偏还没有吃早餐，一场按摩，累得他出了一头虚汗。按摩过后，他给老头开了一张方子，叫他服了药方，好好将息几日慢慢就会好了。

老头子站起来，系着裤带，他难为情地说："陈医生，我穷得连这次来看病的诊金都没有。我先欠着，到家里有了收成，我再来还你好不好？"

陈无偏大方地摆摆手，说："这是举手之劳，这诊费有就给，没就算。不要把它看得太重了，要紧的是把病治好。你老过两天再来看看，就这么看一次是不可能好利索的，记住了。"

老头看完之后，第二位是市桥来的一对小商人。他们带着一个小女儿来看病。

陈无偏问道："看什么病呀？"

两个大人你看我，我看你，都没有开口。

陈无偏觉得奇怪，不禁把脸仰起来看着他们。

那个女的哽咽了一下，小声哭道："我们的女儿让日本仔糟蹋了……"

陈无偏不禁一愣。他定神看看面前这个女孩子，就十三四岁吧！还穿着一身半旧的校服。他忍不住，咬着牙根恨恨地骂道："冚家铲，这些日本仔都是些畜生！"

他认真地给这小女孩把脉、看舌，然后执笔开方。

那个做母亲的问道："陈先生，要紧吧？"

陈无偏说："赶快吃药。吃了药就不要紧了。"

这两口子付过诊金，带着女儿匆匆走了。

第三位是邻村带小孩来看发烧的。那小孩又黑又瘦，脖子上的青筋像条大蚯蚓似的。

陈无偏把过脉后，发现他脉象浮紧，手背发热，眼睛里还有些虫印，说："这小孩是凉着了，而且还生疳积。"

他看看家长，又说："小孩凉着发烧，其实少吃药或者不吃药都可以治好的，要紧的是按摩这几个穴位，还要多喝水。"说着就给这小孩按摩"大椎""风池""风府""风市"这几个穴位，平肝、清肺、推天河水。"再找些生薄荷、生姜放点生盐舂烂，然后冲点滚水给他喝了就好了。如果不好，烧得太高，就用蕉根黄犬（蚯蚓）洗净，放生盐舂烂，冲上点滚水给他喝了，一般就没事了。"

那家长一边认真地看，仔细地听，一边"欸欸"地直点头。

旁边有个老太婆听了，感动地说："陈医生，你把你挣饭吃的本事都拿出来教人。你真是个大好人啊！"

陈无偏笑道："现在大家都难，计较不了那么多了。"

看完这个小孩，陈无偏的额头出了一层虚汗。

他对等候看病的人们拱拱手，不好意思地说："无偏早上起来，还没有过东西下肚，现在心里饿得慌。我想进去填填肚子，马上就会回来的。不好意思了，请大家稍等……"

陈无偏说着，远处传来了一阵马蹄声，到了陈氏医馆门口戛然而止，在堂上等候着看病的人们立即四散。

陈无偏愕然，他呆呆地望着大门口。

大门外冲进了一群日本兵，为首的一个大声问道："你的哪个是陈无偏？"

"在……"陈无偏是个斯文人，答人问话开口便是"在下什么什么的"，现在倏地一想：我跟这些畜生还讲什么礼貌不礼貌的，于是胸脯一挺，头一昂，大声答道："我就是陈无偏！"

陈无偏话音未落，为首那个日本仔"嗖"的一声，往陈无偏的头顶抛出一条精细结实的麻绳。原来这些是靠捆人抓人混饭吃的日本宪兵，这一招是他们的拿手好戏。

陈无偏挣扎道："你们干什么？你们青天白日乱抓人，有王法没有？"

为首的那个日本仔笑道："嘿嘿，我们有我们天皇的法律，走吧！"

他们将五花大绑的陈无偏从屋里推出来，搭在一匹没人乘坐的马背上。然后一齐上马，扬起手中的马鞭，"噼里啪啦"地走了。

村民们人心惶惶，冚家铲日本仔，你们坏事还没有做够吗？你们又搞什么名堂？

被日本仔捆住搭在马背上的陈无偏，此时的第一件事是要找他的儿子陈抗日。他想大声呼唤他的儿子陈抗日，可是突然想到如果我叫我儿子陈抗日，这死日本仔不是又一起把我的儿子也抓起来了？还是不叫为好，可是不叫，他等一下回去找不到我怎么办？金窝村到处都是鱼塘河岔，一个小孩子四处行走，一不小心掉了下去怎么办？

想到这里，陈无偏倏地一身发热，额头上冒出了一层密密麻麻的豆大的汗珠。可是找到了抗日，日本仔肯定也不会放过他的，父子俩就一起让这些冚家铲抓去了。这次这些冚家铲日本仔来势汹汹的，肯定凶多吉少，要死就父子俩一起死吧！可是，可是……抗日还那么小，他是我们陈家的一条独根，这样把他喊来，眼睁睁地让他给日本仔抓去白白地死掉，也太笨太不合算呀！这真是两难！这也不好，那也不好，究竟怎么办才好呢？陈无偏一点办法也没有。

他被搭在马背上，还被日本仔用一根麻绳连马身一起捆着，让他动弹不得。强烈的呛鼻的马气熏得他要窒息。凸屹起节的马背的脊骨顶得他胸口发痛，那马又一路小跑，那凸屹起节的马背脊骨更顶得他钻心地痛。陈无偏觉得像受刑般的难受。

他被倒搭着，眼睛不能四下张望，只能看着地下。马不停地小跑，他眼前的地面是黑漆漆一片，他除了闻到强烈的马味和浓重的尘土味，其他什么也看不见，听不到，不知道日本仔要把他弄到什么地方。

他在心里头骂道：冚家铲日本仔，我又在什么地方踩着了你们的尾巴了？你们怎么要这样折磨我?!

慢慢地陈无偏眼前的地面出现了麻石板。马们在麻石板上"踢踏踢踏"地走着。陈无偏心里盘算着：到了什么地方了呢？马们"踢踏踢踏"地走着，再走了一会儿，终于停了下来。

日本仔们在马背上跳了下来，走到了陈无偏旁边，解开将他和马肚捆在一起的麻绳，顺手一掀，像掀麻包袋似的把陈无偏从马背上掀下来。

"砰"的一声，摔得陈无偏一身骨子像散了一样。被捆绑着的陈无偏艰难地从地上挣扎起来，他顾不上身上的疼痛，他第一时间要看看日本仔到底抓他来到什么地方。

咦!? 这不是市桥的十八铺吗？他从马背上摔下来的地方正是一家小酒店的门口。这些冚家铲日本仔连推带揉地把他拽进那个小酒店里。

陈无偏一脸茫然：这是怎么回事!?

七十八

陈无偏被日本仔拽进了小酒店，又马不停蹄地被塞进了一个绿窗油壁、附庸风雅的小单间。进到里头，陈无偏发现单间里坐着一个人，定睛一看，这个冚家铲不是别人，而是张嘴闭嘴、口口声声地叫他"大哥"的山根四治郎。

陈无偏怒目而视，心里头骂道：你这冚家铲又搞什么名堂？

山根四治郎看见了陈无偏，用中文向日本宪兵责备道："这是我的尊贵客人，你的怎么这般无礼？"

陈无偏看见这冚家铲用中文责备日本兵，知道是讲给他听的。这冚家铲精出骨了。

山根四治郎说着上前两步，亲手给陈无偏松绑。"兵士无知，多有得罪！是小弟没有向他们交代清楚，这是小弟的罪过，请大哥多多饶恕！"

陈无偏被双手反绑，搭在马背上一路跑着进市桥，他被颠被憋得直出青口水，听见山根四治郎说请他恕罪，心里气得直骂娘。

　　山根四治郎问道："侄儿呢？"

　　提起儿子，陈无偏心里像刀绞般地痛。儿子现在怎么样了？他出去玩回家了吧？他找不到父亲会哭的。他不会到处乱跑吧？村外到处都是河汊水塘。他回家不见老豆，肯定怕得到处乱跑找老豆的，一不小心掉进水里怎么办？想到这里，陈无偏浑身发热，腋窝都冒汗了。

　　山根四治郎用中文对他的萝卜头说："你们再去一趟，把我的侄儿也一块请来！"

　　陈无偏呆呆地望着山根四治郎，心里想道：这冚家铲想搞什么名堂？

　　山根四治郎说："大哥，你的饿了吧？我的也饿了，我们边吃边等吧！等一下侄儿来了，他想吃什么的我再点什么。怎么样？"

　　陈无偏没有吭气，他的心里全想着他的宝贝儿子，哪里有怎么样不怎么样的。

　　山根四治郎以为他默认了，便叫店家上菜。店小二屁颠屁颠地忙着把菜端上来。

　　这顿饭鸡鸭鱼肉、山珍海味应有尽有。多的不说，光是那黄油油的白切鸡、油润润的东坡肉、香喷喷的炸泥鳅、滑嫩嫩的炒牛奶……就足以令人看见肚叫，闻见垂涎了。自从南京走难开始，陈无偏就没有多少油水到过肚。今天早上到现在更是连番薯癫都没有进过肚子。他早已饿得直冒虚汗，而且又被这班日本仔折腾了小半天，他早已内囊空虚，几近虚脱了。他望望满桌珍馐，又望望坐在对面的山根四治郎。

　　山根四治郎善解人意，知道陈无偏抗不住了，于是笑道："大哥请用吧！"

　　陈无偏话也不答，举起筷子就往碟里夹菜。

　　山根四治郎很高兴。他不举筷，而是微笑着劝道："大哥吃菜，大哥吃菜！这鸡是用封川江口的芦花鸡做的，这家铺的老板用隔水蒸的办法，火候又掌握得非常好，吃到嘴里嫩滑爽口，鸡味十足——这炒牛奶是用顺德的水牛奶炒的，做得比生蚝还滑，吃过你就会返寻味。这东坡肉就更具特色了。据说老板是番禺眉山村的，祖上是四川人，深得东坡老先生的真传，把猪肉做得肥而不腻，味道甘绵悠长……"

陈无偏不作声，心想你这个冚家铲比中国人还了解中国菜，你来到中国把什么福都享遍了。他不理他，大口大口地吃菜。他太饿了，他恨不得把整桌菜都填进自己的肚子里。

山根四治郎没有动过一筷子。他很受用地坐在那里。与其说他请陈无偏吃饭，不如说他找到个机会观看陈无偏的吃态，近距离地鉴赏他的饿相。

他拿起筷子帮陈无偏夹菜，劝他吃菜。山根四治郎今天很高兴。他以往请陈无偏吃东西，陈无偏每次都很勉强，都不愿意接受。这次不同了。从这次陈无偏的吃相，他知道好事近了，他愿意接受他了。

陈无偏的胃终于让这桌佳肴填满了。这一餐他到底吃了什么好东西，说实在他还是蒙头转向的，他只是知道吃。他太饿了！

山根四治郎微笑着问道："大哥，再上几个新菜吧？"

陈无偏的肚子实在是填满了，他本能地摇了摇头。

山根四治郎说道："大哥，你的不要跟小弟客气喔！"

陈无偏没有吭声。

山根四治郎说："大哥既然吃饱了，我们就谈正事吧！"

陈无偏的额头立即扬起了一道五线谱，把他的那双眼睛拉圆了。是呀，无故殷勤，必有一想。何况是日本仔这些冚家铲呢！

陈无偏不作声，看看这冚家铲又出什么招吧。

山根四治郎说："大哥，今天请你的来……"

陈无偏在肚里骂道：冚家铲，你五花大绑把我抓来这里，还是请？

"今天请你来谈谈你家的祖传秘方的事。"

冚家铲，你做梦都想着我家的秘方！

"大哥，小弟我的很耐心地等了这么久了，刘玄德三顾茅庐感动了诸葛亮，我的何止三顾，我的比他不知多顾了多少倍了。天若有情天也会被感动的，怎么样，大哥你的就把秘方给了我的吧！"

陈无偏在心里轻轻一笑。天也会被感动?! 你们这班冚家铲逼死了我的老婆，你们这些冚家铲杀死了那么多的中国人，你们这些冚家铲把我们中国搞得乱七八糟，把我们中国人搞得没唛好食，天不收拾你们才怪！

他说："我不是跟你说过，我家的秘方放在广西梧州了吗? 我还带你去梧州找过了，谁叫你们的飞机把梧州大南酒店炸了，让我找不到人呢！"

山根四治郎狡诈一笑，说："你的这说法是真是假，也实在难说，即使是真的吧，但也有令人难以置信的地方。你们中国人最讲究的就是稳妥、踏实、保险。你们史上的四库全书不就是怕出问题，每一本书弄四个版本，分别存放在四个地方的吗? 你们的秘方是你们陈家祖上好几辈人的心血，是你们的传家宝。特别当今战乱，你们绝不会就把它存放在一个地方吧? 所以，你的一定还有第二个、第三个或者更多个版本存放在不同的地方的。你的说，我的说得对不对? 大哥，小弟我的让你的骗得太久了，我的忍耐已经到了极限了。为了你好我好大家都好，你的就把它拿出来吧！"

陈无偏矢口否认道："那只是你的臆想，我家的秘方，就是只存放在梧州这一个地方喔！"

"不可能！"山本四治郎断然说道。

陈无偏说： "怎么不可能呢? 我们家的秘方就是这样存放的呀！"

"不可能！"山根四治郎大声地说。他太大声了，以致颧骨上的那颗肉痣似乎也跟着声音抖了起来："全世界都知道，中国人一向以小心谨慎为立身处世的座右铭。这么重大的一件事，你们家就那么轻率地处理了? 谁会相信呢?"

陈无偏心里嘀咕道：冚家铲你也够精的哩！嘴上却装糊涂地说："是呀，我们就是这样处理了。当时你们来势汹汹，我们人心

426

惶惶，谁会想得那么周到呢？如果你当时给我个意见，我肯定会按照你的意思，搞几个版本，分别存放在不同的地方的。"

山根四治郎两眼定定地盯着陈无偏，心里在想道：八嘎呀路，你真是滴水不漏哦！他想了一会儿，问道："你讲的当真？"

"当真！"

"不假？"

"不假！"

陈无偏心想：你这个家铲又想玩什么？

原来这时山根四治郎突然想起了《三国演义》里的一个情节。日本人把中国的《三国演义》当成政治、军事乃至人生的教科书。他们对《三国演义》的重视，远远高出中国人对《三国演义》重视的程度。他想起《三国演义》里有一个发誓的情节。《三国演义》第六回"焚金阙董卓行凶　匿玉玺孙坚背约"里有载孙坚在乱战之中得到传国玉玺。袁绍知道后苦苦追讨。孙坚百般无奈又不愿交出，在情急中发毒誓说：孙某若果私匿，日后不得好死！孙坚在战场上屡战屡胜，春风得意。他要扩大地盘，发展自己，便出师跨江击刘表。刘表势单力薄，他决定联络势力比他强大得多的袁绍，一起抗击孙坚。刘表的一位姓吕的大将领命去见袁绍。刘表的谋士蒯良说："孙坚有万夫不当之勇，将军恐怕不是他的对手。将军想打赢孙坚，请一定按我的计谋行事。"然后如此这般地说了一通。这位吕姓的将军依计而行，他突围而出，立即遇上了孙坚。吕将军只打了一合，便拨马回走，孙坚紧紧追上，不久便进入了刘军的伏击圈。孙坚立即体中箭石，脑浆迸出，应了他发的那句毒誓。

山根四治郎心想：中国人很重视发誓，特别是发毒誓。他们普遍认为发假誓特别发假毒誓一定会得到恶报的！《三国演义》里孙坚发假毒誓得恶报的故事又人人皆知。我何不让他发个毒誓来证实自己。他敢发，我就信他了。谅他也不敢发假誓，他不怕恶报？

他说："如果是真的，你发个毒誓给我。你说你家的秘方只有一个版本，就放在广西梧州大南酒店里。此说有假，你日后一定不得好死，碎尸万段。"

陈无偏也读过《三国演义》，也知道里面有孙坚发假毒誓遭恶报的情节。他心中暗暗好笑。天理是除暴安良。你们这些冚家铲从日本跑到我们这里，好事不做，坏事做尽，头上长疮，脚底流脓，坏透了。天会帮你们吗？你强抢我家的传家宝，是丧尽天理的，我保护我家的传家宝，是尽人情合天理的，天会不帮我而帮你?！冚家铲，你真会搞笑！

陈无偏大声说："好，我发个毒誓给你！"

说完，仰脸朝天，合起眼皮，心中暗暗祷告：老天爷！列祖列宗、父母亲大人：日本仔逼我发毒誓，要我说出我们陈家秘方的秘密。我即使死了，我也不会把我们家的祖传秘方告诉这冚家铲日本仔的。现在日本仔逼我发毒誓，我现在就发个假毒誓给他。我相信天地神佛是不会惩罚我的。即使是因为发假誓而惩罚我，我也不怕，人不免一死。人死是迟早的事。我不怕死。我死不足惜，我只是放不下我的儿子陈抗日。现在我想要个缓兵之计，就发个假誓给他，好让我躲过眼前这一劫，让我找回我儿子陈抗日，把他安顿好，之后即使天地神佛因为我发假誓而惩罚我，我也心甘情愿，死而无怨。

祷告完毕，陈无偏睁开眼睛，大声说道："太君要我发毒誓，我发毒誓了。我陈家的祖传秘方，只放在广西梧州大南酒店里，其他地方绝无放置。我陈无偏现在郑重发誓，我说的话千真万确。我骗——你一定不得好死！我骗——你一定死无葬身之地！"

他发毒誓的时候，两次都有意在"我骗"之后顿一下，让老天爷听个清楚：你一定不得好死！你一定死无葬身之地！

他发完毒誓，对山根四治郎说："我没事了吧？我可以走了吧?"

七十九

陈无偏连半点口吃都不打，一口气就发了那么大的一个毒誓。令山根四治郎大出意料。

他是绝对不会相信陈家的祖传秘方只藏在广西梧州一个地方的，这不符合逻辑嘛！可是人家毒誓也发了，还催着要走人。自己刚才又有言在先，说过敢发毒誓就相信他的，现在怎么办呢？

山根四治郎"吭哧"了一下，终于说了："迷信方面是验证了，可是科学方面还没有验证喔……"

陈无偏眼睛一瞪："你们日本人就那么不讲口齿？"

山根四治郎自知理亏，一时硬不起来。他说："不是不讲口齿，而当今的潮流是提倡讲科学。这样吧，我带你到广州去，用我们日本的测谎机测一下。如果机器说你不撒谎，那我就相信了。"

"测——谎——机？"陈无偏心里一噔：好像大头虾以前给我说过这个东西哦！

山根四治郎说："是呀，这是我们大日本国的科学结晶。一个人撒不撒谎，用这个机器一测就知道了。"

这时，一阵急促的马蹄声由远而近，到了小酒店门外时戛然停住，旋即响起了一阵长长的马的嘶鸣声。一个小鬼子跑步进来，用日语向山根四治郎报告了一通。

山根四治郎脸色一变，气急败坏地骂道："八嘎呀路！都是饭桶。你们通通给我去找，挖地三尺地找，我活要见人，死要见尸！"

陈无偏心头一紧，他听得出是讲他儿子陈抗日了。他头皮发麻，全身发冷，差点昏了过去。抗日，你现在怎么了，爸爸想着你呀……

山根四治郎叫日本兵把陈无偏押下码头，上了一艘去广州的"花尾渡"。

山根四治郎和他贴身坐着，生怕他跑了。一路上陈无偏牵挂着自己的儿子陈抗日。按照日本仔的说法，抗日生死未知。即使不死，但那么小的一个小孩，他又怎么样活得下去啊！想着想着，他鼻子一酸，两行眼泪哗哗地流了下来。

傍晚时分，"花尾渡"才到达广州。山根四治郎把陈无偏丢进了一所日本人一手打理的监狱，叫管监的随便打发他一顿烂菜叶霉米饭了事。

第二天早上，陈无偏刚吃过管监的扔给他的两块冷馒头，山根四治郎便开着一辆小汽车把他接走了。小汽车在横街窄巷里转来转去，陈无偏也不清楚这些街巷到底是什么地方。在纳闷中，小汽车戛然停住。

山根四治郎下车，把陈无偏领进了一幢小洋楼里。小洋楼里摆满了机器。墙壁上钉满了粗粗的电线。屋里弥漫着一股说不清的气味，陈无偏感到很不习惯。

山根四治郎带他参观这幢房子，不厌其烦地向他逐一解释："这是我们大日本帝国的尖端科技。当今世界只有五六个国家会造测谎机，就是美国、英国、德国、法国、苏联和我们大日本帝国。但他们都没有我们大日本帝国造的好。也就是说，我们大日本帝国的测谎机是世界上第一流的测谎机。谁撒谎，什么人撒谎，撒什么谎，它一测就知。我们大日本帝国的测谎机测试了数以万计的人，从未出过差错。它的原理是在测试中通过人的呼吸、血压、脉搏、皮肤的电波反应和大脑的电波图像获取信息，通过这些信息和数据就能知道被测试的人是否撒谎。测试出撒谎的后果是很严重的喔。他必定受到皇军最严重的惩罚。这还不算，往往还会出现这样的情况——因为被测试者撒谎，他的呼吸就会急促、加快，血压就会升高，脉搏就会乱跳，身上就会大汗淋漓。这时电线就会着火。大哥，你看这房子的电线几粗，里面的电压高得很哩，用你们广东人的话说这是'生电'。这么高的电压，这么粗的电线它一着火可不得了，它一下子就把人烧熟了，烧得就像你们广东人清明祭祖的烧猪一样。大哥，你的还不老，今后还有大把好日子，你的不应该去冒这个险吧？何况倅儿还那么小，你的一旦死了，倅儿的命运真是很惨的喔，你的想清楚没有？"

提起儿子陈抗日，陈无偏立即百感交集，心中的气不打一处来。我儿子有今日，真拜托你这个冚家铲了。你这个一日到黑说鬼话的冚家铲还会说出人话来？我儿子弄到现在十有八九都没有的了，即使有，他一个人小小年纪，孤立无助，饥寒交迫也活不下去了。冚家铲，你害得我好苦啊！

430

陈无偏想起自己逃难流浪以来看见国土被日本仔蹂躏得不堪入目，想起自己爱妻寿玉被日本仔逼死的惨状，想起了儿子抗日生死不知，这些国恨家仇一股脑儿地涌上心头。他又怒、又气、又伤心。世界上每天死那么多人，为什么不死你们这些吅家铲?!

山根四治郎定定地望着陈无偏，问道："大哥……"

陈无偏在心里骂道：哥你老母!

"我们现在就开始测试了喔! 这么大的危险，你的要是觉得去冒险不值得，你的就把真情说出来就行了。你的说是不是?"

陈无偏眼睛闭上，他不愿去理这个吅家铲。他心里想着：自己现在是砧板上的肉，是砍是杀由不得我了。而我的家传秘方给不给你却是由得我的。我就是马上去死，也绝对不会把秘方给你。你就别白日做梦了。

山根四治郎见自己说干了喉咙，陈无偏却是紧闭着眼睛不理他，他气得咬住牙关，恶狠狠地从牙缝里挤出一句话来："大哥，你的就别怪小弟无情了!"

山根四治郎气急败坏，他"啪"地打开机器，屋里马上响起了"嗡嗡"的刺耳的电流声。他下口令般说："脱下衣服!"

陈无偏莫名其妙，呆呆地坐在那里一动不动。山根四治郎三下五除二地把陈无偏的衣服剥了下来。他将一块拳头般大小的棉花塞进一个大口玻璃瓶里，蘸满了里头的黄色的液体，然后在陈无偏的胸口上涂抹。涂完之后，他将一条测管围在陈无偏的胸部上。这管子是测量陈无偏的发汗量的。山根四治郎把血压计缠绕在陈无偏的手臂上，用以测量陈无偏的血压和脉搏；又在陈无偏的十个指头涂上黄色的液体，接上电极，用以测量通电后皮肤反应和其他腑脏的反应……都接好接头了，山根四治郎把墙壁上的闸刀推上，一股强大的电流霎时间进入了陈无偏的身体。

陈无偏从来没有体验过这种难受的滋味，他禁不住"啊"的一声叫了起来。

墙壁上、机器上的十几盏指示灯一闪一闪地亮着。测量的数据马上通过传感器传到自动记录仪上。记录仪上的指针一划一划地工作着，在一张白纸上画出了一条条曲线。

山根四治郎变着调门向陈无偏发问。那腔调阴森、僵硬、冰冷，好像从一口千年古墓传出。

陈无偏打了一个寒战，他不禁回头看了一眼山根四治郎。山根四治郎的面孔被墙壁上、机器上的十几盏指示灯一闪一闪地照耀着，凶恶狰狞得像城隍庙里的夜叉。

山根四治郎问道："陈无偏，你的家的祖传秘方藏在哪里？"

陈无偏不理他。

山根四治郎加重语气，逼问道："你的如实说，你的必须说，你的不说，后果自负！"

陈无偏想了一下，他不知道真的不出声这机器会把他怎么样。我还是说在广西梧州吧。我就是说广西梧州，看他会把我怎么样。于是说："藏在广西梧州大南酒店里。"

"你撒谎！"山根四治郎恶狠狠地说。

陈无偏反问他："你有什么证据说我撒谎？"

"你现在冒汗了！你现在一个劲地出汗了！"

陈无偏说："我绑住你，用电来电你，你也会出汗的。"

山根四治郎喝道："你犟嘴！"说着伸手把机器上的一个按钮用力一旋。那电流加倍地进入到陈无偏的身体里。陈无偏差点要昏死过去。

到陈无偏稍事清醒的时候，山根四治郎又逼问道："你的说，你的家的祖传秘方藏在哪里？"

陈无偏被他电得有气无力，他歇了一口气，心想：我一直是讲广西梧州的，我想我还是讲广西梧州为好。他喘息了一会，断断续续地说道："广西……梧州。"

"不是！是藏在你的家里！"

陈无偏一愣。他立即意识到这一愣恐怕会坏事的，他把那么多东西缠在我身上，这些鬼东西会不会就知道我心虚了呢？于是他先发制人地说："在我家里？我家里有多大的地方，你去翻去找就可以了，你这么为难我干什么？"

山根四治郎歇斯底里地喊道："你不说，你马上就要死去了。"说着又把旋钮旋大。

陈无偏这回真的昏死过去了。

山根四治郎发现陈无偏昏死过去，也慌了神。他马上摇摇他，推推他，拍拍他。

陈无偏还是没有醒过来。

山根四治郎是个老特务，他立即从裤袋里掏出一只打火机，"啪"地将它打燃，把它移到陈无偏的手肘底下。昏迷中的陈无偏感到一股钻心般的灼痛，身体本能一缩，那眼睛倏地张开了。

山根四治郎看见陈无偏睁开了眼睛，立即又扳开墙壁上的一只按钮。睁开了眼睛的陈无偏立即看见面前有一条巨蟒在绞杀着一头黄猄。

原来陈无偏的对面挂着一块小银幕，山根四治郎刚才手疾眼快地扳开的那只按钮是小电影机的开关。现在放的是亚马孙河热带雨林的特写镜头，他们在测谎中就是这样通过配合一些恐怖的影像来动摇测试者的意志的。

陈无偏一下子看见这些恐怖的东西，马上将眼睛闭紧。同时本能地骂起来："冚家铲……"

山根四治郎是个精通粤语的日本特务，他当然知道"冚家铲"是什么意思。他追问道："你骂谁?"

陈无偏答道："我现在谁都想骂。谁折磨我，我就骂谁!"

山根四治郎正想发作，这时门上响起了两下敲门声，一个日本仔把门扭开探进头来用日本话问道："山本君，你的在工作呀?"

山根四治郎答道："是呀，田中君，你的有事吗?"

这日本仔答道："我的等一会也想测试一个，你的慢慢来吧!"

山根四治郎追寻陈家的秘方，是他心里的一个小算盘，他是一直悄悄地干的，他不想让他的同事们知道这件事。

他见有人等着使用测谎机，便停了下来。他把机器上记录的数据拿出来一看，乱糟糟的，没有什么规律，只好自认倒霉。

八十

山根四治郎气得连那只有点小缺口的耳朵都蔫了。他怎么也想不通：一件无价之宝，在战乱之中竟放在百里迢迢的地方，这合乎逻辑吗？而且，这不是一件不可复制的出土文物，而是一张药方，它可以多抄一份、两份乃至若干份分别存放在不同的地方的。以中国人的细心和谨慎，他们必定会这样做的。可是姓陈的竟连个副本也不留，就把他祖宗留给他的传家宝扔到离他百里以外的地方，这合乎逻辑吗？

事情到了这一步，一不做二不休，不是鱼死就是网破。我的不会就这样罢休的。可是他又实在不愿意让他的同事知道他的企图，怎么办呢？

他想想，还是回到市桥去。到了市桥，我的把他丢进一个小监狱里，慢慢地来收拾他。市桥地头小，那里的人全听我的，我的做的事没人来管也没人敢管，到时候我的怎么对付他都行！

山根四治郎对陈无偏："走。"

陈无偏茫然："去哪里？"

"回市桥去。"

陈无偏已被折腾得像在烈日下沙滩上的黄鳝，气息奄奄了。听到要回市桥，他倏地来了精神。回到市桥，不就可以回到家啦？！他多么想家啊！他多么想寻找自己的儿子啊！他被日本仔这冚家铲抓走头尾总共已有三天了！三天，好彩一点还可能找到儿子的。他的心像生了翅膀，他恨不得马上就飞到市桥去，飞回到家里去。

山根四治郎把他带到河滩边。陈无偏看见河面停泊着的"花尾渡"。他自己问自己：怎么，还坐"花尾渡"回去呀？"花尾渡"太慢了！

终于到达了市桥！一上岸，陈无偏拔腿就往金窝村走。

山根四治郎一把将陈无偏拉住。

陈无偏问道："你干什么？"

山根四治郎嘿嘿一笑："小弟我的不干什么。我的就是想找你的家的祖传秘方。"

陈无偏火了，他提高嗓门大声说："你们日本仔真不讲口齿，更不讲道理。迷信的方法你也用了，科学的方法你也用了，你把我折腾得要死不说，还害得我把儿子也丢了，你现在还缠着我，不让我回去找儿子，你怎么这么不讲理？"

山根四治郎说："我的道理就是要拿到你的东西。你的把你的祖传秘方拿出来，我们什么都好说。你的要是再不拿出来，你的就别想回去了。"

一股无名火倏地冲上了陈无偏的天灵盖。他是个斯文人，平时是很少讲粗口的，这时未过大脑就冲口而出："丢你老母……"

山根四治郎是中国通，准确地说是粤语通，他当然听得出这句粗口的意思，他板下脸来说道："你的开口干净点，否则对你的没有好处！"

陈无偏恶狠狠地瞪了他一眼，心里骂道：冚家铲，人收不了你，天也一定要收你的。

山根四治郎叫了两辆黄包车，叫陈无偏坐一辆，自己坐一辆。他对车夫说了一个地址，然后叫陈无偏坐的那一辆走在前面，自己坐的那一辆跟在后面。他把手枪掏出来，"咔嚓"一声推上子弹，恶狠狠地对车夫说："你们要老实点，当心后面的子弹不长眼！"

车夫们一路小跑，把他们送到了一所监狱。

陈无偏认出这监狱是由一所小学临时改造而成的。他上次出逃，让伪军抓住后就是被押送到这里的。

山根四治郎把陈无偏推进监狱里，交给狱警王三，叫王三对陈无偏严加看守，说着他示意王三向他跨近两步，然后压低嗓门，如此这般地对王三吩咐了一番，说完之后，扬长而去。

这时，赶上监狱里头开饭，王三给陈无偏开饭。他弄来了一碗沙粒咯咯的霉米饭，一碟老到嚼不烂的苦麦菜叶。

陈无偏早已饿得饥肠辘辘，他还是要吃掉这碗霉米饭和老菜叶的，尽管吃得龇牙咧嘴，皱眉歪腮。

吃完饭，监狱开始拷问抗日分子。这是刚才山根四治郎对狱警王三的安排。山根四治郎要杀鸡给猴看，他要震慑陈无偏。只是陈无偏懵然不知而已。

王三在一间用教室改造而成的大堂旁边，摆上一条摇摇欲坠的长板凳，叫陈无偏在上面坐着。

拷问开始。主审的是这监狱的临时典狱长、日军少佐棉谷伸之。狱警王三走近棉谷伸之，小声向他报告说，堂下这个人是山根四治郎大佐带来陪审的。山根四治郎是棉谷伸之的老板，他不敢管老板的事，只看看陈无偏，在喉咙里"唔"了一声了事。

第一个被拷问的是个撒抗日传单的小孩。陈无偏看这男仔也就十一二岁的模样，又黑又瘦，像只生了疳积的马骝。可是那双眼睛忽闪忽闪的，显得格外的精神。他被反绑着。陈无偏看出他们当他是重犯了。

王三和一帮狱警像老鹰抓小鸡似的把他抓过来，扔在铺有青砖的地上。这小孩一翻身，顽强地坐起来，像一只向有敌意的陌生人龇牙咧嘴的小猫，瞪大眼睛，默默地逼视着堂上的日本鬼子和汉奸走狗。

棉谷伸之看见这小孩，心里突然萌生起一点恻隐之心。这时候他倏地想起了他的儿子。他的儿子也有十一二岁了。也是又黑又瘦。医生说他营养不良。棉谷伸之不明白家里从不缺吃缺穿，怎么会营养不良。可是看过好多医生都说营养不良。可能因为如此，他儿子经常生病。他家几代单传，他很想在家照顾儿子，让他长得强壮一些。可是军命如山，上级要他到中国来打仗，这是他极不情愿的事。可是也没有办法。他经常牵挂着自己的儿子，如今一看见堂下这小孩，他就想起自己的儿子了。

他笑着对他说："小孩，你的吃饱没有？"半碗掺沙的霉米饭，几片老菜叶，还会吃得饱？

小孩不理他，默默地盯着他。

棉谷伸之从桌面下的抽屉里拿出三只热乎乎的包子，放回去一只，把两只摆桌面上，说道："这是叉烧包，好香好香的。你的肚子不饱，吃一个。"说着他把包子递给小孩。

小孩没动。

棉谷伸之笑道："小孩，不要怕。我的皇军喜欢小孩。非常的喜欢小孩。"

那小孩还没动。

棉谷伸之发现这小孩被反绑着，他对王三说："把他的绳子解开，我的要让他吃包子。"

陈无偏看见，觉得奇怪，心想：真死错人了。日本仔也会这样好心肠？

王三听命，快步走过来给小孩松绑。

小孩被解开绳子之后，用手掌使劲地搓着手腕上深深的绳印。

棉谷伸之说："小孩，不要怕，拿着。皇军大大的喜欢小孩。"他见小孩还没动，又说："别怕。"说着把自己手上的叉烧包摁在小孩的手上，"不要怕，不要怕，太君我喜欢小孩，太君我不会打你的。太君我的也有小孩，我的小孩在日本，也有你那么大了，也像你的 般瘦。嘿嘿，不要怕，不要怕，吃吧，吃吧！"

摁在手中的叉烧包确实很香，小孩禁不住这香气的诱惑把它放在鼻子跟前闻了闻。

棉谷伸之说："吃吧，吃吧！"

小孩吃了。开始，他轻轻地咬了一小口，慢慢地小心翼翼地嚼着。

棉谷伸之见了，笑道："大口地吃，大口地吃！"

小孩慢慢地大口吃起来了。他三下五除二地把那叉烧包填到了肚子里去。

棉谷伸之笑道："好吃吗？"

小孩点点头。

棉谷伸之很高兴。他说："我的这里还有一只叉烧包，你的还吃吗？"

陈无偏眼睛瞪得像只小酒杯：真是死错人了！

小孩点点头。

棉谷伸之说："这只叉烧包放在我的这里。你的先回答我的提问。等回答完了，我的再给你的吃，好不好？"

哦！原来是个局。陈无偏自己对自己说。

小孩默默地看着棉谷伸之。

棉谷伸之问道："你的知道你的散发的传单是说什么的吗？"

小孩点点头："知道。"

棉谷伸之沉下脸来，追问道："是谁叫你散发的？"

小孩答道："是个姐姐叫我散发的。"

"是你家的姐姐？"

"不是，是个女学生。"

"她的叫什么名字？"

"我不知道她叫什么名字。"

"你的连她的名字都不知道，就帮她散发反日传单？"

小孩点点头。

棉谷伸之追问道："你的连她的名字都不知道，为什么就帮她散发反日传单？"

小孩说："她说我肯帮她散发传单，她就买只包子给我吃。我肚子很饿，我就答应了。"

棉谷伸之问道："就那么简单？"

小孩点点头。

棉谷伸之沉吟了一会，说："好，我的这里也有许多传单，我的也需要人去散发。你的也帮我去散发，我的也给个包子你吃，怎么样？"

小孩想了想，最后点了点头。

棉谷伸之对王三说："把我们的传单给他。"

狱警王三屁颠屁颠地去把一大摞传单拿过来，重重地塞到了小孩的手上。

棉谷伸之对小孩说："你的去吧！"

小孩说："你给那个包子我吃咯！"

棉谷伸之说："你的还没有发完传单，我怎么要给你吃呢？"

小孩说："那天人家都是先让我吃了包子，才叫我去发传单的。"

棉谷伸之说："刚才你的不是吃了我的一个包子了吗？"

小孩说："刚才那只包子是你叫我吃的。你刚才叫我吃包子的时候，还没有叫我去发传单呀。"

陈无偏看到这里，心想：这小孩真是有点不简单喔！

棉谷伸之想了想，还是把那只包子拿出来，很不耐烦地说："吃了快去！"

小孩狼吞虎咽地把这只包子吃完了。吃完之后，他说："我还要再吃一只。"

陈无偏的眼睛睁得更大了。

棉谷伸之的耐性消耗完了，他火起来了："八嘎呀路，没有包子了！"

小孩说："有的，你刚才拿包子出来的时候，我就看见是有三个的。"

棉谷伸之说："有也不能给你。人家给了你的一个包子，你的就给她去发传单了。我的已经给了你两个了，你还不去，你的想找死是不是？"

小孩说："人家叫我发那么一点点传单，"说着做了一个手势，"就给我吃一个包子。你要我发那么一大摞传单，我想吃多个包子都不行。我发完那么一大摞传单，要走多少路啰？！我不吃多个包子，能走得了那么多路吗？你们真是些小气鬼，根本没有人家那个姐姐大方。"

棉谷伸之让他说得有点不好意思，日本的武士是忌讳有人讲自己小气的。武士道提倡舍生取义。命都在所不惜，还小气什么？

他沉吟了一会，最后还是忍痛把剩下那只包子拿了出来。

到小孩拿过包子的时候，他"嚓"地拔出挂在腰间的军刀，厉声喝道："你的再啰啰唆唆，小心我的把你劈了。"

在棉谷伸之的詈骂声中，小孩默默地把那只包子吃完了。

吃完包子之后，他说："我要喝水！"

棉谷伸之"噌"地把腰间的军刀拔出来，气急败坏地骂道："我的劈了你！"

小孩说："我一连吃了三个包子，口都干了。口那么干怎么走路？"

棉谷伸之想想，用力把军刀推回刀鞘里，向王三叫道："你的去端碗水给他喝！"

王三把水端来了，他恨恨地对小孩说："你这个小王八蛋真厉害呀，敢向太君讨价还价，还连累老子我侍候你。你这个小王八蛋……"

小孩吃饱喝足，接过王三递过来的那大摞传单，拉拉裤头，出发了。

陈无偏看着他的背影，心里赞叹说：这小家伙真有胆色喔！

棉谷伸之的心真有点疼。这三个包子本来是他的午饭，他当初打算拿一个出来笼络感情，好让这小孩开口，不想他得寸进尺，胡搅蛮缠，把三只包子都拐去了。好，让他先占我一点便宜，等他发完传单回来，我再慢慢地修理他。

棉谷伸之指着王三，大声喝道："你的跟着他，紧紧地跟着他，千万不要让他跑了！"

王三大声回答："哈咦！"然后提起枪托往小孩瘦削的屁股上擂了一把，再将枪栓用力往上一推，骂道："你敢跑？你跑我就毙了你！"

陈无偏很鄙夷这王三，觉得他真是日本人的走狗。狐假虎威，这就是你的本事！

审完小孩，狱警押上了一个老头。

棉谷伸之猫眼一瞭，喝问道："你的叫什么名字？"

陈无偏看见这老头大概已靠七十了，头发花白，眼神昏花，面容清癯。

老头看了棉谷伸之一眼，缓缓地说："马彪。"

"你的知道为什么把你抓到这里来呀？"

老头说："我一头雾水，莫名其妙。"

棉谷伸之用力把桌子一拍："你的保长说你的私通土八路，你的从实招来！"

老头申辩说："我连土八路是什么样子都不知道，我怎么私通土八路呢？"

棉谷伸之又用力把桌子一拍："你的不老实！你的保长说广游二支队一个叫万钧的小队长就是你的侄子。他经常窜到你的这里来。"

老头眉头一紧。万钧是他的一位远亲。他知道他是广游二支队的，他的确经常到他这里落脚。老头的眉毛很快又平和下来。"太君，保长陷害我。我姓马，他姓万，怎么说是我的侄子呢？"

棉谷伸之眉头一扬。他想了想："那就是你的内侄！"

老头说："内人姓刘喔。"

棉谷伸之说："这是你的保长举报你的喔！"

老头说："保长和我有世仇，所以他要害我啊！其实他早就害我了。"

棉谷伸之沉思道："你的说你是好人？"

老头说："是呀！"

"是良民？"

"太君发有良民证给我的呀！"

"你的说你是被冤枉的？"

"是呀！"

棉谷伸之的嘴唇用力一抿，鼻翼旁边凹现出两道深沟。他自负地说："我的有颗试金石，你的是真是假，是好是坏，我的一试便知。你……"

"乓！乓！"门外传来了两声枪响。棉谷伸之给吓了一跳。

这时，堂上的人的脑袋好像一下子都变成了铁钉，而那两声枪响变成了磁铁。堂上的脑袋都倏地改变了方向，一双双眼睛都同时向大门外枪响的方向望去。

陈无偏也感到愕然：外面发生了什么事了？

棉谷伸之对狱警说："你的出去看看。小心点，拿着枪去。"

一会儿，王三一手提着枪，一手捂着头，跌跌撞撞地跑进来，结结巴巴地向棉谷伸之报告说："太，太君，他，他跑了。"

棉谷伸之一愣，堂上的人也不禁一愣。

棉谷伸之追问："你的说谁跑了？"

王三说："那小孩跑了。"

棉谷伸之的脸色立即变得像雷打般黑。"你连一个小孩子都看不好?!"

"太太君，他不是一般的小孩，他是个土八路……"

陈无偏也想，这小孩也真的可能是土八路喔，你看他多机灵，多有胆色。

棉谷伸之不由分说，"啪、啪"地扇了王三两个耳刮子。"八嘎呀路，你的怎么知道他是土八路？"

王三马上用原先捂着脑袋的手，去捂着被打肿的脸颊。

棉谷伸之猛地发现王三的脸颊立即变红了，而他刚松开手的脑袋有一股细细的血水沿着头发根慢慢地流了下来。他一半痛苦一半委屈地说："他……"

原来出到大门之后，王三对那小孩还是看得挺紧的。他用枪口对着他的小屁股，学着小鬼子的口吻喝道："你的老实点喔，你的敢不老实，我的立刻就毙了你。"

走到了横街小巷，王三催促说："发传单呀！"那小孩便派了他一张。

王三骂道："你派给我干什么？"

小孩说："这里又没有别人，你叫我派，我不派给你，我派给谁呀？"

王三让他顶撞得无话可说，他用手用力摁了一下小孩的脑袋："你真是死剩把口。"

出到了晒布地旁边的街口，这里行人开始稠密。旁边有家商铺修葺店面，门口堆放着一堆石灰和沙子。那小孩蹲在这堆灰沙的旁边，抱着肚子，吭吭地直叫。

王三问道："你又怎么了？"

小孩说："我中毒了。"

王三啐了他一口："你中什么毒？"

小孩说："我刚才吃了三个包子，吃完就肚痛了。我是中毒了。"

王三骂道："呸！那三只包子是太君的午饭，你这小王八蛋骗过来吃了，还说中了毒。你找死是不是？快些起来，不起来我就用枪托擂你了。"

这时，行人中走过一个妙龄女子，花枝招展。王三倏地来了劲，眼冒绿光地向她行注目礼。蹲在地上的小孩看见这一情景，立即把手插进石灰里向王三脸上用力一撩。

王三冷不防被撒进了一把石灰粉，火辣辣地痛得睁不开眼睛。

小孩看见得手，马上撒腿就跑。

王三听见"噔噔"的跑步声，知道小孩要跑了。小孩跑了，他回去如何交得了差？于是他强忍着疼痛睁开眼睛，死命地追。大人腿长小孩腿短，"啪啪"几步就要追上了。小孩马上用夹在腋下的传单回头往王三脑袋上用力一掷。

王三满脸纸片。那些纸片拂起了沾在王三脸面眉毛头发上的石灰粉。飞扬起来的石灰粉飘进了王三的眼睛里，又痛得他龇牙咧嘴地叫。

前面有堵矮墙，那小孩冲过去要翻墙。王三看见小孩要翻墙，他忍着眼痛冲过去抓他。到王三冲到墙根前，那小孩已经翻过了墙的那边了。王三双手攀在墙顶上，双腿往下用力一蹬，准备要翻墙。

已经翻过了墙那边的小孩，看见王三翻墙追他，情急之中他发现墙根下面有块砖头，他立即捡起来，双手紧握，跳起来用力往王三的头上磕去。

王三突然感到耳朵"嗡"的一响，额头像挨了红红的火炭烫了一下似的火辣辣的痛。

他立即用手一摸，黏糊糊的，定睛一看，啊，是血！他大声骂道："囝家铲，你不要跑！你给我站住！"王三骂着，提起手中那杆步枪朝天上"乓、乓"地放了两枪。

街上的行人骤听枪响，顿时乱作一团。

等行人平静下来时，王三发现那小孩已经无影无踪了。王三自认倒霉，只好拖着枪，捂着头回去复命了。

棉谷伸之没听完王三的话，就气不打一处来。"八嘎呀路，你的那么大的一个人，连个十一二岁的小孩都对付不了，你的白吃了皇军的大米。你的是饭桶！"

王三马上九十度大鞠躬，大声喊道："哈咦！太君，是饭桶！"

王三喊完直腰，棉谷伸之"啪、啪"地又扇了他两耳刮子。"你的是饭桶！"

王三被打得眼冒金星。他挺直腰，大声喊道："哈咦！我的是饭桶！不过太君，这小孩不是一般的小孩，他是个土八路！土八路本来就不好对付，所以我的对付不了他，也是情有可原的。"

棉谷伸之追问道："你说他是土八路？"

王三说道："是呀！他的确和一般人不一样，是土八路。"

棉谷伸之恨恨地说："好呀，你的放走了土八路，你的就罪加一等。"他转身向旁边的狱警喝道，"你的过来，把他拉下去，绑在柱子上抽二十鞭子！"

王三被拉下去之后，棉谷伸之继续他的提审工作。

他问老头马彪："刚才我的问到哪里啦？"

陈无偏记得，是讲到日本仔这冚家铲有颗试金石。但他不出声。马彪也没有吭声。

棉谷伸之转问旁边的狱警。有个狱警讨好地说："太君说到，您有颗试金石……"

棉谷伸之说："是的，我的有颗试金石。"

他问老头说："你的不是说你的是好人吗？"

老头点点头。

"你的不是说你的是良民吗？"

老头点点头。

"你的不是说你的不是私通土八路吗？"

老头点点头。

"你的不是说保长陷害你吗？"

老头用力地点点头。

棉谷伸之说："好！你的给我喊两句口号。你喊了，我的就相信你了，我的就不再审你了。我的马上就可以放你回家了。"

老头问他："你让我给你喊什么口号？"

棉谷伸之说："你的给我喊：'中国是愚昧野蛮的民族！'"

老头鄙夷地轻轻地撇了撇嘴唇。

"第二句呢？"

棉谷伸之说："第二句是'大日本帝国天皇万岁万万岁！'"

老头不吭声。

棉谷伸之说："你的喊呀，你的喊了，我的马上放你走。"

老头笑道："太君，多谢你的好意。第一句我是不能喊的。我们中国虽然不如你们日本强大，但也是礼仪之邦。我们中国人有句俗话：'儿不嫌母丑，狗不嫌家贫'。我喊了这一句，就连狗都不如了。"

棉谷伸之想了想，说："那你的喊第二句。"

老头笑了笑："第二句也是不能喊的。你们喊，你们就回家自己喊吧。你们的天皇再好，也不能派兵来我们中国杀人放火呀！"

棉谷伸之用力一拍桌面，叫道："我的试金石试出来了，你的不是好人，你的不是良民，你的就是私通土八路的家伙。来人呀，给他的上辣椒水！"

辣椒水端上来了。

棉谷伸之威严无比地对老头说："这盆辣椒水，你的是自己喝下去，还是我的叫人给你的灌下去？是喝是灌，你的必须自己挑一件。"

老头想了想，平静地说："我自己喝下去！"

他走上前去，慢慢地弯下腰来，巍巍颤颤地端起那盆满满的日本军用陶瓷盆的辣椒水，凑近自己的嘴边。

棉谷伸之睁大眼睛，他想看看这个又弱又孱的老头是否真的能把这盆辣椒水喝下去。

这时，这老头突然咬紧牙关，使尽全身力气将那盆辣椒水兜头兜脸向棉谷伸之泼去。

棉谷伸之冷不防挨了这一招，弄的两眼都是辣椒水，痛得他哇哇大叫。他喊道："你的把他的拖下去，把他的脑袋摁在烧辣椒水的锅里！"

老头的脑袋是真的被摁到烧辣椒水的锅里了。

陈无偏听到那边传来了老头的挣扎声，他不觉毛骨悚然。

等皮肤上面的鸡皮疙瘩平复之后，他又不禁由衷起敬：老人家，你铁骨铮铮，豪气长存！你老人家给中国人长脸了。孟夫子讲威武不屈，我们中国人都应该这样。我们中国人个个都威武不屈，你们这些龟家铲日本仔不被我们打输才怪！

当晚没有开饭。陈无偏打听，原来监狱是一天开一顿饭的。一天一顿霉米饭，饭中还有沙子。陈无偏马上认识到这碗有沙子的霉米饭是让你吊命的。日本仔呀日本仔……

晚上，他和衣躺在监仓里。监仓里蚊声如雷。那蚊子和狱警一样的恶，上下其口，陈无偏哪里睡得着?！白天的情景又一幕一幕地浮现在他的眼前。他知道入到这里就出不去了。我老婆死了，我的儿子也九成九死了，明天我大概也死了。死就死吧，只要死得利索，死了我家人就在阴间里团聚了！日本仔，你不是要我家的祖传秘方吗？我就是死，也不会给你！

第二天中午，吃完那碗有沙的霉米饭，狱警便把他绑着，押他上大堂。

到了大堂，他发现堂上坐着的是山根四治郎。仇人相见，分外眼红。陈无偏怒火中烧，两眼死死地瞪着他。

山根四治郎对狱警说："松绑！"

狱警把陈无偏身上的绳子解开。

"都退下！"

狱警们都走开了。

山根四治郎对陈无偏笑道："大哥！"

陈无偏咬起牙关，把头拧到一边去。

山根四治郎笑道："大哥，小弟没有找到比这里更安全的地方安置你，只有让你在此权借一宿。小弟招呼不周，恕罪！恕罪！大哥没有吃饱吧？等一会我们到街上吃馆子，向大哥赔罪。"

陈无偏不理他。

山根四治郎脸上的笑影沉下去了。他说："大哥，你的要想开一点。做人太固执了是不好的。太固执了对自己没有好处。药方这东西不是别的。它不是一个别的物体，你的给了我的，你的就没有的了。药方这东西，你的告诉了我的，它还在你的这里。你的并没有失去它喔！你的说是不是？"

陈无偏还是不理他。

山根四治郎说："大哥，小弟我的是一直敬佩你的，敬重你的。其实你的心里也清楚，我们认识以来，我的一直把你的当我的大哥看待，当亲生的大哥看待。当然，相处起来，因为一时难以磨合，也难免会有不愉快的地方。由此使大哥你受到伤害，小弟我的表示由衷的歉意……"

陈无偏心想：你不要猫哭老鼠假慈悲了。你向我表示歉意，你见鬼去吧！

山根四治郎继续说："大哥，对你的所受到的伤害，小弟我可以赔偿你……"

听到这里，陈无偏不禁眉毛一扬。他望着山根四治郎。你赔偿我？你用什么赔偿我?!

山根四治郎说："作为男人，活在这个世界上不外是为了两件事：一是金钱；二是女人。我的知道你在金钱上受到了损失，小弟我的赔偿你。我的可以给你的金条，十条，二十条，够了吧？不够还可以加的。女人，我也可以赔偿你的。如果你的要中国女人，我的可以任你的挑女学生，年轻的、漂亮的，挑到你的满意为止。怎么样？"

狗嘴里能吐出象牙？陈无偏在心里骂道。你这冚家铲是骗鹩哥落树。你说千道万，就是为了想得到我家的祖传秘方。你没得到我家的祖传秘方时，你就说得天花开地花落。叫你认衰仔钻我的裤裆底，你也肯定愿意。你一旦得到了我家的祖传秘方，我就会马上死在你的手里。

"怎么样？"山根四治郎催问道。

陈无偏不出声。

山根四治郎说："我嘴巴都讲干了。你总要给个态度我吧？"

广东人口白——时运高不听鬼叫。陈无偏还是不出声。

山根四治郎极力耐着性子。"大哥，我的提醒你的，你的要明白这里是个什么地方。"

见陈无偏还是不出声，山根四治郎咬起牙根说："这是监狱！你的要是不肯同我的合作，你的就永远永远走不出这个门口了。"

陈无偏还是不出声。他把眼睛闭起来，心里头说道：我跟你合作，我可能死得更快！

山根四治郎气急败坏地说："现在我的用嘴巴和你说话。你的还是这个态度的话，我的就要用刑具和你的说话了！"

陈无偏还是不出声。他想：我必定死在你的手里了。我是不给也死，给了也死的，随你的便了。

山根四治郎无计可施，他的脸气得由青变红，大声叫道："来人呀！"

后面应声跑出了几名狱警。

"给他上老虎凳！"

狱警们立即推出一张木凳。它一半像把太师椅，一半像只囚禁猛兽的大木笼，是用粗大硬实的木料做成。上面丁零咣啷地吊着一排手镣脚铐，叫人望而生畏。狱警们七手八脚地把陈无偏塞进老虎凳里，让他在里头坐着。陈无偏以前读《水浒传》，知道担枷带锁、手镣脚铐、囚车绞架之类的东西，他想不到现在轮到自己受用了。他知道这些东西是要人命的，没办法了，由它去吧。只求死得越快越好！

山根四治郎说："大哥，你的现在回心转意还来得及。否则动起手来，你的就没有后悔药吃了。"

狱警们愕然望着山根四治郎，心里头问道：他是你大哥?!

陈无偏还是闭紧眼睛。

山根四治郎咬牙切齿，他的脸，他的那只缺了一小口的耳朵气得由红变紫："是你的自己找死的。你的怪不了我了!"

他大声向狱警们喝道："用刑!"

狱警们将陈无偏的手举过头顶，铐好；将双脚抬起，吊住，镣实；然后在悬空的双腿上放上一块木板，弄好了便往上面加砖块。即使不放砖块，陈无偏已双手发麻，双脚发胀，胸口发堵。他现在只想呕，但又呕不出。头上冒起了豆大的汗珠。汗珠从头发根滴答滴答地落了下来。

山根四治郎来到他旁边，说道："怎么样？你的双脚就快断了喔! 你的心脏就快停止跳动了喔……"

陈无偏咬着牙，咬到嘴唇都变了，脸都歪了。但他还是不吭声。

山根四治郎已无计可施，他将手恶狠狠地一挥，向狱警们喝道："继续!"

狱警们继续往卜搬砖。砖越放越多，越码越高，陈无偏手越麻，脚越胀，心越堵，汗越多。他眼睛冒出了许多金星。这些金星慢慢地暗淡。他觉得眼前一片昏黑。在昏黑中他看见了寿玉，看见了抗日。寿玉胖了，更好看了。抗日也长高了，这小家伙多机灵……

"嘎"的一声，他听到他的膝关节"嘎"的一声，他感到他的心像被剜了一刀似的剧痛，他忍不住昂起头来撕肝裂肺地大大叫一声，在叫的同时，肚子里的那泡尿"嘘嘘"而出，射落到裤裆里。射完这泡尿，他脑袋一歪，昏死过去了。

八十一

"大哥!"陈无偏依稀听见有人叫"大哥"。这声音好像从地缝里传出来。

"陈先生！"陈无偏依稀听见有人叫"陈先生"。叫的人是个女的。这声音好像飘浮在柔和的风里。

他咽了一下口水，可是喉咙里火辣辣的，一点口水也没有。他本能地吸抿嘴唇，鼓动腮帮，希望口腔里能分泌出一滴口水来。

这时，他感觉到他的嘴唇触碰到一只杯子。他本能地用嘴唇轻轻地呷一口。啊！好清凉呀！清凉中好像还带有一丝甜味。他马上大口大口地喝下去，直到把杯里的水喝光为止。喝光了这只杯子，马上又有一只杯子递到他的嘴唇边。他又大口大口地喝着。喝完了第二杯，又递来了第三杯。一连喝了三大杯，陈无偏喉咙里那把燥火才算被浇灭了。

在喝水中他嗅闻到一股女人的气息。是谁那么好心呢？他想睁大眼睛看一下。可是他的眼睛糊上了一层眼眵，朦朦胧胧的看不清东西。

他说："恩人，多谢了。请恩人告诉我个姓名，无偏日后有机会一定拜谢！"

那人开始从压在陈无偏的双腿上的木板往下拿砖块。拿去一两，陈无偏便会感到轻去一斤。他深深地透了一口气。他很诚恳地再问一句："恩人，你是谁？"

那女人答道："我的是你的弟媳呀。"

陈无偏纳闷了：我父母只生了我一个人，又何来弟媳之有？而且这话语有点日本人的口音。

那女人说："我的是山根四治郎的内人，山根纪子。"

陈无偏不禁打了个愣。刚才那股轻松感荡然无存。他警惕地问道："你来干什么？"

山根纪子说："我的来找大哥看病的。大哥，你的给我的看看病吧！"

山根纪子正怀着八个月的身孕。

本来女军人有孕，是可以回国休息养胎的，况且是军中的女特务。无奈战事吃紧，人手奇缺，上头把她换成内勤，叫她坚持工作。山根纪子以服从命令为天职，留在中国没有走。可是她近来阴部奇痒，在广州看了几家医院，都说是性病。吊过许多针，吃过许多药，都不见效。医生说可能会影响胎儿，建议她把胎儿落掉。她知道将八个月的身孕落掉对孕妇本身伤害极大，而且她也不愿意这样就弄死自己的孩子。

这时候她听说番禺的陈无偏既能治病又能保胎，马上就来找陈无偏了。

当她知道丈夫把陈无偏抓到了监狱里时，又马上追到监狱来。

山根四治郎心里有愧，是他把这病传给老婆的。山根四治郎是个色鬼。来华之后裤兜里经常揣着个"冲锋一号"。他搞的女人实在不少。有时没带"冲锋一号"也照样"冲锋"。所以前一段时间他感到下身奇痒了。他痒了不久，就轮到了老婆痒了。

现在老婆提出要找陈无偏看病，他马上认识到，无论是为了老婆，为了老婆腹中的胎儿，还是为了自己（他现在下身正痒得难以忍受了），这都是很明智很必要的。

于是他喝令狱警开镣脱铐，把陈无偏从老虎凳里弄出来。

他气势汹汹地对陈无偏说："你赶快给我老婆看病！"

陈无偏心想：你现在求我。你求我了，我就不怕你了。他大声说："不看！"

山根四治郎比陈无偏更大声地说："不看，我就马上把你塞回老虎凳里！"

陈无偏说："塞回老虎凳里，我也不给你看！"

"你不看，我就在老虎凳里把你搞死！"

"搞死我也不看。我刚才已经死过一次了！"

山根四治郎蔫了。他彻底感到他没办法治陈无偏了。要不是走投无路一定要求他看病，他就把他的"航空曲尺"拔出来，送这个八嘎呀路上西天。

山根纪子看见陈无偏愤怒得像头狮子，她知道他是不会给自己看病的了。这时她的下身剧烈地痒着，痒得火辣辣的根本不可能忍受。她知道这样下去后果是不堪设想的。

她咽了一口口水，深深地叹了一口气：还是低声下气地求求他吧。不求他，还有什么法子呢？

山根纪子说道："大哥……"

陈无偏愤怒地说："我不是你的大哥。"

"先生……"

陈无偏本来想说：我不是你的先生！但又感觉到这样的讲法好像有点不妥，于是没有出声。

山根纪子说："陈先生，中国人有句俗话，医者父母心……"

陈无偏说："医者是要有父母心。可是谁又对我有父母心？我好端端的被人折磨成这个样子，谁又对我有父母心？"

山根纪子说："陈先生，我丈夫……"

陈无偏说："你丈夫几有父母心。他……"

山根纪子很难为情，她不希望陈无偏多说。男人在气头上说话往往容易越说越绝。她老公是做特务的，骄横惯了。陈无偏说得太绝了，她老公就死要面子不肯转弯了。现在她是站在中间两边劝。她觉得她老公肯收手肯转弯了，陈无偏这边最好也能少说一些。他明白陈无偏被折腾到这个地步，自然一肚子是气。多给他说好话，多向他赔不是，让他消消气吧。

她说："陈先生，很对不起，我知道是我老公的错，他也知道是自己错了。得罪了。我们向你赔不是。好不好?！我希望你陈先生以宽大为怀，大人不记小人过。"

陈无偏有种君子之风，或者是大男子主义，他素来信奉好男不和女斗的信条。现在一个女人在面前苦苦地求自己，我能怎么样呢？

山根纪子见陈无偏的脸色缓和了一点，知道事情开始有了转机。

她趁热打铁地说："陈先生，我知道你受了很大的伤害，我们万分抱歉，我们补偿你好不好。当然，我知道补偿不是万能的，衣服补得再好也有块疤，但也算我们的一种心意吧。"

山根纪子是个乖巧的女人，把话说得贴心贴肺的，陈无偏的气也随即消了许多。

她继续说："陈先生，刚才说了，医者父母心。我认识你也好久了，深知你不仅医术好，心地更好。这不是我故意夸你，在番禺，方圆百里谁不是这样说你的呢？陈先生，我丈夫是得罪你了，可是我从来没有得罪过你喔，相反我可是一直崇拜你的哟，再说我肚里的孩子更是无辜的。陈先生，请你大人大量，不要计较我丈夫的得罪，给我看看病，救救我们母子俩吧！"

陈无偏心软了。他犹豫了一下，说："就在这里看病呀？我可从来没有在监狱里给人看过病的……"

站在不远处的山根四治郎马上搭嘴说："我可以马上把你送回金窝村，送回你的陈氏医馆里。"

陈无偏讽刺地说："等我把你们的病治好了，你再把我抓回来。"

"不是不是，不会不会！"山根四治郎马上摆手兼摇头。这时他咬紧牙根，他的下阴更痒了：八嘎，我忍着你，等你治好了我们的病，我再把你摆在砧板上慢慢地剁你！

山根纪子说："陈先生，你答应了？！我先谢过你了。我们马上把你送回去，我明天再登门请你看病。"

狱警过来拉陈无偏。陈无偏已经没有站立的能力。

狱警一松手，他就立刻栽倒在地上。

八十二

陈无偏回到金窝村了！

金窝村被日本仔折腾得好像一口死水塘。陈无偏回到金窝村的消息，好像一块大石头砸进了死水塘里。

那天，村民们看见几个荷枪的日本仔牵着一匹高头大马拉着一辆马车进到村里来，吓得赶快躲开。马车"踢踏踢踏"地到了陈氏医馆门口，停下。

车上跳下几个日本仔，然后抬下一副担架。担架上躺着一个人。陈氏医馆对面的人家，伏在门缝上单着只眼睛仔细地看，发现担架上躺着的人是陈无偏！

当初陈无偏被日本仔抓走的时候，陈氏医馆没有关门，是邻居帮忙把门掩起来的，现在日本仔用脚一蹬门就开了。日本仔用担架抬着陈无偏进去，一会扛着副空单架出来，上车。马车"踢踏踢踏"地走了。

日本仔一走，住在陈氏医馆对面的张泉便闪出来，探头探脑地走进陈氏医馆去看个究竟。张泉进到里头，发现静得像座古庙，人影都没有一只。张泉又摸进房间里，看见陈无偏像死了似的躺在床铺上。

他小心地叫道："无偏叔，无偏叔……"

陈无偏睁开了眼睛。

张泉说："无偏叔，吓死我了，你没事吧？"

陈无偏叹了一口气，有气无力地说："没事，还活着。"

"你现在感到怎么样？"

"我的两条腿动不了。"

"是日本仔打的吧？"

"唔，是坐了日本仔的'老虎凳'坐成的。"

"'老虎凳'？日本仔真是冚家铲，太狠毒了。无偏叔，你需要做什么？我来帮你。"

陈无偏鼻子一酸，一行眼泪汩汩地流了下来。

过了一会儿，陈无偏说："泉哥！"

张泉是个二十啷当的小伙子。陈无偏是个斯文人，斯文兼好礼。人敬他一尺，他敬人一丈。平日和气待人，二十啷当的小伙子，他便叫人作"哥"的，十八九岁的妹仔，他便叫人作"姐"的。所以大家都觉得他人缘儿好，乐意接近他，喜欢和他打交道。

他难为情地说："泉哥，真不好意思。我想屙尿。我憋得太辛苦了。麻烦你，很不好意思。请你扶我起来，去厨房边，帮我提个尿桶来。"

张泉走近床边，俯下身去扶陈无偏，闻到他的下身有一股冲人的尿臊。他把陈无偏扶起来，马上又进厨房里去帮他提尿桶。

等张泉拎着尿桶出来的时候，陈无偏早已解开裤带，急不可耐地往里小解了。边小解边打冷战。这泡尿拉得又长，气味又臊，他真的憋了好久了。

陈无偏解完了小便，乡亲们也已陆续地赶到陈氏医馆来看望他了。

对面的三姑说："陈先生，几天不见，看你瘦成这个样子，真像死去返生一样！"

后街的六婆说："无偏，我是从小看着你长大的。你是个斯文人，哪里受过苦？这回遭受到这么大的折磨，真系阴功咯！"

卖豆腐的二叔说："冚家铲日本仔真狠毒喔！"

有人插嘴说："肯定又是那个冚家铲陈中夏！"

"陈中夏？"

"就是扮成中国人，来我们村开药材铺那个死日本仔呀！"

织鱼篓卖筲箕的晚公说："这冚家铲，从日本那么远的地方跑来我们中国，扮成中国人，又来我们村开药材铺，到底是想干什么？"

"想谋无偏叔的祖传秘方'灵蛇之珠'呀！"

"你又知？"

"欸，好多人都这样说的喔！"

张泉问道："无偏叔，你的祖传秘方给了他没有？"

陈无偏摇了摇头。

张泉钦佩地说："无偏叔，你是这个，"他伸出了大拇指，"无偏叔有骨气，是个硬汉子，被折磨成这个样子都不屈服，我敬佩你。"

六婆说："别看无偏斯斯文文的样子，他是外圆内方的人，骨头可硬哩！"

"你又知？"

六婆说："我当然知！我和他的妈是一趟人，大家做姐妹的，我从小看着他长大，连他屙什么屎尿我都知道。他的为人我还不知?!"

张泉说:"无偏叔,你现在伤成这个样子,做什么都不方便,以后你有事就喊我,我来帮你。"

三姑说:"陈先生,你和你的父母都很热心帮街坊看病,现在我们帮回你是应该的。你有事尽管说。咦!这个家柴横凳乱,满屋灰尘,也够乱了。我们大家都动动手,帮他拾掇拾掇。"

大家都叨念起陈家平日的好处,听三姑一说,都纷纷动起手来。你扫地,我抹台,你挑水,我劈柴。有的从自己家里提点番薯癞过来,让陈无偏过着日子。有的从自己家里拎点熟番薯癞过来,让陈无偏先抵抵肚饥。

陈无偏很感动。他很留心街坊们来了那么久,都没有人提及过自己的儿子陈抗日,他感到凶多吉少了。因此他更不敢主动开口,只有自己躺在床上暗暗垂泪。

大家做得七七八八了,屋子里也拾掇得差不多了,大家要回去了。

陈无偏请张泉再扶他起来屙一次尿,便千恩万谢地请他回去休息了。

街坊们走了,陈无偏的尿也屙了,而且又吃了几条街坊们拎来的熟的番薯癞,他又困又累,本想好好地睡睡觉,养养精神了。可是躺下来,两眼望着上面灰褐色的瓦坑和棕黑色的椽子,就觉得心里很堵。

在这个屋顶下,本来生活着一个温馨富足的家,可是现在,女主人没了,死在千里之外的南京城,而且还死得那么惨。小主人也没了,就是前几天的事。才几岁的小孩呀,多聪明,多天真,多活泼呀,可是说没就没了。日本仔,你们这些冚家铲害得我太惨了。你们这些冚家铲没来之前,我生活得几好,夫妻恩爱,生活无忧。我们番禺几好,我们番禺是鱼米之乡。沙湾、石基、石楼、灵山、榄核、鱼窝头、东涌稻蔗相间,一望无际;大石、新造、钟村、南村的龙眼、荔枝、乌榄树沿山种植,连绵数十里。我们番禺富到用粮食来养猪。我们番禺养的猪比其他地方的猪都娇贵,不够甜的番薯还不肯吃，人们把这种不够甜的番薯叫"猪嬷怕"。现在你想吃"猪嬷怕"？难了。就是番薯癫都不够吃……冚家铲死日本仔，你们害得我们好苦啊！

陈无偏想着想着，忽然觉得他躺着的这张床竟有些可怕。

这张大床是他结婚时打造的，过去一家三口睡在上面，其乐融融。后来去了南京，寿玉死了。回到家里看见这张大床，心里就难过得像被人揪着拧着一样。晚上和自己的宝贝儿子睡在床上，有个伴，总算不孤单。弯着个手臂给他做枕头，另一只手在他的背脊给他搔痒，按摩；学着寿玉那样轻轻地唱"月光光，照地堂"，"落雨大，水浸街"……哄他睡觉。一个男人老九，公鸡带崽，几凄凉！可是凄凉归凄凉，心里头还有个盼头，我经常自己鼓励自己：我有儿子，我怕什么?！可是现在儿子呢？儿子到底怎么样了？

他真不敢想下去。他的两行眼泪又汩汩地流下来。他实在太累了，想着想着，眼前就模糊起来……

黄守财走进来，说道："丢那妈！大白天还睡觉。起来起来！有人结伴去大乌岗砍柴。我家没柴烧了，我去。你去不去？去的话，我们一起去，有个伴。"

陈无偏说："好呀，我家的柴也快烧完了。一起去啰！"

大乌岗上云绕雾罩，瘴气森森。他们一边拨开比人还高的芒草，一边艰难地前行。

走着走着，陈无偏听见有人叫"爸爸"。谁带着儿子上大乌岗砍柴呢？这样荒凉的地方能带小孩来的吗？真是！

"爸——爸——"这声音很耳熟喔！

"爸——爸——"这不是我儿子抗日的声音吗？

"爸——爸——呜……"抗日的手一把抓住他的手。

啊，抗日掉进了人家挖金的土坑去了。他马上伸手去抓抗日的手，努力地把他拉起来。

"呜呜呜……"啊，抗日哭了，抗日肯定跌伤了，伤在哪里呢？他认真地看着，奇怪，怎么我的眼睛睁不开呢？他想哄哄抗日，怎么说不出话来的呢？奇怪了，不行不行，他努力地睁大眼睛，可是眼盖皮就是睁不开。他努力地去哄儿子，可喉咙里就是说不出话来。怎么回事呢？怎么办呢？他急得使劲地挣扎。

"爸爸！"抗日在哭叫。

陈无偏知道儿子又将要掉落深坑里去了，要拉住他，要抱住他，要掉我们父子俩一起掉，要死我们父子俩一起死……

有人拍拍他，说："大哥，抗日叫了你那么多声了，你怎么不应应他呢？"

啊！是黄守财的声音。

"大哥，你应一应他呀！"

我应了。我怎么不应呢，可是我叫不出声呀！我，我哑了吗？

"大哥，你醒醒呀！"

奇怪，我不是醒着的吗？

"大哥，"黄守财提高嗓门，大声说，"你睁开眼睛！你睁开眼睛！"

陈无偏用力一睁，眼睛开了。他第一时间看见屋顶上灰褐色的瓦坑和棕黑色的椽子。咦！我不是在大乌岗上砍柴的吗？他再看看，床边站着他的宝贝儿子抗日。抗日的后面是打铁铺的老板黄守财。

他一把搂住儿子哭了起来。陈抗日见父亲啼哭，吓得更哭了。男儿有泪不轻弹，只因未到伤心处！黄守财知道陈无偏心里很苦，唉！让他哭吧。陈无偏哭了几声，知道失态，便强忍着。

他抹了一把泪水，对黄守财说："兄弟，多谢你了！这几天是你帮我带着抗日的吧？"

黄守财笑了笑，说："你那天被日本仔抓走了。抗日吓得哭着到处乱跑。我怕日本仔回过头来又抓他，也怕他跌进鱼塘水沟里，便把他带回我家里去了。今天早上我带他去市桥买炭，刚才才回来。一知道你回来了，我就马上带他回来见你了。"

陈无偏感激地说："兄弟，多谢你了，真的多谢你了！"

黄守财说："谢什么，你帮我老婆治好病，我还没有谢你哩。你刚才睡得好沉喔，抗日叫了你那么多声，你都没有应一应，真把我吓着了。"

陈无偏说："这几天，我都没有睡过什么觉，所以一睡就不知醒了。"

黄守财看见陈无偏这副模样，问道："你是怎么回事，看你的下身好像动不了喔。"

陈无偏说："日本仔这冚家铲用'老虎凳'来逼我，把我的脚筋压伤了，有些地方可能断了。"

"就是那个冚家铲陈中夏？他想干什么？"

"还不是想夺我家的祖传秘方！"

"你给了他啦？"

"给个鬼，我死了也不给他！"

"好样的！"黄守财微笑着伸出了大拇指，"这才不愧是我的大哥！欸，你不给他，他怎么又肯放你回来呀？"

"是他老婆说情，让他放我回来啰！"

"咁好死？！（粤语，有那么好的事？）"

"她想找我看病啰！"

"那好，你趁机给她二两砒霜，收了她的狗命。"

陈无偏说："不行，她求我看病，就是我的病人。医生不医死。医生用药杀人是万万不行的。要杀日本仔，那就上战场，拿起真刀真枪去干。"

他看见黄守财的眼神有点不信任的意思。他说："是真的喔，你以为我不敢杀人，不敢杀日本仔呀？你错了。上次在植地庄，我扔了十几颗手榴弹，起码也炸死了几十个日本仔。你不信？以后你见了大头虾和二姑娘，你问问他们，看我吹了牛没有！"

黄守财说："我当然相信，但人家日本仔不是这样想的。我听说日本仔的医生来到中国，专门生劏活人，说是搞什么科学实验。"

陈无偏说："所以他们叫日本仔。我们中国人可不能这样做！我们中国人这样做，不就成了日本仔了？"

黄守财遗憾地摇摇头："不和你煲这个'冇米粥'了。喂，你需要我帮你做点什么？看你现在这副样子，好像做什么都不方便喔。"

陈无偏连声应道:"对,对,对,兄弟你真好!请你帮我多带几天抗日。还请你帮我去捡服药回来,让我治治我的脚。"说着,他随口讲了一个药方:

透骨草、伸筋草、川红花、全当归各五钱,鸡血藤二两,干地龙、土鳖虫、穿山甲各三钱,冬桑枝、川桂枝、苍术各四钱

黄守财跑去市桥帮他把药捡好。陈无偏挣扎着要去煲药,黄守财连忙叫他躺着,又去厨房帮他把药煲好。

煲好之后,黄守财问:"怎么弄?"

陈无偏说:"我想喝两碗,其余的拿来烫脚。"

黄守财斟了两碗给陈无偏喝,然后又帮他烫脚。

陈无偏感动地说:"兄弟,你真好,什么都肯帮我。"

黄守财说:"如果你肯杀那个日本婆,我更加愿意帮你!"

八十三

饮了药,烫了脚,睡了一夜,起床时,陈无偏感到双脚好了许多。

到日上三竿的时候,山根纪子坐着一辆黄包车,由一队日本兵护送着来到陈氏医馆,找陈无偏看病来了。

金窝村民马上纷纷逃避。大胆的伏在门板后面屏住气息看个究竟。他们看见一个日本女人,挺着个大肚子,由日本兵搀扶着下了黄包车,走进陈氏医馆里。

陈氏医馆山根纪子来得多了,不过过去她是以王嬙的名字来的。医馆里头她非常熟悉,只是多年没来,如今觉得荒冷凄清,如一座没人打理的古庙。

山根纪子看见厅内无人,便向房里走去。进到房里,她看见陈

无偏靠在床屏上，面色憔悴，神形枯槁。

她抱歉地说："陈先生，我的打搅你来了。"

陈无偏既不欢迎，也不拒绝，只是漠然地点了点头。

山根纪子问道："陈先生，请你给我看看病吧！唔……在哪里看呢？"

陈无偏说："我的两条腿动不了，就在床边看吧。你叫你的兵出去，从外面搬条凳子来这里就可以了。"

日本兵们把凳子搬进来，放在陈无偏的床头旁边。山根纪子坐下。

陈无偏叫她把手抬起来，让他诊脉。

诊过脉，看过舌，山根纪子忧心忡忡地问道："很严重吧？"

"唔……"

"可以治好吗？"

陈无偏自负地说："这话吃了药再说吧。我动不了，你们自己去对面的墙角，在墙根处扒开浮泥，取出一只瓷坛来。"

几个日本兵按照陈无偏手指的方向，在墙角下面挖出一个瓷坛，交给了陈无偏。

陈无偏揭开坛盖，从里面取出十颗药丸。这是陈家祖传秘制花柳丹。

他把花柳丹交给了山根纪子，说："还有条药方，你们找纸找笔记记。"

等日本兵找来了纸笔，陈无偏说道：

　　土茯苓二两　金银花五钱　槐花米五钱　杭白菊四钱
　细生地三钱　生龟板五钱（先煎）　生牡蛎一两（先煎）
　炒谷芽三钱　土炒白术一两五钱　紫苏梗四钱　苍术一两
　五钱　茯苓六钱　法半夏三钱　甘草三钱　绿豆一把

他说："每日两服药；每日两只药丸。一服药煎汤，用药汤送下一颗用鱼皮包裹好的药丸。药丸不要嚼烂，要囫囵吞下；另一服也煎汤，用药汤开化一颗药丸，连汤热洗患处。"

陈无偏说完，闭上眼睛，仰靠在床屏上，一副爱搭不理的神气。

山根纪子问道："陈先生还有什么吩咐吗？"

陈无偏还是闭着眼睛，那头只轻轻地摇了摇。

山根纪子说："陈先生，谢谢你，我们走了。"

陈无偏还是闭着眼睛，那头只是轻轻地点了点。

到山根纪子一伙走了以后，陈无偏想躺下去睡觉，他的手按着一块硬硬的东西。

他睁开眼睛一看，啊，是块闪闪发亮的金条！

陈无偏想，肯定是这日本婆放在这里的，下次来，我一定给回她，我不要她的东西！

过了一会，他又想：为什么不能要她的东西呢？看病收诊金是天经地义的。给多给少是她的本意，又不是我一定要她这么给的，跟我有什么关系！

一会他又想：我给了日本仔看病，或者就有人在背后讲七讲八的了，如果再要她的东西，那不是更水洗不清？

等一会，他又想：给日本仔看病可能就会惹非议的了，还不收他的钱，人家不是更说你讨好日本仔，向他献殷勤？！

想到脑子都累了，陈无偏觉得这主意还是不好拿。想着想着，他脑袋一迷糊便睡着了。

陈无偏不知道他给山根纪子看病无论是收钱还是不收钱，都已经在村里招来口舌了。

有人议论说："陈先生怎么给个日本婆看病呢？"

"应该杀了她才对呀！怎么还会给她看病？"

"帮个日本婆看病，让她养好身体，有气有力地杀中国人呀？"

黄守财听见了，说："你们乱说什么。日本仔想逼陈先生拿出他家的祖传秘方。他不给，日本仔就抓他进监狱里去坐老虎凳。陈先生被日本仔折腾得就快死了，是这个日本婆救了他。日本婆救他的目的是要他看病。你说能不看吗？"

"那么他把他的祖传秘方给了日本仔吗？"

"当然没有给啦！人在江湖，有些事不是一是一，二是二那么简单的。"

不知睡了多久，陈无偏觉得有个人叫他："陈先生在家吗？陈先生在家吗？"

咦，是个女的，是谁呀？陈无偏自己问自己，这回不是发梦吧？

他摇摇脑袋，脑袋很清醒。不是发梦！可是谁在叫我呢？

过了一会儿，这声音又响起来："陈先生在家吗？陈先生在家吗？"

听得出是个年轻女子的声音，而且有点怯怯的。

陈无偏答道："我在这里。我的脚不好，一时站不起来。不好意思，你找我有什么事，请到这里说吧！"

房门外响起了轻轻的脚步声。陈无偏听得出这是布鞋着地的声音。

一会儿，有个女子从门外探个头进来："陈先生……"

陈无偏眼睛一亮！他发现这女子他似乎见过。可是在哪里见过？他又说不上来。

他问道："你找我有什么事？"

女子说："我找你看病。"

陈无偏说："你是哪里人呀？我没有见过你喔！"

那女子说："我是市桥人。我是见过陈先生你的。"

"喔！你见过我？我怎么没有印象呢！"

"陈先生你是个大忙人，你是记不住的。"

陈无偏觉得好笑。"我是什么大忙人。好，请你提点一下，你在什么时候什么地方见过我。"

那女子说："南京沦陷前，我们从市桥下到各乡各村宣传抗日……"

这时，陈无偏的脑袋一闪，啊！他记起来了。

学生们来到村里，先是大唱抗日救亡歌曲，然后就是慷慨激昂

463

的演讲。那天听完了演讲，村民们陆续地散开了，陈无偏也回到自己的医馆里。一会儿，一个拿着彩色小纸旗的女学生跑进他的医馆："老板。"陈无偏看见这女学生剪着齐耳根的短发，身穿月白色竹纱大襟右衽短衫，下系黑色布裙，身材秀美，杏眼蛾眉，白嫩嫩的脸蛋上印着两只浅浅的笑靥，使人感到像一株雨后的新竹，气质清新，相貌可爱。

陈无偏很高兴，说："请问有什么指教？"

女学生说："指教倒不敢。我只是想问一句……"

陈无偏笑道："问吧！"

"你这里藏有日货吗？"

陈无偏说："你自己看吧，别说一件，半件都没有。如有，任凭处罚！"

女学生说："没有就好，现在日本人想侵略我国，灭亡我国，我们要团结起来，抵抗日本，抵制日货！"

陈无偏由衷地赞成这女学生的说法，他微笑着点了点头："是的，是的。"

这时门外有人喊道："张倩！"

"唉！"

"集合啦！"

"来啦！"女学生应声跑出去了。陈无偏发现她像一只快活的小鸟……

陈无偏回过神来，再将面前这个女子多看了一眼。他看见面前这个女子的确杏眼蛾眉，脸颊上印着两只浅浅的酒窝。只是神采暗淡，好像一朵经历了秋霜的芙蓉。

陈无偏说："你找我看病，可是我的脚不好，下不了地。很不好意思。"他指着床头旁边刚才山根纪子坐过的凳子，说："如果你实在要看病，只好坐在这张凳子上看了。"

这女子怯怯地坐下。

陈无偏问："你想看什么病？"

这女子不答。她低着头，白中带黄的脸上"唰"地漫上了一朵红云。

陈无偏笑道："不好意思说喔！那就先诊脉吧。请把手递过来。"

陈无偏左手托住她的手腕，右手在她的"寸口"上布指，然后闭上眼睛，细细地候脉。三部九候之后，他放下女子的手腕，再把另外一只手的脉搏，说："把舌头伸出来看看。"

这女子抬起头把舌头伸了出来。

陈无偏说："你六脉迟滞，尺脉艰涩，舌苔白腻，舌根偏黄，舌边有几个瘀点。可以看出，你的病在下身喔。"

这女子眉头一扬，惊愕地睁大了那双本来就大的眼睛。

陈无偏说："你应该是月经紊乱，枯少。经痛。赤白带下并兼有黄绿之色，气味难闻。还有……还有的，我就不便再说了。"

这女子呆呆地看着陈无偏，那脑袋像鸡啄米似的直点头。

陈无偏问道："姑娘，你年纪轻轻的，怎么会得着这个病呢？"

姑娘听到陈无偏这一问，一下呆住了，好像播放着的电影霎时定了格。到她回过神时，她突然双手捧面，"哇"的一声，伏下身去伤心地哭了起来。

陈无偏也呆了。呆过之后，他抱歉地说："真对不起，这本来可以不问的，你也可以不回答的。可是我们中医看病，就是讲望、闻、问、切。这叫四诊。要看得准，必须四诊合参。所以我问习惯了……"

姑娘听陈无偏这么一说，停止了哭泣，说道："我被日本仔抓进了慰安所里……"

陈无偏马上说："不说了，不说了，我明白了。"

姑娘伤心地说："我看过好多医生，都说没得治了。陈先生，你能帮我把病治好吗？"

陈无偏说："应该可以，只是耐心一些就行了。"

他从床头那只刚才给过山根纪子药丸的瓷坛里，掏出了十颗花柳丹，又叫这姑娘找纸笔记药方。

药方基本还是刚才给山根纪子那一张。不过山根纪子是孕妇，而这个是姑娘，他便在给山根纪子那一张药方上，加上粉丹皮、京赤芍、薏苡仁、大力子等药物，并详细交代她如何服用。

这姑娘拿到了药丸和药方，不好意思地放下一枚银元，千恩万谢地走了。

八十四

陈无偏本来是给了山根纪子五天的药的，不想她两天之后就来了。

陈无偏说："我给了你十颗药丸，让你分开五天服用，你怎么这么快就来了？"

山根纪子赧然一笑："那药丸不慎撒落了一些在地下，弄脏了，便倒掉了。"其实是山根四治郎分吃了。只是山根纪子不好意思说出而已。

善良老实的陈无偏感到非常可惜，他说："药的材料本来不算很贵，只是炮制很难，要经过很多道工序，做好了还要埋在土里一年以上才能使用。这样丢掉了真是可惜。"

山根纪子连声说道："不好意思，不好意思！"

陈无偏问道："吃了我的药，感觉怎么样？"

山根纪子笑着回答："真好，真好，真好！我的看过那么多的医生，没有哪个有你陈先生的效果那么好。"这笑容比捡到金子还要灿烂。

停了一会，她不放心地问道："陈先生，我的病吃了你的药，胎儿没问题吧？"

陈无偏说："我治好过那么多例，都没问题的，你的有没有问题，我不敢担保喔。"

山根纪子连声说："陈先生的本事那么高明，肯定是没问题的。"

陈无偏突然想起一件事，问道："上次你来看病，你走后，我发现我床头边有一块金条，是你放的吧？"

山根纪子听了粲然一笑："不是不是，真的不是。"

"不是？那就怪了！"

山根纪子说："陈先生，我的上次来看病，还没有给诊金哩，应该给多少呢？"

陈无偏说："随意吧，多少给点就可以了。"

"陈先生真有儒家之风。"

"你也懂儒家？"

"懂的，应该说是略懂一二吧。"

"你老公却说我们是野蛮民族喔！"

"那是他一时之气话。其实他本人，他父母，他祖上的好几位先人，是很崇拜你陈家的哟！"

陈无偏听了深深地嘘了一口气。"我差一点就死在你老公的'崇拜'里！"

山根纪子连忙说："不说这个，不说这个。我们说些高兴的话。我的上次没给诊金，这次我一起给你十块大洋，你不会嫌多不收吧？"

陈无偏说："多是多了一些，随你意吧！"

山根纪子笑道："陈先生那么高明，多给些诊金是应该的。陈先生，你的要尽心尽力把我的病治好，保住我的宝宝啵！"

陈无偏点了点头。

山根纪子拎起药丸子和一张新的药单高高兴兴地走了。

走到门口，她又折了回来："陈先生，我再给你十块大洋，你多给我一把药丸子行不行？"

陈无偏犹豫了一下，终于说道："可以是可以的，可是千万不要浪费了！"

五天之后，那位姑娘又来了。

她进到门后，看见陈无偏拄着根扁担在地上一瘸一拐地走动。

她笑盈盈地叫了一声："陈先生！"

陈无偏看见她的神采比前几天好了许多，于是问道："又来看病？"

姑娘说："是。"

陈无偏说："请来这边看吧！"说着用力拄着扁担，艰难地一瘸一拐地走到八仙桌后面，坐在靠椅上。坐定后，他用手往八仙桌前面的凳子一伸："请坐！"

姑娘走到木凳前坐下。陈无偏拿出一只手枕，放在八仙桌上。"诊脉。"姑娘把手腕放在手枕上。

陈无偏在姑娘的手腕上均匀地布上三个指头，然后闭上眼睛，细心地候了一会。然后换手再候。候过脉，他说："看看舌头。"姑娘伸出舌头。

陈无偏看过之后，说："是好了一些了。"

姑娘马上笑了："服用过陈先生你的药，身体马上感到舒服了。陈先生，谢谢你啊！"

陈无偏说："别客气。干我们这行的，就是给人看病的嘛。不用谢了。"

看完病，陈无偏从瓷坛里掏出十颗花柳丹给了这姑娘，然后执笔开了一张药方。这张药方宗前方之立意，多加了党参、当归、蜈蚣、全虫四味。

开完药方，他问姑娘道："贵姓名？"

姑娘答道："张倩！"

陈无偏在药方上写上"张倩"这个名字，笑道："以后就叫你'张姑娘'了。"

姑娘笑道："陈先生客气了。"张姑娘看了两次病，和陈无偏有点熟络了，话也渐渐地多了。

她问道："陈先生，老板娘呢？我以前来，见过老板娘的喔，老板娘人挺好的。现在来了两次，都没有见到老板娘。老板娘到哪里去了？"

有说有笑的陈无偏突然定了格。

张姑娘见状一愣。她问自己：是怎么回事？

陈无偏透过一口气来，才慢慢说道："别提老板娘了。"

张姑娘担心地问道："她怎么了？"

陈无偏长长地叹了一口气："她死了……"

"怎么？"张姑娘不觉一惊，"她死了？哎哟！老板娘很年轻，身体很好，也很漂亮……"

陈无偏听了摇了摇头："你越说，我就越伤心。"

张姑娘连声说道："对不起，对不起，是我不好，让陈先生你伤心了。"

陈无偏又长长地叹了一口气："说伤心，也过去了。我不知伤心过几千百次了。算了！"

张姑娘突发好奇之心，她自言自语地说："是病死的？不会吧？老板娘那么年轻，身体又那么好，陈先生的医术又那么高，怎么会病死呢？"

陈无偏忍不住说："是让日本仔逼死的。"

张姑娘瞪大眼睛："啊?!"

说到了这里，陈无偏喉咙里的话像开了闸的流水，想关也不容易了。

"南京沦陷前，有位负责守城的大官请我去给他看病。我去了，带着老婆孩子一家三口去了。到了南京没几天，南京就被日本仔攻破了。那时全城大乱。日本仔要污辱我老婆，她不从，从四楼上跳下里来，摔死了。当时兵荒马乱，我一个男人老九连给她收尸的机会和能力都没有，你说几惨……"说着，陈无偏不禁哭泣起来。

哭泣了一会，陈无偏突然一愣，马上收声。他擦了一把眼泪，难为情地说："我失态了，我失态了，真不好意思，真不好意思！"

张姑娘安慰说："不要紧，不要紧。陈先生，其实你要哭哭才好。常说男儿有泪不轻弹，只因未到伤心处。陈先生，既然你那么伤心，你应该好好地哭一下。这样对你的身体会有好处。"

听了张姑娘这么一说，陈无偏鼻子一酸，但很快就控制住了。他说："张姑娘，不说这个了，不说这个了。请说别的吧！"

张姑娘见陈无偏不愿再谈下去，停了一会，便转了一个话题。

她说："陈先生，以前我来的时候，看见过你有位小少爷的喔。现在怎么没看见你的小少爷呢？"

陈无偏说："近来我的脚不好，邻居帮我带他几天。他现在在邻居家里。"

张姑娘说："陈先生，其实我早就想问问你了。以前我见你的时候，你的脚很好，很健康的，怎么现在成了这个样子呢？"

陈无偏说："近来我让日本仔抓到监牢里，坐了老虎凳，把腿弄伤了。"

张姑娘说："陈先生，日本仔抓你到监牢里。你做了什么事，他们一定要抓你呢？"

陈无偏气愤地说："我做了什么事？要说我做了什么事，就是我不肯把我家的祖传秘方交给他。"

"那么，他们把你搞成这个样子，你把你的祖传秘方交给他们没有？"

陈无偏大声地说："当然没有啰！"

张姑娘望着陈无偏，细声地说："陈先生，我钦佩你……"

这时，门外响起了一阵脚步声。

陈无偏抬头一看，陈抗日走进来了。他看见有个陌生的女人坐在父亲旁边，便用拒人千里的目光打量了她一下，然后又审视地望望父亲，问道："爸，你怎么哭了？"

陈无偏吃了一惊，连忙说："胡说，刚才有只小虫子飞入爸爸的眼睛里了。"说着，他用手指着张姑娘，对儿子陈抗日说，"叫姐姐好！"

陈抗日望了张姑娘一眼，不高兴地说："姐姐不好，姐姐把我爸爸搞哭了。"说着嘟着嘴，赌气地跑出去了。

陈无偏、张姑娘一时间尴尬得涨红了脸。

张姑娘要走了。她给陈无偏诊金和药费。陈无偏不要。

今天张姑娘和他谈了许多的话，这话谈得很贴心。这么多年他太寂寞了，和张姑娘谈了这席话，他感到好像遇到了一个可以倾诉的好朋友。好朋友怎么可以收钱呢？

他对张姑娘说，看病也只不过举手之劳，那药丸的材料本来也不贵，只加工制作比较难而已。反正他还有许多，就不收钱了。

张姑娘不好意思。她说："陈先生，我白白叫你看病，我过意不去。"

陈无偏笑道："怎么过意不去，小事一桩而已。"

张姑娘见陈无偏执意不收，她迟疑了一下，说："真是不好意思，那我就帮你做些事吧！"说完，就拿起扫把扫地。

陈无偏连忙说："不用扫，不用扫。"

张姑娘说："你不让我扫，我就给你钱了。"

陈无偏只好让她扫了。

她扫完地，又把屋里挂得乱七八糟的衣服拿去洗了。短短的小半天工夫，这个横七竖八的家，竟被收拾得井井有条。

八十五

从此，张姑娘每天都来帮陈无偏做事。她每天都从市桥步行到金窝村，做完事后又从金窝村步行回市桥。

陈无偏的心里太过意不去了。怎么能接受人家那么大的帮助呢，特别是人家是个姑娘呀！

他对张姑娘说："张姑娘……"

张姑娘笑道："陈先生，叫'张姑娘'拗口，大家都叫我'张倩'，你也叫我张倩好了。"

"啊，张倩……"他觉得不习惯，不觉笑了起来。

"张倩，我想我不能接受你的那么大的帮助。我看你就不用每天都来帮我做事了。"陈无偏说这话时，他发现自己是违心的。其实，他巴不得张倩天天来才好哩。

正坐在大木盆旁边，双手握着衣服，在盆里的洗衣板上直搓直搓的张倩听见这话，不禁停下手来。她仰起头，那双清澈明净的双眼皮的大眼睛眨巴眨巴望着陈无偏。

她小心地问道："陈先生，你是……"

陈无偏说："我觉得，我是不能接受你的那么大的帮助的。"

张倩说："陈先生，你是嫌弃我来你这里帮你做事吧？"说着，那双大而美丽的眼睛里立即漾起一汪盈盈欲滴的泪水。

陈无偏生来就爱怜香惜玉，看见张倩这副惹爱惹怜的模样，心都快碎了。

他冲口而出："不是不是。其实我巴不得你天天……不不不，我是我是……我，我是怕耗费你太多的时间了，心里过意不去。"

张倩说："日本仔来了，我书也没得读了。现在市道萧条，也没什么事可做。我也烦着闷着，需要打发一下自己，现在能帮陈先生你做点事，不是正好打发我那些等着我去打发的时间吗？"

陈无偏说："你天天到我这里帮我做事，我担心你父母会怎么想……"

张倩说："这事我是问过我的父母的。"

陈无偏急切地问道："他们怎么说？"

张倩说："我爸我妈都没意见。他们若有意见，我能天天都来吗？再说，他们的女儿得了这鬼病，许多医生都说治不好，你陈先生能治好，他们谢你还来不及哩，帮你做点事，他们哪里还会有意见？"

陈无偏听了，不禁笑了起来："其实给人看病是我的本分。我生来就是帮人看病的命。这是我的工作。你们也太客气了。我不过是举手之劳，不担不抬不花什么力气，怎么受得起你用帮我做那么多的工来报答我呢？哈哈，如果每个人都像你这样，我可好了，什么事都不用做了。"

张倩听了，也笑了。她是莞尔一笑，笑得很是动人。

陈无偏看见这笑容有点不能自已，话跟着就多了："欸，我也忘了向你打听了，你父母是做什么的？"

张倩说："是做布匹生意的，我家在市桥有间铺头，专卖布匹。"

陈无偏说："你们的家境是很不错的喔！"

张倩说："过去是不错，现在不行了，我们的铺头倒闭了。"

这话说到了陈无偏的心坎里去，立即引起了他的共鸣。他陈家何尝不是如此！他说："这死日本仔把我们的幸福生活都破坏了。"

停了一会儿，他又问道："你父母有多大年纪了？"

张倩说："都靠七十了。"

"身体好吗？"

"还好。"

"你父母就生你一个人？"

"还有一个弟弟。"

"读书？"

"日本仔来了，哪里还有书读？在家里闲着啰。"

陈无偏说："你父母年纪大了，需要你去帮他们，而你却每天来帮我，叫我很过意不去。"

张倩笑道："你给我看病，又不收我的钱。你再不肯让我帮你做点事，我们才过意不去哩。"

陈无偏听了，笑了起来："好，好，你愿意帮我，我谢你还来不及呢，哪里还会不肯？只是怕你累坏了。"

张倩每天八九点钟就到陈氏医馆，到了就忙着扫扫抹抹，拾掇拾掇，洗洗涮涮。中午做饭，也就是煮番薯籁。煮好之后，陈无偏理所当然地邀她一起吃了。吃完番薯籁，她马上又收拾桌子，洗刷碗筷，其动作之麻利，活像一家之主妇。做完这些，她又继续扫扫抹抹，拾掇拾掇，到太阳偏西，她便返回市桥。

陈氏医馆经她一收拾，便窗明几净，里外整洁干净，有了一种云开见日的气象。

陈无偏父子的衣服，让她一缝补洗刷，竟也干干净净，整整齐齐。陈无偏的心里陡然产生了一种企盼。每当张倩离开的时候，他心里都有种依依不舍的感觉，但又不好表露出来。

陈无偏家里突然来了一个女子，帮他操持家务，洗洗涮涮，也令村里的人齐齐关注。

陈无偏是个大好人，他救过多少人，帮过多少人，大家有口皆碑。他重义轻财，为人厚道，大家亦有目共睹。他有才而不傲物，低调做人，是个谦谦君子，大家都喜欢和他来往。他仪表堂堂，举止斯文，言谈不俗，而且对亡妻寿玉有情有义，是村中妇女们的偶像。陈无偏鸡公带崽，令许多女人见之心酸。村里的大嫂们都说过：陈先生想续弦时，我帮他物识个最匹配的。如今他家里突然来了一个帮他操持家务的女子，大家当然成了"理事长"了。所以，近日街坊们有事无事都爱到陈氏医馆里走走，看看动静。

陈无偏要治好他那两条被日本仔的老虎凳压伤的腿，除了喝药之外，很重要的是要用药汤烫洗两个膝盖。

这件工作开始是黄守财做的。后来黄守财有事忙不过来，便叫医馆对面的张泉来顶替。黄守财和张泉，他们都有自己的事做。他们都是把自己家的事忙完了，抽空来煲药烫脚的。因此，他们来的时间就不会固定，有时早上，有时中午，有时下午甚至傍晚，烫的过程也匆忙，这对疗效是有影响的。不过人家是在百忙中挤出时间来帮你的，陈无偏即使觉得不合心意，也不好讲。

张倩来了之后，她悄悄地站在旁边，看他们是如何煲药的，又是如何帮陈无偏烫洗的。

看明白之后，她对黄守财和张泉说："你们太忙了。这事我看我都会做，都会做得好的，请你们交给我做吧！"

陈无偏、黄守财和张泉听了，大家不禁你看看我，我看看你，一时间都不知怎么回答才好。

过了一会儿，黄守财弦外有音地说："大哥，你要姐姐还是要我们，你自己拿主意啰！"

张泉人细鬼大，他笑道："陈先生当然是要姐姐啰！"

这两句笑话，立即把陈无偏和张倩闹成了大红脸。

张倩马上借故走开。陈无偏被气得牙根痒痒的。他指着黄守财和张泉，笑骂道："你们两个家伙积点阴德好不好？"

张倩接过了这件工作。她每天定时煲药，煲好药，按照要求，先倒出一碗给陈无偏喝，然后就把药汤倒进盆里帮陈无偏烫膝盖。

干了一天，她觉得这样做还不够好。第二天，她把煲好的药汤倒出两碗来，给陈无偏分两次喝下，那用来烫洗膝盖的药水烫过一次之后她却不倒掉，而是留下来再煲再烫。一天多烫几次。

她在烫的过程中，把手巾敷在陈无偏的膝盖上，用小勺子往上慢慢地斟水，让热热的药汤和陈无偏的膝盖接触的时间尽量长一些。每烫一会，她又用手在陈无偏的膝盖上轻轻地按摩几下。陈无偏感到很舒服。

陈无偏说："你这个人有灵性，心灵手巧。如果学医，一定会成为一个好医生。"

张倩高兴得睁大眼睛，问道："真的？"

陈无偏说："真的！"

张倩说："陈先生，那我就要拜你为师喔，你肯不肯收我这个徒弟呢？"

陈无偏笑道："你真的想学医？"

张倩说："想，怎么不想。看见陈先生你那么高明，不想学才怪哩。"

陈无偏说："学医是件苦差事，一般人是受不了这个苦的。"

张倩问："怎么个苦法呢？"

陈无偏说："最苦的，是要把那么多的经书背在脑子里。所以学医的人，一般七八岁就开始背了。这叫童子功。要把《内经》《难经》《伤寒论》《金匮要略》等经书，一本本背熟。我们家的要求是，要做到'倒背如流'。不肯吃苦的人，是不可能做到的喔！然后是学诊脉看舌，观颜察色，问查病源，四诊合参，辨证论方，斟酌用药。然后便是跟师临症，心临手随，艰难学步。到了你这一茬的年纪才开始学，就更加难了喔！"

张倩说："难我也不怕。我不怕吃苦。陈先生，你几时教教我？"

陈无偏笑道："那也要等打败了日本仔再说吧！现在兵荒马乱怎么学？所以我连儿子也没开始教哩。"

张倩说："陈先生，讲好了。等打败了日本仔，你一定要教我学医喔！"

张倩就是这样热情、细心、周到，不辞劳苦地服侍陈无偏。俗话说：伤筋动骨一百天。陈无偏因为自己的药方神效，更因为张倩的细心、周到的服侍，五六十天就可以扔开拐棍了。

张倩在服侍陈无偏当中，发现陈无偏医术高明却为人谦逊，令她非常敬佩。他举止斯文，品行方正，有君子之风，令她十分爱慕。三十唧当还一表人才，衣着虽然破旧竟形容不俗，使她感到尤为难得。他对故去的妻子经常怀念，使她感到他是个有情有义的人。能与这样的男人为伴，真是前世修来的福气。因为心中有了这种想法，使她在服侍陈无偏时虽然辛苦却不感到劳累。

村里的一些好事者，经常会悄悄地拿张倩作题材同陈无偏开玩笑。

陈无偏心中虽然也巴望能有这样一个女子和他终生相伴，但嘴上却正色地说："你们不要乱说呀！人家是个大姑娘，以后要嫁人的。乱说不好。"

"怎么样，要不要我们做媒人，帮你把这张薄纸捅破？"

陈无偏说："我比人家大那么多，又拖着个儿子，这是件根本不可能的事。"

一天打台风。上午先下起一阵毛毛细雨。到了中午，细雨稍歇，可是南边的黑云像趁墟似的赶来了。那云一团团，一堆堆的，把天挤兑得似乎矮了许多。霎时间树摇风动，村头社公時边那棵八人合抱不过的古榕竟被吹得左右摇摆。

台风登陆了！白绳似的雨柱像鞭子一般抽打着金窝村鳞次栉比的屋顶，瓦檐水流得像小瀑布一般。狂风打着呼哨，大雨把天地搅成了混沌的一片。雨乘着风势，风助着雨威，这样不停不歇，一直下到了傍晚。到了傍晚，天上的乌云还像赶羊似的从南边吹来。因为刮风下雨，天黑得就更快了。天虽黑了，但那风那雨还是不屈不挠地坚持着。

怎么办呢？张倩心烦了。看见张倩心烦，陈无偏也烦了。天啊！这怎么办呀？

草草地吃过番薯癞，陈抗日就喊困了。陈无偏帮他洗漱洗漱，他就爬上床去睡觉了。陈抗日睡了觉后，天已完全黑了下来。平日陈无偏和儿子是入黑而睡的，他家很久都没有点过灯了。今晚张倩在这里，屋里乌灯黑火的成何体统？

陈无偏想了想，便点燃了一根松明，把它插在墙缝里。

陈无偏对张倩说："你累了一天了，"他用手向床上扬了扬，"你上床休息吧！"

张倩迟疑了一下，问道："那你呢？"

陈无偏说："我出厅外面，在椅子上靠靠就可以了。"

张倩说："这不好，你是主，我是客，我去厅外面，在椅子上靠靠就得了。"

陈无偏说："不行不行，你一个女子人家，怎么可以在厅里这样随便靠靠过一晚呢？"说完转身要出厅里去。

张倩一把拦住他，说："还是我去，还是我去。"

陈无偏不肯。"我让你一个女子人家在厅里靠着椅背过一夜，给外人知道了，肯定都会说我不是个大丈夫！"

张倩说："我今晚待在你这里，让外人知道，我就要被口水淹死了。你还想让外人知道？"

陈无偏一愣，连忙说："是喔！是喔！"

过了一会，陈无偏说："你出去，我又觉得不合适，我出去，你又觉得不好，这怎么办呢？"

张倩说："我们就这样排排坐吧！"

"这样排排坐？"

"喔！"

陈无偏没有其他办法，也觉得只好这样办了。

台风像刀子似的从窗缝瓦缝灌进来，墙缝中的松明一晃一晃的，投射到对面墙壁上的陈无偏、张倩的背影也是一晃一晃的。燃了没多久，火苗渐渐地暗淡下来。

陈无偏"噗"地站起来。

张倩问道："陈先生你干什么？"

陈无偏说："我再去找点松明来。"

张倩说："不去了，这屋又大又黑。你走开，我一个人很怕。"

"哦！"陈无偏又坐回原来的地方。

松明慢慢地灭了。屋里漆黑一片。两个人就这样排排坐地坐着。过了不知多久，两人都感到有点困了，有点支持不住了。

应该说是张倩先支持不住。她打盹了，脑袋一坠，身子呼地一晃，差点倒地。

陈无偏立即伸手将她一箍，张倩便倒在了陈无偏的怀里。

张倩安静地靠在陈无偏的怀里。这是一个大活人。这是一个花信年华的女子。这……陈无偏听见自己的心脏在扑扑地狂跳。他也听到张倩心跳的声音。他闻到了对方呼吸的气息，还闻到了年轻女子特有的淡淡的体味。

他感到自己浑身发热，他发现自己呼吸急促，他感觉自己已经不能自已。他慢慢地把自己的嘴唇伸向她的脸颊，轻轻地轻轻地亲了一下。

张倩的头慢慢地滑了下来，仰靠在他的肩膀上。他俯下头去，用自己的嘴唇轻轻地亲着她的嘴唇。他把自己的一只手抽了出来，摁在她的胸脯上。

陈无偏摁到了张倩的胸脯上的手马上缩了回来：这是怎么回事?! 他很想掀开她的衣服看看。

他犹豫了，哆嗦了一会，最后终于鼓起了勇气，真的掀开她的衣服。

可是乌灯黑火的看什么呢？他只好把手伸进衣服下面细细地摸着，摸了一边，又摸另一边。他感觉到她的心脏比他跳得更厉害。

他说："张倩，阿倩，难为你了，你受苦受罪了……"

他话音未落，张倩立即抽泣起来，两块肩胛骨在他的手臂圈里一起一伏地滑动。

陈无偏说："你哭吧，哭吧！我知道你受苦了……"

张倩"哇"的一声哭了起来。

这哭声被窗外的风雨声遮盖着，陈无偏听得有些压抑。张倩一边哭，陈无偏一边怜爱地给她揉背。张倩哭了一会儿，那哭声慢慢地停止了。

陈无偏搂着她，身子一侧，两人一起倒落在了床铺上。

一个孤男，一个寡女。一堆干柴，一把烈火。两人倒在了一块儿，两人同病相连，又惺惺相惜，这就会自然地衍生出一个美丽动人的故事来……

八十六

第二天清晨，风还在咆哮着，雨却比昨晚小了。因为乌云淡薄了，清晨的天幕便透出些许亮色来。

陈无偏的房间也比昨晚明亮许多了。张倩起来了，陈无偏也跟着起来了。陈无偏发现张倩的脸色比昨日红润。受到爱情滋润的女人，和在大旱中得到雨露淋沐的花朵是相同的。

张倩发现自己头发凌乱，衣衫不整，赶快递高双手用手指当梳梳理头发。

陈无偏也马上动手帮她抻平衣服。在抻平衣服中，他在她耳边悄悄说："真不好意思，对不起……"

张倩眉头往上一扬，睁大了眼睛，一汪泪水在眼眶里荡漾着。她望着陈无偏，心里头问道：就这么一声"对不起"呀？

陈无偏说："你愿意嫁给我，我马上就到府上提亲。"

荡漾在张倩眼眶里的泪水噗嗒地流了下来。

陈无偏问道："你愿意嫁给我吗？"

张倩轻轻地点了点头。

她轻轻地说："我要回去了。让村里的人知道我昨晚住在这里是不好的。"

陈无偏说："你悄悄地出到村口，在大榕树下'社公'（村民拜土地的神祇）旁边等我。"

他看了床上的陈抗日一眼。"我去打铁铺跟黄老板说一声，叫他帮我照看一下抗日，我陪你到市桥去。"

张倩点了点头，一个人先走了。

陈无偏也赶到打铁铺去了。到了打铁铺，门还没有开。陈无偏举手敲门。

黄守财在里面问道："谁呀？"

陈无偏说："兄弟，有人请我去急诊，你等一会帮我去照顾一下抗日吧。"

"没事，去吧！"

张倩已出到村口，她打着伞，站在大榕树下。

陈无偏从村里出来，走近张倩身边，轻轻说道："走吧！"

张倩把伞交给陈无偏，自己走到榕树下的"社公"跟前。

陈无偏赶紧跟过去，举着伞遮护着她。

张倩站在"社公"面前，双手合十，心中念念有词。因为满地是水，祷告之后，她跪磕不得，只好弯腰深深地拜了几拜。

拜完，二人共撑一把伞，相拥着，往市桥的方向走了。

陈无偏问道："你刚才和'社公'讲了什么？"

张倩说："不讲！"

"连我都不讲，你太坏了！"

张倩笑了。他发现她笑得像朵春风里的桃花。

陈无偏一只手撑伞，一只手扶在张倩的腰间，两人猫着腰，在风雨中一脚泥一脚水地走着，好不容易地走到了市桥。

走过大街，拐弯抹角，张倩指着一座镬耳山墙、鱼珠缀顶的老屋，对陈无偏说："这就是我家！"

陈无偏望着这间比自己的陈氏医馆还要气派的老屋，停下脚步，说："我就送到这里吧，我现在进去是很唐突的。你跟父母讲清楚了，我再去提亲，你说好不好？"

张倩轻轻地说："好的。"

陈无偏回去了。

张倩一个人走进了家门。

张倩回到家中，第一个遇见的是她的母亲张太。焦急的老太婆见了女儿，深深地叹了一口气："死妹仔，你昨晚怎么没有回来睡觉？真把你老豆急死了。"

张倩走到母亲身边，低声叫道："妈！"

老太婆追问道："你昨天晚上住在哪里？"

"在陈先生家。"

"你没事吧？"

"他说他会负责的。"

"啊?!"老太婆的两只觉瞪得比汤圆还大。

张倩红着脸，低着头说："妈，他说如果爸妈答应，他马上就来提亲……"

老太婆没有主意，她急急脚地去找老头子。老头子躺在"蛇吞拐"（岭南的一种躺椅）上打瞌睡。女儿一夜未归，他就一夜没有合眼。

他听见老太婆叫，猛地从"蛇吞拐"上坐起来："怎么回事？"

"阿倩这衰女回来了。"

"啊……她昨天晚上去了哪里？"

"在那个姓陈的医生家里。他们……他们在一块了。"

"啊?!"老头子那双老眼瞪得比刚才老太婆的眼睛还要大，"这……"

老太婆看见老头子的心情比昨天晚上还要着急，又说："衰女讲了，那个姓陈的医生讲，如果我们同意，他马上就上门提亲。"

"啊！"老头子是个精明人，做了大半辈子生意，孰轻孰重，孰利孰害，他的心比算盘算得还快。女儿聪明伶俐，相貌出众。他本想栽培她出人头地，将来找个富商巨贾、达官贵人，好光耀张家的门楣，也让女儿有个上好的归宿。不想来了这死日本仔，遭了这死日本仔的殃，被这死日本仔抓到了慰安所，饱受蹂躏，落了一身性病。之后看了许多医生，医生都说她没了生育功能了。他听到以后如五雷轰顶，这衰女的下半生如何是好？现在听到那位陈医生打算前来提亲，这也不失为一个很好的归宿喔！

他叹了一口气，对老太婆说："是就好啦！现在兵荒马乱，是真的，就叫他快点来吧！"

陈无偏听到张倩的父母答应了，高兴得马上就叫张倩带他前去提亲。

张先生、张太知道陈无偏要来，也特意拾掇了一下。

陈无偏来到张家。

张先生、张太那两双老眼定定地看着他。他们早已听过陈无偏的大名，只是无缘相见。今日看来，眼缘都几好，年纪是大了一些，但人生得斯文嫩相，看上去还算是匹配的；举止沉稳，态度谦恭，应该是个有教养的人；听说是死了老婆的，身边带着一个儿子，嗨，同是天涯沦落人，也各有不足之处了，算是互补吧；他医名远播，女儿嫁给他，也不算委屈，自己将来有个病痛也方便。

张太很满意，她递手抹抹湿润的眼角。张先生咽了一口唾液，说道："来了！"

陈无偏喊了一声："伯父、伯母。"然后请两位老人坐好，自己跪在地下推金山倒玉柱地深深一拜，"无偏今日登门郑重提亲，请求伯父、伯母将爱女张倩嫁予我为妻子。虽说郑重，也只是心意。日本仔把我折腾得家徒四壁。无偏今日无奈空手前来，非常惭愧。虽无财礼，但无偏的心是郑重的诚恳的，如蒙两老答应，无偏一定珍惜张倩，一起白头到老。无偏也一定会将两老奉如父母，竭尽孝道。"说完，低头深深一磕。

张太听了，激动得双手掩面，轻轻地抽泣起来。

老头子笑道："你行那么大的礼，我真受不起喔。快快起来！快快起来！不是一家人，不进一家门。好，好，陈先生……"

陈无偏说："请叫我无偏好了。"

老头子说："无偏呀！你那么有诚意，我能不答应你吗？希望你们两个以后好好地过日子吧！"

陈无偏听了很高兴，又深深地一拜。

他说："无偏虽然被日本仔折腾得家徒四壁，但今天那么大的一件事，不能连一点手信都没有。无偏还有一文祖上传下的玉钱，算是劫后余物吧，敬请两老笑纳。"说完，将玉钱双手奉上。

老头子接过玉钱，对着光处照了照。玉质通透，水色柔润，做工精细，形状古朴，应该是汉以前的吧。老头子笑道："厚礼！厚礼！"说完交给了老太婆。

老太婆赶紧藏好。她说："按老例，今天我们要召集亲朋摆酒款待你的，如今正如你说了，我们也已经家徒四壁了。其实即使有钱，在日本仔眼皮底下搞这些也就是找死。是不是？好在我还藏了点大米，家里有块头菜，今日我们就一起吃餐头菜饭吧？"

陈无偏说："不用了，不用了，这年头这点大米实在太金贵了，留着给两老日后补养身体吧！"

老太婆说："要的要的，连头菜饭都不吃一餐，我们心里过意不去。"

说话间，张倩的弟弟回来了。

老太婆教他叫陈无偏"姐夫"。陈无偏发现，他们张家的人无论男女都长得好看。

吃过头菜饭，陈无偏说："两老在上，无偏可以带走阿倩了吗？"

老头子望望老太婆，说："可以。现在兵荒马乱，办事只好能简就简了。"

陈无偏又向两老深深一拜，然后牵起张倩的手要走了。

这时，老太婆把一包东西塞到陈无偏手里，说："也真是孤寒，没有什么东西给你们。这点算是我们给阿倩的嫁妆吧。"

说着，她搂着女儿，亲昵地用自己的额头往女儿的额头轻轻地抵了一下。

老头子对陈无偏说："把东西藏好，不要让那些死狗搜去了。"

陈无偏放好老太婆给的东西，拉起张倩的手走了。

陈无偏害怕碰见死日本仔和狗汉奸，他带着张倩沿着横街窄巷出到城外，又拣些偏僻小路兜个大圈，绕回金窝村。

回到家时，抗日不在。今早陈无偏把他寄放到黄守财那里的，知道他还在黄守财家里。

陈无偏好奇地把张倩她妈塞给他的小包包拿出来，打开看看，发现包里有他刚才奉上的那枚玉钱，还有一对一两多重的金手镯。

他感慨地轻轻地摇了摇头，对张倩说："你父母太客气了。你把它收藏起来吧！"说着，把东西按照原来的形状又包了起来，然后交给了张倩，同时深情地将她吻了一吻。

陈无偏觉得自己是郑重、诚恳地娶张倩的。虽是乱世，传统的仪式能做即做。他拉着张倩的手，对着关着的那扇大门跪下来拜了拜，算是拜了天地。两人走到祖宗牌位面前，又跪下来拜了拜，算是拜谢祖宗和父母。

陈无偏对着祖宗牌位说："列祖列宗，父母亲大人：无偏今日和张倩结婚了，请保佑我们，还请保佑你们的乖孙子陈抗日。"然后两人又在祖宗牌位面前互相对拜。

陈无偏说："阿倩，我是真心爱你的，我祖先和我父母在旁边听着，他们可以作证。我以后永远爱你，珍惜你，和你白头到老。"

张倩说："陈先生……"

陈无偏马上打断她："还叫我作'陈先生'？"

张倩深情地说："是的，我叫惯了，好难改口了。我很钦佩你，我很敬重你，我很爱你，你就是我的先生！"

陈无偏激动得把她搂起来，又使劲地亲了亲。

两人对拜完后，张倩进房里把汪寿玉的一套旧衣服拿出来，放在凳子上，自己跪下来向衣服拜了拜，说："大姐，张倩我今天同陈先生结婚了。我会永远铭记着你的，你是我的大姐，我是你的妹妹。我会像对亲儿子一样对待陈抗日的。请大姐保佑我。"

陈无偏在旁边也说："寿玉，我会永远记住你！"

第二天，张倩要陈无偏带着她到各家各户去鞠躬行礼。

金窝村的街坊，都知道陈无偏和张倩结婚了。

八十七

金窝村的街坊早已认识张倩了。

张倩来到金窝村，张倩来到陈氏医馆看病，张倩帮陈无偏做家务也有一段时间了。张倩进村出村，街坊们到陈氏医馆去看病、聊天，彼此都有接触。大家发现这个女子不仅长得漂亮，而且举止斯文，温良识礼，勤快大方，对她颇有好感。陈无偏人缘儿好，是街坊的保护神。自从没有了汪寿玉，一个男人鸡公带崽，好不凄凉。大家都祝福他早日找到另外的半边明月，过上美满幸福的生活。当发现有这样一个好女子出入陈氏医馆，还帮陈无偏打理家务时，大家都希望月老抛下红绳，把他们系成一对。

现在陈无偏领着她到各家各户去鞠躬致礼，大家都非常高兴。头几天，街坊们有事没事都去陈氏医馆坐坐，聊聊天，说说笑，给这对新人捧捧场。

山根纪子来看过几次病，拿过几次药，病基本好了。山根四治郎和他老婆同生一病，他把老婆拿回来的药也吃了洗了。他发现他的病也好了。山根纪子在广州、香港找医生看过，化验过，发现胎儿竟然没有问题。他夫妻俩都非常高兴。

山根四治郎想：陈家的本事如何了得，以前都是听人说的，现在鸡吃萤火虫，心知肚里明了。现在吃的他的那些鬼药丸子就那么了得，可想而知他祖上传下来的"灵蛇之珠"是多么厉害了。如果把这些东西弄到我的手上，那真是比得了什么金银财宝都好。去看看他，看他的伤好到了什么程度。中国人有句俗语，叫"不见棺材不落泪"。他们中国人就是不见棺材不落泪的。他前段时间见了棺材了，应该落泪了吧！他落了泪就好，我的就让他早日就范！

今天他有空，便骑着匹东洋马，带着个卫兵到金窝村去瞧瞧。

时值正午，金窝村的街坊们从地里回来，随便吃过点东西，好动的人们便到陈氏医馆去聊聊天，逗逗乐。

当大家乐得其所时，山根四治郎突然出现在陈氏医馆的门口。大家给吓了一跳，正想夺门而出。陈无偏说："大家不要怕，大家不要怕！"

这时也有不少人觉得是不要怕的，不就是以前那个陈中夏吗？以前他在村里不论见了谁都满脸堆笑，点头哈腰主动打招呼，现在披了件狗皮又怎么的！好，不走，看看这冚家铲又想搞什么。于是都停下了脚步。

陈无偏见了山根四治郎，冷冷地问道："你又来干什么？"

山根四治郎嬉皮笑脸地说："来看看大哥你的呀！"

陈无偏正色说："哥前哥后三分险，特别是你这种一边叫我做大哥，一边抓我去坐老虎凳的人，叫我做大哥，我就觉得更危险了。"

山根四治郎心里悻悻然，嘴里却说："大哥你的真的会开玩笑。大哥，别来无恙吗？"

陈无偏说："托你的福，我一时之间还死不了。"

"嘿嘿，不是说伤筋动骨一百天吗？你的好得倒是挺快哟！"

陈无偏腰杆一挺，大声说："你想干什么？"

山根四治郎嘿嘿一笑："没什么，没什么。我只想把你换到别的家伙上，看看你的感觉和上次的有什么不同。"

陈无偏点点头，平静地说："山根四治郎，你蹶高屁股是拉屎还是屙尿，我早就知道了。山根四治郎，我看得出，你老婆的病，是你惹给她的。你老婆吃的用的药，你也吃了用了。好呀，你觉得你们的病好了，可以过河拆桥了，又可以把我抓进监狱了。山根四治郎，我现在告诉你：你和你老婆吃的药，还有几味最关键最重要的我还没有放进去。就是说，你们以后还会复发的。你把我再抓进监狱里，到你们的病再复发的时候，你就叫天天不应，叫地地不灵了！"

山根四治郎一听：八嘎呀路！原来这家伙竟留有整我的一手。马上就抓他进监狱去见见棺材吧？可是那鬼病一旦复发，也是不好办的喔！咦——

正当山根四治郎两难之际，张倩双手端着一只大木盆从外面进来了。张倩猛地看见屋里站着两个日本仔，一个竟是在慰安所里多次蹂躏过她的死发瘟。

她吓得双手一松，那只木盆"吭"的一声掉落在地上，散了箍，烂了。

山根四治郎就是张倩心中的死发瘟。山根四治郎倏地发现了已有一段时间未见的张倩竟在这里。多日不见，这花姑娘竟如正月红桃，惹人眼目，比之在慰安所时，真有天渊之别。他的心痒痒的，血管里的荷尔蒙猛地燃烧起来，他像走火入魔似的一把搂住张倩，在她身上乱摸乱啃。

张倩立即把山根四治郎的手抓住，在上面狠狠地咬了一口。走火入魔似的山根四治郎不知是痛，继续地摸，继续地啃。

这时候，陈无偏声嘶力竭地大喝一声："住手！这是我老婆！"

正在走火入魔中的山根四治郎愣了一下，他想：是你老婆又怎么的?！于是继续乱摸。

陈无偏指着他骂道："陈中夏，山根四治郎，你死皮赖脸，口口声声地叫我做'大哥'，那她就是你的'大嫂'。你连'大嫂'也欺负，你不是人，你是畜生，是禽兽！你再动我老婆，我就和你拼了！"

他骂着，从地上抄起一把柴刀，向山根四治郎扑去。

山根四治郎见状，一把推开张倩，从腰间掏出他那把"航空曲尺"来，随手拉动扳机，准备要打陈无偏。

黄守财见状倏地抢将上来，用自己的身体遮住陈无偏。

他看见这日本仔有一只耳朵缺了一小口喔，他大声说："陈中夏，你敢动我大哥，我跟你拼了！"

屋里的人们看见此情此景，"呼"地涌了上来，大声喝道："陈中夏，你别以为你穿了件日本军装，我们就不认识你。你敢开枪，我们就和你拼了！"

这时黄守财大声唱道："起来，不愿做奴隶的人们……"这是《义勇军进行曲》，是当年张倩他们那些青年学生下乡教唱的抗日救亡歌曲。街坊们耳熟能详。现在置身此情此景，大家热血沸腾，都不约而同地跟唱起来：

"起来！不愿做奴隶的人们！……"

山根四治郎看见了每个人的眼睛都喷出了火焰。他晓得众怒难犯的道理。此时此刻他只有一把"航空曲尺"，旁边的那个士兵只有一杆"三八大盖"。假如这群愤怒的狮子一齐扑将上来，不把自己撕成碎片才怪。好汉不吃眼前亏！他将手枪指着大家，一步一步地倒退出门口，上了马。大家也跟着出到门口。

山根四治郎气急败坏地大叫一声："我们后会有期！"叫完跨到马背上，往马屁股上用力一鞭，跑了。

跑回到市桥的山根四治郎，心情一直郁郁然。他来华打仗的个人小算盘，是要掠走陈氏医馆的秘方"灵蛇之珠"。现在他发现陈家的宝贝何止"灵蛇之珠"？可是他却一个也捞不着。他恨得牙根痒痒，吃不下饭，睡不好觉。怎么办呢？

这时，他接到命令，叫他立即返国，向军部的情报部门述职。

当时他的第一个想法是，述职之后他的工作会不会有所调动？如果有所调动，他岂不是不能再搞陈无偏的秘方了？想到这里，他突然恼羞成怒：既然我得不着，你也别想活下去！他突然萌生起杀害陈无偏的念头。

他的老婆山根纪子虽然也是特务，但和山根四治郎不同属一个系统，也就是说山根四治郎的系统要他回去述职，另外的系统没有对他的老婆有什么安排，那么他就只有一个人回去，而老婆只能一个人留下了。山根纪子知道自己还要继续留在中国，同时她又发现老公在动身之前要杀害陈无偏。她已对陈无偏有了好感，她钦佩陈无偏的本事。她觉得她的病刚好，她担心把陈无偏杀了，将来自己的病一旦反复，找谁来医呢?！

她拿定主意要阻止这件事。

她知道她老公的为人，他是不可能劝得动的。于是她抓了个空子，偷偷向陈无偏报信。

那天，她坐着一辆黄包车，带着一班日本兵急急忙忙地赶到金窝村去。到了陈氏医馆，见到了陈无偏，她发现陈无偏对她非常冷淡，那态度与前几次看病截然不同。

她开玩笑地对陈无偏说："陈先生，今天你好像对我很恼怒喔！"

陈无偏没好气地说："我不是恼怒你，我是恼怒你老公！"

"啊?！"

"他想非礼我老婆！"

山根纪子看见陈无偏身边的张倩，心里明白了。在她的心里，她老公什么都好，只是见不得漂亮的女人。

她叹了一口气，说："陈先生，这事我听了也感到尴尬。我不去说它了。我今天来找你，不是为了看病，我找你，是想给你报个信——我老公要伤害你。我不想你受到伤害，以后我有病，我还是要找你看的。你们必须马上躲一躲。我是瞒着他来通风报信的，请你对谁都不要提这件事。我不能在你这里待得太久。我走了。"说完走了。

陈无偏当然相信山根纪子的话。

山根纪子走了以后，陈无偏也马上带着老婆孩子匆匆地走了。

在陈无偏和山根纪子他们都走了以后不久，山根四治郎便骑着马，带着几个也骑着马的日本兵从小路那边赶来了。

他们在快到金窝村时，遭遇了从顺德碧江西海过来打汉奸的一个小分队。双方驳火，打了一会儿。

山根四治郎一心要在他动身回国之前杀掉陈无偏，所以不愿恋战，掉头就往金窝村的方向走。小分队不愿意失去这个战机，也在后头穷追不舍。

山根四治郎进了金窝村，发现陈氏医馆的大门锁着。撞开大门进去，发现里面空空如也，一个人也没有。

他气得咬牙切齿，想找把火来把陈氏医馆烧了。可是想到土八路还在外头追着，耽搁不得。可是心中的怨恨不得而消，于是他拔出枪来，在屋里头胡乱地打了一阵子。

打过之后，他骑上马，悻悻地走了。

八十八

山根四治郎悻悻地返回了日本。

回到日本之后，他发现日本的气氛和在中国的感受大不相同。

在中国，他只是感到焦头烂额，只是感到疲惫不堪，只是感到……可是回到日本，他发现日本连空气都焦虑，都紧张，都彷徨。他是被他的主管部门紧急召回述职的。可是回去之后他发现，与他接头的人竟心不在焉。

经过打探，他才知道美国远东军司令、西南太平洋战区盟军司令道格拉斯·麦克阿瑟上将率领着美国的陆、海、空三军正扑向日本，准备直捣黄龙。素有"天之骄子"之称的美国空军飞行员已经在日本的上空投掷重磅炸弹了。本来日军的参谋、情报部门准备调集力量，商讨情势，集思广益，然后归纳综合出一个方案向最高当局出谋划策的，可是此时此刻最高当局已经没有心情听他们的高谈阔论了。

这个局面令山根四治郎感到很失落，也叫他无事可做。他已离队，而总部的情报部门连听他的汇报都没有兴趣，哪还有心思去理他？于是他成了一个闲人，成了一个被遗忘的人。

百无聊赖中，他只好回到家里，蹲在家里等候召唤了。

他两公婆去了中国，家里只剩下年过七旬的父母、一个还读中学的女儿和一个七八岁的儿子。儿子叫山根友度仕，是跟着爷爷奶奶长大的。以前山根四治郎往中国跑，刺探、搜集情报，在来回奔跑中播下了这颗种子。生下了儿子山根友度仕后，他老婆也被派往中国去了。山根四治郎的父亲山根攸米是个药材商，身体硬朗，手脚麻利，现虽七十高龄，还经营着一家药材铺。他们家几代人专做汉药，对汉医汉药都很熟悉。他们祖上的人对中国广东番禺的陈明的"灵蛇之珠"非常感兴趣，到了念念不忘的程度；这山根攸米也是。

这回老山根一见儿子，第一句话就问："那件事办得怎么样了？"

山根四治郎"哈"地向他的老爸来了个九十度见后脑壳的大鞠躬，说："儿子惭愧，还未能把这件事办好。"

老头有点失望。

山根友度仕在旁边问道："欧吉—桑（日语，指爷爷），你的

刚才说的 '那件事' 是哪件事?"

山根攸米说:"就是欧吉—桑经常同你的讲的,中国广东番禺有个姓陈的乡间医生,他们祖上传下了一种药丸子叫 '灵蛇之珠',疗效特好,非常灵验。欧吉—桑很想把它弄到手,然后把它放在我们的药铺里卖,卖到全日本,卖到全世界去,到那时候我们就赚大钱了。"

山根友度仕说:"欧吉—桑,等我的长大了,我的也从军,也到中国去。我的把中国人都杀了,抢了他们的 '灵蛇之珠',拿回来给欧吉—桑,欧吉—桑你的说好不好?"

"好!"山根攸米用手摸摸孙子的头发,夸奖说,"我的麻勾(孙子)好乖,好有志气!"

这时候的日本实行了灯火管制。每条街道都设有看更人。

一到天黑,看更人就含着警察捉小偷那种铁哨子,到处直吹,边吹边喊:"政府有令,灯火管制,不准点灯!""政府有令,灯火管制,不准点灯!"……

大多数的家庭没有点灯,少数的点了,听到了看更人的警告,马上慌慌张张地把灯熄掉。日本人民和他的政府开始的时候压根儿就没有想过战争会打到自家门口的。他们的如意算盘是这仗一定像甲午战争一样,打完日本就发大财了,日本的国力,日本人民的生活就迈上一个大大的台阶。所以局势发展到了今天,全国上下都没有准备。

单说这个灯火管制吧,没有灯火的夜晚是多么的不便,没有灯火的夜晚是多么的漫长,没有灯火的夜晚陡增了许多的恐惧,没有灯火的夜晚小孩子不断地向大人问长问短,大人的心被越问越空虚。大人的心情越来越焦虑。

山根四治郎挨过了当下这个没有灯火的不便、漫长、恐惧、空虚和焦虑的夜晚。第二天他早早起来,随便吃点东西,就到外面去走走,去散散心。

山根四治郎发现,被政府管制的不仅是灯火,还有粮食和许多生活物资。日本是个岛国,国内土地贫瘠、狭小。这些贫瘠、狭小

491

的土地根本养活不了日本的国民。所以日本要从国外去获取粮食和其他一些必需的生活物资。现在麦克阿瑟将军的舰队已经包围了日本列岛，日本国内的商船和外国的商船谁敢进出？断了来路，即使实行管制和配给，又能支撑多久？

八十九

陈家的亲戚不多。陈无偏带着老婆孩子出去，只在比较友善的病友家中待上两天，就游转回来了。

回到金窝村，街坊们告诉他，他走了以后，陈中夏这厮家铲骑着一匹大马，带着两个也骑着马的日本仔来了。他找你不见，还在你屋里打了好多枪。

陈无偏进到屋里，看见墙壁上多了几个茶杯大的窟窿。抬头上望，瓦顶被打烂了几处，漏下几个碗大的太阳光的光柱。

看见此情此景，他深信山根纪子没有骗他。如果他没有走开，他一家人肯定遭殃了。

黄守财知道他回来了，急急脚地赶来看他。

黄守财看了墙壁、屋顶的弹孔，连声说道："好险！好险！那天如果碰上陈中夏，不，是山根厮家铲，你一家三口就没命了。"

陈无偏伸手直往头上抹汗。张情呆呆的一点主意也没有。

看见他们这副样子，黄守财说："我看你们还是躲到我家里去吧！如果那个山根厮家铲再来，你们赶紧从我家里跑出去还来得及。不然他们一头扎进你家里，把门口堵住，那就笼里捉鸡一个也跑不掉了。"

陈无偏想想，觉得也是个办法。他拍拍黄守财的肩头，说道："兄弟，太感谢你了。"

乡下的小老百姓就是这样惶惶然地过日子，他们不知道当下的世界正发生着急剧的变化。

1945 年 7 月 26 日，中、美、英三国发表了《波茨坦公告》，促令日本无条件投降!

8月6日,美国向日本的广岛投下了一枚原子弹。

8月8日,苏联对日宣战,苏联军队于9日进入中国东北,向日本关东军大举进攻。

8月9日,美国在日本长崎又投下了一枚原子弹。同一天,中共中央主席毛泽东发表《对日寇的最后一战》的声明,号召中国人民的一切抗日力量向日寇举行全国规模的反攻!

番禺的民众在新闻纸上看到美国的飞机向日本的国土投掷了原子弹的消息。大家奔走相告,比得了什么珍稀宝贝都要高兴。

这消息好像长了翅膀,很快飞到了金窝村。街坊们不知道原子弹是何物,只知道这东西肯定比死日本仔扔到我们中国人头上的炸弹要厉害。日本仔你们这些死冚家铲,你们没想到你们也有今天吧!!

8月15日晚,日本电台播出日本天皇表示无条件投降的诏书。

番禺民众是8月16日才知道这一消息的。知道了这一天大的喜讯,人们欣喜若狂,有的甚至翻出了陈年旧月的鞭炮来燃放。

日本仔投降了,陈无偏他们从打铁铺搬回陈氏医馆了。

他对老婆说:"这么多年来都没有睡过好觉,现在打倒了日本仔了,日本仔投降了,我们可以安心睡个好觉了。今天晚上我们就早点睡觉吧!"

傍晚,陈无偏和张倩快手快脚地吃过洗过,把家头细务拾掇好了,一家人便早早上床睡觉了。

上得床来,除了陈抗日一倒便睡之外,他两口子却发现没有睡意。

日本仔被打垮了,我们中国人胜利了。回想过去,我们中国人历尽了多少苦难!

陈无偏紧紧地把张倩搂在怀里,轻轻地亲吻她,用手抚摸她的背脊。

张倩静静地伏在他的怀里,像一只温顺的小猫。

陈无偏亲吻了好久,抚摸了好久,他突然对张倩说:"阿倩,我们胜利了!"

张倩没出声,她只是轻轻地"欷"了一下。

陈无偏说:"我现在很想哭一场!"他话音未落,真的哭起来了。

张倩用双手紧紧地搂着他,说:"先生,你就哭吧!哭吧!"

陈无偏一时大恸,竟控制不住自己。

张倩反过身来给他揉胸,给他搓背。她亲吻着他,发现他的泪水很咸。她知道他这场哭声,在心里憋得太久了。

听着丈夫的啼哭,张倩也跟着哭了起来。她边哭边说:"先生,你受苦了。"

哭着的陈无偏也说:"阿倩,你也受苦了。"

夫妻俩互相抚慰着,哭成了一团。

哭了好一会儿,陈无偏说:"阿倩,我现在突然想起一个人,你不怪我吧?"

"是谁?"

"寿玉!我把她一个人丢在南京,连尸都没收,她太惨了⋯⋯"

张倩说:"大姐太可怜了,太惨了。以前我来金窝村宣传抗日,见过大姐,大姐真是百里挑一的人儿。平日虽然我不出声,其实我的心是经常想念她的。明天我去市桥看看有哪家香烛铺开门,我要买点香烛衣纸拜拜她。我要告诉她,日本仔被打败了!我们胜利了!"

陈无偏紧紧地搂住张倩,说:"阿倩,你太好了,太善良了。"

停了一会,陈无偏说:"日本仔投降了,可是我们死了那么多的人,受了那么多的苦,我们怎么办?这冚家铲死日本仔说一声投降,就投降了,拍拍屁股就走人了。我们呢?我们太冤了!太惨了!"说着,一口气从胸膛的深处喷涌而出,鼻子也随即酸了起来。

阿倩使劲地揉他的胸口:"讲慢点,讲慢点,歇一歇,我们歇一歇再说。"

停了一会,陈无偏用手背抹干了眼泪。

他问张倩:"阿倩,我哭成这个样子,你没见怪吧?"

张倩说："不见怪，不见怪。"

陈无偏说："我平日是不哭的，因为今日……"

"因为今日我们胜利了。"

"对对对，你真是我的好老婆，你很知道我的心。阿倩，你当初到我们村里来宣传抗日，我见到你，就觉得你非常的可爱，可爱到什么程度，又真的说不出来。我更想不到，今日你会成为我的老婆。阿倩，看着你，我就感到太高兴太满足了。"

张倩故意说："你骗我。"

陈无偏说："真的。如果我骗你，我就死！"

张倩马上用手堵住他的嘴："今天我们胜利了，不许说这些不吉利的话！"

陈无偏说："不信，你摸摸我的心，看是不是真的。"

他把张倩的手摁到自己的心窝上。

张倩的手感触到陈无偏的心扑扑地跳动。她很高兴。她动情地说："先生，我嫁了你这个先生，心里也非常的满足。其实这是天意。老天爷觉得陈无偏那么好，治了那么多人的病，救了那么多的人，好吧！就奖赏奖赏他吧。张倩这丫头那么优秀，就赏赐给他做老婆吧！"

陈无偏一把搂紧了张倩，而且越搂越紧，搂得张倩快要透不过气来："你真会说话，说到我的心，好像掉进了糖缸里。"

夫妻俩温存了一会儿，张倩说："先生，日本仔被我们打败了，我们胜利了，我们要计划计划我们将来的生活了。"

陈无偏认真地想了一下，说："你说，该怎么计划呢？"

张倩说："以后你要更多地更好地给人看病。我尽心尽力地服侍好你，还要认认真真地跟你学医。我们要把抗日教好，要他多读书，读好书，长大成人，把我们陈家的医术发扬光大。"

陈无偏一迭连声地说："对对对，对对对，你想得真周到，你想得真周到！"

这时，门外响起了婴儿的啼哭声："唔——哑——唔——哑——"

这哭声一阵紧过一阵。是看病的就赶快敲门呀，你站在那里干什么？

嗨……这人肯定是有什么难处的！他松开搂抱着老婆的手，说："我出去看看。"说着，起身披衣，趿着木屐走出房门去。

张倩叫道："你小心点啊！"

陈无偏走到大门口，把大门"咣啷"拉开。当夜是农历七月初九，金风乍起，玉露生凉。

陈无偏从屋里出来，毛孔还张开着，现在身上被冷风一吹，倏地一凉，身上的毛孔立即皱成了一层鸡皮疙瘩。他的两只鼻孔倏地一痒，马上打出了七八个响亮的喷嚏。

这时，天上悬挂着半边明月。街外还是看得很清楚的。屋外天风浩荡，除了翻飞着的一两只蝙蝠，其余什么都没有。

陈无偏纳闷：这是怎么回事？

"唔——哑——"又是一声响亮的婴儿的啼哭声，冷不防地把陈无偏吓了一跳。

深更半夜了，街巷里空荡荡的，人呢？人在哪里呀？陈无偏从小练武，也算是个有胆色的人，但经过了长达八年的折磨，胆气也给磨去了大半了。他的心扑通扑通地跳。心坎里的冷气沁了出来，再在皮肤下面顶起了一层鸡皮疙瘩。街巷里还是飞着一两只蝙蝠。除了这一两只飞着的蝙蝠，他再也没有看见什么了。这是怎么回事？！

"唔——哑——"又是一声响亮的婴儿的啼哭声。

陈无偏的心，好像让人用纳鞋底的大锥子刺了一下，整个人不禁一缩。在一愣中，他觉得这哭声离自己很近，不觉把头一低。

天啊！原来在自己家门口的门槛底下躺着一个小孩！

陈无偏定睛一看：这小孩被严严实实地包裹在一个褓褓里。

陈无偏在心里头长长地叹了一口气。真是开玩笑！我们现在连养活自己都艰难，谁还想得出把个活生生的小孩子搁在我这里！

他昂起头来，大声喊道："边个咁大整蛊（粤语，谁开这么大的玩笑）！"

长篇小说

梁振伟 ◎ 著

世邻

躁动

三部曲之三

群众出版社

一

张倩愁眼望穿，都没有盼到马骝仔的信。这是怎么回事？

她像丢了魂似的。她不敢对谁说，连陈无偏也不敢说，只能一个人在心里头捣鼓着："这是怎么回事呢？他虽然不是我生的（她这句话只是自己对自己说，在别人跟前她是坚决不说的。自己没得生，真是比人用刀子割还难受），但是我一把屎一把尿从小带大的。他撅起屁股，我就知道他是屙屎还是屙尿。他不会忘本吧？既然不会忘本，走了那么久，怎么连信都没有一封呢？唉……"

张倩很留意乡邮过村。每天中午，村道上都会响起县邮电局邮递员单车的铃声。但这铃声总是"丁零零，丁零零"地悠然而过，都没见停下来。

今天她憋不住了，约莫到乡邮过村的时刻，她便站在陈氏医馆的门口，等候乡邮的到来。

"丁零零，丁零零。"从荔枝林后面传来了单车的铃声，张倩焦灼的心不禁"扑扑"地跳了起来。穿着浅绿色工作服、骑着浅绿色自行车的邮递员过来了，可是他"丁零零，丁零零"地溜溜直过，一点也没有停下的意思。

张倩忍不住了，叫道："同志……"

邮递员停下车来，用一只脚尖支撑着地面，看了她一眼。

张倩说："同志，请问有我们家的信吗？"

邮递员笑道："没有。"

"哦……"失落的滋味顿时笼罩在张倩的心头。

吃过午饭，老头子到邻村出诊去了。张倩闲着无聊，便在屋里收拾。她有个习惯，越是心烦，就越爱收拾屋子，好像把自己的家收拾好了，里里外外整齐清洁，自己的心情也会跟着好起来一样。她把医馆的桌椅板凳抹干净，摆整齐，用鸡毛掸子把"百子柜"掸了一遍，然后又用湿布把上面的灰尘细细地抹掉。抹完"百子柜"，

1

她又抹"研船"。抹完"研船",她又打扫那个又笨又重的石药臼。都抹完了,她就打扫屋厅,把陈无偏看病的地方收拾得窗明几净,一尘不染。

可是她觉得心里头仍然闷得慌。她百无聊赖,想回到自己的房间里歇歇。进到房间里,她发现房间也很乱,乱得像自己的心头一样。她又动手收拾房间,东搬搬、西挪挪、上掸掸、下扫扫……床头上有几件陈无偏的已洗净晒干还没有折叠好放进柜子的衣服。这老头子什么时候都是这样丢三落四的。

她把陈无偏的衣服拎起来,用力抖擞,放在床铺上用手抹平,细心叠好,放进柜子了。打开柜子,映入眼帘的是一顶小帽子。她随手放下陈无偏的衣服,把这顶小帽子拎起来。

这顶小帽子是马骝仔抱养过来之后,张情给他做的。他的日本老妈把他抱来悄悄地放在陈氏医馆门槛的时候,他的头上是没有帽子的。

她记得当时是阳历 8 月 15 日,是日本鬼子宣布无条件投降的那一天。那一天,许多人家情愿往锅里放多勺水,也要省点米饭钱出来买挂鞭炮回来放一放。一来庆祝庆祝。受够了苦难的中国人多盼望着有这一天啊!二来也驱驱邪。这冚家铲死日本仔,你们滚了,你们要连你们的衰气也带着一起滚啊!这是我们中国的土地,你们要滚得干干净净。那一天,她半夜三更被人从梦中叫起来,她当然永远会清楚地记得那一天。那时才立秋不久,天气还热着。马骝仔的日本老妈用褓裸包着他,帽子也没给他戴上,放在我们医馆门口就走了。这时老头子把他从地上抱起来,放到我的怀里,让我抱着。我多想找个小孩子抱抱啊!可是老头子从他身上的一幅白布知道他是个小日本仔,吓得我手一松,差点把他摔到地上来。老头子说:"他是小孩子。他是无罪的。那些罪孽全在他们的大人身上。"叫我抱着,抱好。我才把他抱着。可是一抱着,这马骝仔就嘴巴往我的胸前拱。我当初有点害怕,也有点不好意思。后来慢慢地我才发现他肚饿了。他想找我的奶头,他要吃奶。这时我的心又气又恨,我哪里还有奶头啊!我的奶头不是在慰安所里被这些畜

2

生，这些冚家铲死日本仔咬掉的吗？想到这里我真想掐死他。可是一看见他那双明亮的小眼睛，我的心就软了。老头子说得对，他是无罪的，那些罪孽全是他们大人的事。我的心才慢慢地平静下来。我们就把他养下来了。那时候几艰难，不仅没奶水，日本仔走的时候我们自己连吃的都没有。我们番禺本是鱼米之乡，可是被这些冚家铲日本仔折腾得连番薯癫都没得吃了。我们大人没东西吃还可以忍一忍，可是这马骝仔就不行。为了他，我们上大乌岗捡野锥子漂过水磨浆煮糊给他吃，实在不行连屎蛆都想到了。这样总算把他养活下来。处久了，抱久了，就有感情了；冬天来了，怕他冷着，就给他做了这顶帽子。

张倩拎着这顶小帽，在床沿呆呆地坐着，好久才把它放回柜子里。

放下了小帽子，她又发现了马骝仔启蒙上学的小书包。她还特意在书包上用红线一针一线绣上一只大红星。马骝仔虽然是个日本人，但她希望马骝仔在她的教导下，在我们中国的教导下，长成一个真正的中国人。他很聪明，很乖，很爱学习。每天清早，她就服侍他起床，煮好早餐给他吃，送他去上学。到放学的时间，他自己就背着书包连跳带蹦地回来了。他每天放学回来，必定双手搂住她的大腿，用头拱她，亲她；吃完她给他准备的小零食，他就自觉地做作业，做完作业就自己玩去了。她很留心地观察他。他聪明、活泼、可爱，跟中国的小朋友一模一样，一点也不像个日本人。

把书包拿在手上翻弄了好久，张倩才恋恋不舍地把它放回柜子里去。这时她又看到了马骝仔十一二岁穿的一套衣服。

十一二岁的时候他懂事了，他经常听见人们喊他"小日本仔"，心里渐渐地产生了疑问。因为和他大哥闹别扭，这事终于让他老爸给挑明了。当他知道他是真正的"小日本仔"的时候，他的反应多强烈哟，真把我吓死了。想不到他也恨日本人。他不愿做日本人，他要做中国人。我费尽心思才把他哄住。他伤心地哭了，他对我说他不愿意做日本人，他要做中国人，他要永远留在中国，等妈妈老了，他养妈妈。

想到这里，张倩鼻子一酸，哭了。想不到他现在真的回了日本，呜呜……

陈无偏也很烦。到邻村看完病后，他没有直接回医馆去。他在村边走一走，散一散那颗烦闷的心。

当年他把这马骝仔捡回来的时候，没有丝毫的杂念。他明知他是个小日本仔，而且明知他是自己的敌人的儿子，因为"上天有好生之德"，他就把他收养下来了。养了这么久，带了这么久，感情就生成了。即使是一块石头，放在自己的口袋里，时间长了，也带上自己的体温了！这二十几年里，他真把他当作自己的儿子来看待，真是自己不吃让他吃，自己不穿让他穿。他想起困难时期，他情愿自己饿肚子，也每顿都从自己的饭钵里划出一个角来放进他的饭钵里。其实当时抗日也一样不够饱的呀！好在抗日这孩子深明大义，没有恨我。不然我现在就难了。现在马骝仔竟杳如黄鹤，连个音信都没有，如果抗日再恨我，我就难活下去了。他回日本去，我心里有十二万个不舍得的。这个冚家铲山根四治郎害得我鸡毛鸭血。不是他，我寿玉会惨死在南京城？不是他，我会颠沛流离，受尽人间的苦楚？不是他，我会……我们千辛万苦把马骝仔抚养成人，供书教学，现在这冚家铲来了，冷手捡个热煎堆，把马骝仔带走了。不仅马骝仔，还有阿英。冚家铲，便宜死他了！要不是党中央的号令，毛主席的部署，我会给他带走？冚家铲，我还想要他来填命哩！唉……现在马骝仔跟他去了那么长的时间，竟一封信也没有，这是怎么回事？

陈无偏带着他的迷惑回到家里，发现家里跟往日不太相同。怎么乌灯黑火的？往日这个时候已是灯亮屋暖，饭菜飘香的呀！这是怎么回事？

他走进去，真的冷冷清清。人呢？我的煮饭婆呢？他的心忐忑着往里走，发现自己的房门半开着，于是侧着脑袋往里瞧瞧。咦！我的煮饭婆怎么一个人坐在这里呢？

他觉得奇怪，于是在喉咙里干咳一声，发个信号给她，看看她是怎么回事？

张倩听到陈无偏的一声干咳，噙在眼眶里的泪水"扑扑"地流了下来。

陈无偏看见她这副样子，倒实实在在地给吓了一跳。他急急问道："你怎么了？你没吓我吧？"

他这么一问，张倩嘴巴一偏，"呼"地站了起来，一把搂住了他。

陈无偏的心"扑通扑通"地乱跳："你没事吧？你怎么了？喂，你把我吓着了喔！"

张倩哭出声来，两个肩胛骨在衣服下面轻轻地耸动。

陈无偏这下慌了。他说："是怎么回事？你快给我说说，天大的事有我呐！"

张倩哭了一会儿，哽咽地说："马骝仔他……"

陈无偏吓了一大跳："马骝仔他怎么了？你收到他的消息了？"

张倩说："马骝仔他一直没有音信，我刚才收拾你的衣服，在衣柜里看见了马骝仔的东西，我想他了……"

"哦……"陈无偏长长地叹了一口气，刚才悬在心口的那块石头倏地落了地。

他轻轻地拍了拍张倩的背脊，安慰说："不要紧的，不要紧的，消息会有的，不要紧的……"

这时，苏秀正走了进来，看见了老头子老太婆拥搂在一起，吓了一跳，于是立即轻手轻脚地退了出去。

今天她想听听西医对她肚里的宝宝的意见，但想到自己的老公，自己的老爷就是做医生的，而且还是个响当当的医生呢！今天我瞒着他们去看看西医，他们知道了会怎么想呢？会不会冒犯什么规矩了呢？可是为了宝宝，她还是想去，于是她今天一个人偷偷地去了。西医看过，说宝宝很好，她很高兴。

但回来后她那颗心还是忐忑忑的。她生怕这件事让家里知道了，家里一旦知道，会对我怎么样呢？没想到一回来就看见了刚才这一幕。她倏地不知如何是好。

一会儿，她发现老头子老太婆都到厨房里煮饭去了。她想试探试探他们注意到我今天去了什么地方没有，于是以攻为守，逗弄一下他们说："老爷。"

陈无偏回过头看了她一眼。

她说："老爷，你欺负我奶奶了是不是？"

陈无偏莫名其妙，猝不及防：我怎么会欺负老太婆呢？于是说："没有，没有。"

苏秀说："没有？你看奶奶的眼睛红得像只桃子。"

陈无偏慌忙解释说："她想马骝仔，哭了。"

"啊……"

今天这餐晚饭吃得比较晚。往日陈抗日回来，都是把脚往饭桌底下一伸就有得吃的，今天等了好长一段时间，觉得有点不太习惯。

吃饭的时候，他问："妈，怎么今晚这餐饭煮得这么黑，真饿了。"

张倩动动嘴，一时不知说什么好。

苏秀说了："奶奶想二叔了，心情不好。"

陈抗日笑道："其实我也很想和平。我的血还在他的身上流动着哩，怎么不想他呢！"

陈无偏说："老太婆，我看你要想开一点。我们都觉得马骝仔是不会反骨，不会忘本的。但是，如果他真的反骨了，忘本了，我们也就算了。当初我们养他时，也不指望他怎么的，你说是不是？"

听了老爸这么说，陈抗日也说了："妈，和平是不会反骨，不会忘本的。我们一起玩大，我还不了解他？再说，即使他真的反骨了，忘本了，也没什么。天地良心，有眼的都可以看的。妈，你有爸，有我，有苏秀，你不要怕。你什么都不用怕！"

苏秀说："奶奶，你很快就有孙子了。你孙子都有了，你还怕什么？奶奶，你不要怕，什么都不要怕。知道吗？"

两颗大大的泪珠，从张倩的脸颊上流了下来。她没有说话。她揩了揩眼泪，吸了吸鼻子，轻轻地点了点头。

二

陈无偏虽然这么劝张倩，可是他自己的这一关也没过好的。

今天上午，一时间还没人来看病，他就躺在"蛇吞拐"上懒洋洋地养精神。

门口突然一黑，他知道有人进来了，眯眼一看，是他的"沙煲兄弟"黄守财。他装着没看见，合着眼皮装瞌睡。

黄守财走进来，喊道："大哥！"

陈无偏懒洋洋地睁开眼睛，问道："来帮衬我？"

黄守财说："也可以这么说吧，但要真正来帮衬的不是我，是我的亲戚。"

"你的亲戚怎么了？"

"得了食道癌，"黄守财说，"广州的几大医院都看过了，都没见好。"

陈无偏说："当然，古语有话：疯、瘫、蛊、膈四大症。这食道癌就是膈。四大症之一，能那么容易好么？"

黄守财说："他想找你看看喔。"

陈无偏说："他认识我？"

黄守财说："当然是兄弟我宣传的啰。大哥，怎么样，给他治治？"

陈无偏说："治治是可以。不过你要给他讲清楚喔。这是'四大症'，我不敢打保票。我当然尽力，但一旦无力回天时，他和他的家人不能怪我的啵。"

黄守财大大咧咧地说："那当然不能怪你……"

陈无偏说："你讲有什么用。我要你的亲戚和他的家人讲。"

黄守财说："对，对，对。我马上就去跟他说。我要他们签字画押怎么样？"

陈无偏说："你看着办吧。"

黄守财说："还有……"

陈无偏问道："你还有什么？"

黄守财说："我那亲戚已经病到动也动不了的了。大哥你答应看他，就要你上门去看啰？"

陈无偏问道："他住在哪里呢？"

黄守财说："在广州。"

陈无偏说："如果在附近，我倒可以去看看。但在广州，舟车劳顿，我就去不了啰。"

黄守财急了起来："那怎么办呢？"

陈无偏说："那就叫抗日去一趟吧。"

"抗，抗日……"黄守财一时间结巴起来。

陈无偏说："你看不起我抗日？"

黄守财急了，一个劲地摆手兼摇头。他是来延医请救兵的。他哪敢看得起谁看不起谁啊！

陈无偏说："我不是夸我的儿子。拳怕少壮。年轻人有胆有识。我们老了，气魄不行了。许多事还真的不如他们了。"

黄守财见风使舵，赶快说："对，对，对。大哥后继有人，真令小弟羡慕。"

陈无偏笑道："你别拿汉奸、保长那一套来对付我了。你赶快去找抗日吧！"

几天之后，黄守财又来到了陈氏医馆。

屋里有些闷热，悒悒不欢的陈无偏趁没人来看病，把"蛇吞拐"搬出门口纳凉养精神。他半眯着眼看着黄守财走过来了。

这家伙眉开眼笑地向陈无偏打了声招呼："大哥！"

陈无偏说道："又有什么好事带协我？"

黄守财笑道："大哥真幽默。小弟放个屁都不响的，有什么能力带协大哥——我是来向大哥道喜的。"

"喔！"陈无偏说，"我有什么喜？"

黄守财说："大哥有喜！我要是有大哥这样的喜，真是叫我死了我也愿意。"

陈无偏说:"你真会开玩笑。"

黄守财认真地说:"真的。你抗日真有国手风范……"

陈无偏将手一摆:"嗨——又来吹水了。"

黄守财说:"真的,真的。抗日本事高明又年少老成,谦和稳重,我的亲戚几喜欢他,直问我,他结婚了没有?"

陈无偏一下子来了劲:"如果未结婚又怎么样?"

黄守财说:"想招他做女婿啰!"

陈无偏笑道:"你也真会开玩笑!"

黄守财说:"真的,不信我带你去核实一下。还有,他还赞你家的家传宝贝'灵蛇之珠'的厉害。他说吃了你家的'灵蛇之珠',胸口觉得很舒服,现在能吃些东西了。你说我该来向你道喜吗?"

陈无偏听了当然非常高兴。他说:"你这家伙越来越会说话了。"

黄守财说:"不是我会说话了,而是实际情况就是这样。大哥,说实在的,小弟真的非常羡慕你。你有这么个好儿子,你家有那么大能耐的宝贝,换作是我,叫我少活二十年我也干了。"

这段时间,陈无偏止为马骝仔的事弄得很不舒畅,现在听了黄守财的这番话,心里开始高兴起来。他说:"这世界就往往容易走偏,都是老婆别人的好,儿子自己的强。其实都是差不多的,只是自己想偏了。"

黄守财说:"其实会说话的是大哥你,自己捞了好处占了上风还卖乖。自己比谁都好命,可是嘴巴却从不认账。"

说着,张倩从里面出来。她有气无神,没精打采似的从陈无偏、黄守财旁边走过,一点声息也没有。

等张倩走远一点,黄守财拉起额头使劲地望了陈无偏一眼,悄悄地问道:"大哥,好像大嫂很不欢迎我来喔?"

陈无偏正高兴着,没有在意,他问道:"你说什么?"

黄守财说:"好像大嫂不欢迎我来这里喔。"

陈无偏说:"怎么可能呢?她跟你说了?"

9

黄守财说："说是没说，只是那意思已经写在脸上了。"

陈无偏让他说糊涂了："你想说什么？"

黄守财说："我过去来聊天，大嫂见了都欢口笑面的，现在你看她的脸，只差手上没拿起扫把来撵我。"

"哦！"陈无偏说，"这不关你的事，她是想马骝仔想呆了。"

"马骝仔？"黄守财问道，"陈和平？他怎么了？"

陈无偏不禁叹了一口气："他跟他的日本老豆走了那么久，连封信都没有来过。"

"哦！"黄守财眉头一扬，"真的？那就有点过分了喔！"

陈无偏没作声，他默默地点了点头。

黄守财想了一下，说："想来马骝仔不至于那么反骨吧？我们看着他长大的喔！"

陈无偏又默默地点了点头。

黄守财说："大哥，你怎么搞的，我说什么你都点头？"

陈无偏哑然失笑："我也糊涂了，所以你说什么我就点头了。"

黄守财也笑起来："其实我也是糊涂的，所以我也是东一枪、西一炮地随便乱说的。我只是纳闷，这孩子从小在我们的眼皮下长大，特别是我，我黄守财一向是很有眼力的嘛，你几时见我看人看错过？"

陈无偏说："你又来吹了。"

黄守财说："不是吹喔，我是有口皆碑的。你随便去问问，叫大家说说我黄守财看人是不是有两下子！"

陈无偏哑笑一声，算是服了他了。他也想逗一逗他，说："好了，好了，你别在我面前吹了。你真的有本事，就说说我这马骝仔好了。"

黄守财作寻思状："既然如此，我就实实在在地说了。说得不满你的意的，你也别骂我。我看你这马骝仔还是不错的，种虽然是日本的种，但是经过大哥你那么长时间的栽培调教，就肯定是变好了。这好比一头野猪，人工喂养的时间长了，也会变成家猪呀！"

陈无偏听了，不禁笑了起来："你这王八蛋，真是狗嘴里吐不出象牙!"

黄守财却一脸认真地说:"我是说真的喔。"他自顾自地说下去,"他是从小在我的眼皮底下长大的,这点我还会看错?你说是不是?"

说话间,出去了的张倩又返了回来,还是刚才那副恍恍惚惚、魂不守舍的样子。

陈无偏对她说:"欸!黄老板来看你了,你不跟人打声招呼?"

张倩愣了一下,好像从梦中惊醒过来似的。

她对黄守财笑道:"啊,财叔,今天怎么这么得闲呀?"

陈无偏在旁边帮腔说:"人家财叔听说你不舒服,特意过来看看你。"

黄守财马上打蛇随棍上:"大嫂,大哥说你身体不大好,怎么样,现在好些了没有?"

张倩谢道:"财叔真有心。其实也没什么的,休息一下就好了。真谢谢你。哦,你还没有茶哩,我给你倒茶去!"

黄守财赶快说道:"大嫂别客气。我刚才在家里喝过了才来的,不用了。"

张倩已经进屋里去了。

黄守财看着她的背影,对陈无偏说:"大哥,大嫂真的很受影响喔!你看,她跟平日真的有点不一样。你还不赶快开服药给她吃吃?"

陈无偏说:"吃药还是次要的。心病仍需心药治……"

黄守财急了,便怨起了马骝仔来:"这马骝仔怎么搞的?我还一个劲地替他说好话哩,其实写封信回来有多难呢?连这点都做不到,大哥,你真的白养他了。"

这句话,真的说到了陈无偏的心里去。他此刻也是这么想的,只差没有从自己的嘴里说出来了。他不由自主地叹了一口气,那脑袋也没精打采地耷拉了下来。

黄守财看见陈无偏这个模样,知道自己说得太重了,一时间不知道如何收场。在慌乱中他想起了马骝仔的老婆阿英。马骝仔忘本不写信回来，这阿英应该会写的呀！她即使不写给婆家，也总会写给自己的娘家的。

于是他说："大哥，你的儿媳妇阿英也应该有封信回来的？"

陈无偏的额头皱得像块鸡肫皮。他说："我也是这样想的，可就是没有呀！"

"或者她写过信给她的外家呀！你去问过没有？"黄守财看见他的熊样，说道，"你还不去问问？"

陈无偏顿了一下，他下意识地吸了吸自己的嘴巴。嘻！自己与亲家也确实走得不够密。可是事先没一点准备，说结婚就结婚了，一结婚就走了，走了之后就盼信了，还真未想过去亲家那边串串门的事，现在临急临忙地去，一开口又不知该说什么好。他感到为难了。

黄守财是皇帝不急太监急。他看见陈无偏三脚踢不出一个屁来的样子，便说："看你磨磨叽叽的样子，我帮你去好不好？"

这是巴不得的事，陈无偏赶快说："麻烦你了，麻烦你了！"

黄守财没等陈无偏说完，自己便"噔噔"地拔腿跑了。

黄守财刚走，张倩就端着两杯茶从屋里出来了。

她问陈无偏："财叔呢？"

陈无偏说："他走了。"

张倩说："怎么那么快就走了。"

陈无偏说："他就是那么神神化化的。不管他。"

张倩不作声，她放下给陈无偏的那杯茶；给黄守财的那一杯，她端着就要走回屋里去。陈无偏赶快叫道："唉！你把那一杯也放下来。"

张倩莫名其妙："你不是说财叔走了吗？"

陈无偏说："他等一下还会回来的。"

本来就没精打采的张倩让他说糊涂了。她把手中的那一杯茶也放了下来，看看老公还要说什么。

陈无偏就怕老婆听得太多，她感情的承受力太弱了，于是说："我们还有些事要谈谈的，你忙你的去。"说着连哄带推，把张倩打发走了。

张倩才进屋里不久，黄守财回来了。

陈无偏"嘣"的一下从凳子上蹦起来，火急火燎地问道："怎么样？"

黄守财像一只漏了气的皮球，少气无力地说："你的亲家公说，他们也没收到过信，他正想来问你哩……"

陈无偏一听呆了。

他自己问自己："怎么会这样的呢？"

黄守财说："这就要怪你了。"

陈无偏好像问黄守财，也好像问自己："怪我？……"

黄守财理直气壮地说："当然怪你啰！"

陈无偏大张着个嘴巴。

几十年过去了，黄守财这只日本时辰钟还是那样大声夹冇准，他只顾着自己的痛快，管它对错，一个劲地滔滔不绝地说下去："你知道这个日本仔叫什么名字吗？"

他没听见陈无偏回答他，他自己回答自己："他叫山根是只狼！他是只狼！他过去来我们中国的时候做过多少坏事？他承认过自己做过的坏事吗，他忏悔过自己的罪行吗？他向你忏悔过没有？"

他没听见陈无偏回答他，他自己回答说："没有。这就是说，他还是像以前一样，或者说他狗改不了吃屎。现在好了，你把马骝仔和阿英交给他。马骝仔是个乖仔，当然不会买这冚家铲的账。这只狼得了，他的豺狼本性就露出来了，他就会找个机会，悄悄地来这一手（做了个杀人的动作）。好了！所以一直到现在，都没了他们的音信了。你说是不是？"

他没有听见陈无偏回答，只发现陈无偏晃了一下，随即重重地跌坐下来。

他侧身一看，发现陈无偏有点不太对劲，问道："大哥，你没事吧？先喝口水。"他端起了旁边的一杯水递到了陈无偏的嘴边，发现陈无偏毫无反应。

他吓了一跳："大哥，你没事吧？你不要吓我啊？！"

他看见陈无偏的脸色有点不太对劲，心里起毛了。

他朝屋里大声叫喊："大嫂，你赶快出来一下……"

三

陈抗日应邀到公社去给一个干部的父亲看病。他一早起床，简单地吃过早餐就出发了。这干部也早早地站在公社大院的门口，等着陈抗日的到来。

看见了陈抗日满头大汗骑着单车赶来，这干部非常感动，他快步迎上去，迭口连声地说："真辛苦你了，多谢多谢!"边说边引着他到家里去给自己的老爸看病。

那时候的机关作息很紧凑，上班早、下班迟，中午休息的时间比较短。每周只休息一天。平日机关里是没人的，除了当值或手头有材料有任务之外，基本都往农村里跑。所以这干部显得很焦灼，他很希望他出门之前他的老爸能看上病。

陈抗日善解人意。他情愿自己辛苦点，也要让人得到方便。陈抗日进到屋里，看见厅上睡着个老人，在被窝里"哼哼唧唧"的。

他走过去，向老人打声招呼便开始诊病。

这老头脸色灰暗，但两颧微红。两寸浮而偏紧。呼吸张口抬肩，舌质苍老，舌苔稀薄，但舌的中部却有一块铜钱般大的水汪汪的水印。应该是阴邪作祟，气喘尿憋吧？

他问老人家："哪里不舒服呀？"

老头说："气紧，那泡尿淋沥不畅，想屙却又屙不完……"

陈抗日点了点头。

那干部在旁边焦急地问道："是什么病呢？"

陈抗日说："这个病，西医应该叫气管炎并前列腺炎吧。"

那干部说："是，是，是，西医好像就是这么说的——可以治吧？"

陈抗日说："可以是可以，不过老人体弱气虚，是要个过程喔。"

那干部无奈地说："那也没办法啦！就请陈医生开药吧。"

陈抗日取出一张印有"陈氏医馆"抬头的处方笺，拧开钢笔（他的毛笔字虽然已经颇有功底，但想到要与时俱进，而且又是出诊，就改用钢笔开方了）在上面写道：

麻黄二钱　北杏仁三钱　甘草三钱　熟地五钱　淮山五钱　山茱肉五钱　丹皮二钱　茯苓三钱　泽泻二钱　肉桂一钱　车前子三钱　牛膝五钱　附片一两（自加生姜两大块先煎四个小时再入余药）

开好药单，他把药单交给了站在旁边的那干部，说："附片有大毒，一定要加姜煎足四个小时，不能偷工减料，要煎足四个小时。切记切记！煎好分三次服完，每次间隔起码要有四个小时。记住了！还要每晚临睡前用热水烫脚，将阳气烫起。记住了！吃了药有什么变化请给我说一声。"说完起身。

那干部递上诊金。陈抗日收好，出门走了。

他推着单车出到公社大院门口，正想上车，这时有个人在后面拍拍他的肩膀。

陈抗日回头一看，啊！是公社党委书记陈新。

陈抗日赶紧喊道："陈书记！"

陈新笑笑，那张瓦刀脸显得短了许多。他关心地问道："大清早就来到公社里办什么事？"

陈抗日说："是有人请我来看病。"

陈新那双浓眉之下的黑眼睛倏地一亮："啊！我那煮饭婆这几天老说身体不舒服，我正想带她去你们家看看病，这下好了，中午你就到我家去吃饭，顺便给我的老太婆看看病。"

陈抗日这时才看清楚陈新也推着一辆破单车。他问道："书记你去哪里？"

陈新说："我上县里办件事，很快就回来。我老太婆也上班去了。你就在附近转转，不要转远了。"说完就走了。

陈抗日就在街上转转。他在本地已颇有名气，在转转的过程中，又有几个人找他看病。看完这几个病，也到中午了。他想起陈新叫中午到他家里吃饭，并给他老婆看病的。吃饭是小事，但病却不能不看。于是他又转到公社大院去。

这时，陈新已经在大院门口等他了。

陈新笑道："靓仔，我以为你回金窝村去了哩。"

陈抗日不好意思地说："书记叫到，不敢抗命。"

陈新笑得容光焕发："靓仔，你的口码也行喔！走，到我家去。"

陈新住在院里的一幢破旧的小平房。推门进去，陈抗日听到了厨房传出了"吱喳"的镬声。陈新往里叫道："煮饭那个，客人来了!"

从厨房里出来一个四十来岁的妇人，她笑口盈盈地说道："稀客，稀客，头一次到我家来吧，请坐一会儿，饭马上就做好了。"

陈抗日觉得一身的不自在，他尴尬地小声问道："不知道该怎么称呼……"

陈新笑道："你觉得该怎么称呼呢?"

陈抗日心想，称呼叫错了是不好的喔，于是不好意思地摇了摇头。

陈新说："你就叫她'阿婶'吧!"

陈抗日一愣：叫"阿婶"? 有呒搞错! 嘴上说道： "不敢，不敢!"

陈新说道： "怎么不敢? 你我都姓陈，八百年前我们是一家人哩。"

陈新的"煮饭婆"也笑道："陈医生年纪轻轻就那么有本事。你愿意叫我一声'阿婶'，我真是脸上有光哦!"

陈抗日给他们二人说得一身火辣辣的，脸也红了。说到了这个份上，哪有不叫的? 于是他不好意思地叫了一声："阿婶!"

这阿婶大大方方地应道："唉!"

陈抗日说："阿婶，我去帮你干活!"

这阿婶说："我不要你帮我干活。你在这里坐坐，饭菜马上就好了。"

陈新也说："靓仔，你好好在这里坐着，我帮手去!"

陈抗日只好坐着了。陈抗日一个人在这里坐着也百无聊赖，他左看右看，发现旁边的小茶几上有一摞旧报纸，便随手拿起来看看。

陈抗日看看"报眼"上印有"内部刊物"的字样，知道是寻常人不能看到的不寻常的东西，不知道自己可不可以看一下？不过既然已经拿到手上了，旁边又没有什么人，就翻开来看看，如果书记发现说不能看，我再不看吧。

他一看，原来上面登载的都是外国的消息。他再细看一下，都是自己闻所未闻的东西，于是突然来了劲，一页一页地很有兴趣地看下去。

上面有条消息，说日本的好多人去参拜"靖国神社"。

他想道：这"靖国神社"是什么东西？他们参拜"靖国神社"，怎么报纸都要登出来？

他慢慢地看下去，发现报纸不时都有这方面的报道。看多了几条消息，他约莫地知道了这"靖国神社"是日本人供奉过去他们侵略中国时被中国人打死的官兵的地方。这些家伙在我们中国杀人放火，是坏人，是杀人犯。这些家伙被我们打死了，他们却要供奉这些家伙，这好像很不给我们脸喔！这些死日本仔，你们想搞哪一科？

陈抗日在呆想着，陈新在那边喊道："靓仔，过来吃饭!"

陈抗日看得太专心了，那边做了那么多的工，煮了那么多的菜，他竟然不知道。

他放下报纸走过去，看见满桌是菜，吃了一惊："哇！怎么这么多菜？"

陈新的"煮饭婆"说："有多少菜？都是些家常便饭，你不嫌弃就行了，坐下坐下，快吃快吃!"

这女人经常惦记着当年陈无偏救过自己老公一命，一直没有机会报答一下，现在陈无偏的儿子来吃饭了，她不肯含糊，于是弄了半桌子的菜。

陈抗日受宠若惊，一时不知道该怎么办。

陈新说："到阿叔家里吃饭，还有客气的？快吃快吃，下次我到你家时，我可是不客气的哟！"

在陈新夫妇的盛情招呼之中，陈抗日入席坐下。

陈新夫妇殷勤劝菜，陈抗日举筷夹了一块肉放进嘴里。咦！真是好味道喔。

也不能埋头光吃那么失礼的，陈抗日要找些话来说说。他想起刚才他看"内部刊物"时看到日本人参拜"靖国神社"的事，于是问陈新说："阿叔，这'靖国神社'是怎么回事？"

陈新没想到陈抗日会问到这个问题，一时间没反应过来。

他问道："你说的是……"

陈抗日说："我刚才看'内部刊物'，看见日本鬼子参拜'靖国神社'。这'靖国神社'是怎么回事？"

"哦！'靖国神社'是日本人供奉他们在二战中战死的官兵的地方。"

陈抗日说："这些家伙在我们中国杀人放火，无恶不作。他们被打死了，现在日本人竟然那么大张旗鼓地拜祭他们，这不是有意给我们看脸色吗？"

陈新一听，浓眉下面那双黑眼睛倏地一亮。

他认真地看了陈抗日一回："靓仔，我过去光知道你在医人方面很有两下子，没想到你在政治上也很有头脑哩！好，好，不错，不错！"

陈抗日说："阿叔，我看了一会儿'内部刊物'，觉得它很好，对我很有启发和帮助。我想借回去好好地看看，行不行？"

陈新沉吟了一下，说："原则上是不可以的。"

陈抗日听了，不觉有点失望。

陈新笑道："不过看见你那么醒目，那么叻仔，阿叔对你网开一面。等一会儿你把它包好，偷偷地拿回去，不让任何人看见，看

18

完了要偷偷地给我送回来。你做得到吗?"

陈抗日喜出望外,于是连声说道:"做得到,做得到!多谢阿叔,多谢阿叔!"

吃完饭,歇了一会,就是看病。

陈抗日发现他的阿婶接近更年期,例假比较混乱,常服"乌鸡白凤丸"就可以了。

离开陈新的家,日头开始偏西了,陈抗日觉得出来那么久了,也该回去了。

陈新夫妇非常客气,一直送陈抗日到公社大院门口。

陈抗日连声致谢,跨上他那辆破单车,再回头举手挥挥,才往金窝村的方向骑去。

单车的后座上用胶带捆着那摞旧的"内部刊物",陈抗日生怕丢失了,不时地伸手往后摸摸,看牢靠不牢靠。看过上面的日本仔参拜"靖国神社"的报道,陈抗日的心至今还未能平静。这日本仔又想搞什么鬼,你们欠我们的血债还没有还清哩!

他埋着头蹬着,那脑子在默默地想着,"噔"的一声,一只篮球撞到了他的身上,他循球来的方向望去,看见有人望着他哈哈大笑。

他再定睛一看,原来是他中学时的同学,在这个小学里当体育老师。

那体育老师叫道:"生华佗,来玩一玩?"

陈抗日说:"老同学,怎么踢那么大脚?"

老同学说:"现在谁不说你的医道厉害?好多快死的人,都让你给拉回来了,还不是华佗再世?"

陈抗日说:"别听他们乱说。这话言过其实了。"

老同学说:"别说这个了,跟我玩一盘?"

陈抗日说:"不玩了,我还有事呐!"

老同学说:"你过去输我输怕了,到现在还心有余悸。"

陈抗日给撩拨得憋不住了:"玩就玩,你以为我真的怕了你不成?"

19

张倩在屋里听到黄守财在屋外杀猪似的大叫："大嫂，你快出来一下！"她那颗心倏地一缩，两腿一软，整个人差点跌坐在地上。

她想，肯定是老头子出什么事了！一想到这点，她脑子一愣，立即振作精神，三步并作两步冲了出去。

出到外面，看见黄守财两眼巴巴地直望过来。这财叔平时是卷起衣袖，老虎都打得两只的硬汉子，今天怎么熊成这个样子？

她再看陈无偏，一看知道大事不好！为了老公，她霎时间什么都不怕了。平时陈无偏很耐心地教她学医。她自己也是个有心人，平时陈无偏给人看病，她在旁边也认真地看，认真地听，加上她读书出身，天性聪慧，陈家看病救人的绝招她已了然在胸。

现在看见老公这副样子，她想起老头子近来常常不吭不哈，肯定和自己那样心里有事往肚子里憋了。我们做女人的心里难受还可以哭一哭，把肚里憋的气放一放，他们做男人的没有这个，什么都死撑着，必定是五志过极，心火暴甚，引动气血上逆，冲激于脑了。于是她把陈无偏的脑袋抱在怀中，用手直摁他的人中；摁了半分钟，还未见醒。

她叫旁边的黄守财把陈无偏背回医馆里。

黄守财知道是自己惹的祸，于是二话不说，立即把陈无偏搭在自己的背上往医馆里跑。

张倩在后面紧紧地跟。

进了医馆，张倩赶快翻一把银针，快手快脚地挑出一根合适的，也顾不上消毒不消毒了，赶快拎着它往陈无偏的人中上扎。不醒。又扎耳垂；边扎边用力挤血。挤出的血是瘀黑的。还不醒。又扎十宣（十个指头），边扎边用力挤血。挤出的血也是瘀黑的。也还不醒。

张倩开始怕了，呼吸变粗了，气变喘了，额头上凝满了汗珠，这汗珠一闪一闪的快要掉下来了。怎么办呢？她的手发抖了。

扎鼻尖试试吧！她的手颤抖着把那根银针扎进陈无偏的鼻尖上。可能是因为手抖，也可能是因为用的力大，陈无偏眉头一动，紧接着鼻梁一皱，大大地打了几个"啊嚏"。

看见陈无偏会打"啊嘁"了，张倩便"哇"的一声哭了起来。

陈无偏张开眼睛，问道："你们怎么把我弄得那么痛？"

张倩哭道："我们把你弄得那么痛？是你真的把我们吓死了！"

黄守财见状，也长长地透了一口大气。他结结巴巴地说："你，你，你真的把，把，把我们吓，吓，吓死了……"

苏秀挺着个大肚子，什么都干不了，近来只待在家里养胎。她看见了刚才的情景，吓得坐在椅子上连话也说不出来。

陈抗日回来了。他今天一刷多年之耻，竟赢了他那个做体育老师的同学，心里头要几高兴就几高兴。

他停好单车，一蹦一蹦地走进陈氏医馆，看见大着个肚子的老婆冇厘神气地仰靠在椅子上，于是问道："你怎么了？"

苏秀指着里面，泪眼汪汪地说："老爷他……"

陈抗日心里一紧，往里面大声叫道："老豆！老豆你怎么了？"

四

陈无偏一向给家人的印象是座大山，是座铁塔。他不仅医术高明，活人无数，还喜欢武术，每天起床打几个套路才洗漱用餐，几十年来（除了日本仔侵华这段日子）坚持不变，所以身体一直很好，一年到头连点小感冒都少见，莫说像模像样的病了。他性格又平和稳健，平日没有什么事情能难得倒他的，他今天怎么了？

陈抗日的心火急火燎。他"噔噔"地走进去，叫道："老豆——"没人应他。

他走到里头，看见老头子歪在老太婆身上，呆呆的有神无气；老太婆两眼通红泪水未干，财叔呆头呆脑的完全没了往日那种大大咧咧、骂骂叽叽的派头。

他着实吓了一跳，问道："是怎么回事？"

黄守财结结巴巴地说："你，你老豆刚，刚才昏过去了。"

"啊！"陈抗日大吃一惊。

"是你妈刚才把他救醒的……"

陈抗日走近前去，用手摸摸老豆的额头，翻翻他的眼睛，叫他伸出舌头看看，然后又给他把一把脉，看见问题不大，可能门槛已跨过去了。

他半开玩笑半认真地说："老豆，你还在这里偷懒，你的孙子有问题了。"

陈无偏听见一愣，那双眼睛直直地盯着陈抗日。

陈抗日说："你的儿媳妇现在肚子好疼，她靠在椅子上想动都动不了……"

整天眼巴着抱孙子的陈无偏一听，倏地像火烧屁股似的蹦了起来："快用'泰山盘石散'呀！"

陈抗日说："那你还不赶快开！"

陈无偏说："你赶快拿纸拿笔记着：人参一支，土炒白术五钱，炙甘草三钱，当归五钱，川芎二钱，熟地五钱，白芍五钱，黄芪一两，续断五钱，黄芩三钱，砂仁五钱，糯米一把。快！"

黄守财见陈无偏已经能够开单，知道自己可以走了，于是说："大哥，你好好歇着，我回家里去看看，马上再回来陪你。"

陈无偏说："我没事了，你忙你的嘛，真不好意思，麻烦你了。"

张倩见天都黑了，还没有做饭，便对老头说："我扶你回房里躺着，我煮饭去了。"

陈无偏说："我没事，你忙你的去吧，我不用回房里睡了。"

张倩瞪了他一眼："你又想吓死我是不是？"

怕老婆的陈无偏无计，只好老老实实地由老婆扶着，回房里睡觉去了。

陈抗日捡好药，放进药煲里，加好水，生着火，对张倩说："妈，你顺带看着火，我去看看老豆，看找些什么药给他吃。"

张倩说："你赶快去吧！"

陈抗日想想，在百子柜里找了颗陈家自制的"资寿解语丹"。进到父母的房里，看陈无偏闭着眼睛侧身躺着，他剥开药丸，把药丸放到老豆的嘴唇边，说道："老豆，吃药。"

陈无偏张嘴噙药，含进嘴里，依然闭着眼睛躺着。

陈抗日便给他按摩，从"百会"到"长强"一直按摩下来，然后又按摩上去，这样来来回回地按摩着。他一边按摩，一边催老爸说："要嚼药丸，不要老是含在嘴里，一会不小心睡着了会噎着的。"

在儿子的催促下，陈无偏不停地直嚼直嚼，把噙在嘴里的药丸嚼进肚子里。

陈抗日轻轻地给老爸按摩着，那手时快时慢，时轻时重，像弹奏着一首无声的歌，在这首无声的歌的催眠下，陈无偏很快地睡着了，鼻孔里传出了一阵轻轻的鼻鼾声。

陈抗日看见父亲睡着了，便停下手，走出父母的房间，转到厨房里帮手做饭。

到饭菜做好了，苏秀吃过药，精神见好，便挺着个大肚子摆好筷子，盛好一家人的饭。

陈抗日进去叫老豆出来吃饭。

陈无偏出来了，坐在他往常坐的位置。

陈抗日夹菜给他，问道："老豆你今天怎么搞的，按照你的体质，你不应该打这个败仗（粤俚语，生这个病）的喔！"

陈无偏失去了往日那派指指点点、品头评足的家长作风，倒像一个做错了事受到批评的小孩子，他不吭声，默默地吃饭、夹菜。

陈抗日问张倩："妈，老豆是怎么回事？"

张倩说："好像是同守财叔聊天，聊到了和平的事，他就这样了。"

陈抗日笑道："老豆，你什么时候变得这么脆弱了？"

陈无偏还是没吭声。

张倩忍不住说："好像是财叔说，或者是来接人的死日本仔起了歹念，把和平带到一个偏僻的地方杀害了，所以才没有信回了。说到这里，他就晕倒了。"

张倩说着，自己的声音也变了调，好像就要哭起来。

陈抗日劝解说："妈，你和老豆都要坚强些，这种情况说起来很有点无稽，但也不是没有这个可能性。所以我先希望你们要坚强一些。"

苏秀在旁边数落老公说："你这个人也不是劝人的料，爷爷奶奶才好一点，你就说起了这些没油没盐的话。"

陈抗日说："我是老老实实，有句说句喔。把情况说清楚了，恐怕对问题的解决会更好一些。我今天在阿叔家里……"

一直顾着低头吃饭不肯说话的陈无偏听到这里，突然放下饭碗，仰起头看着他的儿子陈抗日。

他问道："你刚才说什么？"

陈抗日说："我今日在阿叔家里……"

陈无偏说："'阿叔'？你什么时候有个'阿叔'？！"

陈家几代单传，你怎么有个"阿叔"呢？听到老豆这么一问，陈抗日发现自己讲得太急了，来龙去脉都没有交代清楚。

他说："是这样的，今天我到公社大院去给人看病，在路上碰见了公社党委书记陈新。陈书记叫我中午在他家吃饭，顺便给他老婆看看病。我中午到了他家，他老婆给我做了满桌子的好菜，弄得我很不好意思。入席吃饭的时候，我问怎么称呼他的老婆。陈书记说叫'阿婶'得了，我们八百年前是一家，不叫'阿婶'叫什么。我便叫她'阿婶'了。我再叫陈新'陈书记'。他说我有冇搞错，你都叫我老婆'阿婶'了，还叫我'陈书记'？就叫我'阿叔'好了。于是我就叫他'阿叔'了。"

陈无偏听了很感叹："真是梁山人马，不打不相识。"

陈抗日继续说："我在他家等饭吃的时候，闲得无聊便找点东西看看。我看到了一种报纸，这种报纸是我们平常不可能看到的，是内部报纸，这上面刊登的消息说，现在好多的日本人都去参拜'靖国神社'。"

陈无偏听得有点糊涂："他们参拜什么'靖国神社'，跟我们有什么关系？"

陈抗日说："'靖国神社'是日本人供奉他们来我们中国打仗

被我们打死的人的地方……"

陈抗日还没说完，陈无偏已把他的话打断："那不是供奉来我们中国杀死我们中国人的杀人犯？"

陈抗日说："是呀！"

陈无偏说："真有这样缺德的事？"

陈抗日说："真有，难道我还会说假不是？我连这报纸都带回来了。"说着跑去拿出从陈新家里带回来的报纸让大家看。

陈抗日摊开报纸，在场几个人的脑袋好像钉子遇上大磁铁似的立即聚拢在报纸上。

看过了报纸，陈无偏的呼吸变粗了，他气愤地说："世界上还真有这样凶恶野蛮无耻变态不讲道理的人。"

陈抗日说："是呀！我们国家还免了他们的战争赔款呢。这笔钱真是肉包子打狗了！"

陈无偏恨恨地骂道："冚家铲！想起他们给我们带来的苦难，好像就在昨天一样。"

张倩手都变冷了。往事不堪回首。这些冚家铲他们到底想干什么？

陈抗日说："老豆，阿妈，你们要坚强一些。我知道你们很想念和平，其实我也很想念他。我不是给你们添乱，财叔讲的也不是一点道理也没有。我们的脑子想得复杂一些会有好处。"

张倩看了报纸，听了陈抗日讲的这番话，默不作声呆呆地站在那里。

陈抗日问道："阿妈，你没有事吧？"

张倩说："抗日，你的意思是和平凶多吉少了是不是？"

陈抗日说："也是，也不是吧！"

张倩说："你这么说，我更糊涂了。"

陈抗日说："既然和平那么久都没信来，什么可能都是存在的。我不敢说凶多还是吉多，我只觉得我们的脑子要复杂一些，到时才转得过弯来。"

张倩说："我知道日本仔很坏，但是和平是我一手养大的，他

25

不同于一般的日本仔。他的肠肚我知道，他不会坏的。"说着声音变得哽咽起来，"他一走，是生是死都不知道，真叫人挂心，呜，呜，呜，呜……"

陈抗日安慰说："妈，你别哭，哭也解决不了问题。我看我们现在的主要任务，是想办法打听一下和平的消息……"

陈无偏不禁长长地叹了一口气："儿子，你说得也轻巧。如果出广州找个人，还可以人托人到处去打听一下，可是现在他去了日本哦！你怎么去打听？"

这也是。陈抗日默默地点了点头。

想了一会，他说："我们可以去找一个人。"

"谁？"大家异口同声地问道。

陈抗日说："何股长！"

陈无偏哭笑不得："嗨！人家会睬你吗？人家已经完成了任务，向上级交了差，你这个时候来啰啰唆唆的，不是丢了人家的丑？人家躲你避你还来不及哩，还去帮你？"

陈抗日说："老豆你说的也通人情世故，可是我把人交给了你，一松手就音信全无喔，我不找你找谁？我们是个老百姓，我们连个门牌地址都没有，我们自己去哪里找？你是政府喔，对方也是政府喔，政府找政府应该是好找的，我们去找他们，合情合理，有何不可呢？"

陈无偏听了陈抗日的话，心里说道：儿子真的长大了，他说的话几有情理，几有担当的喔。于是说道："你去找找何股长？"

陈抗日说："是的，我明天就去！"

陈无偏年纪大了，气魄不够了，人也谨小慎微了。他说："你去的话，说话要注意一些喔，不要冲撞人家喔！"

苏秀也说："我最近肚子不舒服，你也要多注意，快去快回喔！"

陈抗日笑道："你们以为我去哪里，啰里啰唆的！"

第二天清早，陈抗日出发到县里找何股长去了。

陈抗日说得嘴硬，但真做的时候心里便打鼓了。他长那么大，还没去过县的机关。县的机关过去叫县衙，百姓一般是不去的。古语有生不到衙门，死不到地狱。这地方没事去干什么？陈抗日只去过公社大院，但也不是常去，只是住在里头的人生了病，请到他，他才去。这也是偶然的事。现在为了打听弟弟的下落，他才硬着头皮去的。

他骑着那辆"嘎吱嘎吱"的单车到了市桥，向路人打听了一下，拐弯抹角，很快便找到了县委大院。

他的第一印象是县委大院跟公社大院差不多，只是门面气势大一些。门口无岗无哨。大门的旁边有个收发室。进出县委大院的人，如果是骑着单车的，经过大门口收发室的地方便翻身落车。他发现这落车只是个象征性的动作，骑车人一只脚还踩在单车的踏板上，另一只脚落地了。可是落地的只是那只脚的脚尖。那落地的脚尖在与地接触的一瞬间反向地轻轻一点，那脚又"唰"地往车座上一跨，骑车人的屁股又坐回到单车的车座上。骑车人完成了这一流利的动作，他已驶过大门好几米远了。以后好久，陈抗日才明白，这脚尖落地一点，是骑车人表示对县委的尊敬和主动接受门卫检查的意思。这是后话了。

这时的陈抗日留心一看，看见传达室里面坐着一个戴着老花眼镜的老头。他便推着单车向这个老头走去。

小老头略一低头，那目光滑过老花眼镜的上框看着陈抗日，问道："你找谁？"

陈抗日很礼貌地说："老同志，我想找何股长。"

老头也很和气，他说："你往前走，再左拐，看见有座两层的楼房，你进去打听就找到了。"

陈抗日客气地谢过小老头，骑上单车，再蹬两三百米就到了。

他进到这座小楼房，伸头往里一问："我想找何股长。"

这是一间大的办公室，里面摆着七八张办公桌，此刻有三两个人在里面办公。

听到陈抗日这一问，里面有个戴眼镜的女干部抬起头来，她一见陈抗日，笑道："陈抗日，你找我？"

啊！这就是何股长。

陈抗日很高兴，说道："是啊！"

何股长起身，走过来，引着陈抗日到旁边的一间小会客室去。

进到里面，陈抗日发现里面的摆设很简朴，但收拾得窗明几净。

何股长招呼他坐下。

坐下来的陈抗日看见粉墙上端端正正地挂着一幅毛主席的标准像。毛主席像下贴着一幅语录："我们的责任，是向人民负责。——毛泽东"

陈抗日默默地读着这条语录，心里暖洋洋的。

这时，何股长端来了一杯热茶，放在陈抗日跟前。三十来岁的何股长见了陈抗日就像个老大姐似的。她笑道："靓仔，你的名字好威水（粤语，了不起）喔，日本仔一听，保证就先被你吓了一大跳。是谁给你起的？"

陈抗日说："是我爸啰！"

何股长说："你爸是个了不起的人，医术那么高明，思想觉悟又那么高，很叫人尊敬和佩服。他好吗？"

陈抗日说："还可以。"

何股长问道："你来找我，有什么事呀？"

陈抗日说："我弟弟陈和平去了日本，到现在音信全无，我爸我妈都急病了。他们叫我来问问你，能不能帮我们查问一下。"

何股长沉吟了一下，说："应该是可以的。我可以把这个情况报上去，请上级有关部门查询一下。"

陈抗日很高兴，说："那太感谢了！"

何股长说："不用谢，这是我们应该做的事。还有别的事吗？"

陈抗日说："没有了，谢谢你，我走了。"

何股长说："那么快就走呀？把茶喝完再走嘛！"

陈抗日高高兴兴地回到家里，向老豆汇报上县里找何股长的情况。

陈无偏没有陈抗日那么高兴。真的可以帮我们查得了？姑妄言之，姑妄听之吧！

一个星期后，何股长带着个靓女骑着辆单车来金窝村找到了陈无偏。

她告诉陈无偏，这件事惊动了外交部。外交部同日本外务省打交道，请他们过问这件事。日本外务省去查了。他们回复我国外交部说，陈和平（他们叫山根友二郎）和钟家英平安，身体健康。他们会很快写信回来的。

陈无偏千多得万多谢地送走了何股长，心里头却恨恨地骂道：我们肠子都愁青了。你平安，你身体健康，你就一封信都不写回来。我陈无偏算是闲米养斑鸠了！

五

何股长来过大概一个星期后，一天傍晚，乡间邮递员"丁零零"地骑着一辆绿色的自行车来到了陈氏医馆门口，喊道："陈无偏、张倩——收挂号信！"

医馆的大门开着，可是陈无偏、陈抗日出诊未归。张倩在厨房里忙着。

挺着个大肚子躺在自己房里养胎的苏秀听到邮递员的喊声，向厨房叫道："奶奶，有邮递员来喊收挂号信！"

张倩听到苏秀的喊声，一路小跑地从厨房里走出来。出到门口，看见那个经常路过的邮递员拿着个本子在焦急地等候着。

他看见了张倩，笑道："你天天问我有没有你们的信，今天终于让你盼来了。"

张倩的心口"扑扑"乱跳："是哪里来的信？"

邮递员答道："是日本喔，你们是侨属？"

一听到是日本的，张倩的耳朵"嗡"的一响，那腿一软，差点要摔倒在地上。她抖着手在邮递员递过的签收本上签上了自己的名字，接过邮递员递过的一封薄薄的信，脑子几乎空白，连邮递员走了她都不知道。

这时，苏秀已经挺着个大肚子从自己的房间里蹒跚地出来了，她笑道："奶奶，是二叔的信吧？还不打开看看!"

张倩抖着手，撕开信封，竟把信封的口子撕歪了，撕到了前面寄信人写收信人的姓名地址的位置上。

她呼吸急促，手指发抖，额头冒汗，好不容易把"信肉"取出来，打开一看，只见上面写道：

爸爸、妈妈、大哥、大嫂：

你们都好吗？是和平不好，让你们挂心了。我本想等我的处境好一点的时候才给你们写信的，我想到了那个时候写信，我就有点好事给你们讲讲了。没想到在不知不觉中拖了那么长的时间，让你们挂心了，真是对不起。现在我很后悔，我发现这里不是我想待的地方。我如果早知道的话，我是打死也不来这里的。我知道爸爸、妈妈对我非常好，你们才是我的爸爸、妈妈。还有大哥，当年大哥为了救我，把他的血液输到了我的身上。大哥的血液现在还在我身上流动。这是我永远不能忘记的。我更不能忘记爸爸、妈妈……我现在很激动。我是流着眼泪给你们写信的。此信暂时写到这里。到我心情好一些，处境好一些的时候，我再继续给你们写信。请爸爸、妈妈保重身体。和平祝你们健康长寿。大嫂生了宝宝没有？生了宝宝，请告诉我。我祝福她生产顺利，心想事成，生得个称心如意的好宝宝！此致

敬礼！

陈和平

一九七三年六月五日于日本

张倩看了马骝仔的信，眼泪哗哗地流了下来。

她愁眼望穿，才盼来了这封信。这封信给了她一个很大的安慰：马骝仔没有忘本！她没有白养他，没有白疼他！

可是这封信又给她传递了一条信息——马骝仔的处境不好。他的处境为什么不好呢？他的处境怎么个不好呢？这又令她揪心拉

肺，坐立不安。

他在这个问题上写得太简单了。他为什么写得那么简单呢？是故意的吗？她的脑子飞快地想象着，去填补马骝仔的文字空间：他在那边的处境怎么个不好呢？他有饭吃吗？有屋住吗？不会饥寒交迫吧？唉！他自幼就在我身边，一步也没离开过。他自幼就没吃过苦。我情愿自己吃苦，也不让他受苦。现在去得天远地远的，却要受苦了。他现在在那边受什么苦呢？他能扛得住吗？扛不住就回来吧！可是他到了那边，成了日本人，还能回来吗？他不能回来了怎么办？他待得下去吗？唉……

苏秀看见张倩看了信后哭得像个泪人似的，也悄悄地把信拿过来看看。

她第一次看见陈和平写的东西，发现他的字写得很好，工整端正。我们好多像他那么大的年轻人写的字还没有他好呢！她不知道他的日本字写得怎么样。可是就中国字来看，他真像个百分百的中国人哩。信又写得通情达理。他不仅问候爷爷奶奶，又问候了他的大哥和我。连他的大哥给他输过血的事也念念不忘，还问候我生宝宝的事，难怪奶奶那么疼他爱他了。他说他处境不好，这怎么个不好呢？

张倩只顾着抹眼泪，苏秀也一脸唏嘘。婆媳俩竟把做饭的事忘了。

陈无偏、陈抗日回来，屋里乌灯黑火，饭还没有做。

陈抗日问道："怎么搞的，你们安排今晚这餐出街去吃？"

苏秀把陈和平的信递了给他。

他打开一看，"哦"了一声，便埋头看起来。

陈无偏不知是马骝仔的信，觉得很纳闷："你们在玩什么？"

陈抗日看完，把它递给了陈无偏。

陈无偏一看，也"哦"了一声，接着就埋头看下去。看完之后，他自言自语地说："原来是这么回事……"

陈抗日说："也好，这说明二弟没有忘本，心里还惦记着我们。"

这句话说到了陈无偏的心里。他长长地叹了一口气，说："还好！"看见张倩在旁边默默地抹着眼泪，于是说道："这回你可放心了。高兴一点吧！"

张倩擤了一把鼻涕，说："他说他处境不好，怎么个处境不好呢？有吃有喝吗？有病有疼吗？日子过得下去吗？"

大家听了，面面相觑。

陈无偏听了也烦："这家伙，信都写了，这事应该写得详细一点的呀，怎么含含糊糊的呢？不知道家人挂心的吗？"

张倩说："我看他是故意的……"

"故意？"陈无偏听不懂老太婆的意思。

张倩说："他怕是有什么难言之隐吧？"

陈无偏的额头往上一皱："喔？"

陈抗日对苏秀说："阿秀，你写封信去问问。"

苏秀一愣："我？"

"唔！"

"写给二叔？这不好吧！"

陈抗日说："写给阿英。你们是妯娌，年纪又接近，人家的老公都问候你了，你也问候问候她，很合情合理的。你就说二叔写得不清不楚，老爷奶奶很挂心，叫她说清楚一些，她就会写清楚的了。"

苏秀不知所措，用眼睛望着张倩。

张倩不作声。

陈无偏说："抗日说的对。家嫂，还是你写吧！"

陈抗日到县里找了何股长后，何股长立即向县委作了汇报。县委非常重视，立即指示何股长向上级相关部门报告，请求帮助解决；同时要求所在公社多多关心安抚当事家庭，要妥善处理，不能出事。

陈新是"土地公"，这责任就落到他的头上了。

恰巧大生在他那里聊天，他对大生说："陈无偏的马骝仔回日本后杳无音信，他两公婆把脸愁得像条苦瓜干一样。县里要求我们去关心关心他，做做他的思想工作。我家正好养有两只大线鸡，我把它提去，我们一起去他家里喝杯酒，聊聊天。"

大生高兴地说："好啊，好啊！我也有很长一段时间没去过他那里了。我提两条大鲩鱼，我们都带着老婆去，女人婆话多，让他们家热闹热闹，你说好不好？"

陈新觉得很好，于是就定这个星期的星期日，大家一起到陈无偏那里去聚聚。

这个星期日的中午，吃过午饭，陈新两公婆、大生两公婆四个人各骑一辆自行车，陈新拎着两只大线鸡，大生拎着两条大鲩鱼到陈无偏家里去了。

陈无偏看见他们四人，又鸡又鱼的，惊愕了，一时间丈二和尚——摸不着头脑。

他试探地问道："你们是……"

陈新笑道："突然间发现家里的米缸没米了，想到你这里蹭顿饭吃，可以吧？"

陈无偏说："当然可以。当然可以，只是……"

陈新说："只是你家的米缸也没米了，是不是？"

陈无偏说："当然不是，当然不是。我，我总觉得陈书记你讲的不是真话似的。"

陈新说："还不真呀？我们的肚子都饿了，最真的就是想吃饭。"

陈无偏把头转向大生："大生，你这个人最老实，你给我讲讲，是怎么回事？"

大生笑道："你们的书记也是很老实的，就是想来你这里吃顿饭！"

陈无偏觉得他的脑子让他们说得糊里糊涂的，这到底是怎么回事？这事他第一时间想起了他的"沙煲兄弟"，马上转身去找他的儿子，让他去找黄守财来。

黄守财不愧是兄弟，闻讯马上赶来了。他问陈无偏："大哥，怎么回事？"

陈无偏把他拉过一边，悄悄说："他们要来我家吃饭……"

黄守财说："那就吃呗！陈新是我们这块地头的父母官，大生也是当官的，人家要来你家吃饭，别的人家盼也盼不着哩，大哥你几有头有脸，还愣什么？"

陈无偏说："我不是愣什么，我还没经历这样的差使，所以想请你来帮帮我的忙。"

黄守财两肋插刀地说："你的事就是我的事，不用说的。现在怎么办，你说吧！"

陈无偏说："我知道怎么办还叫你来吗？我这个人看病还行，其他还不行的……"

黄守财胸脯一挺："我帮大哥打觳！"

他又说："招呼客人，不外鸡鸭鱼肉……"

陈无偏说："他们带来了两只大线鸡，两条大鲩鱼……"

黄守财说："那就好办了。"

陈无偏说："我马上叫抗日去买几斤猪肉回来，但是去哪里弄那么多猪肉票呢？"（当时是计划经济，很多生活必需品是凭票供应的）

黄守财一听，连忙说："行了，行了，你一时间去哪里找那么多的猪肉票。我家里有两条狗，我马上回去杀一条，但不知他们吃不吃狗肉？"

陈无偏说："他们过去是广游二支队的。当年打日本仔，他们饿到见老鼠尅老鼠，见蛇剥蛇皮，哪会不吃狗！"

黄守财说："好！这一餐我出狗。我马上回去尅狗去。你马上叫大嫂去供销社买点腐竹、粉丝、木耳、黄花菜，再到菜地摘点青菜，不够就摘我家的。"说完急急脚走了。

陈新的老婆本来就感激陈无偏在"文化大革命"中救过自己的老公，现在从老公的口中又知道这次来是件政治任务，所以很主动地下厨帮手。大生的老婆阿珠是陈家的老朋友了，更无拘无束，她们边干活边跟张倩聊天。

张倩感到很有面子，心情倏地好了许多。

这餐饭是大家一起动手的，所以下午三点来钟就做好了。

陈新心里有数，这餐饭的目的就是做思想工作，当下做思想工作的方式就是聊天。所以饭一做好，他就说："饿死了！怎么样，我们开始吃吧？"

陈无偏是主由客便，他是个实心眼的人，不知陈新这句是应酬的话，于是赶快说道："快吃，快吃。不要饿着了，不要饿着了。"

陈新说："我失礼了，我先入座了。"

陈无偏说："入座，入座，大家快入座！"说着他端出一坛药酒，"我这酒壮阳补肾，大家多喝几杯。"

大生说："陈书记要多喝几杯。他再不补补，嫂子有意见了。"

大家都笑了起来。

陈新笑道："老战友，你在我后面踢脚了。"

他牢记自己的使命，没等大生答话便直奔主题："无偏兄，最近几好吧？你那个去了日本的儿子好吗？"

陈无偏答道："几好，几好。"

"有信来吗？"他本想一听到陈无偏说没有，就打蛇随棍上去做没收到信的思想工作的。

陈无偏说："有，最近他来信了。"

陈新一听，浓眉之下那双猫似的眼睛倏地一亮："哦——"

陈无偏看见陈新那么感兴趣，便马上对老婆说："快去拿来给书记看看。"

张倩马上把信找出来，递给了陈新。

陈新看了，说："很懂事，很孝顺喔。"

陈无偏听了很高兴，但却忧心忡忡地说："他说他去了那边，处境很不好。丢那妈！不是你日本人要他回去的吗？怎么要了他回去之后，又令他处境那么不好呢？难道是他们为难他了吗？"

张倩在旁边搭嘴说："不知道和平他现在有吃的没有，有住的没有……"

陈新的初衷是来搽万金油的，只要陈无偏收到了信，或者没收到信但也能乐观对待，他的任务就完成了，没想到陈无偏这两口子提出那么多的问题，而这些问题又是他根本无法解决的。

他下意识地吸了吸嘴角，说："不会有人为难他吧？"

陈抗日在旁边说："也很难说不会喔！阿叔，那天我在你家里看了'内部刊物'，日本仔现在就搞搞震（粤语，捣乱），参拜什么'靖国神社'……"

黄守财听了有点吃醋：有没有搞错，我才是你"阿叔"喔！他酸溜溜地对陈新说："陈书记，你几时收了这个'阿侄'？"

陈新说："我还要几时收这个'阿侄'？他本来就是我的侄子。我们八百年前就是一家的。"

他对陈抗日说："现在日本仔搞搞震不假，不过……"

本来心中醋味未去的黄守财听见了日本仔又搞搞震的话，也忘了吃醋。他插嘴问道："日本仔现在又怎么了？"

陈抗日说："日本仔在搞什么参拜'靖国神社'啰！"

黄守财问道："什么叫'靖国神社'？"

陈抗日说："'靖国神社'就是他们把来侵略中国，被我们打死了的日本仔集中在一起供奉的地方……"

黄守财说："这不是把他们来我们中国杀人的杀人犯当神来供奉？"

陈抗日说："是呀！"

"你怎么知道？"

"我在阿叔家里从'内部刊物'上看到的呀！"

黄守财恨恨地骂道："冚家铲，这么变态都有……"

陈抗日说："所以我怀疑二弟的所谓处境不好，会和这个有关！"

扯到这里，陈新感到无能为力了。他的初衷是奉命来尽"土地公"的责任，来搽搽万金油的，没想到扯出了这个问题，一时不知如何作答。

他说："你们只是猜测，事情不一定是这样。我们应该一件事还一件事。而且凡事先往好处想，要相信日本人民的觉悟……"

大生也是位领导干部，他知道陈新肩负的差使，于是帮着陈新说："陈书记说的对，中日友好，中日建交是大局，我们要维护这个大局。一些没有明显根据的事，我们不要草率地将它们联系在一起。如果我们草率地将它们联系在一起，问题不仅得不到解决，反而把事情搞复杂了。"

这时，门口有人喊道："苏秀在吗？"

苏秀挺着个大肚子，坐立都不方便。陈抗日立刻跑出去看看是怎么一回事。

一会儿他转回来，手里拿着一封信，说："这是阿英的信……"

陈抗日话未说完，张倩就迫不及待地从自己的座位站起，伸手把陈抗日手中的信拿过来，当众撕开，急不可耐地看起来。

看完，她把信交还给陈抗日。

陈抗日接过来看时，看着看着便念了起来：

"秀姐：你好，来信收到，让你们挂心了。你的信问我们的处境为什么这么不好。这事说来话长。和平的日本老豆来番禺接和平时态度几好，其实是跪地喂猪乸，睇在钱份上。他来中国接和平，目的是奔着老爷那张祖传秘方来的。他以为和平肯定知道这条秘方，接到了和平就得到了秘方了。他带着我们离开番禺，来到广州，在路上他就问这条秘方了。和平说他不知道。他的日本老豆的面色立即就变了。从中国到日本，从那时到现在，他的面色一直没有好过。不仅他的日本老豆的面色没有好过，他们全家人的面色也一直没有好过。我们现在在他们家里是个光吃饭没有工资的用人。我们后悔死了……"

陈新小声问他旁边的黄守财道："阿英是谁？"

黄守财说："是马骝仔陈和平的老婆啰！"

陈新带头一出声，大家就议论开了。

大生长长地叹了一口气："原来如此！"

陈新说："这个山根四治郎在侵华战争中不但欠了中国人民的许多血债，也欠下我们广游二支队的许多血债。日本仔投降的时候，国民党怎么没有追究到他呢？"

黄守财听了，埋怨说："你们还把他当上宾对待。"

大生解释说："日本仔投降的时候是国民党当政，他们追究没追究我们也不知。到中日建交的时候他来了，我们也不好旧事重提呀！总之是便宜他了，没想到他现在却搞搞震。"

陈新没忘记他肩负的重任："无偏兄，你生了个好儿子啊！你看抗日几好。你也养了个好儿子啊！你看马骝仔陈和平几好。"

他见大家在笑，便认真地说："我不是开玩笑的喔，我是说真的喔！马骝仔陈和平现在的处境这样地不好，但他都没有作声，他在默默地扛着。他不是很好吗？他说你们才是他真正的父母，他很想念你们，这不是很孝顺吗？你们说是不是？"

大家都说："是呀，是呀！"

陈无偏说："是就是，我怕他吃不了现在这些苦，也怕时间长了，被他们带坏了。"

黄守财说："大哥，是福不是祸，是祸躲不过。你不要想得那么多。人总是有命的，他是好就一定好，是不好你也不要太那个。"

大生说："陈先生，俗话说旁观者清，当局者迷。有句话我想提醒你。那个日本仔越是因为你那条祖传秘方而为难马骝仔，你就越要打醒精神看好你的祖传秘方喔。你千万不能心慈手软，就把你的祖传秘方告诉他们喔。我看你就放心让马骝仔陈和平历练历练好了。男子汉大丈夫，历练历练有好处。再说他那边对他越不好，他不就越感到你好吗？"

陈新说："生哥说的对。无偏兄，大嫂，你们要明白你们为国家做了一件大好事。你们把侵华日军的后代抚养成人，像抚养自己亲生的孩子一样，并在中日建交的时候送还给他们。你们以德报怨。我们国家几有面子。全世界都在看着呐！"

黄守财说："做人要摸良心。日本仔有没有良心我不知道。如果他们没有良心，就让他摸着屁股去做吧！"

大家都笑了起来。

陈新说："无偏兄，大嫂，你们，特别是大嫂养大了马骝仔陈和平，吃了很多苦，你们辛苦了！我以公社党委书记的名义表扬你们，向你们表示敬意。"说完，正儿八经地向他俩鞠了个躬。

大家见状，都噼里啪啦地鼓起掌来。

陈新说："我们在这里待得太久了，也该回去了。这顿饭吃得很好，很开心。下一餐到我家去。我老婆正养着几只鸡，等养大了我就叫你们，好不好？"

大家都说："好！"

陈新指着大生说："到时候，你还是出两条大鲩鱼。"

黄守财说："书记肯受我，我还是出条狗。"

陈新说："你不出条狗，我都受你的。我听说，你当年在猪栏里活生生地宰了一个日本仔，是不是？"

黄守财很自豪："是呀！"

陈新拍拍他的肩膀："好兄弟，有种！因为有这种精神和胆气，所以我们当年能打败日本仔！"

黄守财说："我大哥陈无偏当年在植地庄用手榴弹炸死了几十个日本仔哩。"

陈新说："我知道。我们广游二支队的老同志都知道。所以我很尊敬他。好，说好了，下一餐在我家里。到时见！"

客人们都走了，天也渐渐地黑了，陈无偏张倩他们忙着收拾东西。

苏秀突然捂住肚子直吸冷气。

陈抗日看见左右无人，拉开苏秀的裤子看看，发现她的裤裆里有点血色。

他慌忙跑去告诉陈无偏："老豆，苏秀要生了。"

陈无偏反问他："你的意见是……"

陈抗日说："还是去县人民医院吧！"

那时候，乡下既无电话，更无手机，加上村路又窄，救护车想来也来不了。陈抗日马上动手去扎了个担架。

陈无偏去找黄守财说："兄弟，你要当叔公了。"

"哦！"黄守才的眼睛睁得大大的。

陈无偏说："阿秀马上要生了，请你一起帮我去抬抬担架。"

黄守财说："快！去，去，去！"

陈无偏、黄守财老了，轮流换着负责抬前面，陈抗日是后生仔，一个人负责抬后面。张倩拎着个包袱皮，一行几人，打着手电筒急急脚地向市桥方向赶去。

六

陈无偏、张倩、陈抗日、黄守财焦急地坐在县人民医院产房门口等候消息。陈抗日像靠椅有刺似的坐不下，他挠头抓腮地在产房门前踱来踱去，那双眼睛紧紧地盯住产房的大门。

没多久，里面传出了婴儿的啼哭声。他问自己又好像是问大家："是我们的吧？"谁也没有应他，他继续来回地踱着。

一会儿，产房的门开了，有个护士抱着个包着襁褓的婴儿出来，喊道："陈抗日！"

大家像屁股上装上弹簧似的"呼"地站了起来。

陈抗日的心"扑扑"地乱跳。他说："我，我是陈抗日！"

护士把襁褓交给他，说："小心抱好！自己看好了，看看是男仔还是女仔。"

陈抗日马上兜起襁褓，仔细一看，笑道："喔，是男仔，是男仔！"他高兴得见牙不见眼，对陈无偏和张倩说："爸，妈，是男仔！"

他亲了一口儿子，叫道："弟弟，叫爷爷，叫嫲嫲！"说着又转向黄守财："叫叔公！"

黄守财伸头过去看看，笑道："靓仔，你一出来，我就升官了，升到'公'字辈上了！真乖，你是乖孙孙！"说着转身向陈无偏、张倩拱拱手："大哥、大嫂，恭喜恭喜！侄孙出来，我也放心了，我该回去了，我明天还要开炉打铁哩！"

陈无偏说："兄弟，麻烦了你一个晚上，真不好意思……"

黄守财说："哎哟！什么话呀？你以为做叔公那么容易的嘛，这是应该的！"说完又拱拱手，又再三道喜，走了。

送走了黄守财，陈无偏急不可耐地接过襁褓，去抱抱他的乖孙，抱过亲过，又把他交给张倩："嫲嫲抱抱，嫲嫲赏赏！"

张倩接过襁褓，亲个不够。小孩刚出娘胎，一般是不亲他的脸蛋的，人们只是把自己的脸颊贴在襁褓上，表达自己的疼爱之情。

等爷爷、奶奶亲够之后，陈抗日把儿子抱回来，以小孩的口吻说："爷爷嫲嫲辛苦了，爷爷嫲嫲快回家去睡睡觉吧！"

张倩说："我哪能还睡觉？我要马上到舅父家里（她的父母已经过身了，娘家只有弟弟了）给家嫂煮点东西吃。"

陈无偏说："你快去吧，我还想在这里陪陪乖孙孙。"

张倩说："哎哟！深更半夜的，你让我一个人去呀？"

陈无偏伸手往脑袋上一拍，不好意思地说："该死，该死，我疏忽了。"

张倩横了他一眼："瞧你说了什么？吐口口水，再说过。"

陈无偏知道失言，连忙象征性地吐口口水，说："我疏忽了，我疏忽了。我陪你去，我们走吧！"

陈家人缘儿好，又世代行医，救人无数，街坊听到了陈家添丁，都前来道喜。苏秀出院回家之后，经常有街坊前来问候。村中有民俗，产妇月中是不能冲撞的。但人情又要尽到。来人一般不跨过门槛进入屋里，他们都在门口外等着屋里的人出来，问候问候，说几句吉利的话，对大人小孩真情祝福。他们来时，有的提着一篮姜，或者一篮鸡蛋。

二叔婆也来了。二叔婆已经很老了，她拄着一根拐杖，蹒跚地走来，见了张倩，连声说："陈师奶，恭喜，恭喜，恭喜。"

张倩笑道："二叔婆，你怎么还那么客气，现在这世界不兴许叫'师奶'了。"

二叔婆说："几十年叫惯了，改不了口，而且你人缘儿又那么好，生的又那么靓，还是叫'师奶'最合适的。"说着，巍巍颤颤地从口袋里掏出一只银镯子，放在张倩的手上，"祝你的孙子快高长大，长命百岁！"

张倩收过礼物，立即改用小孩子的口吻说道："二婆太，你太破费了……"

二叔婆很高兴："二婆太唔识做，二婆太唔识做。"她张开没有牙齿的嘴巴笑道，"伯爷婆今日真高兴，做了'婆太'了！"

张倩细心收好二叔婆的银镯子回到屋里，来到了陈抗日苏秀的房间。

苏秀头缠毛巾身披棉衣坐在床上给儿子喂奶。

张倩把二叔婆的银镯子拿起来，用口气哈哈，再用双手用力搓搓，搓热了，再掖进小孩子的衣服里，说："这是我们弟弟的二婆太送给我们弟弟的。"

苏秀觉得新鲜，接过来瞧瞧，问道："哪个二婆太，我怎么不认识的？"

张倩说："是二叔婆哦！"

"啊！叫二婆太。"

"站在弟弟的辈分就叫二婆太啰！"

苏秀很感动："街坊对我们真好！"

张倩说："这是我们爷爷，我们祖先积来的德啰！"

苏秀说："到我们弟弟长大了，我也要他好好学医，像祖先，像爷爷，像爸爸一样地给人治病，为后代积德。"

小孩吃饱了奶，吐出奶头，侧身望着嫲嫲。

张倩伸出双手，说："妈妈累了！宝宝跟嫲嫲，来，嫲嫲抱抱，抱抱，让妈妈睡觉。"

张倩说着抱起小孙子，走出房间，在厅里转来转去。

张倩觉得自己的心痒痒的，里面什么滋味都有。她没有生育过子女，她不知道生育子女的感受。知道生孩子是很疼痛的，但也听人说过生孩子的感受是很幸福的。她在书报杂志上看过，女人缺乏生儿育女的感受，是一生不可弥补的缺陷。她现在的内心就窝着这个永远不可弥补的缺陷。一想到这点，她就情不自禁地想起了当年不堪回首的往事，心里像刀绞般的痛。这些死日本仔。这些死冚家铲日本仔对我摧残得太惨了，让我落下了这道致命的伤。她当时曾想到了自杀，过后她还经常想到自杀。多亏后来遇到了陈无偏，她才从凄苦彷徨的心境中得以走出。今天，听说这些死日本仔还想搞搞震，这些死冚家铲，你们还想搞什么？难道这个世界还没让你们这些死冚家铲害得够惨吗？

她抱着小孙子，在屋厅里来回地走着，踱着，嘴上轻轻地哼着岭南人家哄小孩睡觉的催眠曲："啊唉猪呀！乖猪猪呀！……"她看着小孙子即将入睡的眼神，看着他小苹果似的脸蛋，心里想道：我们好不容易才熬到了今天，才过上平安幸福的生活，这死日本仔又想来搞搞震，再把我们推向过去的日子，我即使拼了这条老命也要跟他们打过！

这时，大门推开了一条缝儿，一个人探个头进来。

是老头子！他手里提着一只猪脚。老头子也"升官"做了爷爷了。他压低嗓门轻轻地问道："睡着了吗？"

张倩轻轻地摇了摇头，细声问道："去哪儿那么好彩买到只猪脚？"

陈无偏说："刚才看病路过庞边村，看见有人劏猪，我说我儿媳妇刚生孩子要发奶，想买只猪脚，人家就卖给我了。"

张倩笑道："真好！"她亲了亲小孙子，"我们的小宝贝有好多奶奶吃了。"

亲完，她对陈无偏说："我去弄吧！"

陈无偏看见左右无人，埋下头轻轻地亲了一下张倩的脸颊。

张倩红着脸，小声说："小心让人看见了。"

陈无偏很快活，他笑道："我去弄，你带孙子。"说完乐颠颠地提着猪脚进厨房去了。

张倩也走累了。此时的小宝宝也半眯着眼睛，想睡觉了。张倩便把他抱进自己的房间，铺好胶垫，上面再垫上厚厚的干毛巾，然后把宝宝轻轻地放在上面，自己也侧身躺在旁边，拉上被子盖好，陪着小宝宝睡觉。张倩哪里敢真睡？她怕压着小宝宝，小心翼翼，眯着眼睛养养精神。

一会儿陈无偏进来了，他看见张倩在哄小孙子睡觉，便帮她掖掖被子，坐在床边，用手轻轻地抚摸着她的脸。

张倩睁开眼睛，双手捉住陈无偏的手，不让他动。她深情地问道："猪脚弄好了吗？"

陈无偏说："弄好了，正在煲里煲着。"

"不要把它煲糊了。"

"不会的……"陈无偏还想有所动作，张倩死死捉住他的手，皱着眉头用头向苏秀房间的方向扬了扬。

陈无偏老实了。

张倩说："刚才二叔婆给弟弟送来了一只银手镯。"

陈无偏说："街坊们真好！你做嫲嫲的要用个本子记住，将来人家有喜，我们要还礼的。"

张倩说："知道了！"

小宝宝睡熟了，发出了很轻很轻的鼻鼾声。张倩从床上爬起来，轻轻地拉起被子把宝宝盖好，用扇子把蚊帐的四个角轻轻地扑了扑，然后放下蚊帐。她怕猫和老鼠爬上床去伤着小宝宝，又细心地把蚊帐脚掖好，然后到厨房里煮晚饭去了。

晚饭煮好了，大家都聚齐了，在大家还没有坐下来吃饭之前，张倩便将苏秀的饭菜、碗筷和特意为她添加的汤水放在一个托盘里端进房间里给她吃。服侍好苏秀，张倩才出到厅里和大家一起吃饭。

一家人吃完饭，老头子洗碗，张倩提着半桶热水进苏秀的房间里让她洗下身。

苏秀坐月子以来，张倩未让她沾过一次冷水。她听人说，女人月中洗冷水，以后容易得妇科病。

陈抗日看见张倩提着半桶热水走进房间，赶快过来接手。

张倩说："不用不用，你是男人，不要你沾这东西。"

陈抗日很感动，他对苏秀说："苏秀，你看嫲嫲对你几好！"

苏秀横老公一眼，说："听你的口气，好像我对嫲嫲不好似的。"她转向张倩说，"嫲嫲你对我真好。等你老了，我也像这样服

44

侍你!"

张倩的心暖洋洋的,她说:"知道了,知道你乖了。"

苏秀洗涤完了,张倩把脏水提出去倒掉,还为她洗涤换下的衣服。苏秀则奶着孩子睡觉去了。陈无偏洗完了碗筷,张倩也洗好了苏秀的衣服。

天色还早,他俩坐在厅里歇歇气,聊聊天。

这时,陈抗日走过来说:"爷爷、嬷嬷,我看我们整天叫小宝宝作弟弟、弟弟的不太好,我想我们应该给他正正经经地起个名字了,你们说好不好?"

陈无偏说:"好呀!"

陈抗日说:"那就请爷爷、嬷嬷给他起个名字吧!"

陈无偏说:"我们起?我看我们不起,你们自己起。"

他看了张倩一眼,说:"你说是吧?"

张倩笑笑,没出声。

陈抗日自言自语地说:"我们自己起?"

陈无偏说:"是呀!"

陈抗日寻思说:"我们怎么起呢?"

陈无偏说:"你们当父母了,你们起,动动脑筋。"

陈抗日笑道:"起的名字应该有点含义,有点意蕴喔。我叫陈抗日……"

陈无偏说:"你那时候日本仔侵略中国,中国人群情激奋,说话做事什么都想到抗日,所以就给你起了个'抗日'的名字。"

陈抗日自己问自己:"那我的儿子该起个什么名字呢?"

他进房里去征求苏秀的意见。苏秀眯着眼睛,进入了半睡眠状态。他轻轻地亲了她一口。

苏秀睁开了眼睛:"怎么那么浪漫?"

陈抗日说:"我想给儿子起个名字。"

苏秀说:"好呀,起吧!"

"那你看起什么名字好?"

"你问我?我这个人没脑的,你定就是了。"

"你没意见？"

"你做的事，我什么时候有过意见？"说完头一侧，眼睛一眯，想睡觉了。

陈抗日说："好，有你这句话就得了。"

他在房间里踱来踱去。过去日本仔打我们，我们就抗日。现在我们有了新中国，过上了幸福的生活。可是日本仔却是不甘心的，他们还在蠢蠢欲动。我们的敌人亡我之心不死。我们应该保持清醒的头脑，我们应该时时激励自己，做好自己的工作，把自己的国家建设好，保卫好。激励，鼓励，励志，厉兵秣马！厉害！我儿子要自己激励自己，我儿子要自己把自己打造得很厉害。我儿子就叫自励或者自厉吧！还是叫自厉好，面对敌人，就是要厉害！

他在心里头喊道："我的儿子叫自厉！陈——自——厉！"

七

白德高高的，像根豆角。他在晒布地旁边拐弯的地方摆了个地摊修单车，专做街坊的生意。

那时为了生计，在路边摆个小地摊修点什么是比较随便的。那个时候没有城管，只要你的占地不太离谱，地面搞得不是很脏，附近的居委会是不会来干涉你的。它躲你找它要救济还躲不及哩，还会来招惹你？白德天生内向，有什么想法尽在自己的肚里跟自己打官司，而且他也没有胆去招惹他人。他有文化，高中毕业。那个时候的高中生是挺稀罕的，但他却刻意隐瞒着。所谓人贵自知，他知道光他的背景，就没有哪个单位要他的，别的不再说了。在这个环境里你还晒你是高中生，岂不是嫌衰得不够？

他聪明，手巧，默默地把一辆单车搞得精熟。他又舍得吃点小亏，他知道按他的处境，做人还是以退为进好，事事和人争斗，结果吃亏的肯定是自己。所以他和人相处，特别好相与。他修的单车，又特别地好踩，而修理费也不贵。他知道行内这么修要收多少多少钱，他却刻意收少一点点。那时，街坊们以单车代步，踩到哪里坏了就在哪里修，知道行情，相比之下，觉得白德那里公道实惠，都喜欢帮衬他。有的单车坏了，往他那里一丢，晚上下班回来再取，你说多少钱就多少钱。有的干脆跟他搞月包，一个月给你多少多少钱，车子坏了就往你那里推。这样，他一天到晚都不停手，收入也有保障。

他的母亲，即金窝村人常说的肥婆已经死了。这个伯爷婆前半辈子风风光光，享尽富贵，也给够了气让别人去受。她没想到上几多坡要下几多坡，解放后人民政府和人民群众给她戴上了汉奸家属和地主婆两顶帽子，让她半辈子抬不起头来。白德虽然没有被戴过什么帽子，但家庭的阴影却笼罩着他，让他感受到很大的压抑。为了保护自己，他龟缩着，夹着尾巴做人。二十多年过去，他回过头来看看，发现这竟也保护了自己喔！

和他结伴的，也是一个成分很高的女子，大家在心情的压抑中彼此走到一起来了。她叫阿婵。阿婵也没有固定的工作，她只好在家里做做饭，出来帮帮老公的手。他们的日子过得很省。其实那个年代的人，开支都是很省的，他们比常人更省一些罢了。有伯爷婆在，伯爷婆负责煮这两餐，他们回来把脚伸在桌子底下就有饭吃。伯爷婆不在了，煮饭的担子便落在阿婵的肩上了。阿婵是个大心肝的人，做事也粗针大线，煮出来的饭菜自然就不好吃。本来食材就不好，再这么个煮法怎么咽得下去啊！

白德说："阿婵，这菜应该还能做得更有味道一些的。"

阿婵笑道："你别开我玩笑了。巧妇难为无米之炊，这样的东西能煮得熟，吃到肚子里能消化吸收，能让我们活下去就已经很错了，你还想它美味、好吃？你真是脑子有问题了。"

白德说："老婆，我讲的是真的喔。"

阿婵说："我知道是真的。所以我想，你煮给我试试看。"

白德说："我要出去修单车呀！我不出去修单车，我们一家子吃什么！"

阿婵总觉得老公是猪嘴嚼螺壳，贪口爽。要他煮煮，省得他以后叽叽咕咕有话说，于是说："我不是叫你不出去修单车，我是叫你歇两个钟，煮餐饭给我吃吃。我这么说不为难你吧？"

见白德不出声，她又说："其实你照样出去修单车，只是比平常早一点时间收摊回家就行了。这天我把东西买好、洗好、切好。你回来抓抓锅铲就可以了。怎么样？"

说到了这步，白德觉得再不点头就不行了。

白德说："好！你把东西准备好了。买好、洗好、切好、摆在灶台上，记住了。"

白德平时无事早睡，一觉天亮，因为一开档就要不停手地干活，不睡好觉不行。可是今晚他却翻来覆去，久久未能入睡。他也没有煮过菜。他从小是用人侍候的，解放以后则是他老妈煮给他吃的。他这回真是猪乸嚼螺壳贪口爽了。可是男子汉大丈夫要言出必行，说到做到喔。我怎么煮好这一餐菜呢？

第二天出去修单车时，他还默默地想着这件事。他老妈给他煮饭菜时，他没有看过，其实他觉得她煮得也不好吃。真正好吃的是小时候在厨房负责煮饭的师傅煮的，他也在旁边看过，他现在默默地回忆着那师傅煮饭煮菜的过程，像过电影一般。想来想去，他觉得真的有些开窍喔。平常听人说煮菜讲究镬气，这镬气不就是火气够猛，而且将油盐放得合适吗？现在油是定量的，你想多放点都不行，可是应该还有个放油的时机问题吧？会不会时机合适，这油就会更见效果呢？他自问自答，应该是的。

比以往收摊的时间大概早一个小时，阿婵就来催他收摊了。

看见老婆这个认真劲，他的心有点七上八下了。他担心今天晚上搞砸了，在老婆面前丢了丑，以后说话就不灵了。

回到家里，他就要动手做这顿饭菜。阿婵站在旁边看他做。

他说："老婆，你去那边坐坐，我弄好了再请你过来吃。"

阿婵在心里笑道："你心虚了。看你以后说话还敢那么贪口爽么？"嘴上却说道："我是想向你学学，以后我好把饭菜做得好一些。"

"去，去，去，去。"他推开阿婵，"你快走，快走。你不走，站在这里影响了我，我做不好，我就赖你了啊！"

阿婵心想，这家伙经常屙屎不出赖地硬的。我不看你，反正不用我煮，到时候有得吃就行了，于是跑去睡觉了。

白德动手了。那时候是用柴火煮饭的，白德洗好米，放好水。他偶然看过阿婵煮饭，他将水放得比阿婵多一点点。他觉得饭煮得稍烂一些，入口糯软一些，肯定是会好吃一些的。

放好水，生着火，他一边看火一边洗菜了。今晚是两个菜——冬瓜和白菜。肉是没有的。那时候猪肉凭票供应，哪有天天吃肉的？

他将冬瓜刨皮，洗净，在切的时候他想，切得太大太厚了费柴火，难入味，切小了一粒一粒的虽然省柴火易入味，但却显得小气了。我把它切得大片一些又尽量薄一些，岂不是既显得大方，又易入味又省柴火？于是他把冬瓜切得又大又薄。

到弄白菜的时候，他想，阿婵平常煮的白菜多渣，口感不好。能不能把它弄得少渣一些，吃起来口感好一些呢？他把白菜拿在手中端详着。

他发现白菜上有许多"筋"（阿婵为了省钱，买的白菜都是比较老的，哪能无"筋"？）他又仔细地把这些"筋"撕掉。撕掉了菜"筋"，他想，白菜叶是分菜帮和菜叶的，阿婵平时煮白菜不分青红皂白统统一起煮，火候不一，入味不同，所以不好吃。我要把它分开炮制。

于是白菜洗好撕好之后，他分开来切，分开来放。

菜准备好了，饭也收火了，该轮到煮菜了。他心里仍然七上八下的，这顿饭砸与不砸，就看这下子了。他哑然一笑，砸就砸吧，真的砸了，以后我在阿婵面前老实一点就是了。

横下心来，他决定先煮冬瓜。他把镬头烧猛，到镬头升腾起一股铁的气味时，他把冬瓜候地倒了下去，立刻用镬铲直翻直翻。翻匀了，他放一小勺盐进去，接着又猛翻，不让它粘锅。到冬瓜爆炒出一些水来的时候，他便把镬盖盖上，让它慢慢地炆，到镬里的冬瓜转了色，他便弄点出来试试味。

他知道放盐是关键，放少了没味，下不了饭；多了则毁了。所以他慢慢地试，慢慢地加。到认为适合了，他又觉得光是盐一个味寡了，不如加一点糖进去吧。于是又加点糖进去，再试，呲！味道丰富且回甘喔。

到快得了，他才放点油进去，这些油入了冬瓜一半，还有一半留在冬瓜外面，竟有点油光亮亮的，卖相几好。

煮好冬瓜，就轮到煮白菜了。他先把镬头洗过，然后如法炮制，只是他将白菜的菜叶和菜帮分开，先炒菜帮，到菜帮熟到八九成时再把菜叶倒进去一块炒。至此两样食材火候都恰到好处，再如法放进油盐，自己用手拎起一撮，放进嘴里，呱巴了一下，呲，还很不错喔，于是叫起阿婵，给她一个惊喜。

阿婵左瞧瞧，右瞧瞧，又用手撮点进嘴里尝尝，她眼睛一亮："老公，你真行喔！你把我油樽里的油都倒光了吧？"

阿婵去看看油樽，发现油没多用，她佩服地说："老公，你真行！"

白德踌躇满志："知道就好，到底是个高中生嘛！"

阿婵数落他说："你别吹了。高中生修单车，还好意思吹哩！"

白德不由自主地叹了一口气："我是一只被绑住了翅膀的鹰，想飞也飞不了。我算是完了，把希望寄托在我儿子身上吧！"他夹了一箸菜，放进儿子的嘴巴里说，"儿子，你爸算完了。你多吃点饭，多吃点菜，快长高长大，将来为你爸多争一口气！"

白德的儿子叫白鹤鸣。白德小时候到公园去玩，很爱看白鹤。他对儿子抱有厚望。他听见鹤声嘹亮，想到"鹤立鸡群"的成语，便给儿子起了个名字叫"白鹤鸣"，希望他将来鹤立鸡群，出人头地，为自己好好地争口气。

白鹤鸣是个聪明乖巧的小孩子，纤瘦的身板顶着一个比平常小孩要大点的脑袋。他上学读书了，一放学便背着书包到父亲修单车的地摊上，用高板凳做台，用低板凳做凳在做作业。做完作业了，便跳来跳去地帮父亲修理单车。

白德说："儿子，我不要你做这些。"

白鹤鸣问："爸爸要我做什么？"

白德说："爸爸要你做作业。"

白鹤鸣说："我做完作业啦！"

白德说："做完作业就复习功课！"

白鹤鸣说："我复习完了。"

白德故意沉下脸来，说："小孩子顶嘴顶舌不听教，这不好。"

白鹤鸣说："我真的复习了嘛，不信你考考我。"

白德听了，觉得口气挺大的，说："好，我就考考你。"他拿起儿子的课本，考他背书。

可是这小家伙从头到尾竟倒背如流。

白德很高兴，嘴上说："你还可以，可是不能骄傲喔。"

白鹤鸣说："我不骄傲。老师说，虚心使人进步，骄傲使人落后。"

白德很高兴，伸手轻轻地拍拍儿子的脑袋。

白鹤鸣很快活地转来转去给爸爸打帮手修单车。

修了一会儿，他问道："爸爸，你是不是很快就死了？"

白德一愣，连忙问道："你怎么这么问我？是怎么回事？"

白鹤鸣说："爸爸和妈妈聊天，经常说：'我是不行了。'电影上说了'我不行了'的人不久就会死掉的，所以我怕……"

白德接过话头："你怕爸爸也死掉了是不是？"

白鹤鸣不出声，他望着爸爸，默默地点了点头。

白德问道："爸爸死了好不好？"

白鹤鸣说："不好，爸爸死了，没人养我。"

"那你就帮爸爸做事是不是？"

"是……"

白德动情地说："儿子，爸爸是不会死的。爸爸一定要养大你。"

街坊看见白鹤鸣精灵勤快地帮老豆手修单车，夸奖道："德哥，好吧，有了接班人了喔！"

白德哑然。

他在心里头叫道：呸！呸！呸！吐了口水再说过。我儿子长大了修单车？你的脑袋进水了，你……

八

黄守财的老婆黄邓氏只生了黄百当那么一个儿子，以后就没再生育了。

这根本原因是她当年挨过日本仔的摧残，但和黄守财也有一定的关系。黄邓氏是金窝村数一数二的漂亮媳妇，黄守财就把她当成个宝，捧在手上怕摔，含在口中怕化。自从被日本仔追入猪栏里强暴之后，黄守财就对她厌恶了，觉得她脏，被日本仔玷污过的。他心中那条气一不顺溜，便找老婆发泄，骂道："枉等死！"黄邓氏的心中悲苦、愤懑，又无人倾诉，慢慢地积郁成疾，最后发展到月经都没了。多亏陈无偏把这头"蛮牛"开导开导，又为黄邓氏疏肝解郁，调经活血，黄邓氏的身体才慢慢地恢复过来，最后有了黄百当这个儿子。黄守财好不容易盼到了这个儿子，疼爱之情可想而知。因为得了个宝贝儿子，他对老婆的态度自然又好了许多。

不久就解放了。解放后工作队下乡搞人口普查，工作队的女同志上门找到黄邓氏，说她的名字"黄邓氏"这三个字不好，说："这三个字严格说不是名字，只是夫家娘家两个姓的组合，是邓家的女嫁到了黄家去的意思。作为一个女人，连个正式的名字都没有，这体现了旧社会男尊女卑，妇女深受压迫的状况。现在解放了，要扫除旧社会的思想残余，我们请你把这名字改了。"

黄邓氏哪敢招惹这头"蛮牛"？她不出声，把眼睛滑向老公那里，意思是，你说呢？

那时候刚解放，一般人都怕解放军。现在解放军的工作队说要改名字，黄守财当然是听解放军的，于是说："改吧，改吧！"

那女同志说："你们想想，"她对黄邓氏说，"我明天来取你的新名字。"

当晚，黄守财夫妻俩认认真真地研究名字了。黄守财是个粗人，又缺乏耐性，他起了几个，都不合老婆的心意，他说："你在娘家排行第四，不如就叫'邓四'算了。"

黄邓氏不出声。

黄守财多问了几句，她才说道："我不要这个名字！"

黄守财说："为什么？这'邓'是你邓家的姓了，这'四'也是你在娘家的排行。完全都是你邓家的了，没有半点男尊女卑了，你还不高兴？"

黄邓氏鼓着泡气不出声。在黄守财的再三追问下，她竟然哭了起来。

黄守财说："喂，喂，喂，我又没打你，又没骂你，你怎么哭起来了呢？"

黄邓氏说："我不叫'邓四'。我叫了'邓四'，你哪天不高兴，又骂我'等死'了。"

"哦！"黄守财说，"女人真是小心眼，我都没有这个意思，你就往那边想了。我怎么舍得你死呢？你死了，我岂不是成了寡佬了？是不是？"

黄守财这个人贵就贵在有点自知之明，他知道自己过去对老婆是太那个一些了，这是不好的，是要注意了，不如就从现在开始注意吧！

他把手搭向黄邓氏的背后，轻轻地抚摸她的背脊，摸着摸着又轻轻地亲了她一口。

黄邓氏心中的气平静了许多。

他说："我起的不好，不如你自己起一个吧！"

黄邓氏想起了自己娘家那边有个有钱佬，他的女儿叫"淑贞"，不如我也叫"淑贞"？于是说："我想叫邓淑贞。"

"邓——淑——贞？"黄守财的眼睛一亮，"哎呀，看不出你还几聪明的喔！好，就叫邓淑贞！"

黄守财、邓淑贞齐心协力抚养好他们的宝贝儿子。黄守财对儿子抱有很大的期望，给他起了个名字，叫黄百当。可是黄百当竟抵挡不住疾病，经常生病，身体瘦弱，令他非常苦恼。他两公婆经常抱着个儿子去光顾陈氏医馆，找他的"沙煲兄弟"帮忙。他两公婆都对陈无偏非常景仰，觉得自己的儿子身体那么差，将来学医就好了。儿子将来学医，一来可以自保，二来可以有碗轻松的饭吃吃。

到儿子上学读书之后，他们便正式向陈无偏提出这个请求。

陈无偏说："学医当然是好。但学医要讲医缘，讲灵性，讲热爱，要肯下功夫。你儿子还小，这些东西一时间还看不出来。到看出来的时候，我再教他也不晚。至于身体问题，我可以先教他打拳，让他先把身体夯实再说。"

黄守财觉得先夯实身体也是好的，至于学医，到他大一点再学也没关系。于是便日日领着儿子来找陈无偏学打拳了。

黄百当因为身体瘦弱，在学校里经常受人欺负。他回家没说，但心里却很苦恼。老豆带他去学打拳，他想，"我学了拳，将来不是没人敢欺负我了吗？"于是他很积极地学。

黄守财看见儿子爱学，心里非常高兴，经常搞点物质刺激，鼓励鼓励他的积极性。

黄百当学了拳之后，觉得整个人底气足了一些，胆气壮了一些。从性格上看上去，他还是那样柔柔弱弱，黏黏糊糊，但在骨子里他却平添了几分狠劲。

他们班里有个同学叫"大水牛"，生得比同学们高出半个脑袋，专爱欺负人，是班上的小霸王。黄百当身体孱弱，他就特别爱欺负黄百当了。黄百当很忍他，不忍不行，这小小的黄百当有自知之明。这家伙比自己高出半个脑袋，哪够他打啊！这"大水牛"欺负人上了瘾，他又是老太太吃柿子，专拣软的捏。黄百当被欺负的次数太多了，到了"是可忍，孰不可忍"的地步。他想："我老是这么忍也不行，我要忍到什么时候，他才不欺负我呀？"

一天，他跟陈无偏学拳，突然灵机一动："我都跟陈伯伯学了那么久了，陈伯伯教的东西行不行的？我要找个机会试一下。"那年他十岁。

又一天，上体育课。那时候的乡间小学是没有什么体育设施的，所谓体育课就是体育老师领着一群学生在操场上玩就是了。在玩耍之中，"大水牛"一时性起，又来欺负黄百当。

黄百当连连躲闪，在躲闪中他想道，为什么不试试陈伯伯的功夫呢？

拿定了主意，当"大水牛"再来招惹他时，说时慢，那时快，他出双手立即抓住"大水牛"伸来的手，往下朝自己的身后用力一拉。这一招陈伯伯叫"顺手牵羊"。黄百当一是胆怯，二来也有点报仇心切。他想这招不成功就完了，就要挨这死"大水牛"的一顿老拳了，必须要赢啊！

他双手抓到"大水牛"伸出来的手时，紧咬牙关，牙关紧咬到嘴巴都歪了。同时，他将"大水牛"被抓住的手出尽了死力往下朝自己的身后方使劲一甩。这招本来是四两拨千斤的，没想黄百当连吃奶的力气都用上了，何止四两？这就叫"大水牛"吃不了兜着走了。

因为黄百当往下朝后用力，这"大水牛"的手掌关节被反着，一时动弹不得，只有顺着黄百当的手势一个踉跄，最终站立不住，"啪"地跪跌在地上。

"大水牛"在班里称王称霸惯了的，哪里出过这等洋相？他恼羞成怒，爬起来跟黄百当拼了。只见他大步冲过来，出拳要打黄百当。

黄百当趁他前脚刚落地，站得未稳，便把自己的脚前伸出去，用自己的脚掌往"大水牛"的前脚跟用力一勾，"大水牛"的双脚"唰"的被勾开，"啪"地跌成了"一字腿"，裤裆都被拉得断了线。他痛得龇牙咧嘴，哭出声来。

体育老师听到哭声，跑过来，半问半喝地叫道："你们干什么？"

"大水牛"哭道："老师，他打我！"

黄百当说："不是！老师，他欺负我！"

大人处理小孩纠纷的常规，一般是以哭为赢的。现在"大水牛"哭得像个泪人似的，他不是挨打了？他还欺负了你？

体育老师瞪了黄百当一眼："你还说没打他？"

黄百当说："是的，老师，是他欺负我。"

你看，打了人还强词夺理，拒不认错！这还了得？解放后学校废止了体罚制度，老师生气也没办法，只好指派一个学生："去把他的家长叫来！"

乡间的小学离村子不远，被指派的同学很快就跑到了黄守财的打铁铺，通知他："黄百当上课打架，老师叫你马上到学校去！"

黄守财一听，吓得腿都软了。这小子不知闯了什么大祸！他赶忙丢下打铁的家伙，跟着来通知他的那个学生一脚高一脚低地跑到学校去。

进入学校，那学生把他带到了老师的办公室，他看见儿子站在那里。他知道旁边的那个老师就是通知他来的老师，便问道："老师……"

体育老师看见黄守财，说："你家黄百当上课打架，还拒不认错，希望你配合学校，好好地教育教育他。"

黄守财怯怯地问道："他打了谁呀？"

体育老师指着旁边坐着的"大水牛"说："他打了他。"

黄守财顺着老师的手指望去，眼睛不觉一亮。心想："这个学生又高又大，比我那个足足高出半个头喔！他还能打他？乖乖！"但见他的眼睛红红的，是哭过了喔！

黄守财忐忑不安地问道："没伤着吧？"

体育老师对"大水牛"说："你站起来，让黄百当的家长看看。"

"大水牛"站起来，黄守财叫他舞舞手，动动脚。

看了一会儿，他试探地对老师说："应该没有伤着哦——"

体育老师说："伤应该是没伤着。这主要是对错误的认识问题、态度问题乃至品质问题。你儿子自己做错了事，怎么能这个态度呢？"

黄守财终于松了一口气。没伤人就好！他立刻满脸堆笑地说："老师说得对，老师说得对。放学回去我一定收拾他。多谢老师，多谢老师!"

老师纠正他:"主要是教育,不光是收拾。收拾只触动到皮肉,教育才能使他认识错误,得到提高。"

黄守财一脸是笑:"是的,是的,是的,是的。"

放学回到家里,黄百当的心"扑通、扑通"地跳着,心里琢磨着一旦挨打往哪里跑。见到了老豆,他的心更"扑扑"地跳。

黄守财看见了儿子,把手一招:"过来!"

黄百当回过头看清挨打逃跑的路线之后,才慢慢吞吞地走向老豆。

黄守财黑着个脸,问道:"今天是怎么回事?"

黄百当怯怯地答道:"'大水牛'欺负我!"

黄守财明白那个比自己儿子高大的被打的同学叫"大水牛":"他欺负你?"

"是呀!从一年级开始,他就欺负我,欺负到现在。"

"所以你就打他?"

"是。"

"你没说假话?"

"没说!"

黄守财脸上的乌云散去,露出了灿烂的阳光。他伸手摸摸儿子的脑袋:"叻仔!"

在旁边的邓淑贞忍不住了:"你儿子在学校打人,被老师投诉喔,你还讲他'叻仔'?"

黄守财眼睛一瞪:"你懂什么?头发长,见识短。快煮饭去!"他继续对儿子说,"儿子,打架这东西有个原则,叫作人不犯我,我不犯人。另外还要掌握个分寸,就是不能把人打伤,更不能把人打死。要点到即止,让他受点皮肉之苦就可以了。记住喔!"

黄百当是抱着挨打的顾虑回家的,现在非但没有挨打,还受到老豆的夸奖,霎时间顾虑全消,一身轻松了。他用力地点了点头:"记住了!"

黄守财的心情特好,他原先整天担心儿子孱弱,在学校被人欺负，没想到他竟把一个比他高大的同学打败了。

他在兴头上，问道："你怎么打败他的？"

黄百当说："我用陈伯伯教的两招，一招是'顺手牵羊'，一招是'徐宁勾马'，就将他制服了。"

黄守财很高兴，他笑道："叻仔！叻仔！以后好好学——打架这东西要动脑筋，不能耍蛮拼死力。当年你老豆杀日本仔就是靠动脑筋。"那口气好像他当年是八路军、新四军或者是杀日本仔的专业户似的。"日本仔手里拿着枪，你老豆我赤手空拳，不动脑筋哪成？"

黄百当很感兴趣，他问道："当年爸爸是怎么动脑筋的？"

黄守财正想吹吹，但突然觉得他在猪栏里用铁锤砸死日本仔的细节，是不便在儿子面前披露的，于是说："这太复杂了，等你长大了再说吧。你以后要继续好好地练喔！"

他儿子真的好好地练了，一有时间就躲在荔枝林里自个儿比画。

到上初中的时候，黄守财要带他去陈氏医馆向陈伯伯学医。

他摆手兼摇头，说："我不学那个，我学会打拳就够了。"

这令黄守财徒唤奈何。

九

陈自厉一天天长大了。他生得机灵顽皮，活泼可爱。你抱起他，他就会眼睛骨碌碌地望着你。你一逗他，他就会咧开嘴巴向你笑。

陈无偏含饴弄孙，终日爱不释手。张倩则是婆婆妈妈，大小一切都包揽起来。陈自厉一戒奶，她就同陈自厉睡了。她把陈无偏的枕头往床口挪过一些，也把自己的枕头跟着挪过一些，然后在里面空出的地方摆上一只小枕头。她怕里面的蚊帐后面藏蚊子，又在靠蚊帐的地方竖着摆放着两只枕头，这样蚊子就咬不着陈自厉了。每晚，她抱着陈自厉在厅里走来走去，到他眯眼睛想睡觉时便抱回自己的床上去，扑赶蚊子，下好蚊帐，自己侧着身，轻轻地拍着他，给他哼"月光光，照地堂……"的催眠曲，和他一起睡觉。

靠在张倩旁边的陈无偏也享受着催眠曲的催眠。他从开始就感到自己的老婆很好，却没想到这老婆竟这么好。他也靠着老婆幸福地进入梦乡。

晚上，陈自厉的屎屎尿尿、哭哭啼啼都由她一个人搞定。陈无偏被吵醒，也自觉地帮手。他生怕把老婆累坏了。

苏秀结婚的时候，她娘家送了一台缝纫机做嫁妆，这时候张倩将它派上用场了。每天未到煮饭的时间，陈无偏又抱着孙子到处走走转转的时候，她就踩起缝纫机干活了。她把大人不穿的旧衣服拿来拆开，用来给陈自厉做衣服。虽然是旧布料，但张倩裁剪得体，做工细致，做出来的衣衫穿到陈自厉的身上，竟平添几分贵气。

苏秀没想到奶奶的手工那么好，她抱起穿上奶奶做的衣服的儿子，高兴得连声说道："奶奶，你年轻的时候，肯定是个才貌双全的靓女，你看你做的东西几好看，老爷又几中意你。"

张倩倒不好意思了。她小声说道："乱说。"

张倩还把裁剪下来的布碎剪成一块块菱形的小块，把它均匀，再按颜色相间的秩序排起来，车缝成布，然后用它裁剪成型，缝纫成衣。坊间自古把这东西叫作"百衲衣"。百衲衣象征着集福，是吉祥之意。这样的衣服色差对比强烈，十分抢眼球。做这东西手要巧，又要不怕麻烦，舍得费工夫。所以，一般女子都怕做百衲衣的，现在的女子更不懂做了。

陈无偏看见小孙子的百衲衣，高兴地说道："好看！"

张倩笑道："你喜欢，我给你也做一件。"

陈无偏说："我当然喜欢，可就是不敢穿啊！阿倩，你真聪明！"

张倩心里像喝了蜜糖一样的甜。她撒娇般对老公说："你以为我跟你一样蠢的吗？"

刘天赐的小儿子刘震小学毕业上初中了。他们曾经同陈无偏约好，等刘震稍大一些便带他前来学医的。

　　现在刘震小学毕业了，升上初中了，算得上"稍大"了，可以学医了吧？学校开学的前一周，刘天赐、万福娟、二叔婆带着刘震来到了陈氏医馆。

　　陈氏医馆里，一时间还没人前来看病，陈无偏在看着医书，等着病人前来求诊。

　　他看见刘天赐一家大小，浩浩荡荡地来到自己的医馆里，开玩笑地说："怎么这么捧场，全家大小都来帮衬？"

　　刘天赐说："你是大先生。我们今天领着这小家伙前来拜师学艺，不全家一起来就对先生不够尊重了！"

　　"哦！"陈无偏不开玩笑了。他神情凝重地望着他们。

　　二叔婆生怕陈无偏变卦，不肯收下她的孙子，她赶快说道："陈先生，你答应过等我的孙子稍大一些，便收他为徒的喔。他现在就要读初中了，应该够大了吧？"

　　陈无偏伸手摸摸刘震的脑袋："唔，够大了。你想学医吗？"

　　刘震说："想。"

　　"你为什么想学医？"

　　"我想像您一样为大家治病。"

　　"为大家治病好吗？"

　　"好！"

　　"学医很苦，很枯燥无味的喔。"

　　刘震没回答，他仰起头望望他的父亲。刘天赐朝他点了点头。

　　他说："不怕。"

　　陈无偏点了点头："唔，好。"

　　万福娟对儿子说："陈伯伯本事很高的，他医好的病人谁都数不清。你向陈伯伯学医，也像他一样给好多好多人治病，好不好？"

　　未等儿子回答，刘天赐接着说："陈伯伯的本事好到日本仔都忌妒，他们为了得到陈伯伯的本事，还不惜加害陈伯伯。"

　　刘震立即问道："我学了陈伯伯的本事，日本仔会害我吗？"

刘天赐突然后悔了。他后悔自己怎么扯出这个问题。答不好，会不会把这事搞砸呢？

正在他自己骂自己愚蠢的时候，陈无偏问道："这很难说了，或者会的喔。那到时日本仔要加害你，你怎么办呢？"

这小家伙连想都没想就答道："我不怕，我要像《平原游击队》里的李向阳那样，和他们打过，我要把他们消灭掉！"

刘天赐悬起的心这才终于落地。

陈无偏听了很高兴，他拍拍刘震的小脑袋说："有种，我收你了。"

大家很高兴。

二叔婆怯怯地问道："陈先生，要收多少钱呀？"

陈无偏说："说到钱，那是很贵的啰！不过我不收了。你孙儿那么爱学，而且越多人学中医，中医越兴旺发达。中医兴旺发达是件大好事，所以不收了。"

刘天赐马上说："儿子，快给师父磕头！"

陈无偏说："现在是什么年月了，还兴许磕头？斟杯茶就行了。"

刘天赐说："要的，要的。管它什么年月，我们茶也斟，头也磕。阿娟，快帮阿震在那边倒杯茶过来。"

万福娟赶快走过墙角边的茶几上倒杯茶过来，递给儿子。

刘震双手接过茶来，双膝跪下，双手把茶敬上。

刘天赐在旁边教道："快叫师父！叫师父饮茶！"

刘震很乖巧，他喊道："师父！师父饮茶！"

刘天赐在旁边说："阿震，俗语说，一日为师，终身为父。你要听师父的话啊！"

陈无偏说："刘兄言重了，刘兄言重了！"

这时，张倩抱着小孙子从里头出来，刘天赐赶快说道："阿震，赶快给师母磕头，给师母斟茶！"

张倩愣了一下，等明白了怎么回事之后，她不好意思地说："我就不用了，算了吧！"

刘天赐说："不能算，不能算，这是老祖宗定下的规矩！"

黄守财听到刘天赐的儿子到陈氏医馆去拜陈无偏学医了，他立即从打铁炉旁边歇脚的方凳上跳了起来。

陈无偏是我的兄弟哦！要向他拜师学艺，肯定是我的儿子先拜师学艺啦！没理由他比我还先哦！

他立即去找他的儿子，要带儿子马上到陈氏医馆去磕头拜师。现在还未开学，不知这家伙跑到哪里去了。他披起件衣服到处去找，最后在荔枝林里把这小家伙找到了。

原来他一个人在这里悄悄地练拳哩！他说："快跟我到陈氏医馆。"

黄百当问："去陈氏医馆干什么？"

"去拜师学艺呀！"

"我不是拜过了吗？"

黄守财看见他擀面棍吹火似的，不禁吼了他一句："那是学拳，现在是学医！"

黄百当正练得来劲，本来是不想去的，见老豆生气了，只得跟着去了。

陈无偏从陈修园的《医学三字经》开教。那时候书籍缺乏，不能人手一册，他用大毛笔在旧报纸上写出来，贴在墙上，让他们抄，让他们背，让他们记："医之始，本岐黄，灵枢作，素问详，难经出，更洋洋……"

刘震一边写，一边读："医之始，本岐黄，灵枢作，素问详，难经出，更洋洋……"好像很有兴味似的。

黄百当竟觉得味同嚼蜡。他呆呆地望着墙壁上的那几张旧报纸，那颗心不知跑到哪里去了。

第二天，黄百当不来了。第三天，他也不来了。

陈无偏找到了黄守财说："你儿子不来了喔！"

黄守财眉头一扬："丢那妈，他反了？"

吃晚饭的时候，儿子回来了，坐到饭桌旁边就端饭碗。

黄守财用筷子头敲敲他的手说："你怎么没去陈伯伯那里学医？"

黄百当把手一缩，怯怯地说："我不爱学那个！"

黄守财火了："你爱学什么？你爱学老豆打铁？"

黄百当不作声。

黄守财越想越气："你说!"

黄百当还是不说。

看见儿子这个样子，黄守财气极了，他举起筷子，吃力向儿子的头上打去。

这黄百当不愧是个练武之人，老豆的筷子还来不及打落，他的脑袋早已一闪，同时身子一跃，跳出桌外，跑了!

黄守财怒火中烧，他转过头斥责老婆说："都是你，把他纵成这个样子!"

邓淑贞的眼睛眨巴着，她不敢回嘴，但心里头却骂道："瞧你这只蛮牛，儿子在学校把人打哭了，老师来投诉告状，你还夸奖他叻仔。现在倒说我纵坏他了!"

一日，苏秀的母亲病了，她哥写信来叫她回去看看，还叮嘱带着陈自厉一起回去，说老太太很牵挂这个小孙子。

苏秀收到信，和老公商量商量，告诉一声爷爷嫲嫲，就和老公一起带着儿子回广州去了。

他们仨一走，偌大个陈氏医馆，两进古屋，骤然间静悄悄的，令陈无偏、张倩觉得很不习惯，特别是这个宝贝孙子不在身边，心里更闷得慌。

吃完晚饭，天黑下来以后，张倩洗漱洗漱，上床睡觉去了。陈无偏也跟着上床去了。

张倩问道："你洗了没有？脏兮兮的。"

"洗了，洗了。"陈无偏说着往张倩身边直靠。

张倩说："这么热的天，你靠得我这么近，你不怕热吗？"

陈无偏说："别人的当然怕啰，但老婆的热不怕。老婆就是要热才好。"

张倩说："好了，好了。赶快睡觉吧!"

陈无偏说："睡不着啊!"

张倩说："睡不着就起来干干活，看看书。"

陈无偏说："又不想干活，不想看书了。"

张倩说："那你想干什么？"

陈无偏说："想和你说说话。"

张倩叹了一口气，其实她心里是非常好受的："那就说吧！"

陈无偏说："以前那死日本仔把我害得太惨了……"

张倩说："又是些陈芝麻烂谷子的事。"

陈无偏说："这不是陈芝麻烂谷子喔，是刻骨铭心的痛喔。"

张倩说："好，好，好，那说吧……"

陈无偏说："我们在南京遭了那么一个大难，之后我们父子俩像讨饭一样流浪回来，一路上受了几多苦楚。那时候我真感到害怕，完全看不到未来。好不容易回到番禺，一个男人老九带着个啥事不懂的孩子，住在这么大一间老屋里，说几孤单就有几孤单，说几凄凉就有几凄凉……这死日本仔，我真恨不得在他们的身上咬下一块肉来。后来遇到了你。遇到了你，我才相信好心必有好报这句话……"他说不下去了，停了下来。

张倩知道老头子说到了伤心处。她何尝不是一提起这些往事就伤心？

她本是一个富家女，父亲在广州开了一家布匹行，在广州周围也开了若干分店。她从小生活在安乐富足的环境中，从小也有抱负，想长大了当个作家或外交家。因为她长得美丽，从小就有股实人家前来提亲。她很讨厌。父母知道她素有大志，也不答应。他们要栽培她，让她读书，成就她的大志。没想这该死的日本仔来了。父亲的生意在日本仔的炮火中化为乌有；她又被日本仔抓进慰安所里往死里蹂躏。这些死日本仔是禽兽，甚至禽兽不如。他们把她搞得满身伤残，一身是病。当时她非常绝望，心中只有一个念头，就是死！后来多亏遇到了陈无偏，并治好了她的病。她和他同病相连，他给了她温暖，给了她爱。这时她才看见生活的曙光，才打消了死的念头，才鼓起了生活下去的勇气。

她鼻子酸酸的，心也酸酸的。想起这些，她很感谢上天，感谢上天赐给她这个人。她也深情地往这个人的身上靠，她很乐意接受他的温暖。他抚摸着她，他抚摸着她全身每一寸地方，轻轻地，轻轻地……她像一只被人爱抚的小猫，蜷缩着，一动不动，一动不动……

突然，陈无偏的一个浪漫动作让她一愣。她立即把他推开，死死地推开。

陈无偏生气了："你为什么不给我？"

张倩说："你还年轻吗？老人弄这个会损寿的。我不给，我不让你损寿。我要你长寿，我要你永远陪着我。"

"我……"

"你还'我'什么？把脸朝过那边去！"张倩说着，用力扳动他的身体，把他翻动到另一边去，说，"闭上眼睛。睡觉！"说着就用手轻轻地搔摸他的背脊。"不动，睡觉！"

搔着搔着，她轻轻地哼起岭南经典的催眠曲来："月光光，照地堂，年卅晚，摘槟榔……"唱了几遍，陈无偏一动不动。

她静静地听了一会儿，发现他还没有睡着，她说道："是生我的气啦？"

陈无偏偏偏地说："我敢吗？像只老虎鬞似的……"

张倩笑了起来，她不敢笑出声，她笑在心里。

"我给你说件事。"

"唔？"

"我想写封信给和平，跟他说，他大哥生了小孩了，他什么时候生，不能拖了，要快些。"

"唔……"

十

一天清早，庞边村来人延医，说得很急，陈抗日二话不说，背起出诊箱，骑上单车，马上跟着来人走了。

吃过早餐，天色晴明，凉爽的金风送来了一阵阵丁零咚珑的鼓乐声。张倩听到这鼓乐声，心弦不禁轻轻一震。

这时有脚步声"噔、噔、噔"地从门前响过，张倩好奇，走出门外看看。

这时又有一个人跑过来，张倩问道："大春，跑那么快干什么？"

大春生怕落后了似的边跑边答："来了几个外江佬在村头路口耍猴……"

"耍猴？"那年月文化生活比较缺乏，耍猴也成了吸引大人小孩的好节目了。张倩听了遗憾地说："哎，我手头的活还没做完。如果做完了，带着自厉去看看耍猴子多好！"

陈无偏正好从屋里出来，他听见张倩的话，问道："村里来了几个耍猴的？"

张倩说："是呀！"

陈无偏说："你快带着孙子去看看嘛。"

张倩说："我菜未摘，碗未洗，看了耍猴回来，就影响中午开饭了。"

陈无偏眉头一扬："这个好办，我带他去看就是了。"

张倩眉头一开："好啊，好啊！自厉，爷爷带你去看耍猴子，你高不高兴呀？"

陈自厉已经会说话了。他咿咿呀呀地说："高兴！"

张倩抱起陈自厉，把他塞到陈无偏的胸前。

张倩说："快去吧，快去吧。去慢了或者看不成了。"

陈无偏抱着孙子出发了。

才出大门，张倩又说："要小心点哦！"

陈无偏回过头来，不耐烦地说："你这个老太婆也真够啰唆的，不就在我们村里嘛，难道还会丢失了我们爷孙俩不成？"

这下张倩反倒嫌陈无偏啰唆了。我一句话就招了你这不中听的说话。你也真有点离谱了。她不理他，转身自己回屋里去。

陈无偏抱着孙子"噔噔噔"地走着。男人不惯抱着孩子走路，走着走着，他竟觉得这劲有点不太好使，于是他把孙子放下来牵着走。

陈自厉才一岁多，刚会走路，牵着他走更麻烦。陈无偏发现带孩子也是件重劳动活。平时我只顾批评阿倩，不知道其实她是很辛苦的。

牵着自厉走了几步，后面的人"噔噔"地赶上来，陈无偏生怕太迟了连站的位置都没有了。他干脆把自厉抱起来，放在自己的脖子上，跟着队伍大步赶上去。

走着走着，陈无偏感到脚下绊到了一个什么东西，脑袋轻轻一眩，"啪"地栽倒在地上。陈自厉骑在爷爷的脖子上，因为位置高，摔下来摔得也远，他"砰"地摔到了前面那个人的背脊上。

正在赶路的人们看见这情景，不觉"啊"了一声，都不约而同地停住了脚步。

大家有的抱起了"哇哇"直哭的陈自厉，有的夫扶趴在地上的陈无偏。

扶起陈无偏时，大家发现他呆呆的竟不会说话了。

大家知道不好，都不去看耍猴了，年轻力壮的几个人合力拉起陈无偏，半扶半架，又背又架，掉头把陈无偏送回陈氏医馆里。

在厨房里张罗午饭的张倩听见外头人声嘈杂，觉得奇怪，赶紧抹抹干湿漉漉的手快步赶出来，看见街坊们架着陈无偏从外面走进来，吓得不知如何是好。结婚几十年来她从来没有见过陈无偏病过，今日这个样子她是想也不会想到的。

她颤抖着问道："这，这，这是怎么回事？"

扶着陈无偏回来的街坊们说："陈医生在路上摔倒了。"

"这，这，这……"张倩语无伦次地说，"谢谢你们了。"

大家七嘴八舌地说："不用谢。平时我们有什么病痛就来找陈医生，现在陈医生有事，我们来帮帮他是应该的。"

"陈师奶，有什么事要我们做的，你尽管开声。"

这时张倩的脑袋一片空白。她不知道该请大家帮她做点什么，她又好像觉得最好大家什么都帮她做。

黄守财在打铁铺那边听到好像陈氏医馆发生了什么事，于是立即丢下手中的活计，火急火燎地赶来了。

张倩看见黄守财，立即哭出声来："财叔，呜，呜……"

黄守财说："大嫂，不要怕。大哥怎么样？"

张倩说："他不省人事，真不知道该怎么办才好。"

黄守财问道："抗日呢？"

张倩说："他一早就去庞边村给人看病了。"

黄守财说："现在第一时间要把抗日找回来。"他对身边的街坊们说："你们谁去找找抗日？"

有个后生仔立即说："有没有单车？有单车我马上到庞边村去！"

张倩说："有。"她把老头平时给人看病的那辆单车推了出来。那小伙子骑上单车，匆匆忙忙地走了。

苏秀出村边去洗衣服，听见家里有事，慌慌张张地赶回来了。张倩看见了苏秀，第一个反应就是哭。

苏秀安慰说："奶奶不要怕，奶奶不要怕。给老爷搓了人中和耳背没有？"

张倩慌张到连这都忘了。

苏秀说："要给老爷搓人中和耳背。老爷和抗日平时救人都会搓这两个地方的。"说着自己动手给陈无偏搓起来。

苏秀搓着搓着，陈抗日踩着单车，飞也似的赶回来了。原来他已看完了病，正从庞边村回来，半路碰见去寻他的那小伙子，知道了老爸的情况，吓得恨不得生出一双翅膀，马上飞回家去。

陈抗日未下单车，就大声喊道："给了苏合丸没有？"

张倩、苏秀瞪大双眼睛没出声。陈抗日怕他老爸的脑血管出了什么问题，不管是与不是，他先用苏合丸打打底。他把单车丢在一边，自己去找苏合丸。

陈抗日回来之后，苏秀才想起找她的儿子。

她屋前屋后转了两圈，发现有个年轻的妇女横抱着自厉摇他睡觉。她很高兴，走过去把自厉抱过来，同时连声向人家道谢。

那妇女笑道:"谢什么,我们平时劳烦你们还少吗?"

苏秀抱过自厉,发现他头上起了个包。包上却湿润润的。她用询问的口气问道:"这是……"

那妇女说:"陈先生摔倒的时候也把他摔着了。我见他头上起了个包,便用奶水给他搽了搽。"

苏秀听了,感激不尽。

陈抗日找到了苏合丸,用温开水把它化了,用胶管插进陈无偏的鼻孔,把药灌进他的肚里。灌过药后,陈抗日才认认真真地给他老豆看病。舌头是看不了了,他认真地把过脉,看过眼珠、耳根、腋窝等地方,又捉住他的手脚来回摇动,觉得脑出血的可能性不大。应该是摔倒之时突然气逆上冲,痰蒙清窍吧。

他马上开了张"资寿解语汤"的方子:

> 天麻三钱,天竺黄三钱,大枣五枚,防风三钱,僵蚕三钱,熟附片五钱(先煎),肉桂一钱(后下),甘草三钱,羚羊角三钱(锉后先煎)。

他开好单子,自己亲手操作。陈无偏没有醒来,大家都不愿意散去。

张倩看见陈无偏没醒,早已吓得六神无主,大汗淋漓,呆呆地坐在椅子上,好像也要晕过去一般。

陈抗日煎好"资寿解语汤",用碗倒出来放在凉水中晾冻,然后用胶管从鼻孔灌入。

一会儿,陈无偏的身体自主地动了一下。陈抗日嫌慢了,他拿出一个放麝香的小瓶子在陈无偏的鼻孔前轻轻地晃了一下,陈无偏立刻鼻子一纵,眉头一皱,响亮地打了个"啊——嚏",两条浓浓的鼻涕从鼻腔里冲了出来。

张倩立即掏出手帕给他抹鼻涕。

陈无偏睁开了眼睛。

黄守财笑道:"好了,好了。大哥,你刚才干什么了?"

陈无偏眨巴了几下眼睛,努力地想了一下。

黄守财继续问道："大哥，你刚才干什么了？"

陈无偏的嘴唇嗫动了一下。

黄守财鼓励地问道："大哥，你刚才干什么了？跟我们说说。"

陈无偏支吾了一下，最后终于轻轻地说道："我刚才去看耍猴……"

黄守财笑道："大哥真行！"说着转过身来对陈抗日说："贤侄，你叻仔！财叔很为你高兴！"

陈抗日双手抱拳，往上一拱："多谢财叔！"然后他转向各位街坊："大家很关心家父，抗日多谢了！大家没事的请留下坐坐，有事的请忙自己的事吧！"

黄守财跟着说："为了让陈医生好好休息，大家都回去吧！"说着带头走开，大家也跟着散了。

大家散开之后，陈抗日对苏秀说："你赶快去给阿爷和自己煮碗鸡蛋面。现在晏了，我们其他人随便吃点东西，今晚再认真吃过。"

苏秀进厨房忙活去了。

张倩仿佛经历了生离死别，她不挪身，她要继续陪着老头子。

等陈抗日和苏秀都走开之后，陈无偏悄悄地问张倩道："刚才我有事吧？"

陈无偏一说，张倩又哭了。她说："你怎么会这个样子？简直把我吓死了。"

陈无偏知道自己刚才出了件大事。至于"怎么会这个样子？"他想，主要是老了。人一老了，什么情况都可能发生。再有，前一段时间听到毛主席逝世的消息，自己很悲伤，也有些影响。他不说这些，他捉起张倩的手，轻轻地搓着："看你几傻。我会舍得丢下你自己一个人走么？"

张倩的脸像少女般的飞上一朵红霞。听到厨房有出来的脚步声，她赶快把陈无偏捉住的手抽了回来。

今天晚上这餐饭是陈抗日两公婆煮的。张倩上午给吓呆了，陈抗日要她好好休息休息。今晚这餐，陈抗日加了几个菜。老豆化险为夷，是要庆贺庆贺的。

他把黄守财也请来了。他给黄守财斟了杯酒，给陈无偏斟了杯茶，给自己、张倩、苏秀都斟了杯茶。他举茶代酒，说："来，为大家身体健康，干杯！"

大家很高兴，都喝干了自己手中的茶和酒。陈抗日又把各人手中的杯子斟满："为老豆身体健康，干杯！"

大家又干了自己手中的茶和酒。

陈抗日说："今天晚上大家很高兴，财叔又在，我有句话想说一说。"

黄守财眼睛一亮："贤侄有什么话要说呀？"

陈抗日说："老豆今天的事，把大家吓了一跳，我被吓得更厉害。给老豆治病时我手都抖了。老豆今天的事说明老豆老了。所以，我宣布，老豆要'淡出江湖'，不能再操劳，要好好休息了。阿妈也老了，阿妈也不能操劳。家里的事交给苏秀来做。"

黄守财一听，连声赞道："好仔，好仔！乖仔，乖仔，孝顺仔，孝顺仔！我黄百当像你这样，我减寿十年也干了。"

陈无偏插嘴说："怎么这么说？百当也是很好的。"

陈抗日说："我这么说并不是把活都推给阿秀。我也会和她一起做的。"

黄守财又赞道："好老公，好老公！"他站起来，自己拿起酒瓶来斟酒："大哥，大嫂，你们有福气呀！大哥，大嫂，贤侄，贤侄媳，来，我敬你们一杯！"

当晚，陈抗日很感慨。他拉起苏秀的手，动情地说："老婆，我叫嫲嫲少做，要你多做，你不会怪我吧？"

苏秀说："我怎么会怪你呢，奶奶也确实老了嘛！"

陈抗日说："你那么能理解我，支持我，真是我的好老婆。"

苏秀说："看你近来愁眉苦脸，我的心儿紧张。你没事吧？"

陈抗日说："我没事。毛主席逝世了，老豆也一天天老了，我感到我的心头压力很大。我觉得我要更加努力地钻研医道，为家庭为社会多做事。"

苏秀说："好!"

陈抗日说："以后我对你的关心、照料有不够的,你不要怪我啊!"

苏秀说："我什么时候怪过你。"

陈抗日很高兴,他"啵"地亲了苏秀一口:"你真是我的好老婆!"

十一

苏秀感到很累,懒洋洋的鼓不起劲。到煮饭的时间了,她还软手软脚的提不起精神来。

陈抗日看见了问道:"你怎么啦?"

苏秀说:"我也不知道。只觉得没劲。脑袋晕沉沉的,总想睡觉。"

陈抗日心想,近来我要嫲嫲多休息,让她多做点事。她也挺勤快的,想必是累了吧?于是说:"我正好没事。我去煮饭,你想睡就睡睡吧。"陈抗日有执爨之兴,手痒的时候会炒上两味向大家亮亮他的手艺。今天阿秀不舒服,他正好有用武之地了。他安顿好苏秀,便一头扎进厨房里,去施展他的本事。

陈抗日手脚麻利,只用半个多钟头,一餐饭菜便弄出来了。这餐饭他炒了一荤两素,打了一个汤。荤是面豉爆花肉,素是茄子拌豆腐、清炒绿豆芽,汤是丝瓜豆腐汤。这三菜一汤摆在饭桌上,再围上一圈五碗热气腾腾的白米饭,色泽鲜明,香气扑鼻,很勾人食欲。

陈抗日叫道:"开饭了,开饭了,大家过来吃饭!"

陈无偏、张倩带着陈自厉埋头吃饭了。可是苏秀却迟迟没来。

陈抗日进房里去叫她。她说:"我不想吃。"

陈抗日说:"不吃饭哪还行?人是铁,饭是钢。多少都要吃一点。走!"

苏秀终于起来了，她懒洋洋地跟着陈抗日走出来，坐近桌边，却迟迟不去拿筷子。

　　陈抗日说："不吃也得吃。要给我点面子，多少都吃一点。这面豉爆花肉应该是不错的。来一块，尝尝你老公的手艺。"

　　苏秀拗不过，勉强地夹起一块面豉爆花肉放进嘴里。可是这面豉爆花肉才放进嘴，她"呕"的一声，放下筷子就跑。

　　这是怎么回事？陈抗日也跟着跑出去。出到屋外，他看见她蹲在地上干呕。

　　等苏秀呕过，陈抗日问道："你是怎么回事？"

　　苏秀说："不知道。"

　　陈抗日说："把手递过来。"他抓起苏秀的手，细细地号起脉来。号完左手号右手，然后说："张开嘴巴，看看舌头。"

　　苏秀张开嘴巴。陈抗日看过之后，问道："例假怎么样？"

　　"例假……也没怎么呀！"

　　陈抗日说："想想，来了还是没来？颜色、质地、气味怎么样？"

　　苏秀想了想，说："还没来哩，超过好几天了。"

　　陈抗日用手轻轻地揉揉苏秀的肩头，说："大姐，你有了。"

　　苏秀说："死啰，还说让奶奶好好休息休息哩，怎么又有了？"

　　他俩一起走回屋里去。陈无偏和张倩用询问的眼光看着他们。

　　陈抗日说："嫲嫲，本来叫你好好休息休息的，看来你休息不成了。"

　　张倩问道："是怎么回事？"

　　苏秀脸红红的把头低了下去。陈抗日说："阿秀有了。"

　　张倩眼睛一亮："好啊！好啊！有了好啊！"

　　陈抗日说："好是好，只是累着嫲嫲你了。"

　　张倩笑道："我什么时候说过我累。你不让我干活，我还很不习惯哩！"

　　陈无偏很高兴："以后再和日本仔打仗的话，我们陈家可以再出多一个兵！"

星期天上午，张倩正在打扫医馆的卫生。她扫完地面，然后坐下来用抹布认真地擦拭着研船和药臼。

这时门口倏地一暗，她本能地回首看看，因是逆光，也看不清是谁。她知道来者都是客，肯定是看病的了，于是扭头朝里喊道："老头，有人来看病了。"

张倩话音刚落，来人哈哈地笑了起来："大嫂，你真贵人多忘事了。怎么连我们都认不出来了？"

张倩一愣，连声叫道："真不好意思，真不好意思，原来是生哥来了。"她连忙解释说："光在你们的背后，映着我的眼，所以看不清楚你们了。得罪得罪，真不好意思！"

另一个男人说："既然大嫂都说不好意思了，我们就罚大嫂招呼我们吃餐饭吧！"

张倩眼睛一亮："啊，是陈书记！"

陈新说："已经不做书记了。"陈新后面响着"咕咕"的鸡叫声。张倩发现这两个男人身后站着两个女人。一个是大生的老婆，她是认识的，她叫道："生嫂。"另一个是陈新的老婆了。她也认识，只是没打过多少交道，不知该怎么称呼才好。"陈，陈，陈……"她想，就叫她"陈嫂"吧，只是不知道人家高不高兴。"陈……"

"陈嫂。"两个女人都抢先回叫她"陈嫂"。张倩第一次被人叫"陈嫂"，想想也觉得几有意思。

这时陈无偏从里面走出来了。"哎哟，是什么风把你们吹来了？"

陈新笑道："是你这股风把我们吹来了。"

陈无偏笑道："不明白。"

大生说："是你陈医生的病人告诉我们你病了，还病得不轻，所以我们就赶来了。"

陈无偏喟然长叹："哎哟，你们已经调到广州去了喔，怎么传得那么远呀！"

陈新说："这说明大家都关心着你嘛！"

这时鸡们又"咕咕"地叫了起来。张倩提醒老公说："陈书记、生哥他们还拎着鸡来哩。"

大生说："鸡是老陈的。我是打鱼出身的，还是拎条鱼来吧。"说着从老婆手中接过两条大鱼，交给了陈无偏。

陈无偏说："你们来就来了，怎么还拿着那么多的东西？"

陈新认真地说："我们家里今日停水停电，来你们这里煮顿饭吃，欢不欢迎？"

陈无偏对张倩说："却之不恭了。收下吧，收下吧！"陈无偏禀性内向，他在诊病拟方上不吝脑汁，越钻越精神，可是在待人接物上他就觉得自己力不从心了。在张倩收过礼物的当儿，他赶紧悄悄地对张倩说："赶快去叫阿财来一下。"

黄守财不愧是个"沙煲兄弟"，收到信后立即火急火燎地赶来了。他见了大生和陈新，笑道："两位领导今天怎么那么有兴致……"

大生说："黄老板，怎么一见面就踢那么大的一脚！"

黄守财说："我没说错，两位就是领导喔。"

大生说："我们这'领导'是日本仔给的。当初这些死日本仔不来打我们中国，不把我们逼得那么惨，我们也不会走上革命的队伍，现在也成不了你说的'领导'。黄老板，当初你杀了那个死日本仔，怎么不去投奔革命队伍呢？"

陈新也说："是呀，黄老板，你徒手杀死个日本仔，真是英雄了得。当初你怎么不去广游二支队呢？你去了广游二支队，我们就是战友了。"

说到这里，黄守财一脸感慨。

陈无偏想说句应酬话，却一直找不到机会开口，现在总算来了个开口的机会。他说："人家老板娘长得漂亮，所以舍不得。"

大生说："黄老板，怎么藏得那么密？"

陈新说："今天晚上吃饭，你也把你的老板娘带来，让我们提高提高认识。"

黄守财转身用征询的眼光望着陈无偏："今天晚上吃饭？"

陈无偏说："两位领导拎了那么多菜来，所以……"

"哦!"黄守财把脸转向大生和陈新,"两位领导那么赏脸,真是多谢!我家里那条狗养得正肥。我去把它宰了,拿来捧捧场,助助兴。大家觉得怎么样?"

大生一听来了劲:"有狗肉吃谁不喜欢,还会'怎么样'?你们说不是?闲话少说,我大生劏狗还有两下子的,黄老板,我跟你去给你打帮手!"

陈抗日和苏秀从外面回来了。看见了陈新两口子和阿珠,非常高兴,立刻他喊道:"阿叔,阿婶,生婶!"

陈新两口子和阿珠也很热情地和陈抗日两口子打招呼。在打招呼的当儿,阿珠悄悄地对陈新的老婆说:"喂,他好像和你们特别亲一些的喔!是怎么回事?"

陈新老婆说:"我老头好几年前就跟他认了叔侄了。"

"为什么?"

"大概是同姓三分亲吧。"

这时,陈抗日问陈新说:"阿叔,你们今天怎么有空到我们这里玩玩?"

陈新说:"不是来玩玩,而是来探望你爸,我们听说你爸病了。"

陈抗日说:"你们怎么知道的?"

陈新说:"听病友们讲的啰。"

陈抗日很惊奇:"你们那么远,竟传到你们那里……"

陈新说:"这证明你爸名气大,人缘儿好咯。哦!我想问问你,你爸平时身体那么好,又深通医道,怎么突然来了这么大的一镬?"

陈抗日说:"我爸年纪也大了,岁月不饶人。但最主要的还是毛主席逝世了,他很悲痛。一悲痛状态就不好,所以摔倒了!"

陈新感叹地说:"你爸对毛主席真有感情。"

陈抗日说:"死里逃生的人哪个会对毛主席没感情?"

陈新眼睛一亮:"后生仔,你觉悟很高喔!"

陈抗日笑道:"我从小跟着我爸死里逃生嘛!"

陈新认真地说:"靓仔,中国的后生仔们都像你这样,我们中国的事好办了。"

陈抗日看见陈新、大生他们拎了那么多菜来，财叔又劏了条狗，作为主家，更不能含糊的，于是马上去买了只大鹅回来。这一餐大家动手，很快就把饭菜弄好了。因为陈新和大生都是带着老婆来的，大生坚持要黄守财也把老婆带来。黄守财见大家那么真诚热情，就屁股颠颠地回去把老婆也领来了。

大生见了黄守财的老婆，揶揄说："黄嫂，你拖了黄老板的后腿，让他做不成领导了！"

邓淑贞莫名其妙，不知如何作答。黄守财脸红红的有点不好意思。

大家见状很开心，嘻嘻哈哈地笑了一顿。

陈新说："黄老板，以后还有做领导的机会的。"

黄守财莫名其妙，说道："我不明白你的意思。"

陈新说："我们还会跟日本再打一仗的，肯定会再打一仗的。到时候你可以大展身手，把日本仔好好地收拾一番，你自然就可以做领导了。"

黄守财笑道："日本仔告诉你了？"

陈新说："不用日本仔告诉我，我自己也看得出来。"

黄守财说："陈书记咁有本事？"

陈新说："我单位的人经常出差日本……"

黄守财不禁瞪大了眼睛。村里的人出一次广州都不容易，你单位的人经常出差去日本？

大生看出黄守财的迷惑，说道："陈书记已经调去广州，当了广州外经公司的领导了。"

黄守财不觉"哦"了一声。

陈新继续说："我们单位出差回来的人说，日本每逢节假日，公园里头乱哄哄的，日本的右翼分子开着汽车，上面架着高音喇叭在那里大喊大叫，否认东京审判，否认《波茨坦公告》。日本警察也不理，任由他们爱怎么搞就怎么搞。'靖国神社'里更搞得一塌糊涂，乌烟瘴气。他们不仅政客参拜，中小学生也参拜，家庭妇女、老头子、老太婆都去参拜，还在参拜留言簿上写下了许多歌颂这些战犯的留言。你看，他们会甘心失败吗？不会卷土重来吗？"

陈无偏还没有从毛主席逝世的悲痛中走出来。他说："我们国家免了他们的战争赔款，看来是肉包子打狗了！"

陈新说："是呀！甲午战争我们打败了，我们赔了几大的一笔款子。我们从此加速衰落下去了。日本从此发家致富，强大起来了。日本仔侵略我们，给我们造成了那么大的灾难。我们国家免了他们的赔偿，现在他们还不领情，还要搞搞震，你说将来这仗不会再打？"

黄守财说："要打就快点打喔。趁我老黄还有劲，等我多砍他们几颗'萝卜头'。"

陈新笑道："廉颇不老，英雄！"

陈无偏听了愤愤然："这些死日本仔，真是狗改不了吃屎。"

黄守财说："所以我把这狗剐了。来，吃肉，大家吃肉！"

陈新对陈无偏说："我们单位出差到日本去的同事看了日本的报纸，发现日本仔在医学上也搞搞震。日本仔现在的'汉医'是唐朝的时候从我们中国学过去的。所以一直叫作'汉医'。现在他们打算把它发展好，要超过我们的中医。超过了以后，他们就不叫'汉医'了，就改叫'东洋医学'了。"

陈无偏"哦"了一声，说："难怪他们一直打我的家传秘方的主意了。冚家铲！"

张倩本来是恨死日本仔的，可是一提起要打仗，不禁想起她在日本的儿子。真的再打起来，我的马骝仔在日本那边怎么办？唉！早知道有这一天，我是死活不让他回去的。

想到这，她实在吃不下眼前的饭菜，于是悄然起身，到厨房干活去了。

大家没注意到张倩的情绪，正大快朵颐。

大生说："我们这次来，发现你真比过去差了些了。你是我们这方水土的守护神。你要好好注意身体啊！"

黄守财说："这个大家可以放心。我这次亲眼看见抗日救治他老豆，发现这世侄真是了得。加上大哥精通医道，晓得保养，我觉得这是不用担心的。"

陈新看着陈抗日，笑道："侄儿那么厉害，可喜可贺。"他拿起酒杯说："来，为陈家后继有人，干杯！"

十二

毛主席逝世之后，中国人民经历过一段彷徨的岁月。人们很注意阅读报纸杂志，从其宣传口径里洞察政治方向。坊间的小道消息也很繁杂，人们都竖起耳朵，尽量点滴不漏地将它们收进自己的心里。在这期间，党中央召开了十一届三中全会，邓小平同志以改革开放总设计师的身份部署和领导了全党全国改革开放的工作，使国家方方面面都有了长足的发展。

在改革开放的大门拉开之时，陈抗日喜得千金。苏秀临盆，为陈家生了一个女儿。陈家非常高兴。他们已经有了一个男仔，现在又得了一个女仔，两个合起来不是一个"好"字吗？

陈抗日叫老豆给孙女起名。

陈无偏不起，说："自厉的名字是你起的，现在小妹妹的名字还是你来起吧。"

陈抗日琢磨了好久，也翻了一会儿词典，觉得"睿"字挺有意思，代表聪明、通达、看问题很深远。她和哥哥同排，叫"自睿"，很上口。"自睿"是"睿智"的反读，很有意思。哥哥叫"自厉"，妹妹叫"自睿"，兄妹俩很匹配嘛。于是他对陈无偏说："爷爷，我想叫你的孙女做'自睿'。"

陈无偏自言自语地说：" '自睿'，'陈自睿'，哥哥叫'陈自厉'，好呀！很好，很好！"

他又去征求张倩的意见。

张倩很高兴。她说： "你聪明，有文化，起的名字肯定是好的。"

他又去征求苏秀的意见。

苏秀深情地望着他："你是老豆，你话事！"

他亲了苏秀一口："好，就叫'陈自睿'！"

陈自睿长得和她妈妈苏秀一个模样，瓜子脸、白里透红，一双小眼睛又大又亮。才出三朝，那眼睛就晓得定定地看人了。她一不高兴就扁嘴，哭的声音又细又润，叫人听了都心疼。爷爷抱着她，终日爱不释手。奶奶则洗洗刷刷，忙里忙外，又服侍大人，又照料小孩。

苏秀看见爷爷奶奶那么疼惜自己的女儿，更高兴得合不拢嘴。

陈自厉已能下地自己走动了，大人忙活，顾不上他的时候，他一个人会在屋里走来走去。

这时候他走到床前，苏秀倚靠着床屏给自睿喂奶。陈自厉用新奇的目光望着妈妈怀里的小宝宝。苏秀说："自厉，这是你的小妹妹哦，你知道吗？"

陈自厉有点茫然。他不知道什么小妹妹，他不喜欢这个什么小妹妹，他只知道妈妈没有像过去那样疼自己，和自己玩了。苏秀看出这小家伙争宠了，有失落感了。

她伸手摸摸陈自厉的小脑袋说："自厉，这是你的小妹妹。你是妈妈生的，妹妹也是妈妈生的。你是男仔，她是女仔，所以你叫哥哥，她叫妹妹。妈妈疼妹妹，也疼你。你知道吗？来，上来妈妈这里，亲一亲你的小妹妹。"

她把手兜着陈自厉的小屁股，把他搂到床上来。"来，叫一声'妹妹'，叫呀？"

陈自厉认生，不肯叫。

苏秀说："她得意吗？好玩吗？她几可爱哟！你叫她一声'妹妹'，她晓得听的。她长大了，会讲话了，她也会叫你'哥哥'的。你叫她，叫'妹妹'，叫呀！"

在妈妈的再三劝诱下，陈自厉最终勉强地叫了一声："妹妹！"

苏秀说："来，在她的脸蛋上亲一口，亲呀！"

陈自厉犹豫了一会儿，最后才勉强地把自己的嘴唇印在妹妹的小脸蛋上。

陈抗日回来，她告诉陈抗日："自厉这小家伙晓得争宠的。他不喜欢妹妹……"

陈抗日笑道："自厉这小家伙聪明，懂事。我们以后要好好教育他，栽培他。"

苏秀有点迷茫："现在报纸上天天讲改革开放，不知这世界将来会变成什么样子。"

陈抗日说："不管变成什么样子，我都要我的子女好好学医。那天不知你听清楚了没有，陈叔说，日本仔现在的'汉医'是唐朝的时候从我们中国学过去的，所以他们一直叫作'汉医'。现在他们打算把它发展好，要超过我们中医；超过了以后，他们就不叫'汉医'了，就改叫'东洋医学'了。我听了很气。我们一定要大力发展我们的中医，不让日本仔超过我们，永远不让日本仔超过我们。现在我想到了我的自厉和自睿。我自厉和白睿长大以后，我一定要他们学中医，振兴中医，发展中医。"

苏秀深情地望着老公："你的想法很好，我支持你！"

陈抗日很高兴。

"不过……"苏秀说。

他没等苏秀讲完，便打断她的话路："'不过'什么？"

苏秀说："我觉得你的想法还不够全面！"

"啊?!"陈抗日瞪大眼睛望着他的老婆。

苏秀说："不能等'长大'，而要现在。你不是说过，你很小的时候，老爷就让你背《医学三字经》吗?"

陈抗日眼睛一亮："对，对，对，还是老婆比我高明。对，是要从现在抓起。"

他突然想起刚才苏秀跟他说的事："你刚才说自厉和妹妹争宠的事，这事我们也要从现在抓起。我们一定要他们兄妹团结。他们兄妹俩要团结，他们长大以后和周边的人也要团结。总之，我们中国人就是要团结。过去旧社会军阀混战，日本仔就很瞧不起我们，嘲笑我们是'一盘散沙'，所以他们就来侵略我们。到了自厉、自睿懂事的时候，我们要给他们讲这些道理。"

改革开放给神州大地吹来了一阵新风。人们首先感到的是新鲜。改革开放，过去的许多条条框框没有了，比如说粮票、肉票、油票、布票、煤票……这票那票都没有了。只要你不违法乱纪，你想干什么基本上都可以干什么，舒展的空间大了。这样也是很好的呀！

白德更觉得这样好。现在改革开放了，过去他背上的包袱没有了，身上的束缚没有了，真的只要不违法乱纪，就可以想干什么就可以干什么了。现在他不想干修理单车这行了。修单车层次太低了，而且辛苦，还得要像孙子似的讨好来修单车的客人。他不来你这里修，你吃什么？不修单车又可以做什么？

那天他老婆病了，不能为他煮饭送饭。他去附近的一个小摊子买东西吃。他要了一碗粥，炒了一碟粉。一碗白粥，一碟净粉，竟要了他三毛钱。1978年，三毛钱能派上很大用场的啊！他有点心疼了。他慢慢地吃着。吃着，吃着，他突然一想："其实这买卖我也能做呀！这不是比我修单车体面一些，来钱更容易、更快一些吗？"

他回去把这个想法告诉了老婆阿婵。

阿婵说："开饮食店当然好，可是隔行如隔山啊！你这半辈子都在修单车，现在临老学裁缝，改行搞饮食，只怕你做出来的东西没人肯来买哦！"

白德自负地说："我不怕他们不来买，我只怕他们来得太多了，我供应不上，怠慢了他们。"

阿婵用鼻子哼了一下："几十岁的人了，讲话还三三八八的没个谱。"

白德说："我不是三三八八喔，我是有谱的喔！"

阿婵说："你有什么谱？"

白德说："我有天赋呀！"

阿婵说："我说你三三八八真不假，你看你越说越离谱了。"

白德说："我一点都不离谱，你不记得有一次我煮的饭菜，你竟赞不绝口。"

阿婵愕然。她实在记不得有这回事了。她问道："不是我天天煮饭煮菜的吗？你几时煮过？你搞错了没有？"

"唉——"白德真扫兴，"好了好了，我不跟你拗了。今晚我来煮。你去买菜。"

阿婵问："买什么菜？"

白德的气还没顺过来。他说："你买什么都可以。不管是什么菜，我都能炒出饭店的水平。"

下午，阿婵在菜市里买了三只矮瓜，几两五花肉和一把蕹菜回来。

白德把阿婵推出厨房，自己一个人在里面忙活起来。半个钟头过去，白德在里头叫："开饭了！"

话音刚落，他把饭菜端了出来。在这半个钟头里，他看见屋檐下挂有半条咸鱼，便来了个"咸鱼矮瓜煲"；灶台上有小半瓶面豉，便来了个"面豉爆花肉"；灶台上还有半头大蒜，他又来了个"蒜蓉炒蕹菜"。

阿婵看见桌上的几个菜，她真有点呆了。没想到这随随便便的几点食材，竟让老公炒出这几道有形有款的菜式来。

白德说："试试！"

阿婵每道菜都试了一箸。

白德问道："怎么样？"

阿婵的脑袋像鸡啄米似的："好吃！好吃！"

白德自负地说："我说你老公有天赋，没吹吧？"

阿婵顾着品尝味道，没工夫应他，只是胡乱地"嗯"着。

白德越说越得意："除了天赋，还要水平。你老公我也是有真材实料的。你以为是开玩笑的？"

白德俘虏了他的老婆，便朝着他预定的目标大步前进了。

白德虽然很自负，很坚信自己的天赋，可是一碰到真金白银，要掏本下注时，他还是小心谨慎，如履薄冰。一个靠修单车养家糊口的四十来岁的汉子，口袋有多少银两？现在他明白他只许胜，不许败。如果败了，一家三口就要喝西北风了。又想干，又怕输，他只好卷起裤筒在水边蹚一下——找家粉店打打工。可是粉店的老板们又嫌他老，他跑了好几天，终于碰到一家是洗碗工炒了老板鱿鱼的粉店。老板急着要人洗碗，老一些也要了。

白德本来想做候镬的，无奈进身无门。哎，洗碗工也屈就了。白德屈就了洗碗工，他非常积极地洗碗，但一有工夫，他就东张西望。他张望候镬的师傅是如何用铲的，如何抛镬，如何在抛镬中兜一些火苗进铁镬中，既增加一点镬气又抢些食客眼球的。他张望粉店是如何进原材料的，比如是如何进米粉呀，如何买调味品呀，从哪个地方买进来呀。他张望老板是如何管理如何支派员工的。发现了哪个环节要人帮手的，他便立马前去帮忙，并将所看见所听到的情况默默记下来。

一天，候镬的师傅拉肚子，他二话没说就主动上去顶替。他不仅见缺就补，而且那手势，那派头和大师傅真无两样，炒出来的东西又得食客叫好。老板很满意，发工资的时候给他加薪，并安排他去候镬。

白德不出声。他揣好了新发的工资，扬手做了个"拜拜"的手势。

他要回去另起炉灶了！

十三

转眼间，陈自睿也能下地行走了。奶奶在她的头上扎了一根朝天辫。辫梢那撮棕黄色的乳毛整齐柔软地遮盖在她的头顶上，活像顶着一只毽子。在她蹒跚学步，一颠一颠地走动时，那撮棕黄色的辫梢在她的头顶一闪一闪，更显得天真和可爱。她是奶奶的心头肉，奶奶终日爱不释手，一有空就用布头布尾给她裁缝衣裤，不然就是给她梳理头发，扎出各式各样的辫子。

陈自厉已经五岁了，他更是爷爷心中的宝中宝。陈无偏早已将他的宝贝孙子设计成一个名医，让他继承陈家的家学，接过祖宗传下的衣钵。陈无偏不忙着要他的孙子读书写字。他最看重的是要他的孙子背陈修园的《医学三字经》。理解是以后的事，当下是要背熟，当歌仔来唱。他躺在"蛇吞拐"上，叫他的孙子拉张小板凳坐在他的旁边，背诵陈修园的《医学三字经》。

陈自厉像模像样地挺着腰杆，坐在小板凳上背诵着"医之始，本岐黄，灵枢作，素问详，难经出，更洋洋……"

陈自厉背着背着，突然听见"蛇吞拐"上响起了"呼噜呼噜"的鼻鼾声。他觉得很好玩，停下嘴来看着。看了一会儿，他叫道："嬷嬷。"

张倩听到叫声，抱着陈自睿从里面出来，问道："什么事？"

他指着陈无偏说："爷爷……"

张倩说："哦，爷爷困了，睡着了。你也累了，不背了。"说着抱着陈白睿进去，拎着一条毛巾被出来，盖在陈无偏身上。

陈自厉获得解放，马上跑到荔枝树下捉虫玩去了。

陈无偏"呼噜呼噜"地睡了一会儿，醒了，发现读书声没了，人呢？影也不见了。他喊道："自厉——"在荔枝树下捉虫子的陈自厉听见爷爷叫他，赶紧跑了回来。

陈无偏看见了陈自厉，眼睛一瞪，批评说："你怎么那么懒，真是条大懒虫！"

陈自厉顶嘴说："爷爷才是大懒虫。"

陈无偏佯装生气地说："我怎么是条大懒虫啦？"

陈自厉说："爷爷才听了一会儿就打瞌睡了，'呼噜呼噜'的，还流出了口水。"

陈无偏说："胡说！"

陈自厉分辩说："是真的，不信你问嬷嬷！"

在旁边的张倩说："爷爷不是懒，爷爷老了，精神不够，要打打瞌睡。"她对陈无偏说："岁月不饶人，无事多睡一会儿，不要硬撑着。"

黄守财没精打采地来到陈氏医馆，"噔"地坐到病人候诊的荔枝木凳上。

陈无偏看见这家伙的额头皱得像块刚撕下的鸡肫皮，便问道："来帮衬我？"

黄守财深深地叹了一口气，说："我还帮衬你什么？我就快要死了。"

陈无偏、张倩都被吓了一跳。

陈无偏说："是怎么回事，赶快跟我说说。陈某我没别的本事，可是救死扶伤还是可以的。"

黄守财说："我知道大哥的好本事。我是怕大哥你治得好我的病，但治不好我的命啊！"

陈无偏急了："是怎么回事？"

黄守财不说，只在那里叹气。

陈无偏更急了："我等着你哩，快说！"

连叹了几口气后，黄守财终于说了。

原来改革开放、招商引资之后，金窝村附近的村庄都盖起了厂房，农民们都洗脚上田了，番禺不少的乡村成了城中村，谁还来打铁铺里打农具？他的生意像被霜打过的红薯藤——蔫了。

同在一个村里，陈无偏可能因为他真的感到自己老了，不到处行走行走了，所以对外面的情况不是那么了解了。今天看见黄守财这副熊样子，他知道问题的严重性。他关心地说："还不想想办法？"

黄守财说："什么办法都想过了。"

"那怎么办？"

"等死咯！"

"嗨！"陈无偏霍然坐起，大声说道，"兄弟，打日本仔的时候你不是这样的喔！那时候你面对日本仔，敢作敢为，敢打敢杀，死都不怕。你今天怎么这个样子了？"

黄守财长长地叹了一口气："今时不同往日了……"

陈无偏说："又怎么不同呢？"

黄守财说："当年杀日本仔，主动权在我的手里，只要我够胆，不怕，想好了点子，抓准时机去干就是了。而现在没人来你这里打铁，你去拉他？你去打他？去揪人家的胸口？"

陈无偏说："我是叫你去拉人？打人？去揪人家的胸口么？"

"那……"黄守财定着眼睛看着陈无偏。

陈无偏说："我是叫你好好地想点别的办法。"

黄守财说："我想过了。唉，我是桐油埕一世装桐油，再装不了别的了。"

陈无偏说"嗨！别胡说八道。哦！即使你真的桐油埕一世装桐油，现在我就让你再装些桐油之类的东西，那总可以了吧！"

黄守财不明白，说："你这是什么意思？"

陈无偏说："你不是打了大半辈子的铁吗？我现在建议你去做铁的生意！"

"铁的生意？"黄守财如堕入五里雾中。

陈无偏说："你可以做五金方面的生意。"

黄守财似明不明："做五金方面的生意？！"

陈无偏说："是呀。现在许多人起屋盖房子，要买五金建材，你就去做五金建材的生意，这不是食正了水路（粤语，财路走对了）？"

黄守财眼睛一亮，是喔！这不是一条路吗？

他说："我一直搞工业（这家伙自视甚高，竟把自己的打铁铺上升到工业的高度了），商业从未搞过，一下子可能不大适应。"

陈无偏说："边学边干吧！现在改革开放了，很多事情都是没干过的，上面不是说摸着石头过河吗？你也下去摸摸吧。你那么聪明，天分又高，肯定比一般人摸得好的。"

黄守财被说得一身热辣辣的，不像刚进来时死赖赖的像条软皮蛇。

他说："万事开头难。大哥你说，我现在该怎么办呢？"

陈无偏说："去办证，贷款，找铺位啰！现在是抢食的世界，深圳人讲时间就是金钱。你快一点啰！"

黄守财一身是劲："多谢大哥！"说完转身，一阵风似的走了。

黄百当已经长成了个小青年。他瘦瘦的，青青涩涩的，不像他老豆那样五大三粗，而生得一品斯文。黄守财说他，你平时吃的到哪里去了？外人以为老豆舍不得给你吃似的。

这靓仔虽然长得精瘦，竟喜欢打拳。他现在正在荔枝树下扎马练拳。

黄守财见了他，说："老豆现在去办证，贷款，找铺位，准备开个五金店。你跟着老豆去跑跑，怎么样？"

黄百当没说去，也不敢说不去。他没吭声。他不知道他老豆是玩真的还是嘴上说说，加上他不愿意一天到晚站柜台，所以迟迟没有回复老豆的问话。

黄守财是个急性子，见儿子三脚踢不出个屁来，很不耐烦，自己一个人"噔噔"地走了。

那个年月不是万事开头难，而是万事开头易。银行巴不得你来贷款，工商局巴不得你来登记办证。公社已经改"镇"了。

黄守财希望在镇上开间铺。镇上的铺面也好找。他去进货，货主说有抵押可以赊货。不用一个星期，他的五金建材铺竟开成了。让人戏称了半辈子"黄老板"，今日他竟真的做了"黄老板"。

此时黄老板的心情害怕多过高兴。铺门打开了，货堆在那里。它虽然不会开口问你要吃要喝，可是铺租水电，灯油火蜡到时你得交喔。货品是用家里的房屋抵押赊来的，卖不出去还不了货款，到时人家要来封屋的喔！

他想想出汗了。

傍晚关铺回家，他来到了陈氏医馆。

陈无偏看见他又是一副蔫不唧的样子，问道："听说开张大吉了？"

黄守财瓮声瓮气地说："是开张大吉了……"

"你应该高兴呀！"

"我是高……高兴不起来呀！"

"嗨——怎么回事？"

黄守财没精打采地说："开张足足一天，莫说做成生意了，就是苍蝇也没飞进来一只，看来是死过咸虾臭过蟹了。"

陈无偏数落他说："开张大吉头一天，你就讲这些不吉利的话，你嫌好彩头了是不是？你这个人真是……做五金建材生意的嘛，你以为是在车站旁边摆摊卖早点，不用吆喝都有人围上来。你得耐心点嘛！"

黄守财被数落得鼻子不是鼻子脸不是脸的，回到家里，那心还久久未能平静。真是老革命遇到新问题。这个新问题不解决就要打败仗的喔。怎么办呢？我都准备好了一副笑脸，准备了一大堆好话，准备好了像孙子一般地迎候他们，他们就是不来，你不来我有什么办法？事急马行田，没办法都要硬想个什么办法出来啰，否则在那里等着人家来关门封屋？不行！那些家伙不来找我，我去找找他们行不行？不行也得行了，我总不能坐等着人家来关门封屋吧？

他老婆邓淑贞来来回回一颠一颠地跑着，像丫鬟侍候老爷似的给他张罗晚饭。

他说："你别跑了！"

邓淑贞听了一愣，定定地站在那里。

黄守财说："你跟我去看铺卖东西。"

邓淑贞半夜吃黄瓜，不知头跟尾。她问道："现在？……"

黄守财骂道："你吃懵了你。还没开饭你就吃懵了，我老黄有多少米够你吃?!"他好像要把刚才受陈无偏数落积存在肚里的窝囊气发回老婆的身上。"是明天。明天你跟我去铺头卖东西。知道吗？"

邓淑贞像钟鼓楼里的麻雀，不惯也惯了。你说什么就是什么嘛，到时候跟你去就是了。她不敢多问。她知道多问是招骂的。

第二天清早，邓淑贞早早就起来做早餐。两人吃过，她就跟着他去看铺。出到铺里，拉开卷闸门，勤快的邓淑贞抄起门边的扫把就打扫卫生。

才打扫完卫生，黄守财就说："我出去找生意，你在铺里看铺。"

邓淑贞竟吓得口吃起来："我，我，我看，看铺？"

黄守财瞪了她一眼："唔!!"

邓淑贞浑身发热，额头也冒出了一层小小的汗珠。"我，我，我……"邓淑贞急得连话也说不出来。

黄守财大声一吼："你什么?"

邓贞淑急出了一身大汗，终于把话清楚地说出来了："我不会。"

黄守财说："不会就学。现在改革开放，谁都不会的。上面说'摸着石头过河'。就你金贵，不能下河去?!"

邓淑贞就是长出一百张嘴来也说不过她的老公黄守财，她不出声了，直站在旁边抹汗。

黄守财看见老婆被征服了，说："我出去找大生意，你在铺里看店，零售的你按上面标的价钱卖给人家就是了。大单的把他的姓名地址记下来，我回头立马找他。"

邓淑贞被他吓得脸都黄了，在那里愣着忘记了吭声。

黄守财当她应承，于是出门而去。

走了半条街，黄守财突然想起我去联系业务找生意，光用口说不行呀，手上没拿着点东西谁信你？他想起现在的人时兴拿着张名片去联系什么的，我也应该有张这样的东西才好呀。

他身旁正好有家文印社，门口的广告就写有速印名片的字样。他便进了文印社，跟接待他的小姐说要印名片。

那小姐叫他把名片的内容写出来。

他说，我是农民，不会写。

小姐服务态度挺好的，说："你说我写。"叫他把店名、地址，什么、什么说出来。

小姐问："姓名?"

黄守财说："黄守财。"

"职务?"

职务？黄守财突然想起现在的人都扛着个大衔头吓唬人，我也要把那衔头弄大一些，不然让人瞧不起，于是说："董事长。"

那小姐不禁看了他一眼。印名片是不用证明函或介绍信的，那小姐只好照写了。

小姐说:"请等一会儿,立马就得。"

黄守财说:"还有一个。"他想,老婆看铺,没张名片是不方便的。他说:"店名地址和我的一样。"

那小姐说:"姓名?"

他说:"邓淑贞。"

"职务?"

"总经理。"

那小姐又看了他一眼。

真是立马就得,黄守财接过还温手的名片盒,付过钱,急急脚地走了。黄守财把老婆的那一盒交给老婆。邓淑贞呆呆的不敢接。黄守财骂道:"你真是穿起龙袍也不像太子。"

黄守财揣着他那盒名片跑了一个星期,名片发去了大半,竟像石沉大海,没点回声。他算是认了,服了,就等着债主上门封屋吧。他拖着像灌了铅的双腿,回到铺里。因为他今天出去的时间太长了,邓淑贞没时间出去买菜煮饭。看见他回来,邓淑贞匆匆忙忙地出去了。

邓淑贞一走,黄守财发现小便很急,刚才没意识去厕,到邓淑贞走了他才想起来,现在一想就急了,而且越想越急。

他的铺子比较小,是没厕所的,只能走几十米到公厕去,可是老婆又不在,我一时间怎么离得开呢?越想越急,急得实在憋不住了,怎么办呢?

正在这个时候,陈无偏领着一个人进来了。

黄守财急得连招呼都忘记打了。

陈无偏对他身边的人说:"这是我的兄弟,这间铺的黄老板。"他对黄守财说:"这是我的一个病友,他准备起大屋,我介绍他来你这里买建材。"

"啊!啊,啊,啊,啊,啊……"他双手捂着小腹,嘴里<u>丝丝</u>地吸着冷气。他高兴得差一点把一泡热尿屙到裤裆里去了。

十四

黄守财的奋力拼搏，没有感动到他的儿子黄百当。

黄百当只到他的铺头看过一两次，像来看货的顾客似的。你就别指望他出手帮忙干活了。黄守财这家伙治老婆威风凛凛，可是他的威风对儿子却凛不起来。这不是黄百当对老豆怎么样，黄百当有点黏，是个慢性子的人，做什么都比别人慢半拍。他喜欢打拳，即使打拳也是慢慢悠悠的，不像别人直着嗓子如虎啸猿啼般的嗷嗷大叫。他不吭不哈，他的拳脚也比别人慢半拍。但他讲究精准，一招一式都注意交代清楚。他遇事不着急，经常是黄守财着急他不急。他不急，黄守财最后也急不起来。

黄守财发现他的儿子很不像他，可是他又不想修理他、改造他。他原先以为他这辈子没有儿子了，没想到过了中年竟得了这个宝贝疙瘩。他疼惜他，捧着怕他摔了，含着怕他化了。凡遇到跟自己合不上节拍的事，他总对自己说："由着他吧，慢慢就会好的。"现在儿子闲悠悠的没帮他的忙，他也自己对自己说："由着他吧——"

黄守财每天都骑着辆破单车到各村去转转，可就没遇到一单生意。黄守财急到嘴角都起了泡泡，没想到第一单生意是陈无偏带来的。

这单生意的营业额是六百多元，他赚了一百多元。他跑到陈氏医馆去谢陈无偏，要请陈无偏一家到茶楼去饮茶。

陈无偏说："瞧你这个疯劲，你请我一家人去饮茶干什么？"

黄守财说："我要谢你呀！"

陈无偏说："我不要你谢。我帮你是应该的。我们是兄弟！"

黄守财说："我不请你，我过意不去。"

陈无偏说："傻话！你把你的钱用到做生意去，努力把生意做大。你既然那么介意请我，就等你的生意做大了，你再请我去饮茶吧！"

黄守财很感动："大哥真好！大哥以后碰到像今天这样的病友，也介绍给我啰！"

陈无偏笑道："我又不做五金生意。我不介绍给你，我留下来干什么？"

黄守财也笑了起来，笑得很开心。他说："大哥，我来你这里学到了许多东西。以后怎么做生意，大哥你再教教我。"

陈无偏说："我哪里做过生意？我哪懂做生意？不过我觉得做生意和做其他事一样，要动脑筋，不能光使蛮劲。我听说你天天骑着辆单车游村串户，晒得像只老马骝似的。这不怕苦不怕累的精神固然很好，但更要懂得用脑子，要懂得四两拨千斤，以巧取胜——喀、喀、喀、喀喀……"

黄守财一愣："大哥，你……"

陈无偏咳了一会儿，止住。他掏出手帕抹抹鼻子和嘴巴。

黄守财关心地问道："大哥，你怎么啦？"

陈无偏说："那条气突然不顺。"

黄守财着急地说："那要注意喔！"

陈无偏说："是要注意，但也注意不了那么多。人吃五谷，哪能没点毛病？再说人也老了。岁月不饶人啊！"

"既然知道岁月不饶人，大哥你就更加要注意啰！"

从陈氏医馆回来，黄守财的脑子还在盘算着。他明白这次是陈无偏救了他的急，不是这单生意，他的脑神经要崩溃了。他知道这样的生意是不可多得的，来找大哥看病的人不可能都准备盖房子吧。以后肯定要自己执生了。我自己怎么执生呢？大哥说的对，这玩意光使蛮力不行，还要用巧力，要四两拨千斤。可是怎么四两拨千斤呢？

他行也想，坐也想，吃饭也想，甚至睡觉中做梦时也想。在冥思苦想中他突然发现：不能守株待兔坐等上门生意是肯定的了。不坐等上门生意就要走出去。走出去像无头苍蝇似的到处乱转也不行。以前我不就是这样搞的吗？要行的话早就解决问题了，还会有今天的烦恼吗？我应该在自己出去跑的同时，又找人帮我去跑，把我的手脚驳长。我要给这些人一些好处。比如说事先讲好让他们提成利润中的百分之几，他们就有积极性了。现在改革开放，人们的眼光都变得实际了，没点实惠到身，谁为你卖命？而且我这样做也是只赚不蚀的。你做成了我就给钱，没做成那就对不起了。这样又公平又保险又能刺激他们的积极性。现在大家都在讲市场经济，我这样搞不是很市场经济吗？好，就这样干吧！

黄守财想，这一下子找谁来帮忙呢？最快最保险的还是找自己的亲友。

于是他把自己的亲友都发动起来了。这年月谁都想发财，他的亲友们听到黄守财这里介绍成一单生意就有提成，是利润总额的百分之几，都来了劲。他们都在盘算自己的亲友，有起屋动土的都动员他们到黄守财那里买建材。黄守财的生意一下子火红起来了。

黄守财发现自己很聪明。他知道这一招是打开生意之门的金钥匙。他原先是镇上门面最小、实力最弱的一家五金店，没想到他从此蒸蒸日上，竟成了镇上这个行业的领头羊。这是后话。同行如敌国，他不想他的同行也得到这把金钥匙，他要求大家保密，他甚至吓唬他们："不知道工商局允不允许这样做，大家不要乱讲喔。到处乱讲，将来有什么麻烦就不好啰，再说你们的亲友知道你们得了好处，也会对你们有看法的啰。"

黄守财很感谢陈无偏。是陈无偏在他最困难的时候，带给他第一单生意的。如果没有这单生意，他可能一蹶不振，坐等债主来拉人封屋了。以后给他拉了生意的人，都得到他的酬劳，而陈无偏没得过。连请他去饮茶他都不去，更遑论给他介绍费的事了。

因为过意不去，他常常去看他，即使很忙，他都坚持要去。

在看望中，他发现陈无偏的身体渐渐地差了，这仁兄真的渐渐地衰老了。他对陈无偏说："大哥，你可要好好注意注意自己喔！你想吃点什么，告诉我，我去买给你，好吗？"

陈无偏说："我想吃什么？我这辈子都是从粗茶淡饭中走过来的。你别轻视粗茶淡饭啊。我们中医说，干脆浓肥乃腐肠之药。常吃粗茶淡饭，人才健康少病。"

黄守财说他不过，但又不甘心："那你也要注意活动，注意锻炼呀!"

陈无偏说："我够活动，够锻炼了。一天到晚带着这两只小马骝，比放牛还累。"

"那就要注意休息喔!"

"注意注意，其实我带这两只小马骝就是休息。我一时半刻没见到他们，就一身的不自在。"

黄守财不禁哑然一笑："这老兄——"

黄守财感到自己发现陈无偏身体实在是比过去差了，但说他又不听，他很着急，他想："我说你不听，我就跟你的儿子说去。"

一日，他在镇上看见了陈抗日。陈抗日是到镇上出诊来的。

他喊道："抗日，来到镇上，怎么不来财叔这里坐坐?"

陈抗日开玩笑说："本来是很想的，但怕影响财叔你做生意，所以不敢。"

黄守财说："嗨，没话找话，你分明没有财叔的心。抗日，我是看着你出世，看着你长大的，是你阿叔喔，来到了这里都不来看看阿叔，说得过去吗?"他一把牵起陈抗日的手，"走，走，走，到我的小铺头里坐坐。"

来到了黄记五金店，陈抗日很有兴趣地四处张望。

黄守财说："抗日，好像你第一次来到我的小铺喔?"

陈抗日说："我刚才说了，我怕打扰财叔你做生意。"

黄守财说："说怕打扰我是假，你是和我财叔认生了。抗日啊!我跟你老豆是生死兄弟喔，几十年来我们肝胆相照，患难与共地走过来的，比亲兄弟还亲，你知道吗?"

陈抗日说："知道。"

黄守财说："知道了以后就要经常来喔。来到镇上，走累了，口干了，到我这里来歇歇脚，喝口水，几好。再说我见了你，心里更高兴。你说是不是?"

陈抗日从小是在黄守财的提点教导下长大的，在心里头黄守财是真正的阿叔，哪有不听之理?他"嗯嗯"连声，点头称是。

黄守财把陈抗日带到后面的一张沙发上。沙发前摆有一张茶几。他叫陈抗日坐下，取出一套工夫茶的家什，拿起电热水壶烧水沏茶。

陈抗日说："哇，大老板的格局喔！"

黄守财心里漾过一丝踌躇满志的快意。他说："瞧你说到哪里去了。财叔离大老板还差天远。不说这个了，抗日，财叔今日想和你谈谈你老豆的问题。"

"我老豆？"陈抗日不禁被吓了一跳，问道："我老豆有什么问题？"

黄守财反问道："你还没发现？"

陈抗日这下真紧张了："我真没发现。"

黄守财说："你老豆的身体比过去差了很多。你们真的没发现？"

陈抗日觉得很惭愧："也知道一些，不过我们朝见口晚见面，可能距离太近了，也没注意到什么。"

黄守财长长地叹了一口气："你老豆的身体比过去差得太大了。你还没发现？真是——我说抗日，你老豆不完全是你的，他还是我们金窝村的，是我们这片土地的，是我们许许多多的病友的。你知道么？"

"唔，知道，知道。"陈抗日让他说得满头是汗。

黄守财说："知道就要注意了。你要他注意休息，注意营养，注意活动。总之是什么都要注意。知道吗？"

陈抗日说："知道，知道。"

饮过了几道工夫茶，陈抗日解了渴，他要回去了。

黄守财挽留不住，最后说："以后到镇上，一定要到财叔这里，记住喔。"

陈抗日告别了黄守财，骑上单车，"嘎吱嘎吱"地回金窝村去。

一路上他的心情很沉重。他觉得自己太不孝顺了，自己是儿子，可是对老豆的身体竟没有财叔关注得那么细。老豆真的差了很多了吗？我怎么没发现呢？

回到村里，快到陈氏医馆的时候，他下了车，慢慢地推着。远远地，他看见老豆在和孙子、孙女玩耍。老豆勾着腰，迈着碎步，跟在孙子、孙女的后面。

陈抗日的心不禁"咯噔"了一下，这不是龙钟之态吗？跟着他的心又变得酸酸的。老豆老了，我一直把他当成铁塔。老豆是人，他也和其他老人一样抵御不了岁月的冲蚀啊！

他走近去，叫了一声："爸！"

陈自厉、陈自睿看见爸爸回来，都冲到陈抗日的单车跟前。他立定单车，抱起陈自睿说："爷爷累了，我们让爷爷休息一下好不好？"

晚上吃饭的时候，陈抗日盛了一碗饭，双手端到陈无偏的面前，说："老豆，阿妈，我想跟你们讲句话。"

陈无偏说："哎哟，听你的口气好像是很郑重似的，是什么事？"

陈抗日说："老豆、阿妈，我发现你们老了，真的老了。特别是老豆……"

陈无偏放下手中的饭碗，饶有兴趣地问道："我老了？怎么我自己都没有觉得呀？"

陈抗日说："老豆，你老了，不仅我觉得你老了，财叔也觉得你老了。今天我到镇上去出诊，见到了财叔，他专门跟我谈了这个问题。"

陈无偏笑道："阿财这小子，没事找事，你别理他。"

陈抗日说："财叔好心，他关心你，怎么说他是没事找事呢？财叔有句话说得好，他说，你老豆不仅是你陈抗日一个人的，也是金窝村的，是这片土地的，是广大病友的。你看人家把你的身体提高到那么高的高度来认识，你还说人家没事找事。我看你是不识财叔的一片好心。"

陈无偏说："我跟他是几十年的兄弟了，哪会不认识他？"

陈抗日说："老豆，你真有点顽固了。阿妈你怎么不说说他？"

张倩说："我说他说得还少吗？他几时听过我的？"

陈抗日生气了："老豆，我不跟你说那么多了。我来硬的了。老祖宗说，老来从子。你老了，就要听我的。我不允许你和阿妈太操劳了。家里的事尽量由我和苏秀来做。再说你们想吃点什么药？我来给你们做。是归脾丸还是金匮肾气丸？"

陈无偏不出声，心想："黄守财这家伙，害得我被骂了一顿，下一次我见了他，有他好看的。"

十五

陈无偏躺在"蛇吞拐"上打瞌睡。听见门口响起了一阵脚步声。他把眼皮裂开一条缝儿往外看了一下，发现来人是黄守财。

他不理他，把眼皮合起来。这兔崽子，看你又搞什么名堂。

黄守财进到了陈氏医馆里，看见里头只有陈无偏一人，而且还睡着了。他感到叫又不是，走更不好，于是只好坐下来，掏出香烟，点火，靠在太师椅上慢慢地抽着。

这边的陈无偏突然发现装睡是件苦差事。首先是尿急，而且是越想越急，急得很难忍受。第二是身骨疼痛。他发现如果真的睡着了，那身骨是不容易痛的，可是装睡却很容易疼痛，这真是件怪事。第三就是呼吸的那条"气"不好控制。它要么是不均匀，要么是憋气。一憋气就出汗了。他努力地坚持了一阵子，发现真难坚持下去了。他想结束这场"战斗"，于是故意重重地翻了一个身。

黄守财看见陈无偏翻身了，要醒了，赶紧叫道："大哥。"

陈无偏明知故问："谁呀？"

黄守财说："我呀。"

陈无偏问道："你是谁呀？"

黄守财一听，愣了，心想："连我都听不出来？我是你几十年的'沙煲兄弟'喔。"他说："我是黄守财呀！"

陈无偏问道："哪个黄守财呀？"

黄守财的眼珠子瞪得像牛眼般大：有冇搞错，金窝村还有几个黄守财？看他糊涂成这个样子，我说他身体很差，没过分吧？

他说："就是打铁的那个黄老板黄守财呀！你真的不记得了吗？"

"哦——"陈无偏翻身坐了起来，"黄守财嘛？怎么不认得呢，他即使化成了灰我也认得的呀！"

黄守财眉头一扬，这话可有点毒喔，我老黄化成灰了，还有好事吗？

黄守财正想说句什么，陈无偏先说了："来找我看病？"

黄守财说："不是看病，我是专门来看你的。"

"专门来看我的？"

陈无偏装模作样地看了他一眼："有心，有心。是专门来看看我挨骂的衰样吧？"

黄守财又一愣：这是话中有话喔。这老家伙今天跟我贴错门神似的，是怎么回事？他说："大哥，小弟哪里得罪你了，你今天好像很难交易的样子喔。"

陈无偏说："不是你得罪了我，而是我得罪了你。"

黄守财"呼"地拉开了衣襟，露出了胸口，说道："大哥，你朝小弟这里用力地打两拳。你打我两拳，我还会感到好受一些，你这古古怪怪的，好比钝刀子割肉，我实在太难受了。"

陈无偏说："我打你两拳，岂不是叫我更加挨骂？"

黄守财说："你整天说挨骂挨骂，你挨了谁骂了？你告诉我，我找他论理去。"

陈无偏不出声。

黄守财问道："是大嫂？"

陈无偏说："给个胆子她也不敢。"

黄守财沉吟了一下："那就是抗日啰？这孩子是一贯孝顺的喔，怎么一下子竟骂老豆了？他在哪里，我去批评他。"说着起身要找陈抗日。

陈无偏说："你别找这找那了。你这家伙，又做巫婆又做鬼。"

黄守财一听立刻跳了起来："我又做巫婆又做鬼？陈无偏，你讲话也太不干净了，怎么一张嘴就胡说八道呢？"

陈无偏的嗓门也大了起来："你不撩拨我的儿子，我儿子会一回来就骂他的老豆？"

黄守财说："陈无偏，事到如今，我说什么你都听不进去的了。我也不说了。我发个毒誓给你，好证明我的清白。"

他伸出左手食指举手指天，发誓说："我黄守财有撩拨陈无偏的儿子让他回来骂老豆的，天打雷劈，不得好死。生意立即破产，端碗沿街乞食。"

看见黄守财发出这样的毒誓，陈无偏知道黄守财来真的了，于是不好意思地低下了头。

黄守财看见他这副模样，也得理不让人："陈无偏，我是好心挨雷劈，你是狗咬吕洞宾。我和你做了几十年的兄弟，我怎么会搅弄你的儿子来骂你呢？"

陈无偏被骂得无话可说，耳后根都有点红了。

黄守财说："我那天只对抗日说：'你老豆老了，眼见身体越来越差，你要说说他，让他注意注意自己。'你要不要我找抗日来对对质？"

陈无偏着急了："不用，不用。"

黄守财发现自己赢了，于是乘胜追击，数落他说："大哥，我敢肯定那天抗日回来说你，你古古怪怪爱搭不理的惹急他了。抗日是在我眼皮下长大的，他的孝顺我不知道？不是我说你，你算是拾到了，有那么一个关心你身体的儿子，你去哪里找？即使挨他骂两句，那就当补药喝了啰！我巴不得我黄百当也这样骂骂我哩，可这小子却从来没有这把口，更没有这颗心。你有福了，你竟身在福中不知福……"

正数落着，张倩从里面出来了："财叔，怎么今天这么得闲？"

黄守财见张倩出来了，马上打住。"大嫂早，我是请大哥饮茶来的。"

陈无偏说："我不去！"

黄守财说："饮个茶嘛，怎么不去呢？"

陈无偏说:"不就是帮你拉了单生意嘛,就整天说请我饮茶,难道我帮你就是为了饮这餐茶么?"

黄守财说:"我不是因为这件事请你饮茶,我知道你是大公无私地帮助我的。"

陈无偏问道:"那你因为哪桩事请我饮茶?"

黄守财说:"因为我黄家有喜呀!"

"娶'新抱'了?"

"还不是。"

"那是什么?"

"我百当考入旅游公司做工了。"

陈无偏眼睛一亮:"啊!叻仔。"

黄守财问道:"那你去不去?"

陈无偏说:"去,去,去。这样的好事,当然去啰!"

黄守财对张倩说:"大嫂,合府统请喔!"

黄守财走后,张倩批评陈无偏说:"老头,你怎么那样说人家财叔呢?"

"你……"陈无偏显得有些不安。

张倩说:"我刚才在里边都听到了。你和财叔做了几十年的兄弟,我认识他也有几十年了,他怎么会是那样的人呢?再说我们抗日更不是那种人。抗日那天生气,黑着张脸说了你两句,是因为说你不听。他完全是为了你好。你小气了。你过去不是这样的,老了,性情也变了。"

"我……"陈无偏想解释什么。

张倩说:"别你呀我呀的了。以后你给我随和点,遇事想开点,自己的亲人,好友说你,肯定是为了你好的,要听,不要顶牛,不要闹别扭,不要生闷气。知道吗?"

陈无偏老了,脾性变了好多,可是怕老婆这一点却没变。他任她说,一句反驳都没有。

张倩继续说:"别人养只鸟,无事听听鸟叫,你也养一只嘛;有空就在村里村外走走,活动活动筋骨,散散心。还有就是经常给孙儿讲讲古仔（粤语，故事），让我抽得出时间来做做其他事。"

他老老实实地应道："哦！"

一天，白德来到金窝村找陈无偏看病。这令陈无偏真想不到。

白德一开始是做炒河粉的生意。他在打工的时候用心偷师，偷到了一些真本事，炒出来的河粉味道确实不错，加上他肯跪地喂猪嫲，以孙子的态度对待顾客，很得食客的好感，于是一炮打响，赚了些钱，也赚了很多的人气。

挖到了第一桶金之后，他乘胜前进，把粉摊改作小饭店。他明白这是背水一战，没有退路。但他想，如果不这样，以后一辈子都是个开粉摊的，绝无进步！

由粉摊升格为饭店，他不敢怠慢。他想，既然开店，第一时间就应该给店起个店名吧。名不正，言不顺的。有个好名字，自己在店前一站，腰杆也会挺直许多。

可是给饭店起个什么好名字呢？

他深感他现在的成功，除了他个人舍命去干之外，还主要得益于现在这个形势。改革开放打破了许多条条框框，使我得以施展聪明才智。他认定他得了改革开放的好处，才得心应手。我的饭店就叫"得心"吧！

"得心饭店"，这几好，没人起过这样的店名，这就新颖，就别致，不落俗套。而且内涵更好。"得心"，得天心，顺应历史潮流。得人心，大家都买我的账，都来我这里吃东西。得心应手，我想怎么干就怎么干，我想干出什么成就就得到什么成就。我叫白德，"得心饭店"的"得"和我名字上的"德"同音，与我有缘，这多好呀！就叫"得心饭店"！他不知道改革开放的政策是权宜之计还是长远的政策，不知以后还会不会变。他决心抓紧眼前的大好时机大干一场，即使以后再变了，变回以前那条路，我已有个大钱攥在手上了。

开店之后，他拼死拼活地干，连雇来洗碗的打工妹都叫他"拼命老头"。

白德拼得腰包鼓起来了，这使他非常高兴。但是，他也拼出了左腹的一个肿瘤，这叫他非常震惊和苦恼。他去县人民医院看过，医生说可能是癌，要做穿刺检查，才能最后落实。一句"可能是癌"，就把白德两公婆吓个半死，还要拿个东西刺进去，弄点什么东西出来化验，这不是更要命了。他们死活不肯，要出来找中医治理。出来找中医治了一段时间，效果也不理想。

白德两公婆感到绝望了。白德看着兜里的钱："我还没有怎么用过哩就要完蛋了，我的命怎么那么苦啊！"后来他听人说金窝村的陈无偏治病很拿手，他想，我就是金窝村人，我从小也听说过这陈无偏治病很有两把刷子。天无绝人之路。既然灯是火，何必到处摸？他立即跑到金窝村去找陈无偏给他治治。

回到金窝村，找到了陈无偏。他还认得陈无偏，只是觉得他老了许多，是个老态龙钟的老人了。这不管他，医生是块姜，老了才够辣。

他见了陈无偏，像在受苦受难中的凡夫俗子看见了莲座上的观音菩萨一样："无偏叔，今天我见了无偏叔，我的病有救了。无偏叔，您还认得我吗？"

对病友的这种真诚热切的心，陈无偏早已习以为常了。说不说这番话，我都要尽力救你的，这是我的责任嘛。他不动声色，在默默地听着。

当来人问他还认不认得他时，老头子才皱起鼻梁，睁大眼睛做一番观察和思考。

白德看出这老头子认不出自己，才说："我是本村的。"

陈无偏一愣："本村的？我怎么不认识你呢？"

白德看见老头子还不认识自己，他引导说："我是白明治的儿子白德呀，我……"

陈无偏恍然大悟："哦！你是白明治的儿子白德。"

白德忙着帮助老头子巩固印象："记得了吧？"

老头子笑道："记得，记得！你离开金窝村的时候，还是个学生哥哩，耶，现在一身光鲜喔，在哪里发财呀？"

白德望望自己，今日他西装革履。这副行头，他是经过一番斟酌才穿上的。俗话说衣锦还乡嘛，我几十年没有还过乡了。金窝村是我的家乡，更是我的伤心地，我今日回来，总不能让乡人小觑啊！所以这行头实在是要讲究一下的。

一提到这几十年的事，他又禁不住，一股酸酸的冷气从丹田直往上冲。他说："伤心事，莫提起。在改革开放前，我什么事没做过？什么苦没吃过？好不容易熬到了改革开放，我如枯木逢春，做了些生意，赚了些钱，不想又得了这个病。无偏叔，我的命怎么那么苦！"

陈无偏见了白德，好像见了多年未见的故知似的和白德热聊着，可一听到这家伙讲到改革开放前的不满的语气，他脸上的笑容立即像冬天的隔夜糨糊似的僵硬了。

白德再说什么他都没有入耳了，最后他开了一张老少咸宜，谁都吃得的"参苓白术散"把他打发走了。

白德回去吃了几服，发现胃口比原来好了一些，但肚里那个东西动也没动。他说："都说陈无偏厉害，我觉得也没啥呀！"

十六

白德找过陈无偏之后，又找过几个中、西医看过，但他肚里那东西不仅没有变小，反而日益见大了。

他慌了。他跟他的好朋友谈起这件事。

他的好朋友说："你还是再去找找陈无偏吧。你才吃过他一张单，就断定他不行啦？你用这样的眼光看医生，你就难找医生了。"

白德无计，又怕死，只好又硬着头皮去金窝村找陈无偏。他有点怕陈无偏，这老头古古怪怪，才有说有笑的，但一转脸就像换了个人一样，冷冷冰冰，像根木头似的。他真不愿意跟他打交道。可是那条老命又容许不得他扮矜持，老婆虽不嫩但儿子实在还小，令他矜持不得，还是硬着头皮厚着脸皮去找找这倔老头吧。他揣着一颗忐忑的心又来到了金窝村。

到了陈氏医馆，陈无偏不在，只见张倩在那里收拾桌椅，打扫卫生。

白德见了张倩，说："阿姨，我想找陈医生看病。"

张倩斟了杯茶给白德，叫他坐下，便到里面去喊陈无偏。

陈无偏吃过早餐，正和儿子在里面聊天，他知道白德又来找他看病时，倔头倔脑地说："你叫他走人，我不想给他看病。"

张倩觉得很奇怪："你又跟人家生什么闷气了？你过去对病人不是这样的喔？"

陈无偏瓮声瓮气地说："他对毛主席那个时代不满，我还给他看什么病？"

陈抗日听见老豆这么说，笑了笑。他站起来，斟了杯热茶放在老头的前面，说："老豆，我看过许多书，都说当年八路军抓到了日本仔的俘虏，八路军的医生都给这些日本仔的俘虏治伤看病的喔。这人说了句对那个时代不敬的话，他来看病，我看我们还是要给他看病的，你说是不是？"他说完出去了。

出到厅里，陈抗日看见有个人在那里坐着，便说："老头身体欠安，不能出来，我代替他看病吧！"

白德觉得很遗憾，他用询问的眼光打量着他。

陈抗日说："我是他儿子。"

白德依稀地记得陈无偏有个儿子，没想到如今长成了一个气宇轩昂的男子汉了。但他心里还是希望陈无偏亲自给他看病的，无奈人家已经把这扇门关起来了。没办法，不得已而求其次，他儿子出马就儿子出马吧，他赶紧向陈抗日套个近乎："啊！久仰，久仰。"

陈抗日实实在在，不善应酬。他话不多说，随手拿出手枕，就给白德诊脉。

他诊过脉，看过舌，详细地问过病情，又用手按按白德腹中的瘤子，然后拿出纸笔。他化开毛笔，给白德开了一张"加味清肠饮"：

金铃子四钱炒黑　薏苡仁二两　黄芩三钱　银花五钱
当归五钱　延胡索四钱　麦冬四钱　甘草三钱　地榆五钱
党参一两　五味子二钱　紫花地丁四钱　皂角刺四钱　三
服　每服加水五碗，煎成三碗，分早、中、晚三次服完。

　　他又取出九丸"灵蛇之珠"，交代每喝药一碗，含服一丸。吩咐三日之后，再来复诊。

　　白德发现这后生仔和老头子有所不同。他话也不多，但把脉看舌很认真，问得也很细，开完单后，也将注意事项交代得清清楚楚，不像老头子那样好像前世欠了他两吊钱没还似的。但他又想，是不是这后生仔本事不大，故意整色整水，使人以为他高深莫测？不过如今单也开了，自己又暂时找不到更好的医生，就将就将就，吃吃他的单子吧。

　　白德揣着一颗忐忑的心，服用陈抗日开给他的三剂汤药和九颗药丸子。吃了陈抗日的药，白德感到他的大便拉得很通畅，胃口也好。过去他见了饭菜没有食欲，吃过他的药，吃饭感到有味喔。

　　三天过去，白德发现他肚子上的那颗瘤子变软了。他的心"咯噔"一跳，立即涌出了一波喜悦的浪潮。

　　几个月来笼罩在他心头上的阴霾，片刻间烟消云散："我没事，我有救了，我要乘胜前进，坚决、彻底、完全把我这鬼病治好。"他身边没有药了，那后生仔开的药吃完了。他想："我要马上去找他，再弄点药回去，把我这病彻底治好。"

　　他骑着单车，急急忙忙地往金窝村踩去。一路上，他默默地向天告祷："我还是遇着那个后生仔就好了，千万千万不要碰见那个倔老头啊！"

　　到了陈氏医馆，白德真的碰到了他很想见到的那个后生仔，他很为自己的好运而高兴。这后生仔还是跟上次那样不苟言笑，还是跟上次那样认真把脉，还是跟上次那样认真地看舌头，还是跟上次那样认真地问这问那。白德感到自己的内心很踏实，同时也感到自己的心很温暖。他感到成功的医生肯定是这样的。

　　后生仔化开毛笔，给他开了一张新单子，然后又给了他九颗药丸子。他说："这是三天的药。三天过后，再来找我。"

白德非常感动，他很真诚地，其中也夹杂着一点讨好拉拢的成分对后生仔说："少先生，我体会到你的本事，比起令尊老先生要高出一头喔。"

后生仔笑道："多谢夸奖。不过实事求是地说，我的本事离我老豆一成都不到。"

白德感到茫然。

后生仔说："那天我老豆给你看病，你说了些对毛主席那个时代不恭的话是不是？这就影响了老头子水平的发挥了。白先生，在我们中国，许多从旧社会走过来的吃尽了苦的老人，对毛主席是有很深厚的感情的。你不注意这一点，触动到了他们的偶像，你就要吃点苦头了。"

这话说得白德的脸上红一阵白一阵。

张倩比谁都感受到老头子性情的变化。这变化的最大特点是"犟"。这老头年轻时的脾气可好了，好交易，易商量。家中的事他基本不理，全交给了张倩来管。当然，他现在也不管家里的事，但却好管一些旁人认为和他搭不上关系的事，而且原则性很强，管得还特别认真。张倩体会到这是老头子不可逆转的变化。她发现她不可能改变他，她只能努力改变自己。她知道他管了谁，令谁感到不舒服，她会悄悄地去给老头子擦屁股，向心里感到不舒服的人赔不是。

现在她知道老头子专给白德脸色看，每到白德来看病的时候，她就对白德多热情一些，端茶倒水，多和人家说说好话。

她发现老头子对许多人许多事都看不惯，可是对他的那对孙子孙女却什么都看得惯的。他对他们宝贝极了。

这时陈自厉已经念初中了，陈自睿也念到小学五年级了。中午放学回来，一见了嬷嬷，两人都夸张地喊饿。

张倩说："嬷嬷早就弄好了。嬷嬷现在就端出来。你们赶快背几段医书吧，要不，爷爷知道了就要骂你们了。"

陈自睿立即像唱歌般地背道："医之始，本岐黄……"

张倩笑道："背了那么久，还是'医之始，本岐黄……'小心你爷爷骂你。"

陈自厉背道："昔在黄帝，生而神灵，弱而能言，幼而徇齐，长而敦敏，成而登天。乃问于天师曰：余闻上古之人，春秋皆度百岁，而动作不衰；今时之人，年半百而动作皆衰者，时势异耶？人将失之耶？岐伯对曰：上古之人，其知道者，法于阴阳，和于术数，饮食有节，起居有常，不妄作劳，故能形与神俱，而尽终其天年，度百岁乃去。今时之人不然也，以酒为浆，以妄为常，醉以入房，以欲竭其精，以耗散其真，不知持满，不时御神，务快其心，逆于生乐，起居无节，故半百而衰也……"

正背着，陈无偏背着手从外面进来，他拍拍陈自睿的小脑袋，佯嗔道："你这个小懒虫。你看你哥哥几认真，几肯学。"

陈自睿从小得爷爷宠惯，故敢跟爷爷顶嘴："哥哥念初中了喔，当然背得比我好啰！"

陈无偏很欣慰："哥哥虽然比你大一点，可是能背《黄帝内经·素问》了，那是了不起的。你要好好向你哥哥学习喔。"

陈自睿不太服气，她把那个小嘴巴噘得高高的。

陈无偏说："爷爷今天不太舒服，你们兄妹俩给爷爷看看病好不好？"

一说给爷爷看病，兄妹俩来劲了。

陈无偏在太师椅上坐下，把自己的手垫在茶几上，再在手腕下面垫上手枕，说："爷爷准备好了，你们兄妹俩，一个一个来，给爷爷看病。"

陈自厉端了一个配八仙桌的方凳，放在茶几旁边，坐上去，坐好，把自己的食指、中指、无名指三指布在爷爷的寸口上，然后半眯起眼睛，调整好气息，按三部九候的要领进行把脉。把完左手把右手，再看看舌头，又看看脸色，最后问了一些情况，看完，他准备发表自己的看法。

陈无偏把手往上轻轻一举，制止住陈自厉的话路。他说："轮到自睿看了。"

陈自厉离开方凳。陈自睿坐上。她似模似样地布指，似模似样地半眯双眼，似模似样地匀气定息，似模似样地用举、按、推、寻的手法进行把脉。把完左手，她示意换。陈无偏换手，她继续似模似样地把脉。把完脉，她又似模似样看舌头。看过舌头，她又似模似样地望脸色。望过脸色，她又似模似样地问病情。问完病情，她就坐在那里不出声了。

陈无偏问道："看过了？"

陈自睿答道："看过了！"

"看好了？"

"看好了！"

"那开始会诊了啰？"

"可以！"

陈无偏问道："谁先讲呢？"

陈自睿说："当然是哥哥啰。哥哥比我大嘛！"

陈无偏把脸转向陈自厉："你是哥哥，你先讲啰？"

陈自厉爽快地说："可以！"

陈无偏鼓励地点点头："那开始吧！"

陈自厉说："爷爷脉弦偏芤，轻按弦硬鼓指，如触按葱壳，重按势减，好像里面比较空虚。六脉之中，以左关更加明显。舌有齿印，舌边暗红，左舌边上有一个瘀点，而且舌体偏胖，舌根的舌苔偏黄偏厚。脸色青中带灰。这是……"

陈无偏听了一愣，他伸手止住陈自厉，不让他继续说下去，自己找面镜子认真地看了一下，又自己给自己把了一回脉，心里不禁"咯噔"一跳。近来他只顾发脾气，只顾管人家的闲事，却没有顾及自己的身体。这样下去不行，这样身体是要出问题的——这孩子也真学到东西了啵！

今天早上的早餐是猪红粥送油炸鬼。因为吃粥，他感到尿急了。他正想去方便，突然看到陈自睿在旁边，这小丫头生性聪明，他又用心教了她许多医道，今天是要看看她学的程度，于是忍着不去，问孙女说："自睿，哥哥说完了，轮到你了。你也说说！"

陈自睿清了清嗓子，说："爷爷脉弦偏芤，舌有齿印，捆边舌（舌边像被捆起来，起棱角一样），舌体偏胖，舌根的舌苔偏黄偏厚。脸色有点青……"

陈自厉说："你怎么跟着我说的呢？"

陈自睿说："谁跟着你说呀！我们是同一个师傅教出来的，说出来的东西肯定是差不多的嘛。"

陈无偏笑笑，问道："那用什么药呀？"

陈自厉说："爷爷的身体，我看应该舒肝、柔肝、养心、化痰、补血、活血、通络。我认为要用'柴胡疏肝散'加味，方中重用白芍、酸枣仁、山萸肉，同时还要使用胆星、龟鹿阿三胶和桃红、丝瓜络等。"

陈无偏笑道："要用那么多，那么重的药呀？"

陈自厉说："乱世用重典。只有这样，才能将爷爷的身体状况迅速扭转过来。"

陈无偏尿意很急了，但他还是想问完陈自睿再走。他说："自睿，你看呢？"

陈自睿说："我的看法也差不多。"

陈自厉说："你怎么老是跟着我说呢？"

陈自睿说："这不叫跟着你说，这叫英雄所见略同。"

陈无偏笑着拍拍陈自睿的小脑袋，说："你这丫头不仅是条小懒虫，还是一只小狐狸，狡猾狡猾的。"

他觉得他的小孙子是块学医的料，我们陈家的家学是后继有人了。他也觉得他的小孙女聪明可爱，牙尖嘴利，虽然学医麻麻哋（粤语，一般般），但将来从政、从商，同人打交道，必定是个人才。他很高兴。

这时他真的忍不住了，于是急急忙忙地向屋后的茅坑赶去。

走过门槛的时候，他忘记抬腿，"啪"的一声，重重地摔倒在地上……

十七

陈无偏那泡急急的、热热的尿，"嘘"的一声撒到了他的裤裆里。

陈自厉、陈自睿未曾看见过这个阵仗，吓得直叫："嫲嫲，嫲嫲，你快来呀——"

张倩这时正在厨房里忙活。吃了早餐忙午餐，吃了午餐忙晚餐，她一天到晚有忙不完的活。听到两个孙儿一齐叫她，而且叫得那么声嘶力竭，她知道不好，撩起围裙将手胡乱地揩了揩，急急脚地赶出来。

出到厅里，看见陈无偏倒在地上，两个孙儿直摇他的肩膀，张倩吓得差一点晕了过去。

这时抗日和苏秀都不在，她知道这时她是这两个孩子的胆，如果自己也跟着晕过去，那就真把这两个孩子吓死了。她死鸡撑硬脚地坚持着去拉陈无偏，抱陈无偏。

当她的手伸向陈无偏的腰部时，发现腰部湿漉漉的，知道是尿，于是叫陈自睿说："睿睿，快到嫲嫲房里给爷爷拿条长裤来。"

陈自睿取出长裤，张倩叫两个孩子避开，自己给陈无偏换裤子。换好裤子，张倩要把陈无偏背回房里。她一个弱小的小老太婆，哪里背得起？

陈自厉说："嫲嫲，我来!"

他扎起了个"屙屎马"，有模有样地在地上半蹲着，张倩、陈自睿一齐动手，把陈无偏又拖又拉地弄到了陈自厉的背上。虽然他才是个十三四岁的孩子，但平时坚持跟着他爸爸扎扎马，打打拳，还真练出了一身气力。他反转双手抱住爷爷的屁股，使劲往上一抛，"噔噔"地往爷爷嫲嫲的房间走去。张倩、陈自睿也"噔噔"地跟在了后面。

进到了房里，陈自厉走到床前，转身，轻轻地把爷爷放下，张倩、陈自睿马上上前伸手扶住，小心翼翼地把老头子放平在床上。

这时候该怎么办呢？张倩真是六神无主了。过去她虽然跟陈无偏学过急救的本事，可是临床不多，加上这人是自己的至亲，心里一急，更不知道如何是好了。

在慌乱中她急中生智说："自厉留下，帮我一起救你爷爷。自睿，你赶快去找你爸你妈回来。"

陈自睿一头雾水："我爸爸、妈妈去哪儿啦？"

张倩说："我也不知道，你想想办法，向街坊们打听打听吧。"

陈自睿走了之后，张倩在心里自己问自己："怎么办呢？吃'苏合香丸'？里面有芳香开窍，活血化瘀药喔，不知老头脑子出没出血？如果出了血，用这些药恐怕不好吧？"她问陈自厉，但陈自厉一直在纸上谈兵地背医书，从未临床，这样的场面根本没有见过，何况这是爷爷。

他摇摇头说："嫲嫲，我不懂。"

张倩举起衣袖往额头上揩了一把汗，说："我们还是先给爷爷按摩吧，吃什么药等你爸爸回来再说。"她自言自语地说："按什么穴位呢？"

陈自厉说："我看按人中、风府、风池、合谷、足三里，这肯定是没错的。"

孩子也是老人的胆，张倩听了陈自厉的话，觉得有理，于是胆也大了。她说："我们就按摩这几个穴位吧！"

正当张倩和陈自厉使劲地给老头子按摩的时候，陈抗日闻讯急急忙忙地赶回来了。

一入门口，他就问道："给了什么药？"

张倩愁眉紧锁："我吓得脑子都空白了，不知道该给什么药，只好按摩着，等你回来拿主意。"

陈抗日一把抓起他老爸的手腕，给他号脉。号完左手换右手。左脉有些弦紧，右脉一般，他说："这个时候最好是用'安宫牛黄丸'。不过按摩这几个穴位也是对的。"

他马上找去找"安宫牛黄丸"。但家里没有"安宫牛黄丸"，只有"苏合香丸"。他想到镇上去买把时间耽搁了，而且镇上的药材铺也不一定就有，"苏合香丸"就"苏合香丸"吧！他赶紧化了两只，灌老头子服下。

灌过两只"苏合香丸"，老头眨巴着眼睛看着他的宝贝儿子。

陈抗日心想：当务之急是让他开口说句话，好问问他是怎么回事。让他开口说话最好用"资寿解语汤"。就用"资寿解语汤"吧！"资寿解语汤"就在他的脑子里，他单子也不开了，拉开百子柜就捡：

天麻三钱　天竺黄三钱　大枣五枚　防风五钱　羌活五钱　熟附五钱（先煎）　肉桂钱半　甘草五钱　羚羊角三钱（先煎）

他想想，觉得痰是重要的，应该加三钱胆星，老头的脑子不知出了血没有？如果出了，要止血喔，出了还要化瘀喔，加点三七粉吧，于是又加了三钱三七粉。

捡好药后，陈抗日马上将药倒进药煲，生火煲药，先煎附子，后煎其他的药，好在附子的量不算太大，先煎的时间不算太长，但前后都花了一个多钟。煎好了，陈抗日将药汤斟出碗里，将其放在凉水中晾冻，然后端到床前一匙羹一匙羹地喂老豆吃药。

这时苏秀回来了。

陈抗日看见她走进来，说："你跑到哪里去了，打锣般找你都找不回来。"

苏秀说："我就在菜园里呀，怎么不到菜园去找呢？"

陈抗日叹了一口气："谁会知道你在菜园里？"

苏秀问道："找我那么急有什么事？"

陈抗日说："爷爷摔倒了。"

"喔！"苏秀吃了一惊，进到房里，看见老公准备给老爷喂药。她说："我手轻，我来喂好。"说着端起药碗给陈无偏喂药。

喂完药，他们扶老头子躺下，帮他披好被子，叫他好好休息。

因为一早出了这件大事，陈家柴横凳乱，张倩六神无主，连午饭都忘记煮了。苏秀是当家媳妇，她赶紧把这个横七竖八的家收拾收拾，马上煮饭去了。

苏秀煮饭的当儿，陈抗日经常踮起脚跟悄悄地去看看他的老豆，发现他睡着了。苏秀把饭煮好。开饭了，她习惯地去喊老爷吃饭。

陈抗日说："他睡着了，不叫他，等他睡醒了再说。我们吃吧。"

苏秀留好了老爷的饭菜，大家便围坐在一起吃饭了。

吃过午饭，陈抗日又踮起脚跟去看看他的老爸。他看见他醒了。他叫了一声："老豆！"

大家知道陈无偏醒了，都赶来看他。陈无偏一眨一眨他那双老眼，看着他的亲人。

陈抗日说："老豆，你认识我吗？"

陈无偏眨眨他那双老眼，在喉咙里轻轻地叫了一声："乖仔……"话音未落，一颗浑浊的老泪盈眶而出，从那张遍布皱纹的老脸上流了下来。

陈抗日听见，眼睛一酸，喉咙一哽，差点哭了出来。

他用手背揩去了老豆脸上的泪水，歇了一会儿，用手指着张倩问道："你认识她吗？"

陈无偏说："老婆！"

张倩忍不住了，用手捂脸，哭了出来。

陈抗日指着陈自厉、陈自睿说："你认识他们吗？"

陈无偏说："乖孙。"

陈抗日又指着苏秀："她呢？"

陈无偏说："乖新抱。"

苏秀说："老爷，你饿了吧？我打饭给你吃好不好？"

陈无偏说："我想吃粥。"

苏秀说："我马上去煮，我马上去煮。"

看此情景，大家都松了口气。

陈抗日看见老豆坐得不舒服，便伸手去搀他，发现他的左手左腿软而无力，心里一咯噔，知道这事不是那么简单。他说："老豆，我和你去县人民医院找医生看看好吗？"

陈无偏摇摇头。

陈抗日再问他："我和你去县人民医院找医生看看好吗？"

老头子轻轻地但固执地说："不好。"

陈抗日再问道："为什么不好？换个思路，看看人家怎么个医嘛！"

老头子摇了摇头："你来医。我们陈家几时要西医拾过手尾？"

陈抗日听过民间有"自药不自医"的说法，加上这是自己老豆，生怕闪失，才有去县人民医院的念头，如今老人家执意不肯，他只有自己主治了。他用了"通窍活血汤""补阳还五汤""地黄饮子"等方子，都取得了较好的效果，但左手左脚麻而不仁的状况还未能得到彻底的改善。

陈抗日很焦急。陈无偏安慰他说："不要急。医得好的是病，医不好的是命。老豆都这把年纪了，果子也快熟了。"

陈抗日顶了他一句："别啰啰唆唆，想鬼想怪。安心养病，多吃几条方子就会好的。"

陈抗日想："这病是急不来了，既来之，则安之吧！在给老豆吃药的同时，还给他多做康复治疗。老豆是因跌扑致病的，其病在头，应该给他多梳头，多用手掌给他轻轻地拍打头部。"

于是他找了把木梳，给老豆梳头。一天梳好几遍；梳完又用手来轻轻地拍。梳完拍完问他："舒服吗？"

老头说："舒服。"陈自厉、陈自睿看见爸爸给爷爷梳头拍头，他们又来给爷爷梳头拍头。梳完拍完，他们也会像爸爸一样问爷爷："爷爷，你舒服吗？"

陈无偏高兴地点点头，说："舒服。"

陈自睿问："哪里舒服？"

老头子回答："心里舒服。这叫'父贤传子子传孙'啊！"

吃饭的时候，陈抗日开了个家庭会。他说："老豆病了，我们家的生活都给打乱了。为了应付这个局面，我们要把各人的分工调整一下。我要看住医馆，挣钱养家糊口，所以还是以医馆的工作为主。当然我一有空，就会来帮大家的手的。苏秀别的不干了，你把全部家头细务包起来。菜也不种了，吃菜到菜市去买。阿妈专职服侍老豆。自厉、自睿要乖一些，自己管好自己。现在是非常时期，你们不给大人添麻烦，就是帮了大人。你们知道吗？"

陈自厉、陈自睿都很懂事，他们说："我们不会给大人添麻烦的。"

陈抗日说："苏秀你可以吗？"

苏秀说："这有什么可以不可以的。这个时候不可以也得可以了。现在我更加发现奶奶的好，如果老爷没病，如果奶奶不需要服侍老爷，我们多舒服！"

陈抗日问张倩："阿妈呢？"

张倩不出声。她眼睛红红的，轻轻地点了点头。

张倩当然是责无旁贷，尽心尽力地服侍陈无偏了。她知道他就是她。她和他虽然不是结发夫妻，但她知道她和他比世界上许多真正的结发夫妻还要好，还要幸福。她知道他们的心已经深深地印在一起了，融为一体了，已经密不可分了。她每每想起她和他的结合，她觉得这是命，是天意。万恶的该死的日本仔践踏了中国，也蹂躏了她个人的幸福。当她被日本仔折腾得满身是病，人不是人，鬼不是鬼的时候，竟遇到了陈无偏。是陈无偏治好了她身上的患疾，是陈无偏治好了她心里的创伤。他维护她的尊严，他教导陈抗日尊敬她，孝顺她。他给予她无微不至的爱。她很满足，她很感谢上天。她总觉得陈无偏是上天赏赐给她的，所以她很爱他。她总觉得他是她遮阴的大树，避风的港湾，她绝没想到他也有不支的时候。她深感过去对他关心得太少了。虽然过去他也有过一两次身体不适的时候，但都是咬咬牙关打个喷嚏就过去了。没想到这次却来真的，真让她后悔到肠子都青了。早知道会有今日，她多些关心他，照看好他或许他就没有这次灾难呢！哎！过去没有做好，现在就要做好。她坚信把他服侍好了，他肯定是会好得快的。她每日不知疲倦地给他洗洗刷刷，梳头拍头，翻身捶背。一有空就逗他说话，陪他说话。三四十年前，晚上睡觉的时候，陈无偏经常弯起手臂给她做枕头，现在她也弯起手臂给他做枕头。她像伺候小宝宝似的用另一只手给他搓头、搔背。

她深情地对他说："你快快病好吧，我少不了你，许许多多病友都少不了你啊！"

十八

"沙煲兄弟"黄守财听见大哥又病了，他把他的五金店丢给了老婆邓淑贞，急急忙忙地从镇上赶回来看望他的大哥。

他进到了陈氏医馆，看见里面静悄悄的，感到很不习惯。他探头探脑地朝里面喊道："大哥——"

在里面服侍着陈无偏的张倩听到了黄守财的喊声，对陈无偏说："财叔来了。"她朝外应道："在这！"

黄守财循声进来，在房门口见了张倩，叫道："大嫂好！我大哥呢？"

张倩说："他在这。"

黄守财探头往里一看，见陈无偏躺在床上，叫道："大哥！"

陈无偏少神无气地说："找我看病？我给你看不了病了。"

黄守财说："我不是看病来的。我是看你来的。我听说你病了，急急忙忙地从镇上赶了回来。"

陈无偏说："有心了。"

黄守财叹了一口气："有心也好，无心也罢。我们是兄弟，也算是打断骨头连着筋那种吧。一听见你有事，我就蚂蚁上身坐不住了。好些了没有？"

张倩帮他回答："好些了。"

黄守财说："好些了就好，开了好头就会慢慢地好下去的。大哥，不是我说你，我上次就给抗日提了个醒，叫你多注意，不知你注意了没有。"

张倩在旁边抱怨说："要是注意，就不会是现在这样咯。"

黄守财说："大哥，你这个人呀，平时是有口说别人，没口说自己。平时有人来看病，你总是叫人注意这注意那，可是我发现你自己就没注意。你说是不是？"

陈无偏说："不是没注意，注意了，其实这是命……"

黄守财说："什么命？其实你的命比谁都好，大嫂又靓……"

张倩立即把头低了下去。

黄守财看见了，连忙说："这不是我一个人说喔，是全村的人都这么说喔。大嫂又靓又贤惠又细心，对你服侍得几周到。抗日又孝顺又聪明又能干，你陈家的事业后继有人了。你那孙子孙女又聪明又乖巧又可爱，叫人看见羡慕得不得了。你还嫌你的命怎么的。"

陈无偏说："这道理跟你讲不清楚。不说这个了。你最近几好？"

黄守财说："我也不知道我到底好不好。"

陈无偏凝望着他，笑笑，摇摇头："你这家伙晒命了。"

黄守财认真地说："大哥，我不是晒命喔。我现在是想休息。"

陈无偏笑道："赚够了。"

黄守财说："老老实实地说，本是赚回来了，利还没赚几多，就是太累了。大哥，我小你不了几岁，也老了。我恨我儿子不肯来接我的班。我这间铺开得很不容易，关了实在可惜，所以在那里硬撑着。其实我这把老骨头还能熬出几两油来？所以我说我现在真的不知道到底是好还是不好。"

陈无偏看见他是真心的，也不逗他了："那你就跟你的儿子商量商量咯。"

"商量？这小子听我的就好咯！大哥，我真羡慕你抗日。几听话，几孝顺。如果我百当有你抗日一半那么孝顺，那么听话，我马上把我的铺头丢给他，回村里养老，每天和你在一起吹吹水。我们好久没有机会在一起吹水了。"

陈无偏何尝不想聚在一起吹吹水啊！现在一吹，精神就好多了。

黄守财继续说："我肚里那个生剋日本仔的故事快要长毛了。你扛着半箱手榴弹边走边往日本仔的人堆里扔的故事也要摊出来晒晒太阳了。我觉得自己有点怪，越老越喜欢把过去的那些故事拿出来晒一晒，让年轻人听一听。现在的年轻人就喜欢日本仔的商品，快把他们过去侵略我们的罪行给忘了。"

　　陈无偏深有同感。他说："你快回来呀！我真盼着你快点回来。"

　　黄守财说："我当然要快点回来。你要保重好，养好病等着我回来。你那个日本仔好吗？"

　　陈无偏一愣："怎么我的日本仔？"

　　黄守财看见陈无偏愣着，说道："我说你那个回了日本的陈和平呀！"

　　陈无偏回过神来："啊！还好。"

　　黄守财说："我想到日本去。现在兴许去日本旅游的。我出钱，我们一起去好吗？"

　　陈无偏笑道："你发大财了。钱多到没地方放吧？要去你自己去。我去干什么？我见了那些日本仔，心里头就是恨！"

　　黄守财说："去日本探探你的陈和平呀！"

　　陈无偏真没想过这个问题，他说："不去！"

　　黄守财说："其实我想去日本，是有个目的的。"

　　陈无偏用诧异的眼光看着这个黄守财，好像不认识他似的。目的？他心里想道："这家伙有什么目的？"

　　黄守财兴致勃勃地说："我听人说现在日本东京街头有日本仔拉的黄包车，给游客观光用的。我就想坐一坐这样的车，让那些日本仔拉一拉，尝尝日本仔给我拉车的滋味。俗话说：'银纸是揾来使的，世界是做来睇的。'我就是要过过日本仔给我拉黄包车的瘾。"

　　黄守财惦记着他的五金店，看过了他的大哥，吹过一通水，又急急忙忙地走了。

　　街坊们知道陈无偏病了，络绎不绝地来探望他。陈无偏人缘儿最好，几十年来救人无数。如今病了，听说还病得不轻，大家心里焦急，像自己家里的亲人病了一样，都跑来看看他，希望他早日康复。

今天一大早，三姑、六婆就结伴来看他。二叔婆过身之后，三姑、六婆就成了村里最老的老人了。她们都拄着木棍，来到了陈氏医馆。

医馆静悄悄的，她们感到少了过去那种人气。在她们的印象中，陈氏医馆不仅是村人看病的场所，也是街坊聊天的去处。大家有事没事都喜欢到陈氏医馆里坐坐。现在陈先生一病，这氛围就没了。她们非常感慨，同时不免有些唏嘘。

她们站在医馆里，进也不是，退也不是，喊声"陈先生"吧，又明知他已经病了，卧床不起了。既然卧床不起你还叫他，岂不是为难他了？可是就这样走也不好，两个老太婆嘀咕了一下，就叫他的老婆吧！于是叫道："陈师奶——"这是解放前街坊们的叫法，几十年来她们还改不了口。

正在服侍着陈无偏的张倩在里头听见有人叫她，便急急忙忙地走出来。看见是三姑六婆，她问道："三姑、六婆，是来看病吗？"

三姑说："不是，听见陈先生病了，我们来看看陈先生。"

六婆说："陈先生好些没有？"

张倩谢道："三姑、六婆，真是有心，真多谢了！"

六婆说："我们想看看陈先生，不知方不方便？"

张倩说："没什么的，难为两老那么有心，无偏就在里面，两老想看，就请跟着进去吧。里头光线暗一些，两老慢些走喔。"

她领着两个老太婆磨磨唧唧地往里走，走到她的房间门口，叫道："老头，三姑、六婆来看你了。"

陈无偏答道："哟！有心有心，多谢多谢！"

他挣扎着要坐起来，可是一边身的手脚又不太为他争气。

张倩立刻上前一步，用力把他扶了起来。

陈无偏感到有点难为情，他说："又劳烦两位老街坊老姊妹来看我了，真不好意思。"

六婆说："既然是老街坊老姊妹了，还有什么好不好意思的。"

三姑说："陈先生，过去我们一有病就来找你，现在你有病了我们却帮不了你。感到不好意思的不是你，而是我们。"

陈无偏笑道："哪能那么说呢？给人看病是我的本分，是我应该做的。"

六婆说："陈先生你真是好人。帮了那么多的人，说话还那么谦虚，从来不在人们的面前摆款。陈先生，我们都希望你快点好喔，你生了病，我们是不得安乐的喔。"

三姑说："你好些了没有？"

陈无偏说："好些了。"

六婆说： "你好些，我们就安乐了。陈师奶，你多辛苦一点啰。"

张倩的心感到很温暖。她说："我不辛苦，两老有心了。"

三姑、六婆走后，张泉、阿牛、强仔他们也来了。远远近近的街坊都来了。街坊们都想来看看陈无偏，但又怕给陈家添麻烦。所以街坊们来之前一般都先向陈抗日，向自厉、自睿打听一下情况，然后在中午、傍晚陈家人多的时候去，尽量少打扰他们。

一日傍晚，陈家正在吃晚饭，刘天赐匆匆忙忙地赶来了。

陈抗日立即放下饭碗，问道："老村长，没吃吧？来、来、来，如不嫌弃，我们一起吃。"

刘天赐已调到镇上的供销社去工作，所以陈抗日叫他老村长了。

刘天赐说："吃过，吃过。"

陈抗日说："你嘴唇干干的，哪里像吃过的样子。来、来、来，别客气。"

刘天赐急得直摆手："恕我说假话，恕我说假话。不好意思喔！我家里已经煮好了，吃了你的，剩了我的，也不划算。我是怕吃了再来，影响无偏叔休息了。哦！无偏叔怎么样？好了些没有？"

陈抗日说："老村长有心，老豆好些了。"

刘天赐问道："无偏叔呢？怎么不见他吃饭？"

陈抗日说："他刚吃过饭，回房间里休息了。"

刘天赐问："睡觉了吧？"

陈抗日说："哪能那么快就睡觉。"

刘天赐说："那好，我去看看他。"

陈抗日说："老村长真有心了。我们一起去。"进到房里，陈抗日说："老豆，老村长来看你了。"

陈无偏见刘天赐来看他，挣扎着要坐起来。

刘天赐快步上前去扶他："无偏叔，好些没有？"

陈无偏说："好些了，有心！"

刘天赐认真地端详了一会儿："无偏叔憔悴了一些喔，要多多注意喔。"

陈无偏笑道："是吗？我自己倒没觉得喔！"

刘天赐说："关键是你没觉得，大意了。如果你注意一些，或许就没有这次灾祸的。抗日，你说是吗？"

陈抗日说："当然是啰！病人来看病，他的医嘱啰里啰唆，生怕别人不按照他的话去做，可是到了他自己，他就不是这样的了。我们没少说他，他就是不听。老豆，老村长也是这样说你了吧？可见我们过去没说错你，你以后要好好注意了。"

刘天赐说："无偏叔，你以后可真的要好好注意了。你是我们的胆啊，是我们的守护神啊！你身体健康，无病无痛，我们什么都不怕；你有病有痛了，我们就慌了，你知道吗？"

陈抗日在旁边帮腔说："你看大家几着急你，你听到了吧？"

刘天赐说："明天我回到镇上，要跟陈书记说说。"

他说的陈书记是陈新，已经退休了。

陈抗日说："不用了吧？"

刘天赐说："陈书记是个大好人，就是脾气太臭。他知道了，第一时间就会怪我不告诉他，准把我骂个狗血淋头！"

陈无偏这两天不大吭声，张倩问他也懒得开口答话。

张倩感到纳闷，这老头怎么了？她认真地检讨过自己，觉得自己没有什么地方得罪过他呀！这是怎么回事？

十九

今天早上，张倩服侍陈无偏吃过早餐。洗抹过后，张倩把他挪到床屏跟前，在他的背后垫上个枕头说："靠着床屏坐坐，不要一吃完就睡。睡多了无益。"

陈无偏没出声，任其摆布，但是一脸沉思状，好像很有心事似的。

张倩说："老头，好像对我很有意见喔！"

陈无偏看了她一眼，好久才说道："你又怎么啦？"

张倩说："我不怎么样，我觉得你好像怎么样喔！"

陈无偏说："你好像不耐烦了，没事找事。"

张倩听了这话，生气了："你这个没良心的。我每天辛辛苦苦地服侍你，你好话不讲一句，还说我'不耐烦了，没事找事'，你是什么意思？"

陈无偏生性怕老婆，这性格几十年来都没变。他见张倩生气了，立即认真起来。"哎哟，你怎么说翻脸就翻脸的，像小孩子一样。你想到哪里去了，我怎么会对你有意见呢？"

张倩说："你没意见，你怎么一天到晚吊起张脸，问你也不吭声？"

陈无偏说："我想事嘛！我想事当然不希望你打扰我啰。"

你想事？张倩感到奇怪了。老头这么一大把年纪了，还有什么事要这样去想？我都跟你几十年了，我把一切都交给你了，你还有什么要想的？你还有什么不能让我知道？她定定地望着陈无偏："你想什么？能告诉我吗？"

陈无偏说："你说的也怪，我有什么不能告诉你的呢？"

张倩一听，觉得好笑，这老头也不经激，我一激他就撅起屁股把底亮出来了。

她说："既然能告诉我，那你现在就跟我说说吧！"

陈无偏踟蹰地说："我想去日本……"

"啊！"张倩让他吓了一大跳。她立即想起了她四十多年前的遭遇。一提起日本仔她就恨之入骨："日本是人去的地方吗？你想去日本干什么？"

陈无偏说："我想去看看和平。"

这一句倒是让张倩无话可说了。即使是她，也是巴不得见见她魂牵梦绕的马骝仔的呀！马骝仔是她一泡屎一泡尿，一口粥一口饭养大的呀！

她心里很矛盾，"吭哧"了一会儿，她说："不去日本也可以看到和平的呀！"

陈无偏说："不去日本怎么见到他？"

张倩说："可以叫他回来嘛！"

陈无偏听了，不觉"哦"了一声。他觉得那么浅显的道理都忘记了，真是有点老糊涂了。过了一会儿，他又说："不过我还是想去。"

张倩说："为什么？你这老头是有点执迷不悟了。你为什么要去？你得把你真正的动机告诉我。"

陈无偏说："瞧你看得那么复杂。有那么复杂吗？阿财说日本东京有日本仔拉着黄包车让游客坐在上面观光的，我也想坐坐日本仔拉的黄包车。"

张倩听了，不觉又气又好笑："老头子，你真是返老还童了。"

陈无偏认真地说："这不是返老还童喔。"

张倩说："不是返老还童是什么？"

陈无偏说："我是想出出心中那口恶气。过去日本仔把我们打得鸡毛鸭血，现在我们要他们给我拉拉黄包车，心里头总解点恨吧！"

张倩无话可说了。这种解恨方式未免有点天真可笑，可毕竟也解了一点恨呀！她说："要去你自己一个人去吧。我是不去的。我恨死了他们。我恨不得扒他们的皮，折他们的骨，狠狠地咬他们一口。"

陈无偏觉得很遗憾："你不肯去,我一个人去有什么意思呢?"

说起了见马骝仔,张倩也动了心。她看见老头子确实牵挂着马骝仔,于是就写封信去,叫他尽量回来,老豆要看他一下。

马骝仔带着老婆孩子归心似箭地回中国了。

马骝仔一别中国十多年,这次返回中国,发现中国发生了很大的变化,变得几乎都不认识了。香港旁边出现了一个大城市深圳。这深圳规模之大,面目之新,高楼之宏伟,街市之繁华,令他目瞪口呆。他也去过东京,他觉得深圳和东京也差不了多少,只是熙熙攘攘的身影,徐徐而过的汽车,东京或许更多一些。广州的变化也非常之大。广州的市区扩大了许多,珠江两岸多了许多高楼大厦,而且一幢比一幢宏伟,一幢比一幢漂亮。

番禺的变化更大。他离开番禺去日本的时候,市桥还是个小镇。十几年过去,市桥确实"长大"了许多。高楼大厦鳞次栉比这自不必说,光大北路就叫他惊叹不已。马路上车水马龙,马路两边的人行道上熙熙攘攘,人流不断。人走在里面,不是人在走,而是人流簇拥着你,令你欲停不能。市桥街上行驶着一辆辆"的士",这是他去日本之前所没有的。

市桥变化之大,令他找不到回金窝村的路了,于是他举起右手,朝标有"空车"字样的"的士"挥挥。"的士"停了下来。

他试探地问道:"师傅,可以到金窝村去吗?"

司机大佬说:"可以。"

马骝仔喜出望外,立即拉开车门,把老婆孩子和行李塞进车里去。

"的士"徐徐开动,马骝仔把脸侧向车窗,全神贯注地贪婪地注视着窗外的景色。

市桥新建的马路又宽又直。马路两旁,高楼林立。楼宇面前都整整齐齐、密密麻麻地安装了许许多多的招牌和广告牌。拐了几个弯,出到郊区了。

马骝仔记得以前金窝村到市桥走的是村路。所谓村路,就是泥

125

巴路，是晴天坑坑洼洼，雨天烂烂滑滑的小路。如果阴雨天在上面踩单车，一不小心就会栽进路边的水田里。但在晴朗的日子，行走在村路上，又可以领略到许多的乡间美景：路树外面是广袤的田野和连片的鱼塘，明净的塘水倒映着蔚蓝的天空。田野上，一方方、一块块地间种着生机勃勃的各种作物，在艳阳之下，这些田地色泽鲜明，耀眼醒目。一条条弯曲的阡陌蜿蜒伸至田野的深处，被漾青泛绿的稻菽所淹没。粉蝶在菜花上翻飞，鹧鸪在路树的梢头啼唱。清风徐来，偶尔可以闻到一脉脉的花香。

可是现在"的士"行驶着的是柏油路。原先路旁的那幅宁静美丽的禺南田园画，已被簇拥的高楼、厂房和镶贴了瓷砖或马赛克的农舍遮割得零碎了，这令马骝仔感到有些遗憾。但转念一想，又觉得这不表明了禺南大地正在发生着翻天覆地的变化吗？而且换一个角度去审美，这些也是很好的美景呀！

马骝仔发现他对日本的山川草木并没有那么上心。他一踏上日本的土地，就陷入了烦恼之中。他的生父山根四治郎因为奢求落空而嫌弃他，他的长兄山根友度仕则排挤他，事事处处和他作对，他在孤立无助中求生存。那时的他哪有心思去关心日本的景色。即使在什么地方看见了日本美丽的景致，他都是看了即了，没有太过在意。

自从去到日本之后，他知道日本在法律上是他的祖国，但他更觉得番禺是他的故乡，他是在番禺这块土地上出生长大的。番禺的一草一木，都注入了他的感情。番禺的山山水水，都深深地刻印在他的心坎上了。阿英也把脸贴在车窗上贪婪地观赏着车外的景色。

她禁不住赞叹道："真的变得认不出来了。"

热心的司机听见她这么说，插嘴道："你们是好久没有回番禺了？"

阿英说："是呀，已经十几年没回番禺了。"

司机说："难怪，这十几年番禺变化很大咯。再过一段时间变化更大。现在政府正在修一条'迎宾路'，将番禺和广州连在一起了。以后从番禺到广州，真是说到就到了。"

金窝村也说到就到了。

"的士"在一处路口停下，司机说："到了喔！"

他们懵懵然，下车、付钱、拎行李。阿英抱起她的儿子思汉，自言自语地说："到了呀！？"她东张西望，村口盖了许多贴了瓷砖、马赛克的新房子，树木也砍了许多，原来的麻石路也铺成了水泥路，真认不出来了。

小孩子看见来了一辆"的士"，走下了一伙陌生人，都围上来看热闹。

这时有人问道："你们从哪里来的，找谁呀？"

马骝仔一看，这不是强哥吗？他惊喜地叫道："强哥！"

阿强眨巴着眼睛问道："你是谁呀？"

马骝仔自报家门："我是马骝仔呀！"

阿强眼睛一亮："啊，你是日本仔？！"他笑着向后面伸着脖子瞧热闹的好事者们喊道："鬼子进村了！"

二十

马骝仔不禁一愣。他感到阿强的话有些刺耳。从小叫我"日本仔"就算了，怎么现在我回来了还叫"鬼子进村"呢？我是鬼子吗？

阿强发现刚才欢口笑脸的马骝仔突然黑了脸，知道自己的玩笑过火了。他赶紧搂住马骝仔的肩膀，赔笑道："对不起，对不起，不好意思，一回来就跟你开玩笑——不生气吧？来，我给你提行李。"

街坊们听见马骝仔回来了，都跑出来跟他打招呼，好像自己的亲人从远方归来一般。

有好事者早已跑到陈氏医馆里通风报信。

张倩一时之间也愕愕然。虽然是她写信叫马骝仔回来的，但她写信的时候是本着随便说说的心态写的，山长水远，他真的会回来吗？如今街坊说他回来了，事先怎么也不招呼一声呢？她本想也跟去瞧瞧的，可是家里还躺着个老头啊！我能丢下老头一个人跑去吗？当然不能！

她走进房里，对陈无偏说："街坊说和平回来了喔……"

陈无偏一听马骝仔回来，马上挣扎着要坐起来。

张倩扶他坐起来。陈无偏要下床。

张倩扶他下床。他要下地出去。

张倩搀着他，一瘸一拐地出到了医馆里。才坐下，马骝仔一家人就在街坊们的簇拥下走进来了。

陈无偏、张倩一眼就从人群中认出马骝仔来了。他俩又惊又喜，惊喜到有点目瞪口呆，一时之间不知该说什么才好。

马骝仔跨前一步，"呼"地深深将腰一哈。陈无偏、张倩不禁一愕。他们不适应这个。特别是张倩，她突然想起四十多年前见过的日本仔，他们之间就是这样行礼的。马骝仔的腰深深地一哈时，那腿不禁一软，顺势便跪了下来。"爸……妈……呜呜……"

看见马骝仔这一跪，这一哭，张倩的双腿立刻就软了。她弯腰伸手去拉马骝仔。未拉起马骝仔，她自己已跪坐在地上。

马骝仔反过来去搀扶张倩。他哽咽道："妈，我突然发现你老了！你身体好吗？"

张倩不知道该怎么样去回答他，只是不停地抽泣。问候过张倩，马骝仔又去问候陈无偏："爸……"

陈无偏已经不能站起来了。马骝仔又跪下去，跪在他的跟前。陈无偏伸手想摸摸马骝仔的头，可是那手已经不很听使唤了。

马骝仔发现这个，立即把自己的头就得更低一些，他拉起陈无偏的手，放在自己的头上。

陈无偏的手摸得着马骝仔的头了。他轻轻地抚摸着马骝仔的头发，叫道："和平……"

马骝仔应道："爸……我接到妈的信，知道爸爸病了，我立即就回来了。呜呜……"

陈无偏听到马骝仔这么一说，喉咙哽咽，鼻子也酸了："和平很乖，很有心……"

马骝仔哭道："我的心是经常想着爸爸和妈妈的。在闹饥荒的那几年，村里的饭堂搞双蒸饭，爸爸每天在自己的饭钵里划出一角来，挑进我的饭钵里……"

陈无偏听了，嘴巴一扁，哭了起来："和平，难为你了，二十几年了，你还记得这些……"

马骝仔说："记得！"

陈无偏问道："二家嫂呢？"

阿英赶快上前一步，给陈无偏磕头："老爷……"

陈无偏看着阿英说："乖啦。"

阿英又给张倩磕了个头："奶奶……"

张倩赶快把阿英扶起。

陈无偏问道："孙子呢？"

阿英赶快把一个四五岁大的小男孩拉过来，教他："叫爷爷，叫奶奶！"小孩子莫名其妙，愣愣地站在那里没有开口。

阿英用日语教他说："这是你的欧吉—桑和欧巴阿桑，快叫呀！"

小孩子叫道："欧吉—桑、欧巴阿桑！"

陈无偏和张倩不知道他说的是什么，但在此情此景之下他们也明白这是叫他们，于是都满脸是笑地应道："好乖！"

小孩子没有开口之前，在座的所有人都沉浸在陈家的悲欢离合、天伦乐事的氛围之中。在这欢乐祥和的氛围中突然间冒出了一串稚嫩的日本话，使大家不免一愣，脑子里立即意识到这里头除了家庭，还有个国与国的问题哩！

张倩嘴上说着"好乖！"心里却在发怵。她看着这个说日本话的小孩，心里头觉得很别扭，她这辈子最憎恨的莫过日本人了，最讨厌听的莫过日本话了。四十多年前，她在慰安所里就是听着这些鬼话受着这些魔鬼的蹂躏和摧残的。那不是人过的生活啊！四十多年来，她每想起这些往事，她心里头的伤口就在流血。现在她听了这些鬼话，虽然脸上浮起了一层笑容，这笑容别人看不出，但她自己知道这是假的，此时此刻她浑身冒起了一层粗粗的鸡皮疙瘩。

张倩是个非常聪明的女人，此时此刻即使她的心情非常地不舒服，但她也得不看僧面看佛面。这小孩是她的儿子陈和平生的。虽然陈和平也不是她亲生的，可是陈和平是她含辛茹苦地养大的。刚把他捡回来的时候，他才像一只烧酒樽那么大。她把他养大，她吃了多少苦，历了多少难谁人知道？哭哭啼啼，屎屎尿尿不说，在那个饥荒的年月，把他喂饱喂好才是个头等的最难的大事。她为这事想尽了多少办法！她自己不吃给他吃，自己不穿给他穿。日本仔败退时，百姓们被折腾得常常无米可炊，看着他嗷嗷待哺的哭相，她恨不得在自己的身上割下块肉来放进他的嘴里。二十几年她在他的身上付出了多少心血，她自己都记不清楚了。中日建交的时候，政府安排陈和平返回日本，她知道后好像心里被割一刀般难受，不是亲生胜似亲生啊！

现在老头子病了，他一接到消息就立刻赶回来探望了，千里迢迢，带着老婆孩子，这不说明他很有心，很孝顺吗？她在心里默默地提醒自己：说日本话的小孩不是一般的日本鬼子，他是她儿子陈和平的儿子，是她的孙子。

她不能疏远他，憎恨他，而要亲近他，疼爱他。她把他拉到自己的跟前，用手抚摸他的头发，问道："你叫什么名字？"

这小孩听不懂她的话，不懂回答。

马骝仔替他回答："告诉奶奶，我叫'思汉'。中文名叫陈思汉，日文名叫山根思汉。"

"思汉？"人圈里有人品味着"思汉"这个词。

阿英解释说："'汉'就是中国，'思汉'就是想着中国。和平要他的儿子常常想着中国。"

"啊！"阿强长长地叹了一声。他把手掌按在马骝仔的肩膀上，用力抓着，摇了摇说："好兄弟，有情有义，好，好！"

大家都附议说："好！好！"

马骝仔在和大家闲聊中不时地回看老爸和老妈。他发现老爸虽然病了，但精神还算几好，目光还是那么深邃有神。老妈还几硬朗，只是那张瓜子脸比过去尖削了一些，眼角也有了鱼尾纹。

"二弟!"人圈外响起了陈抗日的喊声。他去村外出诊，回到村里时听到街坊说马骝仔回来了，于是一路小跑回来。

马骝仔听到了陈抗日的喊声，立刻站了起来应道："大哥!"

陈抗日挤了进去，见了马骝仔，很高兴拉着他的手，问道："怎么不声不响地回来了? 我心里一点也没准备。"

马骝仔说："我收到了阿妈的信，信里说阿爸病了，我就立即回来了。"

陈抗日拍拍他的肩膀："孝顺，孝顺! 老豆好些了。你胖了些喔。在那边几好?"

马骝仔说："这个'好'字该怎么说呢? 应该说是刚开始的时候不怎么好，现在慢慢地好了许多。"

陈抗日说："以后会更好的。准备住几长时间?"

马骝仔说："回来主要是看看阿爸，没事我就回去了，大概前后就是两三天的样子吧?"

陈抗日说："山长水远，十几年了才回来一次，怎么不多住几天?"

马骝仔说："那边搵食艰难，不敢多住。"

"哦!"陈抗日理解地点点头。

阿英趁他们两个男人停嘴的当儿，向陈抗日问候道："大哥!"

陈抗日答道："二家嫂!"

阿英拉了拉她的儿子："快叫伯父!"

小孩子不出声，他紧紧地依偎在妈妈的怀里。

陈抗日说："这是我的侄儿了。来，让伯伯抱抱。"他抱起小孩子，问他叫什么名字。小孩子不出声。

陈抗日问阿英："他不懂我的话吧?"

阿英说："我们在那边都经常跟他讲番禺话的。他多少都能听懂一些的。他主要是害羞，不肯讲话。"

陈抗日对小孩子说："这就是你的不对了，回到了爷爷奶奶家里还用害羞吗?"

聊了一会儿，陈抗日把小孩抱还给阿英说："你们继续聊，我去买点菜。"他对马骝仔说："我们兄弟俩今晚再好好地聊过。"说完就走了。

陈抗日急急脚地走了之后，街坊继续和马骝仔一家子聊天。大家对日本那边的情况非常不了解，都想知道日本那边的情况。

他们从日本的饮食习惯、风土人情、吃喝拉撒睡，以至"靖国神社"等问题，一一向马骝仔发问。其实这些东西马骝仔也有许多是不懂的。他到了日本之后一直为生计发愁，哪有时间去过问这些东西啊！此时他为了不扫大家的兴，只好根据自己的一鳞半爪甚至是自己的合理想象去满足大家的要求。

正在街坊们和马骝仔一问一答的当儿，苏秀回来了。她今天去市桥，为她的子女买学习用品和衣服。她远远看见自己家门口很热闹，感到很诧异。

走近一看，看见了马骝仔和阿英，她眉头一扬，惊喜地喊道："哎哟，今天刮什么风，把你们吹回来了？"

马骝仔和阿英见了苏秀，立即上来问候，"大嫂"前，"大嫂"后，叫得苏秀心里热乎乎的。

苏秀问道："怎么回来得这么突然，行前连个招呼都不打一声？"

马骝仔说："来不及了。接到阿妈的信，知道老豆病了，立即就回来了。"

苏秀看见阿英身边的小孩，说："这是侄儿吧？"

阿英教孩子说："快叫伯娘。"小孩子不叫，还向妈妈的身后躲。苏秀把他抱起来，问他叫什么名字，几岁了。阿英在旁边替他回答。

苏秀赞他乖，赞他长得好看。她说："等一下哥哥、姐姐就放学回来了。他们看见你这个小弟弟，会高兴得不得了啦！"

彼此问候过后，苏秀问道："大哥知道你们回来了吧？"马骝仔说："知道。他买菜去了。"

苏秀说："那我给你们收拾房间去。你们事先没打个招呼，事先打个招呼，我就把准备给你们盖的被褥统统地搬出来晒过。"

张倩听说苏秀要去收拾房间，也起身跟着要去。

苏秀说："奶奶你就不要去了。我一个人就可以了。你服侍老爷，也陪着二叔、二家嫂说说话。"

陈抗日拎着一大抽（粤语中表示"一袋""一串串"之意）鸡、鸭、鱼、肉赶回来，发现门口的人不见了，只有陈无偏一个人躺在"蛇吞拐"上。他问道："老豆，他们呢？"

陈无偏说："他们到外家去了。"

陈抗日看看四下无人，便悄悄地问陈无偏："老豆，我想问你一句话，如果二弟问到了我们的祖传秘方的事，我们该怎么处理呢？"

陈无偏说："祖宗定下的规矩，我们这秘方是不外传的。如果你二弟永远留在中国，做个中国人，我会把我们的祖传秘方传给他，可是他现在回日本去了。他已经是日本人了，我们没有理由把我们的祖传秘方传到日本去呀！"

陈抗日说："我明白了！"

二十一

刘天赐听到马骝仔回来了，下班之后第一时间赶到陈氏医馆看望马骝仔。

他是看着马骝仔在陈氏医馆长大的，也是参与将马骝仔送回日本的。那时候他是金窝村的村长。现在听说马骝仔带着老婆孩子回来了，他急急脚地赶来陈氏医馆，要看看马骝仔。

刘天赐进到陈氏医馆，陈家正在准备晚饭。今晚陈抗日掌厨，他高高地卷起袖子在厨房里"吱哩喳啦"地做菜。厨房里飘出了一阵阵油香味。

苏秀、阿英进进出出地在厨房里把做好了的菜传出来。山根思汉不习惯这里的生人和新地方，他缩在他爸爸怀里不作声。陈自厉、陈自睿见家里来了客人很高兴。他们"叽叽咕咕"地去逗这个来自日本的小弟弟。

刘天赐一进来，马骝仔看见了他，立即起身，叫道："村长！"

刘天赐笑道："那是过去的事了，现在不做村长了。"

陈无偏举起他另一只还可以动弹的手向刘天赐轻轻地摇了摇。他接过刘天赐的话头说："现在不做村长，但还是老村长嘛。"

刘天赐亲切地对马骝仔说："十几年不见，现在一转眼就成了'大人'了。你去日本的时候还跟大人耍小孩子脾气呐！"

马骝仔不好意思地笑了起来。

刘天赐问道："在那边几好？"

马骝仔答道："几好。"

"听说你在那边做医生？"

"是做医生。"

"做得几好？"

"几好！"

刘天赐说："当然是好的。你爸是我们番禺的'生菩萨'，没有他治不好的病。将门出虎子。你肯定是不赖的。"

马骝仔说："我也是这样鼓励和鞭策我自己的。"

刘天赐笑道："好！你从小我就看好你。你聪明过人，知道你长大一定很有出息。"说着陈抗日端着最后一道菜从厨房出来了。

陈抗日见了刘天赐，说道："老村长，相请不如偶遇，一起入席，一起入席！"

刘天赐说："我家里已经做好饭了。我也该回去了。"

陈无偏说："天赐，坐进来一起吃吧！"

刘天赐说："吃了你的，剩了我的。剩了我的也不好吧！"

陈无偏不高兴地说："天赐，无偏叔请不动你了！"

刘天赐赶紧说道："不敢不敢，那就恭敬不如从命了。"他走近饭桌，坐下，"不好意思，不好意思，老刘嘴馋了。"

陈无偏说："他们兄弟俩都是在你的眼皮下长大的。他们今天请你吃顿饭，是想请你赏个脸给他们。"

大家都坐齐了。

马骝仔要向刘天赐敬酒。

刘天赐伸手摁住马骝仔的酒杯："和平，你别先忙着敬我，你要先敬你爸你妈。你爸你妈把你养大是很不容易的哦！"

马骝仔说："是的，是的。"

他举起酒杯对陈无偏和张倩说："阿爸阿妈对我真是恩深似海！我记得小时候困难时期，村里的饭堂煮双蒸饭，而且每人就是那么一点点。阿爸每餐都从他的饭钵里划出一角给我，餐餐如此，一直到饭堂不办了。阿妈就更不用说了。和平我是永远不会忘记你们俩老的大恩大德的。来，我敬阿爸阿妈一杯，祝你们健康长寿！"

他给陈无偏、张倩各倒了一杯酒。

他把自己的杯子举起来说："阿爸阿妈健康长寿，干！"

陈抗日赶紧把一杯茶放在老豆的跟前，换去他面前的那杯酒说："老豆，和二弟干一杯！"

陈无偏和张倩很激动，他们举起自己手中的杯子和马骝仔"干"了。

刘天赐说："第二杯你要敬你大哥。"

马骝仔斟了一杯酒，递到陈抗日的跟前说："大哥，我敬你。我身上还流着大哥你的血喔。1958 年，老豆去挖矿石。那时候我得了阑尾炎，在县人民医院做手术，是大哥你输血救了我的命。非常感谢你！"

陈抗日笑道："谢什么，不用谢。你是我弟弟嘛，这是我应该做的。"

马骝仔同时斟了一杯给苏秀说："大哥、大嫂，和平我敬你们了。"说完仰头一杯。

陈抗日、苏秀也跟着把自己手中的杯子喝干。

马骝仔敬完了大哥大嫂，便来敬刘天赐。

刘天赐举着酒杯站起来："多谢多谢，客气客气！"

他将酒杯举向陈无偏和张倩："无偏叔、阿婶，健康长寿！"然后转向陈抗日和苏秀："抗日、阿秀，身体健康，万事胜意！"

陈无偏说："你是他们的老领导，你还跟他们客气。"

刘天赐又转向马骝仔和阿英："和平、阿英，兴旺发达，为中国人增光、争气。"

陈无偏说："天赐，是和平他向你敬酒，怎么成了你向他敬酒了。"

刘天赐说："一样的，一样的。干，干了它。"

在刘天赐的热情劝导下，马骝仔经过再三推让后还是把酒喝了。

连喝了三杯酒，马骝仔有了些酒意。他说："老村长，为中国人增光，我还没做到；可是为我爸增光，我开始做到了。我在那边也治好了许多人。他们有时候会问我，你的本事那么好，是从哪里学来的。我说是我爸教的。他们会说，你爸不是医生喔。我说我中国的爸是医生，是番禺很有名的医生。他们问我，你是有两个爸的？我说是，我是中国的爸养大的，是他教我学医的。所以我的诊所叫作'汉の医'。"

大家听了这话，比喝了酒还高兴。

刘天赐说："和平，你的任务很重的喔。"

马骝仔没听懂刘天赐的意思。他定定地望着刘天赐。

刘天赐说："你实际上是中日两国的使者。你出色，你有本事，我们中国人很有光彩。日本人通过你也了解中国，认识中国。你做得好了，能增进中日两国的友谊。"

马骝仔惭愧地说："我的认识还没那么深刻喔……"

刘天赐说："和平，你是在中国长大的。你在中国生活了那么多年，你也看出来了，我们中国人是好打交道的，是热爱和平的。今天这餐饭吃得这么高兴，我本来不想说些扫兴的话，可是到了嘴边又吞不回去。日本仔打中国的时候，他们是杀死了我们许多中国人的，我爸是一个，生你大哥的妈是一个，还有许多许多个，我们村几乎家家户户都死了人，都让日本仔折腾得鸡毛鸭血的。你一到陈家，我们就知道你是日本人的儿子。你爸爸妈妈当然是第一时间就知道，我们做街坊的也知道。但我们对你都很好的喔。你爸爸妈

136

妈对你的好，就不用我说了，你肯定比我清楚一百倍一千倍。你要好好孝顺你爸你妈喔！要珍惜这份感情喔。你爸你妈养大你，历尽了千辛万苦。你这次一听到你老爸病了，就立即回来看他。说明你是非常孝顺的。很好，很好！我们街坊也看出来了。大家对你的评价非常高，你也应该感觉到了吧。"

马骝仔一边听，一边点头。

刘天赐继续说："刚才我说中国人好打交道，热爱和平，可是我们中国人一发起火来也不得了的。你爸打过日本仔的喔！那年在植地庄，他跟着广游二支队突围。他扛着半箱手榴弹，一路撤，一路往日本仔的人堆里扔，炸死了许多日本仔。"

马骝仔听到这里，禁不住用眼睛瞧瞧半边手脚已经不太灵便的老爸。

陈无偏看见马骝仔看着自己，也自豪地笑笑。

刘天赐继续说："你财叔更来劲，他在他家的猪栏里生劏过日本仔！"

马骝仔眉头一扬。这是他从来没有听过的。从来没有听过这些故事的，还有坐在父母身边的陈自厉和陈自睿。他们一边听着，一边偷偷地瞧着身边的爷爷，瞧着身边的"阿叔"和他那个说日本话的儿子。

刘天赐继续说："那时候，中国人抗日的火焰比天还高。你爸是个斯文人，那时他就是扛着半箱手榴弹跟日本仔拼命。财叔平日嘻嘻哈哈的，那时候他就敢把日本仔当猪劏了。你回去日本，有机会也跟日本人讲讲，这就是中国人的脾性。明白了，大家就好相处了。"

马骝仔一边听，一边直点头。

第二天，刘天赐回镇供销社上班。他不敢"贪污"马骝仔从日本回来探亲的消息，中午便抽了个空，到他的老上司陈新的家里报告了这件事。前次陈无偏病了，他没有去报告，陈新知道后把他臭骂了一通。

到了陈新家，陈新已经上了床准备睡午觉。他向陈新老婆打了声招呼，便在陈新的房间门口说："书记（虎死雄风在，他即使退休了，镇上的干部们仍然喊他'书记'），陈无偏那个日本儿子从日本回来了。"

陈新本来已经开始入睡。一听这消息，他马上来了精神，立即披衣起身，趿着鞋子走了出来。"哦！好啊，好啊！不会住好久吧？我明天就到金窝村去看看。"

第二天上午，陈新偕老婆拎着两只大鸡，大生偕老婆拎着两条大鱼来到了金窝村。

见了陈无偏，他们齐齐说道："恭喜恭喜！"

陈无偏说："我有什么喜？"

陈新笑道："你儿子远隔重洋，不远千里回来探你，这还不是大喜一件？"

陈无偏说："那也不要拿那么多的东西来呀？"

大生说："这些东西不是送给你的。这是我们家的镬头坏了，来你家蹭顿饭吃！"

陈无偏说："来蹭顿饭还不容易，那也不用拎那么多东西来嘛。"他叫张倩、陈抗日把东西收下。

他悄悄地对陈抗日说："你赶快到镇上通知你财叔一声。这事少了他，他会骂娘的。"

陈抗日推出自行车，翻身跨上车座，飞也似的往镇上蹬去。

到了镇上，陈抗日径到黄记五金店，喊了一声："财叔！"

黄守财正在点着计算器盘账。他见了陈抗日风风火火地赶到店里，不免有些吃惊，问道："乖侄，你那么急急忙忙地赶到我这里来，是有什么急事？"

陈抗日说："我二弟从日本回来了。老豆说要告诉你一声。刚才陈书记、大生叔来了。老豆说：'这事要给财叔打声招呼，否则他会骂娘的。'"

黄守财说："还是你老豆了解我。到底是几十年的兄弟嘛！好，你先走一步，我马上就回金窝村去。"

黄守财账也不盘了。他向"煮饭婆"说了一声，叫她把店看好，便打辆"摩的"，赶回金窝村去。

到了陈氏医馆，陈无偏正陪着陈新和大生聊天。

大家看见了黄守财，立即和他打招呼。

黄守财说："今晚有什么好节目？"

陈无偏说："书记和生哥拎了许多菜来，说今晚在这里'打斗四'（粤俚语，聚餐）。"

黄守财财大气粗地说："打什么斗四。你身体不舒服，不打了。今晚我做东，我们一起上酒店去聚聚。"

大生打趣说："真是个大老板，气势是跟我们不一样！"

陈新说："还是'打斗四'好，这样吃着亲切。"

黄守财说："我大哥身体不舒服呀！"

陈新说："这还用烦劳他吗？我们一齐动手嘛！"

黄守财说："那就还是老样子，我出条狗。"

陈抗日在旁边说："财叔家里不养狗了，还出狗？"

黄守财说："现在是市场经济，按市场规律办事就得了呗！"

今晚这餐当然是陈抗日两公婆做主力。他们除了白斩鸡、清蒸大鱼两味主打之外，还弄了清蒸大虾、甜酸排骨、五柳丝炸蛋、芋头扣肉、猪脚炆笋尖、蚝豉扣发菜、"阿陀拉缆"（大虾米扣粉丝）、红烧咕唠肉。

陈新夫妇、大生夫妇从旁帮忙。张倩也要出手，大家不让，说你照顾好老公就得了。

马骝仔争着要参加，大家更不让，说他是客人，到村里头玩玩，跟街坊们聊聊天就可以了。

快到吃饭的时间，镇上的一家饭店开车送来了一只柱侯狗和一只南乳炆鹅。

黄守财觉得很有面子，他让大家感受到市场经济的力量。

入席时，马骝仔定定地望着黄守财。

黄守财说："乖侄，你去了日本十几年，回来好像不认识财叔似的喔，怎么定定地望着我呀？"

马骝仔不好意思地笑了笑："财叔，我听说你曾经生剀过日本仔喔!"

黄守财听了,立即神采飞扬:"这事你又知?真是聪明仔!"

马骝仔说:"知道,很多人都知道。"

黄守财说:"你老豆比我厉害。他当年跟着广游二支队在植地庄突围,一路往日本仔人堆里扔手榴弹,炸死了不少日本仔。"

马骝仔钦佩地直点头。

黄守财说:"我们都是'业余队',没什么值得称道的。"他指着陈新和大生说:"他们是'专业队',广游二支队的,他们才是英雄!"

陈新插话道:"我们是什么'专业队'?我们也是半路出家的。我参加革命前,是拉黄包车的,他——"他指着大生说:"他是打鱼的。我们都是让日本仔逼得走投无路了,才拿起枪来的。"

大生这时还在帮忙弄这弄那,当听到说自己时,他才插话道:"和平,听说日本那边拜'靖国神社',吵吵嚷嚷的搞得很厉害喔!"

马骝仔说:"我一直在埋头搞我的诊所,对情况不太了解。不过,我觉得在日本,对中国有好感的人还是很多的。"

二十二

白德的"得心饭店"越做越红火。白德的腰包越来越重。财大气粗,白德的脾性也随着他腰包的变重而悄然发生了变化。

过去几十年,他一直夹着尾巴做人。现在?呸!他肚子里的怨气渐渐地多起来了,遇事经常愤愤然。他还爱指点江山,发表自己的看法。他最不顺气的是自己过去几十年的处境。因为夹那条"尾巴",让屁股累得发痛。现在我还夹它?哼!相反,他还有意识地让它竖起来。他渐渐地变得爱骂人了。他本来最疼爱的是他那个宝贝儿子的,现在他竟最喜欢骂他的宝贝儿子了。

他儿子白鹤鸣是他的心头肉,从起名就看出他在儿子的身上倾注了不少心血。他希望他的儿子鹤立鸡群，他希望他的儿子一鸣惊人，他希望他的儿子将来有个大的出息，光宗耀祖，为自己争回一口气。白鹤鸣生得四正，上眼。小时候白白胖胖的，让白德疼不够。白德觉得把他含在嘴里怕化，捧在手上怕摔，一天到晚总感到这不放心，那不放心，真不知道该怎么侍候他才好。白鹤鸣也很聪明，稍大一点，就晓得帮他老豆干活了。四五岁的年纪，他就跟白德到单车档上，坐着小板凳帮老豆睇档、收钱。看着老豆修单车，他还晓得修到什么工序需要什么工具，主动给老豆递工具。来修车的客人常常赞他聪明。白德的心酸甜交集，他一叹自己的儿子聪明伶俐，提头知尾；二叹自己的儿子命苦。如果自己的荷包有钱，我儿子一定会得到很好的栽培，将来一定很有出息的。

慢慢地，白鹤鸣上学了。他妈妈用旧衣服拆开洗晒，然后铺平，给他缝了一只书包。他背着母亲用旧布给他做的书包，连跳带蹦地上学去了。看着儿子蹦蹦跳跳去上学的背影，白德不觉眼睛发酸。多好的儿子啊！这是我们白家的希望，这是我们白家的前途。他过去以为他这辈子是不可能结婚了。他这个成分，而且混得这副模样，有女孩愿意跟他吗？没人跟怎么可能有孩子呢？没想到阿婵不嫌弃他，两人围在一口破水缸边将彼此的铺盖一拼，合成了一个新家，很快就有了白鹤鸣。白德感叹祖宗开眼，叫白家香火不绝。白德多宝贝他的儿子啊！他不吃让他吃，不穿让他穿。只要儿子能快高长大，无灾无祸，你叫他白德怎么样他都绝无二句。晚上收档回家，吃过晚饭，他就教儿子做作业。慢慢地，改革开放了。改革开放的春风吹遍神州大地，各行各业欣欣向荣。人们的腰包慢慢地鼓起来了，各式各样的思想也在人们的心头滋生了。莫说成年人，即使小学生，那些享乐、攀比的思想也在他们幼小的心灵中蔓延开来。

一天起床，吃过早餐，白鹤鸣不愿去上学了。白德和阿婵感到很奇怪。儿子是最喜欢去上学的，怎么今天不愿意去上学呢？是在学校让人欺负了吗？

白德的心突然一闪，好像在夜行中突然踩到了一个泥坑栽了跟斗一样。我白德半辈子都受尽了人们的白眼，难道我的儿子也走上了我的老路不成？

白德和老婆蹲在儿子的跟前去哄他，问他。他们要探查究竟，一直好好的怎么会出现今天这个情况，这到底是怎么一回事？

左问右问白鹤鸣都不作声，真把白德两公婆都急坏了。

问多了，白鹤鸣还是不吱声，他抬起脚来，朝他的书包狠狠地踢了一脚。

白德一愣，问道："你怎么踢书包啦？是在学校让同学踢了吗？"

白鹤鸣瓮声瓮气地说："不是！"

白德追问道："那是什么？"

白鹤鸣说："我不喜欢这只书包！"

"啊！"白德一愣，"你怎么不喜欢这只书包呢？这是你妈妈一针一线给你缝出来的书包啊！"

白鹤鸣说："我就是不喜欢这只书包！"

"为什么？"

"这只书包太土太难看了。同学们的书包又洋气又漂亮，我的书包又土又难看，我不要。我要买只新的，要又洋气又漂亮的……"

白德不听则已，一听便火冒三丈。你这个小崽子豆丁咁大一粒，连钱虱都揾不倒一只就与人攀比，讲究享受了。我还指望着你振兴白家哩，丢那妈，看你这个鬼样子，振兴个屁！

他喝道："你说阿妈的书包怎么不漂亮？"

白鹤鸣的声音比他还要大："就是不漂亮！"

丢那妈，你这个死野仔，老豆太疼你了，太迁就你了。宠到你分不出东南西北了。你是欠打了。不打你，你不精，你不会聪明，不会进步。

他越想火气越升，无名火烧到了眼跟前，使他一时间失去了理智，他不知道他的手是怎么扬起来的，只听得"啪"的一响，那小子"哇"的一声，用手捂住脸颊杀猪似的哭了起来。

他正有点后悔，突然他的耳朵"嗡"地一响，一双眼睛火冒金

142

星，那脑袋天旋地转，整个人几乎要跌坐在地上。他本能地伸手摸摸自己火辣辣的脸颊，在心里头狠狠地骂道："那个冚家铲敢打我!? 冚家铲……"

他正要去寻找那个人，胆生毛了？敢打我！他的视线落在了阿婵的脸上，只见那婆娘努眼突睛地瞪着自己，心想是这婆娘打我？他问道："是你打我？"

阿婵凶得像个母夜叉，她骂道："是我打你！我打你又怎么样？"

真是晴天霹雳！我白德被老婆打了，我老婆竟然打我了。这是什么世道！即使是以前，我白德虽然唯唯诺诺地过日子，但也从未被人打过。没想到改革开放了，我白德竟然被人打了，而打我的人竟是我的老婆！丢那妈！这还了得，这样叫我白德怎么做人了？

他倏地火遮眼，脑子在熊熊的烈焰中一片空白，他猛地起手，狠狠地给回阿婵一耳光。

阿婵被白德打得身子跟跄一晃，斜斜地往后大大地后退了几步。她立定了脚跟，"呼"地冲将上来，一把搂住了白德，要跟他死过。

白德没想到老婆发威时像只老虎蝲，他没有准备，"扑通"一声让她扑倒，被重重地压在地上。让女人压在下面，这还得了？他用一边的手脚顶着地面，用尽全力往一边猛地一翻，"呼"地把阿婵反压在下面。阿婵比白德嫩几岁，自然有力一些，但白德终究是男人，发起牛气来也有相当的斤两的，于是二人你来我往，在地上滚了几圈。

这场面把白鹤鸣吓坏了。他不愧是个聪明过人的孩子。他知道这件事是因他而起的，不，不是，是因为那只书包而起的。但他万万没有想到事情竟会发展到这个地步。

他看见爸爸妈妈在地上滚来滚去，吓得失声大哭起来："爸爸、妈妈，你们不要打了，我不嫌弃这个书包了，呜、呜、呜、呜……"

听到儿子的哭声，首先停手的是阿婵。她一把推开白德，爬了起来，搂住白鹤鸣，叫道："乖仔，不要哭，不要哭。"

白德也跟着爬了起来，争相着去哄儿子。

白鹤鸣哭道："爸爸，你怎么打妈妈？"

白德一时间感到有口莫辩。他磕巴了一会儿，说："是你妈妈先打我……你怎么不问问你妈，问问她为什么先打我！"

阿婵大声斥责道："你打我的儿子，我当然要打你啰！你为什么要打我的儿子？"

哇！好像儿子是她一个人的，我一点也没份似的。这是什么逻辑？这是什么世道？他咽不下这口气，正想回骂她。

这时，白鹤鸣哭道："爸爸、妈妈不打架了，老师说打架是不好的，错误的，要团结。老师还说，什么事都可以坐下来慢慢讲，讲清楚了就会明白的。爸爸、妈妈，我错了，我不该嫌弃妈做的书包，你们也不要打了，好不好？"

白德倏地感到了羞愧，感到无话可说了。儿子都这么说了，我还说什么呢？这件事也就这样平息了。

事后他总觉得心里不安，不就是一只书包嘛，买只新书包给他又如何？

于是他咬咬牙，上街去买了一只最好的书包回来。

白鹤鸣看见这只新书包，高兴得连老豆姓什么都想不起来了。看见儿子高兴了，阿婵的脸上也挂起了新的笑容。

这件事也使白德的思想上升到一个新的高度，他明白了儿子是不能随便打得的，老婆不是随便惹得的。一不小心，你就会惹出个一身的不是。

但是，也不能对儿子放任不管呀！白德的脑子里已深深地打上了烙印，儿子是传宗接代的，他的任务就是要光宗耀祖。让他放任自流，那光个屁！

他想，动手不行就动口吧，打不行就骂吧，大骂不行就小骂吧，总之玉不琢不成器，树不剪不成材。于是他就小骂，终日嘎啦嘎啦地不停口。

白鹤鸣慢慢地长大了。他很烦他老豆的这张嘴。

144

他说："老豆，你烦不烦，我的同学的老豆都不是这样的，而你却是这个样子，叫我烦不胜烦！"

白德说："我们家和别人家不同。我们家太苦了。"

白鹤鸣说："你是叫我好好读书是不是？"

白德鸡啄米似的直点头。

白鹤鸣不耐烦地说："好了，好了，我好好读书就是了，你不要再烦我了。"

白鹤鸣果然不负他老豆的厚望，高中毕业之后考上了"广外"，令白德晚上做梦都笑出声来。

白鹤鸣很快就要毕业了。白德希望他重操祖上的旧业，做外贸方面的生意。日本人有钱，最好是做日本的生意了。他姑妈在日本，把这条线拉起来，将来做生意不是顺风顺水，稳稳当当了吗？

白德听说金窝村的陈无偏那个去了日本的养子回来了，便立马去金窝村拜访他，请他帮打听打听自己大姐的下落，到时候儿子一毕业，马上就搭起他姑妈的大船，顺风顺水地去做大生意，这不是件非常好的事吗？

于是他打点一下，"踢踏踢踏"地赶到金窝村去。

到了金窝村一打听，原来人家已经返回日本去了。

二十三

马骝仔带着老婆、孩子返回日本去了。陈无偏、张倩非常舍不得。

陈无偏要送他出村口，马骝仔知道老爸身体不行，不让他送。

陈无偏不肯，他坚持要送。他知道村里哪一家有木板车。他叫陈抗日去把板车借来，把自家的藤椅放在板车上，用绳子固定好。他坐在藤椅上，叫陈抗日来推。

马骝仔不让大哥推，他让大哥帮自己提行李，他自己来推车。

街坊们都来送行。

张倩看见马骝仔一家子回日本去，难过得直掉泪。

马骝仔说："妈，你别难过，我以后会经常回来的。"他对身边的儿子说："宝宝，你快对奶奶说，叫奶奶不要难过，我们回去之后会经常记挂着爷爷奶奶的。爷爷奶奶有时间，也到我们那边住住。"

张倩一边抹着眼泪一边应着，去日本那边是假了，一想起四十年前的死日本仔，她的皮肤就冒起了久久不退的疙瘩。这些死日本仔是人吗？还是和平他们回来好了。日本仔的地方是人住的地方吗？

马骝仔说："妈，你和老豆都要好好保重身体喔。你们吃了一辈子的苦，现在要好好享享福喔！"

阿英也说："老爷老嫲都要注意身体，到时候一起去那边玩玩。"

街坊们也说了许多挽留和彼此珍重的话。

马骝仔很感动，他说："以后各位有机会到日本去旅游，一定要记住来找我。我的地址在我妈那里，你们一问就知道。"

送到村口，马骝仔说："送君千里，终须一别。大家请留步。"

听见这句话，本来一直哽咽着的张倩忍不住哭出声来。马骝仔也哭了。他跪下给陈无偏、张倩磕了个头，然后转身，大步地走了。

陈抗日拜托几个自己儿时的好友把自家的两个老人送回家里，自己和老婆孩子一起把马骝仔一家送出到市桥。

到了市桥，陈抗日看见马骝仔他们的行李比较多，便对苏秀说："二弟他们的行李多，入站转车不方便，我想送他们出广州去。你赶快带着一对仔女回家，免得爷爷嫲嫲挂念。"

马骝仔叫大哥和大嫂一起回去，陈抗日不肯，坚持一定要送他们出广州。

到了广州火车站，马骝仔一家登上了火车，直到火车启动了，陈抗日才依依不舍地回去。

马骝仔流着眼泪向陈抗日道别。

火车启动时，他把身子探出车窗，向陈抗日用力挥手，大声喊道："大哥保重——"直到火车开远了，已经看不见陈抗日的影子了，他才把身子缩回车厢里。

此刻马骝仔的心情久久不能平静。从懂事开始，他脑海里积淀下来的印象深刻的往事像过电影似的一出出一幕幕地浮出来。

这次回番禺，他发现老豆真的非常衰老了，用风烛残年来形容，真是一点也不为过。这是不可想象的。在他的心目中，老豆是座铁塔，是座大山。在他的印象中，老豆斯文儒雅，文武双全。他的那套南拳就是老豆教的，在日本他就凭这套南拳把山根友度仕打得遍地找牙。老豆还写得一手好字，过去临近除夕，街坊们最爱上门请他写副对联了。如今十来年不见，说老就老了。他发现阿妈也老了。过去他一直感到阿妈是个斯文有礼、相貌出众、百里挑一的女性，现在也成了老太婆了。阿爸阿妈在我的身上付出了那么多的心血，现在他们都老了。羊有跪乳之恩，鸦有反哺之义，我却不能服侍他们，心里觉得非常的内疚。

他又想起了大哥陈抗日。他是渐渐长成之时才慢慢地知道陈家的家事的。他知道阿妈不是大哥的生妈。大哥的生妈是在走难中死在南京城下的。是日本军人害死了他的亲妈，而他还对我这么好，在我生重病需要开刀做手术的时候竟然输血给我，这是多么广阔的胸怀啊！而我那个同胞大哥山根友度仕却处处计算我，排挤我，还想搞我的老婆，真是令人发指。是亲不亲，不亲反亲，世间的事竟那么匪夷所思。

他又想起了金窝村的街坊。马骝仔发现他未知自己的身世之前，金窝村的街坊们早就知道他的身世了。到他懂事的时候，特别是到他明白自己的身世的时候，他发现街坊们对他却没有什么。只是"日本仔""日本仔"地把这口头禅挂在嘴边。他没发现同茬成长的小伙伴们因为他是"日本仔"而排斥他，欺负他。相反，在他得阑尾炎要赶紧入院的时候，大家还使劲地帮他推车，把他背入医院里。这些本是二十年前的往事，可是如今回想起来，却像新近发生的事情一样的清晰。这次他回金窝村，街坊们好像是家里来了亲戚一样，经常来陈氏医馆里看望他，陪他说话。刘天赐等几户人家甚至要请他到家里去吃饭。他很感慨……

陈抗日离开了广州火车站，心里也久久未能平静。他原想顺便到苏秀外家去看看的，可是分了心，这事也就忘了。

马骝仔返回日本，陈抗日的心确实是依依不舍的。他小时候确实是讨厌马骝仔的。一听他是日本仔的崽，他的心就来气了。他妈妈的死，他已经有些模糊了，因为他当时太小，事发前懵然不知，事后只靠老豆的复述了。可是南京当时的惨象，经老豆的复述反复地映入了他幼小的心灵，令他至今还历历在目。他跟着老豆，从南京讨吃返回番禺，一路上受了多少苦，看见了多少悲惨的景象。国恨家仇早已深深地埋藏在他的心坎里。及至家中有了马骝仔，而且又知道了马骝仔的真实身世，他恨得眼睛冒火，巴不得用手掐死他。后来看了沙飞画册，看见了聂荣臻元帅收养并送还日本遗孤的故事，他心里的疙瘩才慢慢地得以解开。后来他放开心来跟马骝仔相处，才慢慢地"处"出些感情来。他慢慢地发现马骝仔也是"好"的，人之初，性本善。在老豆和阿妈的教导下他也成长得几好呀，对我，对我们的家几有感情呀，于是他就慢慢地把他当作自己的兄弟来看待。他那年自告奋勇地要输血给他，那是真心的，自发的，没有人启发引导的。他是真心为了他好，希望他迈过那道门槛，好好地活下去。后来马骝仔回日本了，当时他是舍不得的，因为他已经把他当作自己的弟弟了。可是这是国家大事，由不得自己舍不舍得的。

这次马骝仔回来，陈抗日发现马骝仔并没有因为做回了日本人而忘记了我们，忘记了番禺，忘记了中国。陈抗日的心非常欣慰。他觉得他当初当马骝仔是自己的弟弟没有当错，觉得他当初把自己的血液输进了马骝仔的身上没有输错。他真的是我的兄弟！

他甚至觉得陈家的祖传秘方也应该传给马骝仔。过去阿英不是写信回来说过，马骝仔因为没有秘方而受到他们山根家的为难吗？他同情他的遭遇。他曾经怀疑过马骝仔这次回来会寻问秘方的事，他因此探听过老豆的意见。如果老豆愿意，他是绝对没有异议的，但老豆回答他不能。他想老豆的决定肯定是对的。老豆曾经对他讲过，他们山根家的先祖在甲午战争前后就打过我们陈家秘方的主意。他马骝仔的亲生老豆在我们的抗日战争中跑到了我们番禺苦苦相逼，我们老豆差点死在这㕔家铲的手里。我们家的祖传秘方从来是传男不传女的，即使传给儿媳妇也绝不传给女儿。马骝仔现在已经是日本人了，如果我们把秘方传给他，就等于把秘方传给了日本。这不是违背了祖先的意愿了吗？他又想过，如果马骝仔开口，我们应该怎么回绝他呢？他觉得回绝他这差事比较难，这是很落得了面子的。他在心里一直琢磨着这件事，一直在操练着这件事，可是就一直没见他开口。真怪！

现代的交通很发达。马骝仔他们离开了广州，很快就到了香港。到香港后，碰巧有去日本的飞机。他买票登机，当晚就回到日本了。

二十四

山根四治郎的大儿子山根友度仕出发了，他登上飞机，往中国飞去。

山根友度仕虽然气冲斗牛，但还觉得心底下有点虚。他虽然是个官二代，但自懂事开始，老爸就已经"过气"了，未能练出世俗官二代的胆气。因为日本在二战中战败，山根友度仕和千千万万的日本少年儿童一样跟着国家过上苦日子。因为穷困，他一直是在小巷子中长大的。在今天之前，他还没有坐过飞机。现在第一次坐上飞机，他心里就感到有点害怕，同时也感到新鲜。他有点像大乡佬出城，连见空姐都有点胆怯，一时间手脚也不知该往哪里放。飞机穿云破雾，遇到气流会颠簸两下。颠簸时他都死死地抓住座椅的扶手，吓得大气都不敢出了，肚底下好像有东西要翻涌上来。好不容易到了香港，他才松了一口气，好像从鬼门关里兜了回来。

到了香港，下了飞机，要从这里转乘火车进入内地。

山根友度仕发现香港是个好地方，高楼林立，车水马龙，和他熟悉的日本的许多大城市确有一比。从香港转到内地的第一站便是深圳。

看见了深圳，山根友度仕一愣一愣的。深圳很大，很干净，很漂亮，从任何一个角度，都给人一个全新的感觉。从深圳再去便是广州。广州的气魄更大。老城区熙熙攘攘，新城区崇阁巍峨。滔滔的珠江在鳞次栉比的高楼大厦中穿城而过，那气派，那架势，叫山根友度仕不禁在心里面"啊"了一声：过去日本人都讲中国贫穷落后，过去日本的书报杂志都讲中国落后贫穷，现在看来，他们可是挺文明、挺富庶、挺先进的喔！

这时的山根友度仕的心掉进了醋缸里。中国怎么会这么好呢？他从教科书上知道中国地大物博、人口众多，却是个大而穷的国家，没想到他们竟这么文明、富庶、先进。造物主也实在太不公平了。当然我们日本也文明呀，也富庶呀，也先进呀，可是我们的环境不好呀！我们的国土狭小、土地瘠薄，台风又多，地震又密，真叫人心烦死了。

依照七七桑的提点，山根友度仕到了广州后就掉头拐向番禺，拐向市桥。

当时从广州到番禺的交通还不太方便，之间有河网相隔，河网之上还没有桥。他在省站乘坐班车，向南驶去，一路上公路、渡排，公路、渡排地前行。行速虽然不是很快，可是一路上田园河岔相隔相影，景色秀美，也令山根友度仕目不暇接。

他感到这样的景观在日本是没有的。这里的地貌显得深厚，而日本的却显得单薄了。车到市桥，他看见这市桥虽是个小城市，规模不比广州，但却街市井然，繁华热闹，别具一格。他印象最深的是大北路。路中车水马龙，两旁的行人道上人流如涌，摩肩擦背。走入其中，立即被人流夹裹，欲停不能。山根友度仕明白，不经济发达，哪会如此繁华。山根友度仕知道这里还不是他的目的地，他的目的地是金窝村。

金窝村从哪里走呢？他也不知道该问谁。在茫然中，他发现前面徐徐地驶来一辆没人乘坐的"的士"。

他本能地把手向头顶一扬。"的士"停下来了。

他对司机说："我的要去金窝村，可以？"

司机看见是个日本仔。做生意嘛，他答道："当然可以！"

彼此便谈价钱。谈妥之后，山根友度仕拉开车门，钻进了"的士"里。山根友度仕自知自己中文不行，对这无关人等就不想浪费感情了。司机对日本仔也没几多好感，懒得开口说些什么，二人一路无话。

"的士"东拐西拐，在一处村庄跟前停下。司机惜话如金地说："到了。"

山根友度仕付钱下车。下了车后，他心里不太踏实，于是回首问道："你的没有搞错？"

司机学着他的腔调答道："我的没有搞错！"说完把汽车开走了。

山根友度仕一下子感到不知如何是好。定下神来，他发现附近有小伙子，于是上前打听道："请问你的是不是金窝村？"

这小伙子见他说话的腔调怪怪的，便定定地看着他，嘴里不置可否地"嗯"了一下。

山根友度仕进一步问道："你的这里可有个陈无偏？"

一听说陈无偏，这小伙子不禁很认真地看了他一眼："有呀！你找他看病？"

山根友度仕虽在跟马骝仔、阿英相处中稍稍接触过中文，现在和中国人对起话来简直还是一塌糊涂。他费了好大的功夫才弄明白这小伙子说的意思，于是拼命地点头说："吡是（是）。吡是（是）。我的要找他看病。我的还有更重要的生意要和他商量。"

这小伙子看见山根友度仕的模样，听见他说话的腔调，突然想起了《平原游击队》，想起了《地道战》，想起了《地雷战》里的日本鬼子的形象，脑子一愣："这家伙不是日本鬼子吧？"于是把头一掉，一溜烟地跑了。

山根友度仕觉得奇怪："这八嘎怎么啦？你跑了我就自己去

问。"他一路问一路走，向村子里走去。

却说这小伙子走开之后，脚不沾地似的跑到陈氏医馆里去通风报信。

手脚已经不太灵便的陈无偏正躺在"蛇吞拐"上闭目养神。听到有人"嗵嗵"地跑来，他睁开眼睛一看，是邻家的一个小伙子。

这小伙子喘着大气地说："无偏叔，日本仔要来找你！"

陈无偏觉得奇怪。村里的人一般叫马骝仔作日本仔的。陈无偏自然就理解成是马骝仔了。他想，马骝仔刚回日本，没理由这么快又回来的呀？再说他是在这里长大的，人熟地熟，要回来就回来了，何需要人跑来通风报信？真怪！且不理他，等他来了再说。

陈无偏又闭上眼睛养精神。可是等了小半天都没见马骝仔的踪影。他觉得无厘头，鼻子下意识地"嗤"了一下，又打他的瞌睡去了。

一会儿，他在朦胧中听到门外有人叫道："你的有人在家吗？"字音咬得不准不说，更奇怪的是这腔调怪里怪气的。这是怎么回事？

他的心倏地一紧，睡意也全消了。

他挣扎地坐起来，定睛一看，面前站着一个男人，三十多岁的年纪，个子不高，块头不大，马脸，一双狭长的小眼睛。

他猛地觉得眼前这个人的坏子和马骝仔有点相似，可是马骝仔比他要好看上百倍。

这人发现了陈无偏，问道："你的有人叫陈无偏吗？"

陈无偏对这种腔调还是熟悉的。日本鬼子讲中文不就是这副腔调的吗？陈无偏虽然老了，而且身体也不好，可是胸中却仍有股英雄气在荡漾：我陈无偏生不改名，死不改姓。我就是陈无偏！他断出对方八九不离十是个日本鬼子。你这个日本鬼子来我这里找我有什么事？于是字正腔圆地答道："我就是陈无偏！"

一听到对方回答他是陈无偏，眼前这个日本鬼子眼睛一亮，态度似乎有点肃然起敬。他将腰一哈，说道："久仰！久仰！"

陈无偏觉得奇怪，我根本不认识你，你久仰我的什么？我有什么值得你久仰的？于是说："这位先生也实在太客气了。你是哪里人？来找我有什么事？"

山根友度仕说："我的是日本人……"

他没说出这句话之前，陈无偏已经猜出个八九不离十了。可是这句话从山根友度仕口里说出来，却还是把他吓了一大跳。你这家伙来找我？你来找我干什么？

他定定地望着山根友度仕："我也久仰你了，请问你来找我干什么？"

山根友度仕看看眼前这个老人，面色清癯，衣着非常简朴，而且手脚似乎不太灵便，心想：有没有搞错？哎呀，还是慎重一点好，免得浪费感情。于是问道："请问这里是金窝村吧？"

陈无偏心想：你这家伙干什么？不是久仰我了吗？怎么又问起这里是不是金窝村呢？日本仔真怪，不过不怪就不是日本仔了。就和他多说两句吧。于是答道："是金窝村。"

山根友度仕又问道："你的金窝村有几个叫陈无偏的？"

陈无偏心想：你这日本仔简直是胡闹，金窝村有几个陈无偏？金窝村就我一个站着不更名，坐着不改姓的陈无偏。于是心里带点气地说："就我一个陈无偏。"

山根友度仕听了这句话，立即一脸是笑："你就是那位给人看病的陈无偏？"

陈无偏嫌这家伙浪费他的时间，于是说："我就是给人看病的。你有何见教？"

山根友度仕高兴地说："啊！久仰！久仰！"

陈无偏心想：你还久仰我哩，你这日本仔想干什么？于是问道："你想干什么？"

一脸是笑的山根友度仕大声地说："我的给你的送钱来了！"

陈无偏以为自己的耳朵出了问题。他自己问自己："这只日本仔说什么？会那么好心？是太阳从西边出来了？"

山根友度仕见陈无偏愣着，觉得很好笑。他发现自己很聪明，一句小小的俏皮话就把他玩得团团转。嘿嘿！我还发现中国人很蠢，很浅薄，也很穷，在他们面前提起个"钱"字，他们就分不清东南西北了。他在这老头发愣的当儿，再重复一句，好帮他加深加深印象："我的给你的送钱来了！"

这时，恰巧张倩斟了杯热茶出来给陈无偏。

陈无偏笑着对张倩说："你也进去斟杯热茶出来，给这位从日本来的先生，他说给我送钱来了。嘿嘿，真是公鸡要下蛋了。"

从陈无偏的言谈中，山根友度仕猜出了张倩的身份，为了加强效果，他笑得只见牙齿不见眼，再一次大声说道："我的是给你的送钱来的！"

张倩听了也一愣。她发现这人的轮廓多少有点像马骝仔的模样。她想，难道日本人的脸形都是这个模样？眼前的这个日本人虽然大笑，但她觉得这家伙笑得不善，不是我们平常看到的出自善意的那种笑。她突然想起了一句老话——无故殷勤，非奸即盗。这家伙正值盛年，如果有什么歹念，我们这两个老家伙怎么打得过他？

于是她小声问老头子："要不要把抗日喊回来？"

陈无偏说："有客人来了，当然要啰！"

二十五

邻家的一个小孩子在村中找到了陈抗日，说："你家有急事，叫你马上回去！"

陈抗日立即想到肯定是老爸又出什么事了，于是二话不说，撒腿就往家里跑。

陈抗日赶回陈氏医馆，看见两个老人好好的，是怎么回事？

他问道："你们喊我喊得那么急，到底是怎么回事？"

陈无偏用下巴向墙角轻轻地扬了一下，说："来了个客人……"

陈抗日回头向老豆指示的方向看去，看见墙角的椅子上坐着一个人。他从来没见过这个人。这个人看见陈抗日回头看他，立即主动向他笑笑，点了点头。

他向这客人打招呼说："你好，我有什么地方可以帮得到你？"

山根友度仕看见陈抗日跑来了，也猜出这个人是这个家庭中的一个成员，于是笑着向他说："我的是给你的送钱来的！"

陈抗日立即意识到这人是个日本人。同时他感到纳闷："他来送钱给我们？他欠了我们家的钱吗？我可从来没有听见过有什么日本人欠过我们家的钱喔！"

山根友度仕问他叫什么名字？怎么写？

陈抗日出于礼貌，告诉他自己叫什么名字，还写给他看。

山根友度仕知道陈抗日的名字叫"陈抗日"，觉得惊奇："哦！陈抗日，抗日。你的中国有用'抗日'做名字的吗？"

陈抗日没回答他。中国有用"抗日"做名字的吗？我都用了，还说没有？我不是中国的？但他很认真地问这日本仔："你欠了我家的钱？你怎么说来送钱给我们？"

山根友度仕说："我的并没有欠你家的钱……"

陈抗日说："你既然没有欠我家的钱，你为什么说要送钱给我们？"

山根友度仕说："我的意思是和你的做生意。做生意就可以赚许多许多的钱，这不就等于我的来送钱给你们吗？"

陈抗日在心里头骂道：荒唐！嘴上却说："我们不是生意人。我们没有生意给你做。你快点走吧！"

山根友度仕一听就急了。这么快就叫我走呀？我还没有完成任务喔！他说："我的不能走喔！"

陈抗日从小到大就铭记着日本仔害死自己母亲的血泪史，心里对日本人就没有好感，听见山根友度仕这么说，他马上就沉下脸来说道："你不走，我就报警了！"

山根友度仕一听见陈抗日说要报警，更加急了，他连声说道："别、别、别报警，我的和你的还是亲戚呢，你的怎么可以报警呢？"

眼前这个日本仔的这句话，把大家弄呆了。你这日本仔是我们的亲戚？有没有搞错？！

陈抗日笑道："看在我陈抗日这个名字的份上，我们跟你们就绝对不是亲戚。你不要给我们打感情牌了！"

山根友度仕听了，非常认真地说："你的错了。你的是不是有个人叫山根友二郎？"

陈抗日听了，在心里头骂道：友你阿姐！嘴上说道："我不知道你在讲什么。你还是快点走吧，不然我真的报警了。"

倒是张倩细心一些。她记得当初陈无偏把马骝仔从门口抱进来的时候，襁褓中是夹有一块白布，白布中是讲到马骝仔的日本名的。难道这就是马骝仔的日本名？去慢慢地查是来不及了，就先听他怎么说吧！

眼前的这个日本仔见大家没有反应，于是继续说："你的过去不是养了个日本的小孩，后来日中邦交正常化了，你们就把他送回日本去了吗？"

这日本仔讲到这里，大家不禁惊呆了，他讲的就是马骝仔喔！刚才讲的那个叽里咕噜的名字就是马骝仔的日本名喔！

这日本仔看见大家被他讲得一惊一乍的，便趁机把话挑明了："我的就是那个小孩子的大哥。你的看看，我的和你的是不是亲戚？"

里面竟藏着这么大的一段古仔?! 大家的心像坐在过山车上一样。

唉嘎！山根友度仕在心里头替在场的中国人大大地感叹了一声。他很得意。事先我的为采用什么交谈方式才能获得满意的效果煞费了苦心。如今功夫不负有心人，你的看，他们都被我的打倒了吧？刚才这野郎不是说给他打感情牌没用的吗？现在看他的那个模样，你的说有用了没有？

既然把这个关系挑明了，彼此就是亲戚了喔。番禺是礼仪之乡，既是亲戚就有接待亲戚的礼数。

陈无偏对张倩和陈抗日说："今晚加几个菜，留他吃餐饭！"

张倩去张罗这餐晚饭了。陈抗日马上骑上单车到镇上去买点烧鹅、烧鸭、叉烧回来。再煎上几个鸡蛋，加上平日的菜式，这一餐也有七八个菜了。

吃完晚饭，天也黑了。怎么打发这个"亲戚"呢？这确实是件叫人心烦的事。这日本仔是拎着一个鼓鼓胀胀的行囊来的，附近又没有旅馆，送他到镇上去吧，除了单车又没有别的交通工具，不像今天，许多家庭都有小汽车，想到哪里去都方便。

陈抗日对老豆说："收拾个房间开铺床，让他在我们这里住一晚上啰？"

陈无偏说："也只能这样了。"

听说留这日本仔在家里住，苏秀的脸吊得长长的很不乐意。

她叽叽咕咕地对老公说："你疯了？日本仔是杀人不眨眼的魔头，你让他住在我们家里，是寿星公吊颈——嫌命长了？"

陈抗日一愣。他作出这决定的时候还没有考虑到女人家的感受哦！

他看着苏秀。

苏秀说："你留他在我们家住。今晚我就带着两个子女出广州，我们回婆婆家里。"

连夜出广州是假，现在连夜到镇上去都艰难喔！可是女人婆的担心也是有道理的，来住的是日本仔喔！你说怎么办？

他想了想，说："没关系，一家人的安全都包在我的身上，你今晚尽管放心睡觉就是了。"

吃完晚饭，天还没黑。苏秀进厨房洗碗去了。

陈抗日走到屋边的空地上，脱光上衣，下穿一条铁青色的灯笼裤，腰间紧扎着几圈枣红色的丝绸带，脚上穿着一双回力球鞋。他活动关节，弯腰抻背。热过身后，便开始扎马打拳。陈抗日打的是洪拳，硬桥硬马，借声发力，穿山洞石，气势逼人。

日本人讲究养生。山根友度仕放下饭碗，一个人出去在附近走走。日本人把这叫作"消食"，是帮助消化的意思。他一边走一边琢磨下一步棋该怎么走？他很满意今天的战绩。他企望再接再厉，明天就解决这个战斗。

在行走中，他听见有人在狼嗷虎叫地发力，心中倏地感到好奇，于是循声走去看看。

拐弯抹角，他看见在医馆门口的空地上有人在打拳，再认真一看，打拳的人竟是说给他打感情牌没用的那个野郎。

山根友度仕感到新鲜，耶！这八嘎还会打拳哩。他不会打拳，但下意识地感到这八嘎打得很好。

正在流星赶月的陈抗日倏地发现了山根友度仕，心里说道：我这功夫就是打给你看的，你来了就好了。于是"嗨""嗨""嗨""嗨"地打得更起劲。打完了拳，他又打器械。一条桑木做的齐眉棍被他要得呼呼直响。

山根友度仕惊得咋舌。他突然明白他和友二郎打架时为什么被打得满地找牙了，原来这些八嘎都会这个！

他立即掉头走开，却被陈抗日叫住了。

陈抗日说："亲戚，"他不知道该如何称呼他，于是只好喊他"亲戚"了。"来玩两下？"

一听说叫他来玩两下，山根友度仕立即把他的脑袋摇得像只货郎鼓："我的不会，我的不会。"

陈抗日说："你太谦虚了。我们是亲戚，亲戚之间是无须这样谦虚的。"

山根友度仕急了："我的真的不会，我的真的不会。"

看见这只日本仔这个样子，陈抗日在心里头得意一笑，也不再逼他了。

山根友度仕为了遮掩窘态，装出一副好奇的样子问道："你的打的是什么拳？"

陈抗日说："洪拳。"他答过，也问山根友度仕道："你们日本打的什么拳？"

山根友度仕说："也打洪拳。当然还打一些比洪拳更高级的拳。"

陈抗日问他："怎么见得你那些拳比洪拳更高级呢？"

山根友度仕没想到被陈抗日问住了，一时间答不上来。

陈抗日说："拳和拳之间高不高级，是通过比试决定的。也就是说要打过才知。我是练洪拳的，你说我洪拳不行，你的高级，这就要通过比试来鉴别了，也就是说通过打来判高低了，我跟你比试一下吧！"

山根友度仕的腋窝出汗了。刚才他是猪嬷嚼螺壳，贪贪嘴瘾的。现在人家邀请比试，你去应战，那是找打！于是摆手兼摇头："我不懂，我不懂，真对不起，我真的不懂。"

他为了躲避陈抗日的挑战，立即转移话题："兄贵功夫那么好，是哪位名师教的？"

陈抗日说："我哪里有什么名师，我的功夫是我爸教的。"

山根友度仕目瞪口呆："你的爸……就是，就是……"他想说就是那个手脚不灵便的小老头？可是他立即觉得这样说很不礼貌。刚才人家才说过要找你比试的，你这么说不是找打？于是立即斟酌过："就是陈、陈、陈无偏老先生？"

陈抗日说："是呀！"

"唆嘎……"山根友度仕惊讶得张大了嘴，"陈老先生那么厉害的呀？"

陈抗日说："我爸年轻时，一个打一百个是常事，这里的街坊邻里都知道的。"

山根友度仕惊异地看着陈抗日："那你也很厉害的啰？"

陈抗日说："我没我爸厉害，但是打七八十个人是没问题的。"

山根友度仕给说得一乍一乍的："打七八十个人？"

陈抗日说："你不信？不信我们试试！"

山根友度仕连忙说："信、信、信！"

陈抗日说："其实在我们中国，一个人打几十个人是很没啥的，要不是我们是亲戚，我还不敢跟你说哩。你看过我们的《水浒传》吗？梁山上有万夫不当之勇的好汉比比皆是。一万和几十相比，我还有脸跟人说吗？你说是不是？"

山根友度仕真不知道该说是抑或不是。他觉得此地应该是个民风彪悍、不宜久留的地方，还是快快把事办完，回家去为好，于是说："我的这次来，是想和你的做生意的。生意做好了，就等于我的把钱放进你的口袋里了。你的愿意?"

陈抗日说:"我们都不是做生意的人,有什么生意和你做?"

山根友度仕说:"有、有、有!你的家里不是有一条祖传秘方吗?"

陈抗日一愣:这伷家铲竟打起我们的祖传秘方的主意来了。真是胃口不小啊!

山根友度仕说:"就用这个做。你的出秘方,我的负责经营,赚到了钱,大家平分。"

哗!这些伷家铲厉害喔。在你什么都不知道的前提下,他们连怎么分钱都想好了。

陈抗日说:"这好当然好,可是秘方在我爸手里,你要跟他说才行。"

山根友度仕很高兴:"你的说了好,我的就高兴了。你爸的事,我的明天就跟他说。"

谈完了,两人就分手了。

回到屋里,陈抗日发现老爸已经回到自己的房间了。他走到老爸的房间门口说:"爸,睡了?"

陈无偏在里面应道:"没有。"

陈抗日进去了,看见老头已经背靠床屏坐着。老太婆坐在床面前叠衣服。他说:"爸,妈,我想和你们说件事。"

陈无偏说:"说吧!"

陈抗日把刚才山根友度仕说的话小声地说了一遍。

陈无偏没听完就大声说:"这死日本仔做梦娶老婆,光想好事!"

陈抗日说:"他说明天就跟你说这事。"

陈无偏说:"我明天就把他顶回去!"

陈抗日说:"这样恐怕还不是太好……"

陈无偏愕然地望着他的儿子:"我把他顶回去还不好?"

陈抗日说:"你这样生生硬硬地把他顶回去,人家可能会觉得你不近人情。我看这样吧,明天一早我去请陈叔、大生叔、财叔,

160

请他们明晚来我们家吃顿饭，我让这些老前辈们一起来会会他，让这些老前辈们拿他来练练拳，让他清醒清醒，这又不用伤我们和这家伙的情面，你们说好不好？"

陈无偏看着儿子，不禁会心一笑："好啊，你安排吧！"

陈抗日说："我明天一早就去筹备，老豆你明早就去哪个朋友家里散散心，避一避，免得他一早就缠住你。"

陈无偏点点头。

他很高兴。他觉得儿子越来越成熟老到了。他说："好，你当家，我听你的。"

二十六

陈抗日一早起来，立即去联络他的老叔子们去了。

陈无偏一早起来，由张倩扶着到刘天赐家去了。出门口时，苏秀说："奶奶安顿好老爷要快点回来。我一个人在家里心慌慌的喔！"

刘天赐两口子知道老头是来避日本仔的，非常热情。他们搬出了自家"蛇吞拐"，垫好被褥让老头躺在上面休息。

张倩记挂着家里的儿媳妇，安顿好老头子，向刘天赐两口子说几句拜托的话，就急急脚地赶回去了。

陈抗日骑着辆单车使劲地蹬着，往镇上赶去，他到陈新、大生的家和黄守财的五金店，把意图跟他们说了。

陈新和大生早已从领导岗位上退下来。做惯领导的人一旦退下来，是一百个不习惯的，久静思动，正想找点什么事情解解闷，如今听到有这单好事，都高兴得摩拳擦掌。黄守财是个平头百姓，无退休之说，而且正在做着生意，生意又做得红红火火，可他是陈无偏的"沙煲兄弟"，更是个好事者，乍听到大哥家里有事，嘿！即使关起门不做生意也要来的。

陈抗日急急忙忙地转了一圈，然后转到农贸市场去买了一篮子青菜鱼肉回来。

山根友度仕一早起来就想谈他的正事。可是他起床比陈抗日、陈无偏都迟了不少，未能见到他们，觉得非常遗憾。

他在屋前屋后转来转去，看见苏秀在忙里忙外。他很想走近去跟苏秀搭搭讪。可是苏秀却拒人千里地绷着张脸，令他感到无奈，也感到有点难堪。不过他觉得这八嘎长得挺入眼的，都过了三十的人了，那身材脸蛋哪像个三十岁的人呀？他不禁想起了他的弟媳妇——山根友二郎的老婆阿英。阿英杏脸圆腮，他觉得非常养眼，而且那八嘎身材匀称，凹凸有致，肉感很好，很有点奶奶相。而眼前这八嘎生得一张好看的瓜子脸，举止斯文，体态袅娜，左看右看上看下看都不像三十岁的人。难道番禺这地方出美女，一个比一个漂亮？

苏秀发现这日本仔一双贼眼贼溜溜地盯着自己，觉得一身都不自在。她索性不干了。她跑到村口的商业街去逛商店，半路上碰见了张倩回来。

张倩问道："家嫂你到哪里去？"

苏秀不好意思讲是避那日本仔，她胡乱说："我到前面去买点东西。"

张倩说："让那个日本仔一个人在我们家里呀？你不怕他把我们家扛走了！回去，回去，我们一块回去。"

苏秀心想："有奶奶你和我一起回去，我也不怕了。"

陈抗日回到家里，卷起袖子就干开了。那劲头好像过年过节一般。

没多久，陈新两公婆、大生两公婆和黄守财他们也到了。陈新两公婆还是提着两只大线鸡，大生两公婆还是提着两条大鲩鱼。他们两位都是离休干部，离休工资比较高，这东西是小菜一碟。黄守财还是拉来一条狗，他的生意越做越红火，送条狗根本不在话下。大家虽是老朋友，但聚到一块也不容易，彼此一见面，非常高兴，问候赞赏，调侃逗乐。

陈抗日说："我已经买了好多菜了，各位老叔怎么还买那么多菜来?"

陈新说:"虱子才嫌多,菜还会嫌多的?有个对联,上联叫:天不管地不管菜馆……"

大生笑着接着话头:"穷也罢富也罢吃吧——现在改革开放,大家的生活富裕了,老朋友见面多加个菜,从哪个角度说都不过分的——吃吧!"

黄守财说:"我知道两位领导肯定是批准的,所以就带着条狗来了。"

陈新说:"多亏你带了条狗来,男人老九,不吃狗还叫老九么?"

大生说:"我们杀狗去。"

黄守财说:"我们都老了,不操这个心了,我牵去狗档,叫他们帮宰得了。"

这些女人们都很相熟,在自己家都是抓刀抓铲的主妇,一来了就找活干。

在男人们高谈阔论的当儿,女人们也一边干活,一边叽叽喳喳地说起话来。

大生的老婆阿珠问苏秀说:"家嫂,哪个是日本仔呀?"

苏秀伸长脖子左右看了一下说:"不知死到哪里去了。"

陈新的老婆在旁边笑道:"好像你很恨他似的。"

苏秀说:"你没见他的那双眼睛,贼溜溜的,让人恶心死了。"

阿珠说:"因为你长得漂亮嘛!"

苏秀说:"漂亮什么,我发现他看哪个女人都是这样的。"

陈新的老婆说:"所以才叫日本仔啰,不是这样就不叫日本仔啦!"

苏秀用头向外一扬:"嗯!来了。"

这两个老女人一齐顺苏秀指示的方向看去,发现一个快奔四十的男子从村边踱了过来。

原来这日本仔起床找不到陈无偏和陈抗日,便一个人到村中溜达,看风景去了。只见这个家伙身矮体横,牙黄显刨,罗圈腿,汗毛显得比较浓密，特别是他的那双眼睛虽然细小却特别有神，望人滴滴溜溜的，难怪苏秀说他一双贼眼了。

这家伙踱过来之后，把在场的女人们打量了一遍，然后对陈抗日说："你的起来后到哪里去了，我的一起来就想找你。"

陈抗日笑道："我赶着上街买菜呀！"

经陈抗日提醒，山根友度仕发现地上堆放着很多食材。他惊奇地说："你的买那么多东西回来干什么？"

陈抗日说："招呼你呀！"

"招呼我的？"山根友度仕感到更加惊奇，"你的为什么要招呼我？"

陈抗日笑道："我们番禺是礼仪之乡。'有朋自远方来，不亦乐乎。'何况你是我们的亲戚呢！亲戚来了，不要招呼招呼吗？"

山根友度仕看见陈抗日口口声声喊他作亲戚，心里面非常高兴。心想："你们既然那么看重我这个亲戚，那我谈的那桩生意是板凳上面钉钉子了。"

他趁热打铁说："我的又谈谈这桩生意？"

陈抗日笑道："不急不急。现在柴横凳乱，忙今晚这餐还忙不过来。到忙完这些，今晚吃饭时我们再聊吧！"

山根友度仕看见陈抗日实在忙着，也不好勉强他。

他想，那老头呢？跟他谈不是更直截了当吗？于是问道："陈老先生呢？"

陈抗日说："出去给人看病啦！"

山根友度仕惊讶得把他的小眼睛瞪得像小酒杯那么大："他，他，他……"

陈抗日猜得出他想说：他手脚不是不灵便吗？怎么可以出去给人看病呢？

陈抗日说："病家就是相信他，我们也没办法。他们来人接送，我们就只好由得他去了。"

山根友度仕听了，很是无奈，这个忙得不可开交，那个又不在家里，也只好作罢。他百无聊赖，袖着手在旁边看这些人杀鸡剖鱼。日本人很讲卫生，不吃内脏。当陈抗日杀鸡脱毛，把鸡内脏从鸡肚里取出来的时候，他竟捂住鼻了走了。

陈新见状，低声戏笑道："好像很斯文的样子喔。"

黄守财说："整色整水的，今晚我倒要看看他到底吃不吃！"

乡下人"打斗四"，乐的就是那股大家出手，边聊边做，热热闹闹的亲热劲。这餐"打斗四"，除了山根友度仕游手好闲之外，能干的都动手了。大家"嘻嘻哈哈"地干得一额是汗。

到了日头偏西的时候，菜弄好了，饭也煮好了。

到摆好碗筷上好菜的时候，苏秀、张倩搀扶着陈无偏从外面进来，后面跟着老村长刘天赐。众人见了刘天赐，忙着一轮招呼。陈新是刘天赐的老领导，刘天赐忙着上前致意问候。

山根友度仕盼了一天，这时候才见到了陈无偏。他心急地挤到陈无偏的身边，挨着他坐下。凳还没坐热，他便开口问道："老先生……"

陈抗日知道他想讲什么，于是打断他的话头说："大家安静一下，大家安静一下，吃饭前让我先说两句。我介绍一下。"

他轻轻地拍拍山根友度仕："这是我的'亲戚'……"

陈新两公婆、大生两公婆和黄守财不禁一愕，眼睛齐刷刷地望着陈抗日。

陈抗日问山根友度仕："你叫什么名呀？"

大家听见，不禁笑了起来，哪有连亲戚的名字都不知道的？

山根友度仕说："我的叫山根友度仕。"

陈抗日说："'有督屎'是我弟弟的大哥，就是我那个刚回了日本的弟弟的亲大哥。"

他又向山根友度仕介绍说："这三位是我的叔叔。"

他介绍陈新说："这位是我陈家的叔叔，叫陈新，政府官员。他是打日本鬼子出身的。"接着又介绍大生说："这是我生叔，也是政府官员，也是打日本鬼子出身的。"接着又介绍黄守财说："这是我财叔，企业家。他是看着我长大的。他年轻的时候曾经赤手空拳杀死过日本鬼子，在我们这一带很有名气。"

黄守财是只一点就着的炮仗。他最高兴有人提及他骄傲的往事了，于是立即答嘴："你又知？"

陈抗日说："当然知道。在我们村里，在我们这代人中没有人不知道这件事的。"

然后又介绍刘天赐："这是我们的老村长，我们的父母官。"

最后介绍陈无偏说："这是我爸，这你已经知道了。但有一件事你还不知道。他也曾经打过日本鬼子。1944 年，我爸去抗日根据地植地庄给一位领导同志看病，正好遇上日本鬼子来偷袭。当时日伪军一千二百多人趁天未明包围了植地庄，情况非常危急，我爸扛起半箱手榴弹跟着战士们突围，他一路跑一路向鬼子堆里扔手榴弹，炸死几十个敌人。"

山根友度仕惊愕地望着陈无偏。他想不到这个手脚已经不灵便的老头竟有这样令人惊讶的经历。他更想不到在他正想大展宏图之际，突然冒出了这个话题。他琢磨着：在这样的氛围下叫我怎么开口呢？

在山根友度仕吭吭地想说又不说之际，"打斗四"开始了。大家劝酒夹肉吃将起来。

黄守财第一时间从盛满狗肉的大盆中夹起一片狗肠放到山根友度仕的碗里："这是我煮的。请尝尝我的手艺。来！我知道你们日本人讲卫生，我这筷子没人用过的，你放心好了。"

刚才劏鱼杀鸡的时候，黄守财看见山根友度仕见了从鸡肚里掏出鸡肠时就捂鼻子，还说道："我的日本人是不吃这个的，你的看它多脏。"黄守财不服气，觉得这是日本仔的假斯文，他想，等我弄好了，我不信你就不吃！

于是他把狗肠剖开，刮净洗净，切成片状，经过一番炮制，然后再同其他狗肉一道放进煲里用柱侯酱等香料炆煮。等到举筷的时候，黄守财第一时间夹起一根已被切成块状的狗肠放到这日本仔的碗里，看看这日本仔吃不吃。

山根友度仕看见黄守财自己没吃就向他敬菜，觉得很有面子，心里非常高兴。他点点头，赔个笑脸，便将这狗肠夹起来放到自己的嘴里。他发现这东西硬烂适中，口感特好，五味深厚，八香扑鼻，真是个好东西喔，于是朵颐大动，很高兴地嚼起来。

黄守财小声地问他："好吃吗？"

山根友度仕一边咀嚼，一边点头说："好吃！"

黄守财手往自己的大腿上用力一拍，然后把大拇指竖在山根友度仕的跟前，大声说道："好，识货！"心里头却骂道："这不是肠吗？不是不卫生的吗？怎么现在又好吃了？丢那妈！"

山根友度仕陶醉在美味之中。他全神贯注地咀嚼，突然心头一惊："我的不光是来吃东西的喔，我的七七桑在等着我的拿东西回去的喔。"于是他立即把还未嚼得够烂的狗肠往肚里一吞，对身边的陈无偏说："陈老先生，我的从日本来，是想往你的口袋里装钱的……"

他还没有讲完，黄守财马上插嘴说："有这等好事？请你也往我的口袋里装些啰！"

山根友度仕发现黄守财不明白或者误解了他的意思，他说："我的说这个，是有个前提的，那就是做生意。你的通过做生意，赚到钱，我的就把钱给你，这不就是把钱放到你的口袋里了。"

黄守财很踊跃地说："我也做。你说的是什么生意呀？"

山根友度仕哭笑不得。他说："做这生意，你的不行。"

黄守财的眼睛睁得大大的问道："怎么我的不行？我勤劳能干肯动脑子，你看我现在开个铺做生意，也赚了不少钱哩。"

山根友度仕很耐心地解释说："做我说的生意，要有一条非常灵验的祖传秘方。我们拿这条秘方去做药，卖往全世界，这样就能赚到许多许多的钱。你的没有这条非常灵验的祖传秘方，所以你的不行。对不起，我的这话是对陈老先生说的。"

黄守财听了这话，笑道："人哋有炮仗，唔使你点引呀！"

这是一句很地道的番禺话，山根友度仕听不懂了，他用眼睛望着陈抗日，希望他翻译一下。

陈抗日明白他的意思，说："我财叔的意思是说：鞭炮这东西，是谁的谁自然就会去放，不需要旁人来帮忙'点'的。如果旁人争着来'点'，他就没弄明白这鞭炮到底是谁的了？"

山根友度仕眨巴了小半天眼睛才说："我的明白你的意思了。但我的意思不是你的说的意思。我的真正的意思你的不懂。我的意思是，我的日本人会做生意。世界上的人不是说我的日本人是经济动物吗？而你的中国人不会做生意。我的用我的经济头脑把你的闲置资源调动起来，变废为宝，让你的致富。这不是放钱入你的口袋里了？你的明白？"

坐在旁边的陈新听了山根友度仕这番话，马上就坐不住了。他想："你这日本仔真是吃得大头菜多，白日发起大头梦了。我们中国人不会做生意，只有你日本仔才会做生意？扯淡！"

于是，他说："你这先生也真的太谦虚了。你们日本人何止会做生意？"

山根友度仕听了陈新这句话，心里老大不高兴。我的现在说的是做生意，你的这么说不是打我的岔吗？我的不能在这里久待。我的时间很宝贵啊！你的想干什么？山根友度仕知道自己是客人，而且又在求人，不好发作，于是拒人千里地说："我的不明白你的意思。"

陈新看见这日本仔的不高兴。他心里可高兴了。你不明白吗？那你就要补补课了。他说："我不知道你是真的不知道，还是假的不知道。日本人最在行的哪是做生意呢？"

山根友度仕愕然望着陈新："这老头应该年过古稀了吧？怎么还有那么多的精力去管别人的事。"他下意识地感到这老头是个缠人的主，识时务者为俊杰，还是不惹他为妙。他不出声，心想，你知趣而退吧。

岂知这老头真的不知趣，他说："其实日本人最在行的不是做生意。如果日本人最在行的是做生意，什么都用'做生意'这三个字来解决问题，那我们中国人就最高兴，最欢迎了。但不是喔。几十年前你们日本人扛着把'三八大盖'来到我们中国，把我们搞得鸡毛鸭血，我们现在还记忆犹新啊！"

山根友度仕脸红红的。他恶狠狠地望了陈新一眼。他恨死他了。

陈新刚停嘴，大生又跟了上来。他说："这事你爸告诉过你没有？大概没有吧！那时候你爸真是心狠手辣的喔。"

　　山根友度仕很不友好地望了大生一眼。心想，你的也是个搅事的家伙。嘴上却说："你的认识我的七七桑？"

　　大生说："你说的七七桑就是你爸吧？认识！你爸叫山根四治郎，南支派遣军特高课的课长。他是我们的老对手了。他杀死了我们的同志、我们的同胞不计其数。我们的司令吴勤就是你爸设计害死的。抗战结束前他跑了，如果不跑，我们中国人一定要他以命来偿还血债的。"

　　这话说得山根友度仕脸红身热，那心"扑扑"乱跳。

　　见陈新和大生说得那么来劲，黄守财也不甘落后。他说："别的不说，光是说抢夺我大哥陈无偏的祖传秘方这件事，你老爸山根四治郎也是凶相毕露，要吃人的。"

　　他用手往墙上一指："你看见没有？"

　　山根友度仕的眼睛顺着他手指的方向望去，看了小半天，说："看见什么，不就是有几个用石灰糊过的疤吗？"

　　黄守财说："我就是想让你看看这几个疤。那天你的老爸山根四治郎带人来抢秘方，没抢到手，发烂渣掏出枪来往墙上打了好几枪。把好好的一面墙打出几个碗大的洞来。这洞还是我事后扛着竹梯帮大哥用石灰浆糊好的。山根先生，你看你爸当初够狠毒吧？"

　　山根友度仕如芒刺在背，那脸上一阵红一阵白的。他没想到这顿饭出现这么大的逆转，把他事先准备的如意算盘彻底搞乱了。他急了，说道："我的是做生意。我的做我的生意，我的关你们什么事？你们来搅乱我的生意干什么？"

　　他说着说着竟发起烂渣来："我的事是我的事，不关你们的事。我的只要他的一个人说，你的给我的闭嘴！"

　　他转向陈无偏，问道："陈老先生，我的只听你的一句话。请你的说，你的愿不愿意？"

　　陈无偏没吃什么，人老了也不想吃什么。一开台他就在静听着他们在斗嘴，他觉得很高兴。太解气了！就这个意思，如果由他自己来讲，他觉得肯定没大家讲得这么好。

当他听到这日本仔要他表个态时，他笑着指着对面的黄守财说："还是我兄弟讲得好。"

山根友度仕追问道："他的哪里讲得好？"

陈无偏笑道："他说：人哋有炮仗，唔使你点引呀！"

饭桌上"哄"地涌起了一阵快乐的笑声。

这笑声让山根友度仕感到很难堪，但他还是不甘心，他还想努力地再争取一次。

他一半恳求一半死缠地对陈无偏说："陈老先生，我的只问你的一句，我的放钱进你的口袋，你的要不要？"

陈无偏笑道："钱这东西，真难讲得清楚。我看还是该要的就要，不该要的就不要吧！"

山根友度仕脸色一变，他"啪"地放下筷子说："你的中国人不友好！"

刘天赐说："山根先生，这你说的就不对了。你们日本人发动了侵华战争，给我们造成了不可弥补的巨大伤害，我们国家还免了你们的战争赔偿，这还不友好？你爸和你们日本军队给我们陈叔造成了那么大的伤害，搞得人家家破人亡，而我们陈叔还养大你爸留在中国的儿子，中日邦交正常化之后又无条件无代价地送还给你们，这还不友好？"

山根友度仕说："你的中国人记旧账，你的中国人欺负我！"

黄守财笑道："你有冇搞错？我们请你吃了这么多好东西，你还说我们欺负你？当年你们日本人是这样欺负我们就好了。"

大家忍不住又笑了起来。

二十七

山根友度仕愤然起身，"噔噔"地走了。

陈抗日站起来，他看看老豆，看看在座各位说："我要跟着去

170

看看。"

苏秀急了:"你跟什么?我不让你跟!"

陈抗日不听,还是跟着山根友度仕后面去了。他想,我们毕竟是主人,他如果出了什么事,我们就不好办了。

陈无偏看见陈抗日跟着山根友度仕后面走了,说道:"没事,没事,我们继续吃吧!"

一会儿,陈抗日跑来说:"这家伙扛了行李要走。我怕路上出问题,我要用单车送他到市桥去。"

这回苏秀真急了。她大声说:"不行,不行,我不让你送,这很危险的,你让他自己走好了。"

陈抗日对老婆说:"你真是头发长见识短,怎么能让他一个人黑麻麻的走路出市桥去呢!"

刘天赐说:"没事没事,我找几个靓仔骑着单车陪着去,没危险的。"说着他立即去找人。不一会儿,来了几个推着单车的年轻人,刘天赐嘱咐了几句,大家就出发了。

半路冒出了这件事,这"打斗四"便停了下来,等他们走了以后,陈无偏说:"没事的,没事的,我们继续吃!"

大家继续起筷。今晚这餐菜又多又好,而且又打了一个胜仗,教训教训了这个小日本仔,大家心里很高兴,于是边吃边聊,谈笑风生。

苏秀惦挂着自己老公,吃了几口就停筷了。她悄悄地跑出村口,等他们回来。等了好久还没见他们回来,苏秀又悄悄地回来了。吃也吃饱了,时间随着时钟"滴滴答答"的走动而过去了,人也困了,陈新和大生的宝眷想回去了。

陈新说:"抗日还没回来,我们能放心回去吗?再等一等。"

等了一会儿,还没见他们回来。

陈无偏说:"两位领导,我看你们还是先回去,抗日回来,我叫他一早去你们府上报个信。"

陈新说:"你这家伙,叫我们做领导,你当我们是兄弟没有?不行,我还想等一等。抗日早就认我做阿叔了的。我的侄儿没回来，我能放心走吗？"

刘天赐说："不如你们今晚就在我们村住一晚吧。这几年我们都起了新屋，有的是地方。怎么样？"

陈新说："我没什么，只是不好意思麻烦你们。"

刘天赐说："什么麻烦？老领导肯赏光，是我们有面子了。"

陈新看着大生说："我没什么。你怎么样？"

大生笑道："我还不是看书记的。"

刘天赐说："那就这么定了。"

黄守财对刘天赐说："我家有的是地方，安排两个到我那里。"

刘天赐说："好，就这么定了。我们继续吃，继续聊。"

又聊了不知多长时间，陈抗日他们终于回来了。

苏秀埋怨说："也不知道人家挂心，怎么现在才回来？"

陈抗日说："到了市桥，就忙着帮他找旅馆，找到了旅馆就吃点东西吧，他不饿大家都饿了呀。于是我又每人买了一大碗云吞面。"

黄守财关心地问道："这日本仔吃了你的云吞面没有？"

陈抗日说："吃了。他也实在饿了。他不吃，我心里还不安乐哩。到和他分别的时候，我又买几斤点心给他。"

苏秀埋怨说："就你大方。"

陈抗日说："不是我大方。这是待客之道。其实我比你更讨厌这家伙。但是我们是中国人，中国人要有中国人的风度。对这样的人，该教训的要教训，但该接待的还是要接待。不要留下个话柄让人家去说。"

陈新听了，两个巴掌用力一拍："家嫂，你老公行！我发现他很有头脑，做事的方式方法越来越成熟，越来越老练了。"

经陈新这么一说，苏秀觉得很有面子，心里很高兴。她对陈抗日说："陪你去市桥的那几个靓仔呢？请他们一起来喝杯烧酒吃点东西呀。"

陈抗日说："叫了，他们回家放好单车就来的。"

说着，那几个靓仔陆续来了，苏秀忙着招呼他们吃东西。

陈新说："这个日本仔的气焰也够嚣张的，不轰他两炮，我心里就不舒服。但见他挨轰了之后，连饭都不吃马上要走，我又怀疑我是不是过分了一些。现在抗日做了些善后的工作，我的心也安乐了。抗日，你好吧，识做，识做！"

大生说："抗日，我看你是块做官的料。"

刘天赐说："我觉得抗日不做官也有不做官的好。他做了官，谁去传承无偏叔的衣钵呀！"

黄守财说："我看抗日无论做什么，都是一块好料，都能成材。他是在我眼皮下长大的，从小我就觉得他长大一定很有出息。"他把脸转向陈无偏："大哥，你有福呀！"

二十八

张倩整天掐算着日子，马骝仔怎么还没有信来呢？

马骝仔陈和平近年来慢慢地形成了个习惯，就是每个月基本上都会写封信来，问候问候两位老人，问候问候大哥大嫂，谈谈自己在日本的生活和工作，报个平安。他有时间就写长一点，没时间就写短一点。总之，他觉得一定要写。他知道，不管长好短好，老人家收到信看了就会放心的。老人家放心了就比什么都好。

今天应该有信到了。张倩非常留意过村的乡邮。这里的乡邮一天会过两次。上午那次，邮递员的电瓶摩托停都没停在医馆的大门口，一闪就过，张倩的心就很不着落了。

下午这次，她预计着邮递员差不多就要过了，于是提前站在医馆的大门旁边等候着。等呀等呀，终于把邮递员等到了，可是人家也一闪即过，停都没停一下。焦急的张倩正想"唉"一声，可是她的声音还没"唉"出来，人家的电动摩托车已经一闪，拐弯转入另一条村道去了。

张倩愁心怅怅，立即没了精神。晚上吃饭，张倩胃口不好，少吃了半碗饭。大家都没注意，陈无偏却看见了。

陈无偏自从那次小中风后，手脚不太灵便，每天都是张倩服侍他抹澡、洗澡的。

　　今晚，张倩在帮他抹澡中，陈无偏问道："你今晚少吃了半碗饭喔，是怎么回事？"

　　张倩说："没事。"

　　陈无偏说："我就希望你没事，可是自打傍晚以后，我见你眉头皱皱的，不会是有不开心的事吧？"

　　张倩说："没有。"

　　"没有？"陈无偏望着她，"我们是老夫老妻了，你肚里的肠子弯几个弯我还不清楚？"

　　张倩叹了一口气："今日和平应该有信来的，可是上午下午来了两次邮递员都没有信息，也不知道是怎么回事？"

　　陈无偏宽慰道："天远地远，迟一天半天是很正常的，不要胡思乱想。"

　　张倩觉得也是，不理它了，就过它一两天再说吧！

　　她天天注意着乡邮员的到来。注意了两三天，一点动静都没有。乡邮员照样在门口一晃即过，想问问他的机会都没有。

　　张倩真的坐不住了。她长吁短叹，甚至茶饭无心了。

　　陈无偏看见她这副样子，自己心里也跟着焦急起来。这马骝仔怎么搞的，有事无事都要写几个字回来嘛，你不知道你娘是怎么牵肠挂肚地记挂你的吗？

　　又过两天，马骝仔还是没有信来，不仅张倩扛不住，就连老头子陈无偏自己都焦急难耐了。在焦灼中他们做过了种种的假设和猜测：是不是生病了？是不是混不下去没吃没喝了？是不是出了交通意外了？是不是挨人欺负甚至遭人暗算了？以前来中国的日本仔哪个有人性的，和他们在一起，与蛇同眠。挨欺负遭暗算是不奇怪的喔！当初不让他回日本就没今天的事了。唉……那时候的通信没有今天的发达，打个越洋电话要到县邮电局去，收费又贵，还要排队等候。

　　唉……

在这两个老人坐卧不安之际，门外有人喊道："有人吗？"

陈无偏愣了一下。他看着张倩，自己在心里问自己：这声音倔雷雷的，不像是来看病的呀？

倒是张倩有灵性，她问老头子说："是不是邮递员呀？"她自己回答说："是的，邮递员！"她迫不及待地小跑出去："有人，来了，来了！"

出到大门外一看，果然是邮递员。

邮递员说："挂号信！"说着办签收手续。

张倩拿起这封薄薄的从日本寄来的信，手也抖了起来。

她返回屋里，陈无偏问道："来信了？"

张倩"唉"了一下。

陈无偏问道："说什么呀？为什么那么久都没来信呀？"

张倩说："我还没看。"

陈无偏"嘿"了一声："快看呀！不看怎么知道他在那边怎么样了？"

张倩马上撕信封，把"信肉"抽出来，打开，急急地看着。

看完，陈无偏急不可耐地问道："信里讲了什么？"

张倩也不回答。她把信递给了陈无偏。

陈无偏伸出他那只不大利索的手，接过信来哆哆嗦嗦地移至眼前，半眯着那双老花眼吃力地看着。

啊！马骝仔说，他的生父死了。

那天，山根四治郎踩上独头凳去抹天花板上的蜘蛛网。他脖子往后一仰，眼睛一黑，摔将下来，撞着脑袋，造成颅内出血，很快就死了。马骝仔毕竟是息子，而且在中国在番禺又养成了仁孝之德，山根家出了那么大的一件事，能坐着不管吗？于是他歇了几天业，去忙山根家的丧事。这样，他就没时间给番禺的老爹老妈写信了。

看完了信，陈无偏愣了一会儿。

这时，他的脑海第一时间浮起了汪寿玉姣好的面容，浮起了淹没在火山血海中的南京城。没有这死日本仔在背后搞鬼搞怪，我一家三口怎么会千里迢迢地跑到南京城去？寿玉怎么会惨死在南京城里？真是多得你唔少，恨你唔了哦！他自言自语地说："死了？冚家铲……"

张倩听到了这死日本仔的死讯，那心不禁一绞。这个死日本仔当年在慰安所里蹂躏过她，摧残过她。她恨恨地想："这个畜生禽兽早就应该死一百次一千次了，怎么拖到现在才死呢？老天也太便宜他了。"

这时黄守财走进来，跟以往一样，大声叫道："大哥，大嫂！"

陈无偏和张倩还沉浸在对昔日那个死日本仔的仇恨的心绪里，还没有来得及分出心来理会他。

这跟以往有所不同，黄守财觉得蹊跷：这是怎么回事？他瞧瞧这个，瞧瞧那个，逗趣道："吵架了？"

张倩被问得有点不好意思。她起身去给黄守财倒茶："财叔饮茶。"

陈无偏悉索地把马骝仔的信递给了黄守财。

黄守财见陈无偏又不吭声，递这东西给他，心想："这是怎么回事？"他也不作声，默默地把陈无偏手中的信接过来看看。哦，这是马骝仔写回来的信喔。这马骝仔搞什么鬼，惹得大哥那么不开心？

看着看着，他的眉头突然扬了起来："咦！那只老魔头死了喔？"

陈无偏平静地说："死了。这只冚家铲……"

黄守财说："真是个冚家铲。他把我们搞得鸡毛鸭血。可一直没有机会向他清算！"

陈无偏恨恨地说："这冚家铲要是早死几十年，我们就没有那么惨了。人们常说，'热过不觉热，冷过不觉冷。'我是痛过了还觉得很痛……"

黄守财是天生做政工干部的料子，他说："即使这冚家铲早死几十年，我们也会被搞得好惨的。因为在日本仔里头，像这样的魔头实在太多了。"

陈无偏很有同感地说："是太多了。这些死日本仔，里面根本就没有一个是好的。"

黄守财说："到底这冚家铲死了。死了是好事，我们要高兴，要贺贺它才对。大哥，你说是不是？我提议我们还是来一次'打斗四'，贺一贺它。"

说着，陈抗日回来了。他问道："财叔今天怎么这么得闲？"

黄守财："哦，我今天觉得有点不舒服，是来找你或者你老豆看看病的。不想一聊起来竟忘记看病的事了。"

陈抗日笑道："可见财叔的不舒服是跟我们爷爷聊一下天就可以好的。以后财叔你要多来找我们爷爷聊聊天啰！"

黄守财说："是呀，是呀。最近来得少一些了，以后是要多来一些才是。哦，我说抗日，你去给我办件事。"

陈抗日爽快地说："好的，好的。财叔尽管吩咐就是了。"

黄守财说："你去帮我通知一声，叫陈书记和大生叔明天来医馆'打斗四'。"

"'打斗四'？"陈抗日问道，"明天是什么好日了呀？"

黄守财说："马骝仔的那个日本老豆死了。那个老魔头过去搞得我们鸡毛鸭血的。他现在死了，我们要贺一贺他。"

陈抗日眉头一扬："和平的日本老豆死了？"

黄守财听见他这么问，把还拿在自己手中的信递给他："看来你还不知道，你看看这是马骝仔写来的信。这冚家铲生前我们不能踢他两脚，死了我们要高兴高兴才对。"

陈新和大生听说要"打斗四"，积极得很，第二天一早就带着老婆拎着食材赶来了。这些食材还是"老三样"，陈新的两只大线鸡，大生的两条大鲩鱼，黄守财的一条菜狗。其余的就由陈抗日搞定了。

他们是老朋友又是好朋友，彼此相处像一家人一样，来了之后不分男女，齐齐动手，搞出这一餐，根本不是难事。到了下午四点半钟就弄好了。

大家入席，男人家两杯下肚就海聊起来，话题自然是日本这个老魔头了。

黄守财说："马骝仔那个死鬼日本老豆是怎么搞的，日本投降那个时候我每天都注意看新闻纸，看政府有没有抓住这个冚家铲拉他去打靶。可是看来看去都没有看见他的名字。这冚家铲是不是知道了风声早早跑了呢？"

大生说："九成是了。做特务的消息灵通嘛。"

黄守财说："如果那时候抓到了这冚家铲，会不会拉他去打靶呢？"

陈新说："当然会啰，这冚家铲杀死了我们多少中国人。光我们广游二支队，就有不少人死在他的手中。"

大生说："有人说，我们广游二支队的吴勤司令就是他利用叛徒设局害死的。"

想起这些已经淡化了的记忆，陈新的心里还愤愤然，他恨恨地骂道："冚家铲！"

张情坐在旁边，陈无偏嘴上不好说什么，但心里却恨恨地骂道："不是这冚家铲，我寿玉会死？不是这冚家铲，我父子俩会死里逃生，那么凄凉？"

大生说："当年的日本仔害得我们那么惨，可是现在的日本人有几个认这笔账？石原慎太郎是日本的极右政客，他在参选东京都知事时没经过任何的造势竟轻轻松松地当选了。东京都占日本总人口的四分之一。四分之一的日本人真心实意地推选出一个极右的极端仇视我们中国的政客作他们的领袖，讲日本人对华友好，我看是站不住脚的。"

陈新气愤地说："中日恢复邦交之初，我国还主动免了他们的战争赔款，说是怕增加日本人民的负担，可是现在的日本人有几个领了这份情？"

陈抗日说："阿叔，我听过一句话，叫作，'我本将心向明月，奈何明月照沟渠'。我国免他们的赔款，是为了减轻日本人民的负担，是好心。好心全世界都看得见的。而日本仔这样做是恩将仇报，全世界也都看得见的。人心是秤，最后吃亏的是他们，而不是我们。"

陈新摸摸陈抗日的脑袋:"啊!我的侄儿真行,真是一代胜过一代啊!你这么说,我服了。"

在旁边默默喝酒的黄守财倔头倔脑地说:"不对!"

大家一愣:这家伙哪条神经搭错线了?

黄守财说:"日本仔不是照沟渠。日本仔是沟渠!"

大生眼睛一亮:"对,对,对!我看还是黄老板讲得好,一针见血,日本仔是沟渠!"

二十九

自从收到了马骝仔说他的日本老豆死了这封信后,陈抗日发现他的老豆出现了一些变化,首先是比之过去,他更加不爱作声了,经常是一副若有所思的样子;其次是即使手脚不太便利,他也经常去翻翻他的旧医书,或者去摸摸那些研船、药臼等重家伙。

陈抗日看见这些,心里萌生一种不祥的感觉,这不是怀旧吗?这不是不舍吗?他心里觉得不大好受,甚至有些害怕。

每看见这种情形,他都会说:"老豆,你干什么?好好休息休息,不要乱动,也不要乱想些什么。"

陈无偏也不理他,一副我行我素的样子。

陈抗日很不放心老豆,他要改变他。一有空,他就和老豆聊聊天,给他捶捶背,揉揉腿。他问道:"我发现你经常闭着眼睛在想东西。你是在想什么呀?"

陈无偏微微笑道:"也没想什么。"

陈抗日发现老豆的老态越来越明显,越来越突出了。他很担心,担心老豆老老就老去了。陈抗日除了自己经常和老豆聊天,经常给老豆捶背揉腿,还经常叫自己的两个子女去跟爷爷玩玩,逗逗爷爷开心。

陈自厉念高三了,陈自睿也念初三了。他们的功课都很忙,但他们都很爱爷爷，很孝顺爷爷，功课再忙，都会跟爷爷玩玩，逗逗爷爷开心。

陈无偏更爱自己的两个孙辈，见到他们特别地开心。

陈自厉放学回来，放下书包，就走到陈无偏身边说："爷爷，我给你捶背。"

陈自厉是住校生，周末才能回家。陈无偏知道他读书辛苦，少休息，一回家就给自己捶背，他疼惜他，不让捶。

陈自厉说："爷爷你怎么不让我捶？"

陈无偏说："你读书太累了。"

陈自厉说："再累我也要给你捶的，因为你是我爷爷。"

陈无偏很高兴。他说："爷爷知道你很乖，很孝顺。不用捶，爷爷都已经领你的情了。"

陈自厉说："不，我就是要给你捶。"

陈无偏说："其实有件事比捶背更让爷爷开心的，你不用捶背了，你就给爷爷做这件事吧。"

陈自厉问道："是什么事？爷爷，你告诉我，我一定给你办到。"

陈无偏说："好，真有点男子汉大丈夫的气概。"

陈无偏望着他的宝贝孙子，心里头像喝了蜜糖似的。这小家伙不知不觉竟有十九岁了，生得斯斯文文，白白净净，跟他爸这个年纪时的模样差不多，也一样的孝顺，而且说起话来有头有路，挺有底气的，这已让他这个做爷爷的开心够了。

他试探地问道："爷爷想你背段《内经》给爷爷听听，背得出吗？"

原来，陈无偏担心他的宝贝孙子因为读书，把家学荒废了。

陈自厉听了有点犹豫。

陈无偏说："爷爷给你出了道难题。你爸小时候真能把一部《素问》背得滚瓜烂熟啊！不过你爸那个时候，没有你读的书多。他一年到头待在乡下，无事就捧着本医书来读来背，所以背得挺熟的。"

他疼爱地望着他的孙子："现在的学校功课特别地多，你一天到晚不是捧着本书，就是埋头做作业。你跟你爸爸那个时代不同了。"

陈自厉有点不服气："我比不上我爸，但是我也能背一些的喔。爷爷不信，可以测一测我喔。"

"真的?"陈无偏很高兴，"那爷爷就要测一测喔。"

陈自厉说："好的，不过我如果背不出来，爷爷不要骂我喔!"

陈无偏说："爷爷见了你，高兴还来不及哩，怎么会骂你呢?"

陈自厉笑道："请爷爷点题!"

陈无偏说："好，就背《上古天真论篇》的第一节吧!"

陈自厉望望爷爷，清清嗓子就背起来了：

"昔在黄帝，生而神灵，弱而能言，幼而徇齐，长而敦敏，成而登天。乃问于天师曰：余闻上古之人，春秋皆度百岁，而动作不衰；今时之人，年半百而动作皆衰者，时世异耶?人将失之耶?岐伯对曰：上古之人，其知道者，法于阴阳，和于术数，食饮有节，起居有常，不妄作劳，故能形与神俱，而尽终其天年，度百岁乃去。今时之人不然也，以酒为浆，以妄为常，醉以入房，以欲竭其精，以耗散其真，不知持满，不时御神，务快其心，逆于生乐，起居无节，故半百而衰也……"

陈无偏听了，一丝笑意起于脸颊。他说："爷爷还想再测你一次，可以吗?"

陈自厉自信地说："可以。"

陈无偏说："那就再背背《阴阳应象大论篇》吧!"

陈自厉清清嗓子，又背起来：

"黄帝曰：阴阳者，天地之道也，万物之纲纪，变化之父母，生杀之本始，神明之府也，治病必求于本。故积阳为天，积阴为地。阴静阳躁，阳生阴长，阳杀阴藏。阳化气，阴成形。寒极生热，热极生寒。寒气生浊，热气生清。清气在下，则生飧泄；浊气在上，则生䐜胀。此阴阳反作，病之逆从也。故清阳为天，浊阴为地；地气上为云，天气下为雨；雨出地气，云出天气。故清阳出上窍，浊阴出下窍；清阳发腠理，浊阴走五脏；清阳实四肢，浊阴归六腑……"

陈无偏听了，笑得脸上的皱纹如一朵盛开的菊花。

陈自厉看见爷爷高兴，就更来劲了。他问道："爷爷，你还想我背什么？"

陈无偏像喝了一杯陈年老酒，满足地说："不用再背了。爷爷知道你好哋，叻仔！"

陈自厉听见爷爷的夸奖，比获得老师的表扬还高兴。

陈无偏问道："你功课那么重，能把它学得好就已经不容易了。这《内经》竟然背得这么好，你是怎么背的呀？"

陈自厉说："我把它当小说看啰！"

"把它当小说看？"陈无偏觉得很新鲜。

陈自厉说："我们做学生的是不能一天到晚都捧着书本的。一天到晚都捧着书本，脑袋就看不进去了。就好像餐餐都吃肥猪肉，人会怕的。所以我们在课间会看看别的书，比如看点小说，调节调节脑子，学校的图书馆、阅览室就是让我们调节调节脑子的。同学们课间看小说，我就看医书。看多了，就装进去了。"

他自负地说："我不如爸爸。爸爸像我这么大的时候，能把《内经》背得滚瓜烂熟。但我也能背到半熟了喔。"

陈无偏看着他的宝贝孙子，那心好像泡在了蜜糖里。

坐在藤椅上的他，轻轻地拍着陈自厉的屁股，高兴地说："好孙子，你行，爷爷很高兴。"

陈自厉已经是个十九岁大的小伙子了，他还当他是十年前的小学生。他说："来，蹲下来，让爷爷亲亲你。"

陈自厉蹲下到藤椅旁边，陈无偏在他的腮边轻轻地亲了一下。

站在旁边的陈自睿叫道："爷爷偏心！"

陈无偏说："爷爷怎么偏心了？"

陈自睿说："爷爷怎么只亲哥哥，不亲我？"

陈无偏笑道："爷爷不偏心，爷爷不偏心。爷爷的名字叫'陈无偏'，怎么会偏心呢？你也蹲下来，让爷爷也亲亲你。"

陈自睿也蹲到藤椅旁边，陈无偏在她的腮边轻轻地亲了一下。

陈无偏对他的孙子孙女说："你们知道爷爷为什么那么执着让你们学医吗？"

陈自睿说："我知道。我们陈家代代是医，在我们这一带很有名望。爷爷怕我们家的医道失传了，所以叫我们好好学，要我们把我们家的医道继承下来，发扬光大。"

陈无偏很高兴，他轻轻地拍拍她的脑袋："我的小孙女很乖，答的很对。但是还有呢？还有的，你继续说下去，爷爷心里想的还不止这些。"

"还有？"陈自睿疑惑地望望爷爷，又望望哥哥。

陈无偏问陈自厉："哥哥知道吗？哥哥知道就告诉妹妹。"

陈自厉眨巴着眼睛。他也想不出爷爷心里头还有什么东西。

陈无偏说："爷爷心里头经常想，我们的中医不能让日本人赶上，不能让日本人超过。"

陈自睿不明白："这跟日本仔有什么关系？"

陈无偏说："日本的中医是我们在唐朝的时候传过去的。把我们的中医传到日本的人叫鉴真。鉴真是个和尚，他向日本传播佛教，同时也把我们唐朝时期的工业、农业、医药、文化、建筑、饮食等方方面面的文明都传给了日本。日本连吃饭的筷子都是鉴真和尚从我们这里传过去的。日本以前非常落后，自从获得了我们的文明，他们各方面都发展得很快。可是，发展起来的日本却反过来欺负我们。他们发动的侵华战争就是证明。在中医方面，他们不叫从我国传过去的中医叫中医，而叫'汉医'。'汉医'就是中医，爱怎么叫我们就不管他了。可是他们放出话来，说将来他们的'汉医'发展好了，赶上和超过我们的中医了，他们就不叫'汉医'了……"

陈自睿迫不及待地问道："他们想叫什么？"

陈无偏说："他们准备改叫'东洋医学'。"

陈自睿好奇地问道："爷爷你怎么知道？是二叔从日本那边写信回来告诉你的？"

陈无偏说："不是，是爷爷从报纸上看到的。这事登上过报纸的喔。"

　　陈自厉说："日本仔从来就没有尊重过我国，真是欺人太甚。爷爷你放心，我一定会好好地学医的。我不会让他们赶上和超过我们。"

　　陈无偏很高兴。他问陈自厉："你很快就要考大学了，你打算考哪所大学呀？"

　　陈自厉说："我打算考广州中医药大学。广州中医药大学里有个我非常心仪的教授邓铁涛。我很希望到那里去跟他好好学学。爷爷，我这么说你不会不高兴吧？"

　　陈无偏反问他："我怎么会不高兴呢？"

　　陈自厉说："我舍近求远呀！"

　　陈无偏说："自厉，学本领要心气高远，这样才有成就。你好好地学学那位教授的东西，又好好地学学爷爷的东西，这样，你不就很有本事，很了不起了吗？爷爷看见了，高兴还来不及哩，怎么会不高兴呢？"

　　陈自厉说："有爷爷你这句话，我信心就足了。"

　　陈无偏说的话多了，丹田那口气一时匀不上来，于是"喀，喀"地咳起来，额头上也憋出了一层薄薄的汗珠。

　　陈自睿立即伸手到爷爷的后背，帮他捶背。

　　等陈无偏的气匀过来了，咳声平缓下去了，她说："爷爷你怎么搞的？刚才哥哥背《内经》说，上古的人尽终其天年，度百岁乃去。你才八十来岁，就衰老成这个样子了。你是不是有什么地方做得不好呀？"

　　这一问弄得陈无偏哭笑不得，一时间不知如何答她才好。

　　陈自厉说："傻丫头，你懂什么呀？爷爷过去受了太多的苦，所以今天身体不好了。我们爷爷当年经历了南京大屠杀，他死里逃生，带着爸爸吃尽了千辛万苦，才逃回我们番禺……"

　　陈自睿说："我当然知道，我还知道生我们爸爸的那个嫲嫲，被日本仔害死在南京城里。"

陈自厉说："你怎么知道的？"

陈自睿说："是爸爸前两年悄悄告诉我的。"

陈自厉说："你可不要再说了，这话让嬷嬷听见了不好。"

陈自睿说："我当然知道啰。我们现在这个嬷嬷和生爸爸的那个嬷嬷一样地好。这是爸爸说的。"

三十

张倩一大早就起来了。她是全家起得最早的一个。这是多年的习惯了。

她起来的头一件事是煮早餐。这孙子孙女是她的心肝宝贝，他们要上学，她必须让他们吃得饱饱地再上学去。因为她是管"吃"的，孙子孙女从小就特别依恋她。饿了，他们谁都不问，而只问她："嬷嬷，我肚子饿了，有什么吃的呀？"馋了，就会缠她，嬷嬷，我想吃什么什么啰，你做给我吃好吗？

近几年陈自厉住校，周末回家，进门的第一句话就会问："嬷嬷，我肚里的油水快被饭堂的饭菜刮干净了，你准备了什么好吃的？"

张倩每到周末，就会琢磨弄点什么好东西给这个宝贝孙子吃。

每到这个时候，陈自睿都会跟在她的后面："嬷嬷偏心，嬷嬷偏心……"

张倩问陈自睿："嬷嬷怎么偏心呀？"

陈自睿说："哥哥一回来，你就尽做些他喜欢的东西给他吃。"

张倩从镬头里端出一大碗白糖炖鸡蛋，说道："这东西也不知道是谁喜欢吃的呢！"

陈自睿啜了一口，知道是姜撞奶，立即上去亲了张倩一口，高兴地说："嬷嬷偏心，不过是偏我！"

自从陈无偏病倒以后，张倩没有那么多时间给她的两个孙儿弄东西吃了。她担心孙子孙女不理解她，埋怨她，无论怎么忙，怎么累，她都想办法在周末这样的日子里做些孙子孙女爱吃的东西给他们吃。

她的心情，她的忙乱，倒让苏秀体察到了。她对张倩说："奶奶，老爷病了以后，你已经够累的了。你服侍老爷要紧，你照顾好你自己的身体要紧。你不要理这两只马骝仔，他们吃饱饭菜就行了，而且他们也已经长大了。"

说是那么说，但孙子孙女从小是她一泡屎一泡尿带大的，从小她就娇惯了他们，真的让他们只吃饱每天的饭菜而不理他们，张倩又不舍得，而且也不习惯。

苏秀看出婆婆的为难，她悄悄地对她的两个子女说："爷爷病了，嫲嫲服侍爷爷很辛苦，你们不要缠着嫲嫲要做这做那吃喔！"她自己也尽量早起一些，多帮帮婆婆的手。

今天张倩起来，发现苏秀已经起来了。她正忙着煮早餐。

见了张倩，苏秀招呼说："奶奶早。"

张倩答道："家嫂早。家嫂今天起得好早。"

苏秀说："临天亮的时候尿急醒了。解完小便见已天光大白，就不睡了，就煮煮早餐吧。我已经煮得差不多了，奶奶你去服侍老爷得了。"

张倩见苏秀已经将早餐弄得七七八八，便去服侍陈无偏，倒暖水帮他洗脸，挤好牙膏服侍他刷牙漱口。

她发现老头子今天好像状态不怎么好，就叫他伏着，给他捶捶背，搓搓腰骨。

她问道："老头，你今天怎么啦？好像精神没有昨天好喔。"

陈无偏也感到自己神情疲软。他深深地打了个哈欠说："是没有昨天的好。"

张倩问道："再睡睡吧？"

陈无偏想了想："还是不睡了。赖床身骨疼，还是起来吧。"

张倩扶他起来，搀着他慢慢地出到厅里，靠到"蛇吞拐"上。

他问道："自厉和自睿呢？"

张倩说："早就上学去了。你想吃点什么？我给你煮去。"

陈无偏说："我不想吃什么。给我喝口热茶就可以了。"

张倩说："光喝点茶能过日子吗？我去煮点面，要吃点实实在在的东西下肚才行。我去煮了。你好好地坐着，有什么事叫我。"

张倩怕早晨的余寒，用张薄被把他盖好，才急急忙忙地赶到厨房里。

陈无偏一个人半躺在"蛇吞拐"上。他觉得很无聊，很寂寞，也感到有些悲哀。

他感到自己越来越不行了。过去他总感到自己有使不完的劲。过去无论遇到什么样的病人，他总觉得没什么了不起。只要不是命中无寿的，我陈无偏总有办法把他治好。可是现在到了自己，就感到非常无奈了。最近不知怎么搞的，总是病恹恹的提不起精神。难道我也快到命中无寿的境地了？不会吧！即使会，也不奇怪的。人固有一死，到了大限，想躲也躲不过去。哎……这个世界几好。我的老婆、儿子、孙子孙女几好。我的儿媳妇几好。我的马骝仔几好。马骝仔虽然不是我生的，可是我含辛茹苦养了二十年把他抚养成人的，他跟我自己生的差不多啊！他又那么乖，那么好。让他们回到日本，心里真的是舍不得哩！

想到了马骝仔，他又牵挂起来了，不知道他在那边怎么样？那边的人能善始善终地对待他吗？他有病有痛有什么难处时有人帮他吗？他很后悔，后悔让他回到日本去。不过那个时候是不可能不让他回日本去的，不是说中日恢复邦交嘛，中日友好了嘛，谁知道现在日本那边有不少人竟在搞搞震。人心不足蛇吞象啊！不要以为自己对人家好，人家就会对自己好的。世界上的事往往不是一厢情愿的。不知马骝仔现在怎么样了？

张倩从厨房里出来了。手脚麻利的她才进了厨房一会儿，就把早餐做出来了。今天的早餐是鸡蛋卧面，油汪汪、香喷喷的。

陈无偏知道自己胃口不好，但看见这"卖相"，知道它肯定是煮得很好的。他不由自主地点点头。

张倩问道："我喂你吧？"

陈无偏哑然一笑，摇摇头，努力地伸出他那双不太灵便的手，把碗接过来，很卖力地吃着。

张倩在旁边问道："好吃吗？"

陈无偏觉得舌头木木的，他实在尝不出什么滋味，但他却装出很享受的样子说："好吃，好吃！"他非常努力地吃完这一小碗面。

张倩说："既然好吃，镬头里还有小半碗，我再给你盛出来吧？"

陈无偏摆手兼摇头："够了，够了。留给你吃吧，我够了。"

张倩收拾碗筷，陈无偏深情地望着她。

张倩发现了，问道："你定定地望着我干什么？"

陈无偏说："我就想看看你。"

张倩笑道："又发神经了！我天天对着你，对了几十年，你还没看够？"

陈无偏说："真没看够喔。我发现看一次少一次，要抓紧时间多看看才行。"

张倩眉头一皱："你乱说什么？你想找骂了是不是？净讲些无厘头的话！"

陈无偏被张倩饯了两句，并不回嘴。他脾气特好，尤其是在老婆面前。几十年来他都是个自觉接受老婆管理的好男人。有首"怕老婆会发达"的流行歌，他不知听过多少遍。自觉接受老婆管理发不发达他感觉不出，但倒感觉很省心。样样都由老婆来管，你看省了多少麻烦。他不作声，慢慢地躺在"蛇吞拐"上，把眼睛眯上。

张倩用条潮湿的毛巾帮他揩揩嘴，抹抹手，然后进房间里又抱条薄被出来，轻轻地盖在他的身上。

陈无偏半睡半醒地躺着。

大半生的经历，像过电影似的在他的脑子里慢慢地梳理着，回放着。他的心像打翻了五味瓶，什么感觉都有。他这辈子救治过不少人，自己也受过不少的苦。他在南京城下死里逃生，乞着讨着流浪回番禺。他也在植地庄打杀过日本鬼子。看着从自己手中甩出去的手榴弹在小鬼子堆里开花，把小鬼子炸得鬼哭狼嚎，他是多么的开心啊！

他一有机会，就跟自己的子孙晒晒自己这段豪壮的经历：你老豆，你爷爷当年打过日本鬼子的喔！他年轻的时候对这段经历倒没怎么提起，可是进入了老年以后，他倒经常把它倒出来晒晒了。这大概是一种老态吧？他还经常在心里头叨念叨念他的两个老婆。这事他就不倒出来"晒"了。他虽然老了，但远未到糊涂的地步。他清楚地知道什么事情必须用什么样的表述方式。老婆的事是万万"晒"不得的，随便拿出来"晒"，就会"晒"出问题来了。所以他把它藏在心底里，一有机会就独个儿慢慢地叨念着。他有两个老婆，而且都长得如花似玉。在这个方面他觉得他还是很有点福气的。先前的那一位年少结发，恩爱有加，却惨死在日本仔的手中，叫他几十年后想起，仍怅然而泪下。现在的这一位当年更是一朵春上枝头木棉花，叫人看见，眼睛一亮。这么个出色的姑娘却让那些畜生不如的日本仔蹂躏得不像人样。杀父之仇，辱妻之恨。他觉得他这辈子和日本仔有解不开的死结。可是，他又偏偏收养了日本仔遗弃的崽。在人生的旅途上，他自己给自己开了一个玩笑。他问过自己：这是为什么？他说不出为什么。真的要说，大概是"不忍"吧！如果和日本仔换一个位置，这些冚家铲遇到这样的情况，他们也会"不忍"吗？他们能"不忍"吗？嘿嘿！冚家铲……不说这些了。

他总觉得，他这辈子还是过得很有意义的，非常丰富多彩的，生杀磨难，甜酸苦辣，爱恨情仇都有了。哎，不理它那么多了，理不理几十年也过去了。

他迷迷糊糊地躺着，似睡非睡，也不知道睡了几久。

睡着睡着，突然有人叫道："爷爷好！"

他一愣：这不是自厉和自睿的声音吗？怎么那么快就回来了？他睁开眼睛一看，果然是他的两个心肝宝贝。

他问道："你们不是上学去了吗？怎么这么快回来了？"

陈自睿答道："今天是周末，学校提早放学，当然就早一些回来咯！"

陈无偏说："爷爷老懵懂了，连周末都不知道——欸，自厉，今天回来得这么早，有的是时间，你再背段《内经》给爷爷听听好吗？"

陈自睿说："爷爷也真是，人家在学校里已经够紧张的了，一回来又要背书……"

陈自厉说："爷爷，没事，没事。为了我们的中医不让日本仔追上，辛苦些也是要的。爷爷，你想听哪一节哪一段，你点吧！"

孙辈们都回来了，陈无偏很高兴，话也多了起来。今晚这餐他胃口比较好，吃了一碗半饭，还不顾张倩的阻止，吃了大大的两块肥猪肉。

吃过晚饭，他不愿进房里休息，要在厅里看电视。难得老头子心情好，张倩便由着他了。她进房里抱出一条被子，把他围好说："看一会儿就要进去了。"

陈无偏不是看一会儿，他越看越想看。张倩催了几次他都不肯进去。

陈自睿说："嫲嫲，你就由着爷爷多看一会嘛。你困了你先睡。我们等一会儿扶爷爷进去不就行了嘛！"

陈无偏也说："你先睡去，我等一会儿自己进得了。"

张倩见状，也只好自己先进房睡去了。

陈无偏像小孩子看电视似的，开了机就不肯关机，自厉、自睿两兄妹看累了，要睡觉了，他还要继续看。

陈抗日不禁笑了起，返老还童了，由他多看一会儿吧。

他对自厉、自睿说："你们睡去吧，我来服侍爷爷好了。"

陈自厉、陈自睿回到各自的房间睡觉去了。

老头子还在饶有兴趣地看着电视。

陈抗日想，日本仔那边经常有人打我们陈家秘方的主意，相反和平对这件事却从来没有吭过声。将来他会不会吭声呢？老豆一天天老了。如果将来没有老豆的时候他再吭声，我怎么处理这件事？趁老豆健在，脑筋还比较清楚，把这事问个清楚才好。

于是他问道："老豆，有件事我想问问你。"

陈无偏问道："什么事？"

陈抗日说:"'灵蛇之珠'的事,你打不打算传给和平呀?"

陈无偏想也没想,随口答道:"当然不传!这事我记得我曾经给你讲过了。"

停了一会儿,他继续说道:"如果和平不回日本,永远是个中国人,我应该会传给他的。他现在回日本了,是个日本人了,我们传给他,不是把我们的传家宝传给了日本?所以不传。要传,我们的先祖陈明公就已经传了。和平的日本老豆当年曾经告诉过我,他们的先祖和我们陈明公的关系是比较好的,并向我们陈明公要过'灵蛇之珠'的秘方。我们陈明公不给。我们陈明公那时就坚决不给了,我们现在传什么!"

陈抗日说:"我明白了!"

陈无偏说:"有件事,我倒想跟你说说。"

陈抗日问道:"什么事?"

陈无偏说:"老豆老了,也不知什么时候就去了。我去了以后,你要善待你这个老妈,孝顺你这个老妈喔。这几十年她真的像生你的妈那样待你的喔。"

陈抗日一愣:"老豆,你怎么今天给我讲这些话?"

陈无偏说:"老豆老了,心里有什么话都想跟你说说。欸,老豆问你,这件事你做得到吗?"

陈抗日鼻子一酸,立即哽咽起来:"老豆放心。不过我不明白,你今天为什么要跟我说这样的话?"

陈无偏说:"老豆老了。这是随口说的,是想到什么说什么的。"

陈抗日说:"老豆你放心。我们不说这些话了。你回房间里睡觉吧?"

陈无偏说:"我还想看看电视。"

陈抗日说:"那你看吧,我在这里看看书,陪陪你。"

陈抗日打开《伤寒论》,靠在椅背上看起来。陈抗日太累了,看着看着便打起瞌睡来了。

到尿急醒来,他回头看看老豆,却发现老豆的脑袋歪过了一边,他急忙伸手去摸摸老豆的鼻孔。咦?鼻孔没气了!

三十一

陈抗日慌张起来。他朝屋里大声叫道:"妈——"

张倩睡得正酣,猛然听到陈抗日声嘶力竭地大声喊她,吓得她那颗心"扑"地掉落在地上,一时半刻不知道怎么去应他。屋里睡下的人全被他惊醒了。

陈抗日一向斯文稳重,平日说话连大声一点的都没有,怎么现在叫得那么大声,以至于声音都变了。

苏秀闻声,猛地从床铺上坐了起来,她急急地问道:"抗日,你怎么啦?"

怎么应她呢?陈抗日张大嘴巴,倏地感到悲从中来。那股悲凉之气从胸中升起,蹿到嗓子眼,竟化作了哭声:"呜呜呜呜呜……"

老公不应她。不仅不应,而且哭了。

苏秀惊慌起来:"这是怎么回事?!"

她急急地披上外衣,趿着鞋子,披头散发地从房间里冲出来,一把搂住她的老公:"抗抗、抗日……你怎么啦?你吓死我了。你没事吧?"

陈抗日推金山倒玉柱地伏到了苏秀的身上,身材娇小的苏秀哪里顶得住?她不由自主地后退了几步:"抗日,你告诉我,你,你怎么啦?你,你,你没事吧?"

"呜呜呜呜呜……"陈抗日哭道,"爸爸不在了,爸爸走了……"

苏秀掉头往"蛇吞拐"上一看,看见闭上了眼睛的陈无偏像散了架子似的仰躺着,脑袋奔拉到一边去。

陈抗日刚才声嘶力竭地大叫:"妈——"时,张倩就已经猜到是怎么一回事了。她早已吓得瘫软在床上,连坐起连出声的气力都没有。此刻她不愿相信自己的猜测,她希望她的猜测是错误的。她无力地躺在床上等候着下一步的信息。直到听见陈抗日哭道:"爸爸不在了,爸爸走了……"的时候,她才像被人锥了一针,"呼"

地跳将起来，衣着不整，脚步踉跄地冲进客厅里。

她朝着"蛇吞拐"上的陈无偏哭喊道："老头子——你想到哪里去呀？你回来！你快回来！"

话没哭喊完，她已经扑到了陈无偏的身体上："老头子，你听到我叫你没有，你怎么一声不出就走了？呜——咦咦咦咦……"

陈自厉、陈自睿也醒了。从爸爸和嫲嫲的哭喊声中，他们知道爷爷走了。他们很害怕。在他们的心目中，爷爷是不会死的。爷爷是了不起的老中医，爷爷救人无数，许多人生命垂危，可是到了爷爷的手上，很快就被治活回来。爷爷这么好的本事怎么会死呢？可是看见爸爸，看见嫲嫲这样伤心地哭着，他们知道爷爷是真的死了。他们很害怕。他们不知道如何是好。

陈自睿看见爸爸、嫲嫲伤心地哭着，也跟着哭了起来。

陈自厉看见爸爸、嫲嫲、妹妹哭着，也跟着哭了。他一边哭着，一边想着爷爷的好处。爷爷很慈祥，爷爷很和气，爷爷很厚道，爷爷很有本事，在他的心目中，没有爷爷解决不了的问题。在病人的眼里，爷爷是生菩萨。他们几追捧爷爷啊！爷爷很爱国，爷爷很憎恨日本仔。他不让日本仔的医道超过我们中医。他要我好好学习中医，长大了为人民群众治病，为国家争光……现在我们没有爷爷了，爷爷离开了我们了。爷爷，我舍不得你走啊！

张倩搂着陈无偏。她用力地摇他，使劲地喊他。她是不相信陈无偏死的，她压根儿就没想过陈无偏会死。这么有本事的人怎么会死呢？好端端的人怎么会死呢？

然而这老头却不讲话了，不动弹了，不透气了。你怎么一句话都没留下就走了呢？她哭得很伤心，哭得声嘶力竭。

她和老头子除了是夫妻，还是朋友，还是知心的朋友，好朋友。她当年被冚家铲死日本仔掳去慰安所，受尽了蹂躏和摧残，弄得一身是病，求生不得，求死不能，最后被冚家铲死日本仔像丢弃破鞋烂布似的扫地出门。那时候她最大的愿望就是求死，但又感到自己还年轻，父母又在垂暮之年，这样死了到底于心不忍，于是她厚着脸皮去找到了陈无偏。陈无偏不歧视她，还很认真地给她治病，把她的身体治好。她得以枯木逢春，全部是因为陈无偏。她感激陈无偏，仰慕陈无偏，最后擦出火花，成就了一桩姻缘。两人做了夫妻，相敬如宾，恩恩爱爱，同甘共苦，白发齐眉，让许多年轻人爱慕。不想就在这几分钟的时间里，两人就阴阳两隔，自己成了未亡人。老头子，你叫我今后怎么活下去呀！我跟着你走吧！

苏秀也非常沉痛。老爷是个非常了不起的人，是我们家的一位德高望重、慈祥仁厚的长者，她常常以老爷为荣。旁人提起，她就觉得面上有光。如今老爷没了，她顿感悲伤和失落，也跟着大家大大地哭了一场。

哭过之后，她发现奶奶伏在老爷的遗体上呼天抢地地痛哭，她猛地想起老人们讲过，人死了，身尸里是有死人风的。染着了死人风，以后身体就不好了。

于是她喊道："奶奶，你不要这样伏住老爷。这样伏住是不好的！"她伸手去拉张倩。

这话也提醒了陈抗日，陈抗日也赶快去拉张倩。

陈家一向平和欢娱，天伦挚爱，几乎是街坊的楷模，今晚深更半夜竟哭声一片，街坊们甚是诧异。这是怎么回事？村民们古道热肠。平日我们有什么灾祸病痛，第一时间就是到陈氏医馆去找他们说说，或者请他们帮忙。今天他们一家人竟哭成这个样子，这是怎么回事啊！

街坊们不约而同地去陈氏医馆里探个究竟。来到陈氏医馆，他们大吃一惊，原来是陈老先生作古了！

看见陈家的人不知如何是好，只知道在哭，大家便动起手来帮这帮那。有的找来几块床板，放在地上，再在床板铺上褥子；有的进陈无偏张倩的房间里抱出一条被单。力大的男子几个人抓手握脚，托住腰杆把陈无偏从"蛇吞拐"上抬起来，将他移到床板上去让他接地气。女人们则张罗设灵堂。她们找来个洗脸盆，里面装上新鲜干净的砂子作香炉，翻箱倒柜地在屋里找香烛。

找不到，年长的一个说："谁家里有？赶快回去拿点来，等一下我叫抗日给回香烛钱。"

有几个妇女都跑回自己家拿香烛去了。

刘天赐住得远一点，他来得迟了一些。进门之后他看见街坊们已经有条不紊地忙开了，他跪下去给陈无偏磕了个头，说道："无偏叔，我是刘天赐。我来晚了！"

他毕竟是个老村长，他问自厉自睿说："你们给你们的爷爷磕头了没有？不要光哭，快来磕头。"

自厉自睿赶快过来磕头。

他对陈抗日说："还有你，你是孝子，赶快来磕头。"

他叉着腰，里里外外地看了一遍，同时深深地透了一口气："这么大的一件事，陈和平是要回来尽孝的，你们通知他了没有？"

陈抗日恍然大悟，说："没有。"

刘天赐说："赶快通知他。地址呢？找个人赶快到邮电局去给他打电报！"

陈抗日说："我都不知道和平的地址。和平的地址，平日都是阿妈保管的。"

刘天赐看见张倩已经六神无主，这事怎么好问她？

他想了想，对陈自厉陈自睿说："你们进嫲嫲的房间，找找你二叔平时写来的信，上面肯定有你二叔的地址。"

陈自厉陈自睿马上去嫲嫲的房间找信去了。

刘天赐说："找人赶快去通知黄记五金店的黄老板。他跟无偏叔是兄弟，要尽快通知他！"

张倩一连两天不吃不喝，一直在哭。整个人都瘦了两圈。

苏秀劝她："奶奶，你好点没有？你要吃点东西。你这样不吃不喝是不行的喔！"

她呜呜咽咽地说："我要跟老头子去。"

陈抗日把张倩的手腕托起来，往寸口上把一把脉，哟！这脉真是沉细欲绝喔。不行，这样下去肯定会出危险的。他赶快取出一条人参，来不及炖了，用只小砂锅急火猛煎，煎出一碗参汤来给张倩喝。

张倩不愿喝，她直说要跟着老头子去。

陈抗日急了，说："妈，你现在身体很差了，不喝就要出问题的。"

乖巧的陈自睿抓住张倩的手，使劲地直摇："嫲嫲，你喝吧！我要你喝，我不让你出问题，我不让你死！"

陈自厉说："嫲嫲，爷爷死了我们就已经够惨的了，你再死了，你叫我们怎么办？"

陈自睿说："是呀，嫲嫲，你没死之前赶快教一教我，你说我们该怎么办？"

陈抗日说："妈，我给你下跪。你不把这碗参汤喝下去，我就不起来！"

一听陈抗日要给她下跪，张倩慌了。她连忙把他拦住。

陈自睿说："嫲嫲，你不想爸爸给你下跪，你就赶快喝吧！死有什么好呢，你说是不是？"她把药碗从爸爸手中接过来，往嫲嫲的嘴边递过去："嫲嫲，快喝，喝呀！"

一颗豆大的泪珠从张倩的脸颊上滑下来，她吸了吸潮湿的鼻子，把那碗参汤缓缓地喝了下去。

苏秀说："奶奶，你看你的儿孙几好，几孝顺，怎么会想到要跟着老爷去呢？你看，自厉、自睿很快就要长大了，很快就要结婚嫁人生孩子了，你很快就要四世同堂做太嫲嫲了。你看几好啊！"

陈自睿说："是呀！我一长大，就马上嫁个老公生个孩子让嫲嫲给我带，嫲嫲到时候你帮我带吗？"

苏秀在旁边数落道："这死丫头真不害臊。"

陈自睿笑道："你们看，我说一句不害臊的笑话嫲嫲就笑了，嫲嫲真的笑了。哈哈！"

马骝仔远在日本，也不知道什么时候能够赶回来。天气渐渐地热了，这样下去是不行的，可是不等也不好。

陈抗日说："去买车干冰回来防腐吧！"

一说要去买干冰，村里的后生仔们个个争着去办，很快就把干冰买回来了。

三十二

　　黄守财听到了他大哥的噩耗，惊讶得差点从地上跳起来。他知道人总是要死的，但在他的心里，他的大哥陈无偏是死神的克星，多少人说不行就不行了，可一到了他的手里都能奇迹般地活了下来。可是轮到了他自己的时候，他怎么就克不了死神呢？

　　他丢下了他那盘生意，急急忙忙地打了部"摩的"赶回金窝村去。回到村里，他急急脚地往陈氏医馆奔去。入了陈氏医馆，他立即被里头的悲凄氛围所笼罩。

　　屋里烟气缭绕，令人眼酸难睁，在泪光里，他看见地面的木板上躺着他的大哥。前两天还好好的，转眼间就阴阳两隔。我们在一个村里，从小一起长大，一起玩大。情同手足，胜似亲生，肝胆相照，无所不谈，以后我有话找谁来倾诉呢？以后我有困难找谁来出主意呢？

　　他倏地感觉到很孤单，心里头感到很悲凉，那股凉气把咽喉都冲硬了。他张口叫声"大哥"，但"大哥"还没叫出口，却哭出了声来："呜，呜，呜，呜……"

　　站在旁边答礼的陈抗日倒反过来劝解他："财叔，爸爸是知道你的心的，你要注意节哀喔！"

　　黄守财哽咽着抓住陈抗日的手，在他的手背上拍了拍，然后去给陈无偏上了炷香。陈抗日站在旁边鞠躬答礼。

　　他问陈抗日："抗日，有什么困难吗？有困难跟我说喔！"

　　陈抗日谢道："您是我阿叔，我有困难当然会跟你说的。谢谢你。"

　　陈新、大生他们也来了。

　　陈新不出声，鞠过躬后坐在一边默默地抽烟，一根接一根。他老婆看不过，走近他身边把他的烟抢过来丢了。

　　大生的老婆阿珠一进门就赶着去上香。她年轻的时候生过几次

197

大病，都是陈无偏来治好的，想到这些，她的鼻子就酸了。她双手合十，深深地鞠了个躬，说："陈先生，我们来看您了。"

邻近十里八乡的群众听见了陈无偏的噩耗，都自发地拿着自家的香火，赶来陈氏医馆，向陈无偏表示哀悼。附近十里八乡的村民谁没得陈无偏救治过？村人纯朴，得人花戴万年香，都叨念着陈无偏的好处，赶来寄托自己的哀思。

正当大家忙得一额是汗的当儿，有好事者跑来报信，日本仔来了！

在厅里接待唁客的陈抗日听到消息，马上跑出门口，看见马骝仔带着老婆孩子急急脚地从村外走来。

陈抗日远看着他们脚步匆匆的身影，心里突然很激动——到底还是老豆一手养大的啊！

马骝仔看见了陈抗日，马上走快两步赶到了陈抗日的跟前，两脚一并，深深地鞠了个躬，叫道："大哥……"还未叫完，已经哭起来了。

陈抗日眼睛湿湿的，没说什么，他伸出右手圈搂着马骝仔的肩膀。

马骝仔说："我一接到电报，马上就赶回来了。"

陈抗日点点头，说道："知道。"

他问道："阿爸呢？"

陈抗日说："躺在厅里，就等着你回来了。"

马骝仔立即往屋里跑去。

张倩听说马骝仔回来了，急急地从屋里赶出来。

两人在门口相遇了。

马骝仔见了张倩，大叫一声："妈！"他立即跪了下来，向张倩磕了个头。

张倩见了马骝仔，哭得满脸是泪。她赶紧把马骝仔扶起来，哭道："和平，你怎么才回来！"

马骝仔说："我一接到电报立即就赶回来了。"

张倩说："妈知道你乖。你快去给你爸磕个头吧。"

马骝仔走进屋里。

屋里的人都知道马骝仔的身份，都定定地看着他。

马骝仔没注意到那么多，他快步走到里面，看见了一个人躺在地下的木板上，从头到脚都用被单铺盖着。他知道这就是阿爸了。

他心里一抖，鼻子一酸，"哇"地哭了出来，那双脚同时一软，"扑"地跪在了地上。

他跪着向前走了两步，把头磕到地上："爸，我是你的儿子，我是和平，我来送你了，呜，呜，呜，呜……"

在哭泣中，小时候的情景像过电影似的一幕一幕地浮现在他的脑海里。

小时候他不知道自己的真实身份，他和其他小孩一样天真烂漫，惹事淘气。他觉得爸爸妈妈很疼爱他。睡觉的时候，爸爸经常用自己的手臂给他做枕头让他枕着睡觉，他更撒娇邀宠。后来慢慢地长大了，惹事多了，淘气淘得离谱，跟邻里出现了矛盾又教不听，爸爸为了教育他，才把他的真实身份告诉他。他知道他的真实身份之后，还担心爸爸会歧视他，对他不好了，可是爸爸仍然一如既往地疼爱他。他记得在困难时期，每个人都饿得不得了，为了应对饥荒，上级规定每个人都必须集中在村里的大食堂开饭。大食堂为了节省粮食又尽量让大家撑饱肚子，便搞出了"双蒸饭"，即把饭蒸两次，蒸到那饭失去了黏性而体积尽量地发大。这样的"双蒸饭"每人一钵，即使是勉强撑肚子也是很不够的。爸爸每餐都在他的饭钵里画个十字，挑出一角即四分之一来放在我的饭钵里。爸爸是大人，他更饿啊……马骝仔想到此，嗓子都硬了。

爸爸还很认真地教我学医，教我背医书，教我临证把脉，我今天能有这身好本事在日本立足，谋生搵食，这全是爸爸的功劳啊！他不讲出我的真实身份，我根本不知道他不是我的亲爸，我感到他比我的其他朋友的爸爸更像亲爸。回到日本之后，和我那个所谓亲爸相比，我更加感到他才是真正的亲爸！可是这位"真正的亲爸"现在没了，他离我而去了。他千辛万苦地养大了我，他为我付出了那么多，而我却没有回报过他，一点也没有回报过他，子欲养而亲不待，我真对不起他啊！马骝仔越想越动情，越想越伤心，最后忍不住放声大哭起来。

在场的人见了，无不感动。

陈抗日也哭起来。他在旁边说："爸，和平回来看你了，回来送你了，你听见了吧……"

阿英拉着她的儿子山根思汉从后面赶过来，看见了站在门口的张倩。她叫了一声："奶奶！"然后俯身教儿子说："这是你的嫲嫲，快叫嫲嫲！"

小孩子见了张倩面生，而且他又不知道"嫲嫲"是什么意思，所以往他的母亲身后直缩。阿英用日本话对他说："她的是你的欧巴阿桑，叫！"

小孩子很不情愿地怯怯地道："欧巴阿桑！"

张倩用手摸摸他的头，笑道："乖，真乖！"但心里却暗暗地叹了一口气。她突然意识到站在她面前的这个小孩到底是个日本人。虽说是孙子，其实跟我们是不一样的。

马骝仔拜完老豆，便站在陈抗日旁边和陈抗日一起迎候唁客。

陈抗日说："你还没有吃东西吧？赶快吃东西去。"

马骝仔说："我不饿。"

陈抗日说："哪有不饿的？阿秀，二叔他们还没吃东西，赶快去弄东西给他们吃。"

迎候唁客，其实也是一件苦差事。过去的礼数是要跪着迎候的。现在时代进步了，陈抗日他们也与时俱进，不跪了，只是恭恭敬敬地站在灵堂旁边迎候着来吊唁的人们。

陈无偏这辈子救人无数，被救治过的病友或者这些病友们的亲戚感恩戴德，知道他老人家不在了，都要赶来表达一下意思，三村六峒，城厢镇坊，络绎不绝。

陈抗日、马骝仔迎过了一批又一批，候过了一拨又一拨。来人都点香，屋里烟气缭绕，令人难以睁眼，加上站得太久，腰腿都站硬了。但他们知道这是老豆的功德。正因为大家都认为老豆好，都舍不得他，才有那么多的人来。这是好事，是我们陈家的光彩，即使很苦很累，也要咬着牙根挺下去。

黄守财来问陈抗日："你老豆已经停了好几日了，再拖下去是不可能的了。这事你是打算新办还是旧办呀？"

所谓旁观者清，当局者迷。这几天陈抗日的脑子早已糊里糊涂的了，经黄守财一提点，他才清醒过来。他知道所谓旧办就是入土做法事，新办就是火葬和开追悼会。眼下广东正在大力废除土葬，虽然有些地方偷偷摸摸的也有。有些地方虽然火葬了，但还请和尚道士在家里做法事的。他想老豆生前在这方面一直没交代过，我看我们灵活掌握，他在泉下有知也应该没意见的。

他很谨慎，先去问问张倩："妈，你看老豆的后事是新办还是旧办好？"

一听这话，张倩又哭起来了。老头子停在屋里，她感觉他还没走，如果一"办"，那就意味着他真的要"走"了，"走"了就不能回来了。她越想，哭得就越伤心。

陈抗日说："妈，你是老豆的老伴，这么大的一件事，你是要说句话，表个态的喔！"

张倩哭了一会儿说："你是儿子，你拿主意吧。"

陈抗日又问马骝仔："二弟，你的意见呢？"

马骝仔说："我听大哥的。"

陈抗日说："我的主意是新办。中央领导的后事都是新办的，我们阿爸的后事也新办，这是听党的话，是件好事。他老人家生前事事都是听党的话，跟党走的。我看他老人家知道了也绝无意见。"

张倩只顾抽泣抹眼泪，没有出声。

马骝仔说："大哥认为好就得了，我是绝无意见的。"

陈抗日就去找黄守财："财叔，就新办吧！"

很快，殡仪馆就来车把陈无偏的遗体拉走了。

陈家老少哭成一片。张倩更哭得死去活来。

剩下的就是开追悼会了。开追悼会就要发通知，就要布置会场，就要请有头有面有分量有威望的人讲话。陈抗日早已精疲力竭，他哪里搞得了这些？好在街坊们热心，更有刘天赐、黄守财这些能人，这些事务就不在话下了。

刘天赐说："讲话就请陈书记，他是老领导，讲话作报告是他的拿手好戏。"

黄守财说："好的，那请人的事也归你了。"

悼唁活动的筹备工作，在老友们街坊们的大力操持下正在有条不紊地进行着，可是陈抗日的心却越来越不安。

他担心他的二弟陈和平会在这个时候向他提出"灵蛇之珠"的秘方的事。和平提出要"灵蛇之珠"的秘方，于情于理都没说的，换作是他，也会提出呀。就我个人来说，这其实也没什么。我也不是照样这样地吃这样地喝这样地睡觉？这对我本人的生活工作经济收入全无影响。这次和平回来送别老豆，几悲痛几真诚，就像自家的亲生骨肉一样。如果他开口了，我也于心不忍的。不过这是老豆的既定方针喔！我不止一次认真地问过老豆。他每次回答我的都一样："不传！""如果他不回日本，我肯定是会传给他的。可是他回了日本，我把秘方传给他，不就等于把秘方传给日本了？如果可以传给日本，我们的先祖陈明公早就传了！怎么还拖到现在？"父命难违，而且还关系到国家的大事呐！这就是大是大非的问题了。我陈抗日即使不忍，也要遵循父命，站在国家的立场上办事的。可是现在正办着老豆的丧事，因为这事把老豆的丧事搅了，这也很不好呀！所以他心中戚戚，生怕他的二弟开口，让他难以收拾。

可是一直没看见二弟开过口喔！

筹备工作做好了。会场就在村里的晒谷场上。陈新这辈子作惯了大报告，加上对陈无偏印象极好，所以当刘天赐来请他在陈无偏的悼念会上讲话时，他二话没说就答应了。

这天来了许多人，把偌大的一个晒谷场挤得满满的。

陈新的口才本来就很好，加上对陈无偏又极有感情，所以这个"报告"作得极好，不仅令台下哭声一片，而他在台上也几度泣不成声。

老豆的丧事终于办完了，和平一家也要返回日本了。

陈家一家大小依依不舍。

张倩知道马骝仔他们要走，早就不吭不哈躲在一边偷偷哭泣了。到马骝仔他们起行时，她更哭不成声。

马骝仔"扑"地跪在她的跟前磕了个头："妈，你不要哭了。你哭了，我更难过。你要好好保重身体，以后到日本那边去住住。"

他又给陈抗日跪下来磕了个头。

陈抗日慌忙一把将他拉起来："二弟，不行，不行！"

马骝仔说："我没有尽到孝，我很惭愧。我现在在那边还没有真正站稳脚跟，我有心无力，阿妈也只好交给你了……"

陈抗日说："没事，没事。我们是兄弟，你我都一样的。"

街坊们看见马骝仔那么真诚，那么孝顺，都很感动，于是七嘴八舌地说："没有了老豆，还有老妈喔，以后要多回来喔！"

马骝仔又"扑"地跪下来给街坊们磕了个头，哭道："乡亲们，我永远不会忘记你们！"

三十三

老豆没了，陈抗日感到这间屋空了许多，屋里的气氛凝重了许多。

阿妈一天到晚悲悲戚戚自不必说，陈抗日发现连自己也不愿说话了。开口说多两句，自己也喉咙硬硬的想哭起来。

老豆没了，陈抗日感到自己也老了。

以前，家里有什么事，都感到有老豆扛着，听老豆的就是了。即使后来老豆老了，身体不好了，不管事了，但都感到老豆是棵大树，即使这棵大树很老了，但每天看着它，心里就感到踏实。现在这棵大树没了，没东西给自己遮风挡雨了，他的心空荡荡的有点怕。以后什么事都得靠自己了，要自己给自己拿主意了。何止要自己给自己拿主意，还要把整个家的重担扛起来。陈抗日，你肩上的责任很重啊！

当下，他感到最迫切的是振作起来。我要振作起来，我们整个家都要振作起来。老豆泉下有知，他肯定是不同意我们这样悲悲戚戚地过日子的！

陈抗日拎起一只白铁桶，拎了一条毛巾和两件衣裤，去到村边的一个人迹罕至的埠头，打起清凉的河水来洗脸擦澡，一边洗一边擦一边扯开嗓子大声叫喊，把这几天积闷在心头里的馊气喊出来。

他觉得很刺激，很爽，好像一下子年轻了十岁。他使劲地冲水，使劲地擦身，使劲地叫喊，浑身热腾腾的冒着一丝丝的热气。到冲累了的时候，河面上一阵凉风吹来，他重重地打了两个"啊嚏"，皮肤上冒起了一层鸡皮疙瘩。

他赶快抹身，穿起衣服，拎起白铁桶回家去。

回到家里，苏秀见他头发湿漉漉的，问道："刚才我到处找你，你跑到哪里去了？"

陈抗日说："我去河边埠头冲了个凉。"

苏秀急了："你发神经了，怎么跑到河边去冲凉呢？感冒了你就好，我赶快烧盆热水你再冲一次。"

陈抗日说："那也不必，你以为我是纸扎的吗？"

到了傍晚，他竟一个劲地打起"啊嚏"来，而且头也非常疼，整个人都很重很累。

苏秀数落他说："你当然不是纸扎的，可是现在知错了吧？要不要我烧盆热水给你冲盆凉？"

陈抗日说："那也好，不过当务之急是煲一剂麻黄汤发发汗。"

苏秀赶快给他弄药去了。

张倩看见苏秀煲药，问道："谁生病了？"

苏秀说："不是那头牛又是谁？"

张倩心疼地说："抗日这几天太累了。"

苏秀一边煲药，一边烧热水。药煲好了，她马上倒给他喝了。水烧热了，她马上倒出来让他去冲凉。冲完凉，她就要他上床躺着，给他盖张夹被发发汗。

苏秀里里外外地忙着，不时进来看他。过了一会儿，陈抗日涸涸地出了一身汗。

苏秀赶紧给他抹汗，拿干衣服给他换，问他："怎么样?"

陈抗日说："出了一身汗，整个人立即轻松了许多。"

苏秀说："以后注意了。你给人看病，整天叫人注意这注意那，你自己更要注意咯! 老爷不在了，我们这个家就靠你撑着了，你的责任几大，知道么?"

陈抗日深情地望着老婆，说道："你真好!"

苏秀说："你现在才知道?"

"当然不是，当然不是。"陈抗日说，"阿秀，老豆不在了，我们要振作起来……"

苏秀说："当然咯。"

陈抗日说："我们其他人都好一些，就是嫲嫲……"

苏秀说："知道，知道。"

陈抗日说："你做儿媳妇的，要多关心关心她……"

苏秀说："我会的。"

黄守财平日是很少回金窝村的，他要顾着他那盘生意啊! 自从他的"沙煲兄弟"过身之后，他就隔三岔五地回到村里走走。他放心不下他兄弟的后人啊!

陈抗日说："财叔真好，经常关心着我。"

黄守财倚老卖老："当然咯，不是这样怎么叫'财叔'? 这几十年我跟你老豆像亲生的兄弟一样，大家在一起，什么风浪没见过? 什么风浪没挨过? 丢那妈，他这样拍拍屁股，丢下我就走了，真不够朋友。"

陈抗日说："我老豆没财叔你的福气大，所以比你走先了。"

黄守财说："他有你这么一个仔、孝顺仔，他还没福气? 他的福气大我一千倍。哦! 你老豆走了以后，你要更加努力喔。财叔我希望你能把你老豆的本事都接过来。你老豆是我们这一带的守护神，有他在，是我们这一片民众的福气。现在你老豆不在了，大家都希望你能顶得上去啊!"

陈抗日很感动。他说："财叔，我一定努力。我一定不会让你失望的。"

黄守财说："还有，你见了我那个衰仔，你要帮我说说他。他是没有你那么乖，那么孝顺的……"

陈抗日说："百当是很乖很孝顺的。"

黄守财说："就得你讲他很乖很孝顺了。记住哦，记住要帮我讲讲他喔！"

苏秀心里感到有些压力。老公要她去劝劝奶奶。自跨入了陈家的门槛，她什么事都是听奶奶的。她哪里说过她哟！她知道自己是做儿媳妇的。儿媳妇说奶奶，这是个费力不讨好的事。一旦说得不好，麻烦就大了。可是老公要她说，而且奶奶这样下去也不行，怎么办呢？

今天是周末，自厉、自睿都回家了。

陈自睿见了母亲，撒娇地缠着母亲说："妈，你做了什么好东西给我吃？"

苏秀突然一想："就把这任务交给这丫头。由她来说，肯定比我来说要好。"她把自睿拉到一边，悄悄地把这话跟她说了一遍。

陈自睿便找嫲嫲去了。找来找去，原来嫲嫲在自己的房间里躺着。

她说："嫲嫲好！嫲嫲，我回来了。"

张倩看见了孙女，说："乖！"便从床上起来了。

自睿说："嫲嫲，我这几天馋极了，你做碗姜撞奶给我吃好吗？"

张倩说："好，你那么乖，我当然要做给你吃咯。"说着她跋着鞋，进厨房做姜撞奶去了。

张倩准备做两碗，孙女一碗，孙子一碗。

陈自睿说："我那一碗，要大碗一点甜一点的喔！"

张倩说："知道了，我知道你是个贪心鬼。"

陈自睿笑道："还是嫲嫲好，嫲嫲了解我。"

张倩一边说一边动手就做了。陈自睿站在旁边看着。

张倩说："傻女，你站在这里干什么？你站在这里阻我了。去玩吧！做好了我就叫你。"

陈自睿说："我不去，我就站在这里看你怎么做。我要学学怎么做姜撞奶。"

张倩看了她一眼说："你这傻女转性了。"

陈自睿说："当然咯，我长大了嘛。我长大了，我要学学怎么做姜撞奶的。到嫲嫲你老了，不能做了，我就做给你吃。"

张倩眼睛一亮。她心里比正在做的姜撞奶还甜。"哎哟，你这傻女这么乖呀！"

陈自睿嘟着嘴："人家这么乖，还叫人家'傻女'，嫲嫲老糊涂了。"

张倩笑道："是的是的，嫲嫲老糊涂了。你是乖女、叻女、聪明女。"

陈自睿说："嫲嫲，我可要向你提意见了。"

张倩说："嫲嫲不是不叫你傻女，改口叫你乖女、叻女、聪明女了吗？"

陈自睿："我不是说这个，我觉得我聪明就行了，别人说什么都没关系。"

张倩一愣：这傻女搞什么名堂啊！

陈自睿说："阿爷不高兴了。"

这话把张倩说得一愣一愣的。她直直地望着这丫头。

陈自睿说："我昨晚发了个梦，梦见了阿爷对我说：'自睿，你嫲嫲很伤心哦，这样下去怎么行？这样下去我很不开心的喔……'"

她这一说，张倩不免又伤心起来，喉咙哽哽的，泪水就快出来了。

陈自睿知道嫲嫲就要快哭了，她继续说："爷爷告诉我，他说：'你告诉你嫲嫲不要这样，要打起精神好好过日子。'他说我，'你很快就长大了。长大了就要嫁人，就要生孩子，到时候你还要你嫲嫲帮你带孩子的哦，四世同堂嘛。你嫲嫲这样下去怎么行啊！'"

张倩听到这里，不禁笑了起来。她知道这丫头在转弯抹角地说她哩。她轻轻地骂道："真不害臊！"

陈自睿也笑了起来："这话不是我说的喔，是爷爷说的喔！"

陈抗日的精神调整起来了，他一有时间就琢磨他的医道，钻研他的医书。他不仅自己埋头苦干，还很关心他的儿女学医。在不影响功课的前提下，他就督促他们。每个周末，儿女从学校回来了，他就和他们搞背《内经》的比赛，看谁背得好。谁背得好，就叫嫲嫲、妈妈做好东西给谁吃。

　　苏秀看见老公的状态回来了，心里很高兴。她觉得这也是调整婆婆情绪的好机会，便拉着张倩一道做裁判，给他们鼓劲，给他们做好东西吃。

　　一日，市桥来了一位客人，要请陈抗日出市桥去看病。

　　应病家之邀出诊，是陈氏医馆的一项正常业务。恰巧这时医馆里又没有病人来看病，陈抗日二话没说，背起他的出诊箱，和家人说了一声便跟着客人出去了。

　　出到市桥，来到了一栋单位的宿舍楼，陈抗日跟着这人上了楼，进到一个单元房里，客厅里平躺着一位老人。

　　请他的人对床上的老人说："爸，陈医生来看你了。"

　　平躺着的老人很艰难地把头侧过来朝陈抗日望了一眼，那眼神似乎在问："是他呀？"

　　陈抗日注意到老人盖着一床薄被。他的肚子很大，好像是肚皮上放着一只篮球，再用薄被盖着一样。

　　陈抗日很认真地审视着这老头，他生的是什么病？

　　这时，坐在老人旁边的一个男人立即起身，很客气地对陈抗日说："陈医生，你好你好！陈新同志向我们推荐你，我们就找到你了，真麻烦你喔！"

　　是陈叔推荐的？陈抗日的眼睛一亮。

　　他立即把目光从病人的身上，转移到这位和他讲话的人的身上。他发现这人很面善，又不知道在哪里见过。

　　请他来看病的人介绍说："我大哥，在市委机关工作。"（这时番禺设市了）

　　陈抗日说道："啊，是领导！"

　　这大哥说："不是、不是，是普通的机关干部。我们暂时不说这个，我们先说说我爸爸的病好吗？"

陈抗日说："好的。"

老人的两个儿子马上说："好，好，请陈医生先给我们爸爸看病吧！"

陈抗日走近去给老人看病了。这老人面色黧黑，面容清癯，目光焦灼，一副痛苦的表情。

陈抗日在他床前的一张方凳坐下，左手从被下拎出他的手腕，先用自己的手心试试他的手心。唔，手心热喔！再试试手背，手背的体温还算正常吧。

他用自己左手的掌心将老人的手托着，再用自己的右手在老人的"寸口"上均匀布指，三部九候；再换另一只手。

诊过脉象，陈抗日说："张大嘴巴，伸出舌头。"

老人反应迟钝，不知所措。

他两个儿子在旁边叫道："爸，医生叫你张开嘴巴，把舌头伸出来。医生给你看病，他叫你伸出舌头，伸呀！"

老人迟疑了一会儿，终于把舌头伸出来了。舌体胖大满嘴，舌苔灰黄厚腻。在老人张嘴中，他闻到了一阵酸腐的气味。

陈抗日又问了老人的饮食和大小二便的情况，最后揭开被子，看看他的肚子。老人的肚子大得真像只西瓜，圆圆的。

陈抗日用手轻轻一拍，这胀鼓鼓的肚皮"嘭"然有声。

兄弟俩焦急地问道："陈医生，怎么样？"

陈抗日打了个眼色，退过了一边。兄弟俩会意，立即把他引到了另外一个房间里。

老弟立即找来几张凳子，让大家坐着谈。

大哥很焦急："陈医生，你看怎么样？"

陈抗日说："我实话实说了，这病很重喔，市桥里这么多医院，交通又那么方便，你们怎么不就近去医院呀？"

大哥叹了一口气："这真是一言难尽了。首先是医院感到棘手，不敢接医。他们觉得家父的肚子太大了，市桥的条件，开刀很困难，危险很大。如果转送去广州，又担心路途太远，家父扛不过去。更令医院心烦的是，家父不信西医，不肯配合。所以我就烦了。那天我见了陈新同志，他向我推荐了你，还说你们是亲戚……"

陈抗日心里不禁一笑。

大哥继续说："陈新同志说令尊很了不起。我说这我是很清楚的，可惜已经故去。陈新同志说，他的儿子也很厉害喔，你不妨请他试试。所以我们就请到你来了。"

一席话说得陈抗日身都热了。

父亲的故去，本令他非常的哀伤。现在倏地听到了坊间对自己父亲如此追捧和缅怀，令他非常感动。这些舆论又对自己抱有那么大的期望，使他感到自己肩上的责任很重。此刻他更加明白他缅怀父亲的最好方式，就是把父亲的本事接过来，并且发扬光大。

他说："你们既然请到了我，我当然会尽心尽力。"

这兄弟俩很感激："谢谢！谢谢！"

陈抗日说："不过，令尊的病也确实很重，肝、脾、肺、肾都有了严重的问题。"

"是的，是的。"才挂上脸上的笑容立即消失了，兄弟俩直点头。

陈抗日说："事到如今，我也只能说'搏'了。"

大哥叹了一口气："西医连'搏'都不敢了。转去广州也难。陈医生，你肯'搏'，我就已经很感激了，就请你来搏一搏吧！"

陈抗日沉吟了一下："我打算来'搏'，但也实话实说：令尊的病确实也太重了，我也有点心怯。我想你们给我一个'定心丸'。"

大哥一愣，但立即就回过神来："我们两兄弟都在，老豆是我们的，我们可以负这个责——细佬，你说呢？"

老弟立即说："是的，是的。"

陈抗日说："既然你们这么信得过我，我就'搏'了。"

两兄弟的脑袋像鸡啄米似的直点头："陈医生，你大胆'搏'好了。不要有任何顾虑。"

陈抗日心想："有这句话就好了。可是怎么个'搏'法呢？"

他在屋里踱来踱去。老人家此刻虽然命如纸薄，但到底人还在喔。我要尽最大的努力保住他继续还在才行。可是当下最迫切的是他肚大如鼓，不解决这个问题，什么都无从谈起了。他的肚子这么大，里面是什么东西呢？他用手轻轻地摸着老人的肚子，肚子是圆的，而且稍有软感，表面没有任何凹凸不平的症状，应该说里面不会是肿瘤，特别不会是癌。肉眼看得到肚皮薄薄的，似乎有点亮，亮到可以隐隐地看得见毛细血管。轻轻地拍它，竟"嘭"然有声，证明里面是气体或者是液气混合物。可不可以先把它弄出来呢？

陈抗日认为是可以的。到了这一步，必须用"消法"。

华山一条路！除此也想不到还有别的什么路可走了。用"消法"最好是用中满分消饮。对比之下，它安全一些。中满分消饮，由六君子汤加理中汤加四苓汤再加黄连、厚朴、知母、黄芩、姜黄、枳实、砂仁组成，能健脾去湿，行气利水。这老头的肚子那么大，光这些是不够的。古人曾有用50斤萝卜熬汁兑药宽中行气推邪下行的。萝卜熬汁药缓而不伤人，但要量重。可是用50斤萝卜熬汁也是件难事，不如改用50克莱菔子？用了萝卜或莱菔子就不便用参了。不用就不用吧。气胀得那么厉害，必须投放足量的香附的。他体质虚寒又病延日久，还必须重用附子喔。

陈抗日在房间里踱来踱去，想了好久，觉得眼下只好这么做了。

他向老人的两个儿子拱一拱手，说："我就开单了咯？"

这两兄弟迫不及待地说："陈医生，你开吧，你快开吧！"

陈抗日打开自己的出诊箱，取出纸笔，写道：

　　白术20克（土炒）　茯苓20克　甘草9克　法半夏9克　陈皮9克　干姜25克　猪苓12克　泽泻12克　黄连9克（酒炒）　厚朴9克　知母9克　黄芩9克（炒）姜黄6克　枳实9克　砂仁15克（打）　莱菔子50克香附15克　熟附片50克（和干姜甘草半两蜂蜜先煎四个钟）

　　一剂，煎成三碗，分六次徐徐服下。温服。

陈抗日把药单开好，给了大哥。大哥要给他诊金。

陈抗日说："不忙，我还不走。我要看着你们煎药。这剂药的附子有大毒，要煎好。煎不好，会出问题的。"

大哥一愣，他把药单交给他的老弟："赶快去捡药。"

老弟接过药单，急急脚地走了。

不一会儿，他一路小跑地赶回来。药捡好了。

煲药了！先煲附子。陈抗日吩咐同时要备好几瓶热开水，准备随时往里添，中途不要添加冷水。这样一直煲呀煲呀，煲足了四个钟头。

到了四个钟头后，陈抗日用匙羹舀起一勺，放进自己的嘴里尝了一下，觉得舌头不麻，便说："把其他的药都倒进去。"

往后就快了，一二十分钟，就煲好了。

陈抗日叫倒出小半碗，晾到温度合适，便让老人徐徐服下。

老人喝下了这小半碗药后，没什么反应。

这时，天也黑了。

陈抗日说："请你们帮我去我家里通知一声。我今晚不回去了。等一会儿我在你们这里蹭餐饭吃，晚上在这里的沙发上打个盹。我想守守这老人家。我怕晚上会有什么事。"

看见自己老爸这个样子，老大本来就已经烦透了，再听到陈抗日这么一说，心里更加彷徨。

他说："真难得陈医生你能留下来帮帮我们。这是请也请不来的好事，欢迎，欢迎！"

他转向老二："你快去金窝村跑一趟。"

陈抗日每隔一个钟，就吩咐这兄弟俩给老人服半碗药。

陆续饮过四次药后，老人感到不适，渐渐地呻吟起来。身子也左右两边翻来覆去。

这兄弟俩心里"扑扑"地跳，眼睛呆呆地望着陈抗日。

陈抗日的心也"扑扑"地跳。这是怎么回事？他把把老人的脉搏。老人的脉搏比刚才洪大了一些，但还未曾有啄、漏、弹、解、翔、游、沸的迹象喔。他用食指背放在老人的鼻孔跟前，发现老人的呼吸还算平稳，再拨开眼皮看看，瞳孔还正常哦！不要紧，沉住气再看看。

过了半个钟头，没见有什么更大的反应，陈抗日叫给老人吃第五次药。

吃过第五次药后，老人又呻吟，又把身子翻来覆去了。

在场的人都非常紧张。

墙壁上的挂钟"滴答、滴答"地响着，大家你望着我，我望着你，不知如何是好。

突然间，薄被之下响起了"啵——"的一声，厅里立即弥漫着一股异常强烈的硫化氢的气味。

陈抗日大叫一声："我的药起作用了！"

已经把脸愁成了一只风干了大半年的神楼里的橘子似的兄弟俩听到了陈抗日这么一叫，那颗心立刻跟着放松了一大半。

这个屁响过之后，后面的屁接二连三地跟着来了，一时间"哔——哔——""啵——啵——"的，为这个本来因被疾病压抑得非常沉闷的家庭平添了许多活跃的气氛。

老人放过了一轮屁，接着就拉起屎来，把这兄弟俩搞得狼狈不堪。

老大立即把老人的儿媳妇们叫过来清屎清尿。

后半夜就这样又屎又屁地折腾着。到了天亮，老人的肚子竟瘪下去了。他说肚饿，想吃粥。

老人顶着个大肚子几天不吃不喝，现在肚子瘪下去了，还叫肚饿，他的两个儿子高兴得比中了彩还来劲。

陈抗日要回去了。

这兄弟俩千恩万谢。大哥塞了一沓钱到陈抗日手里。

陈抗日打开一看，有一百来块钱吧。那时候的一百来块钱是个不小的数目。

陈抗日说："不要那么多。"他从其中抽出了二十块，说，"这已经够了。"把其余的塞回了大哥。

宾主之间推塞了一会儿，大哥见陈抗日不肯多收，也只好作罢。

他问道："等一会儿，我们照单再去捡一包药回来继续煲咯？"

陈抗日说："好的。但是要去掉莱菔子，加一条红参。红参要另炖，炖好兑药服用。"

说完，陈抗日回去了。

过后，陈抗日又来过几次。在他的细心斟酌下，老人慢慢地好起来了。

老人的两个儿子很过意不去，给他多点诊金，他又不接受。老人好了以后，他兄弟俩提着两只大苍鹅来到了陈氏医馆，对陈抗日表示感谢。

三十四

陈自睿放学后，连跳带蹦地赶回家去。陈自睿上高中了。

番禺的家长对子女上高中有讲究。他们认为上高中要去远一点的。路远的和尚会念经，其教学质量肯定比近一点的要好。这些家长讲直觉，他们认为远一点的学校要住校。住校干扰少，能专心读书，这对考大学大有好处。可是学生住校，肚里的油水肯定就要少一些了。所以一到周末，学生们就急急脚地赶回家去，要妈妈做点好吃的东西慰劳一下。

陈自睿最记挂的是嫲嫲的姜撞奶。嫲嫲做的姜撞奶又甜又嫩又滑，真好吃极了。

她跑进了陈氏医馆，直往厨房里跑去，边跑边叫道："嫲嫲，嫲嫲，我回来了！"

"嫲嫲，嫲嫲，我回来了！"

"嫲嫲，嫲嫲，我回来了！"

咦！嫲嫲呢？嫲嫲到哪里去了？往常的周末，陈自睿一回到家里，嫲嫲就在门口等着她的。这时陈自睿急了，嫲嫲呢？

她的嫲嫲张倩此时在房间里，在床铺上躺着。她胸口很痛，痛得直吸冷气，她哪有气力去应她的乖孙女。

胸口痛是张倩的老毛病，做女儿的时候她就有这个毛病了。跟陈无偏结婚之后，陈无偏很关注她这个毛病。他说这不是普通的胃病，它叫"心气痛"，是心气虚造成的。陈无偏很重视这个问题，他很细心地照料张倩。张倩的眉头眼额有些不对劲，他立即就问道："又痛了吗?"于是，又按摩又开药。老公那么疼自己，张倩即使不按摩不吃药，那病自然而然地好了七八分。

陈无偏先自己而去，令张倩心痛欲绝。她和陈无偏的关系不是一句"恩爱夫妻"的称谓可以涵盖得了的。她在绝望中遇到了陈无偏。是陈无偏医治好她的身体，是陈无偏愈合她心上的创伤。他关心着她，他深爱着她，他呵护着她。他不仅把她当作老婆，还把她当作宝贝。他用自己的心去温暖她。陈无偏一走，她的心立即感到空悬而无所依。她是个内向的人。她把什么事都闷在心里，自己一个人慢慢地消化着。

慢慢地，这些东西在心里消化不尽，不声不响地积存着。渐渐地，她觉得心里很闷，身骨也很累。前两天天气转冷，她没注意及时添衣裳，打了几个"啊嚏"就感冒了。感冒后，她自己弄了一点姜糖水喝了，还不见好，就躺下来歇歇。没想今天下午一躺不起，连她的宝贝孙女周末回家都忘了。

陈自睿见喊不应嬷嬷，顿时急了，嬷嬷到哪里去了呢？她一个房间一个房间去找，找到了嬷嬷的住房，看见嬷嬷还躺在床上。

在陈自睿的眼中，嬷嬷是全家人中最勤快的一个。怎么今天嬷嬷睡到现在？是嬷嬷病了？

她伸手去拉拉嬷嬷："嬷嬷，我回来了。嬷嬷，我回来了。咦，嬷嬷，你怎么啦?"

她一拉嬷嬷，发现嬷嬷的手很烫。她吃了一惊，叫道："嬷嬷你发烧了!"

张倩醒过来了。她没想到她打个盹，竟打得那么深沉。她看见她的宝贝孙女回来了，知道时间不早了。她赶紧起来。可是挣扎了一下，一身疼痛得竟然没能起来。

陈自睿说:"嫲嫲你病了!嫲嫲你不用起来了,你躺着吧,我去煮饭。"

她很懂事很麻利地服侍嫲嫲躺下,给嫲嫲盖好被子,急急地进厨房煮饭去了。

陈抗日、苏秀从外面回来,看见他们的宝贝女儿在厨房里煮饭,好像看见太阳从西边出来一样。

陈抗日走近去用手轻轻地拍拍女儿的脑袋,夸奖地说:"乖女,怎么今天这么乖的,竟煮饭给我们吃喔?"

正忙得一头烟的陈自睿看见爸爸妈妈回来了,马上说:"嫲嫲病了,嫲嫲发烧了,躺在床上不能起来,所以我做饭了。"

陈抗日、苏秀听见张倩病了,立即转身走出厨房,到张倩的房间去看望。进到房里,他们看见张倩还昏昏沉沉地躺在床上。

陈抗日喊道:"妈!"

苏秀叫道:"奶奶!"

"你怎么了?"

张倩看见陈抗日和苏秀都来看自己,赶快起来。

苏秀说:"奶奶不舒服就不起来了,你再睡一睡。"

张倩说:"时间不早了,要煮饭了。"

苏秀说:"自睿已经煮饭了。"

张倩听见很高兴:"这乖女真乖!"

陈抗日说:"妈,我给你看看吧!"说着,挽起她的手腕,要给她把脉。

可一挽张倩的手,陈抗日眉头一扬:"妈,你发烧了,还烧得很高喔!"

张倩说:"可能是感冒了。我感到头胀胀的,一身骨都痛了。"

陈抗日说:"我给你看看,捡包药吃吃。"

张倩说:"不用吃什么药的,煲碗姜糖水喝喝,把风寒散散就得了。"

陈抗日说:"你如果怕中药苦,送你到县人民医院去打打针吃点西药也行。"

张倩说："不去！我们陈氏医馆的人有点小病竟到县医院去看西医，这不是拆了自己的招牌？"

说着，陈自厉也回来了。他听见父母亲都在嫲嫲的房间里说话，便赶到嫲嫲的房里来。

他看见嫲嫲躺在床上，问道："嫲嫲你怎么啦？"

苏秀说："你嫲嫲病了。"

张倩说："自厉，你来给嫲嫲看病吧！"

陈自厉惊奇地说："我？"

张倩说："是的。你敢不敢呀？"

陈自厉犹豫了一下："敢是敢的，不过以前没有看过，心里没有把握。"

张倩说："不要紧的。嫲嫲做你的白老鼠。万事开头难，你看了第一次，到看第二次时心里就有把握了。"

陈抗日看出张倩的用意，也说："嫲嫲那么相信你，你就试试吧！"

苏秀也在旁边鼓励说："自厉，试试！"

年轻人血气方刚，不经鼓动，陈自厉说："那我就试试咯？"

苏秀急不可耐地说："试吧，试吧。"

陈自厉在床边的一把椅子上坐下，伸出左手，有模有样、有板有眼地挽起张倩的手腕，再在她的寸口上布下三指，然后学爷爷生前的模样，跷起二郎腿，半眯着眼睛，平稳好自己的呼吸，那三只指头先轻取，后中取，最后用力摁下去重取。三部九候，细细判别。然后还每个指头分别用力，按寸、关、尺各个候取。诊过左手，又换右手。诊过脉象，再看舌头。

张倩心想："这小家伙平日都是背医书的，看起病了，可真是似模似样喔！"

她不禁问道："自厉，谁教你的？真像个医生的模样喔！"

陈自厉说："谁也没教，以前我看爷爷是这样给人看病的，我就这样看了。"

张倩很感叹：真是兵家子弟，早知刀枪啊！

这时候，陈自睿风风火火地从厨房跑来了。"你们还待在这里？我饭菜都煮好了，凉了就不好吃了。快去，快去，我要请你们尝尝本小姐的手艺。"

大家都知道这位大小姐的脾气，来叫了不去，惹恼了她，你就麻烦了，于是都停下嘴来，跟着她出到厅里。

厅里已经开好饭桌，搬好凳子。饭桌上摆着几样菜肴。

看见是自己的宝贝女儿做的，陈抗日好奇，走快两步上前看看。咦！一个是咸鱼矮瓜煲，一个是虾酱炒蕹菜，一个是豆酱爆花肉，一个是豆角切粒炒鸡蛋，再有一个蛋花丝瓜汤。这些菜刚刚起镬，热气腾腾，香气扑鼻，难怪这丫头直赶着我们出来了。

陈抗日拿起桌上的筷子夹了一箸蕹菜入口。呸！味道真是不错喔！

未等陈抗日有所评价，站在旁边的陈自睿已经等不及了。她问道："怎么样？"

陈抗日说："还可以。"

陈自睿长长地叹了一口气，喊冤似的说："本小姐的十八般武艺统统都拿出来了，你才说'还可以'。老豆，你是水平不够，还是有意埋没你的女儿呀？"

张倩看见这个招人喜爱的宝贝孙女，病已好了一半。

她坐下来，拿起筷子说："我也来评判一下，看看我的宝贝孙女的手艺怎么样。"

她也夹了一箸蕹菜，放在嘴里细细地嚼了几下："味道很好喔！"

陈自睿听了，一把搂住张倩的肩膀说："还是嫲嫲识我。嫲嫲，你有伯乐之才！你是我们家的老伯乐！"

陈自厉在旁边说："嫲嫲说了你的好话，你当然说她是老伯乐咯，如果说你的菜煮得不好，你不把嫲嫲骂一顿才怪呐！"

陈自睿眼睛一瞪，对陈自厉大声说："你胡说。你不服气，你也做一桌饭菜出来给我吃吃！"

陈自厉说："我服气，我服气。要我也做一桌饭菜出来，我不服也服了。"说着坐下来埋头吃饭。

大家也坐下来吃饭了。这顿饭菜也确实做得好，大家心里头是很满意的。

张倩问道："自睿，你第一次煮饭，就煮出这么好的饭菜，这本事是谁教给你的？"

陈自睿说："是嫲嫲你教我的！"

张倩笑道："我没有教过你喔！"

陈自睿问道："嫲嫲，你真没吃出今天晚上这餐饭菜，有你平常做的饭菜的味道吗？"

张倩说："你这么说，我倒感觉有点像喔，是怎么回事？"

陈自睿说："我的本事是从嫲嫲那里偷师偷来的。你每次做饭，我都在旁边用心地看。"

张倩非常高兴："你真是个聪明女！"

看见陈自厉坐在旁边默默地吃饭不出声，张倩说："自厉，你刚才给嫲嫲把了脉看了舌，但还未讲我的病怎么样喔。"

陈自厉放下饭碗，说道："嫲嫲的寸脉见浮，舌苔很少，肯定是表证了。所以和大家所讲的感冒是吻合的。但嫲嫲的脉象偏弦浮中兼弦，舌边有明显的齿印，而且舌边的颜色偏深，应该有肝的症状。我想嫲嫲是想爷爷了……"

给孙子一说，张倩倒觉得不太好意思。

陈自厉继续说："因为想爷爷了，所以嫲嫲情绪郁结，造成肝气不舒，身生息倦，一时冷暖注意不周，就感冒了。所以，我认为嫲嫲的病，在解表中要注意舒肝柔肝，用荆防败毒散加酒白芍、香附最好。"

陈抗日听了儿子的分析，发现这小家伙很像那么回事喔，于是说："就按照你的意思，开剂药给嫲嫲试试嘛！"

这时陈自睿若有所思，自言自语地说："嫲嫲想爷爷了，我怎么没注意到这件事呢？"

她对张倩说："嫲嫲，我从今晚开始，就搬到你房里去住，陪你说说话，你说好不好？"

张倩笑道："好是好，不过不用来陪我了。"

陈自睿问道："为什么？"

张倩说："你都那么大了，女大不中留。到时候你嫁人了，不能再陪我了，到时候我不是更不习惯了？"

陈自睿说："这你就不用担心了，到时候我对我的老公说：你如果一定要我，那你就一定要接受我的嫲嫲。你不接受我的嫲嫲，你自己开路吧！"

大家听了，都笑了起来。

张倩看着陈自睿说："你这么说，人家都怕了你啦！"

这俏姑娘脸如红桃，眼睛水灵。听见嫲嫲这么说，她把脸一昂，骄傲地说："本小姐就是要他们怕我！"

三十五

张倩吃了陈自厉的一服药就退烧了！

张倩看出这小家伙真有两把刷子。在生病期间，她看出儿孙孝顺，对自己的病很上心，很着急，心里很宽慰。心欢药效，所以很快就好了。

陈抗日通过这事，也知道自己的儿子是块料。啃医书是陈家的家教，可是临证还没教喔。这小子只靠耳濡目染，竟能开方治病，说明我们陈家人才辈出，后继有人。

陈自厉开了一单之后，就回学校去了。

张倩大烧虽退，但余热未清。陈抗日考虑到是发汗之后阴伤未复的缘故，于是又用 15 克花旗参、10 克麦冬、5 克五味子炖水给她喝了，热就退齐了。

到了下一个周末，陈自厉放学回到家里，一进门就到处去找嫲嫲。

一见张倩，就问道："嫲嫲，吃了我的药怎么样？还发烧吗？"

张倩看见了这个宝贝孙子，非常高兴："不发烧了，好了！"

陈自厉很高兴。他看着嬷嬷笑了，笑得很开心。他说："嬷嬷，我很感谢你！"

张倩说："傻孩子，你给嬷嬷看好了病，是嬷嬷感谢你才对呀，怎么说你感谢嬷嬷呢？"

陈自厉说："我是没想过给嬷嬷看病的。因为我没这个胆。是嬷嬷提出要我看病的，是嬷嬷给了我这个任务，还给我一个'胆'，说愿意做我的'白老鼠'。有了嬷嬷的支持，我就有'胆'了。如果不是嬷嬷的支持，我怎么敢给你看病开单呢？"

张倩很高兴："你这孩子，说起话来明明白白，头头是道的。我问你，你怎么对看病那么感兴趣？"

陈自厉说："我是吃陈氏医馆的饭长大的，我当然对看病感兴趣咯！还有更主要的，是我小时候听爷爷，听爸爸讲过，日本仔的'汉医'是从我们国家学过去的，他们讲过，他们一定要赶上和超过我们。到赶上和超过我们的时候，他们就不叫'汉医'了，改叫'东洋医学'了。我就是不让他们赶上和超过我们，永远不让他们赶上和超过我们！"

张倩感动地点点头。她说："自厉，你真有志气。如果爷爷看到了你给嬷嬷看病，如果爷爷听到了你现在的这番话，他一定非常高兴的！"

自从张倩生病之后，陈抗日发现自己对她的关心很不够：她虽然不是我的生母，可我却是在她的照料下长大的。她是我的养母。她为我的成长付出了许多的辛劳。而我小时候却很任性，不认她，抗拒她，不买她的账，甚至故意刁难她，故意给她脸色看。陈抗日亲眼看见她被他气哭过好多次。但她还是对他好。他终于慢慢地被感动了，最后慢慢地承认了她，接受了她。他深深地感受到她是个好人，为人善良。他想：不是因为有那张已经模糊发白的老照片，我连自己的母亲是个啥样子的都不记得了。我自从懂事之后，我发现我的同伴们的母亲都没有她好。她就是我的母亲了，这是个不争的事实。现在老豆已经没有了，老豆生前有话，要我善待这个母亲的，我答应了老豆。现在我一定要兑现我的诺言。

张倩退烧以后，陈抗日仍然很关心她，经常问长问短。今天他要去出诊，出发前他去看看张倩，告诉她自己要去出诊，问她有什么事没有？

这时，张倩拿着把两齿耙要到屋后的菜地去松土除草。

他说："妈，这些事你让阿秀去做就得了。你年纪大了，不能太操劳了。"

张倩笑道："这也不累，不算操劳，正好活动活动筋骨。人一天到晚都坐着躺着反倒不好，常言道，'做佛也要担条枪'呀！"

陈抗日说："说是那么说，其实也不是做佛的都要担枪的，观音菩萨就不担枪的嘛……"

张倩说："不说这个了。我想跟你说件事。"

陈抗日一愣，以为是什么严重的事，他定定地望着张倩，听她想说什么。

张倩说："抗日，你可要好好注意自厉这孩子喔……"

陈抗日心里"咯噔"一跳。嘴上不好问，心里在捣鼓：自厉他怎么啦？

张倩说："你要好好关注自厉这孩子，栽培这孩子。"

她把自厉回校前跟她说的那番话告诉了陈抗日。她说："自厉这孩子几有志气！如果阿爷还在，听到他的这番话，真是高兴透了！你要好好地栽培栽培他，他是我们陈家的希望，是我们陈家的未来。"

一块石头落了地！他还以为自厉出了什么事哩。这小家伙有志气，我早就看出来了。我当然要好好栽培栽培他喔！

他说："是的，阿妈讲得对，我们一定要好好地栽培栽培他！"

陈抗日很高兴，等一会儿见了苏秀，便把张倩说的这番话告诉了苏秀。苏秀当然高兴。世界上没有女人不喜欢别人称赞自己的儿子的。这孩子那么乖！读书学习是很费脑子的，他的脑子肯定很累的了，我要做点东西给他补补。

周末，陈自厉回来了。

苏秀悄悄地端出一碗川芎白芷炖鱼头让他吃。

陈自厉闻到了一股药材味，眉头一皱，问道："这是什么？"

苏秀说："这是川芎白芷炖鱼头，补脑的，快吃快吃。"

陈自厉说："我不吃！"

苏秀的脸一下子拉长了：这小太公，真的不好侍候！她耐着性子求他说："这是补脑子的，吃了对你的学习有好处。"

陈自厉说："好个屁，阿爷说过，年轻人要慎补。掌握不好会越补越实的。"

这下苏秀为难了。她说："就这一碗，你就算给你妈个面子，吃了它吧！"

陈自厉说："我也不需要这些，吃来干什么！你端去叫嫲嫲吃吧。"

苏秀没办法，只好把这川芎白芷炖鱼头端走了。

苏秀心里有点气，这只小牛精竟连老妈的账都不买一下，真岂有此理！这只小牛精怎么变得那么倔头倔脑的呢？她越想越气，决心去探个究竟。

她偷偷地到陈自厉的房间去看一卜。平时这小牛精放学回来都会躲在房间里啃医书的，怎么今天不在他房间里呢？她有点不放心，到处巡看一下，最后发现他在大门外的街上没头没脑地踱步子，那脑袋像只用竹竿撑着的葫芦在晃来晃去。

苏秀感到奇怪："这只小牛精到底怎么了？"

她又不敢再去惹他，眼巴巴地等陈抗日回来。

陈抗日听了苏秀的话，也觉得奇怪，他忍不住也要去看个究竟。

他出到大门外，看见这小家伙正在傻乎乎地晃着。这是怎么回事？他大声问道："自厉，你不好好读书，在这里晃什么？"

正心无旁骛的陈自厉倏地听见老豆在大声地吼他，心里非常不高兴。他朝老豆走过去，双手把老豆推开："去，去，去！别来这里打扰我。"

陈抗日一下子体会到老婆的心情了。这小家伙搞什么？怎么连老豆都不买账？他没有和后辈对抗的习惯，只好退了回来。

他对苏秀说："我也让他碰了一鼻子灰。"

苏秀很纳闷："这只小牛精到底是怎么回事？"

陈抗日冷静地想了一下，目光停留在灶台边的那碗川芎白芷鱼头汤上。

他端起那碗川芎白芷鱼头汤到张倩的房间去。

张倩正侧躺在床上养精神。

陈抗日叫道："妈！"

张倩睁开眼睛，问道："有事吗？"

陈抗日说："喝碗鱼头汤！"

张倩说："好端端的喝什么鱼头汤？"

陈抗日说："阿妈你病过，还没恢复好，喝碗鱼头汤补补身体。"

张倩说："不用的！"

陈抗日说："要的，要的，趁热，快喝，快喝！"

盛情难却，张倩把鱼头汤喝了。

到张倩把鱼头汤喝完的时候，陈抗日说："妈，我看自厉这马骝怪怪的……"

张倩感到很诧异："他怪什么了？"

陈抗日说："往日他从学校放学回来，就躲在他的房间里背医书的，可今天不是……"

张倩眉头一扬："他今天怎么了？"

陈抗日说："他今天不在他的房间里背医书。"

"那他在哪里？"

"在大门口的街上摇头晃脑地在晃来晃去……"

这还得了？张倩一急，立即把汤碗递给了陈抗日，自个儿"噔噔"地出到大门外去。

出到大门外面，她看见陈自厉如醉如痴地在踱来踱去，那脑袋正像他爸爸说的那样在晃着。她想："这孩子怎么搞的，好像中了邪一般。"她想立即过去拉住他，可是听他爸爸妈妈讲刚才一开口就让他撵走了。不行，小孩子还嫩，不能和他对着干。

于是她定了定神，走过去，一脸是笑地喊道："自厉，放学回来了？怎么不进屋里，一个人在这里干什么？"

陈自厉说："我在这里背书呀！"

张倩眼睛一亮，心里非常高兴："背书？背《黄帝内经》？"

陈自厉说："不是！"

"啊——"张倩有点愕然。她是最希望她的孙子天天都在背《黄帝内经》的。

陈自厉看见嫲嫲不了解自己，说："嫲嫲，我其实是很讨厌背我的功课的。我恨不得不学这些，天天去背《黄帝内经》。可是不行呀。我快要考大学了。功课是我们考大学的敲门砖。我的功课在班上不是很冒尖的。也就说我手上的敲门砖不是很'劲'的，这样我怎么能抢过高考这座独木桥？所以我要先放一放背《黄帝内经》的事，先把我手上的敲门砖弄好。我这样做就是为了让自己今后能够更加专心致志地背《黄帝内经》。"

哟，这只小马骝！还挺有心计的。

她说："好，好，你继续好好地背你的功课吧！你想吃什么，告诉嫲嫲，嫲嫲给你做去。"

张倩回到屋里，陈抗日、苏秀在焦虑地等候着。陈抗日手上还呆呆地端着那只汤碗。

见了张倩，陈抗日叫一声："妈……"他小心翼翼地问道："这只马骝怎么样？"

张倩说："你们生着个叻仔，有用仔。他有一肚子好计谋哩！"

陈抗日听得云里雾里，焦急地问道："他怎么啦？"

张倩把刚才陈自厉讲的话复述了一遍。

陈抗日心中那块石头落到了地上来。

苏秀愤愤地说："死衰仔，我问他，他怎么不跟我说呢？"

陈抗日说："可能你态度不好呢！"

苏秀瞪了他一眼："你怎么知道我态度不好？"

这时候，陈自睿放学回来了。

大家也散了。

陈自睿问张倩："刚才你们干什么？"

张倩说："我们没干什么呀！"

陈自睿瞪了嬷嬷一眼："没干什么？神经兮兮的，好像搞地下工作一样。"

张倩见这丫头生气了，便说："你爸爸妈妈刚才在犯愁：哥哥今晚为什么不去背《黄帝内经》，而一个人叽叽咕咕地弄什么。"

这丫头喊冤似的叫了起来："嬷嬷，你们管得太多了，好心你们给点空间我们好不好！"

张倩没想到这丫头会反应得那么强烈。她马上把这丫头的话，向陈抗日和苏秀他们通报了。

陈抗日知道这事剪不断，理还乱，还是不管的好，于是闭口不谈，当什么事都没发生过。

陈自厉无人管束，自由发挥，在学校怎么弄，谁也不知道。可是周末回到家里，他还是那样摇头晃脑地在心里苦背他的东西。陈抗日、苏秀哪还敢惹他，只要是读书，你爱怎么弄就怎么弄了。

张倩怕累坏了她的宝贝孙子，变着花样一个劲地弄东西给他吃。

陈自睿看见，陡生醋意。

她对张倩说："嬷嬷，你不要偏心哦！到我高考的时候，你们也要给回这样的待遇我啊！"

张倩说："嬷嬷是不会偏心的。不要等到你高考了，我现在就给你，免得你骂嬷嬷偏心。"说着盛了满满的一碗，端到陈自睿的跟前。

陈自睿说："还是嬷嬷好。"

张倩笑骂道："你是只馋猫，有得吃就好，没得吃就不好的了。"

陈自厉平日如迷如痴，考起试来过关斩将。几场下来，欢口笑面。

到这时候，家里人才敢开口问他。

陈抗日说："儿子，考得怎么样？"

陈自厉说："没什么，我只想去找点工做做。"

陈抗日一愕："你去找工做干什么？"

陈自厉说："去挣点学费，到时好减轻家里的负担呀！"

陈抗日听了，立即眉开眼笑："你要找工做就找我，跟我出诊去。"

教育部门发高考录取通知书了。陈自厉考上了广州中医药大学。

一家人比捡到了金元宝还高兴。

三十六

中国人民在改革开放的大路上高歌猛进。

陈自厉在这个意气风发、伟大腾飞的岁月里大学毕业了。

毕业前，陈自厉突然萌发"自信人生二百年，会当击水三千里"的豪情，给广州一家大医院写了一封求职信。他介绍了自己的情况，表达了自己毕业之后想在该医院工作的愿望。这家医院对他的自荐很感兴趣，立即派人到学校去跟他见面，并到学工部去详细了解他的情况，翻阅他的档案，发现他是个人才，于是很爽快地和他签了合约，请他毕业之后到本医院工作。

大学毕业找工作是个坎。几多人毕业之后磨破了嘴皮，跑薄了鞋底，也找不到一件称心的工作，他陈自厉还没迈出学校的大门，就有大医院接纳他了，这是件多么喜人的事啊！一般的人真高兴得要蹦到天花板上面了。

陈自厉窃喜过后，心里竟变得沉重起来。他想，这么大的一件事，我可没跟家里说过哟！家里会有意见吗？考试过后，临近毕业，应届毕业的班级必有一番景象——书本已被困扎起来了，已没人去看它读它了，现在大家的心思，是如何去找到自己满意的工作。几年来默默相爱的男女同学则忙着山盟海誓，去巩固和发展这段宝贵的爱情。

陈自厉不用去磨薄鞋底，也没女同学要跟他山盟海誓。他现在很烦，他面临着事业上的一个重大抉择。他给医院写了求职信，医院也向他明确表态，欢迎他毕业之后到医院来工作。这本来是件大好事，也是他本人的追求。可是家里的那一间医馆呢？

我们家的医馆是祖宗传下来的，爷爷、爸爸在医馆里倾注了一辈子的心血。自己也从小就在这环境里这氛围中长大，对医馆有着深厚的感情。我现在选择到大医院里工作，亦即说我就不在我们家的医馆里做了；我是家中的独子，我们陈家几代单传，也就是说，我不回我们家的医馆里做，我们家的医馆就后继无人了；爸爸老去以后，我们家的"陈氏医馆"就要关门了。想到家里的医馆就要关门，他的心禁不住隐隐作痛。

夕阳慢慢地隐没在树林的后面，此时宁静的校园瞬间变得热闹起来。同学们忙着洗澡洗衣服，或者聚在一起聊天，彼此打听情况，交换信息。陈自厉避开他们，他要一个安静一点的环境梳理一下自己。他一个人在校园里的一条寂静的小路上散步。他和自己谈谈心。他要想想过几天要对家里如何有个好的交代。现在他的内心陷入了两难的境地。他很希望到大医院里工作，这家医院是省、市知名的大医院，是他早就心仪的医院，也是同学们削尖脑袋想往里钻的医院。现在未出校门这家医院就接纳他了，这真让同学们羡慕死了。他当然非常高兴能到这家大医院里工作，但他想，我去了这家大医院，我就不能回去支撑我们家的医馆了。我们家的医馆是列祖列宗的心血，是我们家好多代人的饭碗。我就是吃这个饭碗里的饭长大的。现在我不回去继续经营医馆了，我对不住列祖列宗啊！

可是，我留在家里继续经营我们的陈氏医馆，不管我多么努力，不管我治好了多少疑难杂症，到头来我还是个乡下郎中。我奋斗一辈子，最后定格在乡下郎中，心里也确实不甘。所以，他想走出去，他想去干一番事业。他自己问自己：我这样想这样做是不是逆了祖宗，逆了父母呢？他不敢回去问老爸。你去问他，他脑袋一热，就说你不回来就是有违祖宗，逆了祖宗。那你怎么办？你就听他的，不到外面去闯了？他很烦恼，他不情愿。他想，我真能问问祖宗就好了，我不信我的祖宗就那么盲塞。

这时，他突然想起他们出去实习的时候下乡支农，到粤西山区访贫问苦，看见有人遇到迷茫的事就求神问卜。我现在也很迷茫，我也问问吧。他觉得这样也好玩，也想试试。他见过那些农民在小庙里用两只船形的木头来抛的。我没有那些船形的木头。

他摸摸口袋，口袋里有一枚一元钱的硬币。他很高兴，这也行呀，我就拿这试试。都说人死了有在天之灵，我的祖宗就是我们家的在天之灵。老祖宗我不熟，但我爷爷我太熟了。我就问我爷爷吧。我就当我爷爷的在天之灵在我的头顶，我问问他。看他是个什么态度。

他学着那时他看过的求神问卜的农民的样子，把那枚硬币拿在手上，定好有国徽那一面代表我出去闯，为了更好地发展中医事业，为国争光，爷爷同意了。另一面代表爷爷不同意，要回家去继续经营陈氏医馆。

他定好之后，双手合十，心中默默祷告，然后将硬币当空一抛，这枚硬币在夕阳中闪闪升起，又闪闪落地，"叮"的一声，然后还在水泥地上跳了几跳。

陈自厉的心不禁"扑扑"地跳了起来。这时他的手有点抖了，一时间竟不敢去捡那枚硬币。他想，如果这枚硬币不是国徽朝上怎么办？如果不是国徽朝上，我还信不信它，听不听它？我自己许的愿哦！现在它代表着爷爷跟我说话的哦！

他迟疑了一会儿，觉得还是捡吧。既然是自己的决定，总得要尊重自己呀！男子汉大丈夫，要敢作敢为，先把它捡起来吧。捡起来如果是国徽朝下的，就到时再说。他把心一横，闭着眼睛把那枚硬币捡起来，然后睁开眼睛，定神一看：哈！国徽朝上！

他高兴得跳了起来。他觉得他比收到那家医院的录用通知还要高兴。

学校举行过毕业典礼，同学们离开学校了。陈自厉扛着自己的行李书籍回到家里。

家中各人非常高兴。

吃晚饭的时候，陈抗日问道："毕业了，有什么想法？"

陈自厉说："××医院要了我。"

陈抗日额头皮往上一扬，眼睛一睁："不是不包分配了吗？"

陈自厉说："是我自己联系的。"

陈抗日不高兴了。他默默地扒着饭，一声不吭。

大家看见陈抗日的样子，也大眼看小眼地你望望我，我望望你，不敢说什么。

陈抗日扒完一碗饭，才开口说话。他很不高兴地说道："这么大的一件事，怎么也不跟家里说说？"

陈自厉的脖子红红的："说啦！"

陈抗日回头瞪了老婆一眼。

苏秀莫名其妙，也感到有些委屈。她问道："说了？是跟嫲嫲说的吧？"

张倩也懵懵然。她说："我不知道有这回事喔！"

陈自厉说："我是跟爷爷说的！"

陈自厉的话音未落，大家惊讶得大眼看小眼。

陈抗日说："你胡说！"

陈自厉说："我不是胡说！"

陈抗日更加生气了："你还说你不是胡说？你怎么问爷爷的？"

陈自厉说："我用求神问卜的办法问爷爷呀！"

大家让他逗乐了，都失声笑了起来。

唯有陈抗日不笑："你懂得求神问卜？"

陈自厉说："懂呀！我们到粤西山区实习，下乡访贫问苦时，看见过农民在小庙里求神问卜。我也学他们的办法求神问卜。"

他把他问卜的方法过程说了一遍。他说："我跟爷爷说，大医院的条件比我们家的医馆好得多。我到大医院里做医生，就更能不断提高我的水平，使我更能不断攀登中医的高峰，更能领先、超越日本仔的汉医，让我为发展我国的中医事业做贡献。我说，如果抛出的是国徽这一面，就表示爷爷你同意了；如果抛出的不是国徽那一面，就是表示爷爷你不同意。我很诚心诚意地一抛，果然抛出了国徽这一面。你们说，这不是表示爷爷同意我了吗？不信我再抛给你们看。"

听到儿子未出校门就被××医院接纳，苏秀高兴得像中了大奖一样。××医院喔，全省人谁不知道××医院！

她听到儿子说再抛一次，她急了。再抛抛出的不是国徽这面的怎么办？孩子不懂事，这东西哪有次次抛得那么准的。如果再抛，抛出的不是国徽那一面不是自找麻烦吗？

她马上说："我听说求神问卜是不能抛两次的。抛两次就是不尊重了。既然你是诚心诚意地抛的，就不用再抛了。"

陈自厉觉得自己是诚心诚意地抛的，心里理直气壮。他想到嬷嬷是最了解爷爷的，要不问嬷嬷也一样。他问张倩说："嬷嬷，你说我这么抛，是不是表示爷爷同意我了？你说我去了××医院，是不是更有利于我今后更好地为国争光呀？"

张倩日夜都想着她的老头子，一听到陈自厉问了爷爷，眼睛马上就湿润了。现在这孙子要她表态，她当然说是咯。

她说："是的。你那么乖，那么叻仔，爷爷肯定同意你的。"

听了嬷嬷这么讲，陈自厉高兴了。

陈抗日再想说什么，苏秀马上在桌子底下用脚踩了他一下。

她说："自厉毕业了，爷爷又同意他到大医院去工作，这是件大喜事，我们明天去饭店吃餐饭，庆祝一下。"

陈自厉说："不去。"

陈抗日不禁板着副脸看着他：这小子见我不高兴，跟我斗气了？

陈自厉继续说："我要在家里'打斗四'，像爷爷在的时候那样，把叔公们请来聚一聚。"

张倩一听到要像爷爷在的时候那样把叔公们请来聚一聚，眼泪立即流出来了。她用衣袖揩揩湿润的眼角。

苏秀迟疑地说："请叔公们来聚一聚当然好，只是我们都老了，人力是个问题。"

陈自厉说："有我嘛，我会做呀！"

"你会做？"大家觉得搞笑，都把眼睛朝向他。

陈自厉正经地说："是呀！小时候家里'打斗四'，请叔公们来聚聚，我们几高兴。我跑来跑去，帮着干这干那，把怎么干的都看在眼里了。"

陈自睿也说："我也会干。"

张倩笑道："你会干什么？"

陈自睿说："我会帮洗碗端菜呀！总之我喜欢在家里'打斗四'，我中意那份热闹。"

苏秀拿出家庭主妇的气派说："既然你们中意，那就在家里'打斗四'吧！"

这是陈家的一件大事！陈家历来是新抱当家的，作为主妇作为妈妈的苏秀立即动手做准备工作，她一定要把这件事办得光光彩彩。

可是陈抗日总是皱着一对眉头，提不起精神来。

苏秀问老公说："你没事吧？"

陈抗日瓮声瓮气地说："我还有什么事？丢那妈！女儿不愿学医，儿子学了又不肯回来，我们陈氏医馆将来岂不是要'执笠'（粤俚语，关门）了？你叫我百年之后怎么去跟老豆交代！"

苏秀宽慰说："老头子，党中央经常讲'与时俱进'，你也要'与时俱进'了。儿子那么有志气，那么叻仔，他要到大医院去施展抱负，我们要支持他。他不是说抛硬币问过爷爷了吗……"

陈抗日用鼻孔哼了一下，他根本不相信那玩意。

苏秀说："他虽然不肯回来，但他还是做着中医，他只是想得到一个更适合他的环境。他将来做出成就来，也光宗耀祖呀？爷爷在世的时候，经常叨念着不让日本赶超我们的中医，如果他做到了，爷爷在天上有知，肯定会笑出声来哩！"

陈抗日无话可说了。

苏秀继续说："衰女（陈自睿）这边你就别打她的主意了。女生外向，她将来生的子女都不是姓陈的。即使学医，她又怎么给你支撑陈氏医馆？你干脆在村里选几个你中意的后生仔，把你的本事传给他们，叫他们在我们的医馆里行医不就可以了？"

陈抗日咽了一口口水，在心里叹了一口气：不可以也得可以啦……

叔公之中，陈新已经作古。那一天，黄守财和大生都带着自己的老婆来了。黄守财还吩咐将店停业一天，叫老婆、儿子、儿媳妇也一起来帮手。大家见面，少了陈新，不免唏嘘。

黄守财说："见一次少一次，以后真要多聚聚啊！"

他对陈自厉说："侄孙，听说这次是你要请我们这帮老家伙的，多谢你呀！"

陈自厉说："叔公们能来，我们再高兴不过了。你们是我爷爷的兄弟，我见了你们，就感到见了我爷爷一样。"

阿珠在旁边搭嘴说："父贤传子子传孙。你爷爷有福气啊！"

大生说："你爷爷那么好的本事，你爸爸也那么好的本事，你现在大学毕业了，学的又是中医，你的家学后继有人了。几令人羡慕啊！"

陈自厉说："我正有句话，想问问两位叔公。我被省里一家大医院录用了，我以后就不回来搞我们家的医馆了。叔公你们说，我这样算不算也承传了家学呢？"

黄守财说："算！怎么不算？你阿爷生前经常跟我说，他最大的心愿就是中国的中医要劸过日本，永远劸过日本。你现在到了大医院，条件更好了，更能实现你阿爷的愿望了，怎么能说这不是继承家学呢？"

陈自厉说："我正心烦这个。既然叔公说了，我就安心了。多谢叔公。叔公饮茶！"

黄守财说："就是一点，你不在这里，以后我们看病就不那么方便了。"

陈自厉说："这好办。广州离我们这里有几远？你们谁有用得着我的时候，打个电话，我马上赶回来。"

陈自厉在广州上班，周末回家和家人小聚。村里的人谁不羡慕？

陈家人自己更乐融融的。

陈自睿也已念了大学。她不学医。她读管理学的。她说她喜欢动嘴皮子，喜欢处理人与人的关系。做医生太静了，不适合她。

陈抗日为此生了几天闷气。他总想着陈氏医馆的接班人的问题。儿子不肯回来，女儿肯接班也好呀，可是这死丫头竟不肯读医，要去读什么管理学，你说气不气人？

苏秀看见老公一天到晚绷着副脸，开解他说："常言道，仔大仔世界。其实女大更是女世界。他们选择哪条路，就让他们选择吧。常言又说女生外向。她姓陈，她嫁了个老公生了仔女，她的仔女就不姓陈了！即使她学医，毕业后帮你撑医馆，但又撑得多久？还是算了吧，不要越想越复杂了。只要我们这个仔乖乖地做医生，勤力地钻研医道也就得了。老祖宗不会怪你的。你说是不是？"

陈抗日深深地叹了一口气，丢那妈，事到如今，不是也得是啦！陈抗日也只好慢慢地把绷紧的面部神经放松了。

陈自厉在广州上班，陈自睿上了大学，家里就剩下了陈抗日、苏秀和张倩三个人。多了这两个年轻人，家里就多了许多笑声。少了这两个年轻人，家里也真的太静了。

陈抗日本来是个内向的人，这时候更内向了。他整天埋头给人看病，没事就翻翻医书，想他的事，一天到晚说不上十句话。张倩、苏秀婆媳俩更觉得无聊，她们变着法子制作广州、番禺的地方小食，一来慰劳慰劳自己的肠胃，二来也打发打发无聊的时间。广州、番禺的地方小食让她婆媳俩弄了好几遍，也弄累了，也觉得没意思。不弄了，聊天吧！

婆媳俩坐下来，泡壶好茶，天南地北地聊起来。

聊着聊着，苏秀说："奶奶，现在许多人到日本去旅游。我们反正这么闲暇，不如我们到日本去旅游，去探探二叔他们咯。"

一听说到日本去，张倩的脸立即吊了下来："我不去！那不是人住的地方。你想去你自己去吧。"

苏秀觉得没趣。嫲嫲不去，我一个人去什么，算了。

张倩虽嘴上说不去，但心里却是想着陈和平的。她哪能不想她的陈和平啊！

三十七

白鹤鸣下班了。

因为在单位耽搁了些时间，下午又要约个生意上的朋友，他感到赶回家吃饭时间太紧了，于是给家里打了个电话，说中午不回去了。打完电话，他发现已离"得心饭店"不远，心想，就到"得心饭店"去对付一顿吧。

这"得心饭店"是他老爸白德的心血，更是老爸的得意之作。白德当年为了跳出修单车这个行当，为了脱贫致富，他抛下他的单车修理档，去粉摊打工，偷师学艺，之后他又卖了他的单车档，开了档粉摊。他一边开粉摊，又一边刻苦钻研烹调技术，到能够炒出八九个菜肴的时候，他又卖了他的粉档，开了这家饭店。

白鹤鸣发现他老豆为人精明，肯吃苦，还有点眼光，有点胆气，乘上改革开放的春风，所以搏成功了。"得心饭店"很快在市面上站住了脚。白鹤鸣就是在这氛围中长大的。他最初跟在爸爸的屁股后面在修车档旁边玩，读小学时一放学就到单车档旁边做作业。到上中学的时候老爸就开起了这家"得心饭店"了。他放学就直奔"得心饭店"，在未有客人用餐时的饭桌上看书做作业。他亲眼看着老爸事业的发展，亲身感受到他的家道在一天天地兴旺。聪明伶俐的白鹤鸣是个知冷知热的人，他很珍惜自己不断兴旺的家境，更加用功地读书。客人们进来用膳，看见有个学生哥在远处的空桌上看书做作业，都觉得很新鲜，都赞老板的家教好。白德也经常抽空出来看看儿子，叮嘱他多多用功。白鹤鸣是个越受称赞越受表扬越积极的主，读书越读越好，一路初中、高中、大学地读上去。白德也将一家饭店开成了三家。白鹤鸣在"广外"毕业，到一家外经公司工作。白德开多两家饭店本来是为儿子着想的，现在儿子大学毕业，心有大志，不愿来接自己的班，自己也感到自己老了，无须再死顶下去了。于是他决定收山。把饭店卖出去吧，心里实在舍不得，这是他半生的心血啊！最后他决定把三家饭店都租出去，吃租金养老，轻轻闲闲，优哉游哉当收租公，不给儿子添麻烦。

白鹤鸣进到了"得心饭店"。承租的老板认得他是业主的崽，很是热情，亲自掌勺，快速利索地为他弄好了一客饭菜。

白鹤鸣吃得很满意。他从小在市井里最底层之中长大，什么苦没吃过？如今长大成人，有头有面，受人尊重，心里的感受再好不过了。他知福惜福，很珍惜现在的处境。他很细心地品尝这餐饭菜，用完餐后，照价付款，离开前还很客气地说了几句多谢的话。

白德现在是做寓公了。

他觉得自己辛苦了大半生，挨到了今日，不好好地享享福就太愚蠢了。解放后土改时他住的那间破屋，开饭店以后已经翻建过几次，现在他干脆把它推倒重来，按楼盘小区的标准把它盖成了小别墅。管他呢，这是我的宅基地，我爱盖什么就盖什么。

小别墅建好之后，他在里头栽花植草，养了一只番狗和两笼画眉，没事喝口工夫茶。

过去老豆搵了大把的钱，他却没享到什么福。不是老豆不让他享福，而是他没有那个享福的心情，在学校里受尽同学的白眼，在背后被骂汉奸仔。他憋了一肚子的气，心里愤愤然，感受不出他父亲给他的福气的滋味。

现在不同了。他觉得现在的一切是自己用十只指头一分一分地挣回来的，他理直气壮，他心安理得，他不怕谁在他的背后对他说三道四。

现在他身在福中，不时会思念自己的亲人。父亲死了，母亲也死了，过去父亲的三妻四妾也早已树倒猢狲散，不知到了哪里去了。即使知道，他也不会去寻她们。过去她们在一起的时候，一天到晚争争斗斗，这个家被她们无衷争到衰。我现在还去寻她们？

现在他最牵挂的是他的姐姐。几十年不见，不知她近来可好？

他轻轻地喝了一小口工夫茶，合上眼睛，细细地品着茶叶的滋味。

三十八

改革开放后，许多外资都到番禺设厂，其中也不乏日资企业。

金窝村附近就有一家。这家日资企业的工人绝大部分是中国人，而管理人员绝大部分是日本人。因为这家日企的工人大多数是本地人，他们当然知道陈氏医馆的名声。他们有病，当然第一时间会考虑到离他们最近的陈氏医馆来看病了。

陈氏医馆的疗效，自然而然地就通过这些中国工人的口传到了厂里的日本高管的耳朵里。

一天，陈抗日刚看完一个病人，感到有些疲倦。年纪大了，精力不如从前了，他提起八仙桌上的一只青花小茶壶放进嘴里嘬了一口，闭起眼睛养养神。

突然他感到门口一黑，知道有人来了。他连忙把眼睛睁看，看见平时来看病的一个日企工人走了进来，后面跟着一个面孔比较陌生的人。

看见这个工人，陈抗日心里在默默地想：今天不是星期天喔，他怎么有时间到我这里来看病呢？嘴上却说："又来看病？"

那工人笑道："陈医生，今天我不是来看病。我是带一个人来看病。"他转身将手向后一伸，非常有礼貌地说："我们老板想请教请教陈医生，叫我把他带来了。"

陈抗日一听，便知道带来的这个人是个日本仔。陈抗日不是一个盲塞的人，虽然日本仔害死了他的生身母亲，虽然日本仔摧毁了他的幸福童年，虽然日本仔令他小小年纪就颠沛流离，虽然日本仔给我们中国人民带来了深重的灾难……但几十年过去了，中日也已经恢复邦交了，什么事都要朝前看，不能窝在过去的死胡同里出不来。而且人家现在来是找你看病的，据说在战场上，我们抓住了受伤的敌人，该治伤的治伤，该救命的救命，不能因为他是敌人就不给治伤，不予救命的。何况现在人家已经不是敌人了。

于是他很有礼貌地朝那日本仔点点头，笑了笑，说："你好！不知道我有什么可以帮得到你？"

　　这日本仔又点头又哈腰，像见了大救星似的说："陈医生，我的是旱苗求雨地找到您的了，希望您的一定帮帮我的喔。"

　　带他来的那个中国工人在旁边说："我们老板叫近禾十一。近禾社长……"

　　这近禾十一嫌那工人说得不清不楚坏了他的事，他自己出马说道："我的小腹之下有一个硬块，不红不痛，但一天天地长大，近来连撒尿都受到了影响。我的在我们东京的医院看过，检查过，说很可能是癌。我的在中国的上海、广州也看过，医生也是那么说。这对我的，对我的家庭的打击非常大。不说这个了。西医治这病有两个办法，一是手术，一是放疗化疗。但这两种办法风险都很大。我的有老父老母在堂，儿子又小，老婆还嫩，我的怎敢去冒这个险啊！在我的非常苦恼的时候，我的同事跟我说，您的医术高超，更有祖传的秘方，神效的很，许多大医院看不好的病人，一来您的这里看看就好了，于是建议我的找您的看看。陈医生，我的今天是怀着苦旱求雨的心情来的，请你的一定要帮帮我。"

　　陈抗日笑道："其实他们说的过头了。中国有句古语，叫'盛名之下，其实难副'。你千万不要相信。"

　　近禾十一急了，他说："就凭陈医生您的这句'盛名之下，其实难副'，我的就信定您的了。我的知道，在中国，越是谦虚谨慎、深藏不露的人，就越是很有本事的人。陈医生您的那么谦虚，您的能在病人面前说自己不行，那就越说明您的真有本事。陈医生，您的就帮帮我的吧！我的及我的全家都求您了。"说完深深地鞠了个躬。

　　陈抗日是个心肠软的人，三句软话就扛不住了。他说："帮帮不是问题。不过我的本事也就是半桶水，远远没有他们说的那么高。既然你这么说，我就只好试试了。不过也真是试试喔。如果试过效果不好，你就另请高明了。"

　　近禾十一听见陈抗日松了口，连忙点头哈腰："好，试试，试

238

试。陈医生的效果肯定是会好的，我的就在这里先谢谢您的了。"

陈抗日请他坐到八仙桌旁边，移来手枕，请他把手腕枕在手枕上，然后在他的寸口上布指，开始诊脉。三部九候，候完换手。

他发现这个日本人肝脉独旺，肾脉虚，脾脉也虚，便说："你平日会口干口苦，很容易发脾气喔。"

近禾十一的两眉不禁往上一扬，心想："你的也知道？"嘴上忙不迭地应道："吔是（是），吔是（是）！"

陈抗日继续说："你睡觉不好，难入睡，睡着后梦多，睡醒汗出。"

近禾十一呆了："你的又知？"嘴上说："吔是（是），吔是（是），吔是（是）。"

陈抗日又说："你脾胃不好，食欲不振，一顿不到一碗饭，而且吃下去也不消化，屁多，有酸馊味。"

"对，对，对。"他被陈抗日打倒了。

陈抗日说："看看舌头。"

近禾十一连忙张嘴伸舌。

陈抗日见他舌体捆边，色瘀，而且其间还有几个瘀点。舌中苔黄且滑，有类似腐乳表面之薄膜，且口气难闻，于是说道："你体内有瘀阻，身上有痰浊。痰瘀交缠不化，酿成本病。"

近禾十一真不敢相信，村野之中，竟有这样的高手，即使在大城市的医院里也撞不到这样的高人呀！难怪认识他的人都说他神了。他说："陈医生，您的真是未卜先知，什么都知道。"

陈抗日说："我也不是未卜先知。我是诊过你的脉的。你的脉告诉我了。"

近禾十一说："陈医生，不瞒您的说，我的为了这病，也看过了不少医生，像您的这样看得这么准的，是第一个。陈医生，不说那么多了，您的就开服药让我的试试吧！"

陈抗日笑道："盛情难却。既然你那么抬举我，那我就献献丑，试一试了。"

近禾十一怕陈抗日说了马上后悔似的，急不可耐地说："难得您陈医生肯答应我，现在就给我的开药单好吗？"

陈抗日笑笑，拿笔舔墨，在一张白纸上写道：

苍术 15 克　白术 15 克　甘草 9 克　法半夏 9 克　茯苓 20 克　白英 30 克　白茅根 30 克　半枝莲 30 克　龙葵 30 克　蛇莓 30 克　连翘 15 克　蒲公英 15 克　苦参 15 克　野菊花 15 克　黄柏 10 克　冬葵子 10 克　扁蓄 30 克　土茯苓 30 克　木通 10 克　枸杞子 30 克　杜仲 20 克　山萸肉 30 克　菟丝子 30 克　三剂，每日一剂，水煎两次，混合，分三次服完，早、中、晚各服一次。忌食海鲜及发物。

"灵蛇之珠"六丸，日服两丸。早晚各一丸，含服。

开完单，给了药，陈抗日又教他按摩和敲打京门穴、期门穴、太冲穴、丰隆穴、血海穴、关元穴和足三里穴；艾灸神阙穴。还一个一个穴位地帮他寻找，找到了用毛笔蘸墨给他标出来，最后他叮嘱说："吃了我这药，按摩敲打和艾灸这些穴位，你的小腹可能会暗痛，而且会屙烂屎。这是排毒现象，是好事，请继续服药。"

近禾十一接过药单和药丸，点头哈腰，连声道谢。他小声问道："请问要给多少钱呀？"

陈抗日说："诊金二十元。药丸每丸二十元。六丸一百二十元，加诊金一共一百四十元。"

"一百四十元？"近禾十一不禁叫出声来。

陈抗日探询道："收多了？"

近禾十一说："不是，不是。在我们日本，私人诊所收费是很贵的哦，您的怎么收这么少？"

陈抗日说："我们不是日本，我们是中国。"

近禾十一说："即使在中国，大城市的大医院，看一次病也远不止这个钱呀？"

陈抗日说："我平日给乡邻看病，基本上都这样收钱的。现在跟你看病，也一视同仁了。"

近禾十一很感动："我们不少日本人对中国人有成见，他们实在不知道中国人这么好。我的不说了，太谢谢了。"说完又朝陈抗日深深地鞠了个躬。

近禾十一吃了陈抗日的"灵蛇之珠"，吃了他开的中药，遵嘱每天按摩敲打艾灸他指示的穴位，果然小腹暗暗作痛，而且屙起烂屎来。啊！他怎么算得那么准呢？

近禾十一去找陈抗日。

陈抗日给他把脉看舌，查看面色，并用手摸摸他的小腹，笑道："我发现你小腹下面那个东西软了一些了喔。你自己用手摸摸看看。"

近禾十一用手摸摸，似乎真的软了一些了喔。他很高兴，问道："下一步怎么办？"

陈抗日说："好办。我们中医一个规则，叫作'效不更方'。照着原来的办法做就可以了。"

陈抗日在原方上稍作调整，又给了他六丸"灵蛇之珠"，因为没有开方，所以收了他一百二十元。

近禾十一就是这样，每三天来看一次，每次交一百二十元，总共看了十来次，大概花了一千多元钱，他小腹上那个东西竟不见了。

近禾十一很高兴，看好了之后，他包了一个大利是给陈抗日。

陈抗日接过来，在手中轻轻地抛了抛，觉得挺沉手的。他把它还给了近禾十一，笑道："我没打开，也不知道是多是少。但多少我都不要，给回你！"

近禾十一急了："这，这怎么不要呢，我的是真心实意给你的啊！"

陈抗日说："君子爱财需有道。我在看病的时候，已经收了你的钱了，可以了，不用再收什么了。"

近禾十一过意不去，也不知该说什么才好。

陈抗日说："我对我的乡邻也是这样收的。不会因为你是外国人就多收一些。好了，我发现你是个好人，如果你喜欢，没事就请来这里聊聊天吧。"

近禾十一很高兴。他说:"陈医生,我的有个想法。您的医德这么好,令我的很敬佩。我的打算请您做我的厂医,您的医馆做我的厂医务所。其实是保持原状,什么都不变,您的还是跟往常一样给人看病,您的该怎么收钱还怎么收钱,您的给我们厂的人看病该怎么收钱也怎么收钱。我的只是想给你的一个名义,发您一份工资。"

陈抗日很惊讶:"这能行?"

近禾十一说:"怎不能行!不过说到底,我的还是个副社长。我回日本的时候,跟我的正社长报告一下,如果他没意见,那就合情合理合法了。"

陈抗日心想:"如果他们认为是合情合理合法的,我也无须推辞呀!"于是说:"我没什么,只要你们认为是合情合理合法的,就照你们的办法做吧!"

社长鹰森平助深知他副手的身体状况。他俩从小是同学,彼此又是世交,两人什么话都好说。他看见近禾十一几个月过去,其病若失,像换了个人一样,非常惊讶:"中国真有这样的高人?我的也去看看。"他老婆有些妇科病,听了将信将疑,也想去看看。

他们到了番禺,去陈氏医馆看了陈抗日。鹰森平助的老婆请陈抗日看看她的老毛病。他们在他们的工厂住了几天,来陈氏医馆看了几次,发现这个乡村郎中真神喔!

鹰森平助财大气粗,他觉得他的株式会社家大业大,多支一个人的薪水简直是在九头牦牛身上拔下一根毛!何况这人才实在难得!把他收在我的旗下,让我的同行们知道了,不羡慕死他们才怪。

于是他对近禾十一说:"可以,就把他算作我们株式会社的员工。欸,他叫什么名字?"

近禾十一说:"叫陈抗日。"

"陈——抗——日?!"鹰森平助的眼睛瞪得比牛眼还大。"本事确实是不错的,就是名字起得不好,对我们日本国太刺激了。叫他改个名字,报总部入册。"

得到了老大的同意，近禾十一非常高兴。他跑去对陈抗日说："我们社长批准了，他叫我将你报总部入册，作我们株式会社的正式员工。以前你该怎么干的，以后还继续怎么干，以前你给我们厂的员工看病收钱，以后你还继续收钱。总之以前怎么样，以后还怎么样。可以吧？"

陈抗日满心欢喜说："可以！"

近禾十一说："不过我们社长有个要求。"

陈抗日问道："什么要求？"

近禾十一说："我们社长叫您的把名字改一改。"

陈抗日不禁一愕："要我把名字改一改？"

近禾十一说："您的大名叫陈抗日，我们社长说，这名字对我们日本国刺激太大了，要改一改。"

陈抗日笑道："我不领你们的工资了。"

近禾十一问道："为什么？"

陈抗日说："我的名字是我的父亲起的。"

近禾十一说："您可以跟您父亲说，请他给您再起一个吧！"

陈抗日说："我父亲已经不在了。我怎么请得他出来给我再起个名字？"

近禾十一觉得有点遗憾："您就随便起一个吧，说到底其实就是对付对付我们社长的，只要不'抗日'，起个什么名字都可以。"

陈抗日心说道："开玩笑！你以为你这点工资好大，竟不让我'抗日'了？"嘴上却说："我知道你好心，想我多点收入。但钱这东西也要随缘。我不想领你们的工资了，但我跟你还是朋友。是不是？以后有空就来我这里聊天喔。"

三十九

苏秀发现她老公近来怪怪的。

她想是不是男人上了年纪就这样怪？整天不哼不哈，不知他在想什么？老爷在的时候不是这样的呀！那个时候即使老爷老了，但和奶奶有说有笑，一天到晚两人有说不完的话。可这头倔牛就不这样，一天到晚谁也不理，好像谁欠了他两吊钱没还。有人来看病犹自可，没人看病的时候他就对着本书。看书也没啥，这家伙大半辈子除了看病看书还干过什么？苏秀心烦的是这倔老头对着本书，也不看，竟在那里发呆！这是怎么回事？

她真的心烦了。莫非是得了什么病？现在报纸上电视上经常说人上了年纪，容易得什么老年痴呆症。莫非这老头也得了这个病？问他是不可能的了，敢问他还会说他是头倔牛？不问他又不知道他到底是怎么回事？苏秀烦透了。不敢问就多瞧瞧他吧，看他到底是怎么回事。

这时候，她深深地感到如果自厉、自睿在家就好了。这兄妹俩在家，就帮得上我的大忙了。可惜不在。这事不能等他们回来。常言病从浅医，拖下去就拖晚了。于是她经常偷偷地去偷窥陈抗日。无缘无故地偷窥他也不好呀，总要有个由头吧？好，就给他端杯茶。端茶最好不过了。

她斟了一杯茶，走过去，放在陈抗日跟前，同时不失时机地瞧瞧他。

陈抗日看见老婆给他端杯茶来，觉得很好。以前这情况却不太有喔，不过现在才有也好呀。

他接过来，说了声："谢谢。"

苏秀还想多待一会儿，陈抗日说道："你没事了吧？没事就去忙你的事去。"

既然他这么说，苏秀就感到自己没理由再在这里待下去，只好走开了。

苏秀走开之后，心里在不停地想：这老头应该没事吧？他还跟我说"谢谢"喔！应该没事的，不管他这么多了。苏秀去干她的活去了。

陈自厉出了广州做工，陈自睿去念了大学，家里只剩下一个老人和两个大半老的人，本来家里人口少了，就没多少家务事干的，可是苏秀做惯了。她爱干净，她爱缝缝补补，这个西关小姐心灵手巧又勤快，不愿意闲着，所以就想出很多工来做了，把整个家收拾得整整洁洁，干干净净。

她忙了小半天，忙到该歇口气的时候，又突然想起了她那头倔牛。不知这老家伙怎么样了。她总觉得他跟以往不同。他过去不是这样倔的。他过去一表斯文，性格沉静，彬彬有礼。不是这样的话，我会跟着他留在农村不回广州去？可现在不同了。现在他真像头蛮牛，而且越来越蛮，越来越倔了。报纸和电视都说这是老年痴呆症的先兆。我要盯紧他。如果真成了老年痴呆症，那就麻烦了。

她又斟了杯热茶端出去。

陈抗日头也不抬，说道："我这杯还没喝完哩，又斟茶来。来斟茶也就用我现在用着的茶杯嘛，怎么又用只干净的……"

苏秀生气了。她想："你看这是不是老年痴呆症的先兆？我服侍他，他还说话多多的，不知好歹，真是好心遭雷劈！"

她不理他，身子一转，"噔噔"地出去了。苏秀本来是想发点小脾气让这家伙注意注意自己的，可是这家伙的眼睛一点也没离开他的书本。

她回头用眼尾看他时，发现他的眼睛虽然没有离开书本，却是目光呆呆的，一副心不在焉的样子。有这么看书的吗？这家伙到底在干什么？她越想越有问题，越想越放不下心。老家伙，你可不要吓唬我啊！

苏秀的眉梢下耷，心里像塞下了一把稻草，一身都不舒服。她坐也不是，站也不是，脑子里老是想着她的那个老家伙。想着想着，她觉得还是放心不下，身上如穿芒衣，待了一会儿还是决定去看看。这次看他找个什么借口呢？上两次都是斟茶，也不能次次都是斟茶的呀！她想想，一时也想不出什么好的招数，心里不禁发起烂渣来：我还要想什么借口，像做贼似的，我是你的老婆，我看看你都不行？我看看我的老公还要找什么借口？还要跟谁请示报告？开玩笑！

这时已经中午，陈抗日不在厅里候诊了。他回到房间里，仰躺在"蛇吞拐"上看书，等吃中午饭。

苏秀进去，看见他还是那副似看书又非看书的心不在焉的样子，心里就烦起来了。

陈抗日看见是苏秀，显得有些不耐烦的样子："你又来干什么？"

苏秀一听这口气就火了。他好像很烦我似的，这不是狗咬吕洞宾？于是不好气地说："你很烦我是不是？怎么说'你又来干什么'？"

陈抗日吸了吸嘴角，显得非常地无奈："我不是这个意思……"

"那你是什么意思？"苏秀摆出一副不依不饶的样子。

陈抗日感到秀才遇着兵，他说："我怕了你了，行不行？"

苏秀更火了。怎么你怕了我？你这是什么意思？是我很恶？是我难为了你？你竟胡搅蛮缠！我要你说清楚！"你怎么怕我？我的哪一点令你怕了？这几十年我像侍候太公似的侍候你，服侍你，你今天竟说怕了我！你是什么意思？你要给我讲清楚！"

刚才讲的那句"我怕了你了"是陈抗日一句随口而出的应付老婆的话语，到了现在他才是真的"怕了你"了。这个苏秀几十年来都是个温文尔雅的人，怎么今天一下变得这样蛮不讲理了呢？现在还要他讲清楚。讲清楚什么？我有什么需要讲清楚的？这个河东狮吼，我能跟她讲清楚什么？

他觉得很烦，简直是烦透了。一般的男人对老婆烦，只是烦在心里，是不轻易讲出口的，而陈抗日是个书呆子，他竟把男人们那句不轻易说出口的话爆了出来，这下子可好了，苏秀真的不依不饶了。

"哦，嫌我烦了，终于说出口了。怎么现在才说呢？你怎么几十年前不说呢？陈抗日，我告诉你，几十年前你说了这半个烦字，你看我会跟着你留在这个金窝村？不过现在说了也不晚，陈抗日，既然你说烦了，那你就说清楚，我们俩该怎么办吧？"

陈抗日一脸茫然。现在他除了感到无奈，更感到无辜。大姐，我哪里得罪了你啊！"我错了。我不说烦你了。我怕了你了，行不行？"

苏秀说："不行！"

陈抗日发现自己不是老婆的对手，求饶般说道："这不行，那不行，你总得给条出路嘛。我招架不住你了。我累了，给个地方我躲一躲总可以吧？"说着夹起书本，落荒而逃了。

张倩虽然八十多岁了，却眼不花，耳不聋，手脚灵便。看见已经到了煮晚饭的时间，苏秀还未煮饭，却跟陈抗日劳气（粤语，生气），她便自己动手煮饭。

陈抗日仓皇出逃，苏秀倏地失去了对手，感到了空虚。她想起煮晚饭的时间到了，再生气也得吃饭。虽在气头上，她却很明白自己的家庭主妇的身份，煮饭是她义不容辞的职责，于是脚步匆匆地赶向厨房去。

进入厨房，却见奶奶在煮晚饭。她抱歉地说："奶奶，怎么你来煮？"

张倩说："我见你跟抗日劳气，我就煮了。"

苏秀觉得不好意思，说："这个抗日，我觉得他近来古古怪怪的……"

张倩问道："怎么古古怪怪的？"

苏秀说："他一天到晚呆头呆脑的，屁都不放一个，说是看书，可人对着本书，眼睛却不在书上，真不知他搞什么名堂。"她还想说："我真怀疑这是不是老年痴呆症的先兆？"不过她不敢把这句话说出口，因为她清楚她叙述的对象是个老人，怕把老人吓着了。

张倩说："男人都是这样的。你看过去爷爷不也是这样的？"

苏秀说："老爷当年不是这样的。他像老爷当年那个样子就好了。"

张倩笑道："一样的。是你对抗日太关注了，要求太高了。"

苏秀感到很孤立，她的看法不为旁人所理解。这老头近来明明跟过去有很大的不同，你们怎么看不出呢？

到了周末，陈自厉、陈自睿回家了。苏秀把他们俩叫来，非常郑重非常严肃地对他们说："你爸最近古古怪怪神神化化的，我怀疑这是不是老年痴呆症的先兆……"

这一说，真把陈自厉、陈自睿吓了一大跳。

他们异口同声地问道："老爸呢？"

苏秀朝房间里努了努嘴。

陈自厉、陈自睿马上走到父母的卧房里。推开房门，他们看见老爸和衣穿鞋横着仰躺在床上，双脚伸出床外。一本打开着的医书盖在胸口上。

陈自厉、陈自睿没看出什么动静，便悄悄地走近去看看，却发现老爸睡着了。

陈自厉伸手过去摇摇。

陈抗日睁开眼睛，发现是自己的两个宝贝，"呼"地坐了起来。"回来啦？去叫嫲嫲，去叫你妈妈弄点好东西给你们吃。"

陈自厉板着个脸说："老豆，你怎么啦？"

陈抗日莫名其妙："我怎么啦？"

陈自厉用下巴扬了扬："要睡就睡好一些嘛。"

陈抗日说："我是看书看累了，随便眯眯眼睛的。"

陈自睿说："这样眯法会感冒的喔！"

陈抗日说："你老豆哪有那么娇，这就感冒了？你老豆的身体结实得很呢！"

陈自厉感到自己有任务在身，不能不问一下，可是怎么个问法呢？

他犹豫了一下，敲边鼓说："真的没事？阿妈说你各方面，比如衣食住行，都有点不大正常喔！"

陈抗日说："你们别听她乱说。像我这样的人都有点不大正常的话，那全世界百分之九十九的人都不大正常了。"

陈自睿觉得好玩，想掺和着说句什么。

但未开口，却发现大哥沉着张脸，好像上级部门来检查工作似的说："话是这么说，但实际起来可要多多注意喔。我和妹妹都不在家，你们一旦有事怎么办？是不是？"

陈抗日觉得也是，于是说道："对，对。对。"

把老爸唬了一下，陈自睿感到很开心，走出房门，她捂住嘴巴笑了起来。

进到厨房，苏秀问道："你老豆是有点不大正常吧？"

陈自睿说："不正常的是你！"

"是我？"苏秀愕然，"这是怎么回事？"

陈自睿说："我看老豆好好的，老妈你大惊小怪了！"

苏秀很委屈，心想："明明是这老头古里古怪、神神化化的，孩子们竟说他好好的，反而是我大惊小怪了。这不是说他没问题而我有问题咯？这是什么道理！"苏秀不服："这是没有理由的，完全没有理由。"

苏秀扪心自问，她不是死心塌地横下一条心来死死咬定自己老公一定有问题。这样的话，心肠也太黑了。她觉得自己和自己的老公相处了几十年，朝夕相伴，他有没有变化我最清楚。我现在认定他有问题，是有根有据的。我是想如果他有问题，要及早医治，不要耽误了。现在结果相反，大家都认为他没问题而反倒是我有问题了。我不接受这个结果。我要证明我是没问题的，有问题的是这个倔老头。我要大家注意他，给他治病。不然，往后的时间那么长，日子怎么过？大家不注意他，我注意他，我是他的老婆，我要对他负责！她决定盯着他，情愿自己辛苦点也不要紧。

慢慢地，她发现这老头还自己煲药吃。这一发现令苏秀目瞪口呆。

她先是吃惊："怎么老头子病了？生什么病？后冷静一想，也不像有病呀？能吃能睡，也从未见他哼过叫过，怎么会有病呢？可是……不是有病，又为什么煲药吃呢，难道觉得药好吃？这不是发神经？再说，有病吃药要煲药的也应该找我呀！我是你老婆，厨房的事是我管的，连这点你都糊涂了，你真的有病了？"

她越想越不对劲，于是跑去对张倩说。

张倩觉得是个问题，立刻去看个究竟。

她见了陈抗日，问道："抗日，你生病了？"

陈抗日莫名其妙："我没生病呀！"

张倩问道："没生病，你又煲药？"

陈抗日说："没事，没事。我是琢磨点事，随便玩玩的。"

苏秀在旁边听了，心里头骂道："吃药也有得'玩'的？神经病！"

张倩问完陈抗日，苏秀问张倩："奶奶，你看怎么办？"

张倩说："我也不知道该怎么办，只好大家都留神点，多看紧他一点咯。"

苏秀不仅失望，心里还有点悲凉："老头子，你不仅神神化化，你简直有点疯疯癫癫了。怎么会弄成这个样子呢？现在没有别的办法了，只好多看紧你一点了。"

一天，苏秀发现老头子躲在房间里好久没有出来。

她觉得奇怪，想推门进去看看。可是当手伸向门板的时候，她心里又想："这个倔老头，等一会儿又说吵着他要骂人了。"她再想想，"骂就骂吧。你骂我，我就跟你对骂。我对你迁就得太多了，把你惯坏了。"

她横下心来，咬起牙关往门上用力一推。咦！门是关紧的喔，这是怎么回事？

这是古老的房屋古老的门，门上有一条缝，她伏在门缝上眯着眼睛往里看。这一看着实把苏秀吓了一大跳，这老头子竟躺倒在地上！

苏秀吓得汗毛竖起，那心"扑扑"乱跳。她朝门里声嘶力竭地叫道："老头——老头子——陈抗日——"

张倩听见苏秀的声音实在吓人，立即巍巍颤颤地跑过来问道："家嫂，是怎么回事？"

苏秀看见了张倩，哭道："奶奶，抗日他……"

张倩听见苏秀这么一哭，吓得魂都没了：抗日怎么了？她刚才看见苏秀伏在门缝往里看，她也伏在门缝往里看。她一看，吓得双腿一软，跌倒在地上。

这时苏秀像疯了似的，拼命地用肩膀往门板上撞。

张倩见状，立刻也爬起来，也用自己瘦削的肩膀和儿媳妇并肩战斗。这是老屋老门板，是不经撞的，在这两个女人的顽强撞击下，终于"啪"的一声被撞烂了。

苏秀、张倩跑进去，把躺倒在地上的陈抗日扶起，给他搽药油，掐人中，灸神阙，灸涌泉……陈氏家学深厚，在乡间救人无数，这婆媳俩深得家传，当然很快就把陈抗日救醒了。

坐在地上的陈抗日，看着这婆媳俩，看看桌子上摆着的药碗，笑道："不好意思，我把你们吓着了。"

苏秀看见老公醒了，心上的一块石头落了地。这时候她才发现有机会发泄自己心头的火气了。她哭骂道："'不好意思'！你说得多么轻巧。你知道吗，你刚才差点把我和奶奶吓死了！"

她觉得不解气，她马上打电话，要儿子女儿马上回来解决这个问题。这问题不解决，以后再来一次怎么办？

陈自厉和陈自睿接到了老妈的电话，也吓得不轻。他们马上向医院、学校请假，马不停蹄地往家跑。

他们回到家里，苏秀立即投诉这个糟老头。

陈自厉悄悄地问陈抗日："老豆，这是怎么回事？"

陈抗日惭愧地笑笑。"我是试试药性，没想到手重了一点……"

陈自厉说："老豆，你过去经常教我：'用药如用兵。'现在你怎么这样大意呢？"

陈抗日是个达人，知错认错，即使在小辈面前也放得下那张老脸的。他说："是呀是呀，想来是骄傲了，倚老卖老了，大意了。"

陈自厉说："以后要注意咯。"

陈抗日说："注意注意，一定注意。"

见儿子领着老豆从房里出来，苏秀满肚委屈，百感交集。她哭道："我以前跟你们说，你爸神神化化有问题，你们都以为我黐线（粤俚语，不正常或发神经）……"

陈自厉渐渐地长大了，越来越成熟了。他在父母亲之间充当着和事佬："老妈不要哭。老妈没黐线，是老豆黐线了。刚才我已经把老豆骂了一通，以后他不会这样的了。老豆，刚才如果不是老妈和嫲嫲，你也不知道成什么样子了。你要向她们道个歉，道个谢。"

陈抗日说："刚才我已经说了'不好意思'了。"

陈自睿说："这样说太轻巧了，一点深度都没有。要再说一次，说得深刻一点的。你看，嫲嫲让你吓得吃饭都没胃口了。"

陈抗日说："妈，老婆，对不起，谢谢了。"

陈自厉说："老豆，我和妹妹把你交给老妈了，你以后归老妈领导，有事要多听听老妈的意见。知道不？"

陈抗日虽然把自己弄得很狼狈，却得到了很大的收获。他想，他过去一直按照前人的指示去组方用药，可是实际上对许多药的药理性能的理解还是很肤浅的，连自己都有点人云亦云的感觉。近来他决心在这方面作些突破。要想攀登中医的高峰，不勇于突破怎么行？于是他埋头啃书，反复辨析，对一些存疑的药物还亲自尝试，弄得老婆对他产生种种的误解。

经过一番钻研，他得到了很大的收获。他发现药（他讲的是"中药"的"药"）都是有毒的。俗语说：是药三分毒。古人常说"医师掌医之政令，聚毒药以供医事。""当今之世，必齐毒药攻其中。"《医学问答》说："夫药本毒物，故神农辨百草，谓之尝毒。"张景岳在《类经》中更明确地指出："凡可辟邪安正者，皆可称为毒药。""毒"指中药的偏胜之性。药物所以能治病，就在于利用其偏胜之性祛除病邪，协调脏腑功能，纠正阴阳盛衰，增强抗病能力。热来寒治，寒来热治就是这个意思。

他发现药是一个有灵有性的个体，药和药之间能合即合，不能合即斗。能合者药多势壮。不能合者，要么会相反相激，让医家收到意想不到的效果；要么增毒减效甚至使药效消失。徐灵胎就说过："复方能使药各全其性，亦能使药各失其性。"

陈抗日发现，有些药对，因不能合而致药效消失。但其药性消失之前药性会骤然大发，如油将枯而灯火骤燃一样。前人因为在临床实践中发现某些药物不能同时应用，故提出了"十八反""十九畏"之戒，并强调必须注意药物之间的相须、相使、相畏、相杀、相恶、相反的关系。《蜀本草》提到光相恶的有六十种，"而相反的则有十八种"。陈抗日发现"十八反"早已失去其简单的数量词意义，而成为相反的同义词。包括地方用药在内，文献中记载相反的药的组对已超过了二百个。

他深深地认识到如不懂药性、不懂药毒、不懂药与药之间的配伍关系和彼此之如何相克相生，就会酿出大祸。

他还发现，不仅药物，就是食物也存在着合与不合、相克相生的道理。在古代文献中就有常山忌葱，地黄、何首乌忌葱、蒜、萝卜，薄荷忌鳖肉，茯苓忌醋，鳖甲忌苋菜，以及蜜忌葱等记载。

他非常感慨，中医中药是一座伟大的宝库。在这座伟大的宝库里，还有许多宝藏等待着我们去发掘啊！

在他遐想无边之际，前街的阿泉跑来告诉他："陈医生，日本仔回来了！"

四十

二弟回来了？

陈抗日感到非常突然，他问道："你看见了？"

阿泉说："我看见了。不仅我看见了，村里许多人都看见了。"

陈抗日自言自语地说："怪了，怎么也不打声招呼呢？"

阿泉也是个好事者，他说："不信我带你去看。"

陈抗日便跟着阿泉出去了。陈抗日和阿泉一道出了门口，往村口的方向快步走去，可是一路上都没有看到他的二弟。

阿泉自己也沉不住气，他自己问自己："人呢？"

这时，有个长者见了陈抗日，说道："抗日，今日你们兄弟又团聚了。"

阿泉听了如释重负，对陈抗日说："陈医生，我没骗你吧？"他觉得他已经完成了任务，掉头忙自己的事去了。

陈抗日想道："这么说，二弟是回来了，是到了他老婆的外家里去了吧？"便径向阿英的外家走去。

到了阿英外家，阿英的老父坐在门口的竹椅上，一只手里拿着一杆"大竹碌",一只手哆嗦着往烟嘴上撮烟丝。

陈抗日喊道:"亲家公,你女婿回来了吧?"

老头子已耳聋眼朦,齿落舌钝。陈抗日问了几次,他都听不清楚,他直把手中的"大竹碌"让到陈抗日的手里,直叫:"抽烟,抽烟!"

陈抗日见问不出个所以然来,便打了个哈哈,回家去了。

回到家里,陈抗日看见张倩坐在门口,便喊了一声:"妈!"

张倩看见了陈抗日,说道:"抗日,听人说和平回来了喔。"

陈抗日说:"我也听说了。"

张倩若有所思地说:"怎么不径直回到家里呢?怕是去了阿英的外家了吧?"

她的心里有些不舒服。回家要先回自己的家嘛,怎么自己的家都未回,就一头扎到老婆的外家里去呢?

陈抗日说:"我也以为他去了阿英的外家,我到了阿英外家,见了她的老豆,老人有些糊涂了,一问三不知。我看是不在阿英外家的,如果在,听见我的声音他都会出来啦!"

张倩立即从有气转为担心了:"那他到哪里去了呢?"

陈抗日是个孝顺的人,看见张倩担心得脸也长了,便说:"阿妈不用担心,我再去找找。"

陈抗日走了以后,苏秀也回来了。

她对张倩说:"奶奶,听说二叔回来了喔。"

张倩叹了一口气。

她看见张倩叹气,问道:"奶奶听到这消息应该高兴的喔,怎么唉声叹气的呢?"

张倩说:"我也听到了这消息,可是没见到人呢!都说他回来了,可是回到哪里去了?"

苏秀说:"可能到了阿英的外家吧!"

张倩说:"抗日到过阿英的外家了,可就是没看见呢!"

苏秀问道:"抗日呢?"

张倩说:"又出去找去了。"

苏秀宽慰道："或者二叔回来，见了哪个老友记，被拉去小酒馆里聚聚呢。"

张倩一筹莫展："望是这样望啦！"

苏秀说："总之奶奶不要担心，二叔马上就会回来的。"

陈抗日出去找陈和平，觉得又不便声张。

他觉得二弟千里迢迢地回来，却不立即回到家里，使他、使陈家感到不那么够面子。或者这家伙在金窝村还有什么比陈家更要紧的人和事呢？所以他出门之后，不打探，不问人，相反，他见到平日爱理闲事的人还绕道走，免得他们问起来不好回答。

陈抗日避开大路，专走小路，走着走着竟走到了村郊。他胡乱地走了一会儿，竟在一处荔枝林下发现了两个人的身影，一个是阿泉，另一个……另一个好似有点像和平喔！

他眉头一扬，瞪大眼睛再仔细地看了一下，果然是陈和平！他们怎么跑到这里来呢？他们谈什么呢？他三步并作两步地走过去，喊道："二弟，你回来了？"

马骝仔听见了大哥的声音，立即回头，从地上爬起来，叫道："大哥！"接着双腿一并，深深地向陈抗日鞠了个躬。

陈抗日却不适应这个礼节。他说："回来几久了，怎么不回家里呢？阿妈听到你回来的消息，急得坐也不是站也不是。"

马骝仔双眉一挑："哎哟！你看我，我太懵了，让她老人家挂心了。"说着，拉起陈抗日的手，急急地往陈氏医馆的方向走去。

进入大门，马骝仔大声喊道："妈，我回来了！"

张倩本来一直在门口守候着马骝仔的，可是因为等得太久，心力不支，便到里面休息去了。

张倩回房休息之后，苏秀一时无事，又出去帮找。

现在在房里的张倩听到马骝仔的喊声，便立即从床上坐起来，着急忙慌地走出房门。

陈抗日见状，赶紧嘱咐说："妈，你走慢点，不要摔倒了。"

马骝仔立即大步迎上去，双手扶住张倩，跪下给她磕头，激动地喊道："妈……"

255

张倩泣不成声，停了一会儿才问道："村里的人都说你回来了，怎么现在才回家？"

马骝仔说："进到村里，看见了草草木木，触景生情，所以逗留了一些时间。"

张倩端详着她的宝贝儿子，深情地说："你比上次回来瘦了。你在那边可好？阿英和你的儿子——他的名字拗口，我总记不住，他们好吗？"

马骝仔不迭连声地说："好，好，好。"

张倩问道："他们呢？怎么没见他们？"

马骝仔突然感到有点尴尬。他顿了一下，说："我是很随意地回来走走的，阿英他们有事一时走不开，所以就没回来。"

张倩也不细究。她说："还没到吃晚饭的时间，你饿了吧？我先去下碗面条给你垫垫肚子。"

这时陈抗日趁机退了出来。实话实说，他感到马骝仔这次回来有点怪，但怎么个怪法他又说不出。他说进到村里，看见了草草木木，触景生情，所以没有立即回家，而在外面逗留了一些时间。这些草草木木竟比我们这个家更能触动你？

哦！他一进村里就跟阿泉聊得那么起劲，他们聊了些什么呢？我去打探一下。

他正要出去，苏秀从外面回来了。

她见了陈抗日，问道："见到二叔了吗？"

陈抗日说："见了，他回来了。"

苏秀问道："今晚这餐怎么吃？去饭店？"

陈抗日沉吟了一下："还是在家里吃吧！一家人，在家里吃会更亲切一些。"

苏秀说："只怕时间太赶了。"

陈抗日说："买只鸡，买条鱼，再买几个熟菜是赶得及的。"

苏秀说："我去买菜。"

陈抗日想起他要找阿泉，说道："还是我去。你进去见见人，陪和平聊聊天。"说着便急急脚地走了。

256

他径到阿泉的家去。陈抗日走进阿泉家里，突然感到开门见山地问他跟马骝仔聊天的情况可能不好，人家以为我们是干什么哟？

于是，他把预先准备好的话咽回到肚里，拐弯抹角地跟阿泉敲起"边鼓"来："阿泉，你的客厅几好喔，装修了好几年了吧？现在还那么耐看，可以喔！花了多少钱呀？"

阿泉丈二金刚摸不着头脑，问道："你也想装修？陈氏医馆是老字号，装修得太新潮太花哨不好喔。"

陈抗日一下被噎得不知说什么好。

阿泉说："医馆，特别是你们的中医馆，那是越老越好，越老越香喔，来找你们看病的人，当然是奔着你们的高明医术来的，可是你们在他们眼里是家百年老店，这也是一个重要原因喔。如果你们瞎跟潮流搞装修，把现在的格调搞坏了，那就太可惜了。"

陈抗日很遗憾自己口偃，给阿泉谈了几句竟不知如何还口。他只好服输，连说几句"是的，是的"便退了出来。

出来之后，他见天色不早，立即赶去买菜。过了一会儿，他提着一只毛鸡、一条大鲩鱼、一把青菜和几包熟菜回来了。

路经阿强屋边，又遇见了阿强。阿强说："陈医生，今晚摆家宴呀？"

陈抗日说："不是什么家宴，只是随便加几个菜罢了。"

阿强说："要了要了。你这个兄弟真是个一等好人。他对我们番禺，对我们金窝村，对你们陈家的人真有感情……"

陈抗日眼睛一亮："你又知？"

阿泉说："知呀！刚才我跟他聊天，聊到了金窝村，聊到了你们陈家，他眼泪都出来了。"

"真的？"陈抗日很高兴。

阿强说："真的。我编个古仔出来骗你干什么？"

陈抗日笑了起来，他低头看看自己手中一大摞沉甸甸的食材，说道："阿强，相请不如偶遇，今晚到我家吃餐青菜饭。"

阿强笑了起来。他摆手兼摇头："这怎么行呢？多谢了，多谢了！"

陈抗日正经地说："我说真的喔。你真要来呀！你不来就是不给我面子，以后你生病，你就叫不动我了。"

阿强为难起来："我……"

陈抗日说："你什么？不好意思？不好意思就来给我帮帮手。你看我手上那么大抽东西，一下子要把它弄成菜也不容易。说好了，你今晚来我家吃饭，顺便给我帮帮手。"

回到家里，陈抗日发觉他们可能已经聊完了天，张倩不疾不徐地收拾，苏秀在厨房里洗洗刷刷，马骝仔在厅里呆坐着不知该干什么好。

他看见陈抗日挽着一大抽东西回来，立即起身帮手取下来："大哥怎么买那么多东西？"

陈抗日说："你好不容易回来一趟，不做几个菜吃吃，阿爸有知也会怪我的嘛。你说是不是？来，一齐动手！"说着，阿强也来了。

陈抗日拍拍阿强的肩膀："够朋友！"

阿强口来得手来得，一进门就卷起衣袖干活了。他一边干活一边和马骝仔聊天。

陈抗日发现，请阿强来是很正确的，他来帮手，减轻我的家务劳动不必说，如果他不来，我哪有那么多的话跟和平聊啊！

陈抗日拿个盆倒满水在远远的洗洗切切，一边干活，一边听阿强和马骝仔聊天，一边悄悄地观察马骝仔。他发现马骝仔比上次来时瘦了许多，憔悴了许多，似乎也老了许多。不是说日本那边各方面都很优越的吗？怎么会这样的呢？

四十一

张倩对马骝仔的变化也注意到了。

马骝仔是她的心头肉。她平日对他魂牵梦绕，思念万分。马骝仔的形象早已深深地烙入了她的脑海里。每次她见到了马骝仔，她脑子里储存的马骝仔的形象立即浮现出来，本能地跟当下她看到的马骝仔的形象进行比对，然后又在脑海的深处把它储存下来。

这次，她明显地发现马骝仔的形象跟过去的大有不同。小时候别说了，就是上一次他回来的时候也不是这个样子的。上次即使是老豆不在了，他回来奔丧，那脸色也是鲜润光泽的。而这次呢，这次他呆头呆脑的，像丢了魂一样。

她试探地问道："和平，你没事吧？"

马骝仔像在瞌睡中被人喊醒似的一愣，应道："没事，没事。"

张倩咽喉一动，吞了一口口水。他都说没事了，我还怎么问呢？张倩心想：他这次回来，动身前连个招呼都不打，而且又是一个人回来，叫人感到有些不对劲。是和阿英闹别扭了？哎！夫妻没有隔夜仇，夫妻床头打架床尾和，而且还在日本那个老远的鬼地方，有什么不愉快的忍忍就过去了，何必搞得那么大单？

她忍不住，又问道："阿英可好？"

马骝仔答道："阿英几好。"

张倩问道："怎么不和阿英一起回来呀？"

马骝仔说："阿英有事，离不开。"

张倩说："有几大的事，连回来一趟都不行？"

马骝仔说："也不是什么大事，只是一时分不出身。"

马骝仔越说越不着边际，张倩越问越心烦。不问了。可不问心里又不安乐，鱼骨鲠喉，能忍得住的吗？

她见了陈抗日，说道："抗日，你看和平他没什么吧？"

张倩又不敢把话说得太明，这都是捉摸的事，是无厘头的事，能说得那么清楚的吗？而且马骝仔是她的宝贝，是她的心头肉，她也不想把他说得太那个……

陈抗日是个聪明人，他一早就发现马骝仔和以往不同了，只是不好明说。如今张倩主动开口了，他便趁势问道："阿妈发现和平什么了？"

张倩没想到陈抗日把这只球踢回给她。

她沉吟了一会儿，只好说："我发现和平这次回来有点怪怪的，怎么怪我也说不清楚。"

陈抗日"嗯"了一声。

张倩说:"我真怕啊!"

陈抗日说:"阿妈怕什么?"

张倩说:"我怕和平有事!"

陈抗日说:"有事?不会吧!不会有事的。阿妈不要胡思乱想。"

张倩说:"望就是这样望喔!可是我一见他那个样子,心里就不舒服。你是大哥,你关心关心他吧!"

陈抗日说:"好,我跟他聊聊。"

第二天清早,陈抗日对马骝仔说:"和平,我们去饮茶!"因为要打探马骝仔的情况,他不便带上张倩和苏秀了。

马骝仔说:"大哥不要开诊吗?"

陈抗日说:"我们兄弟一场,不开诊也要和你饮餐茶的。再说我的是街坊生意,来看病的人知道我去饮茶了,追到茶楼也会来找我看病的。"

马骝仔很感慨:"我们这里的环境真好,真令人羡慕。"

陈抗日说:"日本那边也很好呀!听说那边富裕发达,人又知书识礼,环境很好的喔!"

马骝仔叹了一口气:"说起来很好,但住久了,感到也差不多。如果让我拣,我还是觉得回来好。"

"真的?"

"真的!"

他们边走边聊,转弯抹角,便到了茶楼。

这是一间临水而建的乡村茶楼。旁边是口莲藕塘。塘边植着几株垂柳。平房、砖柱、土瓦,四周板壁。檐下挂着一块横匾,写着:金窝茶楼。里面摆着一席席粗糙但结实的木头椅桌。门口是钱柜,一个靓女坐在上面负责收银。老板姓刘,兼作堂倌。他肩上搭着一条比毛巾还要宽大的不太干净的抹桌布,见了来客,便粗声大嗓地唱喏:"里边请——"有三两个传菜工屁颠屁颠地在堂内跑来跑去。

刘老板见了陈抗日，叫道："陈医生，你是稀客，什么风把你吹来了。"

陈抗日说："我二弟回来了……"

刘老板眼睛一亮："啊！日……"他本来脱口要叫"日本仔"的，因为过去就这么叫的嘛，可是话到嘴边，突然又觉得好像不太好，于是临急改口："啊！日……日哥回来了。"

马骝仔将腰一哈，很礼貌地说："多谢关照！"

刘老板还没有获得过这种礼遇，觉得新鲜："稀客，稀客，是要聚聚喔。这餐是我的，权表接风。"

陈抗日正经地说："心领了，心领了。刘老板，这要说清楚喔，你不能不收钱哦，如果不收钱，我就到别家去了。"

刘老板很通圆："做我们这行哪能开门赶客的。既然陈医生你不让我请，我就照价收钱好了。好，两位请到这边坐。"

他带着陈抗日、马骝仔到旁边临窗的空位上坐下。

这里通风采光。时值初夏，临窗外望，荷钱泛沼，岸柳依依。偶有一只蝉儿停落在不远的柳枝上懒洋洋地鸣唱着，微风中荡漾着一缕一缕的蝉声。

马骝仔的心弦"噔"地一下让这久违的蝉声拨响了。去了日本之后，他似乎没有听过蝉声。日本的乡村早已城市化，蝉儿都懒得来了。他到了日本，为了生计，一头扎进了永远也忙不完的工作里，哪有时间到郊外去走走？所以多年来他一直没有机会和蝉儿有过际会。现在一时间听到了久违的蝉声，竟愣得呆呆的，连陈抗日问他什么都没听见。

刘老板问陈抗日："陈医生，想吃什么？"

陈抗日平时极少来饮茶，叫他点什么，实在不在行。

他说："我知道你们的东西是出名的。只要是你们的招牌货，都给我上一点。"

刘老板觉得很有面子，笑道："好哩——茶呢？寿眉、龙井、普洱、铁观音？"

陈抗日实在不在行，他随便说："就铁观音吧。"

这时邻桌要埋单，刘老板撇下陈抗日和马骝仔过去跟要埋单的人计数。计完数，彼此客气道别。刘老板目送他们到收银台边，高声唱喏："八仙贺寿！"

这时，马骝仔的思绪才从缥缈的旅程中折了回来，他听了刘老板的高声唱喏，觉得新鲜，他问陈抗日："大哥，他说的是什么？"

陈抗日说："这是报数收银呀！"

"报数收银？"马骝仔很不明白。

陈抗日说："这是茶楼报数收银的传统方式。小时候我跟老豆去广州拌塘酒家饮茶，看见他们就是这样报数收银的。"

提到了老豆，马骝仔深情地说："有老豆时几好……"

刘老板看见刚才这一桌人已经在收银台交了钱，又走回来陈抗日、马骝仔旁边继续做他的生意。

陈抗日说："刘老板，我二弟对你们收银报数的歌仔（一种曲调）很感兴趣，但又不太明白，你给他讲解讲解怎么样？"

刘老板笑道："呵，从日本那么威水的地方回来，都对我这些土老儿的东西感兴趣，看来我真要讲讲了。"

他说："我茶楼收银以十作一个单位。一个十元叫'一表人才'；两个十元叫'二人同心'；三个十元叫'三阳开泰'；四个十元叫'四通八达'；五个十元叫'五谷丰登'；六个十元叫'六国封相'；七个十元叫'七星伴月'；八个十元叫'八仙贺寿'；九个十元叫'九九重阳'；十个十元即一百元叫'十全好命'。"

马骝仔很感兴趣："超过一百元呢？"

刘老板说："超过一百元便说一元复始，然后超多少计多少，比如吃了一百八十元，便叫：一元复始，八仙贺寿。"

陈抗日说："难怪你发了，你的脑子几好使。"

刘老板说："我还说发哩，我发我还干这个？看人家阿日哥才是发呀！"

这时远处有人叫刘老板。刘老板向陈抗日、马骝仔摆摆手："我过去一下，东西很快就送上来的。"

东西还没有送上来，陈抗日一时间不知该说什么才好，于是便趁势打量打量马骝仔：这家伙是比上一回瘦了一圈喔！身体没有什么病吧？我们都是做这行的，有病可以自己开点药吃吃呀！看他的样子是有点什么事的，是家里出了什么问题？想来也可能喔，你看这次他一个人回来，如果没问题，应该一家大小都回来走走呀！

　　他问道："阿英几好？"

　　马骝仔答道："几好！"

　　陈抗日问道："阿英他们怎么不回来呢？一家大小都回来走走嘛！"

　　马骝仔说："本来打算一起回来的，可是临时他们却又走不开，所以就不回来了。"

　　陈抗日问道："你的诊所几好？"

　　马骝仔说："几好！"

　　这时，传送工把点心小食陆续送上来了。陈抗日不便再问，他举起茶杯对马骝仔说："趁热趁热，冷了就不好吃了。"

　　饮完茶，回到家里，趁马骝仔不在旁边，张倩和苏秀都迫不及待地问道："问得怎么样？"

　　陈抗日说："没什么呀！怕是我们多虑了吧？"

　　张倩说："这怪了，无缘无故怎么会这样呢？"

　　陈抗日说："阿妈你也怪了，既然二弟自己都说没事了，就没事了吧。你们好像非要二弟承认有点什么，心里才安乐似的。"

　　看见陈抗日这么说，张倩和苏秀都无话可说了。

　　第二天，苏秀神神化化地把陈抗日拉到一边，悄悄地说："我们的房间好像被人翻过喔。"

　　陈抗日一听眼睛睁得比牛眼还大："你说什么？"

　　苏秀看见老公的样子，也吓得缩矮了两分："我说……我们的……房间……好……好像被人翻……翻过。"

　　陈抗日气急败坏地说："黐线！你不要乱讲哦。你这样讲，人家就怀疑我们是指二弟了。前不被翻，后不被翻，偏偏二弟回来就被翻了。阿妈、二弟听到了都会不舒服。再说二弟吧，人家从日本飞回来一张机票多少钱？再飞回去多少钱？一来一回多少钱？我们家清水煮豆腐，有什么油水？怎么会那个呢？"

苏秀被老公戗得无话可说。

过了一天，苏秀又硬着头皮对老公说："我们房间又被翻了喔！"

陈抗日眉头一皱，用鼻孔像牛叫似的"唔"了一声。

苏秀说："我知道你不喜欢听，可是实事求是又被翻了一次喔！"

陈抗日说："没看错？"

苏秀感到委屈："我怎么会看错呢？"

陈抗日又"唔"了一下，不过这次并没有像刚才"唔"得那么大声了。

傍晚，广州有电话来，说苏秀的老母病了。苏秀肯定要回去看她的老娘的，陈抗日是女婿，又是大家心中的生华佗，他不去还成事的？张倩好久没出过广州了，也想跟去走走。

早上起来，吃过早餐，陈抗日跟马骝仔说要出广州给丈母娘看病，吩咐中午这餐他自己搞定了，米菜油盐放在哪里哪里。然后两公婆带着张倩出广州去了。

下午回来，一进村，苏秀就撇下老公和家婆，一个人快快地赶回去。她是家庭主妇，她要赶做晚饭啊！

等到陈抗日、张倩回到陈氏医馆时，他们却看见苏秀从里面折回来。

陈抗日见状问道："你这么慌慌张张的干什么？"

苏秀用一只眼睛眨了一眨，用手往里轻轻地做了一个手势。

陈抗日知道有情况，大步往里走去。进到屋里，进到房内，却见马骝仔正在翻东西。房间里让他翻得一片狼藉。

陈抗日走进去，问道："二弟，你找什么？"

大哥大嫂带着老人出广州，马骝仔觉得是天赐良机。他以为他们出广州肯定是要到傍晚才回来的，因为过去出广州没有一天的时间是回不了的嘛。他以为有大把的时间，又因求之心切，马骝仔就甩开膀子大干了。他不知道现在番禺和广州之间不仅桥通路通，而且桥、路的级别还非常高，从番禺出广州，比当年从金窝村走路出市桥的时间还短。所以他根本没想到，他们那么早就回来了。

他看见大哥大嫂的房间被他翻得一片狼藉，他看见大哥大嫂和妈妈冷冰冰的像电线杆似的杵在自己的面前，这……这怎么说呢？这还有什么可说的呢？

他的身子像突然晾在阳光底下的雪人，瞬间瘫软了，两个膝盖一颤，整个人倏地跪了下来。

四十二

陈抗日也懵了。

他一步上前，一把扶住马骝仔，叫道："二弟起来，二弟起来，二弟，你，你想找什么东西？"

马骝仔不起。

马骝仔非常清楚他的本意是"偷"的，动手之前，他冥思苦想，挖空了心思。可是大哥现在没讲他"偷"，而讲他是"找"，他知道大哥是给他点面子，给他条路行。

他心里头很感激大哥。可是大哥这么问，我该如何回答他呢？他觉得好像有团烂棉絮堵住他的喉咙。

在尴尬中，他惭愧地抬起头来，看看阿妈。

阿妈的双眼默默地流着眼泪。

他立即读出了阿妈的眼神。阿妈很伤心。阿妈在恨他：你怎么混成了这个样子?! 他知道他现在的样子很狼狈。唉……我怎么会混成这个鬼样子？我怎么跟他们说呢？

但他觉得他一定要说清楚。不说清楚不行！可是这千言万语一涌上来时，竟失去了语言的形态，只听见成了一串断断续续的哭声："呜……呜……呜……"

这一哭，立即把张倩、苏秀、陈抗日他们镇住了，吓住了。男儿有泪不轻弹，只因未到伤心处。是不是他的内心隐藏着不为人知的悲伤？

特别是陈抗日，他经过这几日的观察，发现马骝仔的体形比过去消瘦许多，额头灰暗，印堂不亮，随身带回的衣服就那么两件。现在头发长了，胡子拉碴的又不去刮刮，一副很落魄的样子。他现在很缺钱吗？他现在很需要钱吗？如果缺钱要钱，花那么大的一笔机票钱回我们家里偷钱，也实在不明智呀？他到底怎么回事？

陈抗日说："二弟，我们是兄弟，我是你的大哥，你不要哭。你有什么难处，你告诉我，我会尽我的能力帮助你的。"

陈抗日这么说，马骝仔哭得更厉害。

陈抗日说："二弟，你说呀？你不说，我们怎么知道你要什么呀？"

在陈抗日的再三劝说安慰下，马骝仔终于止住了哭声，说："我要我们家的那张秘方，要'灵蛇之珠'的秘方！"

"你要'灵蛇之珠'的秘方？！"陈抗日一愣，他惊呆得张大了嘴巴，竟忘记合拢。

站在旁边的张倩、苏秀也惊讶万分。

回过神来的陈抗日问道："你怎么知道我们家有'灵蛇之珠'的秘方？是谁告诉你我们家有'灵蛇之珠'的秘方？"

马骝仔说："其实我也不知道我们家有没有'灵蛇之珠'的秘方。也没有谁告诉过我我们家有'灵蛇之珠'的秘方。直到现在，我还怀疑我们家是不是真有'灵蛇之珠'的秘方。但是，我的日本大佬伙同其他人硬逼我回来要'灵蛇之珠'的秘方，不行就偷'灵蛇之珠'的秘方。我不答应。他们就打我。"说着解开衣服，露出了身上的块块伤痕。

马骝仔继续说："他们还说要杀我全家。"

张倩双脚一软，跌坐在地上："怎么会这样呢？你不会去报警吗？"

"我……"马骝仔发现自己竟像哑巴吃黄连，有苦说不出，此时唯一能做的就是哭了。马骝仔"我"了之后又哭了起来。

陈抗日说："你不能光哭呀！你不说，光哭，我们什么都不知道。"

马骝仔慢慢地收了声，再哽咽了一会儿，便断断续续地说了。原来是这么一回事：

马骝仔陈和平即山根友二郎带着他的老婆阿英，跟着他的日本老豆回到日本之后，黑人黑户似的寄在山根家的篱下，过着仰人鼻息的生活。日本人有着明显的排他性，即使是海外日裔，日本人也难把这些同胞当作"自家人"来看待。马骝仔虽说是中国人养大的日本种，用他的日本大佬的话来说：谁知道他这颗日本的种是不是真的？所以他刚到日本的时候所过的日子就可想而知了。

他几经拼搏，付出了几大的代价，才考得个汉医资格，开得间汉医诊所。他很用心经营他的汉医诊所，除了把全副身心投入进去，急病人所急，想病人所想，全心全意地为病人治病，还选择走低价路线，迎合低收入阶层的心理，因此他的诊所人气日高，在医疗界有了口碑。但走低价路线，光赚吃喝，到手的实惠不多，反过来也影响了诊所的发展。

马骝仔心里很烦。走低价路线，光赚吃喝，我的"汉の医"诊所何日才能得以发展？不走低价路线，把收费价格抬起来，这些病人不来了怎么办？在日本，医院、诊所遍地皆是。高明的医生也处处都有，人家不一定要来你的"汉の医"诊所，不一定要来找你山根友二郎的呀！如果不来了，怎么办？

马骝仔烦了，没事干的时候，就出去逛逛，散散心。

一天傍晚，吃过晚饭，阿英洗碗，他出去逛逛，散散心。阿英当然很支持他出去散心。老公一天忙到晚，连直直腰的机会都少，出去走走对身体有好处呀！她说："去吧去吧，这里我一个人忙就可以了。"

他很感激他的好老婆那么关心他，体谅他。他伸手轻轻地拍拍她的肩膀，出去了。

马骝仔出去了，他没有发现他的身后有个黑影在跟着他。这个黑影是他的日本大佬山根友度仕。山根友度仕嫉妒、嫉恨他的同胞弟弟到了无以复加的地步。

山根四治郎死了以后,山根友度仕的日子越过越艰难了。他常常在想,都说我的跟这八嘎是同母同父的亲兄弟,但为什么他比我的好,不是好一点,而是好好多好多,我的现在连过日子都艰难,他却发达了。你的说公平吗?他最恨这八嘎没有家庭观念,他只管他一个人发达,不管家里人的死活。七七桑在世的时候就跟他说过,希望他把秘方拿出来跟我们合作,或者将他的诊所并入我们远东大药房一起奋斗,可是他死也不肯。他就是要他一个人发达,置我们于死地而不顾。你的说他可恶可恨吗?他很想狠狠地将这八嘎收拾一番,可是又打他不赢。这八嘎不知从哪里学得一身好本事,本想打他却反被他打了。除了打,往他的门板上涂鸦扔屎团都试过了,都治不了他,真叫人丧气。可是这山根友度仕又不肯罢手。怎么办呢?办法是没有的了,山根友度仕只好像只鬼影一样远远地跟着他。

今天马骝仔吃完晚饭出去逛街,山根友度仕又像鬼影一样远远地跟着他。他跟在他的后面,在设计着一千个办法来搞死他,好出出自己心头上的那口馊气。可是办法想尽,这八嘎也不死,叫山根友度仕恨不得狠狠地咬自己一口。

今天这八嘎像条失魂鱼,东转西拐不知他要去哪里?拐呀拐呀,咦!这不是石野尚武的扒金屋吗?山根友度仕看见马骝仔在这扒金屋前停下脚步,站了一会儿便走了。

第二天傍晚,山根友度仕又远远地跟着马骝仔。马骝仔东转西拐,又拐到石野尚武的扒金屋前站一站,站了一会儿又走了。

第三晚,他又到扒金屋前站一会儿。山根友度仕很惊异,莫非这八嘎想赌?

山根友度仕猜对了。马骝仔是想赌!

马骝仔在扒金屋前站了几个晚上,他突然灵机一动:"我不是既想继续走低价路线拉住那帮病友,又想手中有钱把'汉の医'诊所做大吗?我去赌,我去把这扒金屋的钱赢回来就行了。我那么聪明,试问在全日本,有几个同我一辈的人能有我这样聪明的呀?!

我进去先玩一玩，认真地学一学，到学会之后，我就大干他一场。像我这样的智商，把他们打得爬街都不奇怪的。"

于是他满怀信心，信步走入了扒金屋。

山根友度仕看见马骝仔走进了石野尚武的扒金屋，心里"咯噔"了一声，两眼倏地放出光来："八嘎呀路！你的也喜欢玩一手？"他悄悄地跟了进去，远远地盯着他。

他发现马骝仔很有兴趣，他一台台机，一档档摊地转。有些机、有些摊他一站就小半天。他很耐心地跟着他。他跟了好久，这八嘎才离去。第二天傍晚、第三天傍晚，这八嘎依然到扒金屋，山根友度仕依然很有耐心地跟着他。他知道在这八嘎的身上肯定会有故事发生。果然，到了第四天，这八嘎出手了！这八嘎出手虽然很轻，但这是个信号。

他立即到后面去找石野尚武："老同学，财神爷来找你的了，你的想发财？"

石野尚武正在琢磨如何把他的扒金屋搞大。日本的法律表面上是禁赌的，但赌馆赌档在街市上却比比皆是，这就看经营者如何公关了。石野尚武最烦这个。一公关，就把本来已经赚到了放进自己腰包里的钱再"公关"到别人的腰包里去。他现在正为这些问题烦恼，不想这时候他的老同学来找他。

石野尚武做梦都想发财，他顺口问道："财神爷？财神爷在哪里？你的别跟我的开玩笑了。"

山根友度仕笑道："财神爷在这。"

"你的？"石野尚武用鼻孔"嗤"了一下，心里骂道：你的这八嘎吃了上顿愁下顿，还说自己是财神爷哩。八嘎！

山根友度仕读出石野尚武眼神的轻蔑，不过他知道自己在求人，是不能生气的。现在心口上堵着的一团馊气，就当它是五香牛肉丸，把它吞到肚子里去吧。他笑道："是我的，当然也不完全是我的。"

石野尚武眨巴着眼睛，这八嘎像是丈二金刚，让我的摸不着头脑哦！"你的说的是什么意思？"

山根友度仕说："我的老弟到你的扒金屋来赌了！"

石野尚武问道："是开诊所的那一个？"

山根友度仕说："是呀！"

石野尚武的鼻孔又"嗤"了一下："每天来我的这里赌钱的人多了，多你的老弟一个，少你的老弟一个，能影响我的发财？"

山根友度仕说："老同学你的就有所不知了。我的老弟身上有件无价之宝，你的能把它赢过来，你的就发达了。"

石野尚武真不相信："他有件无价之宝，我的能把它赢过来，我的就发达了？"

山根友度仕说："是呀！"

"是什么东西？"

"是一条秘方，一条叫'灵蛇之珠'的秘方！"

石野尚武是门外汉："一条药方就是无价之宝？你的真会开玩笑！"

山根友度仕说："这不是开玩笑，这是真的喔！你的听说过我们日本救心丹吗？它就是从中国得来的一张秘方发展起来的。现在出品救心丹的八嘎在我们日本可说富可敌国，他们家里像安装了印钞机一样。"

石野尚武别的不知道，救心丹家族之财大气粗他是知道的。有此财路，当然是好到不得了。但他还是不大相信："你的怎么知道那个什么'灵蛇之珠'有那么厉害？"

山根友度仕说："怎么不知道呢？我的太祖就跟他们打交道了。甲午之战，我的太祖就相识了他们，知道他们有这个东西，知道这东西有那么好的疗效，说它是仙丹也不为过。"

"真的？"

"真的。刚才说的救心丹，其实救心丹算什么？这'灵蛇之珠'才是真正厉害的家伙！为了得到它，我们几代人努力奋斗，坚持不懈，我的七七桑还为了这件事专门请缨到中国去。"

石野尚武问道："你的七七桑搞定了吗？"

山根友度仕叹了一口气："搞定了还用唱今天这出戏吗？"

石野尚武说："这事和你的老弟有什么关系？"

山根友度仕说："世事就那么凑巧。有这秘方的那个村医，二战后期收养了我的弟弟，还把他的本事传给了我的弟弟。我的弟弟回日本的时候，他的心里只有他那个养父，全然没有我们日本的亲戚。我的七七桑在世的时候，叫他把这秘方拿出来开发，他正眼都没看我的七七桑一下，情愿把那秘方在肚里沤烂也不拿出来。你的说可恨吗？现在他到你的扒金屋来赌了。你的要赢他，让他输到只剩一条底裤，你的让他输到欠下你的大把大把的钱而无力偿还，这样就可以逼他把那秘方交出来。"

石野尚武将信将疑："那条秘方真的有那么厉害？"

山根友度仕急了："我的骗你的我的有什么好处？"

石野尚武笑道："好，我的相信你。"

山根友度仕说："老同学，在商言商，这事搞成了，我的要得到我的那份好处的喔！"

石野尚武狡黠地笑了笑，像大老板似的问道："你的要多少钱？"

山根友度仕说："我的不要钱！"

石野尚武很惊讶："你的不要钱，那你的要什么？要我的在日本发行量最大的新闻纸上写篇感谢信表扬表扬你的？"

山根友度仕用鼻孔"哧"了一下："我的要这干什么？"

石野尚武不解："那你的要什么？"

山根友度仕说："我的要一个百分比。"

石野尚武好像不相信他的耳朵："你的要一个百分比？"

山根友度仕冷静地"唔"了一下。

石野尚武问道："是纯利？"

山根友度仕答道："是纯利！"

"是永远？"

"是永远！"

石野尚武气急败坏地说："我的给你的百分之五！"

山根友度仕撇撇嘴："你的不如说不给。"

石野尚武一愣："那你的要多少？百分之十？"

山根友度仕摇摇头。

石野尚武试探地问道："百分之二十？"

山根友度仕继续摇摇头。

石野尚武再问道："百分之三十？"

山根友度仕仍然摇摇头。

石野尚武沉不住气了："百分之四十？"

山根友度仕还是摇摇头。

石野尚武忍着心中那口恶气："你的要百分之五十？百分之五十不行，分不清以谁为主，是谁说了算。你的……你要百分之六十？"

山根友度仕"唔"了一下。

石野尚武怒不可遏，心中那口恶气像当年富士山喷发时那样冲腾起来："山根友度仕，你的发神经了是不是？你的穷得失去理智了是不是？我的出钱，我的出力，我的才得个百分之四十？你的就现在向我的动动嘴皮，就要百分之六十？你的……"

山根友度仕突然良心发现，觉得自己要高了一些，他比石野尚武更想把此事做成。他想了一下，咬咬牙说："好，我的让你的一步，我的要百分之四十！"

石野尚武发现这八嘎服软了，八嘎呀路你的凭什么要百分之四十？你也不撒泡尿出来照照你自己。他乘胜前进："百分之四十都不行！"

这下山根友度仕也火了。他是发神经了。他是穷得失去理智了。他说："你的不干，大把人在排着队等着干。你的不耽误我的了，我的去找下一家去。"

石野尚武看见山根友度仕话未说完就立即起身，知道他真的要找下一家去。莫非他真的跟许多人接触过了？

石野尚武是在娘胎里被教精了之后才出世的。他知道制药行业与别的行业不同。美国的一家药企竟能把成本一美元一粒的药丸卖到七百五十美元一粒。如果真有这八嘎讲的那么神效的东西，那不想发达都不可能了。

于是他说："看在老同学的份上，我的权且信你，不过你的这八嘎反复无常，为了以后省些麻烦，我们先签个协议。"

山根友度仕就盼这句话，于是当即签下了这份协议。

石野尚武的扒金屋是块藏龙卧虎之地，他和山根友度仕签下协议之后，决心把事办成。他从他的扒金屋里精心挑选出一批精英，成立一个小组，反复演练，在此基础上再推敲出几套完美无缺、万无一失的作战方案。

石野尚武的这个精英小组不辱使命，让马骝仔大坐过山车，先是让其小赢小输，继而中赢中输，最后是大赢大输。

马骝仔在心跳怦怦，头晕乎乎之中收不住手，最后不仅输得一无所有，还倒欠了扒金屋大大的一笔钱。

输到了这步田地，马骝仔彻底清醒了。他自己问自己："这是怎么回事？"

在他自己问自己的当儿，石野尚武带着一帮打手逼着要钱了。马骝仔哪里有钱？没有就打！

石野尚武看着他的打手，用脑袋往马骝仔的方向一扬，这班虎狼蜂拥而上，把马骝仔打得鼻青脸肿。打是打不出钱来的，他们又去砸马骝仔的"汉の医"诊所，把阿英和他们的儿子山根思汉吓得直打哆嗦。

怎么办呢？马骝仔想起了他的干妈吉田尤美，于是便皱着那张苦瓜脸找他的干妈去了。

此时的吉田尤美已风烛残年，垂垂老矣，躺在榻榻米上像一段干枯的木头。她听完马骝仔的哭诉，断断续续地说："好端端的你的怎么去赌？这事我的真的帮不了你。日本是个法治国家，杀人偿命，欠债还钱，是天经地义的事，你的说咋办？"

马骝仔没有法子，只好垂头丧气地回来了。

阿英问道："干妈怎么说？"

马骝仔哭道："干妈根本没办法，我们只有等死了。"

阿英哭道："你又是的，好端端的怎么想到去赌？"

马骝仔大哭起来："都是我不好，都是我不好，我不活了！"他哭着冲到对面墙去把头使劲地往墙上撞。

阿英扑过去，拼命地搂着他："你别撞了，你撞死了我们怎么办？呜、呜、呜、呜、呜……"

在这时候，"咔啦"一声，诊所的大门被拉开了，马骝仔和阿英齐齐望去，见是马骝仔的大哥山根友度仕来了。他怎么会来呢？他来干什么呢？

山根友度仕自己开口先说："你的事，我的知道了。我的很焦急。谁叫我的跟你的是同父同母的亲兄弟呢？你们对我的也不好，我的是狗咬耗子多管闲事了。不过看在父母的份上，即使闲事我的也要管的。我的去找过石野尚武了，他是我的小时候的同学，我的说你的是我的亲弟弟，请他高抬贵手。石野尚武说杀人偿命，欠债还钱，看在钱的份上，我的为什么要高抬贵手？现在理在我的这里，走到哪里我的也不怕他。"

山根友度仕咽了一口口水，继续说："我的说他实在没钱，你的再逼也逼不出钱来呀。他说实在没钱，就拿他的秘方来顶数咯！"

马骝仔莫名其妙："我的哪有什么秘方？"

山根友度仕心想：你这八嘎死到临头了还在我的面前装蒜。他没心情跟他磨牙，于是单刀直入地说："许多日本人都知道你的有条叫'灵蛇之珠'的秘方，是你的中国养父传给你的。"

马骝仔突然想起他的日本老豆生前就向他索要过这条什么秘方。怎么这么多人都认为有这条秘方，而我却不知道呢？

马骝仔说："我真的没有什么秘方。我可以向天发誓！"

山根友度仕想了一下，他实在说没有，我也不好逼他的呀？于是说："你可能没有，但你养父家里肯定是有的，你回中国去问他们要吧！"

阿英在旁边插嘴说："我们现在连张机票钱都拿不出了，怎么回去？"

山根友度仕又想了想，说："我去跟石野尚武说说，他既然那么想得到这条秘方，看来他会愿意出这两张机票的。"

阿英讲机票本来是句托词，没想山根友度仕那么爽快地答复她。她好为难啊！

山根友度仕不怀好意地向阿英笑笑："石野尚武说了，他打死你不说，还要找一帮野郎轮奸你老婆……"

阿英听了，那脸立即红一阵青一阵。

马骠仔急了："我的老婆年纪那么大了，他怎么竟想这个？"

山根友度仕皮笑肉不笑地说："当年皇军打中国，连老太婆都不愿意放过。何况你的太太正徐娘半老，离老太婆还远着呢！"

马骠仔和阿英听了，半天也说不出话来。到他们清醒过来，开始说话的时候，发现山根友度仕已经走了。不知这八嘎是什么时候走的。

第二天，山根友度仕拿着张机票和够买回程机票的一沓钱来了。

他对马骠仔说："你的赶快动身吧！看在父母的份上，我的是好人做到底，送佛送到西了。"

在万般无奈和惶惶不可终日之中，马骠仔终于登上了飞往中国的班机。

他反复地想："我从小到大都没听说过有什么'灵蛇之珠'的秘方。真有这个秘方吗？如果真有，而我这么久都没听说过，说明他们是保密的，秘不外传的。如果是秘不外传的，我问也没用呀！不如，不如，不如我……"

四十三

马骠仔的讲述，让张倩肝肠寸断。

马骠仔是她的命，是她的心头肉啊！当初我就极力反对他回日本去的。日本是人住的地方吗？舍弃中国好好的地方不待，回到那个鬼地方会有好果子吃吗？你说今后怎么办呢？

她哭了起来，哭得很伤心。她仰靠在椅背上，一双干枯的手捂在脸上，那心痛的泪水沁出了指缝，涔涔地流了下来。

马骝仔的讲述也让陈抗日非常难过。他的父母只生他一个。他没有兄弟姐妹，马骝仔跟他虽然不是同胞的兄弟，甚至他是一个日本人，但马骝仔从小跟他一起长大，同吃一锅饭，同饮一壶水。小时候他因为想起他的亲生妈妈而憎恨过他，后来长大了，知道自己妈妈的死不关他的事，不能一竹竿打死一船人，因而就慢慢地不恨他了。二人相处，日久生情，他慢慢地把他当作弟弟看了。那一年马骝仔得了急性阑尾炎，入了县人民医院，急着要开刀，他还主动地输出自己的鲜血让马骝仔做手术呢！中日邦交正常化后，马骝仔要返回日本，他很舍不得。他觉得马骝仔已经是中国人了，是自己的兄弟，还回日本去干什么？马骝仔回了日本之后，他还经常想念他的。他希望他在那边过得好，他希望他经常回来，也希望有机会自己能到那边去探望他，没想到他今天竟落到这个地步，想起心里就非常难过。

陈抗日觉得自己身处两难的境地。他相信马骝仔所讲的是真的。这家伙还没有学会撒谎说假话。他现在可说是身陷绝境了，如果拿不到东西回去，他恐怕真的没命了。可是这秘方是我们祖宗的心血，不把这秘方传出去，这是我们祖宗的规矩。老豆生前一再嘱咐。父命难违，我做得了主吗？你说我怎么办？哎……

马骝仔是不能空着手回去的，张倩也不肯让他这样回去呀！

怎么办？就让他先待着吧！

今天是周末，陈自厉、陈自睿都回来了。他们回到家里，看见了二叔，都很惊奇。

打过招呼后，他们问道："二叔，二婶和弟弟呢？他们不回来吗？他们怎么不回来呢？"

马骝仔很尴尬，他含含糊糊地应过他们，可是陈自厉、陈自睿却听不出他讲的是什么。

陈自厉、陈自睿觉得奇怪，好像二叔这次回来跟以前几次很不同似的，是怎么回事？

陈自睿是嫲嫲的心肝宝贝。她也最亲嫲嫲。陈自睿悄悄地去找嫲嫲："嫲嫲，我发现二叔这次回来有点怪怪的。这是怎么回事？"

嫲嫲不出声，她撩起衣角，默默地抹着眼眶边上的泪水。

陈自睿定睛一看，嫲嫲哭了。

嫲嫲无声地哽咽着。

她吓了一跳，再细细地看看，发现嫲嫲比她上个星期回来的时候瘦了。她觉得事情严重了：这是怎么回事？她不敢再问嫲嫲了。去问爸爸吧！

陈自睿去找她的老爸。她老爸陈抗日的眉头上打着一个大疙瘩。她也没细看，自顾自地问道："爸！"

"唔？"老爸连头都没抬起来。

"爸，我们家这星期是不是发生了什么大事？"

"唔?!"他的老爸把头抬起来了，说道，"发生了什么大事？什么事都没有发生过！"

陈自睿说："爸爸你骗我。家里是发生了什么事的，只是你不告诉我。"

陈抗日本来就够烦的了，让女儿一缠，就更烦了："你怎么那么烦，我说没有就没有。"

陈自睿的大小姐脾气来了："我说有就有。我都看出来了！"

陈抗日一愣："你看出了什么？"

陈自睿说："我看见你这副样子就知道出大事啦！再说嫲嫲哭哭啼啼的，又瘦了那么多。家里突然来了二叔，二叔也像只闷葫芦，问他什么也吭吭哧哧的，说不清个所以然来。"

陈抗日不禁正眼看看他的女儿："女儿大了，很多事不是想瞒就瞒得了。可是这件事叫我怎么给他们讲呢？"

他说："乖女，你还小，这事以后我再慢慢地告诉你。好不好？爸爸正烦，你出去玩吧！"说着连哄带推，把她推了出去。

爸爸越是这么说，陈自睿越觉得好奇，越感到事情的严重。以后再慢慢地告诉我。以后到什么时候？如果这是件坏事，是件大坏事，谁知以后会演变到什么样子？发展成什么样子？不行，我一定要将它查个清楚。

她去找她的妈妈。她妈妈苏秀正在厨房里做饭。

见女儿回来了，苏秀说："见了妈妈也不叫一声，我算是白生你了。"

陈自睿甜甜地叫道："妈——"

苏秀高兴地笑道："这样才是我的乖女嘛！"

陈自睿说："妈，我帮你做饭！"

苏秀更高兴了："哟！今天怎么乖得那么出奇？很少见喔！"

陈自睿直来直去地说："阿妈你真聪明，我那么积极帮你做饭，是有目的的。"

苏秀一愣："你有什么目的？"

陈自睿笑道："我想问你一句话，我要你实话实说。"

苏秀又一愣："你这是怎么回事？你想问什么？"

陈自睿说："妈，我们家里最近是不是发生了什么大事？"

"大——事？"苏秀一时间没转过弯来，"什么大事？我们家发生了什么大事？"

陈自睿脸色一变，很不高兴地说："妈，你跟我扮傻是不是？"

苏秀说："你这个人在大学里是不是学川剧的，说变脸就变脸。我哪知道你想问什么？"

陈自睿气鼓鼓地说："二叔突然一个人从日本跑了回来；我问嫲嫲，嫲嫲就哭；我问爸爸，爸爸就说他烦；我问你，你又装傻扮懵，顾左右而言他。你们是不是不当我是家里的一分子？你们是不是重男轻女，哥哥问你们才说，我问你们就不说？"

苏秀想不到小小的一句话，这死丫头就派生出那么多的话来。她说："大小姐，我怕你了行不行？你这副坏脾气，小心以后嫁不出去。"

陈自睿说："你还是不说？"她抓起洗碗台上的一只饭碗，"你不说，我就砸烂它！"

苏秀赶紧说："我怕了你，我怕了你。本来是你爸不让我跟你们说的。"说着把嘴凑近陈自睿的耳边，叽里咕噜地说了起来。说完，她叮嘱说："你不要说是我告诉你的。记住！"

陈自睿目瞪口呆：她根本不知道家里有什么秘方！她更想不到二叔会千里迢迢地从日本回来偷这秘方！

她听到这件事，突然发现这世界是很复杂的，自己也好像因此长大了许多。她自己问自己：我们家真的有条这么厉害的秘方吗？二叔偷到了没有？要不要报警？报了警，警察来了会不会把他抓走？她搞不清这些问题，她决定去找哥哥讨论讨论这些问题，看看他有什么看法。

她找到了陈自厉。陈自厉在厅里仰躺在"蛇吞拐"上看电视等饭吃。

她走近去推推他说："哥，你来一下，我有话跟你说。"

陈自厉说："什么话？在这里说不行吗？"

陈自睿说："不行。"

陈自厉很不情愿地从"蛇吞拐"上爬起来，跟着她走出去。

陈自厉不耐烦地问道："什么事？"

陈自睿左右看了看，悄悄地说："你知道家里发生了什么事吗？"

陈自厉一愣："家里发生了什么事？"

陈自睿笑道："看来你真的不知道了。"

陈自厉着急了："我真的什么都不知道。欸，家里发生了什么事？你快给我说说。"

陈自睿靠近了一点，压低声音，把她知道的说了出来。

这下轮到陈自厉目瞪口呆了。

陈自睿问道："哥，我们家真有什么秘方吗？"

陈自厉点了点头。

陈自睿气得跳脚："怎么你知道我不知道？"

陈自厉说："因为你是女仔我是男仔咯。"

陈自睿更气："你们搞男尊女卑！"

陈自厉说："这是老祖宗定下的规矩。中国古时候就是这样的，你生气也没用。再说你又不学医，告诉你又有什么用？"

陈自睿冷静地想想，觉得也是，于是气也消了许多。她问道：

"二叔是男的，他应该也知道呀？"

陈自厉说："二叔是日本人。我们祖宗立下这规矩，恐怕是不让这秘方传出去的。他是日本人，传给了他，不是让这秘方流了出去吗？再说他都来偷了，就肯定没有传给他啦！"

陈自睿气愤地说："二叔也是个衰人。我们爷爷嬷嬷养大他，他还要来我们家偷东西，偷我们的宝贝。唉，你说爸爸会不会去报警？警察来了会不会抓他？"

陈自厉说："这谁知道。我去问问爸爸。"

陈自睿最爱听这句话，她赶快说："快去快去，我们一起去！"

陈自厉和陈自睿找到了他们的爸爸。

陈自厉正儿八经地说："爸，我们问你一件事，你要实事求是地告诉我们。"

正在伤脑筋的陈抗日不禁正眼看着他这对儿女。

陈自睿说："爸，我们长大了，我们有权知道家里发生的事。"

陈抗日叹了一口气："你们好像是警察查户口似的。你们想问我什么？"

陈自睿嘴快："是二叔偷我们家秘方的事。"

陈抗日又叹了一口气："是谁告诉你们的？"

陈自厉说："爸，你不要管是谁告诉我们的了。俗话说，纸包不住火。再说我们也长大了，有些事不用谁告诉我们，自己也看得出来的。"

陈抗日再叹了一口气。

陈自睿说："老豆，你好像很不愿意告诉我们这些喔。"

陈抗日说："我真的不想你们知道这些事的。不过你们既然说到这个份上，想不说也好像不大好了。"于是他把这件事从头到尾详详细细地说了出来。

说完了，他问他的两个子女："你们说，老豆该怎么办呢？"

老豆该怎么办呢？兄妹俩你看着我，我看着你，还真说不出个道道出来。

当天下午，镇政府的一位女副镇长骑着一辆电摩托来到了陈氏医馆，说广州市妇联通知："明天日本新闻界来广州采访日本侵华时广州的慰安妇的事，请张倩届时到广州出席这个采访会。"

陈自厉、陈自睿是从来都不知道嫲嫲年轻时曾经沦为过日本军队的慰安妇的，他们霎时间震惊到连话都说不出来。

陈抗日和马骝仔是知道的。他们小时候怄气闹别扭，老豆为了教育他们，曾经把张倩受过日本仔凌辱、摧残的事告诉过他们。苏秀也是知道这件事的，是陈抗日告诉她的。陈抗日为了让老婆好好孝顺长辈，把自己的身世很详细地告诉过她。这包括自己的亲生母亲汪寿玉，包括他们一家人跟父亲去南京给一个大官治病，包括日本仔的南京大屠杀，包括自己母亲在南京遇难，包括父子俩从南京流浪回番禺，包括回番禺之后父亲跟继母张倩结婚，包括继母张倩如何善待他、爱护他、抚养他，他又如何拒绝她、疏远她，还为难她……后来有了二弟，矛盾就更加激烈了。老豆为了教育他，给他讲了继母的身世，讲了继母的悲惨遭遇，让他明白生母和继母都是受害者，是死日本仔加害了她们。继母是个好人，她关心你、爱护你、抚养你，像生你的母亲一样，你也要对她好。他在老豆的教育启发下才慢慢地转变态度。后来他知道了聂荣臻元帅收养了日本孤儿的故事，也慢慢地转变了对二弟的态度。他要求苏秀进了陈家的家门，也跟他一样孝顺他的继母，善待他的二弟。苏秀进了陈家的家门之后，发现这个家婆确实是个很好的老人，而且又有这么一段让人心酸的悲惨经历，她很尊敬她，也很同情她，所以便很自觉地孝顺她了。

张倩一听要她参加那个什么慰安妇采访会，内心里那块已经让岁月冲刷得麻木了的伤疤倏地被撕开，汩汩地流出了惨痛的屈辱的鲜血。

她一时间激动起来，激动得嗓门都变了。她大声说："我不去！"

大家听了，面面相觑，觉得这实在是一件让老人难以承受的事。

陈抗日说："我妈可以不去吗?"

苏秀也说："我奶奶年纪大了，怕经受不起这刺激，还是不去了吧！"

这位副镇长说："能去，我看还是尽量去的好。这是个政治任务。日本那边，当然很多人对我们中国是好的，但也有许多人对我们很不友好。他们不承认南京大屠杀，不承认慰安妇，说是我们栽赃他们的。阿姨，你不去，受了欺负不出声，正合了他们的心意了。那些人巴不得我们不消提，好像世界上根本没发生过这件事一样。最后吃亏的是我们，得便宜的是他们，这几不公平呀！阿姨，你年纪大了，身体也不好，避免出事是很应该的，但在做好充分的预防措施的前提下，你能出席一下这个采访会，这对否认慰安妇的这部分日本军国主义分子却是个很有力的回击呀！"

陈抗日沉吟了一下："预防措施不是个问题。我们是做医生的，这是小事一件。只是想到便宜了这些死冚家铲日本军国主义分子很不应该……"

那副镇长笑道："我就是看着有你这位大医生在这，才敢说这句话的。在我们这方土地上，谁不晓得你陈医生的大名？"

陈抗日不好意思地向副镇长摆摆手，对张倩说："妈，我看你还是去吧。出席这样的采访会，你不会丢丑的，你是受害者。真正丢丑的是那些死冚家铲日本军国主义者，是他们太坏，太丑恶了。"

苏秀也说："奶奶，去吧。我陪你去！"

从副镇长踏入家门那一刻起，陈自睿就一直以惊愕的眼光关注着这件事。这个聪明机灵的大学生很快就明白了是怎么回事。

到这时，她也大声喊道："嫲嫲，别怕，我也陪你去！"

陈自厉也说："嫲嫲，我也陪你去！"

陈抗日说："妈，你别怕，我们都陪你去！"

副镇长很高兴。她说："阿姨，明天早上镇政府来部面包车，我和大家一道陪着你去！"

第二天清早，苏秀就煮好了一锅鸡蛋瘦肉面，催促大家吃早餐。

吃过早餐，副镇长便坐着面包车来接他们了。大家陆续上车。

马骝仔陈和平觉得有点尴尬。才发生偷秘方的事，如今只剩自己一个人在屋里也不好呀，他犹豫了一下，也跟着上了车。

车子开到了广州，来到了一座小礼堂的门前。

陈自厉、陈自睿率先跳下车，然后搀扶着嫲嫲从车上下来，扶着她慢慢地走进了小礼堂里。他们来的时间正好，会场上已经坐满了人。他们到了以后，也陆续来了几拨人，估计人也来得差不多了，时间也到了，主持人宣布会议开始。参加采访的中日记者和受访人集体见面，并由主持人逐一介绍新闻记者和被采访人的情况。介绍完后，开始采访。

采访开始了一段时间，日本记者柳本四郎拿起一张纸看了一会儿，用半咸不淡的普通话问道："哪位叫张倩女士？"

张倩一时没有反应过来。她一来不太习惯听普通话，对那些半咸不淡的就更不习惯了；二来她从来都没有听过有人将她的名字跟"女士"的称谓联系在一起。她以为是叫别人，不是叫她，所以没有反应。

坐在旁边的陈自睿机灵且耳尖，她立即知道是采访到自己的嫲嫲了，她马上用普通话答道："张倩在。"

她立即用番禺话跟张倩说："嫲嫲，记者先生问你了。"

张倩立即打醒精神："哦，问我了？他问我什么？"

柳本四郎说："好多人都说当年能做慰安妇是一种荣幸，请问你的是怎么看的？"

张倩被他问得莫名其妙，目瞪口呆。

陈自睿火了。她质问道："记者先生，你这话是什么意思？"

柳本四郎看见陈自睿不悦，问道："请问你的是她什么人？"

陈自睿说："我是她的孙女。"

"那她是你的什么人？"

"她是我奶奶。"

"你的旁边的人呢？"

"这是我爸爸，这是我妈妈，这是我叔叔，这是我哥哥。"

"啊！"柳本四郎轻蔑地说道，"张倩，你的诓了我们，你的诓了舆论界。都说当了慰安妇的人是没有生殖能力的，你的却儿孙满堂，你的不是欺世盗名，想从中捞点好处吗？"

马骝仔陈和平是一脸尴尬地来参加这个采访会的。从上面包车到进入小礼堂，他都低着头，入座之后一时间都觉得手脚不知怎么放。采访会开始了，心不在焉的他也慢慢地听明白了。他不由自主地叹了一口气："我妈怎么会做了慰安妇呢？真难为她了。"

采访会开了不一会儿，当柳本四郎说了刚才那番轻蔑的话时，马骝仔陈和平忍不住了，忽地站了起来，把旁边的人吓了一跳。

他指着柳本四郎大声说道："柳本四郎，你的想干什么？如果你的想破坏日中关系，如果你的想往中国人的伤口上撒盐，我的请你的立即滚出去！柳本四郎，我的可以告诉你，你的刚才说的那句话算说对了。做过慰安妇的人是没有生殖能力的。我妈就是因为受到了日本军国主义分子的摧残，才没有了生殖能力的。我的大哥不是我妈生的。他的生妈在南京被当年占领南京的日军活生生地害死了。我妈是我的大哥的继母。我的也不是我妈生的，我妈是我的养母。我更应该告诉你，我的是个原汁原味、地地道道的日本人。生我的爸妈当年都是侵略中国的日本军人。1945年我的爸返国述职，不久战败，我的妈的部队要集体殉国。我的才生下，我的妈舍不得我的那么快就死，她用襁褓将我的包住，里面放块白布，深夜把我的放到我的养母的门槛下。我的养父是位中医医生。我的妈找他看过病才认识他的。在偌大的中国，我的妈只认识他了，也只好求助他了。日本人侵略中国，给他们带来了深重的灾难，我妈，我的说的是现在的这位妈妈，她受到了日本军人的如此蹂躏，蹂躏她的人还包括我的生父。可我的养父和我妈竟还接受我，把我当亲儿子一样抚育。不是别人说，我的竟不知道我的不是他们的亲生儿子。我的大哥的亲生妈妈被日军活活害死，但我的小时候得了急性阑尾炎，他竟把他的血输给我，让我的顺利地做了手术。他救了我的命。柳本四郎先生，你想想看，一个让我们伤害得如此深重的民族，对我们竟还如此包容，如此友好，但你的竟还如此伤害他们，你的还有点人性吗？你的说我妈诓了你，诓了舆论界，欺世盗名，想从中捞点什么好处，现在我拿点证据给你看，让你的看看我妈诓了你的没有，让你的看看我妈是真的还是假的慰安妇，让你的看看当年的日军是不是残害过她。"

马骝仔一直在讲日本话，在场的中国人基本不懂，但看他的表情，看他的手势，听他的语调，猜得出他一定是在批驳那小鬼子的谬论。

马骝仔讲到这里，突然不讲日本话了，他用番禺话对张倩说："妈，你把你的证据拿出来给他看看。"

张倩糊糊涂涂，莫名其妙，不知怎么回事，更不知怎么办。

马骝仔说："妈，你听我的，把你的证据拿出来让他看看。"

张倩还不知如何是好。

马骝仔急了，他"唰"地把张倩的衣服扯开，向对面的记者席喊道："你们看看，你们看看，看我妈当年是不是慰安妇？当年是不是让日军残害过？"

对面的记者们定睛一看，老人婆的胸脯瘦得像块洗衣板，上面竟然没有两只奶头。

马骝仔激动地说："先生们看清楚了吧？我妈是没有奶头的。我妈的奶头哪儿去了？我妈的奶头是在日本军人蹂躏她的时候被他们咬去了……"

马骝仔说到这，张倩"哇"的一声大哭起来。

对面的另外几个日本记者站起来，他们走过来，再细看了一下，说道："阿姨，我的为我的前辈感到羞愧。你的受苦受难了，我的替他们向你谢罪！"说完，一起将腰弯下，向张倩深深地鞠了个躬。

这几个日本记者鞠完躬，很责备地望了望柳本四郎。

柳本四郎非常尴尬，他也深深地向张倩鞠了个躬，说："阿姨，我的多有得罪，敬请多多包涵。"

马骝仔一把抱住张倩，哭道："妈，你受苦了……"

四十四

陈自睿惊呆了。

她从小跟着嫲嫲。她是跟着嫲嫲睡觉长大的，她十几年来一直和嫲嫲同睡一铺床，她一点也不知道嫲嫲的乳房没有乳头。现在她知道全家只有她爸爸和她二叔知道这件事，即使她的妈妈，也是不知道的。一个女人有乳房而没有乳头，在她的心里是绝对不可能的，可是现实中就发生了，而且竟发生在最疼爱她的嫲嫲身上。这太不可想象了，太恐怖了，太可怕了。

从这个采访会的气氛，从二叔和日本记者的对答，她知道了嫲嫲过去的遭遇。她过去从书本里也知道过慰安妇这件事，她根本没想过这件事竟落在最疼爱她的人的身上。这些冚家铲死日本仔侮辱了人蹂躏了人还不算，还要把人家的乳头咬下来。这些冚家铲还是人吗？即使是畜生禽兽也不至于此吧？所以她觉得这些死日本仔根本不是人，甚至也不是畜生，他们是恶魔，是鬼魅！她的心"扑扑"地跳，她的脑袋"嗡嗡"地响，采访会的后半部分是怎么进行的，她根本没有注意，没有入耳。她的心里只有她嫲嫲。

采访会结束了，他们坐着镇政府的面包车回村里去。

陈自睿坐在她嫲嫲的身边。她张开一条手臂搂着嫲嫲，她生怕嫲嫲再受到伤害似的。回到家里，她扶着嫲嫲走进她自己的房间，扶着嫲嫲躺下，帮她垫好枕头，掖好被子。她坐在嫲嫲的床边，守护着嫲嫲，让她安然入睡。

这时二叔也进来了，他拎着一张小板凳进来，坐在嫲嫲床对面的墙根边。

陈自睿本来是很讨厌她的二叔的。她知道他是日本人，心里本来就不怎么亲近，加上昨天听说他回来偷我们陈家的祖传秘方，心里就更加反感他。可是刚才在采访会上听了他的一席话，陈自睿对他的看法却发生了深刻的变化。

她觉得二叔虽然是个日本人，但毕竟是我们爷爷嫲嫲养大的。你看他对我们嫲嫲的态度就是不一样。他对我们嫲嫲有感情，他对我们中国有感情。刚才他的一番话，把那个死日本仔记者批了一通，这几有力，几叫人解气。

可是他又要偷我们家的祖传秘方。哎……爸爸说他在日本那边欠了人家一大笔钱，人家要他用我们家的祖传秘方抵债，不把债抵去就要他的命。看他的样子，他确实是个好人，是我们的好叔叔，让人家要了他的命也不好呀！她心里为她的二叔焦急了。

马骝仔坐在她的对面，耷头耷脑，胡子拉碴的，令她不忍目睹。她说："二叔，板凳那么矮，你坐得不舒服，你坐在我这里吧。我想上个厕所。"说完，她出去了。

陈自睿出去，并没有去找厕所，她找她的老爸去了。

她老爸眯着眼睛躺在厅里的"蛇吞拐"上。从广州回来，苏秀忙着进厨房煮饭去了。他在这里等饭吃。表面上他给人的印象是在等饭吃，其实他这时心里正烦得很，他要一个人静 下。

在采访会上，他的心灵受到很大的冲击。除了二弟马骝仔，以及来接马骝仔回日本去的他那个日本老豆，他基本没有见过、接触过日本人，今天参加了这个采访会，他算正儿八经地跟日本人打了交道了。这个鬼柳本什么郎说的那些话，真叫他把肺都气炸了。

他不禁想起了他死在南京的母亲，他不禁想起了他小时候从南京逃难，颠沛流离，像叫花子一样地流浪回番禺的经历。他想，几十年过去了，我们心头上的伤口好不容易才愈合，为什么这些日本人竟这样肆无忌惮地捅扎我们的伤口呢？当然也不是所有的日本人，刚才另外那几个日本记者是不赞同他这么说的。可见在现在的日本确实有那么一部分人对我们是不友好的。我们免除了他们的战争赔款，真是肉包子打狗了。这是没办法的事了，不免也免了。我们中国人讲话是算数的。不像那些日本人，反反复复小人心。

刚才听了二弟说的这番话，这家伙还是有情义有良心的喔。但他又偏偏出了这单事，失魂落魄地跑回来偷我们家的祖传秘方。据他说他拿不到我们的秘方回去，他就黄鳝上沙滩，没死也一身残了，他的家人也鸡毛鸭血了。我相信他说的话是真的。跟他做了几十年的兄弟，知道他不是讲大话诓人的人。可是又怎么帮得了他呢？

他正烦得无计可施的时候，有人碰了碰他的肘子。

他睁开眼睛，发现是他的宝贝女儿。他问道："找爸爸有事？"

陈自睿压着嗓子小声地说："爸，你看二叔的事怎么办？"

陈抗日一时不解其意，问道："二叔的什么事怎么办？"

陈自睿说："不是说二叔要偷我们家的祖传秘方，偷不回去就不得了的吗？那我们怎么办呀？"

陈抗日试探地反问道："你说怎么办？"

陈自睿吭哧了一会，说："我看还是给他吧！不是说救人一命，胜造七级浮屠吗？如果他拿不到秘方回去，坏人杀死他怎么办？"

陈抗日说："你的意思是说，老祖宗立下的规矩就不理它了？"

陈自睿点点头："我看还是救人要紧。我们不能看着二叔让人整死呀！"

陈抗日郑重地点了点头："爸爸会考虑你的意见。你忙你的事吧，爸爸想静一下。"

一会儿，陈自厉从里屋走出来，想到外面去。

他把陈自厉叫下。陈自厉问道："爸，什么事？"

陈抗日说："爸想问你一件事。"

陈自厉愣了一下："爸想问我什么事？"

陈抗日说："二叔的事你已经知道了，你看怎么办？"

陈自厉有点惊奇："爸爸是想听听我的意见，是给或不给是不是？"

陈抗日微微地点了点头。

陈自厉说："有爸在，这事我是不想表态的。"

陈抗日说："是爸感到为难，所以想听听你的意见。"

陈自厉嘴唇一抿，那张国字脸显得更方更正了。他说："既然爸爸想听听我的意见，那我就表明我的态度了。我的态度是：不给，不能给！"

陈抗日说："如果不给，你二叔回到日本，可能命都没了……"

陈自厉说："即使没命也不能给！"

他看见老豆一副很为难的表情，于是解释说："爸，你要明白，我们家的祖传秘方，其实不仅是我们家的，也是我们国家的，是我们整个中医事业的，是我们中医界的，这是'大我'。我们和二叔的关系，是'小我'。'小我'要服从'大我'，这是个原则。小时候我听你说，从甲午战争那时候起，日本仔就对我们的秘方起了坏心眼。抗日战争的时候，二叔的日本老豆为了偷取我们家的祖传秘方，设定了一条毒计，害得我们家破人亡。这更加说明，我们的秘方是绝不能流到日本去的。我们的老祖宗立下保护我们的祖传秘方的规矩，确实是有它的道理的。不能让日本仔得到我们的秘方，这是我们祖宗的愿望。我们现在就随随便便地坏了老祖宗的规矩，将我们的祖传秘方让二叔带回日本去，我认为是不对的。我反对这样做。当然，二叔空着手回去是危险的。说到底，这危险是他自己造成的，他自己要有所担当呀，不能因为他有危险，就伤害我们国家的利益，伤害我们家的利益呀！当然，他是我们的二叔，我希望有个两全其美的办法。但是在这个两全其美的办法想出之前，我坚决反对把我们的秘方交给他。当然，我们也要有所行动。日本不是说他们是个法治国家吗？他交不出秘方，他的债主敢随随便便把他杀死吗？他可以请律师打官司呀，他没钱请律师，我们可以帮他筹钱呀！他将来有什么困难，我们也可以帮助他呀！他如果在日本站不住脚，也可以回来，我们同甘共苦，大家有粥吃粥，有饭吃饭呀！但是这样就让他把我们家的宝贝拿走，我坚决不同意！"

陈抗日定定地望着他的儿子，这家伙真的长大了哦！

儿子丢下这番话，甩手掌柜似的不管了。

陈抗日明白儿子不是不管了，他的门槛高着哩！以后的陈家就是他的，他的话你敢不听？这家伙虽然长大了，可还是初生之犊，你以为在日本打官司是那么容易的吗？日本法官们的屁股是歪的，大家早就这么说了。不错，日本是法治国家，但也要看它对谁。当年被强征的中国劳工状告日本的株式会社，中国的慰安妇状告日本政府，日本的法官几时主持过公道？的确也可以请律师，可是在日本请律师你以为不要钱的？中国和日本的物价不同，这些律师又输赢不包，开口就是个天文数字，你叫我们哪里去筹？你说最好能找到个两全其美的办法，你以为这办法好找？

和陈自厉谈过，陈抗日发现自己的心更加不平静。

而且，他还发现女儿不时地看着他，好像在说："老豆，你不能不管二叔，让他去死喔！"

他悄悄地看看继母，继母张倩在床上闭着躺着，不吭不哈，不吃不喝。他知道她是主张给的，可是碍于祖宗的规矩，她张口不得。

二弟更是眼巴巴地望着他。那眼神可怜兮兮的，叫人不能忍看。

他没有办法，只有深深地叹了一口气。

晚上睡觉，苏秀挨在他的身边，深情地望着他："看你这副模样，几天瘦了一圈。这样下去不行喔！"

陈抗日又长长地叹了一口气："你说怎么办？给他吧，我就成了不肖的子孙，成了罪人。不给他吧，他回到那边就混不下去，甚至活不下去了。你说我该怎么办？"

苏秀看见老公这个样子，心疼地说："我知道怎么办，我早就告诉你了——哦！我真的想到个办法了！"苏秀高兴地说。

陈抗日听了很高兴："你想到了什么办法？"

苏秀说："村里的人遇到实在解决不了的事，就抓阄。你用两张白纸写几个字，一张是'给'，一张是'不给'。然后将这两张纸片搓成纸团望空一丢，之后你就闭着眼睛去摸，摸到哪一张，就照哪一张上写的字办。"

陈抗日听了，笑了笑。他在老婆的脸颊上轻轻地亲了一下说："我发现你很可爱！"吻过了老婆，他披衣下床，趿着鞋出去了。

苏秀问道："你到哪里去？"

陈抗日说："心很烦，睡不着。我怕影响你睡觉，我到书房去坐坐。"

苏秀累了一天，也很困了，她躺了一会儿就睡着了。她不知道书房的灯亮了一夜。

第二天早上，吃过早餐之后，陈抗日把马骝仔叫到了书房。

他交给了马骝仔一张纸条，说道："你把它抄一遍。我给你的这一张，你回去交给向你追债的那个人。我问过番禺的律师了，你的追债人肯定要去验证过这张药方是否有效。你回去见了你的追债人，你必须第一时间先和他签一份协议，讲明如验证有效，他们必须立即将你欠钱的欠条退还给你。然后将抓在他手中的欠条，跟这份协议和这张药单一起交给公证处，请公证处保管，让公证处给你主持公道。一旦他们认定药单有效，你就第一时间从公证处要回你那张欠条，并随手将它烧掉。你一定按照我说的话去做喔，不然我再也帮不了你了！"

马骝仔鼻子一酸，他抖着双手把药方接过来，双腿一软，"扑"地跪了下来，给陈抗日磕了三个响头："大哥，我非常感谢你！我一定按照你说的办！"

陈抗日把他扶了起来："你赶快回去吧！"

马骝仔出去给张倩磕了个头，又向家中各人深深地哈了哈腰，抹着眼泪，拎起他的行李匆匆地走了。

陈自厉知道老豆给了药单，立即吊起张脸，回他的房间去了。

四十五

竹下春夫嚷了好多年要搬回中国去，这回终于让他搬成了。

老马识途，经过反复掂量，他决定还是回番禺去。虽是日本人，他却是在番禺出生的。自小他就跟着七七桑竹下之介在南番顺转来转去。竹下之介是个老实本分的生意人，人缘儿又好，在珠三角一带交了许多朋友。人们对他也很客气。竹下春夫就是在这个氛围中认识中国的。他从小就对中国有感情。当然，他对日本更有感情。日本人的爱国情怀十分强烈，做父母的很自觉地教育自己的子女热爱自己的祖国。竹下之介夫妇也不例外，所以竹下春夫自小就很热爱日本。他知道中国再好，南番顺再好，番禺再好，那也是人家的地方，是他客居的地方，只有日本才是他自己的地方。日本樱花烂漫（尽管他那时候还没见过），清水蓝天，人们顿顿吃鱼。只是回到日本之后，日本人狭隘的自家人的小意识没能张开臂膀来接纳他，令他感到失落。之后，日本的特务机关说他们不听指挥，胳膊拗出不拗入，不是自己人，是非国民。于是他们一家子便霉运当头了。

竹下春夫是经过了几十年的折腾，才想到要搬回中国去的，好像中国是他哈哈桑的娘家一样。临到要出发了，他才想，如果中国人不接纳我，那怎么办？我们日本国跟人家打了那么多年的仗，把人家折腾得那么惨，真的不肯接纳也是情理中的事喔。他突然发现自己轻率了。不过什么都弄好了，开弓没有回头箭了，他基本上是砸锅卖铁地打点好自己了，想后悔也来不及了。还是去吧……

他揣着一颗忐忑的心踏上了中国的大地。他来到了番禺。番禺是他的出生地，他又是在番禺这块土地上长大的，他以为他对番禺最熟悉了。没想他来到番禺转了一圈，回想脑海里儿时的印象，竟一点也对不上号。番禺变了，番禺变得太大了，变得他根本不认识了。

他的心慌了。如果中国人见了他摆手兼摇头，他的归宿比叫花子还惨。他试探地到有关部门去申请，去办办证，居然办得很顺利喔。

于是他就此开了个店铺。他是晒咸鱼的，他老豆过去也是干这个买卖的，他当然也是干这个了。起个什么店名呢？叫日本×××？竹下春夫是个聪明人，他觉得叫日本什么的不好，他怕一叫日本什么的，中国人会想起过去日本军人的恶行，会抵制日货。但起得太中国化了会没有特色，没有特色便容易被淹没在熙攘的市声里。

在冥思苦想中，他突然想起了鲁迅先生的一首诗："扶桑正是秋光好……"扶桑是一朵美丽的花，鲁迅先生拿它来比作日本。花是好的，大家都喜欢，不是有句话叫"花为媒"吗？说明它容易使人亲近。好，就用花做名吧，就叫"扶桑……"扶桑什么呢？扶桑咸鱼店？

虽然竹下春夫这大半辈子基本都是晒咸鱼的，但还是觉得咸鱼的档次太低了，容易让人瞧不起。他思来想去，觉得还是叫扶桑海鲜什么什么的为好。海鲜什么呢？海鲜铺？海鲜店？都不好，俗了。叫海鲜货栈吧，货栈就是仓库，把仓库搬到街上搞门市这几新鲜喔。新鲜好呀，新鲜能吸引眼球。好，就叫扶桑海鲜货栈，你看这几别致，几上口。

日本人的特点是心太细，处事太过虑了。其实中国人很大度，说白些，中国人遇事常怀"阔佬懒理"的心态，管你日本人不日本人，只要你不逼急他，他是不会和你计较什么的。那些师奶们就更加如此了。她们兜里有钱，又好奇，好热闹，看见街上新开了一家商铺，那格局很有点东洋的味道喔，于是都想进去看看。这扶桑海鲜货栈是家庭式店铺，竹下春夫全家上阵。竹下春夫秉承他老豆的做法，对人恭恭而礼，热情有余，真正把顾客当作上帝。中国人过去受尽了日本人的白眼，现在被他们捧为上帝，师奶们心里几受用，于是都掏钱出来买点东西。俗话说："新屎坑，三日兴。"竹下一家礼仪周周，勤谨经营，三天之后行情还很好喔。竹下春夫知道他站得住脚了。

竹下春夫想到中国来，一是想换换环境。他饱受"非国民"这顶臭帽子之苦，早就想换个环境透透气了。二是想找陈无偏治治他老婆石野梅子的病。他知道这么多年过去了，陈无偏或者不在人世了。如果陈无偏不在，他的后代还在呀。找他的后代给梅子看看病，相信他的后代也一定很厉害的。

扶桑海鲜货栈的生意步入正轨之后，竹下春夫便踏上了寻找陈无偏或者陈无偏后代的旅途。

他记得他小时候跟着七七桑去过陈无偏的医馆。他记得那里好像是叫金窝村。那路是怎么走的，他还记得比较清楚。可是现在一旦找起来就感到糊涂了。这几十年番禺的变化真是太大了。以前他记得那是个依山环水的地方：山不高而秀丽，水不深而明澈。村前村后长满了荔枝林，鸟语花香，嗡嗡的蜜蜂会在你的身前身后飞来飞去。可是现在一迈步就感到糊涂了。现在到处都是高楼大厦，或者是成片成片的厂房，叫你真不知道怎么走。街上的"的士"穿来穿去，竹下春夫想：问他们肯定会知道。

他扬扬手，一辆行驶着的"的士"停了下来。

他问道："请问可以去金窝村吗？"

司机大佬看了他一眼，心想连金窝村都去不了开什么"的士"？于是拉长着声音应道："可——以。"

竹下春夫上了车，司机打表、开车。其实金窝村也没多远，拐弯抹角，十分钟就到了。

竹下春夫下车入村，更是恍如隔世，哪有旧时记忆的影子？这村子的格局，已跟城市差不多，贴着瓷砖的靓屋一座比一座气派。

他向村民打听陈无偏，村民们大眼小眼地望着他，说："陈老先生已经作古好长时间咯。"

竹下春夫问道："他的后代呢？他的后代继续行医吗？"

村民说："当然有后代，积了一辈子阴德的人哪会没后代！"

"当然也行医，那么好的本事不传下来岂不可惜了！"

竹下春夫松了一口气："继续行医就好，继续行医就好！"

有人问道："你的口音不是我们番禺的喔？你是哪里来的？"

铺头开张以来，竹下春夫发现中国人对日本人是友好的，他也不再刻意掩饰了，说道："我的是从日本来的。"

"从——日——本——来——的？"大家不禁瞪大了眼睛，"你从日本来干什么？"

竹下春夫说："来看病呀！"

"乖乖，从日本专门来找陈医生看病。"大家叽叽喳喳地议论说，"陈医生真是名满天下了！"

竹下春夫说："请你们告诉我，他的家往哪儿走？"

有个后生仔说："告诉你，你也不一定找得到，还是我带你去吧！"

一股暖流从竹下春夫的心底升起，他感到这里民风淳厚，民众对日本是友好的。要是在日本，一听说你是中国人，恐怕难有人主动给你带路。

拐弯抹角，那小伙子用手指着前面说："这就是了。"

竹下春夫顺着小伙子的手往前一看，啊！一座两进古屋，土瓦青砖，镬耳山墙，灰雕屋脊，石砌门阶，在鳞次栉比的瓷砖靓屋丛中显得格外醒目。

竹下春夫有点激动了。他小时候见过的那家医馆就是这样的，几十年过去，它保存得还这么好。

走到屋门前，那年轻人往屋里叫道："陈医生，有人找你看病。"

陈抗日从里面出来，看见一个比自己年纪稍长的老人，于是双手一拱，客气地说："在下陈抗日，不知贵兄有何见教？"

竹下春夫看见眼前这位年纪比自己稍轻的男人，长得跟自己小时候见过的陈无偏有几分相似，知道是陈无偏的后代了。他说："我是来看病的。"

陈抗日把手往里一伸："请！"

竹下春夫跟着陈抗日进去，看见里面的八仙桌、太师椅、圆木凳、"蛇吞拐"躺椅、石药臼、生铁研船等，跟自己小时候来见过的一样，心里觉得很亲切。

陈抗日请竹下春夫坐在八仙桌前的荔枝木圆凳上，自己坐在太师椅上，将手枕往竹下春夫跟前一移，问道："贵兄想看什么病？"

竹下春夫拱拱手，抱歉地说："不是我看病，是我老婆想看病。我是为她探探路的。"

陈抗日不禁认真地打量他一眼："听你的口音，你好像不是本地人喔。"

竹下春夫笑道："陈医生好眼力，我不是本地人。不瞒你说，我是日本人。"

陈抗日愣了一下："你是日本人？你的番禺话说得很好喔！"

竹下春夫说："我是日本人，七十多年前在番禺出生的，以后回日本去了。"

陈抗日说："那你怎么找得到我？"

竹下春夫说："我以前来看过病呀！"

"你以前来看过病？"陈抗日听了，惊讶得一时不知该说什么。

竹下春夫说："是呀，我小时候跟我父亲来看过病。那时候我父亲在市桥开了一家经营东洋海产干货的店铺。我们那时候来看病，是令尊陈无偏先生主治的，现在令尊……"

陈抗日说："家父过身了。"

竹下春夫说："对不起，对不起。这次我们来，就烦劳陈医生你了。请教陈医生大名。"

陈抗日说："在下叫陈抗日。"

竹下春夫一愣："陈——抗——日？"

陈抗日笑道："不好意思，把你吓着了。"

竹下春夫说："不是，不是。请问你这名字是从小起的？"

陈抗日说："是从小起的。"

竹下春夫说："那时正是我们侵华的时候。可见我们给你们造成的伤害太大了，同时也看出你们当时抵抗我们的决心。陈医生，我应该代表我们的上一代人向你们道个歉。"

他站起来，向陈抗日深深地鞠了个躬： "对不起，真正对不起。"

陈抗日笑道："先生，你的认真的态度令我感动。"他心想：这家伙还挺会公关的，没看病就跟我拉近感情。

他说："先生的前辈当年来中国打过仗？"

竹下春夫说："不是。刚才说了，我父亲当年是在中国做生意的，就在市桥，开个海味杂货店。我父亲跟中国人的关系比较好。我父亲跟令尊的关系也好的喔。我父亲很钦佩令尊的医德医术，我们一家人有病都是找令尊看的。可惜令尊千古，不然说起来他老人家或许还记得。那时也正因为跟中国人关系比较好，所以就惹祸上身了。"

"惹祸上身？"陈抗日听得一愣一愣的。

竹下春夫说："当时，我们日本在华的特务机关运来了一批掺有鸦片的糖果，叫我父亲卖给中国的小朋友吃。我父亲觉得这太伤天害理了，没按照他们的要求去做。这些特务机关认为我们跟他们不同心同德，扣我们一顶'非国民'的帽子。回国之后，我们的日子就难过了。几十年过去了，我们在大家眼中还是'非国民'，你说我的心好受吗？所以，我还是回中国来做生意，跟我父亲当年一样。"

陈抗日好像听天方夜谭一样，那嘴巴不由自主地说："是真的吗？"

竹下春夫认真起来，用手往上一指，郑重地说："苍天在上，在下如有瞎编，甘受恶报！"

陈抗日感动地说："先生言重了，先生言重了。听你这么说，我们应该是世交了。"

他突然发现客人没有饮茶，慌忙沏茶。"先生尊姓大名？"

竹下春夫说："卑姓贱名，竹下春夫。"

陈抗日说："先生有空，请多到寒舍饮茶聊天。哦，刚才不是说尊夫人身体有恙？我去给她看看。"

竹下春夫连忙谢却："不了，不了，我今天是来探路的。我知道怎么来的了，我明天带她来请陈医生给她费费脑子就是了。"

第二天，竹下春夫就把他的老婆石野梅子带来了。

陈抗日发现她长着一对熊猫眼，脸色灰沉，知道是血中有瘀。号脉，脉弦带涩，是个瘀像。看舌，舌瘦小、略青、捆边，舌边有齿印和瘀点，舌面苔黄并腻，口气冲人。

陈抗日问她的生活习性和哪里不舒服。

石野梅子把她的好恶讲了一下，最后说她小腹下面有个包包，很不舒服。

陈抗日伸手向石野梅子和竹下春夫拱了拱说："我要摁一下。"

竹下春夫把石野梅子的衣服撩起来。

陈抗日伸手下去认真地摸了摸。

竹下春夫问道："陈医生，是怎么回事？"

陈抗日说："是症瘕。"

竹下春夫使劲地眨巴着眼睛："症——瘕?"

陈抗日说："这是我们中医的一个术语，就是西医说的肿瘤吧!"

竹下春夫问道："是怎么引起的呢?"

陈抗日说："是瘀血内蓄。"

竹下春夫的心里"扑通、扑通"的："可以治得好吧?"

陈抗日说："可以治得好的。"

竹下春夫嘘了一口气："那就好，真拜托了。我们在日本已看过好多医生了。"

陈抗日开了一剂少腹逐瘀汤，再加十枚"灵蛇之珠"。

他说："这药丸是我家秘传的灵丹妙药，是专治症瘕积聚的。"并把服用的方法和注意事项一一告诉了他："吃这药会肚痛拉稀，这是正常现象，不要害怕。拉出来的是毒，拉了就好了。"

石野梅子吃了药后，果然肚痛拉稀。拉了几回，小腹那个包包果然小了软了。

竹下春夫和石野梅子非常惊奇，惊奇之后便是崇拜。

竹下春夫以后有事没事，都爱到陈氏医馆去坐坐，渐渐地成了陈抗日的好朋友。

酢谷小百合已至八十高龄，却还在中国四处奔走。日本是个能吃苦的民族。日本老一辈的人有个特性，就是不服老。在公众场合你给日本的老人让座，他还不高兴，说你瞧不起他。

酢谷小百合到了这个年纪还在中国四处奔走，除了不服老之外，她想为那个太子爷儿子酢谷继三郎攒副丰厚的身家，这更是个重要的原因。但终究是岁月不饶人啊，坚强而聪明的酢谷小百合在小车上准备了一辆很轻巧实用的轮椅，随身又带着个秘书，能走她尽量走走，累了就坐在轮椅让秘书推着。

一天，她突然发现自己的小腹下鼓起一个包，吓得脸都黄了。去医院一检，是宫颈癌。酢谷小百合害怕了，吓得要死。

她旗下有番禺的本地人，说番禺金窝村有个老中医专医奇难杂症，比医院还厉害，你应该去看看。病急乱投医，酢谷小百合马上就到金窝村来了。

陈抗日听了酢谷小百合的陈述，淡淡定定，从从容容地把脉看舌，然后给酢谷小百合开了一帖中药，又给了她十枚药丸，说道："这药丸叫'灵蛇之珠'，是我家治症瘕积聚的灵丹妙药，你的病不要怕，吃了我的药就没事的。"

酢谷小百合将信将疑。既然来了，就吃他的药试试咯！

酢谷小百合吃完这十个药丸，喝了几服中药，肚子暗暗痛了几天，拉了几泡臭屎，发现小腹那个包包果然小了喔。

酢谷小百合非常高兴，赶紧跑到金窝村去复诊。

那天，正好竹下春夫又来聊天。两个日本人在陈氏医馆见面，彼此有他乡遇故知的感觉。陈抗日给酢谷小百合诊过，这回他不开中药了，只给药丸子。

酢谷小百合知道是这药丸子起的作用。她本能地觉察出里头蕴藏巨大的商机。她问道："医生，这药丸叫什么名字？"

陈抗日说："上回我告诉过你了，叫'灵蛇之珠'。"

酢谷小百合说："你把这药丸的配方卖给我好吗？钱不是问题，你开个价。"

陈抗日不禁一愣："你要我的配方干什么？"

酢谷小百合说："这么好的一条方子，长期埋没在乡间里太可惜了。你卖给我，让我宣传它，开发它，让它为许许多多的人服务，也让许许多多的人知道它。"

这句话也把旁边的竹下春夫吓着了。乖乖！这老太婆真是个女强人，你看几大的口气。

陈抗日笑了起来，他看见竹下春夫一愣一愣的。陈抗日问道："竹下君，你说我该卖吗？"

竹下春夫惊诧莫名："问我？"

他不相信陈抗日会问他这个问题。他"吭哧"了一会儿，说："我没钱，要是我有钱，我也会买的。"

陈抗日问道："为什么？"

竹下春夫说："因为它太灵效了。这么灵效的药方，买回我们日本去，对我们日本好嘛。"

陈抗日看了竹下春夫一眼，心想：这家伙虽然在日本吃了那么多的苦头，但心里还是很挂念他的日本的喔！他说："多谢你们的美意。我的祖宗有话传下，这药方是不卖的。"

酢谷小百合很惋惜："这太可惜了！应该把它开发出来，让它为人类服务嘛。"

陈抗日说："它为中国人服务了好几百年了，现在又为你们服务了，这还不算为人类服务了吗？"

酢谷小百合说："它应该为更多的人服务。"

陈抗日心里在说：有炮仗要让你来点引？嘴上却说："是的，会的。它以后一定会为更多的人服务的。"

四十六

陈自睿毕业了。她是"广外"的高才生，品学兼优，一口英语说得比老外的还要动听。毕业前广州的一家外经公司就相中了她，未出校门就把她捞走了。村里的人知道陈自睿毕业了，做工了，而且做的还是专跟番鬼佬打交道，跟番鬼佬做生意的工，都很羡慕她，夸她是"叻女"。

黄百当一天见了陈自睿说："叻女，毕业了喔，做工了喔，还不请我们吃一顿？"

陈自睿春风得意，她豪爽地说："没问题！"

乡间很讲礼数。陈自睿知道黄百当的老爹是自己爷爷的"沙煲兄弟"。按理他跟自己的老爸是一辈的，他平常都叫我老爸做抗日哥，我应该喊他"叔"才对。可是彼此的年纪又差得不太远，叫"叔"她觉得叫不出口，叫"哥"又觉得不妥，于是打了个含糊，什么都不叫："你看上什么地方，尽管跟我说吧。"

黄百当夸奖地说："靓女，真像个办大事的人喔！"

陈自睿更加得意，"既然吃开了，你就帮我多叫几个人，叫谁你拿主意喔。"

黄百当想："现在的年轻人不在乎吃，只图个开开心，而自睿也刚出来工作，荷包里没多少钱，就去'好运来'好了，那里中西合璧，找间包厢，叫些西点，唱唱'卡拉OK'就可以了。人嘛，那就叫上几个和自睿一起玩大的靓仔靓女。自厉是她的大哥，那肯定是少不了的喔。"星期六的夜晚，这帮靓仔靓女吃过晚饭，相跟着高高兴兴地到"好运来"去了。

"好运来"是间档次中等的餐厅，店面还算大，老板的经营理念比较时尚，是年轻人喜欢的去处。

这帮靓仔靓女走进餐厅，直奔黄百当定好的包厢。大家熟门熟路地自己开机，五音不全地嚎了起来。

陈自睿说："就这么唱吗？上点东西，上点包点饮料什么的，不要为本小姐省钱，干着喉咙饿着唱。"

黄百当说："都点好的了，等一会儿服务员就会送来的了。"

这帮靓仔靓女从小在一起玩大，毫无拘束。番禺离港澳近，靓仔靓女们受其熏陶，多爱吼些劲歌金曲。他们开机之后，全不管旁人的感受，自顾自地拿起麦克风在那里吼叫。

吼了几曲，门外"橐、橐"地响了两下，门扇哑然一开，是服务员送东西进来了。这服务员是个男生，笑容可掬。他把托盘里的西包西点摆放在各人的前面，有摆得不够整齐的，这服务员还不厌其烦地用手挪正。挪好了，看看觉得可以了，他才出去，出去前还向大家哈哈腰，出去时不忘把门带上。

安仔说："吡！可以喔。"

黄百当说："我拣的地方，当然可以。这个餐厅服务员的素质是不错的。"

虽然吃过了晚饭，但后生仔、后生女牙齿痒，见桌面上摆有东西，也照啃不误。大家边吃边吼，感到爽极了！

吼了一会儿，包厢的门又"橐、橐"地响了两下，大家循声望去，又见那个服务生进来了。他推着一辆送食物的小餐车，车上放着各种饮料。进来之后他又细心地把饮料分摆在各人面前的茶几上。分摆好饮料，这服务生却不忙出去，站在旁边看大家吼劲歌金曲。

安仔觉得不爽，人家在这里唱歌，关你什么事？你站在这里干什么，但又不好开口赶人，于是说："你感兴趣？"言下之意是没事你就该走了。

这服务生笑了一下："也不能说感兴趣。我只是觉得，你们唱的这些歌太浅薄了一些。"

太浅薄了一些！？你扮晒嘢哦！大家不约而同地望着他。

这服务生抱歉地笑了笑："冒犯了，我不是故意的。对不起！"

安仔说："没冒犯，没冒犯。你说我们唱得太浅薄了一些，那你来一支深厚一些的给我们听一听好吗？"

大家听了安仔这么说，立即起哄："对，请你来一支。大家鼓掌，欢迎欢迎。"

这服务生也不谦让，他说："唱不是不可以。只是餐厅不允许这样做。我唱了，老板知道了，是会扣我的工资的。"

黄百当觉得这家伙有意来踢馆似的，不打打他的威风不行，于是说："不要紧，我跟你老板很熟，你老板罚你多少钱，我补回你多少就行了。你尽管放心。"

安仔又说："现在关着门，你老板也听不见。我们不说，你老板也根本不知道。是不是？你尽管放心好了。"

服务生笑道："既然大家那么赏脸，那我就献丑唱一支吧。"

安仔来劲了，叫道："好，你唱什么？来，给他放点音乐。"

服务生说："不用了，我唱的，这里没有配乐。我清唱就可以了。"

大家一愣，清唱？！

这服务生也不理会大家的感受，他当大家透明，闲悠悠地清清嗓子，用手指轻轻地敲敲麦克风，然后不慌不忙地唱起来了：

追过兔子的那座山

钓过小鱼的那条河

至今依旧魂牵梦萦

难忘的故乡

父母过得怎样？

朋友们是否安康？

任凭风吹雨打

依然难忘的故乡

实现了心中的理想

何日才能回到

我那山清水秀的故乡……

一曲唱罢，大家愣了。包厢内鸦雀无声。

服务生又轻轻地哈了哈腰："献丑了，不好意思。"

见大家还在愣着，他又说："如果大家赏脸，我再献上一支？"

安仔率先回过神来："好，请唱吧！"

这服务生又唱起来了：

樱花啊

樱花啊

阳春三月晴空下

一望无际樱花哟

花如云海似彩霞

芬芳无比美如画

快来吧

快来吧

快来看樱花……

大家听得一愣一愣的。他们吼惯了劲歌金曲，还没有接触过这
类音乐，觉得也真的几新颖几好听喔。

倒是陈自睿灵醒。她是"广外"的高才生，虽是学英语的，隔
行如隔山，但到底见识多，脑子灵，她觉得这好像是日本歌曲喔。
这人是我们"广外"念日语的大学生，出来搞勤工俭学的？可是这
人的年纪应该比我还大一些喔，想来又不太像呀！是老师？学校的

老师我大概都有个印象，而且老师来这样的地方做服务生，是不是又太屈尊了？

在好奇心的驱使下，她冲口问道："你是哪里人？不像一般的服务生喔！"

那服务生很得意，他笑道："我是哪里人不重要，你没听说过一句话吗？'英雄莫问出处'"

陈自睿笑道："请你介绍一下是哪里人并没为难你呀！莫非你有一段'落难莫问根由'的苦衷？"

这服务生一愣："小姐不仅相貌出众，而且嘴利如刀，令人佩服。"

陈自睿被搔到了痒处，觉得很得意，嘴上却说："小女子不敢当。"

这服务生不由得很认真地打量了一下陈自睿，看见这姑娘杏眼桃腮，丰神秀异，不禁入目动心，说道："小姐不敢当，小生却是敢当喔！"

大家又是一愣，你这是什么意思？

这服务生发现大家面有愠色，笑道："大家都是年轻人，开个玩笑，千万不要见怪。而且这位小姐也确实人品一流。古人说：君子好逑。现代学者也说：'爱美之心，人皆有之。'看见小姐如此人品相貌，心里怦然一动，是人之常情，也是对小姐的景仰，大家说对不对？"

哈，这小子真会说话，什么话他都能兜兜转转说得通，这家伙不是干服务生的！他是什么人？

这服务生对自己在这场合俯仰自如感到很高兴。他从旁边的一个餐柜里取出一只一次性的塑料杯，拿起他送进来的饮料，斟了一杯说："这饮料是你们的，我借花敬佛，敬大家一杯，刚才有所冒犯的，在下在此赔罪了，多请原谅！"说完将杯中的饮料一饮而尽。

大家见状，也开怀一笑。

人家都这么的了，你还怎么的？不计较他了，唱歌吧！

安仔对那服务生说："我们继续唱歌了，你刚才唱得还挺好的，若有兴趣，也不妨再唱几句！"

这服务生说："你们番禺人还是挺好的，可就是番禺这块地方看来却不算怎么好。"

咦！这家伙真是树欲静而风不止喔。包厢里的气氛一下子又紧张起来。

安仔不服气，问他说："我们番禺不好，那什么地方才算好？"

这服务生说："你们刚才问我是什么地方的人。其实我不在乎我是什么地方的人。我这个人四海为家。中国我几乎走遍了，我发现中国有一个地方最好。"

大家一听来了劲，都问道："你发现哪个地方最好？"

这服务生不作声。他用手指蘸蘸杯中的饮料，在茶几上写了两个字。大家凑近一看，是"奉天"两个字。

陈自厉面色一沉，用锐利的目光打量着他："你是日本人？"

大家望望陈自厉，又望望这服务生。

服务生把头一点："明人不做暗事。我是日本人。"

陈自厉说："你说话有点放肆，对我们不太友好喔。"

服务生说："也不能说放肆，也不能说不友好。我是来中国游历和考察的，说点感受而已。"

陈自厉说："你来我们中国游历考察说点感受，我们不反对。可是你怎么把我们的沈阳叫作'奉天'？"

服务生说："这只不过是个旧名词而已，而且现在我们许多日本人都还改不了口，你难道可以说我们这许多日本人对你们都不友好吗？"

陈自厉一下子让他噎住了。对付眼前这个家伙你怎么说都可以，可是对付他后面的许多的日本人可就要斟酌斟酌了哦！

这服务生见陈自厉不说话，便振振有词起来："你们也太小气了。我提起了你们的一个旧名词，你们就动了那么大的气，我家里的人让你们杀死了，我还努力地忍着呐！"

你家里的人让我们杀死了？真是丈八金刚，叫人摸不着头脑。

这服务生说："我介绍一下，我叫石野太郎。"

石野太郎听他的偶像井上渲之说过，到中国游历，做事，认真磨炼自己，做出了成绩，为国家做出了贡献，以后是很容易被推荐到政经私塾去读书的。到政经私塾去镀上一层金，今后将前途无量。所以他到中国来了。

他说："我欧吉—桑，就是你们说的爷爷，我爷爷石野四箸1940年来到中国，具体说是来到你们番禺，被你们打死了……"

黄百当问道："1940年正是你们日本军队侵略我们中国的时候，我们中国让你们搞得兵荒马乱，民不聊生，你爷爷这时候来我们中国干什么？是探亲、访友、走亲戚、做生意？"

这石野太郎一下子被问住了。他支吾了一下说："来中国打仗。"

陈自厉笑道："来侵略被打死，那是最正常不过的事了。你还努力地忍着什么？"

石野太郎说："你们经常说，我们日本给你们带来了深重的灾难，可是你们怎么不讲讲你们给我们带来了深重的灾难？我的爷爷被你们打死，我的家就断了顶梁柱。我的欧巴阿桑，就是你们说的奶奶，是靠卖春把我们一家几口养活的。"

安仔调侃说："你奶奶好厉害哦！"

石野太郎听出这话中的不屑，他觉得眼前的这些人顽愚，有些对牛弹琴。

他自负地说："其实你们也不懂，给你们说也白搭。这怎么能说是正常呢？我的觉得一点也不正常。你们前辈打的仗也确实打的卑鄙，在战术上更没有章法，只靠人多搏人少。我们的皇军就不像你们这样。我们讲究公平、公正，讲究武士道。比如说拼刺刀，我们的皇军在拼刺刀之前，把枪膛里的子弹退出来，真正用枪上的刺刀来拼，让彼此都站在对等、公平的平台上。而你们却不是这样，你们在拼刺刀的时候，经常打黑枪。又比如说，你们跟我的爷爷打的这一仗。我的爷爷一个人押着一船军粮，你竟埋伏着一大堆人马去伏击他。你们这样搞法人道吗？公平吗？有本事有道德的大家一对一呀！可怜我爷爷英雄一世，就让你们用这样的卑鄙手法打死了。"

黄百当不管这日本仔的欧吉—桑公不公平，他只记得那个让他受了经理的恶气的老日本仔，你算说对了，有那么卑鄙的手法的吗？他愤愤地说："黐线！这样就不公平不公正了？你们仗着有洋枪，有洋炮，跨洋渡海跑到中国烧、杀、抢、掠，你们还制造了南京大屠杀，你们强迫千千万万的良家妇女去做慰安妇，你们成立了'731部队'拿活人做实验，用来培养细菌病毒，你们到处投放毒气弹，这又很公平、很公正了？"

安仔说："这家伙癫了。"

陈自睿说："他是癫出不癫入。"

石野太郎说："说到南京大屠杀，我又有话说了。我觉得里头倒有很多的疑问。比如你们说，我们在南京杀了三十万人，怎么那么整整齐齐的三十万呀？怎么不多出一点或少却一点呢？"

陈自厉说："你说的对，这个世界是有很多疑问的。我觉得广岛和长崎那两颗原子弹也有疑问。有人说美国人没有往那两个地方扔过原子弹哦，是不是日本人自己炸出两个大坑来，然后再把屎抹到美国佬的屁股上？"

石野太郎听了脸都青了。他恨恨地说："你们都是些刁民，是愚昧落后的民族……"

陈自厉说："你们不落后？不愚昧？你们很先进很优越咯？"

石野太郎大言不惭地说："当然！我们是天照大神的后裔，是神佑的民族。我们当然不愚昧，不落后！我们日本的青少年个个都以振兴日本为己任，不像你们只晓得躲在这里吼劲歌金曲。"

黄百当听了，差点要跳起来。

陈自厉一手摁住黄百当，指着石野太郎对黄百当说："你别太激动了，你看人家几高大威猛。"

他对石野太郎说："喂，我看过《日本百年影册》和美军当年鉴别日本俘虏的要则，发现你们日本人过去身材非常矮小，所以被世人喊作'小日本'的喔，怎么今天都个个生得这么高大威猛了？"

石野太郎自豪地说：“你没有看过‘一杯牛奶强壮一个民族’这篇文章吗？战后我们日本政府每天给所有学生免费提供一杯牛奶，所以我们日本的青少年就发育很好，越长越高了。”

陈自厉说：“不是吧！”

石野太郎说：“那你说是什么？”

陈自厉说：“那就要请你去问问你们的恩人元帅麦克阿瑟了。是他们来了，你们日本的青少年才长得又高又大的喔！”

大家听了，“哄”地笑了起来。

石野太郎恼羞成怒，他指着陈自厉，咬牙切齿地说：“我今天就要修理修理你！”

黄百当一下闪到陈自厉的前面，用身体护住陈自厉。石野太郎虽然觉得他瘦了一点，但却感到他目光如炬，有种锋芒逼人的感觉。

黄百当说：“你刚才不是说一拳把我打到贴在墙上吗？我今天就要领教领教你的厉害。来！有种的就朝我的胸口上打吧！”

这句话真把石野太郎给镇住了。他也晓得“牛角不尖不过界”这句话，这八嘎主动出位求战，肯定是有来头的哦！石野太郎心知肚明刚才说的大话是抛抛浪头的，现在遇到了真家伙，他手心开始出汗了。

黄百当见他呆了，催促说：“你不出手我出手了。”说着伸出左手，抄起茶几上的一个喝空了的啤酒瓶。

石野太郎见状，不禁后退了两步：“你，你想干什么？”

黄百当鄙夷地说：“我不想干什么，我想请你留心着我这只啤酒瓶……”

石野太郎听他这么说，更加后退了几步。

黄百当的身材虽然瘦小单薄了一些，但他练了二十年的南拳，也深得其中的奥妙。他按照当年陈无偏的教导，将一身的力气运到了手掌上，然后将右手的手掌像刀般举起，大喝一声，说时迟那时快，只见他那只右手闪电般向啤酒瓶剁下，“啪”的一响，他左手握着的那只啤酒瓶应声断裂，瓶颈还握在他的左手里，但另外的那一截已经变成了无数块碎片，溅落在包厢的地板上。

黄百当把握着的瓶颈往石野太郎跟前一晃。

石野太郎脸色大变，他喊道："你别乱来呀！我告诉你，我是领事馆的雇员，我有外交豁免权。我去告你，你是要坐牢的。"

陈自睿杏眼圆睁，"啪"的一声把自己的手机放在茶几上："你刚才大放厥词，说了许多诋毁我们国家、诋毁我们民族的话，我都录了下来了。我把它交到公安局去，看警察帮不帮你！"

石野太郎立即呆了。

陈自睿说："百当哥，你去教训教训他。"

陈自睿话还未落，石野太郎撒腿就跑了。

大家见状，"哄"地笑了起来。

陈自厉怒气未息，说："不唱了，我们走吧！"

安仔问道："要不要把地上的碎玻璃扫一下？"

陈自厉说："不扫！这包厢是那个日本仔负责的，让他来扫。"说完，到收银台结账去了。

下楼的时候，黄百当问陈自睿："靓女，你什么时候买的那么高级的手机，功能那么齐全？"

陈自睿很开心，她说："我哪里有那么多钱买那么高级的手机？我是诳他的！"

黄百当眉头一扬，他向陈自睿伸出了大拇指："叻女！"

这一晚，陈自睿兴奋得久久不能入睡。她想：我们的国家强大了，日本仔想再侵略我们，奴役我们的日子一去不复返了。日本仔，你见鬼去吧！

这一晚，陈自厉也睡不着。他在生他老豆的气：日本仔那么嚣张，你还把我们老祖宗的宝贝传去日本，老豆，你真是老糊涂了啊！

四十七

陈抗日是个学医的人，本来就很注意起居作息，加上老婆从旁提醒督促，所以他的起居作息就制度化了。

他是不用做家务的。不是他不做，而是老婆不让他做。他老婆苏秀是个很贤惠的女人，她笃信夫荣妻贵。只要老公很光彩，很有名气，她就很满足了。所以她大包大揽地做好做完每天的家头细务，照顾好年迈的婆婆，不叫老公分点心。

陈抗日每天傍晚放下饭碗，就到村外去走走，消消食，天黑了就回来。他一般是不看电视的，如有重大的新闻，苏秀会叫他去看看。人家看电视，他就看他的医书。看了两个钟头的医书，他就洗澡上床睡觉去了。

早上天一亮他就起床。苏秀也起床了。苏秀起床是忙早上的那顿早餐。他就出去打拳了。陈家有个规矩，陈家的男子汉必须练武，必须会打拳。据说老祖宗就是这样的，并一直传下来。老豆陈无偏的洪拳就打得很好，村里很多男子佬都是他的徒弟。陈抗日打完拳，老婆的早餐也做好了。他吃过早餐，然后打桶井水抹个澡（老豆那时就是这样的），换过衣服，就出去应诊了。所以他看病的时候特有精神，效率很高。

今天上午未到十点钟，他就看了十几个病人了，好多还是从广州、佛山、江门开车过来的。

这十几位病人走了，他才想起喝口茶水喘口气。

这时，门口又驶来一辆小车。这是一辆"的士"。车门开处，走下一对都拄着拐杖的老人。

陈抗日定睛一看，吓了一跳。这两个老人不是别人，而是老豆时候的老交情大生叔和阿珠婶。

他赶快跑出去叫道："生叔、珠婶，你们怎么来了？"

大生说："你珠婶近来身体不大好，看过医院的医生，效果又不大明显，她说要来找你看看，所以就来了。"

陈抗日大叹一声："你们真叫我惭愧！你们喊我一声，我过去看就行了嘛。这事老豆有知，他肯定骂我。"

阿珠笑道："你忙，你再去看我，不就更忙了？"

陈抗日说："我去不了，我儿子还可以去嘛。"

阿珠说："其实也没多了不起的。现在交通很方便，打个车，也花不了几个钱。上车下车，十几分钟就到了。而且我也好久没有见过倩姐了，也想来看看，聊聊天。"

陈抗日把他俩扶进屋里，叫苏秀出来斟茶。

苏秀出来，看见是生叔和珠婶，非常欢喜，连忙端茶倒水，招呼他们坐下。

陈抗日说："快去扶嬷嬷出来，说生叔珠婶来了。"

一会儿，苏秀把张倩扶将出来。大生和阿珠看见了张倩，都放下自己的拐杖，蹒跚地走过去牵她的手，向她问候。

陈抗日对苏秀说："你赶快去菜市买几个菜回来，中午留生叔珠婶吃餐饭。"

大生听见，摆手兼摇头："不用客气，不用客气，看完病我们马上就回去的。"

张倩说："这么久都没来一次，来一次连饭都不招呼吃一餐，老头子有知，非骂我们不可。"

这时，陈抗日的手机响了。苏秀惯说他是古老石山，近这两年这古老石山也与时共进，玩起手机来了。

他打开一听，说道："二弟吗？有什么事？"

张倩和阿珠都异口同声地问道："是和平打来的电话吗？"

陈抗日说："是的，这里信号不好，我出去一下子。"说着，他对着手机"喂，喂，喂"地出去了。

出到了外面，他对着手机大声地问道："二弟，我这里信号不好，你大声一点。"

手机里响道："大哥，有件事我想请教请教你……"

陈抗日说："你说吧！"

马骝仔在那头说道："是这样的——"

石野尚武和山根友度仕得到了秘方之后，夜以继日，加班加点地试制药丸。他们一边制药，一边试药，过五关斩六将，一路惊喜。

山根友度仕惊叹道："过去我七七桑不厌其烦，老调重弹地在我耳边讲这药方子如何神奇，如何灵验，我都将信将疑。现在一试，果真厉害！"

石野尚武更加高兴。这事本来是跟他半点关系也没有的，没想到竟让他执了牛耳。那么灵验的神药，将来想不发财都难了。他说："还是我石野尚武有福气。你们山根家几代人努力了那么长的时间，一点进展都没有。你看，我石野尚武一出手，就马到功成，水到渠成了！"

山根友度仕听了，心里很不是滋味，心想：这八嘎有此想法，将来还有我说话的地方？所以心里一直忐忐忑忑。

按照程序，他们将这事一级级地报上去，立即引起了一级级的重视。这些官们知道这药方是从中国得来的。我们日本有了这个东西，便是我们日本的骄傲。于是一路绿灯，顺利到令石野尚武和山根友度仕偷偷地发笑。

山根友度仕对石野尚武说："我们应该做点广告，请枪手在报上做些宣传，到产品出炉时，因为知名度大，市场上会出现一个人人争抢的局面。"

人人争抢，岂不是人人送钱来？我虽是个有福之人，但点子还是要靠别人出的，这八嘎脑子确实比我好，就按他的去做。

于是石野尚武掏出钱来，做广告的做广告，请枪手的请枪手，一时间弄得坊间沸沸扬扬，熟人们纷纷打探这神药的信息。

到这药品面市的时候，竟一下被抢购一空。

石野尚武和山根友度仕高兴到连自己的七七桑姓什么都不晓得了。石野尚武虽然刚愎自用，但山根友度仕的智商比他高出一筹这点他还是认账。谋划这事从开始到现在，这八嘎出过许多主意，还真是条条管用喔。以后怎么办？还是要听听他的意见。

他对山根友度仕说："我们喝到了头啖汤了。下一步我们该怎么办，你想过没有？"

山根友度仕胸有成竹地说："你这个问题问得好。我们当前最要紧的是不能松一口气。"

石野尚武非常认同这个观点："对，对，对！那你看我们当前具体要做些什么？"

山根友度仕说："我们当前最重要的是，要防止有人跟风上位，抢夺我们的胜利果实。"

"跟风上位，抢夺我们的胜利果实？"石野尚武还琢磨不出山根友度仕的意思，"他们怎么跟风？怎么上位？"

山根友度仕解释说："我们这神药丸从审查报批，都要交上处方的。在这过程中，你保不了没人抄下了我们的处方。现在效果出来了，影响形成了，你保不了这些人不会拿起我们的处方立即做药，抢夺我们的生意。如果有人这么做，我们就竹篮打水一场空了。"

"唆嘎！"石野尚武这几天沉浸在胜利的喜悦之中，他从未想过在这胜利的背后，竟还潜伏那么大的隐患。他问山根友度仕："那我们怎么办？"

山根友度仕说："我是做生意出身的，"他虽然经营着那爿要死不活的远东大药房，但此刻也不忘打肿脸皮充充胖子。他说："遇到这种情况，最要紧的是尽快占领市场。让市场堆满着我们的产品，他们就无孔可钻了。"

石野尚武沉吟着说："你这意见好是好，可是投入却很大的哦！"

山根友度仕说："是啊！为了不让我们的事业功亏一篑，投入再大也是要的喔！"

石野尚武为难地说："从叫那八嘎（马骝仔）回中国去弄处方，到一路来做这做那的花销，我的钱像瓢泼似的，现在真是囊空如洗了喔。还要继续那么大的投入，你叫我去哪里弄钱？"

这笔账山根友度仕也是清楚的，他也不说什么了。

石野尚武说："我们一起携手并进好不好？"

山根友度仕哑笑一下："我的情况兄台不是不知道，我真的有钱，我还用兄贵动员？"

石野尚武好久没有出声。沉吟了好久，他说道："这次我再掏钱，纯粹是从五脏六腑里呕出来的血了。"

山根友度仕由衷地说："真难为你了。"

石野尚武大声说道："不行！一句难为我就可以安抚得了我呀！"

山根友度仕眨巴着眼睛："那你说怎么办？"

石野尚武说："事成之后，分成的比例要重新讨论！"

山根友度仕无奈地吸吸嘴角。他在心里头长叹了一声：钱呀！这个世界没有钱，那腰杆什么时候能硬过？他怯怯地试探道："那怎么个分法？"

石野尚武不出声。

山根友度仕有点结巴了："四……六吧？"

石野尚武的嗓门更大了："不行！三——七！"

山根友度仕不作声。

石野尚武歇斯底里了："不是三七我就不做！再投这一笔，我就要成为穷光蛋了。"

山根友度仕说："你马上就能拿回来的呀，而且是几倍，几十倍，几百倍，几千倍地拿回来的呀！"

石野尚武放赖了："这我不知道。我不会算这笔数。"

山根友度仕看见他像街头烂仔的样子，心里又暗叹了一口气：现在是临门一脚了。射得好，以后一辈子就坐在金山上；射得不好，就是狗咬尿泡子了。

他牙根一咬，说："依你，三七就三七，谁叫我们是老同学呀！"

石野尚武恨恨地说："八嘎，你得了好处还卖乖。你鞋都不湿一下，而我快让水淹过头顶了。"

山根友度仕怕他说说提升到二八也未可知，不要夜长多梦了。于是说："算了，算了，我是个重口齿的人，三七就三七吧！我们再签个协议，签完就快手快脚地去做了。"

石野尚武签了协议之后，回去把他的"扒金屋"押给了财务公司，将得来的这笔钱投到扩大生产上了。

正当石野尚武、山根友度仕他们热火朝天地扩大生产的时候，从经销商那里传来了一个消息——有人反映这药丸是假的，骗人的！

石野尚武和山根友度仕听了，气得一跳三丈高。谁在开这国际玩笑？我们的药丸经过了上百例临床试验，例例效验如神；上头有关部门又经过权威机构的反复论证，才发证生产的。你以为我们的政府机构是吃干饭的？好，我们一定要把造谣者揪出来，把他们送上法庭。

可造谣者还没有揪到，竟有文章发表在报上了，说这药丸根本没效，是坑人的假货，是讹人钱财的东西。这文章一出，立即引起了多米诺骨牌效应，各地的经销商都争着把自己手中的存货退了回来，并要求退还货款。

这下石野尚武和山根友度仕的腿都软了。是谁在搞鬼？天啊！他们给吓得裤裆都有尿了。

这时，山根友度仕第一时间就想到了他的胞弟。我们去找这八嘎，是他害了我们！

这事不仅让石野尚武和山根友度仕吓得裤裆有尿，马骝仔也被吓得不轻。这事已经满城风雨，他哪有听不到的？他的心一直在打鼓：这怎么是假的呢？我每天都在我的"汉の医"诊所用它给人治病，从来没有不见效果的。用"其效如神"这四个字来形容它也绝不为过。正当他在纳闷的时候，石野尚武和山根友度仕打上门来了。

他们一进门，立即大叫大喊："山根友二郎，你把我们害苦了！"

"山根友二郎，你把钱还给我！"

马骝仔真感到百口难辩。他说："我怎么害了你们呢？你们怎么问我要钱呢？"

山根友度仕说："你把那张骗人的假的秘方给我们，害到我们鸡飞蛋打，里外不是人。你不是害了我们吗？"

石野尚武说："我为了搞那破玩意，把全部身家都放进去了。现在血本无归，我不找你来还，我找谁来还？"

马骝仔说:"这关我什么事?这秘方怎么是假的呢?"他想:我今天还用着它给人治病,从来没人说过不灵验的,怎么是假的呢?不过他不敢把这话说出口。因为当初他俩有话在先,不让他抄留秘方。如果抄留,见一次打一次。

马骝仔说:"你们是经过了反复试验,反复论证才生产的呀!如果那时候没效果,你们会放开手脚去大干吗?"

山根友度仕顿时无话可说。

可是石野尚武想起了他没了的家当,想起了昔日的那些真金白银,心里像有千万只黑蚂蚁在咬着。八嘎呀路!不是因为你,我会落得这般田地?是可忍,孰不可忍!他扑将上去,一定要置这八嘎于死地。山根友度仕见状,也跟着扑将上去。你这八嘎,让我狗咬尿泡,空欢喜一场!

马骝仔见状,立即后退两步。他也气得够呛!这怎么怪得了我呢?你们这些冚家铲还有没有王法的呢?

他见这两个家伙同时扑将上来,气势汹汹,大有要命吃人的势头。不过他倒不惧怕,艺高胆大,他小时候跟老豆学的南拳没有白学。他见招拆招,指东打西,又桥又肘,借力发力,几下子把这两个家伙打得鼻歪脸肿,遍地找牙。过去他们也打过马骝仔,过去他做老板,扒金屋里打手有的是。他一声令下,打手蜂拥而上,马骝仔再好本事也动弹不得。可是现在扒金屋押给了财务公司,打手们有奶便是娘,没奶就甩娘了,已经不听他的指挥了。请黑社会代劳可要真金白银的呀!怎么办?难道就这样便宜这八嘎了?

山根友度仕说:"我们到裁判所(日本的法院)去告他!当初他要回那张欠条的时候,我偷偷地把它复印下来了。"

即使已经输到一败涂地了,石野尚武还是佩服山根友度仕,这八嘎的脑袋还是比我多几个窍。

可是到了裁判所,法官询问案情,立案时问他们有什么证据?山根友度仕拿出了那张欠条的复印件。法官说复印件不行,要原件。他们哪里有原件?那原件早被那八嘎一拿过手就烧了。

他们问法官:"没有原件就不能告咯?"

法官说："是!"

石野尚武和山根友度仕手中最后的一根稻草也没了。他们发现自己陷入了绝望的泥潭里。特别是石野尚武,他是开赌馆的,他见惯了输得精光的赌徒,他发现他现在就是个输得精光的赌徒了。天啊!他过去是个穷得叮当响的穷人,后来经营赌馆,脱贫致富了,现在生意失败,手中的赌馆押了出去,他已一无所有,又做回穷人了。这个弯转得几急,他根本不能接受这个现实。

回到家里,他茶饭无心,思前想后,他发现真正害他的不是山根友二郎,而是山根友度仕。这八嘎整天像鬼影似的缠着我,教我做什么,干什么。如果没有他的唆摆,我会成这个样子吗?

他越想越恨这八嘎,越想越睡不着觉。八嘎呀路,我要先收拾他。不让他喊喊救命,我实在咽不下心中的这口恶气!

第二天清早,石野尚武提了一把刀,去远东大药房找山根友度仕算账。他虽然知道日本的法律标有"决斗罪"的条款,可是他已经混到了这个地步,也管不了这么多了。

山根友度仕看见石野尚武提了把刀来找他,他也提了把刀出来。

他看见石野尚武来势汹汹,知道凶多吉少。他特理解石野尚武,这八嘎是为钱而来的。过去他的日子过得几滋润,几红火。现在他身无分文了,他不急眼他还能干什么?

石野尚武见了他,歇斯底里地叫道:"八嘎,你害得我太惨了,你还我钱来!"

问到了钱,无疑是向和尚要梳。你即使现在把我杀了,我也拿不出钱来呀!他说:"老朋友,我钱是没了,只有烂命一条。"

石野尚武真的歇斯底里了,他说:"即使烂命我也要!"

山根友度仕深深地叹了一口气。他发现自己也混得够窝囊的了,不仅现在还没有老婆,未有家室,而且两餐也未能保住。本想这次打个翻身仗的,不想又是竹篮打水一场空。这样地活下去,也实在没什么意思了。

想到这里,他把自己的刀拔出来,顺手也撕开自己的衣服。他叫道："老朋友，我钱是没有，命有一条。我不用你来取，我自己送给你。从今以后，我俩清了。"说完，把刀用力往自己肚里一插，随即咬紧牙关使劲一绞。一股血柱顺着刀把喷涌出来。山根友度仕向前一栽，倒卧在血泊里……

这成了轰动坊间的一条新闻。

马骝仔和阿英闻讯，马上赶去看望。中国人生性仁厚，阿英看见山根真香哭得死去活来，动了恻隐之心。这个女人没有成年就去慰安山姆大叔，落得一身暗病。以后她的日子怎么过啊！她对山根真香说："欧巴阿桑，你跟我们回去，以后我们一起过日子吧!"

陈抗日的手机已经热得烫手，马骝仔才把这段古仔讲完。

他问道："大哥，有一点我真不明白，要请教你，你给我的那条药方，事先他们不知试验过多少次了，次次都是非常灵验的，为什么最后不灵了？这条药方我用起来也是非常灵验的，从来没试过不灵验的，我的诊所从得到秘方一开始就一直用到现在。为什么我用就灵，他们用就不灵了呢？为什么他们开始的时候很灵验，后来就不灵验了呢?"

陈抗日对着手机微微一笑。这是他的本事啊！

他发现药是一个有灵有性的个体，药和药之间能合即合，不能合即斗。能合者药多势壮。不能合者，要么亦会相反相激，让医家收到意想不到的效果；要么增毒减效；要么使药效消失。陈抗日发现有些药对（一对一），因不能合而致药效消失，但其药性在消失之前，药效会骤然大发，如灯油将枯而灯火骤燃一样。

那天晚上，他就把其中好几个典型的药对组织在一起，翻出家里藏下的陈年宣纸和古墨，工工整整地书写出来。

他自幼练就一笔好字，竟骗过日本古玩店的行家，以为那张东西是传世古物。他想，我是为了保护我的家传秘方，为了保护我的异父异母甚至异国的兄弟而想出的玩法。我并无害人的动机。你们却拿来搞鬼搞怪，这是咎由自取喔！

他本想把这些原委跟马骝仔讲清楚的，可是千头万绪，这东西一时之间能讲得清楚吗？他担心切不断，理还乱，觉得还是不说更好。

他说："你说你一直在用，你没有做成药丸子吧？你是现做现用的吧？以后你就继续现做现用好了。这些事我也讲不清楚。既然讲不清楚，我也懒得讲了。我只想提醒你一句话：医者仁也！只要我们常怀着一颗仁厚之心对待患者就够了，其他是不用管的……"

马骝仔在电话那边直点头："对、对、对，对、对、对！"

陈抗日说："什么时候有时间，带着老婆孩子回来玩玩。"

马骝仔说："是的，是的。我打算清明节回去给老豆扫墓。我一直没给老豆扫过墓，想起来非常惭愧……"

陈抗日说："那清明节我等你回来喔！"

陈抗日收了线，返回屋里。大生和阿珠问道："是和平来的电话呀？和平好吗？"

陈抗日说："和平很好，和平很好！"

张倩刚才在厅里坐了一会儿，觉得精神不支，回房里歇了。这时她竟赶了出来，问道："和平好吗？"

陈抗日说："和平很好，和平很好！"

这时，陈自厉从里面出来了。今天是星期天，年轻人爱睡懒觉，他迟迟没有起来。他听到叔公叔婆来了，本想出来跟叔公叔婆聊聊天的，后来听到是二叔从日本打来电话，他又想起了"灵蛇之珠"的事，心里那把火又烧起来了。他讨厌老豆，他出去跟叔公叔婆打了声招呼，走了。

陈抗日发现自从上次马骝仔回来拿走了药单，这小家伙就跟老豆怄起气来了。他本想和儿子沟通沟通的，可是又觉得时机未到，讲什么呢？

他现在突然发现，目前就是时机，于是快步跟着追了出去……

跋

    民国时期的广西梧州市，人口稠密、百业繁华，是两广政治、经济和军事要地。在卢沟桥事变后，梧州也成了日本侵略军的轰炸目标，在1937至1944年，日军对根本不设防的梧州居民区进行了四百四十余次野蛮轰炸，投下的炸弹、燃烧弹数以千计。

    1943年农历4月26日，在满目疮痍的梧州市内，在水深火热的时代中，祖父梁康龄和祖母梁关三妹迎来了自己的小儿子。取名"振伟"，期望儿子能为中华民族的振兴伟业作出贡献。这个诞生于中华民族苦难年代，寄托着父母厚望的小男孩就是我的父亲、《世邻》的作者梁振伟。

    梁家族谱上开篇就有着一首名为"世系考"的诗，用于梁家子孙世代排名取字：

燕自信明裔，

德江秀发祯，

诗礼华中国，

才智表清时。

    在历史长河中，老梁家的祖先从北方南下，经广东韶关南雄珠玑巷来到广东顺德杏坛马齐乡定居，住顺德马齐乡康公主帅庙后背仁里巷尾住三十嵒九甲。据梁家族谱记载，太始祖为燕乔公，二世祖为自仁公，三世祖为信孔公，四世祖长房为仕龙公字溶明（二房昌明公），五世祖长房余兴公字裔琼（二房裔珍公，三房裔瑯公），六世祖长房德伍公（二房德辰公，三房德荣公），七世祖湖江公（湖江公是德伍公长子，自湖江公始梁家部分族人于清乾隆年间开始迁居广西梧州府苍梧县平乐乡龙圩埠新街坊聚庆社生活。此后，后续族谱就分支各表，仅记录迁居广西后的梁家人情况了），广西八世祖长房秀祥公（二房秀禧公），广西九世祖长房传发公（二房启发公，三房昭发公，四房耀发公，五房永发公），广西五房十世祖世祯公（永发公的长子，是父亲的太祖父），广西五房十一世祖长房麟诗公（二房翰诗公，三房赞诗公），广西五房十二世祖二房梁康龄（系十一世祖二房翰诗公与七婆阿太所出，十一世祖长房麟诗公与谢氏太婆没有子桐，以祖父梁康龄公为继子）。

到了祖父梁康龄这里，本应属于"礼"字辈的，父亲则本应属于"华"字辈的。在祖父的祖父世祯公的年代，梁家也算是大户人家，在西江流域的黄金水道上外贸生意做得风生水起、货如轮转，曾经有自己的接驳船筏，有自己的香菇种植园。可惜，一场鸦片战争，让国运、让千千万万的同胞、让梁氏家族一道走向衰落。

国既不国，家何能存？

自鸦片战争后，世祯公的家业不仅逐渐败散，祖父的父亲翰诗公以及伯父麟诗公等先人因吸食鸦片更相继早早就离开了人间。可能是想祈求祖先与上苍保佑后世子孙永续安康的缘故，祖父梁康龄这代就改为"康"字辈了。到父亲这代，祖父他们这一代期盼振国兴邦、家富民强，遂将他们的下一代改为"振"字辈，父亲振伟、伯父振邦、四伯父振海等人名字中的"振"字就由此而来。

1945 年，随着日军的步步溃败，为了挽回败局，日军不惜冒天下之大不韪，不惜违背国际公约，竟然对我国开始使用细菌武器，梧州市也成了日军细菌弹的投掷地之一。因为感染了日军细菌弹中的病毒，祖父梁康龄竟腹泻致死，殁年三十九岁。此时，父亲梁振伟才两岁。

1945 年 9 月 3 日，日本战败，中国人民迎来了抗日战争也是中国近代以来反侵略历史的第一次全面胜利。

可惜，胜利改变不了父亲梁振伟两岁失去爸爸的事实，改变不了梁家因祖父梁康龄去世而家道中落，乃至居无片瓦、食不果腹、衣不蔽体的凄惨局面。最凄凉时，祖母梁关三妹病倒昏迷，不省人事。父亲对上虽有四个姐姐（大姑妈碧贤、二姑妈碧兰、三姑妈碧珍、四姑妈碧华）、一个哥哥（伯父振邦），但除大姑妈和二姑妈之外，父亲和其余兄弟姐妹均年幼且病得一塌糊涂，均嗷嗷待哺却无米下锅。如果不是得到恩人梁家大嫂的接济和帮助，如果不是大姑妈、二姑妈每天做散工换来"一纸角"大米来熬粥，一个寡妇和带着的六个孩子肯定就要露宿街头、啼饥号寒和命在旦夕了。

想当初，祖父梁康龄健在时，他是梧州大南酒店的总经理。梧州大南酒店就等于现在广西最好的五星级酒店。用现在的话说，一个当地最好的五星级酒店的总经理就是妥妥的中产。如果不是日本鬼子发动了侵华战争，如果不是日本鬼子使用细菌弹，祖父梁康龄就不会英年早逝，梁家就不会沦落到如此惨况，父亲梁振伟也就不会有一个让他一辈子耿耿于怀的悲惨童年。

"就是日本鬼子让他两岁就没有了爸爸"，这句话，从父亲梁振伟懂事以来，就一直刻在了他的心坎里。

在恩人梁家大嫂的帮助和照料下，祖母梁关三妹的病情慢慢好转起来，梁家一家七口开始慢慢地度过了最危难的时刻。

梁家大嫂是何许人？

她名叫卢玉英（小名卢亚水），她丈夫梁福如是父亲那一辈广西梁家最年长的大哥，他们家住在梧州市下关"鱼花塘"旁，就是现在的地委大院旧址，平素大家都叫她"鱼花塘大嫂"。他们家是广西九世祖长房传发公的分支，而我们则是广西九世祖五房永发公的分支，所以，他们家的男丁几辈人以来都是在该辈全族梁家男丁中排名最前的。到了我这一代，梁家大嫂大儿子启潮（后改名梁涛）则是我们这一代梁家男丁的大哥，梁家大嫂二儿子启光书记则是二哥……

为何称梁家大嫂是恩人？

在祖父病得奄奄一息时，梁家大嫂明知道祖父患的是恶性传染病，但她毫不顾虑自己是否会因此被传染上恶疾，竟主动提出让祖母带着六个子女搬来她家里居住，让祖母和六个子女不至于一并受细菌感染。这是何等的仁义！是何等的恩德啊！而且，自古至今，有人非正常死亡的家庭在一般老百姓的眼中都是非常晦气和忌讳的，对于死者家属，特别是直系亲属，旁人一般都是躲避不及的，在封建落后的民国年代就更如此了。梁家大嫂虽说只是与我们同宗同祖，并非亲嫂或堂大嫂，但是，梁家大嫂在祖父去世后，非但没有叫祖母和父亲等人搬走，还一直好生照料，还带着年幼的父亲操办祖父的身后事，让祖母与父亲等人有了宝贵的喘息之机。

所以，梁家大嫂卢玉英就是我们的恩人，这恩就是救命之恩！就是再造之恩！

本来，祖母梁关三妹与梁家大嫂虽然年龄相近，但辈分差了一辈，梁家大嫂应称祖母为"九婶"，按理是祖母的晚辈。但经此雪中送炭后，祖母就一直视梁家大嫂为自己的姐妹，一直称其为"大嫂"。包括父亲梁振伟在内的伯父、姑妈等就一直逢年过节去看望和拜访梁家大嫂，一代接着一代地将梁家大嫂的恩德惦记至今和永远惦记下去。

正因为梁家大嫂宅心仁厚、行善积德和善有善报，她的子女们都很有出息。大哥梁涛大学毕业后获分配到中央气象台工作，回地方后则被委任为梧州气象台台长；二哥启光书记系大学领导，官至正厅，成为老梁家的骄傲……后来，到我和妻鸿飞读大学时，启光书记还给予了热切的关心与教导，此乃后话，暂且不表。

回到父亲幼年，祖母是贞烈女子，虽说早早守寡，但一直未曾改嫁，无论多累多苦，她都紧紧拉着自己的儿女，用自己瘦弱的肩膀撑起了儿女的希望。为了赚钱养家，祖母在邻里的帮助下学会了做粉（一种当地小吃），于是，每天磨米、蒸粉，每天挑着担子在巷口路边叫卖。俗话说"穷人的孩子早当家"，父亲打小就帮着祖母做家务，在同龄人还是嬉戏玩耍的时候，他已经推起了比他还高的石磨。在石磨与自己等高时，一不小心，父亲的鼻子撞上了石磨的把子，落下了流鼻血的病根。

父亲常说，年幼时，因为知道自己两岁就没有父亲，所以性格很内向，很怕事。父亲三四岁时，有一次，本与邻居发小玩得好好的，突然，天上风云突变，乌云压城，父亲被吓得跟跟跄跄地跑回家里，直到看到祖母时，抱着祖母的腿，叫一声"奶妈嫂"，方才惊魂稍定（可能是当地民俗，父亲六兄弟姐妹都不叫祖母为"母亲"，均叫祖母为"阿嫂"）。在父亲悲摧的童年里，他最怕听到的就是祖母晚上在被窝里唱苍梧调子的山歌，歌词大意是对祖父讲：你怎么不睁开眼睛看看我，我就要死了……

是祖先保佑或者上天眷恋吧，机缘巧合下，祖母在卖粉时，认识了民国时期一间小学的女校长（我从小到大都叫她"四婆"）。

有一天，身着浅蓝色长衫的四婆来到祖母摊子前买粉吃，看着跟在祖母身边的父亲问：卖粉婆，你儿子到了上学的年龄了吧？祖母回答说：太太你好，到了，但我们家穷，没钱送他去读书。四婆听到后，若有所思地走了。

几天后，四婆再次来到祖母的卖粉挑子前，对祖母说，你明天给你儿子换件干净点的衣服，我带他进小学去读书，不用你们交钱。祖母听到后欣喜若狂。第二天，穿着一身补丁但干净整洁的旧衣服，父亲牵着四婆的手走进了校园，开启了他人生的求学之旅。

不久，新中国成立了，梧州接着也解放了。在中国共产党的带领下，梁家与四万万同胞一样，从苦难中慢慢地走了出来。

父亲上学后，受外祖父关太公的影响，起初是立志做医生的。但苦于外祖父关太公常住苍梧县龙圩镇，与父亲相距甚远，父亲无法伺诊学习，只能作罢。后来，父亲又有过长大做战地记者和火车司机的念头。直至后来上初中后，被鲁迅的文章深深吸引，父亲才下定决心要成为一名作家，并为此奋斗至今。

实话实说，父亲打小就有着文学创作的天赋与爱好。在日常生活中，他虽然腼腆话少，但内心却十分活跃，经常在心里自我对话和创作。

1957年，父亲十四岁，在梧州三中读初中。在学习之余，父亲以大炼钢铁为时代背景，以母子对话的形式创作出一段相声作品，名为《母子春秋》。父亲还偷偷地把《母子春秋》投稿到梧州日报，"像做贼一样蹑手蹑脚地把稿子放进梧州日报社门口的邮箱中"（这是父亲的原话）。

几天后，当父亲走过学校传达室时，有个同学大喊了一声："梁振伟。"父亲吓了一跳问："什么事，喊那么大声？"那个同学说："你出名了，你的文章登上梧州日报了。"原来，梧州日报刊登了父亲的作品《母子春秋》，父亲还为此得到了八元钱的稿酬。那时候的八元钱，几乎等于一个成年人一个月的生活费。

　　此后，父亲就更坚定地要做一名作家了。

　　1961年，父亲参军入伍，成为一名光荣的中国人民解放军。父亲临出发前，偷偷地拿着三炷香，一个人上山来到祖父梁康龄的坟头，向祖父磕头禀报：老爸，我要去当兵了，你要保佑老妈和我啊。拜完，父亲揩去泪水，便踏上了保家卫国的征程。

　　到部队后，父亲知道祖母生活艰难，遂将部队发放的每个月生活费六元钱精打细算，自己仅用一元钱，留下五元钱到年底时一并寄给祖母。此后，每到年末岁初，祖母拿着父亲寄回的六十元乐开花地逢人便讲："我阿伟又寄钱给我过年了。"

　　就这样，在中国共产党领导全国人民建立了新中国后，在父亲加入了中国人民解放军后，久违的笑容才慢慢地又爬上了祖母的脸庞。

　　1965年3月18日，父亲加入中国共产党，成为一名光荣的共产党员。在部队时，父亲管过上万人的煤矿，是学习毛泽东思想积极分子。从广西、广东、福建到江西，父亲十余年来一腔热血卫国戍边，笔耕不辍。1971年，父亲与母亲袁肖容结婚。1974年，我出生了。1976年，妹妹国芳出生了。

　　我出生后身体羸弱，经常感冒发烧。母亲既要照顾祖母，也要看护病儿，久而久之也确实体力难支，熬着熬着，就连自己也挺不住了，不是经常晕倒，就是常年胃痛。无奈之下，父亲不得不离开了他热爱的军营，回到了我们身边。父亲说，如果他迟一些离开部队，半年后就能晋升为团级干部了，但为了年迈的祖母，为了无助的妻儿，无论有多么不舍和多么可惜，他也毅然选择转业的道路，回家挑起生活的重担。

　　这就是责任心，这就是孝道，这就是父爱！

1976 年，为了我，父亲转业回到梧州市。1977 年，父亲在战友陈志明叔叔和时任梧州市宣传部黄树坤副部长的帮助和赏识下进入梧州文艺工作，开始了自己正式的文学工作生涯。1984 年，父亲的文学编辑之路逐渐开花结果，他编辑的《我是来当儿子的》短篇小说获得了《小说月报》百花奖。后来，在梧州市宣传部的统筹安排下，还创作出了《虞舜大帝》和《情满豢龙潭》等长篇、中篇、短篇小说。

转业后，为了治疗体弱的我和老迈的祖母，父亲还专门跟岑溪的民间名医梁汇东先生（我从小到大都叫他为"大叔公"）学习中医。在大叔公的悉心教导和自己的勤学苦练之下，父亲的医术越发精湛，在调理好我和祖母身体的同时，也开始慢慢为周围的群众看病了。父亲不是执业医师，但在 1997 年前《刑法》未将非法行医罪入刑时，民间中医为普罗大众诊治也是常见的事。随着不少患者找父亲看病后均药到病除，口耳相传下，父亲在十里八乡开始饶有名气，连市长夫人和一些厅局级干部都会慕名而来寻医问药。在 1997 年新《刑法》颁布后，遵纪守法的父亲就封笔归隐，不再对外接诊治病了。据不完全统计，在十多年的时间里，父亲诊治过的病人虽不下万例，且许多还是当地医院已无计可施的疑难杂症，但父亲宅心仁厚，从未向患者收取分文诊金。

父亲还很孝顺祖母和外祖父、外祖母。祖母年轻时曾以帮人挑水为生，经年累月的辛劳下，腿膝和腰均落下顽疾，常年疼痛不已，父亲遂每天都为祖母按摩正骨、拔罐刮痧。父亲从部队转业回来，到祖母去世的十八年里，除了出差在外，就不曾中断过一天。后来，即使祖母不愿跟随父亲到单位宿舍居住（她害怕大家学习上班后自己一个人待在家里），要求搬回老宅（在老宅邻里邻居进进出出热闹很多），父亲都天天晚上回到老宅来为祖母按揉腿脚。当祖母年高时时溺床时，父亲天天按摩完后，就扛着要换洗的衣被回单位宿舍，翌日再将洗好晾干的衣被拿回老宅。巷口粮店的街坊看到还打趣问："兄弟，你这是天天搬家啊？"父亲羞答道："母亲溺湿了，不天天换洗不行啊。"街坊听到，赞许地对父亲竖起了大拇指。一传十，十传百，父亲孝顺祖母的事情慢慢就成了邻里邻舍间的佳话。

外祖母老年痴呆失能后，虽有两子三女，但就是要来我们家养老。为了方便外祖母起居和如厕，外祖母的床和便盆就安在大厅，数年下来，父母带着我和妹妹，无怨无悔、始终如一地端屎端尿和伺候老人。

《梧州日报》和《广西画报》为此曾专门刊文报道了父亲义务看病和孝顺老人的事迹，父亲也多次获得了中国共产党梧州市先进党员等光荣称号。

1991年，我上大学了，在二哥启光书记的关心和教育下学得了一技之长（后来妻鸿飞读本科时也得到过二哥启光书记的关心与帮助）。

1994年，祖母梁关三妹去世。为了纪念祖母"寡母婆带大六个子女"的斐然功绩，父亲在祖母的墓碑刻上了"高风亮节、一尘不染；养儿育女、百苦备尝"的墓志铭，让梁家后世子孙永远记住祖母梁关三妹的平凡与伟大。

2001年，我与妻鸿飞结婚了，父亲和母亲如愿以偿地喝上了"新抱茶"（粤语，"媳妇茶"）。从小到大，父亲常常对我说"一代好媳妇，十代好儿孙"。他说，自他记事起，他就常听祖母说七婆阿太（父亲的祖母）和谢氏太婆（父亲的继祖母）是如何为传承和维系梁家血脉而奔波劳碌；祖母就更不用说了，一个人侍候着两个家婆，带大了六个子女；母亲袁肖容嫁入梁家后也是一脉相传，多年来，一直与父亲侍奉祖母和外祖母，从无半点怠慢。当祖母去世时，还是母亲找到舅舅自强帮忙，大家齐心协力为祖母举行隆重葬礼；到了妻鸿飞这里，因果循环，上天给了孝贤父母一个好儿媳，这当家媳妇的担子传到了妻鸿飞身上。婚后，妻鸿飞孝顺公婆、和美姑嫂、勤俭持家、养儿育女、洗菜做饭、端茶递水、伺候老人……让父母过上了幸福的晚年生活，一家人乐也融融，共享天伦。

2002年，我独自一人来到广东发展，定居番禺。至此，梁家从广东到广西再到广东的往返，自梁家七世祖湖江公迁居广西开始，不知不觉就走了近三百年。2002年的某日，当我和朋友杨远明回到顺德马齐乡，在康公主帅庙旁找回一直居住在顺德马齐的梁家分支后人时，终于血脉重逢、落叶归根了。

2003年，父亲退休，与母亲、妹妹、妻鸿飞一起来到我的身边，与我们一起在广东番禺生活。在闲聊中，父亲说很想自己再写一部长篇小说，我十分赞成。

经过一番深思熟虑，父亲决定将抗战至今的广东番禺作为这部长篇小说的背景环境，并挥笔写下"世邻"两个大字。

为了准确生动地把广东番禺这一小说背景呈现出来，他让我找来了多个版本的《番禺县志》，每天孜孜不倦地啃着这比砖头还厚的书籍，这一啃就是好几年……为了对广东番禺的人文地貌有更深的了解，一到周六周日我有空的时候，父亲就让我开车载着他，到处去看番禺的城镇面貌和乡土风光。在年复一年、日复一日的采风过程中，只见父亲站在熙熙攘攘的番禺市桥老马路旁，时而抬头张望，时而侧耳倾听……当载着父亲经过碧叶连天的桑基鱼塘或稻谷飘香的田间地头时，父亲会叫停车辆，走上堤围左顾右盼。走着看着，父亲时常会口中念念有词，神情一会凝重，一会愉悦，一时若有所思，一时会心一笑。父亲的右手也总在不断地擘画，似乎在写字，也似乎在画画。就在这埋头苦读、走走停停和指指点点间，活灵活现的广东番禺便呈现在了长篇小说《世邻》之中。

《世邻》中那些有血有肉、栩栩如生的人物形象，是父亲根据自己在侍奉祖母和外祖母等老人时所听说的真实故事，"杂取种种、合成一个"地创作出来的，比如小说中的主角陈无偏、陈抗日、马骝仔等。

父亲自1976年转业回梧州市后，直到祖母1994年去世的十八年间，除了出差在外，几乎从不间断天天晚上为祖母按摩腿脚，每天一按就是起码一两个小时，在按摩腿脚时，祖母就会把她知道的祖辈历史和人文故事都一一讲给父亲听……《世邻》中诸如"男人早起财星旺、女人早起为家贫"等话就是祖母常挂在嘴边的口头语，这口授相传就成了《世邻》的创作营养。在伺候外祖母时，父亲也很注意听外祖母说以前的历史。《世邻》中陈抗日的小说人物名字就来源于外祖母的侄子韩抗日。父亲还根据抗战时期广东的地域特点，结合岭南地区黄飞鸿（宝芝林）等中医馆比比皆是的历史事实创作出"陈氏医馆"……

《世邻》的故事情节引人入胜、精彩纷呈和高潮迭起，是父亲把自己的亲身经历、把自己义务为他人治病的故事融入了小说中。作品中两次写到主人公陈无偏用"蚯蚓"和"按摩"的方法治疗幼儿高烧惊厥的故事情节就是如此。父亲在一岁左右时，突发高烧，神志不清，祖父梁康龄就是在芭蕉树地里挖来蚯蚓，清洗干净后自己放到嘴里咬烂，再口对口地喂到父亲口中，结合一刻不停地按摩父亲的"蛋蛋"（小睾丸），才让父亲热退人安（这些自己孩提时的事情，都是祖母在父亲帮她按摩时告知的）。

到后来父亲悬壶济世时，二姑妈儿子、表哥刘楚威的工友陈某某，在 20 世纪 80 年代的某天深夜，"咚咚咚"地敲响了二姑妈家的门，急匆匆地对表哥说，他的儿子出生才十二日，现高热惊厥、神情呆滞，送到医院，医院也说没有太好的办法了，叫他们回来准备后事。陈某某素知父亲妙手仁心，遂半夜赶来求救。表哥闻说，便一边敲我们家的门一边喊"舅舅"（我家就在二姑妈家旁边）。父亲知道情况后，当时还稍微犹豫了一下，因为自己毕竟不是正式的医生，这么重的病如果看不好，病人家属会不会有其他看法？但如果自己不帮忙，这十二日大的男婴将性命难保，这可是一条人命啊！略加思索后，父亲决定出手相助，出发前专门跟祖母和母亲说了一句：我要去救人，你们睡吧，不用等我。随即便与表哥、陈某某一起急急忙忙地消失在夜色中。

到了陈某某的家后，陈某某的母亲和妻子正如热锅上的蚂蚁般走来走去，神色沉重，慌乱不已。父亲遂先向他们郑重声明，患儿的情况非常严重，我只能尽力而为，不能包治好，你们是否同意？在得到家属的认同和经过望闻问切后，父亲已心里有数。但此时夜深人静，就算开出药方，也无法照方抓药，这如何是好？父亲突然灵机一动，何不照搬祖父当年治疗自己的方法？

中医认为，蚯蚓清热、平肝、通络、平喘，治高热狂躁、惊风抽搐。这颇合患儿的病情，且芭蕉树根泻火败毒，在芭蕉树根旁的蚯蚓更能解热止痉；而按摩患儿的"蛋蛋"能促进肾上腺素的分泌，与蕉根蚯蚓一起能相互协同，共保患儿平安。

于是，父亲便将方法告知陈某某，让陈某某妻子与母亲轮流给患儿按摩"蛋蛋"，他们则一起去找芭蕉树，去挖蚯蚓。找回来后，马上洗干净，让陈某某咬烂喂给患儿……不知不觉，天色已发白，患儿已开始慢慢退烧，眼珠子不再呆滞，眼睛开始恢复神采。在陈某某等人千恩万谢的感激声中，父亲如释重负，一身疲惫地回到家中。坐下来后，父亲才发现，因为紧张自己一身衣服尽湿……

可能这就是文学创作的"源于生活、高于生活"吧。

为了跟上时代步伐，为了便于写作，父亲还要求我们教他用电脑，教他学打字，教他使用文字处理软件。虽然因年龄原因，打字手法至今还是略为生硬，但父亲就硬是一个指头一个指头地打出了这百万字的长篇小说，让他的老同事和文友都不禁赞叹："老梁居然会电脑打字了。"

2004年，女儿蕴之出生，父亲升格为祖父，弄孙之乐与写作已经成为他的日常生活。茶余饭后坐在他的书房内，摇头晃脑地在电脑前码字已是父亲的常态，三更半夜还灯火通明也成为邻里邻舍间的一抹亮色。为了让父亲能更好地创作，母亲与妻鸿飞负责一日三餐，我和妻鸿飞、妹妹国芳、妹夫贵勇还担任后勤部长和创作助手，帮他修电脑，找资料，买纸笔……一家人就这样日复一日地为了《世邻》的面世而各尽其职。2006年和2010年，外甥欧源和儿子耀中出生，男丁的赓续让父亲喜出望外，创作也更激情澎湃。就这样，在二老三小的含饴弄孙间，《世邻》也不断地茁壮成长。

"一敲一打不经意，抬头已是十三年"。

2017年，父亲的长篇小说《世邻》终于呱呱坠地。

为了"反复推敲佳句来"，父亲还专门用了七年时间来披阅增删。

2024 年，历时二十年的呕心沥血，由一百四十多万字最终精练为一百多万字的，分为"血仇""更生""躁动"三部曲的长篇小说《世邻》最终定稿，并在父亲老战友叶为宝叔叔和群众出版社编审易孟林同志的关心与帮助下，正式出版发行。

父亲用厚厚的《世邻》诠释了他对党之热爱，对国之深爱，对家之厚爱，对文之钟爱和对医之挚爱。他把一个在新中国成长起来的中国共产党员，一个酷爱文学和中医的编辑工作者，一个上有老、下有幼的顶梁柱的家国情怀都糅入了《世邻》之中。他用优美的词句，用细腻的笔触，用深刻的思考，用精妙的设计，用跌宕的情节，以广东番禺乡间的一个中医世家家庭为舞台，以一条祖传秘方为线索，讲述出中国人民顽强反抗日本侵略者残酷掠夺的惊心动魄的故事。

在 1972 年中日邦交正常化后，中日缔结和平友好条约，以法律形式确定了邻居之间持久和平友好大方向，为双方互利合作、共同发展以及妥善处理历史等敏感问题提供了坚实遵循和保障。但是，自 2014 年日本上演"购岛闹剧"后，随着"拜鬼"事件的不断发酵，邻居之间也出现了一些"躁动"，直至今天。

党的十八大以来，我们国家在习近平总书记的领导下，不断锐意进取，砥砺前行，在建党百年的历史时刻，全面建成了小康社会，历史性地解决了绝对贫困问题。2021 年 7 月 1 日，父亲带着"光荣在党 50 年"纪念章，穿着一身橄榄绿，正襟危坐在电视机前收看着中国共产党成立一百周年大会，认真聆听着习总书记的讲话，心情久久不能平静。

父亲语重心长地告诉我们，习总书记正在带领我们走向中华民族的伟大复兴，现在我们盛大庆祝建党百年，不久的将来我们就将盛大庆祝中华人民共和国成立百年，我老了，干不动了，你们和耀中、蕴之、欧源他们要好好工作、好好努力，要将爱党爱国的奋斗精神世代传承，积极投身到中华民族伟大复兴的征程中去。

父亲还多次说，他写《世邻》这部小说，主要是想表达三点管见：一是我们应时刻不忘国耻。二是我们应奋力共创未来。中华人民共和国成立前的百年屈辱史归根结底就是"落后就会挨打"，只有实现中华民族伟大复兴，中华民族才永远不会再被任何人欺负了。三是抛砖引玉，助力文学创作的高质量发展。

这就是一个老共产党员、一个老军人、一个老文化工作者、一个老中医爱好者的心声与愿望。

借此机会代表全家人向老梁家的先祖说一句"永远怀念"！向父亲说一句"您辛苦了，我们爱您"！向帮助父亲出书的叶为宝叔叔和易孟林同志说一句"万分感谢"！向帮助过老梁家的所有恩人说一句"永远感激"！

衷心希望中日邻居间世代友好、再无争斗！

衷心祝愿伟大祖国海晏河清、繁荣昌盛、国泰民安！

衷心祝愿中华民族伟大复兴的中国梦早日实现！

是为跋！

梁振伟之子梁国柱

2024 年 11 月 23 日

长篇小说

梁振伟 ◎著

世邻

更生

三部曲之二

群众出版社

一

"边个咁大整蛊!!"

张倩历尽日本仔的摧残，内心已非常羸弱，哪经得起半点惊吓！她突然听见老公在门外大声叫喊，那颗心"扑通，扑通"地好像要跳上喉咙。

她手脚都凉了。这是怎么回事？他是自己心爱的老公喔，即使再怕也要去看看他的呀！她急了，急起来竟忘记了害怕。

她赶快伸脚到床边，用脚摸鞋。屋里乌灯黑火，黑麻麻的。鞋呢？鞋到哪里去了？找不到鞋，她更急了。她顾不了那么多了，于是光着脚，一高一低跌跌撞撞地赶去门口，赶去找她的老公。

赶到了门口，在黑黢黢中她依稀地发现老公横抱着一个东西，于是急急地问道："是怎么回事？"

陈无偏说："有人把一个小孩子放在我们的门槛下面。"

张倩不禁向外张望。此时，门外天风浩荡，几只翻飞的蝙蝠在捕捉着夜游的昆虫。

陈无偏把自己怀中的小孩转递给张倩。

张倩本能地将臂一张，把陈无偏递过来的小孩子抱住。这小孩子被转递到张倩的怀中，竟隔着衣服用嘴巴去拱张倩的乳房……张倩不禁一愣，随即身子一热，立刻感到春风入怀，整个人都酥软了。她不是一直渴望着有个小孩拱寻吸吮自己的乳房吗……

好一会儿，她怯怯地问："怎么办？"

陈无偏深深地叹了一口气。他是个心软厚道之人，医者父母心，救死扶伤，行善积德，把他陶冶成一副菩萨心肠。哎……我们现在连养活自己都艰难，谁还想得出把个活生生的小孩子搁在我们这里？！

张倩又怯怯地问道："怎么办？"

陈无偏又深深地叹了一口气："上天有好生之德。我们总不能

1

让他饿死在我们门口呀！这家人肯定是过得比我们还苦的，不然怎么会做出这样的事来——把他抱进屋里去吧！"

这话说到张倩的心坎里去了。张倩满心欢喜地抱着小孩进屋里去。

进到房里，好奇的张倩说道："不知道是男仔还是女仔。"

陈无偏说："点着松明看看就清楚了。"说着划亮火柴，点亮松明，把它插进墙缝里。

松明未曾点亮，张倩已急不可耐，哆哆嗦嗦地解开了婴儿的襁褓，把手伸进他的裆下里。她惊喜地喊道："是个男仔！"

她还嫌不真切，转身把墙缝里的松明拔下来，移近一看："哈！真是个男仔。"

张倩本来就喜欢孩子。她让日本仔抓进了慰安所，饱受摧残。她自己已经意识到，而且医生也多次说过，她的生育能力已经遭受了破坏，不能生育了。所以和陈无偏结婚之后，她一直想过抱个小孩来养养。但这件事她从来不敢说出口。张倩是个聪明人，有陈抗日在，这事能开口吗？

现在天上掉下了一个孩子，陈无偏又说叫抱回家去，那真是肚饿时脚趾头踢到一块大馅饼了。

她认定这孩子是上天赐给她的礼物。她从小就听老人讲过：好心必有好报。我张倩从小到大都好心，对国对家都有良心，我从来没有做过对不起任何人的事，可是万恶的死日本仔却把我摧残到这个地步。天是有眼的。天看见了，可怜我了！

这时，襁褓中的婴儿在她的怀中"哇哇"大哭。她百感交集，鼻一酸，眼睛也湿润起来。她俯下头去，在婴儿的小脸蛋上使劲地亲了一口，心里说道："儿子，从现在开始，我就是你的母亲了。我知道我们现在很穷，但我不吃也让你吃，我不穿也让你穿，我一定要把你养大成人。你乖，啊！"

陈无偏却一声不吭，他定定地看着。

张倩觉得奇怪，便问道："你怎么啦？"

陈无偏没有回答她。他还是定定地看着襁褓中的婴儿。他嫌松明的火光太暗了，马上找出几根松明，把它都点燃，都插到墙缝里。房间里立即亮堂了许多。

陈无偏还是目不转睛地看着这个襁褓中的婴儿。

张倩觉得很奇怪，又问道："你怎么啦？"

陈无偏说："我看有问题！"

"啊……"张倩听了老公的话，不禁目瞪口呆，"你，你，你说这小孩有问题？"

陈无偏抿着嘴唇，停了一会儿，说道："我不是觉得小孩有问题，我是觉得包小孩的襁褓有问题……"

"包，包，包小孩的，的，的……有问题？"张倩听着心里一紧，连说话都结巴了。

"是呀！你没看出包小孩的襁褓的布料有问题吗？"

"有，有，有什么问题？"

"它不像我们本地的布料。"

"你，你，你看出是哪里的布料？"

"日本仔的！"

"啊！！！你，你，你没看错吧？"

"没看错！"陈无偏铁锤打铁砧般说，"不信你解开看看。"

此时此刻，张倩手都软了，她根本没有力气去解。

陈无偏动手解开那婴儿的襁褓。这襁褓的布料、质地、花款图案确实和本地的明显不同。解开襁褓，里面包裹婴儿的是一件和式的女人底衫。

"你看，这件底衫也不是中国女人的。这你应该比我更清楚。"

张倩见此情景，"嘣"地瘫坐在床上。

陈无偏抚了一下这件日本女人底衫，发现里面夹着一个信封，掏出来一看，信封上写着九个大字：陈先生无偏阁下收启。

张倩看到这些，胸膛里的那颗心怦怦地要跳到嗓子眼上。

陈无偏觉得奇怪。这小孩的父母肯定是日本仔了，他们怎么又认识我，把他们的儿子扔到我这里呢？他没有出声，但鼻孔的气明显地变粗了，额头上冒出了一层豆大的汗珠。信封没有封口。

陈无偏把信封口朝下，用力抖了抖。信封里滑落一幅白布。

陈无偏把白布摊开，上面密密麻麻地写满了字。插在墙缝上的松明离得太远，火光摇曳，陈无偏看不清它写的是什么。他回身把墙壁上那几根松明都拔了下来，举到白布跟前细细一看，只见上面写着：

陈先生无偏阁下：

您好！此时此刻，我的非常难堪。我的是厚着脸皮给您写这封信的。我们来华征伐，给你们带来了巨大的痛苦和灾难。我的本人对此深表愧意。现在我们天皇发表了终战诏书，我们日本国投降了。我的本人也没有更多的话说了。现在本人所在部队决定在南沙向东集体自杀，以向天皇表忠。我的想我的儿子太小，他是没有这个义务的。我的先生山根四治郎已在一个月前返国述职。现在我的无人商量，我的一个人决定把儿子送到你们这里。我的来华多年，发现陈先生无偏阁下您是个好人。您的给我的看过病，我的也帮过您的忙。不知您发觉没有，可我的是把您的当作朋友的。只是我的丈夫为了一己之私，对您的多有得罪。现在我的替他向您谢罪。请您的饶恕。陈先生，我的为了我的儿子不死，我的什么办法都想过了，我的在华认识并信得过的华人只有您一个，再没有别的办法了，我的只好把我的儿子托付到您这里来了。他叫山根友二郎。中国人常说：上天有好生之德。如果陈先生也有好生之德，就请陈先生您给他起个中国名字，把他当作儿子收养下来吧！中国人常说：善有善报。陈先生您治了那么多的病，救了那么多的人，上天一定会给您的多多的善报和好报的。我的拜请陈先生您的再救一个，多救一个，就是救一救我的儿子吧！（以下是个用血写的签名）

　　　　　　　　　　　　　山根纪子（华文名王嫱）再拜
　　　　　　　　　　　　　昭和二十年八月十六日晚

当陈无偏看这封信的时候，张倩也伸长着脑袋在旁边看了。

她看完这封信，一身大汗，淋漓不止，把衣服都洇湿了。

她一看到那个死囚家铲山根四治郎的名字，肺马上就气炸开了。这个冚家铲在慰安所里像野兽一样地蹂躏我，他就是摧残我的元凶。我恨不得要撕他的皮，吃他的肉。那个小孩竟是他的儿子。我杀不了他，我杀了他的儿子也是解恨的。

她咬起牙关，举起手来，要掐死这个小婴儿。可是到要掐的时候，她发觉她的手先软了。张倩长了那么大，连鸡都没有杀过，何况眼前这是个活生生的小孩子，是个那么可怜那么可爱的小孩子啊！她恨自己软弱，她恨自己把握不住自己，恨得竟哭了起来。

陈无偏不知道老婆现在想的什么，在昏暗的松明火光下，他看见她的两块肩胛骨衣服下面滑动着，他伸过手去，恩爱地摩挲她的肩膀。

"咦？你的衣服怎么湿了！"

张倩转过身来，她鼻孔一酸，立即把脸伏在陈无偏的胸膛上。她是不会把自己心里的想法说出来的，这是自己的耻辱，这会伤害到老公的自尊心啊！

陈无偏催她去换衣服。他问张倩："我们怎么处理这个小孩呢？"

他试探地问道："把他留下来？"

张倩摇摇头。

"把他抱回街上去？"

张倩也摇摇头。

陈无偏疼爱地搂着张倩的肩膀。"你这个人怎么搞的，问你什么都摇头……"

这个小日本仔山根友二郎整晚都哭，哭得人心烦。

陈无偏是这个家的一家之主，他更烦。他刚才说过要收留这个小孩子的，可是看见了他的襁褓，特别是看了藏在襁褓中的那封信后，情况变了。他必须对此重新作出决定。

他蹙起眉头，咬住牙根，两个腮帮下都凸印出一棱一棱的牙颌骨。

他侧眼看看这个小日本仔，这个小日本仔弄不好野狗会来吃掉他的。就算野狗不来吃掉他吧，现在人人自危，食不果腹，谁会收养他？不收养他，不就饿死他了？再说如果让大家知道他的真实身份，不把他活生生地掐死才怪哩。

这时，他又借着松明的火光，认真地看了一遍那封信。

他清楚地记得一个多月前，这个日本婆救过他一命。那次要不是她挺着个大肚子前来报信，他肯定死在那个讵家铲山根四治郎的手里了。

透过字里行间，他仿佛看见那个日本女人垂着眼泪祈求着他。嗨！上天有好生之德。人们也常说救人一命，胜造七级浮屠。就答应她吧！

他一把将这小日本仔抱起来，"呼"地放到了张倩的怀里。

张倩的心境同刚才截然不同了，因为知道了这小日本仔的身份，特别是知道他是山根四治郎的儿子，张倩的心里特别地不好受。当陈无偏把这小日本仔放到了她的怀里的时候，她倏地打了个寒战，好像老公放到她怀里的不是一个小孩，而是一条蠕动的蛇。

陈无偏见了，拍拍她的肩膀，笑道："不要怕，救人一命，胜造七级浮屠。你是好人，上天有眼看的，一定会好报你的！"

张倩是个好老婆，自嫁给陈无偏以来，都是陈无偏说什么就是什么的。现在即使怀里搂着的是条小蛇，可是老公叫搂着，她还是忍着害怕搂着。

这小家伙被张倩搂着之后，立即用小嘴巴隔着衣服往张倩的乳房上拱。张倩刚才冰冷着的心，经这一拱，马上热了起来，她的脸颊也马上红了起来，在大门口时抱他的感觉也马上回来了。一股母爱从她的心中悠然升起：她一直渴望着有个小孩这样拱她的啊！

第二天早上，陈抗日起床，看见家里多了一个小孩子，问爸爸是怎么回事？

陈无偏笑着摸他的脑袋，说："爸爸给你找了一个弟弟……"

陈抗日大声叫道："我不要弟弟，不要！"

陈无偏屋里一晚都有婴儿的啼哭声，早上起床邻居们都跑来探头探脑地看个究竟。

陈无偏逢问必说："有人看得起我，昨晚半夜三更把个孩子放到了我的大门口!"

过一会,黄守财也来了。他入到门来,双手一拱:"大哥恭喜,今日添丁,明后发财!"

陈无偏二话不说,一把拉起他,走进自己的睡房里,拿出山根纪子那封信给他看。

黄守财看了目瞪口呆:"是个小日本仔,掐死他!"

陈无偏摇了摇头:"不行,掐死他,我们不就成了日本仔了?"

"也是……可是你怎么办?"

"怎么办?只好把他养下来啰!"

黄守财定定地看着他,好久才说道:"大哥,小弟不如你。你是个好人,将来一定成佛有余!"

二

侵华的日军对他们天皇的投降诏书感到非常突然。

日本人从来就瞧不起中国。日本军队挑起事端,向中国打响第一枪的时候,压根儿就认定中国必败,他们必胜。但抗战以来,中国共产党和中国国民党都各尽所能,同日本鬼子进行了殊死的战斗。全国各族人民也踊跃参战,四万万五千万同胞万众一心,极大地消灭了敌人的有生力量,使侵华日军陷入了战争的泥潭而不能自拔。到了"芷江会战"之后,侵华日军的元气被中国军队打掉了,连日本的史学家也不得不承认这是一场战争的灾难。侵华日军也认为这场战争是要失败的,但不相信会那么快。他们感觉到泥潭里的烂泥才陷到胸口,离嘴巴离鼻子离眼睛还有一截。他们相信他们有天照大神的保佑,有天皇的英明领导,他们还能坚持的,过些时日,时来运转,他们还有转败为胜的机会。不想天皇却发表了投降诏书,令他们感到烦躁,感到失望。

山根纪子所在的那个特务组织就拒绝投降。为首的头儿决定十七日清晨,太阳出来的时候,他们在珠江边,面向东方,集体自杀，向天皇表忠。

山根纪子接到通知时，心情非常复杂。

她不想遵命。但她知道，她不服从命令，就会被同伙杀死。横竖都是死，还不如服从命令集体自杀而死。这样的死法还会落个好名声，将来国家还会给自己的亲人一些好处。但自己的儿子怎么办呢？按照上头的意思，她的儿子肯定是要跟着她一起去集体自杀的。

可是叫她带着她那个才个把月的小儿子跟着她也一起去死，她真是一百个不愿意。十月怀胎，痛苦分娩，出世以后精心抚养……她倾注了多少心血和感情。现在儿子生长得多么好，多么健康，多么有灵性，叫他就这样死去谁舍得呀?! 虎毒不食子！肉生肉疼，不是你的儿子，你的说什么都轻巧，如果是你的儿子，你的那么说我才服你哩。

收听到天皇的投降诏书，山根纪子也是非常地难以接受。她一念完书就参加日本军部的特务组织了。她也是个力主用武力拓宽疆土的狂热女青年。我们国家地窄土薄，灾害频繁，我们不打中国，我们还有什么出路？所以"九·一八"以后，她夫妻二人就来到中国了。两人虽然都是特务，却属于不同的分支，但他们都在各自不同的岗位上给中国人民带来了灾难。现在失败了，这是她非常不愿意看到的。失败难免一死。她并不怕死。她当特务以来接受过法西斯训练，死就是那么一回事。可是，她却不愿意她那么小的儿子去死。

不想儿子死，可是此时此刻能把他交给谁呢？她是来打中国的，她在中国根本没有朋友。她现在才发现，没有朋友是多么的为难了。可是没有朋友，她又能将她的儿子托付给谁呢？她不想她的儿子死，所以她很不死心，她一定要在中国人里找出她认为可以托赖的"朋友"来。

挖空心思，冥思苦想，她最后想到了陈无偏。

对待陈无偏的态度，她和她老公有同有不同。在抢夺陈无偏的祖传秘方上，她俩是相同的，特别是在眼下，如果有了这张秘方，即使打输了，有它在手，不仅衣食无忧，甚至还会发达哩！不同的是，当她老公要下毒手杀害陈无偏时，她就不苟同了。她深深地发现陈无偏是个有本事的人。他的本事无论在中国还是在日本都是不可多得的。他给自己看病，正在治好着自己的病，这说明这个人对自己有用。对自己有用的人杀他干什么？把他杀了，将来自己一旦旧病复发，到哪里去再找这么一个人给自己看病呢？所以她当机立断，挺身而出去救了陈无偏。没想到今天真的要他来帮自己了。

陈无偏会不会不记前仇来帮自己呢？她想：应该会。

她知道这件事如果是放在日本，那肯定是不会的；而放在中国，可能就会。他们来中国做特务的人，严格地讲都是些中国通。他们晓得中国人崇尚儒学，以中庸立身。虽然不是每一个人，但相当多的人都是以宽大为怀的，甚至是以德报怨的。特别是陈无偏。他是个医生，医者父母心，他应该是很仁慈的，所以把孩子托付给他，应该没问题。

想到这里，她就行动了。

她用几件干净的内衣把儿子包好，找了一块比较好的方布做襁褓，把儿子包裹起来。包好了，她想，总得写封信吧！她本来不打算写信的。不写信，就这样把儿子扔出去，儿子的生存率肯定要更大一些。写了信，让中国人知道这小孩是日本人，生存率就很低了。但又觉得这还要看对象是什么人了，是陈无偏，肯定没问题。依陈无偏的品德性格、为人处世方式，他定不会把她的儿子弄死或者置之不理的。否则，他就不是陈无偏了。

这个日本女人特有心计，或者思维方式很特别。她想，陈无偏肯定不会弄死她的儿子。她也想到，她死了以后，有关当局肯定会把她的遗物送回日本的，她也在她的行囊里写下一封信，向老公讲清儿子的去向，将来日本再能卷土重来也未可知。如果真有这一天，她的老公不就能够沿着线索把儿子找回来了？！

于是她找出一幅白布，用毛笔在上面给陈无偏写信。

怎么写呢？中国人不是常说礼多人不怪吗？就给他多戴高帽，多讲好话吧！她是个有才的日本女人，拈起笔来，洋洋洒洒，也真写得有声有色。当写到请陈无偏给自己的儿子起个中文名，把他收养下来的时候，她鼻子一酸，伏在上面哭起来了。她虽然在特务组织里接受过法西斯训练，但情到浓时，或伤到心里，也难免以泪洗面的，这是同自己的儿子生离死别啊！

写到最后，她咬破右手的食指，在上面写下自己的名字。

写好以后，她把白布折好，放进信封里，塞进襁褓里，再用根绳子把襁褓绑好，然后用一块包袱皮吊在自己的脖子下面，骑上一辆自行车，"呼呼"地向金窝村冲去。

日本鬼子来到番禺烧杀抢掠，反复"征伐"，弄得禺南大地十里无鸡鸣，百里无狗吠。山根纪子从市桥飞奔而来，直到金窝村竟无人知晓。

她轻手轻脚地来到陈氏医馆的大门口，动作麻利地解下儿子，把他放在门槛的下面，赶快就离开了。这个小日本仔煞是机灵，他一闻不到母体的气味，马上就哇哇大哭了。

山根纪子赶紧踮起脚跟跑开，跑到街巷转弯抹角的地方，才停下脚步。她跑不动了。她惦念着她的儿子，她舍不得她的儿子啊！她伏在墙角处远远地看着，直到陈无偏夫妇开门出来，把孩子抱进去，她才依依不舍地离开。

走出金窝村，山根纪子泪眼汪汪地骑上那辆自行车，"咔嗒咔嗒"地向市桥蹬去。

她好像生了一场大病，手脚软软的，越蹬越没劲了。到了市桥，正赶上头儿指定的集中的时间。

头儿见她一个人来，便问："你的儿子呢？"

山根纪子低着头说："一出门口他就哇哇大哭，我的怕暴露我们的行动计划，就把他丢到臭水沟里去了。"

头儿也不再问。人很快到齐，他们列队走下市桥河边，走上一条预先准备好的小汽船，启动马达，向东驶去，很快便驶到珠江口。

这时东方的天幕上朝霞如火，一轮红日正喷薄而出。头儿叫大家赶快上岸，彼此用手搭着肩膀，围成一个圆圈。

头儿把一个定时炸弹拧好时间，放在人圈中心，大声叫道："一齐唱《君之代》，一、二、三……"

"吾君，千秋万代，直至，碎石成磐石，磐石生藓苔……敬祝天皇陛下万寿无疆……"

唱完《君之代》，头儿又叫："再唱《露营歌》，一、二、三……"

"太阳旗和钢盔行进在无边的原野，战火纷飞于无边的沃土和丛林，扬鞭跃马，何需问明日何处是我之青冢……"

此时此刻，山根纪子不知道别人的心情怎么样，她只觉得自己的心很凄苦。她满脑子想的是她的儿子："息子啊，你的哈哈桑永远也看不到你的了。"

这时眼前火光一闪，"轰隆"一声，她什么都不知道了……

三

日本鬼子终于投降了！

金窝村的民众高兴了几天，马上又为生计发愁了。

谁都知道番禺是个鱼米之乡。从沥滘水道至市桥水道是一片广袤的台地。那里的低丘矮冈，蜿蜒起伏，乍断犹连。起伏的山丘上种有望不到边际的乌榄树、白榄树、荔枝树、龙眼树、黄皮树、柚子树以及香蕉、大蕉、番石榴、梅、李和茅竹、松木等。台地之中，在低丘矮冈之间，又梅花间竹地开垦着成片成片的稻田。番禺的东南部和南部，则是一望无际的稻田和鱼塘。番禺物产丰富，有食不尽的米粮、水果和鱼虾。番禺因为富庶，猪连吃食都挑拣，不甜的红薯还不愿吃。农民把这种红薯叫"猪嫲怕"。日本仔来了，杀光、烧光、抢光，百姓家中什么都没有了，谷米当然是没有了，甜一点的红薯也没有了，连猪都不愿吃的"猪嫲怕"也没有了，那些咬下去满嘴是筋的番薯癫也成了盘中之珍。日本仔来了那么多年，破坏了生产不说，还经常下来"征伐"，农民家里被抢得连番薯癫都没有了。

现在日本仔投降了，滚回老家去了。可是我们呢？我们人亡了，家破了，家中拍壁无尘，什么东西都没有了，现在已是秋天，既没有耕牛又没有种子，加上季节也过了，想种点东西都困难了，往后的日子怎么过呀！

农民们既没有钱也种不上地，就更顾不上打造农具了。黄守财的打铁铺就显得更加死气沉沉，冷冷清清。

黄守财没精打采地拖着那两条像灌满了铅的腿，来到了陈氏医馆。

陈无偏看见他，笑道："今天来帮衬我了？"

黄守财讪笑道："小弟我穷得连吃饭的钱都没有了，还说看病？我现在是'十分有事当三分，三分有事当好人'了。"

陈无偏笑道："大家都像你这样，医生也跟着饿死了。"

黄守财也笑了起来："死小弟好了，千万不要死了大哥你呀！死了小弟死一个，如果死了大哥，我们村就跟着要死去好多人了！"

陈无偏说："兄弟你也太抬举我了。"

黄守财说："实事求是嘛！"

这时，陈氏医馆的厨房里飘出了一丝煮的粮食的香味。

黄守财用力地吸了吸鼻子，笑道："大哥你家里还珍藏有好东西哦！"

陈无偏无奈地吸了吸嘴角，说："那只马骝仔（粤语，原意指猴子，引申意为机灵顽皮的小孩。此外指捡回来养的那个小孩子）饿得只剩皮包骨，没办法想了，去大乌岗摘了些野锥子回来，剥开浸泡几天，去掉涩味，拿来磨浆，煮糊给他吃。"

说着，张倩一手抱着孩子，一手拎着一只瓦煲仔，从厨房里走出来。

黄守财看见了，笑道："大嫂，真有心机喔！"

张倩笑道："这年头要什么没什么，真是少了点心机都不行了！"

她大概是刚喂饱孩子，抱着他到处游转，哄他睡觉去了。

黄守财深深地叹了一口气："这年头大家饿得自己都顾不上了，

12

你们还捡个小孩回来养。"

陈无偏也长长地叹了一口气:"没办法啦。上天有好生之德。你能看着一个小生命在自己的门口慢慢地死去吗?"

黄守财说:"大哥真是菩萨心肠!"

黄守财聊了一会儿,便回家去了。

陈抗日出外面玩厌了,肚子饿了,也从外面回来了。此时的陈抗日也有八岁大了。岁月的苦难使他变得寡欢、内向。在他还没有记事的时候,母亲就死了。他是通过挂在墙壁上的那张发黄的相片,认识自己的母亲的。

他问过父亲:"别人都有妈妈,我的妈妈呢?"

父亲说:"抗日的妈妈死了,是被日本仔害死的,死在南京城里。"

别的小孩都有妈妈,他没有妈妈。他很伤心。他把爸爸的话记在了心坎里。他很恨日本鬼子,日本鬼子坏透了。

去年间家里突然出现了一个女人,爸爸教他叫她做妈妈。他本能地知道这个不是他的妈妈。因为她和相片上的妈妈长得不一样。他不叫。不仅不叫,他闪过一边,不理她,冷冷地看着她。

陈无偏悄悄地教他:"叫妈妈呀!"

陈抗日摇摇头,轻轻地说:"不叫!"

陈无偏说:"为什么不叫?"

陈抗日说:"她不是我妈!"

"你怎么知道不是你妈?"

陈抗日说:"她同相片上的我的阿妈不一样,所以她不是我妈!"

陈无偏要把墙壁上的相片取下来。

张倩知道了,不让。她说:"孩子长大了,慢慢懂事了,你这样硬来,他会反抗的。相片仍旧挂在墙壁上嘛,再说挂得好好的,把它取下来,我也觉得很对不住寿玉姐的……"

前几天,陈抗日发现家里莫名其妙地多了一个小孩,爸爸教他叫这个小孩"弟弟"。

陈抗日不叫。他知道这个襁褓中的小孩不是他的弟弟。他没有弟弟。他觉得家里突然多了两个陌生人，而爸爸对他们都很好，他本能地感觉到这个家有点陌生了，好像已经不是他的家了，所以他不愿意待在家里了。不是吃饭，不是睡觉，他都不愿意回来。

敏感的张倩发现了陈抗日的变化，她主动地接近他，关心他。

看见陈抗日从外面回来了，她笑着对抱在自己怀中的小孩子说："弟弟，你哥哥回来了，快叫哥哥呀！"

她正在给自己怀中的小孩子喂锥子糊，她笑着对陈抗日说："哥哥，你也和弟弟一块吃好吗？"

陈抗日不作声，他吞了一口口水，自己一个人悄悄地站到一边去。

陈无偏见了，他把张倩手中的碗拿过来，用羹匙舀起碗里的锥子糊，递送到陈抗日的嘴巴里："爸爸喂你，乖孩子，吃！"

陈抗日看着爸爸，张大嘴巴，把爸爸递送过来的一羹匙锥子糊吃进嘴里。一颗晶莹的泪珠在眼眶里转了一圈，最后骨碌一下从脸颊上滑了下来。

陈无偏揩去他的眼泪，说："我们抗日是个男仔，是个男子汉。你小小年纪，就跟着爸爸四处逃难，吃尽了千辛万苦，是不是？所以我们要勇敢，要坚强，不能动不动就掉眼泪。是不是？你小小年纪就没有了妈妈，那是日本仔的罪过。你妈妈是日本仔害死的，我们恨死他们了。现在爸爸为你找了这位新妈妈，她可爱你了，现在又有了这个小弟弟，他几可爱哟！你要高兴，对不对？"

陈抗日不出声。

陈无偏说："你不出声也不要紧，你觉得爸爸讲得对，你就点点头，好吗？"

陈抗日拖了好久，最后望着爸爸祈求的眼睛，扛不住，才无可奈何地轻轻地点了点头。

傍晚，黄守财又到陈氏医馆来聊天。

他对陈无偏说："穷风流，饿快活啊！来和大哥聊聊天，肚子也好像没有那么饿似的。"

正在聊天的时候，前街三姑蹒跚地走过来："陈先生……"

陈无偏问道："三姑，来找我看病？"

三姑从口袋里掏出一坨东西，递到陈无偏跟前，不好意思地说道："陈先生，我是想来问问你，这观音土能吃吗？"

陈无偏说："观音土不能吃啊！"

三姑说："邻村有人用口水缸把它化开，让沙子和粗泥沉到缸底，然后将上面那一层幼滑泥浆倒出来，掺点菜叶进去煮粥吃。有的把泥浆晾干，把它做成泥饼，放进口袋里，慢慢地嚼着吃。它很细滑，像面粉一样的喔……"

陈无偏说："再细再滑，它都是土，是不能吃的，吃了肠胃都堵塞了，那会死人的！"

三姑说："庞边村那边有人吃了……"

陈无偏着急地说："有人吃，你也不能跟着吃，因为这会吃死人的。哦，好像你有亲戚在庞边村喔，是不是？你赶快去告诉他们，千万不要吃。我们吃东西是为了活命，吃了会死人的事，千万不要做！"

三姑喃喃地说："现在什么都没的吃了，不吃它吃什么呢？"

陈无偏说："现在真的没东西吃了，但没东西吃也不能吃观音土……三姑，我们可以吃草根树皮呀，可以吃野草野菜呀！"

三姑说："三叔公吃苍蝇！"

陈无偏笑了起来："你怎么知道？他告诉你了？"

三姑说："我看见了。我看见他煮野菜粥，苍蝇在灶边飞来飞去，他把苍蝇打死，顺手就丢进粥煲里把它当米煲了。"

陈无偏愣愣地想：啊！苍蝇也可以吃？应该也可以吃的！他说："我们可以吃虫吃蚁吃蚯蚓吃苍蝇，总之不能吃观音土。"

三姑说："苍蝇好脏哦……"

陈无偏说："一滚消百毒。你怕脏就出出水。它好歹还是一丁点肉呢！"

三姑笑道："陈先生，你说的头头是道，又流流利利的，难道你也吃过？"

陈无偏痛痛快快地承认道："有些我没吃过，比如苍蝇！不过既然三叔公都吃了，而且吃了没事，我也准备吃。三姑，我们熬了那么多年，才把日本仔熬跑，日本仔跑了之后，我们就要好好地活下去。如果日本仔走了，我们也死了，这些冚家铲知道才高兴哩，你说对不对？所以我们不能死，我们要活下来，要比他们那些冚家铲活得更好，你说对不对？"

三姑说："对，对，对！"

陈无偏说："这年头为了活命，能吃的，吃了以后对身体好的，我都打算吃。总之我们就是要好好地活下去，要活给那些冚家铲日本仔看看……"

三姑说："陈先生，我听你的。医生是高尚人。高尚人也要吃这些东西，这世道……"

在旁边的黄守财忍不住插嘴道："这还不是冚家铲日本仔带给我们的？我们番禺什么年什么代缺过谷米、缺过鱼虾？以前我们番禺最穷的人，每天都有两餐硬饭吃。以前我们番禺的猪都金贵，吃潲都挑挑拣拣，不甜的番薯都不肯吃。以前我们番禺人做饭洗菜的时候，把还没开的菜心的花蕾都摘掉，都嫌它的味道苦。现在可好了，现在我们番禺人连猪都不肯吃的淡水番薯、番薯癫都吃不上了，要吃观音土了，要吃鬼鬼怪怪的虫虫蚁蚁了。这些日本仔冚家铲，害得我们太苦了。现在他们打败仗了，拍拍屁股就走了，我们却有排挨（粤语，煎熬）了。我真恨死这些冚家铲。"

陈无偏又说："三姑，现在的人虚得厉害，身体里还有几多火气！太寒凉的东西吃多了，也会死人的。最好是多吃点鱼虾。阳江佬口白：不怕粥清，只怕没鱼腥。我们番禺河沟水塘那么多，弄点鱼虾不难，是不是？"

这时，张倩从里面出来，笑着同三姑打招呼。

三姑笑道："陈师奶——"

张倩说："三姑太客气了，你老叫我阿倩就行了。"

三姑说："陈师奶，你命好呀！"

"我命好?"

"女人嫁得个好老公就是命好啰,你看你陈先生,本事又高,人品又好,又长得一表斯文。真恨死好多女人咯!"

张倩笑道:"三姑,你别夸了,你看他已经见牙不见眼了。"

等黄守财和三姑走了之后,张倩问陈无偏说:"你怎么把这老太婆哄得那么开心?"

陈无偏说:"我没有哄她呀!"

张倩说:"你不哄她,她会那么开心?"

陈无偏说:"我真没哄她嘛。她想跟别的村的人吃观音土,我告诉她吃观音土会死人的。她说现在已经没东西吃了,不吃观音土吃什么?我教她找什么什么,吃什么什么,就是这样。"

张倩说:"这老太婆真善良。"

陈无偏说:"乡下人是很善良的。"

张倩说:"我到了乡下,真感到乡下人很好。"

陈无偏说:"乡下人本来就很好,你怎么啦?是不是爱屋及乌了。"

张倩用手指轻轻地擂了一下陈无偏的胸膛,说:"你也学得油嘴滑舌了。"

过一会,她说:"先生,我想养几只鸡。古诗上有'鸡声茅店月'的句子。半夜醒来听见头一轮鸡啼,心里很舒服的。我们好久没听过鸡啼了。再说我们养几只鸡,每天下只蛋给抗日和马骝仔补补身体也好的。"张倩很珍爱她这个捡回来的小孩,不经意中把他喊作"马骝仔"了。

陈无偏很是感慨:"真是好久没有听过鸡啼了。这死日本仔,害得我们够惨了。好了,现在我们胜利了。百废俱兴,养只鸡是理所当然的。不过我们村一只鸡都没有了,到哪里去找呢?你别急,让我想想办法!"

四

　　为了活命，金窝村的村民绞尽了脑汁。

　　刘天赐的家里堆有一堆花生壳，具体也不记清是哪一年留下来的了。原先是打算用来做柴火烧的，但一直没用着，留到了现在。现在家里要断粮了，怎么办呢？刘天赐在空荡荡的屋里踱来踱去，都找不出能吃下肚子的东西。自己一个大男人还可以熬一下子，可是家中的老人小孩怎么办？

　　他苦苦地思索着，最后终于把脚步停在那堆花生壳跟前。他自己问自己：这堆东西能吃吗？

　　他弯下腰去，捡起一粒花生壳，在三个手指头里用力一捻。花生壳被捻碎了，他的手指头上留下了几星几点像谷糠般的尘埃。他突然一想：糠能喂猪，现在也应该能"喂"人啊！把它弄成糠一样细的东西，不也可以充饥吗？他搔首抓腮，想个什么办法，能把这一颗颗的花生壳弄成糠一样。

　　他首先把这花生壳放进石碓碓。碓了小半天，这堆花生壳被碓成了粗砂一般的大小。再想把它碓细也难了，怎么办呢？刘天赐便把它放进石磨里磨。又磨了小半天，这些粗砂般的花生壳变成了细砂一般的模样。可是这个样子还不能吃呀！他又找来了筲箕，把它筛了一遍，筛过之后还是感到粗，他拿点来用水搅一搅，把它搅成糊状，然后放进嘴里，可是粗粗的怎么也不能下咽。唉！前前后后弄了两三天，最后竟弄成了这个样子，真叫他感到泄气和悲凉。可是这肚子没东西吃是不行的，一家大小都眼巴巴等着，这可怎么办呢？还是要想办法把它弄得更细一些！有什么办法能把它搞得再细一些呢？

　　他突然想到陈氏医馆里有只筛药的罗斗。这罗斗应该够细的了，可是这是陈先生吃饭的家伙，他肯借给我吗？

　　他犹豫了好久，为了活命，终于鼓起了勇气，跑到了陈氏医馆

18

里，向陈无偏说清了原委。

陈无偏是个通达事理的人，虽然这是吃饭的家伙，心里是舍不得的，可是人家是要借去救命的。人命关天，不借不好，他还是忍痛借了，只反复交代一定要小心使用，不要弄坏了。

刘天赐把罗斗借回去之后，自然小心使用。他把用筛子筛过的花生壳用罗斗细细地筛了一遍，果然筛出来的花生壳细得像面粉一样。

他非常高兴，拎着罗斗跑回陈氏医馆，千恩万谢地还了。

刘天赐得到了这些像面粉一样的花生糠，便想尽办法弄出些花样把它做来吃。吃下去感觉还可以，一家大小都露出了久违的笑容。可是吃下去的花生壳不消化，拉不出屎来，也让刘家人叫苦连天。刘天赐是个聪明人，他明白这花生壳是硬性之物，即使把它弄得再细，它也是板结不化的，要它不板结，吃下肚里能拉得出来，必须添加一些湿软的东西进去。

于是他摘了好些鲜嫩的野菜回来，把它剁细，揉进那些花生壳糠里，这样做出来的东西，吃进肚里也能拉得出来。刘天赐想到这些东西也不过是填填肚皮撑撑肠胃的，靠它活命终是难。要真的活命，还是要有点营养才行。

他每日都下到河涌里摸鱼摸虾，把摸到的鱼虾也一块放进那些花生壳糠和野菜叶里，这样也居然挺过了不少的日子。

张泉的家也揭不开锅了。

他是个小伙子，还未娶亲。他父母年老得子，到了他这样的年纪，父母的年纪都比较老了。张泉在父母的宠爱中长大，也深感父母的艰难，所以他很孝顺。现在家里揭不开锅了，自己不吃，父母也得吃呀！怎么办呢？他想看看这个时候别家吃的是什么，人家是怎么过日子的。

他来到刘天赐家，看见二叔婆在吃着一碗灰灰黑黑的什么糊。

他悄悄地问刘天赐："天哥，你们吃的是什么呀？"

刘天赐说："花生壳糊啊！"

张泉觉得新奇："花生壳也能做成糊？也能吃？"

刘天赐说："你也看见了，也做成糊了，也吃了。这年头就是这样的了。不这样，你说怎么办？"

"啊！花生壳也能做成糊！也能吃！"张泉不好意思地说，"天哥，能不能让我吃一口？"

刘天赐说："哎呀，你客气什么，只要你不嫌弃，你就吃好了。"说完，回头对他的老婆说，"给泉仔盛一碗！"

张泉连忙伸出双手直摆："不、不、不，我们的老师、你家的先人、二叔公生前经常教我们：君子不夺他人之所爱。我尝一小口试试味道就可以了。不要一碗那么多，不要一碗那么多。"

刘天赐说："你我是兄弟，你还跟我客气什么！你的老师就是我老爸，我替我老爸说一句话：是兄弟的就应该有福同享。兄弟，吃吧吃吧！"

张泉吃了一口，说："还可以啵！"

刘天赐说："觉得可以，你也可以做呀！"

张泉说："我家没有花生壳……"他沉吟道，"倒是有一堆粟米心（玉米棒），天哥，你看粟米心也应该可以做得糊吧？"

刘天赐说："应该得。"

张泉问道："天哥，你是怎么做的？"

刘天赐说："我是先把花生壳倒进石碓里碓，碓过之后就放到石磨里磨。磨完就放进筲箕里筛，筲箕筛过之后又用罗斗再筛一次，才把它弄出来。"

张泉听了，眼睛瞪得比酒杯还大："哇！要做那么多的功夫？！"

刘天赐说："你以为好容易啊！兄弟，为了活命，就这样的啰！"

张泉把自己的巴掌握成了拳头，他坚定地说："好，为了活命，我也这么做。"

刘天赐提醒他："兄弟，你可要比我多做一道工序喔！"

张泉不明白："为什么？"

刘天赐说："我的材料是花生壳，你的材料是粟米心。你的粟米心那么长的一条，放进石碓里怎么碓？所以在放进石碓之前，首先要将它细细地砍碎，越碎越好，你说是不是？"

张泉如饮醍醐，连声说道："对，对，对！"说完就走了。

刘天赐在后面说道："不把碗里的花生壳糊吃完再走？"

张泉说："不了，不了。谢谢你了！"

张泉回到家后，立马就剁粟米心。

他老爸张矩问道："你折腾什么？"他担心他的宝贝儿子受累了。

张泉说："我想把它弄成细粉细糠，拿来做糊吃。"

张矩以为自己的耳朵出了问题："这东西能吃？"

张泉说："天哥家里拿花生壳搞成细粉细糠煮糊吃了……"

"你看见？"

"当然看见了。不仅看见了，而且我也吃了……"

"你吃了？"

"是呀！天哥给我吃的，我觉得还好，所以回来就学着做了。"

张矩长长地叹了一口气："日本仔这些死冚家铲，真是害得人够惨了。我们番禺过去什么时候缺过米、缺过粮？"他是个农民，农闲时候也经常贩些谷米去卖。沦陷之前家道是比较殷实的，没想到今天竟然揭不开锅。他气得骂道："这些死冚家铲日本仔，来我们中国坏事做尽，现在打完就跑了，就这样地跑了，害得我们连口粥都吃不上。要是抓到了这些冚家铲，真是把他们切成肉粒都不解恨。"

张泉没搭老爸的茬。他觉得骂也没用，现在活命要紧。你再骂，这死日本仔也没耳听了。他埋头埋脑地弄他的粟米心。张矩生怕累坏了他的宝贝儿子，也插手进来帮着侍弄。父子俩"吭哧吭哧"地剁，"吭哧吭哧"地碓，"吭哧吭哧"地磨，"吭哧吭哧"地筛。

花了九牛二虎之力，到用筲箕筛过之后，张泉发现这粟米心糠还是很粗，他想起刘天赐说最后那一道工序是要过罗斗的。他家没有罗斗，便去刘天赐家借。

刘天赐说："我哪里会有这些宝贝！我是去向陈先生借的，你要用，就向他借去啰！"

张泉又跑到陈氏医馆去向陈无偏借罗斗。

那是陈家的制药工具，陈无偏是很舍不得借的，可是想到借给人家弄东西来填肚子，这是救命的大事，和自己制药一样，所以也大方地借了。同样也吩咐一番："要小心地用喔！"

张泉终于把那幼细的粟米心糠粉弄出来了。他按照刘天赐的提点，添加了一些野菜叶和小鱼虾进去，也把肚子对付过去了。

阿牛家也断粮了。

阿牛听见刘天赐、张泉他们用花生壳和粟米心做成糊吃，心也动了。他家有一堆甘蔗渣。他去年底在市桥打工，给人摇榨汁机卖蔗水。卖过了季节，没有甘蔗了，他被辞退回家。他指着屋里一堆甘蔗渣，求主家让他运回家去做柴火。他平日做工勤快，深得主家的好感。老板便把那堆甘蔗渣送给他了。

如今他对着那堆甘蔗渣，心想既然他们能将花生壳、粟米心做成糊吃，我的甘蔗渣应该也可以做得糊吃呀！他知道刘天赐、张泉他们是用碓、磨、筛的办法去做的，于是也依样画葫芦地去做，没想到光是"碓"这个工序他都过不了。他使劲地踩着碓杆，不停地直碓直碓，碓了小半天，碓坎里的甘蔗渣不仅没有被碓化，而且还结成了硬硬的一饼。这是怎么回事？

他去问张泉。张泉也不知道是怎么回事？怎么办呢？热心的张泉带他去找刘天赐。

刘天赐到底是书香之后，他想了想，说："甘蔗渣里有糖呀，加上它本身就是松软的，你一碓它不就结饼变硬啦！"

阿牛为难了："这怎么办呢？"

刘天赐说："你拿它来炒一炒嘛！把它炒酥了，肯定可以碓碎的。"

阿牛无计，只好照办了。他炒过之后，果然能把这些甘蔗渣碓碎了，碓化了。炒过的甘蔗渣容易返潮，他只好不停地炒。边炒边碓，边炒边磨，边炒边筛，边炒边……但干到最后还是粗。

刘天赐偷偷地给他出了个主意，叫他去陈氏医馆里向陈无偏借只罗斗回来筛。

陈无偏听了很是心痛，不过为了帮助乡亲度荒救命，他还是借了。

阿牛忙活了好几天，终于把那蔗渣糠粉做出来了。因为里面有糖分，而且又反复炒过，这糠粉里竟有一丝香甜的味道，令阿牛感到有点新奇。

在与饥饿作斗争的日子里，三姑想到了吃番木瓜树的树心，二叔婆想到了吃芭蕉树的树心。村里还有许多七大叔八大婶的都想出了许许多多的高招。他们都寻找自己熟悉的野生植物的根块或嫩茎，把它们弄回来，洗净、砍碎、漂水、晒干。然后是碓呀、磨呀、筛呀，最后免不了的是去陈氏医馆里向陈无偏借罗斗。

陈无偏的心里虽然一百个舍不得，但都义无反顾地借了。

这样的七整八整，陈无偏的罗斗终于烂了，裂开了一道长长的口子。陈无偏看见心疼极了。

他看见默不作声的张倩，倒反过来安慰她："不要紧的，不要紧的，这罗斗已经用了好多年了，也快烂了。没关系，过些时候，日子好些，我们出广州，再买一只新的回来。"

一天中午，黄守财、刘天赐等街坊在陈氏医馆里和陈无偏聊天。

陈氏医馆的历代馆主不仅医术高明，热心治病救人，成一方乡土的守护神，而且他们都和邻睦里，热情好客，来者不拒。所以，从古至今，金窝村的村民们有事没事都爱到陈氏医馆里坐坐、聊聊。他们相约成俗地把陈氏医馆当成本村乡亲相聚的去处。

此时，黄守财对陈无偏说："大哥，我心中一直有个疑虑……"

陈无偏说："有什么疑虑？看你这家伙神神化化的，说出来让我听听。"

黄守财吭哧了一会儿，说道："你会不会离开我们呀？"

陈无偏觉得他问得突然，不禁定着眼睛看着他："你这是怎么回事？"

刘天赐也感到突然：黄老板怎么了？他怎么问起了这个问题呢？

黄守财说:"大哥,像你那么有本事的医生,到哪里都吃得香的。现在我们这里那么困难,人往高处走,水往低处流。我担心你会离开我们,到大城市去挂牌行医啵!"

听他这么一讲,刘天赐也急了起来。他说:"陈先生,你可不能走喔,我们可能自私了一些,我们金窝村真的不能没有你喔!"

陈无偏眯上眼睛,沉默了好一会儿,才缓缓地答道:"这件事,我不是没有想过。我说我没有想过,那是骗你们的。可是故土难离呀!再说,这个年头谁都难,我陈无偏一到一个大城市里就有人排着队来找我看病?不可能的。如果没有人来找我看病,不也一样饿死我?所以我还是选择不走好了。"

黄守财听了,那巴掌用力地往大腿上一拍,说:"大哥,你这么说是谦虚。以你这样的本事,没人来看病是假话。我听了最真的一句是,故土难离!大哥,我知道你心里舍不得我们,我们更舍不得你。大哥,你就铁下心来留下吧,我们村的人都会捧出心来对你的。不说别人,就是我黄守财,我家里有煮饭的米,就绝不会看着你喝锅里的粥!"

刘天赐说:"对,对,对,我家里还有花生壳糠粉,陈先生你用得着的,尽管到我家里拿!"

黄守财笑道:"那我呢?"

刘天赐说:"你黄老板也一样。不过,将来我到你的打铁铺里打农具,你多优惠我一些就得了。"

黄守财指着刘天赐,笑着对陈无偏数落道:"大哥,这小子对我就没有对你好!"

黄守财、刘天赐、陈无偏三人正谈得来劲,强仔噔噔地跑过来。他一声不出,像电线杆似的站在旁边。

黄守财觉得扫兴,对强仔说:"你好得闲?跑来这里干什么?"那口气好像只许他得闲,不许人家也得闲似的。

强仔说:"我有个问题想请教一下……"

黄守财像个款爷似的,很不耐烦地将手挥了挥,说:"讲吧讲吧,讲得简单一些!"

强仔说："我想问一问：屎蛆能不能吃？"

黄守财一听，"扑哧"一声笑了起来："你吃？快去快去！"

强仔好尴尬，他不知说什么好，还是直不溜湫地站在那里。

黄守财说："你这个人也够鸡脑，怎么会提到这个问题。"

陈无偏说："也不能说他鸡脑喔！现在这年月，人们见面的第一句话，就是：什么东西可以吃？或者什么东西不可以吃喔！现在强仔既然问到了这个问题，说明他是动了脑筋的！我看屎蛆是应该可以吃的。三姑不是说，她见过三叔公在灶边打到了苍蝇，打着了就顺手扔进煲粥煲里把它也一块煲吗？既然苍蝇都可以吃了，它的蛆为什么不能吃呢？以前我们村里的人都爱掏屎蛆喂鸭的。鸭吃了都不死，而且还长得很肥，更证明它可以吃，而且吃了有好处了。只是人吃的话，是太恶心了一些。"

强仔听了，横了黄守财一眼，嘟嘟哝哝地说："人家来这里，本来就不是想问你的，人家是问陈医生的，你扮晒嘢（粤语，装模作样）……"

黄守财一听，气得胡子一吹，眼睛一瞪，把手往上一扬："你欠揍了是不是？"

强仔见状，立即把脖子一缩。

黄守财的手轻轻地从强仔的身边滑落下来。他大声喝道："你还不快去吃你的屎蛆？！"

聊天的人走了之后，陈无偏还在想着屎蛆。

他想，这年头吃屎蛆，也不失为度荒保命的一个办法，可以去试一试呀！但他也怕别人知道不好意思，于是等到晚上人们都熟睡了，他才一个人爬起来悄悄地去干。

他到自家的茅坑里把里面的屎蛆捞起来，装进一个布袋里，拿到河边去洗。一口气洗了几十次，他拿起来闻了闻，觉得屎气淡了许多，才拿回家去。

他又打井水洗了几十次，觉得没有屎气了，便拿进厨房。屎蛆在布袋里一拱一拱，乱哄哄的，想倒也倒不出来。怎么办呢？

陈无偏想了想，便把这布袋放进锅里连布袋连屎蛆隔水来蒸。

这一蒸，布袋里的屎蛆被蒸死了，倒得出来了。他把这些蒸死了的屎蛆凑近鼻孔前闻了闻，觉得不臭了，但他还不放心，再用"虾眼水"灼一下。他再用鼻子认真地闻了几下，真的一点臭味也没有了。

　　陈无偏想，这样可以煮来吃了。

　　可是这个样子谁敢吃呢？他想，把它剁碎吧！把它剁碎了，我不出声，谁也不知道是什么东西，他们就吃了。于是他找出了菜刀砧板剁起。

　　为了不惊醒张倩和孩子们，他尽量地把手放轻一些。剁完之后，他把这些屎蛆酱放进锅里，撒上点盐花煮起来。煮好了，他舀了一勺，放在嘴里尝了尝：吧！好味道喔。

　　这时，他感到有一丝暖气轻轻地吹到自己后面的脖子上。他心里一紧，浑身的皮肤立即冒起了一层鸡皮疙瘩。这是怎么回事？

　　他猝然转身，发现自己的身后站着张倩。这家伙不声不响的，不知站了多久。陈无偏问道："你怎么在这里？"

　　张倩不答，反问他："你在干什么？"

　　陈无偏说："我在煮龙肉？"

　　龙肉？这个世界上哪有龙肉！张倩说："不信！你在煮什么？"

　　陈无偏说："不信？你吃一口就知道了。来，你尝一口就知道了。"他舀了一勺给张倩尝。

　　张倩不肯尝。

　　陈无偏当着张倩的面尝了一口，说："我都尝了，你怕什么？"

　　张倩看见老公那么说，便尝了。哇！鲜美无比。她问陈无偏："这到底是什么东西？"

　　陈无偏说："是屎蛆！"

　　"啊！是屎蛆?!"张倩立即"哇哇"地呕吐起来。

　　民众在饥饿中煎熬着，挣扎着。

　　侨领胡文虎闻讯，献白米十万公斤救济广州、番禺的难民。

　　大家在饥饿当中领到了一点宝贵的大米，也稍稍地缓了一口气。

五

陈无偏终于买回了几只小鸡仔。他到了远近几个村庄,一个村庄一个村庄地寻访得到的。老婆就这点要求,而且又非常正当,连这点都满足不了她,他觉得心里很过意不去。所以他决心一个村庄一个村庄地去寻,一个村庄一个村庄地去访。

这次寻访,他更加体会到什么叫十里无鸡啼,百里无狗吠了。过去我们番禺,哪个村庄哪家农户不是鸡鸭成群的呀?这些死日本仔,真是害得我们太苦了。把他们抓起来切成肉粒,也解不了我们心中之恨!

在南村的一家农户的屋边,他发现养有一窝鸡,便上前询问这鸡卖不卖。

这农户的当家人认识陈无偏,几年前去金窝村找陈无偏看过病。

他听了陈无偏说要买他的鸡,高兴地说:"说买就不卖了。陈先生你救过我的命,你喜欢,就捉几只去吧!"

陈无偏不肯。他说:"如果是以前,你送我几只大线鸡我都会要,可是现在不同了。现在饥荒年月,鸡仔太金贵了。你也是养它来活命的。这样白白地要了你的鸡仔,我心里很不安。这样吧,既然你我已经认识了几年,也算是老朋友了,你就帮我一把。这次我给你钱,你卖给我,大家心里都安乐。以后年头好了,你发达了,你再送我几只。我那时候肯定是很乐意接受的。你说好不好?"

这农户见他讲得那么诚恳,那么实际,就挑了几只最健壮的卖给他了。

这农户说:"送鸡你不要,送鸡笼你总要吧?"

他找了一只新编的鸡笼,把鸡仔放进去,关好笼掩,在笼顶上穿上一根三四尺长的竹竿,说:"陈先生,你这样扛在肩膀上走回家去就不吃力了。"

陈无偏扛着只鸡笼回到家里，张倩很高兴："回来了?!"

"回来了!"

"辛苦吧?"

"不辛苦——你高兴吗?"

"高兴!"

"你高兴我就高兴!"

"真的吗……"

当天晚上他们就把那只鸡笼放在自己的房间里，两口子趴在床上听小鸡叫。

张倩说："好久没有听过鸡叫了。现在听到了小鸡的叫声，觉得像听唱歌似的好听。"

陈无偏说："我听你讲话，也觉得像听唱歌似的好听。"

"你真坏!"张倩伸手要打他，陈无偏一把将她搂在怀里。

过了一会儿，张倩不放心地说："把它们放在地上，好像不太安全似的。"

陈无偏说："怎么不安全?"

张倩说："怕老鼠来咬它呀!"

陈无偏说："老鼠?有老鼠才好哩。"

"为什么?"

"有老鼠就抓来吃呀，一鼠顶三鸡哩!"

"哪……还有什么东西会伤害它们呢?"

陈无偏不耐烦地说："还会有什么东西可以伤害它们?"

"我看就会!"张倩不高兴了，她猛地一转身，把个背脊朝向陈无偏。

陈无偏赶快说："好，好，好，我去想办法把鸡笼吊起来。"

第二天一早，张倩就起来打理她的小鸡仔了。她清扫小鸡屙下的鸡屎，连着笼把它们拿到大门口外面晒太阳。

吃过早餐，她就背着马骝仔，拎着鸡笼去村口的芭蕉树下放牧。陈抗日站在门口静静地看着。

张倩拉起他的手："哥哥也一起去好吗?"

陈抗日不出声，他犹豫了一下，还是跟着张倩去了。

出到村口，那里有一小片芭蕉林，虽是中秋，蕉林依然青翠欲滴，郁郁葱葱。

张倩带着两个小孩，拎着鸡笼来到芭蕉林下。她打开笼掩，把小鸡放出来，然后找来一根小木棒，挖撬着芭蕉树根的泥土。直挖直挖，没多久便挖出了一条小蚯蚓。一看见这条小蚯蚓，小鸡们吓得后跳了几步，它们直着眼睛紧紧地盯着这条小蚯蚓。其中一只胆子稍大一点的小鸡向前走上两步，它探头探脑地看了看，见没有什么动静，便轻轻地再上前一步，猛地伸长脖子叮了小蚯蚓一口。这条小蚯蚓痛得在地上打滚。其他小鸡看见很有趣，也大着胆子冲上去，一起叮了小蚯蚓一口。小蚯蚓拼命地挣扎。一会儿，小鸡们把它撕成了碎片，吞食到肚子去了。

张倩回过头问陈抗日："得意吗？"

陈抗日点点头。

"好看吗？"

陈抗日又点点头。

张倩又问："你知道我是谁吗？"

陈抗日又点点头。

"叫我，叫我一声，好吗？"

陈抗日不作声。

张倩说："抗日，我是你妈。你知道吗？"

陈抗日还是不作声。

张倩说："抗日，你有两个妈妈。一个是生你的妈妈，她被日本仔害死了，死在南京城里。另一个是养你的妈妈，就是我。我一定会对你好的，疼你的，你知道吗？"

陈抗日还是不作声，但两行眼泪悄然无声地从眼眶里滑了下来。

张倩一手把他搂到跟前，说："抗日不愿叫我妈也不要紧，抗日乖就可以了。哦……"

陈无偏找到了村口的芭蕉林，看见他们母子三人在那里放鸡觅食，心里非常高兴。

"好玩吗？"

陈抗日浅浅一笑。

陈无偏说："我抗日都笑了，肯定好玩了。抗日，你叫她了吗？她是你妈妈哦！"

陈抗日低着头没有出声。

张倩说："我们抗日很乖，我们抗日以后会叫的。"

陈无偏对张倩说："以后不要到那么远的地方放鸡觅食。这里太偏僻太荒芜了，很危险的。"

说着，他蹲下来，把小鸡赶进笼子里，关好笼掩，把鸡笼拎在手上，拉着张倩和孩子们回家去。

陈无偏说："我们金窝村过去不是这样的。你过去下来搞宣传也看见了。过去我们金窝村几繁荣，活像人家一个小镇集似的。可是日本仔来了之后，死了几多人，坏了几多房屋。好多户人家竟然死绝了。你看这里那里，全是长草，全长那些又高又大的芒草。你一个女人家带着小孩在这样的地方走动，是很危险的，叫人很不放心的。以后记住了。"

在回家的路上，陈无偏碰见了黄守财。

黄守财笑道："大哥，好像一家人去旅行哦！"

陈无偏哑然一笑："是真的旅行就好喔！你见过有拎着只鸡笼去旅行的吗？"

黄守财说："或者是我们大哥的新发明也有可能的呢？"

"你这家伙，狗嘴里永远吐不出象牙——你到哪里去？"

黄守财说："我来找你呀！"

陈无偏笑道："好像我和你很有缘似的，动不动就来找我。找我有什么事？"

黄守财说："有件事想请教请教你……"

"哟，什么时候学得那么斯文了？你想请教我什么？是不是老婆又哪里不舒服了？"

黄守财说："不是不是，我想问问大哥你，这个世界到底有没有鬼?"

陈问偏笑了起来:"你说有就有,你说没有就没有。反正谁都没有见过,你姑言之,姑听之就得了。"

"欸!有人见过喔!"

"谁见过了?"

"前街三姑。她说她见了三婶家里有鬼,还听到哭声哩!"

"哦……"

"后街六婆说她也见过。她说天入黑的时候,经常看见二叔公坐在他门口吸'大竹碌'。'大竹碌'上那点烟火一明一灭的挺怕人。"

"哦……"

黄守财说:"日本仔在我们村杀的人太多了,有好几家竟然全家被杀,连条根都没有留下,弄得鬼气森森的。大家都说有鬼,我都信!"

陈无偏回过头对张倩说:"叫你不要到处乱去,这样是很危险的,现在信了吧?"

张倩从小是个乖乖女,现在听了这两个男子汉的说话,吓得像只猫似的老实。

黄守财说:"现在大家都人心惶惶的,特别是女人和小孩。我家那个煮饭婆,更是被吓得连胆都没有了。嘻!你说这日子怎么过?!"

陈无偏不作声。他也不知道怎么过。

黄守财继续说:"现在大家议论凑份子请道士回村里喃斋。你凑不凑?"

陈无偏说:"凑!大家凑我肯定凑。"

黄守财说:"这就好了,现在就缺一个收钱和出去请道士的人。大哥也来凑份子,大哥就顺带把收钱和请道士的差使担起来吧!"

陈无偏说:"不行不行,我每天都要打开门来等人上门看病的。"

"那我也要打铁咯!"

"你还没有开炉嘛！你开了炉，当然不要你去啰！怎么样，还是老弟你去吧！"

"我去？"

"是呀！老弟你为人热情，口齿伶俐，能说会道。我觉得你去最合适了……"

"你不是说我'狗嘴里吐不出象牙'吗？"

陈无偏笑道："这回吐出的是象牙了！去吧！你去吧！"

黄守财架不住两句好话，他乐颠颠地去了。他每家每户地去收份子钱，然后到沙湾去请道士。道士嫌钱少，心里不是很痛快。

黄守财说："师父，这年头大家穷得连饭都没得吃了，还在老鼠尾巴上挤脓血似的挤点钱下来请你老师父，这点精神是难能可贵的喔，你老师父还不成全成全？"

老道士经不起他的死磨烂缠，终于答应了。

他说："老师父，谢谢你应承了我们。我们因为难，出的辛苦钱也少了一些，可是你到时功夫要做足喔，不要喃摩少，咳嗽多喔！"

老头子本来就有点不痛快，听他那么说，便伸出手来"去去去"地把他拨到一边去。

黄守财好歹把沙湾的老道士请来了。

在老道士升坛拜祭，喃摩作法之际，金窝村却发生了一件令村人张口结舌的大事：有两个军官，都骑着高头大马，带着马弁，来到白公馆里讲数，讲着讲着差点打将起来。

全村老少原本都围着老道士看热闹的，不料白公馆里演了这出好戏，经好事者一宣传，大家按捺不住好奇之心，都跑到白家那边看热闹去了。

老道士本来就嫌钱少，心里不是很痛快，现在看见看客骤然减少了八九成，当然也就喃摩少，咳嗽多了。

黄守财是这场活动的组织者，他看见这个态势，心里非常不高兴："丢那妈！"

他对陈问偏说："大哥，你在这里帮我照看着，我过那边看看到底是怎么回事。"说完就走了。

可是这黄守财竟一去不返，那老道士喃着喃着也觉无趣，三下五除二，敷衍几下，捡起他的架撑（粤语，家当或器物），打道回府去了。

等黄守财回来的时候，道场之处已场散人静，只有陈无偏一个人像条木桩似的杵在那里。

黄守财问道："人呢?"

陈无偏反问道："人呢?"

黄守财自知理亏，不禁讪笑起来。

陈无偏埋怨说："你这个人也是'叫得出门喊不归'的，不是去看一看的吗，怎么现在才回来呢?"

黄守财笑道："我是一去就回不来了。要是你去，你也回不来了。"

陈无偏也被他勾起了好奇心。他问道："怎么那么厉害，是怎么回事?"

黄守财说："有两个国民党军队团长，在白家差点打起来了。"

"他们为什么要打起来?"

"分赃不平咯!"

"怎么分赃不平?"

"现在日本仔投降了，我们打赢了，国民党军队就来接收敌产咯。一个团长说房屋和小老婆他都要；一个团长说要房屋的就不能要小老婆，要小老婆的就不能要房屋。彼此在女人面前争风头，越说火气越大，只差一点就打起来了。其中一个人说：如果女人房屋你都要了，我就告上省府，告上南京! 说到了这一步，才没打起来。看来这家伙是有点后台的。"

听到这里，陈无偏沉思良久，说："白明治的女儿是汉奸这毋庸置疑，可是他本人只是巴结日本人，想讨点好处。他没有担任过伪职，没有直接杀害过抗日军民，说他是汉奸，也有点草率喔。"

黄守财说："你说草率，人家就那么分了。不过白明治这冚家铲也不值得同情，我想起他以前那副鬼样子，心里就幸灾乐祸了……"

陈无偏哑然一笑："堂堂国民党军队，也搞起抢压寨夫人的事了。"

　　黄守财说："日本仔来的时候，也不知道他们跑到哪里去了。"

　　"真叫人心寒啊！"

　　"是呀，我们没吃没喝没人管，这些𡳃家铲却忙着争房屋、抢女人了。"

　　"哎！白明治怎么样？"

　　"还不是像发羊吊一样地躺在那里。"

　　"难怪你看到不愿回来了。"

　　"嘿嘿……"

六

　　中国人有个最大的优点，就是生存能力特强。在这饥荒年月里，凡是能吃得进嘴里吞得下肚里的东西，中国人都找到、吃到了。村前村后，山上地下，河畔塘边，水中土里，树梢上的嫩叶，阡陌间的小草，什么都找到了。

　　日本仔投降的时候已是秋天。秋天可以种白菜、芥菜、萝卜、椰菜、黄芽白、秋茄子、荷兰豆、芫荽、葱、蒜等。为了生存、为了活命、为了发展，大家默默地死撑着四处找东西吃。在找东西吃的同时，大家更注意抓住农时，播种适合种植的作物，豁出命来拼死拼活地干。

　　因为村民们要种田种地了，就有人来打农具了。黄守财的打铁铺也开炉了。金窝村里响起了久违的铁锤打击铁砧的叮当声。

　　陈无偏看完病，觉得脖子酸酸的，在一时间还没有人来就诊的当儿，也抓住间隙，出去走走，四处看看。

　　走着走着，他突然听见了一阵久违的打铁声，一丝欢喜倏地涌上心头：老朋友也终于开业了，去看看他。

　　他循声走去，拐弯抹角，便到了黄守财的打铁铺，看见黄守财光着上身，肩膀上搭着一块抹汗的毛巾，在挥汗如雨地锤打着一块烧红的铁。他的老婆黄邓氏在旁边用双手帮他用力地拉着风箱。

陈无偏笑着向他们打招呼："黄老板好生意喔！"

黄守财见了陈无偏，大声招呼说："大哥，托你的福，今天来了一单生意。如果再没生意来，可真要勒紧裤腰带喝西北风了。"

陈无偏说："肯定是笔大生意了。你看，老板娘都上阵了。这是以前没有过的事喔！"

黄邓氏不好意思地咧咧嘴，细声地叫了一声："大伯。"

黄守财说："不上阵不行了。以前我打铁，又拉风箱又抡锤，一口气锤它一百几十下连大气都不喘一口。现在不行了，现在才抡那么几锤，就又喘大气又出汗。"

陈无偏揶揄说："那你可要好好地珍惜身体咯！"

黄守财知道陈无偏在逗他。他说："珍惜个屁。现在三天没有二两米下肚……"

张倩专心致志地饲养着她的小鸡。

陈无偏不让她去得太远，她就在医馆附近长有杂草的荒地上放牧，用根小木棒撬些小虫子小蚯蚓让小鸡啄食。她每天一有空余时间，就背起马骝仔，牵着陈抗日出去放牧她的小鸡。

她很喜欢这份工作。她发现自从带着陈抗日出去放牧她的小鸡后，这孩子没有那么抗拒她了。她一边放牧她的小鸡，一边和陈抗日聊天。陈抗日是不出声的，自始至终都是她一个人讲，但是他愿意听，她讲什么他就爱听什么。她明白天底下做后母的女人都是不容易的。能够做到这一步就已经很不错了。

她一边和陈抗日聊天，一边观察着她的小鸡。她发现她的小鸡开始长出硬毛了，脖子间，翅膀上，有那么一点点和绒毛不同的颜色渐渐地长了出来。还有的小鸡的脑袋瓜中间，微微地突起一条红红的肉线来。她很高兴，心中萌生起一股母亲看着自己孩子慢慢地成长的感觉。

日子就这样平静地过着。张倩有条不紊地为陈无偏打理好家务。一日三餐，虽然缺米少粮，但张倩用草根树皮、细糠野菜、小虫小蛹都按时把它做出来。陈无偏在荒年灾月之中吃到了这些饭食，心里氤氲着一股热气。

有时候陈抗日不在饭桌旁边，他会感激地望着张倩，小声地说道："老婆，真难为你了……"

张倩剜了他一眼。"你怎么了？神神化化的……"

"我想亲你一口。"

"去，去，去，叫孩子看见了几不好意思。"

一天，陈无偏因为上山采药，张倩也因为去整她的草根树皮、细糠野菜，都累得筋疲力尽，早早就睡觉了。那天晚上月朗星稀，凉风习习，他们都睡得很好，睡得很沉。

突然之间，张倩在梦境的深处听到了一声嫩稚但又清晰嘹亮的打鸣声。

她心中咯噔一跳。那颗心从梦境的深处倏地浮了上来。啊！是鸡鸣声喔。是谁家的公鸡打鸣呢？

"喔，喔喔，……"

啊，这不是我们家养的小鸡啼了吗？"鸡声茅店月，人迹板桥霜。"这久违的鸡啼声。我好久没有听过鸡啼声了。她的心激动得"扑通扑通"地跳起来。陈无偏还在酣睡着。

她摇了摇陈无偏。陈无偏糊里糊涂，懒洋洋地问道："什么事？"

张倩说："鸡叫了。"

陈无偏嘟嘟囔囔地说："哪里来的鸡叫。我们村好久都没有鸡叫过了。啊喔……快睡觉吧！"

张倩说："是真的，鸡叫了，是我们家的鸡叫的。"

"我们家的鸡叫的？你不是日有所思，夜有所梦吧？快睡快睡。"

"真的！"

"唔，真的……"陈无偏搪塞着，他翻了个身，又睡去了。

"喔，喔喔，……"鸡又啼了。声音稚嫩却清晰嘹亮。

张倩使劲地摇了摇陈无偏。"你这懒虫，你听见了没有？鸡真的叫了。"

这回陈无偏也真的听见了。他也高兴地说:"是呀,真的是鸡叫了。"

张倩把他的身体扳过来,紧紧地把他搂住。陈无偏也搂住张倩,用手轻轻地抚摸她的背脊。他发现张倩的两块肩胛骨轻轻地滑动着。

他问道:"你哭了?"

张倩在他的怀里点了点头。她说:"我发现我很高兴。过去没有鸡声,觉得死气沉沉的,没点生气。现在觉得有点生气似的,所以高兴……"

陈无偏动情地说:"阿倩,你很好,你很善良……"他说着,双手把她搂得更紧了。

张倩扳开他的手。

陈无偏问道:"你怎么啦?"

张倩说:"你得让我透口气嘛,我快憋死了。"

陈无偏笑笑,随即把手松开。

张倩喘过了气,她说:"先生,我有个想法。"

"唔,你想什么?"

"我想给马骝仔起个名字,我们不能到他长大了,也一直叫他'马骝仔'呀!"

陈无偏说:"是呀!你想给他起个什么名字呢?"

张倩说:"你给抗日起的名字很好,日本仔侵略我们,我们就要抗日。现在日本仔被我们打败了,我们慢慢过上平静的生活了,我们多么向往这种平静的生活啊!我们就叫他'和平'吧。你说好不好?"

"和平,好,好啊!我们百姓太希望和平了。就叫'和平'吧!阿倩,你真是读过书的人,想得就是比我细,比我好!"

审判战犯了!
国际法庭在东京审判日本战犯了!

南京审判侵华日军的战争罪犯了！

广州审判侵华日军的战争罪犯了！

民众听到了这些消息，无不欢欣鼓舞，都从心里头真正感受到我们真的打赢日本仔了！大家额手称庆，都争相打听、收集审判战犯的消息。

由美、中、英、苏等 11 国代表组成的"远东国际军事法庭"于 1946 年 4 月 29 日对东条英机等 28 名甲级战犯正式起诉。澳大利亚人韦伯担任庭长，美国人基南担任首席检察官。中国法官梅汝璈、检察官向哲浚参加了审判，法官助理杨寿林、检察官顾问倪征燠也参与了审判。1946 年 5 月 3 日上午 8 时 42 分，一辆大型军用客车将日本战犯押送到远东国际军事法庭。在肃穆中 11 名法官陆续走上审判席。庭长韦伯宣读开庭词，首席检察官基南宣读起诉书，历数了被告的破坏和平罪、战争犯罪和违反人道罪等 55 项罪状。

然而，庭上的所有日本战犯都声明自己无罪。他们好像蒙受了不白之冤！

漫长的审判，由此开始。

这场审判从 1946 年 5 月 3 日开庭到 1948 年 11 月 12 日宣判终结，历时两年半。其间，公开庭审 818 次，判决书长达 1212 页。判决书从 1948 年 11 月 4 日开始宣读，到 11 月 12 日才宣读完。这次审判共耗资 750 万美元，堪称人类历史上规模最大、历时最久的一次国际审判。

为逃脱正义的制裁，日本战犯和他们背后的日本政府聘请了多达上百人的庞大律师团。这些律师团颠倒黑白，公然向正义挑战。他们将"九·一八"事变、"七·七"事变等责任都推到中方，说成立"伪满洲国"是东北人民的民意，不存在南京大屠杀，等等。

中国司法人员以大量的铁证，对日本战犯及其辩护律师予以有力的驳斥，同时揭露日本军国主义者犯下的滔天罪行。中国检察官助理裘劭恒为了批驳日本战犯的"不存在南京大屠杀"的谎言，特地与两名美国人赴南京实地取证，并找到了大屠杀的幸存者尚德义、伍长德及目击者美籍医生罗伯特·威尔逊、牧师约翰·马吉等证人。检察官向法庭提供的证人证词和其他证据材料堆起来竟有一尺多高。

在法庭上，检察官当庭播放了由马吉拍摄的记录日军南京大屠杀暴行的影像资料。这长达 105 分钟的悲惨的画面，震撼了所有在场人员！远东国际军事法庭根据大量的人证、物证，确认南京大屠杀是现代战争史上破天荒之暴行，并将其写进了判决书。在审判中，有 3 名战犯发疯和病死，故法庭实际只对 25 名甲级战犯进行了审判。

1948 年 11 月 12 日，远东国际军事法庭正式宣判：25 名日本战犯（被告 28 人，除松冈洋右等 3 人已死亡或丧失行为能力外，实际受审 25 人。）全都有罪。其中，东条英机、土肥原贤二、广田弘毅、板垣征四郎、木村兵太郎、松井石根、武藤章 7 人被判处绞刑；荒木贞夫等 16 人被判处无期徒刑。

东京审判的意义重大而深远。它深刻地揭露了日本法西斯的侵略罪行，惩罚了部分日本战犯。

国民政府国防部审判战犯军事法庭，是在南京的励志社大礼堂开庭的。1947 年 2 月 6 日，国民政府公审南京大屠杀要犯、原日军第 6 师团师团长谷寿夫。庭内挤满了多达千人的旁听者，庭外还密密麻麻地挤满了许多未能进去的民众。

谷寿夫拒不认罪，但中国司法人员早有准备。在公审前，他们就传讯了千余名中外证人，并拿到了侵华日军为炫耀而自拍的电影、写的日记、刊登的文章等铁证，确定日军在南京一地屠杀了 30 余万中国人。法庭宣布请受害人提供证据，南京大屠杀的幸存者白增荣、梁廷芳两人首先作证。他们揭露了谷寿夫的部队在中山码头用机枪射杀 5000 余难民、继而抛尸长江的事实。他们自己也中弹受伤并被日军投入长江，所幸死里逃生。面对铁的事实，谷寿夫狡辩：他的部队进驻中华门时，居民已逃光，没有屠杀对象。法庭下令："把中华门外万人坑内被害者的颅骨搬上来！"看着搬来的颅骨，谷寿夫哑口无言。接着法庭放映了日军自己拍摄的新街口屠杀现场的纪录片以及美国驻华使馆新闻处拍摄的谷寿夫部队在中华门附近的暴行影片。谷寿夫做梦也没想到他竟入了他们自己录制的炫耀暴行的影片中。当谷寿夫看到自己在屠杀现场指挥的镜头时，顿时瞠目结舌，像中风一般。1947年3月10日，南京军事法庭对谷寿夫进行了判决：罪犯谷寿夫惨无人道，在作战期间纵兵屠杀俘虏及非战斗人员，并肆意强奸、抢劫、破坏财产，罪行累累，证据确凿，给中国人民造成了极大的伤害。法庭决定，处其死刑！

谷寿夫闻知油汗满脸，瘫倒在地上。法庭上欢声雷动。4月26日，谷寿夫在南京雨花台被执行枪决。在审判中领刑的还有日军战犯多人。

除南京之外，北平、上海、武汉、广州等地都相继审判了日军战犯。对于中国华南地区的民众，他们就更加关注广州审判了。

广州审判战犯军事法庭于2月15日成立，负责审判华南地区及越南的日、德、意法西斯战犯（当时侵犯越南的日军由我国受降）。

南支派遣军司令田中久一，日本陆军大学毕业，率部从广东省惠阳县大亚湾登陆，肆虐中国华南地区。1944年2月起兼任香港总督。其间指挥日军在中国战区焚烧劫杀。"被告纵横转战，肆虐东南，罪迹繁伙"，罪不容恕。在审理过程中，美国以田中久一犯有虐杀美军俘虏罪（他1944年兼任香港总督期间，指挥部属将领对因轰炸香港日军而机毁被俘的美军少校飞行员何克，经多方虐待后，判处及执行死刑），通过外交途径，于1946年8月把田中久一提解往上海美国军事法庭。美国军事法庭经审理后，于1946年9月3日判处田中久一死刑——这是田中久一第一次被判死刑。由于田中久一在中国犯下的罪行，较之虐杀一个美国飞行员重大得多，而且他的犯罪地点在中国，应受中国司法权管辖，故虐杀美军飞行员案经美国驻上海军事法庭判决确定后，即解返广州，继续接受广州审判战犯军事法庭的审判。田中久一虽然罪行累累，但在审判上我国仍然依照国际司法惯例，给予公正的审理。田中久一案经检察官与被告及律师在法庭上进行了充分的辩论后，于1946年10月1

日宣布辩论终结。10 月 17 日，广州审判战犯军事法庭开庭宣判，由审判长、军法审判官刘贤年在审判席上向战犯田中久一宣读死刑判决书的主文，并让田中久一执笔签收。后执行死刑。

在广州被判处及执行死刑的日军高级将领的战犯，除田中久一中将外，还有多名在占领区借口镇压抗日分子，对中国人肆行逮捕、杀戮，滥施酷刑的日军特务、宪兵。他们被处决，是罪有应得。

广州法庭发现山根四治郎逃逸，立即报请国民政府国防部要求向盟军总部交涉，将其引渡来华受审。

七

审判日本战犯，极大地鼓舞了中国民众。

虽然时下绝大多数民众正苦度灾年，吞糠咽菜，但听到了审判日本战犯的消息，大家人心大快，荡气回肠。百姓感到日本仔真正被打败了，日本战犯被审判了，被判刑了，被枪决了，以后的日子有奔头了。于是，各行各业、全体民众都全力地生产自救，治理日本仔留下的创伤，重建自己美好的家园。

陈无偏想到的是，该给儿子陈抗日开蒙了。

张倩说："我们附近又没有小学，村里又没有私塾，这真是件麻烦事……"

陈无偏说："私塾本来是有的，二叔公就是教蒙馆的嘛，可是那么好好的一个老人却让这冚家铲日本仔弄死了。这些死日本仔真是害人不浅！"

张倩沉吟了一会，说："让抗日到市桥去读书吧！就住在我父母那里。有我父母照看着，抗日会很好的。"

陈无偏听到张倩那么说，心里非常感激，心想，作为后母，张倩是无可挑剔的了。可是这儿子从小到大，一直跟着自己，一天也没有离开过，现在叫他离开自己，又一百个舍不得。但又不能明说，明说了不仅不领张倩的情，而且还浇了她一盆冷水了。怎么办呢？

他想了想，竟把老祖宗搬了出来，说："我的儿子开蒙还愁没人教？我们祖上都是用医书开蒙的，又认字，又学医，一举两得。"

张倩说："这真是好啵！教认字，我可以帮得了你。教医道，你就亲力亲为了。"

陈无偏感叹地说："这我就轻松多了。老婆大人，你真是我的贤内助，是我的福气啊！"

张倩笑道："你讲讲又发神经了！"

陈无偏遵照民间惯例，拣了个好日子，用艾叶、黄皮叶、菠碌叶、桂皮、柏叶、紫薇花叶烧水给陈抗日洗了个澡，挑了件好一点的、补丁少一点的衣服让他穿上，然后点了炷香放在他手中，教他插在祖宗牌位跟前，合掌拜拜，磕了个头。

他在旁边禀告道："列祖列宗，父母亲大人：今天你们的孙子陈抗日正式学医，承传家学，请各位先人多多保佑他身体健康，聪明伶俐，勤奋好学，学业进步，将来继承我们陈家的医术，发扬我们陈家的传统，治病救人，尽心尽力。"

祷告完毕，他用手轻轻地摁了一下陈抗日的脑袋，说："再向祖先磕一次头。"

陈抗日遵嘱扑地跪下去，正儿八经地又磕了一次头。

陈无偏说完之后，拉过平日自己给人看病的太师椅，在上面坐下，对陈抗日说："儿子，你过来，你要给我磕个头。"

陈抗日老老实实地"扑通"一声跪下去，给父亲磕了一个头。

陈无偏说："儿子，我是你老豆，从今日起，我也是你的师父。你要听我的话，不怕苦，不怕难，好好学医，不得偷懒。听明白了没有？"

陈抗日点了点头。

陈无偏继续说："从明天开始，你要黎明即起，在天井里打拳习武。打完拳后，洗漱抹身。无论冬夏，都要用冷水。这样可以锻炼意志。洗漱抹身之后，就到厅里，坐在你老豆给人看病的位置上读书背书。你老豆当年小小年纪就能把一部《内经》倒背如流，这功夫就是这样磨出来的。你知道吗？"

陈抗日点点头。

陈无偏说："老豆和你说话，你怎么老是点头？"

陈抗日又是点点头。

陈无偏和张倩都笑了起来。

陈无偏说："这孩子真的傻了！"

陈抗日听了，还是点点头。

陈无偏止住了笑，他指着张倩，对陈抗日说："她以后教你认字，也是你的师父，你也要给她磕头。"

陈抗日扑地跪了下来，给张倩磕了个头。

陈无偏说："叫她一声：妈！"

陈抗日笑笑，没有开口。

张倩赶紧把陈抗日拉起来，搂在自己跟前，用手摸着他的头，说道："别为难他了。他肯给我磕个头，我已经高兴得睡不着觉了。"

等陈抗日出去之后，陈无偏对张倩说："你不是也很想学医吗？你也和抗日一起学吧？"

张倩把那把太师椅拉过来，推陈无偏坐在上面。

陈无偏说道："你是干什么？"

张倩说："我也给你磕个头，行个拜师礼。"

说着她正要跪下去，却被陈无偏一把抱住："不用不用！"说着趁势在她的脸上亲了一口。

陈抗日开蒙的书本，是陈修园的《医学三字经》。

陈无偏指着书本，教道："医之始，本岐黄，灵枢作，素问详，难经出，更洋洋……"

陈抗日端端正正地坐着，老老实实有板有眼地跟着老豆一字一句地念道："医之始，本岐黄，灵枢作，素问详，难经出，更洋洋……"

陈抗日念熟之后，陈无偏便一字一句地给他讲解每字每句的意思。

间中，他悄悄地问张倩："你听得明白吗？"

张倩含着笑点了点头："明白。"

陈无偏教完，要去做别的事了。

张倩便教陈抗日认字，写字。她执住陈抗日的手，用毛笔一笔一画地在草纸上写着刚才陈无偏教的课文。自己也将这些东西默默地记在心里。

黄守财从外面走进来，看见张倩执住陈抗日的手教他一笔一画地写字，羡慕得不得了。"大哥，你命几好，你看大嫂几贤惠！"

张倩被黄守财夸得不好意思。

陈无偏却很高兴。他说："你家大嫂也一样贤惠的！"

黄守财说："我家那个煮饭婆，见了我就好像老鼠见了猫似的，叫人烦死了。"

陈无偏笑道："这就证明，你在家里经常欺负你家大嫂了。"

黄守财连忙否认："没有没有，我怎么会欺负她呢？"

"那她怎么见了你，就像老鼠见了猫一样呢？"

黄守财哑然。

过了一会儿，他讪讪地说："我真的没欺负她。我只不过是爱睖着只眼睛和她说话罢了。"

陈无偏说："这就是了。老弟，你老婆老是这样终日不欢，将来生个儿子就不聪明的哦！"

黄守财吓了一跳："真有此事？那我以后注意一点了。"

劫后余生，人们想亲了，念旧了，都想知道亲友们的情况，都想出去走动走动。张倩想回娘家去看看父母。

陈无偏说："去吧，去吧！我也想念两位老人家了！"

一个嫩寒的早晨，陈无偏牵着陈抗日，拎着一个小包袱，张倩背着"马骝仔"陈和平，一家四口，欢欢喜喜地离开金窝村，沿着村路，朝市桥的方向走去。

这时太阳还没有出来，鸟未鸣，虫未叫，天上地下都非常的宁静。田野沉淀在一层浅浅的如青纱般的薄雾里。

陈无偏他们走得那么早，是想早去早回，尽量不耽搁他给人看病的时间。可是即使那么早，田野里已有人在悄悄地劳作了。太阳刚一露脸，柔和的阳光便被这里那里因飘泼而扬起的扇形的水花折射得闪闪烁烁，煞是耀眼。

劳作中的农民有本村的，也有邻村的，他们都认识陈无偏，都欢欢喜喜地和他打招呼："陈先生早！今天怎么起得那么早呀？"

陈无偏说："去走亲戚！"

"哦，我原先还打算早点收工，去陈氏医馆找你看病的呢——好在在这里碰见了你。"

"没关系，我会很快回来的。今年的年景好吧？"

"上天见怜，还算风调雨顺。如果不出大的问题，今年这个年还过得去。"

"过得去就好呀！这个难关过去了，以后的日子就容易了。唉！你们以后即使不看病，也经常到医馆里聊聊天哦！"

陈无偏他们一直往前走，发现田野上已渐渐地热闹起来，出来劳作的农民越来越多了，可是田野上就是看不见耕牛的身影。

田野上的农民都是靠自己的双手、双肩劳作的。途经的村庄，到处断壁残垣，他们看得很细心，也看不见有猪羊等大的牲畜，只是偶尔看见有的农舍的墙根下面有三五只小鸡在刨土觅食。陈无偏发现农民们都在顽强地生产自救。

走了约莫两炷香的工夫，陈无偏一行终于到达了市桥。

他们穿街入市，拐弯抹角，便来到了张家。

张家的大门紧锁着，连门笼子也搪得紧紧的。

张倩赶紧上前一步，伸手穿过门笼子，抓住木门上的两个铁环使劲地拍了拍，叫道："爸，妈，我回来了，开门！"

她叫了几次，拍了几次，过了一会儿，门闩"咣啷"一响，门柱"吱呀"一声，门慢慢地拉开了。

门开处露出了一张满头银发、老眼昏花的老太婆的脸。

张倩激动地叫道："妈！"

老太婆眨巴着一双老眼。她看清了是自己的宝贝女儿，立刻笑了起来，那张布满皱纹的老脸，倏地变成了一朵怒放的菊花。"啊！

阿倩，无偏，快进来！你们快进来！"她用力地拉门笼子。

张倩见状，赶紧帮母亲出力，门笼子"隆隆"地被拉到一边去。

陈无偏轻轻地弯了弯腰，笑着叫道："妈！"

老太婆笑得见牙不见眼。"快进来！快进来！"

在张倩她们进来的当儿，老太婆突然发现女儿的背后背着一个小孩。她心里咯噔一下，一双老眼使劲地眨巴着，那个还不算糊涂的脑袋霎时间忙个不停：怎么？这个衰女有了小孩了？有了小孩都不告诉我一声，她心里还有我这个阿妈的没有？老人家的心马上不高兴了。

张倩进去以后，因为走了那么长的一段路，一身热辣辣的，背上又背着"马骝仔"陈和平，两个肩膀又酸又痛。

她马上把"马骝仔"陈和平从背上解下来，边解边用和小孩子对话的口吻说："和平，快叫'婆婆'呀！"

老太婆用眼尾觑了一眼。这孩子有两个来月了吧？再加怀胎十个月，总共也有一年的时间了，而这衰女结婚也没有一年时间呀，怎么能生得出这么大的一个儿子呀？难道是事前偷食，奉子成婚？是也好喔，就是恨她竟不告诉我一声，你心里还有我这个阿妈的没有？不过，过去医生说她被日本仔摧残得太厉害，已经没有生育能力了。怎么现在又有了呢？这陈无偏的医术真的那么厉害？

张倩见老妈没答她的话，知道老人家可能是不太开心吧。她自讲自了地说："告诉婆婆，我陈和平是妈妈从外面捡回来的。妈妈没有及时回家告诉婆婆，婆婆不要怪罪我妈妈哦！"

老太婆一听，心里立即明白了。女儿没得生，捡回的也是儿子啊！她突然觉得不应该责怪女儿了。女儿的命苦，能混到这个份上也不容易了。

她突然想起，马上到房间里翻出一块银元，用红纸包好，走出来放在小孩子的口袋里，说："唔……叫什么名字？哦，叫陈和平。和平多好啊！和平就不再打仗了！欸，和平，婆婆没有什么给你，婆婆祝你快高长大，聪明伶俐，身体健康，将来孝顺父母，做一个

46

很有本事的人。"

张倩代"马骝仔"陈和平说:"和平谢过婆婆。和平祝婆婆身体健康,龙马精神,万事胜意!"

老太婆在这当儿认真地看了女儿一眼,发现女儿脸色还好,人未算太瘦,脸颊还有一丝红晕,她心里陡感欣慰。在这大灾之年,能有这个脸色,也说明女婿对她是很不错的了。这个时间老头子都是在偏屋里打瞌睡的,去告诉他,让他出来看看,大家高兴高兴。

她进到偏屋,看见老头子正坐着。她估计他已经知道女儿来的事了,便说:"还不出去看看?"

老头子气鼓鼓地说:"看什么?不看就已经气得快死了,看了岂不是死得更快?"

老太婆眼睛一瞪:"谁又惹你了?"

老头子不作声。

老太婆说:"我没工夫和你斗气。阿倩捡了个孩子,现在背来看公公婆婆来了。你不看僧面看佛面,看在小孩子的份上,你先出去看看。至于谁惹了你,以后慢慢再作理会。"

"就是他惹了我!"老头子恶狠狠地说。

"他?"老太婆吃了一惊,"他是谁?"

"是那个小杂种!"

"小杂种?你骂阿倩的孩子啊?你为什么骂他?你——"

"他是个小日本仔,我为什么不能骂他?"

"他是个小日本仔?你怎么知道?"

"金窝村的人讲给我听的!"

"你知道了几久了?"

"知道十天半个月了。"

"什么?"

"难怪这十天半个月来,你整天黑着个脸生闷气。原来如此!"

老头子怒气未尽:"岳鹏举有壮志饥餐胡虏肉,笑谈渴饮匈奴血。俗话也说仇人见面,分外眼明。我见了那个小杂种,恨不得把他撕成碎片蘸酱油吃了。"

老太婆说："老头子，我的女儿已经没有得生了。我不管他以前的老豆是谁，他被我女儿捡起来，他就是我女儿的儿子！老头子，你可不要乱来哦。你乱来，我可要和你拼命的哦！"

陈无偏在外头似乎听到了里面有吵架的声音，不放心，便走进去看看。

进到里头，他看见老头子老太婆有点不对劲，便问道："阿爸、阿妈，你们没事吧？"

老头子张玥有个特点是怕后生。虽然他和老太婆顶撞得那么凶，但一看见陈无偏进来，那股气就蔫了。他把脑袋拿拉到一边去不吭声。

老太婆却犯难了。这事是不好让女婿知道的呀！在为难中她憋不住，一拍大腿，鼻翼一鼓呜呜地哭了起来。

陈无偏见状笑道："阿爸，你是不是欺负我阿妈了？"

老太婆趁机把声音哭大一些："这死老头也不知道他的肝火怎么那么大，天天发我的脾气，我真受够了！"

陈无偏说："阿爸，你女婿是给人看病的，你老哪里不舒服，喊女婿来给你看看病嘛——来，现在就给你看看病。"

他说着，拉起老头子的手，在旁边坐下，把起脉来。

把过脉，看过舌，陈无偏说："阿爸，你五脉平和，唯肝脉独旺，而且舌边也有点瘀色，看来肝气是有点郁滞。喝剂'丹栀逍遥散'吧！"他边开方边说，"阿爸年纪大了，寒凉的东西不能多，丹皮、山栀用少就够了。还要加点乌梅，敛敛相火。"

开完方子，他掏出一把零钱，说："小弟呢，叫他捡药去。"

老太婆说："他出去散心去了。"

陈无偏问道："莫非小弟有什么心事？"

老太婆说："心事倒没有，只是身体不好，不想吃东西，每天清早拉几次大便。"

陈无偏说："这叫五更泻，是件大事。你们要重视，要抓紧治喔！"

老头子插嘴说："哦！要抓紧，要抓紧。现在蒋介石请了毛泽

48

东去重庆谈判……"

陈无偏一听，那眼睛不禁瞪得比酒杯还大："蒋介石请了毛泽东去重庆谈判?!"

老头子说："是呀!"

"你老怎么知道?"

"新闻纸上说的呀!"

陈无偏觉得很高兴："哦! 这好呀! 以后就不用打仗啦!"

老头子也很高兴："所以，好多人都想把铺开起来做生意了。如果你小弟身体好一点，我也想开铺做生意啰!"

老太婆埋怨说："做生意，钱呢?"

老头说："你只知道钱! 我现在虽然缺钱，可是我有比钱更重要的东西，就是面子、信誉! 凭我这张老脸，赊批货回来卖卖，有什么困难呢?"

陈无偏想：如果真的把生意做起来，这老两口肯定就没有那么多磕磕碰碰的问题了。于是他鼓气说："当然，当然，阿爸人脉那么广，这点小事算什么!"

八

陈无偏两天没有见过黄守财，今天早上看见他，关心地问道："去哪里发财了?"

黄守财说："到东莞去进了点铁块和木炭。"

陈无偏笑道："黄老板准备大干一场哦!"

黄守财说："大干不敢，也没有这个本事。但倒是想多打点铁了。现在蒋介石请毛泽东去重庆谈判……"

"你也知道重庆谈判了?"

"知道，新闻纸都说了，东莞街上人人都那么说。大家知道不打仗了，都会一心种地搞生产的，可是锄呀犁呀都缺。过去日本仔把我们的农具收起来当废铁运回国内铸枪炮，弄得今日大家拍壁无尘，光用手能把庄稼种出来？所以我要多打点东西方便大家，自己也从中多赚两个辛苦钱。"

"你这家伙有头脑，将来能发达的。"

"承你贵言，将来我真的发达了，我天天请你上茶楼饮茶！"

这一年的晚造还可以。谷米赶不上季节了，可是蔬菜却种得很好。白菜、芥菜、黄芽白、荷兰豆、芫荽、葱、蒜、韭菜割了一茬又一茬。农民们知道广州缺菜，合租了一条小火轮，把七八条木船首尾相连，由小火轮拖着到广州去卖。因为摸准了行情，每次都卖出了好价钱。

农民们得了点钱，首先想到的是要打造一点必需的农具。所以入冬以来，黄守财打铁铺的生意越来越好了。

他很少有机会到陈氏医馆聊天了。有时因事要到陈氏医馆，三句两句，说完之后急急脚地走了。

除了打造农具，大家最想的是买点大米回来煮饭吃。能买点肉回来更好，那条肠寡得快透明了。爱热闹的人还拉起了弦索。好事者还到各家各户去凑份子，到市桥、沙湾去请戏班子。他们的理由是打败日本仔了，蒋介石毛泽东又谈判了，以后不打仗了，和平了，唱出大戏，散散衰气，鼓鼓士气有什么不好？于是大戏班请来了。农民们吃了几餐完完全全用大米煮的硬饭，看了两晚锣鼓喧天的《六国大封相》，个个喜上眉梢。

和平的日子终于来到了，以后不用再颠沛流离了。我们憋足劲头，好好地种田，好好地干活吧！

一日，沈边村来了一位病人，在看病中跟陈无偏说起了他的老岳父即汪寿玉的老爸病了，而且病得不轻。

陈无偏听了之后心里很不舒服。汪寿玉的音容笑貌一直在他的脑海里浮现着。他精神恍惚，总提不起劲来。

张倩发现了老公有些不对劲，便问道："先生，你不舒服吧？"

陈无偏不出声，他闭着眼睛，默默地点了点头。

张倩说："你哪里不舒服，自己开点药吃吃啰！"

陈无偏摇了摇头。

张倩急了："你到底是怎么回事？你不是有病的，刚才还好好的嘛。那么好、那么健康的一个人，怎么可能说有病就有病的？不，你肯定有什么事情瞒着我。你到底有什么事？你说给我听，说！"

陈无偏说："寿玉的父亲病了，病得还比较重……"

"那你赶快去看看呀！"

"沈边村比较远，又要坐艇去，来回就要一天的时间了。"

张倩着急地说："莫说一天，需要的话，即使去几天也是应该的呀！"

陈无偏深深地透了一口气："我怕你不高兴……"

张倩说："你把我瞧扁了。我是这样的人吗？"

陈无偏赶快说："当然不是，当然不是。那么，我明天就去好不好？"

张倩说："好呀！明天我也跟你一起去。"

陈无偏为难地说："明天我　个人去就可以了，你就在家里带小孩吧。"

"不，我也要去。按照民间习俗，我是寿玉姐父母的代面女儿，现在父亲病了，还病得那么重，我做女儿的去看一下，于情于理是很应该的。如果我不去，从内心我是很愧对寿玉姐的。"

陈无偏很感动，他拉起张倩的手，在自己的两只手心里轻轻地揉了揉说："难得你那么知书识礼，又通情达理。"

第二天，天还没亮，张倩就早早起来做饭了。

陈无偏昨晚就在村里借好了一条有篷的小木船。张倩做好饭之后就叫醒陈无偏、陈抗日和"马骝仔"陈和平。洗漱过后，大家就吃饭了。

"马骝仔"陈和平还不懂吃。张倩每天都要煲粥喂他。因为今天要早起早吃，煲粥太慢，来不及了。张倩煮饭的时候把饭煲的一边垫高一些，这样煲出来的饭就一边干硬一边烂软了。她把烂软的那边的饭盛起来，再用匙羹背将它擂烂，然后一匙羹一匙羹地喂他。喂饱了"马骝仔"陈和平，张倩才匆匆忙忙地吃饭。到一家人都吃饱饭了，她又快手快脚地收拾饭桌、洗涮碗筷。

这时候，陈无偏已到河边去收拾那条借来的小木船。

张倩忙完了这些家头细务，便背起"马骝仔"陈和平，牵着陈抗日的手，走出陈氏医馆，"当啷"一声关好大门，三人一齐径向河边的码头走去。

到了码头，陈无偏已经把小木船收拾好了，他看见张倩背着"马骝仔"陈和平，拉着陈抗日走下码头，便用竹篙将船定稳，扶着他们走下船来。

生活在水乡里的人，一般都会弄两手操舵划桨的活儿。张倩是在街上长大的，又是个学生，连坐船都感到害怕，莫说操舵划桨了。陈无偏叮嘱他们坐好，他便挥篙点岸，倒桨掉头，一桨一桨地把木船往前划去。

冬日清晨的河面像一座垂着白纱布帷幕的舞台。这轻纱也似的帷幕像蝉翼般的轻薄通透，把里面的一切都遮掩得朦朦胧胧。河面上漂浮着的一团团雾气，凉沁沁的，使人感到很清爽。岸边长着高挑的芦苇和袅娜的茭白。芦苇和茭白被团团的雾气点染得像一幅淡淡的水墨画。不知哪家的鸡放得那么早，河岸的草丛里传出了母鸡呼唤小鸡的觅食声。太阳从东边的云霭中探出头来，把这轻纱般的帷幕轻轻拉开，四周的景色立刻清晰地展现在人们的眼前。

原来河里已行驶着运货和打鱼的木船。船家有认识陈无偏的，都笑呵呵地和他打招呼。陈无偏感到这情景很有诗意，也很亲切。

此时他不禁想起了汪寿玉来。寿玉在的时候，他们都是这样坐着小木船回沈边村看望老人的。不同的是，那时的船由寿玉来撑。寿玉是个弄船的好把式，划桨摇橹，撑船掌舵，扬帆使篙，样样精通。她把陈无偏当作相公，要他端坐在船中，而自己来动手弄船。她身穿一件合体的蓝底白色碎花斜襟衫，一条黑丝宽筒的唐装裤，凸显得体形匀称，曲线柔和。在岸上她却是穿鞋踏袜的，可是下到船以后她便脱开鞋袜，跣足在船前船后走来走去。未结婚时梳着一条独辫子，缠着十几圈红头绳，长长地垂下来在臀部晃来晃去，撩得人心头痒痒的。结婚以后她把那根长长的独辫子盘成了一只如意髻，更显得春风得意，让你左看右看都觉得像年画上的人儿。结婚过门之后，街坊叫她做陈太、陈师奶。她总是说："叫我寿玉就得了！"其实她心里是非常受用的。她有点狡猾。唉！多美，多水灵，多聪明，多贤淑的一个人儿，竟让日本仔活活地逼死了。日本仔你这个冚家铲，我即使吃你的肉喝你的血也解不了我心头之恨！

想到这里，他鼻子一酸，差点掉下了眼泪。

这时，他看见了坐在船舱中的张倩，马上又把即将掉下的眼泪忍住。他不忍伤害到这个可怜可爱的女人。

他常常想：老天爷对我还是不薄的，没了那么可爱的妻子，又得回那么一个可爱的老婆。张倩和汪寿玉不同。她柔弱，老实，厚道。她好像在石缝中伸出的一丫嫩枝，像雨后冒起的一枝新竹，让人生怜，不忍伤害。他这次去沈边村看老丈人，本来是不想带她去的。不想带她去就是怕伤害她，而且又怕她在场自己难和寿玉的家人沟通。可是她却坚持要去。不让她去似乎对她也是一种伤害，唉，真难！他是个心软的人，稀里糊涂的也同意她了。船很快就到沈边村了，这事怎么该处理呢？唉……

陈无偏一边想，一边划，小木船不知不觉进了沈边村。

陈无偏把小木船撑到大榕树下的小码头，船未泊好，有好事者看见了，飞也似的跑到汪家去通风报信：你们家的姑爷来了！

在汪家人一脸愕然的当儿，陈无偏拉着陈抗日，带着张倩、"马骝仔"陈和平走到了汪家的大门口。

汪寿玉的母亲五婶看见他们，巍巍颤颤地站起来，走出了大门口。好奇的街坊也陆陆续续地围上来看热闹。

五婶看见了陈无偏，看见了陈无偏旁边的张倩，知道了他们的关系。她想起了自己的女儿，嘴巴一憋，"呜呜"地哭了起来。

陈无偏扑地跪下，给五婶磕了个头，叫道："妈！"

张倩看见陈无偏跪下，她也跟着跪下；看见陈无偏磕头，她也跟着磕头；看见陈无偏叫妈，她也跟着叫妈。

五婶看见陈无偏和一个女人跪在自己的跟前，心痛得像刀割一样。她哭道："我的寿玉，我的三妹，你好苦啊！死日本仔，你们这些死冚家铲害得我们好苦啊!"

陈无偏赶紧站起来,一把扶住五婶,张倩见状也赶紧站起来,和陈无偏一道把老太婆扶住。他们把五婶扶到厅里的一把酸枝木的太师椅上坐下。

汪家各人也纷纷前来和陈无偏他们见面。

陈无偏把张倩介绍给他们相识。然后,陈无偏拉着陈抗日给外婆磕头,拉着陈抗日向舅父、舅母们致礼。在这过程中,五婶尽是哭。陈无偏束手无策,真不知如何是好。

这时,张倩在汪家的茶几上倒了一杯水,双手捧到五婶跟前,说:"妈!你老人家很伤心。我很明白。但请你不要伤心过度,伤了自己的身体。寿玉姐的事,我也很明白。寿玉姐不能尽天年,是万恶的日本仔害了她。日本仔在我们中国犯下的滔天罪行,是罄竹难书的。我很敬重寿玉姐。我今天来,是打算认你老人家做妈的,是准备代寿玉姐向你老人家尽孝的。所以请你老人家不要哭了,不要太伤心了,你老人家要保重自己的身体。"

这句话像一只热烫斗,把五婶满是皱纹的心坎烫平了。这话说得多贴心啊!

她不禁停下哭声,用手背揩了一把眼泪,定下眼神,细细地看了张倩一眼。啊!多顺品,多善良,多好看的一个人儿。难怪她讲的话那么中听,原来真是个好姑娘!

她对张倩说:"我应该怎么称呼你呢?"

陈无偏说:"她叫张倩,你就叫她阿倩吧!"

张倩说:"妈,我今天来,是来认你老人家作妈的。我知道寿玉姐在汪家排行第三,妈,以后你就叫我'三妹'吧!"

陈无偏双眼一亮,他马上说道:"对,对,对,妈以后你就叫她'三妹'吧!"

五婶鼻子一酸,两行眼泪又扑扑地掉了下来:"好,好,我以后就叫你'三妹'。三妹!"

张倩也哭了起来。她应道:"妈!"

五婶大恸。她情不自禁地扑向张倩,伸开双手去搂她。

当她触到张倩背着的"马骝仔"陈和平时，那手好像触碰到毒蛇似的猛地缩了回来。

陈无偏环顾四周，问道："阿爸呢?"

五婶说："他病了，睡在后屋里。"

陈无偏说："我听沈边村来看病的人说他病了，今天也是特意来看看他老人家的。我现在就去看他。"

寿玉的大哥赶快带陈无偏去看老头子。

五婶终于有工夫疼疼她的宝贝外孙了。她看见陈抗日脸色还不错，在这个年头能有这个脸色，也看得出张倩没有为难过他了。

老头子病得糊糊涂涂了，看见陈无偏来了，他愣了好久，最后终于认清了是女婿陈无偏，他艰难地要坐起来。

陈无偏立刻阻止他。陈无偏给他看病，看见他颜色憔悴，形容枯槁，脉象沉细欲绝。张开口时看见他口舌生疮，舌苔白腻起胶，知道是阴盛阳衰，一点残阳有欲脱之势。

他对大舅子说："好在我来了，如果来迟两日，恐怕华佗再世也无力回天了。"

他急急地开了药方：

生附子二两　干姜二两　甘草一两　葱白十条　蛤粉五钱　黄柏五钱　龟板一两　砂仁五钱

他在药方旁边的空白地方注明：生附子、干姜、甘草、龟板煎了一个时辰之后先喂服一勺，然后继续再煎一个时辰，便入蛤粉、黄柏、砂仁，再煎一刻，再入葱白。等葱白变软出味，即可离火斟出，频频喂服。

大舅子拿起方子，立即出去捡药。陈无偏从口袋里掏把零钱给大舅子，让他去捡药。

大舅子连忙挡开，说："我有，我有，我有!"

中午，张家煮饭招呼陈无偏一家四口，陈无偏赶紧出去买鸡买肉。

大舅子一把拦住他："现在菜市是没有鸡没有肉卖的，即使有也像金一样的贵。何必破这个费呢？我们吃餐青菜饭吧！现在能有餐青菜饭吃，已经很不错了，要是来早一些，我们连青菜饭也拿不出来哩！"

吃饭前，陈无偏在屋里转来转去，他感到这房屋变得很陌生很零落。过去这房屋挂着字画，摆着古董，处处透露着殷实人家的气派。现在却什么都没有了。拍壁无尘，只剩下那几张沉重的难以搬动的酸枝木做的太师椅和八仙桌。

大舅子在旁边气愤地说："什么都被死日本仔'征伐'走了。这太师椅和八仙桌太重不好扛走，日本仔想把它烧掉，那个汉奸翻译官说这东西值钱，烧了可惜。到下次来时记住开条大船来，把这些酸枝木太师椅八仙桌运走。好在日本投降了，不然连这酸枝木太师椅八仙桌都被这些冚家铲'征伐'走了。"

吃过午饭，陈无偏他们要回去了，他说了许多对老丈人治病的叮嘱的话。

他说："以后谁生病了，都要及时通知我，不要以为寿玉不在了就生分了。"

汪家一家人都出来送陈无偏他们到码头。

五婶走在陈无偏旁边，她轻轻地掐了陈无偏一下，便放慢了脚步。

陈无偏也慢了脚步。他问道："妈，你有话要跟我说？"

五婶说："你怎么收养了个日本仔？"

陈无偏说："这事你也知道？"

五婶说："不光我知道，我们整条沈边村的人都知道。"

陈无偏叹了一口气，说："那天我一开门，发现有人放了个孩子在我家门口。我一时心软，就把他抱进屋里来了。抱进屋里，打开褴褛，才发现这是个日本小孩。当时我也懵了。把他抱出门口外面，放在路边吧，他肯定会被饿死冻死或者被野狗吃掉，如果被人发现他是个小日本仔，肯定会打死他踩死他。我知道日本仔对待我们是穷凶极恶的。因为他们是日本仔。但我们如果也这样对待这个小日本仔，我们岂不是也成了日本仔了？上天有好生之德。我们也

56

跟着'好生'一回吧！所以就把他留下来了。"

五婶也叹了一口气，说道："无偏，我知道你是个大好人，大善人。可是日本仔狼心狗肺，他们不是这样想的呀！"

陈无偏不出声了。他若有所思地点了点头。

回到金窝村，黄守财来到了陈氏医馆。他看看左右无人，压低嗓门对陈无偏说："大哥，不好了……"

陈无偏问道："什么不好了？"

黄守财说："蒋介石和毛泽东谈崩了，又要打仗了！"

陈无偏睁大了眼睛："又要打仗了？你怎么知道？"

九

二叔公的儿子刘天赐抱着个半岁大的小孩，飞也似的跑到陈氏医馆里。他急得语无伦次地喊道："无偏哥，陈医生，请，请，请你快救救我的儿子吧……"

陈无偏赶紧迎上前去看那小孩。

黄守财是个热心人，也跑上前去看个究竟。

陈无偏看见那小孩形体消瘦，壮热昏神，两目窜视，牙关紧闭，颈项强直，痰壅气促，手足抽搐，食指旁的青筋穿关透甲。

陈无偏说："这是急惊风哦。快！"他把小孩接过手来，横抱在自己怀里，回头向屋里喊道："阿倩，帮我从厨房里拿点花生油出来！"

屋里无人应他，原来张倩趁天色尚早，到河边洗衣服去了。

陈无偏见张倩没有应他，知道她不在屋里，他便对黄守财说："兄弟，劳驾了，请帮我到厨房里拿点花生油来。"

黄守财快步走进厨房里，连油盏也端了出来："大哥，盏里没油了喔！"

陈无偏也不答话，他把食指伸进油盏里，在盏壁上揩了揩，便在小孩的人中、列缺、风府、耳门、听宫、听会、百会、涌泉、足三里、合谷、丰隆、太溪、太冲等穴位上使劲地按摩。搓呀搓呀，搓到了陈无偏自己一额是汗，搓到他怀里的病孩也一身发热。

然后他又给这小孩抽夹背脊。他用拇指、食指、中指、无名指四个指头捏紧小孩背脊上的平皮肉，轻轻地往上抽拉。然后对刘天赐说："看明白了没有。看明白了，回家以后就照着这么去做。这样做了，就等于吃了一次药了。"

刘天赐一脸茫然。他的心只在儿子的安危上，陈无偏怎么捣鼓他一点也没有在意。

陈无偏看见他那副样子，知道他莫名其妙，于是说："你认真看清楚了。"

他说完之后，又从头至尾再给那小孩按摩一次。他又问道："这次看清楚了吧?"

刘天赐说："看清楚了。"

陈无偏说："看清楚了，回去就照着我的样子去弄——你看，你的儿子比刚才来的时候好多了吧?"

大家都伸着头过去看看，发现这小孩比刚来时是好了许多。两目不直视了，牙关不紧闭了，手足不抽搐了，手脚额头也没有刚来时那么烫手了。

大家啧啧称奇。刘天赐更是云开日出，咧着嘴在傻笑。

陈无偏说："算是好了三成吧! 还要吃服药，回去以后还要像我刚才那样多给他按摩，知道没有?"

刘天赐一迭连声地说："知道、知道、知道、知道……"

陈无偏吩咐过后，拿起笔来写道：

灯心草一钱　薄荷叶两分（后下）　乌梅三只　黄豆十五粒　淡豆豉十五粒　生姜一片　蕉根黄犬（蚯蚓）十条（捣烂，用滚热的药汤冲服）

他写好了药方，交给了刘天赐，并给他详细地讲述汤药的煎煮和服用方法。

刘天赐抱起儿子，接过药单，千恩万谢地走了。

刘天赐他们走后，黄守财说："大哥，我真服了你了。你真是菩萨心肠。不过，每个人来看病，你都这样教他，以后还有人来找你看病吗？"

陈无偏笑道："没人找我看病事小，给人救命事大。再说，我陈家的家学，也不是这样就可以让人学得完的。兄弟，谢谢你的关爱了。"

黄守财双手一拱："大哥，小弟也该回去了。"

陈无偏突然想起了一件事："兄弟，刚才我们是说着一件什么事的，好像还没有聊开哩，你怎么那么快就走了？"

黄守财说："你忙着嘛！"

陈无偏笑道："丢那妈！看病的人都走了，还忙什么？坐，坐，坐，刚才怠慢你了。"

他拉着黄守财坐下，问道："我们刚才说到哪里了？"

黄守财说："说到又要打仗的事了！"

陈无偏说："是呀，是呀！你是怎么知道又要打仗的事的？"

黄守财说："市桥街很多人都知道这件事了。今日我到镇公所去交税。丢那妈！打那么一点铁，都要交那么多的税，简直是帮他做了。我交税的时候，听说又要征兵了。说是蒋介石和毛泽东谈崩了。蒋介石要打毛泽东，要把毛泽东他们消灭掉。这回蒋介石下了死决心，这回他一定要消灭毛泽东，所以要尽量多征一些兵，要三丁抽两，两丁抽一，一丁也要抽一。你说要命吧？"

陈无偏点了点头："要命！"

黄守财说："我们老百姓被日本仔折腾了那么多年，差点叫他们折腾死了。现在打败了日本仔，才过了几天和平的生活，气还没有喘过来哩，又说要打仗了，你说是不是存心不让人活了？"

陈无偏也深有同感："是呀，岂有此理！你说到底是谁要打的呢？"

黄守财说："当然是蒋介石啰！"

陈无偏问道："你怎么知道是蒋介石呢？"

黄守财说："大哥，你这个人一世聪明，现在怎么竟糊涂了？

59

这个世界，从来都是人多欺人少。现在蒋介石的兵最多，不是他想动手，还会有谁想动手？"

陈无偏点点头："是喔！"

黄守财愤愤地说："我最恨的，就是他那个征兵方法，三丁抽两，两丁抽一，一丁也抽一。我被抽了，我老婆怎么办？到时候我一定逃跑！"

"喔！"

"我不逃跑，我老婆就死定了。"

"是哦！"

"你也是喔！"

"我？"

"当然是你哦！你家三个男的，三丁抽两。"

"我那两个还是'化骨龙'喔！"

"人家管你是不是化骨龙，只要裤裆下面带把的就是。"

陈无偏叫苦不迭地说："我要是被抽去了，我家阿倩就更死定了……"

"可不！"黄守财说，"我们是同病相连。要跑我们一起跑，好不好？"

陈无偏说："当然好啰，老弟眉精眼企。跟着老弟，我就省心多了。"

聊完之后，黄守财想起家里还有事，匆匆地走了。

陈无偏进到厨房里，看见张倩背着"马骝仔"陈和平在做饭。原来她在自己聊天的时候，洗完衣服回来了。陈抗日自己在厨房旁边玩耍。

他闲着无事，突然想起刘天赐的儿子不知怎么样了，便一声不吭，悄悄地退出来到刘天赐家看看。

到了刘天赐家，陈无偏看见门口围了许多年轻人。他好生奇怪，他是个好奇心重的人，正想走近去打听个究竟。

刘天赐看见陈无偏来了，快步走过来，招呼说："无偏哥，什么风把你吹来了！"

陈无偏说:"我不放心你的儿子,便过来看看。"

刘天赐非常感动。他说:"以前听人讲过'医者父母心',心里不大在意,现在可真正领会到了。陈医生,你不仅是国手,你也是病人的父母!"

陈无偏笑道:"二叔公教了几十年蒙馆,把你也教得'一轮嘴'了。不说那么多了,我来是想看看你的儿子的。你带我去看看吧!"

刘天赐把陈无偏领到屋里。这些年轻人都是好事者,也跟着走到屋里去。

刘天赐一边走一边说:"我回家以后就按你的方法,给他按摩了好几次,又喝了那服药,他就合起眼睛睡觉了。"

陈无偏跟着刘天赐走进屋里,来到床前,看见那小家伙睡在床上,睡姿悠然,睡得挺沉的。陈无偏用手摸摸他的额头和脖子,发现烧全退了。

陈无偏对刘天赐说:"小儿是稚阳之体。好得快,但反复也快。你不能大意喔!"

刘天赐的额头立即蹙起了一层鸡肫皮。"怎么办呢?"

陈无偏说:"汤药再多吃一服吧!按摩可要经常做。按摩了,就等于吃了一次药。这是不药而治的方法。你经常给他按摩,他就会体质强壮,就会少生病。"

刘天赐笑道:"这就再好不过了。不过陈医生,大家都不生病,不吃药,那你怎么办?"

陈无偏说:"只要大家都不生病,我即使忍饥挨饿,也心甘情愿啊!"

刘天赐佩服地点了点头:"无偏哥,你真是个好人啊!"

陈无偏面向大家,问道:"大家有什么喜庆,都围在一起聊天?"

刘天赐说:"还喜庆哩?大家骂还觉得不解气呢!"

陈无偏问道:"是什么事?"

刘天赐说:"听说又要打仗,又要征兵了。谁不生气?"

张泉说："才过两天太平日子，又要打仗，无偏哥，你说烦不烦？"

陈无偏说："你们都知道要打仗征兵？"

强仔说："怎么不知道，市桥街大家都在说！"

阿牛说："无偏叔，你不知道呀？"

陈无偏说："我是刚才才听见黄老板说的。"

刘天赐说："还说要征兵哩。我们被征去当兵，我们的家怎么办？"

张泉说："要是打日本仔，征着我，我也愿意去喔，可是现在征的兵是打中国人的，我就不愿意了。打日本仔是英雄，大家都会说你个好。而自己人打自己人，到时候被打死了，也不知道算什么？"

陈无偏拍拍张泉的肩头，夸奖道："泉仔，醒目哦！"

强仔说："打日本仔时，也没有看见他们积极过。"

牛仔说："打完了日本仔，他们倒积极了，又抢房屋，又抢小老婆。"

强仔说："我听讲，这次打仗，是蒋介石想打毛泽东。"

张泉说："我觉得中国人打中国人就不好。过去日本仔在的时候，我们都有句口白：'好打就去打日本仔啦！'现在日本仔走了，却要打自己中国人了，叫到我去，我就不去。"

强仔说："张泉，你咁大声夹有准，政府听到了，你就要去坐牢了。"

张泉说："我也没有到处讲，我只在这里讲。如果政府知道，就是你去报信了。"

强仔说："我怎么会通风报信呢？"

牛仔说："政府真来征兵怎么办？"

张泉说："跑！你们不跑我跑！"

牛仔说："无偏叔，最好是你了。你是医生，他们不会要你的。"

强仔说："你真系唔够秤。像无偏哥这样的才更加要。你以为要他拿枪去打仗吗？不是，人家是要他去做军医。以前南京有个什么大官，就是看准陈先生医术高明，千里迢迢把他弄到南京去，害得寿玉姐把条命丢在那里……"

陈无偏听了，眉头一蹙，心里觉得绞着般痛。

"强仔！"刘天赐喝住他，"你这把死嘴无遮无拦，哪壶不开偏提那一壶。你看你把无偏哥弄得不开心了。"

"哦！对不起，对不起。"强仔说，"无偏哥，我是有口无心，直肠直肚，你大人大量，有怪莫怪。我是心疼寿玉姐，你看好好端端，又漂亮又和善的一个人，说没就没了……"

"强仔！"刘天赐又叫了起来。

强仔说："你让我说完嘛！我说，我们要恨日本仔，这冚家铲死日本仔太坏了！"

陈无偏对刘天赐说："你就让他说嘛！这么多年了，我也习惯了。"

刘天赐对强仔说："你说吧！"

强仔说："我说完了。我只是想说，日本仔可恨，我只是想说，我们不希望打仗了。"

刘天赐笑道："刚才无偏哥说我'一轮嘴'，原来你这家伙才是'一轮嘴'。"

牛仔说："他不及你。他是歪嘴巴，漏口水的。"

十

陈无偏离开刘家，返回自己的家里。他一路忧愁不安。

在日寇的铁蹄下呻吟了八年，他觉得被折磨得够了，深感再伤不起了。他很怀念寿玉，但他感到这样又对不住张倩。寿玉真是个好老婆，可是说没就没了。没有寿玉的那段日子，自己公鸡带崽，那情景说几凄凉就几凄凉，叫人想起来就害怕。现在才过上几天平静的生活，又要打仗了，又要征兵了。这还让人活下去不？

他真烦死了。寿玉虽然外表温柔，内心却是火辣辣的，关键时刻，她或许能帮上一把。而现在这位小姐却没有这股劲。她是个文静内向的人，肩不能挑，手不能提。说肩不能挑吧！她一天到晚都背着这个"马骝仔"陈和平。说手不能提吧，家头细务都靠她了。陈无偏发现她是有十分的热，已发出了十二分的光了。这令他很过意不去。

他发现他对寿玉是爱慕的更多，而对张倩是怜惜的更多。他对这小姐是含在嘴里怕化，捧在手上怕摔。他很珍惜她啊！今天和她去沈边村，去的时候他的内心很忐忑，生怕汪家不接受她，也怕她耍起小姐脾气不买汪家的账，自己从中为难。莫想这个靓女做得那么得体，那么出色，令汪家的人个个喜欢，也令自己长了脸。这真是大家闺秀啊！可是现在又说打仗了，又说征兵了。她又要受苦了。如果我同她在一起，两个人一起受苦受难，大家有个依靠，日子还好过一点。如果我被征去了，叫她一个人带着两个孩子，她怎么挑得起?！

他想到这里，胸口上好像压上了一座石磨，沉重得连气也透不过来。

回到家里，陈无偏看见张倩背着"马骝仔"陈和平在做饭。陈抗日在厨房旁边捉小虫子玩。这是一幅多么祥和、多么温馨的晚炊图！

他静静地倚在墙根上看着他们。

他不想惊动他们，他不想打乱这幅美丽的画图。他想，他不辞劳苦、辛勤地工作，不就是为了构建这样一个温馨的家吗？

张倩发现他进来了，笑道："你看，我忙到连抹汗的工夫都没有，你还不过来帮帮手？"

陈无偏走过去，俯下头亲了张倩一口。一点红晕在她的脸颊上散开。

张倩说："你干什么?"

陈无偏说："我不干什么，我只是想亲亲你……"

张倩心里非常高兴，嘴上却说："没事做就帮我干活。"

吃晚饭的时候，陈无偏一派若有所思的样子，慢慢吞吞地嚼，慢慢吞吞地咽。

张倩真有点纳闷：这人平时不是这样的，怎么今天是这副样子呢？

她问道："先生，你今天怎么啦？"

陈无偏说："我不怎么样呀！"

张倩说："你是在想什么的。你是不是有什么东西不肯告诉我？"

陈无偏说："我没有什么东西不肯告诉你呀！我这个人就像一只装着白开水的玻璃杯，里里外外都透明的，我还有什么东西可以瞒得着你呢？"

"不是，"张倩说，"你越说就越像有事瞒着我。你不说出来，我就不吃饭！"她说着把碗放下，赌气地推到了陈无偏的跟前。

陈无偏见状，知道她真的生气了。

他叹了一口气，说："我本来是不想告诉你的，没办法了，就跟你说了吧。"

张倩一听，可真的吓了一大跳：这家伙在外面做了什么对不起自己的事。她目瞪口呆，两眼定定地望着陈无偏。

陈无偏说："今天满街人都在说，又要打仗了，又要征兵了……"

"哦！"张倩长长地透了一口气。

陈无偏看见她的神情比刚才缓和了许多，倒奇怪起来。他问道："你怎么啦？"

张倩说："我没什么呀！"

陈无偏说："刚才你很焦急很害怕的样子，现在听了之后反而平静了许多，这是怎么回事？"

张倩说："刚才我以为你有什么事，所以就担心害怕啰！现在你讲的事，我刚才在河边洗衣服的时候都听人讲过了。米贵大位事（粤语，米贵大家的事），天塌下来大家一起顶，所以就没有那么怕啰！"

陈无偏不禁重新打量了她一眼："原来你还挺大胆的。"

张倩说："不是我大胆。有句老话：曾经沧海难为水。日本仔那么残暴，那么狠毒，他们把我们害得那么苦，我们都熬过来了。中国人自己打仗，总没有日本仔来打我们那么惨吧？"

陈无偏说："政府要来抓丁，把我抓走，你怎么办？"

张倩说："到抓丁的时候，我们就跑。我有个亲戚在南沙，是打鱼的。到时候，我们去投奔他，他会收留我们的。我知道他们家里的人身体都不太好，你去了帮他们治好病，他们会更加喜欢你。"

陈无偏定定地看着她。

张倩说："快吃饭吧。你这定定地看着我干什么？"

陈无偏说："我怕你害怕，所以不敢告诉你。原来你倒是有点胆色的。"

张倩说："说我有胆色，是太夸奖我了。其实我也是害怕的。但是，"她深情地望着陈无偏，"只要和你在一起，我就什么都不害怕了。"

陈无偏听了，像十冬腊月搂起了一只火笼，心里热乎乎的，他又想亲一亲她。

张倩看出他的动机，马上用眼睛制止他，她小声地说："让小孩看见了不好。你要晚上再要吧！"

陈无偏只好作罢。他说："我怕我被抓走了，你一个人在家里怎么过？"

张倩说："我刚才不是说了吗！我们跑，跑到没有人烟的地方，男耕女织，我们过我们的日子。"

陈无偏说："到了这一步，也只好走这一着棋了。"

张倩若有所思地想了一会儿，说："我不明白，这国民党为什么要打共产党呢？共产党是些什么人呢？"

陈无偏说："共产党我倒见过……"

张倩不觉睁大了眼睛："你见过共产党？怎么没有听你说过呢？"

陈无偏说："因为一直没有说的机会嘛！早两年我就跟共产党在植地庄打过日本仔……"

"你打过日本仔？"

"当然啦！"

"我怎么没有听你讲过？"

"因为没有机会嘛！"

张倩想了想说："我不信。你越说越玄乎了。"

陈无偏说："你不信？不信你去问黄老板。"

"他也去打日本仔了？"

"他没去打日本仔。他帮我带抗日！"

张倩说："你越说我越不明白。"

陈无偏说："是这样的。共产党的一个领导病了，他们请我去给他看病。我带着抗日怎么去？我就把抗日交给了黄老板，请他帮我带一带。那时候，这些共产党就在植地庄。我去了，正巧碰上日本仔来打他们，我就跟着他们去打日本仔了。那天我背着十几颗手榴弹，看见日本仔来了就扔一颗……"

"你会扔手榴弹？"

"会呀！他们一教我，就会啦！我从小练武，臂力大，小时候又喜欢拿石头打雀，所以手榴弹投得又远又准。日本仔冲上来了，我就扔它一颗。一颗扔过去，就放倒他们三五个。你看我肩上背着的十几颗手榴弹扔完了，我放倒了他们多少人？"

张倩半信半疑地说："真的？"

陈无偏说："我什么时候和你讲过假话？不信，以后有机会你问问我们村的二姑娘和大头虾去。"

张倩说："他们是广游二支队的喔！"

陈无偏问道："你怎么知道？"

张倩说："我在河边洗衣服时，听她们讲的。"

陈无偏说："死蠢！广游二支队不就是共产党啰！"

"哦，这么说，你讲的应该是真的喔！想不到我的老公是个英雄哩！"

陈无偏说："当然是真的啰！我要是骗了你，出门我就被天上的雷公劈死！"

67

张倩立即捂住他的嘴巴："不许你发这样的毒誓！"说着，趁势在陈无偏的脸颊上用力地亲了一口。

陈无偏说："你不是说让小孩看见了不好吗？"

张倩说："抗日吃饱放碗出去了。'马骝仔'陈和平还不懂事，他看见了就看见了吧。"

陈无偏很高兴，他笑道："你真坏！"

一天晚上，陈无偏张倩他们上床不久，突然门上响起了几下很轻很轻的"笃，笃，笃"的敲门声。

陈无偏和张倩的心突然悬了起来。

门上又轻轻地响了几下"笃，笃，笃"。这敲门声不像来求诊的。夜里来求诊的肯定十万火急，那敲门声肯定不会那么轻，那么柔。应该也不是来抓壮丁的。深更半夜抓壮丁，又是枪托又是皮鞋，不把你的大门擂得山响才怪哩！那么他们是谁呢？

正在思忖着，那门又"笃，笃，笃"地响起来了。

陈无偏觉得不开口不行了，于是不冷不热、不高不低、不平不淡地应道："谁呀？有什么事吗？"

门外响起了一个压低了嗓门的女人的声音："陈医生，我呀！"

张倩听到了这声音，一颗心立刻悬到了嗓子眼上：怎么深更半夜跑来个女人呢？她禁不住瞪大眼睛看着陈无偏。可是屋里乌灯黑火的什么都看不见。

只听见陈无偏问道："你是谁呀？"

外面答道："阿珠呀！"

陈无偏"哦"了一声，立即从床上坐起，把脚伸下去找鞋。

张倩更加紧张，陈无偏的脚还没有找到鞋子，她已经"唰啦"一声落到地上了。

她紧紧地跟着老公，出到大门边。

陈无偏轻轻地拉开门栓，轻轻地拉开门扇，一个女人走了进来。

张倩的心扑扑地乱跳。

跟在这女人的身后，又走进了一个人。

张倩借着屋外的余光认真一看，发现后面进来那个是个男的。这是怎么回事？

等这两个人进来之后，陈无偏马上把门关好，转身把桌上的松明点燃。来人在灯光里看见屋里有个女人，也感到有些凸屹。

陈无偏向来人介绍说："这是我的内人，叫张倩。"他又对张倩说："叫生哥，珠姐。"

张倩双手垂膝，微微鞠躬："生哥、珠姐！"

叫生哥的人赶紧点头还礼："陈师奶好，陈师奶好！叫我大生得了。"

旁边那个女人也说："叫我阿珠得了。"

陈无偏回头看看张倩："你们不要叫师奶了吧！就叫她阿倩得了。"

叫珠姐的说："哪能那么失礼。"她向张倩欠欠身，说道，"陈师奶，久仰了。"

张倩笑着答礼，心想：我们还没有认识哩，怎么却"久仰"了。

陈无偏关心地问道："你们深更半夜来找我，是有什么事吧？"

叫大生的男人说："先不谈事，你先把这条鲩鱼收下吧！"

张倩发现这男人手里拎着一个网，网里有条鱼。

陈无偏连忙谢道："生哥，我经常吃你的鱼，真过意不去。"

大生说："这有什么过意不去的。这鱼又不是我的，是龙王爷的，我只是借花献佛罢了。"说着转身走进厨房，揭开水缸盖，"扑通"一声水响，随后便是盖上水缸盖的声音。

张倩心想，这乌灯黑火的，他们却那么熟门熟路，看来可真是很熟的了。

大生从厨房里出来了，不好意思地问道："这里说话方便吧？"

陈无偏说："我老婆没事，你但说无妨。"

他说："老蒋要消灭共产党。上级命令我们北撤，去同大部队会合，马上就走。阿珠是老百姓，她不去，和我妈留在本地。她身体不好，很想请陈医生关照关照。"

陈无偏说："我能做的肯定会做，这你尽管放心。"

大生说："现在国民党视共产党为眼中钉肉中刺，他们如果知道阿珠是所谓的'共匪家属'，肯定要来加害的。这也请你帮保密啰！"

陈无偏问："番禺有谁知道珠姐的身份没有？"

大生说："暂时没有。"

陈无偏说："你放心，这是生命攸关的事，我们死也不说的。"

大生说："陈医生，我谢谢你了。我拜托你了！"

陈无偏说："哪里的话，不用谢，不用谢！"

阿珠说："陈师奶，我跟你不熟，可是跟寿玉姐很熟。我在你面前提起寿玉姐，没冒犯你吧？如有冒犯，请多多原谅。我是想说，你嫁了陈医生，做了陈师奶，你真有福气！陈医生本事高明，人品又特好，不说百里挑一，应该是万中挑一哩。寿玉姐也好福气，只是万恶的死日本仔害了她。那些死日本仔太可恨了……"

大生制止她："那么高兴的时候，你却提起这些扫兴的事。不讲了，不讲了。"

陈无偏看看张倩，说："还是不讲了。讲讲你们的事吧！"

大生说："我们的事就是这些了。"

陈无偏归纳说："你讲的就是两点：一是要我给珠姐和你其他的家人看好病；二是帮你们保密。"

大生说："是的，是的！"

陈无偏说："你放心，我一定做得到。"

大生说："那我就放心了。我也该走了。"

陈无偏说："那么黑都走，危险哦！"

大生笑道："这点都怕，我还能去打仗的？嘿嘿，不要紧，我们走了。"说完和阿珠一道走了。

大生和阿珠走了之后，张倩还兴奋得不想睡觉。她还保持着一身的学生味，品性单纯，容易激动，富有正义感。

她问陈无偏："那个男的是共产党吧？"

陈无偏说："是的。"

她说："我总算见过共产党了。你是怎么认识他们的？"

陈无偏说："看病呀，他们一家人都是我的病人呀！"

"他们怎么成了共产党的？"

"打日本仔呀！"

一说起打日本仔，张倩马上肃然起敬："啊！"

她继续问道："我感觉到他们是好人。他们和你也很好。唉！我不明白，你们那么好，你为什么不跟着他们去做共产党呢？"

陈无偏说："本来我有个机会跟着他们去做共产党的，就是在植地庄打日本仔的时候，后来想到了有抗日拖累着，需要我养他带他，才没有去成……"

张倩深情地说："去不成也好，如果你去成了，后来叫我到哪里去找你！"

"你真的那么紧张我？"

张倩说："难道你到现在都没有看出来？"

陈无偏笑道："看出来了。"说着"啵"的一声，亲了她一口。

这时候，南京国民政府发文，请日本东京盟军总部缉拿、引渡山根四治郎来华受审。

盟军总部非常重视，立即按照档案上的地址，派人到山根四治郎家中捉拿他。

可是到达山根四治郎家里，此君已杳如黄鹤。询问他的父母，老人家又聋又懵，除了啼哭，其他则一问三不知。

盟军总部的差人无法，只好改日再来，同时四处发文，海捕此犯。

十一

陈无偏正在医馆里埋头制药，门口突然一暗，他知道有人进来了，于是抬头一看。因是逆光，他看不清来人的面孔，但从身形动静看，应该是黄老板黄守财。

黄守财太熟了，熟到好像陈氏医馆是他的家一样。所以陈无偏不作声，仍然埋头制他的药。

黄守财进到屋里，"噔"的一声在一张凳子上坐下，随手将头上的那顶破斗笠顺势往地上一丢，未开口正式说话，便恶狠狠地骂了一句："丢那妈……"

陈无偏抬头问道："黄老板，谁又得罪你了？"

黄守财气鼓鼓地骂道："这个世界得罪了我！"

陈无偏笑了起来："你的口气好大喔，多吃大蒜了？是怎么回事？跟兄弟我说说！"

黄守财说："我上午去市桥买木炭，那炭价比半个月前贵一倍多！"

陈无偏笑道："贵来贵去，到时候你打出的农具也比半个月前贵一倍多不就冲平了。"

黄守财骂道："鬼无识阿妈是女人？可我现在这个价格，来打农具的人才那么一点点，你把价格提高一倍多，到时只有鬼才来了。"

陈无偏说："也真是。"

黄守财说："还是做医生的好！"

陈无偏说："怎么又踩到我的门槛来了？"

黄守财说："做医生的什么时候都有人来帮衬，哪个有病，不是像救火似的急急脚地跑来找医生了？我们打铁的就没有那么好彩了。哪家的农具坏了，有钱就来打把新的，无钱的就自己动手修一修，到修不好时，就咬起牙关，皱起额头将就将就便挺过去了。你看，这不是要饿死我们打铁佬？"

陈无偏说："现在的人生病了，也不是咬起牙关，皱起额头挺的？你看我现在过的日子，你就知道我这里一天来几个人了。"

黄守财无奈地笑了笑，嘴上骂道："丢那妈……"

陈无偏问道："你们的木炭怎么一下子贵了那么多？"

黄守财又立即骂道："还不是这个鬼世界和我作对？！"

陈无偏说："这个世界怎么和你作对？"

黄守财说："打仗啰！"

陈无偏长长地"哦"了一声："已经打起来了？"。

黄守财说："蒋介石和毛泽东谈崩了。毛泽东这头一返回延安，蒋介石那头就马上派兵打延安去了。"

陈无偏忍不住地问道："你怎么知道的？"

黄守财说："在市桥的茶楼上有人就那么说呀！"

陈无偏自言自语地说："真的？"

黄守财说："难道我还会说假的吗？这年月连肚皮都填不满，还有心思去胡说八道吗？"

陈无偏一时间没了主意，他张大了嘴巴，长长地"哦"了一声。

黄守财说："日本仔前脚才走，我们气还没有喘过来，后脚又打仗了。以后的日子真没法过了！"

陈无偏像受到了传染，他也长长地叹了一口气，说："以后的日子真没法过了！"

正说着，张倩抱着陈和平从里面走出来，对陈无偏说："先生，这马骝仔好像有点不太对劲喔！"

陈无偏听见赶快起身。

黄守财也跟着起身，往张倩怀中望去，看见陈和平的脸蛋红通通的，那两个鼻翼一鼓一瘪地直扇，知道这小家伙生病了，于是随口说："日本仔……"

他发觉漏了嘴，赶快更正道："不能叫日本仔了，不能叫日本仔了。既然大哥收养了他，就不能再叫日本仔了。大哥收养了他，我就要叫他侄儿了。嘿嘿，叫他侄儿也实在拗口，还是跟着大嫂叫他'马骝仔'吧！马骝仔，你老爸老妈……也不对……"

黄守财望了陈无偏和张倩一眼，自讲自地说："他的老爸老妈是日本佬日本婆。讲你们俩，应该说是阿爸阿妈才对。"

他好像征求意见似的说："你们说是不是？"

陈无偏知道这家伙是把歪嘴茶壶，而且自己也早习惯了，也没觉得什么，可张倩却让他闹了个大红脸。

黄守财自己倒不觉察，他继续自讲自了地说："马骝仔，你阿爸阿妈把你宝贝得不得了，你可不要身在福中不知福喔！"说着，伸手捏捏陈和平的脸颊。

他发现这脸蛋挺烫手的，于是说："哦！我不耽搁你们了，你们赶快给他治病吧！"说完便走了。

黄守财走后，陈无偏马上给马骝仔陈和平看病。

他挽起马骝仔陈和平的手腕，用大拇指横着给他切脉。小孩小，腕上的"寸、关、尺"容纳不下大人的三个指头，他便用一个大拇指横着顶替三个指头给他切脉。陈无偏发现他的脉跳比较快，一息八九次。成人的正常脉搏是一息四至的。小孩比大人跳得要快一些。遇到高烧，一般都会跳到八九次了。他切过脉后，又叫张倩按着他的方法切一次，其间教她如何布指，如何定息，举、按、推、寻如何操作，又如何数数。

张倩在陈无偏的指导之下给陈和平切过之后，担心地对陈无偏说："他的脉搏跳得很快喔！"

陈无偏点点头。

张倩的心扑扑地乱跳，问道："要紧吧？"

陈无偏说："还要再看看。"

陈无偏轻轻地抓住陈和平的手掌，扳出他的食指，再用自己的大拇指从他食指外缘的指尖根沉实地缓缓地向里推，推到指根下面，推了几下，然后停下手来细看搓推过的食指下面的小血管。

他对张倩道："要注意了——你看看。"

他指着陈和平食指下面的小血管说："那小'筋'红中带紫，就要穿关透甲了……"

"什么叫穿关透甲？"

"你看，这条小红筋挨近了手指肚最末的那条横纹了，再上一点就要到指甲的部位了，这不是穿关透甲吗！"

张倩感到有点紧张，她再次问道："要紧吧？"

陈无偏说："都穿关透甲了，能不要紧？"

张倩听了，那颗心扑扑地快要跳到嗓眼上。

陈无偏说："那小'筋'红中带紫，可见是热毒作祟。这时候最好是用蕉根黄犬（蚯蚓），它能清热解毒，镇痉息风。如果再加上点童便做引，即能将药引入肝血，直捣病所。"

张倩听了，"呼"地站了起来说："我马上就去挖蕉根黄犬。"

陈无偏说："不用你去，我去就得了。我是男人老九，有气有力。我去比你要快得多。"

"那我……"

"你有事做。"陈无偏说，"你一手抱住马骝仔，一手去捏他的蛋蛋。"

"蛋蛋？"张倩一时会不过意。

陈无偏捉住张倩的手，把它拉到陈和平的裤裆，摁到他的小睾丸上，说："就是这里。你要不停地捏，不停地搓。手累了就换手，千万不要停手喔。他现在最容易眼直，最容易抽筋。一眼直，一抽筋就难了……"

张倩赶紧应道："我不会停手的，我不会停手的。"

陈无偏说："好，你记住了，我到蕉林里挖黄犬去了。"

说完，他拎起一只海碗，提着一把药锄，三步并作两步跑到村后的芭蕉林里。

番禺土地肥沃，蕉林里的泥土更加松软湿润，很适合蚯蚓的生长，所以他很快就挖到了一把蚯蚓回来了。

按照民间的经验，用洗净的蕉根黄犬放在大人特别是母亲的嘴里嚼烂，然后嘴对嘴地把这些汁液喂到小孩的嘴里效果最好，但陈无偏想到这个办法，用到张倩的身上，则有点太残酷了。那么一个漂亮柔弱的女子，你叫她将一把活生生的蚯蚓放进嘴里去嚼，那不是要她的命？

他想到童便是咸的，有活血化瘀、清热解毒、入阴透里、镇痉息风的作用。把蚯蚓放进药臼里捣烂，然后兑进童便，搅匀灌服，效果一样或者更好。

挖到蚯蚓回来之后，陈无偏找他的乖仔陈抗日，叫他撒泡尿下来。

可是找了老半天，竟然没有找到陈抗日。这是怎么回事呢？这小家伙跑到哪里去了呢？

陈无偏倏地怕了起来。心想，真是福无双降，祸不单行。这马骝仔病成了这个样子，而自己的宝贝抗日又不见了，这是怎么回事，这怎么办啊！

他又急又怕，倏地冒出了一头大汗。他二话不说，赶紧去找。屋里屋外，村里村外都找遍了，连个影子都没看见，跑到哪里去了呢？

他越急，想的越复杂，越严重。这是我的故乡。我的先人祖祖辈辈就在这里治病救人。我这半辈子都住在这里，都从事着治病救人这种积阴德的工作，我们没有仇家，从来没有得罪过什么人，应该没有人会害我的儿子吧?！他从小都很乖的，不会到处乱跑的，更不会不告诉家里就自己到外面去的，可是他到哪里去了呢？

他想着想着差点就要哭起来。抗日是他的种，是他的根，是他的心肝宝贝。这几年他带着他去南京，又从南京带着他回来。在日本仔的刺刀下。生生死死，打打杀杀，忍饥挨饿，提心吊胆，相依为命，父子俩都一直在一起。现在日本仔被打跑了，又在自己的家乡里，具体些是在自己的家里，相反倒不见了自己的儿子。怎么会不见了自己的儿子呢？

寿玉……他自己也明白，自从有了张倩之后，扪心自问他想寿玉比过去少了许多。可是现在找不见儿子了，他就很自然地想起了他的发妻寿玉来。寿玉，你看见了我们的儿子抗日没有？不会是你把他带走吧？寿玉是不可能回答他的，他像一头困兽，在屋厅里漫无目的地兜圈子，团团转。

"吱"的一下，他发觉杂物房的门板有点响动。循声望去，他看见门板下面露出了一双穿着破布鞋的小脚。

他心里一个激灵，双脚立即快步冲了过去，用力把门板一拉。天啊！原来这家伙躲在这里。

他大声问道："爸爸到处找你，你怎么躲在这里呢？你一点都不知道爸爸找你找得很辛苦吗？你怎么不出一声呢？"

陈抗日就是不出声，他默默地站在那里，一动也不动。

找见了儿子，陈无偏终于松了一口气。

等着救人哩！他立即掉头走开，跑到厨房里找了一只大海碗来，拉开儿子的裤头，说："快屙泡尿出来。弟弟病了，等着你这泡尿救他呢！"

陈抗日却不吭声，还轻轻地打了一个寒战。陈无偏知道他是有尿的，但发现他竟死撑着，不肯屙出来。

陈无偏急得没办法。

张倩也走过来了，她说："抗日，你是大哥哥，现在弟弟病了，等着你的尿给他治病。你把你的尿屙出来给他治病吧！"

陈无偏也急得在旁边说："屙呀！快屙！你屙不屙？你再不屙我就打你了……"说着，他气得真的把手扬了起来。

张倩一把抓住他的手，说："你不是说也可以用嘴巴来嚼的吗？"

她立即放开陈无偏的手，跑到药臼跟前，一把抓起里面的蚯蚓往自己的嘴里塞，同时闭起眼睛猛嚼猛嚼，嚼了一会儿，就抱起马骝仔，把自己嘴巴贴近马骝仔的嘴巴里。

陈无偏目瞪口呆。

他像被人点了定身大穴似的，定定地看着张倩这样把自己口中的蚯蚓糊，嘴对嘴地喂到了马骝仔的嘴巴里。

十二

黄守财是个热心人，他干完活后，便来陈氏医馆走走，问问马骝仔怎么样了。

一提起马骝仔的事，陈无偏便气得心火不打一处冒。

他说："抗日这小家伙，我真恨不得结结实实地揍他一顿。"

黄守财问道："怎么啦？！抗日可是你的命根子，是你的心肝宝贝喔!"

陈无偏便把刚才不见抗日，到处去找抗日，找到抗日的时候，发现他躲在门后背，死活不吱声，叫他屙泡尿出来给弟弟做药，他又死活不肯屙，气到自己不结结实实打他一顿不解气。

黄守财着急地问道："你打了他没有？"

陈无偏说："我手都扬起来了，如果不是阿倩一把抓住我的手，我就要打他的了。"

黄守财说："好在你没有打，你打了就大错特错了。"

陈无偏不服："我错了？我大错特错了？"

"当然！"

"你没见他当时的情形，他几犟，几倔，几阴，几冷酷无情。我做老豆的，是这样为人的吗？怎么生的儿子不像我呢？"

黄守财笑道："大哥，你有福了，但不要身在福中不知福……"

"我身在福中不知福？"陈无偏莫名其妙地望着黄守财。

黄守财忍着笑，问他道："你不认识我了？"

"化了灰，我都认得出你。我怎么不认识你呢？你这家伙，话中有话。你要给我讲清楚，我怎么身在福中不知福了？"

黄守财又笑了起来。"你有了新欢，就忘了旧爱，有了新的儿子，就忘了自己的儿子，你还不是身在福中不知福？"

陈无偏骂道："我陈无偏是这样的人吗？你胡说八道！"

黄守财说："我胡说八道？我说了你不要不高兴。你有了现在这位大嫂，就忘了过去那位大嫂了吧？"

"你……"陈无偏差点让他说得噎了气。

黄守财不管他那么多，继续说下去："你有了马骝仔这个新儿子，就忘了你自己生的儿子了吧？"

陈无偏感到秀才遇着兵，有理说不清。他指着黄守财骂道："你这家伙，枉我平日对你那么好，原来你一肚子坏水泼脏我……"

黄守财说："我也知道大哥你平日对我好。可正因为大哥你平日对我那么好，我才说你。如果平日你对我不好，我还不说你哩！你说是不是？我知道你大哥善心，你要治病救人。可是你要治病救人，你就自己去救嘛，你怎么能强迫别人和你一起去治病救人呢……"

陈无偏平日就感到这家伙是把歪嘴茶壶，是专讲歪理的，没想到今日这歪理竟讲到自己的头上了。过去总觉得这家伙是个打铁的粗人，今日动起嘴皮来，竟发现自己不是他的对手。这王八蛋胡搅蛮缠，说的话真叫你有口难辩。他不理他，看这家伙怎么说。

黄守财继续说："你儿子的心，清着呢。他不知道他的妈是怎么死的？他不知道马骝仔是你捡回家的日本仔的崽？他是知道的。他是肯定知道的。只不过他不跟你说罢了。他表面上虽然不出声，但他内心，是明白他的妈妈是日本仔杀的。而马骝仔就是日本仔的崽，他都八岁大了，肯定会明白这个道理的。所以他不愿意去救他的杀母仇人的崽，即使是用屙出来的尿。你说是不是？我这么说，可能很冒犯你了，我们兄弟一场，而且我更是为了你好，所以你千万不要执怪哦！"

陈无偏给他数落到那张脸一阵红一阵白，连句话也说不出了。今日他总算领教到这打铁佬的厉害了。这打铁佬也真是个得理不饶人的家伙。

他说："大哥，说起来，我真有点眼红你了。你生的这个崽几好，人醒、心灵、有志气。如果我黄某人生个这样的儿子，就高兴死了。所以我要提醒你一句，千万不要为了人家的儿子，而得罪了自己的儿子啊！"说完，拍拍陈无偏的肩膀，走了。

陈无偏被说得浑身热辣辣的，底衫都被汗洇湿了。

他进房内换衣服，碰见了从厨房出来的张倩。

张倩问他："怎么满头大汗？"

陈无偏觉得难为情，撒谎说："我到塘边淋菜去了。"

他一边换衣服，心里一边在想：我是很喜欢张倩，可我从来没有忘记过寿玉喔，我是喜欢马骝仔，但我心里是更喜欢我的抗日喔。天地良心，我什么时候忘记过寿玉呢？我怎么可能不喜欢我的抗日呢？我的抗日是我的种，是我的根，是我的后人，是我陈家的香炉趸。我爱他宝他还唯恐不及哩，怎么会不喜欢他呢？黄守财这家伙虽然是把歪嘴茶壶，可是为人耿直，心眼不坏。他有这样的看法，肯定是误解我了。他误解我，是不是我也有些做得让他不明白的地方？这可要好好想想了。光是他一个人误解我，还不要紧喔，如果大家都这样误解我，那就问题大了。

这时，正好陈抗日要进房间来，他一看见老爸在里头，赶紧缩了回去。

陈无偏心里一颤，他马上叫道："抗日！"

没见儿子的应声，陈无偏又叫了一遍："抗日！"

还是没有应声。

陈无偏快步出去，发现儿子一声不吭直直地站在门边的墙根下。

他一把拉住陈抗日的手，把他拉进房间里，问他说："你怎么一看见爸爸就往后躲？"

陈抗日还是不作声。

一丝悲凉涌上了陈无偏的心头。他发觉儿子变了，悄悄地变了。只是自己驰心旁骛，没有感觉罢了。

他双手轻轻地揉摸他的小手，和颜悦色地问道："你怕爸爸？"

陈抗日不作声。

"你恨爸爸？"

陈抗日仍然不作声。

这时，他相信黄守财的话了。我自己的儿子都这样了，我还有什么说的呢？

他轻轻地抚摸着他的头发，说："怎么能怕爸爸呢？怎么能恨爸爸呢？爸爸是生你出来的，没有爸爸便没有你，你知道吗？爸爸是很爱你的，你是爸爸的心肝桩，爸爸的心肝宝贝，爸爸怎么能不爱你呢？你说是不是？以后爸爸叫你，你要应。以后心里有什么话，要同爸爸讲，好不好？"

陈抗日还是不作声。

陈无偏知道这事不能急，要慢慢来。

他说："记住爸爸的话喔，不要怕爸爸，不要恨爸爸。爸爸是你最亲的人，你也是爸爸最亲的人，知道不？好，你想做什么事，你就去做，要记住爸爸讲的话，知道不？"

陈抗日慢慢地走了。

陈抗日走了之后，陈无偏发现自己的心实实的、重重的、沉沉的。他感觉到很累，他想好好地睡睡觉。

陈无偏正想找个地方睡睡觉，不想张倩正抱着马骝仔来找他。"先生，你看这马骝仔好像气色好了一点了啵。"

陈无偏看见了横抱在张倩怀中的马骝仔，心里头"咯噔"一颤。

陈抗日整日默不作声的神态，黄守财敲敲打打、话中有话的话语，倏地一齐涌上了心头。他招架不住，觉得眼睛有些眩晕，于是赶紧伸手扶墙，慢慢地坐了下来。

在张倩的眼里，她的老公是个铁人，是个顶天立地的男子汉，是一根扳不断折不弯的钢条。她跟了他的这些日子，她亲眼看见的他无论遇到多大的困难，都是咬咬牙就挺过去了。无论碰到多不开心的事，都是打个哈哈就挡开了。她什么时候见过他这么孱弱，和他说句话，竟像一个八九十岁的老公公一样，要闭上眼睛，用手扶着墙壁，慢慢地坐下？

她惊呆了。

她倒吸了一口冷气，结结巴巴地问道："先生，你，你没事吧？你，你不要吓我啊！"

陈无偏看见了张倩这副惊恐的表情，知道自己失态了。他赶紧安慰说："没事，没事，不要紧的，不要紧的。"

张倩哪里放得下心来？她追问道："怎么会成这个样子？太吓人了。先生，你可不要吓我啊！"

陈无偏说："可能我太累了，不要紧的，我休息休息就会好的。"

张倩埋怨说："你光会照顾别人，就从来不会照顾一下自己。以后可要认真注意了。你要是累倒了，累垮了，你叫我们一家几口怎么办？"

一手横抱着马骝仔的张倩，腾出另一只手来搀扶陈无偏。她要他到床上去躺一会。她知道他太累了，要好好休息休息。

陈无偏赶紧拨开张倩伸来的手，自己站起来，笑道："没事，没事，你来搀我，当心把你也拖倒了。"

张倩要把他推到床上去休息。

陈无偏问道："你刚才问我什么事？"

张倩说："我问你，马骝仔的脸色，是不是好一些了？"

陈无偏看了一下，说："是好一些了。我去拿点药油来，再给他涂一涂，效果会更好一些的。"

张倩说："你不要去，不要你去，你现在马上躺下来，好好休息。我去拿好了。"

她把马骝仔搭搂在前胸，快步出到厅里，在百子柜上取出药油，又马上返回房间里，坐在床沿上，一边给马骝仔涂擦药油，一边监视陈无偏。她要他好好地休息休息。

陈无偏很感动，心里头感觉到很温暖。

在南京城头，他骤然痛失爱妻，那时他像傻了一样。他一个人带着个啥事不懂的儿子，在日军的铁蹄下东奔西跑东躲西藏，他的心痛到发麻。他的心彷徨得像一只受了重伤掉落到黑暗的荒野之中的孤雁。那时候他鸡公带崽，睡人家的骑楼底，打短工，甚至乞讨……他什么没干过？好不容易回到番禺，番禺又被这死日本仔搞得一塌糊涂。那时候他心如死水，万念俱灰。不过，为了给陈家传宗接代，为了传承陈家的家学，为了使陈氏医馆后继有人，不至于断送在我的手上，为了把儿子抗日养大成人，向他传递祖先的衣钵，我还是要挣扎起来的。其他的就不想了，也根本不能想了。

不想这时候，跑出个张倩来，续上了他那根被日本仔扯断了的弦。

张倩是个美人坯子，他是绝无挑剔的，要不是在这个兵荒马乱的年月，人家还绝对不会跟你哩！他从心底里感觉到，这或者是上天因他热心为人治病而给他的犒赏。所以他非常珍惜张倩。

但他扪心自问，他有了张倩之后，可从来没有忘记过寿玉喔！寿玉是他心爱的发妻。她跟着他实践了以医报国的宏愿，惨死在南京的城头。她已经在他的心头上深深地打上烙印了。他忘记得她吗？

可是他在张倩面前，尽量不提这件事。不提不等于不爱。因为爱得太深，爱在心坎的深处，就无须经常提起了。

至于马骝仔，他觉得自己是扪心无愧的。深更半夜的，打开门就看见一个丢弃在你门槛上的小孩子，你怎么办？难道就让他活活地在你的门口饿死，或者就让他给野狗叼去？上天有好生之德，我又是救死扶伤，治病救人的人！我能不出手相救吗？当然，他是个小日本仔。他的父辈残杀了我们中国人。可是残杀我们中国人的是他的父辈，这与他无关，他是没有责任的。如果我们因此便不救他，无异于杀害他，那么我们不就是日本仔啦？

可是，既然黄守财他们是这样讲，抗日又这么抵制，说明这事也不是我想的那么容易的啊……

十三

上午无人看病，陈无偏抓紧时间给马骝仔研药。

这时，黄守财在门外探头探脑地往里张望，被陈无偏发现了，他大声喊道："你鬼鬼祟祟地干什么？"

黄守财看见陈无偏发现了自己，便嬉皮笑脸地走进来，说道："我昨天狗咬耗子地咬了大哥你两口，我担心大哥你生气了。昨晚好久没有睡着，所以今早特来瞧瞧，看大哥你生气了没有？"

陈无偏冷冷一笑，说："你说我生气了没有？"

黄守财笑道："俗话说大人有大量。大哥你是个大人，肯定是不会生气的。你说是不是？"

陈无偏说："黄守财你这个人实在太坏了。你昨天把我骂了个狗血淋头，今天又跑来给我戴高帽，你到底想干什么？告诉你，我昨天晚上和你一样，很久都没有睡着觉。"

"啊！"黄守财长长地叹了一声，"那我错了！"

陈无偏以为他来赔不是，便问道："你错了什么？"

黄守财说："我原先以为大哥你是个有大量的大人物，现在才发现你和小弟一样，都是个俗人、小人。"

陈无偏骂道："你昨天把我骂得个狗血淋头还不够，今天又要来再骂过，你是欠揍了是不是？"

黄守财立即伸手直摇："不是不是。我是想来试探试探，看大哥生我的气没有？如果大哥没有生我的气，那大哥是个有大量的大人，我就不用来赔不是了。如果大哥生气了，那大哥也是个和小弟一般见识的小人物，我就赶紧给大哥赔个不是。现在大哥果然生气了，所以小弟这就向大哥你赔不是了。"

陈无偏笑了起来，说："你这小子果然欠打！"

黄守财更是开怀地笑："大哥笑了，大哥笑了！我说大哥是个大人物嘛，怎么会跟我们一般见识呢？"

陈无偏实在拿他没办法。他说："你这家伙从来都是无事不登三宝殿。你来我这里，肯定是有目的的。喂，你这回有什么目的，照实说吧！"

黄守财也收起了笑容。他说："我可是真有目的来的。"

陈无偏问道："什么目的？"

黄守财说："来吹吹水啰。现在的心，憋得实在难受，不来吹吹水，真要被憋死了！"

陈无偏说："什么事把你憋得那么难受？不是要对我说，你吃得太饱，撑得很难受吧？"

黄守财说："是吃得太饱撑得很难受就好咯！只怕小弟就要饿死了。"

陈无偏说："有那么严重？"

黄守财说："还会假的？半个月前，我到市桥去进了一担炭，这担炭贵到你心痛。这倒不说了，现在最要命的是，半个多月来，竟没人来打过一件农具，你说是不是要饿死小弟了？"

陈无偏听了，同情地说："现在的人穷得厉害，真想来帮衬都难了。"

黄守财气急败坏地骂了起来:"冚家铲!以前日本仔来了,就怪日本仔呀。现在日本仔又走了,可是还那么艰难,我觉得好像越来越艰难了。这又怪谁?还让人活下去吗?"

陈无偏觉得这话也戳到了自己的痛处,他深有同感地说:"是呀!"

黄守财学着陈无偏的腔调说:"是呀!如果真的是,你就和我一样跳起来了。冚家铲,倒霉的都是我。"

陈无偏急了起来:"我还不是和你一个样!?"

黄守财说:"你和我一个样?你真是看人挑担腰不痛。是怕我向你赊向你借是不是?"

陈无偏说:"亏你这小子口口声声叫我大哥。你的眼里,我就是这样的人吗?你白叫我大哥了。我告诉你,或许我比你更艰难也未可知。"

他见黄守财不服气,想要反驳的样子,继续说:"我吃过了屎蛆,你吃过吗?"

黄守财听后一呆,那双眼睛不禁瞪得大大的。

陈无偏说:"这话,我本来不想讲的。你说,吃屎蛆好光彩吗?既然你说到了这个份上,我一时嘴快,说了出来。你这家伙是把歪嘴茶壶,不要给我到处乱说了。我可难为情哩。"

黄守财惭愧地说:"我真该死,我真该死。大哥,我真的向你赔不是了。"

他歇了一会,又说:"现在好多人都说活不下去,都在咒骂一个人……"

陈无偏问:"咒骂谁?"

黄守财不答,他拿了根棍子在地上画了一个字——"蒋",马上就用脚把它擦掉。

陈无偏看了,长长地"哦"了一声。他提醒说:"你可要注意喔,这事让警察知道了……"说着,做了个杀头的动作。

黄守财说:"知道的,知道。你是大哥,我才跟你说说,换作别的人,我是千万不敢说的。"

陈无偏说："这就好，这就好。这事一定要注意，一定要小心。不然，掉了脑袋都不知道是怎么掉的。"

"是的，是的。"黄守财感到不吐不快，继续说，"我还听到一句话……"

陈无偏好奇地问道："什么话？"

黄守财说："烧错炮仗，拍错巴掌，迎错老蒋。"

"喔……"

"当初日本仔在的时候，我们多么盼望他回来。现在日本仔走了，他回来了，马上又要打仗，好像我们中国打的仗还不够多似的。非要把我们国家打得一塌糊涂不可似的。一打仗，市面上什么都缺了，什么都贵了，这还让人活下去吗？"

"是喔！"陈无偏是个只顾看病、少管闲事的书呆子，他把他的心血精力都花在看病看书上了。所以他的医术那么精湛，对世事那么懵懂。

经黄守财那么一说，他心里"咯噔"了一下，不由自主地"啊"了一句："是喔！"日本仔刚投降那阵子，陈无偏感受到村民生产自救的热情多么高涨，他自己的心也为之激动不已。没想到当局七整八整，把大家的心整凉了。哎……

陈抗日从外面回来了。

他还是那副老样子，不说话，对家里的事情不理不睬，这使陈无偏心里很难受。

他对儿子说："抗日，过来！"

陈抗日走过来。

陈无偏把他拉到自己的跟前，摸摸他的头，揉揉他的背脊，问道："肚子饿了没有？"

陈抗日不出声，只是轻轻地点了点头。他很懂事。他知道家里也没有什么可吃的，说饿与不饿都没用。

陈无偏发现儿子悄悄地长高了，可是没什么给他吃的，令他长得青青的、瘦瘦的，像一根在芽菜缸中露了风的黄豆芽。父亲的心像刀割一样。有什么办法让他吃点肉呢？

陈无偏像扛着一块磨盘似的长长地喘了一口气。

喘过气后，他倏地一想：现在恐怕比吃肉更重要的，是让他开心。

这孩子太懂事了。又懂事，又内向，有事窝在心里，有话不说出来。这样即使吃肉，也不会长壮呀！唉！这孩子受的苦太多了。从小就没了妈，从小就在日本仔的铁蹄下颠沛流离，他恐怕不知道什么是欢乐。我做父亲的，应该更关心他，帮他解开心中的结。

他问儿子说："抗日，爸爸问你，你整天一副闷闷不乐的样子，你心里在想什么呀？你告诉爸爸好不好？"

陈抗日还是不作声。

陈无偏说："你很恨爸爸是不是？"

陈抗日轻轻地摇了摇头。

陈无偏说："对，爸爸那么爱抗日，抗日是不会恨爸爸。你说是不是？"

陈抗日轻轻地点点头。

陈无偏轻轻地拍拍陈抗日："我抗日是个乖孩子。爸爸那么疼爱我抗日，我抗日是不会恨爸爸的。你说是不是？"

陈抗日又轻轻地点了点头。

陈无偏问道："那你心里在想什么呢？是想妈妈了？"

陈抗日听见爸爸这么一问，他鼻翼一鼓，嘴巴一撇，"哇"地哭了出来。

陈无偏一把搂住他，把他的头搂在自己的怀里，用自己的袖子帮他抹眼泪。

张倩正好从厨房里出来，看见陈抗日伏在父亲的怀里啼哭，觉得不便撞出来，便又悄悄地倒退回去。

等陈抗日停下了哭声，陈无偏问道："你记得妈妈的样子吗？"

陈抗日摇摇头。

陈无偏说："你看见别人有妈妈，而你没有，你觉得很伤心是不是？"

陈抗日点点头。

陈无偏说："抗日，你妈妈很美丽。你妈妈很疼爱你。可是你妈妈被日本仔害死了。这万恶的日本仔，害得我抗日没了妈妈。我抗日要恨死日本仔，对不对？抗日，你妈妈是在天上看着你的，只是你没看见罢了。你妈妈盼着你快快长大，替她报仇。可是，你这样整天闷闷不乐，你怎么能快快长大呢？你妈妈看见你这副样子，不能快快长大替她报仇，她是不开心的。你知道吗？所以你要开心。开心了，就能快快长大了。知道吗？"

陈抗日轻轻地点了点头。

陈无偏看见儿子的情绪稳定了许多，便试探地说："抗日，其实你现在也有个妈妈的。现在我们家里的这个，也是你的妈妈嘛！"

看见儿子没有抗拒，陈无偏继续说："这个妈妈，虽然没有生你，可是她同爸爸一道养你，同样也很爱你，很疼你，很关心你，你说是不是？"

陈抗日没有答话，也没有任何的表示。

陈无偏说："抗日，爸爸知道你是个很聪明的孩子，你应该知道爸爸是没有骗你的。你记住爸爸的话，经常想想爸爸的话，好不好？"

张倩看见了陈抗日伏在陈无偏的怀里啼哭的事，一直装作不知道。她想看看陈无偏会不会跟她讲讲。可是等了大半天，陈无偏一直不讲。

到了晚上睡觉的时候，她忍不住了，终于开口问道："今天抗日哭了？"

陈无偏"唔"了一下。

张倩不高兴了："怎么不跟我说一说呢？"

陈无偏"唉"地叹了一口气。

张倩追问道："很严重吗？"

陈无偏说："也不是很严重……"

"那怎么不跟我说一声呢？啊！我是个多余的人啦？"

陈无偏急了："这，这，这……你说到哪里去了！"

张倩揩了揩眼角："我说，我是你心中的一个多余的人，我碍着你了。"

陈无偏急得不知该说什么才好："你这个人呀，越说越离谱了。你在我的心里是个什么人，你不明白吗？"

张倩说："我明白什么？我什么都不明白。如果你硬要我说明白，我就明白你有事避我，什么事都不让我知道。"

陈无偏一直感到张倩是个柔弱的乖乖女，现在他真切地看到了她也有蛮横的一面。寿玉过去可不是这样蛮横的喔！他发现，尽管女人都有各自不同的特点，但都会拿老公来发脾气。陈无偏是个不会也不敢跟女人较劲的人。

他见张倩这么执着，便叹了一口气，说："我本来不想跟你说的……"

张倩听到了这里，猛然吓了一大跳：天啊！这家伙真做了什么对不起我的事？她的心倏地提了起来。她定定地看着陈无偏，她要看他说的是什么。

陈无偏说："他想他妈了。"

张倩心中的那块石头倏地落到了地上。但马上又想：你想不想他的妈呢？但她不敢问这个。她只是说："那你怎么办呢？"

陈无偏说："我问他，你的妈妈是什么样子的，你记得吗？他摇摇头。我问他，你是不是看见别人有妈你就想妈，是不是？他又点点头。我对他说，你的妈被日本仔害死了，日本仔罪大恶极，你要记住他们，恨死他们。是他们让你没有妈妈的。他很懂事地点点头。"

听到这里，张倩长长地"哦"了一声。

陈无偏继续说："我对他说，儿子，你现在还有个妈喔。生你的那个妈，让日本仔害死了，可是现在你还有个养你的妈。她跟爸爸一道养你，而且很疼你爱你关心你宝贝你……"

张倩迫不及待地打断他的话："你是这样说的吗？你真是这样说的吗？"

陈无偏说："我当然是这样说的啰。"

张倩说："你不会骗我吧？"

陈无偏急了："我骗你，我会死……"

张倩立即堵住他的嘴，大声说："不准你说这样的话！"

过了一会，她问道："他点了头没有？"

陈无偏说："点了！"

陈无偏清楚地记得他儿子是没有点头的。不过刚才张倩没有让他起誓，既然没有让我起誓，我说句假话，天也不会报应我吧！而且我的心是善意的，天是应该知道的呀！

张倩听到了陈抗日也点了头，心里非常高兴。

她一把搂住了陈无偏，"啵"地在他的脸颊上狠狠地亲了一口。"老公，你真好！抗日这孩子也很好。我想，我关心他还是少了。我想起来了，没有马骝仔之前，他还是愿意亲近我一些的，有了马骝仔之后，他疏远我了。以后我要更加注意了，小孩子不懂事，我们要尽量不令他误会。"

陈无偏听了很感动。一颗眼泪从他的眼眶里流了出来。

他一把搂住张倩，紧紧地搂住张倩，他要把张倩搂进心坎里。

十四

张倩是个善良贤惠的女子。她没有责怪陈抗日想妈。她当然明白，陈抗日想妈，在他的心目中，自然是没有把自己当作妈了。这点她当然是不舒服的。

这死日本仔把她摧残得失去了生育能力，她多么希望陈抗日把她当妈啊！可是，可是也不能怪他。自己进这个家门的时候，他已经懂事了。如果早两年进这个门，他还懵懂未知，就不会有今日认生的事了。可是这能"早进"得了吗？

唉，这都是命，是命运安排的，认了吧！人心换人心。我就对你好，你总不会没有感觉吧？你总不会老是拒绝我吧？你总不会永远都不认我吧？

她下定了决心，一定要同抗日相处好，一定要融化抗日心中的这道坚冰，一定要得到这个儿子！

以后她事事都主动地接近陈抗日，你不开口，我开口；你不理我，我理你。早上起床穿衣服的时候，她帮他拿衣服。吃饭的时候，她先给他盛好饭。晚上睡觉的时候，她帮他铺好被子。总之，她能够做到的，都尽量做到。

可是陈抗日还是一副爱搭不理，若即若离的样子。

陈无偏在旁边看见了，都替张倩感到难受。他为了安抚张倩，在陈抗日不在的时候，气呼呼地骂道："这小东西真不识抬举，看我什么时候结结实实地揍他一顿！"

张倩反倒劝他："你这样，就帮我的倒忙了。小孩子不懂事，还是耐心一点吧！"

陈无偏这段时间很烦恼。儿子陈抗日不接受他的"诱惑"，马骝仔又经常生病。近七八年来横在他跟前的沟沟坎坎还少吗？他不都眼睛一闭、牙关一咬就迈过去了。

可是当下这道沟坎，却叫他举步维艰。一边是自己的亲生儿子，一边是捡回来的小日本仔。小日本仔还不懂事，可是自己的儿子懂事了，甚至说太懂事了，他虽然年纪小小做不了什么事，但他就是死活不认这个账。

陈无偏心想，如果陈抗日年纪再大一些，说不定他会揍他，甚至活活把他揍死也有可能。

你看他嘴唇抿得紧紧的，眼睛瞪得定定的，不声不气，你说什么都进不了他的耳朵里。这小家伙不是倔，而是把他的仇恨藏在心里头，把劲憋在肚子里。过去救亡的时候，下乡宣传抗日的学生不是经常爱讲一句，不知是哪个大人物说的话——不在沉默中爆发，就在沉默中灭亡。看见儿子那副神态，他就不知不觉地想起了这句话。

他很担心，将来无论是爆发也好，灭亡也好，他都接受不了。

他感到后悔了。他后悔当初揽了那么大的一个沙炮。当初他脑袋太热了，没有三思就把马骝仔递给了张倩，说是个小日本仔，张倩的心猛地一缩，好像捧着一条蛇一样。现在日久生情了，她真把他看成自己的儿子一样了，你叫她不要了，她舍得？她不和你闹个鸡犬不宁才怪呢！

可话又说回来，当初要三思而后行。怎么个三思法呢？深更半夜的，月黑风高的，把一个乳婴丢弃在自己的门槛外面，结果会怎么样呢？自己是个学医的人，是个行医的人。救死扶伤是自己的本分。怎么说他都是一条生命啊！他很纠结，他感到进退两难。棋下到了这一步，他觉得无路可走了，就好像一只过河卒子，毫无后退之路了。

正在发呆的当儿，他的兄弟黄守财又来了。

黄守财进到陈氏医馆，喊了一声"大哥"，就在那张荔枝木的圆凳上坐下来了。

陈无偏说："你这个家伙怎么那么得闲？"

黄守财回嘴说："耶，我看你也不忙呀！"

陈无偏说："我忙在心里。"

黄守财笑道："大哥真是个知书识礼的人，讲的话一绕一绕的叫人听不懂了。"

陈无偏骂道："你这把歪嘴茶壶，说的话，好的不灵，丑的灵。"

黄守财问道："怎么了？我几时又踩到大哥的尾巴了？"

陈无偏让他气得哭笑不得。他说："你说我有了新的儿子，就忘了自己的儿子，说我……好啦，这让你说对了，现在我的儿子和我较劲了。你说你是不是把歪嘴茶壶，说的话好的不灵丑的灵呀？"

黄守财急了："大哥，这是你不对了！我是看见了你儿子对你和对你的马骝仔不好的苗头，才提醒你的。而不是你的儿子和马骝仔好端端的，我无事找事咒骂了他们，他们才闹起别扭来的。你怎么让兄弟我挨个好心着雷劈的结果呢？"

陈无偏本来知道这事与黄守财无关，因为心情不好，想拿他来解解闷，不想他口舌如簧，两下子就反败为胜。

他说："不和你说这些了。都说打铁的人会'转钳'。你说，你这次来找我，又有什么好事？"

黄守财说："有好事，有好事！"

陈无偏问道："什么好事？"

黄守财说："我又听到了一条天大的消息。"

陈无偏说："又在茶楼里？"

黄守财说："在茶楼里就好了。"

陈无偏问道："你又怎么啦？"

黄守财说："我近来都穷到揭不开锅了，还有钱上茶楼？"

陈无偏说："那你又从哪里听到了消息？"

黄守财神气地说："我黄某人想要听到点消息还不容易，为什么一定要上茶楼呢？"

陈无偏说："好了，好了，别说那么多了，我知道你有两下子。你又听到了什么消息？说出来听听。"

黄守财把嘴巴凑近了陈无偏的耳朵，细声说："老蒋在东北吃了大败仗……"

"是真的？"

"应该是真的！"

"不会是假的吧？"

"我看不像是假的。"

"你怎么知道不像是假的？"

"我发现市桥街上的警察好像多了，一些路口都设了关卡。有人说老蒋在东北吃了大败仗，所以对内地防范得很严了。"

"啊……"

黄守财的脸上露出了兴奋的表情："假如是假的，我都盼望它是真的了。"

"为什么？"

"我觉得我活得太累了。难道你不觉得吗？这样的日子再熬下去，我们只有死路一条了！"

"是呀！"陈无偏提醒说，"那你也要小心点喔。这话让做官的知道了，是死路一条喔。"

黄守财感激地说："知道，知道。"说完要走了。

陈无偏叮嘱说："以后听到了新消息，又来跟我说说喔！"

　　马骝仔自从惊风之后，胃口很不好。其实即使胃口很好，家里也没有什么东西给他吃。这点愁煞了张倩。

　　张倩情愿自己病了，也不希望马骝仔得病，情愿自己肚饿，也不希望马骝仔没得吃。她虽然不是医生，但一看见他病恹恹的样子，就知道这除了余病未清之外，营养不良是更重要的。没点有养分的东西到肚里，你叫他怎么生出点精气神来？现在这个年月，能填饱个肚子已经是了不起的事了，到哪里去弄点有养分的东西来呢？

　　为了马骝仔，明知道办不到的事，她都煞费苦心地认真去想。

　　想呀想呀，她突然想起早一段时间，陈无偏弄过一次屎蛆给她吃。她发现这东西还真的可以喔，味道挺好的，你把它剁烂了，不讲它是屎蛆，还真的吃不出来。而且吃过之后，身体也没什么呀！她说的没什么，是没有什么不良反应的意思。

　　她觉得不仅没有不良反应，相反好像还有点好的反应喔，比如说，未吃之前，她每晚都要起床屙两次尿的，吃过之后少屙一次了。这不是对身体有益了吗？是有益，真的有益，我自己都吃过了，都亲身体会过了，还会假得了呀！

　　这样，我们就应该弄点屎蛆给马骝仔吃了，这样他身上不就有点养分了吗？如果这样好，我们就经常弄给他吃，他的身体不就能很快地好起来了吗？

　　想到这里，她非常高兴，立即去告诉陈无偏，要他赶快去弄。

　　陈无偏看见她那副天真无邪的样子，不觉笑了起来。

　　张倩问他："你笑什么？"

　　陈无偏说："我笑你长得很漂亮！"他不敢把他心里的真话讲出来：如果我陈无偏不要这马骝仔，你看这家伙会不会立即变成只老虎把我吃进肚子里去？

　　张倩说："不要讲这些没油没盐的话了，赶快去吧！"

　　"赶快去什么？"

　　"去捞屎蛆呀！"

陈无偏说："好，好，好！我等一会去就是了。"

张倩说："不，你现在就去，我跟着你去！"

陈无偏吃惊地望着她："这活很脏的喔！"

张倩说："脏我也不怕，只要对孩子有好处，再脏我也会忍受得了的。"

陈无偏笑道："这东西我一个人去就得了，难道你还怕我偷吃么？"

张倩在后面双手推着他："走吧，走吧，不要说得这么难听了。我是怕你辛苦，我跟你去是想帮帮你……"

从捞蛆、淘洗、浸漂、烫杀、剁烂、爆炒，张倩从头到尾都参加了，而且常常从陈无偏手中接过家伙，自己来操作操作。

这令陈无偏很感动，能摊上这样一个老婆，自己还有什么不满足的呢！

经过了陈无偏、张倩长时间的侍弄煎煮，这道屎蛆终于被弄好了。

张倩把马骝仔横抱在怀里，一手端着饭碗，一手拿着匙羹，喂他吃屎蛆酱。

陈无偏见她不方便，便坐到她旁边帮她端饭碗。

张倩用匙羹刮起碗里的屎蛆酱，小心地喂进马骝仔的嘴巴里。

民以食为天。这句老话一点不错。这一匙羹屎蛆酱喂进了马骝仔的嘴巴里，这小家伙立即知道这是好东西，于是腮都未转就"倏"的一下滑过了喉咙，吞到肚子里了。

张倩看见了非常高兴，她忍不住立即俯下身去，往马骝仔的脸蛋上使劲地亲了一口。

这时张倩的神韵，这时张倩的风姿，这时张倩的体态，像一只纤纤的玉手在陈无偏的心弦上轻轻一拨，令他血管里的荷尔蒙"嘭"地燃烧。他按捺不住这喷涌的春潮，也跟着俯下身去，在张倩的脸蛋上狠狠地亲了一口。

就在这个当儿，陈抗日从外面进来了。

他猛地目睹了这激情的一幕，惊呆了，那双脚像被钉子钉在地上一样动也不能动。

发现了陈抗日撞进来，陈无偏、张倩心里一惊，两颗脑袋马上分开了。

惊醒过来的陈抗日立即掉头就跑。

张倩立即放下马骝仔，扬手捶了陈无偏一下，然后跟在陈抗日的后面，急急脚地追了出去。

这时候的陈无偏尴尬得如穿芒衣，一身火辣辣的，背脊上汗都出来了。

正当陈无偏抱着马骝仔在那里呆坐的当儿，张倩拉着陈抗日的手从外面回来了。她一边拉着陈抗日往回走，一边说："爸爸妈妈买了肉回来，剁成了肉酱，煎煮得香喷喷的可好吃了。爸爸妈妈舍不得自己吃，专门拿来给哥哥弟弟吃……"

被尴尬折腾得不知所措的陈无偏，这时发现自己有所作为了，他马上接过口来说："抗日，你快来吃一口，这东西可好吃了。"

张倩说："我们哥哥不吃这个。这个是弟弟吃的。妈妈给你留了一碗，你这一碗比弟弟的大，比弟弟的多。我们已经是哥哥了嘛，哥哥比弟弟大，肚子也大，当然要吃多一点的啰！妈妈带你到厨房里拿。现在就去。"说着，就把陈抗日拉进厨房里。

出来的时候，她一只手拉着陈抗日，一只手端着一只饭碗。

陈无偏非常感动。他发现张倩不仅善良，而且还很细心，好多他没想到的事她都想到了。难得啊！

张倩把陈抗日拉到自己的跟前，拿起匙羹喂他。

可是陈抗日就是不肯张嘴。

张倩说："这是爸爸妈妈买回来的，弟弟要吃，哥哥也要吃。抗日，你是哥哥喔，你开始懂事了。你是我们陈家的孩子喔，爸爸妈妈怎能不疼爱你呢？你也已经明白了，弟弟不是陈家的孩子，他是爸爸妈妈捡回来的。你心里可能会问我们：'他是日本仔的崽喔，你们怎么捡他回来呢？'这事你应该要明白，他的父母是日本仔，他的父母杀害过我们中国人。可是这是他的父母的事。他没有杀，这和他没关系。你明白吗？他父母该杀，但他不该杀，因为他没做过对不起我们中国人的事。你说对不对？他没有父母了，也不知谁把他丢在我们家的门口。他是个那么小的孩子，没有父母照顾是会死的。你爸爸一辈子治病救人。他最不忍心的，是看着一个人慢慢地死去，所以你爸爸把他抱了回来。你爸爸是善心呀，积德呀，你知道吗？抗日，你是哥哥，你很快就会长大了，他还小。大人不生小人气。你不要生他的气。喔！抗日，你爸爸疼着你宝着你哩！他经常喊你'小祖宗'。"

她指着屋厅正中墙根的神龛说："我们陈家的老祖宗在这里，我们天天敬着他们。你是'小祖宗'，我们天天宝着你。盼着你快快长大，学成你爸爸的本事，继承我们陈家老祖宗的医术，成为我们陈氏医馆的顶梁柱。我们怎么不疼你宝贝你呢？是不是？"

陈无偏在旁边听了，深愧不如。他心想：这家伙怎么那么能讲呢？难怪当初经常下乡宣传救亡了。

陈抗日低着个头，仍默不作声。

张倩说："吃吧，吃吧，不吃就冷了。"

一颗晶莹的泪水，从抗日的脸颊慢慢地流了下来。可能是心软了，也可能是这屎蛆酱被烹调得甘香诱人，他慢慢地张开了嘴巴……

十五

金窝村像一口干枯了的古井，死气沉沉的没半点生气。

金窝村地近水陆交通要道，土地肥沃，村民勤劳，粮丰鱼肥。村民们有耕读传统，一个村子就有三四家私塾，家家都传出读书声。农闲之余，不少村民又爱做点小生意。所以，村民生活滋润，知书识礼。稍有闲暇，许多人都爱拉拉二胡，唱唱粤曲，乐也融融。这里说的是日本仔来之前的事了。

日本仔来之后，金窝村的村民们被折腾得鸡毛鸭血，苦不堪言。日本仔投降的时候，村民们绝处逢生，大家奔走相告，互相庆贺。许多人明知家中无粮，也千方百计想办法买鞭炮回来在自家的门口烧一烧，驱驱邪气，讨个吉利。当时人们心中有着许多梦想，都打算重头来过，重整家业，重建家园，把日本仔留下的战争创伤尽快医好，早日过回以前那种富足和谐、其乐融融的生活。那时候大家吃没得吃，喝没得喝，但都千方百计填饱自己的肚子，同时埋头苦干，种好自家的那点土地。

不想现在气还没有喘过来，上面就说要打仗了。打仗的话一出，百物飞涨。政府印的纸币不值钱了。这下就害苦了下面的小老百姓了。

金窝村的村民私下里咬牙切齿地咒骂政府，咒骂他们的头子蒋介石。但咒是咒，骂是骂，大家都明白，咒骂只是过过嘴巴瘾，是填不饱肚子的。要填饱肚子，还得土中觅食，还得出力流汗。

刘天赐就是个明白人，他没少咒骂过政府，没少咒骂过蒋介石。但咒骂归咒骂，他可是个口不停手不停的人。他知道这个家的担子要他挑，家中的老老少少要等着他养，他不敢停下手来。他像一只工蜂，除了吃饭睡觉，就是不停手地干活。家里穷得叮当响，连半个铜板都没有。一个家总没点钱日子怎么过？地里的庄稼还未到"造"，拿到市场去是没人要，即使有人要也不值钱的。怎么办呢？

他想到了大乌岗，还是去山大王那里去给它剃剃头吧，砍担柴火到市桥去卖，好歹也能弄两个钱的！他利用空余时间上大乌岗砍了几担柴，劈好晒干，准备一到墟日就担出去卖。

今天是墟日，他早早就起来了。即使不是墟日，他也起得比别人早。

教私塾的他的老爸二叔公生前就反复教导过他："男人早起财星旺，女人早起为家贫。"今早他比以往起得更早。他要到市桥趁墟去，他必须把家里的工尽量做好，收拾好。他从小熟读《朱子家训》，家里虽然贫穷，但也要收拾打理好，要整整齐齐，干干净净，让人感到有精气神。

看见陈氏医馆开门了，他还抓紧时间过去请教请教，看自己的儿子该怎么调理才更好。到太阳将要出来的时候，他才挑起那担沉甸甸的柴火到市桥趁墟去。

刘天赐挑起他那担沉甸甸的柴火向市桥出发不久，黄守财就来到了陈氏医馆。

陈无偏说："今天吹的是什么风，那么早就把你吹来了?"

黄守财说："如果不是怕扰大哥的清梦，我昨晚就想来了。"

陈无偏关心地问道："喔！又谁病了?"

黄守财说："谁也没病。"

陈无偏说："没病没痛的，你那么急着找我干什么?"

黄守财说："我又听到了一条消息，不跟你说说，憋在我的心里觉得难受。"

"啊！什么消息?"

黄守财左右看看，见没人，便把嘴巴凑近陈无偏的耳朵，压着嗓门悄悄地说："老蒋又吃败仗了！"

"在哪里?"

"在北平和天津啰！"

陈无偏问道："你从哪里听到的?"

黄守财说："那就不能告诉你了，因为告诉我的人叫我不要乱说的。"

陈无偏笑道："好，好，好！应该是这样的，应该是这样的。没听说老蒋这次折了多少人马?"

"听说了，好像是二三十万的样子吧。听说是叫什么和平起义。"

"和平起义? 什么叫和平起义?"

"就是老蒋那边的人，跑到了共产党那边去了！"

"岂不是老蒋那边的人掉转枪口，打返老蒋?"

"是呀！"

"这回老蒋很受伤了！"

"管他，他害得我们鸡毛鸭血的，让他受点伤也是很应该的事。"

陈无偏说："是呀，我们老百姓太苦了！"

黄守财说："所以我听到了很高兴，忍不住马上要告诉你！你高兴吗？"

陈无偏说："高兴，高兴！"

黄守财说完，就匆匆忙忙地走了。

黄守财走了以后，陈无偏的心情久久不能平静。

他觉得百姓生活太困难了，人人都在咒骂着蒋介石。现在蒋介石又吃了败仗。他吃了败仗之后又会来搜刮压榨我们老百姓的，那我们以后的日子岂不是更难过了？唉！

这时，张倩进进出出地张罗着今日的饭菜。因为荷包拮据，囊中羞涩，即使张倩这样聪明的女子也难为无米之炊了。

她掏了一点米，到地里摘了一筐子番薯叶、野菜叶，把它洗净剁碎，连那点米一起倒进锅里。光这点东西稀溜溜的，也很难抵肚子饿呀！

她想起前些日子刘天赐送来了一些花生壳粉，说请尝尝鲜，她也放了半碗进去。她往锅里添够了水，还用勺子搅了搅，生怕它们沾和在一起，会影响烹煮的质量似的。搅和之后她便生火，把这东西煮开熬透，他们今天一天到晚就吃这个东西了。

中午吃饭的时候，她先给两个小孩各盛一碗。陈无偏来了，又给陈无偏盛了一碗。

她是个知书识礼的女子，她觉得陈无偏是她的夫君，她事事尊重他，体贴他，将就他。陈无偏是个有情有义的明白人，他身在福中，知福惜福。

他说："这东西叫人见了就怕。我们番禺过去连猪都不吃这个。日本仔来了，吃这个了，日本仔走了之后，还要吃这个，心里就很不舒服。不过这年月，不吃这个吃什么？老婆，你说是不是？唉，这东西本来是很不好吃的，不过这是经我老婆的手煮出来的，不好吃也变得好吃了。"

张倩推了他一下："有得吃，就快点吃啦，啰啰唆唆的，好像怕人说你不识讲话一样。"

陈无偏说："你难道觉得我讲错了？"

张倩说："没错，没错。其实我觉得我们大人还没什么，只是难为孩子了。让他们吃这些东西，叫他们怎么长大哟！"

陈无偏深有同感："是啊！"

张倩说："我们又去捞屎蛆啰！"

陈无偏说："好啊，好啊！不过现在人都没得吃了，拉出的屎也不肥了，屎蛆也不易长了。"

刘天赐的家吃花生壳粉已有不少日子了，吃到拉出来的屎都有一股花生壳粉的气味。他挑了担柴火上市桥之后，一家人都伸长着脖子等他回来。他回来了，卖完了一担柴火，肯定会买点粮食回家的，可以改善改善生活了。

这一天，一家人的脸色都开朗许多了。刘天赐老婆万福娟的脸上，还挂上了久违的笑容。因为刘天赐讲过，他要给她买二两茶油和几尺红头绳回来。

他们家世代开蒙馆，是读书的人。万福娟好久都没有认真地梳过头了，真失礼啊！所以她今天干活特别有劲，进进出出，干这干那，她想等老公回来给他一个惊喜。

她的家婆二叔婆也很高兴。二叔婆的高兴全出在她的孙子上。小孩子缺吃少喝，瘦得像根黄豆芽，做奶奶的看在眼里，疼在心上。有吃有喝，她巴不得自己不吃不喝，也要给自己的宝贝孙子吃，给自己的宝贝孙子喝。可是家里就吃这些东西，你即使不吃不喝，全都拿来给这小孙子吃喝，这对他也无补呀！老太婆知道她的小孙子需要的不是这些东西。他要营养，他要长高长大。天赐上市桥趁墟了，他肯定会买点好吃的有营养的东西回来给他的儿子吃的。

想到了这一点，老太婆深深地亲了她的宝贝孙子一口，说："你爸爸等下就回来啰，我们的小宝宝就有好东西吃啰！"

太阳都正顶了，怎么人还没有回来呢？老太婆开始叨念儿子了。

儿媳妇万福娟的心里也很焦急。但她安慰家婆说："可能是卖柴的人多了。多只香炉多只鬼。卖东西的人多了，东西就贱，生意就难做了。等一等吧。等一会他把柴火卖了，一定会很快回来的。"

再等等太阳就偏西了，刘天赐还没有回来。

这是怎么回事，万福娟和二叔婆的心揪揪的。她们都懒得说话了，也没心情干活了。再过没多久，天便开始慢慢地黑了，刘天赐还是没有回来。这是怎么回事？

万福娟感到害怕了。那颗心提到了嗓子眼上。二叔婆的眼眶噙满着泪水。夜幕越垂越低，四周的景物越来越模糊了。现在炒菜的油太金贵，村民们一般都不点灯了。有松明的人家都点起松明，插在屋里的墙缝上。刘天赐还没有回来。万福娟又到村口的路上去张望。可是夜幕把村路都遮掩住了。她一个人在那里站了好久，还是不见丈夫的踪影。她只好掉头回家了。

回到家了，儿子因为找不见妈妈在哇哇大哭。她想起了自己的丈夫，也随声哭了起来。二叔婆的眼眶早已挂满了泪水，现在天都黑了，儿子还没回来，她的心难过得就要滴血。现在听到了儿媳妇的哭声。她更忍不住，跟着也"哇"的一声大哭起来……

夜幕初垂的乡村是寂静的，更何况是兵荒马乱的岁月。刚刚打发完肚皮的村民晚上有何事可做？人们不舍得糟蹋灯油，又不愿意多点松明子，都陆续洗脚上床，准备睡觉了。

这时刘家老少三口呼天抢地地号啕大哭，在这薄暮冥冥之中，显得特别响亮甚至刺耳，显得特别哀伤而且凄凉。在这种哭声中，人们是不容易睡得着觉的。

乡人古道热肠，都想去看看，如有什么能帮得上忙的，去帮帮吧！于是大家陆陆续续走到刘家去，很快，刘家的门前便围上了男男女女的一圈人。

一询问，原来刘天赐一早到市桥去卖柴火，到现在还没有回来。市桥又不是很远，怎么一大早就去了，现在都没有回来呢？

黄守财觉得奇怪。他虽然是把歪嘴茶壶，却有副侠义心肠："市桥那么近，怎么不去看一看呢？欸！你们有谁愿意去的，我们一起到市桥去看看！"

张泉、强仔、阿牛、牛仔等几个热血青年听了黄守财那么一说，都说："我去！""我去！""我也去！"

陈无偏回家对张倩说："刘天赐大清早到市桥去卖柴火，现在还没有回来，一家大小哭得泪人似的。现在大家说去市桥帮忙找一找，我也想去。"

张倩本来是不想老公去的。她嫁入了陈家，什么时候都和陈无偏形影不离，未试过一个人独守空房（她当然不把这两只马骝仔计算进去）。现在老公要扔下她到市桥去，又黑麻麻的，而且又是个兵荒马乱的年月，她怎么会愿意啊！可是想到人家那么惨，不去帮忙又不忍心，犹豫了一下，说："你一路小心，快去快回哦！"

陈无偏说："我会的，我会的。我担心的倒是你。我去了以后，你一定要把门关好，不要点灯，不是我，谁叫也不开门。记住了！"

大家约齐，各人提了根短棒，再拿一根烂竹烂木，准备在路上作火把用，便出发了。

这群勇士们到了市桥，惊动了保安队。保安队不让进。他们说是来找人的，村里有人大清早来市桥卖柴火，至今未回，家里的人哭哭啼啼的，要来市桥找一找……

保安队的人骂骂咧咧的："回去，回去，再不走，就把你们抓到警察局去！"

陈无偏想：黑麻麻的走了那么远的路，总不能这样白白回去吧？！

他说："我的亲戚就住在市桥。我空着手进去，你们也派个人跟着我，我进去一打听就出来，行不行？"

保安队里有人认识陈无偏，吃过他的药，治好过病，愿意给他个面子，于是叫个人跟着他去，快去快回。

陈无偏拐弯抹角摸到了丈母娘家，拍门之后，丈母娘把门打开，知道是姑爷，急着让他进去。

陈无偏说："不了。村里丢失了一个人，是大清早挑柴火进市桥趁墟的，至今还没回去，现在大家帮出来找找。保安队又不让进，只给我一个人进，还叫快进快出。你看，还有位老总跟着。我只想打听一下，今天市桥发生过什么事没有？"

老太婆想了一下，说："今天街上拉夫抓壮丁，不知和这有关系没有？"

陈无偏说："哦，我明白了。"说完，向丈母娘道别两句，掉头走了。

这帮人回金窝村之后，把话照直讲了。

刘家老少三口更哭得死去活来。

十六

一日，陈无偏到汪保长家给汪保长的老婆看病回来，黄守财就到了。

陈无偏见了黄守财，问道："又有好消息跟我说？"

黄守财眼睛一亮："是啊，是啊！"

陈无偏说："看你高兴成这副鬼样子，是什么好消息？"

黄守财显得非常兴奋。他把嘴巴凑到陈无偏的耳朵边，压低嗓门叽叽咕咕地说起来。说说又笑笑。

陈无偏没听清楚黄守财说的是什么，只觉得这家伙的口风吹得他的耳朵好痒。

他说："你声音大一点，现在没人，声音稍大一点没事的。"

黄守财这才把嘴巴离远了一点，嗓门也放大一些，说："老蒋又在淮海吃了大败仗。"

陈无偏听了也很兴奋，连忙问道："淮海在什么地方？"

黄守财说："我也不知道。我只知道这次老蒋丢了几十万的军队。"

陈无偏说："真不真的？"

黄守财说："当然真啰！前几次的都是那个人讲的，都没假过呀，你说真不真咯！"

陈无偏倏地来了劲："都是同一个人讲的？唔，我想那个人肯定是共产党！"

黄守财说："我也怀疑他是共产党。不是共产党哪里会有这样的消息。"

陈无偏说："是共产党讲的，就肯定是真的了。"

黄守财自己问自己说："这场仗如果共产党打赢了，你说，将来我们百姓会有什么好处呢？应该会有好处吧！"

第二天清早，黄守财又来了。

陈无偏问道："又有新消息？"

黄守财不出声，懒洋洋地坐下来，一副愁眉紧锁的样子。

陈无偏很诧异：这家伙一天到晚骂骂咧咧的，一副天是老大他是老二的神态，很少像今天这个款的哟！是怎么回事？于是问道："你没事吧？"

黄守财叹了一口气："我人没事，可心里倒有事了。"

"你心里有什么事？"陈无偏开玩笑说，"想娶二奶了？"

黄守财说："有这个心思就好了。"

陈无偏问道："那你想什么？"

黄守财说："我昨天晚上几乎一晚没睡着。现在到处都讲拉夫抓壮丁。我想，拉着我怎么办？如果拉着我，丢下我老婆一个人在家，那就死定了咯。"

这句话也说到了陈无偏的心坎里。他深有同感地说："是啊！"

"那怎么办呢？"

"跑啰！"

"只怕是跑得了初一，跑不了十五呢！"

"也是！"

"你说怎么办？"

"我也没有办法……"

"冚家铲，这次死定了。"

今天早上，张泉挑着一担青菜到市桥去。家里人本来是不愿意张泉去趁墟的。刘天赐上市桥去趁墟竟一去不返。见过鬼还不怕黑？可是地里的菜却不停地长，再不割就老了。难道让它老在地里？

张泉看着这些绿油油的青菜心里就痛。自己吃嘛又吃不了那么多，而且现在市面上菜价正贵，家中又什么都缺，不把它挑出去换点钱回来，不买点必需品回来，实在太可惜了。

张泉说："我还是要去！"

他母亲说："让抓壮丁的把你抓去怎么办？"

张泉说："不会的。我灵醒一些，一看见有风吹草动我丢下菜担就跑。刘天赐可能是不懂跑，老老实实地等着人来被抓跑了。"说完不顾母亲的反对，挑起菜担就上市桥去。

出到家门，走在村道上，大家见了都问道："阿泉，去市桥趁墟？"

"是啊！"

"你太大胆了。"

"你不怕抓壮丁的把你抓去？"

张泉说："怕也不是办法，怕过了还得吃饭的。我小心就是了。"说完，扁担两头一翘一翘地走了。

没到中午，张泉挑着半担青菜回来了。入得村来，大家看见他回得那么早，又剩下了半担菜没有卖出去，便问道："泉哥，怎么那么快就回来了？"

张泉说："打起来了！打起来了！"

大家吃了一惊，连忙问道：

"谁和谁打起来了？"

"市桥发生什么事了？"

张泉说："伤兵和保安队打起来了。伤兵还向保安队扔手榴弹。不回来可能命都没了！"

大家听了都感到害怕："乱糟糟的，这世界怎么变成了这个样子呢？"

晚上睡觉的时候，张倩一副闷闷不乐的样子。

陈无偏问道："你怎么啦？哪里不舒服？"

张倩说："心烦啊！"

陈无偏问道："你烦什么？"

张倩说："抓壮丁啰！现在满街的人都说抓壮丁。"

张倩搂紧陈无偏，把头埋在他的胸口上："你在，我们两个人在一起，几穷几难我都不怕，如果你被抓走了，剩下我一个人在家，又带着两个小孩，你叫我怎么办？"说着哭泣起来，那眼泪慢慢地把陈无偏的胸襟洇湿了。

陈无偏觉得心里很堵。他体会到黄守财说的几乎一个晚上都睡不着的味道了。

张倩问道："怎么办呢？"

陈无偏也自己问自己："怎么办呢？"

张倩催促说："赶快想想办法呀！"

陈无偏无奈地说："你没跟我讲之前，我都想过了，唉，实在想不出什么办法来……"

听了陈无偏那么一讲，张倩忍不住又哭了起来。

哭了一会儿，张倩说道："你不是给汪保长的老婆看病吗？"

陈无偏"唔"了一声。

张倩说："你把她的病拖着，不要那么快给她治好，他们要抓你，也不会那么快来抓你了。"

陈无偏一愣："你真是我的好老婆。要讲脑子，我真没你聪明。"

过两天，汪保长又派人请陈无偏去给他老婆看病。

临出门口的时候，张倩用肘子顶了顶他，向他打了个眼色。陈无偏会意地点了点头。

到了汪保长家，陈无偏按部就班地望闻问切一番，便给汪保长的老婆开药。

汪保长在外面是个刁钻之徒，可在家倒是个温顺老公。他老婆的外家来头很大，他这个保长的位子都是老婆的外家给他谋来的。所以他不敢有半点马虎。

开完药单，送陈无偏出门的时候，他问陈无偏说："内人的病怎么样？好像起色不大似的。"

陈无偏明白，其实这病是有了起色的，俗话说病来如山倒，病去如抽丝。只是病家的心过于迫切罢了。他想起张倩的提醒，开药的时候，只开些四平八稳的太子药，不像过去那样希望病家快快病愈。

他听了汪保长这么一问，便说："过去的医生对太太的病是怎么说的？"

汪保长像牙疼似的答道："那些医生一瓶水不满，半瓶水晃荡。各人说各的。我也听不出他们讲的是什么。"

陈无偏马上打蛇随棍上，说："太太的病，虽不敢说是病入膏肓，但却也是沉疴难起喔。"

汪保长听了，急了："那还行不行的呀？陈医生，还有什么办法吗？我就靠你的了。你可要帮我想想办法喔。"

陈无偏说："办法不是没有，不过是要花脑筋去想的，你要给我点时间才行！"

汪保长像伪保长见了皇军似的直点头哈腰："没事，没事，只要陈医生你帮我想出办法，这个没事。"

陈无偏说："现在到处都在抓壮丁，只怕我也被抓跑了，想帮你也帮不成了。"

汪保长拍拍陈无偏的肩膀："只要兄弟我能说得上话，这个不是问题！"

陈无偏马上拱拱手："那就多谢汪保长了！"

汪保长说："听说你们村的黄守财活生生地宰过日本仔？"

陈无偏听了，眉头一扬："是呀！保长你也知道？"

汪保长说："知道，好多人都这么说。哈！这样的人弄去打仗还是挺合适的喔。"

陈无偏说："汪保长，你这个想法就不够周全了。黄守财这个人是个刺头，又恶又蛮又认死理。如果他知道是因为你而被抓去当壮丁的，他只要不死，他这辈子就缠住你了。"

汪保长一听，那张脸立即吊了下来。

从汪保长家里回来，陈无偏特意绕道到黄守财的打铁铺去，把刚才的事告诉了他。

黄守财吃了一惊。他问道："汪保长真的这样问你？"

"真的！"

"你真的跟他说了这些话？"

"我骗你干什么？"

"那他不会抓我当壮丁了吧？"

"最近应该不会！"

黄守财很高兴，他双手抓住陈无偏的手，说："大哥，好兄弟，够朋友！啊！我又有一个好消息告诉你。"

"什么好消息？"

"解放军过长江了！"

"喔！又是那个共产党讲的？嘿嘿！那就是真的了！好快啊！"

黄守财笑道："真是好消息啊！几巧，今天有人找我打农具了，是邻村的。我好久没有开过打铁炉了。你说是好消息吗？"

陈无偏说："好消息。好消息！"

黄守财说："我先去赶赶工。有空我们继续聊！"

强仔家没柴烧了，他出村去砍担柴回来。他看见刘天赐去市桥卖担柴火都回不来，听见张泉讲市桥里保安队和伤兵打了起来，心里很是害怕。他不敢走远，只在附近的小山头兜了个圈。兜了半个上午，总算砍到了一担柴火，便急急脚地回来了。

当他路过邻近的庞边村的时候，发现村里有许多穿黄衣服的军人，同时听见了许多男人的叫骂声和女人、小孩的嚎哭声，知道是来抓壮丁了。

他吓得柴火也不要了，扔下肩上的柴担子撒腿就跑。

跑回到金窝村时，他已上气不接下气，见了人，只断断续续地说："来了……来了……"

人们听了，问道："看把你急的，谁来了？"

"抓壮丁的来了！"

"啊！"

"已经到庞边村了，正在那里抓人！"

"哇！"男人们听见了，赶紧就跑。

许多男人跑了之后，感到光自己跑还不行，又掉回头来，拉着女人孩子一起跑。

一会儿，全村的青壮年男女和小孩子都跑光了，剩下的只是些老人。后来这些老人觉得那些兵来了，抓住他们向他们要人也难办，想想不是办法，也蹒跚地跟在后面跑了。

他们出了村后，远远地看见庞边村的方向有不少人影，知道强仔说的不假，便在野地里老老实实地待着，一直待到夜幕降临，大家才陆陆续续地返回村里。

在回村的路上，黄守财遇上了陈无偏。他说："大哥，你说搞笑不搞笑？"

陈无偏不知道他想说什么，于是问道："搞笑什么？"

黄守财说："过去日本仔在的时候，我们跑日本仔。现在抗战胜利了，我们反倒要跑国民党了！丢那妈！"

1949 年 4 月 20 日晚，人民解放军奉党中央、毛主席的命令，西起湖口，东至江阴，在长达一千余华里的大江之上，以百万之师，乘万船强渡，冒着国民党反动派的枪林弹雨，突破长江天堑，向南挺进，解放全中国。自挨了辽沈、淮海、平津三大战役的沉重打击，蒋介石的军队像丢了魂似的，一点胆气都没有，看见了解放军的影子就跑。

8 月下旬，叶剑英到达江西。中共中央决定，组成以叶剑英为第一书记、张云逸为第二书记、方方为第三书记的中共中央华南分局。9 月 7 日，叶剑英在赣州召开了华南分局作战会议，与方方、陈赓、邓华等一起商议解放华南的问题。会后，解放大军分左、中、右三路，在华南人民武装及广大群众的紧密配合下，越五岭，过梅关，直指广州。

人民解放军摧垮了敌人设在广州外围的三道防线，包围了广州城。

广州守敌闻风而逃。解放军到达佛岗之后，一路小跑进入广州城。在解放军未越五岭过梅关的时候，有钱的人便都往香港地区跑了。

黄守财问陈无偏："你不跑？"

陈无偏说："我又没钱，我跑什么？再说我在植地庄跟共产党打过日本仔，我觉得他们也几好呀！所以我不跑。"

省城的上空飘扬起鲜艳的五星红旗。

十七

解放了！

番禺是人民解放军粤赣湘边纵队独立第一、第三、第四团解放的。

这支部队渡过珠江后，立即进入三角洲，相继解放了番禺、大良、容奇，解决了敌人两个保安营及整编第一游击纵队共二千四百余人。

市桥的居民第二天醒来，发现这个世界好像不太一样了。他们首先感觉到这个世界很宁静，宁静得好像暴风雨过后的天空一样。

早起的人们开门出去，看见不少士兵背着背包，搂着枪杆坐靠在自家的墙根下睡觉。

他们没见过这种情景，非常惊讶又不知如何是好，便马上悄悄地退回屋里，轻轻地把门关好。

到天光大白的时候，街上响起了"沙沙沙沙"的脚步声。他们又陆陆续续地小心翼翼地把门拉开，探头探脑地往外打探情况，看见街上来回走动的都是兵。这些兵穿的衣服他们从来没见过，只觉得和过去看见的国民党兵穿的不一样。

这些兵看见有人开门了，便主动上前跟居民们说话，这些兵讲的是"捞话"。解放前南方人不会说国语（"普通话"的旧称，1956 年改称"普通话"），也听不懂国语。他们把北方人讲的话叫"捞话"，把北方人喊作"捞兄佬"。

这些兵走上来和他们说的话，他们一句也听不懂。通过比比画画，他们勉强明白了是向他们借扫把和垃圾篓。

他们不认识解放军，内心里对解放军怀着一股又敬又畏的心情。现在知道解放军要向他们借东西，都二话不说，转身就回屋里拿。

解放军借到这些扫把、垃圾篓，用来扫街扫巷，给市桥打扫卫生。因为是全体出动，人多心齐，只用小半天时间，便把市桥打扫得干干净净。

打扫完卫生，这些解放军便把借来的扫把、垃圾篓归还给老百姓，谁去借谁的，谁去还谁，一件不错一件不漏。

市桥的民众看见大街小巷被打扫得干干净净，而自己被借去的东西又能如数归还，完璧归赵，第一时间便对解放军产生好感。

打扫完卫生之后，解放军中的女兵们便在街头唱歌：

"没有共产党，就没有新中国——"

"解放区的天，是明朗的天——"

······

歌声引来了无数女人小孩在旁边围观。女兵们唱了一会儿，便教围观的女人小孩唱这些歌曲。

没几天，市桥的大街小巷，便有人在哼这些旋律了。

解放军的军管部门强令没有逃跑的国民党伪职人员和社会上的黑恶势力，到指定地点登记，并限制他们的人身自由，组织他们学习共产党的政策文件，要求他们悔过自新。

连如此不可一世的蒋介石军队都被打败了，试问谁不怕解放军？所以这些人都老老实实。奸商们也老老实实，不敢囤积居奇，哄抬物价。市面物价大幅回落，深得百姓拥护。这个时候，社会上的许多人都害怕解放军，但又发现这些解放军并不恶。他们对人和气，严守纪律，和过去国民党的军爷及伤兵相比，实在是天上地下。

可是大家还是怕解放军。解放军的军管部门要求各行各业发展生产，繁荣经济。工商界在过去的萧条中，几乎被憋死了，现在市道变好了，解放军又要求发展生产，繁荣经济，于是都鼓足了劲儿干一场。军管部门又要求各街各巷成立居民小组取代过去的保甲，并组织居民们读报学习。大家都积极参加，服从管理，社会秩序因之井井有条。

金窝村也焕发出一番新气象。

市面上物价回落而且平稳，首先得益的是农民。他们为之深深地透了一口气。

社会上治安变好了，首先得益的仍然是农民。农民在旧社会里是最底层的弱势群体，谁也不保护他们，他们只好自己习武自保。现在解放军来了，社会太平了，他们出去干活，再也不用提心吊胆了。

市面上买卖公平了，首先得益的仍然是农民。过去的大斗进小斗出，巧取豪夺，最终遭受欺凌的还是农民。现在解放军来了，谁还搞这一套，他不要命了？

农民们心里踏实，心情高兴，干起活来就有劲了。解放军经常派工作组下来，教大家唱"没有共产党，就没有新中国— "，"解放区的天，是明朗的天——"

……

金窝村的村民本来就缺乏文化娱乐，听说解放军来教唱歌，男女老幼都主动围上来跟着唱。

解放军的工作组又发动大家诉苦，控诉旧社会的罪恶。

金窝村的村名叫"金窝"，可这几年却是苦透了。谁的肚里没有一腔子苦水？可是过去谁听你倒苦水？有钱人嫌你吵耳，穷人们本来自己的一肚子苦水已无处可倒，又揾食艰难，因为谁都苦，谁都自顾不暇，哪有心思听你的？

现在不同了。现在解放军要听，还边听边拿着钢笔做笔记。

所以，大家来了精神，经过了简单的酝酿，便有碗数碗，有碟数碟，竹筒倒豆子，各自把自己心里头的苦水都倒了出来。

你讲完了，我又讲，争先恐后。生怕没了自己讲话的时间。有的人讲到动情之处，竟声泪俱下，哭爹叫娘。经过了这一番控诉，许多村民都感到心头清爽了许多。解放军给了我们一个机会，让我们诉诉心中的苦，他们还认认真真地听，真是我们的知心人。

陈无偏也在会上积极发言。他控诉万恶的日本鬼子的滔天罪行。当讲到在南京城头，他拖着个啥事不懂的儿子同自己的爱妻生离死别的时候，抑制不住声泪俱下，肝肠欲断。

这时候的陈抗日，已经是个十二岁的少年，他懂事了。他从父亲的控诉中，系统地明白了自己的血泪史。他惊讶地发现，原来自己是这样过来的！

张倩什么都没讲，她只是哭。她觉得她的苦讲不出口。就让它沤烂在心里吧！

回到家里，陈无偏还心潮起伏，百感交集。

他说："我发现这些解放军，好像过去看见过的广游二支队的人，可贴心了。当年如果不是记挂着儿子，我就跟他们走了。"

张倩什么都不说，她只是在哭。

陈无偏明白她。他拍拍她的肩膀，说："你很苦，我明白。我们总算熬到头了。我们以后一定会很好的。"

解放军工作组还发动大家选出苦大仇深的人当农会主席，替代过去的保甲制度。

说起金窝村苦大仇深的人，当推陈无偏了。他的老婆寿玉被日本仔逼死在南京城头，自己父子俩讨饭逃了回来，差点连命都没了。他不苦大仇深，谁苦大仇深？

陈无偏听到大家要选他当农会主席，立即摆手兼摇头。

过去他立志以医报国，不惜携妻带子，直奔南京城下去为抗日将士效劳。过去他冒死偷越日寇的封锁线，前往植地庄为共产党的抗日英雄治病，还和日本仔打过一仗。在战斗中他曾经想跟随他们去抗日。那时候是国难当头，他一心想着打日本仔，其他已顾不了那么多了。现在日本仔投降了，国民党又跑了，共产党代表人民坐江山了，过和平的日子了，他要想想他的事了。他祖上几代行医，他的先祖有个承传压在他的肩上。他要把他的家学发扬光大，承传下去。

如果做了那个农会主席，他还怎么给人看病，还有时间研习他的家学，还有时间将他的家学传道下去吗？所以他死活不肯，坚辞不受。

解放军工作组看见他这个态度，也不好勉强，于是再选下去。

大家觉得黄守财为人热心，敢于出头，当个农会主席也是合适的，于是提出选他。

黄守财当然高兴，他半推半就地答应了。

此后，金窝村的村民在黄主席的领导下，在解放军工作组的指导下，各项工作很快地开展起来。

刘天赐失踪之后，他的老婆和他的母亲每日以泪洗面，哭呀哭呀叫人听了心酸。

一日，刘天赐回来了。

全村父老乡亲知道了，都跑去看他。这刘天赐瘦了不说，皮肤也黑了。听他说，他真的被拉去当壮丁了，是国民党整编第一游击纵队急于招兵买马来抓的。

刘天赐想起自己家中有老有小，怎会依他？兵爷们用条拇指般粗的麻绳往他的脖子上一套，像猎人套狼一般套住他，然后把他捆了。他挑来的柴火被弄得散落一地。等抓够了人数之后，兵爷们将他们塞进一条大盆艇里，然后用一条"湿底"（用蒸汽机作动力的小火轮）拖着向广州驶去。

刘天赐下到大盆艇的船舱之后，暗暗地蹭剐麻绳的绳结。终于让他把麻绳剐断了。

船过海鸥岛的时候，天色黑了。刘天赐突然爬起来，往河里一跳。兵爷们发现有人跳河，急急忙忙地往河里打枪。刘天赐的水性极好。他跳下河后立即潜回船底，然后摸到船尾，露出颗脑袋悄悄地透气。等兵爷们打够了，他才放开手游离大盆艇，向岸边游去。他知道国民党会来追他，于是不敢回家，在河里帮艇家拉纤混碗饭吃。他老婆、母亲看见他回来了，才收住哭声，但是人已哭瘦两圈了。

解放之后，新中国百废俱兴。翻了身的中国老百姓也百病待治。过去大家糊口都难，有点病痛能忍则忍。现在肚皮的问题初步有了个着落，人们马上想到的便是要修理修理自己了。

近来村民们跑陈氏医馆比过去勤多了。慢慢地，邻村的人也来了。后来，市桥、沙湾、榄核、鱼窝头、钟村、大石、南村、新造、化龙、石碁、石楼都有人来了。再后来，顺德、东莞乃至广州也有人来了。

医馆里门庭若市，做到了陈无偏拨手不开。陈无偏从来都是以给人治病为己任的，他一直盼望着能有今天。

张倩从自身的治病中，早已领略到老公医术的高超，但门庭的熙攘，却是第一次看到。她从心底里感到无比的光彩和自豪。她进进出出地招呼客人，又为陈无偏帮这做那，又要照顾马骝仔，又要煮好那两餐，忙得团团转。但她只感到兴奋，不感到疲倦。

晚上，陈无偏问她："累不累？"

她说："不累！"

陈无偏说："那么忙，你还不觉得累？"

张倩说："心里高兴，就把累都忘记了。"后面的话，她不说了。她看见她的丈夫口碑那么好，得到大众的如此信赖，发觉当初嫁给他，真没嫁错！

黄守财的生意也非常好。木炭的价格降下来了。来打农具的人也日益增多，他一天到晚地拉风箱、抢铁锤都忙不过来。

他跑去向解放军工作组说，他不干那农会主席了，请另选高明吧！

工作组也不勉强他，于是开会再选。

村民们经过酝酿，发现刘天赐不错，又年轻，身体又好，又识字，又苦大仇深，于是要选他做农会主席。

刘天赐没说什么，既然大家相信自己，做就做吧！

这时，美帝国主义侵略朝鲜，把战火烧到了鸭绿江边。毛主席发出了抗美援朝的号令，全国军民闻风而动，立即掀起了抗美援朝热潮。

金窝村的村民在农会主席刘天赐的领导下，也掀起了轰轰烈烈的抗美援朝的热潮。

刘天赐会写会画，在村里的屋墙上，用石灰水写满了抗美援朝的大字标语，又出墙报，画漫画，揭露美帝国主义侵略朝鲜进而侵略中国的阴谋，把金窝村的抗美援朝宣传搞得有声有色。

这个活动进行下去就是捐献飞机大炮。民众听到毛主席的儿子都去了朝鲜当志愿军，那热情就更加高涨了。

十八

陈抗日像村边的一棵苦楝树，在人们的不经意中悄悄地长大了。

在中国人民火热的抗美援朝氛围中，他已长成了个十三岁的少年。他已经什么事都明白了。他明白美国佬是坏的，他们侵略朝鲜，目的是为了侵略中国。他明白志愿军是好的，为了保家卫国，到朝鲜跟美国佬打仗。这场仗打得很艰苦，在冰天雪地里，志愿军一把炒面一把雪，在朝鲜顽强地坚持下去，英勇地消灭敌人。

他念小学六年级了。读书之余，他也积极地投身到抗美援朝的活动中去。

他在学校参与出墙报、黑板报啦，募捐为志愿军捐献飞机大炮啦。虽然他喜欢参加一些课外活动，但总是默不作声，人家做什么，他就跟在后头做什么，不言不笑。他对他周边的人，不会跟谁不好，也不会跟谁太好。他对谁都保持一段距离，包括他的老爸。

陈无偏也烦恼。他是村民心中的神医。俗话说药医不死病，佛渡有缘人。在村民的心中，只要不是命中注定要死的病，他都能治好。他自己当然不敢说这个大话，但却有这个胆气。可是他发现，他就是治不了他儿子的这个"病"！

他觉得他儿子这个性情，或者说性格不好，长大了不易融入社会，对他的谋生，对他的发展很有害处。可是怎么才能解决这个问题呢？他尝试过种种办法，但都解决不了问题。他很烦！

马骝仔陈和平也渐渐地长大了，今年已经五岁了。虽在少吃少喝的战乱年月，可是他却长得结结实实的，足见张倩在他身上下了许多的功夫。

张倩知道自己没得生，就把马骝仔陈和平视如己出。她不吃也要让给马骝仔陈和平吃，而且还尽量地让他吃饱吃好，绝不让他挨饿。她即使自己穿补丁加补丁的衣裳，也要让马骝仔陈和平穿得整齐干净，她的这份心思，别人可能不知道，甚至马骝仔陈和平可能也不知道。可是陈无偏是知道的。他很明白她的苦衷。她已经没有生育的能力了，可是她的母爱需要释放。现在在她的心目中，马骝仔陈和平已不是个小日本仔，而是她的儿子。她疼他爱他，完全没有敌对的界限。她的心思陈抗日也知道。

而陈抗日最不喜欢的、最不愿意接受的，恰恰就是这一点。他清楚地知道这个马骝仔陈和平就是个百分之百的日本仔。他的亲妈妈就是日本仔害死的，而且死得好惨！他的名字就叫抗日，是命中注定要对付日本仔，打击日本仔，消灭日本仔。如今令他哭笑不得的是，他恨之入骨的日本仔竟生活在他的身边，生活在他的家里，他怎么也接受不了这个现实。

他在一旁冷眼看着他。他在心中曾经无数次推演过怎么解决这个王八蛋——悄悄地把他推到井里淹死他，或者悄悄地掐死他，或者……

因为他发现他的老爸对这个王八蛋日本仔也是很好的，他想过如果他弄死了这个王八蛋日本仔，不知道他自己的老爸会怎么样。为了这点，他连他的老爸也疏远，也憎恨了。

他也想过，不弄死这个王八蛋，也要把他弄到个偏僻的地方，狠狠地把他打一顿。但想到自己长他八岁，以大欺小，也不是好汉所为。所以，他一直没有动作。

有时候，他会平心而论，如果没有这个死日本仔，他可能会接受这个后妈的，毕竟她对他还比较好，从来没有打骂过他，甚至从未给过脸色他看过。

广游二支队回来了。

一天，大生带着阿珠和他们的子女虾头、虾女来金窝村看望陈无偏，顺便请陈无偏给他的家人看看病。

大生穿着一身鲜亮的解放军的军服。他告诉陈无偏，广游二支队回来了。广游二支队不叫广游二支队这个名号了，而叫解放军了。广游二支队本来就是共产党领导的革命队伍。

陈无偏笑着直点头："知道，知道！"

阿珠看见大家都很高兴，更在旁边助兴地说："哟！陈先生已经知道了，陈先生真了不起！"

陈无偏在兴头上，说话也无拘无束。他说："当年我还跟广游二支队去打过仗呢！"

大生和阿珠当年或多或少都听过一些，但在场的人第一次听到，无不表示惊异，都用半信半疑的目光看着他。

陈无偏见大家不信，便说："当年广游二支队驻扎在植地庄。队上有个领导，腹部起了个包，疼痛难忍，派了个叫万钧的人，来请我去看病。我把我的儿子抗日交给我的兄弟，就是打铁的黄老板，请他照料着，我就跟着万钧去了。到了植地庄，我给这领导看了病，才有点好转，日本仔就来围剿植地庄了。那天，天才麻麻亮，两边就开打了。我领了十几颗手榴弹，跟在卫国尧大队长后面，一路突围，一路向日本仔扔手榴弹。我从小习武，又喜欢扔石头打鸟，所以我扔出去的手榴弹又远又准，炸倒了不少日本仔……"

陈无偏见大家不太相信，便说："卫国尧大队长最清楚了，不信，你们可以去问他。"

大生沉痛地说："卫国尧同志光荣牺牲了。"

陈无偏吃了一惊，他非常惋惜地说："哎呀！那么有为的一个年轻人，真可惜！"

他突然想起自己正说着的话题，马上接着说："虽然卫国尧大队长光荣牺牲了，但带我去植地庄的万钧，是知道这件事的。我们村去参加广游二支队的大头虾夏汉生和二姑娘也知道这件事的。"

大生听到这里，不禁笑道："不用查了，我们当然相信陈先生说的是真的。"

陈无偏看见大生那么理解他，心里头非常高兴。他说："当时，如果不是想到我抗日没人带，我就跟他们去了。"

陈抗日站在一边听着大人讲话，听得心里扑扑乱跳。老爸打过日本仔，他过去似乎听过一些，但由于过去年纪小，不太入耳，现在再听起，觉得异常动人心魄。

　　陈无偏继续说："那时候，日本仔太多了，武器又好，打着打着，我们这边就支持不住了。卫国尧知道我鸡公带崽，要我马上离开战场回家去。我不回。我要和他们一道坚持到底。这卫大队长趁我不备，一掌把我推下山崖。我才不得已地离开了战场。"

　　阿珠插话说："如果你不走，坚持到现在，你就是老革命了。"

　　陈无偏说："我不管什么老革命不老革命，我就想打日本仔。这冚家铲日本仔把我们害得太苦了……"

　　陈抗日在旁边听得一愣一愣的。

　　他不由得正眼定定地望着他的老爸。老爸是非常憎恨日本仔的啊！可是他为什么又对我们家那个日本仔那么好呢？

　　陈抗日在默默地盘算着的时候，他听见来他家做客的那个阿姨说道："陈先生，你真痛恨日本仔，这些死日本仔也确实叫人痛恨。你看，我们寿玉姐好端端的，人品又好，长相又好，性格又好，几有人缘儿，可是就让这些冚家铲害死了——"

　　她突然发现旁边坐着张倩，知道走了嘴，她马上向张倩道个不是："陈师奶，真不好意思，真不好意思。我一时失口，在你面前说起了寿玉姐，你不会记怪我吧。我不是故意的。"

　　在旁边的大生也数落老婆说："你这家伙就是猪乸嚼螺壳，贪口爽。"

　　这时，陈抗日也赶紧看向张倩。

　　只见张倩脸庞红红的，她连忙说道："不会的，不会的！我们平时在家里也经常叨念着寿玉姐的。我也见过寿玉姐，现在脑子里的印象还很深刻。寿玉姐真是个难得的人物。日本仔把她害死了，真是极大的罪过。这更苦了我们抗日和他的爸……"

　　阿珠知道自己刚才说漏了嘴，赶快圆场说："哎哟，你看我们陈师奶几开通，几贤惠。陈师奶，我之前也听过你的好名声。可今日相见，真是百闻不如一见了。陈先生，你失去了寿玉姐，那是你的最大痛苦，可是得了现在的这位师奶，也是你莫大的福气喔!"

大生怕他老婆再讲漏嘴，马上起身道:"时间不早了，我们打扰陈先生也太久了，我们该回去了。"

陈无偏挽留说:"我们是老朋友了。寿玉在的时候，你们经常在我们家吃吃饭，现在那么久没见面了，不吃顿饭就走，寿玉知道了也要见怪的。"

大生听见陈无偏那么说，赶快坐了下来。

阿珠说:"陈先生说的对，陈先生说的对。阿生，你去菜市去买菜，我和陈师奶下厨，我们要好好叙叙!"

听了来做客的叔叔阿姨和老爸的聊天，陈抗日发现自己对老爸也有了更多的理解。老爸吃了那么多的苦，带着自己死里逃生，他不可能不憎恨日本仔。可是后母就不同了。她没有受过那个苦。她不知道日本仔是什么东西，所以他就向着我们家的那个小日本仔，把那个小王八蛋当成宝贝。这叫他恨得不得了。常言道爱屋及乌，其实恨鼠也会及窟的。他看不惯家里那个小日本仔，自然就连护着他的那个后母也看不惯了。

从学校放学回来，陈无偏什么都不让他做，就是要他背书，要他从《医学三字经》开始，一直背，要把《黄帝内经》《难经》《伤寒论》《金匮要略》等经典背得滚瓜烂熟。自己当初是怎么背的，也要他怎么背。

陈抗日夹着本书，跑到了屋旮旯里去背他的书去了。不吭不气，一点声音也没有，也不知道他真的背了没有。

饭菜做好了，张倩去喊他吃饭，他也爱搭不理的，好像要用轿子抬才肯出来。

陈无偏看了心里很烦。这家伙到底是怎么回事，这样下去可真是问题喔!他想，这家伙小时候不是这样的。当然，他小时候就很古肃，很内向。唉!他从小就吃了那么多的苦。这些苦把他的心逼得内向了。渐渐地，他发现这家伙不仅古肃，而且还有些古怪。小时候他亲爸爸，爱爸爸，依靠爸爸，即使不愿意和别人说话，可是对自己的老爸却是有很多话说的。而现在对自己的爸爸也疏远了，有话都不愿说了。这不很怪吗？

他细细想来，这变化应该是从张倩入门之后开始的。

可是张倩对他已经是非常好的了，在我们村里，在我们的亲戚朋友里，有这样当后母的吗？这家伙想什么，你不是身在福中不知福吗？

晚上睡觉的时候，张倩默默地侧过一边不作声。

陈无偏问她："怎么啦？"

张倩叹了一口气，没有出声。

陈无偏见状，心里很不安。他用肘子轻轻地顶顶她，又问道："你怎么啦？生我的气？"

张倩倔头倔脑地说："不敢！"

陈无偏说："你看你看，这口气明显就是生我的气嘛！老婆大人，我可没得罪过你喔！这是怎么回事？"

张倩不搭他的茬。她身子一翻，把个背脊向着他。

十九

陈无偏的心越捣鼓越不踏实：这又怎么啦？好像嫌我不够烦似的！

当晚他问不出个名堂，第二天他就继续问。

张倩被他问烦了，说道："你这不是给我添烦吗？"

嗤！我本来就够烦的了，她还说我给她添烦……不过也好，你终于开口了！陈无偏说："我不是给你添烦，我哪敢给你添烦呢？我知道你很烦，我想给你解解烦。你有什么烦恼给我讲讲，看我能不能帮到你，好不好？"

张倩叹了一口气："我命不好。我命不好，你都能帮得了我吗？"

陈无偏听了，也跟着长长地叹了一口气："要说烦，其实最烦的是我。好端端的，为什么又突然想起命不好了呢？依我看，你的命非常好，好到不得了。你嫁了我这么一个这样爱你这样疼你的老公，你的命有哪一点不好呢？"

张倩被他说得热辣辣的。

陈无偏说的也不假。嫁给他这样一个又有本事又一表斯文又忠厚老实的老公，这辈子也不枉了。还求什么呢？于是她说道："好了，好了，不说了，不说了，你就当我什么都没有说过好了。"

陈无偏一脸正经地说："那不行。我们是夫妻。我们应该心心相印。而你这明明有事，却欲言又止，说一半咽一半的。我可受不了啊！"

张倩急了："你就当我什么都没有说过，这不就得了吗！"

陈无偏说："不行！"

张倩为难了："你叫我怎么说呢？"

张倩越是这么说，陈无偏心里就越是不踏实：不会有什么事吧？好好歹歹也快半辈子了。以前吃过了那么多的苦，受过了那么多的罪，好不容易才熬到了今天，怎么又冒出了个"命不好"的问题。千万不要越怕折腾越折腾啊！

陈无偏说："事情是怎么样的，就怎么说吧。你直叹你命不好，我就想，你说说你的命到底哪里不好！"

张倩又叹了一口气："你叫我怎么说呢？"

陈无偏说："是什么就说什么，你照直说好了。"

张倩迟疑了一下，说："人家都是前头婆的孩子怕后母，我是掉转过来了。我做后母的，却怕前头婆的孩子。你说，我是不是命不好呀？"

这话一下戳中了陈无偏的心病。他一时无言以对。

张倩继续说："先生，你也有眼看了。我自己也扪心自问：我自从进了这个家，我对抗日是没说的吧。我进这个家门的时候，他也才五岁。我爱他疼他，处处把他当自己的亲生儿子来对待。这不是我自己说的啰，你也有眼看的啰。可是他呢？他是一颗蛋，我也把它捂出一只小鸡了。可是，他就像一块捂不暖的石头。现在越来越那个。好像他天生是要和我作对似的。先生，你叫我怎么办啊……"她说着，

123

眼睛一酸，马上伸高袖子揩了揩眼角。

陈无偏听了这话，真坐不住了。

他恨恨地说："这小兔崽子，我非狠狠地揍他一顿不可！"

张倩一听，立即急了起来："你这样就不好了，你这样，等于害了我。我之所以不肯跟你讲，就是怕这个。你以为打他一顿，就能解决问题了吗？不是的。你越是打他，他就越是恨我。这样，你不是害了我吗？"

"那怎么办呢？"

"你想想办法嘛。你是我们家的大男人喔，你是他的老爸喔！"

长到了五岁大的马骝仔陈和平也是个调皮捣蛋的家伙。他的性格和陈抗日截然不同。

陈抗日生于忧患之中，从小就吃了许许多多的苦，所以显得忧郁和内向。马骝仔陈和平从小就得着张倩、陈无偏，特别是张倩的疼爱，没受过饥，没挨过饿，没吃过苦。他是 1945 年日本投降时出生并来到陈家的。那时，中国人民的苦难已经结束，即使灾荒年月也是短暂的，而且有他的妈妈张倩替他扛着，他基本没有受过什么苦。张倩可是真真正正地把他当作自己的儿子看待的。特别是在陈抗日和她怄气的时候，她更觉得马骝仔陈和平是她心中的慰藉。所以，她宁愿自己不吃，也要让他吃；宁愿自己不穿，也要让他穿。她爱他疼他，处处小心呵护他，尽量营造出一个快乐美满的环境让他好好成长。因为马骝仔陈和平的成长环境相对比较好，所以性格也比较开朗外向。他什么都爱问问，什么都爱看看，什么都爱动动，甚至还经常爱搞点恶作剧，来表现表现自己。

全村的人都知道马骝仔陈和平是个日本仔，唯独他自己不知道。而且他也不知道日本仔是什么。他好像一只在老母鸡的羽翼里伸颗脑袋出来探头探脑东张西望的小鸡崽。在张倩的疼爱和呵护下，他只知道吃，只知道玩，只知道找机会做点小坏事。

村里的大人都喜欢撩拨撩拨他，在无人在旁的时候喜欢骂他几句，过过咒骂日本仔的干瘾。村里的小孩则喜欢整蛊他，从整蛊中寻乐子。大一点的小孩还喜欢打他。他们知道日本仔侵略过中国，他们打打他，为他们被日本仔害死的先人报报仇、出出气。

每逢遇到这种情况，陈抗日都喜欢站在旁边幸灾乐祸地看热闹。

他想，我早就想揍他一顿出出气了，又怕自己的老爸和后母不喜欢。现在有人来打他，那不是正好帮了自己出气吗？

又到了炎夏时节。蝉鸣荔熟，大地无风。荒野一碧，稻田泛黄。

学校休礼拜，陈抗日不用上学，待在家里。陈无偏不要他做家务，只要他抓住闲暇，多背医书。

于是，陈抗日夹起一卷医书，躲进了屋旁的荔枝林里。

他爬上荔枝树，顺手摘了只荔枝放进嘴里，用牙齿剥开荔枝皮，然后将雪白的荔枝肉含在口中慢慢地嚼着。番禺的荔枝个大味甜，叫人一吃就停不了口。

陈抗日一连嚼了十几颗，便甜得犯困了。他才把书本打开，懒洋洋地背起来。才背了小半天，就感到有点累了，他打了个哈欠，便想找个地方打瞌睡。

他正想跳下树来，找地方睡个觉，却发现有个小孩走到树林边。他定睛一看，这个小孩不是别人，正是他最讨厌的小日本仔陈和平。

他也想来偷荔枝吃？陈抗日不往下跳了，他要看看这小日本仔到底想干什么？他的困意一时间消退了。

他死死地盯着这个小日本仔。如果他偷荔枝吃，我就教训教训他，这样老豆和后母即使知道了也没话说。他在树上死死地盯着。他发现这家伙手里拖着一根竹竿，眼睛往树上东张西望。

陈抗日发现这家伙的竹竿的上端插有一圈竹篾。竹篾圈里粘有厚厚的一层蜘蛛网。原来这家伙是来捕蝉的。

这本来是乡间十来岁的男孩子的一种玩法。他们用竹竿在末端上插上一圈竹篾，然后到屋前屋后的瓦檐下捞蜘蛛网。捞到了一定的厚度，然后拿到荔枝林里粘鸣蝉。眼睛好手脚麻利的，不用小半天就可捕到十几二十只，把它装进小布袋里走村串户，不时地用手往小布袋上轻轻拍拍，小布袋里的蝉儿叫得震天价响，令路人侧目。玩够了还可以拿它来烧着吃，那味道比烧猪肉还要鲜美。不想这小王八蛋也会玩这个！

陈抗日不跳下来了，他要看看这小王八蛋的手势怎么样。马骝仔陈和平拖着根竹竿仰起头来寻着蝉声东张西望，他果然看见了一只蝉虫，于是悄悄地递高竹竿，慢慢地向蝉虫接近，到一定的距离，他猛地往前一按，果然把那蝉虫粘住了。

陈抗日看了心里很不舒服。他是坏人。即使不算坏人，也是坏人的崽子。他应该什么都倒霉才对，怎么会有那么好彩的呢？这老天太不公平了。陈抗日还坐在树上盯着马骝仔陈和平。这陈和平手气也好，不一会儿就捕得了三四只。

陈抗日越看越坐不住。他恨不得跳下来，冲过去，把那个小王八蛋的小布袋解开，把里面的蝉虫统统地放走。

就在这个时候，前面的阡陌上走来了几个十二三岁的小男孩，他们看见马骝仔陈和平在捕蝉。捕获到的蝉儿在小布袋里吱吱地直叫，挺撩人的。

当中有个小男孩说："咦！这小日本仔也学我们捕蝉呀？"

"喔，已经捕到了好几个喔！"

"这家伙怎么手气那么好！"

"是呀，我们转了小半天，一只也没有捕着。"

这时，有个小男孩对陈和平说："喂！小日本仔，把你捕到的蝉给我们！"

这男孩未等陈和平表态，就动手来拿了。陈和平不是蠢人，他当然不干。

"你给不给？"

"不给！"

陈和平双手护着他那装有蝉虫的小布袋渐渐后退。袋里的蝉虫被他的手触动，没命般叫着。

陈和平向着这群年纪比他大的小男孩大声喊道："你们欺负我！"

"嘿！这家伙恶人先告状，你们日本仔侵略我们中国的时候，怎么不说欺负我们中国呢？"

其他小男孩觉得这话有理，也跟着嚷道："是呀，王八蛋！"

"打倒日本帝国主义！"

陈和平惊惶地看着他们。

"你给不给？"

陈和平在家里一直受宠，一直得着他妈妈张倩的呵护。他自幼任性，没受谁欺负过，现在有人欺负他，他就是不从。

这些小男孩见他不给，有人就说："抢他的！"

"对，抢他的！"

坐在荔枝树上的陈抗日看到这情景，心里畅快极了，大有荡气回肠的感觉。这帮小男孩真帮他出了一口恶气。可不是吗？日本仔侵略了我们中国，这个账跟他们八辈子也算不完。现在这小日本仔还在我们这里搞这搞那的，是要修理修理他才对。

他按捺不住，"嘭"地从荔枝树上跳下来。他很想加入这惩罚小日本仔的行列。

这群小男孩正想抢马骝仔陈和平小布袋里的蝉虫，突然从树上跳下一个人来，把他们吓了一大跳。在他们惊魂未定的当儿，却看清从树上跳下来的那个人是陈抗日。

这陈抗日竟笑嘻嘻地竖起一只大拇指在夸奖他们。他们心里踏实了，所以更有恃无恐，放胆去抢陈和平的东西。

陈和平哪肯善罢甘休，他死死地护住自己的小布袋，拼命地大叫："你们欺负我，你们欺负我。妈妈——"

在屋里干活的张倩听见陈和平的呼喊，赶紧从屋里跑出来。她看见同村的几个小男孩正在抢陈和平的东西。她喝道："你们想干什么？"

这群小男孩看见有大人来了，刹那间作鸟兽散，不见了。只有陈抗日很不情愿地站在那里。

此时的陈抗日是很想整蛊整蛊这小日本仔，出出自己心中那口恶气的。不想杀出个程咬金，让这出好戏不能演成。

陈抗日心想：反正就是这家伙不好。不是因为她，这个小日本仔有那么"抖"吗？

张倩看见陈抗日在场，却见"死"不救，心里很不高兴。她拉起陈和平，气鼓鼓地走了。

二十

陈抗日没跟着走。他不屑跟她走。他一个人呆呆地站在那里。

这时，刘天赐从屋旁的村路走过来。他斜背着解放军常背的一只旧挎包，风尘仆仆的样子。

他走到陈抗日跟前，伸手摸摸他的脑袋，说："抗日，你弟弟被人欺负了，你怎么站在一边看着，不去拉拉架呀？"

陈抗日看着刘天赐，心想："我弟弟？我哪有什么弟弟，那是日本仔！"他没有驳他，他知道他是村长。他不敢驳他，可是心里是不服的。

刘天赐看到了陈抗日倔强的眼神："你这小家伙还是挺犟的哩！"拍拍他的脑袋，急急忙忙地走了。

刘天赐这段时间确实很忙碌。上级最近部署了清匪反霸的工作。原来的广游二支队解放了番禺，立即又按照上级的部署清剿南禺大地上的残匪。各乡各村要支持配合解放军的工作，所以刘天赐近来忙得不可开交。

他刚从乡里开会回来，马上要回到村里安排工作，发动群众，所以他没跟陈抗日多说几句，就匆匆忙忙地走了。

陈抗日回到家里，发现家中的氛围有点不一样。

后母张倩吊着个脸，这是过去没有过的！

他知道，这和他今天的表现有关。这有什么?! 我就没帮到这死日本仔，我怎么的？犯了死罪？爸爸不在家。他知道爸爸回来了，也不会有好面色给他看的。爸爸还不是帮着她！陈抗日破罐子破摔了。我就是见死不救，我就是不愿帮这死日本仔，我看你们把我怎么办!

　　这些日子,陈抗日连老爸也恼了。他听到别人总夸老爸的本事,心里对老爸有了一阵好感,可是在家里一遇到令他心烦的事,他又立即怨恨起老爸来。总之,这段时间他心里一直没有舒服过。

　　这段时间他老爸也一直没有清闲过。解放了,人民心情舒畅,社会安定,生活逐渐好转,人们有钱有精力关心自己的身体了,来看病的就越来越多了。他不是在医馆里坐诊,就是应邀上病人家中出诊,忙得不可开交。同时他还要到村里开会。

　　陈无偏回来的时候,天已经黑了。

　　张倩马上开饭。陈抗日看见要开饭了,也不来帮帮手,到他老爸开口喊他时,他才懒洋洋地坐近饭桌边。

　　那时候难关已经过去了,不用吃糠咽菜了。陈家不仅餐餐吃上油软的香喷喷的白米饭,而且菜也比过去丰富多样。今天晚上的菜,是虾膏炒蕹菜和咸鱼炆矮瓜。

　　陈无偏也饿了,他看见桌上菜做得很对自己的胃口,于是飞象过河,夹了大大的一箸蕹菜进嘴里,腮帮一转,就把菜吞到肚子里去了。

　　陈无偏发现这蕹菜煮得嫩滑,而虾膏又下得适中,味道鲜美可口,于是夸奖张倩说:"老婆大人,今晚的菜,炒得很好喔!"

　　张倩没搭他的茬,只顾低着头大口大口地扒饭。

　　咦!这是怎么回事?陈无偏不禁正眼望着张倩。

　　他发现张倩的脸好像比往日长了一点儿,像一只没有成熟的青杧果。这是怎么回事?在孩子面前他不敢再说什么了。他也没心思去品尝另外那一碟咸鱼炆矮瓜的味道好不好了,只管大口大口地扒饭。

　　陈无偏三下五除二地填饱了肚子,马上就准备洗碗。他觉得张倩生他的气,可能是这段时间他做家务太少了。唉!这是工作。病人那么多,你不好好看完行吗?而且村里又天天通知去开会,你不去行吗?人在江湖,身不由己。女人就是眼浅,她们看不到这些。不去跟她们计较这个了,我主动去找点活干干,弥补弥补就是了。

　　他洗完碗后，想想觉得还不够，于是又抄起扫帚把屋厅和厨房都扫了一遍。

　　晚上睡觉的时候，他想亲热一下子，可是张倩还是吊着张脸，像个木头似的。

　　他忍不住了，说："老婆大人，我已经很累了。你心疼我一下行不行？"

　　张倩还是不作声。

　　陈无偏说："小姐，我扪心自问，我真没有得罪过你喔。你怎么一见我面就噘起张嘴来呢？我累得动也懒得动了，不想回来还得受气。这样搞法，我不是累死就是气死了……"

　　本来一直吊着张脸，像个木头似的张倩听到了这里，立即伸手捂住陈无偏的嘴巴。

　　陈无偏拨开她的手，说："你这是干什么，你想把我憋死是不是？"

　　张倩大声说："我不让你说'死'字！"

　　陈无偏看见张倩终于开口说话了，于是笑道："为什么？"

　　张倩说："不为什么。世界上那么多的字，为什么别的不说，偏偏要说这个！"

　　陈无偏说："烦得太难受了，俗话说，急不择言。就想到什么说什么啰！"

　　他见张倩又倔倔地站在那里不出声了，于是问道："我想知道你怎么生了我那么大的气。我这个人有个优点，就是知错即改。你就告诉我，让我知道我错在哪里，让我快点改正好不好？"

　　张倩没好气地说："我不知道，你去问你的宝贝儿子吧！"

　　又是我的宝贝儿子！陈无偏最烦的就是这个。他听了头皮都麻了。

　　他越来越深刻地发现，儿子和老婆是他迈不过的一道坎。他深深地感到他得罪不起老婆，同时也得罪不起儿子。在他们两个当中，你叫他站在哪一边，对他来说都是个两难的选择。

儿子一天一天地长大了，脾气也一天一天地犟了。老婆的好脾气也一天一天地消耗殆尽，不肯像以前那样迁就了。他两人较起劲来，陈无偏就发现自己被夹在中间，好不难受。

他也曾经很努力地解决过这个问题，可就是解决不了，好一阵子差一阵子，叫你烦不胜烦。

现在儿子一天天长大了，这样的较劲，以后肯定越来越多，不认真把它解决好，以后的日子怎么过啊！为了解决这个问题，他把这两个人排排队，决心将他们认真地琢磨透。

他认真地琢磨来琢磨去，发现张倩当初是很爱陈抗日的。她将就他，体贴他。自己也曾经为儿子遇着个那么好的后母而感到幸运。他想，问题不应该出在张倩的身上。

抗日这小子从小就由他带着。父子俩相依为命，形影不离。他从小就没有了母亲。他和老爸在一起不知吃了多少苦。陈无偏觉得他应该很了解他的儿子的，可是现在他却感到自己看不透儿子的肠肚。

这小子的心到底在想什么？他为什么那么倔？连老爸的话也不听，谁都不肯买账。

张倩是没得说的了，这样的后母试问去哪里找？真是身在福中不知福。抗日对我还算好一些，对张倩可真是死活不买账。这也难为张倩了。换作是我，很难忍到这个份上呀！他想：这问题应该出在儿子的身上。

他决心好好地解决儿子的问题。他要找儿子谈谈。

当张倩和马骝仔陈和平都不在场的时候，他问儿子说："抗日，你最近怎么啦？"

陈抗日不出声。

"你怎么不出声？你连爸爸都不肯理吗？"

这儿子还是不理他。这小家伙不吭不声，一直默默地望着他。

这小家伙已学会了察言观色。他知道他的后母整天吊着个脸，是吊给他看的。他知道他的老爸见了后母满脸是笑，说话多多，老爸是疼后母的。他不买后母的账，暗暗地较劲和后母对着干，老爸肯定帮着后母。现在老爸来找自己，肯定是帮着后母来修理自己啰。修理就修理吧！修理我，我也不向他们低头。他想过老爸可能会打他。他想，一打我，我就跑，但跑到哪里去，跑了之后怎么生活，他不知道。

陈无偏看见儿子不吭声，像根木头似的，便伸手轻轻地推推他，想要他提起精神注意自己。可是，你的手才轻轻地触一触他，他就马上后退一步。

陈无偏真生气了。他把手扬起来，真想打他一巴掌。可手还没扬起来，他就准备要逃跑了。

陈无偏不禁叹了一口气。

说是打，他心里是舍不得的。他已经十三岁了，陈无偏从未打过他一巴掌。他是自己的宝贝儿子，他疼他还来不及哩！他小小年纪就没了母亲，他从小就吃了那么多的苦，他可怜他还可怜不够哩，怎么会舍得打他呢？可是谈又谈不下去，打又舍不得打他，怎么办呢？

金窝村进行了土地改革。在工作组的指导下，村长刘天赐领导村民斗地主，分田地。

村里最大的地主是白明治。白明治的前半生风光得很。他的父辈富有，自己年轻的时候留学日本，回来就专做日本的生意，发了不少的财，挣下了吃几辈子也吃不完的身家。他饮水思源，觉得自己的源是日本。他就把日本靠上了。他又把自己的女儿送到日本去，之后准备把儿子也送到日本去，他决心要和日本世代结缘。没想到日本临投降的时候，一群日本军官在他的家里把他的爱妾搞了，让他受到很大的打击。日本仔跑了以后，国民党军队来接管了。他又没想到一个军官接管了他最疼爱的小老婆。另一个军官接管了他的房屋。他一家不得已地搬到了市桥去。他想不通，竟想到手脚不听指挥，嘴巴不会讲话了。他中风了，成了一个废人。

解放了，国民党的军队撤走了，房子空了。白明治的大老婆听到了消息，马上搬回来居住。他们没想到国民党走了，共产党来了。共产党的屁股还没有坐热，就发动农民斗地主，分田地，进行土地改革。白明治因手脚痉挛、中风失语而逃过了这一劫。他的大老婆、二老婆、三老婆……则被农民抓去挂牌批斗。过去白明治财大气粗，在村里说一不二，村里谁不怕他？现在有了共产党撑腰，农民们不怕了。大家纷纷上台控诉白家欺压剥削的罪行。斗了两天，农会把他家的地契烧了，把他的田地分了，把他那间小洋楼没收了，安排他们到一间破屋里居住。

看见大树已倒，从二老婆往下的小老婆们立即作鸟兽散。白明治虽然不会说话，不能动弹，但心里却是清醒的。他看见这种情况，将一泡臭屎拉到裤裆里，两脚一伸，死了。

农会留下两亩瘦田，让白明治的大老婆耕种。她是地主婆，农会勒令她自食其力，老老实实，不许乱说乱动。当年为了方便白德读书，白家在市桥买了房子让他住在市桥。这时候白德便待在市桥，不回金窝村了。白德躲得开金窝村，却躲不开家庭出身是地主和汉奸这个沉重的包袱。这是后话。

斗倒了地主，分到了土地，农民们的心情像当年听到日本仔投降的消息那样高兴。村里没田没地的都分到了一点。

陈无偏世代行医，从他的祖上到他都没有土地。他在这次土改中，也分到了一点。

黄守财从祖上就开始打铁，有地也不多，这次也分到了一点。

农民们分到了土地，像娶了老婆生了儿子那样激动。大家把自己的身心、自己的精力都倾注到自己新得到的土地上。

金窝村里掀起了一股生产的热潮。村里到黄守财的打铁铺打农具的人更多了。黄守财的打铁炉日夜通红，那个大铁砧叮叮当当的被他敲个不停。

一日，他早早地封好他的打铁炉，急急脚地跑到陈氏医馆里。

陈无偏看见他，说道："你这家伙，我好长时间都没有见过你的人影喔！"

黄守财说："无事不登三宝殿。"

陈无偏问道："又找我看病？哪里不舒服？"

黄守财说："呸，呸，呸……难道只有病了才能到你这里来吗？

我是有事……"

"你有什么事?"

"我……" 黄守财把陈无偏推进门里,"还是到里面再讲吧!"

二十一

黄守财把陈无偏推进门里。

陈无偏问道:"你鬼鬼祟祟地想干什么?"

黄守财很激动,平日巧舌如簧的他竟然变得口吃起来:"我,我,我……"

"你什么?"

"我,我……我老婆有了!"

"你老婆有了?"陈无偏眼睛一亮,很替自己的老朋友高兴,"难怪你语无伦次了!"

黄守财说:"我昨晚知道了,高兴得一夜未睡。今天早上高兴得铁也不打了,我特地跑来跟你说说。"

陈无偏说:"受宠若惊,受宠若惊。"

黄守财说:"大哥,真是兄弟我才跟你说句心里话。我老婆自从让那死日本仔搞了以后,我以为她这辈子再也没得生了。日本仔狼夹毒,让他搞过,还有渣的?你看这么多年了,她连屁也没放过一个。所以我一直从心里恨死了日本仔,他害得我断子绝孙!没想到事隔那么多年她竟有了。"

陈无偏说:"是因为解放了啰!解放了,人民当家做主,大家都心情舒畅。你老婆的心情也舒畅。她过去不孕,是因为郁结。现在不郁了,不结了,'生'门打开,不就怀上了!"

黄守财笑道:"我想也是这个道理。真的要感谢共产党,感谢新社会。"说完就走了。

可才走了两步,他又掉转头来:"啊,大哥,你要帮我看实点喔!"

"又怎么啦?"

"你要帮我保胎啰,保我老婆肚里的小孩顺顺利利地生出来啰!"

陈无偏爽脆地说:"那没问题。那本《傅青主女科》让我翻到烂皮卷角了。这点小事算得了什么!"

黄守财非常高兴:"有大哥你这句话,我就一百个放心了。现在我老黄快奔四十了,再不生个儿子出来,将来谁给我送终?"

"嘻——"陈无偏长长地叹了一口气。

黄守财看见陈无偏这副样子,不禁吃了一惊:"大哥,你怎么啦?"

陈无偏说:"兄弟,你听到你老婆有了身孕的消息,高兴得睡不着觉,可我已经有儿子了,我的儿子已经十三岁了,我却烦到睡不着觉……"

黄守财眉头一扬:"这是怎么回事?"

陈无偏又叹了一口气:"我这个衰仔啰,真是天生的是我的克星。一天到晚地,吊着张脸对我,好像和我有仇一样。你说烦不烦?"

黄守财说:"抗日是跟着你长大的喔,怎么会这样呢?"

"是呀!我也不知道怎么会这样。"

"你不找他谈谈?"

"谈过了,他就是不搭我的茬,让我一个人在那里说。"

黄守财自己问自己:"怎么会这样呢?"

陈无偏感到很无奈:"骂也不行,打也不行,谈就更加不行了,你说我烦吗?"

"是呀!"黄守财很同情他。

沉吟了一会儿,黄守财说:"大哥,我帮你跟你的儿子谈谈。"

"你来谈?"陈无偏真有点不相信。

黄守财说:"常言道,小孩子是要外江佬教的。抗日从小爱跟我。我说说他,他可能爱听也不一定呢!"

陈无偏很高兴:"那就好了。兄弟,你好好帮我谈一下。谈好了，我请你到市桥去饮茶。"

黄守财说："饮茶就不用了，你好好地看好我老婆肚里的孩子，保他顺顺利利地生下来，我就感激不尽了。"

近日，金窝村的女人们听到沙湾的猪苗比较便宜，于是几家子、几家子地合伙，摇着小艇到沙湾去买猪苗。

她们半夜就起来做饭，早早吃过早饭，天还没有亮透就出发了。

在水乡里，女人驾船操桨是平常事。但以前是不让女人单独驾船远航的，特别是天未亮就驾船出村的。因为以前河盗多，不太平。现在妇女们胆大了。她们要自己撑船买猪苗去。

她们说，自从解放军来了，河里的蟊贼都恨他们的父母给他们少生两条腿。他们跑还来不及哩，还有胆量在河里作恶？于是她们自己组织起来，要自己当一回家，做一回主。男人们见她们说的有道理，也不拦她们，让她们去了。

张倩觉得很新鲜，很刺激，也要求加入她们的行列，要去买条猪苗回来养养。

陈无偏听了，马上摆手兼摇头。他说："我们是医馆，是给人看病的。医馆要有医馆的格局。如果养条猪，一天到晚猪声在耳，这氛围是不太适合我们的。据我所知，我们的祖辈一直都不养猪，恐怕就是考虑到这个。怎么样，还是我来做主吧？"

张倩说："呃，我觉得养只猪很好玩喔！"

陈无偏说："你觉得好玩，你以后就到你的好朋友那里，看看她们养猪，帮帮她们养猪就可以了。你要玩，就玩好你那窝鸡吧。你说好不好？"

张倩是个夫唱妇随的人，看见老公不同意，也只好作罢。

第二天天没亮，还在被窝里的张倩就听到了这些准备撑船去买猪苗的妇女们起床做饭的动静。丁零当啷的锅铲声，在宁静的清晨里显得很悦耳。

张倩翻了个身，用手推了推陈无偏："你听到了没有？"

陈无偏还在梦乡之中："我听到了什么？"

"人家起床煮饭，准备去买猪苗呀！"

"嘿——"陈无偏很不耐烦地把身一翻，又睡去了。

张倩不睡了。她起身披衣，趿着拖鞋走到大门口，轻轻地拉开大门看热闹。

这时，去买猪苗的妇女成群结队地从陈氏医馆门口走过。她看见她们匆匆的脚步，心里头非常羡慕，嘴上主动打招呼说："你们真勤快哟！"

这些妇女看见她，也打招呼说："陈师奶，你那么早就起床了，你也很勤快喔！"

她们中间有个老人二叔婆，她见了张倩，笑道："陈师奶，我帮你买一只回来好不好？"

张倩没想过这个问题："帮我买一只回来？"她心痒痒的，"好……啊……"但老公不让养，她敢自作主张吗？

她又不敢说是陈无偏不让养，情急之中她说："好啊！不过，我们还没准备好猪圈。到下次再麻烦你吧！"

这群妇女赶时间，边说边走，没停下脚步。她们怕去迟了，买到别人拣剩的猪花癫就不好了。

这些妇女走了之后，张倩把大门关上，不过她不睡了。她在屋里拾掇拾掇，扫地烧水煮早餐。等一下看病的人就要来了，她得赶紧把这些工作做好。她一边干活，一边想着这些去买猪苗的妇女。她想想也觉得好笑，觉得好像有她的一份一样。

到了中午过后，这些去买猪苗的妇女们回来了，村道上响起了一片小猪崽们"嗷嗷"的嚎叫声，和买猪苗回来的妇女们的欢声笑语。

张倩真好像她也有份一样跑出去看热闹。同她一道跑出去看热闹的还有几乎全村的小孩和老人。

老人们说话多多，也显得很激动："我们村上十年没养过猪了。"

"这些死日本仔在的时候你敢养猪？"

"日本仔走了以后，也不敢养猪。"

137

"那时吃糠咽菜，养人都养不起，还敢养猪？"

"还是共产党来了，斗了地主，分了田地，才有能力养得起猪呀！"

"还是共产党好，新社会好呀！"

张倩看见装在篾笼里的小猪崽憨头憨脑的很可爱，她把手伸进篾笼里去逗小猪崽。

在旁边的二叔婆笑道："陈师奶，小心它咬人喔！"

张倩一听，马上把手缩了回来，那张俊俏的瓜子脸也给吓长了。

二叔婆见状，"哈哈"地笑起来，亮出了一排稀稀拉拉的牙齿。

张倩说："二叔婆，你骗我！"

二叔婆笑道："陈师奶真是好人，那么容易受骗。"

二叔婆把她买的小猪拎回家。张倩觉得好玩，便说："二叔婆，我跟你回家去，看看你是怎么喂猪的。"

二叔婆高兴地说："好啊，来呀。"

晚上，张倩又和陈无偏聊起了养猪的事。她从小生活在小城镇里，父母对她的要求就是读书。要不是前段时间养过一窝小鸡，她都没有同家禽家畜打过交道。她觉得这些小动物儿可爱啊！

她对陈无偏说："我们什么时候也养一口猪呢？"

陈无偏对此事根本不感兴趣。他立即皱起了眉头："你怎么老是想着养猪的事。我说了，我们不便养猪！"

现在他连话也不愿多讲。现在他的心思全在黄守财和他的儿子陈抗日身上。这黄老板到底跟抗日谈过没有，怎么还不来回话呢？

黄守财终于来回话了。

陈无偏迫不及待地问道："谈了没有？这衰仔怎么和你讲？"

黄守财说："谈了！抗日对你倒没有什么，可是他对你老婆却有很大的意见。"

陈无偏感到这也是意料中的事。他问道："他说了没有，他对阿倩有什么意见呢？"

黄守财说："他主要是可怜他的母亲。他觉得他母亲死得太惨了。而阿倩什么苦都没受过，他心里不平衡。"

"他就是这样跟你说的？"

黄守财说："原话当然不是这样说，但他说的就是这个意思。不信你自己去问问！"

陈无偏赶快说道："当然信，当然信！"他心里嘀咕道：这衰仔怎么会想到这方面去呢？好吧，也该跟他谈谈这方面的事了！

吃晚饭的时候，陈抗日照例慢慢腾腾地走到饭桌边，照例坐在离陈无偏、张倩、马骝仔陈和平最远的地方，照例不吭不哈地扒饭夹菜。

那样子，好像他不是这个家的一分子，而是来这里蹭饭吃的一样。

陈无偏说："抗日，你坐那么远干什么？你坐到爸爸旁边来。"

陈抗日不出声。

他看了老爸一眼，想了想，最后很不情愿地坐到了陈无偏的旁边。

陈无偏很耐心地说："抗日，看你的样子，你很讨厌爸爸是不是？"

陈抗日不作声。

陈无偏说："爸爸有什么不好？爸爸给你吃，给你穿。爸爸舍不得自己吃，也给你吃；爸爸舍不得自己穿，也给你穿。是不是？你说为什么？因为我是你爸爸，你是我儿子。对不对？你还记得你妈妈吗？不记得吧？恐怕记得的，因为你见过墙壁上你妈妈的相片。可是真正很清楚的，你是记不得的。对不对？你从小爸爸就带着你逃难，这点你应该是记得了。你知道的，你跟着爸爸吃了多少苦，受了多少难。你也知道的，是谁让我们吃了那么多的苦，受了那么多的难呀？是日本仔！你也知道的，是谁害死了你妈妈呀？也是日本仔！日本仔太坏了！日本仔侵略我们中国。我们中国千千万万的人都受到了日本仔的摧残和虐害。抗日，远的我就不说了，"他指着坐在他身边的张倩说，"就说坐在你对面的这个妈妈——"

聪明的陈无偏坚持称张倩是陈抗日的妈妈。不管你接不接受，承不承认，我就是这样说。

张倩只以为陈无偏台边教子，也没作太多的理会，没想竟扯到自己的头上。她停下筷子来望着陈无偏，看他准备说她什么。

陈无偏对陈抗日说："现在坐在你对面的妈妈，所受到日本仔的苦，所受到日本仔的难，不比生你的妈妈少，而且只会更多！"

陈抗日看了他爸爸一眼，又看了张倩一眼，然后再看他爸爸一眼。

陈无偏读出他的眼神。他是不相信的。他现在肯定在想，你们又骗我了。

陈无偏说："好，我让你看一样东西，你马上就会明白的！"

他走近张倩的身边，说："给他看看。"

张倩莫名其妙："看什么？"

陈无偏说："解开给他看看。"

张倩先是一愣，接着马上就明白了："你疯了？"

陈无偏说："我没疯，我一点也不疯。我要教育教育他。你给他看看。"

"我不给！"

"给！"

这回轮到陈抗日莫名其妙了：他们在干什么？

陈无偏坚持要给，张倩死活也不给，两人竟拉扯起来。

因为大家都激动，因为大家都没注意用力，也因为张倩的这件衣服穿得有些年月了，在他们拉扯的当儿，这件衣服"哧啦"一声被撕破了，倏地露出了衣服下面的张倩的胴体。

陈抗日从未见过女人的胴体。他惊呆了！

陈无偏对陈抗日说："你看看。"

陈抗日傻傻地看了，他也不知道看什么。

"你仔细看看。"

他仔细看了，啊！他看出来了：这是一尊被毁坏了的胴体。上面的乳房没有两个乳头，只有两个刺眼的疤！

陈无偏说："看清楚了没有？这是日本仔干的！"

陈无偏说到这里，张倩忍不住"哇"的一声哭了起来。

陈无偏一把搂住张倩，说："不哭，不哭。我是控诉万恶的日本仔。我是教育我们的后代。"

他对陈抗日说："抗日，生你的妈妈死了。她是日本仔害死的。你现在这个妈妈，被日本仔害成这个样子。她没死，是日本仔不让她死。日本仔要百般加害她，日本仔要继续摧残她。所以她比生你的妈妈更苦，你说对不对？"

他对张倩说："我今晚太激动了，太粗鲁了，对不起！不过为了教育我们的后代，我想你是不会怪我的。快去换件衣服吧。"

张倩"呜呜"地哭着进房间里去了。

陈无偏继续对陈抗日说："抗日，爸爸今晚让你看这些，对你说这些，目的是：第一，我想让你明白，我们的许多痛苦，是日本仔造成的。我们中国的许多妇女，都受到过日本仔的伤害。你慢慢地长大了，你要记住这些血海深仇。第二，你现在这个妈妈，确实受了很多的苦。她是受害者。她本来是个富家女。她爸爸妈妈原先很有钱。她从小什么事都不用做，只知道读书。可是日本仔来了。她爸爸妈妈的钱没有了，她更受到了日本仔的残害。你说她的内心痛不痛苦？所以你要同情她，当然也要同情我们中国千千万万受到日本仔残害的妇女。你慢慢地长大了，很快就是个男子汉了，你要明白这个道理。你要有这个担当。对不对？你可能会想。和平不是个小日本仔吗？你们为什么要收养他？为什么又对他那么好？收养和平不关你这个妈妈的事。当初她还害怕，还不敢要哩。这事是我做主的。我是医生。医者仁也！上天有好生之德。我能看着一个小生命在我们家门口死去吗？另外，你现在这个妈妈，已经被日本仔摧残得失去生育能力了。我们捡个小孩回来，让她带带抱抱也好呀！所以就把和平捡回来了。你还会想：他的父母残害过我们中国人。是的，他的父母残害过我们中国人。可是他没有残害过我们中国人呀！如果因为他的父母残害过我们中国人，我们又当他也害过我们中国人，那我们不是不讲道理了，成了日本仔了？你说是不是？"

陈抗日感到他的脑子很累，他感到他的心还在扑扑乱跳。

他不知道怎么回答他老爸向他提出的问题。

二十二

对于这场家庭教育，反感最大的是张倩。

在中国女人的传统观念里，她们的胴体是不可示人的。而陈无偏不征得她的同意，强硬要展示她的胴体。这不仅是她的胴体，这更是她心灵上的伤疤，是她被日本仔摧残的铁证。张倩觉得这很耻辱。过去她决心把它深藏起来，除了理解自己、深爱自己的丈夫，她是决不让谁看见的。不想陈无偏这家伙那么鲁莽，连拉带扯，竟扯破了衣服，让她的胴体展露在晚辈的面前。她觉得很丢丑，很受伤，所以呜呜咽咽地哭了一夜。

陈无偏这才感到捅娄子了。

他轻轻地叫她。她不应。他用手抚摸她，借以表示自己的歉意。她回手一巴掌就打过来。他感到一点办法也没有。

万般无奈，他只好一迭连声地认错："阿倩，我错了，你打我好不好？你哭得那么伤心，我很难受。你打我两巴掌，我的心会好受一些的。"

张倩不理他，还在那里哭个不停。

陈无偏说："阿倩，我是看见这衰仔整天跟你怄气，心里非常烦恼。我早就想解决这个问题了，但又想不出什么法子。前天我请黄老板和他谈谈，看他为什么那么反感我们，跟我们斗气。黄老板谈过之后，跟我说，这衰仔很可怜他的母亲，他觉得他母亲是活生生地叫日本仔逼死的，太惨了，太可怜了；而你却什么苦都没受过，他心里不平衡。当时我听到了黄老板这么说，我就想，其实最苦最惨的是你。我要让他知道你的苦。情急之中便想出了这个不是办法的办法。我想得太简单了，不知道竟对你造成这么大的伤害。阿倩，我错了。我真对不起你！你原谅我好吗？"

张倩不搭他的茬，还在那里呜呜咽咽地哭。

陈无偏说："阿倩，你要是不肯原谅我，你就打我好了。我是诚心诚意、真心实意地请你打我的。只要你不哭，只要你心里好过，我怎么都可以。"

他伸手抓住张倩的手，要把它举起来。张倩不举，他就用力地拉。及至举起来时，陈无偏把她的手扳开。张倩死死不让扳。她使劲地把手攥着，攥成了个拳头。陈无偏就把这个攥成了拳头的手往自己的身上擂，边擂边说："阿倩，你使劲地擂，你这样擂我，我心里会好受一些。"

张倩"哇"的一声大哭起来。

这下陈无偏更慌了。他一把搂住张倩，紧紧地搂住张倩。"不要哭，不要哭。深更半夜的，你这么大声地哭，隔壁邻舍还以为我们怎么哩。阿倩，不要哭，不要哭了，好不好？"

在他的半求半哄之下，张倩终于止住了哭声。

这几天，陈抗日一直默不作声。陈无偏看见儿子终日不作声，当然很不放心。这家伙在想什么呢？他心里很烦，才哄住了老婆，又轮到了儿子。他发觉自己真的晦透了。

这时他又想起了黄守财。俗话说自家的小孩是要外江佬调教的。既然他肯听黄守财的，还是请他帮教一教吧。

他跑去打铁铺找黄守财。

黄守财一见陈无偏，立即满脸是笑。他回头朝里面喊道："煮饭婆，出来请大哥看看。"

老板娘从里面出来了，挺着个微微凸起的肚子。真是个斯文人，她赧然一笑，低声叫道："大伯。"

黄守财说道："大哥，请给她把把脉，看我的孩子怎么样！"

陈无偏不是来看病的，没带手枕。他找了一个高矮厚薄与手枕相当的硬物放在桌上，叫老板娘把手腕垫在上面。

他跷起二郎腿，用自己右手的食指、中指、无名指三指布在老板娘的手腕上，眼睛半眯，凝神定息，细细地号起脉来。号完左手换右手，再看看舌头，看看脸色。他说："可以，没事。哦，看脉象应该是个男仔喔!"

黄守财闻言,高兴得泪光闪闪,见牙不见眼。

他赶快递过一封"利是",说道:"多谢,多谢!"

陈无偏伸手挡开,说:"我们是兄弟,免了。我这次来,是有一事求兄弟的。"

"啊,什么事?"

陈无偏说:"麻烦嫂夫人回避一下。"

黄守财调侃说:"耶,还是军机大事哩!煮饭婆,快进厨房煮饭去!"

等老婆进了厨房之后,黄守财小声问道:"大哥,什么事?是叫我去帮你打架?"

陈无偏真哭笑不得:"你想到哪里去了!"

黄守财问道:"是呀,我的脑子不好使,乱想一通。到底发生了什么事?"

陈无偏叹了一口气:"还不是那个衰仔……"

"耶,我不是帮你找他谈过了?他怎么……"

陈无偏说:"你是谈过了。但那次你是帮我摸摸他为什么不听我们的话。"

"是呀!"

"这次想请你再帮我找他谈一下,最好能叫他听我们的话。"

黄守财说:"好,我就叫他听你们的话。"

陈无偏笑了起来:"兄弟,你口气真大。"

黄守财胸脯一拍,神吹起来:"你知道兄弟我是干什么的?兄弟我是打铁的。他要是不听话,我就拿我的打铁锤去锤他。你要他成什么模样,我就把他锤成什么模样。"

陈无偏说:"那我就拜托你了。"

黄守财笑道:"不忙说'拜托',你不怕我把你的儿子锤扁了就得了。"

陈无偏离开打铁铺后,黄守财随手就把他的打铁炉封了。他把炉里刚刚烧的木炭夹起淬黑,然后用冷灰把那些余炭盖了起来,上面留了两个小小的窟窿。弄好了之后，他朝厨房里喊了一声："我有事，出去一下！"他到学生们放学的路上，等陈抗日去了。

傍晚的乡村，格外地宁静。夕阳挂在树梢上，农人走在阡陌中。各家各户的屋顶都陆陆续续地升起了缕缕的炊烟，这炊烟在上升中渐渐地弥散，继而又彼此渐渐融合，变成了一抹淡淡的笼罩在村庄之上的云气。百鸟归林。在村外树林下面觅食的鸡们，也慢慢地回家找窝了。

从校门出来的学童，也像鸡们鸟们似的叽叽喳喳地跑回家去。

黄守财仰着脖子看了好久，终于发现走在最后的那个是陈抗日。

陈抗日一副心事重重的样子。他耷拉着脑袋慢慢地走着，连站在路边的黄守财他都没有发现。

黄守财叫道："抗日！"

陈抗日一愣，抬起头来，知道是黄守财，马上叫道："阿叔！"

黄守财问道："你干什么？"

陈抗日答道："我放学回家。"

黄守财双手往后一背，拿腔拿调地说："今天学习得好吗？老师表扬你，还是批评你了？"

陈抗日说："老师既没有表扬我，也没有批评我。"

"那说明你学得很一般，是不是？以后要加把劲啰！"

"是。"

黄守财看见这孩子一副老实的样子，心里觉得好笑。他努力地忍着。"我那天跟你谈的东西你还记得？"

"记得。"

"那你就讲一讲给我听听。"

陈抗日急了，脑袋开始出汗："我……"

"还是没记得吧？"

"是。"

"你还是没记得，我再告诉你。"黄守财轻轻地拍拍他的脑袋，"那天我跟你讲，要听你爸你妈的话。是不是？"

"是！"

"你爸是个大好人呀！那么有本事，对人又那么好，他救了多少人呀，多到连他自己都记不清了。你看村里的人，几尊敬他。有那么个好老爸，你都不听他的话，你是不是太蠢了？"

陈抗日既没说是，也没说不是，只是愣愣地站着。

将双手背在后面的黄守财，像校长训话似的继续说："我听说，你对你这个妈妈也不好，是不是？"

陈抗日不出声。他自然不敢说不是，但也不会说是。他默默地站着。

黄守财说："抗日呀！我横看竖看，都觉得你是很聪明的，但又觉得你非常地蠢。生你的妈死了，是不是？"

陈抗日不出声。

黄守财继续说："现在你这个妈，是个后妈，是不是？"

陈抗日仍不出声。

黄守财说："抗日，我告诉你，在这个世界上，十个后妈，有九个对前头婆的孩子都不好的。俗语说：后母心，黄蜂针。你去问问我们村的大婶们、阿婆们，问问她们我是不是说错了。你没有挨过你这个后妈的打吧？你没有挨过你这个后妈的骂吧？她有吃的，你从来未试过没有吧？她有穿的，你从来未试过没有吧？抗日，我告诉你，她就是那九个后面的那一个，让你摊上了。你知道旁人是几羡慕你吗？你可不要身在福中不知福喔！"

"天快黑啰喔，你们还不回去呀？"刘天赐斜背着个挂包从村外回来，他看见黄守财和陈抗日在谈什么，关心地问道。

黄守财看见是刘天赐，便笑着对陈抗日说："快叫村长。"

刘天赐说："喂，那么大脚踢我呀！"

陈抗日喊道："村长！"

黄守财不理刘天赐，他继续教陈抗日说："给村长鞠个躬！"

老老实实的陈抗日真的又向刘天赐鞠了个躬。

刘天赐笑道："你这家伙真的欠打了。"他们从小是好朋友，所以说起话来没多少正经的。

黄守财说："村长大人，你这么说，可不要把我们抗日吓着啰！"

刘天赐这时才又记起了陈抗日。他对黄守财说："你这家伙从未正经过，现在一本正经地和抗日谈什么？"

看见话路扯回正题，黄守财便收起了笑容。他说："这抗日啰，和他的老爸有点较劲。他老爸叫我开导开导他啰！"

听见黄守财说，刘天赐便回过头来认真地对陈抗日说道："抗日，你这就不对了喔。你知道吗？你是我们村最幸福最有面子的男孩子。你知道为什么吗？因为你有个好爸。你爸爸本事又高，对人又好，村里的人几敬重你爸。如果能换，他们分分钟都要和你换喔。你有这么一个好爸爸，你还跟他怄气？我看你太蠢了。"

黄守财在旁边趁热打铁地说："村长都这么说了，你看我没说错吧？快回去向你爸认个错，以后可不要这样了。"

陈抗日点了点头，他很有礼貌地告别了黄叔和村长，回家去了。

自从前天吃晚饭的事发生以来，陈抗日的心灵确实受到了很大的冲击。他突然洞明了许多世事。

他开始明白了：在我们中国，受到日本仔残害的不仅是我的母亲，还有许许多多的人。我的心里不能只装着我自己的母亲，我还要同情所有受日本仔伤害过的人。我要更加憎恨日本仔。日本仔太坏了。他们侵略了我们中国，他们给我们那么多人带来了痛苦。我们不应该忘记。我慢慢长大了。我爸说我长大了应该有个担当。我妈妈虽然死了，但她是知道我在慢慢地长大的。从小爸爸就教我往神龛里上香给妈妈，教我在心里头默默地和妈妈说话。我上了那么多的香，说了那么的话，她肯定是听到的。她听了那么久，当然就知道我已经慢慢地长大了。我长大了，我一定要为她报仇。我不为她报仇，我就对不起她！我也要为那里受过日本仔伤害的人报仇。爸爸不是说要我明白这个道理，要我将来有个担当吗？我想，这就是"担当"吧！黄叔和村长说的都对，我不应该再和我爸和我后母怄气了。我后母对我还是好的。那个小日本仔，我是不会跟他妥协的。死日本仔害死了我妈，我能跟他们的小崽子妥协吗？我在语文课里学到了一个成语，叫不共戴天。对，我和他不共戴天！

二十三

陈抗日走了之后，黄守财问刘天赐说："现在才回家呀？"

刘天赐说："是呀，刚从乡里开会回来。"

黄守财说："看来当村长还是很辛苦的。"

刘天赐笑道："所以你不干了，推来给我。"

黄守财觉得有点惭愧，他说："主要是我没文化，而且也没时间。没办法了。你比我行，能者多劳吧！"

刘天赐说："不是能不能的问题。我是被你们捉上轿了。既然大家要我干，我就干吧。干不好，大家要多包涵点才是。"

黄守财问道："做个村长，一个月有多少钱工资？"

刘天赐说："没工资的喔！只是每个月有点津贴。"

黄守财说："啊！真的？"

刘天赐说："当然是真的啰！"

黄守财说："真令人尊敬。啊，我不明白，你们怎么有那么多的事做。"

刘天赐说："我也不明白怎么会有那么多的事做。你看我当了村长以来，才那么三两年的时间，土地改革啦，抗美援朝啦，清匪反霸啦，现在要开展'三反五反'啦，一件接一件，一桩接一桩，都没有停过。"

"'三反五反'？"黄守财听不明白，"什么叫'三反五反'？"

刘天赐说："'三反五反'，就是在国家机关、国营经济部门企事业单位开展反对贪污，反对浪费，反对官僚主义的斗争，和在工商业者中开展反行贿、反偷税漏税、反盗骗国家资财、反偷工减料、反盗窃国家经济情报的斗争。"

黄守财说："我们是农村喔！"

刘天赐说："农村不是重点，但也要传达贯彻的。喏，很快就要开会传达了。"

陈抗日这几天真的乖了很多，虽然他依然不出声，但脸色平和多了。

陈无偏自己想起来都觉得好笑：真是老子都要看儿子的脸色了。这家伙自觉地读书了，读医书也自觉了，吃饭不要人叫，自己坐近饭桌来，而且也不是远远地坐在一个角落了。吃完了，还动手收拾碗筷。这是好久都没有见过的事了。这也算很好吧！

他第一时间想起了黄守财。一物治一物，糯米治木虱。这不由你不信，还是去谢谢这家伙吧！

他踱到了打铁铺去。

黄守财正一手用铁钳夹住一块红铁，一手抡着一把小锤，在铁砧上叮叮当当地敲着。敲累了，他把已经不太红了的铁块扔回铁炉里，直起腰来，才发现陈无偏："哟，大哥来了。又找小弟有什么事？"

陈无偏说："没事。只是想和你说一声，谢谢了！"

黄守财眼睛一亮。他抓起放在打铁炉旁边的茶壶，斟了一杯。"大哥，你来一杯？"

陈无偏说："谢谢了，刚才喝过了才来的。"

黄守财说："那我就不客气了。"说着仰起脖子，咕噜咕噜地吞了下去。他长长地透过一口气，问道："怎么样，满意了吧？"

陈无偏笑道："刚才一进门我就说了，谢谢你！"

黄守财很高兴，比喝了一壶"玉冰烧"还开心。

他见陈无偏一脸喜欢的样子，又吹起来了："火车不是推，牛皮不是吹。我是打铁的，抡起一把打铁锤来，不由他不服。你要求达到个什么效果，你说好了，我没有做不到的。"

陈无偏笑骂道："你这家伙，给你两分胭脂，你就染成大红了。"

黄守财也跟着笑了起来。

笑完之后，他说："言归正传，再给我老婆把把脉吧。大哥，我做不做得成老豆，就靠你了。"说完朝厨房里大喊一声，"煮饭婆，出来！"

黄邓氏出来了。她赧然一笑，低声打个招呼："大伯。"

陈无偏看见她的肚子又挺高了许多。黄邓氏坐下。陈无偏循例地望、闻、问、切，很快把病看完了。

黄守财问道："没事吧？"

陈无偏说："没事，没事。一切都很好。"

黄邓氏起身回厨房去了。

黄邓氏走了以后，陈无偏对黄守财说："黄老板，我看老板娘没事，你可有事喔？"

"什么？我有事？"黄守财吃了一惊，"大哥，你可不要吓唬我喔！"

陈无偏一脸正经地说："我没时间吓唬你。你怎么对老婆大呼小叫的呢？你老婆身体弱，血气差，你这样高声大嗓的，会动着她的胎气。她的胎气如果一动，胎儿就掉下来了。你说吓着谁了？"

黄守财真给吓着了："哎哟，我真不知道。我这个人是猪乸嚼螺壳，口爽惯了。"

"那以后就要注意啰！"

"是，是，是！"

在陈无偏和黄守财聊着的时候，刘天赐走进了打铁铺。

他看见陈无偏和黄守财聊得那么开心，心里非常羡慕。他说："你们在聊什么呀！唉，我好久没有和你们两位聊了。等忙过这一阵，我要找二位好好聊聊。"

陈无偏说："天赐，看你很忙的。你这阵子都在忙什么呀？连聊天的时间都没有了。"

刘天赐答道："在准备宣传开展'三反五反'运动。"

"'三反五反'运动？"陈无偏莫名其妙。

昨天刘天赐跟黄守财说过"三反五反"运动。黄守财还记忆犹新，他代替刘天赐解释说："'三反五反'就是在国家机关，国营经济部门企事业单位开展反对贪污，反对浪费，反对官僚主义的斗争，和在工商业者中开展反行贿、反偷税漏税、反盗骗国家资财、反偷工减料、反盗窃国家经济情报的斗争。"

陈无偏不禁一愣："你这家伙，连这个都懂啊？"

黄守财胸脯一挺："我老黄有什么不懂的？"

陈无偏半佩服半挖苦地说："我们村里，真的好多人都不知道黄老板什么都懂喔。难怪上次选村长，大家都选你，而你不做，可能是觉得村长的官太小了，大家选你做村长是看低你了。"

黄守财一听，立即用手指指着陈无偏，一字一顿地说："陈——无——偏，你好嘢，在选我之前，大家是先选你的喔，你又怎么不干呢？"

陈无偏不知道这小子那么厉害，一下子让他抓住把柄了。他说："我跟你不同，我不是这块料。我怕误了政府的事，所以不敢领这个命。"

黄守财说："你看你看，这家伙把自己说得多清高！"

陈无偏真的觉得自己很清高，并以此为荣，以此为乐。他明白自己背负着陈家几代人的期望，要把陈家的衣钵继承下来，传递下去。为了完成这个使命，他这半辈子目不旁视，耳不杂听，一心一意地读医书，研习医理，给人把脉治病。他把"万般皆下品，唯有学医高"视为自己人生的至理。他还不辞劳苦，不重钱财。遇到贫苦的病人，他不收诊金，甚至赠药。他觉得只要自己医术高明有本事，根本不可能忍饥挨饿，受穷受苦。他很享受治好病后病家对他的赞誉。他觉得，世界上再也没有比这个更让自己有面子的了。

说他这半辈子都心无旁骛，也不完全准确。日本仔发动卢沟桥事变和淞沪会战，乃至南京沦陷前夕，他都狂热过，他甚至想过弃医从军，去和日本仔决一死战。现在日本仔投降了，而且又解放了，人民安居乐业，他遇到了太平年月，可以潜心研医，专心行医了。

他对刘天赐和黄守财说："我突然想起，有个病人约了我要上门施诊的，不能陪两位聊天了。你们慢慢地聊吧！"

刘天赐说："无偏哥真忙啊！"

黄守财说："忙个屁！他这小子让我'将'住了，想跑！"

陈无偏笑道："你别吹，等我出诊回来，再来收拾你。"

陈无偏急急脚地回家去了。他心里记挂着他的老婆张倩。

昨天晚上，他好说歹说，承认错误，赔礼道歉，只差没做孙子，最后张倩才没哭。也只是没哭而已。她今天早上起来，两只眼睛红得像只熟透了的桃子。看见陈无偏，像看见仇人一样。这令陈无偏心里很不舒服。

他挟着搞定了儿子的余兴，决心今天也一定要搞定张倩。

他回到家里的时候，张倩正在做饭。他想，做饭就好，如果不做饭，罢工，那就心烦了。他嬉皮笑脸地走近张倩的身边，"老婆，今天晚上吃什么菜？"

张倩没出声，那张脸长长的像搭在竹竿上的挂面一样。

陈无偏看见灶头上摆有青菜，赶紧拿起来，说："我去洗菜。"

张倩一把将盛青菜的竹篮子夺回来，重重地放回灶头上。

陈无偏一脸晒笑，又拿起洗碗布，要洗碗盆里的碗。

张倩一把将洗碗布抢过来，重重地甩到一边去。

陈无偏还是笑着。他努力地笑着，像一只煮熟了的狗头。他看见灶头边放有一块砧板。砧板上放着一只瓦碗，碗里盛着一把洗好的豆豉和蒜头，他拿起一根舂豆豉蒜头的小木棒来舂豆豉蒜头。

张倩看见了，又一把将盛豆豉蒜头的瓦碗抢过来。

一般家庭，用来舂豆豉蒜头的瓦碗都不是什么好瓦碗，加上这时的张倩正鼓着气，她一把抢过这只瓦碗时，不知不觉出了一股"无情力"。这股"无情力"有多大，谁也不知道，只听得"啪"的一响，这只瓦碗被拉成了两半。张倩拽住了半只破碗，另外的那半只握在了陈无偏的手里。

这时陈无偏"哎哟"了一声。张倩不理他。她知道他肯定是装鬼装怪的。理他干什么！可是陈无偏站在那里动也不动，嘴巴深深地吸着冷气。

她觉得似乎有点不妙，忍不住扭头一看，看见陈无偏的一只手抓住另一只手。被抓的那一只手有血液泅泅流出。

她一看慌了，"啊"的一声马上跑开，一会儿又"噔噔"地跑了回来。

她扳开陈无偏捂住伤口的手指，往上面撒倒药粉。原来这是陈家的灵丹"止血粉"。她看多即熟，在关键时刻竟有了用武之地。药粉倒上了以后，陈无偏觉得伤口上立即有种清凉清凉的感觉。

张倩立即拿起一根布条，很麻利地把他的手包好了。这时张倩嘴上不说，心里很是抱歉。

她端来一张凳子，让陈无偏坐下，自己又不停手地煮饭去了。

吃晚饭的时候，张倩给陈无偏盛好饭，摆好筷子。在吃饭之中，还不时地往他的饭碗里夹菜。晚上洗澡的时候，她不让陈无偏沾水，要给陈无偏抹身。

陈无偏说："让我自己来吧！"

张倩说："不行，湿了水，伤口会'发'的。"

陈无偏很高兴，心想，出得她来服侍服侍吧。这女人呀，她想服侍你的时候，如果你不让她服侍，她反过来还不高兴哩。陈无偏眯着眼，慢慢地品味着这幸福的时光。

"疼吗？"

"不疼！"

"你骗人，流了那么多的血，哪会不痛的？"

"痛的，痛的。"

"那你又为什么说不痛？"

陈无偏笑道："因为你肯跟我说话了，所以就不痛了。"

张倩噘着嘴："你这个人说话死皮赖脸的，不要脸！"

陈无偏说："是的，我不要我的脸，可是我要你的脸。"说着使劲地亲了她一口。

张倩很高兴，但却装出不高兴的样子伸手打了他一下。

陈无偏看见张倩很高兴，便趁热打铁地说："阿倩，那天我很粗暴，很对不起。不过那天我这样做，却收到了好成果喔！"

"什么好成果？"

"抗日发生了变化啦！"

"什么变化?"

"他乖了很多了!"

"我怎么不知道?"

"你细心观察一下就知道了……"

二十四

分到了土地的农民焕发出火样的热情。

过去许多农民都是租地耕作的。年终要交纳相当大的一部分劳动果实作为地租,剩下的几乎已不够自家食用。现在解放了,斗倒了地主,分了他们的田地。分到手的田地,是农民自己的了。种出来的东西,全是自己的了,再不用交租了。所以农民们做什么都积极,干什么都有劲。

前些日子,金窝村的妇女们成群结队,撑船去沙湾买猪苗。大家像过节一样高兴极了。买回来的猪苗在这些妇女们的细心照料下慢慢地长大了。可是这些大婶们阿婆们也发愁了。

当时的环境,比日本投降的时候好了许多。日本投降的时候,村民们穷到什么都没有,是靠吃糠咽菜活了下来的。现在解放了,分了田地,农民们开始有碗饭吃了。但是,也只是有碗饭吃而已。要想更多,一时间是不可能的。现在各家各户都养了口猪。猪的胃口很大,吃得很多。平时人们骂不会动脑子的人做"蠢猪"。金窝村的这些大婶、阿婆发现猪并不蠢,你想弄点野菜叶子来打发打发它,它是不买你的账的。有些大婶、阿婆每天都从自己的碗里省下几口来让猪吃。这样做,几天还可以,长久了还是不行的。怎么办呢?

有的人打算把这些才转身准备拉架子的猪卖掉。二叔婆也支持不住了。二叔婆很爱她的猪仔,好像爱她的孙子一样。猪仔吃潲的时候,她把手放进潲盆里轻轻地搅动猪潲,让猪仔吃得开心一些。猪仔吃过猪潲之后,她又用手在猪仔的肚皮上给它轻轻地抓痒,让

154

它好好地入睡。她一有时间就给猪仔抓虱子，或者给猪栏打扫卫生。连她的儿媳妇也跟街坊们开玩笑说："我们嫲嫲把猪仔当成她的孙子了。"

虽然二叔婆对猪仔悉心照料，可是猪仔不肯吃那些净是野菜叶而全无粮食的猪潲，也使她感到很无奈。用什么办法让猪仔开胃吃潲呢？二叔婆日思夜想，行也想，坐也想，她觉得应该有个办法，就看你想得出来想不出来。

一日中午，她用筷子在酸菜坛里夹酸黄瓜给她的孙子喂粥。打开瓦坛子，一股浓郁醒神的酸香扑鼻而来，酸得她腮生甘口水，肚子咕咕叫。

她突然灵机一动，倒点酸菜坛里的水去喂猪，看它爱不爱吃。于是她从酸菜坛里倒了一碗酸汁，再和上一兜猪潲，拿去给猪吃。这猪仔闻到了潲中的浓郁醒神的酸菜香，突然来了劲，它"嗒嗒嗒嗒"地三下五除二把潲盆里的猪潲吃光了。

二叔婆看见猪仔吃潲的样子，心里高兴极了。下一顿二叔婆如法炮制。她把酸菜坛里的水又倒了一碗出来，然后兑上猪潲，拌匀后给猪仔吃。猪仔的热情依然不减，它稀里哗啦地把潲盆里的猪潲吃掉了。二叔婆每顿都这样喂猪，这猪仔每顿都吃得很好。

可是她的酸菜坛有多大，没几下子就把它里面的东西吃光了。怎么办呢？二叔婆想：我也用腌酸菜的办法把猪潲腌酸了再给它吃，看看怎么样。于是她把野菜叶子剁碎，晾至半干，然后拌入老糠（用谷壳舂成，全无米粒的粉末），再淋上酸菜坛里的酸水，倒进一口瓦坛子里，压紧，封实。几天之后竟有一丝酸菜味从封实的坛口上沁出。

她知道成功了，马上开坛，掏出来兑水拌匀，拿去喂猪。猪很爱吃，撑得那肚皮圆圆的。二叔婆感到用只小菜坛子来沤解决不了大问题。她又改用大水缸来做。用大水缸沤效果也很好，猪食问题就解决了。

二叔婆感到养一只猪不过瘾，她要他的儿子儿媳妇再多买几只猪苗回来。左邻右舍看见二叔婆有办法，纷纷前来取经。二叔婆也不保守。谁问她，她都热心地教，很快全村的人都学会二叔婆的办法，猪食的问题都解决了。大家也嫌养一口猪不过瘾，都多买几只回来，一下子金窝村多养了许多的猪。猪多了，肥也多了。地里的庄稼也长得特别好。

这时，上级要求农村建立互助组。

金窝村的农民通过养猪这件事，觉得互相帮助确实很重要，于是积极响应，很快村里就出现了一个个互助组。

张倩知道二叔婆的猪养得很好，心里痒痒的，好像二叔婆的猪也是她张倩的一样。她经常去二叔婆家里串门，看她喂猪，高兴起来甚至还动手帮她一起喂猪。

二叔婆平日对张倩就很好，觉得她为人和气厚道，斯文有礼。现在经常来看她帮她喂猪，对她就更好了。她说："陈师奶，你这个人那么爱跟我们农村人打交道，那么爱干我们农村人的活，真叫人看不出你是个从城里来的读书人。我觉得陈先生娶着你，是他前世修来的福气。你嫁到了陈先生那样的老公，也是你前世修来的福气。你们两个真够匹配的。陈师奶，你不要怪我多嘴啊，以前那位陈师奶喔，也是一等的好人，人品相貌性情身材都没说的，只可惜那死日本仔把她害死了。现在你也是一等的好人，你的人品相貌性情身材应该是比她还要更好一些。不是我故意给你戴高帽喔。我这么说，是想说陈先生的命很好，因为他的命很好，所以能做得他老婆的人，就一定是很好的。你说我说的对吧？"

张倩听得心里甜滋滋的，嘴里却说："你别夸他了。他听到，那条尾巴就竖得高高的了。"

二叔婆说："不是我故意夸你家陈先生喔。你看他几有本事，他救的人，我看连他自己都记不清了。自古说好心自有好报。像他这么个好人，天还会不舍得配个好老婆给他？"

张倩听了很高兴，但不敢再说什么了，她怕她一开口，老太婆又长篇大论。

二叔婆见她不作声，又问："陈师奶，你那么喜欢养猪，你家怎么不养一口。你养吧，如果你养猪，我教你。我保证你养的猪长得又白又肥。"

二叔婆把张倩说得心里痒痒的。她多想养一口猪啊，可是他不让养呢！她是不愿意把自己的家事抖给别人听的，于是说："养是肯定要养的，这事以后再说吧。"

陈无偏看见张倩经常去二叔婆家串门，看她喂猪甚至还动手帮她喂猪。他知道她很喜欢养猪。他过去是讲过不养猪的，可是前一段时间他得罪了她，弄得她哭哭啼啼的，他花了好大的功夫才把她哄住了。他心里很抱歉，总想做点什么来补偿补偿她。他想，如果这时候张倩提出要养猪，他便答应她了。可是又不见她开口。她不开口，他也不开口了。他忙得很，多一事不如少一事了。

陈无偏确实很忙。来医馆里看病的人络绎不绝，而且还有许多从外地来的人，请他前去施诊。陈无偏是个热心人，只要有人前来延医，无论路程远近，无论白天黑夜，无论刮风下雨，他都会前去应诊的。

一天，石楼有两兄弟撑来了一只小艇，到金窝村请陈无偏去看他们的老父亲。

陈无偏询问到他们的父亲已经八十多岁了，连日来双眼紧闭，米水不下，请了几个医生都没有效果。他们撑艇前来，请陈无偏去看看，看能否有救。

陈无偏很赞赏这两兄弟的孝顺，看完了在堂前候诊的病人，他便简单收拾了一下，向张倩说一声，拎起那只里面装有手枕、笔墨、处方笺的小藤箱跟着来人走了。

陈无偏出到村口，走下码头，上到了来接他的那只小艇上。

兄弟俩很客气地说："先生坐好，我们开船了。"说着，站在后面的老大用竹篙往码头一点，那小艇"嗖"地向前滑了出去。

老大左一篙、右一篙地用竹篙往河涌的两岸撑着，小艇驶出河涌，来到了市桥河上。老大把竹篙放在船舷上，坐了下来，拿起木桨，使劲地划着。坐在后头的老大划累了，坐在前头的老二立即就举桨划起来。这两兄弟可能口讷，一路上都不大言语，只是使劲地划桨。两兄弟轮换着，使劲地划呀划呀，不用小半天，船便划到了石楼。

这两兄弟忙着把小艇泊好，便急急忙忙地扶着陈无偏下船，领着他上岸，急急脚地往村里走去。

这时，陈无偏突然醒起：也该问一问该如何称呼人家。于是他问道："我怎么称呼两位呢？"

老大说："我叫张树根。"

老二说："我叫张树头。"

陈无偏看见他们很憨厚，微笑地点了点头。

他走着走着，发现这一带都是穷苦的人家。村里是一溜的茅草房。村外是一片沙田。陈无偏看得出这里的村民是过着半农半渔的生活。

他跟着张树根、张树头兄弟俩走进一间茅草屋。屋堂的竹榻上躺着一个面色晦暗、骨瘦如柴的老人。陈无偏知道这就是自己施诊的对象了。

两兄弟走到老人跟前，叫了一声："爸——"

老人懒洋洋地把眼睛睁开了一条缝儿，很快又合上了。

左邻右舍看见来了医生，也在远处探头探脑地看热闹。

陈无偏见此，手枕也不拿了，他站着用自己的左手抓起老人的手腕。那手干枯冰冷。他用自己右手的食指、中指、无名指三个指头在老人的手腕处按下，就给他诊脉，经过举、按、推、寻，发现脉沉微细，欲断欲绝。看过两腕的脉象，他再看看舌头，可是老人的嘴巴紧闭着，怎么办呢？

陈无偏想想，觉得还是要看的，他用手渐渐用力在老人的腮帮上一捏，老人一脸苦相，勉强地张开了一点嘴巴。老人嘴巴一张，立即冒出了一口很臭的口气。

陈无偏憋着气，认真地往里一看，发现老人的舌头胶白胶白的，好像上面粘着一层厚厚的腐乳皮。

他放开手，扶老人睡好，自己直起腰来，向张树根、张树头兄弟俩双手一拱说："恕陈某直言，令尊的病是蛮重的。他阴寒弥漫，阳气将脱。由我来治，机会是一半一半。"

这两兄弟站在那里愣着，不知所措。

陈无偏问道："你们明白我的意思吗？"

两兄弟都摇了摇头。

陈无偏说："我只有五成的把握。就是说，成也五成，败也五成。如果得到成那五成，你们不必谢我，这是我的工作。如果得着败那五成，你们也不要恨我怨我。我无力回天，但却尽力了。你们如果明白这病的深重，一旦医不好不怪我恨我，我就开方子。你们要是不明白的，你们就另请高明，我回家了。"

张树头急着说："明白明白，我们不怪。"

张树根也说："陈先生，我们没读过书，但也明白事理，有什么三长两短，我们是不会怪你的。"

陈无偏说："既然这样，我就开单了。"

说着，他打开小藤箱，取出墨盒、毛笔和处方笺，讨点水来把墨盒里的黑棉花润开，在上面舔软笔毛，然后在处方笺上写着：

生附片三两（另包，先煎四个钟）　干姜二两　上好肉桂四钱　生甘草二两　全瓜篓五钱（打）　薤白五钱　砂仁一两（姜炒）　龟板三钱（先煎）　黄柏三钱　红参一支（另炖兑服）

先放附片、干姜、甘草、龟板四味，加水大半煲，先武火煎滚，后文火慢煎，中途用滚水续水，务必要煲够四个钟。然后再放余药。煎好后分五到六次徐徐服用。

处方笺上是一行行欧体小楷。陈无偏认真地校对着上面的字眼。

校对无误，他将处方交给张树根，说："此地有药材铺？"

"有！"

"快去捡药吧！"

一会儿，张树根跑回来说："药材铺说生附片是毒药，又三两那么重，会吃死人的。他们不敢卖。"

陈无偏说："你去给药材铺说，医生就在家里坐着等药。他会负责的，请他们放心卖药好了。"

张树根又跑去捡药，一会儿把药捡回来了。

陈无偏吩咐他们先把生附片、干姜、甘草、龟板四味先煲，余药陆续后下。

此时，张树根小心翼翼地问陈无偏："先生，我们该给你多少诊金……"

陈无偏环视一下，说："你们过的日子也不宽裕，诊金就算了。"

张树根、张树头都不禁一愣："这怎么行呢？"

陈无偏笑道："有什么行不行的，我说行就行了。"

两兄弟一脸唏嘘。

张树根说："既然陈先生不收我们的诊金，我们耽误了你那么多的时间，心里很过意不去，我们现在就送你回去吧！"

陈无偏说："令尊病成这个样子，药还没有吃下，我也难放心回去。我再待一会儿吧！"

两兄弟听了，感动得千多得万多谢。

再过一会儿便到吃晚饭的时间了。张树根的媳妇把一锅热粥放在桌子上。张树头的媳妇跟着又端出一筐煮熟了的番薯摆在桌子上。四五个孩子围在桌子旁边嚷道："得吃未呀？"

陈无偏看出他们还没有分家。他很羡慕他们，一家人虽穷，却和和气气，亲亲热热地生活在一起，这几好！

张树根的媳妇小声地对张树头的媳妇说："去抓只鸡，煮来给陈先生做菜吧。"

陈无偏听见了，赶紧说："不不不，我就爱吃这个。"

他拎了张小板凳，坐近桌子边，说："我也饿了，不等了，失礼了！"说着，自己动手喝粥吃番薯。

张家的两个媳妇见状，叫道："哎呀！失礼的是我们，我们怎么能让陈先生你吃这样的东西呢？"

吃过晚饭，天已经黑了。

张树头的媳妇说："陈先生，你今晚是在我们家住的吧？"

陈无偏说："看来要在这里住一个晚上了。"

张家的两个媳妇马上给他在屋堂上搭了张竹床。穷人家没蚊帐，张家的媳妇在竹床下面准备了几把扎好的半干不湿的紫荆木叶和艾叶，让陈无偏睡觉时熏烟驱蚊。

陈无偏看看老头子，好像越来越不行了，可是药还没有煎好。

他觉得等下去不行了，不能这样等了，于是对张树根、张树头两兄弟说："可以先喂点药给他喝。不喂多，两匙羹即够。"

张树根、张树头两兄弟遵照陈无偏的吩咐，灌了两匙羹的药给他们的老豆喝。喝了也没见什么。

过了一会儿，陈无偏又吩咐他们两兄弟再灌两匙羹的药给他们的老豆喝。

再过一会儿，陈无偏又吩咐他们两兄弟还灌两匙羹的药给他们的老豆喝。

这样，喝了一次又一次，喝了一次又一次，等到四个钟头过去，药煎好的时候，老头子已经喝了两碗药下肚了。

陈无偏摸摸他的手，原来冰凉的手变暖了，再摸摸他的额头，额头上冒出了些许汗影。陈无偏知道老头子的阳气回来了。他的心也定了。他说："我也困了。我先眯眯眼睛。"

张家两兄弟连忙说："陈先生辛苦了，陈先生先睡吧！"他们把竹床底下的紫荆木叶和艾叶点燃，吹灭，让它慢慢发烟，然后招呼陈无偏睡去。

其实陈无偏哪里睡得着？此地蚊声如雷，床底下冒起的白烟又让人透不过气来。陈无偏不知道自己像慢火煎鱼似的侧身翻转了多少次，最后终于睡着了。

半夜醒来，陈无偏发现张家两兄弟还在守候着他们的父亲。他问道："怎么样？"

张树根说："睡着了，刚才还轻轻地打了一下鼻鼾哩。"

陈无偏问道："他生病以来打过鼻鼾吗？"

张树根说："没听过。"

陈无偏说："很好，很好。等一会你们再斟一碗药给他吃。"说完又睡去了。

到了五更天，竹床底下的紫荆木叶和艾叶棒已经燃尽，蚊子们肆无忌惮，咬得陈无偏再也躺不住了。他从竹床上爬起来，发现张家两兄弟还坐在那里。他深感这户人家的孝顺。

他问道："怎么样了？"

张树根说："他刚才叫肚饿，要吃粥。我见先生睡着了，不敢问。先生，你看可以给他吃点粥吗？"

陈无偏听了很高兴："好，好，'得谷者生'啊！昨晚还有粥吗？"

"有！"

"烧滚它。烧滚了，才能给他吃喔！"

张树头马上就跑去烧粥。

天很快就发白了。有好事者探头探脑地在门外打探消息，他们发现老人坐起来喝粥了，便飞快地跑回去散布。没多久，村民们陆陆续续地来了。他们来问候老人，也来瞧清瞧清医生的真容。

他们悄悄地对陈无偏说："先生，你真是华佗再世了。六叔公本来准备着做后事的，你都能把他救回来。你真是华佗了。"

陈无偏笑道："哪里，哪里。"

内中有人不舒服的，说想请陈无偏看看病，陈无偏很爽快地看了。

看完之后，那人问他该给多少钱。

陈无偏想，张家给钱我都不收了，这个也不收了吧！于是说："算了，算了，不用给了。"

其他人听见不收钱，都伸手过来叫看病。到中午时分，全村人都叫陈无偏看过病了。

吃过午饭，陈无偏要回家了。张家两兄弟要送他回去。

陈无偏对张树根说："你留下来服侍你老豆吧，你弟弟一个人送我回去就可以了。"

张树根担了一担番薯下船，说要送给陈无偏。

陈无偏立即摆手兼摇头："不要，不要。你怎么送那么多的番薯给我，留给你们自己吃吧！"

张树根说："给你诊金，你又不要。我们别的没有，番薯还是很多的，陈先生赏个脸，收下来吧。"

看过病的村民看见张树根拿番薯做诊金，心想自己家也有的是番薯，于是也一篮子一篮子地提来，一下子把船装满了。

一船的番薯，再加上陈无偏，张树头肯定是撑得很吃力的。有个小伙子说："树头哥，我来帮你！"

陈无偏对张树根说："'效不更方'。就吃这张单就行了。怎么煎药，我也教你。我没煎够四个钟，就开始给你老豆服药，那是因为当时危急，'事急马行田'了。下一回千万不能这样做喔。下一回，一定要煎够四个钟。附子有大毒，不煎透是会出事的，一定要记住喔！"

在大家的"多谢！""好走！""慢走！"的道别声中，小船缓缓地离开了石楼。

张倩在那厢等到心都快要冒出火来了。

她自和陈无偏结婚以来，两口子恩恩爱爱，从未守过空房。现在竟一去不返，连句话也没有，这是怎么回事？孤单不说，尤其是"怕"，这真让她受不了。她一个人带着两个小孩，看着空出半边的床，心里的滋味只有自己才知道。

她伸长着脖子，等呀等呀，终于把陈无偏等了回来。不想和老公一道回来的还有一船的番薯，真叫她啼笑皆非。

过几天，张家兄弟和村里十几个小伙子撑了几条船，扛着一个狮子头，一副锣鼓，拎着两挂鞭炮来到陈氏医馆鸣谢。

金窝村的村民闻讯都跑来看热闹，把陈氏医馆围个水泄不通。

不善言辞的张家兄弟和这十几个小伙子在医馆前舞了一通狮子，放了两挂鞭炮，说了几句道谢的话便走了。

临走前，还扛来了一堆小山般高的番薯。

陈无偏一脸是笑。他对围在医馆门前看热闹的邻居们说："我哪里吃得了那么多的番薯？大家高兴的话，来帮我吃一些。来，大家都来，都来拿些番薯回家去！"

张倩嫁来金窝村，还第一次看到这样的场面。她高兴得那张瓜子脸似乎都变圆了。

回到屋里，趁没人的时候，她用力地搂着陈无偏，使劲地在他的脸颊上亲了一口。

二十五

大清早，黄守财就跑到陈氏医馆来。

陈无偏说："又有什么事要帮衬？"

黄守财笑得见牙不见眼："帮衬是肯定的，不过那是以后的事。现在我来给大哥报告一个好消息。"

"什么好消息？"

"我老婆昨晚生了！"

"喔！是个好消息。"陈无偏立即笑了起来，"是仔是女？"

黄守财笑道："陀枪的，是仔！"

"啊！恭喜恭喜。取了名字没有？"

黄守财说："想过了一下，叫黄百挡吧。我希望他将来勇武过人，把衰气统统挡开。"

陈无偏想了一下，说："这个名字还不算最好。"

黄守财说："为什么？"

陈无偏说："百挡，能把衰气统统挡开当然很好，既然是'百挡'，把福气财气也一块挡开了，那问题不就大了？"

黄守财一愣，说："是喔！那你说，起个什么名字好呢？"

陈无偏说："我看应该把那个'挡'字的提手旁去掉，叫'当'，黄百当。天下什么事，他都能担当得起来！"

"哎呀！你真是大哥，我想不服你都不行。好，托大哥的福，就叫黄百当！"

到了年底，上级布置要选劳动模范。真是新社会，新气象。劳动就是"做"嘛，农民自古以来都是"做"，不"做"哪有得吃？

现在劳动还有模范，新鲜，新鲜。

刘天赐按照上级的部署，召开村民大会，选举金窝村的劳动模范。

他在会上动员说："大家要认真履行好我们当家做主的权利，发扬民主，充分酝酿，一定要选出我们金窝村劳动最好的人。选出之后，大家都向他学习，把我们金窝村的生产搞好！"

解放后的气氛非常好，民众非常听共产党的话，简直是一呼百应。现在党要选举劳动模范，大家就很认真地选劳动模范。

经过了充分酝酿之后，有个妇女站起来说："我选二叔婆！"

二叔婆年岁大了，开会没多久就打起瞌睡来，还发出了轻微的鼻鼾声。坐在她旁边的一个小女孩发现了，心想，人家都选你做模范了，你还打瞌睡？她用肘子顶顶二叔婆。

二叔婆睁开眼睛问道："什么事？"

小女孩小声说："二叔婆，她们要选你做劳动模范呐，你还打瞌睡！"

二叔婆一愣，大声说："谁跟我过不去，竟选我做劳动模范？"

大家听了，都笑了起来。

另一个妇女也说："我也选二叔婆！当初我们村养猪，因为没粮食，把猪养成猴子一样，成了个负担。后来二叔婆想出了个好方法，不仅自己把猪养好，还带动我们也把猪养好，现在我们村猪多肥多粮多，这里面有二叔婆好大一份功劳。所以我要选她做劳动模范。"

大家听了，跟着嚷了起来："是呀，我们村还有谁有二叔婆那么大功劳的呢？"

"二叔婆不当，还有谁够资格当呢？"

"就是，选二叔婆！"

二叔婆听见大家坚持要选她，急了起来："你们不要为难我这个老太婆了。我都老到掉了半嘴牙了，还做劳模？你们想让别人听见了，笑到我把剩下的那半嘴牙也掉了是不是？"

有人说："二叔婆，佘太君百岁还挂帅，你离一百岁还差得远哩，你就不要谦虚了。"

"要是我呀，能得个劳动模范当当，把牙掉完都愿意。"

"你这家伙，做梦娶老婆，光想好事！"

坐在台上的刘天赐没想到大家会选到他的母亲。他从小就跟他老豆二叔公在私塾里泡过，晓得"外举不弃仇，内举不避亲"，他觉得自己的母亲也是够勤快的，在养猪这方面也确实有些贡献。既然是大家自愿选的，也不枉法，于是他说："刘黄氏算一个。大家看还有吗？"

他话音刚落，黄守财便说："我提议陈无偏！"

会场沉默了一会，强仔说："人家选劳动模范喔，怎么跑出个医生来呢？"

会场荡起了一阵暗涌。

黄守财骂道："你这家伙是脑袋长到屁股上了。你说医生是坐在那里像地主老财那样收钱。医生看病也是劳动！没有陈无偏给我们大家看病，我们都像痨病鬼似的，那时候'劳'个屁！"

有人说："是呀，医生是用脑子来劳动的喔，我们劳动累在身上，谁都可以看见。做医生的累在心里，苦累他自己才知道。"

"我同意选陈先生，我们村里谁都得他治过救过。邻村外地的许多人都得他治过救过。要论功劳，论名声，我们谁都比不过他！"

"对，我也要选无偏哥！"

陈无偏看见大家那么支持自己，很是感动，但嘴上却说："我一点都不累，我一点都不累。还是选别人吧，好不好！"

大家说："不好，我们就是要选你！"

在台上的刘天赐也是非常赞同陈无偏的，他大声说："好！算一个。大家看看还有谁吗？"

大家交头接耳了一阵子，都说："没有了，我们就选二叔婆和陈无偏两个！"

刘天赐当场宣布："刘黄氏、陈无偏当选。大家鼓掌！散会！"

散会以后，村委会用大红纸写了个光荣榜张贴出来。

陈无偏感到自己在人前人后都受到了称赞，心里非常高兴，觉得新社会新气象，现在什么事情和过去相比，都大不相同。好，真好！

刚经历了"三反五反"运动，机关的作风出现了明显的变化。"三反五反"的一个主要内容，是反官僚主义。各级机关干部在运动之后纷纷走出机关，深入基层，联系群众，调查研究。

陈新就在这个时候，来到了金窝村。

陈新从小生活在市桥，十几岁就接过父亲遗留下来的一辆黄包车。他起早摸黑，跑路拉车，挣几个小钱回来供养多病的母亲，养活自己。日本仔打入市桥，害得他家破人亡，最后他投奔了广游二支队，走上了革命的道路。陈新参加革命队伍以后英勇作战，积极工作，事事争先，不落人后，所以进步很快。他入了党，成为部队的骨干。解放以后他被任命为乡长。"三反五反"之后，他感到自己是一乡之长，更应该带头深入基层，联系群众。他带领几个乡里的干部来到了金窝村，和农民群众同吃同住同劳动，发现问题，解决问题。

他发现这个村的村长刘天赐年轻，肯干，有文化。当然他明白这个"文化"，不是说他在什么学校毕业，或者读过什么学校，而是他识文断字，明白的道理很多。刘天赐从小跟他父亲在私塾里泡大。这点童子功，在当时的干部中是少见的。所以他欣赏他，决定发展他入党。他和刘天赐谈过话后，刘天赐更加积极了。

陈新这个乡长也吃得苦，他在和农民群众同吃同住同劳动之余，还经常找群众开调查会，或者和群众促膝谈心。他从土改开始，然后清匪反霸，发展生产，抗美援朝，"三反五反"等一路检查过来，看存在什么问题，有什么需要改进。连他的上级、他的同事都夸他作风扎实，一步一个脚印。他老婆却说他犟，是古老石山，死牛一边颈。

一日，他找几个群众开座谈会，检查检查村里这段时间的工作。

强仔问道："乡长，凡帮助日本仔的人，我们都说他是'汉奸'，是不是？"

陈新听了本能地点点头。

强仔继续说："我们无偏叔养了个小日本仔，怎么他又不叫'汉奸'呢？"

陈新眉头一扬："哪个无偏叔？"

"就是陈无偏呀！"

"是很会治病的那个？"

"是呀！"

"啊！"陈新对陈无偏可谓是久仰了。当年他母亲身患重病，他就很想存点钱，带母亲到金窝村找陈无偏看看病。不想他被这死日本仔抓了壮丁，等到逃跑回来，母亲已经活生生地饿死在病床上。他对日本仔真是怀有深仇大恨啊！

可是，这个陈无偏怎么会养个小日本仔呢？我们把个脑袋掖在裤腰带上打生打死，目的只有一个，就是要消灭这些万恶的日本仔，把他们赶出我们中国。而你怎么偏偏要养一个小日本仔呢？他虽然对陈无偏素有好感，但觉得这是个原则问题，是个严重的大是大非问题。一定要弄清楚。如果情况属实，你同情日本仔，帮助日本仔，把屁股坐到日本仔那一边，那么打你一个"汉奸"也不为过喔！

他想，现在从上到下都反官僚主义，还是先去看一下，调查研究一下再说。他带上几个和他一起下来的乡干部，叫上村长刘天赐一道去陈氏医馆看看。

到了陈氏医馆，乖巧勤快的刘天赐马上走快几步，向陈无偏介绍说："陈先生，我们陈乡长来看你了。"

他说完的时候，陈新他们也走进来了，便对陈新介绍说："乡长，这就是我们村的医生陈无偏。他的医术是非常高明的，群众说他是再生华佗呐！"

解放初期时兴握手。陈无偏一脸是笑。他伸着手，走前几步准备和乡长握握手。可是陈新并没有这个意思。他没接这个茬。这个大是大非的问题还没有弄清，怎么能随便？

此时的他，背着手，双脚拉开小半步，挺胸抬头在那里看天。

这是他审问或者追问人的一个招式。他这个招式是从电影《列宁在一九一八》里学来的。电影里列宁的侍卫官审问犯人时最喜欢说一句话："你望着我的眼睛。你用你的眼睛望着我的眼睛。"他认为这句话很厉害，它产生着一股高压的态势，会使被审问的人难以抵赖和撒谎。因为此时不在室内，不是两个人面对面地坐着，他不能直接嫁接列宁的侍卫官的方法。于是他临时发挥，改用绷腿站立、挺胸、仰视、神态威严、神情肃穆。他想，这个态势，其震慑力是没说的了。诚如陈新所想，他的震慑力是够大的了。

陈无偏大步迎上，热情地伸出手来迎接前来医馆的陈乡长，岂知热脸贴到冷屁股上，令他好不尴尬。他的笑容霎时间凝固在脸上，连自己都觉得非常别扭。

首先他感到他的自尊心受到了很大的伤害。他想，国民党南京卫戍司令唐生智还是上将的官衔哩，可是人家见了我都礼贤下士，待作上宾。而你才是个乡长啵，怎么用这个态度对人呢？好，好，好！你走你的阳关道，我走我的独木桥。我惹你不起，但总躲得起你吧？于是他掉头往回走了。

陈无偏一往回走，陈新则感到是在向他挑战。好家伙，你这是干什么？他不禁怒从心起，大声喊道："陈无偏！"

陈无偏停下脚步，回头问道："你叫我吗？"

这一句话让陈新噎住了。怎么这家伙不怕，还大大咧咧的。我这一招是从苏联老大哥那里学来的喔，过去使用起来一直是很灵的，怎么今天不灵了呢？他心里一动，原先想好的套路便乱了。

他随口"唔"了一声。

陈无偏问道："你叫我有什么事？"

这家伙倒反客为主了。陈新想，当然不能输给他。

他说："我问你，你有几个孩子？"

陈无偏觉得奇怪，这关你什么事？这也要你来管？他不想理他。

跟着陈新来陈氏医馆的刘天赐没想到会出现这个场面。一个是他的顶头上司，一个是他的好朋友，村里的大好人，村里病家的大恩人。他们现在好像在较劲喔，他感到两头为难，不知帮谁才好。他一听到陈乡长问到这个问题，而陈无偏却没有开口回答，他便主动开口代答，以缓解他们之间的冲突。他说："有两个孩子。"

陈新冷冷地追问道："这两个孩子的情况怎么样？"

孩子的情况怎么样？孩子的情况会有怎么样？一向被大家公认为脑袋聪明、伶牙俐齿的刘天赐都没转过弯来，他一时间不知如何作答。

陈新对刘天赐有点不太满意。他进一步说："这两个孩子是谁生的？"

陈无偏听到这里，气得火儿不打一处冒。他想，这王八蛋来踢馆的是不是？他努眼突睛。他根本不去尿他这一壶。

刘天赐是这里的土地公，他明白只好由他来说了。他说："一个是陈医生自己生的，一个是捡来的……"

"捡来的？从哪里捡来的？"

"从他家的大门口捡来的。"

"那这小孩的父母是谁？"

刘天赐觉得不好回答了。他心里在想，乡长今天怎么啦？

陈无偏这边听来，心里头更不是个味，哼，好像我是拐带人口一样。你这家伙想干什么？

他见刘天赐吭吭哧哧的不知该说什么才好，心想：这有什么不好说的，杀头不过碗大的疤！我只是捡个没人要的孩子回来抚养，我有什么罪？于是破罐子破摔地说："他的父母是日本仔，怎么的？"

陈新听了，从鼻孔里"嘿"了两下，他学着陈无偏的口气，恨恨地说：" '怎么的'！我倒想听听你的'怎么的'。日本仔侵略了我们十四年，他们长期侵略我们中国，奴役我们中国人民，给我们带来了数不清的灾难。经过了十四年抗战，我们舍生忘死，才打败了这些该死的日本仔。你倒好，你帮他们养起崽来了。你怕我们曾经受过的苦难还不够是吧？你怕他们死绝了是吧？你同情日本仔，帮助日本仔，你这是不折不扣的汉奸行为！"

陈无偏这一辈子最痛恨的就是日本仔和汉奸了。日本仔侵略了我们中国，日本仔害死了我的老婆，日本仔害得我鸡公带崽，颠沛流离……日本仔的罪恶罄竹难书！汉奸就是日本仔的走狗。他做梦也不会想到一个新社会的乡长，一个共产党的乡长竟然说他是日本仔的走狗，是汉奸！

　　他脑袋都气炸了！此时他的脑子一片空白，一向斯文的他竟忘记了他的素养，变得粗野起来。你骂得了我，我也可以骂回你。他不经思考，立即回口骂道："你说我是汉奸，你个老母才是汉奸！"

　　陈新没想到这家伙竟敢"问候"起他的"老母"。反了反了！不治治他，不打打他的气焰，今后怎么开展工作?！于是他对随行的乡干部喝道："把他捆起来！"

　　陈无偏听到要捆他，更怒不可遏："我犯了什么罪，你们竟要捆我？你来试试！"那两个乡干部是刚从部队下来的年轻人，听到乡长的命令，立即冲了上来要捆陈无偏。

　　陈无偏从小就练拳，练了二十多年，他已到达了听风出招，不必看人的境界。陈无偏虽从小练拳，却从未跟人交过手。在植地庄那场战斗，卫国尧只安排他扔手榴弹，他的武术没有派上用场，没想到现在竟派上用场了。

　　那两个小干部一近身，陈无偏立即感觉到有股风逼向自己，于是立即就来个"撕天排云"，接着是"春云乍展""乌龙摆尾""虎啸苍穹""蝴蝶穿花""旋风扫叶"……他觉得意犹未尽，还未想到停手，可那两个乡干部和他们的乡长早已人仰马翻，跌倒在地上了。

　　张倩在旁边看呆了。

　　她听老公讲过他会打拳，没想到竟如此英雄了得，今天算是开了眼界。

　　解放初期还有敌特破坏，社会治安不好，乡长是配有防身武器的。陈新被摔得四脚朝天，他第一时间就是想到他身上的防身武器。他立即把他腰间的手枪拔出来，朝天"乒、乒"打了两枪。

　　这两声枪响令陈无偏猝不及防。他蒙了，他愣了！这是怎么回事？

趁着陈无偏蒙了愣了的当儿，那两个小干部倏地跃起，腾空扑向陈无偏，把陈无偏撅倒在地上。那两个小干部是刚从部队下来的年轻人，他们除了没有帽徽和胸章，其余的着装佩带和在部队时还一个样。他们马上把自己腿上的绑带解下来，把陈无偏捆成了一只五月粽。

张倩看见自己的老公被捆了，她扑将上去，死死地拖住老公不放。

陈新过来掰开她的手，她便疯了似的转过来去厮打陈新。

陈新厉声警告说："你住手！你再不住手，我连你也一块拉走！"

二十六

捆押陈无偏是陈新始料不及的举措。

他原先是根本没有这个打算的。他原先只觉得陈无偏收养个日本儿童不好。这个世界有那么多儿童，你收养哪个不行，为什么偏偏要收养个小日本仔？日本仔害得中国还不够深吗？他们失败了，跑了，你还帮他养崽带崽，你的屁股坐在哪一边？你的民族感情到哪里去了？他原先打算去训他一顿，然后把他弄到会上再批一顿，批完之后责令他妥善处理好这件事；如实在不能妥善处理好的，也必须坚持原则，划清界限，不能将他当中国人一样的看待。不想这家伙像根刺头，像块茅坑里的顽石，最后还暴力抗上，殴打国家公务人员。我看你是反了！

当时公检法还未健全，抓人捉人的事，都是政府说了算。特别在农村，乡长说办就办了。宁静的金窝村的上空，炸响了两声沉实且响亮的枪声，把村民们吓了一大跳。

大家立即跑出家门，探头探脑地看个究竟。

他们发现两个乡干部押着五花大绑的陈无偏从街的那边走过

来。村民们一个个被吓得目瞪口呆。他们互相询问：这是怎么回事？

陈抗日正在村边玩耍，他听见枪响，也跟在伙伴们的屁股后面跑回来看热闹。跑在他前面的伙伴跑回来，对他说："抗日，你老豆被抓了！"

陈抗日心想："我爸爸一天到晚给人看病，他治好了那么多的人，他只做好事不做坏事，怎么会抓他呢？乱说！"于是他骂道："闭上你的臭嘴，抓你老豆才真。"

那伙伴说："不信你自己去看看。"

听见同伴那么说，陈抗日有点怕了。他加快了步伐。他跑进村里，看见村道上站满了人。他钻进人墙，一眼看见自己的老豆被人绑着押走。他立即懵了。

刹那间他清醒过来，立即扑上去，抱住了爸爸的大腿，大声叫道："爸爸，我不让你走！"

跟在后头的陈新走上来，把陈抗日的手扳开，说："小孩子，走，走，走！"

看见了儿子，陈无偏心都碎了。过去坐日本仔的监狱，他都是两父子在一起，现在他却要和他的宝贝儿子分开了。他不禁悲从中来。但他忍着，他坚信他没有错，他在心里头说道：你抓我就抓吧，我不怕！他对陈抗日说："儿子，爸爸会回来的，你要乖，要听话啊！"

陈抗日眼看着爸爸被拉（粤语口语，"被拉"即"被抓"）走了，两行眼泪簌簌地掉了下来。

看着满街渐渐散去的人群，陈抗日突然感到了害羞：怎么别人的爸爸不是这样，而我的爸爸是这样的呢？他不愿见人了，他躲进荔枝林里不出来了。

天慢慢地黑了，他肚子饿了，他要回去找东西吃了。但他还没有动。爸爸被抓了，他突然觉得这个家好像没有什么意思了。家里那个女人不是他的亲妈。爸爸不在了，她会对我好吗？可是肚子像推磨似的"咕咕"地叫着，他经不住饥饿的折磨，最后还是迈开了脚步，慢吞吞地往家里走去。回到家里，饭桌上已经摆好了饭菜了。

张倩看见了他，说："抗日，你到哪里去了，让我好找。天快黑了，快吃饭吧！"

陈抗日觉得这句话很温暖。他鼻子一酸，眼泪快要流出来了。

他赶紧端起饭碗扒饭，那眼泪簌簌地掉落在饭碗里。

陈无偏被抓了，这颗大石头掉落到水中荡起的余波久久未能平静。陈无偏不仅广行仁术，救人无数，而且他为人谦恭，是个好好君子，从不做得失人的事，他有什么十恶不赦的恶行，竟至要被陈乡长拉走的地步？

很快，村民们陆陆续续地涌到村长刘天赐的家里，向他打探究竟。

一提起这件事，刘天赐就像丈二金刚，摸不着头脑。他说："我也烦。他们两个人怎么谈不到三句话就吵了起来，吵不到三句就打了起来呢……"

村民们听了很有兴趣。有人问道："谁先动的手？"

刘天赐说："陈先生啰！"

有人感叹说："真看不出喔，这一点都不像陈先生平时做事的风格喔！"

有人问："谁打赢了？"

刘天赐说："陈先生啰！我还没看清楚，这三个人都倒在地上了。"

"哇！咁厉害？"

"真看不出喔！"

"看他平时斯斯文文的，竟有那么好的功夫！"

"这叫真人不露相！"

"我听说他每天早上都在自家的天井打两套拳哩！"

"难怪那么了得！"

有人问刘天赐："是什么事惹得无偏叔那么火，三句未完就动手打人，而且还出手那么厉害？"

174

刘天赐说："陈乡长说他收养陈和平不对，是汉奸行为啰。"

有人说："难怪陈先生发火了！"

有人说："这无偏哥也是，世界千千万万的人，你收养谁不行，可偏偏收养个小日本仔！"

站在旁边的黄守财一听便急起来了："你这么说就不对了。"其实他过去何尝不是这样想的？

他说："小日本仔就不是人呀？他父母大日本仔做的坏事跟他有什么关系？不能连他都株连呀！再说，已经养到这么大了，现在再说这些话，你叫陈无偏怎么办？不养了，掐死他？这不是和他的父母老日本仔一样吗？"

这人听了，连忙摆手兼摇头："对，对，对。我是随口乱说的。我错，我错。"

又有人问道："这陈乡长在天远地远的，他又怎么知道陈先生收养了个小日本仔呢？"

刘天赐听到这句话，赶紧说道："这跟我没关系喔。我的口从来没那么贱喔。"

有个半大不小的愣头青在旁边说："我知道，是强仔说的。那天陈乡长找人开会，强仔问陈乡长：'白家给日本仔做事，给划作汉奸，陈先生收养了个小日本仔，怎么又不是汉奸呢？'陈乡长就去找陈先生了。"

"你怎么知道得那么清楚？"

"那天我在旁边呀！"

黄守财听了，气得心眼冒烟。

第二天，他碰见了强仔，当胸一把揪住他的衣服，恶狠狠地骂道："三八！是你跟那个陈乡长说，陈先生收养了个小日本仔是汉奸？"

强仔看见黄守财的脸黑得像还没放进打铁炉的木炭一样，吓得话也说不出来："我，我，我……"

"你信不信，我把你拉到我的打铁砧上，用铁锤把你砸一顿？"

"信，信，信！"

"下次那个陈乡长来了，你去给他说，陈先生不是汉奸，你去吗？"

强仔结结巴巴地说："我，我，我，去！"

陈抗日是个细心而又有主见的孩子。他想，爸爸肯定是个好人。我从小跟爸爸在一起，几乎寸步不离。爸爸做什么事我都知道。爸爸做的事就是四个字——治病，救人。可是爸爸为什么又被乡长拉走了呢？是坏人才被拉的呀！

他带着这个问题，去听大人谈话，他要找出这个答案。

他像个小特务似的默不作声地偷听大人的谈话，最后让他听了出来，原来爸爸之所以被乡长拉去，原因是收养了那个小日本仔。

他想：我都觉得小日本仔是不好的，还因为这件事和爸爸，和后母怄过气，可爸爸就是要收养这家伙。如果当初不收养这个小王八蛋，爸爸就不会被乡长拉去啦！不过，现在不是说这个话的时候。爸爸被拉去了，也不知道什么时候能够回来。我们一家人都是靠爸爸给人看病生活的。爸爸被拉去了，不能给人看病了，那谁来养活我们？

他觉得这件事很严重。从小到大都不知道失眠是啥事的他，这晚却睡不着觉了。不知熬到什么时候，他才迷迷糊糊地睡着。可是睡着之后，他就一个一个地发着那些稀里糊涂的梦。

第二天中午放学回来，他看见村长带着二叔婆来到医馆里。

村长问后母："我妈心气痛的病又犯了，过去都是陈先生看的，我想问问陈师奶，你会不会开单？你会看的话，请帮我妈看看吧！"

陈抗日听见后母叹了一口气："我会看就好了。我会看的话，我马上就给二叔婆看病。二叔婆平日待人几好！"

二叔婆捂着心口，皱着眉头说："陈师奶你真是个好人，说出的话，让人听了都觉得很舒服的。我不打扰你了，我们再想别的办法了。"

陈抗日听见后母说："我帮不了你们，很不好意思。"

村长带着二叔婆走了。

他们走了好几步，陈抗日听见后母在后面叫道："村长，二叔婆……"

村长和二叔婆停下了脚步。

村长问道:"陈师奶,有什么事?"

张倩说:"真不好意思。我想在你们那里赊只小猪崽来养养。我家先生也不知道什么时候能回来。他不回来,我们的生活就成问题了。即使我不吃,我们家里那两个小孩也要吃呀!所以我想起养条猪。多个办法多条路嘛!"

陈抗日听了,心里酸酸的,泪水都出来了。

村长说:"不说赊不赊的事。陈先生帮我们还少呀?这个时候,我们帮帮陈先生是很应该的。我等一下就扛条猪过来。"

村长回去之后,就用辆板车把二叔婆推到市桥去看医生了。回来之后,他就来帮修了一个猪栏,修好了之后,就扛了一条小猪过来。

放学回来,陈抗日发现家里多了 口小猪,心里很高兴。

张倩快手快脚地做好晚饭。吃过晚饭,她就侍弄那只小猪。

陈抗日快手快脚地帮洗碗洗碟,收拾饭桌,然后就去看后母侍弄小猪。

这时,后母正在剁猪草。陈抗日不声不吭地蹲在旁边看着,看了一会儿,他想,这活我也可以做呀!于是说:"妈,让我做好吗?"

张倩以为听错了,她愣了一下,没有作声。

一会儿,陈抗日又说:"妈……"

张倩侧过头来,问道:"你是叫我吗?"

陈抗日点点头,说:"是。"

张倩说:"你肯叫我作妈了!我很高兴。"说着,放下剁猪草的刀,双手掩面,"呜呜"地哭了起来。

陈抗日见状,说道:"妈,我过去经常跟你怄气,我知道这是不对的,以后我不再跟你怄气了。我帮你剁猪草好吗?"

张倩止住了哭声,说:"你会剁猪草吗?"

"会!"

"会剁着手的喔。"

"我小心一些。我不会剁着手的。"

张倩也实在还有很多活等着去做，就把剁猪草的刀交给了陈抗日。她一再嘱咐说："要小心点喔，不要剁着手喔！"

她到厨房去，洗了一把脸。看看左右无人，她捂着嘴，好好地哭了一顿。她没想到陈抗日会叫她一声"妈"，会在这个时候叫她一声"妈"。这是没人教他叫的，是他自己叫的呀！她盼这一声，盼得好苦啊！

从那天晚上起，陈抗日很勤快很积极地侍弄那只小猪。剁猪草，扫猪粪，洗猪栏，他什么都干。他一边干，心里一边默默地喊道："小猪你快快长啊！我爸爸不知道什么时候能够回来，我们什么都依靠你的啦！"

张倩发现抗日很勤快，干得也很好，于是不免会夸奖他两句。

陈抗日说："妈……"

"唔，什么事？"

"我想爸爸了。我想去看看我爸……"

张倩一听，鼻子立即就酸了。她哽咽了一下，说："我也想看看你爸，可是怎么才能去呢？"

"你去问问村长吧，他肯定有办法的。"

"唔。"

第二天，有两个人到医馆，一个男的喊着找"师父"。

张倩莫名其妙，问道："请问你们找谁呀？"

来人觉得有点不对，正在犹豫间。

站在旁边的陈抗日看出来了，他怯怯地叫道："生哥，二家姐……"

被称作生哥、二家姐的两个人也认出了陈抗日。他们惊喜地叫道："抗日，你长那么大了！你爸呢？"

"我爸……"一问起爸爸，陈抗日立即大哭起来，"呜呜，呜呜呜……"

二十七

"怎么回事？怎么回事？"被陈抗日喊作生哥的人吓了一跳，连忙问道。

陈抗日哭道："我爸爸被拉了……"。

这生哥一听，给吓了一跳："你爸爸因为什么被拉了？"

陈抗日从大人的谈话中当然知道他爸爸被拉的原因，但他觉得这很丢人，不愿说，于是推搪说："我不知道……"

生哥看见旁边站着一位女人，看神态也不像外人，便问道："这位是……"

陈抗日答道："她是我妈。"

"喔——是师娘。失敬，失敬。我叫夏汉生，来看看师父。"

张倩看见他的年纪和自己相差不远，她从来没听过陈无偏讲收有个徒弟，而且是那么大的一个徒弟，真叫她有点不知所措。

她说道："请，请到里面坐坐吧！"

夏汉生觉得不方便，他说："不坐了。"他指着身边那个女的，对张倩说，"她叫二姑娘，也是我们村的。"二姑娘也向张倩问候。

夏汉生说："我们不打扰了。我们有事，我们先走了。我们还会来探望你们的。"

看见夏汉生他们要走了，陈抗日很不舍得，他叫道："生哥……"

夏汉生拍拍他的脑袋："抗日很乖……"说着和二姑娘一起走了。

走过打铁铺，黄守财在里面叫道："大头虾，二姑娘，衣锦还乡喔！"

二姑娘笑道："黄老板，发福了啵！"

黄守财说："解放了，心情舒畅，当然就心宽体胖啰！"

夏汉生说："什么衣锦还乡，我还不是这身土布衣服？"

黄守财说："证明你没忘本嘛！听说你在外面做官了。"

夏汉生笑道："听他们乱说。"

说着，刘天赐从对面走过来。大家见面，都很亲热地打着招呼。

夏汉生说："天赐，好久不见，好像瘦了啵！"

黄守财在打铁铺里说道："天赐当了村长，日理万机，不可能不瘦的。"

刘天赐叫道："黄老板，踢得太大脚了！"

黄守财笑道："我这个人实实在在，有啥说啥的喔！怎么样，嫌不嫌我的地方脏？不嫌的请进来坐坐！"

大家都觉得站着谈不太好，既然黄老板那么热情，就到他里面坐坐了。

进到里面，才坐下来，夏汉生是个心里有事搁不下的人，便问道："听说我师父被拉了，是怎么回事？"

黄守财问道："你师父？你师父是谁呀？"

夏汉生说："是陈无偏呀！"

黄守财说："陈无偏是你师父？"

"唔！"

"那你赶快叫我师叔！"

"为什么？"

"我是他的兄弟呀！"

夏汉生眉头一扬："没听说过喔！"

黄守财说："你没听说过？那我现在就正式告诉你。"

"啊！那你是哪一门哪一派的？"

黄守财说："是'沙煲兄弟'这派的。"

大家都笑了起来。

夏汉生说："好，我叫你师叔了，现在请你说说，我师父是怎么被拉的？"

黄守财说："说他是汉奸啰！"

"汉奸？"夏汉生气得跺脚，"你是汉奸也不可能他是汉奸喔！"

黄守财说："大头虾，你这一脚踢得很重喔。你怎么说到我是汉奸呢?"

夏汉生笑道:"我是比方,是推理。你黄老板是这个世界上的一等好人,这全世界都知道了。"

黄守财说:"这话我愿意接受喔。"

夏汉生说:"我师父比你更好一筹吧?"

黄守财说:"对,对,对!"

夏汉生说:"那你都不是汉奸了,我师父怎么会是汉奸呢? 你说对不对?"

"对,对,对!"

二姑娘说:"怎么又会扯得起无偏哥是汉奸呢?"

黄守财说:"这要村长来说了!"

二姑娘对刘天赐说:"村长,这要你来说了。"

夏汉生也说:"这回真要村长来说了。"

刘天赐叹了一口气,说:"我也是糊里糊涂的……"

二姑娘吓了一跳:"啊,有没有搞错?!"

刘天赐说:"是呀,没错!"

夏汉生说:"那请你也给我们糊涂一下子吧!"

刘天赐说:"有人反映,无偏哥收养了一个小日本仔……"

夏汉生吃了一惊:"他一个男人老九,光带抗日尚且艰难,还收养什么?"

二姑娘说:"你这个人真健忘,你刚才还叫了人家师娘哩。"

夏汉生笑道:"哦! 是呀,是呀,一时糊涂了。欸,我师父什么时候续的? 不过寿玉姐也走了那么长时间了,早就该续了。可是,收养个小日本仔也没什么嘛,怎么又搞得那么大呢?"

刘天赐说:"陈乡长下来搞调查研究,有人在会上问:'帮日本仔办事的叫汉奸,而帮日本仔养崽的算不算汉奸呢?'"

夏汉生说:"谁会这么问呢?"

刘天赐说:"强仔啰!"

黄守财说:"所以我就去揪他的胸口。这三八货!"

二姑娘笑道:"你这个人就爱喊打喊杀的。过去的地主老财发现你，肯定请你做打手。"

黄守财说："做打手我就不干喔！我这个人，天生就爱伸张正义，除暴安良！"

刘天赐继续说："陈乡长一听，就认真起来了，他去找无偏哥。两人没说几句，就上火了，再下来就动手了。无偏哥也真了得，一出手就把陈乡长和他带着的两个乡干部打翻在地，所以就被抓起来了。"

黄守财笑道："我的兄弟可以吧！"

夏汉生问道："这陈乡长是什么人？叫什么名字？"

刘天赐说："叫陈新。"

二姑娘说："是我们广游二支队那个陈新吧！"

夏汉生说："看来是了，我们去找找他。"

由刘天赐带路，夏汉生、二姑娘他们来到了乡里，找到了陈乡长。

果然是广游二支队那个陈新。大家相见，非常热情。

夏汉生、二姑娘看见他左眼角上有一块瘀青，两人不禁对视一下。

陈新问道："是什么风把你们吹来了？"

夏汉生说："当然是东风啰。"

陈新笑了起来："欸，临解放的时候，你不是参加了广西工作团，到广西去了吗？现在回来探家是吧？"

二姑娘说："人家在广西做了区委副书记了。"

陈新听了很羡慕："哟！进步真快——你呢？"

二姑娘说："我比他差远了。我在广州市图书馆。他从广西回来探家，到了广州，邀我一起回来。"

陈新说："毕竟是战友呀，是要多聚聚的。我们一起参加广游二支队的，有许多都'光荣'了咯。"

夏汉生说："是呀，是呀，许多战友都牺牲了，我们能活到现在，也真不容易呀！欸，老战友，明天到我金窝村去，我杀只线鸡，我们喝杯水酒，叙叙旧。"

陈新眼睛一亮："你是金窝村的？"

"是呀！是你治下的地方哩，这个脸你一定要赏的了。"

陈新说："不是我赏脸的问题，而是你那么大的面子，我能不去吗？"

说到这时，夏汉生装模作样地用手摸摸陈新的眼角，说道："嫂夫人怎么手那么重，看你伤成这个样子。"

二姑娘在旁边不禁笑了起来。心想，这家伙不去演戏太可惜了，哪壶不开提哪壶。

一提起眼角这块瘀青，陈新马上就不自然了。说是老婆打的，也太窝囊；说是让自己治下的民众打的，也太让自己下不了台。他吭哧了一下子，说："是摔倒的。"

"怎么那么不小心！"

"那天晚上路滑，忘记带手电筒……"

"哦！可真要多注意了。"

说到这里，夏汉生话锋一转："老战友，我想向你问问一个人……"

"谁呀？"

"我们村的陈无偏……"

陈新立即警惕起来："你问他干什么？"

夏汉生说："他是我师父呀！"

陈新满腹狐疑："他是你师父？不可能吧？你也识医？没听说过喔！"

夏汉生说："他真是我的师父。我是磕过头，行过拜师礼的。只因日本仔要拉我，我跑到了广游二支队里，才没有学成。我这次回来，发现我老母心气痛。她老人家吃惯陈无偏的药，吃别个医生的药不见好的。我想趁此机会，找他给我老母看看病。"

这下令陈新感到为难了。

夏汉生是广游二支队时期的老战友，大家一起出生入死打日本鬼子的。现在人家的老母亲得了这个病，可是……

他沉吟了一刻，说道："他被抓了。不过，你可以带着你母亲，我陪着你们去看守所，我要他给你们看看。"

看见陈新松了这口气，夏汉生很高兴，见步行步吧！他故作惊讶地说："怎么，他被抓了？因什么事被抓的？"

陈新说："他犯了事。"

夏汉生装出料想不及的神情："真是老战友，我先谢谢你了。"

他回去悄悄地跟他母亲说，为了救无偏哥，请她装病，装得越像越好。

第二天，夏汉生用单车载着他的老母亲，二姑娘也找来一辆单车一起去。刘天赐因为还有公事在身，就不去了。他们到乡里邀陈新，一道到市桥去。

到了看守所，陈新直点陈无偏。

那时候的法制还不健全，加上监管设施也很不够，所以乡里一些等待处理的人员，一时间无从打发，都会往这里暂存一下，好像挂单和尚一般。

陈新一时间想不出个名堂来修理这块茅坑顽石，便将陈无偏寄放在那里。因为是寄放的，所以处理权还在寄放单位。

陈无偏被寄放进去之后，因为他是医生，经常给里面关押的人员搓搓捶捶，处理点小伤小病，很受大家的欢迎，所以日子过得还不算太难受。

他被喊出来后，第一眼就看见了陈新背后站着的夏汉生、二姑娘和夏汉生的老娘。他眼睛不禁一亮。

夏汉生站在最后，他直向陈无偏打眼色。陈无偏知道有戏要他唱了。

这时，陈新说："陈无偏，你来给这老太婆看看病。"

陈无偏说："我不看。"

陈新觉得很没面子，他眼睛一瞪："你为什么不看？"

陈无偏说："我什么时候在牢里给人看过病？"

陈新无法，只好说："我放你出来，看完你就回去。"

陈无偏说："不看！"

陈新看在夏汉生的份上，忍得脖子都大了："你又怎么啦？"

陈无偏说："你当我是什么？半夜尿壶？"

陈新真拿他没办法。他说："你怎么才肯看？"

陈无偏说："你把我放了，彻底恢复我的自由，我就看了，否则，我死也不看！"

"你——"陈新火了。

夏汉生一手搂着陈新的肩膀，把他往外拉，说："陈乡长，别急，别急，我们到外面去聊聊天。"

在转身的当儿，他又给陈无偏打了个眼色。陈无偏明白，这是对他刚才表现的肯定。

这一干人出到外面，夏汉生对陈新说："陈乡长，这陈无偏好歹也算我们的半个战友，你是不是可以灵活掌握一下……"

"半个战友？"陈新脸色一沉，"夏汉生同志，你也是乡巴佬唱歌——没有谱喔。这陈无偏怎么一下子又成了我们的半个战友？"

夏汉生说："那说明你不清楚这件事了。二姑娘是知道的。当年我们广游二支队的领导得了重病，队里派万钧到金窝村，请陈无偏去给我们的领导看病。当时正值日本仔偷袭植地庄，他扛起一箱手榴弹，跟着卫国尧大队长边打边退。他扔完了一箱手榴弹，炸死了很多日本仔。这事，我们广游二支队的许多老战友都知道的喔。二姑娘你说是不是？"

二姑娘说："是呀，是呀！"

夏汉生说："卫国尧大队长考虑到他鸡公带崽，家里有个儿子等着他带，才把他推下山崖，要他回去。他自己的老婆又让日本仔害死了，他自己又带着个儿子流浪了半个中国，他……"

"他应该更要痛恨日本仔！"陈新猫眼一瞪，立即接过话头说，"既然我们都是打过日本仔的人，我们就应该更加明白日本仔给我们中华民族带来了深重的灾难，更加明白我们的胜利来之不易，更加明白我们的胜利是用我们千千万万的战友的鲜血生命换来的。喔，我们胜利了，你想收养个孩子。这个世界有千千万万的孩子，你偏偏不去收养他们，而竟去收养一个日本仔的崽。难道是怕他们绝了种了是不是？这真叫人难以理解，难以接受的。夏汉生，你叫我灵活掌握。我怎么灵活掌握？我这一灵活掌握，还对得起为了打败日本仔而牺牲了性命的千千万万烈士们吗？"

夏汉生听了，心里暗暗叫苦：这家伙死牛一边颈，怎么能把他这只死牛颈扳得过来？

二十八

就在一筹莫展之际，二姑娘的脑子突然一闪：好像听谁说过，聂荣臻也收养过日本遗孤喔！如果拿到这个资料，就不愁这陈新不买账了。但这件事是在哪里听到过的呢？是听谁说的呢？

她的脑子苦苦地思索着。唉！近来太累了，脑子不好用了。可她又不肯"浪费"这件"武器"。她要把它亮出来，杀杀陈新的威风。

于是她说："陈乡长，听说聂荣臻同志也收养过日本遗孤喔！"

陈新一听，不禁冷冷一笑。他知道聂荣臻参加并指挥过"平型关大捷"，参加并指挥过"百团大战"，还独立指挥过许多著名的战斗。日本的所谓"名将之花"阿部规秀就是在他亲自指挥的黄土岭战斗中被打死的。他是我国我党我军的抗日名将。他会收养日本仔的崽？那真是开国际玩笑了。

二姑娘看见陈新在冷笑，问道："陈乡长，你在笑什么？"

陈新说："我没笑什么呀！"

二姑娘生气地说："你这家伙不老实，我明明看见你在笑。"

陈新说："我没笑！我只觉得二姑娘你很会说笑话，叫人听了很开心。"

二姑娘恨恨地说："你这家伙欺人太甚！"

陈新很得意。他觉得他刚才那句调皮话讲得很有水平。他说："天地良心，我没有欺负你喔。夏汉生，你看见我欺负她了吗？"

巧舌如簧的夏汉生平日都自认自己能言善辩的，如今竟发现奈何不了他。他说："欺没欺负你心知肚明啦，还要问我？"

二姑娘说："陈新，你好嘢。我一定要把东西拿出来，让你看看。不过现在先讲定，我真把东西拿出来，你怎么办？"

陈新根本没想过这个问题。他想这事是绝对不可能的，你能要我怎么办？于是说："你二姑娘说怎么办就怎么办吧！"

二姑娘说："好，我把东西拿出来，你得放陈无偏！"

陈新没想到他们为了陈无偏，竟死死地缠住自己。坏就坏在自己已经把话说出口了。不过这事想来，也绝对不可能的，就先应了她再说吧！于是说："可以！"

二姑娘说："好！我们不要像小孩子玩拉钩钩，也不要像政府机关似的签文书写协议，我们现在三口六面听清楚了，你是个大男人，又是个一乡之长的父母官，更是我们广游二支队的老战友，你千万不能没口齿啊！"

陈新说："我什么时候没口齿过？"

从看守所出来，陈新有事，大家分手了。

这时，夏汉生问二姑娘："你刚才言之凿凿的，你真听见过聂荣臻收养过日本遗孤的事？"

二姑娘说："好像听说过，可是在哪里听到的，实在想不起来了。"

夏汉生说："听你刚才说的，一锤一个钉似的，我以为你很有把握喔！"

二姑娘说："我是想杀杀他的威风。这家伙太不可一世了。"

"那现在怎么办？"

"找呗！我打算马上回广州，到我们图书馆去找找！"

"好！"夏汉生太高兴了，他大声地说。

二姑娘说："你也要在市桥想方设法地找。我现在是瞎子摸象，乱猜的。全把希望寄托在我身上，我找不到怎么办？"

夏汉生的心马上凉了半截，嘴上却说："对，对，对！"

陈无偏是嘴硬屁股软。他在陈新面前气头十足，天不怕地不怕，什么都不在话下，一副天下英雄，舍我其谁的样子。其实他心里是很虚的。陈新、夏汉生、二姑娘他们没来之前，他的心就直打鼓。

他很记挂他的老婆张倩，很记挂他的儿子陈抗日和陈和平。他知道他的老婆张倩是个弱女子，是经不起风浪的。他们结婚以来，他俩就没有离开过。现在他离开了她。她一个人在家里撑着这个家，她撑得起来吗？他最不放心的还是他的儿子抗日。这小子从不买张倩的账，经常找些气来和她怄一怄。现在我不在家了，他们还怄气不？现在本来就够难的了，再怄气，这个家还要不？他也很记挂马骝仔陈和平。不错，他是个小日本仔，可是在他的心里，他已经是他的崽了。他明白这件事是因马骝仔而起的。但他不怨他。自把他捡回来的那天起，他就已经想清楚了。他的父母是日本仔，他是日本仔的崽，两者是不同的。他的父母对中国人犯下了不可饶恕的罪行，可是他没有呀！不可能因为他的父母而株连他的呀！当时他包在襁褓之中，在嗖嗖的夜风中哇哇啼哭，我不抱他回来，被野狗咬死了怎么办？上天有好生之德。我当医生的，第一件事就是救死。当时我能见死不救吗？没想到今天竟因为他而惹起了官司。

令他最气不过的，是被扣了顶"汉奸"的帽子。我打过日本仔，我是"汉奸"？我让日本仔逼得家破人亡，我一个男人老九带着个儿子流浪了半个中国，我是"汉奸"？我这辈子最痛恨的就是"汉奸"，没想到这顶臭帽子竟扣到了我的头上，你说气人不气人？

他也没想到，今天见到了夏汉生和二姑娘。夏汉生没出声，站在最后面直给他打眼色。他知道他是来救他的。可是他们真能救我吗？现在救到哪一步了？如果救不成，我岂不是要在这里蹲好久？如果我真的要在这里蹲好久，那张倩怎么办？抗日怎么办？马骝仔怎么办？夏汉生他们还没有来之前，陈无偏还没觉得看守所里的日子怎么难挨，现在他觉得真的难挨了。天啊！我还要在这里挨多久呀？

张倩在家里更是度日如年。她本来是个只知读书的乖乖女，从小不愁吃不愁穿，还有用人服侍。日本仔来了让她饱受蹂躏。以后有幸嫁给了陈无偏，才枯木逢春，重新尝到生活的乐趣。现在解放了，社会安定，人民生活蒸蒸日上。她很高兴。守得云开见月明，她对生活充满了希望。不想出了这件事，陈乡长来把她的老公抓走了。

这让她拐不过弯，让她根本不能接受。那天的事，她也有点糊里糊涂。事后细细想来，她记起陈乡长好像是为马骝仔的事来的，还说我老公是汉奸行为。当初老公把马骝仔抱回来，打开那幅白布一看，知道是个日本仔的崽，我也吓了一跳。老公说他是医生，是救死扶伤的，现在不能见死不救。我也觉得他讲的有道理。以后我就把马骝仔养下来了。辛苦劳神不说，但我的心是坦然的，好过的，总觉得是做了一件好事。不想老公竟因此招来了横祸。老公从来是一品斯文的，怎么说着说着就动起手来呢？这事当然是我老公不对，但也是一个巴掌不响啊。我老公到底是个老百姓，但你陈乡长是共产党的官，一乡之长喔，怎么竟也如此冲动？她现在不知道该怎么办？去救老公吧？这是不可能的，这叫我怎么去救啊？

想来想去，她觉得目前唯一的办法，只能是挨着、守着。即使收养个日本仔的崽有罪，也不至于是死罪吧？不是死罪，就一定能放出来的。所以我怎么都要带好我们两个孩子，要等到他被放出来！

她开始盘算她的家底。虽然经过了日本仔的浩劫，但自日本投降之后乃至解放，医馆的生意一日好过一日，家里多少还有些积蓄。现在的问题是不知老公什么时候才能被放出来。所以这些积蓄一定要抓好，抓紧，一点都不能浪费。现在养了条猪，再在屋边开点地，种点青菜，除了吃饭要花点钱去买米，一般再不能去花钱了。如果这样，这些积蓄还能坚持多一些时间的。想好了，安排好了，她就埋头苦干地养她的猪，埋头苦干地开垦她的菜地。为了老公，为了孩子，她再苦再累也要坚持下去。

在这段时间里，陈抗日突然发现自己长大了。

他懂得了害羞。他知道他的老爸是被说成是汉奸，让陈乡长抓走的。别人的父亲没有被说有汉奸行为，而自己的父亲却被说有汉奸行为，你说丢不丢人？他也发现有同学在背后嘀嘀咕咕议论他了，他觉得很难受。

他不和同学们玩了，一放学就马上往家里跑。回到家里他就喂猪，就种菜。他想，我爸爸被抓走了，我没有爸爸养了，我要勤快一些，我要多干点活，我要自己养活自己。

陈抗日听说爸爸是因为汉奸行为被抓的，他压根儿就不相信这个。他知道爸爸打过日本仔，他知道日本仔来的时候，爸爸领着他流浪了半个中国。他知道妈妈是被日本仔害死的，爸爸怎么会有汉奸行为呢？他知道这肯定是因为养了马骝仔的缘故。他恨死了马骝仔。这家伙是个害人精，这家伙把爸爸害苦了。可是他又不敢"恨"出来。他知道爸爸是喜欢这个家伙的，后母更加喜欢。我"恨"他，特别在这个时候"恨"他，可能会节外生枝，搞出许多事来。他知道这个时候不能出事，这个时候最要紧的是渡过难关，等爸爸回来。

于是他忍着，埋头养猪种菜。

陈抗日的表现是张情始料不及的，她没想到这家伙在这个时候竟变得这么乖，这么听话，这么勤快地干活，而且还肯叫自己"妈"，这是她做梦也想不到的。

这时候她真是苦中有乐，竟觉得日子没有那么难挨了。看见这孩子这么地勤快，这么地卖力，她又觉得心疼：他还是个孩子啊！她提醒他："抗日，你也要注意读书，注意功课喔！"

陈抗日没想到这个时候，后母竟还关心他读书，关心他的功课。他心里一热，眼睛也酸了。

他想起过去经常和她怄气，觉得真不应该。他觉得他错了。他赶紧应道："妈，我知道了！"

夏汉生和二姑娘分别之后，按照分工，他马上在市桥去找资料。

市桥毕竟是个小地方，刚解放没有图书馆。他打听了，全市桥只有几所学校设有图书室，而且藏书也不多。不多也得找呀！他通过关系，到这几所学校去跑了一遍，管图书的人都说没有这个印象。他自己在书架上一本本地找，也找不着。他心里很焦急，同时也有点泄气：这真是大海捞针啊！

二姑娘回到广州，回到自己的图书馆里。她一头扎进书堆里找呀找呀，哪里有这些书啊！她真是从头凉到了脚。

可是她又不愿死心。找不出来，无偏哥也出不来的呀，怎么办呢？

她想，死马当活马治吧，不如找领导试试，看能不能找出点办法来。

她的领导是个打过日本鬼子的小老太婆。她听了二姑娘的报告后，突然记得聂荣臻同志真的有过这样的事。她记得她是在根据地的时候听到过的。有位叫沙飞的随军记者报道过这件事。这件事在当时的根据地里是很多人都知道的。应该有书流传吧！她很赞赏陈无偏的作为，于是给全馆员工下了个指示——立即查找沙飞的书！

有了领导那么明确具体的指示，而且又是全馆动员，一本名为《沙飞影集》的小册子，很快就出现在二姑娘的眼前。

这是一本封面已经发黄，书角有些卷起的小册子。二姑娘的心扑扑地直跳。

捧起它时，她发现她的手已经微微发抖了。

她打开一看，啊！里面真有聂荣臻同志收养日本侵华人员遗孤的照片和解说的文字。

她高兴极了，她含着热泪，向她的领导和帮她找出这本书的同事表示感谢。

她立即返回番禺，她要尽快地把陈无偏救出来。

回到番禺，她立即去找夏汉生。见到夏汉生时，她一声不吭，将那本小册子一把塞到了他的怀里。

正在一筹莫展的夏汉生，猛地发现了二姑娘，又见二姑娘往他怀里塞来了一本书，心中"咯噔"一跳，连忙问道："你回来了？东西找到了？"

二姑娘骄傲地说："你自己看啰！"

夏汉生马上打开那本小册子一看，立即笑到嘴角几乎连到耳根上去了。

他说："我们现在就到乡里，去找陈新说话！"

他们赶到了乡政府，陈新正伏在办公桌上写东西。

夏汉生把那本小册子往桌上一扔，"啪"的一声把正在搜索枯肠的陈新吓了一跳。

谁敢那么无礼？陈新怒从心起，正想申斥两句，一抬头，发现夏汉生和二姑娘正笑眯眯地看着他。

这是广游二支队的老战友，而那家伙还是个区委副书记哩，他能发脾气吗？于是说道："我真羡慕你们，你们优哉游哉，我可忙死了。"

夏汉生说："我们给你老人家送材料来了……"

陈新一时转不过弯来："给我送什么材料？"

夏汉生说："你自己看啰！"

陈新捡起桌上那本小册子打开一看，脸上的表情立即凝固了。

小册子里赫然印着一幅威武儒雅的聂荣臻司令员牵着一个几岁大的日本小女孩的大照片，还有一组司令员、八路军战士和日本小女孩的照片，还有聂荣臻司令员给日本官兵亲笔信的照片。照片的空隙，印有一行行的文字，它叙述着关于这些照片的一段动人的故事：

故事发生在 1940 年 8 月从石家庄到太原的铁路线上。这条铁路叫正太铁路。铁路线上有一个叫东王舍的村庄。这铁路是横贯太行山脉的一条交通要道。这里有天险娘子关和日军在华北的重要燃料基地井陉煤矿。八路军发动了百团大战。晋察冀军区向日军盘踞的井陉矿区发起进攻，并救起了两位日本小姑娘。

她们的父母是井陉矿区的日本工作人员，日军为了不让矿区落入我们八路军手中，竟不顾矿区内还有他们自己的同胞，便向矿区倾泻炸弹，要把矿区炸毁。这两个日本小姑娘的父母，便被他们国家的军队投放的炸弹炸死了。

我们的八路军战士冲进去的时候，这两姐妹正在哭呢。战士们立刻把两姐妹抱起来，放进大箩筐，抬回晋察冀军区司令部。

"哦？我们这里来了两个日本小朋友喔？我来看看。"聂司令笑着走出来，望着那两位日本小姑娘无助的眼神。

聂司令的心被深深震动了。他从工作人员手中拿过一只梨子，亲手削好递到那位稍微大点的姑娘手中，温和地说："这梨子削好了，吃吧。"

看着眼前这位高大威武的叔叔那么和蔼，那个大一点的名叫美穗子的小姑娘才"放心"地接过梨子吃了起来。之后她们就跟在了聂荣臻司令员的身边。

不久，秘书问聂荣臻司令："怎么安置她们啊？"

正在运筹帷幄的聂荣臻司令想了想："送回日本。"

他拉开一个抽屉，拿出一张便笺，写了封给"日本军官长、士兵诸君"的信。这封信共八百多字，大义凛然，历数日军暴行，说明侵华战争是日本军阀发动的，战争使中日两国人民都深受其害，号召日军官兵与中国人民一起，共同反对这场侵华战争。信没有封口，为的是使经手的日军官兵都能看到。

前方的负责同志接到指示，冒着危险，把美穗子姐妹安全送达日本军的手中。

看完了这本小册子，陈新真的呆了。

夏汉生笑道："陈乡长，毛主席说过：'有反必肃，有错必纠'啊！怎么样？把他放了吧！"

陈新悻悻地说："我眼角上的瘀青还没有散去呢！"

夏汉生说："你也把人家关了几天了，一比一，也平了。你再把他关着，万一你家里有谁不舒服，真需要他看病的话，那就不方便了。"

陈新说："我关过他，他就死也不肯给我家的人看病的啦……"

夏汉生说："你错了，我师父根本不是这样的人。他会赌气不假，可是从不会记仇的，特别是在诊病这个问题上。"

陈新拿了一张乡政府的信笺，写了一封信函，叫来了一个工作人员，叫他去看守所放人。

陈无偏从看守所出来，看见夏汉生、二姑娘在接自己，非常感动，连声道谢。

夏汉生说："不要谢我们了，赶快回去看你的老婆孩子吧！"

回到陈氏医馆，张倩正在做晚饭。

她倏地看见老公站在自己的身边，喜从天降，不胜负荷，双腿一软，跌坐在地上，嘤嘤地哭了起来。

陈无偏立即弯下腰去，把老婆搂了起来。

二姑娘见状，用手拍拍夏汉生，两人知趣地走了出来。

这时，陈抗日从屋里追了出来，他喊道："生哥，二家姐，我爸爸没事了吧？我爸爸是怎么得出来的呢？"

夏汉生说："多亏了二家姐。她找到了一本书，证明你爸爸没事，所以你爸爸就出来了。"

陈抗日很高兴，他对二姑娘说："二家姐，你把你那本书让我看看好吗？我保证不会丢失的，弄烂的，行吗？"

二姑娘把那本《沙飞影集》递了给他。

陈抗日如获至宝，他躲起来如饥似渴地看呀看呀。他把上面的文字统统地记了下来，不认识的也依样画葫芦地画下来，他要回学校去问老师，他要把这些字读熟记牢。

他想，以后有谁再说我爸爸收养马骝仔是汉奸行为，我就一字不落地把这些背给他听。

二十九

黄守财听到陈无偏回来的消息，第一时间就赶到陈氏医馆来向他贺喜。

他上上下下地把陈无偏看了一遍，问道："大哥，你在里头没有受苦吧？"

陈无偏笑道："没受苦，没受苦。再说，人是条苦虫，吃点苦也没坏处。"

黄守财说："你这个人说去就去，说回就回，真叫人不易捉摸。唉，这回怎么一下子就出来了？"

陈无偏说："多亏汉生和二姑娘出手相救咯。难为他们不知从哪里翻出了一本书，这本书说，聂荣臻也收养过两个日本孤儿。聂荣臻是共产党的大干部，抗日名将。他收养两个日本孤儿成了美谈，那我陈无偏收养马骝仔也不是坏事咯，于是就把我放了。"

黄守财说："我就说嘛，这有什么事？强仔这个三八，在陈乡长面前说你是汉奸。我知道以后去揪他的胸口，吓得他差点把尿撒到裤裆里。"

陈无偏说："兄弟你维护我，我很感谢。但强仔是个未长大的愣头青，你跟他生气也没用。"

黄守财说："强仔是愣头青，可是那陈乡长也信，你说气人不气人？欸，我听说你那天三句未合就和他打起来了。是不是？"

陈无偏说："别再提这些事了。那是不对的。我以后不会那么毛躁了。"

小别胜新婚。那么多天没有见过老公的面，又整日提心吊胆地过日子，现在老公回来了，张倩自然有很多话要说。可是一时间又不知说什么好，她默默地望着丈夫。

看看小孩没在身边，陈无偏坐下去，坐在张倩的身旁，他把她的手握在自己的手上，双手轻轻地抚摸着，问道："在我不在家的日子里，你辛苦了。"

张倩鼻翼一鼓，两行眼泪汩汩地流了下来。

陈无偏用手给她轻轻地抹去脸上的泪水。

张倩没有回答陈无偏这句问候，她清了清自己发硬的嗓子，说："我养了条猪，你不生气吧？"

陈无偏笑道："我听到猪的'吭哧'声了，也闻到猪的气味了。你怎么想起养猪了呢？"

这一问，张倩终于忍不住，她哭了起来。

陈无偏用手轻轻地给她搓背脊。

一会儿，她的气平过来了，说道："我不知道你什么时候能回来。这段时间，即使我不吃，家里的两个孩子也要吃呀！我又未学会看病，怎么办？我只好养条猪，种点菜，尽量减少支出，慢慢地熬着，等你回来啰！"

陈无偏很感动："老婆，你真好！"

张倩问道："你是不喜欢养猪的。现在你回来了，这猪还养吗？"

陈无偏心中一个激灵，想老婆心很细，我的话一点一滴都装在她的心里。他说："养，怎么不养呢？以前没养过，就不养。现在已经养了，就养下去吧。"

张倩说："如果你说不养，我就把猪退还给二叔婆。这猪是她赊给我的。猪栏也是天赐帮我做的。他们同情我，肯帮我，真好！"

陈无偏说："我们祖祖辈辈生活在一起，谁都了解谁，彼此都像亲人一样，所以都是很好的。"

张倩说："强仔就不好，他怎么能这样说呢？"

陈无偏说："他是脑囟未长合的愣头青，不要计较他。我现在回来了，不是好好的吗？"

张倩心里有些愤愤然："你那么大方，我们却让他害苦了。"

陈无偏笑道："这些事过去了，不去提它了。欸，我不在家的这段时间，你们都好吗？"

张倩说："还说好，我都不知道这日子是怎么过的。每天晚上头贴枕头就流眼泪，还说好哩！"

"孩子们乖吗？"

陈无偏问到这一层，张倩的眼睛不觉亮了起来："说到乖，还真的乖喔！特别是抗日，你不在家里的日子，他真的好像变了一个人似的，一天到晚地帮我做事，劝他休息也不肯休息。他还叫我'妈'哩！"

"真的？"

"真的！是没人教的，是他自己叫的。"

"那你很高兴啰？"

"高兴，我盼他叫我一声'妈'，盼了好久了。"

这时，门外有人喊道："无偏在家吗？"

正在亲昵的夫妻俩立即起身。

陈无偏往门外走去，看见五叔林开泰。他拎着一根扁担，拖着他的儿子强仔来到了陈氏医馆。

见了陈无偏，五叔说："无偏，我很丢脸。我教子无方，害得你受苦了。"他把手中的扁担递过来，说，"这无用的东西，你帮我打他，往死里打！"

陈无偏接过五叔手中的扁担，往地下一丢，说："五叔言重了。小孩嘛，知道错就行了。没事，没事！"

五叔认真地说："无偏，你打他，我是真心实意请你来打他的。你不打他，我心里不舒服。"

这时，街坊们听见动静，都赶来看热闹。

五叔说："各位高邻都在，我林开泰觉得很丢脸。我对不起无偏，对不起各位街坊了。"

陈无偏说："五叔，不说了。小孩子不懂事，他现在明白了就行了。"

五叔说："无偏，多谢你那么大量。"他回过头来对强仔喝道，"还不跪下来给无偏叔磕头？！"

来到了陈氏医馆，强仔的脑袋一直低着，他恨不得把脑袋夹进裤裆里。听到了他老爸一喝，他立即跪了下来，给陈无偏磕了三个响头。

陈无偏一把拉住他，连声说："不用不用，这么大的礼，我哪受得起啊！"

五叔说："无偏，我不敢打扰你太多时间了，我走了，改日我请你到市桥去饮茶，再向你赔罪！"

陈无偏摆手兼摇头："五叔，我说不用就不用了。你太那个了。"

五叔捡起地上的扁担，喝骂着他的儿子回家去了。

但街坊们还没走。

陈无偏说："大家都不站在这里了。都进我屋里去，喝杯我家的粗茶。"

大家进去之后，都问长问短，向陈无偏表示问候。

六嫂说："我一直不明白，这本来是件行善积德的好事，怎么又会被抓去呢？"

三姑说："无偏，这段时间我们多想你。"

陈无偏笑道："想我？"

三姑说："是呀，你不回来，我们有病找谁看呀？"

大家说："是呀！是呀！"

这时，村长刘天赐也来了。

陈无偏见了刘天赐，大声说："天赐，多谢你喔！"

刘天赐说："不关我的事，多谢我什么？要说谢，你就谢汉生和二姑娘，是他们出的力。"

陈无偏说："我当然要多谢汉生和二姑娘，但也要多谢你呀！"

"我？"刘天赐摆手兼摇头，表示无功不受禄。

陈无偏说："你赊了猪给我，还帮我做了猪栏，我能不谢你吗？"

刘天赐笑道："比起你平日为大家做的事，这点小意思算什么？失礼，失礼，不说了，不说了！"

天色转暗，夜幕初垂。

进陈氏医馆里聊天的街坊也陆续地离去了，张倩也做好了晚饭。

这段日子，张倩是能省即省，粗茶淡饭的。今日老公回来，她临急临忙地赶紧多做了两个菜。今晚是虾酱炒蕹菜、矮瓜炆咸鱼，而且还煎了几个鸡蛋。

她弄了一点白酒，让老公喝喝，驱驱晦气。

张罗吃饭的时候，没见抗日。

陈无偏去找他的宝贝儿子。陈无偏在屋里找一遍，最后在一间闲房里找到了他。

陈无偏一看，儿子正埋头写东西呢。他走近去，说："等你吃饭了，你还在写东西！你写的是什么？"

陈抗日把一本小册子拿起来给他父亲看："我要把里面的东西写下来，将来有人再说起我爸的事，我就拿出来给他看。"

陈无偏接过来一看，是《沙飞影集》，里面是聂荣臻收养日本遗孤的照片和故事。

陈无偏眼睛一亮："你怎么得来的？"

陈抗日说："向二姑姐借的！"

陈无偏很高兴，他轻轻地拍拍儿子的脑袋，说："抗日，你长大了，懂事了，爸爸不在家的日子，听你妈说你很听话，很勤力做事，爸爸听了很高兴，很高兴！"

吃饭的时候，陈无偏问马骝仔："你叫我了没有？"

马骝仔喊道："爸爸，爸爸好！"

"你想我吗？"

"想！"

陈无偏动情地摸摸他的小脑袋，心想，我这次进去，就是因为你哟！

三十

村里开了一个动员大会，传达上级的指示——要成立农业生产合作社。

农民们不知道什么叫农业生产合作社，问刘天赐。

刘天赐事前到乡里学习过上级的文件，知道得多一些，他向大家讲解道：新中国土地改革后的农村，地主被打倒了，贫苦农民分得了土地，耕者有其田，是令人高兴的事情。但是，由于天灾人祸和疾病等的干扰，农村里仍然贫富不均，穷的穷，富的富，很快又出现了买卖土地、雇工剥削、放高利贷等现象，农村出现了两极分化。

刘天赐接着说："邻近我们金窝村的有些村庄，已经出现买卖土地的现象了。现在我们农民手中的土地，是土改时斗倒地主分过来的，是我们贫苦农民的命根子。如果把它再拿来买卖，我们就要回到旧社会那段日子里去了。"

刘天赐还讲解道：要使农业有较快的发展，又要防止两极分化，不让刚刚翻身的农民重新陷入受剥削的贫困境地，党中央决定走能使全体农民共同富裕的农业合作化道路。党中央还强调，社会主义工业化是不能离开农业合作化而孤立地去进行。如果不使农业社会主义改造的速度和社会主义工业化的速度相适应，我们的国家势必遇到极大的困难。党中央还说，对于农村的阵地，社会主义不去占领，资本主义就必然会去占领……

这些大道理农民们都听不懂，他们云里雾里，总觉得有点糊涂。

听到最后，他们最迫切想知道的是自己的切身利益问题。"这农业生产合作社怎么搞呀？搞了对我们自己有什么好处呀？"

刘天赐说："党中央的文件讲了，搞农业生产合作社是按照自愿、互利的原则，大家联合起来，将土地和主要生产资料入股，统一经营，不分男女老少，同工同酬，年底结算分红。屋边的零星菜地和鸡猪鸭鹅等小的家禽家畜，则作为家庭副业。搞了农业生产合作社后，生老病死，鳏寡孤独的由集体给予帮助照顾。"

解放后，共产党、毛主席的威信极高，无论什么重大事情，往往都是党振臂一呼，应者云集。理解的固然争先恐后，不理解的也会很认真地去干，差池一点唯恐别人会讲他落后了似的。

这时，金窝村的村民听了动员、传达，知道这农业生产合作社是党中央、毛主席号召搞的。党中央、毛主席连土地都给我们了，他们不是为了我们好还为什么，既然是党中央、毛主席叫干的，那我们就干咯！经过简单的酝酿，大家就根据上级文件的精神，参照上级推广的样板，依样画葫芦地成立了农业生产合作社。刘天赐是村长，自然就兼任社长了。

农民们对土地之钟情，是领导者始料不及的。土地是他们的命根子。过去农民们没有土地，"足蒸暑土气，背灼炎天光"，疲倦也不敢休息地耕作着地主的土地，以图温饱。那时候他们是多么渴望得到一块属于自己的土地啊！解放以后，共产党带领他们斗地主，将地主的土地分到了自己的手里。他们像老鳏夫娶到了老婆一样，那股高兴劲真没法说了。可是这宝贝一样的土地到手才几年，现在又要搞什么合作化，又要将它交到合作社，真叫他们感到难舍难离。可是这是共产党、毛主席叫搞的。共产党、毛主席的面子，我们肯定是要给的。做人不能忘本啊！没有共产党，没有毛主席，我们能有土地吗？

这时候，农民们最向往的是互助组。互助组时的土地是自己的，好像老婆是自己的一样。俗话：借人老婆不过夜。怎么个借法，晚上总得回自己的屋里睡觉。互助组时，不管怎么互助，土地还是自己的，这多好啊！所以入了社后，农民们对自己的那块土地仍念念不忘。他们虽然同时出工，同时劳作，可是各人到了各人原先的自己的土地上，心情则各不相同。他们多想在自己原先的那块土地上多待一会啊！他们在自己原先的那块土地上劳作时，则格外用心用力。他们都有一句难以启齿的心里话——将来不搞合作社了，这块土地还是我的呀，不把它侍弄好一些，将来回到我的手中时不是吃亏了吗？

二叔婆听说要入社，心里就像打翻了五味瓶。日子过得好好的，入什么社啊！但她的儿子是村长，是合作社社长，她不能拆儿子的台。合作社是共产党、毛主席叫搞的，她不敢不买共产党、毛主席的账。可是土地就像她的宝贝孙子，她怎么舍得把自己的宝贝孙子交给人啊！

入社的那一晚，她一个人躲在被窝里哭了半个晚上。入社以后，她经常一个人跑到自己原先的土地旁边，呆呆地看着地里的庄稼，心里有说不出来的难受。

一天傍晚，刘天赐来陈氏医馆找陈无偏，说："无偏哥，劳烦你一下，家母病了，起不了床，请你去看一下。"

陈无偏二话不说，跟在刘天赐的屁股后面就到了刘家。

未入卧室，陈无偏已听见二叔婆的一记轻轻的长叹。进去之后看见二叔婆闭着眼睛躺在床铺上，一点神气也没有。

陈无偏问道："二叔婆，哪里不舒服？"

二叔婆有气无力地哼了一下，立即就把嘴巴和眼睛都闭上了。

陈无偏问刘天赐：二叔婆的饮食怎么样？睡眠怎么样？大小二便怎么样？口干不干？想喝水吗？喝水是想喝热的还是喝凉的？

刘天赐一问三不知，只知道她不想吃东西。

陈无偏笑了笑，便开始给二叔婆诊脉。六脉沉弦，唯关兼滑。陈无偏知道是肝出了问题。滑为痰湿。肝主情志、断决，为将军之官。今肝为痰累，不能涤达，故郁郁不得其志。肝为木脏，木生火。心为火脏，系木之子。如今母病累子，故心累神疲。眼圈显黑，系血瘀。面色苍白，气息低微是气虚。肝藏血，心主血，血瘀而气虚。血瘀是表，气虚是本，是气鼓推血的能力减弱了。

气的鼓推能力为什么减弱了呢？陈无偏在思索着这个问题。他叫二叔婆张开嘴巴伸出舌头让他看看。

二叔婆没什么动静。

刘天赐急了，直叫："阿婶（爸妈是洋叫法。中国人古时叫父母是不叫爸妈的。北方人叫爹娘。南方人不大规范，一般多叫阿伯、阿母，或阿叔、阿婶。有的地方甚至以第一个孩子牙牙学语时对父母的第一次发音作为对父母的称谓），医生叫你张开嘴巴！"

二叔婆糊里糊涂地把嘴巴张开。

陈无偏看见她舌苔滑腻，舌心滑黄。舌的两边像捆了两道深褐色的边。陈无偏再望望她的眉心。眉心里暗暗地透出一鼓青气。

刘天赐焦急地问道："是什么病？要紧吗？"

陈无偏不出声，他从房间里退了出来。

刘天赐也赶快跟了出来。

陈无偏指着自己的太阳穴，用指头在上面画了个圈圈，说："令堂是这个问题。"

刘天赐一愣。

他睁大眼睛问道："这个问题？这个什么问题？"

陈无偏说："是精神问题！"

刘天赐听得直愣直愣的："是精神问题？怎么精神会有问题呢？"

"是想得太多咯！"陈无偏解释说，"想得过多，殚精竭虑，也会引起精神病的喔！"

"我的老母想得太多？"刘天赐莫名其妙，"她有什么好想的？"

陈无偏说："我是就脉论证，依书直说。她有什么好想的，我怎么知道。你是她的儿子，这事你才清楚呀！"

刘天赐让他说得无话可说，于是道："好，好，好。那就请你开张药方吧！"

陈无偏说："这病开药单，是没多大作用的喔！"

"怎么？"刘天赐愕然，"你不是说家母就死定了吧？"

陈无偏说："也不是。俗语说：心病仍需心药治。我敢说令堂肯定是有心病。你好好开解开解她，把她的心药找出来，她的病不就好了啰！"

刘天赐听了叫苦不迭："你把我说得糊里糊涂的，我哪里去找什么心药？无偏哥，我求求你了，你给我开张药方吧！"

陈无偏叹了一口气，说："不得已而求其次。这是没办法的办法。我再说一遍，最好还是找到心药。我的药的效果，是比它差一大截的。不讲清楚，到时候就怨我的药不灵了！"

刘天赐听了，连声说道："不怨，不怨，不怨。"

陈无偏说："那就吃服加味丹栀逍遥散吧！"说完打开纸笔，书写处方。处方写好，并在药方的末尾附上叮嘱的文字："此病乃是心病也！能用心药最好。切记切记！"

陈无偏走了之后，刘天赐拿着这张墨迹未干的处方，心里很是发愁。

陈无偏一口咬定这是心病，是想得过多，殚精竭虑引起的。他是乡里的名医，是街坊心中的再生华佗，他看病准得很，用药灵得很。他是绝对不会开口乱说的。可是老母这么一大把年纪了，还有什么想的。而且是"想得过多，殚精竭虑"哩！莫非是……呸，呸，呸，想想都是罪过！可是不是这个问题，那心病又是什么？连心病都不清楚，叫我哪里去找什么心药呀！刘天赐烦到一筹莫展，茶饭无心。

老婆万福娟喊他吃饭，他竟一点反应都没有。

万福娟给吓了一大跳，家婆已经在床上一躺不起，老公又叫都没有反应，这是怎么回事？她走过去碰碰刘天赐，说："你怎么回事，我叫你呀！"

刘天赐一愣："你叫我什么？"

"我叫你吃饭啦！"

"哦！吃饭了？"

万福娟叹了一口气："你这个人傻傻乎乎的，是怎么回事？嫲嫲（粤语，奶奶）已经这个样子了，你又傻傻乎乎的，你想吓死我是不是？"

"嘻——"刘天赐长长地叹了一口气。

"是怎么回事？"万福娟说，"你跟我说说，看我能不能帮得到你。"

刘天赐说："嫲嫲病了好几天了，不吃不喝，整天在那里躺着。你说烦不烦？我请陈无偏来看病。陈无偏说，她是想得过多，殚精竭虑，是精神问题，是心病。他说心病仍需心药治，叫我去找'心药'。我怎么想都不明白，她都那么老了，儿子儿媳妇孝顺，孙子孙女听讲听话，现在又不愁吃不愁穿，她还有什么可想的？如果是早几年，老豆刚死，她想老豆，都情有可原。现在老豆也死了那么多年了，不习惯也习惯了。她还有什么想的呢？而且还想得过多，殚精竭虑，还想到病成了这个样子哩。真叫人百思不得其解。我怎么想都没想通，又怎么去找出什么心药给她治病呢？"

刘天赐沉吟了一会，最后自言自语地说："难道她看中了谁，有心上人了？"

万福娟说："该死，你怎么这样去揣度我们嫲嫲呢，真是罪过！"

刘天赐惭愧地说："罪过，罪过！可是，不是这样想也没有什么门路可想了。"

万福娟看见自己的老公陷入了山重水复的境地，她心疼老公，也加入了动脑筋的行列。"也真是。老人家好端端的，怎么会闹成这个样子？我一直琢磨着，合作社成立之前她什么病都没有，天天埋头养她的猪，开了合作社的成立大会，她就病了。难道……"

"难道什么？"

"难道是合作社和她无缘，冲撞了她？"

刘天赐申斥道："三八，都解放了，还满脑子的迷信。"

万福娟自己也笑了："是呀，我也觉得这是迷信。可是不是这样想，又能想出什么呢？"

跟老婆聊过以后，刘天赐感到很惭愧。他太忙了，没有时间关心自己的母亲，不知道她想什么，做什么。这时，他心中"咯噔"了一下，心想，无缘是假，冲撞是假，莫非她不愿意入社，牵挂着她那两亩地？

于是他起身，来到母亲的房里，问道："阿婶，你觉得怎么样了？好一点了吗？阿婶，我不明白，你好端端的，怎么一下子就病了？你埋头养猪，到处去教人养猪，大家都夸你了，还选你做劳动模范。你病了，大家都牵挂着你，盼着你去教她们哩。阿婶，你怎么好端端地一下子就病了呢？"

二叔婆眯着眼睛不吭声。

刘天赐笑道："你是开完合作社成立大会才病的喔，你是舍不得我们家那两亩地吧？"

刘天赐讲到这里，二叔婆嘴巴一扁，嘤嘤地哭了起来。

刘天赐知道触到老人家的痛处了。他笑道："阿婶，这两亩地是共产党、毛主席给我们的，即使共产党、毛主席要把它收回去，也没得说的。何况现在共产党、毛主席也没有把地收回去，只是要我们组织起来，把地集中起来，把生产搞大搞好，让所有的人都过上富裕幸福的生活。共产党、毛主席的这番好意，我们能不领情吗？我们不领这个情，岂不是忘恩负义了吗？虽然入社了，可是地还在我们名下嘛，农业合作社的花名册里，在我们的名下写着哪块哪块地是我们入社的，是多少亩多少亩写得清清楚楚的呢，你以为人家不知道吗？它能丢了吗？人家是知道的，它丢不了！再说你儿子是村长，又是农业合作社的主任，你这样不仅不领共产党、毛主席的情，还拆了你儿子的台喔，你知道吗？"

二叔婆想了想，慢慢地不哭了。

万福娟趁机说："嫲嫲，你几天没吃东西了，肚饿了吧？你想吃什么，我去煮给你吃好吗？"

二叔婆想了一会，说："我想吃芥菜番薯汤。"

芥菜还未当造，现在的芥菜出土还没够两寸高。刘天赐想：既然老太婆想吃，不够两寸高也拔了。他跑到自己的自留地里，把一畦出土不久的小芥菜通通拔了起来，摘好洗净，再削了两只红心番薯，煮了一锅芥菜番薯汤。

万福娟用海碗盛了一碗来给老人家吃。

二叔婆慢慢地吃起来。她觉得今天的芥菜番薯汤特别好吃，吃了还想要。

万福娟说："嫲嫲，你几天没吃东西了，一下子吃得太饱不好喔。你分开来，慢慢地吃吧！"

二叔婆听儿媳妇的话，把这些芥菜番薯汤分作若干次吃，最后竟把这锅芥菜番薯汤吃完了。

第二天起来，她痛痛快快地拉了一大泡臭屎，诸病若失，又忙着侍候她的猪去了。

黄守财很关心他的打铁铺。

中央文件没有关于打铁铺的条文，刘天赐和他商议，打铁铺入社了，是合作社的名义，但还是他黄守财自己弄。黄守财每年交多少多少钱给合作社，合作社就管他家全年的口粮。这个钱的数额，黄守财也觉得出得起，于是没什么意见。

中央文件没有关于医馆的条文，所以也参照打铁铺的办法处理，陈无偏也很高兴。

村里的农民，数六嫂他们最欢迎合作社了。他们一无钱二无劳力，正发愁呢，成立合作社，他们真有旱苗得雨的感觉。

白德住在市桥，他早已发誓不回金窝村这块伤心地了。

他勉强念完了高中。共产党领导人民群众刚坐江山，事无大小都执得很正。人民群众很听党的话。社会风气非常之好。各个单位招聘员工，都是非常注意政治面貌和家庭出身的。白德高中毕业了。那时候的高中生是比较稀罕的。无奈像他的成分和出身，谁人敢招惹？白德没有土地，没有工作，但肚子总要装点东西的呀！他的母亲已经是过河的泥菩萨，连自身都保不了，哪有能力接济他？怎么办？

好在这白德比较聪明，也愿干，他自己悄悄地屋里拨弄了几回，到拨弄出点门道之后，便在街头巷尾摆个地摊，给人补鞋修雨伞，用自己的十个指头挣饭吃。

三十一

自从爸爸被拉进看守所和认真地看过《沙飞影集》之后，陈抗日真的突然长大了许多，也乖了许多，勤快了许多。

他知道爸爸收养马骝仔是对的。聂荣臻司令员都这样做了，我爸爸还错得了呀？他不怪爸爸了，爸爸是对的，同时也不怪后母疼爱马骝仔了。爸爸不在家的那一段日子，他发现后母对他是很好的。她对马骝仔有几好，对我也几好。我以后不要计较她了。因为心头上的那只结解开了，包袱放下来了，他也觉得自己轻松了，脸上也露出了笑容。

前一段时间他不喜欢上学，怕老师同学问起他爸爸的事，现在喜欢上学了。他知道爸爸做的事，就是聂荣臻司令员做的事。聂荣臻司令员做的事还不光彩？所以，我爸爸做的也是很光彩的。我不怕别人说，不怕别人问。因为不怕，他回到学校里态度很大方，说话做事淡淡定定。因为他的天聪比较好，态度问题解决了，学习成绩就跟着上去了。老师见了很欢喜，一有机会就表扬他。他是个受用表扬的人，越是表扬就越乖越积极。老师越是表扬他，他成绩便越好，一时间就成了学校里的拔尖人物。

今天下午，陈抗日一放学回来，就马上做作业；做完作业就读医书；读完医书就开始帮做家务。

他先去挑水灌园，打理那两分菜地，然后就剁猪草。陈抗日也喜欢养猪。他家是爸爸被抓走之后，后母才开始养猪的。当时他揣摩出后母的意思，是通过养猪，通过省吃俭用，苦打苦挨好熬到爸爸回来。可是猪养了不久，爸爸就回来了。所以他对猪有好感，认为猪是益我们家旺我们家的，所以很愿意养它。他很快就把养猪的门道摸熟了，无论是剁猪草、煮猪潲、喂猪吃潲、扫猪屎、冲洗猪栏，他都干得头头是道，干得像个大人一样。

张倩看见陈抗日那么积极地做家务，心里头当然非常高兴。这些活都是她平日做的。她从早到晚，忙个不停，就是应付这一大堆家务。现在有了个帮手，她倏地感到轻松了许多，自然笑到见牙不见眼。

她在背后悄悄地对陈无偏说："你看抗日变了，变得很乖很勤快了。"

陈无偏是个万般皆下品、唯有学医高的人。他对做这些鸡毛蒜皮、婆婆妈妈的事没有兴趣。我们陈家祖祖辈辈是靠三指定阴阳，用药如用兵来立世的。这些鸡毛蒜皮、婆婆妈妈的事算什么?! 我真怕他让这些琐事给耽误了。张倩是妇人之见，她的眼光太短浅了。但他不敢说。难得她那么高兴，难得她对抗日的感觉那么好，去扫她的兴干什么。他胡乱地应付了她两句。

他倒觉得儿子长大了，个头高了，身板粗了，干起活来也真有点男子汉的气势。这点令他很高兴。辛辛苦苦十几年，不就是盼着这一天吗?

陈抗日干完那些活，张倩也把晚饭做好了。她抹好桌子，摆好碗筷，从厨房把饭菜端了出来。

陈抗日拿起桌上的饭碗，盛了一碗饭放在陈无偏的面前，说道："爸，吃饭!"他又拿起桌上的另一只碗，盛了一碗饭放在张倩面前，说道："妈，吃饭!"

张倩一时激动得热泪盈眶。她情不自禁地举起衣袖去揩揩湿润的眼眶。

陈无偏看见这情景，心里头更加高兴。他说："儿子，爸爸今天很高兴!"

陈抗日没有多大的反应。他"唉"了一声，低下头去扒自己的那碗饭。

陈无偏继续说："儿子，你知道爸爸今天为什么这么高兴吗？"

陈抗日抬起头来，说："不知道！"

陈无偏深情地说："爸爸看见你长大了，懂事了，所以很高兴！"

陈抗日"哦"了一声。

陈无偏又说了一遍："你明白爸爸为什么高兴吗？"

陈抗日说："明白！"

陈无偏说："爸爸希望你以后都那么乖，都那么听话，都那么勤快。你长大了，爸爸也慢慢老了。爸爸就要你帮助了喔，这个家就靠你了喔，你知道吗？"

陈抗日说："我不希望爸爸老。我要爸爸永远不老。"

陈无偏笑道："傻孩子，人是肯定要老的，没有不会老的人的。爸爸也是一样。爸爸老了，可是你长大了，懂事听话了，爸爸的心就安乐了。你明白吗？"

陈抗日想了想，似乎感到有点凄然。

他点了点头，说："明白！"

马骝仔陈和平也慢慢地长大了。慢慢地长大的马骝仔因为得到了张倩、陈无偏的悉心照料，不仅身体健康，而且聪明好动。他一天到晚，除了睡觉，几乎没有安静的时候。

白天，他不是伏在塘基边钓虾，让张倩四处好找，就是躲到芭蕉林里用泥团去打邻家喔喔啼叫的公鸡，让邻居上门投诉。或者拿一条长长的纸条，在一端粘上浆糊，悄悄地粘到别人的衫尾上，让人浑然不知，到处行走，招来笑话。或者捉条黄鳝捏在手上，当作毒蛇去吓唬女孩子，让她们哇哇大叫。

即使到了晚上，他也不会安分老实。那时候莫说农村，即使城镇，到了晚上，道路一般都是黑麻麻的。这黑麻麻的道路，也成了马骝仔搞恶作剧的舞台。他会找一些会发出响声的铁皮罐子悄悄地放在屋角的地方，让夜行的人踢着吓一大跳，有时甚至放团猪屎在路中间，让踩着的人大声骂娘。总之，他夏粘知了冬掏鸟窝，什么时候都有他要干的活。

马骝仔慢慢地长大了，也上学读书了。但到了学校，他也不肯安分守己。

一天，他看见有个同学家里养了窝小白兔，他悄悄地偷了一只，藏在自己的书包里。回到学校，上课的时候，他打开书包掏书本，那小白兔趁机跑了出来，在教室里到处乱窜。安安静静的一堂课，顿时乱成了一锅粥。老师气不过，马上去找校长。

校长是陈无偏的朋友，知道马骝仔的来历，他来了也没说什么，只是赶走那只到处乱窜的小白兔，要求学生注意课堂纪律，好好听老师讲课。课后，他去陈氏医馆找到陈无偏，向他反映陈和平在学校的表现，希望家长配合，做好陈和平的工作。

陈无偏也没办法。马骝仔调皮捣蛋，他比谁都晓得。可是怎么办呢？是自己生的，教不听就揍他一顿吧！但马骝仔不是自己生的，用打的办法恐怕不太妥当吧？可是不打又有什么法子呢？他跟张倩商讨这个问题。

张倩是只一有风吹草动就立刻张开翅膀护着鸡崽的老母鸡。她一听到说马骝仔的什么不是，就立刻皱起了眉头。一说到要揍他一顿的话题，更是摇头兼摆手。她说这是小孩子的天性，树大自然直，过一段时间他自己就会好的，"打他干什么？我不让打。你要打，就打我吧！"

陈无偏哑然一笑。他的本意也是不想打的。养人家的孩子，这"打"字，总还是不提的好！于是他还是耐着性子去教导他。

荔熟蝉鸣，村里村外都响起了永无休止的蝉声，吵得人产生了一股莫名的烦躁。马骝仔陈和平也感到烦躁。

马骝仔在家里是不用干活的。一来他还小，二来张倩也舍不得让他干活。在乡下，十来岁的小孩不仅要帮干一些家务，如放牛、喂猪、割草什么的，甚至还有独当一面的呢。而马骝仔是张倩的心头肉，在张倩的眼里，他永远是个未长大的孩子。她舍不得让他来干。她觉得自己手脚麻利，那些婆婆妈妈的零碎活，她三下五除二就做完了，何必又经他的手脚？就让他多玩一玩吧！自从马骝仔上学读书之后，张倩便要他吃过午饭打打瞌睡，这样下午上课的时候有个好精神。

马骝仔躺下之后，窗外停落了一只蝉，在"知了，知了"地拼命地叫，让眼皮已经合上的马骝仔怎么也睡不着觉。

马骝仔火了。他在心里头恨恨地咒骂，你不让我睡觉，我就去把你抓起来烧着吃。乡间里的小孩有烧吃蝉虫的爱好。那蝉虫被柴火烧熟之后，比烧肉还香。

他从床上爬起来，蹑手蹑脚地走出屋外，去寻找那只不让他睡觉的蝉。出到屋外，走到窗口下面，他发现窗口下面并没有蝉。这只该死的蝉儿跑到哪里去了呢？

马骝仔抬起头来东看西看，发现屋边的荔枝林里蝉声阵阵，不绝于耳。这该死的蝉儿肯定是飞进了荔枝林里。他循声进到了荔枝林里。

此时荔枝大熟。枝头的荔枝红得似火。望着这一只只火红火红的、圆嘟嘟的荔枝，马骝仔馋到口水都出来了。他跳起来，摘下了一只又大又红的荔枝，放在嘴唇边，用门牙轻轻地把壳啃开一个小口子，然后那抓着荔枝的手轻轻一捏，那颗雪白如脂的荔枝肉"扑"地挤进了他的口腔里，甜到他眯着眼皮直咽荔枝汁。

吃过了荔枝，马骝仔还不肯放过那只吵得他不能入睡的蝉儿。他还继续仰起脑袋在树林中查找着。到底让他找着了。

他在一丛又大又红又圆的荔果中发现了一只蝉。这只蝉很大，有两三只蟋蟀那么大，好家伙，难怪你叫得那么凶了。他伸手够不着，跳起来抓又怕抓不着让它飞了。他平时是用蜘蛛网来抓蝉儿的。他有一根竹竿，在竹梢的末端插有一圈竹篾。他举着插有竹篾的竹竿到瓦檐底下捞蜘蛛网，然后拿去粘蝉儿，那是十拿九稳的绝活。可是这竿竹子又放在家里，他又懒得专程回去拿。他想，我就爬上去抓吧！我爬到树上去，既可以抓到蝉儿，又可以美美地吃它一顿荔枝，这该多好！

他爬上去了，机灵得像一只猴子。为了不惊动那只有两三只蟋蟀那么大的蝉，他轻手轻脚，忍稳专注像一条在树上捕猎麻雀的小蛇。他很快地爬近了树梢。这里的树枝比较软，一悠一悠的承受不起他的重量。退回树下去吧，他心有不甘，再差那么一点点就够得着了。就那么一点点，难道就把我摔得下去了？他不信。他歇了一会，憋足了劲，夹住树枝的双脚把树枝紧紧夹住，再使劲一蹬，那已经伸出去的手再使劲往前一伸。

就在这一当儿，这丫荔枝树"咔嚓"一声断了，一阵天旋地转，马骝仔陈和平重重地摔到了地上。

马骝仔陈和平的屁股率先摔到地上，摔成了两半，痛得他龇牙咧嘴，直吸冷气，半天说不出话了。他自己想挣扎起来，可是这腿好像不是自己的那样，一点劲也使不出，想找个人帮帮忙吧，可是旁边一个人也没有。怎么办呢？他没有办法了，他再也忍不住了，于是放开嗓子"哇哇"地哭了起来。

因为接近期末考试，陈抗日中午也不瞌睡，找个僻静的地方默默地背功课。他突然听到陈和平的哭声，马上跑了出来。

他发现这哭声是从屋边的荔枝林里传出来的，于是马上向荔枝林里跑去。

陈抗日跑入了荔枝林，发现马骝仔陈和平坐在地上哭得很伤心。地上断了一丫树枝，知道他从树上摔下来了。不知道他伤到什么程度，他马上把他拉起来，搭在自己的背脊上，再往上抛一抛，然后一路小跑把他背回屋里去。

陈无偏、张倩听到了马骝仔陈和平的哭声，赶紧从屋里跑出来，他们看见陈抗日背着他"噔噔"地跑回来，都吓了一大跳。

陈抗日把陈和平放下来，说清了原委。

张倩吓得连话都说不出来。

陈无偏脱下陈和平的裤子，用手在他的股骨头一带捏了好一会儿，又抓着他的脚板，拉着他的腿上下左右地摇晃一番。

这时，张倩才发现自己可以说话了，她小心翼翼地问道："没事吧？"

陈无偏在陈和平的屁股上轻轻地打了一巴掌，笑道："没事！不过你这家伙也太调皮了，摔摔也是好的。"说着，拿出一瓶秘制跌打酒在陈和平的屁股上搓了好久。搓完之后，帮他把裤子穿上，说："到时间了，上学去吧！"

但陈和平打赖死不肯上学了。

陈无偏说："不行，不行，不行！这点小伤小痛怎能就叫苦连天，这不干那不做的呀？男子汉大丈夫嘛！现在快期末考试了，不上学哪行？"

打发走了陈和平，陈无偏拍拍陈抗日的肩膀，向他伸出了一只大拇指，夸奖说："儿子，你又进步了。好！我们中国人就是要大度，大方。我们为什么要大度，大方？因为我们是中国人！"

三十二

傍晚，马骝仔陈和平放学后迟迟没有回家，急得张倩像身上爬入了一只蚂蚁，坐也不是，立也不是。

陈无偏看见老婆急成这个样子，对陈抗日说："去找找你弟弟，看他是怎么回事？"

陈抗日应声出去，一会就拖着马骝仔陈和平回来了。

他说："他站在屋外面啼哭，不肯进来！"

陈无偏、张倩听了，都不觉吓了一跳：这是从来没有过的事喔，是怎么回事？

张倩看见这马骝仔泪眼汪汪的，一双眼睛都肿了，那心好像被人割了一刀似的难受。她蹲下来，摸摸马骝仔的脸，拉拉他的手，揉揉他的身骨背脊，问道："谁打你了？你给妈说说，妈明天带你去找校长，我要校长惩罚他，要他给你赔汤药！"

马骝仔陈和平本来早已停了哭声，可是他听了张倩这句话，鼻翼一鼓，嘴巴一扁，"哇"地大哭起来。他抱着张倩的腰，哭得很伤心。

马骝仔陈和平已有九岁了。来到陈家的九年中，他是在蜜罐里长大的，即使在抗战胜利后的那一两年，物质匮乏，家家户户穷得揭不开锅，陈无偏、张倩，特别是张倩把他捧在手心，含在嘴里，宁愿自己不吃让他吃，宁愿自己不穿让他穿，没让他受过什么苦。以后物质生活好了，张倩更是什么好的都往他身上堆，生怕他吃少了，穿差了。而且她还事事宠着他，纵着他，即使有谁投诉什么，她都偏袒着他。有这样的宠爱和袒护，马骝仔陈和平从小到大一直无忧无虑地生活着，成长着。他给人们的印象，特别是给陈无偏、张倩的印象是开心的，顽皮的，而且顽皮得有些可爱。可是今天为什么伤心成这个模样，哭成这副样子？

张倩看见他这副模样，心里更急了。她问道："这是怎么回事？是谁欺负你了？"

马骝仔陈和平不答她的话，他搂着她，"呜呜"地哭得很伤心。

马骝仔陈和平越是不答话，越是哭，张倩就越急越揪心。是谁那么可恶，把我和平欺负成这个样子？！她着急地说："你告诉妈，是谁欺负你？是谁把你欺负成这个样子？你说，我明天就去找校长。我一定要校长惩罚他！"

马骝仔陈和平"呜呜"地哭了一会儿，他终于停嘴了。他说："他们都欺负我……"

"他们？"张倩不禁愣了一下，"他们，那就是不止一个喔？"

马骝仔陈和平说："是的，是不止一个！"

张倩觉得事态严重了，难怪他哭成了这个样子！不止一个？那我更要找校长了。这是共产党的天下，是人民的天下，看有谁可恶得这么厉害！她继续问道："到底有几个？你清楚地跟妈说。你要说清楚，让妈好找校长去！"

陈和平"呜呜"地说："是全班同学都欺负我！"

"全班同学都欺负你？！"张倩听了，气得几乎要跳起来。真是欺人太甚了！她问道："你们全班同学怎么欺负你？"

陈和平说："今天下午我瘸着腿上学，他们看见了，都说日本仔打了败仗了。他们都拿起泥块来砸我，说我是日本仔，该死的日本仔！"

一说到"日本仔"这个话题，张倩噎了一下，顿时无话可说了。

这是张倩的软肋。她疼马骝仔，爱马骝仔。她希望不声不响地爱他、疼他，请别人不要理会，不要打扰。她不愿意有人问：陈和平是你生的？更不希望人家提到陈和平是个日本仔。因为一提到"日本仔"这三个字，谁都会联想到这孩子不是她生的。这孩子不是她生的！就当然联想到她是不是不能生孩子呀？她为什么不能生孩子呢？……这一连串都是令她难堪的话题。所以她不愿意有人提到这个问题。这问题，成了她生活中的忌讳。

现在这孩子的整班同学都骂他是"日本仔"，而且都用泥块来掷他，这……这真让她接受不了。她气慎了，她糊涂了，她顿时悲从中来，觉得不仅马骝仔被人欺负了，她也让人欺负了。

这时候，陈和平仰起泪汪汪的脸问道："妈，我不是你生的吗？……"

真是哪壶不开偏提哪一壶。

"我怎么会是日本仔呢？我不是日本仔！我不做日本仔！我是中国人！"

面对着无知的孩子，张倩不知道该说什么，她明白她不能说什么，她双手掩面，一路小跑，跌跌撞撞地跑到房间里。

张倩的表现让陈和平感到愕然：妈妈为什么会这样的呢？他问陈无偏："爸爸……"

陈无偏一时间也不知道该说什么才好。他说道："妈妈累了，我们让她休息一会儿。我们吃饭去！"

张倩这一晚都在房间里不出来。吃过晚饭，陈无偏打理陈和平洗澡，招呼他睡觉。

第二天陈和平不肯去上学了。不管陈无偏怎么说，他就是死活不去。

陈无偏无法，去找张倩商量。张倩一晚没有睡好，那双眼睛红得像只桃子。她听到陈无偏那么说，没好气地应了一句："既然不愿去就不去了。这样的学校，不去也罢！"

陈无偏听了，一时间哭笑不得。他对张倩说："这，这，这怎么行呢？"

张倩说:"也不是我不让他去的,你觉得不行,你就跟他说吧,你不要来找我了。"

陈无偏真感到这事难办了。

马骝仔陈和平当晚也没睡着。他糊糊涂涂地过了一个晚上。这个晚上他似睡非睡,懵懵懂懂,糊里糊涂的。他从来没有经历过这样的睡眠。他感到他很受伤。他被全班同学骂作"日本仔"!他觉得受到了奇耻大辱。

"我怎么会是'日本仔'呢?"他带着这个问题在家里找答案,怎么一提出这个问题,妈妈像傻了似的,连饭都没吃就睡觉去了。这是怎么回事?

今天早上,他想继续询问这个问题,可是妈妈的眼睛又红又肿,那神情像生了一场大病一样。他不敢问妈妈了。

可是,这件事像一团干稻草似的窝在他的心里,令他无法忍耐。反正不上学是定了的了。可是即使不上学,这件事也得弄清楚呀!这么大的一件事都不弄清楚,那读书还有什么意思?不搞清楚,我以后岂不是永远都让他们欺负了?永远都要戴着那顶"日本仔"的臭帽子了?

妈妈不好问,那就问爸爸吧!他问陈无偏说:"爸,你说那些同学怎么都说我是日本仔呢?难道我真的是日本仔吗?"

陈无偏真烦,一心想过平平静静的日子,怎么就平静不了呢?

马骝仔陈和平拉着他的手,仰着脸,等待着他的答案。

他发现这个问题躲避不了,马骝仔渐渐长大了,他不是生活在一个与世隔绝的空间里,他要与各式各样的人接触。这是一个大家都知道的问题,这个问题迟早要沁入到他的脑子里的。其实他提出这个问题是迟早的事。如果他发觉这是个问题,而又不提出来,把它闷在心里,那可真是个问题哩。他想,与其隐瞒,不如就和他说清楚吧。把事情说清楚,讲明白,他慢慢地长大了,他到底怎么想,怎么拿主意,那是他自己的事了。

陈无偏伸手摸摸马骝仔的脑袋,很和蔼地对他说:"和平,你很想知道这个问题吗?"

陈和平是个很聪明的孩子，是个很细心的孩子，也是个有心计的孩子。他本来是希望爸爸听了之后，大声地骂一声："胡说，你别听他们扯淡！"如果爸爸这么骂一声，他的心反倒痛快了，反倒踏实了。可是如今爸爸听到了他的问话，竟那么和蔼地问他："你很想知道这个问题吗？"他知道不妙了，知道同学们这么骂我是事出有因了。

他的腿开始软了。

他不敢回答爸爸了。他只是仰着头默默地望着爸爸，看他说的是什么。

这时，爸爸轻轻地摸着他的脑袋，说："这件事迟早都要和你说的，既然你今天问到了，那就给你说了。"

马骝仔像听到了宣判似的，双腿一软，坐到了地上。

陈无偏也跟着坐了下来。

他说："和平，爸爸在回答你之前，想问你一句话，请你回答爸爸。"

陈和平的心"扑扑"地乱跳。他已经不知道怎么回应他爸爸了。他没有说是，也没有说不是。

陈无偏说："你心里怎么想的，嘴上就怎么说就可以了。不要紧的。我想问你，在你的心里，你觉得爸爸好不好？"

他觉得问得很奇怪：爸爸怎么不好呢？爸爸最疼我了。爸爸比疼大哥还要疼我！于是说："爸爸好！"

陈无偏的眼睛发红了。他又问道："妈妈好不好？"

陈和平觉得更奇怪：爸爸今天怎么了，怎么老是问这些问题。妈妈怎么会不好呢？妈妈几疼我几爱我，妈妈怎能不好呢？他说："妈妈好！"

两颗豆大的泪珠从陈无偏的眼眶里流了下来。他一把搂住了马骝仔陈和平。

陈和平吓了一大跳。他长了那么大，还没有看见爸爸哭过。他觉得很可怕，他给吓坏了。

他听见爸爸哽咽地说："和平也很好，爸爸妈妈也很爱和平。

可是你今天问到了这个问题，那么我就要告诉你，你不是爸爸妈妈生的。你是爸爸妈妈捡回来的……"

"不是！"没等陈无偏说完，马骝仔陈和平便大声打断他的话，"爸爸你骗我，我是爸爸妈妈生的！"

陈无偏放开陈和平，他抹了一把眼泪，又用手拉着他的手，深情地问道："和平，你很希望你是爸爸妈妈生的吗？"

陈和平觉得很奇怪，爸爸今天怎么了，尽说些没头没脑的话。他说："是！"

陈无偏说："和平，你长大了。既然你今天提到了这个问题，爸爸觉得有责任，也有必要给你讲清楚：你不是爸爸妈妈生的，你是爸爸妈妈捡回来的！全村人都知道这回事。"

陈和平的眼睛睁得大大的。

他问道："那谁生我的？"

陈无偏说："是日本人生你的。1945 年，日本人被打败了，他们走投无路，把你放在我们家门口……"

"这么说，我就是日本人的崽啰？！"

陈无偏说："是的！"

陈和平听到这里，用力把陈无偏甩开，双手掩面，"噔噔"地跑了。

这倒令陈无偏难办了。他想冲过去抓住他。可是一个身体结实、手脚麻利的九岁男孩，跑起来活像一只马骝，哪能抓得住？这小家伙也糊涂了，一时也失去理智了，他会跑到哪里去呢？一旦出了事怎么办呢？

他后悔了。我为什么跟他讲这番话呢？

他一贯相信自己的精明。我不精明，我能医得好那么多人吗？可是现在明摆着就把这件事办砸了，怎么去补这个"镬"呢？他真的想不出办法来，只好去找老婆了。

他本来是不想惊动老婆的，想一个人悄悄地把这件事办妥的，想不到弄巧成拙。他坚信老婆是有办法的。她总能在我走投无路一筹莫展的时候帮我一把，她是我的贤内助，她是我的好老婆！

他怀着搬救兵的心情去找老婆，可是一看见老婆那副犹如病恹恹似的神情，突然感到心里头的底气不足了。还跟不跟她讲呢？他实在拿不定主意。

张倩见他进来，闪闪缩缩，鬼鬼祟祟的，怪了，这家伙搞什么名堂。她不作声，用眼角冷冷地看着他。

陈无偏向来磊磊落落，不擅藏藏匿匿的，看见老婆冷冷地看着自己，他感到自己像做贼似的一身不自然。

在老婆冷然的目光下，他觉得讲也不是，不讲也不是，吭哧了一会，最后还是讲了："阿……倩………"

这家伙做了什么亏心事，怎么磕磕巴巴的？

"阿、阿……倩……和、和平不见了……"

张倩像一只抱窝中听见了异常响动的老母鸡，她的脑袋机警地愣了一下。

"和、和平不见了……和、和平跑、跑了……"

张倩像坐着了弹簧似的跳了起来："和平怎么不见了？他好端端的，怎么会跑了？"

"我………"陈无偏感到百口莫辩。

"你跟他讲了什么？"

"我也没讲什么！"

"你没讲什么，他为什么会跑？"

"他问我，他是不是爸爸妈妈生的，是不是日本仔，我才讲到一半，还没有讲完，他就跑了………"

张倩一听，倏地像疯了一般："你，你这死家伙，你怎么跟他讲这些？你赔我的儿子！你还我的儿子……"

三十三

陈无偏真没辙了。面对跟他哭闹的老婆，他束手无策，只好自己出去找了。

陈无偏在村里村外找了好几遍，都没有看见马骝仔的影子。他越找心里越焦急。会不会发生什么事呢？不会吧？不要自己吓自己了。他想回去看看，但一想起老婆这副模样，心又不敢，还是硬着头皮找下去。

　　可是实在找不到了，他抬头看看，已经日到中天了。这马骝仔上午没有吃过东西，到了这个时候也该肚饿了，也该回家找东西吃了吧？还是回去看看。说不定他正在家里吃东西呢！

　　陈无偏转身回去了，他远远地看见张倩倚在门柱上向外张望。

　　他心里立即凉了半截。看见这情景，他本来是不想回去的，可是老婆已经看见自己了，不回去恐怕不好吧，再说回去喝口水也是要的呀！他硬着头皮回去了。

　　在门口和张倩擦肩而过，张倩没理会他。

　　他进去找水喝。张倩跟着进去。

　　她问道："和平呢？"

　　陈无偏心里怯怯的。他无奈地叹了一口气："没有找到……"

　　张倩立即又像疯了似的要捶他。

　　陈无偏自知理亏，也不躲，任她捶吧！

　　张倩捶了几下，也停下手来了。她心也痛了。这是她的老公，也是她的心头肉，哪能老是这么捶他的呢！她说道："和平去哪里了呢？"

　　陈无偏无奈地说："我哪里知道。我知道了，就把他带回来了。"

　　"如果他就不回来，永远不回来了，你说怎么办？你说怎么办？"

　　"不会的，他是个那么小的孩子，他能够跑到哪里去？"

　　"他不能够跑到哪里去也要回来的呀！他不回来了叫我怎么办？你这该死的家伙，你到底跟他讲了什么？你为什么要跟他讲这些？他不回来了，我也不愿活了，我死了算了……呜呜！"

　　陈无偏最难招架的就是这个。他没有办法，也不知道该说什么。他现在唯一能做的是搂住张倩的肩头，另一只手轻轻地抚摸她的背脊。

这时候，门外"噔噔"地响起了一串脚步声。陈无偏马上松手。

门洞一黑，陈抗日回来了。

原来到放学的时间了。

陈无偏看见陈抗日，活像看到了救兵一样，急不可耐地说道："抗日，你帮爸爸办件事！"

细心的陈抗日一进门就发现有点异样。往日的家是十分温馨的，一放学回家，厅里的饭桌上就摆好了热饭热菜。现在屋里冷冷清清的，后母的眼睛又红又肿，好像大哭过一样。他默默地问道："爸爸要我办什么事？"

陈无偏把他拉到一边去，细声说道："弟弟不见了……"

"哦!？"陈抗日也给吓了一跳，"这是怎么回事？"

陈无偏一筹莫展。

他深深地叹了一口气："是这样的。今天上午，他缠着我，要我给他讲他的身世。我让他缠烦了，便如实告诉他，可是我还没有讲完，他就跑了，到现在还没有回来……"

陈抗日听了，很有担当地说："好，我去把他找回来！"

不一会儿，他真的手牵着手把马骝仔陈和平拉回来了！

原来这是一个方法问题。

其实马骝仔陈和平并没有跑远。

陈无偏看见马骝仔一跑，心中便没了主意。他火急火燎地追出去乱找一气。没有找着，回来向老婆报告时，老婆一哭一闹，他更失去了主张。为了向老婆交差，他又火急火燎地出门去找。他在村里村外团团转地兜了好几圈，连马骝仔的影子都没看见。其实，他在明处，马骝仔陈和平在暗处。这只马骝仔的一双小眼睛一直在紧紧地盯着他。一个九岁大的小男孩要躲一个四十岁的大男人，又在村场里，那是件非常容易的事。

而陈抗日就不同了。他虽是个小青年，但也是个刚脱稚气的大孩子。这样的大孩子自有他作为大孩子的办法。他找了一个僻静隐蔽的地方蹲下来，静静地向四周观察，很快便发现了马骝仔陈和平藏匿的地方。

然后，他悄悄地走过去。陈和平却全然不知。陈抗日一把抓住他的手，把他拉回了家里。

看见了马骝仔，陈无偏心上那块石头才算落了地。

张倩看见了马骝仔，那真是喜从天降。她不哭了，脸上绽开了久违的笑容。她一步冲过去，双手把马骝仔抱住，叫道："儿子，你跑到哪里去了？你把妈急死了！"

马骝仔用肩膀用力一挣，挣脱张倩的手。他跑到一边去，说道："我不让你们说，你们什么都不说！"

张倩很愕然："你……"

陈无偏则息事宁人地望着他，没有作声。他心里说道："你这个小王八蛋又干什么，我怕了你还不成？只要你不再跑了就得了，我说不说都没关系。"

陈抗日却没什么，他不管你说与不说。他把马骝仔找回来了，就算完成任务了。这时他发现还没做午饭，就把昨天晚上的剩饭用热开水泡了泡，就着咸菜，吃完又赶去上学了。

陈无偏、张倩就不同了，特别是张倩，她紧张到大气也不敢透一下。

她生怕一有什么闪失，触恼了这小老太爷，他又要搞出些什么名堂来。好像有了个约法三章，陈无偏、张倩在家里说话都压着嗓门，来去都轻手轻脚。中午这顿大家都胡乱地对付过去了。晚上这顿还早，太阳还高高的，还没到做晚饭的时间。

张倩闲得无聊，也为了填补内心的空虚，她拿出一只麻篮来做针线活。马骝仔有件衣服破了，要给他补一补。

她正在穿针引线，马骝仔陈和平悄悄地走过来，他挨着她，他把头靠在她的脖子上。

张倩的心"扑扑"地跳起来。

"妈……"马骝仔细声地叫道。

"唔——"张倩赶快应道。

"妈，我是你生的！"

"是，是，是！"

"我不是日本仔！"

"不是，不是，不是！"

"我不做日本仔！"

"不做，不做，不做！"

"我要做中国人！"

"是，是，是！我们做中国人，我们是中国人！"

其实，马骝仔陈和平跑出去之后，那颗心就一直没有闲过。他的小脑袋一直在骨碌骨碌地转。

他蹲在小灌木丛中看着爸爸在找自己，心里酸酸的非常难受。这么多年来，他都听见有人会叫他"小日本仔"，他都没有在意。他觉得那是他做了恶作剧，别人故意骂他的，他甚至觉得还几好玩。这次他摔瘸了腿，全班同学群起骂他，用泥块掷他，才引起他的重视。他回去问爸爸、妈妈。没想到一开口，妈妈竟像傻了似的。爸爸到底说了，可是说出来的结果，竟然我真的是个"日本仔"！

他接受不了这个残酷的现实。他看过抗日战争题材的电影，他知道日本仔是坏的，他们侵略中国，杀人放火，无恶不作。他从小就听见村里的老人们讲日本仔的种种罪恶。在他们的口中，日本仔就是十恶不赦的坏人。有哪个小孩调皮捣蛋，不听管教，喜欢打架，老人便会数说他们："你那么好打，就去打日本仔啦！"其时是二十世纪五十年代中期，日军侵华带给中国人的伤痛还未痊愈。所以人们特别是老人，便会常常提起这段惨痛的历史，常常会痛骂日本仔。当然，这些话也会不时地飘进陈和平的耳朵里。在这个氛围里，马骝仔陈和平从小也讨厌日本仔，憎恨日本仔，但他绝对没想到，这日本仔会和自己产生直接的联系。

从今天的经历，从妈妈的神态，从爸爸的说话，他知道他是个日本仔了。他肯定是个日本仔了。不是的话，妈妈不会是这个神态，爸爸不会说这番话。爸爸不会没事找事的。我是个日本仔，这是个多么残酷的现实！一个九岁大的小男孩，一个自尊心那么强烈又那么聪明的小男孩，他怎么扛得起这个情感的重压呢？

马骝仔陈和平在痛苦之中，自然而然地想起了爸爸妈妈。他已经慢慢地懂得思维和推理了。我既然是日本仔，我肯定就不是爸爸妈妈生的了。可是爸爸妈妈对我实在是好的喔。特别是妈妈，她对我，比起其他同伴的妈妈对他们都好。他很爱妈妈。他不能没有妈妈。哥哥对他也是好的。他感觉到哥哥过去对他是不好的，而现在也几好呀！小孩子是懂得权衡轻重的，在他无奈，在他彷徨的时候，他必定会依附对他好的人。

　　说他是日本仔，可是他对他的日本爸爸妈妈一点印象都没有。而且日本仔又那么坏，他对他们一点好感都没有。他觉得他还是要依靠现在这个爸爸妈妈的。所以他悄悄地蹭到张倩那里去。他要这个妈妈。他不能没有这个妈妈。

　　马骝仔陈和平同时也感到有点不好意思，或者感到有点难堪。我既然是个日本仔了，他们中国人会怎么看我呢？我还能像过去那样和他们打交道吗？

　　他开始变了，他慢慢地变了，他变得不爱讲话了，他变得不调皮捣蛋了。他过去从不做家务。妈妈也不让他做家务。他没读书之前一天到晚只知道玩。读了书之后，他就是玩。现在他不玩了。他不愿意和他的同伴们玩了，免得他们当面叫他日本仔。他开始做家务了。他情愿做家务，一个人，清静清静自己。

　　看见马骝仔陈和平的这些变化，张倩既高兴又感到心酸。他毕竟是个孩子呀！她情愿他像过去那样，蹦蹦跳跳，调皮捣蛋，心里一点包袱都没有。

　　马骝仔陈和平就这样地成长着，日子就这样地过着，而且，日子的节奏好像越过越快了。

三十四

　　1958 年 8 月 17 日，中共中央在北戴河召开政治局扩大会议，通过决议：全党全民为生产 1070 万吨钢而奋斗，从此掀起了轰轰烈烈的全民大炼钢铁的高潮。1958年8月29日，中共中央政治局在北戴河会议上作出关于在农村建立人民公社的决议，要求全国各地尽快将小社并大社，转为人民公社。决议要求：一、确定人民公社实行政社合一，工农兵学商相结合。二、强调小社并大社的方法，首先由原来的各小社联合选出大社的管理委员会，把人民公社的架子搭起来。三、在并社过程中，要以"共产主义精神"去对待各个小社的公共财产和债务方面的差别。四、指出人民公社目前是集体所有制，以后可以变为全民所有制，并为向共产主义过渡作准备。9月10日，《人民日报》发表《先把人民公社的架子搭起来》的社论。在这个热情之下，全国农村只用了一个多月的时间，便基本上实现了公社化。

政社合一，番禺县成立了人民公社。按军事化编制将原来的乡镇则定制为"团"，原来的大村即合作社定制为"营"，自然村则视人口多少定制为"连"或"排"。成立了人民公社后，金窝村的生产、生活秩序出现了新的变化。这是一个史无前例的变化。人民公社一大二公。大是气势大，规模大。政社合一，包含农林牧副渔各个行业。公是各尽所能，按劳分配。村民都叫社员了，大家心往一处想，劲往一处使，集体出工，集体收工。自留地进一步削减，要求大家都在大田上使劲用力。

金窝村是个大村。金窝村之下还有几个自然村。金窝村便被定为人民公社的"营"，底下的自然村便被定为人民公社的"连"或"排"。原来金窝村的村长刘天赐工作出色，得到上级领导的肯定和群众的拥戴，便做了金窝村的"营长"。

刘营长没有认真管过医馆和打铁铺，虽然合作社时管过一阵，但那时是很松散的，没有经验。他分别跟陈无偏、黄守财商量，看怎么办才好。这也是他受人拥护的地方。

商量的结果，陈无偏包起给全村人看病的工作，记十分。外村来找他看病的，"营"里就不管了。黄守财也是包起给全大队打农具，也记十分。邻村来打农具的，"营"里也不管了。陈无偏、黄守财觉得这方案也好接受，于是也同意了。

成立了人民公社，人人都得参加劳动生产。张倩被安排去种田。张倩不想离开老公，同时也不想种田。她想学医。她提出她留下给老公做助手，"营"里随便给她点工分都没意见。刘天赐从善如流，社员们也念张倩人缘儿好，也愿意成全她。

黄守财却不同。他对那几个工分看得比较重，但却不愿意让老婆跟着他去干这些又苦又累又脏的活，所以没让她留在打铁铺里，还是让她去种田。

陈抗日早两年就不读书了。他是个偏科生。语文、历史、地理都不错，但数学、物理、化学不行。他对继续读下去不感兴趣，加上当时学校搞的社会活动又多，于是他就辍学回家，跟老爸学医去了。

陈无偏的心情很复杂。他也想跟别人一样供自己的儿子读大学，将来好出人头地，但又想儿子传承家学，接过自己的衣钵。最后想到这条路是儿子自己拣的，路在他的脚下，要靠他自己去走。他愿意走这条路，就由他去吧。1958 年成立人民公社，陈抗日提出不要工分，留在老爸身边做学徒。

刘天赐觉得这也没有什么不可以的，这是件好事嘛，陈无偏也需要个接班人了，否则以后村里的人病了怎么办？于是他也同意了。

人民公社成立后，全党、全国人民对它期望很高，而当下的一个重要任务就是大炼钢铁，要为当年的 1070 万吨钢而奋斗。番禺县的人民公社成立后，立即拨出两批人马参加大炼钢铁：一批去上山挖矿石；一批在家里建土高炉。番禺是珠江三角洲中部的河网地带，西北部是低丘地区，东南面是三角洲平原。三角洲平原找铁矿石是向和尚要梳子。即使是西北部的低丘地区，也大都是下古生代变质岩及侏罗系砂岩、页岩构成，而且久经侵蚀，风化壳厚，要从中找点铁矿石出来，真是难上加难。于是县里决定到外县去寻找铁矿石。

在家里建土高炉的那批人马，便在市桥西坊晒布地建起了十多座土高炉。陈新是贯彻执行党中央、毛主席号召的急先锋，他除了派人到晒布地参加县里的土高炉群的建设，还在自己的"团"部里也搞了一座土高炉。他自己则两头跑，既抓矿石的挖掘，也抓土高炉的炼钢。他知道他手上有两个能人，一个是陈无偏。挖铁矿石是个又苦又累又危险的活，深山野岭，瘴气逼人，陈无偏可做随队医生。有他在，有什么病痛都好办。另一个是黄守财。他是铁匠，虽然是打铁的，但炼钢炼铁也是红炉热铁，差之不远，点他去，也算是人尽其才。

"营部"来通知陈无偏到"团部"集中，做随队医生参加挖矿。

陈无偏感到突然，但也感到义不容辞。当年南京兵临城下，唐生智请他去看病，他二话不说就去了。国难当头，匹夫有责呀！现在是建国、兴国。建国、兴国匹夫也有责的。常言道，不为良相即为良医。行医的人往往古道热肠。当年我们国家贫穷落后，外国佬都来欺负我们，先是鸦片战争，后是火烧圆明园，后是甲午战争，后是……陈无偏想起了自己的苦难遭遇，十分难受，他不愿想下去了。总之就是因为穷，因为弱，因为落后，我们国家才长期受人欺凌。现在共产党、毛主席解放了全中国，还提出要用十五年左右的时间赶上和超过英国。赶上和超过英国喔，怎不叫人激动？叫去挖矿石，叫我去做随队医生，尽尽自己的责任，这是很应该的。

于是他像当年去南京一样，二话不说，高高兴兴地收拾行李去了。

有思想问题的是张倩。张倩舍不得老公去。张倩和陈无偏非常恩爱，一天不在一起心里就觉得难受。自结婚之后，陈无偏都没有出过远门。当然，进看守所坐班房的日子是不算的，那是不由自主没有办法的事。现在去挖矿石，也不知要去多久。他去了之后，家里有事怎么办？她听到陈无偏要去挖矿，立即就哭了。

陈无偏拍拍她的肩膀，安慰说："这是国家大事，上头叫去就要去的。现在是一大二公，有什么事公社是会负责的。不要担心。而且抗日也长大了，和平也乖了懂事了。他们都帮得了你，不要怕。我完成任务就回来的。喔！"

他也把陈抗日、陈和平叫来，当面嘱咐一番，扛起行李跟大队人马出发了。

到了"团部"，他发现带队的人是陈新，原先那点兴奋劲一下子没了。看见了陈新，他就想起他那记老拳，想起去蹲看守所的日子。平日他很少到乡里去，就是不想碰见他，现在冤家路窄，竟和他在一起，而且还是他带的队。现在是林教头误入白虎堂，成了砧板上的肉，是宰是割，看他的心情了。

陈无偏情绪低落。他想："我小心谨慎，惹不起你，还躲不起你啊！"

那时候什么都讲军事化，人员一到齐，立即出发。一路上舟车不停，到了目的地仍马不停蹄，立即砍树割草，搭盖房子，准备住处。

大家还不会干这差使，陈新就手把手地教大家。他说他当年在广游二支队就是这样的。那时候三两天就换一个住处，不学会搭盖房子你住哪里？

大家看着他，学着他，很快就把房子搭盖起来了。房子盖好的第二天，连大气都没有喘，就开始挖矿石了。挖矿石首先就要炸山开矿，就要抡大锤，打钢钎，装炮眼。这些是军事问题，是工兵科目，也一块学了。

出发的时候，陈新就在镇上带来了两个石匠，教大家抡大锤，打钢钎。装填炮眼的他懂，他便亲自当教员。他要求各营连挑选出一批骨干来培训，然后再让这些骨干做教员层层铺开。

霎时间，大山的深处响起了"叮叮当当"的打钎声。到了傍晚，放炮收工了，大山的深处，响起了"轰隆，轰隆"的爆炸声，把已经归巢的山雀重新惊起，惊惶地盘旋在夜色苍茫的山谷上空。

陈无偏远远地、冷冷地注视着陈新，他提防着他会加害自己。上次是大头虾和二姑娘救他出来的，如果他再次受到加害，他再到哪里去找大头虾和二姑娘？

观察了一段时间，他还没有发现陈新加害自己的迹象。相反，他倒发现这家伙还有些值得称道的地方。这家伙身先士卒，雷厉风行，哪里最苦最累就看见他在哪里。

队员背后议论他爱骂人，强迫命令，军阀作风。

陈无偏想，强迫命令、军阀作风也总比抓人坐班房好。这次再抓我去坐班房，我就跟他死过！

一日，陈新来到工地的临时卫生所。

陈无偏有点紧张，他小心翼翼地望着他，心里揣摩着他的意图。

陈新说："陈无偏。"

陈无偏赶紧应道："喔！"

陈新说："给你一个礼拜的假，你回家去一趟。"

陈无偏一愣，额头皮倏地往上一拉，竟把鼻梁拉得都没肉了。他的眼睛使劲地眨巴着，心里在自己问着自己：这家伙在说什么？

陈新见他一脸迷茫，说道："你儿子病了，给你一个礼拜的假期，你赶快回去看看。这里也不能没有你，你赶快回去，快去快回！"

这句话真把陈无偏吓死了。我儿子病了？我哪个儿子病了？是抗日？抗日怎么会病了呢？他平日无病无灾，身体好好的，怎么一下子会病了呢？他是我们陈家的香炉堡，他有个三长两短，我就愧对祖宗了。难道是和平？这马骝仔身体也好好的，一天到晚调皮捣蛋，他怎么会病呢？这小家伙从一只小节瓜那么大养到了今天这么大，也历尽了千辛万苦。虽是捡来的，也和亲生的一样，也是心头的肉。所以，两个儿子，无论哪个病了，他都非常的不安。

陈新讲完就走了。

陈无偏赶紧收拾行李下山。他慌不择路，一脚高一脚低地走出山冲，来到了江边上。望着滔滔江水，陈无偏原先那颗热辣辣的心立即掉进了冰窟里。

他来的时候，是县里又用车又用船送来的，现在一个人蹲在江边上，真是插上一双翼也难飞回去呀！他想，只好返回山上去了。但心里又有所不甘。

正在犹豫之中，陈无偏看见江上漂着一只渔艇，他抱着侥幸的心理认真地打量着这只小船。咦，撑船的人好像有点眼熟喔。他再认真看一下，这不是石楼的张树根吗？

他使劲地向小渔艇招手，使劲地喊："张树根——"

张树根也发现了陈无偏。他把渔艇撑近了岸边，问道："陈医生，你怎么来到这里？"

陈无偏把事情的原委说了一遍。

张树根说："我别的不行，但这件事我或许真能帮得了你。我在这条河上打了几十年的鱼，来回到番禺的船，我多半都认识。你上我的船来，我撑你到江心去，遇到有认识的，我叫他们捎你一程。"

陈无偏喜出望外，赶紧爬上张树根的渔船。张树根安顿他坐好，一竿一竿地把小船撑到江心里。

不一会儿驶来一条火船。张树根扬手直喊船老大的小名。

火船停下。张树根把他的渔船撑过去，指着陈无偏说："这是我们番禺的再生华佗陈无偏。他救了我们村不少人，还不收钱。现在他有急事要赶回番禺去，你捎他一程吧！"

船上的人都听过陈无偏的大名，都争着俯下身来伸手拉他上去。

陈无偏感激不尽，对火船的人，对张树根说了不少好话。

船到番禺，已经深更半夜，他一脚高一脚低地赶回金窝村。天上三星早已过顶，夜气浓重，嫩寒侵人，一路上都是嘹亮的鸡啼。

进入村里，乌灯黑火的，邻家的狗"汪汪"直叫。陈无偏摸到陈氏医馆，举手敲门。

三十五

深更半夜的敲门声特别震人心弦。张倩在梦中惊醒，心里"扑通、扑通"地跳。

她第一时间便想起了隔壁房间的抗日，于是叫道："抗日，抗日，你醒醒，你醒醒，外面有人敲门喔，你听见没有？抗日，抗日……"

隔壁房间的陈抗日"唔"了一声。

张倩便向门外问道："谁呀？"

"我！"

张倩的手都有点抖了，她哆嗦着点亮了火油灯，趿着鞋出去开门。走到门口，她还不放心地向门外问道："谁呀？"

门外答道："吃懵了，连我都听不出！"

张倩听了，那心跳得更加厉害。她颤抖着手拉开了门闩。大门咣当一声开了，她定神一看，门外站着的就是她朝思暮想的老公。

她百感交集，血往上涌，眼睛一黑，双腿一软，"扑通"一声倒在了地上。陈无偏一手抱住她。

这时，陈抗日披着衣服从房里走出来。父子两人一道用力把张倩扶起。

陈抗日立即端来父亲平日给人看病的那张龙眼木太师椅，让张倩坐在上面。

张倩悠悠转醒，她干哭一声，问陈无偏道："你怎么现在才回来？"

陈无偏说："我一接到通知，二话不说就跑回来了。你们是谁病了？"

张倩哭道："马骝仔……"

她边哭边说，陈无偏终于听明白是怎么回事了。

马骝仔陈和平知道了自己的身世之后，突然变得乖了许多。可是他的内心却是非常复杂，思想负担很重。旁人看不出，都说这小日本仔乖了，好了，懂事了。他懂事了不假，但他懂的是大家知道自己的身份之后会对自己怎么样？自己该怎么样和他们相处？四周都是中国人，光我这个日本人，我不是很孤单？他心里的这些东西都无法和人说，只有死死地憋在自己的心里。所以他紧闭着自己的心扉，变得内向了，孤独了。

他在家里经常会找点活做做，那是为了填充自己，也是想让别人以此高看自己，使自己好过一些。他因郁至瘀，因瘀发热，加上饮食不节，湿邪内蕴，发展成阑尾炎。

开始时，这小家伙又不肯讲，一个人不吭不哈，在默默地挺着。终于挺不住了，他"哇"地哭出声来，对张倩说肚子好痛！

这可把张倩吓了一大跳。她问马骝仔是怎么回事，马骝仔只觉得很辛苦，但又不知道怎么说，只是"哇哇"地哭。

张倩看了一下，看不出什么名堂来。她叫陈抗日来看看。陈抗日也看不出个所以然。

她问陈抗日："怎么办呢？"

陈抗日说："我也不知道该怎么办？"

张倩沉吟了一下，说："只有去医院了。"

陈抗日立即赞成说："去医院吧！"

一说定去医院，立即要解决的是交通问题。陈抗日说："我刚学会踩单车，我用单车骑和平去吧！"

他马上从村里借来一辆单车，把马骝仔扶上车去，张倩跟在后面走。没骑多远，马骝仔支撑不住了，他伏下来，整个身体卷着像摆在杂货摊上的那些红红的虾干。重心歪过了一边，陈抗日不踩了，他下车，一只手死死地握着车把子，另一只手扶着马骝仔使劲地推着。

张倩见了，从后面跑将上来，也帮着搀扶马骝仔。陈抗日咬着牙根使劲地推着，累得满头大汗，气喘吁吁，那身衣服都湿透了。

马骝仔的腰越缩越弯，比虾米更甚，最后竟掉到地上来。

张倩见状哭将起来："和平，你怎么啦？你不要吓妈喔！你要坚持，前面就是人民医院了。"

那是哄小孩子剃头的说话，其实离市桥还远着呐！

陈抗日对张倩说："妈，实在不能推了……"

张倩绝望了。她哭着说："那怎么办呢？"

陈抗日说："我背他吧！"

"背着？"张倩呆了，她睁着那双无奈的眼睛。

她没说下去，她的心很犯难。这个是儿子，那个也是儿子。现在离市桥还很远，这个虽然大一些，但毕竟还是个孩子，他行吗？

陈抗日见张倩不出声,他说:"不背也没别的办法了。现在前不着村,后不着店,不背怎么办?背吧!"

他把单车停在路边,蹲下来对张倩说:"妈,你把和平搭在我的背上!"

除此之外也没有别的办法了,张倩只好扶着马骝仔把他搭在陈抗日的背上。马骝仔搭到了陈抗日的背上,陈抗日反手将他搂紧,要站起来,可是发力"嗨"了几声都站不起。

张倩在旁边问道:"抗日,行不行?"

陈抗日说: "没法子了,事到如今,不行也得行了。再来!嗨——"

张倩在旁边也出死力帮着将马骝仔往上一提。

陈抗日终于站起来了,他"噔噔"迈开步子往前走。走了一百几十步,张倩看见陈抗日不行了,她喝着要陈抗日停下来。

陈抗日停下来,喘了一口大气。他说:"妈,这么快就停,离市桥还远呢!"

张倩心疼地说:"你到底也还是个孩子,妈也不能累坏你!"

陈抗日听见了张倩这句话,心里很温暖,知道张倩真的把自己当作儿子。他说:"妈,这么走法,什么时候赶得到市桥?"

张倩说:"我也来背一背吧!"

陈抗日说:"妈,你不行!"

张倩说:"行的行的,不行也得行。总不能让你一个人背下去。"她也蹲在地下,要陈抗日把马骝仔搭在她的背上。然后她使劲地站起来。她发了几次力,又有陈抗日死命用力帮着拉提,她终于站起来了,才站稳脚跟,便"噔噔"地往前走去。走了三十几步,也因力尽而停了下来。

这母子俩就这样轮换着,一段一段地把马骝仔往市桥的方向背去。

前面看得见市桥了,张倩、陈抗日心里仍在发愁。望山跑死马,真要赶到市桥,还不知道要轮换背多少次呐!

这时,后面响起了密密麻麻的一串脚步声,有人喊道:"陈师奶，抗日，你们干什么？"

张倩、陈抗日回头看见是同村的年轻人，那样子是到市桥赶集去的。

张倩说："和平病了，肚子痛得很厉害，我们送他到县人民医院去看看。"

有个人说："来，我们一起帮着背。像你们这样的背法，几时能赶得到市桥？！"

大家七嘴八舌地附和说："好，好，我们帮着背，我们帮着背。陈先生在村里，我们谁没得他帮过救过？陈先生一不在家，我们几不方便，就连你们自己家也够狼狈的。"

于是大家轮换地背起马骝仔。

中间有调皮的说："日本仔，你好吧，过去你们把我们打得鸡毛鸭血，现在可要背你，真是的！"

"我们把他背到前面田边的那口粪坑，把他掉进粪坑里，免得以后他们再来打我们咯！"

"好咯，好咯！"

背着马骝仔的那个说："别等以后了，我现在就收拾他！"

"你怎么个收拾法？"

"我现在背着他，我就用手揪他的屁股，我把他屁股上的肉一块块地掰下来，让他看看我的厉害！"

"你可别掰了，万一这家伙趁机放个臭屁出来，我们大家都一齐倒霉！"

"哈，哈，哈！"

虽然轮着背，但路途远，终究还是很累的。

有个人说道："如果有辆单车，把他放在单车上推着走就好了！"

陈抗日说："单车是有的。原先我们是用单车骑他出来的，后来他痛得难受，我们就改为推。最后推也不行，他痛到连坐都坐不了，要倒在地上，我们才背他的，把那辆单车丢在了路上。"

"啊！"一个小伙子说，"原来路边那辆单车是你们丢下的！你们背着，我跑去找单车。"说完飞快地往来路跑去。

大家继续轮换地背着，又走了半个钟头，去找车的那个小伙子从后面骑着车子飞也似的赶上来了。

大家停下来，七手八脚地把马骝仔扶到车上去。马骝仔坐好了，大家从两边和后面紧紧地把他搂稳，一个力大的扶稳车把，大家一齐小跑着，呼呼地把马骝仔陈和平推到了县城。

进到了人民医院，村里那帮年轻人忙着赶集去了。

张倩陪着马骝仔在长椅上坐着候诊。陈抗日排队挂号找医生。

接诊的医生是个须发斑白的小老头。他给陈和平检查了一遍，说："好在来得快！"

张倩的心"怦怦"地乱跳。她焦急地问道："医生，怎么样？没事吧！"

小老头一脸古肃。"还没事？快穿孔了！"他对助手说，"准备手术。"

他指着张倩，向助手轻轻地把头一扬："带她去办手续。"

做手术就要输血，护士找血源。

那时市桥还没有血库，陈抗日自告奋勇地对护士说："你看看我行不行？"

护士抽了他的血，拿到化验室去化验，然后回头对陈抗日说："你可以，去准备吧！"

陈抗日进入手术室，马骝仔已经换好病号服躺在那里了。护士也要陈抗日换上病号服，也要他躺在旁边的病床上。

聪明的马骝仔知道大哥在准备抽血。大哥的血要输到他的身上。将来大哥的血就要在他的身上流动。他想起大哥刚才用单车推他，用背脊背他，现在又把他自己身上的血输到他身上。他听老人说过，一滴血，一碗饭。不知道大哥要从自己的身上抽出多少血来，他要吃好多饭才能够有这么多的血啊！

他侧着身望着大哥，鼻子一酸，两行眼泪簌簌地流了下来。

陈抗日伸手帮马骝仔抹去眼泪。他安慰说："不要紧，很快就会好的。"

张倩不能进去。她不放心，不时踮起脚通过门楣上的玻璃往里看。当看见陈抗日帮马骝仔抹眼泪这个细节时，她也感到鼻子酸酸的，流下了眼泪。

医生给马骝仔做了全麻，他之后什么都不知道。

到醒来的时候，他发现自己的肚子很痛，被白白的纱布裹着。妈妈坐在旁边服侍自己，大哥进进出出地为他干这干那。

当陈抗日出去的时候，他轻轻地对张倩说："妈……"

张倩问道："什么事？"

马骝仔的眼睛眨巴了一下。他感到鼻子酸酸的，一颗豆大的泪珠从眼眶里沁了出来，噙在了眼皮底下。

张倩关心地问道："疼吗？"

马骝仔点点头。

张倩摸摸他的额头，安慰说："忍一忍，过一会儿就会好的。"

马骝仔又点了点头。

过了一会儿，他轻轻地说："妈，我觉得大哥很好……"

张倩立即说道："是呀，你大哥真好！送你来医院的路上，他几辛苦。到了医院，护士说要输血，他立即主动提出要把他的血输给你。你现在身上流着他的血呐！"

马骝仔轻轻地点了点头。那颗豆大的泪珠滑出眼皮，从脸颊上流了下来。

张倩伸手帮他把眼泪抹掉。

马骝仔又说："妈，我觉得你也很好，长大了，我一定孝顺你……"

"是吗？"张倩听了非常高兴，"和平真好！妈妈听了很高兴……"说着，忍不住哽咽起来。

马骝仔说："妈，我讲的是真的！"

张倩连忙说："是真的，是真的。妈妈知道是真的。"

马骝仔又说："村里的人也很好……"

张倩用手背印印湿润的眼睛，说："和平，妈发现你长大了，更加懂事了……"

陈无偏没看见马骝仔，他问张倩和陈抗日说："和平呢？"

张倩说："他睡在房里。"

陈无偏立即转身就进房里去看他。马骝仔还在睡着。

陈无偏伸手摸摸他的额头。马骝仔醒了。

他看见陈无偏，非常惊喜，大叫一声："爸！"

陈无偏轻轻地拍拍他，疼爱地说："爸爸在这里，爸爸在这里，你好好睡觉，喔！"

他随手给马骝仔把把脉，看看舌头和脸色，出来对张倩和陈抗日说："其实这个病，是不必开刀的。一发现他肚痛，立即服用'加味清肠饮'，并用'少腹逐瘀汤'研为碎末，用酒蒸热，热敷痛处，再服一丸我们的'灵蛇之珠'，去睡一觉，醒来解泡大便就好了。"

张倩笑道："你说得轻巧，那时把我们吓死了。"

陈无偏在家里认真地侍候马骝仔好几天，到假期满时，又急急忙忙地返回采石场去了。

张倩舍不得他走，硬要他在家里多住几天。

陈无偏说："你知道我那里带队的是谁？是陈新！"

张倩不禁瞪大眼睛："是上次抓你坐班房那个？"

陈无偏"嘿嘿"地干笑了两声："他舍得给我一个星期的假期，就已经是开恩了。你还想多赖几天，到时候我就吃不了兜着走。"

张倩一听说是那家伙带的队，就不敢拖陈无偏的后腿了。

三十六

大概经历了一个冬天，大炼钢铁就基本结束了。

大炼钢铁让美国人、日本人傻了眼。竟有用这个方法发展工业的?! 一旦打起仗来也用这个方法，那叫我们怎么搞？这时苏联和中国闹起了别扭。苏联要撤走专家，还指示苏联专家连图纸都带走，留下一副不上不下、什么都不像的空壳子。大炼钢铁基本上是用煤作燃料的，但也使用了部分薪炭。

番禺的石碁、傍江等村落的风水林和东涌等地堤围的老荔枝树，被砍去烧炭作了燃料。土高炉炼出的又是难派用场的"乌龟铁"。许多人都有微词。

大炼钢铁耗费了国家大量人力、物力、财力资源，第二年又水、旱、虫三灾并致，加上苏联和帝国主义国家的封锁，我们国家的国民经济一脚踏了空，掉进了泥坑里，从而进入了所谓的"三年困难时期"。这个时期最突出的困难是粮食。这个时期，人感到肚子特别地饿。这个时期的人一见面，第一个话题就是"吃"：什么东西能吃？哪里有吃的？什么办法可以弄到吃的？人民公社的大食堂在这艰难时世之中坚强地挺着。放开肚皮是绝对不可能的了。任何人都是定量而食，而且是瓜菜代。渐渐地瓜菜也难以为继了，野菜也跟着上去了。

老番禺人想起了日本刚投降那会儿，那时候饿得不比现在差。那时除了侨胞胡文虎捐献了十万公斤白米来救济广州、番禺的难民，就没人管了。接收大员忙着自己"五子登科"，国民党的将军们忙着运筹帷幄，千方百计地去找共产党一决雌雄。现在的饥荒有共产党管着，人民公社的食堂还在坚强地挺着，即使是瓜菜代，也还在"代"着。

陈无偏听到，在这灾荒年月中，毛主席连猪肉都不吃了，他老人家也和我们一道挺着。他心里很感动。他觉得只要大家都咬紧牙关挺着，这困难一定会很快过去的。

那时候的百姓都想方设法地找吃的。市桥以北的大镇岗，市桥西边的大乌岗等高高低低的山头，都被他们爬遍了。什么野锥子、黄狗头、金刚根、土茯苓、蕨勾等都让他们翻遍了。

陈无偏觉得自己还没什么，就是那两个孩子。抗日虽然接近成年了，但从小受苦，一直青青瘦瘦的像根豆角。马骝仔才十四岁，正是拉架子的年头，加上又开过刀，这次饥荒，对他最伤了。所以他很关心他，经常深情地望望他，有时候还用手摸摸他的背脊，拍拍他的脑袋。共产党千方百计地保住每人每天的几两米，这和日本投降那会儿国民党政府当甩手掌柜什么都不管有着极大的不同。食堂的员工不负共产党的重托，又在那几两米上下足功夫。他们发挥着他们那颗聪明脑袋的潜能，除了瓜菜代，还搞出了"双蒸饭"。

大食堂开始的时候，是放开肚皮任意吃的，事到如今则要限量供应了。为了限得平均、透明，食堂里实行量米蒸饭。量好米后，倒在瓦钵子里蒸。一人一钵，这样谁也不会多，谁也不会少。人心平了，不出乱子。实行了一段时间，聪明的炊事员发现把蒸好的饭在晾冻之后再蒸一次，它会变得硬一些，体积好像变大一些。这样做即使下米的量不变，却能让吃饭的人获得一种满足感。领导们试验过后，发现果真如此，于是推广开去，大家都吃上"双蒸饭"。

陈无偏每餐端起属于他的那钵"双蒸饭"，都在里头画个"十"字，把它划成四角。他挑出一角，放进马骝仔那只饭钵里。

马骝仔陈和平的肚子很饿，当然很想多吃那一角饭。但他知道爸爸也很饿，妈妈也很饿，大哥也很饿。爸爸在他的饭钵里挑出一角给我，那爸爸岂不是更不饱，更加饿了？爸爸很爱我。爸爸是家里的顶梁柱。我不能让爸爸饿着。他把爸爸挑到自己的饭钵里的那角饭夹回给爸爸。

陈无偏问道："你怎么不要？"

马骝仔说："这份是爸爸的。爸爸也很饿。爸爸也要吃！"

陈无偏眉头一扬，这小家伙懂事了。乖乖！他说："爸爸是大人，挺得住。你是小孩，正长身体，知道吗？"

马骝仔嘴巴一扁，感动得要哭起来。

陈无偏拍拍他的脑袋："不要哭！男子汉大丈夫，什么都要挺住！"

陈无偏每餐饭，都把自己饭钵里的四分之一挑到了马骝仔陈和平的饭钵里。

细心的陈无偏时刻不会忘记陈抗日才是他真正的儿子。他有个顾虑，每天每餐他都在自己的饭钵里划出四分之一给马骝仔，自己的儿子抗日不知有什么看法。

一日，他悄悄地问陈抗日："抗日，爸爸每餐都在自己的饭钵里划出一块来给和平，你有意见没有？"

陈抗日眉头一扬，认真地说："没意见。爸爸，我没意见。弟弟他年纪小，又做过手术，吃饱一点是应该的。"

陈无偏笑道："难得你那么开通，那么大方，爸爸总算放心了。抗日，爸爸什么时候都知道你才是爸爸真正的儿子。爸爸在心里头疼着你。可是爸爸把和平收养了，爸爸也把他当作自己的儿子。而且他又是日本人，我就对他更加好些。我就要让日本人知道我们中国人跟他们不同。我们中国人大方大气，仁爱厚道。"

陈抗日说："爸爸，我明白。"

陈无偏说："明白就好。我就担心你不明白。你明白了，说明你真正长大了，有股顶天立地的男子汉的气概。爸爸很高兴！"

肚饿的陈抗日也千方百计地解决自己的肚子问题。他头脑聪慧，目光敏锐，他静着心观察周围的环境，寻找食物。

他发现龙眼树上有一种害虫，俗名叫"龙眼鸡"，它浑身黑花黑花的，背上有对硬壳样的翅膀，头上伸着两条又长又弯的触角。孩提时期，他看见过有同伴吃过，把它的触角、硬翼、双脚剥去，放进嘴里嚼啊嚼的，据说很好吃。但他没有吃过。现在肚子饿得难受，他心里痒痒的想吃了。他想，当年吃过"龙眼鸡"的伙伴现在还健在，证明这"龙眼鸡"是没毒的，可以吃的，对人应该是有好处的。这年头水、旱、虫三灾并致，这龙眼树上也长了不少"龙眼鸡"，何不也弄点来吃吃？

于是他用旧蚊帐布做了一只小布袋，穿上铁丝，插在竹竿上，站在龙眼树下去捕"龙眼鸡"。捕到之后，他也效仿过去的小伙伴那样把它的触角、硬翼、双脚剥去，放进嘴里嚼。咦！腥腥的，甜甜的，这味道还可以接受喔。

他是学医的，也担心这东西会不会有小毒？吃多了会不会慢性中毒？于是他不多吃，先吃一些，以后看看再说。第二天，他发现自己没什么呀，于是再多弄一点吃。他就这么估摸着，一个人天天都去弄点"龙眼鸡"吃。

慢慢地，他发现蚱蜢也可以吃的。养画眉鸟的人不是经常捉蚱蜢去喂画眉鸟的吗？喂过蚱蜢的画眉鸟长得特好，身体健壮，嗓子清亮。画眉鸟吃了蚱蜢很好，人吃了不会不好吧？

于是他在捕"龙眼鸡"的时候，也捕捉蚱蜢。捕到蚱蜢，他也像吃"龙眼鸡"那样的吃法，把它的硬翼、双脚剥去，放进嘴里嚼。咦！味道还不错哩！以后他在吃"龙眼鸡"的时候，也一块吃起蚱蜢。吃过这两样东西，他发觉他比过去有了许多精神。

一天，他把马骝仔拉到一边去，在兜里捉出了一只"龙眼鸡"，剥去触角、硬翼、双脚，递给了马骝仔："吃吧！"

马骝仔后退了一步。他呆呆地望着陈抗日，心里在问道：这也吃得？

陈抗日见他害怕，便把它放进自己嘴里吃了。

他吃完之后，又从兜里捉出第二只"龙眼鸡"来，又剥去触角、硬翼、双脚，递给了马骝仔："吃吧！没毒的，不会吃死人的，你放心。而且它的味道挺好呢！"

马骝仔看见大哥吃了，而且吃得有滋有味，他的肚子也实在饿得难受，于是也不怕了。他把陈抗日手中的"龙眼鸡"接过来，小心翼翼地放进自己的嘴里。他闭着眼睛慢慢地嚼。咦，味道还真鲜美喔！

陈抗日又递过一只蚱蜢给他，并帮他剥好，叫他吃下去。

马骝仔也吃了。哈！味道真的好极了！他过去只知道蝉可以烧着吃，不知道这"龙眼鸡"和蚱蜢也可以吃，而且是生吃，味道都是那么的好。他感激地望着大哥。

陈抗日说："走，我们抓'龙眼鸡'和蚱蜢去！"

陈抗日、陈和平兄弟俩齐心协力，抓了不少"龙眼鸡"和蚱蜢回来。

他们拿去跟陈无偏和张倩说："爸、妈，这东西可以吃，而且还好吃哩！"

张倩看了，一脸惊愕地说："这东西也能吃呀？"

"能！"陈抗日答道，说着剥了一只"龙眼鸡"放进自己的嘴里。

马骝仔也跟着剥了一只蚱蜢放进自己的嘴里，说："真的好吃的喔！"

陈无偏见状，也接过一只来，学着两个儿子的样子把它剥了，放进嘴里，嚼了一会，他对张倩说："真的好吃喔。你也吃一个吧！"

张倩笑道："这样生吃，真有点恶心。不如我去把它煮熟了再吃吧！"

陈无偏说："也行，只要你愿意吃，怎么都可以！"

张倩拎着那只装有"龙眼鸡"和蚱蜢的小布袋进厨房去，她对陈无偏说："你来帮帮我。"

陈无偏跟着进去了。

张倩看着这些"龙眼鸡"和蚱蜢说："真是看着都恶心，莫说吃了。"

陈无偏说："这有什么，比起我们当初整屎蛆，也确实好多了。"

黄守财来找陈无偏："大哥，有劳了，想麻烦你一下。"

陈无偏笑道："你家里的好饭好菜吃不了，请我去帮消化？"

黄守财说："会有这一天的，会有这一天的。现在是我家那个煮饭婆病恹恹的，连坐都不愿坐起来。我真担心她还行不行，所以想请大哥去帮看看。"

陈无偏说："有那么严重？走，去看看！"

到了打铁铺，陈无偏看了老板娘黄邓氏。她虽然病恹恹的，但六脉还算平和，只缓软一点罢了。

他对黄守财说："老板娘并无大恙，不必担心。"说着从里面走出来。

黄守财说："大哥，你那么快就走呀！来来来，别那么快走，咱们聊一聊。"说着，拉了两条长凳在打铁炉边坐下来。他担心地问道："我那煮饭婆真没事吧？"

陈无偏说："没事没事。这病用西医的话说，是营养不良。你去找点好东西回来给她吃，我保证她很快就龙精虎猛。"

黄守财叫起苦来："大哥，你不是叫我去摘星星，捞月亮？"

陈无偏认真地说："那'龙眼鸡'、蚱蜢吃了对人有好处，我建议你去弄点来给老板娘吃吃，对增补营养很有好处。"

"喔！这也是个办法喔。大哥，你怎么那么聪明，是书写的？"

陈无偏笑道："不是，是我那两个儿子告诉我的。"

"喔?! 大哥的儿子那么有本事，大哥你真有福气。"

三十七

"营长"刘天赐看着自己手下的两三千人忍饥挨饿，心中不忍，在"团"里的干部学习会上发表了点微词，被"团长"陈新批为右倾思想。

刘天赐自做了村干以来，工作积极，春风得意，被上面定为干部队伍的后备力量，不料被批为右倾思想之后，便被定格在村干这个位置上了。

刘天赐感到郁闷，经常会在家里生闷气。他老婆万福娟、母亲二叔婆看见刘天赐整天黑着个脸，心里都像揣着只小兔子似的惴惴不安。

刘天赐出去公干之后，二叔婆悄悄地对儿媳妇说："我早就觉得当官不好……"

这老太婆口不对心，到什么山头唱什么歌了。自从儿子做了村长之后，她在人前人后觉得很光彩的。万福娟同婆婆一样，也是觉得很光彩的。你叫她从此不让老公再干这个差使了她才不干呢！不过现在看见老公这副模样，她心里也是怪难受的。

她对婆婆说："你能叫他从此不干吗？他不把你骂个狗血淋头才怪哩！"

二叔婆当然知道她儿子的脾气。她说："我才不管他的事。我是想说，我的孙子以后有机会，就不干这样的差使了。我想他学医。像人家陈先生那样，管你谁来做皇帝，我就是行医吃饭，不用看谁的脸色，这多好！"

万福娟当然喜欢自己的儿子将来能做医生。她说："这当然好啰，不过不知道人家肯不肯教呢？"

二叔婆说："人家陈先生人那么好，我跟陈师奶又那么熟，我去说说，或许人家就愿意收留呢！"

万福娟笑道："那好，那好，你赶快去吧。阿嫲出马，肯定马到功成！"

二叔婆拣个好日子，将她的宝贝孙子拾掇一下，拉着他到陈氏医馆去，对陈无偏说："陈先生，我想让我的孙子跟你学医，你说可以吗？"

陈无偏一时间没有这个思想准备。他对二叔婆说："学医是件好事。可学医不是一般的学手艺，它首先要学医的人本身很想学，而且还有一定的文化知识，也就是说他会看书。学医要读很多，要背很多医书的哩，你明白吗？"

二叔婆揣着一颗热辣辣的心来请陈无偏收她的孙子为徒，听了陈无偏的这番话，她的心全凉了。她说："明……白，是陈先生不肯收我的孙子为徒啰！"

陈无偏笑道："你还是没有明白。我的意思不是不肯收，而是现在还不是时候。等他长大一些，多读一些书，到时候他本人又很愿意学，我一定收他为徒，好不好？"

二叔婆是补鞋佬一拉到嘴（粤语，形容急性子）的，这一等不知要等到什么时候，她闷闷恹恹，牵着孙子回去了。

送走了二叔婆，陈无偏看见了马骝仔陈和平。他想，和平也慢慢大了。他长大以后干什么呢？用什么谋生呢？我是他的老豆，我要替他想想喔！教他学医吧！但又不知道他喜不喜欢？我问问他。

"和平，你过来，爸爸问问你。"

马骝仔陈和平走过来了。

陈无偏说："和平，过了年，你就十五岁了。爸爸问你，你长大了想干什么？"

马骝仔还没有想过这个问题。他愣愣地望着陈无偏。

陈无偏说："爸爸教你学医好不好？"

"好。"马骝仔答。

陈无偏问道："你喜欢学医吗？"

"喜欢！"

"中不中意？"

"中意！"

陈无偏说："学医是很苦的喔。"

很苦？马骝仔陈和平在心里问道。他从来都不觉得学医苦。他倒觉得学医挺神气的，你看爸爸，人们对他几尊敬。

陈无偏见他不出声，说："学医要读很多的书。医书自不必说，其他的书也要多读，认真地读。临证要肯动脑筋，善动脑筋……"

马骝仔不知道学医还那么复杂，他眨巴眨巴眼睛望着陈无偏。

陈无偏问道："你怕吗？"

马骝仔陈和平心想：有爸爸在我怕什么？于是说："不怕！"

陈无偏说："不怕就好，既然你喜欢，不怕，肯学，那我就教你学医了。"

马骝仔很高兴："多谢爸爸！"

陈无偏说："你跪下，给我磕个头。"

马骝仔陈和平跪下，给陈无偏磕了个头。

陈无偏又说："你再去祖先牌位那里给祖先磕个头。"

马骝仔又到祖先牌位那里磕了个头。

这时，张倩从厨房里出来，她看见马骝仔在磕头，问道："你们干什么啦？"

陈无偏笑道："我今日收和平为徒，教他学医了。"

张倩听了很高兴："好呀，好呀！和平，以后你要好好跟爸爸学医，要勤快些，不得偷懒喔！"

陈无偏也是用《医学三字经》做课本，在马骝仔陈和平的课余时间里教他学医。

陈和平在学校用的课本里是常用字，而医书里的常常是冷僻字。陈无偏教他认字，给他讲解，督促他背书。他当初是怎么学医的，现在他就怎么教他。当初他是怎么教陈抗日学医的，现在他就怎么教。

这马骝仔也是个聪明人，他提头晓尾，也肯用功，因而学得很快。

张倩把他看作心肝桩、掌中宝，平日都舍不得让他做家务，现在更不让做家务了，见他一有空，就催促说："还不快去读你的医书？"

马骝仔陈和平很爱他的妈妈。他向他的妈妈笑了笑，又朗朗地背道："医之始，本岐黄……"

在党中央、毛主席的领导下，全国人民同心协力，特别是广大的农村人民公社的社员经过了艰苦的努力，这场经济困难终于克服了。美国人、苏联人、日本人和世界上的一切封锁我们、扼杀我们的人，都等着要看一出好戏的，但等着等着这出戏竟看不成了。蒋介石准备反攻大陆的，也反攻不成了。他们莫名其妙：还有用这样的方法来大炼钢铁的？这样大的坎他们光靠自己的力量都能迈得过去的？他们觉得不可思议，觉得这个共产党中国还是少惹点为好。

经济困难过去了，环境慢慢地好了，陈抗日不用花心思去寻找果腹的食物了，他可以专心学医了。

原来一起读书的同学，有些已经上了大学，有些进城做了工。过年或清明节，大家或者会见见面。那些上了大学的、进城做了工的同学在见面中会流露出一种优越感，令陈抗日有些失落。

我现在是什么呢？我现在什么都不是。渐渐地，同学们相聚的场合他都少去了。他觉得去了没意思。

他寻思：我家祖先数代行医，我父亲医名远播，在乡间几受尊重。我如果能把我的家学学到手，像我父亲那样行医济世，闻名乡里，也不枉我这辈子呀！于是他下了决心，一定要百倍努力，把医学好。

那时候农村是没有电灯的。他每晚都点着一盏火油灯看医书，看到三更半夜都不肯睡觉。正是：男儿未遂平生志，半夜挑灯读古书。他无论春夏秋冬，无论寒来暑往，不管刮风下雨，不惧蚊虫叮咬，日夜都在啃书本，把家里的医书统统地啃了一遍。

啃了一遍之后，他又想：这恐怕还不行。我听说我的祖先们很能背医书的。我父亲就能背，我见过他背。他背得很多，很熟。我也要把这些医书背下来，要背到滚瓜烂熟。

他开始背书了。他拿着一本医书，书中夹着一片树叶，把书握在手上半眯着眼睛地背着。家里没人，他就在屋厅上来回踱着步子背着。屋里有人时，他就到外面去，或者在荔枝林下，或者在田间阡陌上，或者在鱼塘旁边去背他的书。

有一天吃晚饭，陈无偏无意中发现儿子额头上有个包，他愣了一下，伸手去摸了摸，问道："这是怎么回事？"

陈抗日不好意思地笑了笑，说："我在荔枝林里背书，不小心撞到树上了。"

陈无偏听了很开心，说："好，有这股劲，什么都能学得会，学得好的。抗日，爸爸对你很有信心！"

得到了爸爸的夸奖，陈抗日更努力了。他听爸爸说过，爸爸小时候学医，爷爷要他每天天不亮就起床，先在天井打一轮拳，然后用井水抹一个澡，就到厅上坐在爷爷给人看病的位置上读医书，背医书。爷爷很严格，除了医书，什么书都不能沾的。读完医书，背完医书才能用早餐。

陈抗日想：爸爸小时候是经过了那么严格的训练，才有今天的成就的，我何不按照爸爸当年的样子去要求，去锻炼自己？

于是他要爸爸教他打拳。

他看见过爸爸练拳，他甚至见过爸爸用他的功夫去跟别人打架。上次陈乡长和他的手下要抓爸爸的时候，爸爸几下便把他们打翻在地。这多豪气呀！练好拳，学好功夫，可以强壮身体，磨炼意志，这对学医也很有帮助呀！

陈无偏见儿子要他教拳，心里更加高兴。他感到他的本事后继有人了。

于是每天入黑之后，他都找个僻静的地方教陈抗日打拳。

学了拳之后，陈抗日每晚临睡前都调好闹钟，早上天没亮就起床，在天井里练拳。练完拳，也像当年老豆一样打桶井水抹个澡，然后坐在老爸给人看病的位置上读医书，背医书。

他发现，他自从每天早上起来打拳，每天打完拳抹一桶冷水澡之后，身体强壮了好多，学习的精力更旺盛了。

陈无偏看见陈抗日这副样子，活脱脱的就是自己当年的模样，心里更加高兴。

一日他来了劲，说："儿子，来和老豆过两招！"

陈抗日不敢。

陈无偏说："不要紧，老豆叫你过两招，你就过两招。不要紧的。"

在老豆的鼓励下，陈抗日和老豆过起招了。几招过去，陈无偏叫停下："可以，可以，以后就这么练吧！"过完招，陈无偏又叫儿子背几段书让他听听。

一日，陈无偏和陈抗日在荔枝林下过招，他倏地发现马骝仔陈和平不知什么时候来到这里，定定地站在旁边看着。

陈无偏问道："和平，你想练吗？"

马骝仔不好意思地笑道："想！"

陈无偏说："想就跟着练。爸爸练的是洪拳。洪拳硬桥硬马，步稳势烈，是很辛苦的喔。你怕不怕？"

马骝仔说："不怕。"

陈无偏说："不怕就跟着练。洪拳出拳曲而不曲，直而不直，目随手走，眼似闪电，要有一股狠劲和蛮劲。俗语说，'洪门一头牛，打死不回头。'你要把这个狠劲、蛮劲练出来，知道吗？"

马骝仔说："知道。"

练完拳，陈无偏又和陈抗日谈医。他随便在《内经》《难经》《伤寒论》里抽几个章节让他背。吧！真的滚瓜烂熟喔。

陈无偏夸奖说："儿子呀！莫说老豆夸奖你，你的背功还真可以，不错，不错。但千万不要骄傲，不要就此满足，故步自封。学医这东西，一难精，二难活。老豆赠你一句，熟读'王叔和'，不如临证多。以后你要在临证上多下功夫！"

他回头又对马骝仔说："和平，你哥是很用功的，你要向他学习。"

马骝仔陈和平也很用功。他读完书，做完作业，就读医书，背医书，早上起来也跟着练拳。

看见他那么生性，那么懂事，张倩笑得合不拢嘴。她对马骝仔有很多希望，有很多寄托。她内心想着：我将来就依靠你了，好好学吧，学好一些吧！平日，她不仅什么都不要他做，而且她知道他需要什么，她就尽量地给他做好什么。

马骝仔明白张倩的意思，他说："妈，我一定会努力的。我一定不会令你失望的！"

有慧根的马骝仔不仅用功地读医书，他看见陈无偏给人看病，都会蹭到旁边去，挨着陈无偏，看他怎么给人看病。

当陈无偏跟人把脉时，他会接过来说："爸，也让我把一下。"

当看到马骝仔学医，给人把脉时，村里的小伙伴们都会整蛊整蛊他："哈，日本仔，你还人模狗样地给人看病哩！"

马骝仔陈和平现在慢慢地不忌讳人家叫他"日本仔"了。自从那次村里的乡邻背着他去医院后，他知道大家对他是好的，叫他"日本仔"，那是好玩，是图个开心。

三十八

老豆的"赠言"，令陈抗日心头一亮。

是呀，我读书不可谓不多的。我自幼跟着老豆，在他的鞭策下我能少读书吗？但当日弟弟肚子痛的时候，我就不知道该怎么办，只是站在旁边干着急。老豆回来一听，就知道是怎么回事，随口说出了药方，说出处理病痛的方法。这不是说明老豆不仅读书多，而且临证更多吗？"熟读'王叔和'，不如临证多。"我以后要继续熟读医书，更要多多临证。

他以后很注意看老豆是如何临证的。老豆看病的时候，他都要过一过自己的手，他自己想想，再听听老豆怎么说。慢慢地，他发现这样跟老豆的机会还是有限的。怎么能增加临证的机会呢？

一日，他到书店去闲逛，发现了一本叫《中医临证备要》的书，是上海的一位著名的老教授秦伯未老先生写的。

他拿起来翻了翻，觉得写得很好，就买了。买回来之后，他很认真地从头到尾逐字逐句地读完了。读完之后他觉得收获很大。秦老先生学识渊博，见多识广，所列的病证症状详尽而且具体，所用药方对症而且周到，令他眼睛一亮。

不过……他觉得秦老先生的著作写得还是有点粗了，偏了，他的笔锋侧重在"望"。真是初生牛犊不畏虎，陈抗日想，如果我来写这本书，我就用"四诊"作纲。每证用"望""闻""问""切"来归纳来分述它的症状，这样读者读起来有条有理，一目了然。学者用起来有条不紊，不致行差踏错。他不顾秦老先生言简意赅的文风，竟按照自己的想法，用自己半通不通的文字，啰里啰唆地把人家的大作从头到尾地改写了一遍。

在改写中，他遇到一些不懂的问题，就空出来，再找别的书本来求证，或者拐弯抹角地去问他的老爸。

他花了半年的时间，竟把人家秦老先生的书改写完了，题为《临证必读》，落款是：无名小卒。他把它放在枕头底下，一有空就拿出来看看，改改，心里头觉得很快活。

寿玉的大哥在日本投降之后，搬去广州做点小生意，近年想念外甥，托人捎话叫陈抗日去广州玩玩。

陈无偏说："既然舅父叫你，你就去吧！"

陈抗日想到自己还没有去过广州，于是简单地收拾一下便去了。他在广州住了几天。在返回番禺的前夕，他听说广州的白云山风景甚美，很有名气。既然来到这里，何不上去走走？于是他跟舅父讲了。

舅父一家都要工作，没人陪得了他。他说我已经长大，是个男子汉了，还要人陪？自己去就得了。于是他一个人出门去了。

时值盛夏，又是个星期天，陈抗日来到白云山下。虽说炎夏，但白云山林木荫翳，加上早晨山气清润，凉风习习，陈抗日感到真爽。他看见许多家庭都利用这难得的休息时间，挈妻携子，到山上来行走行走。

陈抗日沿着山间小路，盘山而上。这白云山路随山转，移步换形。山上林木竞秀，树冠宛如云突。树叶颜色深浅间杂，岚气幽森。身边鸟雀啁啾，鸣声上下。不知疲倦的蝉儿音域宽广，在蝉声中令人倍感山静谷幽。上到山顶，陈抗日举目四望，看见远山苍淡，近树如云。一轮轮深黛、碧绿、鹅黄的树冠把群山装点得一片锦绣。

陈抗日很遗憾番禺没有这样的大山，显得禺南大地少了一点分量。陈抗日在山上玩赏了大半日，不觉红日偏西。经过大半日的蒸晒，山间暑气氤氲，又闷又热。陈抗日闷出了一身热汗，游兴渐退。他感到疲倦了，于是转身下山，准备回舅父家去。

下到半山，在山路上看见一对年轻的夫妇抱着一个幼儿在气喘吁吁地跑着。

女的一副哭腔，对男的说道："不知几时才能下得去，不知还赶不赶得及？……"男的气喘吁吁，正在抹汗，看样子是抱着孩子跑了好长一段时间了。

陈抗日出于好奇，也出于好心，问道："你们有什么急事难事吗？"

女的像遇到救星一般地对陈抗日说："我们的儿子突然发起烧了，刚才还打起了几个乍跳……"她的意思是最好陈抗日能帮她老公一把，两人接力把孩子抱到山下去。

陈抗日本能地看看小孩子的脸色，发现他眼睛半合，表情呆滞。他抓起这小孩子的小手。一只手托着他握起小朋友的手掌，用拇指和食指固定小孩食指的尖端，用另一只手的拇指在小孩食指桡侧从指尖推向指根。反复推了几下，他发现这小孩食指的指纹为深紫色，直达气关之外；他换手又推小孩的另一只手指，再摸摸他的额头，额头炙热。

他说："你们小孩是感暑惊风，还很重。医院那么远，你们这样抱下去，实在不是办法。"

那女的哭起来了："那怎么办呢？"

陈抗日迟疑了一下，说："我倒是有个办法。如果救得了你的小孩，我分文不取，是学雷锋。"当时毛主席发表了《向雷锋同志学习》的题词不久，全国正在轰轰烈烈地掀起向雷锋同志学习的热潮。"如果我救不了你的小孩，那是无力回天，我尽力了，你们也不要怪我。如果你们愿意，我就动手了；如果你们不愿意，我也走了，免得耽误你们的时间。"

这夫妻俩面面相觑。

过了瞬间工夫，女的先说："我愿意！"那男的也跟着说："我也愿意！"

陈抗日对那男的说："你用三个指头像捉田螺似的捏他的睾丸。力气要适中，力大了固然不行，但力小了更不行。知道吧？"

男的说："知道！"

陈抗日说："知道了就捏。手累了就换手，但不要停手喔！"

那男的就不停手地捏他的小孩的小睾丸了。

陈抗日问道："你们有什么油吗？"

"要'油'？"那女的被问得莫名其妙。

陈抗日说："是做润滑剂用的。我要给你们的小孩按摩，怕这样按摩把他的皮肤擦伤了。本来有滑石粉最好，可是现在哪里去找滑石粉？所以想弄点'油'，什么油都行。"

那女的说："我兜里有瓶'驱风油'行不？"

陈抗日说："可以，可以。"

他接过"驱风油"，涂在小孩食指的正面，用自己的拇指往小孩的食指由指根用力地向指尖推。这叫"平肝"。推了上千下。他又在小孩无名指的正面上涂些"驱风油"，又用力地从指根往指尖上推。这叫"清肺"。推了上千下。他又在小孩的小手臂腕横纹到肘弯曲一线涂上了"驱风油"，然后用自己的拇指从小孩的腕横纹到肘弯曲一线用力直推。这叫"推天河水"。推完这只手，又推另一只手。

推到陈抗日一身发热，汗衣沾身的时候，这小孩的额头上冒出了一层薄汗。这薄汗很快便凝结成芝麻的模样，渐渐地成了黄豆一般大小咯。

陈抗日说："给他抹抹汗吧。"

那女的给小孩抹汗，不禁惊叫起来："吧！额头凉了喔，退烧了喔！"

陈抗日看见那小孩的神情比刚才也鲜活了许多，于是笑了起来。

那男的听见，急不可待地去摸了摸，他也惊奇地说："啊！退烧了。天呀！刚才差点把我们吓死了。"

陈抗日说："给他换换衣服吧，小心复感喔！"

那女的说："我们没带多余的衣服。"

陈抗日对男的说："脱下你的衣服，把他包上咯！"

那女的立即脱下小孩的汗衣。

陈抗日提醒说："要挡挡风，千万不要吹着小孩了。"

那男的立即解下自己的衣服把小孩包上。

他们几人相跟着下山了，小孩退烧了。他们一路有说有笑。到了山脚，红日开始西沉。

那女的问陈抗日说："你看要不要去一趟医院呢？"

陈抗日说："小孩是你的，你要去，我没有理由反对。但如果是我，我就不去。那么大的一条坎都迈过去了，还去什么？但不去医院不是不用吃药，你们去买瓶'十滴水'，买盒'藿香正气丸'，按说明书讲的给他吃，再买瓶广西玉林出的'云香精'，给他搓搓太阳穴、背脊骨和肚子，再用我刚才的办法给他按摩一遍，睡觉前用艾水给他洗一盆热水澡，睡一觉，明天起来就什么事都没有了。西医入中国才几百年，几百年前中国的小孩发烧怎么办？那时就是这样搞定的咯！"

那女的很感激，说："大哥……"

陈抗日听了心里觉得好笑，我还第一次被人叫作"大哥"的哩，在村里，他们都叫我"靓仔"的。

那女的说："大哥，我们今天遇见你，真是遇见菩萨了。"

那男的说："大哥，你住在哪里？你告诉我们，我们去你家谢你。"

陈抗日笑道："我家在番禺。你们也难去。你们也不要太过意不去。现在全国都在学雷锋，做好事。我也是学雷锋，做好事。你们要谢，就谢毛主席吧！是他老人家叫学雷锋，做好事的。"说完，他摆摆手，头也不回地走了。

回到番禺，陈抗日对谁都没有提起他在广州白云山干了这件事，连他的老爸都没有说。

不过，他却把当时小孩的病情，小孩的脸色、神态、指纹的颜色怎么样，他是怎么判断的，然后怎么叫小孩的父亲给小孩捏睾丸，自己怎么给他搓食指、无名指和小手臂，以及效果，详细地写出来，附在他那个《临证必读》相应段落的旁边。

他觉得这样很好玩，也很实际，很有用。他决心以后就这样写下去，坚持下去。

1964年10月16日，我国在西部地区成功地爆炸了第一颗原子弹。

金窝村的村民和全国人民一样，无比激动、无比自豪。他们立即组织起来，在村里头敲锣打鼓，高举旗帜游行庆祝。游完之后，大家意犹未尽，有人提出要游到市桥街上去。于是大家又敲着锣鼓，举着旗帜列队向市桥街上游去。

未到市桥街，大家就听到市桥街上锣鼓喧天。来到市桥街上，大家发现市桥街里已有许多支队伍在游行。各支队伍负责敲锣打鼓的年轻人使劲地敲着锣，打着鼓。各支队伍的领队领着大家振臂高呼："热烈庆祝我国成功地爆炸了第一颗原子弹！""中华人民共和国万岁！""中国共产党万岁！""毛主席万岁！"

金窝村的年轻人见人家使劲地敲锣打鼓，他们又拼命地敲锣打鼓。刘天赐见人家喊那么多的口号，自己也不甘落后，也振臂高呼了许多口号。经历了三年自然灾害的人们在慢慢地过回好日子之后，多想找个机会舒散舒散憋在胸中的闷气，现在正好有个机会。我们中国爆炸成功了原子弹喔，这原本只有美国佬、苏联佬有的东西，现在我们也有了，这是一件多么了不起，多么振奋人心的大事啊！

走在陈无偏旁边的黄守财，激动地对陈无偏说："大哥，我说的对吧？"

陈无偏莫名其妙。

他说："你这家伙每天说了那么多的话，我哪知道你说了哪句对，哪句不对？"

黄守财觉得有点遗憾："那次呀，就是大炼钢铁失败之后，我和你聊天的那次。我说失败了不要紧，关键是我们敢提那句口号：用十五年左右的时间，在煤炭钢铁等主要生产指标上赶上和超过英国。"

陈无偏突然想起来了，这家伙是讲过这番话。

陈无偏笑道："是的，你这小子是讲过这番话。哈！你这家伙记性那么好，那么长的时间你还记得。"

黄守财听了，不觉松毛松翼，小尾巴都翘起来了："英国佬现在还没有原子弹吧？"

陈无偏说："应该是有了吧？我隐约知道应该是有了的。"

黄守财说："就算他有了，我们也赶上他们了。你看，从1957年到现在，十年时间都不到，我们已经在原子弹方面赶上他们了。其他方面就不用多说了。"

陈无偏不禁高看了他一眼："是啊！嘿嘿，你这小子不去当领导真可惜了。"

三十九

一天，县里来了两个人，到金窝村陈氏医馆来找陈无偏。

当时恰有几个人在看病，他们看见县里来了两个当官的，都不看病了，起身赶快走了。

陈无偏平生最忌讳有人妨碍他看病，赶走他的病人。今天来的这两位虽然不是赶，但他们一来，大家便作鸟兽散，这与赶何异？

于是他只欠欠屁股，冷冷地说："两位有何指教？"

来人中一位年纪稍长一点的说："你肯定是陈无偏同志了？"

陈无偏不禁一愣。

五六十年代的农村，人们一般只叫吃公家饭的人为"同志"。平日村民们喊陈无偏一般都叫"陈医生"和"陈先生"的，或者叫"无偏哥""无偏叔"。还没有人在他的名字后加个"同志"的称谓。他感到有点突然，也有点陌生。

他迟疑了一会，才答道："在下陈无偏。"

年纪稍轻的一位看见陈无偏有点拘谨，于是说道："我们是从县里来的，"他很有礼貌地用手掌向旁边年纪稍大的那位轻轻地做个指示动作，"这位是我们县卫生局的副局长……"

陈无偏又一愣，心想："是管我们的官喔！我陈某生不到衙门死不到地狱，从来都奉公守法，不做坏事，你来找我干什么？"

那位副局长见陈无偏呆呆的有点像被吓坏的样子，于是很和蔼地说道："陈无偏同志，事情是这样的。县里的医疗卫生事业要发展，医生队伍要壮大。群众普遍反映你的医术水平很高，医德也很好，我们想调你到县人民医院去。我们现在先来征求一下你的意见。如你没意见，我们就下调令了。"

这副局长以为陈无偏听了会很激动，会扑将上来和他熊抱。他讲完后，后退了小半步，扎稳脚跟，做好了思想准备。

可是这陈无偏听了呆呆的，令副局长大跌眼镜。他试探道："陈无偏同志，你……"

陈无偏说："我不想去。"

"什么？"副局长和那位年轻干部听了眼睛都瞪大了。

陈无偏平静地说："我不想去。"

"你为什么不想去？"

"我也说不清楚。"

这副局长不禁叹了一口气。这真是老革命遇到了新问题。这么一调，就从此吃上皇粮了，人家想尽法子把腿跑断都办不成的事，你轻轻一句就把它推开了。这太不明智喔！他替陈无偏可惜，同时也为县人民医院没有得到这位国手而感到惋惜。

　　他在惋叹中突然灵机一动："欸！你说什么？我没听到你说什么喔！"

　　他掉过头问那年轻人："你听到了什么没有？"

　　那后生仔知道领导爱才，于是也说："我也没听说什么喔！"

　　副局长说："我们都没有听见你讲什么，你是不是再想想，过几天我们再来，你再跟我们说？这次调令机不可失，时不再来喔。"

　　这位领导有点心计，他引导说："你今晚是不是跟你的爱人商量一下？"说完，不等陈无偏答话就匆匆地走了。

　　当晚，陈无偏没有跟张倩谈起这件事。

　　县卫生局来人的时候，张倩正好在厨房里。谈话的内容，她隐隐约约、断断续续地听到了一些。她很想老公系统地、详细地跟她说一说，可是就没见他吭气。她不时地用眼尾白他一眼，心想，你这家伙干什么，怎么没点动静？

　　等来等去，她自己先沉不住气了，说："今天县里来人说了些什么？"

　　陈无偏平平淡淡地说："他们说，想调我去县人民医院做医生……"

　　没等陈无偏说完，张倩便兴高采烈地说道："好呀！"

　　陈无偏说："好什么？"

　　张倩说："每个月领几十块钱的工资，还不好呀？"

　　陈无偏冷冷地问她："你现在很差钱？"

　　让老公这么一顶，张倩顿时觉得无话可说了。

　　陈无偏说："去领他一月几十块钱，可我们在市桥没有房子，到时我们住哪里？"

　　张倩说："可以回我娘家住呀！"

　　陈无偏说："住几天当然可以啰！住久了，我搁得下这张脸吗？"

张倩不说话了。

陈无偏说："他们既然调我，肯定在宿舍里给我安排一铺床，那么你们母子三人就要永远住在村里了。这好不好？"

张倩当然是觉得不好咯！她跟陈无偏是糖黐豆，一天不见心思思。要他们分开两地，那怎么成！

陈无偏继续说："抗日、和平正在学医，我不在家里，他们怎么学，学什么？"

一提到马骝仔学医的事，张倩就更没意见了。马骝仔是她的心肝椗，心头肉，她巴不得让马骝仔学得像老公那样有本事。影响他学医，那可是万万不行的。所以她就没意见了。

陈无偏说："你别以为每月几十块钱，就像汽车轮子那么大。干我这行，要富不可能，要穷也绝不会。除了日本仔来的时候，我们啥时候穷过？你嫁给我那么多年了，我们基本上都是衣食无忧吧？这事我本来是不想告诉你的，不过现在说到这份上，我也告诉你了。我平日给人看病，看见那些太穷的人，我都不收钱的。如果把这些钱都收了，我们的日子过得比现在更加滋润。"

他问张倩："你说这些钱以后我收不收呢？"

张倩不好意思地笑了笑："还是不收的好！"

陈无偏继续说："最后一点，也是最主要的一点，就是我的内心很不愿意去。我在这里，山高皇帝远，自由自在惯了。我到他们那里去，受那么多的人管着，拘拘束束，心里很不快活。"

张倩已经完全没有意见了。她也想学医，她想老公在身边，学来也容易。如果他去了县城，我就学不成了。我们一起在村里，我继续养口猪，在屋前屋后种点青菜，有空学学医，也是一种很快活很自在的日子。

于是她用一副懒洋洋的腔调说道："在这个家，我从来是当家不做主的，你说什么就是什么吧！"

第二天一大早，黄守财就到医馆来了。

陈无偏笑道："这么一大早就来帮衬我？"

黄守财双手抱拳，说道："我不是来帮衬大哥的，而是特意来恭喜大哥的。大哥，恭喜喔！"

陈无偏一直有着大清早坐下来好好地看一段医书的习惯。他还是低着头，脸对着桌上的医书，但目光却滑过老花眼镜镜架的上沿，审视黄守财："你这小子又来搞什么名堂？"

黄守财一脸无奈："我是特意赶来向大哥贺喜来的。"

陈无偏从鼻孔里冷笑一声："我有什么喜让你来恭，来贺？"

黄守财的额头皮往上一扬："吔！大哥你怎么没有喜值得我恭、我贺呢？"

陈无偏一本正经地追问道："我有什么喜事值得你恭？你贺？"

黄守财狡黠地笑道："大哥，我一向都以为你是古古肃肃的正人君子，有啥说啥的，今天才发现你原来还很会演戏喔！"

陈无偏哑然失笑："你这家伙说到哪里去了。"

黄守财说："我还说错了？那么大的一件事你竟然滴水不漏。"

陈无偏说："我有哪一件大事滴水不漏了？"

黄守财说："你高升啰！"

轮到陈无偏额头皮一扬了："我高升？"

黄守财说："你看你看，会演戏了吧？我天窗都捅破了，你还支支吾吾的扮嘢。我们都知道了，你要调去县人民医院了！"

陈无偏问道："你怎么知道？"

黄守财说："全村人都知道了，我怎么不知道？我是昨天晚上知道的，今天大清早就来向你道喜了，够朋友吧？可是你还支支吾吾的扮嘢，摆出一副一问三不知的脸色，真不够意思。"

陈无偏说："我倒觉得你好像来赶我喔。"

黄守财一听可生气了："你看你看，狗咬吕洞宾吧！"说着转身就走。

陈无偏一把将他拉住："你怎么这就走了？"

黄守财气鼓鼓地说："你都说我是来赶你的了，我还不走干什么？"

陈无偏说："你一大早跑到我这里，啰里啰唆地说了那么多话，你怎么不问问我答应了没有？"

"你没答应？"黄守财的眼睛瞪得比酒杯还大，"这不可能吧？绝对不可能！即使你不答应，你老婆也不会让你不答应的。"

陈无偏说："不信你去问问我老婆，看她答应了没有！"

"这就怪了！"黄守财觉得奇怪，"这是为什么？"

陈无偏笑道："因为我舍不得你这个好朋友呀！"

黄守财大声说道："你骗人！你别拿我来开心。"

陈无偏说："我说的都是真的。"

黄守财说："是真的你发誓。你敢发誓，我就相信你说的是真的了。"

陈无偏问道："怎么个发誓呢？"

黄守财说："当然是越毒越好咯。因为越毒，人家就越相信你说的真实性。"

陈无偏说："好，我发誓了，你听着，如果我答应了调去县人民医院，我陈某人就是乌龟王八蛋！这可以了吧？"

黄守财听了，竟感动得眼眶都红了起来："大哥……你真是我的好大哥！大哥，其实你是应该去的。"

陈无偏说："为什么？"

黄守财说："为了你的前程，为了你的家庭幸福，你是应该去的。你去了，从此就吃上皇粮了，每月几十块大洋喔，这到哪里去找？我舍不得你去，是我太自私了。唉，谁叫我们是好朋友呢！"

陈无偏拍拍他的肩膀："明白，明白。"

黄守财："我要赶回去烧火开炉了。有空我就过来和你聊天。"

黄守财走了不久，二叔婆就来了。

她在门口遇见了张倩，说道："陈师奶，听说陈先生要调走了，是不是？"

张倩笑道："你哪里听说的？"

二叔婆说："全村人都在说啦。我们都舍不得他走哩！"

她看见陈无偏在旁边，又说："陈先生，我们都舍不得你走喔。

我的孙子还等着拜你为师学医哩，你走了怎么办？"

陈无偏笑道："既然二叔婆你舍不得我走，我就不走了。"

二叔婆笑了起来："陈先生你真会逗人开心。"

说着三姑也来了。她一进门就嚷道："陈师奶，无偏叔，怎么你们要到县里去？我昨天晚上听了，急得整晚都睡不好觉。"

张倩听了很开心："是真的吗？"

三姑说："当然是真的啰！你们人缘儿那么好，无偏叔在村里救治帮助了那么多的人。我们村哪家哪户没得过无偏叔救治过，帮助过？所以谁会舍得让他走呢？他走了，将来我们生病了去找谁？"

三姑没说完，六嫂又进来了。她进来叫了陈无偏、张倩一声，就一声不吭地坐到一边去。

二叔婆笑道："你这个人怎么木佛似的进来一句话都不说就在那里坐着？"

六嫂说："我这个人嘴笨，不会说话。我只是想来送送无偏叔和陈师奶……"

"无偏叔——"门外响起了张泉的声音。话音未落，人也进来了。

陈无偏立即起身："找我看病？"

张泉说："不是，不是。"

二叔婆说道："嘿——我以为你有什么急病哩，真吓人一跳。"

张泉说："无偏叔要走了，我们不是比得了急病还急？无偏叔，你们是不是要走呀？"

陈无偏笑着指着张倩说："我们家从来都是煮饭婆说了算的。你去问她吧。她说走，我们就走。她说不走，我们就不走。"

张泉转向张倩："陈师奶，你们走不走呀？"

张倩心里很高兴，她说："既然大家都舍不得我们走，我们就不走了。"

"真的？"

屋里的人都惊喜地笑起来。

四十

白德像只担惊受怕的小老鼠。土改那场风暴已让他惊魂未定，现在又来"文化大革命"这一波，他的心真感到承受不了。

他悄悄地去逛逛大字报栏，看看上面的大字报。大字报痛批着牛鬼蛇神。什么叫牛鬼蛇神？他在大字报栏里找到了答案：就是地、富、反、坏、右。我家既是地主，又是汉奸，我会有好果子吃吗？

于是他早收档迟开档，街道居委会叫干什么就干什么，夹着尾巴做人，什么都顺着来。之后市桥揪斗过几批牛鬼蛇神，但都没有动过他。他暗暗地感到庆幸。在"文化大革命"中他遇到了一个和自己处境相同的女子，两人同病相连，彼此都有点意思，于是便住到一起，撑起了一个小家庭。

金窝村的村民们感到生活有些乱套。学生们不上学了。红卫兵全国大串连。有些工厂也不上班了。后来，在"抓革命，促生产"的口号下陆续恢复了生产。只有农民们最老实最听话了。他们在心坎里相信共产党、毛主席，拥护共产党、毛主席。当时即使许多机关部门都瘫痪了，不能正常工作了，但他们仍按照既定的方针努力生产，辛勤种田，夺取了大丰收。只是生产归生产，许多人的心是忐忑不安的。当时经常有红卫兵到乡下来宣传"文化大革命"。他们站在屋场边、菜市口唱革命歌曲，发表演讲，表演文艺节目。

陈无偏倏地想起了三十多年前东北的"九·一八"，和之后的南京即将陷落时的情景。那时候也有许多城里的学生到乡下来唱歌，演讲，演活报剧。他就是在那个时候认识张倩的。

他对张倩说："这些宣传方式也真有些革命气氛，让人看了听了，心潮澎湃，久久不能平静。"

张倩撇撇嘴，说："看你这个样子，也真是一脸的书呆子气。我总觉得这段时间，是会出点什么事的。别人的事我管不了，而且也根本不能管，但我要管你。我最怕的就是你。"

陈无偏一脸秀才遇着兵的神态："你怕我什么？难道你还怕我会丢失不成？"

张倩定定地看着陈无偏，说："你当然不会丢失，但我怕你会有什么事。你要是有个什么事，你叫我怎么办！"

陈无偏摊开双手，手心向上，直扇直扇地，好像哑巴吃了黄连一般："我，我，我好端端的，又怎么会有什么事呢！"

张倩说："这倒难说了，现在到处都在抓牛鬼蛇神……"

"嘿——"陈无偏说道，"牛鬼蛇神是牛鬼蛇神，我是我。你怎么一扯到牛鬼蛇神，就想到我来呢？"

张倩说："我当然不会想到你，但我就是怕有人会想到你。"

"谁会想到我？"

"我不知道。"

"不知道你怎么会这么想呢？"

"因为我怕。"

陈无偏生气了："你嫌我太得闲了是不是？怎么胡思乱想，无中生有呢？"

张倩说："我不是胡思乱想，无中生有。因为你被他们抓去坐过班房……"

陈无偏未等她说完，就打断她说："那早已证明他们搞错了嘛！"

张倩说："我就怕他们旧事重提，错都说对。"

陈无偏百口难辩地说："那是不会的。我陈无偏打过日本仔，我陈无偏仁心义气，救死扶伤，我陈无偏……大姐，像我这样的人，都是牛鬼蛇神的话，你心里的牛鬼蛇神，也太可爱了。"

张倩说："你别再说了，现在揪出来的走资本主义道路的当权派，哪个不是从战场上出生入死地走过来的，那也不是说揪就揪了。"

陈无偏不再说话了。他发现女人到了不讲道理的地步，你即使浑身是嘴，也不可能把她讲过来。

张倩说:"你听清楚了:从明天开始,我就不让你到处去。我要看紧你,省得你给我招惹是非。"

陈无偏哑然失笑,无奈地摇摇头:真是一头蛮牛!

陈无偏生性怕老婆,这样就让张倩老老实实管了几个月。

一天,市桥来了个年轻人,说他爷爷气喘吁吁,不能安卧,非常辛苦,到医院住了十几天也没见好。是朋友介绍来找陈先生的。他因为还有急事,不能陪先生一起去,于是留下地址,先付诊金,请陈先生一定去看看,说完千恩万谢地走了。

这年轻人走后,陈无偏对张倩说:"老婆大人,我这回是干正事,可以走了吧?"

张倩说:"我也去。"

陈无偏急了:"你有没有搞错,把我盯得那么紧!我即使是个犯人,也不该盯得那么紧吧?"

张倩说:"我好久没有回过娘家了,趁机和你一道回去走走,不算过分吧?"

陈无偏心软口拙,动嘴皮的事他根本不是张倩的对手,于是说:"行了,行了,去吧去吧!"

他找来一辆自行车,他踩车,张倩坐在后面,两口子丁零零地往市桥方向去了。

来到市桥,他们发现市桥的变化非常之大。街上走着许多穿旧军装的年轻人。马路稍宽的地方都搭有大字报栏。大字报栏上贴满了揪走资本主义道路当权派的大字报。马路两旁,时不时会看见站立着胸前挂牌、耷拉着脑袋的人。

陈无偏东张西望,心想这些可能就是走资本主义道路的当权派了。

陈无偏天生的好奇心重,他想多看几眼,坐在后面的张倩却催道:"看什么?快走,快走。"

先到张倩的娘家。

张倩吩咐说:"你快去看病吧。你看完病,我们就回去!"

陈无偏按照人家给好的地址,急急脚地赶着看病去了。

病人是个年过古稀的老人，容貌清癯，面色恍白，脉象沉迟，舌苔厚白，气不蒸手，呼吸耸肩张嘴，喉间痰声呵呵。

他一看，便知是肺寒痰壅，肾不纳气，于是开了一服"加味四逆汤"：

> 附片一两（和甘草、干姜一起先煎四个小时）　肉桂五分（研末冲服）　葫芦巴三钱　吴茱萸二钱　破故纸三钱　小茴香三钱（后下）　沉香二钱（掰开）　川楝子三钱（打）　广木香二钱（后下）　肉豆蔻一钱　甘草五钱　干姜五钱　人参五钱（另煎兑入）　蛤蚧一条（另煎兑入）

开完方后，他在"先煎四个小时"的字下画了几个小圈圈，同时还对病人家属反复交代："附片有大毒，尤其是'一两'那么重。未煎够四个小时仍有毒，不能吃。煎够四个小时就没毒了，可以放心服用。切记，切记！"

开完药方，嘱咐好病人及家属，他急急脚地走了。他要到街上去看看大字报，看看那些走资本主义道路的当权派。

可是一出病人家的门口，张倩就赶来了。

她说："赶快回去吧，我的猪还等着喂呢！"

陈无偏心里叫苦不迭：有没搞错，好像当我是犯人一样！

回到家里，他整日不吭不哈，生张倩的闷气。

第二天大清早，陈无偏还没有起床，就有人来敲门。

陈无偏吓了一大跳。他披衣跋鞋，急急地去开门。

敲门者是昨天来请医的那个年轻人。他气喘吁吁但笑容满面地说："陈先生，我爷爷喝了你的药，好了许多。我们请你今天再去看一次。"说完又先付诊金，千恩万谢地骑上单车走了。

陈无偏在后面问道："你那么急干什么？"

年轻人说："我赶着上班去！"

这时，张倩也披衣跋鞋赶出来了。她问道："是干什么的？"

陈无偏说："是昨天那个年轻人，他说他爷爷吃了我的药好了很多，叫我今天再去看看。我去啰吧？"

那是工作，不去是不行的。张倩犹豫了一下："去吧……"

陈无偏瓮声瓮气地说："还要不要跟着我去？"

张倩哑然一笑。她当然想跟着咯。不过昨天说好久没回过娘家了，想顺便回去看看，可是今天再说这个就不行了。嗐，几十岁的男人老九，老是跟着也不好。而且这家伙你别以为他好相与，一旦蛮起来也是不得了的，于是说："我没有那么多时间服侍你。你一个人去吧，快去快回，不要到处乱逛！"

陈无偏赶紧洗漱，喝了两碗昨晚就熬好的小米粥，骑上那辆嘎叽嘎叽作响的自行车，像只挣脱了牵绳的马骝，急急地向市桥方向蹬去。

陈无偏一到市桥便去病人家，看了这个老头。老头吃了他的药，的确好了很多。俗话说效不更方，他只对原方稍作调整，叫病人继续服用。

看完了病，他便出去看大字报了。大字报棚琳琅满目。写大字报的材料是文具店的五色纸。新贴上去的大字报底色鲜亮，煞是抢眼。大字报棚前面站着不少人。

好奇的陈无偏也挤了进去。他少上县城，没机会接触这些东西，少见多怪，于是贪婪地看着，看得特别认真仔细。他一张张地看，脚步打横一步步地移。一直移一直移，不料挪移到这个大字报栏尽头了。

尽头的边上站着一个人，把陈无偏吓了一跳。

他看这人头发蓬松，脸色黧黑，胡子拉碴。他低着头，不甚看得清他的脸，胸前挂着一个牌子，上面写着：走资派陈新。在"陈新"这两个字上，被人用红笔打了个大叉。

陈无偏的心倏地一缩，"怦怦"地跳了起来，好像被打大叉的不是别人，而是他陈无偏似的。

他赶快闪到一边，生怕陈新认出自己。

闪到的那边又是一个大字报棚。陈无偏抬头一看，上面贴着的都是揭发批判陈新的反革命罪行的大字报。他觉得正好。他正想看看这家伙到底做了什么。大字报上写的是陈新资产阶级反动路线的罪行，但写得也太笼统了，上纲上线，帽子不少，具体实际的东西不多。资产阶级作风也多是军阀主义、强迫命令、开口骂人等。贪污腐化搞女人的还没提到喔。他也领教过这家伙的军阀主义、强迫命令、开口骂人的滋味了。他在挖矿石的时候也目睹过他的霸道了。可是这家伙肯干喔。挖矿石的时候，他身为带队的领导，别人干多少活，他干多少活，别人流多少汗，他流多少汗，这应该说是不错的喔。马骝仔有病，他批了我一星期的假，回来时因为找不到船迟回了一天，他也没计较，所以说他的作风也不算太坏嘛。现在在他的名字上打了一个叉叉。在旧社会，在解放初，凡在名字上加朱笔的都是判死罪的喔。这家伙光这些也不够判死罪嘛。他在远处再瞧瞧他。

这时，陈无偏的心倏地一动：我是个老百姓，他判什么罪我管不了，可是他现在面色灰黑，脸颊上腮骨凸现，嘴唇十燥，那双眼睛直直的像死鱼眼一样呆滞无神。这是内火中烧、真阴亏损的症状，发展下去不好收拾喔！人家家里有老有少的，一旦有个三长两短就凄凉了。我帮帮他吧。帮帮他没事的，应该的，上天有好生之德呀。

回到陈氏医馆，他急急忙忙、快手快脚地给陈新捡药。这家伙相火炽盛，给他捡服"丹栀逍遥散"吧。这家伙阴气伤了，阳无阴济才燔然直上，给他再合上"生脉散"吧。这家伙经常在马路上站着晒太阳，出汗多了，毛孔疏松，要给他敛敛这阴分才不那么容易耗损，就再合上"玉屏风散"吧。这家伙的喉咙肯定很干涩了，再加十来颗乌梅吧。

陈无偏明白，他这次开方投药是违背了他一贯的用药原则的，但没办法啦！望、闻、问、切我只是"望"了，而且还是远远地望，就这样撒大网搞大包围吧！

捡好药，他赶快煲，煲好后，用只石湾"肉冰烧"的瓶子装上，趁张倩不在，急急忙忙地骑上单车，飞也似的往市桥蹬去。

到了市桥，已经日头偏西，街上的人少了很多，但陈新还挂着块牌在大字报棚旁边站着。

陈无偏走过去，把那玻璃瓶子递到他的跟前。

陈新抬眼一看，见是陈无偏，那脑子立刻想起了陈无偏把他打倒在地上，他把陈无偏抓到看守所去坐班房的往事。他现在把这只瓶子递来给我，是怎么回事？

陈无偏见他愣愣的像傻了一般，便抓起他的手，把瓶子往他的手上一搋，头也不回地走了。

陈新愣愣地望着陈无偏的背影，又望望手中的瓶子：这是怎么回事？不会是毒药吧?! 是毒药正好，我太烦了，太累了，太苦了，我正想一头撞到马路边的骑楼柱上死了算了。

这时，他的口正干得很，于是打开瓶盖，仰起脖子"咕噜咕噜"直往嘴里灌。咦！这东西苦苦的，甜甜的，酸酸的，又凉凉的，口感还挺好喔。他一口气便把它喝完了。

第二天这个时候，陈无偏又送来了一瓶子。

陈新昨晚喝了那瓶东西，觉得满口生津，喉咙不干不痛了，睡觉还挺好，今天早上拉了一泡大便，又臭又多又顺畅，整个人好像都轻松了许多，于是他笑笑，想道谢他几句。

岂知陈无偏板着副脸，把瓶子塞到他的手上，头也不回地走了。

第三天，陈无偏也是这个时候送了一瓶东西来，送了就走，陈新想说句感谢话的机会都没有。

第四天，陈无偏把药煎好，装好，正转身出厨房，却被张倩拦住了。

"你这几天鬼鬼祟祟地干什么？"

陈无偏不知道该怎么说才好。

"还拿着个瓶子哩。里头装的是什么？"

怕老婆的陈无偏不经老婆审，自己就招了。

张倩气极了，她一把将陈无偏手中的玻璃瓶子抢过来，用力往地上一摔，"当啷"一声，水花四溅，没了！

张倩哭骂道："我看着你，就是怕你惹是非。你倒好，别人避也避不及，你却要给走资派送药。你这书呆子，你想找死是不是？你出事了，你死了，你叫我们一家人怎么办啊！呜，呜，呜，呜……"

陈无偏无法，只好算了。

以后张倩把他死死地管着。陈无偏感到，他被管得比蹲看守所那时候还严。

白德和那位姓徐的女子和合交感，诞下一个男婴。

白德非常高兴，觉得他终于有了自己的后代了。他感到自己满肚子的墨水，却又命途多舛，于是不胜唏嘘。他觉得他的儿子不能像自己那样窝囊。他希望他的儿子很有出息，非常有出息。他给他起了个名字，叫作白鹤鸣。他把他的一腔心血都倾注在儿子身上。他希望他能为自己挣口气。

形势发展得很快，全国兴起了上山下乡运动。千千万万的青年学生（时兴叫知识青年，简称"知青"）响应毛主席的号召，到农村去插队落户，建设社会主义的新农村。

一群学生哥、学生妹也被分配到了金窝村来。

四十一

陈抗日出现了"技痒"。

陈抗日跟他老豆有所不同。他老豆已经几十岁了，还有点童真，对外面的世界好奇。而他却两耳不闻窗外事，像个小老头似的。

最近，他逢人，无论是男女老幼，都忍耐不住地察看人家的脸色，甚至要看看人家的舌头，弄得人家莫名其妙，不好意思。他观察了别人的脸色之后，还啰里啰唆地问人家：口干不干？苦不苦？想喝水不？胃口怎么样？大便是干是稀？小便是长是短？睡眠好吗？……叫人不胜其烦。

黄守财见了，以叔叔的口气对他说："靓仔，你这样看看老人、小孩、阿叔、阿伯还可以，但大姑娘千万不要这样喔，你这样人家会说你是'白鼻哥'的喔!"

陈抗日知道粤语"白鼻哥"的意思。他知道黄叔叔是爱护他，指点他。他说："知道，我记住了!"

陈无偏知道儿子很想给人看看病。他看病的时候，都叫儿子过来先看，看后叫他先开出药方，自己拿过来看看，再对儿子开的单子进行斟酌。他在就这样啰，但他不在，陈抗日想自己来看看，人家就不干了。

他们会笑道："靓仔，你行不行的？我的命只有一条喔，弄完了，就再也没有第二条的喔!"

陈抗日很烦恼：我老是这样跟着老豆，什么时候才能出来自己行医？

一日，陈无偏出去给人看病了。平常他出去看病，一般都把陈抗日带上的。他要带带他嘛。可是今天他出去时，陈抗日偏偏不在，找也找不到他，人家叫得也急，没办法，他只好自己去了。

陈无偏走后，陈抗日回来了，他看见老豆出去了，老豆的位子空着，便坐到老豆的位置上看书。他知道这把太师椅，这把八仙桌和对面的这张圆凳是爷爷的爷爷以前打造的。特别是这把太师椅，在后面放个软垫，把背脊靠在上面背书还真是挺舒服的。他把自己的背脊靠在椅背上，专心致志地背起书来。

陈抗日是背靠椅背，脸面朝上，半眯着眼睛背着书。背着背着，他感觉到大门的方向倏地一暗，以为是老豆回来了，便坐起身来。

这时他发现进来的不是老豆，而是村长的老妈二叔婆。

他赶快招呼说："二叔婆，你老有什么事？"

二叔婆说："来找你老豆。"

陈抗日问道："你找我老豆有什么事？"

二叔婆说："还用问，来这里找你老豆的，肯定是看病的啰。"

陈抗日说："我老豆出去了。"

"哦!"二叔婆轻叹一声，掉头往外走。

陈抗日有点失望，心也有点不甘：怎么就不信信我，找我看一看呢？

二叔婆走了几步，又停下脚步，回头问道："抗日，你老豆什么时候回来？"

陈抗日听见她这么一问，心想：我出点难题给你，看你怎么样？于是答道："他也没有讲到喔……"

二叔婆为难了。

陈抗日添盐加醋地说："最快也要今天晚上吧，或者要三天五天也不可知。"

"怎么会去三天五天呢？"

"难说了，是朋友来找的。去朋友家聊聊天，住上个三天五天的，是常有的事喔。"

二叔婆倒吸了一口气："真不好彩。"说着用手搓了搓心窝。

陈抗日笑道："二叔婆，心气痛吗？"

本来一直皱着眉头的二叔婆听到陈抗日这么一问，那眉头倏地向上一扬："你怎么知道？"

陈抗日见状有点开心。

二叔婆有心气痛的毛病，他从小就听大人说了，而今看见她捂着心窝，这不是心气痛发作又是什么？于是说道："二叔婆没听过'将门无犬子'这句话？我陈抗日没两度散手（粤语，两下子），能看得那么准吗？"

二叔婆也赞成这句话："唔，说的也是。"

陈抗日得寸进尺："二叔婆，我给你看看吧？"

二叔婆犹豫起来："这是人命关天的事喔……"潜台词是你这水平，医死了我怎么办？

陈抗日当然听得明白这个意思。但他不生气。他说："这当然是人命关天了。你有病不看，死顶着，拖个三天五天，把你痛死了怎么办？"

"嘿、嘿、嘿，"二叔婆连忙说，"靓仔，你怎么这样讲话的？"

陈抗日说："二叔婆，我是有句说句。你那么老的一个人，本来正气就不足，有病死顶，扛着，等把那点真气耗完了，那就死了。我是尊敬老人，关心老人，爱护老人才这么说的喔！你以为我是开口咬着胭，没这么衰讲这么衰的吗？"

二叔婆想想觉得也是，于是不作声了。

陈抗日说："二叔婆，我一眼就看出了你的病，这你亲眼看见了，不是吹了啵？我跟着我老豆，他每天给我下点毛毛雨，十几二十年了，都里里外外把我浸个透啦，你说是不是？而且我陈抗日也不是个蠢的人，这你看着我长大的，你应该知道的啦。没有金刚钻，我敢揽这个瓷器活？我敢向你保证：你这个病，如果由我来医，一剂见效，两剂好转。"

二叔婆接着话头说："三剂断尾？"

陈抗日说："三剂断尾是江湖佬的话，骗人的。要是能的话，我老豆早就把你的病治断尾啦。不过，不断尾不要紧喔，有我陈抗日在，我随叫随到，在你鞍前马后，给你保驾护航，你怕什么？"

二叔婆犹豫了。

陈抗日说："二叔婆，你刚才说人命关天，我比你更明白。这样吧，我真的医死了你，我偿命，给你垫尸底好不好？二叔婆，你都七八十岁了，真的死了，有个二十岁的后生仔给你垫尸底，你也不亏喔！"

二叔婆听到这里，不禁笑了起来："你这靓仔的本事怎么样，我还不知道，但嘴巴倒是很厉害的。好，由你来看吧，死了不要你填命，不过你要认真点喔。"

陈抗日笑道："二叔婆你那么看得起我，我当然会一百个认真。"

说完，他察脉，看舌。诊过之后，他说："二叔婆，你是寒痛。遇寒即痛，吃冷更痛。用手捂捂感觉会好一点，这叫遇暖痛减。"

二叔婆不禁刮目相看："靓仔，你怎么看得那么准的呀？"

陈抗日说："不是我看得准，而是你的舌脉明明白白摆出来让我看了——我开药咯喔？"

二叔婆鸡啄米似的直点头："开吧，开吧！"

陈抗日拎出老豆的纸笔，在八仙桌上写了起来：

附片一两（与甘草、干姜一起先煎四个钟）　甘草一
两　干姜一两　白芍一两　桂枝五钱　大枣五钱　黄芪五
钱　党参五钱　当归五钱

　　附片与甘草、干姜一起先煎四个钟头，然后再加入其
余的药。药煎成之后，又再加入麦芽糖三汤匙，烊化后趁
热服下。

　　开完药方，陈抗日还用口头反复交代："这附片有大毒喔，一
定要和甘草、干姜一起先煎四个钟头。"

　　他笑道："煎够了四个钟头吃死了你，我一定填命；煎不够四
个钟头吃死了你，可不要找我喔！"

　　二叔婆说："你说得神神化化的，是不是真的呀？"

　　她照单拾药，还是老老实实地按陈抗日吩咐的方法煎煮服用。

　　哈！真的是一剂见效，两剂好转喔！她逢人必说："抗日这靓
仔使得，我看他比他的老豆还厉害！"

　　经二叔婆一宣传，村里的人都陆陆续续地来找陈抗日看病了。
陈抗日一时间还挺忙的。

　　一日，刘天赐火急火燎地跑来陈氏医馆找陈无偏。陈无偏不
在，陈抗日在。

　　他说："靓仔，有个知青晕倒了，你快跟我过去看看。"

　　话没说完，他拉着陈抗日便跑。

　　跑到了知青安置点，陈抗日看见有个房间挤满了人。刘天赐喊
道："闪开，闪开，让陈抗日进去看看。"

　　陈抗日跟着刘天赐钻进去了，看见有个女知青和衣躺在床上，
头发凌乱，双目紧闭。

　　陈抗日知道她叫苏秀。村里人口顺，喊她作"苏修"。

　　陈抗日问道："是怎么回事？"

　　苏秀的同伴答道："刚才叫肚痛，一会儿就晕过去了。我们就
把她背回来了。"

　　陈抗日给她把脉，发现她的脉搏弦而细，"关"位尤显。再看
她口唇发青，还隐隐地闻到了一丝血腥味。

他问她的同伴："是正来月经吧？"

这同伴有点不好意思："是。"

陈抗日说："不要紧的，是经痛！"

在旁边的刘天赐立即松了一口气，他笑道："你这小子神了，一说就准。那快把她救醒吧！"

陈抗日从衬衣的口袋上取下一支钢笔，拧开笔帽。大家看见里面并没有笔尖笔舌那套写字的玩意，却装着一把白灿灿的针灸用的钢针。

他倒出几根，再从裤袋里掏出一个小小的玻璃瓶，拧开瓶盖，再揭开里面的橡胶盖子，取出一团酒精棉球。他用酒精棉球把钢针抹了抹，再把酒精棉球点着，把钢针烧了烧，然后在苏秀的身上扎针了。

本来治经痛的主要穴位在小腹上，陈抗日哪敢无礼？于是只好把钢针扎在人中、合谷、足三里、三阴交、阴陵泉、阳陵泉、太溪、太冲、地机等穴位上，舍近求远，在外围兜个圈。他情愿在其他的次要穴位多扎几个地方了。他每扎一穴，轻轻抽拉，弹针杆，用指甲刮针柄，功夫细致到家。

扎了一遍，苏秀的眉头皱了一下，眼皮裂开了一条缝儿。

在朦胧中，她影影绰绰地看见一个后生仔坐在自己旁边，于是不好意思，挣扎着要坐起来。

刘天赐说："醒了，醒了。苏秀，不要动，陈抗日给你治病呐！"

苏秀慢慢地睁大眼睛，看见满屋子都是人，连大队长都在。这时的她，精神又懒，身体又沉，想想，也就不动了。

陈抗日扎完针，开了一服药：

蒲黄三钱　五灵脂三钱　当归五钱　延胡索三钱　川芎三钱　小茴香三钱（后下）肉桂一钱（研末、焗）赤芍三钱　干姜三钱　党参五钱　黄芪五钱

煎成两碗，分两次服下。热服。

他知道知青，特别是女的，一般都有个热水袋，于是吩咐说："从今晚开始，每晚临睡前，都敷个热水袋暖暖小腹。如果现在就敷，效果更好。"吩咐完，向各位点点头，走了。

苏秀的经痛是天葵初开时留下的宿疾。在家时没少看过医生，当然都是看西医啰，针打不少，药吃不少，就没见好。现在吃了陈抗日两服药，经他扎了一次针，当然每晚都敷敷小腹啰，竟好了。一连几个月都没痛过。

苏秀不禁对陈抗日另眼相看。以后有事没事，她都会去陈氏医馆，找陈抗日看看。

陈抗日一直记住黄叔叔的教导，看女仔不能眼定定地看，这样人家会容易误认你是"白鼻哥"的。于是他总不大看苏秀，她问一句就答一句，不问就不作声，一副很"酷"的样子。

有些女仔是特别喜欢"酷"的男仔的。苏秀是个"西关小姐"，父亲解放前开贸易行的，在广西梧州开有一间"平码行"，专收广西的土产山货卖到港澳地区和南洋。她家在荔枝湾有大屋，在港澳地区有物业。解放后虽然经过工商业改造，但家底还很殷厚。她从小过着优于平常人家的生活。她读书的时候，被不少干部家庭出身的男同学追求过。她都觉得对方热情过头，且心态上有优越感而拒绝了。这回，她竟爱上了这个乡下仔。

说陈抗日是乡下仔，那只是俗人的眼光。苏秀却不这样看。

她觉得陈抗日相貌不俗，而且还"酷"。陈抗日把他的老豆老妈的长处都集中起来了，生得儒雅斯文，一表人才。他是学医行医的，不用下大田劳作，所以白白净净。他是生活在农村里喽，如果在大学的校园里走走，人们肯定会以为他是个年轻的助教。

更令苏秀高看的，是他的本事。他年纪轻轻的，却比好多医生都厉害！很快，她的心田里萌发了爱的种子。

她不仅经常接近陈抗日，还时不时会找借口送点东西给他。可是陈抗日都不接受。陈抗日心里有个原则，大男人接受女仔送的东西，害羞不？

春节时，她回广州过年。过完年，她从广州回来，拎着重重的一袋子东西到陈氏医馆来找陈抗日。她把这袋子往陈抗日跟前一放。

陈抗日问道："这是什么东西？"

苏秀轻抿朱唇，浅浅一笑："你自己打开看看。"

陈抗日狐惑地望了苏秀一眼。

苏秀用鼓励的目光看着他。

陈抗日犹豫了一下，还是把袋子打开了。哗！是厚厚的一本古书，书皮都有些破损了，上下两本，足足有几斤重。书名叫《御纂医宗金鉴》。

陈抗日的眼睛立刻放出光来："你家又不行医，怎么会有这个？"

苏秀说："是我去古旧书店买的。"

"你买回来干什么？"

"送给你啰！"

"送给我？哎哟！那么贵重，花了很多钱吧？"

"这你不用管了。"

"那你，你管什么？"

"我管你高不高兴。你高兴吗？"

"高，高兴。"陈抗日不禁口吃了，"我，我真过意不去。我怎么感谢你呢？"

苏秀很开心："你说呢？你想想吧，慢慢地想，想好了再告诉我。"

一日，黄守财来到陈氏医馆，悄悄地对陈无偏说："大哥，你准备做老爷啰啵……"

陈无偏莫名其妙："什么？"

黄守财狡黠地说："你什么时候学会装傻扮懵的？"

1967年6月17日，我国成功爆炸了第一颗氢弹！

金窝村和全国一样，敲锣打鼓，热情欢呼，隆重庆祝。

1970年4月24日，我国又成功发射了第一颗人造地球卫星。

金窝村民众和全国人民一样兴高采烈，豪气万丈。

黄守财对陈无偏说："毛主席在1957年说，要用十五年左右的时间，在钢铁等主要工业品的产量方面赶上和超过英国。现在才十三年，我们就几乎什么都超过英国佬了！"

1972年2月21日，美国总统尼克松访华。2月28日，中美两国在上海签署和发表了《上海公报》，奠定了两国建交的基础。

《上海公报》引起了日本政坛的极大震动。精明的日本政治家看出迅速崛起的中国是当今世界不可多得的巨大市场。这个巨大市场决不能让美国独占了。他们决心赶在美国之前，实现中日邦交正常化。

于是，时任日本首相田中角荣率外相于1972年9月25日访华，在北京和中方领导人进行会谈。在会谈中，田中角荣就日本发动侵华战争用了"给中国'添麻烦'"这句轻描淡写的话来表示谢罪之意。中方领导人不答应，严肃地指出：日本发动侵华战争给中国人民带来了深重的灾难，是绝不可能以"添麻烦"三个字交代得了的。日方必须真诚地认罪、谢罪。会谈陷入了僵局。休会后日方经过反复斟酌，觉得还是中国这个巨大的市场要紧，最后日方终于敲定了自己的态度，表示"日本方面痛感日本国过去由于战争给中国人民造成的重大损害的责任，表示深刻的反省。"中日双方这才签署了几个政治文件，中日实现了邦交正常化。

中日实现邦交正常化的消息发布的当晚，正在日本家中的山根四治郎买了一瓶好酒、一包好菜回来加餐，表示庆贺。

小山幸子问道："今天怎么那么好心情？"

山根四治郎高兴地说："天照大神保佑，我的山根四治郎去寻找'灵蛇之珠'的大门终于打开了！"

四十二

中国的老百姓对中日邦交正常化表现得不慌不忙，不惊不诧。

到了二十世纪七十年代，原先日本侵华时的老人们基本都离开人世了，没死的也已风烛残年。原先日本侵华时的壮年人都成了老年人了。他们已退职退休，在家含饴弄孙，帮子女料理家务。原先日本侵华时的青年人如今都成了壮年人了。于家于国，很多担子都搁在他们的肩上。原先日本侵华时的幼孩如今都成了青年人。他们对过去是一张白纸。父母说几多就知几多，书本说几多就知几多，老师说几多就知几多。不说不知道。如今的小孩子更是什么都不知道。中国人天生的大度：事情都过去了，就让它过去吧！而且人家都表示深刻的反省了，还计较那么多干什么？更加上那时候人民群众对共产党、毛主席无限信任：中日邦交正常化是共产党、毛主席决定的，我们一千个拥护，一万个照办！所以，老百姓原先该干什么的，就继续干什么，一点都没有受到影响。

苏秀看上了陈抗日，恋上了陈抗日，如今一日不见，如隔三秋。

陈抗日继承了陈无偏没结婚前怕女友，结了婚后怕老婆的血统。一个小伙子，长得又帅，风姿又酷，又有本事，而且又有少少的腼腆，又多少有点惧内，这样的男子真是珍稀动物，错过了这个机会，你再到哪里去找啊！

苏秀不想错过这个机会，她紧紧地抓住这个机会。她一有时间就往陈氏医馆里跑。

陈抗日自从得到了《御纂医宗金鉴》，如获至宝。他被这本古书迷住了，一有时间就往里钻。

《御纂医宗金鉴》是以乾隆的名号，集中当朝太医院里的名医和各地方的高手，阐述张仲景的学术思想，剖析经典病案，荟萃天下的对症名方编写而成。它代表了当时清代最高的医学成就。

陈抗日看了又看，一看再看，反反复复地看。他觉得看了一次，就有一次的收获；读过一次，就得到一次提高。这真是一部好书啊！

他对苏秀说："苏秀，你送我的这部书太好了，我应该怎么感谢你呢？"

苏秀问道："是呀，你说你应该怎么感谢我呢？"

陈抗日很认真地说："我也要送回一件你非常喜欢的东西！你最喜欢的是什么东西呀？"

　　苏秀说："这话是你说的呀！"

　　陈抗日答道："是呀，是呀！"

　　"说了不能反悔的呀！"

　　"当然不能反悔！男人大丈夫，牙齿当金使。说了怎么能反悔呢！你说吧，你说了，我无论如何，即使上刀山，下火海，我也会办到！"

　　"这是你说的！"

　　"是我说的！"

　　"不是我说的！"

　　"不是你说的，是我说的！"

　　苏秀看看左右无人，说："你听清楚了。"

　　陈抗日说："我听清楚了。"

　　苏秀说："你亲我一口！"

　　陈抗日呆住了。他简直不相信他的耳朵。

　　苏秀见他愣愣的，有点不高兴了："我没有叫你上刀山，下火海啵，你怎么啦？"

　　陈抗日怯怯地说："我还没有干过这样的事……"

　　苏秀说："上刀山，下火海你也没有干过呀？你给我说，你什么时候上过刀山，下过火海了？"

　　陈抗日六神无主，他胡乱地应着："是，是，是……"

　　苏秀说："既然'是'了，你还愣着干什么？"

　　其实，陈抗日也是非常喜欢苏秀的。他发现苏秀不仅是金窝村里长得最好看的女知青，而且也是金窝村里长得最漂亮的姑娘。他甚至发现全公社都没有哪个姑娘有她那么好看。这苏秀还爱拾掇自己，她生得那么好看，再经这一拾掇，就越发好看了。也因为这一拾掇，村人便送给她一个外号——苏修！陈抗日也发现苏秀喜欢他，他当然非常高兴。他的心当然想亲苏秀，可是他长那么大都没有亲近过哪个姑娘，他是有这个贼心，却没有这个贼胆啊！

他发现苏秀不高兴了。他真怕苏秀不高兴，于是鼓起勇气来，用嘴唇在她美丽的脸蛋上轻轻地碰了一下。

苏秀说："大力一点！"

陈抗日又用他的嘴唇在苏秀的脸蛋上轻轻地碰了一下。

"你这死家伙！"苏秀轻轻地骂了一声。她使劲地在陈抗日的肩头上捶了一下。然后搂着他，在他的脸上用力地亲了一口。

亲完之后，她对陈抗日说："你亲了我了。"

陈抗日的心"扑扑"乱跳。他说："是，是，是！"

"那你怎么办？"

"我永远记住这件事！"

苏秀眼睛一瞪："你就光'永远记住这件事'？"

陈抗日急了，他说："我要娶你做老婆！"

苏秀说："这是你说的。"

陈抗日大声说："这当然是我说的。我巴不得你现在就是我的老婆……"

苏秀笑了起来："好，这才是个男人大丈夫。我爱你！"说完又使劲亲了他一口。

她说："这件事，我们现在就要公开。你跟你家里说，我马上回广州，跟我爸爸妈妈说。"

陈抗日急不可耐地说："我现在就去！"

陈无偏前些日子听黄守财说过他就要做老爷了。他淡然一笑，没把它放在心上。这家伙经常是猪嫲嚼螺壳的，你信得那么多？不想今天儿子自己开口讲了。

陈无偏像大路拾到宝一样。这苏秀长得又靓，人品又好，听说还是个西关小姐哩，哈哈，这样的姑娘你往哪里去找？张倩也很高兴。于是，他们立马答应了。

陈无偏还有点不放心，他问儿子说："是不是真的？不要表错情喔！"

陈抗日看见家里同意了，高兴得几乎要跳起来。他盼着苏秀从广州回来，他要第一时间告诉她，让她高兴高兴。

苏秀从广州回来了！陈抗日立即就跑去找她。他来到知青安置点，第一眼就看见苏秀的眼睛像只熟透了的桃子。

他原先高兴得蹦蹦乱跳的心似乎立即停住了：这是怎么回事？

他走到苏秀旁边，小心翼翼地问道："你怎么啦？没事吧？"

苏秀一看是陈抗日，立即"哇"的一声哭了起来。

陈抗日慌了。他轻轻地拍拍苏秀的肩头，说："你怎么啦？天大的事有我顶着，不要紧的。你慢慢说，慢慢说。"

苏秀哭了一会儿，说："我家里不同意……"

"哦！"陈抗日深深地嘘了一口气。他事先多多少少地有了一点思想准备。他觉得苏秀是个西关小姐，而自己是个乡下仔，自己的年龄也偏大了一些，人家家里会应承吗？

苏秀抽抽噎噎、断断续续地说，她香港的一个远房表哥看上了她。她爸爸妈妈也答应了，准备她将来从农村抽调回来，就把她嫁到香港去。她不答应。她妈就一哭二闹三上吊，逼着要她答应。

他问苏秀："你怎么办？"

苏秀说："怎么办？我也学我妈，一哭二闹三上吊。死也不答应他们。大不了我就生米煮成熟饭。到时候我看到底是我'怎么办？'还是他们'怎么办？'"

"'生米煮成熟饭'？"陈抗日有点犹豫，"这恐怕不太好吧。"

苏秀一听，立即怒眼圆睁，骂道："陈抗日，你到底是不是个男人？"

陈抗日说："我当然是个男人。我只觉得我这么做，就让你的爸妈小看我了。"

"那你怎么办？"

"我想去找他们谈谈。"

"谈什么，我爸病了，躺在床上，吭哧吭哧爬不起来。"原来苏秀的父亲患了膀胱癌，广州几大医院都束手无策。其时广州正推行火葬。老人家闹着出院，在家里挨着，到实在不行时，找辆车子运回清远，葬在老家的山头上。

陈抗日说："那正好，我去给你爸看看病。"

苏秀一惊:"你去给我爸看病?"

陈抗日说:"是呀!我不是说我一定能看好你爸的病。我没有那么狂妄。可是搏一搏的胆量总是有的嘛!其实,我去看病不是最主要的。最主要的是,我想和他们接触一下,让他们看看我,看我陈抗日是不是不值得他的女儿爱!"

苏秀一听,不禁破涕为笑。

她伸手捶了陈抗日一下,骂道:"你这死家伙,我当初到底没有看错你。就凭你这句话,我苏秀生是你的人,死是你的鬼。我这辈子跟定你了!"

陈抗日回去跟陈无偏、张倩说,要去一趟广州。

陈无偏问:"平白无故去广州干什么?"

陈抗日烦恼地说:"她爸爸妈妈不同意。"

陈无偏叹了一口气:"广州人眼角高,附近几个城市的人,他们都还看不上眼,何况我们是乡下人?!我看你去恐怕也起不了什么作用,相反还会让事情变得更糟。我看你还是让苏秀自己跟她父母慢慢沟通吧!"

陈抗日说: "她父亲病得很厉害,我去给他看看病总还可以吧?"

陈无偏说:"看病可以。但问题是人家接不接受你看,信不信得过你。"

他见儿子死牛一边颈,也不好太拦着他,于是改口说:"你硬要去也可以,我也不反对,只是希望你把这件事想得开一些。不要把脑袋钻进牛角尖里。这事是讲'缘'的。有缘千里来相会,无缘对面不相逢。你把功夫做足了,就听天由命得了!"

陈无偏的话刚刚讲完,陈抗日转身就走。

陈无偏大声说:"你记住老豆的话没有?"

陈抗日说:"记住了!"

张倩赶紧去找几套体面一点的衣服让陈抗日带上。

陈抗日说:"不用了,不用了,平时穿什么就穿什么得了。"说完匆匆忙忙地走了。

陈抗日与苏秀一起出发了。从市桥到广州，一路上乘车坐船，陈抗日都很少吭声。苏秀不时侧着头看他。这家伙怎么啦？

陈抗日满肚子"风萧萧兮易水寒"的悲壮，连说话的兴趣都没了。

来到荔湾区，在上下九、恩宁路、龙津路、康王路兜了一圈，终于来到了苏秀的家里。

这是一幢中西合璧的小楼。因为没有租人，所以没有被私改。一家人住着，确实宁静舒适。苏秀开门，领着陈抗日进去。陈抗日还没有见过这么有气派的住宅，一时间真不知道自己的目光该往哪里看。

拐弯抹角，拾级而上，到了二楼，看见了一位斯文娴雅的老妪，那轮廓和苏秀好像同出一个饼印。

苏秀介绍说："这是我妈。"

陈抗日　脸是笑。他很有礼貌地叫道："伯……"他才开口，老太婆脸色一沉，转身走进一个房间，"乓"的一声把房门关上了。陈抗日的笑容立即凝固在脸上。

苏秀合起眼皮，从鼻孔里深深地嘘出了一口气。她为陈抗日难堪啊！在陈抗日左不是右不是之际，她伸手拉了陈抗日一把，将他领进了另一个房间里。

房里有张夹木卧床。床上躺着一位瘦骨嶙峋、须发皆白的古稀之人。

苏秀向陈抗日介绍说："这是我爸。"

陈抗日恭恭敬敬地向床上的老人微微地鞠了鞠躬，叫道："伯……父……"

可他的"伯"字才叫完，"父"字未出口，那老头将身一侧，把脸朝到墙壁里面去了。

这两棍下马威，把陈抗日打得不知如何是好。

四十三

这时候，最下不了台的是苏秀。妈妈是这样，爸爸也是这样，你们这是干什么？

她从小就知道爸爸妈妈最疼爱的是她。她从小要什么爸爸妈妈就给什么。她和哥哥姐姐闹别扭，无论有理无理，爸爸妈妈都要哥哥姐姐让她，就她。所以她自小就养成了任性的小姐脾气。她原先以为找男朋友嫁老公也是她想什么就什么的，没想到父母竟如此的不通融。她不喜欢她的疏堂表哥不说，她早已下过决心：自己的婚姻自己做主！现在是什么年代了，还搞盲婚哑嫁这一套。我今天带个人回来给你们看看，你们就这样对我。我就不跟那个表哥，你们死了这条心吧！你们不理我，不要我，我大不了以后都不回来。

她将头一扭，进房里收拾东西打包袱，准备以后不回来了。

陈抗日看见这样不好，他拦住苏秀。

老头虽然侧身向里，可是耳朵却是关心着背后的动静的。听到了女儿要收拾东西，他心里非常焦急。但听到了这后生仔阻止女儿，他心里对这后生仔产生了一点好感——还识大体喔！

陈抗日拦住了苏秀，对老头说："伯父，我叫陈抗日。"

咦！陈抗日。抗日！这名字很醒目，很有格喔！老头不禁侧过头来看他一眼。

陈抗日说："伯父，我是学医的，我想看看你的病。你老肯赏光吗？"

老头子心里"扑哧"一笑，你也太不自量了。你算什么？省城里的大医生我都找遍了，他们都没办法，你有办法？真不知天高地厚。

陈抗日看见老头子的脸上浮起了一丝笑意。他看得出这是一丝鄙夷的笑。

陈抗日不计较。他说："伯父，我知道你老人家在省城里找过许多大菩萨了。我跟他们相比，根本不值一提。可是物有长短喔。如果让我看看，让我再听听他们是怎么讲的，对我是个极好的学习机会。如果我看出他们未曾看出的地方，也能对他们的诊断作个补充喔，你说是不是？"

老头子不吭气，心想："这靓仔一轮嘴，会讲话喔！"

陈抗日继续说："我一进门，就看见伯父脸色晃白，额头上有一丝黑影，那是个寒象。伯父，过去的医生给你看病，有说过你的病是因寒而起的吗？"

老头子不禁一愣：呔，这话过去的医生还真的没有讲过喔！他一直以来都是看西医的，好像西医是不讲这个的喔！

陈抗日说："你老肯赏光伸只手来让我把把脉吗？我学的是家传的脉诀，传了十几代了，也很有特色的喔。"

他家十几代是医？老头子不禁打量他一下。就让他把把脉吧。听听他说什么也好，于是老头慢慢地把手伸了出来。

看见老头愿意把脉，陈抗日很高兴。他一手托住老头的手腕，一手往老头腕上均匀布指，然后半眯眼睛，凝神定息，三部九候。

把完换手。两手把完，他说："伯父，你六脉沉迟，尺脉尤甚。是很寒喔。再看看舌头好不好？"

老头把口张开，把舌头伸了出来。唔，舌体淡白，舌苔厚腻，舌面口水津津，舌边起印，还有瘀点。

陈抗日说："伯父，你的病因寒而成，这是无可置疑了。像你这样的面色舌脉，你一定手足冰冷，腰间坠胀，小便淋沥，时夹瘀块，疼痛难忍。而且还口纳不香，大便稀烂不实。"

老头子不禁对他刮目相看，你这家伙还可以哩，把把脉看看舌就知道得那么多。沉默了一会儿，他开口说道："你看我的病可治吗？"

陈抗日笑道："伯父，我或者可以治好你的病。现在我只敢说'或者'二字，因为我还未投药。药一投下，好歹可知三分。伯父，你肯不肯试一试我的药？"

老头子叹了一口气："我看了许多大医生，也没办法。我是个等死之人，也不在乎多吃你一个的药了。你就试试吧！"

陈抗日得旨，立即开单。

内服药：

附片一两（共甘草干姜先煎四个钟）　甘草五钱　干姜五钱　肉桂二钱（后下）　蛇莓三钱　龙葵三钱　草河车三钱　猪苓三钱　生薏苡仁五钱　土茯苓五钱　木通三钱　滑石三钱（布包）　瞿麦三钱　萹蓄三钱　砂仁五钱（打）　大小蓟五钱　人参一支（另煎兑服）

外敷药：

五灵脂五钱　蒲黄五钱　当归五钱　延胡索五钱　川芎五钱　小茴香三钱　肉桂三钱　赤芍五钱　干姜五钱　附片一两　甘草五钱　　（上药研末，用醋和匀蒸热外敷）

开完药单，陈抗日急急地要去捡药。

苏秀说："你知道哪里有药材铺？"

陈抗日说："没事，路在口边。"

"钱……"

"有，有，有！"说完他就"噔噔"地跑出去了。

老太婆赌气地躲进房间里。可是那是躲不久的，口渴呢，尿急呢，怎么办？她听到有人"噔噔"跑出去，听脚步声肯定是那乡下仔。

她坚持不住，便探头探脑地走出来。

苏秀喊道："妈！"

老太婆没应她。她还在生气，不过气色比刚才缓和了许多。她喝过茶，再看看老头子怎么样。

这时，陈抗日拎着一包中药，一袋药粉，一盒艾条，一路小跑地赶回来了。

他看见老太婆，也满脸是笑地叫她："伯母！"

老太婆依然没应他，但也不至于像刚才那样掉头就走了。

陈抗日把那包内服药交给苏秀，详细交代她如何煎煮。其中着重吩咐："在先煎的中间水干时，加水一定要加热水，不能加冷水。"

这件事交代清楚了，他再把那包外敷药粉交给她，叫她找个煤油炉，将药粉用醋和匀，用布包着，隔水炖热，然后热敷。

苏秀光煎煮那煲内服药已忙不过来，她便把炖外敷药的差使交给她母亲来做。

老太婆感到不做也不好，于是便把这差使接过来了。

陈抗日则掏出他那支"钢笔"，从里面倒出几支银针，用火烧过，然后在老头子的"命门""阳陵泉""足三里""合谷"等穴位扎针。

到老太婆把外敷药炖好，他才把银针拔出，将外敷药从锅里取出，用布包好，试好温度，然后敷到老头子的小腹上。敷上之后，他经常问："烫不烫？"

一说烫，他就把药拿起，往旁边挪挪，移移。药敷的时间长了，他又将它放回煤油炉里炖炖，炖热了再往上敷。炖了十来次，敷了十来次，陈抗日最后用条布带把它固定在老头子的小腹上。

外敷药固定好了，陈抗日又拿出艾条，点燃，往老头子的"命门""阳陵泉""足三里""合谷"等穴位灸，一边灸一边问："热不热？""烫不烫？"

说烫，他又调整一下。这样，几个穴位反复灸了好几遍，四个钟头过去了，内服药终于煎好了。

苏秀斟出来，让老头子喝下。

这时，天已经黑下来了。老头子问："怎么还没有煮饭？"

老太婆不好说话。苏秀说："我们都顾着忙这个，哪想得起煮饭？现在也来不及了，而且也没去买菜，我看就煮餐面对付对付算了吧！"

于是她切了两根腊肠，卧了几只鸡蛋，下了一把挂面，煮成了一盆汤面，大家坐在一起，"吸溜吸溜"地吃了。

吃过面条，老头子说困了，要歇歇。

陈抗日紧张了一天，辛苦了一天，也累了。他赶紧去洗漱洗漱，然后叫苏秀找条旧被子铺在老头子对面的地板上，说晚上好照顾老人，便"呼噜呼噜"地睡去了。

老头子自从发病以来，晚上吭哧吭哧地从未睡过好觉，家人也因之未曾睡过好觉。特别是屙尿，更苦不堪言。因为排尿不畅，平时不敢饮水，每周要请医院的护士来导一次尿。今晚见他睡觉没吭哧，是不是吃了这乡下仔的药中毒昏过去了？

老太婆很不放心，等女儿和这乡下仔都睡着了，她蹑手蹑脚地走到老头子的床前看看，看见他神色很安详，用手伸到他的鼻孔跟前探探，发现他呼吸很均匀。她终于放心了，也自己睡觉去了。

半夜老头子说尿急，大家像听到了紧急集合号声一样跳了起来。

陈抗日扶起老头子，让他坐在床沿上，解开他的裤子，提着只痰罐就近去让他屙。

老头子说坐着屙不出，陈抗日又把他扶起来，让他依靠在自己的肩头，然后又提起个痰罐让他去屙。老头子屙了，这尿柱嘘嘘地射进了痰罐。这次竟不喊不叫喔！屙了几分钟，老头子说屙完了，陈抗日放下痰罐，帮他拉好裤子。

老头子关切地说："我想看看，不知有血没有？"

陈抗日叫道："苏秀，拿电筒来照照。"

苏秀拿电筒来往痰罐里一照。这电筒光像块磁铁，陈抗日、苏秀、老头子、老太婆的脑袋像四块铁块，随着电筒光一亮，这四颗脑袋呼地齐聚在痰罐的上方。咦，痰罐里几乎半个痰罐的尿液清清的，没有血色喔！

陈抗日说："没事，没事。再睡觉，再睡觉！"

老头子再睡下去之后，每隔一个钟头就叫屙一次尿，每次都屙半个痰罐左右，总共屙了六次，一直屙到天亮。

天亮以后，老头子说脚很痛。

陈抗日看看他的脚。原来他的脚肿得像只硬皮锃亮的小冬瓜，现在变瘦了，好像只冬至过后吊在寒风之中的老树矮瓜。

陈抗日说："伯父，你的脚消肿了。刚一消肿，皮肤肌肉不适应，是会痛的，不要紧。"

苏秀、老太婆闻说，都赶来看看。咦，真是消肿了喔！

苏秀忙着煮早餐，陈抗日忙着去捡新药。

苏秀追到大门口，偷偷地塞了五百块钱到陈抗日的手上。陈抗日不要，直说："我有，我有。"

苏秀瞪了他一眼，压着嗓门说道："你嚷什么？你有没有钱我心里最清楚——拿着。该花你就花，但记住不要说这钱是我的。"说完，推他快走。

陈抗日减去一些利尿药，增加一些补益药，捡好马上又赶回来。也像昨天那样地煎药，也像昨天那样地炖药，也像昨天那样地扎针，也像昨天那样地艾灸。

老头子觉得身体轻松了许多，精神也好了许多，于是想说话了。

他问陈抗日："你昨天说，你叫什么名字？"

陈抗日说："我叫陈抗日。"

"陈——抗——日！这名字起得好啊。抗日，我们就是要抗日！当年我被日本仔炸掉了三间铺：一间在广西梧州，一间在广州，一间在香港。日本仔打香港的时候我正在香港。"老头子气愤地说，"日本仔打入了香港，奸淫烧杀，无恶不作。原日军38师团230联队进入圣斯蒂芬医院，先屠杀了里面的64名英军伤员，然后集体强奸了里面78名女医生护士。他们还把奸杀后的年轻护士的子宫和心脏挖出来，用瓦片盛着在炭火中焙熟来吃。有的士兵急不可耐，竟把掏出来的心脏趁热生生地吃了。你说他们不是魔鬼是什么？这样的魔鬼，这样的畜生禽兽，我们还不要和他们搏命吗？"

"要！"陈抗日说，"伯父说的对，日本仔太坏了。我们就是要和他们拼到底！"

老头子精神很好，他要老太婆通知两个儿子回来吃顿饭，认识认识陈抗日。他两个儿子的工作单位比较远，要隔三岔五才能回来一次。

第二天傍晚，他的两个儿子都带着家眷回来了。他们看见老豆精神很好，像换了个人似的，都很高兴。老大立即去"陶陶居"买了一只白切鸡和一只烧鹅，到菜市买了一条大鲩鱼回来。

苏秀见状，立即偷偷地塞了一百元进陈抗日的裤袋里，悄悄说："你赶快去买菜，越多越好！"

一转身，陈抗日真的买了很多菜回来。

老大见了，说道："哎哟，你怎么又买那么多菜回来，怎么吃得完呀！"

苏秀很得意，她故意数落陈抗日说："他是个傻仔，以为现在还是困难时期。不过不理他，买回来了，我们就吃了它吧！"

老二见买了那么多的菜，就赶忙跑到厨房里帮手去了。

席间，他兄弟俩对陈抗日赞不绝口。

老太婆想起陈抗日初进门时，她给了他黑脸，觉得有点尴尬，此时她不作声，默默地扒饭夹菜。

老大问陈抗日给他老豆治病花了多少钱。他要把钱给回他。

苏秀说："他爱出就让他出嘛，给他干什么！"

老二说："妈，表哥只不过比我多两毛钱罢了，有什么了不起喔，我看他比这位靓仔哥一成也不及。"

老大说："小妹，你有眼力，大哥投你一票！"

陈抗日如着芒衣，一身的不自在。他只顾闷头闷脑地扒饭。

苏秀觉得很有面子，她神采飞扬地对陈抗日说："今晚我下的米不多，你就别光顾扒饭了，快和大哥、二哥干干杯吧！"

四十四

在百姓当中，少有像张倩那样关心中日邦交正常化的。

她看了报纸上的消息，听了喇叭里的广播，常常一个人发呆。

陈无偏问她："看你整天神神化化、魂不守舍的样子，你是怎么啦？"

张倩叹了一口气："如今'中日邦交正常化'了……"

陈无偏是个大心肝的人，他莫名其妙地应了张倩一声："哦！那是国家大事，正常化就正常化啰。"

张倩沉吟地说："那我们马骝仔……"

"马骝仔怎么啦？"

"他要不要回日本去？"

陈无偏笑道："他从小就是我们养大的，在他的心中，我们就是他的父母。他对我们有感情，而且他对那边也什么都不知道，他回去干什么？"

张倩说："我是说，日本仔那边会不会要他回去？"

听张倩这么说，陈无偏也感到是个问题了。他想了一会儿，说："应该不会吧？他的妈已经死了。他的爸是个罪人，是个战犯、恶魔，满手都是中国人民的鲜血。他无论被国民党政府抓住，还是被共产党政府抓住，都要被杀死的。这还有谁要他回去呢？你想的太多了。放开些，不要想这些别人想不到，只有你自己想到的事，开开心心地过我们的日子。"

张倩沉重地说："我也想开开心心地过日子，但一想起这些事情，心里就烦。"

陈无偏很理解他的老婆。这些事情很容易撕开她已经结了痂的伤口。

他说："好了好了，别想那么多了，今天晚上我们弄点什么好菜，让孩子们尝尝好不好？"

苏秀有了！

这并不是陈抗日和苏秀想把生米做成熟饭。陈抗日这次亮相，得到老太婆的认可了，她对老头子说："顺其自然。"

老太婆心里明白，这肯定是自己的衰女主动的。不过女儿也二十二三岁了，也管不了她那么多了。苏家人已心悦诚服。这连广州几大医院都治不好的重病，经他几下手脚便治好了大半，真是撑大厦之将倾，亮残烛于险灭。并且在服侍老头子上，他干得比做儿子的还要到家，这样的女婿这样的妹夫你到哪里去找？于是大家都乐见其成。

陈无偏巴不得早日抱孙，一听到报告，就高兴得合不拢嘴。

张倩本来正愁着中日邦交正常化以后马骝仔怎么办，听了这件事也冲了冲喜，暂时忘记了心中的这块烦恼。

当时广州和番禺之间的交通很不方便，两边的未来亲家不便沟通，只好靠他们二人的传话，以及他们自己的意愿了。当时的社会风气，是搞崇尚革命化的结婚仪式，他们也是这个意愿，两边家长也没什么，都同意了。

办喜事的前夕，陈抗日私下对苏秀说："我跟你讲清楚了：我其他什么都依你，可是有一件事，我必须跟你讲清楚，不能任着你的。"

苏秀说："哎哟，我都是你的人了，你才跟我讲这句话?！你到底有什么话要对我说的，你赶快说吧，千万不要把我吓着了。"

陈抗日说："我也不会吓着你的……"

苏秀说："那你就快说吧！"

陈抗日说："你也知道，我现在的妈不是生我的妈。生我的妈早已死了，是日本仔害死的。可是现在这个妈是养大我的，她养大我吃了很多苦。你要尊敬她，对她好喔。别的我什么都依你，而这一点你必须依我，你不能乱来喔！"

苏秀说："你真把我吓了一跳。我还以为是什么大不了的事。原来是这个。这你放心。结了婚，她就是我的家婆，就是我的奶奶。一个儿媳妇该对家婆，对奶奶要做的事，我都做到。这你没什么意见了吧?"

陈抗日说："没意见，没意见。你做到了，我还会有什么意见?"

陈抗日择日不如撞日，当即跑到广州去迎娶苏秀。

那天傍晚，他到了广州，在旅馆住了一个晚上。第二天清早，他就赶到苏家去迎亲。

他觉得即使再革命化，娶老婆是件大事，还是郑重其事好一些。

迎亲的时候，他斟了两杯茶，恭恭敬敬地跪在岳父岳母面前向他们致谢，也斟茶向苏秀的哥嫂致意。

苏家人都觉得这个姑爷斯文有礼，都很高兴。

老太婆悄悄地把女儿拉过一边，说："你到了人家那里，也要注意礼数喔。你到底也是从西关大屋里出来的，不要让人笑话喔。"

苏家的老大、老二早已从单位借了一辆小车，送妹妹出门。

当时，从广州到市桥是泥沙"排骨路"，而且还要过渡口，上车排，一路上坑坑洼洼，颠颠簸簸，走了几个钟头才到达市桥。从市桥到金窝村却是村路，走不了汽车。好在陈和平和村里的年轻人骑着单车，在村里到市桥的村路上迎候多时。

大家见了新人，立即簇拥着将他们扶上单车，推到村里。

陈无偏人缘儿极好，村里的人谁没得过他救治过，帮助过？今日儿子大婚，村人都争相出来帮手张罗。

新人才到村口，村口早已有人放起了鞭炮。入到村里，靓仔们敲锣打鼓，舞着狮子在前面引路，一直把他们引到了陈氏医馆。

新人们下车入屋，新翁新姑才从里间出来。乡例是新翁新姑不能和新儿媳妇撞面的。撞面会忤逆。新人入屋之后，在来办事贺喜的人们的簇拥下，新翁新姑才从里间出来，在预先摆好的太师椅上坐定。

新人来斟新妇茶。来办事贺喜的人帮着把茶斟好，陈抗日双手接过，跪在陈无偏面前。陈抗日将茶献上，磕头谢恩："阿爸饮茶！多谢阿爸养育之恩！"然后又接过另一杯，跪在张倩面前，献茶，磕头："阿妈饮茶！多谢阿妈养育之恩！"

陈抗日行过礼，苏秀就接过茶来，跪在陈无偏面前："老爷饮茶！多谢老爷教导！"又接过另一杯茶，跪在张倩面前："奶奶饮茶！多谢奶奶教导！"

饮过了新妇茶，陈无偏、张倩非常开心。

陈无偏说："哎哟！都'文化大革命'了，不搞老古董这一套了。"说着一人派一封"利是"。张倩也给新人一人派一封"利是"。

黄守财在旁边笑道："我大哥狡猾，喝过了新妇茶，他才说

'不搞老古董这一套了'。"

大家听了，都开心地笑了起来。

接下来轮到马骝仔了。

陈抗日向苏秀介绍说："这是我弟弟和平！"

苏秀是本村知青，自然和马骝仔熟得不得了，但这是礼数，是要照板数碗的。但因为是同辈，又是大嫂的身份，所以也随便一些。她斟了一杯茶，双手递给陈和平："二叔有礼！"

马骝仔陈和平双手接过，并微微将腰一哈，作为回礼："大嫂有礼！"

轮下去就是黄守财。"这是我财叔。"

黄守财倚老卖老，大声笑道："我等这杯侄媳妇茶等了好久了！"

再接下去，是在场的村里的父老乡亲。

陈无偏事先烧了两大桶茶，够苏秀斟的。他还预备了两大框糖果，见人分一把。人人吃得满嘴香甜，个个高兴。

苏秀的大哥、二哥没见过广府乡下的婚俗，觉得大开眼界。他们看见整个村子亲亲热热忙忙活活像一家人一样，更非常感慨。

晚上进入洞房，闹过之后，陈抗日把门关上，把珍藏着的小时候父母亲带他出广州照的全家福拿出来，摆好，拉着苏秀向相片里的母亲磕个头，默默地祷告母亲，然后才上床安寝。

第二天，苏秀早早就起来煮早餐，却被张倩拦住了。

张倩好说歹说都不让苏秀动手。

苏秀说："我过门前，我妈教我要这样做的。"

张倩说："你妈教女有方。可是这活我做惯了。你忙你的事。这厨房里的事，等我老到动不了时，你再做吧！"

苏秀当然高兴，心想：这奶奶真好相与喔！

过两天，陈抗日就带着苏秀到沈边村去走走。沈边村的外公外婆早已殁了。他要到沈边村去给舅父舅母磕个头，然后又到市桥去，向张家的外公外婆磕个头。

过后张倩回娘家，她的父母亲向她提起这件事，她高兴得心里热乎乎的。

四十五

张倩担心的事终于出现了。

一天，有一男一女两个干部模样的人来到陈氏医馆，指名道姓地要找陈无偏和张倩。

张倩好生奇怪。以前极少有上面的什么干部来医馆里调查什么的，而且指着陈无偏和张倩的名字一起找的，这是头一次。这是怎么回事？

她反问对方："你们是哪里的？来干什么？"

那女的很和蔼，她笑道："你应该是张倩同志了。"

张倩被喊作"同志"，反倒觉得不习惯。在这里，除了打铁铺的黄老板叫她大嫂外，全村的人都叫她陈师奶。国民党的时候不说，即使解放之后到现在，大家都没改过口，一时间被叫作"同志"，她心里有点虚。当干部的才叫"同志"的呗，我是"同志"吗？

在慌乱中，她应道："是呀。"但心里却"扑扑"地乱跳。她想，你是来干什么的？

那女的说："陈无偏是你爱人了。他呢？"

张倩自己问自己："是查户口的？但看模样也不像是警察喔。"她没弄清对方的身份，也不好说什么，只是定定地望着他们。

那女的说："我们是县委和民政部门的……"

那女的话还没说完，张倩的瓜子脸已长了半截。

"是这样的。"那女的继续说，"听说你们的孩子陈和平是日本军战败后留在我们中国的孩子。是不是？上级要求调查核实一下，所以……"

听到这，张倩只觉得心里很堵，很闷，脚心有股气直往上冲，冲到咽喉，连呼吸都感到困难。她想说什么，但又说不出。她心里一急，觉得那股气冲到脑门上了，感到脚也站不稳了，"扑通"一声，倒在了地上。

这可把县里下来的那两位同志吓了一大跳。他们赶紧七手八脚地把张倩从地上扶起来，把她扶到里面的房间去。

那位女干部又掐人中，又拍脸蛋，一边叫道："张倩同志，张倩同志，你醒醒，你醒醒，你不要吓着我们喔，张……"

张倩在这女干部的掐揉呼叫下悠悠转醒。

这女干部问道："张倩同志，你没事吧？"

没事？我哪能没事啊！但我的事我自己会理，你们不要插只脚下来了。张倩发现自己很失态。她觉得她让人触动到自己心底的秘密。她意识到她的宝贝很可能要被人取走。她怎么办？她不愿起身，也不愿作声。她发现她现在连起身，连作声的气力都没有了。

在这女干部的催问下，她只好无奈地点一点头。

这女干部终于松了一口气，她说："如果你没事，那我们先走了。你好好躺着，我们去帮你把你的爱人找回来，好不好？"

说去找她爱人是假。人找人，你知道他去了哪里？这女干部急着要到大队部去，叫他们派个人来照应一下。她有点后悔了，这样的事应该先到大队部去，叫他们派个人和我们一起下去的。这次太莽撞了，下次一定要注意。

他们刚出陈氏医馆，正好碰上陈无偏从外面回来。同行的那个男的认得陈无偏，说："这不是陈医生吗！"

他们迎着陈无偏走去，那男的对陈无偏说："陈医生，我们是从县里来的。这是我们何股长。"

陈无偏热情地说："啊！失敬失敬。让两位久等了。请问我有什么可以帮得了你们呢？"

何股长说："我们到你家来了解你儿子陈和平的情况。这是上级布置的，可是才开始，你爱人就晕倒过去了，我们把她扶到床上，现在已经醒了。我们正出来找你……"

陈无偏也给吓了一跳。他说："不好意思，不好意思。这话我们可不可以改日再谈？我现在想看看我的内人去。"

何股长很客气。她说："你先忙，你先忙。我们打扰你了。不好意思。"

陈无偏急急地走了。

何股长也到大队部继续他们的调查去了。

陈无偏"噔噔"地跑进陈氏医馆，没看见张倩，再跑进房间，发现张倩和衣躺在床上。

他急不可耐地问道："阿倩，你没事吧？"

张倩听到了老公的脚步声，早已眼泪连连，如今老公一开口，她便哭了起来："呜呜呜呜……"

陈无偏更急了："怎么回事？"

张倩说："上面来查和平了。你说，他们会不会把和平带走呢？"她的心，好像是偷了别人的东西突然让别人发现了一样。

陈无偏也不知道上面会不会把陈和平带走。前段时间说中日邦交正常化，今天又来调查陈和平。好像是政府在管这件事。陈无偏当然希望陈和平永远留在他的身边。因为他早已把他看作自己的儿子。而且，在这个儿子的身上，他倾注了多少心血啊！但是，如果政府要管，这也是没办法的事呀！

他对张倩说："你说的事，到底是不是也很难说。我看我们不要自寻烦恼了。不想它，天快黑了，我们做饭去。"

张倩说："我一听这件事，就心烦得六神无主。我现在是吃龙肉都没味了。我不煮饭了……"

陈抗日和苏秀从外面回来了。往日这个时候，家里已经饭热菜香，今天却是冷冷清清的。苏秀觉得奇怪。她自言自语地问道："奶奶病了？"

这时，正好陈无偏从房间里出来给张倩倒水。

陈抗日问道："老豆，阿妈怎么了？"

陈无偏心里烦得很。他说："我也说不清楚。你们自己去看看吧。"

听老爷这么一说，贤惠乖巧的苏秀一把拉起陈抗日的手，到房间里看奶奶去了。

进入房间，苏秀问道："奶奶，你怎么啦？"

苏秀一开口，张倩哭得更厉害。

陈无偏端着杯水跟着进来了。他说："今天上面来人查和平，她就哭了。"

苏秀担心地问道："二叔没什么事吧？"

陈无偏说："没什么事，可能就是什么中日邦交正常化的事咯！"

乖巧的苏秀立即说："没事的，没事的。政府总要找点事出来管管的嘛。奶奶，你累了，老爷陪你说说话，我们煮饭去了。"

一会儿，陈和平回来了。他看见陈抗日和苏秀在做饭，觉得奇怪："怎么要大哥大嫂动手，阿妈呢？"

苏秀说："你阿妈在哭呢！"

陈和平吃了一惊："为什么？"

苏秀说："说是上面来人查你。"

"查我？我有什么好查的？"

"谁知道？你快去看看吧！"

陈和平三步并作两步走到陈无偏、张倩的房间里，看见陈无偏、张倩都在里头。

他叫道："阿爸，阿妈，是怎么回事？"

看见了马骝仔，张倩哭得更厉害了。

陈和平说："不就是查查我嘛，我又从来没做过什么坏事，任他们查咯，这有什么的。妈你不要哭了。"

陈无偏说："你妈怕上面的人把你带走。"

陈和平笑道："嘿！腿长在我身上，我不走，谁拉得动我走？爸，妈，我哪里都不去。我永远在你们身边，我要给你们养老！"

听到了这句话，张倩哭得更加透心透肺了。

四十六

何股长回县里汇报了这次调查情况。县里觉得是个问题。我们搞中日邦交，着眼点不是日本的头头脑脑，而是广大的日本人民。

只有日本人民都希望中日友好，中日之间才会世世代代地友好下去。张倩舍不得她抚养大的日本儿子，这是情理中的事。我们一定要做好她的思想工作，要让她高高兴兴地把她的日本儿子送回日本去。

县委作了指示，何股长马上带着两个助手再次来到金窝村。他们这次住在张倩的家里，和她同吃同住同劳动。

张倩那张美丽的瓜子脸吊成了一条老黄瓜。她见到他们就想走开，走不开就板起副脸，噘起张嘴。吃饭的时候，她干脆不入席，自己盛碗饭夹几箸菜躲在厨房里一个人吃。一副拒人千里的态度。即使你放块金子在她的口袋里，她也不会给你露出半点笑容来。

何股长热脸碰着冷屁股了，一脸的尴尬。何股长是个秀外慧中的小女人，三十岁的年纪，身材虽然单薄却意气风发，脚步轻快，手脚麻利；据说是县委的一根笔杆子，县委的许多文件都是经过她的笔头出来的。当下全党学马列，她竟把几部马列和毛选的原著读得滚瓜烂熟，还参加宣讲团到处宣讲。伶牙俐齿如此君，这回真的感到为难了。这几天她面对着张倩，心里一点办法也没有。

这可是县委交给的政治任务啊！怎么办呢？

开始她是想通过同吃同住同劳动来拉近和张倩的距离的，可是陈家是行医的。张倩的"劳动"是给陈无偏打帮手。这"劳动"何股长他们想"同"也"同"不了。剩下的就是烧火做饭，喂猪，浇浇房前屋后那几棵菜了。为了博得张倩的好感，这些烧火做饭，喂猪浇菜的"劳动"，何股长也"同"了。那天吃的菜是竹笋煮猪肉。何股长掳起袖子主动去剥竹笋。那是一颗小水桶般大小的甜竹笋，挺沉的。何股长那双要笔杆子的巧手一时间也很不适应。为了干出个样子来，她也只好硬着头皮一叶笋壳一叶笋壳地剥了，好不容易剥到最后，这小水桶般大小的甜竹笋竟被剥成了一个小海碗大小的一锥笋尖。嘿嘿，没剥之前这甜竹笋可是挺大挺沉的，有道是"牛头竹笋"。可是剥完之后它竟是坨水灵灵的肉疙瘩。

何股长呆呆地望着这锥肉疙瘩，心里突然一想，做张倩思想工作也应该是这个道理。我这样直接地和她谈，是不好谈的了，我为什么不从她身边的人着手，像剥竹笋似的一步一步地做通她的思想工作呢？

于是，她先从陈无偏身上做起。陈无偏一个男人老九，容易说话。他说他知道这事关国家大事，他本人即使一百个不愿意也会服从国家的。

何股长听了非常高兴，她当即以县委的名义好好地将他表扬一番，同时请他有空去做做他爱人的思想工作。

陈无偏也爽快地答应了。

接着，何股长就去做陈和平的思想工作。

陈和平很有抵触。从谈话开始，他就紧闭着嘴巴，不愿和何股长说话。何股长满肚子墨水。她跟他讲马列主义，讲毛泽东思想，讲国际形势，讲中日恢复邦交的伟大意义。讲着讲着，坐在小板凳上的陈和平把腰弯下来，把身子伏在两根大腿上。

何股长以为他坐累了。坐累了就伏着吧，只要你肯听就可以了。是站着听，坐着听，甚至伏着听，都无所谓。她继续滔滔不绝地讲着。讲着讲着，她发现他的背脊上的两块肩胛骨在衣服下面慢慢地滑动起来。

何股长觉得奇怪，她再认真地审视一下，竟听见伏着身子的陈和平的鼻腔里发出了轻微的唏嘘的声音。

她问道："陈和平同志，你怎么啦？"

经这一问，陈和平再忍不住了，竟开口哭出声来。

何股长到底是县委里的股长，见过世面，明白男儿有泪不轻弹。一个七尺汉子，他既然想哭就让他哭吧。等陈和平哭了一阵子，何股长才问道："陈和平同志，你好些没有？"

陈和平说："何股长，你说的道理我都懂，但我就是舍不得我爸和我妈……"

何股长说："是的，你爸你妈都是个很好的爸爸、妈妈。他们含辛茹苦，把你养大成人，很不容易。舍不得他们，说明你很有良心，也很有孝心……"

没等何股长说完，陈和平又说："我不想回日本去，我不想做日本人！"

"为什么？"

"因为我觉得做日本人不好。"

何股长说："这就不对了。日本人民和中国人民一样，都是一个伟大的民族。你看日本人民不是也创造出自己璀璨的文化吗？日本人民在二战之后，不是迅速医治好战争的创伤，把本国的经济搞得有声有色吗？党中央、毛主席安排你们回去，这是党中央、毛主席的伟大战略部署。你不是很热爱党中央、毛主席的吗？"

陈和平点点头。

何股长说："那你就要听党中央、毛主席的话。你即使回日本去，这丝毫不影响你是你爸你妈的儿子呀！你仍然是你爸你妈的儿子喔！你回日本之后，如果你觉得中国的民族好，日本的民族也好，你可以做这两个民族的民间使者呀。这样说，你的责任很光荣、很重大喔！"

何股长一张巧嘴，把陈和平的心说得热乎乎的。

她见陈和平被自己说通了，便说："你妈的思想还不大通，你去做做你妈的工作好不好？"

陈和平犹豫地点了点头。

再下去就是陈抗日和苏秀了。

陈抗日和苏秀一说就通，根本没费何股长半分力气。何股长委托他们做做张倩的思想工作，他们也痛痛快快地答应了。

陈无偏、陈和平、陈抗日和苏秀经过何股长的谈话后，都知道这是件政治任务，是党中央、毛主席的伟大部署。我们是要听党和毛主席的话的，所以都乐意去做张倩的思想工作。

陈无偏对张倩说："老婆子，还是想开一些吧。其实我也是很难过，很舍不得的，不过，想到这是国家大事，我们还是要听国家的，你说是不是？"

张倩不说是，也不说不是。她只是哭。

陈无偏也没有更多的话可说了。他拍拍张倩的肩头，叹了口气走了。

陈和平去做张倩的思想工作。他在旁边坐着不吭声。

张倩看见自己的心肝宝贝，哭得更伤心了。陈和平坐了好久，张倩也哭了好久。

最后，陈和平说："妈，我很舍不得你。何股长说这是国家大事，是党中央、毛主席的部署，我才没话说的。妈，即使我将来要回到日本去，我还是你的儿子。我永远是你的儿子。我永远不会忘记你……"

张倩哭得更伤心了。

陈抗日和苏秀去做张倩的思想工作。

陈抗日说："妈，弟弟的事是党中央、毛主席的安排，我们是要听党中央、毛主席的，你说是不是？弟弟回日本了，家里还有我哩。我也是你的儿子喔，我是你含辛茹苦地养大的喔，是不是？你放心，总之你以后就跟着我，我给你养老，我给你送终，你以后的一切都由我来负责。"

苏秀说："奶奶，你当然要跟着我们啦，你的孙子很快就要出世了，他等着你来抱哩。奶奶，你有两个儿子，一个在国内，一个在国外，几多人盼也盼不着呢！"

听了陈抗日、苏秀的话，张倩哭得没那么厉害了。

何股长收集完大家的反应，最后自己亲自出马了。

她面对面地和张倩谈，张倩当然还是哭。

何股长当然还是从马列主义、毛泽东思想入手，讲完马列主义和毛泽东思想之后，又讲国际形势，讲中日恢复邦交的伟大意义。那个时代的人对党中央对毛主席又特有感情。你把党中央、毛主席搬出来，他们就先通了一半。加上何股长又把张倩身边的人都搞通了，这些人反过来都做她的工作。张倩感到大势已去，心就软了。再加上何股长一张巧嘴，一边戴高帽子，又一边轻轻地敲打敲打，不怕你思想不通。

何股长说："张倩同志，你是很了不起的喔。打跑日本鬼子之后，谁愿意抚养他们留下的崽子呢？是你。你看你的思想几先进！现在各级领导都在夸奖你哩。你前一截做得很好，现在就看你下一截做得怎么样了。你要把下一截做得更好，要让日本人看看：过去你们杀害我们中国人，你们被打败了以后，我们抚养你们的遗孤，现在我们把他交还，我们完全没有私心，我们完全是为了中日两国人民世世代代的友好。"

何股长见张倩不出声，便问她："张倩同志，我说的对不对？"

张倩轻轻地点了点头。

何股长暗暗高兴。她说："到时候，日本人来领他回去，你高高兴兴地把他送走，你可以吗？"

张倩也轻轻地点了点头。

何股长欣然一笑。她成功了。她可以回县里交差了。

这是陈新地头上的事。他作为人民公社社长兼党委书记，当然要过问了。而且，在他最艰难的时刻，他还得过陈无偏的杯水之恩呢！于是他来到了陈氏医馆，看望看望陈无偏。

到了陈氏医馆，陈新看见还没有人来看病，陈无偏和他的老婆怅然若失地枯坐在那里。

张倩在乡间生活久了，也像村妇们一样怕跟官府的人打交道。尤其是何股长来谈过马骝仔陈和平的事之后，她就更怕了。这陈新以前整过陈无偏，她对他本来就没有好感，如今看见他来了，便起身走开，免得浪费表情。

陈无偏怕得罪了本地的父母官，马上叫住张倩："阿倩，快给书记斟茶。"

没有办法，张倩只好斟茶去了。

张倩斟茶回来时，陈新非常客气。他立即起身，双手接过，说道："谢谢大嫂。"

陈新是尊黑面神，动辄骂人，军阀作风，乡里公社里谁不怕他？因此在"文化大革命"中吃了不少苦头。这次他那么客气，反倒让陈无偏和张倩很不适应。

陈新说："大嫂，陈医生，你们坐着，听我说句话。"

陈无偏、张倩不禁一愣。吧！你老大真是无事不登三宝殿喔，你到底有什么话要对我们说？

303

陈新说："大嫂，陈医生，我这次到你们这里来，第一是向你们道歉。十几年前我因为你们陈和平的事，抓过陈医生去看守所。这是非常错误的。我一直想向你们道个歉，可是人闲心不闲，一直没有做成这件事。我是非常错误的。现在我怀着诚挚的心情，向你们认错，向你们道歉，请你们原谅。"

陈无偏、张倩根本没有想到陈新会为这件事向他道歉，而且又过去那么多年了。突然提起，还真感到突兀。

陈新继续说："第二是，我向你们表示感谢。你们救过我的命！"

陈无偏、张倩又是一愣：这话从何说起？

陈新看见他俩一脸迷茫，说道："当年我挨挂牌游街批斗站马路，那时候又累又渴。这苦倒还不是最主要的，最主要最要命的是我觉得我那张脸不知道往哪里搁。我打仗不怕死，但那时候我很想死。我在脑子里设计了好几个自杀的方案。正想在其中挑选一个不太难受的了断自己。正在这个时候，陈医生你拿着一瓶药水来给我喝。这药水苦苦的，甘甘的，酸酸的，喝了下去，我觉得满口生津，有了精神。我突然发现群众还是爱护我的。我过去站在群众的对立面，把自己当作群众的老爷，我没有执行党和毛主席的群众路线，所以犯了错误。我喝过你送给我的药水，我很惭愧。我觉得我不能死。我要活下来，以后要好好地为人民群众服务。就这一念之差，我打消了自杀的念头，活了下来。所以，我要谢谢你们。"

陈无偏听了，反倒觉得不安。他当时根本没想得那么多，当时他从行医者的角度，只觉得喝点这样的药汤，对那时候的陈新的身体会有些好处。

这时他下意识地看了张倩一眼。他发现张倩这时候很无聊和很拘谨。这婆娘自从何股长来谈了马骝仔的事之后，心事太重了，一天到晚呆头呆脑的没一点精神，不如跟她开个玩笑，逗她乐乐吧！

于是他说："陈书记，这些事不关我的事，其实是我老婆叫我做的。你要感谢，就感谢她吧！"

张倩反应不过来，一时间不知道说什么才好。

陈新眼睛一亮："哎哟，真是不说不知道。大嫂，是你救了我的命。按照民间的习俗，我是要给你磕头谢恩的。但共产党又不兴许磕头，我就给你鞠个躬吧！"说完，真的正儿八经地给张倩鞠个躬。

张倩不知如何是好。

陈无偏见她一头雾水，糊里糊涂，便说："'文化大革命'的时候，陈书记受到了冲击，非常辛苦。我给陈书记送过药汤，不是你叫我送的吗？"

张倩哪里还记得起这些事？特别是她现在已经烦到吃不香睡不着的时候。为了搪塞这个尴尬的场面，她脸红红地支吾说："不就是一杯水嘛……"

陈新说："大嫂，你真是举重若轻了。也正是这杯水救了我的命啊！不是喝了大嫂你叫陈医生给我送来的药水，我真的就死掉了。我今天就不可能出现在你们面前了。第三，我以公社社长、党委书记的名义，代表全公社的干部群众向你们致敬，向你们学习。你们早早就有这个思想境界。这几令人钦佩。日本仔杀害了我们多少中国人，他们打败了，你们却把他们的遗孤抚养成人，现在又无条件地将他交还给他们日本。今天我们中国人几有脸，我们国家几有脸，而今天多少日本人对此感到非常惭愧。你们为我们国家长脸了。你说，你们几光荣，几值得我们学习！"

陈无偏真没想过那么多，他觉得这是他应该做的事。

张倩给陈书记这一说，一身热辣辣的，几天来一直"长"了的瓜子脸，一下间便缩回它原来的尺寸了。

四十七

山根四治郎很高兴，高兴到缺了一小块肉的耳朵也红了起来。他怀着兴致勃勃的心情去中国接他的儿子。他觉得去中国接儿子，不如说他去中国接个宝贝疙瘩，去中国接一笔无限大的财富，去中国接一位财神。

他扪心自问，他对他遗留在中国的儿子已经没有多少感情了。将心比心，作为是我，我的一定不会帮他们养儿子，坚决不会。听说终战之后，他们也困难得揭不开锅。在这么困难的日子里，有点粮食都留来给自己吃啦，还帮别人养儿子？而且还是仇敌留下来的儿子？难道是脑袋进水了？可是，他们就偏偏把仇敌留下来的儿子养大了，你的说怪不怪？

他转念一想，是不是养大之后，发现有什么生理缺陷，比如傻乎乎，脑瓜不太清醒那一类，而向我甩包袱呀？这很有可能喔！如果是这种情况，我的怎么办？我的还去不去认领呢？

他犹豫了好久。

最后他想到那边传来的资料说，他们教会了我的小儿子学医。既然他都会学医了，肯定就没那些生理缺陷了！他既然学医，自然就晓得"灵蛇之珠"的秘方了！如果他晓得了"灵蛇之珠"的秘方，我山根四治郎就会赚得很多很多的钱。如果这样，我即使得了个有点其他方面残疾的儿子回来，也是很划得来的。

想到这一层，他兴高采烈地去了。

小山幸子怕这老头子出问题，她提出陪着他去。山根四治郎也觉得自己年纪大了，不像过去年富力强，把脑袋掖在裤头上走南闯北，他需要个人帮帮自己，而且旅途寂寞，也需要个人陪自己说说话的。于是他同意了。

山根友度仕也想要去，山根四治郎怕他惹是生非帮倒忙，没有同意。他说："你在家里照顾生意。都走了，我们的生意怎么做？"

山根四治郎出发了。他带着小山幸子，怀着入山探宝的心情来到了中国。

他在罗湖桥入境。

一路上，他发现二十多年后的中国是变了喔。首先是环境变了，到处都是高楼。二十多年前，我们把他们炸得到处稀巴烂，现在全然看不见战争的创伤。从罗湖桥到广州，透过车窗，他看见外面的田野长着绿油油的庄稼。过去日本人瞧不起中国人，对中国人诸多侮辱。这次进入中国，他首先在这个问题上进行观察。他发现中国人的穿戴很整洁，男的几乎一律都穿着深蓝色或藏青色的衣服，年轻人多穿没领章帽徽的旧军装。女的衣服也很简洁，没有什么花花绿绿的衣裳，几乎没有穿裙子的，更无搽脂抹粉。姑娘们一般都梳着两根长长的孖辫。辫梢上扎着几圈红头绳，或扎上绢编的蝴蝶结。无论男女，肤色都很健康，过去常常见到的面黄肌瘦、面如菜色的现象根本没有了。

到了广州，他在珠江边上溜达，被海珠桥上的车流图惊呆了。

这是清晨，薄薄的晨雾还没有散去，水泥地上还凝结着丝丝的潮气。人们都赶着上班。海珠桥上满是推着单车上桥下桥的人们。桥面左右两边，一边是上，一边是下。满桥上除了单车，还是单车，除了推单车的人，还是推单车的人，桥上并无指挥的警察，却井井有条，没有一丝混乱。

山根四治郎真的惊呆了。

还说中国人是一盘散沙？不是了。共产党还真的有办法。难怪他们的志愿军把美国佬打败了。

山根四治郎带着小山幸子来到了市桥，发现市桥也发生了很大的变化。

二十几年前的市桥只是个小墟镇，现在却摆出了一个正正规规的城市的格局，马路变宽了，楼房变高了，人口比过去稠密得多了。他记得现在站着的这个地方过去是叫十八甫的，现在却叫大北路了。大北路上车水马龙自不必说，就是人行道上也摩肩接踵，你想停下脚步都不行，后面的人都在无声地催着你。

他住进了迎宾馆，把证件交给了服务员。

马上，县里的外事部门、民政部门就有人来接头了。

山根四治郎来接他的儿子了！

公社、大队一层层接到了通知。这通知很快就传到了陈无偏、张倩那里。

虽然事先有了思想准备，但事到临头，陈无偏、张倩的心还是很难受的。

马上就要同马骝仔离别了。马骝仔虽然不是自己生的，但即使是一块石头，在自己的衣袋里揣久了，也会沁透着自己的体温呀！何况是个人？何况是个跟了自己二十多年，一把屎一把尿地把他慢慢养大的人？我们个中挨了多少的苦，受了多少的累，你们知道吗？!

马骝仔陈和平也知道他要走了，要离开他的爸爸妈妈了。这是他非常不愿意的。但他又无可奈何。他常常一个人流泪，生闷气。

看见他的情形，张倩、陈无偏更心痛了。

何股长和外事部门、民政部门的人，陪着山根四治郎、小山幸子来到了金窝村。

金窝村的村民好像听见来了外星人似的，都纷纷跑来看个热闹，把陈氏医馆围个水泄不通。

黄守财是个好事者，又是陈无偏的"兄弟"，这场合哪里少得了他？

陈无偏、张倩都在房间里没出来。

陈抗日、苏秀、陈和平都是晚辈，这时候让他们出台接待客人，又多少有点不太合适，于是黄守财挺身而出，自告奋勇地说："你就是上次来的那位何股长了？"

何股长和蔼地点点头。

黄守财说："我是我大哥陈无偏的兄弟。我大哥大嫂身体欠佳，一时出不来；马骝仔陈和平也不在家。为了不冷场，我就代替我大哥大嫂做回主人，招呼招呼大家吧。"

何股长很高兴。

山根四治郎从椅子上站起来，很有礼貌地将腰一哈，说："我们上次进入中国，给中国人民带来了麻烦，我们深感不安，多请原谅。"

何股长是机关干部，讲马列很有一套，可是在应对场面上却少了一点实践。听了山根四治郎的言辞，她一时间不知道该说什么好。

黄守财听了，却说："你们日本人也实在太客气了。不麻烦，不麻烦。只是你们那时也确实把我们搞得太鸡毛鸭血了。你就是那只山根是只狼吧？你肯定不认识我了，可是我还是很记得你喔。三十多年前，你为了弄到我大哥陈无偏祖传的秘方，经常跑到我们村里来。你还以陈中夏的名字，在我们村的小菜市里开过一家药材铺。你还记得吗？"

山根四治郎二十几年没有说过中文了，现在的中文已经没有过去说得流利，可是听中文却是没问题的。

他听了黄守财的讲话，好像小偷一出手，就被人家抓住一样，很是尴尬。

何股长看见这一场面，觉得很是棘手。任这黄守财说下去，又怕把事搅黄了，回县里怎么向县委交差？可是这日本鬼子也太猖狂了，不敲打敲打他，他真觉得中国人好欺负了。

正在为难之际，黄守财继续说："二十多年前，你最后一次来我们金窝村，是骑着马来的，你没找到我大哥陈无偏，发起烂渣（粤语，发怒），拔出枪来在屋里乱打一气，把瓦顶都打穿了。瞧，山墙上还给打出了几个弹坑。这弹坑，后来还是我扛着梯子来帮我大哥填好的，那个印子还在。你那时候很'狼'啊，如果那天我大哥在屋里，肯定被你打死了，也没有今天的戏唱了。"

山根四治郎听了，感到一身发热，腋窝里开始淌汗了。八嘎呀路，你的怎么记得那么清楚！山根四治郎如穿芒衣，浑身上下好像被无数蚂蚁爬咬。

他忙着连连哈腰，连声说道："不好意思，多请原谅，多请关照。"

这时候，有人叫道："马骝仔陈和平回来了！"

何股长对山根四治郎说："你儿子回来了。"

听到儿子回来的消息，他马上来了精神，像见了救兵。我的天，这起码可以结束目前的尴尬呀！

山根四治郎顺着何股长指的方向看去，看见一个年轻人从人圈外面挤进来，连他的日本老豆也不看一眼，只对着何股长的面，"笃"的一声坐了下来。

这就是我的儿子？

山根四治郎的眼睛像雷达似的，马上从头到脚细细地把他的儿子打量了一遍。山根四治郎第一时间要看看这小子有没有缺陷，有没有残疾，能不能带回日本去。

他从上到下，从头到脚，细细地把马骝仔陈和平打量了一遍，发现这小子长得还几醒目嘡！身材够高，身板结实。这样的板眼，在日本还不容易找到哦！唯独是他一挤进来就"笃"的一声坐下来，难道是哑的，不会说话？不会说话问题就大了，不会说话怎么带得回去？山根四治郎死死地望着他，心里忐忐忑忑，一身的不自在。

正当山根四治郎为马骝仔陈和平是否哑巴而伤脑筋的时候，这小子说话了："我要结婚！"

哇！人圈中倏地升起了一阵暗涌：这小子开国际玩笑？现在是什么时候了，你要结婚？真是做梦娶老婆，净想好事！

马骝仔陈和平见大家不理解他，他解释说："阿英听说我要去日本，整天哭哭啼啼要跟我一起去。所以我要结婚，我要和她一起去。"

原来村里的姑娘阿英，早些时候已经跟马骝仔陈和平好上了。

何股长最先回过神，她很高兴。

她问了问陈和平和阿英的年龄、什么时候相爱等一些基本情况。她是这里的最高首长，她当即对陪她一同前来的民政部门的那个年轻人说："这是件好事，你抓紧时间帮他们跑跑，尽快把这件事办好了。"

山根四治郎来了那么久，陈无偏两公婆在房间里还没有出来。

何股长觉得不太好，她三番五次派人进去催劝。

陈无偏、张倩在人们的千呼万唤中终于出来了。

此时的山根四治郎的脑子，在飞快地旋转。

他一看见陈无偏，发现他比二十多年前好像没有多大变化，而自己真的变老了。以前我的还叫他作大哥哩，现在他叫我的做大叔也不为过。

再看张倩，他的眼睛竟呆了。乖乖，这八嘎竟比二十年前更好看了。

他不禁回身看看自己身边的小山幸子。她俩的年纪，应该是差不多的，而现在看来，小山幸子要比她老出一截。这八嘎不仅显得年轻，而且腰肢、神采还显得水灵鲜活。

脑子在飞快地旋转着的山根四治郎，发现既然来到了，自己是应该有所表示的，可是该讲什么呢？讲"添麻烦"？刚才已被那个八嘎呀路呛过了，不好这样继续说了。不说这个又说什么呢？

他那飞快旋转着的脑袋，始终没有拿定主意，于是只好说道："不好意思，请多关照！不好意思，请多关照！"

张倩一见这个恶魔淫棍，恶心死了。她把脑袋扭过一边去。

陈无偏看见这个多年的仇敌，他为了得到自己的祖传秘方，对自己设计陷害，苦苦相逼，搞得自己家破人亡，自己还险些丢了性命。今天真是仇人相见，分外眼明。今天，我所受的苦难没有得到丝毫赔偿，还要把自己含辛茹苦养大的儿子交还给他。今天，面对这个冚家铲不能打不能骂，还要以礼相待，真是丢那妈！但一想到这是国家大事，是为了中日两国人民世世代代的友好，就只好忍着他一点啰！

于是他将手一摆，冷冷地说："坐吧。"

山根四治郎一个劲地点头，一个劲地哈腰，那嘴巴不停地说："不好意思，多谢关照！不好意思，多谢关照！"

这时候的场面很热，但陈无偏、张倩的表情却很冷。何股长发现在这个气氛下，要谈下去而且想把话谈好也不容易，好歹双方已经见过面了，而给陈和平办结婚手续也要一定的时间，不如就先谈到此，下一步慢慢再说吧！

于是她两边说些好话，就宣布这次见面活动结束了，下次再谈。

事后，何股长又找陈无偏、张倩继续谈谈。

她的撒手锏是上政治课加引导，表扬的时候不忘多戴高帽子。陈无偏、张倩上次谈的时候，思想基本上已经通了的，再加上这次突击加温，那就更通了。那个年代的人民群众都比较有思想觉悟，识大体，顾大局，更加上陈无偏、张倩生性大度，是拎得起放得下的人，他们想，既然是党中央、毛主席的部署，是国家的意思，就不和这冚家铲计较了。

马骝仔和阿英领了结婚证，他们就要到日本去了。从小养到这么大，又结了婚，现在要走了，总得送送他们吧？

于是陈无偏决定做几个菜，请亲家过来吃顿饭，送送马骝仔小两口。

将来，马骝仔小两口就要永远和那冚家铲一起生活了，为了马骝仔小两口将来生活得顺利，不省这碗水饭，也一块把这冚家铲叫来吃一顿吧！黄守财是几十年的沙煲兄弟，当然要叫他一声的啰！

黄守财得到了邀请，提着只大鹅来贺大哥和送侄子。

陈新听到了风声，不请自来，提着两只鸡来道贺。

大生拎着两条大鲩鱼也来了。

陈无偏喜出望外："什么风把你们也吹来了？"

大生说："新哥告诉我的啰！"他们是广游二支队的老战友，有什么事情都会互相通通气的。

陈新说："陈先生，我们是几十年的好朋友喔，这事还少得了我吗？抗日结婚那杯酒，你还欠了我的哩！"

陈无偏想，既然来了那么多人，也不差何股长了，于是也请了何股长。

吃饭的那一天，熙熙攘攘地坐了一大围台。

苏秀结婚时，只是吃颗喜糖，但她不计较。她知道自己是大嫂，今时不同往日，于是扎起围裙，挺着个小肚子，卷起衣袖招呼客人，帮着干活。张倩拦她不住。

吃饭的时候，黄守财对山根四治郎说："是只狼，我们到日本，你会这样招呼我们一顿吗？"

何股长觉得这样的场合，是应该只讲好话不讲坏话的。可是，这黄守财已经将话说出口了，想拦也拦不住，而且也感到不好拦。

山根四治郎听到这话，不觉一愣。

他真没想过这个问题。在慌乱中，他不迭连声地说："会的会的，请多关照，请多关照！"

黄守财说："那天你说，给我们带来麻烦，我觉得也真麻烦了。你们当初把我们搞得鸡毛鸭血，我们现在还要请你吃饭，你说麻不麻烦？"

在场的人忍俊不禁，都笑了起来。

黄守财指着身边的陈新说："这是我们的领导，公社社长兼党委书记，他是打日本鬼子出身的喔！"

陈新笑道："我是广游二支队的。"

山根四治郎又是一愣。当年他为了对付广游二支队不知绞尽了多少脑汁，不想如今广游二支队的人就在自己的面前，并和自己吃饭。

大生看见山根四治郎听见广游二支队番号的神情，觉得很得意。他跟着说道："我也是广游二支队的。"

山根四治郎那双三角眼瞪圆了。怎么那么多广游二支队的？

黄守财笑道："我大哥虽然不是广游二支队的，可是他也和日本鬼子打过仗喔。他参加过植地庄战斗，肩上扛着的半麻袋手榴弹，叫他扔完了。"

在这邱家铲面前，提到植地庄战斗，陈无偏觉得很解气。

他对大家说："我那时候扔出一个手榴弹，就撂倒了三五个日本鬼子。扔完了这半麻袋的手榴弹，也不知道撂倒了多少日本鬼子了。"

黄守财笑道："大哥，你行，我敬你一杯。"

喝过酒，黄守财说："大哥行，我做兄弟的也不赖。兄弟我没有手榴弹，没有枪，也拎着把铁锤，杀过一个日本鬼子喔！"

他怕大家不信，说："这王八蛋打我老婆的主意，叫我在猪栏里，用铁锤把他的脑袋砸了。砸得他一地脑浆。"

他得意地说："之后，我就把他的死尸，摁到猪栏后面的水塘里。"

席上的人都大眼瞪小眼地看着他。

山根四治郎更是一愣一愣的。

他想："原先我还设计了许多方案，让他跟我交换'灵蛇之珠'的秘方哩，现在看这势头，这陈无偏真是宁愿把它丢到茅坑里也不会给我了。好在我的儿子学了医，他一定学会了这个秘方的。天照大神保佑，没事没事。"

陈新对山根四治郎说："山根君，这些都是过去的事了，现在拿出来说说，不过是为了开心。但也想就此说个问题，过去我们小米加步枪，也没怕过你们，现在我们的实力，比过去不知强大了多少倍，那当然更不怕了。现在我们连你们最怕的美国佬都不放在眼里，就别说你们了。你说是不是？"

"是，是，是……"山根四治郎一个劲地点头哈腰，心里说道：为了我的儿子，为了你们口袋里的"灵蛇之珠"，你即使指着乌龟骂王八，我都认了。

吃过这顿饭，第二天，山根四治郎要把马骝仔陈和平两口子带走了。

马骝仔陈和平泪眼汪汪。

张倩更是肝肠欲断。

临出门时，来送行的黄守财说："和平，按照中国人的规矩，儿子出远门，是要给父母亲磕头的喔。"

马骝仔陈和平心里一个激灵，他马上跪在张倩的跟前，深深地磕了个头，说："妈，我舍不得你。我永远记住你。我以后一有空就回来看你。"

然后，给陈无偏磕了个头："爸，我永远不会忘记你。"

然后又给陈抗日磕了个头："大哥，我的血管里还流着你的血……"

陈抗日很感动："这是过去的事了，难为你还记着。"

马骝仔陈和平哭着说："请你代我孝顺爸和妈。"

陈抗日说："我会的，我会的，你放心。"

马骝仔陈和平要给苏秀磕头。

苏秀马上躲到老公的后面："二叔，你不要客气了。"

马骝仔陈和平要给黄守财磕头，却被黄守财一把抱住："贤侄免了，贤侄免了。"

山根四治郎在旁边看得牙根都热了："八嘎，我的才是你的老爸喔，你的连我的正眼都不多看一眼，而对那边的给这个磕头，又给那个磕头，你的脑袋进水了？"

四十八

陈和平这边婆婆妈妈地磨了好一阵子，让山根四治郎等得牙根热了又热。好不容易等到他们磨够了，真正的可以走了，山根四治郎主动地走近一步，帮马骝仔陈和平和阿英拎起行李，自己率先转身，大步地去了。

他急着离开这个多一刻钟也不想待的地方。

何股长他们依礼送了陈和平他们一程。

到了何股长一行尽完公务，和他们道别之后，山根四治郎迫不及待地问陈和平："息子，他们教你的'灵蛇之珠'的秘方了吧？"

陈和平不知道"息子"是什么意思。他呆呆地望着山根四治郎。

山根四治郎瘦瘦的，脸方的，两个鼻孔里的鼻毛伸出到鼻孔外面。加上他的中文说得生硬拗口，有点阴阳怪气，有一只耳朵的耳轮还缺了一块肉，陈和平不禁想起了电影《平原游击队》里的松井队长。

他觉得很别扭，甚至觉得有点反感。他更觉得他似乎不能为自己做主，此时他感到好像失去了自由。如果任他选择，他绝对不会去跟这个老豆的。

迫不及待的山根四治郎见马骝仔陈和平不吭声，知道他没有听清楚，又问道："息子，他们教了你的'灵蛇之珠'的秘方没有？"

"灵蛇之珠？"这回陈和平听清楚了。我跟老豆（他心里面的老豆是陈无偏）学了那么长时间的医，可真的没有听见过这个东西喔!

他老老实实地摇了摇头。

山根四治郎一看,那心倏地急了起来:"他们没教过你的'灵蛇之珠'?"

陈和平真不知道"灵蛇之珠"是怎么回事,于是还是老老实实地摇了摇头。

山根四治郎的心提到了嗓子眼上:"他们真的没教过你的'灵蛇之珠'?"

此时此刻,陈和平也不知道怎么去回答眼前这个"松井队长"。他只有很机械地将头点了一下。

看见陈和平这一点头,山根四治郎气得脸也歪了,颧骨上那颗肉痣也被气歪了的脸挤歪了。此时,他从牙缝里恨恨地挤出了两个字:"八——嘎!"